大河

黄河岸边的孩子

王涛 著

中国海洋大学出版社

·青岛·

图书在版编目（CIP）数据

大河 / 王涛著 . -- 青岛：中国海洋大学出版社，
2024.2

ISBN 978-7-5670-3805-9

Ⅰ. ①大…　Ⅱ. ①王…　Ⅲ. ①长篇小说－中国－当代
Ⅳ. ① I247.5

中国国家版本馆 CIP 数据核字（2024）第 046721 号

DAHE·HUANGHE ANBIAN DE HAIZI

大河·黄河岸边的孩子

出版发行	中国海洋大学出版社		
社　　址	青岛市香港东路 23 号	**邮政编码**	266071
出 版 人	刘文菁		
网　　址	http://pub. ouc. edu. cn		
电子信箱	1193406329@qq.com		
订购电话	0532-82032573（传真）		
责任编辑	孙宇菲	**电　　话**	0532-85902349
印　　制	青岛国彩印刷股份有限公司		
版　　次	2024 年 2 月第 1 版		
印　　次	2024 年 2 月第 1 次印刷		
成品尺寸	160 mm × 230 mm		
印　　张	47. 75		
字　　数	782 千		
定　　价	168. 00 元（全三册）		

发现印装质量问题，请致电 0532-58700166，由印刷厂负责调换。

—— 献给我的母亲 ——

Contents

目录

第一章

一、一条大黑鱼

枪声从远处传来的时候,小贞子正和伙伴们围捕那条黑鱼。

那可是一条平时难以见到的大鱼呀,光看那条棒槌一样的脊背,就知道它的分量该有多么足了。大鱼出现在河边的一个湾子里,前面有一条人工修筑的防波堤,滔滔的河水从上游流来,因为那条堤坝的阻挡,岸边水流便拐到主河道里去了,而在堤坝的这一边,就形成了一个不算太大的河湾。眼下正是枯水季节,河道里的水落下去很多,这个河湾就和主河道隔绝开来,加之这些日子的风吹日晒,湾子里的水越来越少,一些个头很大的鱼纷纷露出了脊背,其中便有那条分外大的黑鱼,随着它不安地游动,差不多半条身子露出水面,分外吸引小贞子他们的眼球。

这条大黑鱼是由改成首先发现的。改成受她娘的支使,来这条湾里洗衣服,其实改成才有多大呀,就已经干起大人的活来,尤其是洗衣服十分在行,小贞子虽然也算是心灵手巧,但在这件事上却是比不了她的。在改成洗衣服的过程中,无所事事的小贞子蹲在离她不远的一棵树下,有些无聊地看从她脚前爬过的蚂蚁。不一会儿,拴柱也来到了这个地方,寂寞的小贞子才觉得快乐起来,其实拴柱是来放羊的,那几只身子白脑袋黑的山羊就跟在他身后。拴柱看到了小贞子,就丢下手里的缰绳,让羊自己去周围的地面上啃草,他则来到小贞子身边,打算和她玩上一会儿。就在这时,改成突然停止了洗衣服,一只手朝湾子里指着,用十分惊诧的口气喊道:"快看那条黑鱼。"

小贞子和拴柱都听见了她的喊声,却没有做出像样的反应,对他们这些在河边长大的孩子来说,什么样的鱼没有见过呢?改成也真是好笑,用得着这样大呼小叫吗?

"看它的个头多大,"见他们不为所动,改成索性站起来,那只手更高地朝

1

湾子里指着，声音也变得越发响亮，"你们快来看，快来看呀。"

小贞子和拴柱终于受到了她的感染，不禁站起来，走到她身边，顺着她的手朝湾子里看去。改成说得不错，湾子里的那条黑鱼果然超出了他们的想象，也就是说，在他们这些对鱼见怪不怪的人眼里，这条大黑鱼是从来没有看过的。不知黑鱼是否听到了他们的动静，开始变得惊慌起来，宽厚的身子一边扭来摆去，一边甩动着尾巴朝远处逃去。但没过多久，它就只能掉回身子，又朝他们这边游回来，是呀，这个湾子并不大，而且被一条沙洲与主河道断开了，这条黑鱼就是有天大的本事，也是不可能从这个湾子里逃走的。

"它被困住了，"拴柱首先意识到了这一点，不禁呵呵地笑了两声，"我们把它弄到岸上来吧。"说罢，他就甩掉鞋子，一溜小跑着扑到了湾子里。

大约也受到了他的感染，小贞子也不觉甩掉了鞋子，赤着脚朝水里走去。

"你别去，"改成一把拉住了她，"你会凫水吗？下去很危险的……"

小贞子甩掉了她的手："哎呀，水没有那么深，哪有什么危险呀？"是呀，连那条鱼都藏不住了，湾子里的水浅得很呢，拴柱扑下去，不也没有淹住他的身子吗？小贞子胆子更大了，尽管自己的水性不好，但还是大摇大摆地往水里走。

这时候，拴柱差不多已经接近了那条黑鱼。为了不使它过分惊慌，拴柱直起身来，屏住呼吸，一小步一小步地朝前挪，同时挓开两条胳膊，做着随时扑到大鱼身上的准备。虽然他的动作十分小心，但那条机警的大鱼还是感觉到了他的接近，调整了一下身子，想要逃到更远的地方去。

"别让它跑了，"小贞子停下脚来，悄声提醒拴柱说，"快下手吧……"

拴柱当然也是这样想的，为了不和这条狡猾的黑鱼再做周旋，说时迟那时快，他猛然一跳，随即朝前面的黑鱼扑下去。"看你再往哪里跑？"他同时大叫着。

小贞子惊喜地看见，尽管黑鱼也做出了奋力逃窜的架势，但它的反应竟然没有拴柱的动作快，仅仅是摇摆了一下尾巴，就落入了他的怀抱中。黑鱼当然不甘心就擒，这毕竟是在水里，是在一个专属于它行动的区域内，这个来自岸上的小孩子有什么资格捕获它呢？黑鱼奋力地反抗，小贞子更加惊讶地看见，处在拴柱怀抱里的黑鱼把身子弓起来，在头尾差不多相接的刹那间，又突然弹开了，一下子拉成一条直线，肥厚的身子曲张间带来的力量是那么大，尾巴打在拴柱的胸脯上，发出"啪嗒"一声响。小贞子眼睁睁地看见，拴柱不得不松开了抱着黑鱼的手,让那个愤怒的家伙从自己的怀抱里逃走了,而他却站立不稳,朝后踉跄了几下,便倒在了水里面。

"哎哟,"拴柱躺在水里,一副狼狈不堪的样子,"它打得我真疼呀……"小贞子走过去一看,拴柱裸露的胸膛上一片红晕,如果不知道那是黑鱼留下的痕迹,还以为又被他爹痛打了一顿呢。

"我们逮不住它的,"站在岸上的改成率先失去了信心,"要不我去喊别人来吧?"说着,她就做出了要朝村里走的架势。

"谁说逮不住它?"拴柱被激怒了,挣扎着从水里站起来,把手支在眼上,打量着黑鱼逃走的方向,然后朝手心里啐口唾沫,又朝着前面走去。

"你别光看了,"小贞子提醒改成说,"你也下来吧,我们一起去帮助拴柱。"

"我……"改成抬起脚来,刚要去脱鞋子,马上就意识到什么,赶紧把脚放回地下,"我不下去……"

看她迟疑的样子,小贞子也醒悟过来,改成这几天正学着裹脚,现在脚上说不定就缠着裹脚布呢,的确是不方便到水里来的。于是,小贞子不再管她,转回身,跟在拴柱身后,又慢慢接近了那条在湾子里躲来躲去的黑鱼。

这一次,学乖的拴柱没有像上回那样贸然下手,而是跟在黑鱼身后,手脚的动作却做得很大,故意让那条黑鱼受到惊吓,加快了逃跑的速度,而他领着小贞子继续在后面不紧不慢地尾随。小贞子很快就明白了,拴柱这一手不失为一个聪明实用的招数,反正这个水湾子是个封闭的区域,就算那条黑鱼使出浑身的解数,也是不可能逃到主河道里去的,但在她和拴柱的追赶下,也许过不了多久,黑鱼就会筋疲力尽的,到那个时候,拴柱再使出他的捕捉手段,或许黑鱼就会真的成为他们的俘虏了。

果然,黑鱼在河湾里游荡了几个来回,速度就上不去了,或许它也已经预感到悲惨结局的到来,心里的惊慌加重了身体的疲惫,没过多久,它就失去了耐性,不再甘心继续游窜,而是不时地跳荡一下,黑黝黝的身子跃出水面,在空中划出一个漂亮的弧形,再落回到水里去。或许让它想不到的是,这样一来,反而吊起了捕获它的那两个人更大的胃口,是呀,这样一条大鱼,又怎么能不把它弄到岸上去呢?

"行了,"站在岸上的改成再次提醒他们说,"这回它肯定跑不掉了,你们就别再等了。"在她眼里,这片原本由于变成死水的湾子一度十分清澈,与主河道里含着滚滚黄沙的河水不是一回事儿,她才能到这里来洗衣服,现在经那条黑鱼当然还有她的两个伙伴这样一番折腾,清澈的湾水又变得浑浊起来,可让她接下来怎么洗衣服呀?如果不把这一盆衣服洗干净,回家又怎么向母亲交代呢?

　　的确时候差不多了。小贞子看见,拴柱回过头来,朝她使了一个眼色,同时抬手朝一边指了一下,然后就绷紧身子,再次做出向那条黑鱼扑过去的架势。小贞子明白他手势的意思,是让她站到另一边去,截住黑鱼逃跑的去路。待她站到了拴柱指定的地方,也就是黑鱼接下来拐弯逃跑的方向,拴柱深吸了一口气,然后把身子跳起来,又像上次那样朝前面的黑鱼扑去。"看你再往哪里跑?"拴柱一边朝黑鱼压下去,一边嘶哑着嗓子大喊了一声。小贞子看见,黑鱼尽管也做出了逃跑的架势,但并没有来得及逃到她自己这边来,就再次落入拴柱的怀抱里,看来这次它的确是精疲力尽了,不甘心成为拴柱的猎物也不成了。

　　在小贞子的协助下,那条大黑鱼终于被拴柱成功抱在了怀里。正当他们要把黑鱼抱回岸上的时候,远处突然传来两声枪响,"啪啪——"枪声大约是从村子的另一面传来的,在这个初夏的日子里,像两支箭矢一般穿越平静的天空,从他们头顶上掠过,飞往远处宽阔的河面上去。小贞子抬起头来,有些茫然地望向远处,似乎要去追随那两声消失不见的音响似的。在这个不太安定的世道里,对于枪声,小贞子原本也是不算陌生的,但这样突然而起的两声枪响还是让她感到了震撼,这时她或许已经隐约意识到,有什么不祥的事情发生了……

　　猛烈的枪响也让拴柱感到了惊骇,脑子猛然一震,抱着黑鱼的两手止不住颤抖了一下。就在这个时刻,那只不甘心被捕获的黑鱼抓住了可乘之机,身子猛然一挣,就从拴柱有些松弛的手里滑落了。黑鱼重新回到了水里,知道这样的时机不会再有了,就使出浑身解数,拼命朝着远处逃去。小贞子和拴柱呆呆地看着它,本来以为它终究是逃不掉的,因为它逃去的方向不远处就是那条隔绝主河道的沙洲,到那个地方,黑鱼便只能调转头来往回游。但随即出现的情景让他们意识到,这一次的确是想错了,黑鱼快要游到沙洲边的时候,突然发力,整个身子都从水里跳起来,借着逃窜的惯性朝前飞跃,黑色的身子在天光照耀下划出一道亮丽的弧形,便越过那道不算太窄的沙洲,落到了正在浩荡流淌着河水的主河道里,水面上溅起一道足有一米多高的水花，像是一块不算太小的石头投在里面，待水花落下去之后，奔腾咆哮的河面便恢复了平静，尽管小贞子和拴柱瞪大了眼睛，但还是没有再捕捉到黑鱼的任何踪迹。

黑鱼成功逃走了。这样的结局是三个人都没有想到的，那一刻，他们都惊讶得说不出话来，不知道这样的情景是真的发生了，还只是出自他们不太成熟的想象。

"哎，"正在这时，远处传来一个人的呼喊声，"小贞子，你怎么还在水里玩儿？这个没心没肺的孩子，不知道你们家出事了吗？"

小贞子霍地回过头，盯着那个正从村里走来的年轻人，不知道他说这样的话到底是什么意思。

二、母亲去哪里了

小贞子认出来，这个来给她送信的人是她的邻居，一个叫张小楼的大哥哥。但这时候，小贞子还没有明白张小楼话里的意思，不知道自己家里到底出了什么事儿，更不知道出的那件事与刚才响起的枪声有什么联系，她只是觉得，大概是因为自己一个女孩子下河捕鱼，把自己弄得一身水和泥，有损一个小淑女的形象，关心她的大哥哥张小楼才这么故意对她说吧？

见她还有些无动于衷，张小楼索性跑到水湾边，不由分说地把她从水里拖上来，沉着脸再次对她说，"赶快回家去吧，如果你跑得快的话，或许还能看上你娘最后一眼……"

听他说得如此具体，小贞子才感到了害怕。"小楼哥，"她直直地看着他说，"我娘到底出了什么事儿？"

张小楼本来要对她继续说下去的，但不知为什么又回过头，朝村子外面的大堤上看了一眼，自言自语地嘟囔一句，"那些该死的兵痞……"他摇摇头，用模棱两可的口气对她说，"你还是赶快回家去吧。"

小贞子见再也问不出什么来，便赶紧穿上鞋子，慌慌张张地朝村子里跑去。

"把脸擦干净。"张小楼又朝她喊了一句。

小贞子没有停脚，而是一边走一边擦起衣襟，胡乱在脸上擦了两把，也不知道擦干净了没有。这时她真的有些担心了，倒不是张小楼说的什么事儿，而是唯恐父亲看到她这样一副样子，就算不使家法惩罚她，呵斥她几句是一定会发生的。

从河湾边到村子里，也不过半里路的样子，中间要经过一片杂木林，就在那片林子旁边，小贞子家有一个不算太大的菜园，里面种着茄子、豆角一类的蔬菜，她记得从村里出来玩的时候，母亲还提着一只水桶在那里浇菜呢。由于父亲忙于教书，家里一般的农活便由母亲来承担，比如像种菜这样的事儿。母亲虽然也像其他妇女一样裹了脚，但据说并没有裹到底，或许是中间怕疼的缘故，便悄悄又放了脚，父亲是一个有文化的人，并不嫌弃母亲的脚大，所以才把她娶回家来，大约因为这一点，当然更由于身子骨结实，母亲才不依赖父亲，一般的农活自己主动承担下来。小贞子来到了那个菜园边，看到里面早就空荡了，但母亲用过的那只水桶还在水井边，而且歪斜着，明显有淌过水的痕迹，也就是说，这只水桶是被母亲丢在这里的，那她到什么地方去了？为什么要把这个水桶胡乱丢在这个地方呢？小贞子走过去，把水桶扶起来，又走到井台边，扶着辘轳小心地朝水井里看，她真担心母亲是否由于大意掉到了里面去，但她随即发现，这样的想象并没有变成现实，不仅井里的水面平静，而且远处还传来张小楼催促她的声音。"别在这里发呆了，"张小楼挥着手对她说，"他们把你娘抬回村里去了，你快回家吧。"

"抬回村里去？"小贞子留意到了他的话，不禁在心里问自己，为什么要把她抬回去呢？她自己就不会往回走吗？从家里出来的时候，她可是提着水桶走得很带劲儿呢，这才不大会的工夫，为什么就非要让人抬回去呢？

就是带着这种疑问，小贞子匆匆跑过街道，来到了自己家的胡同。其实来到街上的时候，她就感到事情的非比寻常，此时街道上已经出现了不少人，而且和她差不多，都是朝着她家所在的那条胡同而去的。一看到她的影子，一些人就放慢了脚步，掉回头来呆呆地朝她看，好像她身上有什么问题似的。一个中年女人从人群里走出来，一下子拉住了她的手，不由分说按到自己的胸前。小贞子认出来，这个拉住自己手的女人就是改成的母亲。"大娘，"小贞子小心地问她说，"我娘出什么事儿了？"

"孩子，"改成娘用粗糙的手掌抚摸着她的头，"你以后可没有自己的娘了……"她把小贞子抱在自己怀里，眼泪止不住流下来，滴在小贞子的头发上，"可怜的孩子……"

"没有自己的娘了？"小贞子不理解她的话，"那我娘到哪儿去了？"

"你娘她……"改成娘想告诉她什么，但一时又说不出话来，便抹了一把脸上的泪水，搂着她的肩膀往胡同里走去，"走，我们去看她最后一眼……"

到这时,小贞子差不多已经知道是怎么回事了,虽然她还没有长大,却对死亡这件事有了初步的了解,在这个不安定的世界里,死亡是件随时有可能发生的事儿,她就不止一次地见到过其他人死去的情景,但那时候她觉得这件事离自己还十分遥远,从来没有把这个现象与自己的家人联系起来,也就不觉得那么可怕,可现在通过人们的反应和改成娘的话语,死亡这件事或许真的来到了自己面前,更进一步说,是落在了自己母亲的身上……小贞子不敢再想下去,只是紧紧依傍着改成娘的身子,胆战心惊地往自己家的方向走。还没有走近家门口呢,她就看见地上有一串红色的东西,像是什么人把没有喝完的高粱米粥洒了似的。血?小贞子心里一紧,终于明白是怎么回事了,她想起了刚才听到的枪声,再结合张小楼和改成娘对她说的话,事情不是明摆着放在自己眼前了吗?"娘……"小贞子大声叫喊着,挣脱改成娘的搂抱,拨开出没在家门口的人们,像一个小疯子一样冲进了院门里去。

"小贞子……"改成娘想要拉住她,却没有触到她的身子,便紧紧地跟在她后面。

来到了院子里,小贞子终于看明白了,她的母亲的确是躺在地下,具体说是躺在一扇摘下来的门板上,身子软软地瘫开着,门板和地下都有她在胡同里看到过的血迹。"娘……"小贞子扑过去,脚下一绊,便倒在了地下,她用膝盖匍匐向前爬了两步,便来到了门板前。她停下来,伏下身去,瞪大两眼,紧紧地盯住那个躺在门板上的女人。"娘……"她伸出手去,轻轻在母亲身上推了一下,在她的想象中,如果自己这一推,母亲就能从门板上抬起身来,亲切地看她一眼,那该多么好呀……但正如她所担心的,虽然她的手加大了推搡母亲的力度,但躺在门板上的母亲却一无所知,甚至依旧一动不动。

这时,一直蹲在门板边的父亲向她倾过身来,伸出一只手,抖抖地放在她头上,轻微抚摸了一下。父亲想对她说句什么,但嘴唇像他的手一样颤抖着,却没有说出什么来。

"爹,"小贞子抱住了他那只手,使劲摇摆着说,"我娘怎么了?她真的死了吗?爹你告诉我,这到底是怎么回事?"

父亲只是摇了摇头,却依旧没有对她说出什么。

"爹你说话呀,"小贞子有些愤怒起来,好像母亲的没有反应是父亲的责任似的,是呀,自己家里虽然有这么多人,但谁又比得过父亲和她的关系呢?所以要把母亲的事儿弄清楚,父亲当然有责任开口说话,"爹你快告诉我呀……"说着,她还抬起手,使劲在父亲的胳膊上打了几下。

　　见她的行为有些失控,站在身后的改成娘赶紧凑上来,拖住她摇摆不止的身子。

　　"都是那些过路的兵痞惹的祸,"蹲在门板另一边的拴柱爹叹了一口气,既像是对她和父亲说,又像是告诉大家事情的原委,愤恨而悲伤地说,"那些军阀不知从哪儿来的,也不知要到哪儿去,突然就出现在了村外边,"他朝不远处的黄河大堤上指了一下,"当时小贞子她娘正在她家菜地里浇地,按说离他们还远着呢,又没有去招惹那些家伙,甚至可能不知道他们的到来,又怎么会引来他们开枪呢? 要说起因也在那两只鸭子身上,不知怎么回事儿,在那些兵痞经过的时候,有两只鸭子出现在贞子她娘的菜地里,还发出了嘎嘎的叫声,正是这些叫声引起了那些兵痞的注意,或许他们好多天没有吃过腥味儿了,便想要打这几只鸭子的主意,于是就有两个兵痞从队伍里走出来,举枪向着鸭子瞄准,说来真是可恶,"拴柱爹使劲摇了摇头,"他们没有打中那两只鸭子,却把子弹射在了贞子她娘身上……等我听到枪声跑过去时,贞子她娘已经倒在了地下……那两个兵痞见惹了祸,赶紧丢下那两只跑到一边去的鸭子,收回枪回到了大堤上去,不一会儿那支该死的队伍就不见了……"

　　原来是这么回事? 听到这里,围在门板周围的人们嘴里都发出了感叹声。

　　"那支队伍跑到哪里去了?"父亲很快站了起来,一只手紧紧捏着拳头,"我要找他们去算账。"

　　"不用去了,"拴柱爹告诉他说,"一听到动静,贞子她哥哥就追赶他们去了……"说到这儿,他又摇起头来,"其实追也是白追,不要说根本赶不上他们,就算是把他们找到了,又能怎么样呢? 这些人手里有真家伙,搞不好吃亏的还是我们,再说,就算是他们认了错,贞子她娘也回不来了呀……"

　　听他这样说,人们也都点起头来。"这年头,哪里有说理的地方?"大家纷纷议论起来,"没听别人说过吗? 匪兵过境,百姓遭殃,说的就是这么回事儿。"

　　"你们谁去找一找大生吧,"改成娘提醒大家说,"可别让这个愣头青再吃了大亏。"

　　"放心吧,"拴柱爹安慰她说,"我已经让张小楼追他去了……"

　　…………

　　埋葬了母亲之后,小贞子跟在父亲和哥哥身后,从母亲的坟上走回来,还有些不相信的样子，母亲真的一去不复返了吗？事情的变故是这样突然，上午母亲还好好地在菜园里浇水呢，而且小贞子跑到河湾里去玩的时候，母亲还在身后叮嘱她说，别跑远了，到时候忘了回家吃饭。那时候，小贞子并没有把母亲的话当回事儿，还有些讨厌她对自己的叮嘱，是呀，她已经是大孩子了，哪里还能让母亲再操心吃饭的事儿？可这才半天的工夫，母亲就离她而去了，永远留在了这个新起的坟墓里，再也回不到自己身边来了，到这个时候，她才感到母亲的亲切，她让人有些厌烦的唠叨都是那么珍贵，以后她就是想要得到这一切也没有机会了，她这才感到自己并没有长大，从来都还是个真正的孩子，没有了母亲的关怀和照顾，她该怎么样度过以后漫长的岁月呢？小贞子停下脚，回过头去，又一次打量母亲的坟墓。就像他们的村落一样，母亲的坟墓或者说他们这一家的坟墓也在河道里面，离村落不远，却是濒临河道，因为是在一个高坡上，具体说是在那个高坡上的一片小树林里，就算到每年汛期的时候，暴涨的河水也淹不到这个地方来，母亲待在这个地方，每天都能看到河水的流淌，也算是给了她一个不错的去处，这让悲伤的小贞子也获得了一点安慰，平时这里就是她和伙伴们玩耍的地方，现在母亲到这里来了，以后来这里玩耍的频率就更高了。

离开母亲坟墓的时候，小贞子又看到了哥哥身上的伤，那天，得知母亲出了事之后，哥哥不顾一切地去追赶那支军阀队伍，别说，经过差不多一个钟点的追赶，他还真的找到了他们，尽管哥哥空着两手，却不惧怕那些扛着大枪的兵痞们，赶上去就朝他们讨要那两个开枪的罪犯……事情的结局当然明摆在那儿，兵痞们怎么能交出那两个同伙，仗着手里的武器欺压百姓是他们常干的事儿，见哥哥纠缠不休，他们干脆一拥而上，将这个也不那么好惹的年轻人围在中间，狠狠地暴打了一顿，要不是从后面赶来的张小楼为他说话，或许他被那些该死的兵痞打死也说不定呢。这是什么世道呀？每次想到这一点，哥哥就愤怒交加，狠狠地把脚朝地面上踩，但除了这样徒劳地发泄一番之外，他又能怎么样呢？

"爹，"小贞子从哥哥身上收回目光，抬起一只手，紧紧拉住父亲的衣角，继续茫然不解地问他说，"我娘走了，以后我该怎么办呢？"

父亲抓住她的手，俯下身来，用慈爱的目光看着她。"以后你就跟着爹呀，"父亲开导她说，"除了爹外，你不是还有哥哥吗？"

"是呀，"哥哥转过头来，亲切地看了她一眼，"妹子别怕，我和爹都会保护你呢。”

　　小贞子点了点头，空落的心里稍稍充实了一些。但她还是觉得有些茫然若失，毕竟父亲和哥哥与母亲不同，在平日里，可都是母亲在照管她呢，父亲有自己的事去干，并不大操心家里的事务，一天到晚都把精力放在他的私塾上，放在跟他学习的学生们身上，对她又哪里倾注过多少关心呢？哥哥更是没大管过她的事儿，因为两个人的年龄差别较大，哥哥有自己的伙伴，并不大乐意带她玩儿，所以也就不大指望得上他，当然，那是在过去的日子里，在母亲所在的日子里，现在不同了，母亲离去了，最感到伤心的便是她这个还没有长大的孩子，到这个时候，父亲和哥哥不接过母亲的责任，腾出更多时间来关心她一下，无论如何也是说不过去的。但尽管知道这些，小贞子还是感到强烈的不安，这一天的气温并不低，可在她从坟上回来的路上，还是用两手抱住自己的身子，好像受了很大风寒似的。

　　“你冷吗？”父亲关心地问她。

　　“我……”小贞子想点点头，但想了一下，又摇起头来，“不冷……”

　　父亲没有再说什么，却抬起另一只手，放在她的头上，轻轻抚摸了一下。

　　尽管父亲的手不算宽大，动作也非常轻微，但小贞子却分明觉到了这只手掌的温热，是呀，在那一刻，她感到父亲的手掌就像一缕阳光一样笼罩在她头上，说来奇怪，她刚才还颤抖的身子很快便镇静下来。

　　“你看这是什么？”哥哥凑过来，朝她伸出握在一起的拳头，突然松开五指，将摊平的手掌祖在她的眼下。

　　“鸟蛋？”小贞子看清楚了，原来哥哥掌心里躺着两枚鸟蛋，一只微微发红，一只泛出绿色，不知是不是同一种鸟下的蛋，刚才哥哥顺便在经过的草丛里掏摸几下，就得到了这两枚鸟蛋。

　　“好好拿着，”哥哥把那两枚鸟蛋放在她手掌心里，然后耐心地对她说，“回家我给你烧熟了吃。”

　　小贞子点点头，忧伤的心情又有了一些快慰。哥哥的表现有些出乎她的意料，在过去，这可是在他身上难得一见的事儿，这让小贞子又一次感到，随着母亲的离去，事情真的都起了很大的变化。

　　在村头上，小贞子看见她的伙伴拴柱和改成站在一棵树下，正等待她的到来。一见到他们的影子，小贞子便又想到了那条从他们手中逃走的黑鱼。她抬起头来，目光越过前面的河湾，投向远处的主河道里，她突然有些恍惚的感觉,觉得那条运气特别好的黑鱼简直就是母亲的魂灵,在那个特殊的时刻,它从困住它的河湾里逃到了大河里面去,再也不会回到这里来,而她的母亲不也是这样吗?"娘,"小贞子喃喃地说,"你到什么地方去了呢?"

三、私塾先生

小贞子跟在父亲身后,忐忑不安地走进私塾门内,尽管她不是第一次来这里,但还是有些犹豫不决,似乎知道这里不是她一个女孩子该来的地方。是呀,在这里跟随父亲学习的八个人都是清一色的男孩子,而且比她的年龄大,也就是说,他们和小贞子并不是一拨的人,平时接触得少,也没有在一起玩过,如果不是母亲的离去,她怕是也不会主动到这里来的。父亲虽然不是一个保守的人,也没有打算让她这样一个女孩子来私塾里学习,尽管回到家以后,也会隔三岔五地教她认几个字,但父亲或许没有想到,凭着一贯的机敏好学,她比私塾里那些男孩子认的字也不少了,再加之让她一个人待在家里不放心,父亲才同意让她到私塾里来学习。

正如她的想象,一走进教室里来,那些比她大的男孩子便盯着她不放,眼神里既有好奇,也有嘲笑。是呀,他们哪里见过一个女孩子来这里学习呢?大约是因为她是先生的孩子,尽管他们心里有一些不乏恶趣味的想法,却没有当着先生的面暴露出来。但看着他们变幻莫测的眼神,小贞子心里便感到了不自在,想从父亲身后走掉,去找好朋友拴柱和改成玩儿。父亲看出了她的想法,没容她做出什么反应,就把她从身后推出来,指着前面的一个空位说,"你就坐在那里吧。"小贞子没有别的选择,只能按照父亲的吩咐坐在了那张空位上。

私塾是在一个荒僻的院落里。小贞子听父亲说,这里原来是他们这个家族的祠堂,曾经香火很旺盛呢,但现在赶上了一个动荡不安的年代,人们再也没有心思到这里来供奉祖先,祠堂内才逐渐冷清下来。前两年,父亲说服了家族里的老人们,把这里收拾出来,开办了这家私塾。尽管父亲很热心,但愿意把孩子送到这里来学习的人家还是不多,现在的八个学生算是一个不小的规模了,就算父亲有再宏伟的想法,看来一时半会儿也改变不了这种局面。小贞子早就知道,父亲是一个很有学问的人,懂得的东西多,不要说在他们这个五六百人的河渡村里,就是在黄河沿岸一带,父亲都是颇有名望的。听别人说,在一些让他们感到陌生的地方,只要提起父亲的名字,当地人竟然能说出他一两件事来。在家里，小贞子还没有见识过父亲做学问的本事，只有来到了课堂，当父亲滔滔不绝地给学生们上起课来时，她才知道，原来父亲知识如此渊博，而且善于表达，虽然面对的是这些还没有长大的孩子，但他却不止于教他们认字和算数，而是不失时机地给他们讲做人的道理……父亲在一块小黑板前走来走去，不时在讲话间托一下滑落到鼻梁上的石头眼镜，最常做的一个动作就是挥起右手，在空中挥舞几下，以加强讲话的力度，吸引孩子们的注意。别说，在父亲讲话的时候，那八个本来有些调皮的学生竟然恭恭敬敬地坐在座位上，眼睛一眨不眨地看着他们的先生。父亲可真是威武呀。小贞子不能不从内心里敬佩父亲。

　　大约是第一次坐在课堂上的缘故，小贞子尽管也被父亲讲课的内容所吸引，却总是有些不自在的感觉，该回答问题时也不敢举手，好像这堂课与她没有什么关系似的，或者说她只是短暂在这里坐一下，并没有做好跟随父亲长久学习的准备，也就是说，那个时刻，她把自己当成了一个可有可无的旁观者，而不是父亲严格意义上的学生。但父亲似乎要有意破除她这种心理，在问最后一个问题时，居然点到了她的名字。尽管小贞子坐在最前面，却好像看到后面的八双眼睛都紧紧地盯着自己，这让她感到更加紧张，本能地不愿意站起来回答问题，虽然那个问题对她来说并没有任何难度。

　　"这是在课堂上，"父亲耐心地提醒她说，"要认真回答先生提出的问题，不会回答没有关系，但不能置若罔闻……"

　　"先生？"小贞子注意到了父亲话里的这两个字，一时真觉得有些奇怪，也有些不习惯，在一贯的印象中，她可只是父亲的女儿呀，尽管父亲是一个先生，但自己哪里是他的学生呢？但看着父亲突然变得有些威严的眼神，小贞子知道不能不作出回应了，便硬着头皮站起来，本来想要把父亲那个并不复杂的问题回答出来，可由于过度紧张，不但没有回答准确，而且让自己的嘴唇止不住颤抖，竟然变得结结巴巴起来。

　　听了她不连贯的话，后面的孩子发出了不可遏制的嘲笑声。

　　虽然没有看到那些人的表情，但小贞子的脸一下子红起来，一时羞愧交加，也有些恼怒，为了改变那些人对自己的印象，她想接下来再好好回答一遍父亲的问题，也让父亲高兴一些，不然的话，她这样糟糕的表现不但会让他对自己失望，更重要的是会让他下不来台……

　　但她还没有来得及开口呢，父亲就挥挥手对她说："好了，坐下吧。"

父亲没有给她纠正自己话的机会，小贞子坐回到座位上，但心里依旧不甘，看来自己真的给父亲丢了脸呢，这让她在接下来的时间内，心里一直感到十分难受。

好不容易盼到下课了，父亲把书本夹在腋下，转身朝教室外走去。小贞子也想跟在他后面朝外走，但父亲并没有回头，好像已经忘记了她这个人似的，这让小贞子意识到，她不能总像尾巴一样跟在父亲身后，或许从今天开始，这个教室才是她应该待的地方呢。这时，一些本来就对她充满好奇的男孩子走上来，三三两两地围住了她，瞪大眼睛对她上下打量。小贞子觉得，在他们眼里，她真的是一个稀有的怪物呢。

"你还小呢，"一个十几岁的孩子居高临下地看着她，仿佛他自己已经变成了一个大人，"这里不是你该来的地方……"

小贞子想反驳他，还没有张开口呢，另一个孩子就撇了撇嘴说，"是呀，女孩子来上什么学？"

接下来，还有几个学生摇着头说："就因为她是先生的孩子，便让她在这里滥竽充数。""是呀，先生为什么要这样干呢？这让我们可怎么学习呢？"

小贞子再也不想听他们这些乱七八糟的话，猛地跳起身来，逃一般地跑出了教室。"我再也不到这里来了。"小贞子在心里发誓说。她在院子里转了一个圈子，明知道父亲是在另一间屋里歇息，却还是没有到他那里去，也不想和他打声招呼，就又掉头朝院门外走。但就在这时候，她的想法却又发生了变化。"我为什么不能到这里来学习？难道一个女孩子就不能上学吗？再说了，如果自己这样跑走了，不真的给父亲丢了脸吗？"小贞子回过头去，用另一种眼光朝院子里打量，在心里暗下决心，"我一定要把父亲教的那些东西都学会，学得比他们那些男孩子还要多，如果谁要是不服气的话，那我们就比一比吧。"

尽管下定了这样的决心，但她还是没有回到院子里去，而是依旧朝着街上走，她已经打定主意，先去找到拴柱，动员他也来私塾里学习，如果拴柱来的话，那自己就不孤单了，不管怎么说，拴柱是她的好伙伴，会跟她站在一边的。另外，如果有可能的话，她动员改成也到这里来学习，虽然她知道这样的难度很大，改成她娘不但思想封建，而且头脑顽固，并不会轻易允许女儿到私塾里来学习，但自己可以给她现身说法，只要自己学到了更多的东西，就不信改变不了改成和她娘的想法……

四、上学风波

　　小贞子当即去找拴柱。她知道，拴柱经常去两个地方，一个是河湾边的那片坡地，因为上面长满了茂密的青草，他可以去那里放羊，拴柱家养了五只羊，放养它们的任务就落在了他身上；另一个是防波堤的河边，正是由于那面堤坝的存在，从上游冲下来的柴草会聚集在那个地方，拴柱隔三岔五地到那里去，把那些柴草弄到岸上来，经过一番曝晒，柴草便成了烧锅的好燃料。

　　小贞子先来到那片坡地上，却没有看到拴柱的影子，他家养的那五只羊也不在这儿。小贞子打起眼罩从四面看，不禁又想起了前些日子在这里捕捉那条大黑鱼的情景，随即自然便想到了母亲的死亡，这让她心里又产生了不小的忧伤情绪。她离开那儿，拐到大堤上去，绕过半个湾子，便来到了防波堤的另一边。她先看到了那几只羊，虽然不够五只的数量，但一见那几只白身子黑头颅的模样，小贞子便知道那是拴柱家的，在他们这个村庄里，只有拴柱家养的羊才是那种样子的。小贞子站在防波堤上，低头朝下一看，拴柱果然在堤坝下面，手里举着一根木杆，远远地伸出去，正在打捞河水冲到堤坝下的柴草，她知道，那根木杆的顶端有几根弯曲的铁钉，可以很好地把那些柴草钩到他的脚下。此时此刻，在拴柱脚边已经聚集了一大堆柴草，而在堤坝下的河水里，还聚集着另外几团尚待打捞的柴草，昨天下过了一场雨，河水变得有些大，从上游冲下来的柴草也就更多起来。这些柴草本来是水中冲来的，并不属于拴柱家所有，但在这一带，除了拴柱和他的父亲之外，没有其他人再来这里打捞那些柴草。小贞子记得，两年前，就是因为有别人和拴柱的哥哥争抢那些柴草，导致双方发生了冲突，最后的结果是，拴柱的二哥被别人的棍棒捅穿了肚子，没过两天就死去了，从此以后，便没有其他人再敢来这个地方打那些柴草的主意了。拴柱弟兄三人，除了二哥死去之外，他的大哥有些残疾，做不了更多的活计，他们家日子难过，拴柱还没有长大，家庭的重担便差不多落在了他肩上……

　　"你怎么把羊也带到这儿来了？"小贞子站在防波堤上，远远地朝下面的拴柱喊道。她看出来，这一带并没有长出什么青草，那几只羊在周边转来转去，走过了好多路也没有找到几口可吃的东西。

　　听见了她的喊声，拴柱停住手中的木杆，回过头来，看了她一眼说："我怕我家的羊丢了……"

"谁敢偷你家的羊呢？"小贞子在心里对他说。

尽管她没有说出口，拴柱却似乎知道她的心思，又向她解释说："听说这里还会过兵呢，如果那些人要做坏事的话……"说到这儿，他的话停住了，似乎意识到了什么，不好再对她说下去。

小贞子也知道他想到了什么，是呀，拴柱所说的那些过路的兵，不就夺去了母亲的命吗？

拴柱怕伤害到她，赶紧丢下手里的杆子，手忙脚乱地朝堤坝上爬来。由于他赤着脚，堤坝上的石头太过坚硬，等爬到防波堤上来以后，一只脚板已经磨破了。"听说你跟你爹上学去了？"拴柱有意转移话题说。

小贞子正要和他说这件事呢，便接过他的话说："你怎么不去上学呢？"她的意思很明确，作为一个男孩子，为什么不到私塾里上学呢？

"我家里的事儿多，哪里有那种闲工夫？"拴柱又想起什么来，掉头朝远处的河边看了一眼，"再说我爹也不会让我去……"说到这儿，拴柱脸上落寞的情绪更浓烈了，他坐到地下，抓起一根柴棍，在石头上狠狠地戳了几下，他用的力气过大，那根本来不算太细的木棍很快便被他戳断了。

"不认字多不好，"小贞子开导他说，"连自己的名字也不会写，搞不好别人是会笑话你的。"她推他一下说，"你会写自己的名字吗？"

拴柱低下了头，这大概正是他的短处，便害怕别人提到这件事儿，在其他方面，拴柱从来也没有服输过，但就是在这方面，他真的有些抬不起头来。

"你跟我一起去学吧，"小贞子心里一动，进一步建议说，"等放学后，我帮你去放你家的羊好吗？"

别说，这真是不错的一个选择呢。拴柱有些心动，抬起头来，又朝远处的河边看了一眼。"等一下，"他转动着眼珠说，"我爹去河东渡人了，等他回来了，我和他说一下……"这一刻，拴柱脸上的表情也比刚才活泛多了。

才过了大约一刻钟时间，拴柱就看见了他爹的渡船从河东回来了，便加快手里的动作，在小贞子的帮助下，将那些打捞上来的柴草弄到防波堤上来，没有来得及往家里运，就匆匆忙忙地朝河边跑去，朝正在把船划到岸边的父亲跑去。

"但愿他能成功。"小贞子站在防波堤上，远远地看着拴柱离他父亲越来越近，在心里祝福他说。但她随即发现，事情的发展并不像她想得那样简单，等拴柱跑到父亲面前，打着手势才说了几句话，就看见父亲跺了一下脚，随即便转过身去,不再搭理拴柱了。小贞子随即也隐约听到了拴柱爹的话:"不行,上什么学呀?这个可没得商量,你还是老老实实去放你的羊吧……"但正在兴头上的拴柱也不甘心失败,继续跟在他父亲身后,一边朝岸上走一边继续纠缠,小贞子也又听到了他的声音:"爹,你就让我去学吧,我不会耽误家里的事儿的,现在连女孩都去上学了,可我一个男孩还不认字儿,等长大了别人不笑话我吗?"听他这样说,拴柱爹停下脚来,四处打量了一下,目光便朝小贞子这边看来。"你能和人家比吗?"拴柱爹回头呵斥儿子说,"她爹是私塾的先生,可你爹我呢?不过是一个破船工,你一个破船工的儿子去和人家一个私塾先生的女儿比,你的脑子是不是进河水了?"小贞子清晰地听到了拴柱爹说的话,不禁在心里嘟囔了一句:"这个老顽固,怎么能这样说话呢?"拴柱爹似乎也知道这件事与她脱不了干系,虽然离得老远,却还是举起手来,朝她这边狠狠地挥舞了两下。小贞子看得明白,老家伙这是在警告她蛊惑他儿子的事儿呢。看到儿子继续纠缠自己,拴柱爹恼羞成怒,干脆回过身去,把那只挥舞的手狠狠打在拴柱的头上。"我再叫你上学,"拴柱爹一边打一边凶狠地骂道,"我再让你不务正业,我再让你和那个臭丫头鬼混……"小贞子吃惊地看到,拴柱被他爹打倒在地上,顺着泥沙滚动了几下,差点跌入河边的泥水里。"这老家伙真是没救了……"小贞子失望地蹲下身去,两手抱住膝盖,心里既悲伤又愤怒,拴柱遇上了这样一个顽固爹,也真够他倒霉的……

　　小贞子知道,动员拴柱上学的事儿就这样泡汤了。等她回到村里以后,不知不觉间又朝改成家走去,是呀,拴柱动员不成,还可以去动员改成呀,只要改成去上学,自己不同样有了伙伴吗?与拴柱比起来,改成可是自己最好的朋友呢。但她又知道,动员改成或许比动员拴柱更加困难,因为改成毕竟是一个女孩,不要说在河渡村里,就是在黄河沿岸,除了自己之外,还没有听说过另外一个女孩去上学呢。但小贞子不想放弃,无论怎样,她都要去试一试。到这个时候,小贞子突然意识到,她已经好几天没有看到改成了,这些日子里,改成没有到街上来玩,那么她到什么地方去了呢?

　　小贞子来到改成家,还没有进屋里去呢,就听到一阵隐约的呻吟声,听上去像是改成的声音,看来改成在家里呢。"改成,"小贞子在院子里喊,"你在干什么呢?"如果是往常,听到她的喊声,改成会从屋里跑出来迎接她,但现在她都喊了好几声,还没有见到改成的影子呢。小贞子只好走进改成屋里去。

　　"哎呀,"一看到她,改成就从炕沿上滑下来,一瘸一拐地朝她面前走,

"你可来了……"改成十分欣喜地说。但她还没有走到小贞子面前,忽然有些站不住,身子一歪,差点倒在地下。"疼死我了……"改成扶住桌子,嘴里连连吸气,脸上呈现出十分痛苦的表情。

"你怎么了?"小贞子赶紧扶住她,"你怎么成了现在这个样子?"

"都是我娘,"改成气呼呼地说,"非逼着我裹脚,现在我都不敢走路了……"

小贞子这才明白,怪不得改成一连几天没有到外面去,原来……

"看你多好,"改成的目光落在她的脚上,"你爹不让你裹脚,你愿到哪里去就到哪里去,多自由呀。"改成非常羡慕地看着她。

小贞子由衷地点头,是呀,幸亏父亲是一个思想开明的人,她不愿意裹脚,父亲也就没有再逼迫过她,而且现在还把她领到私塾里去……想到这里,小贞子又意识到自己来这里的任务,便脱口说道:"这些天我去上学了,你去不去呀?"

"上学?"改成又打量她一眼,有些吃惊的样子,"女孩子还能上学?"

"为什么不能?"小贞子反问她说,"他们男孩子能做的事儿,我们女孩子为什么不能做?"

"你真行,"改成用敬佩的目光看着她,随即又羡慕地吧嗒了一下嘴,自言自语地说,"上学多好呀……"

小贞子接过她的话说:"那你也来吧,我们一起去上学。"

改成摇摇头说:"你看我这个样子,就是想去也去不成呀。"

小贞子的目光又落到她的脚上,改成真是可怜,两只脚都用长长的裹脚布一层层地缠起来,乍一看上去,还以为改成的脚受了伤呢,她又想了想,可不改成的脚受了伤,只不过都是被那两条裹脚布造成的,现在还好一些,等她把脚上的骨头裹断了,可就真的变成残疾了……一想到这里,小贞子便替改成有些难过,好像那种非同一般的疼痛也来到了自己脚上,不禁往后退了一步。

"哎呀,好疼呀,"改成扑倒在炕上,不仅她的两只脚,就连整个身子都颤抖起来,"我真受不了了……"

"既然这样,"小贞子又走过去,试量着对她说,"那你就别缠了吧……"

"我娘肯定是不同意的……"改成绝望地哭起来。

小贞子朝门外看了一眼,把嘴巴附在她耳朵上,小声提醒她说:"你娘不是没有在这里吗？"

改成直直地看着她，似乎明白她话里的意思了："你是说，趁我娘不在的时候，就把裹脚布放下来？"

小贞子使劲点点头。

改成终于反应过来："是呀，我怎么没想到呢？"她直起身子，抬起脚来，就用两手去解脚上的裹脚布。"又不是我一个人不裹脚，"她为自己的行为找出理由说，"人家小贞子不这么做不也挺好吗……"她想尽快把该死的裹脚布解下来，但越是心情急切，她的手越是不那么灵活，便招呼小贞子说，"快过来帮我一把。"

小贞子凑过去，伸出两手，小心地帮她去解脚上的裹脚布。

正在这时，门口忽然暗下来，小贞子背对着屋门，还以为天空变阴了呢，但随着一阵凉风吹过来，她听见一个尖厉的声音对她说道："怎么回事儿？你这个手贱的小妮子，怎么到我家来干这种事呢？"小贞子还没反应过来，就被一只伸过来的大手抓住胳膊，把她从改成身边扯开。

小贞子被吓了一跳，定下神来一看，原来是改成娘从外面走进来，正好看到了她帮改成解开裹脚布的情景，一时气愤得不行，瞪大眼睛，气急败坏地看着她。"大娘，"小贞子颤抖着嘴唇说，"我是看改成的脚太疼了，才……"

"我闺女的脚疼不疼与你有什么关系？"改成娘推搡着她的身子，"你自己不裹脚就算了，为什么要让我闺女学你呢？真是一点规矩也没有。"

见她横眉立目的样子，小贞子吓得不敢再出声，在她的印象中，改成娘虽然是有名的母老虎，但从来没有对自己发过这么大火，而且在过去的日子里，她对自己还非常好呢，可现在怎么变成了这样可怕的样子？小贞子很快便明白了，看来自己帮改成放脚这件事，的确是触犯了她的威严，才导致她不顾一切地呵斥自己。"大娘，"她还试图说服她，便吞吞吐吐地对她说，"其实时代不同了，不裹脚也没有什么……"

"少给我说那些废话，"改成娘毫不客气地把她往屋外推，"我可没有你爹那样的新思想，到时候我闺女找不到婆家，你和你爹又负不了责，被看笑话的还不是我们娘俩吗？以后少到我家来，我也不许我家改成再和你这个小妮子玩了……"

改成在后面跳着脚埋怨她说："娘，你乱说什么呢？这件事不怨小贞子，是我自己疼得不行了，才让她来帮我忙的……"

"没有这个小妮子的蛊惑，"改成娘回身呵斥她说，"你也不会有这么大的胆子，给我好好地躺到炕上去，如果不把裹脚布给我好好地缠到脚上，看我不打折你的腿。"

小贞子有些落寞地从改成家走出来，这件事的结果真是出乎她的意料，原本是来动员她和自己一起上学的，可这样一来，别说改成去上学的事儿了，连自己能不能和她玩儿都不敢确定了。"这个老顽固。"小贞子回过头去，朝改成家院门口愤愤地啐了一口唾沫。这时她又想起了拴柱爹，止不住在心里重重地叹息，真是要命，在这个不算太大的河渡村，为什么就有这么多脑筋不开窍的家伙呢？接下来，小贞子不由得又想到了父亲，自己真是庆幸，能够得到这样一个思想开明的人的关心和引领，她的人生自然就与拴柱和改成不一样了。小贞子抬起头来，望着远处宽阔的河道和奔流不止的河水，不禁欣慰地吐出一口气。

第二章

五、日本人来了

小贞子看得出来，这些日子里，父亲十分落寞，也十分焦虑，总是一副心神不安的样子。自从日本鬼子到来之后，他便没有心思再给孩子们上课，由于时局动乱，一些孩子跟着家长逃到外地去，剩下的孩子也就那么三四个人，其中还包括小贞子，父亲站在讲台上，看着这几个也没有多少心思学习的孩子，不自觉得便心灰意冷起来，除了隔三岔五地给他们讲一下当前的形势，教育孩子们不要当亡国奴这样的内容之外，便不再按照课本上的内容讲课。大多数时间里，父亲都放任孩子们在院落里玩耍，自己则蹲在院门口，两手抱在一起，两眼直直地朝远处望，不知道是在等待什么，还是做着要去干什么的准备。看着父亲心神不定的样子，小贞子心里也十分不安。

这一天，小贞子正在院门口和几个男生玩耍呢，忽然看见从东边村口走来几个人。因为河渡村是在大堤以内的河滩上，村东头不远的地方便是河道，几个月前，黄河水突然断流了。小贞子听父亲说，国民党为了阻止日本人的到来，竟然在一个叫花园口的地段炸毁了大堤，让河水流到了其他地方去，就从那个时候起，河水就不再到他们这里的河道中来了，以前过河需要撑船，现在只要踩着泥沙就能来往。小贞子看着那几个人，如果不出意外的话，他们恐怕就是从河东边来的。小贞子认出来，走在前面的是河渡村的村长，而跟在后面的三个人却十分陌生，其中一个人打扮得很奇怪，头上戴着一顶礼帽，上身穿着大褂，而下身却是一条马裤，脚上穿的是一双高筒靴；另外两个是标准的军人装扮，头上戴着上窄下宽的帽子，通身上下是黄色的军服，小腿上打着绑带，脚上是黄色的皮鞋，让小贞子感到奇怪的是，这两个军人的帽子上竟然吊着几块布条子，随着他们的走动，在耳朵边飘来飘去。前面那个人手里拿着一把折叠起来的扇子，而那两个军人则背着大枪，枪上端装有明光闪闪的刺刀。小贞子也是见过军人的,但这两个当兵的打扮那么陌生,让她隐约体会到一种不祥的预感。他们该不会是日本鬼子吧?她在心里问自己,前些日子,听说日本人已经占领了河东的东阿县城,但好在鬼子们暂时还没有来村里,现在这几个人是不是与他们有关呢?

"小贞子,"村长远远地喊住了她,"你爹在这里吗?"

原来他们是找父亲的。先前没人到来的时候,父亲总是出现在院门口,今天真的有人来找他了,父亲却待在他的办公室里。小贞子想了一下,似乎不打算回答村长的话,面对着这样几个来路不明的人,还是不给他们说清楚父亲行踪的好。

"在里面呢。"一个男孩子抢着回答说。

到这个时候,小贞子要隐瞒父亲的行踪也不可能了,便狠狠地瞪了那个男孩子一眼。

村长越过她,带着另外三个人朝院子里走去。那个戴礼帽的人经过她身边时,有意微笑着看了她一眼,还把手放在礼帽上,往下摘了摘,又马上戴回去。

小贞子吃不透,这个人是不是在用这种方式和自己打招呼呢?尽管那人没有说话,但小贞子透过他微笑时张开的嘴巴,看见他的一颗牙齿闪着金光,心里便更加感到奇怪,一个人的牙齿为什么会闪出那样的光呢?小贞子跟着他们也来到了院子里,她要去看一看,这些人找父亲到底要干什么?村长带着那三个人径直走进了父亲的办公室,小贞子停在门外,直起耳朵,仔细地听着里面的动静。

很快,屋里面就传出了父亲和那几个人的说话声,尤其是和那个礼帽的对话声。

村长的声音:"水镜兄弟,有人找你……"

父亲的声音:"村长,他们是什么人?"

村长的声音:"这个……他们是从东阿县城里来的……"

礼帽的声音:"您就是周水镜先生?久仰久仰。"

父亲的声音:"你们到底是什么人?该不会是日本人吧?"

礼帽的声音:"正确的说法是,这两位勇士的确是皇军,而我不过是为他们服务的,直接说吧,我是高丽人,姓金,会说几句日本话,照一般的说法,就算是个翻译吧……"

父亲的声音:"张老三,你为什么要把日本人带到我这里来?"

村长的声音:"水镜兄弟,你不要误会,是他们主动找到我的,非让我带着他们来你家……"

金翻译的声音:"张村长说得没错,我们的确是先找到了他,但实话实说,我们今天来是奔着水镜先生您来的……自从皇军一来到了东阿县城,您的大名就传到了我们耳朵里,今天有幸得以相见,也是我金某三生有幸……"

父亲的声音:"别说这些八竿子打不着的奉承话了,你们找我来到底要干什么?"

金翻译的声音:"是这样,皇军一来到东阿这个地方,就决定大力兴办教育,普及孔学文化……不瞒周先生说,这个地方的教育还不是那么先进,识字的百姓十分有限,皇军决定要改变这种局面,现在正在筹办学校,招募老师,我不妨给周先生透露一下,现在校长的位置还空着呢……"

父亲的声音:"我明白了,你们这样做不过是在强化奴役教育,让我们这个地方的人学习什么日本文化,好让日本人更方便地从精神上统治我们,对不对?"

金翻译的声音:"话不能这样讲,不管怎么说,大日本帝国和你们中国当然也包括我们高丽同文同宗,都是孔学儒家文化的信奉者,其实不存在谁统治谁的问题,皇军这样做,也是更大程度上让这里的人尽快走上先进文明的道路……"

父亲的声音:"我们这里有句俗话,叫狗嘴里吐不出象牙,行了,我没有工夫听你这些胡言乱语,你们如果想打我什么主意的话,那我可以直接告诉你,你们这是打错了算盘。"

金翻译的声音:"周先生,你可不要误解了我们的好意,现在的局面你应该比那些没有文化的人看得更清楚,皇军的铁蹄差不多已经踏遍了大半个中国,也许用不了三五个月,整个中国都会被占领,在这种情况下,周先生就不好好想一想自己的去路吗?现在有这样一个机会摆在了你面前,你可要好好抓住它呀,我也听说你们这里有一句俗话,叫作识时务者为俊杰,何况我们让你去做的这件事和你本来的职业相一致,做的都是教书育人的善事好事,周先生又何乐而不为呢?"

父亲的声音:"我的确是一直在做教书育人的事儿,目的就是要让我的学生挺起胸膛来做人,面对侵略者而不轻易屈服,总之一句话,就是自己掉脑袋也不能做亡国奴,如果偏离了这个既定的目标,无论如何我都不会去干的。"

金翻译的声音:"周先生真的不怕掉脑袋吗?"

父亲的声音:"不怕,现在我的脑袋就在肩膀上放着呢,如果你们想要拿去的话,就请动手吧。"

村长的声音:"水镜兄弟,你可要好好想一想,这是什么时候,不能随便说这种过激的话呀……"

父亲的声音:"住嘴,你这个可怜的胆小鬼,都怨我以前没有看透你,还以为你是一个有点血性的人呢,没想到人家的刺刀还没有对准你,你的脊梁骨就弯下来了。"

一个士兵的声音:"叽里呱啦叽里呱啦。"

金翻译的声音:"你看,皇军已经等得不耐烦了,周先生,要不要收回你刚才说的话?你只要点一下头,我们今天的任务就算完成了,接下来绝对不会为难你的……"

父亲的声音:"张老三,你怎么领他们来的就怎么把他们领出去,这里不是外国人该待的地方。"

金翻译的声音:"看来周先生是铁了心和我们做对了?那就别怪皇军不客气了,现在就跟我们去走一趟吧?"

村长的声音:"水镜兄弟,你可别让他们带到县城里去呀,听说他们的大牢简直就是地狱魔窟,如果你被他们关到那里去,再回来可就不容易了……"

父亲的声音:"闭上你的臭嘴,我才不怕什么地狱魔窟呢,他们想带就把我带走好了,想让我当奴隶,也是没有那么容易的。"

金翻译的声音:"好,今天我真是见识到了周先生的铮铮铁骨,也算是大开了眼界,那么我们就满足周先生的要求,邀请你到县城的大牢里去享受一段时间吧。"

父亲的声音:"那就请你们给老子带路吧。"

…………

小贞子不知道,她所听到的这些话语到底是不是父亲和这些人斗争的真实情景,反正接下来她果然看见父亲被那几个人从屋里押了出来,当然,父亲还是走在前面的。与平日里留给小贞子的印象不同,此刻从屋里走出来的父亲明显一副昂首挺胸的样子,父亲的个子本来不算高,也有些偏瘦,再加之他鼻梁上那副石头眼镜的影响,这让他明显是一个文弱书生的模样,但今天不同，父亲有意挺直了腰杆儿，这使他看上去高大了许多，鼻梁上的眼镜不知哪里去了，身上的文人气也一扫而光，乍一看上去，小贞子还以为这是一个朴素的庄稼汉或者没有穿军装的军人呢。跟在他后面的是那两个全副武装的日本军人，与进去的时候不同，现在他们背在肩上的大枪已经端在了手里，枪尖上明晃晃的刺刀就抵在父亲的背上。再往后是那个戴礼帽的翻译，不知道是不是天热的缘故，他的脸上淌满了汗水，便把手里的扇子打开来，对着自己使劲扇动几下，又猛然收起来，脸上一副气急败坏的样子。与进去的时候正相反，村长现在落在了最后面，本来就有些慌乱的神情更透出了沮丧，脚步迈过门槛的时候，竟然磕碰了一下，这使他摇来晃去的身子差点扑倒在地下。

"爹，"小贞子迎上去，想抱住父亲的身子，"不要跟他们走……"

"多么可怜的孩子，"金翻译吧嗒了一下嘴，再次提醒父亲说，"周先生，就算是为孩子着想，你也不能做这样的选择呀。"说完，他伸出一只软绵绵的手，轻轻地放在小贞子头顶上，用开导的口气对她说，"孩子，你好好劝劝你爹吧……"

没等他说完，父亲就不客气地打断了他的话。"贞子，"父亲用慈爱的目光看着她，摇着头盯着她说，"好好跟着你哥哥，如果想继续认字的话，就让他来教你吧。"

"爹，"小贞子紧紧地抱住父亲，使劲摇晃着他说，"不要去，你千万别丢下我们……"

"勇敢一点儿，"父亲拍拍她的肩膀，仅仅搂抱了她一下之后，又奋力把她的身子推开，"不要让别人看你的笑话，忘记前几天我对你说的话了？你已经懂得了许多做人的道理，也就意味着你已经是个大孩子了。"

听父亲这样说，小贞子才松开抱着他的手，然后抹去奔涌而出的眼泪，看着父亲气昂昂地被那些人押着离去。父亲的身影在街道上越走越远，小贞子尽管很心痛，却坚定地止住了脚步，没有再扑上去纠缠父亲，而只是瞪大眼睛，用坚定的目光目送父亲走出村庄，走进了干枯的河道。"爹……"小贞子只是在心里一遍遍地向父亲喊道，而没有再让任何声音发出来。

六、河水还会来吗

几乎每一天，小贞子都来到村东头，坐在一个土坡上，目不转睛地朝东看。父亲已经被日本人带走两个多月了，还没有他的任何信息，不知道他是否还活在这个世界上。前些日子,哥哥去河东的亲戚家,托人到县城里去打探消息,也没有得到什么有价值的说法。在这方面,小贞子一点忙也帮不上,她能够做的,就是每天到村东头来,遥遥地朝着县城的方向看。这才两年不到的时间,她先是失去了母亲,现在父亲也凶多吉少,她怎能不悲伤呢?

村东头外面,就是黄河宽阔的河道。说来奇怪,在村庄和河道之间,并没有筑起什么像样的堤坝,因为村子是在一个高坡上,如果不是特别大的汛期,河水一般情况下是淹不到村子里来的,所以那道高耸的堤坝就能修在了他们村庄的西边,也就是说,小贞子所在的河渡村是留在了河滩里面。这样一来,人们做与这条河有关的事情倒是十分方便,许多人家都没太有自己的土地,而只是当船工,做渔民,比如拴柱他爹,就长年累月坚守在渡口上。在以前的日子里,小贞子一来到这个地方,就会看到河道里咆哮涌流的河水,虽然那些流水阻断了她向东的去路,但一直处在运动中的河道的确是一道很有意思的风景,每次站在河边,小贞子的心情都会有一番特殊的感受,许多情况下,她都会盯着流水的方向反复看,看了上游看下游,禁不住好奇地想,河水是从哪里来的?它们又流到了哪里去呢?但自从国民党让黄河改道以后,那条曾经流淌了不知多少年的河流终于消失了,出现在她面前的仅仅是一条枯竭的河道,还有里面的漫漫黄沙,虽然它们也在日头照耀下不时地闪烁出点点光斑,但与过去流动的黄河相比,这样的景致便没有了更多的层次和色彩,更重要的是,每次看到那种荒凉的景象,再联想到父亲的下落不明,小贞子心里便充满了更多的忧伤。

许多情况下,拴柱和改成都陪伴在她身边。黄河断流之后,拴柱的生活也发生了很大改变,先前他的两大任务之一,便是去防波堤那边打捞上游冲下来的柴草,现在这项任务再也没有了,剩下的便只有去照料那五只羊。放羊倒是比打捞柴草省力气多了,毕竟那五只羊都是活物,把它们牵到村头,让它们自己去啃食青草就行了,拴柱则可以去一边玩,按说他应该高兴才是,可事实上不是这样,因为家里减少了打捞柴草的收入,他们一家的生活变得更加困难起来。还有呢,拴柱爹无法再用船只载人渡河,这项收入也没有了,老头子不大会干农活,再说他家里也没有什么地,生活困难是一方面,更重要的是,他因此不知道再去干什么,便处在了很茫然的空虚状态中,情绪比原先变得更加暴躁,总是看儿子不顺眼,只要拴柱稍有什么不对的地方,就会招来他爹一顿暴打,这使拴柱苦不堪言,一度也变得沉默起来,原先,拴柱可是一个非常爱说话的孩子呀。

改成的状态倒还不错，经过很长一段时间的裹脚，现在她的脚板已经变形，甚至可以说，脚上的骨头已经完全断掉，日积月累之后，早就没有任何疼痛感了。这时候的改成再从家里走出来，便与原来完全不同，前些日子，小贞子看到她的时候，差点没有认出她来，现在这个走路摇来晃去的女孩子，是原先那个风风火火的改成吗？看着小贞子依旧蹦来跳去的样子，改成伤心地哭泣起来。但不管怎么说，她已经熬过了那段艰难的日子，更重要的是，这样一个标准淑女的形象得到了大家的赞许，尤其是她威严的母亲，现在待她与过去完全不同，照这个满脑子封建意识的老婆子想来，拥有一双小脚的女儿将来一定会找个好婆家，这一度影响得改成也这样想，所以虽然处在一个为战争的阴影所笼罩的环境里，但她对未来的生活还是充满了一些不切实际的美好幻想，尤其是当她看到小贞子那双脚趾开叉的脚板时，心里的满足感便又增加了几分。

此时，三个人坐在坡下的一棵老杨树下，一起朝着河道的方向打量。或许只有小贞子的目光越过河道，投到了遥远的地方去。河东的方向是起伏的山峦，她知道，只有越过许多道山梁，才能抵达东阿县城，抵达父亲被关押的那个地方。而拴柱和改成则只是把目光停留在河道里，停留在那一道道高低不平的泥沙上。他们没有小贞子那样的心思和担忧，而不过是被眼前这条死亡了的河流所困扰，是呀，没有了水，拴柱该到哪里去捉鱼虾呀？改成又到什么地方去洗衣服呢？这一刻，或许他们又想到了捕捉那条大黑鱼的日子。是呀，那条看上去狡猾的黑鱼逃出了即将干枯的河湾，以为只要进入宽阔的河道，就能获得了真正的自由，但它哪里知道，即使进入了那片浩荡的大水里去，末日也已经离它不远了，人家只在上游的堤坝上炸出一个口子，就能让整条黄河改道，这段河道也就像那个小河湾一样干涸了，到这时候，那条大黑鱼纵然有天大的本事，又能逃到哪里去呢？

"我们去河道里去找找它吧？"拴柱不由得脱口说道。

"好，"改成爽快地回答道，"说不定它已经死在那边河道里了？"

小贞子有些神思恍惚，一时不明白他们说的是什么，是呀，这两个人并没有提到那条大黑鱼的事儿，却不约而同地想到了它。

拴柱率先朝河道里走去，改成摇摇晃晃地跟在他后面。直到他们走出了一段距离，回过味来的小贞子才去追赶他们。但才一会儿工夫，她就越过了改成，追赶到拴柱身边去了。直到他们来到了河道里，在泥沙间走了几个来回，改成还没有来到他们身边。小贞子似乎有些意外，原来河底下沉积了那么厚的沙土，虽然看上去十分干涸，但踩上去也是非常松软的，更让她想不到的是，有些地方的下面还积存着一些水流，脚板不意间陷下去，也是很难拔出来的。他们果然在泥沙中看到了许多死去的鱼，有大有小，有黑有白，经过多天的日光曝晒，再经过一些鸟儿和动物的啄食和啃吃，它们的尸体已经变得不像样子，呈现出一片破烂不堪的景象。小贞子抽抽鼻子，还闻到一股十分难闻的腐尸味儿，有几次她都弯下腰去，差点呕吐起来。

不一会儿，远处传来改成的哭嚷声。小贞子抬头一看，见改成坐在那边的河道里，正在拍打着泥沙哭泣。小贞子觉得很奇怪，改成怎么还没有赶上来呢？她坐在那里哭什么呢？"我陷下去了，"改成举起手来，使劲朝她这边挥舞，"快来拉我一把……"小贞子这才明白，看来改成的小脚还真成了她的负担，让她连这样的地面也走不稳了。

两个人跑到改成身边，架住她的胳膊，使了很大劲儿，才把她的脚从泥沙里拔出来。改成一只脚上的鞋子留在了泥沙里，这使她扭曲的脚裸露出来。一看到她那只变了形状的脚，小贞子就皱紧了眉头，真是想不到，改成的脚竟然变成这样丑陋不堪的样子，便赶紧扭开了头去。小贞子发现，拴柱也盯着改成那只脚看，但与自己不同，他的目光落在那只脚上，竟然好一会儿也没有移开，不知道此刻他心里在想些什么。看到拴柱盯着自己的脚看，改成也突然羞愧起来，赶紧坐到地下，把这只脚藏在另一条腿的下面，而且狠狠地朝拴柱吐了一口唾沫。"看什么看？"她气呼呼地说，"再看烂你的眼珠子。"

从河道里朝岸上走时，改成又一次落在了后面。小贞子只能再次跑过去搀扶她，而拴柱则头也不回地走在了前面。回到那棵大杨树下，改成依旧一副闷闷不乐的样子，小贞子吃不透，这时候她是否为自己的裹脚感到了后悔，是呀，有着这样一双小脚的改成，还怎么能做得了他们合格的伙伴呢？

不知什么时候，河道里又出现了几个人，而且小贞子发现，他们都是一些陌生人，看来是从上游的方向走来的，满身都透出风尘仆仆的样子，想必他们是从很远的地方走来的。这些人一边在河道里走，一边低下头寻找什么。小贞子惊讶地看见，其中一个孩子竟然捡起什么东西，放到嘴边吃起来。小贞子看出来，孩子吃到嘴里的是一条死鱼……一看到这里，小贞子脖子向前一伸，肚子里的东西涌上来，一下子被她吐到了地下。

"他们是逃荒的，"拴柱打量着那些人说，"肯定是饿得不行了。"

"你们是从哪里来的？"当一个人离他们不远的时候，改成大声问道。

那是一个十分年老的汉子，浑身上下没有一点干净的地方。"南边……黄泛区……"他有气无力地回答说。

"黄泛区？"听着这样一个陌生的说法，三个人都没有反应过来。

"这条河就是在我们那里出事的，"那个人告诉他们说，"那些王八蛋一炸毁大堤，河水就把我们那儿全淹了，许多村子都找不到了，不知多少人淹死在了里面，那个惨呀，"他连连摇着头，苍白的脸上依旧是一副惊恐不安的样子，"我们这些人还算是幸运，总算从那里逃出来了……"

原来是这样？小贞子和两个伙伴面面相觑，终于明白黄河断流的事和它带来的严重后果了。

"别再往北走了，"小贞子提醒他说，"日本鬼子早就把这边占领了。"

那个人摇摇头，依旧一副心灰意冷的样子。"反正都和死差不多，"他重重地叹着气说，"北边和南边又没有什么区别……"说完，他就和河道里那几个人继续向北走去。

好一会儿，小贞子和拴柱、改成也没有说出话来。是呀，明白了黄河改道断流的真相，他们还有什么话需要表达呢？拴柱躺倒在地下，两手托在脑后，闭上眼睛，干脆什么也不看了。改成的脚或许又疼起来，便用两手抱着它，脸上一副黯然神伤的样子。只有小贞子还大瞪着眼睛，朝着远处的河道直直地看着。

"这条河的水还能流到这里来吗？"

"它该不会就这么死了吧？"

"看你说的什么话？河又不是人，还什么死呀活呀的？"

"看它的样子不和死人差不多吗？"

"我真希望它有一天活过来……"

"尽管河不是人，但它不会甘心就这个样子下去的。"

"看来它肯定能活过来的。"

"到那个时候，河里还会有鱼吗？"

"怎么没有？没有鱼还算河吗？

"那就好，有鱼就好……"

"可什么时候水才流过来呢？"

"这个谁知道呢？"

"那就慢慢等吧。"

"是呀，等吧……"

突然，小贞子看见，在斜对面的河边，有一团火正在燃烧起来，随着风势的加大，这才一会儿工夫，那团火就变成了一大片，伴随着火势的腾跃和蔓延，她还听到了一阵噼里啪啦的响声。"拴柱，"小贞子掉过头来叫喊，"你家的船着火了……"

拴柱抬起身来，一时神情十分紧张，但只朝那个方向看了一眼，绷紧的身子就重新放松了。"是我爹把船点着了。"他淡淡地说。

"你爹怎么烧自己家的船？"改成不解地问道，"他不想过日子了？"

"水都没有了，"拴柱重新躺了下来，"留着船还有什么用？"

小贞子想了一下，觉得他的话也不是没有道理，但还是有些想不通拴柱爹的行为，不管怎么说，那都是他自己家的东西呀。

"老头子下手真狠。"改成摇着头说。

小贞子看着那团火慢慢减弱下来，知道那只曾经渡许多人过河的船已经烧毁了，尽管这件事与自己无关，但她的心里却感到一阵剧烈的疼痛。

"日本人，"拴柱爹伏在了地下，两手重重地拍打地面，声嘶力竭地叫喊，"你们不得好死……"

听着这阵撕心裂肺的吼叫，小贞子心里一阵剧烈的颤动，泪水不禁夺眶而出……

七、秘密使命

三个月过后，小贞子的父亲终于回来了，这可是她千呼万唤的一个结果，是呀，父亲总算没有死在日本鬼子的监牢里，随着他的归来，小贞子也就又能得到父爱了。可是，当父亲出现在面前的时候，小贞子却感到无比意外，记得父亲离去时，还是一个昂首挺胸的健康人，当他大摇大摆从街上走过时，曾经给人们留下了一个十分威武的形象；可现在，父亲是躺在一扇门板上，被人们抬回家里来的，也就是说，父亲从监狱里出来时，已经走不了路，便只能用这种方式出现在村子里，可见日本鬼子对他进行了怎样的折磨。一见父亲的面，小贞子就呆住了，一瞬间，她又想到了母亲躺在门板上的情景，还以为父亲也像母亲那样要离她而去了，不禁心慌意乱，扑到父亲身边，一边大声叫喊，一边痛哭流涕。幸好父亲很快做出了反应,吃力地抬起手,软绵绵地放在她的头上。啊,父亲还活着?小贞子放下心来,这才紧紧抱住那只手,同时把头埋在父亲的怀里。她抹掉眼上的泪水,仔细打量着父亲,这才三个月的时间,父亲的身体就完全垮掉了,头发花白,脸颊瘦弱,一看就是一个患有严重疾病的人,而且脸上留有不少的伤疤,有些已经结痂,有些还有血丝时隐时现。这样一打量,小贞子又心酸得不行,泪水再一次夺眶而出。

"别哭了,"拴柱爹安慰她说,"你爹回来了,应该高兴才行。"

小贞子想想拴柱爹的话,觉得很有道理,便强忍着憋回眼泪,努力对着父亲笑了一下。

父亲上下打量着她,欣慰地朝她点点头。"我总算放下心来了。"父亲微笑着说。

"好好照顾你爹吧,"改成娘叮嘱她说,"要想让你爹尽快好起来,你就多给他做一些好吃的饭。"

小贞子记着改成娘的话,立即便下到厨间,想方设法为父亲做饭。一般的饭她还不会做,但鸡蛋煮面条还是可以的。在哥哥的指点下,小贞子亲自和好了面,切成粗细不一的面条,然后烧开热水,把面条下到锅里,又打进去两个鸡蛋。当她把飘着香气的鸡蛋面盛在碗里,端到父亲面前时,她觉得非常有成就感,是呀,她终于可以照顾父亲了。

"你会做饭了?"父亲盯着那碗鸡蛋面,用欣喜的目光再次打量她,"小贞子,你才多大呀,就学会做饭了?"

"是哥哥教我的。"小贞子回答他说。

父亲点点头,接过那碗面,尽管没有多大胃口,但还是打起精神,硬着头皮吃下去。那碗面肯定不会多么好吃,但在小贞子的目光下,父亲却做出吃得很痛快的样子,好像这碗面是什么山珍海味似的。"真好,"父亲一边吃一边高兴地说,"我终于吃到我闺女做的饭了。"他的眼角浮出了激动的泪花。

看着父亲吃饭的香甜劲儿,小贞子心里也很快乐。"我一定要照顾好父亲,"她在心里打着气叮嘱自己,"赶快让他好起来,再带领我们这些孩子去学习……"

在小贞子的精心照料下,父亲的身体果然恢复得很快,一个星期过后,父亲就能下床了,虽然他的一条腿由于骨头受到了伤害,暂时还不敢落地,但在小贞子的搀扶下,他也能一瘸一拐地走上几步了。

在父亲养伤的过程里，前来探望他的人可真不少，有自己村里的，这些人小贞子当然都认识，还有其他地方的人，小贞子从来没有见过，看他们对父亲十分敬佩的模样，便知道都是慕名前来的，是呀，父亲的壮举在黄河沿岸造成了一定影响，那些不肯向日本侵略者屈服的人，便把父亲作为了自己学习的榜样。村长也试图来探望父亲，或者说是有意来向父亲赔罪，但他还没有走进院门，就被小贞子拦住了。"这里不是你来的地方，"小贞子板起脸来，用严厉的口气警告他说，"我们家没有人欢迎你，请你赶快离开这里。"村长羞愧交加地涨红了脸，实在没有勇气再说什么，便灰溜溜地离开了。

有一天，又有一拨人来看望父亲。其中一个人小贞子是认识的，好像是在这一带开展工作的区长，其实区长打扮得和老百姓也没有什么区别，头上罩着块羊肚子毛巾，一件粗布大褂披在肩膀上，只是在他的腰间，好像插着一把匣枪。而另一个高个子小贞子却不认识，那个人穿着灰色的军装，腿上打着绑腿，一条皮带从肩膀上斜跨到腰间，一支比区长腰间的匣枪还要大的盒子炮在大胯上悠来悠去，一看就是个不凡的汉子。跟在他后面的，是一个同样穿着军装的年轻人，但他背在肩上的武器和大个子不同，是一支长长的步枪。看着这几个人进来，小贞子不由得又想到村长领着金翻译那几个日本人来抓父亲时的情景，但显然，区长带来的这两个人与他们不是一回事儿，但他们是干什么的？是不是在这一代搞武装斗争的八路军呢？小贞子前些日子还听说，八路军的部队已经来到了黄河沿岸，正在对河东的日本人展开武装斗争，这么快他们就出现在了自己面前，那么他们这次来到底要干什么呢？

"你是小贞子吧？"一照面，区长就微笑着问她。

小贞子好奇怪，区长怎么会知道自己的名字呢？她可从来没有和他说过话呢。

"这是八路军的李指导员，"没有等她回答，区长就指着那个大个子对她介绍说，"他们是来看望你父亲的。"

"小贞子，"大个子朝她俯下身来，用粗大的手掌在她肩膀上轻轻拍了一下，"你以后叫我李叔叔就行。"

小贞子没有说什么，而只是对他点了一下头，因为她还不了解他们，所以也就不想过分表露自己的态度。

区长领着李叔叔进到了屋里去。小贞子原想留在院门口放哨，阻挡一下像村长那样的人前来。但那个年轻战士却对她说："你回家去吧，我在这里站岗就行了。"原来他们早就想好了这件事。于是，小贞子便回到了院子里，其实也没有想到进屋去，对于人们看望父亲的情景，她早就见识过多次了，没有什么好奇怪的，便决定去干其他的事儿。但她经过屋门口的时候，却听见里面传出十分激烈的动静，她担心有什么意想不到的事儿出现，便推开屋门走了进去。一进屋来，小贞子就被眼前的情景惊住了。

此时，父亲已经从炕上爬起来，正在奋力朝地下站，但他那条受伤的腿实在支撑不住，一时没有站稳，差点歪倒在地上。区长和李叔叔赶紧抢上去，从两边扶住他，然后把他架回到炕沿上坐下。父亲的反应如此激烈，是这些日子里从来没有过的，其他人来看望父亲时，尽管有时也十分激动，却没有做出这样的举动，看来今天区长和李叔叔的到来，的确在什么地方打动了他。

"我终于见到你们了，"父亲并没有坐稳身子，便伸出手来，紧紧拉住李叔叔的手，激动不已地说，"不瞒李同志说，这些天来，我一直在盼望你们的人来，也让我有一个向你们表达感谢的机会……"

"一家人不说两家话，"李叔叔摇摆着他的手说，"这件事都是我们应该做的，如果要检讨的话，就是我们的行动还不够迅速，力度也不是那么大，拖了这么长时间，让你吃大苦了……"

"你这样说可就让我……"父亲更加不好意思了，"日本鬼子那么凶残，要在里面开展斗争，不知该有多么危险，可真难为里面的同志了……"

听着他们这些模棱两可的话，小贞子一时有些反应不过来，开始不明白他们说些什么，但继续听下去，好像又明白是怎么回事了。"莫非父亲的出狱，是李叔叔他们的人想出办法来的？"她悄声问自己，这样一想，便知道父亲为什么要对李叔叔他们表达感激之情了。

"有什么需要我做的，"待冷静下来之后，父亲便把一只手放在胸脯上，郑重向他们提出要求说，"只要是对抗战有利的事儿，我都愿意去做……当然，我也没有其他的本事，不知道能不能做好，但我可以试一下，也让我对抗战尽一点绵薄之力……"

区长试量着说："不瞒你说，今天我们来也是想和你……"他上下打量着父亲，"可你的身体……"

李叔叔接过他的话去："这样吧，周先生还是先养伤吧，待你的身体彻底恢复了，我们再进一步商量……"他拍拍父亲的手说，"我们也没有想到，你的身体被他们伤害成这个样子……"

"我马上就好了，"父亲用那只手使劲拍拍自己的胸脯说，"用不了两天，我就能够行动自如了，一点事也耽误不了，不信我再走给你们看，刚才我只是有些匆忙了，才……"说着，他又要朝地下站。

李叔叔赶紧拦住了他。"不急，"他再次摇摇头说，"过两天我们会再来的，到时候也给你带些药品来……"

"我不需要，"父亲挥挥手说，"我本来就是个庄稼人，身体没有那么娇贵，再说了，有我小闺女照顾我呢，什么也不需要。"

听他这样说，李叔叔和区长都转过身来，朝站在门口的小贞子看了一眼。小贞子感觉出来，他们的眼神里都充满了对自己的喜欢和敬佩，这使她心里也快乐起来。

见李叔叔还没有答应，父亲更加焦急，拉住区长的手说："老王，你可是了解我的，快替我向李指导员说句话……"

区长想了一下说："好吧。"她转向李叔叔说，"老李，周先生爱国心切，精神可嘉，我们不能辜负了他这份心意，我了解他，一旦他认定了这件事，是八头牛也拉不回来的，别让他再等下去了，你就对他下达任务吧。"

听他们说得如此真切，李叔叔点点头，也下定了决心，然后坐到父亲的身边，用征询意见的口气说："周先生，日本侵略者来到我们这个地方以后，加大了对占领区的奴化教育……这次日本人把你抓去，也就是想在你身上打这个主意，所以这方面的情况我就不对你多说了。为了和日本人争夺教育权，我们要在敌后大力兴办教育，提高人们的觉悟，鼓舞抗日的斗志，具体说来，我们要在原有私塾和学堂的基础上，面向广大人民，尽量多地办起夜校和识字班，这样一来，就会需要很多的老师和文化教员……"

没有等他说完，父亲就使劲点一下头说："我明白了，这件事正好是我的老本行，如果你们觉得我合适，这个老师或者文化教员我就当定了。"他摇摇李叔叔的手说，"这件事什么时候开始呢？"

区长替李叔叔回答说："根据我们这个村的情况，这几天就可以开始了，反正你们过去有一个私塾，是设在一个祠堂里吧？场地已经有了，你又是私塾里的先生，借助这两个条件，办起夜校来还是十分方便的……"

"没问题，"父亲满口答应说，"这件事就包在我身上了。"

"我们会派人来协助你的，"李叔叔进一步说，"所使用的教材，都是我们根据目前的形势新近编写的，周先生可能要先熟悉一下这方面的内容……"

父亲点点头说:"过去我在私塾里教的那些东西,的确有些落后和腐朽了,根本跟不上形势的需要,现在由你们提供新式教材,这我就放心了,我首先当个学生,把这部分课程学好,然后再教给其他人……"

"周先生,"李叔叔紧紧握住他的手说,"你真是一个明白人,我们根据地能有你这样的有名之士,也是大家的福气呀。"

父亲反对他的话说:"看你说到哪里去了,这里的老百姓有你们这些抗日武装带领大家开展斗争,是我们三生有幸呀。"说到这里,他忽然想起什么来,便再次恳切地对他说,"不要再说什么先生不先生了,我知道你们部队上是用同志来称呼自己人的,如果你们不嫌弃我的话,就也叫我一声同志好了。"

"好,"李叔叔看一眼区长,立即对父亲点点头说,"你就是我们自己的人,从今以后,我们就是同志关系了。"

"同志……"父亲抱住李叔叔的手,眼里激动得流出了泪水。

看到这番情景,小贞子也差点哭起来。"同志……"她也在悄声念叨着这个奇特而又陌生的称呼,心里感觉到无比的甜蜜。

八、文化教员

每当吃过晚饭时,小贞子就点上一只马灯,提在手里,率先朝外面走去,而父亲则跟在她的后面,有了这只马灯的照耀,或者说有了小贞子的陪伴,父亲在去夜校时,便不会被地下有可能出现的石头绊倒。经过小贞子这些日子的悉心照料,父亲的伤病已经基本上得到了恢复,只有腿伤还有些影响他走路。小贞子不放心他在黑夜里到外面去,就找来了这只马灯,提在手里为父亲引路,与此同时,她也可以到学校里去继续听父亲讲课。

夜校还是设在老祠堂内,也就是说,过去颇为简陋的私塾现在已经变成了新型学校,当然,再使用过去那些有限的桌凳已经满足不了要求,满打满算说,过去来上学的也就那么八九个人,支上几套桌凳就够了,但现在情况有了巨大的变化,按照李叔叔他们的设想,是要动员更多人来夜校学习的,为此他还真的派来了一男一女两个文化教员,根据他们在其他地方办夜校的经验,再结合河渡村及周围一带的情况,决定把教室从原来的一间偏房里搬出来,重新拾掇了比较宽敞的正房,在这里安上可以容纳五六十人的桌凳。当然,这么多桌凳一时间是凑不齐的,所以在夜校开办起来之前,先动员人们捐献桌凳,为了起到示范作用,父亲把自己家的两把椅子、一张条凳和一张八仙桌捐献出来,让小贞子和哥哥一趟趟抬到了祠堂里去。经过连续几日的宣传和发动,桌凳差不多集齐了,两个教员不但抱来几摞油印的教材,还提来了一盏人们没大见过的汽灯,当汽灯在黑夜里亮起来的时候,人们感觉很新鲜,昔日黑乎乎的村庄竟然有了这么明亮的灯光,一下子吸引了许多孩子前来观看,大人们也随即到来了,一时间,那间刚刚开辟成教室的房间内便挤满了人。事情居然出乎意料地顺利,夜校这种新事物竟然在河渡村获得了超出预期的开门红,小贞子和父亲都感到十分高兴。在众目睽睽之下,父亲走上讲台,热情洋溢地给大家上了第一堂课。更让小贞子想不到的是,在下面听父亲讲课的人群中,她居然看到了李叔叔的影子。她根本没有留意到,李叔叔是什么时候到来的呢?但父亲的课没有讲完,李叔叔便匆匆离去了,尽管他待的时间不长,但说明他对这个夜校十分重视,这就足以让小贞子和父亲感到开心了。

但他们高兴得太早了,这仅仅是夜校开办第一天的情况,到第二天,对夜校有了初步认识的大人们便懒得再来了,白日里他们忙碌了一天,早就累得不行了,哪里再有心思去夜校里识什么字,听什么道理,到这里来的差不多都是和小贞子一样大的小孩子,教室里就空荡了许多。父亲再站到讲台上时,便没有了第一天的激情,对这些小孩子,他可以教他们识字,但给他们讲那些抗日的道理,似乎就不那么妥当了,但父亲觉得,办这个夜校的最大目的,就是动员人们提高觉悟,参加到抗日斗争的行动中来,所以大人们不来夜校听课,在某种程度上说,这个夜校便离失败不远了。小贞子坐在下面,看到父亲那种落寞的样子,她的心情也有些郁闷。可在这件事上,她帮不了父亲多少忙,毕竟是一个小孩子嘛,又哪里管得了大人们的事儿。尽管这样,当天回到家里以后,她径直来到了哥哥屋内,板着脸问他说:"你今天为什么没有去夜校听爹讲课?"

哥哥应付她说:"昨天我可是去过了呀?"

"我没有问你昨天的事儿,"小贞子打断了他的话,"我说的是今天。"

哥哥想了一下,忽然有些紧张,低下声问她说:"是爹让你来问我的吗?"

小贞子也想了一下,便点点头说:"是呀,连你都不给爹这个面子,他能高兴得了吗?"

哥哥从座位上站起来,搓着两手在屋里踱步。"爹那些道理在家里我都听过了呀,"他为自己的行为辩解说,"再去学校里听他说一遍,我觉得没有多少必要……"

"可你让别人怎么想？"小贞子气愤地说，"连自己的家人都不愿意听那些道理，别人为什么又要听呢？"说到这里，她有意装出恍然大悟的样子，"原来今天人们去得那么少，都是受了你的影响呀？"

哥哥赶紧摇摇手说："你别往我身上栽赃好不好？"他退后一步说，"行，就算是我不对，我抓紧改还不行吗？"

"你怎么改呀？"小贞子追问他说。

"等明天我去找我那些伙伴们，"哥哥拍打着脑袋说，"让他们都跟我去夜校里听父亲讲课，这样总可以了吧？"

小贞子放心下来，便点点头说："行，那明天就看你的了？"

第二天，虽然哥哥的确去找他的伙伴们做了许多工作，一些人也真的答应了他的要求，但当夜晚到来时，到夜校来的年轻人还是不多。出乎小贞子意料的是，在这些年轻人当中，竟然有几个女青年，真是想不到，哥哥的工作竟然做到她们身上去了。按说，正处在豆蔻年华中的女孩子是不大适合在夜晚出来的，就算是夜校刚开张的时候，来到这里听课的女青年也没有几个，可见哥哥一定是在她们身上使用了很多方法。但作为一个不满十岁的小孩子，小贞子无论如何想不通，哥哥是用什么方法让她们来到这里的。直到在两节课的间隙，小贞子看到张小楼和一个叫桂英的女孩眉来眼去的时候，她才差不多明白过来，原来女孩子到这个地方来，不过是打着上夜校的旗号和她们中意的男青年幽会的。是呀，就算是男女青年彼此有些意思，要想近距离地接触一下，却并不是件容易的事儿，尤其是在夜间，谁家的家长会允许自己的女儿出来呢？但现在好了，有了这个也算是公共场合的夜校，她们便可以名正言顺地到这里来，见见面，聊聊天，彼此增加一些好感，对她们来说是求之不得的一件事呢。小贞子早就听说，张小楼在和桂英相好，而他是哥哥的好朋友，哥哥正是利用了这一点，让张小楼和桂英带着他们的好朋友到这里来，也算是给夜校增加了很多人气。

正是在这种情况下，夜校断断续续地举办了差不多一个多月。在这些日子里，小贞子每天都提着马灯为父亲引路，不管是刮风还是下雨，只要是夜校上课，她都没有耽误过一回。从这种意义上说，小贞子可算是父亲最合格的一个学生呢。小贞子原本以为，她陪伴父亲去上夜校的情况会一如既往地进行下去，但不久后发生的一件事，却使这种状况差一点中断。

其实事情发生之前，是有些症状出现的，只是小贞子没有把这些苗头放在心上而已。随着夜校的名声逐步增大，前来上夜校的人在不断增多，其中大多是河渡村的人，后来就连周围村庄的人也来了，小贞子非常高兴，以为父亲他们的工作有了更好的效果，尽管这些人她都不大认识，但看待他们的眼光却是十分亲切，好像这些人都是父亲的好学生，或者说是抗日的积极分子，所以就对他们倍增好感。但几天后，一件让她不大乐意见到的事情却发生了，有一个陌生人与河渡村的人争抢座位，很快便引发了争执，最后竟然差点动手打起来，正是因为这件事的发生，那天的学习没有能够进行下去。尽管心里有些落寞，小贞子并没有把这事放在心上，因为这样的情况也算不得多么新鲜。但在回家的路上，她听见父亲自言自语地说：恐怕那个陌生人是有意来挑事的吧？琢磨着父亲的话，小贞子回顾课堂上的情景，觉得父亲的说法也不是没有道理，的确是那个陌生人抢了别人的座位，而且摆出一副胡搅蛮缠的样子，一边大声叫喊一边向他人挥舞拳头。可这样不讲道理的人哪个村庄都有，以后加强防范就是了。

让小贞子想不到的是，在以后的日子里，类似的情景又发生过几回，虽然哥哥让本村人主动远离了那些陌生人，但争执甚至斗殴还是没有完全避免。于是，在接下来的这天夜里，一件更大的事情便发生了。说起来，这天的夜校没有出现任何异常，父亲在课堂上讲完了课，也一副心满意足的样子，由小贞子重新点上马灯，陪伴着父亲走出祠堂，一路穿街越巷，朝自己家的方向走去。这天的天气不好，天空一直阴沉着，看不见任何星光，地面上便显得十分黑暗，远处有风刮来，吹打得树上的叶子发出沙啦沙啦的响声。街道上十分安静，哥哥和张小楼他们去其他地方玩了，此时走在这条街上的只有小贞子和父亲两个人。越过前面那棵老槐树，就是他们家所在的那条巷子了。小贞子有些困倦，想要早点回家，无形中便加快了脚步。正在这时，她听见后面传来父亲的吆喝声："谁？"小贞子吓了一跳，赶紧停下脚步，转过身子，举起马灯照看。见父亲已经落后了好几步，而且也早就停下脚来，正在张皇地朝四面打量。"爹，"小贞子赶紧走到他身边，"你在找什么呢？"

"我好像看见一个人，"父亲有些心神不定地说，"一直跟在我们后面……"

"现在在哪儿呢？"小贞子又举了一下马灯。

"又看不见了，"父亲揉了揉眼睛说，"是不是我看花了眼啊？"

小贞子稍稍放下心来,或许真的是父亲的眼睛出了问题,这一阵子,他每天都在课堂上讲课,说的话比别人一年说的话都要多,每次从课堂上下来,他都会感到十分疲惫,眼睛产生幻觉是极其可能的事儿。"马上就到家了,"她提醒父亲说,"我们快点走吧。"

"好吧。"父亲点点头,又朝她挥挥手,示意她继续朝前走。

小贞子掉回身来,举着马灯朝前迈步。但就在她快要拐入那条巷子时,忽然觉得有个黑影从面前闪过去,她也不禁叫喊了一声:"谁?"与此同时,她举起手里的马灯,想要借助灯光看清那个影子。就在这时,只听得"呼"的一声,像是一阵风从前面吹过来,一下子撞在她手里的马灯上,随着"啪啦"一声响,她手里的马灯被击碎了,不但灯盏灭了,碎成块状的玻璃也纷纷掉下地去。到这个时候,小贞子才感到自己的手臂发酸,就像大鸟的翅膀折断了似的,不得不垂下来。其实她还没有反应过来,不知道是一根棍棒打落了手里的马灯,正是她的奋力一举,才用这只倒霉的马灯抵挡了落下来的棍棒,没有让它打在自己还有后面的父亲身上。

"有敌人,"父亲大声叫喊起来,"快来人哪……"父亲一边叫喊一边托住小贞子的身子,将她用力抱到自己的怀里。

由于小贞子无意中做出的抵挡动作,尤其那只马灯跌落时发出的动静,让前来暗算父亲的歹徒乱了阵脚,没有按照预定的行刺步骤进行下去,加之父亲在黑夜里的叫喊声特别响亮,给歹徒起到了很大的震慑作用。想必这也是一个没有经验的歹徒,到别人村庄里来行刺也让他产生了恐惧心理,看到事情乱成了这个样子,便不敢继续滞留下去,扔掉手里的木棍,撒腿疯狂地朝远处奔去,很快就消失在浓郁的夜色里。

敌人这次对父亲的袭击,只是让他受了一些惊吓,却没有伤到他一根毫毛,只有小贞子受了一点皮肉伤,其实也并算不了什么,歹徒的木棍并没有打在她身上,而只是在击中她手里的马灯时,顺带擦破了她的手指,并没有造成实质性的伤害。尽管这样,到第二天,区长还是来到了河渡村,亲自上门来看望小贞子。"多亏我闺女手里的马灯,"一照区长的面儿,父亲就激动地对他说,"很好地成了我的挡箭牌,歹徒才没有伤害到我。"

区长来到小贞子身边,伸出一只大手,亲切地搭到她的肩膀上。"小贞子,"他敬佩地朝她点头说,"你可真是你爹的好闺女呀。"随即,他又用做总结报告的口气说,"小贞子虽然年龄小,可是为抗日作出了自己的贡献呢。"

听他这样说，前来看望小贞子的人都纷纷点头，并一再用赞许的目光打量她。

小贞子不好意思地低下头。虽然她不了解区长嘴里的"贡献"二字是什么意思，但明白那是一个好词，也是一个大词。"我还做得很不够呢……"她在心里对他们说。

九、可耻的汉奸

这些日子，区长带着区政府的几个骨干人员一直待在河渡村。大约正是因为这个原因，驻扎在东阿县城里的日本人决定来河西一带扫荡，首选目标就是离他们最近的河渡村。区长从地下党送来的情报中得到了这个消息，马上组织相关人员转移。为了安全起见，所有参加过抗日工作的人都参加了转移，包括新任村长和几个骨干民兵。父亲没有打算跟他们走，但区长不想丢下他，便强行把他编入了转移的队伍中，让那两个文化教员照顾着他。临走时，父亲特意叮嘱小贞子说："跟你哥哥好好待在家里，也许过不了三五天，我就会回来的。"望着父亲和转移队伍离去的身影，小贞子又一次担忧起来，不知道是为离去的父亲，还是为他们这些留下来的人。

地下党提供的情报十分准确，第二天一大早，日本鬼子的队伍就包围了河渡村，反正黄河里也没有水，他们来河西岸扫荡就不是什么困难的事儿。好在人们都做好了防范措施，听到村外传来的马蹄声还有随之而起的枪声，也没有感到多么意外。"你安心待在家里，"哥哥叮嘱小贞子说，"我去外面看一下。"他整理了一下脚上的鞋子，就悄悄朝院门外走去。小贞子不知道他要去干什么，按说在这种时候，她是不应该轻易到外面去的，但看到哥哥走出了门去，她也不想一个人待在家里了，就悄悄跟在了他后面。

其实，就算是待在家里也是得不到安生的，日本鬼子一到来，就挨门挨户地进行搜索，将藏在屋里的人全部拽出来，驱赶到大街上去，所以等小贞子来到外面时，许多人已经被鬼子赶出来了，这样，小贞子连同走在前面的哥哥便也混入了人群中。日本鬼子没有找到这次扫荡的重点目标，也就是区政府的武装人员，有些失望，也有些气恼，一个骑在马上的日本军官连续吼叫了好几声"八嘎"。马前一个穿制服的家伙像是得到了命令，回身对一个站在身边的伪军头目说："该烧的烧，该杀的杀，一定要让他们说出区政府的下落。"伪军头目立即挥舞着手里的匣枪，带领一帮荷枪实弹的日伪士兵四散开来。小贞子藏在人们身后，探出头来，目光落在那个穿制服的人身上，很快便惊讶地叫出声来："这不是那个金翻译吗？"没错，虽然那家伙把头上的礼帽换成了战斗帽，同时也把手里的扇子换成了盒子枪，但他说话时嘴巴里那颗闪出亮光的金牙，还是让小贞子认出了他来。

小贞子不知道，金翻译带着扫荡的日伪军一进村子，便到祠堂里看了一下，对于河渡村，或许他最熟悉的就是那个地方了，虽然知道此时不是上夜校的时候，但他脑子里一直想着那个叫周水镜的人，所以便直奔那个地方而去。出现在他面前的情景，似乎比他想象得还要严重，从那些摆放整齐的桌凳上看，这个抗日夜校的规模不算小，尤其是散落在地上的教材和写在黑板上的标语，对了，还有那盏吊在房梁上的汽灯，都说明他们的工作开展得卓有成效，可见那个周水镜对这件事付出了多么大的努力。"他可真是一个难得的人才呀。"这一刻，金翻译对他下了如此大的力气，却不能让周水镜成为他们之中的一员，而且不能改变某些不可抗力的因素，导致了"放虎归山"这样一个不堪的结局而愤愤不平。他想马上找到周水镜，便派人去叫前任村长，但最终的结果却是，那个叫张老三的胆小鬼已经逃走，而且他也不再是这里的村长了。到这个时候，金翻译才打消了找到周水镜的念头。

在那个伪军头目的带领下，日伪军士兵点着了靠近街道的一些房子和柴草。房子的主人刚要上前阻拦，日本兵便举起枪来，毫不客气地将他们打死在街道上。一时间，整个村子都陷入了一片混乱中，等日伪军们将人们驱赶到村外时，被打死打伤的人已经五六个了。在那个伪军头目的指挥下，人们被押到了村前一片开阔的地里。小贞子看出来，这个地方正是以前的河湾，由于黄河里再也没有水了，原本就十分浅的河湾子就变成了真正的陆地，和原先那片草坡连接起来，形成了一大片较为荒凉的开阔地。日本军官下了马，站在坡上的一棵大树下，一手扶着挎在腰间的战刀，一手夹着一根香烟，不动声色地打量着人们。在此之前，小贞子已经在私塾里见过两个日本兵了，但对于大多数河渡村人来说，可是第一次见到这些东洋鬼子，而且第一次目睹了他们的凶残和暴烈，既想仔细看他们一眼，以此记住鬼子的丑恶面目，又不敢真正抬起头，面对这些武装到牙齿的野蛮人。

金翻译从日伪军中走出来，一边微笑一边来到人们面前。小贞子当然知道，他脸上的微笑都是装出来的，其实这是一个阴险狡诈的家伙，是什么样的卑劣勾当都干得出来的。金翻译在人们面前走来走去，目光落在哪个人身上，哪个人就会被鬼子兵拽出来，受到他一番审问。金翻译让他们提供区政府的情况，尤其是人员的去向，或许这些人真的不知道呢，便回答不上来，金翻译就向鬼子兵招招手，接下来，鬼子兵的枪托便毫不客气地落在那些人身上。很快，金翻译的目光落在了张小楼身上。不知为什么，小贞子本能地觉得，金翻译肯定会盯住张小楼的，这不仅因为张小楼年轻气盛，而且长得一表人才，在人群中格外出众；另外一个原因是，张小楼站在了最前面，因为那个伪军头目是他家的亲戚，小贞子似乎看出来，张小楼或许想利用伪军头目的亲戚关系，给自己也给乡亲们带来一点好处。但他似乎忘记了，那个凶神恶煞的伪军头目虽然也是这一带的人，却公然对着家乡人下如此的狠手，也算是彻底丧失了人性。小贞子便有些吃不准，张小楼如果把希望寄托在这样的人身上，是不是过于天真了？

"你，"金翻译抬手朝他指了一下，"到这边来。"

张小楼听话地从人群中走出来，而且学着金翻译的样子，满脸都堆着谄媚的笑意。"翻译……大人……"他抖动着嘴唇，想讨好地和他打声招呼，但又不知道自己的称呼是否合适。

"你是，"金翻译朝伪军头目指了一下，"他的亲戚？"

张小楼愣了一下。"这个您也知道？"他脱口说道。

"我看见你和他打招呼了。"金翻译拍着他的肩膀说。

"是亲戚，"张小楼连连点头，"是亲戚。"他抬起头来，隔着老远朝伪军头目喊道，"对不对表哥？"

伪军头目没有回答他的话，却悠了一下手里的马鞭，把身子转到另一边去了。

"他们不说，"金翻译指着那几个受到暴打的人说，"那么你来告诉我们吧。"

"其实我也不知道呀，"张小楼可怜兮兮地说，"我没有参加他们的组织，区政府也不信任我，所以他们转移的时候，我一点消息都没有得到……"

"你不是夜校的积极分子吗？"金翻译微笑着上下打量他，"听说你从那里学到了很多东西？"

"我不过是……"张小楼低下头，不好意思再说下去。

"这样吧，"金翻译退后了一步说，"就算他们没有把转移的地点告诉你，但凭着你平时和他们的接触，帮我们分析一下，他们有可能转移到什么地方去呢？

"这个……"张小楼咽了一口唾沫,随即又点点头说,"好,让我来好好想一想……"

他的话还没有说完,人群里就传出一个苍老的声音。"小楼,"那个声音叫喊着对他说,"你可别上了他们的当,不知道就是不知道,有什么好想的呢?"

小贞子没有看到那个朝张小楼喊话的人,但一听他的声音就知道,这是张小楼的爷爷。

金翻译抬起头来,努力朝人群里看,但他也没有看到张小楼的爷爷,便朝两个伪军士兵摆摆手说:"去,把喊话的人给我找出来。"

很快,那两个伪军士兵就把张小楼的爷爷从人群里押了出来。老爷子差不多已经八十岁,但身体还算硬朗,只是下巴上白花花的胡子让他显出了老态。小贞子知道,张小楼是被爷爷一手带大的,他的父母很早就去世了,便只能跟着爷爷过活,完全可以说,爷爷是他在这个世界上唯一的亲人,祖孙两人的感情便格外深厚,虽然张小楼不算是一个多么务正业的人,但在孝顺爷爷这件事上,他可是数得着了。爷爷被从人群里拽出来,由于腿脚不利索,走得有些慢,被一个伪军士兵推搡了一下,老人家站立不稳,差点歪倒在地下。

"你们……"张小楼有些恼怒,想冲过去搀扶爷爷,但马上意识到什么,赶紧止住了脚步,而且声音也低下来,"你们小心一些……"

"没事儿,"金翻译皮笑肉不笑地安慰他说,"只要你把你想到的情况说出来,我们就不会亏待你爷爷的。"

"我想,"张小楼赶紧点头说,"我好好想一想,"随即就表决心似地说,"我肯定能想起一些情况来的……"

听他这样说,爷爷又愤怒起来。"小楼,"他使劲跺着一只脚,义正辞严地警告他说,"你不要给我犯浑,乡亲们可都看着你呢。"

"看来这个老家伙很碍事呀,"金翻译也有些恼怒,转过头去看伪军头目,"侯大队长,你说该怎么办呢?"

伪军头目转过身子,托着嘴巴想了一下,便大步朝爷爷走过来,马靴在地上发出咔嗒咔嗒的响声。"表叔,"他停在爷爷面前,重重地朝他叹了一口气说,"别怪表侄对不住您。"说完,不等爷爷作出反应,便朝那两个伪军士兵说,"绑起来。"

很快,爷爷便被五花大绑起来。"姓侯的,"老爷子不屈服地抬起头,抖着下巴上的胡须朝他喊道,"连自己的亲戚都不放过,你这个狗汉奸,等着吧,你不会有好下场的。"

金翻译也朝那两个伪军士兵摆摆手。于是,他们便押着爷爷朝防波堤上走去。

"你们要干什么?"张小楼跺着脚说,"你们不能这样对待我爷爷,有什么冲着我来,没听刚才我说吗,我会把知道的都告诉你们的……"

两个伪军士兵把爷爷带到防波堤上,让老爷子在石头边站好,他们在背后牵住捆绑着他的绳子,随时做着松开绳子推老爷子下去的架势。防波堤有十多米高,下面也是一片乱石,如果老爷子真被推下去的话,是肯定保不住命的。

"怎么样?"金翻译再次拍拍张小楼的肩膀说,"想好了没有?"

张小楼被吓坏了,脸色变得像纸张一样苍白。"想好了……你们快把我爷爷放下来,我马上告诉你们……"

爷爷尽管处在十分危险的境地,却依旧远远地向他喊道:"小楼,如果你甘心当汉奸,老子就不认你这个孙子……"

但张小楼似乎听不到他的话,而只是一味地讨好金翻译,将他所知道的有关区政府的情况全都说了出来。

"汉奸……"因为离得远,小贞子没大听清张小楼的话,但从他点头哈腰的姿态上判断出来,张小楼已经成为可耻的叛徒。一意识到这一点,她心里就感到十分疼痛,说起来,她平时是非常喜欢并敬佩这个邻居大哥哥的,张小楼也待她不错,许多时候都主动带着她玩儿,加之与哥哥的关系很好,他自己又没有兄弟姐妹,在小贞子看来,她就是张小楼的妹妹……可现在倒好,这个曾经让她感到如此亲切的大哥哥竟然……小贞子不敢再看面前的情景,便紧紧闭上了眼睛。

…………

这场变故过去后,张小楼在河渡村的名声一下子坏掉了,许多人都和他中断了来往。在这些人里,首先和他断绝关系的是桂英,这个一度想要嫁给他的姑娘,主动和他提出了分手,并把这种态度明确无误地向人们表露出来,仅仅一天的时间,大家便都知道,一桩曾经被看好的姻缘就这样结束了。张小楼的爷爷原本盼着桂英过门后,自己能抱上重孙子呢,现在倒好,由于张小楼的糟糕表现,一切都泡汤了。老爷子伤心透了,每天都挂着拐杖上街来,看见人们就说:"真是对不起,我家竟然出了一个汉奸……"

接下来,小贞子的哥哥也和张小楼分道扬镳了。那天,小贞子跟着哥哥上街,正好张小楼从对面走过来。倘若是往常,哥哥肯定会停下来,好好和张小楼说些话的,平时他们三天两头地在一起,整个村子都知道他们是好朋友。但这一天,哥哥看见张小楼从对面走过来,竟然立即拐入了一条胡同里去。张小楼有些失落,也有一些恼怒,便盯着哥哥的背影,愤愤不平地说:"我可是为了掩护你们才走到这一步的。"

小贞子听到了他的话,觉得很奇怪,便停下脚步,板着脸问他说:"谁用你掩护了?"

"贞子,"看到有人理会他了,张小楼很高兴,赶紧回答她说,"难道你也不明白吗?日本人就是来抓你爹的,如果我把你和你哥哥供出来,你们现在还能在大街上逍遥自在吗?"

"这么说我们还要感谢你呢?"小贞子冷笑着说。

"感谢倒是不用,"张小楼摆摆手说,"只要你哥哥不把冷脸给我看就行。"

"这就是你当汉奸的理由?"小贞子质问他说。

"别把话说得那么难听,"张小楼涨红着脸说,"你一个小丫头片子懂什么?"

"我当然不懂,"小贞子朝地下啐口唾沫说,"所以我才不会当汉奸。"说完,她就转过身子,气昂昂地朝远处走去。

"贞子妹妹,"张小楼伤心地在后面叫喊,"不许你玷污我的名声,呜呜呜……"他蹲在地下,伤心地哭泣起来。

"再哭你也是汉奸。"小贞子一边朝远处走,一边在心里怒斥他说。

第三章

十、李叔叔的女儿

从那次扫荡以后，日本人便加紧了对河西区的武装进攻，与此同时，以八路军为代表的抗日武装也增强了反抗的力度，激烈的战斗隔几天就发生一回。但由于抗日武装的力量太小，无法抵御日伪军的蚕食和围剿，河西的大片地区相继沦陷，白色恐怖笼罩在了这片土地上。日本侵略者为了更有效地进行他们的残暴统治，在黄河沿岸安装了好几座炮楼和据点，相互之间用封锁沟作连接，使这片土地呈现出"抬头见岗楼，迈步是沟墙"的可怕景象。尽管这样，小贞子从父亲嘴里听说，抗日武装也并没有真正退出这片区域，李叔叔所在的那支正规军根据形势需要，适时地转成了地方武装，他们潜伏在一些可靠的堡垒村里，机智地与敌人展开周旋，只要找到合适的机会，就给日伪军来一个迎头痛击，这种零打碎敲的游击战法十分有效，敌人摸不到他们的行踪，却不时地受到袭击和骚扰，尽管侵略者想出了各种办法，也没有消灭这支坚强的武装。在这些分外艰苦的日子里，小贞子虽然没有见到李叔叔那些人，但听到父亲不断带来有关他们的消息，心里还是感到很高兴。

一天夜里，小贞子正沉浸在睡梦中，忽然被一阵响动惊醒了，她听出来，声音是从院子里传来的。她爬起来，凑到窗前，借着朦胧的月光看到，父亲正在穿过院子，迈着轻微的脚步朝院门口走去。此时正是半夜时分，父亲要去外面干什么呢？小贞子看到，父亲打开了院门，并没有到外面去，而是有几个人影走了进来，她恍然大悟，原来父亲是去迎接这几个人的，那么他们是干什么的呢？当那几个人从窗前经过的时候，小贞子才看清楚，在进来的三个人中，有一个高高的身影不能走路，是被其他两个人架着进来的。她觉得那个大个子有些熟悉，莫非是李叔叔？在父亲的引导下，那两个人把大个子搀进他屋里去，然后门板就关上了。小贞子明白，不管这几个人是谁，反正都是从事抗日斗争的,在目前的形势下也是不能为外人所知晓的。

没过多久,那两个人把大个子留下来,又像来的时候一样悄悄走掉了。父亲送他们离去后,刚要进他自己的屋去,就被小贞子喊住了。父亲隔着窗户看她一眼,便拐到了她屋里来。"爹,"小贞子问他说,"是李叔叔吗?"

父亲愣怔了一下,随即把手伸过来,在她鼻子上戳了一下。"你真是个鬼机灵,"父亲嗔怪地说,"这么快你就知道了?"

"李叔叔受伤了吗?"小贞子直直地看着他。

父亲点点头。"在一场遭遇战中,"父亲小声告诉她说,"他的两条腿都被打断了,脖子上也有一个伤口……"

"会有危险吗?"小贞子的心提到了嗓子眼上。

父亲摇摇头说:"现在还不好说……"他朝院子里看了一眼,"组织上让他在我们家养伤,还留下了不少药品,过一段时间看看吧……"说完,父亲就拍拍她的肩膀,回他屋里去了。

直到天亮,小贞子想着李叔叔受伤的事儿,都没有再闭上眼睛。第二天,小贞子经过父亲的同意,进到他的房间里,看到了处在昏迷当中的李叔叔。正如父亲所说,李叔叔的伤很重,脖子上缠着绷带,两条腿尽管盖着被子,却在不停地颤抖。想到李叔叔平时生龙活虎的样子,小贞子鼻头一酸,差点哭起来。父亲把手指竖在嘴上,示意她不要发出声音,以免惊扰了睡梦中的李叔叔。

但尽管这样,李叔叔还是听到了她的动静,慢慢从昏迷中睁开眼睛。他想了很大一会儿,才明白自己是在什么地方。"小贞子,"李叔叔的目光转向了她,"好久不见了……"

小贞子走到他面前,小心地拉住他的手。"李叔叔……"她极力控制着要哭泣的欲望,想对他说句什么安慰的话,但嘴唇抖动着,又不知道说什么好。

"没关系,"看着她脸上不安的表情,李叔叔竟然安慰起她来,"打仗嘛,受伤是经常发生的事儿,"他的嘴角斜起来,竟然微微笑了一下,"现在轮到我了……"一阵疼痛袭来,他实在忍受不住,紧紧地闭上眼睛,又陷入了轻微的迷糊中。

"以后我们要好好照顾他,"父亲既像是对自己又像是对她说,"要让他尽快好起来……"

小贞子对父亲使劲点点头,其实这正是她想表达的意思,她已经下定决心,不管怎么样,她都要使出所有的本事对待李叔叔。

为了把这件事做得更隐秘一些,在哥哥的提议下,第二天夜里,他们就把李叔叔藏到了院角处的地窖子里。那是父亲让哥哥挖出来,储藏地瓜和萝卜的,外面的人不知道这个地方,因为窖口开在墙根下,周围堆着不少柴草,在地面上也看不出来,把李叔叔藏到那里去,可是比在父亲的屋内安全多了。原先黄河没有断流的时候,由于地下水丰富,窖子里有些潮湿,现在黄河水没有了,地下水位下降,里面也就没有那么多湿气了。

李叔叔来到后吃的第一顿饭,就是小贞子为他做的。其实从母亲离去后不久,小贞子就学会做饭了,那时候她才多大呀,一般的家务活就学着做了,就像俗话说的那样,穷人的孩子早当家嘛。在接下来的大多情况下,小贞子都承担着照顾李叔叔的重任,不等父亲和哥哥吩咐,当然更不等李叔叔提出要求,她便主动为他着想,变着花样做一些可口的饭菜,亲自送到李叔叔面前。地窖子里的光线十分有限,为了方便李叔叔吃饭,小贞子总是把马灯点起来。里面的空间也非常狭小,但容纳两三个人还是不成问题的,父亲在地面铺上一层厚厚的麦草,作为李叔叔躺卧的地方,旁边支上几块砖头,在上面放置了一块木板,就算是一张临时的小桌子吧,墙壁上揳进去几个木橛子,除了放置李叔叔的衣服和枪支,那只用于照明的马灯也挂在上面。开始时,李叔叔抬不起身来,小贞子便用一把勺子,把饭一口口地舀给他吃。这让李叔叔感到不好意思,吃几口便停下来,想要依靠自己的力量吃,结果总是半途而废,最后还是小贞子喂给他吃。好在这样的情况没有持续几天,李叔叔的病情就大为好转,不但能够抬起身来自己吃饭,而且还能打起精神来和她说话。小贞子是喜欢和李叔叔聊天的,在她的心目中,李叔叔不但是一个能征善战的英雄人物,而且知道的东西非常多,从某种意义上说,父亲这样知识渊博的人也比不了他。每次从李叔叔那里回来,小贞子都觉得自己长大了一些,懂得的道理多了,意志也比过去更加坚强了,从这个角度说,李叔叔可是继父亲之后又一个教育了她的老师呢。

这一次,李叔叔在吃饭的过程中不知想到了什么,看着小贞子发起愣来。小贞子发现,此时的李叔叔眼里透出了少见的哀伤,不禁感到有些奇怪,这个从来没有发过愁的革命者为什么变得沉默起来。“李叔叔,”小贞子不放心地问他,“是我的饭做得不好吃吗?”

李叔叔从遐想中回过神来,赶紧摇摇头说:“不是……你的饭做得很好吃呀，叔叔知道你拿出了所有的本事，不瞒你说，你做的饭叔叔是吃不够的……"

"那你想到了什么？"小贞子试量地问他。

"我，"李叔叔犹豫了一下，还是如实告诉她说，"我想到了我的老家，想到了我的孩子……"

听他这样说，小贞子才想起来，自己还不知道李叔叔的老家在哪里呢，但从他有些奇怪的口音判断，他的老家一定是在一个很远的地方。

"我的老家是在胶东，"李叔叔想了想，便朝窗外指了一下，"沿着这条黄河一直走下去，就快到我老家所在的地方了。"他抬起头来，让自己的目光越过窗棂子，望向很远的一个地方。这样过了一会儿，李叔叔才把目光收回来，转向小贞子说，"大海，我的老家就在大海边……对了，你知道大海吗？"

小贞子摇了摇头，是的，她长这么大了，还没有见过大海的模样呢。"你想大海了？"

李叔叔点点头，却又纠正说："其实我想到的是我的女儿……"

"她多大了？"小贞子好奇地问他。

"如果她活着的话，或许……"李叔叔扳起手指头，想要一根根数下去。

小贞子心里一震，原来李叔叔的女儿已经……"您能告诉我吗？"她试探地说，"那是怎么回事儿？"

李叔叔长叹了一口气，把饭碗推到一边，便把他女儿的情况讲给了小贞子听。原来，李叔叔只有一个女儿，那时候，她差不多和小贞子一样大，虽然年龄小，一些家务事也早就会做了，更重要的是，在李叔叔悄悄搞地下工作的时候，她的女儿也加入进来，在许多场合中都担负着站岗放哨的重任。有一回，李叔叔和他那个秘密组织的人在家中开会，他女儿坐在院门口，装成做针线活的样子，以防范危险的到来。会议正开到一半的时候，他女儿看到有两个人从远处走来，因为他们打扮成老百姓的样子，他女儿虽然提高了警惕，但一时没有认出他们的身份，等这两个人走到近前了，他女儿突然觉得不对劲儿，想要跑回家去报信，但那两个人也注意到了她，正在从怀里往外掏枪。他女儿知道跑不掉了，便赶紧直起嗓子喊道，狼来了，狼来了……这是李叔叔和女儿约定的信号，听到女儿的喊声，李叔叔和他的同志知道敌人来了，便打开院子的后门，从那个地方跑出去了。就在这时候，他们听到从门口传来了枪声。他女儿向李叔叔发出了警告之后，便一直站在院门口，不给这两个端着枪过来的人开门。敌人为了顺利闯进院子,便首先对着他女儿打了两枪……为了掩护李叔叔和他的同志,他的女儿壮烈牺牲了……

"小姐姐真是好样的……"听到这里,小贞子心生敬佩地说道。

"是呀,"李叔叔抹去眼角的泪花,也用赞叹的口气说,"如果没有她用自己的生命报警,我们那个组织就有可能遭到严重破坏……"

"小姐姐如果活着该多好呀。"小贞子心痛地说。

"这都是许多年前的事儿了,"李叔叔的目光又落在了她身上,"看到现在的你,我就止不住想到了我的女儿……"

"我比你的女儿可差远了。"小贞子摇摇头说。

"不,"李叔叔探过手来,拍打着她的肩膀说,"你已经做得很好了,现在的形势更为严峻,日本侵略者比国内的反动派还要残暴,在这种情况下,你没有害怕和退缩,而依然参加到抗日的斗争中,这已经很了不起了。"

"我应该好好学习小姐姐,"小贞子郑重地说,"争取比她做得还要好……"

"这是一定的,"李叔叔鼓舞她说,"只要你付出自己的努力,就一定会在斗争中做出成绩来,有了像你这样的人的共同斗争,日本鬼子也一定会被我们打败的。"

"我记住您的话了。"小贞子点点头说。

"但你毕竟还是一个孩子,"李叔叔又提醒她说,"在这个分外残酷的环境中,你也要学会保护自己,不到万不得已的时候,是不能走我女儿那条路的。"他亲切地抚摸着她的头顶,"知道吗?我不想再失去你这个女儿了。"

听他这样说,小贞子终于明白过来,在李叔叔心目当中,自己已经是他的女儿了,这使她感到十分激动,也十分自豪,毕竟在她眼里,李叔叔可是一个叱咤风云的抗日英雄呢,自己有资格做他的女儿吗?有资格和那个死去的小姐姐并肩站在一起吗?这样想下来,小贞子在感到激动的同时,又有了些许的愧疚,好像她自己的工作还没有做好似的。

十一、与汉奸周旋

这天早晨,小贞子听见哥哥对父亲说,夜里他听到院墙上传来响声,像是有什么人跳进来了,他赶紧爬起来,跑到院子里查看,但他巡视了一大圈,也没有发现什么可疑的情况,便疑心是自己的耳朵出了问题。听着他的话,父亲托住下巴,陷入了沉思中。"不管怎么样,"父亲对他们说,"我们都要小心为好。"说到这里,他抬起头来,朝院落里看了一眼。小贞子随着他的目光去看,注意力也便落在了院角处。她明白父亲话里的意思。

吃过早饭,小贞子到街上去,刚一出院门,就看见一个人朝她走过来,她有些疑惑,觉得这个人是在外面等着她似的。过来的这个人是张小楼,曾经被她称作邻家大哥哥的,但自从那次日本人来扫荡之后,小贞子便拒绝再喊他哥哥,有时在外面遇到了,也不想搭理他。但小贞子感觉到,这一次张小楼是有意迎住她的,看他一副热情洋溢的样子,好像有什么事有求于她。

"贞子妹妹,"张小楼觍着笑脸,一步步朝她凑近来,"你这是到哪里去呀?"他没话找话地问她。

"我爱去哪儿去哪儿,"小贞子没有正经理会他,"你管得着吗?"说着就越过他的身子,继续朝街上走。

"对了,"张小楼像是想起什么来,一只手插进衣兜里,装模作样地掏摸了几下,重新把手拿出来,伸到小贞子面前,故意晃摆了几下,然后猛地展开来,"你看,"他用惊讶的口气说,"我这里还有几块日本糖呢,送给你吃好了。"

"日本糖?"小贞子鼻子里哼了一声,他不说日本二字还罢了,明明知道她讨厌日本人,竟然还不识时务地把这两个字拿出来显摆,实在让她感到了恶心。"呸,"她朝地下啐口唾沫,翻着白眼对他说,"谁稀罕你的日本糖,要吃你自己吃好了。"

"真是狗咬吕洞宾不识好人心,"张小楼有些失落,也有些恼怒,想把手收回去,但想了一下,还是耐着性子继续对她说,"我这可是专门给你留的,你不知道,日本糖可是比中国糖甜多了。"

"再甜也是鸡屎味儿,"小贞子扭开头去,好像躺在他手里的那几块糖真的是鸡屎似的,"走开,"她推了他一下,"快让我离开这里。"

张小楼只得尴尬地退后一步,为她让开道路。等小贞子走过去了,他又有些不甘心,便迈着大步追过来,又绕到她前面去,拦住了她的去路。"不管这些糖好吃不好吃,"他继续赔着笑说,"反正我是一片好心……"他意识到说这些没有用,便改变了话题说,"我们不说那些该死的糖了,现在哥哥求你一件事儿,好妹妹你能不能……"

"什么事儿?"小贞子随口问他。

"我只是打听一下,"张小楼斟酌着字句说,"这些天,你们家是不是来客人了？"

"没有。"小贞子警惕地看了他一眼，"你打听这个干什么？"

"不干什么，"张小楼装作无意的样子说，"我只是随便问问……"

小贞子直直地看着他，终于明白哥哥夜里听到的声音是怎么回事了，看来的确是张小楼在探听她家的动静，这是不是说，李叔叔在这里养伤的秘密被这个家伙知道了呢？她本能地有些慌张，但仔细一想，如果张小楼知道了这件事，又怎么可能来向她打探呢？小贞子放下心来，但随即对张小楼这样的举动感到愤怒，这个愚蠢的家伙把她小贞子当什么人了？还以为她是一个没有头脑的小丫头片子，用几块散发着腥臭味的日本糖就能收买得了吗？这个家伙也太小瞧她了，原来在他眼里，她小贞子是这样一个经不住诱惑的小傻子呢。"哼哼，"小贞子在鼻子里冷笑了两声，随即用格外清晰的语气对他说，"你说得没错，我们家的确来客人了……"

"是吗？"张小楼的眼里放出了光来，"快告诉我，他是谁呢？"

"他们是八路军，"小贞子信口开河地说，"他们来了差不多好几百人，说是要把我们村的汉奸抓起来，押到堤坝上去枪毙。"说到这里，她紧紧地盯住他，"你怕不怕？"

"我……"张小楼不禁有些慌张，但很快又镇定下来，"我怕什么？我又不是汉奸……"他摊开两手说。

"那你告诉我谁是汉奸？"小贞子朝他面前逼近一步。

"这个……"张小楼终于有些撑不住劲了，"你这个小丫头片子，竟然变着花样蒙骗我。"他恼羞成怒地呵斥她说，"看我哪天不收拾你……"他一边说一边退后两步，掉回身去，就匆匆忙忙离开了。

"我等着你收拾呢。"小贞子远远地朝他喊道。

回家以后，小贞子又把这件事对父亲说了一遍。"看来这个家伙要坏我们的事儿。"父亲思量着说。

这天夜里，父亲把新任村长找来，和哥哥一起下到地窖里，围在李叔叔身边开了一个小会，商量如何应对危险局面的事儿。小贞子下来给他们送水时，顺便听到了他们的谈话声。正如她的料想，几个人的话题主要围绕在张小楼的身上。照村长的意思，接下来马上把张小楼干掉，以免夜长梦多，给李叔叔造成真正的危险。父亲同意这个方案，并建议由哥哥帮助村长实施行动。在他们商议这件事的时候，哥哥一直抱着头沉默不语，小贞子觉得，或许他会提出不同的看法来的。

果然，当父亲征求他的意见时，哥哥抬起头来，连续摇摆了几下说："这样太过分了吧？我们连一个改正的机会也不给他留……"

"他能改正吗？"父亲问他说。

哥哥没有回答他的话，而是依旧按照自己的思路说："其实他并没有发现李叔叔的行踪，不过是好奇地打听一下而已，再说，他到底是不是真正的汉奸也说不定呢……"

"怎么说不定？"村长反问他说，"他给日本鬼子带路的事儿，难道你没有看见？"

哥哥也没有接他的话，依旧固执地往下说："他其实不算坏人，胆子又特别小，能干出什么伤天害理的事来呢？如果我们给他一个改正的机会，兴许他会变好呢。"

对于哥哥这样的说法，小贞子一点也不感到意外，如果是在别的事情上，哥哥一定不会如此婆婆妈妈，有意和别人唱反调的，实际上，他不是一个优柔寡断的人，也不会听不进别人的意见，但这件事不同，现在他们的决定是关乎张小楼的生死，而张小楼是谁？他曾经是哥哥最好的朋友呢，打从小他们就在一起，一起割草，一起打柴，一起捕鱼，一起打鸟，在很多的日子里，两个人都是形影不离，连小贞子都十分羡慕他们的友谊，如果日本人不来的话，两个人是不可能决裂的，尽管张小楼做了一些不堪的事儿，但还没有到十分严重的地步，在这种情况下，哥哥又怎么能朝他痛下狠手呢？小贞子屏住了呼吸，眼睛在几个人身上扫来扫去，不知道接下来的结果会是怎样。

见他们统一不起意见来，一直处于倾听状态的李叔叔打破了沉默，用若有所思的口气说："在我们这些人里，是不是大生同志最了解张小楼这个人呢？如果事情真是这样的话，那我个人倾向于同意大生的意见，给张小楼最后一个机会，至于怎么样把这层意思传达给他，我想还是由大生同志想办法吧。"

听李叔叔这样说，父亲和村长也没有再表示反对意见。哥哥见自己的说法占了上风，也高兴起来，连连对大家表示说："我这就按李叔叔说的去办，马上去找张小楼，严厉地警告他一回……"说到这里，他忽然捏紧了拳头，似乎下定了某个决心，"你们就放心吧，我会让他记住这个教训的。"

第二天一早，哥哥就把张小楼约到了那片开阔地里，说是要和他好好谈一谈。张小楼十分高兴，以为哥哥要和他和解了，马上随着他来到了那个地方。小贞子也远远地跟在他们身后，看到他们在开阔地带站定了，她躲到一棵大杨树后，不动声色地看着这场不知道该用什么方式进行的约谈。她似乎明白哥哥为什么要把张小楼约到这个地方来，目的不过是要让他长点儿记性，不要再重复上一次在这个地方的可耻表现。

"大生，"一照哥哥的面，张小楼就急不可待地问他说，"你有什么消息要告诉我呢？"

哥哥不动声色地看着他："你想知道什么？"他两手交叉着抱在肩膀上。

"你们家一定是来人了。"张小楼四下里看了看，便凑到他面前，"是不是这样？"他侧过头去，做出一副洗耳恭听的样子。

哥哥伸出手，在他身上轻轻推了一下。"张小楼，"他虎起脸来，用明显警告的口气对他说，"我告诉你，不该你知道的事儿千万不要打听，知道的事多了对你一点好处也没有，现在我给你一个改正的机会，如果你不紧紧抓住它的话，说不定接下来要吃大亏的，不，有可能让你丢掉性命的事儿随时都可能发生的。"

"什么意思？"张小楼困惑地眨巴眼睛，"你这是在威胁我吗？"

"你没听清楚我的话？"哥哥用一根手指头在他肩膀上戳了一下，"我这是在给你最后一个机会。"

"最后一个……机会？"张小楼想了想，突然拱起肩膀来，哈哈大笑起来。"周大生呀周大生，"他也伸出手去，在哥哥的下巴上摸了一下，"你凭什么给我一个机会呢？还是最后的？你以为你是谁呀？"他把那只手缩回来，就势朝上举了举，"你也不好好看看，现在到底是谁的天下？"

"张小楼，"哥哥失望地摇摇头，"难道你这个汉奸真的当定了吗？"

"什么汉奸不汉奸？"张小楼恼怒地质问他说，"别把话说得那么难听，没听老话说得好么，识时务者为俊杰，我不过是……"

哥哥没有耐心再听他胡说下去了，便冷笑一声说："张小楼，如果你把我的话当耳旁风的话，那你可别后悔……"

"我后悔什么？"张小楼毫不客气地打断他的话，"我张小楼从来就没有做过后悔的事儿。"

"好吧，"哥哥下定了最后的决心，"既然这样，那我周大生就不客气了。"

听到这句话时，小贞子便知道接下来要发生什么了，但让她感到意外的是,那个昏头昏脑的张小楼并没有意识到事情的严重性,依旧口吐着唾沫星子,要继续发表他的混账演说,早就义愤填膺的哥哥再也控制不住了,挥起手来,说时迟那时快,小贞子眼前一阵迷乱,就看见张小楼像一块被闪电击中的木头一般跌倒在地,随即便是如陀螺一般的连续翻滚,与此同时,一阵激烈而惨痛的叫声传来:"唉呀呀,疼死我了……"

"你这个狗东西,"哥哥一边暴打他一边咒骂他,"再让你不思悔改,再让你认贼作父……"

"哎哟,"在地下翻滚成一团的张小楼声嘶力竭地叫喊,"你这么翻脸无情,你这么忘恩负义……"

小贞子无法再看下去,把两手捂在眼睛上,也不能再听下去,又用手去捂耳朵。她有些忙不过来,最后只好掉过身子,风驰电掣地朝村子里跑去。"活该,"她一边跑一边在心里对张小楼说,"这回你应该长记性了吧?"

十二、哥哥失踪了

小贞子看出来,在挨打之后的那些日子里,张小楼的确低调了许多,不但没有再打听过她家的情况,更没有再爬过她家的墙头,而且在面对她家人的时候,也一副低眉顺眼的样子,尤其是照了哥哥的面,便赶紧地掉头走开,只有在碰到小贞子时,他才抬高了头颅,但也仅仅是远远地看她一眼,只要小贞子不理会他,他也便不主动和她打招呼。开始时,小贞子以为他变老实了,如果这样的话,张小楼就有可能像哥哥说的那样,抓住这个机会重新做人,也就不会在以后的日子里丢掉性命了。但慢慢地,小贞子又从种种迹象中感觉到,张小楼之所以这样做,不过是怯于哥哥的拳头,使用的是一个以退为进的策略而已,他摆出夹起尾巴来做人的架势,只是蒙骗其他人的鬼花样,私下里,或许他正在悄悄打磨自己的爪子,期待碰上一个合适的机会,他就要重新跳出来,以比过去更加疯狂的程度报复像哥哥这样的死对头。

后来的事实证明,小贞子的判断没有错,不久后的一天,张小楼便又重新高调起来,大摇大摆地出现在了街上。与他一起招摇过市的还有三个人,其中一个小贞子认识,那就是臭名昭著的金翻译,在他的身后,是两个背着大枪的汉子,那两个人小贞子不认识,看他们的穿戴也不像是正规的伪军,而是和庄稼人的打扮差不多,只有背在肩上的那两杆枪支,才说明他们也不是什么好人。看到这里,小贞子便明白了,张小楼之所以像螃蟹一样在街上走路,不过是依仗着金翻译和那两个家伙的撑腰，又要在村里耍一下威风了。

张小楼手里提着一面大锣，一边向前走一边在锣上敲一下，借着大锣发出的颇有威力的响声，张小楼扯开嗓子，大声朝人们吆喝道："开会喽，所有的人不论大小，不管男女，都马上到街上来，皇军要向大家宣布一件重要的事情，开会喽……"

张小楼叫喊了足有半个钟点，来到街上的也不过几十个人，而且还以小孩子为主，也就是说，人们之所以听到他的吆喝声来到街上，不过是看一下热闹而已，哪里又真的是来开会的呢。小贞子和好朋友拴柱、改成也来到了外面，她倒要看看，这个铁了心当汉奸的家伙到底要干什么。张小楼看着面前那些稀稀拉拉的人，知道自己就是再吆喝下去，就算是把那面铜锣打破了，那些不想出来的人也依旧待在家里。这样一想，他便有些泄气。金翻译也明白这一点，便朝他摆一下手说，就这样吧。

待人们安静下来后，金翻译从他们那几个人里走出来，挥动着手里的扇子说："大家听好了，从今天开始，张小楼先生就是你们村的维持会长了，这是皇军对张先生经过考察后郑重任命的，希望父老乡亲们维护好张会长的威信，听命于张会长的安排，我今天代表皇军把话说在前头，如果有人执意和张会长作对，那就是和大日本帝国作对，张会长就有权利处置他们，绝不客气。"说到这里，他扭回头去，对那两个背着大枪的家伙说，"跟我说一说，你们是干什么的？"

听他这样说，人们也都抬起头来，朝那两个陌生的家伙看。"我们是来给张会长服务的。"其中一个家伙回答说，另一个家伙又接上说，"谁如果和张会长过不去，我们就用这个和他说话。"说着，两个家伙一起从肩上摘下大枪，郑重其事地端在手里。

看到那两个家伙把枪口对准了人们，许多人都不由得后退了一步，小贞子听见有人低声说："他们哪里是在开会，这是摆威风吓唬我们哩。""以后更没有我们的好日子过了。""唉，这是什么世道呀？"

看到人们都被吓住了，张小楼有些得意起来，也从金翻译身后走到了前面，继续扯起嗓子来朝大家叫喊："你们都听到了吗？这是皇军对我的抬爱，对我的信任，并不是我张小楼非要干这个维持会长，但既然皇军选中了我，我也就义不容辞，努力把这个维持会长当好，把皇军交代给我的事情办好，不管什么时候，不管什么事情，只要皇军一声令下，我张小楼都会带领乡亲们冲锋陷阵的,请金翻译放心,我们河渡村绝不会出现任何问题,大家说对不对?"说到这里,他瞪大眼睛,有所期待地望着人们。当然,他的期待是不会得到任何回应的。张小楼也知道这一点,不想把自己的尴尬处境暴露给金翻译,便不再期待下去,改换了另一种口气继续说道,"刚才金翻译和这两位弟兄都表态了,他们如此支持我,令我非常感动,我相信大家不会和我过不去,因此我可以负责任地告诉你们,这两位兄弟手中的两杆枪,是不会轻易打出子弹来的。"说到这里,他扬起眉毛和嘴角,得意地微笑了一下,然后把手一挥说,"今天的会就开到这里了,大家都散了吧,等有事的时候我会去找你们的。"

人们刚散去不久,张小楼的爷爷便又出现在了大街上。老爷子手拄着拐杖,颤颤巍巍地朝前走着,碰到人就用愧疚的口气说:"真是对不住你们,我家出了个汉奸,都是我老头子该死呀……"老爷子提起拐杖,使劲朝地下捣几下,下巴上的胡须不住地颤抖,满脸都是羞愧难当的表情。

小贞子远远地看着老爷子,不禁在心里想,看来张小楼这个狗东西的骨头又发痒了,她真想马上回到家去,把张小楼不齿的行为告诉哥哥,让他再把这个贱骨头暴打一顿,到那个时候,这个公开当汉奸的家伙是不是会收敛一些?想到哥哥,小贞子心里又一动,这使她本能地感到,张小楼和哥哥的事或许真的没有完呢。

有一天,小贞子在街上遇到了张小楼。和平时不同,张小楼不是一个人出来的,在他身后,一步不落地跟着那两个背枪的家伙,自从当了维持会长以后,张小楼只要是上街来,那两个家伙都会跟在他后面,这让张小楼显得特别威风,尤其是看到许多人远远躲开他的时候,他脸上的笑容就会增加几分。小贞子也不想看到他这种样子,本来想躲到一边去,但张小楼却迎着她走过来。如果是在过去,张小楼就算再想和她说话,也只不过是简单地看她一眼,最多也就是打一声招呼而已,他知道小贞子不愿理会他,也就不想落个没趣的尴尬局面。但今天不同,张小楼却大摇大摆地迎着她走来,小贞子就是想躲也躲不掉了。

张小楼直通通地问她说:"你哥哥呢?"

小贞子不由得一怔,真是没有想到,这家伙竟然主动提到了哥哥,看来他挨打那件事的确是装在心里,看他的架势,是不是到了找哥哥复仇的时候了?"你想找他?"小贞子问他说。

"还是让他来找我吧。"张小楼气昂昂地说。

"找你干什么？"小贞子有些不明白他的话。

"如果他不找我，"张小楼摇摆着脑袋说，"以后他就会后悔的。"

小贞子觉得这句话并不陌生，张小楼挨打的时候，哥哥就是这样对他说的，他现在竟然把这句话还回来了，不知道接下来他要干什么。

这天回到家以后，小贞子把遇到张小楼的事说给了哥哥，提醒他要小心一些。哥哥却有些不以为意，在他想来，就算是张小楼记恨他，要找他报复，总是要找一个什么理由吧，但自己并没有招惹他，张小楼总不会平白无故让那两个家伙朝他开枪吧？这时候，李叔叔的伤已经养好，返回他的队伍中去了，家里安定下来，也没有什么把柄让张小楼抓，再说平时在两个人的较量中，一直是哥哥占据上风的，所以在某种程度上也就没有把这个色厉内荏的家伙放在眼里，对于小贞子的提醒，哥哥差不多全当耳旁风了。

事实证明，哥哥的想法大错特错，从某种程度上说，他实在是轻看了张小楼，没有想到这个死心塌地当汉奸的家伙会干出更大的龌龊事来，可到那个时候，哥哥再想采取应对措施已经来不及了。

有一天傍晚，小贞子一家人正在吃饭，忽然院门传来了敲击声，而且声音十分急促，好像外面那个人有什么大不了的事儿似的。小贞子赶紧跑出去开门，让她想不到的是，进来的竟然是桂英，一个与他们家没有过什么来往的姑娘。一进到屋里，桂英就迫不及待地对哥哥说，大生你快跑吧，张小楼很快就会派人来抓你的。听了她的话，小贞子一家人都愣住了，不知道这是怎么回事。

"桂英，"父亲让她在座位上坐下，"你慢慢说，到底是怎么回事儿？"

"是这样，"桂英大口喘着粗气说，"日本鬼子向村里摊派了劳工名额，张小楼就把名额安在了大生头上，他也知道村里没有人愿去，大家都明白，不知道日本人会把劳工弄到什么地方去，但谁去了都没有好，搞不好就是一个死，所以张小楼第一个就想到了大生，马上就把他的名字写上去了，他还说，如果大生听到消息跑了这件事就会泡汤，他在日本人那里无法交代，所以决定提前采取措施，今天夜里就让那两个家伙来抓……"

听桂英说得有鼻子有眼的，好像事情真是这个样子的，但父亲和哥哥都想不明白，桂英又怎么知道这件事的呢？小贞子也想起来，桂英早在张小楼当汉奸的时候就和他断绝了关系，按说张小楼的如意算盘她是不可能了解的……

桂英也知道他们在想什么，便低下头去，涨红着脸解释说："本来我是不想再搭理张小楼的，可他一天到晚来纠缠我，没有办法，我才又……"

原来是这样？看来桂英的话不是空穴来风，凭着他们对张小楼的了解，知道这个家伙是做得出这种事的，尤其是小贞子，早就觉得张小楼要对哥哥下狠手了，只是没有想到，他报复哥哥的方式是这种样子的。既然这样，那接下来哥哥需要做的，就只能像桂英说的那样赶紧逃走，以免让张小楼的阴谋得逞。

"你去找李队长他们吧。"父亲想了一下，便向哥哥提议说。

哥哥当然也是这么想的，其实早在李叔叔养伤的时候，他就向他提过这个要求，但李叔叔出于让他照顾父亲和小贞子的考虑，没有答应下来，现在既然被逼到了这个份上，哥哥便只能有这样一条路好走了。可接下来的唯一不确定因素是，李叔叔的武工队到底在什么地方，这是全家人都不知道的，因为这几年形势特别严峻，日本侵略军和伪军汉奸的势力非常强大，坚守在敌后的抗日武装还不是他们的对手，便只能采取运动战和游击战的方式，见缝插针和零碎敲打地对付敌人，这就意味着他们没有固定的根据地，很多情况下都是打一仗换一个地方，现在要让哥哥一个人去找他们，的确也不是一件容易的事儿……但除此之外，又没有什么样的路好走，在父亲的鼓励下，哥哥便决定冒险去找，就算是找不到他们，也总比留在家里等待张小楼抓捕，到不知什么地方去当日本人的劳工强多了，更重要的是，哥哥可以由此而走上他渴望已久的武装反抗道路，这样的想法没有让他丝毫犹豫，等小贞子和父亲给他草草地收拾好行李，哥哥便趁着黑夜走出门去，沿着村路踏上西边的黄河大堤，很快隐没到浓郁的夜色中去了。

小贞子跟在父亲身后，来到街头送哥哥离去，直到看不到那个熟悉的身影了，她才恋恋不舍地收回目光，又随在父亲身后，一步三回头地回到家来。"爹，"她止不住问父亲说，"我们以后还能见到哥哥吗？"

父亲没有回话，只是抬起头，朝伸手不见五指的夜空中看着。"但愿吧……"过了一会儿，他才说了这句模棱两可的话。

小贞子也知道自己问得多余，在这个战乱的年代里，一个人的命运是自己无法掌控的，父亲又不是神仙，哪里知道未来的事儿是什么样子的呢？但不管怎么说，父亲还是给了她一线希望，念叨着他话里的"但愿"两个字，小贞子激荡的心情才稍稍安定下来。

这天夜里,张小楼果然采取了抓捕行动,当小贞子和父亲听到外面的动静时,那两个家伙已经跳到院子里来了。和以前不同,现在的张小楼雷厉风行,知道敲门也没有用,弄不好还会打草惊蛇,让他们的抓捕对象有逃跑的机会,索性一不做二不休,让他手下那两个家伙直接翻墙进院,然后再去撞击屋门,那个周大生就算是插上翅膀,还能直接从屋里飞出去吗?但等他们撞开门板时,才知道自己的如意算盘还是打错了,紧赶慢赶,他们还是晚了一步,几只手电筒在几间屋内照个遍,除了看见在屋角里瑟瑟发抖的小贞子和父亲外,根本就没有周大生的影子。

"你哥哥到哪里去了?"张小楼知道审问那个顽固的老头子也没有用,便走到小贞子面前,用手电筒照着她的眼睛说。

"不知道,"小贞子摇摇头说,"他到哪里去怎么会告诉我呢?"

"你不是他妹妹吗?怎么会不知道你哥哥……"说到这里,张小楼似乎又想起什么来,把一只手伸到衣兜里,随即又掏出来,把摊开的手掌举到小贞子面前,没错,躺在他手掌心里的又是那几块发霉的日本糖。张小楼把那几块糖朝小贞子面前伸了伸,想要说什么,马上又想起了一件事,知道这一招也根本没有用,便索性把那几块糖摔到地下,再次气急败坏地问小贞子说,"把你哥哥的行踪交代出来,不然的话,让你们吃不了兜着走。"

"你爱怎么着就怎么着吧。"小贞子掉开脸去,干脆不理会他了。

张小楼像野兽一般在屋内转了几个圈子,也没有想出什么更好的办法,但又不甘心这样失败,就指示那两个家伙把屋内的东西砸了个遍,这才觉得出了一口恶气,见天快亮了,再待下去也没有什么意思,便带着那两个家伙走出门去。"到底是哪里出了问题?"他一边走一边自语着说,"是不是那个臭女人坏了我的事儿……"想到这里,他突然加快了脚步。

不一会儿,小贞子就听到远处传来一个女人痛切的哭声。她心里紧张成一团,如果不出意外的话,那个遭受暴打而哭泣的女人一定是可怜的桂英……"张小楼,"小贞子在心里诅咒他说,"你不得好死……"

十三、鱼山外婆家

经过几年艰苦卓绝的抗争,河西的对敌斗争形势发生了根本的改变,原先日本铁笼般的黑暗统治被一点点瓦解,大部分地区都成了真正意义上的根据地,到这一年的秋天,仅剩下盘踞在黄河沿岸的几座炮楼子还没有被攻克下来,所以接下来的任务,河西的抗日武装要全力对付那些炮楼了。

消息是被小贞子无意中听到的。这一天,李叔叔、县长、区长等人正在她家里商议事情,父亲让小贞子去为他们端茶倒水。此时,李叔叔已经回到了正规军中,担任的职务是八路军一个独立团的政委。小贞子把茶水给他们添好,正要从屋里走出来时,区长忽然喊住了她。"小贞子,"区长招着手问她说,"你们河渡村谁家和鱼山村有亲戚?"小贞子呆呆地看着他,一时不明白他为什么问这个问题,就随口回答他说:"我家就和鱼山村有亲戚。"不等他们反应过来,她又进一步解释说,"我外婆家就在鱼山村。"她看见区长听了这句话,回过头去,用欣喜的目光和李叔叔、县长他们做了个交流。

小贞子不明白区长为什么向她打听这件事。这天夜里,她随便和父亲说起了这个话题,这才从他那里了解到,原来,在鱼山炮楼里驻扎的除了鬼子的一个加强班外,便是一个伪军中队,中队长叫刘家成,是抗日武装派遣的地下人员,现在决定攻打鱼山炮楼,首先要通知刘家成,让他到时候里应外合,率部队起义,不但要把那个鬼子加强班干掉,还要把他手下的整个伪军中队都带出来。当然,刘家成早就做好了这种准备,但就是不知道起义的准确时间,原先负责和他联络的是人民政府的一个交通员,前几天在一次战斗中牺牲了,刘家成便成了一只漂浮在天空里的孤雁。现在抗日武装已经做好了攻打鱼山炮楼的所有准备,就差给刘家成送信这个环节了,在李叔叔他们想来,刘家成是鱼山本村人,最好是派一个与鱼山村有关系的人去送信,才能以最快的速度取得刘家成的信任,把抗日武装下达的任务送到他手里。

"原来是这样?"听到这里,小贞子没有犹豫,便脱口说道,"让我去行不行?"

"可你也不认识刘家成呀?"父亲摇摇头说。

"我可以去外婆家找表哥他们帮忙呀,"小贞子边想边说,"他们家的人肯定认识那个刘家成的。"

"对呀,"父亲点点头,马上站起来,想要去找李叔叔,走到屋门口,他又站住了,回过头来,用犹豫不决的目光看着她,"这件事十分危险,搞不好不但你自己受害,还会连带其他好多人的,你不过是一个小孩子,这是大人之间的事儿,我看还是……"

没有听完父亲的话,小贞子就迈着大步走出屋门,在院子里绕过一盘石磨,来到了李叔叔所在的另一间屋门前,举起手就在门板上敲起来。很快,李叔叔便打开了屋门,没有等他邀请,小贞子就径直走进去。"李叔叔,"她说的

第一句话就是，"把送信的任务交给我吧。"

李叔叔上下打量了她一眼，才明白她说的是这件事，但没有说什么，就转过身去，回到桌子前，用手中的火柴拨着煤油灯的芯儿，待屋里的光线亮起来，才坐回椅子里，微笑着对她说："你说的这件事我们白天也讨论过了，但最后的结果却是，"他摇了摇头，"大家都没有同意。"

"为什么？"小贞子朝前走了一步，"你们不信任我？"

"那倒不是。"李叔叔推开桌面上的一份材料，背起两手，在屋内来回走了几步。"小贞子，"他用开导的口气说，"这件事十分重大，如果稍稍有一点差池，我们准备了很久的计划就会泡汤，其结果很可能是让很多人丢掉生命，这不是失去攻打炮楼这样一个机会的事儿，而是要承担让许多人付出生命代价的责任……"

"那你们想出更好的办法来了吗？"小贞子问道。

李叔叔摇摇头："暂时还没有……"

"那就让我去试一试吧。"见他又要阻止自己，小贞子急忙把对父亲说的话又对他说了一遍。"我可以让表哥领着我到炮楼里去，反正我们还是小孩子，轻易不会引起敌人的疑心，可是比大人去送情报有利多了……"

听了她的话，李叔叔停止了踱步，又坐回到椅子里，借着灯光再次上下打量她，随后便把一只手托在下巴上，陷入了沉思中。

小贞子见他没有再说反对的话，知道这件事或许在他那里有了改变，便又走上前一步，郑重其事地对他说："请李叔叔放心吧，我绝对不敢有丝毫大意的，如果你信任我的话，就把这个任务交给我吧。"

李叔叔还没说什么呢，父亲就从外面走了进来。"老李，"父亲也对他说，"刚才我仔细想了一下，觉得这个办法还是值得考虑的，你也了解小贞子，她不是一个胡来的孩子，这件事交给她，我看还是十分合适的……"

"这样吧，"李叔叔直起身来，把一只拳头在桌面上轻轻敲了一下，"我再和县长、区长他们仔细商议一下，如果让小贞子去完成这个任务，我们必须在细节上制定得更详尽一些，等明天早晨，我会最后做这个决定的。"

"太好了。"小贞子知道差不多已经说服了李叔叔，心里激动得不行，一边从他屋里走出来一边叮嘱自己说，"你可不要辜负了李叔叔他们对你的信任呀。"

…………

吃完早饭，小贞子便和拴柱、改成一起走出村子，踏上了去往鱼山村的路途。河渡村距鱼山村大约有八里路，都在黄河沿岸，也就是说，他们只要沿着黄河大堤一路向南，便抵达鱼山村了。小贞子之所以叫上拴柱和改成一路同行，也是李叔叔他们方案中的一个计划，在他们想来，让这三个孩子一起行动，或许更给人一种结伴而玩的错觉，再说就算碰到紧急情况，他们还可以互相商议一下。送他们上路的时候，李叔叔和父亲依旧有些不放心，从他们的目光中，小贞子读出了他们非同一般的心事，是呀，前两年，哥哥为了躲避张小楼的迫害，曾经连夜逃往了外地，按照他们的打算，他是要去找李叔叔参加抗日武装的，但奇怪的是，李叔叔并没有见到哥哥，也就是说，哥哥没有找到李叔叔他们，便从此没有了下落，这么长时间过去了，父亲得不到哥哥的消息，不知道他现在在什么地方，到底是死是活，尤其是在这个战乱的世道里，哥哥可以说凶多吉少。没有了哥哥，现在小贞子又踏上了一条十分凶险的路，如果这一去又出了什么事儿，那父亲身边就没有一个人了，恐怕这也是李叔叔在这件事上不肯轻易下决心，下决心之后又一直放不下心来的缘由……

这一天，正赶上鱼山大集。在黄河沿岸一带，鱼山村是个大村，人口众多，交通便利，设在这里的集市也就格外热闹。对小贞子他们来说，赶上这样一个日子对于送情报更为有利，人一多，他们的行踪便不会被别人轻易留意到。三个人在人群里挤来挤去，拴柱和改成各买了一串糖葫芦，小贞子则买了一穗玉米棒。其实，这也是李叔叔方案中的一个内容，小贞子之所以没有像拴柱和改成那样买糖葫芦，而是选择了玉米棒，是便于在里面藏匿那份情报，糖葫芦吃完就没有了，而玉米棒则可以留下玉米芯，在上面挖一个洞，把那份情报藏进去，可是比装在衣兜里安全多了。李叔叔专门叮嘱小贞子，越是把玉米棒大摇大摆地举起来，越不会引起别人的注意。期间，他们看到了两个背着大枪的日本鬼子，大约就是从鱼山炮楼里出来的。一看到鬼子的影子，人们就赶紧朝一边躲去，尤其是那些摆摊卖东西的，也收拾起摊子往远处跑，好像这两个家伙就是可怕的强盗。一时间，集市上有些骚乱。果然，两个鬼子只要看见好吃的东西，尤其是那些刚上市的瓜果，就停下来，伸出毛茸茸的手去抓，抓起来就往嘴里塞，不知是瓜果不好吃还是他们太挑剔了，往往是啃了两口就扔到地上，再去拿更新鲜的，只要他们经过的地方，地上便躺着很多啃了半边的瓜果。来不及躲避的摊主既不敢劝阻，也不敢声张，就那么龟缩在一边，任凭这两个狗东西糟蹋他们的货物。

"小鬼子真是坏透了。"改成愤恨地说。

"要不要去教训他们一下？"拴柱朝两边看看说，"反正这里人多，朝他们身上扔几块石头也不知道是我们干的。"

小贞子也真想帮拴柱这么干，但想到自己的任务，便劝阻了冲动的拴柱，拉着他们走出集市，直朝外婆家的方向走去。

来到外婆家，小贞子马上寻找表哥。外婆告诉她，表哥也在集市上呢，过不多久便该回来吃饭了。在等待表哥的时候，小贞子陪着外婆聊了一会儿天。小贞子有一阵子没有来外婆家了，这使外婆感到非常高兴，自从小贞子的母亲死去以后，外婆就非常想念这个外孙女儿，只要小贞子来了，总是拿出珍藏的好东西来给她吃。小贞子最喜欢吃的是外婆自己做的醉枣，也就是把红枣装在一个罐子里，撒上一些酒液，然后密封起来，过一段日子打开来，那些浸润了酒液的枣子就有了独特的味道，吃在嘴里又松软又香甜，还有一股淡淡的酒味儿，真是好吃极了。小贞子以为现在枣子还没有下树呢，今天是吃不到外婆的醉枣了，但哪里想到，她刚和拴柱、改成坐下来，外婆就从屋里抱出来一个小罐子。一见那个熟悉的罐子，小贞子就知道是怎么回事了，不禁脱口说道："外婆，怎么这个时候您还有醉枣呀？"外婆嗔怪地看她一眼说："还不是专门给你留的。"外婆一边启开罐盖子一边解释说，"这是我去年给你做的，如果再不吃可就浪费了。"

吃着外婆做的独具香味的醉枣，小贞子又想到了刚才在集市上看到鬼子抢劫别人瓜果的情景，不禁和外婆说起这事来。外婆也愤怒地说，那些不讲道理的日本鬼子根本不拿中国人当人，抢吃一点瓜果倒是小事，更重要的是，他们会在街上随意开枪杀人，不然的话，人们也不会一见他们的影子就远远躲到一边去。提到这个话题，外婆又说起她的儿子被日本人杀害的事儿。这件事小贞子虽然没有见到，却听外婆和父亲说起过几次了。有一天，舅舅从街上走过时，看到两个日本鬼子正在欺负一个过路的女人，他实在看不下去了，尽管赤手空拳，还是勇敢地走上去，想要阻止两个强盗的暴行。日本鬼子哪里会把一个普通的中国人看在眼里，当即端起枪来，就朝舅舅的身上开了两枪。舅舅立刻倒在地下，血水流淌了一大片，等人们把他抬回家来时，他已经吐尽了最后一口气。到这个时候，舅舅依旧没有闭上眼睛，两只手还紧紧地握成拳头，一副要去找日本人算账的架势……想起这事儿来，外婆就止不住伤心地落泪。小贞子也把自己的拳头攥紧了，在心里一遍遍地说："该死的日本鬼子，你们的末日就要到了。"

半个钟点之后,表哥回来了。表哥比小贞子大一岁,个子却没有她高,但身材很壮实,听外婆说,他已经到一家粮店里当学徒了。自从舅舅死后,外婆家的日子更难过了,表哥小小的年纪竟然干起了大人的活计,也实在不容易啊。见到表哥后,小贞子问他有关刘家成的事儿,就像她所期盼的,表哥认识刘家成,照他的说法,不但是刘家成,只要是炮楼里的鱼山人,他没有不认识的。这让小贞子感到十分高兴,就算他们找不出见刘家成的理由,却还有其他人供他们选择呢。

"你到炮楼里去过吗?"小贞子问他说。

"去过,"表哥回答说,"我替粮店给炮楼里送过粮食,去过不止一两次了。"

"太好了,"小贞子更加高兴起来,"你可以带我去吗?"

"你到那里去干什么?"表哥奇怪地看着她。

"我,"小贞子想了一下说,"我很好奇,不知道里面是什么样子的。"

"没问题,"表哥爽快地说,"等我去的时候,带上你就是了。"

事情真是出乎意料的顺利,小贞子激动地看了拴柱和改成一眼,三个小伙伴都会心地笑了。

"可是今天不行。"表哥突然又说。

"为什么?"小贞子不由得一愣。

"刚才我在集上,"表哥摇着头说,"碰见炮楼里的伙夫了,见他买了不少猪肉和烟酒,就好奇地问他,你们炮楼里来什么贵客了?做饭的伙夫告诉我,是从县城里来了两个日本顾问,他们要拿出大本事来,好好招待一下那两个鬼子官。"

"这样呀,"小贞子叹口气,又不甘心地说,"鬼子官来他们的,我们不照样去里面玩一会儿吗?"

"你不知道,"表哥挠着头皮说,"鬼子官一来,炮楼里就会加强戒备,生怕他们的头目出了危险,一般是不允许别人到炮楼里去的。"

"哎呀,"小贞子丧气地摇着头,"怎么这事让我们赶上了?"她像兜头被浇了一瓢凉水,再也打不起精神来了。

"今天去不成不是还有别的日子吗?"表哥安慰她说,"等哪天我去的时候,肯定会叫上你的。"

小贞子抬起头,看看天上的日头,目光又落在举在手里的玉米棒上,不禁灰心丧气地嘟囔说:"到那个时候,恐怕黄花菜都凉了。"

十四、冒险送情报

外婆给小贞子他们做了一顿好饭。坐到饭桌前的时候，表哥羡慕地说，他好久没有吃到这样的好饭了，可见外婆是多么疼爱小贞子呢。但尽管这样，小贞子却对那些饭菜提不起任何兴趣，一点吃的欲望也没有。见她不肯吃，早就饿得不行的拴柱和改成也不好意思吃了。看他们这种样子，表哥才警觉起来，回想小贞子给他说的那些话，不禁有些回过味儿来。"怎么回事？"他再次问小贞子说，"你为什么非要到炮楼里去呢？"

小贞子想着李叔叔的嘱咐，不敢轻易对他说实话，便模棱两可地说："我不是告诉你了吗？那个地方我从来没有去过，好不容易来一趟，表哥你就领我去看看吧。"

表哥故意对她说："如果你不给我说实话，就是等有机会了，我也不会带你去的。"

小贞子看看拴柱和改成，知道不说实话不行了，可又担心表哥不可靠，如果这件事泄密了，那攻打炮楼的计划就会发生变化，这样一来，她的任务便完不成了，不是辜负了李叔叔他们的信任吗？

"你一定有什么事儿瞒着我，"表哥上下打量着她，忽然把头凑过来，小声地问她说，"是不是他们要攻打炮楼了？"

听他这样说，小贞子差点跳起来，怎么回事？难道表哥已经知道了他们此行的任务？可这怎么可能呢？她不是一点儿也没有表露出来吗？

见她如此慌张的样子，表哥心里更有了底，缩回身去，一边吃饭一边对她说："看来你是不信任我，把你表哥当外人了……"他用筷子敲敲她的碗，用埋怨的口气说，"你也不想想，我是不可靠的人吗？你不是不知道，我爹就是让日本鬼子杀害的，从那个时候起，我就盼着炮楼里的鬼子都被杀光，好给那些受他们迫害的人报仇。"

小贞子终于被表哥的话打动了，在拴柱和改成目光的鼓励下，她知道如果再向表哥隐瞒下去，不光对不住他，更重要的是，失去了他的帮助，她今天的任务无论如何也是完不成的。她朝外面的天空里看了一眼，见日头已经快要偏西了，留给她的时间越来越有限，不能再等下去了，她索性眼一闭，便把他们这次到鱼山来的目的给表哥说了出来。其实这也是要冒一定风险的，毕竟在李叔叔他们制定的方案中，这些内容没有被计划进去，而只是小贞子根据情况所做的即兴发挥。

"果然是这样。"听了小贞子的诉说,表哥放下碗筷,也像他们一样没有心思吃下去了。"看来今天非要去炮楼里不可了?"他自言自语地说。

小贞子知道他的心思已经发生了变化,便趁热打铁地鼓动他说:"不管有什么样的危险,表哥你都要带我去,如果不把信送到刘家成手里,李叔叔他们的计划就会发生变化。"她推了他一下说,"你以前不是给炮楼里送过粮食吗?今天我们就再去送一回好了。"

"这倒是一个理由,"表哥想了一下,却又摇起头来,"我上午刚在集上见过那个伙夫,可没有给他说起这事儿来呀……"

"你就说是老板让你去送的。"拴柱替他们出主意说。

"这样说也行,"表哥点点头,"这些其实不是什么问题,更重要的是,从城里来的那两个日本大官十分狡猾,是不是会怀疑到我们呢?"

"管不了那么多了,"小贞子咬咬牙说,"只要把情报送出去,不管冒多大的险都值得。"

表哥再次打量她,像望着一个他不认识的人似的,或许只有在这个时候,他对这个好久没有见到的表妹才有了新的认识。他又仔细琢磨一下,便下定了最后的决心。他提出,只带着小贞子一个人去,而把拴柱和改成留下,如果一下子去那么多人,怕是会引起日本人怀疑的。这正中拴柱和改成的下怀,一听说日本人加强了戒备,他们便产生了畏惧心理,留下来安心地吃饭不是更好吗?

小贞子没有顾上吃一口饭,便饿着肚子随表哥上路了。这个时间段正是他们行动的好机会,如果表哥估算得不错的话,粮店的老板应该回家吃饭去了,店铺里没有其他人,这样,表哥就可以不声不响地把一袋粮食装到车上,和小贞子一起送到炮楼里去。情况也正是这样发展的,当表哥推着装有粮袋的独轮车走出粮店时,集市上的人还没有散干净。小贞子没有推过独轮车,一路上便由表哥推着走,她则在一边扶着粮袋,两个人像模像样地出了集市,向村东边的鱼山脚下走去。当然,小贞子手里依旧举着那穗吃了半拉的玉米棒,只不过这是另一穗更为新鲜的玉米棒,刚才经过集市时,表哥提醒了她,上午那穗玉米棒差不多已经干枯了,再举在手里,不引起别人的注意才怪呢。小贞子不能不叹服,原来表哥也是一个格外细心的人呢。

可以说,鱼山是黄河西岸有限山丘中最高的一座,才只有一百多米的样子，虽然不算是一座高山，却是非常有名，历史上有一个声名显赫的大诗人，叫曹植，他的墓就在这座山上，正由于此，鱼山就被许多外人所知道了。日本人一占领黄河西岸，也马上看中了这座山，就在山半腰建起了一座炮楼，因为鱼山的位置十分重要，这个建筑也比周围的其他炮楼复杂而坚固，站在山半腰的炮楼里面，透过那些射击孔，能够看到周围广阔的原野和村庄，也就是说，这个炮楼统治的区域比其他炮楼更广大，所以驻守在里面的敌人也就更多一些，其他炮楼一般只驻扎伪军，而这座炮楼不但伪军数量多，而且还配备了一个鬼子的加强班，可见敌人是多么重视它了，这也是李叔叔他们的抗日武装首先选中这个炮楼作为解放河西的突破口。

来到鱼山脚下，往前不能再推独轮车了，表哥便把那袋粮食卸下来，在小贞子的帮助下背到肩上，驮着它一步步朝山上走。小贞子跟在后面，有些担忧地看着表哥的身影，这袋粮食足有五十斤，而表哥的身材比自己还要矮，竟然把这么重的粮食驮在身上，还要爬到山上去，可见是多么不容易呀。与其他地方的炮楼不同，由于这个炮楼是建在山半腰，周围不用开挖封锁沟，架设吊桥，只要在山路上设置岗哨就行了，因为上山的路很难走，并且只有狭窄的一条，不可能供更多的人一起上下，要想顺利把它攻克下来，还真是不容易呢，大约敌人也想到了这一点，才在设置它的这几年中，也没有像样的修过道路，而只是加强了岗哨的力度。别说，他们的岗哨的确设置得不少，小贞子跟着表哥才拐过了两个弯子，就碰到了三道岗哨，但这对表哥来说，一点通过的难度也没有，站岗的人不但认识他，据表哥悄声告诉小贞子，其中的几个伪军正是他们村的人呢。见到表哥又给他们送粮食来，站岗的伪军十分客气，有的还透出有些感激的神情，摆摆手就让他们过去了。有一道岗问了一下小贞子的情况，表哥告诉他们，小贞子是来帮他忙的，这个说法也没有引起他们丝毫的怀疑。而另外两道岗根本没有留意到小贞子，不用表哥介绍，他们自己就认为这个小丫头是表哥的一个帮手。他们爬了大约一刻钟的时间，等表哥把那袋粮食背到炮楼入口时，已经累得快要站不住了。小贞子急忙抬起手来，用袖口给他擦去满额头的汗水。"总算顺利来到了。"小贞子欣慰地在心里说，但她不知道，接下来，当他们有可能面对日本人时，会不会有什么意外发生呢？

表哥对炮楼里的情况十分熟悉，知道他们的伙房在什么地方，一进入炮楼，便直接进到伙房里去了。伙房是在一楼，大约炮楼里的人已经吃完饭，这一层内竟然没有一个人,表哥要找的伙夫也没在这里。其实这正对小贞子的心思,她要找的是那个叫刘家成的中队长,与什么伙夫一点关系也没有,留下表哥在这里等待伙夫,她一个人便想去打听刘家成的位置。虽然是第一次到这里来,但小贞子已经忘记了害怕,要赶快完成任务的心理支配着她,让她变得特别坦然,也特别机智。可她还没有来得及采取行动,一个伪军就把伙夫喊来了。小贞子只能停下来,帮着表哥应付这个看上去有些难以对付的家伙。

"李小顺,"一照表哥的面,伙夫就纳闷地问他说,"你怎么到这里来了?"

"我来给你送粮食。"表哥回答他说。

"前两天你不是送过了吗?"伙夫有些不解,"今天我没有买你们店里的粮食呀。"

"我也不清楚,"表哥机智地说,"是老板让我送来的。"

"这可真是奇了怪了,"伙夫更加迷惑了,"上午我见过你们老板了,根本就没有说起这事来。"

"既然他让我送来了,"表哥做出为难的样子,"总不能让我再背下去吧。"

"好吧,"伙夫点点头说,"你这孩子把粮食背到山上来,实在也不容易,就先留在这里吧,等我哪天下山时,再去找你们老板,问问他这是怎么回事儿。"

把伙夫的难题应付下来了,表哥和小贞子对视了一眼,暂时都放下心来。

等表哥把粮食在伙房里放好,伙夫又做出了要离去的架势。"我正在中队长屋里陪日本顾问吃饭呢,"他随口对他们说,"如果你们没什么事的话,就赶紧走吧。"

"大叔,"表哥朝他跟前凑了一步,回身指着小贞子说,"这是我表妹,第一次到山上来,让她在这里玩一会儿行吗?"

"这怎么行?"伙夫立即拒绝说,"这个地方有什么好玩的?再说这里根本不是你们该来的地方。"说到这里,她又想起什么来,"对了,今天日本顾问从县城里来,情况比平时紧张多了,听我的话,还是赶紧下山去吧,在这个地方少惹是非为好……"

"我想见中队长,"小贞子突然打断了他的话,"大叔能不能帮我……"

听了她的话,不仅是伙夫,就连表哥也吓了一跳,小贞子的胆子实在太大了,竟然提出了这样的要求?

"你见中队长干什么?"伙夫瞪大了眼睛,上下打量着她说。

"中队长是我家亲戚,"小贞子索性闭上眼睛,硬着头皮信口说道,"我来找他有事儿……"

"你们是亲戚？"伙夫半信半疑地说，"我怎么不知道呢？"

没有等他再说下去，回过味来的表哥赶紧上前帮腔说："没错，他们家是亲戚，我可以证明。"

伙夫就要相信她的话了，不由得掉回头去，朝角落里的楼板看了一下。"恐怕不行，"他依旧摇着头说，中队长正在陪着日本顾问吃饭，能随便下来见你这个小姑娘吗？"

"那我就上去好了，"小贞子也顺着他的目光朝楼板上看，她知道，从那个地方就可以上到二楼去，伙夫不是说，刘家成就在上面和日本顾问一起吃饭吗？

"你的胆子可不小，"伙夫警告她说，"日本顾问在上头，你能随便朝那里闯吗？这个小丫头片子，真是不知道厉害，难道你活腻歪了吗？"

"我就是要见我表叔，"小贞子故意提高了嗓门，"我娘让我来找他，你怎么不让我去见他呢？那我不白来一趟了，表叔你在哪里？快下来见我吧……"

"你吵什么？"伙夫恼怒地看着她，随即又朝楼板上看一眼，满脸都是担忧的模样，"惹恼了日本人，有你的好果子吃……"

正在这时，通往二层的楼梯忽然响起来。几个人一起转过头去看，随着嘎吱嘎吱的响声，那道木质楼梯富有节奏地弹动起来，很显然，一双脚正踩在上面，而且是一层一层地往下走，这就是说，有一个人顺着楼梯下来了。

"胡桑，"那个下来的人对伙夫说，"下面动静的太大，到底发生了何事？"

刚开始，小贞子还侥幸地以为，下来的这个人是刘家成呢，毕竟自己喊叫的是他的名字，但等她瞪大眼睛，看清楚那个人的模样时，便觉得不是那么回事了，虽然她不认识刘家成，但面前这个穿着一身黄色军装的家伙不可能是自己要找的人，因为来的时候，李叔叔向她描述过刘家成的模样，就算小贞子忘记了李叔叔的话，但刘家成不戴眼镜这一点，她还是记在了脑子里的，而此刻出现在自己面前的这个人，除了他头上那顶上窄下宽的日军帽以外，最重要的是脸上戴着一副金丝边眼镜，如果她没有判断错的话，这个家伙便是两个日本顾问中的一个。等明白了他的身份时，小贞子不由得有些紧张，不管怎么说，她可是如此近距离地面对一个日本人，而且是一个狡猾而凶恶的日本军官，这使她产生了一丝不祥的预感。

"太君，"伙夫赶紧朝他凑过去，"这个小孩是刘队长的亲戚，"他回头指着小贞子说，"说是要找他有点什么事儿……"

"噢？"日本军官一怔，随即把目光转到小贞子身上，而且走上来，围着她走了几步，一只手扶在眼镜上，上上下下地打量她。"小孩，"他紧紧地盯住小贞子，用冷硬的语气问她说，"你什么的干活。"

尽管有些害怕，但小贞子还是鼓着勇气让自己镇定下来，知道面对这个狡猾的日本人，自己不回答他的话是不可能的。"我不干什么活，"她故意用模棱两可的口气说，"我来找我表叔……"

"刘桑是你的表叔？"日本军官用半生不熟的中国话问道。

"是我表叔，"小贞子鼓着勇气说，"我是来给他捎信的……"

"不是，"日本军官摇摇头说，"刘桑不是你的表叔，你们家亲戚的没有，"他眼珠转了转，突然朝她大声吼道，"你是八路军的干活，对不对？"

"不对，"小贞子咬着牙回答，她知道，在这个问题上，自己不能有丝毫的犹豫，便又使劲摇摇头说，"我没见过八路，再说，我表叔是八路的敌人，八路和我们家有仇，我怎么会是八路呢？"

听她这样说，日本军官也陷入了沉思中。过了一会儿，他才对伙夫说："你的，把刘桑叫下来，看她有什么事情？"

伙夫赶紧爬到楼梯上去，不一会儿，楼梯上便传来了更加杂乱的脚步声，随即，伙夫引着一个精瘦的人从上面走了下来。

一看到那个人的样子，小贞子眼睛一亮，便知道这个人就是刘家成，不仅因为他过度瘦弱的外形，更重要的是斜过他脸颊的那道伤疤，让他的身份在小贞子面前暴露无遗。说时迟那时快，不等刘家成看清楚自己，小贞子便主动抢上去，大声对他说："表叔，我终于找到你了。"

"表叔？"刘家成愣住了，望着面前这个他并不认识的小姑娘，一时有些丈二和尚摸不着头脑，"你是……"

小贞子接过他的话说："我是你的表侄女呀，我娘让我来告诉你，家里来客人了。"

"家里来客……"刘家成直直地看着她，"你说什么？"

"家里来客人了，"小贞子再次对他说，"我娘正在家给他做饭呢。"

"哦，"刘家成镇定下来，随即向她问道，"你娘做什么饭呢？"

"包饺子呢，客人喜欢吃我娘包的饺子。"

"是呀，你娘包的饺子太好吃了，这回呀，让你娘多放点油。"

"人家客人不喜欢吃油，喜欢的是醋。"说到这里，小贞子咯咯地笑了起来。

没等刘家成作出反应，伙夫就忍不住笑起来。伙夫一笑，那个日本军官也抚摸着下巴笑了。刘家成摊开两手，嘴角也露出了神秘的微笑。

看着他们的样子，一直处在紧张不安状态中的表哥才长出了一口气。但他一直不明白，刘家成并没见过小贞子，但等她一开口，刘家成并没有做出不相识的样子，反而顺着小贞子的话说起来，不了解他们关系的人，还以为他们真的是表叔和表侄女在说闲话呢。他哪里知道，刚才小贞子和刘家成说的这些话，其实是他们约定的暗号呢，小贞子的胆子也真够大的，竟然当着日本军官的面和刘家成对起暗号来，如果表哥明白了这件事，不吓得头上冒汗才怪呢。

"好了，"刘家成向小贞子摆摆手说，"信儿你也送到了，就赶紧下山去吧，告诉你娘他们，我一定会按时下山的。"说到这儿，他走到小贞子面前，抬手把她举在手里的玉米棒抓过去，凑到自己嘴边就啃起来。"好久没尝到这么好吃的棒子了。"他响亮地吧唧着嘴巴说。

小贞子放下心来，看来这个刘家成真是心有灵犀呢，知道她送来的情报放在玉米棒里，便装作无意的样子拿到了自己手里，就凭这一招，小贞子便知道他是一个经验丰富的地下党了。

小贞子跟在表哥后面，正要往外走，却惊讶地看见，那个日本军官把刘家成举在手里的玉米棒夺了过去。"啊，"日本军官夸张地感慨说，"中国的玉米好吃得很，我的喜欢……"说着，他就张开大口，不顾一切地啃吃起来。

事情竟然发生了这样的变化，小贞子的心一下子跳到了嗓子眼里，天哪，现在玉米棒竟然落在了日本人手里，如果他稍微仔细一些，就有可能发现藏在里面的情报，到那时一切可都要暴露了……她停住了脚步，不敢再往外走，只要玉米棒回不到刘家成手里，她又怎么甘心离去呢？

刘家成大约也看出了她的心思，便朝她摆摆手说："你们走吧，这里就交给我了，不就是一穗玉米棒吗？就让皇军啃着吧，等他吃完了玉米粒儿，给我剩一个玉米芯啃啃也不错呀。"

小贞子明白他话里的意思，或许刘家成真的有办法把玉米芯儿从日本军官那里拿回来？不管怎么样，她都不应当继续待在这个地方了，就算日本人不撵她走，她又能帮上刘家成什么忙呢？刚才她不是还在心里说，这个人是一个有经验的地下党吗？就凭这一点，刘家成也不会让那份藏在玉米芯中的情报暴露的。

刘家成就像故意要印证她的想法似的，小贞子在往外走的时候，偶然扭了一下头，看见刘家成用一只手搂住日本军官的肩膀，陪着他向楼梯上走，一边走一边把他拿在手里的玉米棒夺回来，凑到嘴边咬了一口，又递回到日本军官手里，等对方咬过一口之后，便再次夺回来，凑到嘴边继续咬。小贞子看明白了，刘家成这个大智大勇的地下党在用一种游戏的方式对付那个愚蠢的日本军官，小贞子相信，最后的结果一定是让那穗玉米棒回到他自己手中来的。到这个时候，小贞子才彻底放下心来。

…………

从外婆家回来以后，小贞子感到十分疲惫，没有等到天黑就上床睡觉了，是呀，这一天在鱼山上的遭遇，的确让她耗费了过多的心思和精力，有些支撑不住困倦，只能去睡梦中见识鱼山炮楼被抗日武装攻克的动人情景。没错，按照她送给刘家成那份情报的约定，发起总攻的时间定在夜里十二点整，而在此之前，刘家成便要带领他早就策反完成的人员，解决掉那个颇有战斗力的日军加强班，如果那两个日本顾问没有回到县城去的话就更好了，顺便把他们一起解决掉，也算是一个意外收获呢。当钟表的指针指向十二点整的时候，起义部队便在炮楼顶上插上一面白旗，与此同时炮楼里的寨门也被打开，便于李叔叔指挥的抗日武装进去接管。小贞子沉浸在睡梦中，的确梦见了这个过程的进行，让她颇感意外也更为激动的是，在欢呼炮楼被胜利攻克的人群中，她看见表哥从山上走下来，一只手里举着一把明晃晃的菜刀，一只手里牵着一个两手被捆绑在身后的人，小贞子瞪大眼睛，借着一串升到空中的爆竹的亮光，看见表哥俘获的那个家伙是一个戴着眼镜的日本军官……到这个时候，小贞子在梦里发出了咯咯的笑声。

第二天一早，小贞子睁开眼睛，看见父亲坐在床边，正用慈爱的目光看着她。"爹，"小贞子爬起来，拉住他的手就问，"鱼山炮楼打下来了吗？"

"打下来了。"父亲伸出一只手，亲切地在她头上抚摸了一下，然后告诉她说，"李政委还让我给你捎信儿，说小贞子立了一大功呢。"

小贞子羞涩地低下头。"什么功不功的，"她在心里说，"都是我应该做的。"这一刻，她感到心里无比的甜蜜……

十五、不同的道路

张小楼被押回来了。

日本侵略者被赶走以后，整个东阿大地都获得了解放。为了逃避抗日军民的清算，河渡村的反动维持会长张小楼突然消失了，就连他的爷爷也不知道他的去向。村长把这件事汇报到区里，区里又汇报到了县里，于是，一份用东阿县人民政府发布的通缉令便贴在了每个村子的大街小巷。一个月之后，公安部门才找到了张小楼的行踪，原来，这家伙逃到了济南，藏在他在江湖上结交的一个朋友家里，最后被当地的市民检举揭发，才终于把这个罪恶的汉奸揪了出来。公安部门把他从济南押回来，交给了河渡村政府，由民兵组织看管，等待人民法庭对他的审判。

这天吃过早饭，小贞子来到关押张小楼的地方，要看一看这个逼走了哥哥的人现在是什么样子。张小楼是被关押在村公所里，也就是那个祠堂的院内，说来奇怪，在这个风云变幻的时代里，老祠堂先由私塾改为夜校，又由夜校改为了村公所，现在居然成为关押犯人的临时监狱，几间普通的老屋竟然发挥了这么多作用，不能不说是一个奇迹。经过看守民兵的允许，小贞子进到了院子里，透过有些断裂的窗棂，小心地朝屋内打量着。由于屋里的光线太过昏暗，她一开始什么也没有看到，屋内也特别安静，真不像是一个关押人的地方。过了一会儿，小贞子的眼睛适应了屋内的光线，才终于看见那个曾经的维持会长。此时，张小楼坐在一堆柴草里，低垂着脑袋，两手抱住膝盖，身子一动不动，他的头垂得过低，差不多都要耷拉到两腿间了。不用多看，小贞子就明白了他此刻的心情，是呀，张小楼作恶多端，如果不出意外的话，等待他的除了死亡，好像也没有什么其他的道路好走。"活该，"小贞子在心里说，"谁让你给侵略者当帮凶了。"

一个持枪的民兵告诉她，张小楼自从被关进这间屋里以后，就一直坐在那里一动不动，既不吃喝，也不拉撒，看上去就和一个死人差不多。许多人来看过他了，想要和他说句什么，但他没有理会过任何人，这样看来，虽然他还坐在那里喘气，其实早就变成了一个废物。

小贞子打算再看他一眼，从此后就不再搭理他了。但她刚要从窗前走开，却看见张小楼抬起了脑袋，并且掉过脸来，一开始眼睛还十分灰暗，但目光一和她接触，眼神就变得明亮起来。"是小贞子吗？"张小楼随即要站起来，可他那个呆坐的姿势保持得太久了，费了好大劲儿也没有站起来，他只能趴在地下，匍匐着爬到窗前，然后攀着墙壁站起来，两手抓在窗棂上，两眼直直地看着小贞子，"贞子妹妹，"他气喘吁吁地说，"你能帮我一个忙吗？"

小贞子还没反应过来，那个民兵却奇怪地说："他都两天不说话了，怎么你一来就……"

"好妹妹，"张小楼吞咽了一口唾沫，继续用可怜巴巴的口气哀求说，"我都是要死的人了，你就帮我一个忙吧……"

小贞子也不知道他要干什么，不由得反问他一句："我能帮你什么忙？"

"给我传个话，"张小楼颤抖着嘴唇说，"给我爷爷传个话，让他过来一下好吗？"

听他这样说，小贞子才明白过来，看来自从他被押回来以后，他的爷爷就没有过来看过他。或许老爷子不知道这件事？但小贞子又觉得不可能，张小楼被押回来的动静很大，全村人差不多都在奔走相告，就算他爷爷再装聋作哑，也不可能得不到一点风声吧？如此看来，老爷子之所以不来看他，摆明了是要和他断绝关系吧？"你要让他来干什么？"小贞子犹豫着说。

"让我看他老人家一眼，"张小楼低下了头，泪水从眼里流出来，淌过他苍白的面颊，滴落到下面的昏暗里去，"我想我爷爷了……"他趴在窗台上，呜呜地哭起来。

看着他如此伤感的模样，小贞子虽然痛恨这个人，心里却又可怜起他来。"那我去试一试吧，"她答应他说，"但来不来可就是他的事儿了。"

"行行，"张小楼抬起头，抹去脸上的泪水，顺势拱起两手，连连朝她晃摆着，"我就知道贞子妹妹会帮我这个忙，谢谢你，谢谢你……"

小贞子不想听他这些胡言乱语，便掉过身子，迈着大步朝祠堂外走去。她站在街头，犹豫了一下，还是决定到张小楼家去一次，不管怎么说，既然自己答应了他，就必须把这个信转达给他爷爷。小贞子知道，这祖孙两人相依为命，感情深厚，就算是张小楼做了不义的事儿，可作为他的爷爷，面对这个马上就要离去的唯一亲人，又怎么能不给予他最后一点关爱呢？

小贞子来到张小楼家，看到门板紧闭着，便上前推了推，竟然没有推开。她感到很奇怪，自从张小楼逃走以后，这两扇门板就没有关闭过，每次从这里经过时，她都看到张小楼的爷爷坐在院落里，眯着两眼朝远处看。经过这些年张小楼的一番折腾，本来身体硬朗的老爷子急快地苍老下去，头发胡子甚至眉毛都变成了一片白雪，如果不是放心不下这个孙子，或许他早就闭上眼睛了。但现在门板怎么关上了？小贞子透过门缝往里看，老爷子竟然依旧坐在院落里，和过去没有什么两样，但他关上了门板，又怎么能看到外面的情景呢？老爷子一直坐在院子里往远处看，不就是希望得到孙子的下落吗？现在张小楼回来了，他为什么又把门板关上了呢？想着答应了张小楼的事儿，小贞子在推不开门板的情况下，便大声向里叫喊："爷爷，我是小贞子，你孙子让我来给你传信儿，快给我开开门呀。"

小贞子知道，尽管老爷子耳朵不太好使，但她又敲门又叫喊，也折腾了好一阵子，老爷子不会一点动静听不到的，但门板始终没有打开，坐在里面的老爷子也没有动弹，看来他是有意不给自己开门的。小贞子朦胧地感觉到，或许是他真的对自己的孙子感到了绝望，或者干脆说要与他划清界限了，不然的话，他又怎么能故意装聋作哑呢？小贞子没有办法，便只好离开了张小楼家，等什么时候老爷子把门板打开了，她再来这里找他吧。

小贞子刚要回家去，却看见一个挎着包袱的女人从大堤上走来。那个人来到村子里时，小贞子认出来，这是桂英。一年前，桂英终于和张小楼彻底断绝了关系，嫁到很远的一个村子里去了。小贞子有些吃不准，现在桂英回娘家来，是不是和张小楼的事情有什么关系？或许她还没有从心里抹去张小楼的影子？这当然只是桂英一个人的秘密，别人又怎么能知道呢？

小贞子原本以为，张小楼托她办的事情完不成了，因为她根本见不到他的爷爷。但她没有想到，这天傍晚，老爷子竟然主动上门来了。望着这个风烛残年的老人，拄着拐杖一步一颤地走进来，小贞子愣住了，差点都忘了上去搀扶他。但老爷子并没有理会她，径直朝父亲走去。父亲把他让到了屋里，陪着他在椅子里坐下，让小贞子去为他倒水来。小贞子把一碗茶水放到他面前，老爷子也没有做出什么反应，好像她这个小姑娘不存在似的。小贞子站在他身边，一时欲言又止，不知道是不是把张小楼交代给她的事情对他说出来。

老爷子和父亲山南海北地说了一些闲话，在小贞子听来，那都是一些不着边际的无用之词，她一直等待的是，老爷子主动提到他孙子的事儿，在她的想象中，老爷子之所以上门来和父亲聊天，一定是有目的而来的，如果她的理解不错的话，老爷子大概是来为自己的孙子求情的，如果这个村子里还有什么人能救得了张小楼的命，那除了父亲这个老革命之外，谁还有这种资格呢？但奇怪的是，老爷子说了一大串不着边际的话，最后有些疲惫了，天也真正黑下来，他要回家去了，也没有把话题转到张小楼身上。在这种情况下，就算是小贞子想把张小楼的委托说给他，都没有机会开口，既然这样，她就越发不明白了，老爷子到底是来干什么的呢？

走到院子里去了，老爷子又回过身来，竟然问送他出门的小贞子说："你哥哥有什么消息吗？"

小贞子心里一震，无论如何也没有想到他会提到这个话题，不由得摇了一下头。"没有。"她回答说。

老爷子抬起头，眯起眼睛，望着越来越黑的夜空，长长地叹了一口气，悄声嘟囔着说："兴许他快有信儿来了吧？"说完，他就拄着拐杖走出院门，消失在了黑暗里。

小贞子呆呆地站在院门口，过了很久才转过身来，回到院子里，看见父亲站在屋门口，身子一动不动，像是陷入了深深的思虑中。小贞子望着父亲的身影，似乎知道他在想些什么，但对他想的那件事感到有些茫然。经过父亲身边时，她听到他若有所思地说："明天我是不是到区里去一下？"父亲像是问她，又像是自语，没有等她作出回应，便转身朝屋里走去。

小贞子似乎知道，这一夜父亲肯定睡不好觉。

第二天一早，父亲果然到区里去了。按说，河渡村离区政府所在地足有七八里路，就算不办什么事儿，走个来回也需要很长一段时间。但半个钟点不到，父亲却回来了。"或许我不能去，"父亲主动告诉小贞子说，"不管怎么说，这都不是牵扯到我们一家人的事儿。"父亲坐到门槛上，点起一支烟来吸，过了一会儿又说，"既然他选择了这条路，那就让他自己负责到底好了。"

小贞子站在院子里，远远地看着父亲。虽然父亲没有说明白他思考的那件事是什么，但小贞子却明确无误地知道他心里到底在想些什么。而且她也明白，此时父亲的心情一定十分复杂，因为平时他是不吸烟的，只有在十分特殊的情况下，他才会用这种方式缓解心情的郁闷。小贞子想对父亲说句什么，但张了几次嘴，也没有找到一句合适的话，是呀，对这个还没有完全长大的小姑娘来说，她又能对父亲的选择和决定说什么呢？

又等待了两天的时间，关押在祠堂内的张小楼没有见到爷爷到来，作为一个囚犯的处境也没有得到丝毫的改变，他知道所有的努力都没有起到什么效用，对于即将到来的死亡，或许他还能够接受，但爷爷的不肯到来，让他无论如何感到难以释怀。张小楼再也沉不住气了，便一改先前枯坐发呆的姿势，扑倒在柴草里，一边撕心裂肺地痛哭，一边翻来覆去地打滚，制作出一番令人难以接受的特大动静。尤其是到夜间，小贞子从睡梦中醒来，听着像狼嚎一般的哭声从远处传来，她无论如何再也睡不着觉。那几天里，只要是人们来到大街上，都一副困倦不已的疲惫样子，没错，这都是让张小楼造成的，从这种意义上说，人们都盼着政府的临时法庭赶快审判张小楼，不管是死是活，这件事应该彻底画上一个句号了。

枪毙张小楼的时候，拴柱和改成都去现场看了，而小贞子却没有去，她并不是害怕看到那种场景，在这个年代里，死亡对于小贞子来说还有什么可怕的呢？她只是不想目睹张小楼离开这个世界的情景，不管怎么说，他都是自己家的邻居，曾经是她喜欢的一个大哥哥，如今他走到了这条道路上，尽管罪恶累累，但小贞子却不能不从心底深处为他感到一丝惋惜。

父亲也没有去。小贞子在街上逛荡了一圈，回到家来时，看见父亲坐在门台石上，手里捧着一张信纸，正在仔细地阅读。父亲看得太过专注了，小贞子都走到他面前来，他还没有发现呢。走到自己屋门口时，小贞子又回了一下头，见父亲已经读完了那封信，抬起头来，目光越过院墙，正在朝着远处望。小贞子随即看到，父亲收回了目光，然后摘下鼻梁上的眼镜，抬手在脸上抹了一把。小贞子惊讶地发现，父亲此时已是泪流满面。

"你哥哥来信了。"父亲朝她轻轻扬了扬手中那张纸。

"什么？"小贞子一愣，还以为父亲说错了话呢，难道举在父亲手里的那张纸，真的是哥哥来的信吗？她反应过来，急忙奔过去，从父亲手里抢过那张纸，拿到自己眼下看。没错，一看到那张纸上熟悉的字迹，小贞子认定，这就是哥哥写来的信，原来他还活在这个世界上？她想起来，前两天，张小楼的爷爷还提到过这件事呢，那时她和父亲都不相信，哥哥真的快要有消息了吗？现在看来，那个老爷子真是一个神奇的预言家呢。

"敬爱的父亲，还有我放心不下的妹妹，"小贞子流着泪水诵读哥哥的信件，"我知道这些年来你们一定挂念我的行踪，但我却没有及时把我的消息传达给你们，这都是我的错，还请你们原谅我这个不孝的儿子和不合格的哥哥。那天夜里，为了躲避张小楼的迫害，我去找李叔叔的队伍，本来是做好了准备参加他们的抗日武装的，但我不知道他们到底在什么地方，经过一夜的奔走，第二天我来到了一个陌生的地方，不但没有打听到他们的下落，而且遇上了日本鬼子的巡逻队，当时没有来得及躲掉，就被他们抓了起来。这些鬼子兵出来扫荡，就是为了抓捕劳工的，真是躲得了初一躲不了十五，逃过张小楼的魔爪，我竟然还是成了鬼子抓捕劳工中的一员。日本鬼子把我和其他许多年轻人关在车里，一路拉到了青岛，又装在一艘船上，直接运到了东北的黑土地上。就这样，我们正式成为了在那个地方下煤窑的苦力。日本鬼子待我们如牛马，平时打骂是小事儿，如果稍有不慎，就会被他们开枪打死。就算侥幸躲过了他们的皮鞭和枪支，要想从黑洞洞的煤窑里活着离开，那也是痴心妄想。尽管这样，我们这些人也没有停止反抗，经过一系列的谋划和准备，我们终于找到了机会，用手中的镐头打死了几个日本监工，夺取了他们手中的枪支，从煤窑里逃出来，参加了当地的抗日武装。经过一年多的辗转和苦战，我们这支小分队不断壮大，最后融入了东北的抗联队伍中，这是共产党领导的队伍，和李叔叔的抗日武装没有区别，都是为了反抗日本侵略者保卫我们的家乡而成立起来的，就像我们东阿人喜欢说的那句话，千条河流归大海，我兜了这么大一个湾子，终于来到了共产党领导的革命队伍中来，也算是没有违背我当年的初衷。听到这个消息以后，我相信父亲和妹妹一定会感到无比欣慰的。现在，经过全体中国人民和世界反法西斯人民的不懈努力，日本侵略者终于被打败了，我和我的同志们已经从艰苦的白山黑水中走出来，来到了附近的村庄和城市里，在建设被他们所破坏的社会经济的同时，已经做好了防范国民党反动派发起的国内战争……我现在已经是革命队伍中的一名班长，目前的形势依旧严峻，每天我们都在做着艰苦的训练，准备随时走上战场，打败所有与人民为敌的反动派，也许有一天，我和我的队伍就能解放整个东北地区，重新进入关内，到那个时候，我们一家人就有了重新团聚的可能……敬爱的父亲和亲爱的妹妹，就让我们等待这一天的到来吧……"

小贞子一边读信一边微笑，她没有像父亲那样感动地哭泣，而是为哥哥终于走进了革命队伍而感到高兴，感到自豪。她把信捂在胸前，踮起脚跟，也把目光放到院墙外的远处去。她想到刚刚传来的处决张小楼的枪声，不禁感慨地长出了一口气，是呀，哥哥和张小楼曾经是最好的朋友，但后来却各自走上了不同的道路，也肯定会迎来各自不同的结局，这样的选择对她这个正在成长期的小女孩来说，不是更有非同一般的启发意义吗？"哥哥，"小贞子在心里一遍遍地对他说，"我一定好好努力，争取尽快追赶上你的步伐……"

第四章

十六、复活的河流

　　吃过晚饭，小贞子给父亲披上一件御寒的外衣，然后点上马灯，和父亲一起出了院门，沿着街道朝祠堂的方向走去。这个情景让她想起几年前，她也是这样提着马灯，陪着父亲去夜校。日本侵略者被赶走以后，生活暂时安定下来，中断许久的夜校又恢复了，地点还是在祠堂内，只是与过去不同的是，现在她的任务不仅仅是陪伴父亲，而她自己也已经像父亲那样成为夜校的一名老师，给那些比她还要大的人去上课。开始的时候，小贞子还只是在父亲有事的情况下，代替他上一两节课，根据那些听课的人反映，小贞子的课讲得比父亲还要好呢，这当然不太符合事实，大约是因为她的年纪小，人们出于鼓励她才这么说的吧？但区政府知道了这件事以后，竟然向村里提出建议，干脆让小贞子也在夜校里上起课来，这样倒好，起码她可以为繁忙的父亲分担一部分课程了。

　　还离得老远，小贞子就看见夜校的灯光亮了，不禁感到奇怪，是谁来得这么早，已经把那盏汽灯点起来了？说起来，这盏汽灯还是当年李叔叔送给河渡村夜校的……这一刻，小贞子不由得想到了李叔叔，抗战胜利后，李叔叔就随部队离开了这个地方，父亲听区政府的人说，李叔叔的部队是去了胶东的某个地方，小贞子便禁不住想，那么他去的那个地方是不是他的家乡呀？由此她还想到了李叔叔的女儿，现在李叔叔带着部队回到那个地方进行战斗，也算是对他女儿的在天之灵给予的一个安慰吧。可是由此以来，小贞子却无法再见到李叔叔了，这么多日子过去，李叔叔在这里战斗过的情景还不时地浮现在眼前，不能不让她由衷地想念……

　　走进教室里一看，原来是村长坐在这里，小贞子便感到很奇怪，难道村长也来上夜校吗？村长告诉大家说，今天的夜校暂时就不上了，他要给村里人开一个会,傍晚他才从区里回来,带回了一个非常重要的信息,所以他要抓紧把这件事说给大家。看着村长脸上凝重的神色,小贞子意识到,一定是有关他们这个村子的大事要发生了。

等人们到得差不多了,村长便郑重其事地说道:"前些年,为了阻止日本侵略者的到来,国民党炸毁了河南的黄河大坝,让黄河水流淌到南边去了,淹没了数十万人的地盘,也没有阻挡住日本鬼子的侵略,现在,为了对付共产党,国民党又要堵上黄河大坝,让水流淌到我们这个地方来……"

听到这里,小贞子心里一动,这么说,这条死去的黄河又要复活了不成?一刹那,她觉得自己的心脏怦怦地跳起来。

"这可是一件好事儿呀,"拴柱爹率先表态说,"这是我做梦都想到的事儿,终于又变成现实了。"他拍拍脑袋,随即又懊悔地说,"可我家的船已经没有了……"

"事倒是好事儿,"村长看了他一眼说,"可你想过没有,因为河里没有水,这些年黄河大堤再也没有维修过,不仅如此,还遭到了许多人为的破坏,有人一用到土就去那里挖,此外还有那些讨厌的动物,什么老鼠啦,兔子啦,狐狸啦,狗獾啦……掏得堤坝上满是窟窿,你到那里去仔细看看,那条大堤哪还能挡得了水呢?这黄河水来了,四外八乡还不都淹起来了……"

"那就先修一修呗,"改成娘说,"等我们把堤坝修好了,再让他们把水放过来。"

"你以为放水这事你管得了啊?"村长又斜眼看了她一下,"国民党是干什么的?人家之所以让黄河水再流到这里来,目的就是趁着我们的堤坝没有修好,来个突然袭击,把解放区都淹到水里边,他们的目的才达到了呢。"

听到这里,小贞子才明白过来,原来看上去是非常美好的一件事,其间却隐藏了这么凶险的目的呀。"既然这样,"她思考着说,"那我们就只能抓紧时间修复堤坝,争取抢在他们放水前,让遭到破坏的堤坝得到恢复……"

"其实这件事与我们有什么关系?"拴柱爹打断了她的话说,"我们不是在堤坝里边吗?你就是把堤坝修到天上去,也挡不住河水淹我们呀?"

"说的就是,"改成娘接上说,"修堤坝是别人的事儿,我们才懒得管呢,如果有闲工夫,我们倒是应该把村东边加高一些……"

"你这样说就不对了,"一直沉默不语的父亲摇摇头说,"虽然堤坝高低与我们无关,但河渡村也不是一个世外桃源,总是与堤坝外的大多数村有所联系吧,谁家没有一两门亲戚在那些村子里,如果他们那里遭到了水淹,我们还能睡得着觉吗?再说了,我们还与那些村庄同属于一个区,一个县呢,前些年打日本鬼子的时候,李政委的队伍不是三天两头来我们这边,带领大家一起战斗吗?如果没有他们的帮助,就凭我们这一个小村子的人,能对付得了凶恶的日伪军吗?这才过去了多长时间,你们就忘记了人家的恩情,凡事都要有大局观念,不说全国一盘棋,我们这个村子总不能搞独立吧?"

听他这样说,在表达能力上处于下风的村长频频点头。"好,"他用烟袋锅敲击着桌面,用赞叹的口气连声说,"这才是我要说的心里话,也是区里,不,也是县里的意思,总之一句话,我们要立刻行动起来,和全区各个村庄的父老乡亲联合在一起,有人的出人,有力的出力,争取在最短的时间内修好黄河大堤,绝不能让国民党的罪恶阴谋得逞。"

这天夜里,激动不安的小贞子做了一个梦,看见干枯了若干年的黄河内涌荡起了滔滔波澜,混合着黄色泥沙的河水从上游而来,从她的脚前淌过去,流向了看不见尽头的远方,在明亮日头的照耀下,整条河道里都起伏着斑斓的光波,像是一河交缠在一起的蟒蛇在跳跃起舞。河中游动着许多欢快的鱼,她看得很清楚,其中就有那条从他们的手下逃出去的黑鱼,有一会儿,那条黑鱼从波浪中跳起来,像一只飞翔的大鸟从宽阔的河面上掠过,消失在远处的天空里。小贞子从河边站起来,也像那条鱼一样投到河水里去,伴着浩瀚而温暖的河水,向一个传说中叫作大海的地方游去,游去……

小贞子从梦中醒来,踩着满地的月光走出屋门,看见父亲正坐在夜色中,借着月光打量他居住的那间屋子。过了好一会儿,父亲的身子都没有动弹一下,这说明此时此刻,他正沉浸在自己的心思里。小贞子站在屋门口,没有打扰父亲的沉思,便回到了自己床上去。她不知道父亲在想什么,还以为他也像自己一样,为即将到来的黄河复活而睡不着觉呢……

从第二天开始,沉寂了许多年的黄河大堤上便欢腾起来,为了与国民党随时放水的举动争时间、抢速度,黄河西岸的解放区人民都被动员起来,就像村长说的那样,有人的出人,有力的出力,有的拉着车子,有的挑着篮筐,从很远的地方取来土石和柴草,一层层加固到被破坏得不像样子的大堤上。小贞子和父亲以及河渡村的许多人,都参加到这项特别紧张而又劳累的行动中。父亲虽然是一个没有多少力气的知识分子,却像那些壮汉一样推着一辆排子车,上面堆满了土石,他使出全身的力气,拖着排子车一步步朝大堤上爬行。

小贞子则挑着两筐土,跟随在那些年富力强的小伙子当中,也朝着大堤上爬呀爬呀。此时正当仲春时节,天气还冷着呢,但是他们却热得满头大汗,父亲脱去了厚重的外衣,又在腰间扎了一条皮带,这使他看上去显得年轻了许多;小贞子则把一头长发梳在脑后,在让自己变得干练起来的同时,竟然也显得成熟了许多。

几天之后,小贞子便知道那天夜里,父亲为什么盯着自己居住的那间小屋陷入沉思了。这天夜里,小贞子被一阵响动惊醒了,赶紧走出门来,看见父亲手里挥舞着一根长把镐头,正在对着那间小屋的门台石刨挖。镐头在父亲头顶上划过去,被明亮的月光照得一亮,便迅速落下来,落在门台石的缝隙间。父亲不知已经干了多久,小贞子走过去一看,几块门台石已经被他撬离了原来的地方。小贞子仅仅想了一下,便知道父亲为什么要这样干了。是呀,修筑大坝需要许多石料,而河西地带大多是平原地形,又到哪里去找那么多石头呢?河东倒是山峦密布,按说取来石料不是多么困难的事儿,但前些日子,国民党军已经占领了东阿县城,随即在黄河沿岸一带修筑了工事,不允许河西解放区的人靠近,也就断绝了去那里开采石料的路径,在这种情况下,父亲便只能把主意打到自己的房屋上来了。

小贞子赶紧走过去,找了一把铁锹,帮助父亲移动那些坚硬的石头。"爹,"小贞子埋怨他说,"你怎么不喊我一声呢?"

父亲抹了一把脸上的汗说:"你白天累得不轻了,还是赶紧睡觉去吧。"

小贞子借着月光打量父亲,知道他比自己还要疲惫呢,毕竟父亲的年纪已经大了,这些年来东奔西走,也没有得到她像样的照料,可是更需要好好休息呢。但她知道说什么也没有用,便尽量在这个时候帮父亲一把,以减少他一些劳动量。

父女二人相帮着,把那几块门台石搬离了屋门,堆积在院子里,等在天明时用排子车拉到大堤上去。到这个时候,小贞子以为今天的任务就已经完成了,便准备扶着父亲进屋去休息。但父亲没有离去的打算,而是从院角里搬来一架梯子,竖在屋檐上,拎着手里的镐头就要朝上面爬。

"爹到房顶上去干什么?"小贞子拦住了他。

"去刨房顶呀,"父亲头也不回地说,"你回屋去睡觉吧,我一个人来干就行了。"

小贞子呆呆地看着他,似乎这才相信,父亲并没有止于献出门台石这样简单的行为,而是把主意又打在了整幢房屋上,是呀,这间房屋的木料和石头,都是修筑堤坝需要的上好材料呀,可这样一来,他们家可就只剩下小贞子这一间屋了,父亲献出了自己住的房子,他又该到哪里栖身呢? 等小贞子反应过来时,父亲已经爬到房顶上去了,她不敢怠慢,便也赶紧爬上去,拦住了父亲正在举起来的镐头。"爹,您下去休息吧,让我替你来干。"她用坚定的语气对他说。

父亲停下手,用不安的目光看着她。"我没有跟你商量这件事,就自己做了这个重大决定,你该不会怨恨我吧?"

"这怎么会呢?"小贞子安慰父亲说,"你可是比我想得周到呀,如果是我,是不可能做到这一步的。"

"还有你哥哥,"父亲抬起头,透过朦胧的夜色朝远处看着,"不管怎么说,这个家也有他一份呀。"

"爹放心吧,"小贞子鼓励他说,"如果我哥哥知道了这件事,肯定比我帮得你多。"

父亲伸过手来,在她肩膀上轻轻拍了一下。"你们都是我的好儿女,"父亲感动地说,"有你们在,我感到特别自豪。"

小贞子抱住父亲的手,在自己脸上摩擦了一下,便从他另一只手里夺过镐头,高高地举起来,再让它重重地落下去。

…………

连续用了三个夜晚,父女二人才把那间房屋彻底拆除完毕,房顶上的柴草、檩条和椽子,墙壁上的石头、砖瓦和泥土,都分门别类地堆积在院子里。等到第四天,父亲推来了那辆排子车,在小贞子的帮助下,将那些东西装到车厢里,然后再拖到大堤上去。当他们走过街道的时候,许多人都瞪大了眼睛,颇为诧异地看着他们。接下来,有的人便回到家去,也拖着镐头,去挖自己院子里的石头。河渡村许多条胡同的上空,都不时地传出铁器撞击石头的响声。听着这悦耳的声音,村长从房顶上抬起头,发自肺腑地赞叹说:"周老师父女带动得好呀。"

眼看河西人民就要把破损的大坝重新修好了,盘踞在河东的国民党军队便加大了干扰和破坏活动,不时有冷枪冷炮从对岸打过来,落在大堤上的民工队伍里,当即便有几个人倒在了地下。区长赶紧组织武装人员,一边掩护被袭扰的民工撤离到安全地带,一边对着河东岸进行还击。这样一来,修复大堤的速度无论如何也不能再加快了。没有办法,区政府便号召人们牺牲夜晚休息时间,利用夜色的掩护,组织干练的民工继续修复堤坝。河东的国民党军不甘心失败,又从济南调来了武装飞机,不定期地飞到黄河大堤上空,对着施工人员或投弹或扫射。对于这种威力巨大的空中"怪物",区长领导的武装工作队没有丝毫的办法,只能对着从头顶上掠过的飞机打上几枪,或者跺着脚骂上一阵子。

每到这个时候,小贞子便感到心情焦虑,义愤填膺,恨不能让自己变成一只鸟儿,抖动着翅膀飞上天去,和那几只空中"怪物"好好地斗上一番。这天夜里,小贞子和父亲来到大堤上,还没有干上一会活呢,远处的天空里就传来轰轰隆隆的响声,与此同时,区长的喊声也从附近传来:"赶快卧倒——"像其他许多人一样,小贞子也就地趴在了地下。但区长的声音并没有消失,而是依旧在那边高声喊着:"那是谁呀?为什么还站在那儿?赶快趴下呀。"小贞子抬起头,对着声音传来的地方看去,果然那边有一个黑影依旧站在堤坝中间,尽管身子晃来晃去,但就是不肯趴下。她很快判断出来,这个人的身体状况一定是出了问题,不能让他顺利地趴到地下。她突然想起来,刚才出门的时候,她看见父亲的身影朝一边倾斜,便走过去问他,原来是父亲受过伤的腿有些疼痛,大约这一段时间的超负荷劳动,让他的腿伤有些发作,但好在问题不大,小贞子在他腿上揉捏了一会儿,父亲走起路来便健步如飞了……"是爹……"小贞子反应过来,便赶紧跑过去,果然是父亲,原来他的一只脚掉到了石头缝里,一时拔不出来,又不能弯腰卧倒,更不能离开那个地方。

"不要管我,"父亲使劲推开她,"你快躲到一边去。"他听出来,天空里的轰隆声已经来到了头顶上,也就是说,死神离他们不远了。

而小贞子一声不吭,依旧低下头去,用两手使劲扯拽父亲那只脚。为了不伤害到父亲,她不敢使用多么大的力气,自然起不到明显的效果,便只能换另外一种方式,干脆搬动那两块石头,企图让它们敞开更大的缝隙,以便父亲拔出脚来。但石头太过巨大了,旁边又堆积着厚厚的土层,凭她一个小姑娘的力气,又怎么能让它们移动呢?

"你快走……"父亲焦急地喊道,但与此同时,他又知道这样的催促不起作用,只要他自己没有获得解脱,他的女儿又怎么能离他而去呢。于是,父亲停止了喊叫,索性使出全身的力气,把女儿按倒在地下,自己伏下身去,用自己的身子盖住女儿。

就在这时候，一颗炸弹落在了他们身后不远的地方。剧烈的爆炸声过去之后，头昏目眩的小贞子睁开眼睛，抖掉头顶上的土块儿，慢慢挣扎着站起来。她看见父亲也倒在了身边，尽管那天的月光十分朦胧，但她却清楚地看见，父亲的身上布满了红色的血迹。"爹……"她大叫着扑在父亲身上。

"我没死……"父亲慢慢掉过头来，抖动着脸上的血水，微笑着安慰她说。"我的眼镜不知哪里去了……"他的一只手在地上摸索着。

小贞子刚刚放下心来，就马上想到了一件事，那就是父亲的脚……她急忙掉过身子，在黑暗中抓住父亲的腿，一路向下摸去。她的手停住了，与此同时，她悲惨地在心里叫喊了一声："爹的脚……"她的手摸遍了父亲被黏稠的液体所浸泡的腿，却似乎没有触到那只脚……

"我没有死……"父亲继续念叨着，一阵剧烈的疼痛让他再也承受不住，便只能合上了眼睛。

"爹呀，女儿没有照顾好您……"小贞子抱住父亲的身子，痛彻肺腑地大声哭泣……

十七、大军渡河

小贞子站在鱼山半腰，站在以前来过的日军炮楼所在地，如今炮楼已经被全部推倒，只剩下了一些碎砖烂瓦，经过两三年的风吹雨打，再也看不出多少炮楼曾经存在过的痕迹了。她登上一个石台，从高处向东眺望，滔滔黄河从山脚下流过，在这个地方可以一览整条河道的景致，黄河水终于又流淌到这条河道里来了。她转回身来，又朝西走了几步，俯瞰着鱼山村里的景象，这几天的鱼山村，可是与以前她来过的那个村庄大不相同了。现在，刘邓大军已经来到了这里，千军万马分布在自鱼山向西数十公里黄河沿线的村庄里，做着在某一个时刻渡过黄河的准备。小贞子意识到，或许从这个时候起，共产党所领导的人民解放军与腐朽没落的国民党军所进行的决战就要开始了，也就是说，全中国从国民党的黑暗统治中获得解放的时刻就要到来了。区政府把周围所在村庄的积极分子都动员起来，奔赴鱼山和其他村庄，帮助当地的政府和人民为大军渡河做一些力所能及的事情。小贞子来到了外婆家所在的鱼山村，由表哥引领，马上就和这里的妇救会建立了联系，成为这个组织中的一员。

这是一些十分紧张的日子，整个鱼山村都是一派人来人往的繁忙景象，乍一看上去,还以为鱼山大集正在举行中呢。小贞子跟在一个名叫孙秀珍的妇救会骨干人员身后,做着她们这个组织应该干的事情。和她们比起来,男人们所在的农救会事情似乎有些单一,不过是忙着锯倒树木,打造渡河用的船只,拆倒门板,改造成运送伤员的担架等这些颇费力气的活计,而妇救会呢,事情却要庞杂得多,什么推米磨面啦,摊煎饼蒸窝头啦,洗衣服做鞋子啦,还有捐粮捐物这些既琐碎又难搞的事情。这两天,小贞子跟随孙秀珍所干的就是到一些富户富商家征集粮食,这是一件颇费心思的工作,因为要和那些不大愿意配合形势发展的人打交道,又会在某些方面触动他们的切身利益,所以也就不大容易取得成绩。大约妇救会觉得孙秀珍有这个能力,才把这件事交到她手里,在某种程度上讲,也是对这个女共产党员的莫大信任。小贞子虽然才认识孙秀珍没几天,却知道这是一个了不起的女中豪杰,实际上,孙秀珍比她大不了两岁,却比她要成熟多了,在小贞子面前不仅有一个大姐姐的模样,而且许多方面都给她提供了效仿的模板。小贞子从外婆口中得知,孙秀珍是一个身世苦难的女孩子,很小就死了爹娘,九岁时就成为鱼山村一户人家的童养媳,从这方面说,她可是比小贞子要悲惨多了,但孙秀珍并没有屈服自己的不幸命运,积极地从家庭里走出来,投身到反抗黑暗统治,争取解放和自由的革命运动中,经过多年的锻炼,她已经成长为一个不怕艰难,不畏强敌,大公无私,勇往直前的优秀共产党员。正是从她的身上,小贞子看到了自己的弱点和不足,便暗下决心,一定要好好向这个大姐姐学习。

这一天,孙秀珍带领小贞子等人去几家粮店里征集粮食,当走到临街的一家店铺时,小贞子觉得这个地方很熟悉,好像以前来过似的,不一会就想起来,前两年她和表哥去炮楼里送情报时,就是从这家粮店里推了一袋粮食,也就是说,表哥曾经是在这家粮店里当店员的。上一次她没有看到老板的模样,现在,大约是早就接到了妇救会的通知,当他们走进去时,老板早就等在这里了。老板是一个五十多岁的胖子,头上戴一项毡帽,嘴巴上留着两撇胡子,猛看上去,还以为这是一个慈眉善目的老先生呢,但据外婆说,这可是一个不容易对付的家伙,在鱼山村,这个叫张守财的人是一个家境殷实的地主,家里拥有一百多顷土地,粮食多得发愁,便在街上开了这家粮店。

本来,张守财以吝啬待人而出名,脑子里永远装着一个零打碎敲的小算盘,不管什么时候,都不会轻易把自己家的东西送给别人,是一个典型的守财奴。但不知怎么回事,今天张守财的表现完全不是这样,小贞子跟在孙秀珍身后，一走进粮店，张守财就从一把摇椅里站起来，迈着小碎步迎到孙秀珍面前，觍起一张笑脸对她说："秀珍大妹子，你吩咐下来的事情我已经办好了，"说着，他就转过身去，朝门后的角落里一指，"你看，我不但按你的吩咐准备好了这两袋粮食，此外，我还自作主张，向大军再捐献两袋，你看怎么样呢？"

孙秀珍也颇感意外地上下打量他。"这当然好了，"她不动声色地说，"人民解放军来到了我们这里，做的是为人民争自由得解放的大事情，我们理当积极支援他们。张先生不但完成了我们征集的数目，此外还要捐献更多的粮食，这足以表明了你的心意，我代表妇救会感谢张先生。"

"不用谢，应当的。"张守财微笑了一下，又用征求意见的口气问她说，"那就让我的伙计给你们送过去？"不等孙秀珍做出反应，他就对站在身后的一个小伙子说，"你把这四袋粮食装到车上，一起拉到征集处去。"

"别忙，"孙秀珍摆摆手说，"在正式接收这四袋粮食之前，我们是不是该检查一下呀？"

张守财愣怔了一下，马上点点头说："那是自然，这也是必经的手续嘛。"他让那个小伙子把粮袋打开，自己率先伸出手去，从里面抓出一把粮食，摊放在孙秀珍和小贞子的眼下，"请你们仔细检查。"

两个人凑到他手前一看，粮食倒是没有什么问题，每一颗都结实饱满，看上去也十分新鲜。小贞子和孙秀珍交换了一下眼神，悄悄点了一下头。

"没问题了吧？"张守财把粮食放回口袋里，拍了拍手，满脸都是一副十分得意的神情，"那么，现在可以送了？"

孙秀珍对小贞子说："你领他们去征集处，我再去其他粮店里看看。"说着，她就领着另外几个人走出门去。

小贞子帮着那个伙计把粮食抬到排子车上，刚要领着他往外走，张守财忽然盯住了她。"你是谁呀？"他好奇地上下打量她，"我怎么没有见过你呀？"

"我是外边村的，"小贞子说，本来想告诉他自己与表哥的关系，但想了想又放弃了这个打算，前些日子，表哥在干活时出了一点差错，作为老板的张守财竟然恼羞成怒，出手打了表哥两个耳光。这使表哥十分愤怒，当即就离开了店铺。不打倒地主老财，表哥深有感触地说，我们的苦日子就结束不了。也就在那个时刻，表哥才正式参加了农救会，此时正在黄河岸边打造渡船呢。小贞子没有说出她与表哥的这层关系，以免在张守财这里生出不必要的麻烦，便用应付的口气对他说，"我是来这里的妇救会帮忙的。"

"是这样呀？"张守财随口说，"我还以为你和孙秀珍是亲戚呢。"

小贞子想不明白，他为什么有这样的想法呢？

在小贞子的带领下，那个伙计把那四袋粮食推到了征集处。此时，一个年轻的军人正等在这里，据他自己介绍，他是部队负责粮食采购的吴班长，按照昨天和孙秀珍同志的约定，他现在前来接收这批粮食。小贞子呆呆地看着他，觉得这个人是那么熟悉，不进便想到了自己的哥哥，是呀，她的哥哥也在部队中当班长呢，和这个大哥哥似乎没有多大区别，这样一想，她便感到这个年轻的军人更加亲切起来。

"有什么问题吗？"吴班长被她看得有些不好意思，以为发生了什么不对劲的事情。

"没有……"小贞子回过神来，也感到了不好意思，刚要和他办理这批粮食的交接手续，忽然又想起什么来，朝他摆摆手说，"你稍等，我再检查一下这四袋粮食。"这一刻，她也不知道为什么产生了这样的想法。

吴班长坐到一边去了。小贞子重新打开那四袋粮食，与在张守财店里看到的情景也没有什么太大区别，但不知道为什么，她就是对这些粮食放不下心来。于是，她干脆挽起袖子，把整条胳膊都伸到粮袋里去，在最里面扒拉了好一会儿，才把攥着一把粮食的手收回来，松开手指，放到眼下仔细看，其实不用费那么大劲儿，她的目光一落到这些粮食上，就惊讶地发出一声叫。"上当了……"是呀，她从布袋里掏出的这把粮食，竟然都是糟糕的劣质品，不但籽粒塌瘪，而且支离破碎，其间还有一些透出一层霉斑。

小贞子当即中断了和吴班长的交接，跑回那家粮店里去，她要找到黑心的张守财，质问他为什么要这样干？但店铺已经关闭了，张守财做完这件缺德事以后，立刻就回家去了。小贞子不知道他住在什么地方，便又去找孙秀珍。

"原来是这样？"孙秀珍也恍然大悟，"本来我也是不放心他的，可惜最终还是被他蒙骗了，都怨我……"说到这里，她用敬佩的目光望着小贞子，"多亏你那么细心，他藏得这样深都被你检查出来了，如果把这些粮食交给了部队，那我们可就给自己脸上抹黑了……"

孙秀珍当即带着几个人朝张守财家走去。走到半道上，小贞子还有些担忧地说："如果张守财不承认怎么办？毕竟他已经把粮食交到我们手上了。"

"放心吧，"孙秀珍安慰她说，"我有办法治他。"

此时，自以为阴谋得逞的张守财正坐在他家的炕头上，捧着水烟袋吧嗒吧嗒地吸呢。看到孙秀珍带着人气势汹汹地走进来，他似乎早就有所准备，便不紧不慢地抬起身来，把水烟袋放在桌子上，抹一把嘴唇上的胡须，不紧不慢地问道："秀珍大妹子，还有什么事吩咐吗？"

"张守财，"孙秀珍义正词严地质问他说，"你平时欺压百姓，盘剥雇工，侮辱妇女，这些劣行大家都知道得一清二楚，但我们还是没想到，你竟然在提供给军队的粮食上做手脚，这样的不法商贩可谓是真正的黑心肠，整个鱼山村怕是也只有你做得出来吧？"

听她说得如此直接，张守财有些沉不住气了，一时脸涨得像猪肝一样红。"你为什么说这样的话？"他也摆出一副恼羞成怒的样子，"我好心好意地捐给你们粮食，竟然落得个这样恶劣的罪名？粮食刚才你们也检查过了，是一点问题也没有的，你现在带着人上门来污我一个罪名，这不是有意欺负我吗？"

"有没有问题你自己没点数吗？"孙秀珍叉着腰说，"别以为你做了黑心事，我们也不能把你怎么样，那你可是打错了算盘，我劝你睁开眼睛好好看看，现在是什么时候？难道你还指望国民党会来给你撑腰吗？别做美梦了，解放大军的一颗子弹就能送你上西天……"

"你别吓唬我？"张守财也虚张声势地挺着腰杆说，"我好心好意地帮你们，却被你这个恶娘们反咬一口，如果逼急了我，老子就到区里告你去。"说到这里，他还跳了一下脚。

"看来你是顽抗到底了？"孙秀珍冷笑一声，回身朝两个背枪的民兵说，"给我把他捆起来，押到村公所去。"

张守财瞪大了眼睛，似乎没有想到她会这样做，一时还有些不相信呢。"你们敢？"他强打着精神说，"不给我拿出真凭实据来，谁敢动老子一根手指头？"

孙秀珍朝那两个民兵招招手。说时迟那时快，两个民兵走上去，按住张守财肥胖的身子，取出早就准备好的绳索，只几下就把他捆住了。

"你们，"张守财有些恐惧，想朝孙秀珍妥协，可一时又拉不下脸来，便只能梗着脖子装蒜，"我冤枉呀，本来我是为大军做好事，却落得如此一个结局，你们负得了这个责任吗？秀珍大妹子，"他眼巴巴地看着她，"你可不能冤枉好人呀。"

"冤枉不冤枉，"孙秀珍冷笑着说，"去看看你那几袋粮食就明白了。"

"我就知道，"张守财转了一下眼珠说，"你们会在我的粮食里做手脚，明明我献出的是上好的粮食，你们在里面掺假使假，再安我一个洗不掉的罪名，秀珍大妹子，你们妇救会就是干这个的吗？"

小贞子再也看不下去了，张守财耍无赖的无耻样子，实在出乎她的意料之外，长这么大以来，她还没有见过这样没有心肝的家伙。这时候，她的目光落在桌面上的墨盘里，实在没有想到，这个家伙竟然还置备着笔墨，真是大尾巴狼耍笔杆——愣充文化人呢，不是玷污了真正文化人的清白吗？小贞子走过去，拿起那支还蘸着笔墨的毛笔，在门板上草草写了八个大字，左边门板上是"不法商贩"，右边门板上是"黑心财主"。

"你，"张守财更加恼怒，"你怎么能在我门板上写这样难听的话呢？"

"更加难听的话我还没有写出来呢，"小贞子干脆把墨盘端起来，一边把毛笔在里面蘸了几下，一边朝院门外走，"等一会儿，你家的院门上，你家店铺的门板上，都会被我写上的。"

"别写了，"张守财终于泄了气，可怜巴巴地哀求她说，"你写上这样的话，还让我在村里怎么做人呢。"他连跺了几下脚，哭哭啼啼地说，"我服了你们了，你们说该怎么办就怎么办，我都承认了还不行吗？"

"行，"孙秀珍见他软下来，便朝小贞子摆了一下手，"那你跟我们走，到店里推上你的车子，把你那几袋糟烂的粮食拉回来。"

"你们给我松绑，"张守财点点头说，"我这就让我店里的伙计去拉。"

"不行，"孙秀珍严厉地说，"你自己去拉。"她朝外面指了一下，"然后你拉着车子，在村子里转上一圈，把你做的这件事让大家看一看。"

"你这不是丢我的脸吗？"张守财又要哭了。

"难道你还有脸吗？"小贞子斥责他说，"做这种事的人，是这个世界上最无耻的人。"

"好吧，"张守财见实在没有退路了，只好沮丧地低下了头，但他实在不甘心失败，又翻起眼珠来，斜睨着她们说，"你们这样一意孤行，就不怕给自己惹麻烦吗？"

"不怕，"孙秀珍大义凛然地说，"只要你们不退出舞台一天，我们就和你们斗争一天，想让我们屈服，想让我们收手，那是痴心妄想。"

张守财再也不敢抬起头来。但小贞子知道,他是不会甘心失败的,因为她已经从他脸腮上不断抖动的肌肉看出来,这个顽固透顶的家伙还在咬牙切齿呢。

第二天,表哥回来告诉小贞子,当天夜里,张守财带着家眷逃出鱼山村,渡过黄河,跑到了河东县城里,投靠他的国民党主子去了。

听到这个消息,小贞子一点都不感到吃惊,张守财做出这样的选择,也实在没有出乎她的料想。当然,张守财的逃跑到底会带来什么样的后果,此时的小贞子是不知道的。

十八、被抓壮丁了

刘邓大军渡过黄河以后,小贞子从鱼山村回到家,一进村子,就听说了一件让她既吃惊又十分难过的事儿:拴柱被国民党匪军抓壮丁了。小贞子记得,自己去鱼山村的时候,拴柱还答应替她照料父亲,已经很长一段时间了,父亲的脚伤还没有恢复,身边离不开人,但父亲执意让她参加支援刘邓大军的行动,拴柱便自告奋勇地对她说,你放心去吧,由我来照顾周老师。其实父亲身边也没有多少事做,不过是替他挑一下水、抱一下柴这样的事而已。这才不多的日子过去,拴柱竟然被抓走了,小贞子感到纳闷,拴柱是在什么地方出事的?又怎么偏偏遇上了国民党军队呢?

一得知这个消息,小贞子就径直朝拴柱家走去,她要找到拴柱爹,把这件事问个明白。拴柱家没有人,小贞子想了一下,便又朝河边的渡口走去。自从黄河水重新来到以后,拴柱爹就伐倒了他院里的一棵树,解成木板,重新打造了一只渡船。想到当年火烧自家船的情景,拴柱爹就懊悔不已。"我当初真是昏了头呀,"他拍打着自己的脑袋说,"怎么就没有耐心等一等呀?"拴柱爹是个急性子,脾气也不好,加之常年没有女人,让他的性格变得有些古怪,拴柱从小就受他的气,父子两人的感情就不是那么好。此时,拴柱爹坐在渡口边的一块石头上,两手抱着膝盖,大瞪着两眼,呆呆地朝着河道里看。而他新打造的那条小船并不在水里,而是反扣在岸边,小贞子觉得很奇怪,拴柱爹为什么把船弄到岸上来?难道她不打算再出船了?当时,拴柱爹打好了这条木船,本以为又恢复了当年的船工身份,一天到晚运送客人渡河,他挣钱发财的好日子又来了呢,哪里想到,国民党军占领了河东,与河西解放区形成了隔阂对峙的局面,似乎又重复了日本侵略者在河东时的情景,这样一来,渡河的人便寥寥无几,有时候拴柱爹在渡口等上一天,也运送不了一两位客人,哪里又能挣到什么钱呀。

看到小贞子从岸上走来,拴柱爹并没有做出什么反应,而依旧呆呆地盯着河道看。小贞子在他身边坐下来,刚要开口发问,拴柱爹就自言自语地说:"我真后悔呀,"小贞子以为他又说当年烧船的事儿,想要打断他的话,但拴柱爹马上提到了儿子的名字,"我实在不该让拴柱去出这趟船……"

"到底是怎么回事呀?"小贞子看着他说,"拴柱是怎么出事的?"

"唉,"拴柱爹长长地叹了口气,"昨天,我差不多在这里等了一上午,日头快要当顶了,才等来两个过河的人,我很高兴,正要把他们渡过河去,突然觉得肚子疼起来……我好奇怪呀,这一辈子我哪里肚子疼过呀?我的身体一直好着呢,从来没有闹过这种毛病,那个时候不知是怎么回事,肚子就不得劲儿了。这时正好拴柱赶着他的羊过来了,我就招招手对他说,这趟船你替我出吧,我得回家揉揉肚子去。拴柱很高兴,自从这条船打出来后,拴柱就跃跃欲试,想亲自出一趟船,好好过一下在水中划船的瘾。是呀,就像我一样,拴柱也好几年没有划过船了,心里早痒痒得不行了,但我却一直没有让他替我出船,为此他还对我发过脾气呢。现在好了,我闹起了肚子,就让他去过这回瘾吧。说来奇怪,当拴柱高兴地跳上船,载着客人朝河里划去时,我的肚子竟然不疼了,就像根本没有过这回事似的。我招招手,想把他喊回来,但既然船已经划到河里去了,再让他回来不耽误事吗?想想也就算了,就让他出这趟船吧,我替他在岸边照看他那些羊,也算是为自己找了点事儿干。"

"原来拴柱是在河东出的事儿?"小贞子渐渐明白了。

"可不是嘛,"拴柱爹点点头说,"只有河东才有该死的国民党兵,才能干出这种缺德事儿。"他愤愤地朝地下啐口唾沫,"都怨我太大意了,没有想到那些国民党兵会干这种坏事……当时我就坐在这里,看着拴柱把船划到了对岸,那两个客人上岸去了。按说拴柱应该把空船划回来呀,对面的岸上又没有要到这边来的人,但不知为什么,他竟然也随着那两个人朝岸上走去。我以为他只不过是去那边玩一会儿,过不多久就会把船划回来的。但等了好久,我就是看不见他的人影,眼看日头转到西边去了,别说吃中午饭,离吃晚饭的时间也没有多久了。直到这个时候,我才看见一个人跳到船上,歪歪扭扭地朝这边划来,一看那个人划船的架势,我就觉得那不应该是拴柱,这孩子虽然不是一个标准的船工,但划起船来还是很利索的,而现在船上的那个人根本就不熟悉这件事,而只是被逼无奈不得不朝这边划来。那么这个人是谁呢?拴柱到哪里去了呢?到这个时候,我就感到事情有些不妙,但我一点办法也没有,又不能跳到水里去帮他的忙,而只能站在水边,耐心地等待那个人把船划过来。不知是他划得太过艰难了,还是我心里焦急得不行,感到过了那么长一段时间,那个人才把船划到这边来。我总算看清楚了,船上的这个人就是当时渡河的两个客人中的一个。没有等船靠岸,我就大声问他说,怎么你把船划过来了?我儿子到哪里去了?那个人从船上跳到水里,手忙脚乱地爬上岸来,看来他早就累得不行了,一上岸就趴在了地上,大口大口地喘气。你儿子被国民党抓走了,他拍打着地面说,一起被抓的还有我大哥呢。我呆呆地看着他,好一会儿反应不过来,怎么会发生了这件事呢?我的儿子一到河东去,怎么就被他们抓走,再也回不来了吗?”

小贞子抬起头来,也让目光越过宽阔的河面,朝着远处的对岸打量,在脑子里想象着拴柱被国民党兵抓去的情景。“这些残暴的匪军,”她攥起拳头说,“竟然如此对待老百姓,又怎么可能获得人心呢?又怎么可能不被打败呢?”

“我真是该死呀,”拴柱爹跺了一下脚说,“当时我怎么就肚子疼了呢?真是没有想到,就这一点点小事便把我儿子害了……或许是因为我没有看到儿子被抓走的情景,有些不相信那个人说的话,等他走了以后,我就一直坐在这个地方,希望那个人说的是一个谎话,也许过不了多久,我儿子就会回来的,就算没有了渡船,凭他的水性,也能游到这边来的。一直到天黑下来,我也没有离开这个地方,一直坐到现在,还是没有等到我儿子回来……”他转回头,用可怜巴巴的目光看着她,“小贞子你说说,拴柱他还能回来吗?”

小贞子真想对他说一句话,能,拴柱他能回来,但她张不开口,知道这样的话说出来,别说拴柱爹了,就连自己也不相信的。“只有打败了国民党军,”她在心里对他说,“你儿子才能有获得解放的希望。”

“如果我不造那条船的话,”拴柱爹抬起手,朝身边那条船指了一下,“拴柱也不会出事的……现在我就想一件事儿,”他的口气越发哀伤,“或许我命里就不该当船工,就不该有什么船……我差不多已经想好了,如果拴柱还不回来的话,我就把这条船一把火烧了,以后再也不到这个该死的渡口来……”

小贞子呆呆地看着他,忽然想起来,许多年前,也就是黄河断水的时候,当了多半辈子船工的拴柱爹绝望至极,竟然愤怒地把自己的船烧成了灰烬……现在他又产生了这样的想法,难道那个情景又要出现了吗?小贞子想对他说,这不是什么命运的事情,而是现实的残酷,是那些盘踞在河东岸的国民党军不给我们自由,是他们让你这样一个普通的船工也生活不下去,一切的灾难都是他们造成的呀。但她又知道,对于这个好钻牛角尖的人来说,讲这些道理没有什么用,只有尽快地推翻国民党统治,把河东岸大片的土地从他们的铁蹄下解放出来,才能给他一个让他信服的答案。这样想着,小贞子把自己的拳头攥得更紧了。

离开河边时,小贞子在一片树林子里看到了拴柱放养的羊,因为那些羊都有着身白头黑的特点,所以小贞子一眼就能认出来。这么多年过去了,拴柱家的羊换了一茬又一茬,却依旧是这个不变的品种,而且数量还是五只,真是想不通,拴柱为什么只养五只那种品种的羊呢?那五只羊游荡在树林内外,小贞子看出来,它们有一种张皇失措的样子,是呀,没有了主人拴柱的存在,它们的命运是否也要发生改变了呢?

在街上走了一个来回,小贞子还是没有回自己家,而是拐了一个弯,走进了改成家去。她清楚地知道,改成和拴柱是彼此相好的,这点她许多年前就看出来了,作为经常在一起的好伙伴,他们二人的秘密是瞒不住小贞子的。在她想来,如果没有什么意外出现的话,他们两个是一定要结婚的,其实这不光是小贞子的看法,村里的其他人也都这样说过,改成和拴柱的确是合适的一对儿,小贞子相信,如果他们成为一家人的话,肯定会非常美满幸福的。可让所有人没有想到的是,现在拴柱出事了,而且是这样人去屋空的大事儿,改成会做出怎样的反应?她能受得了吗?作为她的好伙伴,小贞子太替她担心了,所以她要赶快见到改成,想方设法安抚她一下。

果然,刚进院门,小贞子就听到了屋里传出来的哭泣声,正如她的判断,改成果然陷入了悲痛状态中。"哎呀你可回来了,"迎接她的是改成娘,一照她的面,这个眉眼间透着焦虑神情的老婆子就拍了一下大腿,赶紧拉住她的手说,"你快去劝劝她吧,这一天到晚要死要活的,我一点办法也没有了……"

小贞子一进到屋里,改成就从里屋炕上爬起来,跑到她面前,一下子扑在她怀里,抱着她呜呜地哭起来。"我该怎么办呀?"改成拍打着她的脊背说,"拴柱没有了,我也快要活不下去了……"

看着她悲痛欲绝的样子,小贞子的眼泪也不觉流出来。"改成,"她安慰她说,"你先别想得那么悲观,拴柱只是被抓去了,并不是……"

"那还不一样吗?"改成摇着头说,"如果他回不来了,我活着还有什么意思?"

"他的情况我们还不清楚,"小贞子望着屋外说,"你就耐心等着吧,说不定哪一天,他就回来了呢……"她说不下去了,因为这样的说法连她自己也不相信。

改成忽然停住了哭泣,也顺着她的眼光朝外面看。"我要到河东去,"她抹去脸上的泪水说,"我要到那里去找他……"

她的话还没说完,改成娘就从门外跑进来,挓挲着两手对她说:"我看你这孩子魔道了吧?拴柱都不知被抓到哪里去了,你去河东就能找到他吗?"

"他们不是在那里抓走他的吗?"改成不服气地说。

"河东现在是什么地方?"改成娘的两手拍在一起,"那可是国民党占领的地儿,拴柱一个大男人都在那里出了事儿,你去了那里会有好果子吃吗?"

"只要我能找到他,"改成咬着牙说,"就是让我下地狱也干。"

"我的小祖宗,"改成娘跺着小脚说,"不许你说这种混账话,天下这么大,你离开那个拴柱就活不成了?一个大姑娘家,说出这样不要脸的话来也不怕人家笑话。"

"谁笑话就笑话去吧,"改成冷着脸说,"反正我活着是拴柱的人,死了是拴柱的鬼……"

"啊呸,"改成娘朝地下啐口唾沫,气急败坏地喝斥她说,"我怎么养了你这个没有羞耻的小蹄子?老娘我见过想男人的,但没有见过你这样把脸面绑在男人裤腰带上的……"

"你爱怎么骂就怎么骂吧,"改成不管不顾地说,"反正我是拴柱的媳妇,你们就可劲儿笑话我吧。"

见她们娘儿俩谁也不让谁,激动中都说了一些过头的话,小贞子夹在中间也感到非常不自在,知道凭自己这张嘴巴,她们两个是谁也劝不了的,改成娘在河渡村是有名的母老虎,而她的女儿改成竟然也继承了她的秉性,母女二人便处在了一种针尖对麦芒的状态中,平时都会隔三岔五地吵上一架,现在改成处在了这样极度的绝望中,又怎么能消停得了呢?其实对这门婚事,改成娘原本并不看好,不管从哪方面说,拴柱都不是一个理想的女婿人选,还有他爹那个倔老头子,也让改成娘一直看不上眼,所以从来没有说过允诺这桩婚事的话,现在拴柱出事了,改成娘竟然松了一口气,如果这样发展下去的话,那让改成嫁给另外一个条件比他好得多的主,便是水到渠成的事儿了。大约改成也看出了母亲的心思,才心生反感,公开和她唱起对台戏来,再说,她深爱的拴柱出了这样的事儿,她又怎么能克制住心里的悲伤呢?在这个时候,母亲却一直和她唱反调,她不把气撒在这个老婆子身上又怎么可能呢?

小贞子耐下心来,又分别劝说了两个人一气,见没有起到任何效用,反而自己在她们身边,让她们更加肆无忌惮地吵成一团,或许在母女二人想来,有她这样一个人在中间劝架,她们才可以不管不顾地发泄心中的怨气。想明白了这件事,小贞子便告别她们,回到了自己家去。这么多日子没有见到父亲了,她不知道他的脚伤到底怎么样了?

十九、水中的归宿

小贞子原本以为,改成会像她说的那样,一直陷在对拴柱的思念里无法自拔,甚至这辈子会为他守节也说不定呢,但她哪里想到,仅仅过了几天,街上就传言改成与别的男人订婚了,而且这件事被某些人说得有鼻子有眼的,就连那个男人多大年龄,是哪个村庄的,长得什么样,都被一些人说得上来,小贞子即使不相信,怕是也不可能了。惊诧之余,她只能再次去找改成,想把这件事核实清楚,或许她还想质问一下改成,你真的这么快就见异思迁了吗?

小贞子在村前那个河湾子里找到了改成。此时,改成就坐在水边的一块石头上洗衣服,身边放着一个大铁盆。这是自从拴柱出事以后,改成第一次出门来,这是不是说,她已经真的从拴柱带给她的悲痛中走出来了?小贞子站在改成身后,不由得想起了许多年前,她和改成、拴柱在这里捕捉那条大黑鱼的情景……一时间,小贞子感慨万千,这么多年过去了,如今,三个人中只剩下她和改成了,而那条曾经差点被他们捕获的黑鱼,早不知在什么地方化成了尘泥,毕竟黄河经过了一番生离死别,与黄河相伴的事物又能保持原有的状态吗?

"听说你很快就要嫁人了是吗?"小贞子试量着问她。她多么希望,改成听到这句问话时,会恼羞成怒地白她一眼,甚至气急败坏地啐她一口唾沫,她觉得才合情合理,才理所应当呢。

"你也知道了?"改成回过脸来,朝她凄然地一笑,又马上低下头去。

"看来这事是真的?"小贞子伸出手,使劲在她身上推了一把。

"这还能有假?"改成差点滑下水去,但她努力坐稳身子,对小贞子的动作一点也没有恼怒。

"这么快你就决定背叛拴柱了？"小贞子诧异地看着她,像是看着一个陌生人。此刻她才发现,尽管改成的脸上浮着笑,但上面却没有一点血色,就像一张白色的纸蒙在上面,有些让她看不清她的面目。"变了,"她在心里告诉自己,"这个人已经不是原来的改成了……"

"我配得上背叛吗？"改成反问她说,"我就是想背叛拴柱,也不知道他在哪里呀？"她抬起头来,越过隔离河湾的那道沙洲,让目光在宽阔的河道里悠荡了一下,又马上收了回来。

"或许他真的会回来的,"小贞子试图说服她,"你应该多一些耐心,好好地等待他……"

"也只有你会相信这个……"改成摇摇头说,"这个兵荒马乱的世道,人不出事还好,可一旦出了事儿,哪还能保住自己的命呢？我听说,国民党抓人是要送到战场上当炮灰的,你说拴柱成了他们的人,就算不死,还能有什么好下场呢？"

"这不是你说的真心话,"小贞子断定说,"肯定是你娘又逼你了是吗？"

"也是也不是,"改成停止了洗衣服,两眼呆呆地盯着河湾里的水,"这几天来,我一直在想这件事,知道该做一个决定了……"

"决定从脑子里抹去拴柱,"小贞子冷笑着说,"嫁给一个你根本不认识的男人？"

听她说的有些难听,改成也不生气,而是低下头去,再次专心洗起衣服来。她不再理会小贞子,好像身边没有这个人似的。

"不要相信你娘那些鬼话,"小贞子站起来,指着河东的方向说,"国民党的统治不会太久的,等我们这边准备好了,就会渡过河去,将他们从这片土地上赶走……不,"她又马上改口说,"这当然不是我们的目的,共产党真正要做的,是把中国大地上的反动派通通消灭,将被他们统治和奴役的穷苦人全部解放出来,到那个时候,不要说你的拴柱,就是再多受压迫的人都会获得自由的……"

改成无意中又停下了手,看得出,她也被小贞子的这番话感动了,苍白的脸上也透出了冥想的状态。但这仅是很短促的一刹那,很快,她就从这种状态中挣脱出来,继续埋下头去洗衣服。"你说得太遥远了,"她的声音有气无力,"我等不了那么久……"

小贞子蹲到她身边,拉住她一只手说:"不会太久的,相信我,"她目光灼灼地看着她，"只要我们站出来一起奋斗，很快就会把国民党反动派赶走的，日本人那么强大，不是也被我们赶回东洋老家去了吗？"

"可我不行，"改成的情绪忽然有些崩溃，放下手中的衣服，斜过头来，软软地靠在她身上，"贞子，我其实是个软弱的人，一点也不像我外表上表现得那样强势，我也没有什么用处，不像你，要文化有文化，要能力有能力，放在哪里都能独当一面，你不知道我多么羡慕你，想要变成像你那样的人，我也曾下过不止一次决心，做过不少的努力，想跟着你去参加革命……"

"你真的这样想过吗？"小贞子摇晃着她的身子说。

"当然这样想过，"改成哽咽着说，"其实这就是我最大的愿望……"

"既然这样，"小贞子扳住她的肩膀说，"那你就让这个愿望变成现实呀。"

"我变不成现实……"改成哭得更厉害了，"我没有你那样的条件，我娘把我的脚弄得这样小，连远一点的路都走不了，我也不认识字，甚至写不了自己的名字，我也没有你那样的心劲儿，更没有你那样的觉悟，我摊上了我娘那样一个母老虎，她不但不鼓励我上进，还一天到晚拖我的后腿……现在拴柱又没有了，你说我还能有什么指望呀？"

"那你就选择了颓废？"小贞子用恨铁不成钢的眼光看她。

"什么叫颓废？"改成抖着眼泪珠子说，"你看我连你说的话都听不懂了，我是一个根本没有用的人……"

小贞子真是没有想到，这个看上去也像她的母亲一样不时抖一下威风的女人，原来竟是这样懦弱和无能。"该怎么挽救她呢？"小贞子急切地问自己。

"你们都别费心了，"改成镇定下来，似乎为刚才自己的软弱表现有些不好意思，为了掩饰这一点，她推开小贞子，抓起泡在水里的衣服，又在青石板上使劲洗起来，"好贞子，你们就放过我吧，不管我到了什么地方，反正我心里装着拴柱呢，这就让我感到满足了，你们也可以放心了。"

"那你也不该这样糟蹋自己呀，"小贞子用更加痛心的口气说，"如果你想嫁给别人，那就找一个好一点的男人，起码比拴柱不能差多少吧？可我听说，和你订婚的那个男人不但长得难看，而且年龄比你大许多，你就甘心嫁给这样的男人？就是拴柱知道了，恐怕也会让他感到遗憾的。"说这番话的时候，小贞子多么希望改成恼羞成怒地反驳她，说她听到的这种说法都是假的，是街上的人污蔑她的名声而编造出来的，实际的情况是，她嫁的那个男人不但帅气而且年轻，一点儿也不输给拴柱……

但改成听了她的话，竟然丝毫反应也没有，依旧低着头，专注地洗衣服，好像耳朵已经变聋了似的。她明显摆出了肉头阵的架势，不管小贞子说什么，她都当耳旁风对待了。

改成的没有反应，在很大程度上坐实了街上的那些传言。小贞子绝望地闭了一下眼，原来人们说的都是真的，这就意味着改成的确是把自己当一把干柴，轻而易举地让她母亲卖给了别人，卖给了一个与她的命运毫不相干的男人……一想到这里，小贞子就心如刀绞，但又没有丝毫办法，既然改成认准了这条岔道，凭着她一根筋的个性，自己又怎么能轻易把她拉回来呢？

又过了几天，改成出嫁的消息便又传遍了河渡村的大街小巷，日期竟然赶得这么紧，而且据说是改成定下的时间，看来她真拿自己不当一回事，就这么上赶着把自己送给别人了。按说，作为要好的朋友，改成应该让小贞子去当伴娘的，但当婚礼到来的时候，人们发现，改成竟然没有邀请任何一个人当伴娘，对于小贞子，她甚至没有给她下一个通知，所以当小贞子知道这件事时，婚礼已经到来了。

这一天，小贞子匆匆赶到改成家，去为好朋友送行，或许从此以后，她就很难再见到她了，改成的离去，就像拴柱消失一样令她难过，甚至从某种程度上说，是对她情感的一个致命打击。鞭炮和喇叭已经在街道上响起来，小贞子才来到改成家所在的胡同口。她看见迎亲的队伍已经到了，骑在马上的新郎果然如传说的那样，是个相貌丑陋的中年人，虽然也经过了刻意的打扮，依旧掩饰不住弥漫在他身上的平庸。小贞子闭了一下眼，"改成呀改成，你竟然这样糟蹋自己，到底是为什么呀？"她心如刀绞，加快脚步，一阵风似的朝改成的闺房跑去。但在屋门口，她被改成娘拦住了。

"别进去了，"改成娘皮笑肉不笑地对她说，"改成马上就要上轿了，你就不要再去打搅她了。"

"大娘，"小贞子推心置腹地说，"我来给改成送行，怎么能不见她一面呢？"

"送什么行呀？"改成娘摇着头说，"我们都是本分人，你就不要整这些新词儿了，我也听不懂。"

听着她话中古里古怪的意味，小贞子有些想不明白，自己又没有得罪过这个母老虎，在她女儿大喜的日子里，为什么会向自己耍这样的态度呢？或许在改成娘想来，不管小贞子到底是来干什么，反正她的出现，对她女儿的婚礼都起不到什么好作用，搞不好还会生出其他麻烦来也是有可能的，在这种情况下,她拒绝让小贞子去见她的女儿,或许也在情理之中的。但小贞子吃不准,这会不会也是改成自己的意思?自从那天在河湾边不欢而散之后,改成就对她像是不认识了似的,明显摆出了要与她分手的架势,这让小贞子更加痛心,也更加迷茫,为什么同年的好朋友就这样走到两条道上去了呢?

既然改成娘不让她去见改成,小贞子便只能站在院落里,在心中替改成祝福,不,这样说并不符合小贞子的实际,现在泛滥在她心里的,几乎全是为改成感到的惋惜,甚至愤怒。

⋯⋯⋯⋯⋯

小贞子事后听说,婚礼举行的日期不但是改成选择的,而且娶亲的路线也是改成定好的,男方家其实也在黄河沿岸的一个村子里,只是路程较为远了一些,按说,花轿行走的路线可以选择黄河大堤,如果不走堤坝,还可以在外面的道路上稍稍绕行一下,但不知道为什么,改成偏偏要选择乘船行走,而且态度坚决,不容改变,男方家没有办法,便只能依了改成。于是,迎亲的队伍租了几条船,从水路上前来迎接她。当小贞子知道了这件事时,便隐隐有了一些不祥的预感,但在那段时间里,尤其是看到改成坐上花轿,被人们抬着走向渡口时,小贞子只是为改成的出嫁而沉浸在悲喜交加的情绪里,没有让那个不祥的念头占据自己的大脑,也就没有做出怎样的反应,只有当那个不幸的消息传来,也就是说,当花轿乘坐的船只发生倾斜,改成离开花轿沉入了河中时,小贞子才真正反应过来,惊诧之余,她似乎明白改成为什么要执意走水路了。"改成呀改成,"小贞子痛彻肺腑地叫喊,"你为什么要这样做呀?"

从沉船上逃回来的人说,当时,河道里的水流并不太大,也没有什么风浪,看起来是个娶亲的好日子。迎亲的队伍和送亲的队伍分别坐到了船上,花轿处在最中间的一条船上,透过不时飘动的窗帘,人们看到,新娘子改成一动不动地坐在轿里面,脸上没有任何表情,真不像是新娘出嫁的样子,倒是那个站在花轿边的新郎不时地呵呵大笑,真是便宜了这个小子,都已经四十多岁的人了,长得又那么难看,竟然娶到了这样一个如花似玉的小姑娘,他怎么能不得意忘形呢?或许也正是想到了这一点,新娘子改成才有些闷闷不乐。尽管这样,人们也不会料到新娘子会投河而死吧?当然,人们或许都想错了,那条载有花轿的船之所以翻到了水里,并不是新娘自己捣的鬼吧?但人们似乎又觉得,那条船的确是新娘让它出事的,有人看见,原本一动不动坐在花轿里的新娘突然站起来,把上半身探到了窗口处。我要出去透口气。她对站在窗外的新郎说。新郎赶紧殷勤地走到前面，伸出两手把她搀出来。于是，新娘子就来到了船板上，来到了日头下。船上的所有人都掉过头，一起朝新娘身上看，朝新娘脸上看。在大家直勾勾的眼神盯视下，新娘来到了船帮边，朝河面上打量了一圈。人们看出来，新娘其实看的并不是河面，而是让目光越过了整条河道，投到了河东边的对岸上去。大家当然不知道新娘在看什么，而只是在心里感叹，这个新娘真是好看，而那个在她身边的新郎却那么难看，这两个人站在一起实在不般配。正在这时，有人看见新娘摇晃了一下身子，像是站不稳似的，是呀，她的两只小脚站在行驶的船上确实不那么方便。但又有人感觉得，新娘摇晃那几下，并不是身子站不稳，而是故意做出的这个动作。人们还没有反应过来，新娘就一边摇摆身子，一边向着船外面倾斜下去，等人们发出叫喊声的时候，新娘已经掉下船去，只听得扑通一声，便栽进了水里面。大家都惊呆了，一个个张着嘴巴朝河面上看。还是新郎率先反应过来，大叫一声，就也要朝水里跳。大家都被他唤醒了，赶紧扑上去，纷纷拉住了他。经人们这一折腾，整条船都晃动起来。大家更惊慌了，从这边跑到那边，又从那边跑到这边，那条船晃荡得更厉害，没过一会儿，就翻扣到了水里……幸亏人们都是在河边长大的，水性很好，除了新娘之外，并没有一个人淹死……有人听说，其实新娘的水性也很好，而且船是在靠近河岸的地方行驶，水不深，浪不大，如果新娘拿出看家的本领，或许是会浮到水面上来的。但奇怪的是，新娘栽到水里去之后，就一点动静也没有了，连一点浪花也没见翻起来，这是不是说，新娘一下水，就让自己沉了底呢？但大家又想不明白，这样一个大喜的日子，婚礼还没有开始呢，这个叫陈改成的姑娘怎么会如此想不开，半路上就投河而死了呢？

其实不用听这个人讲，小贞子也明白，改成的确是投河自杀的，她这才醒悟过来，改成之所以一意孤行地同意这门婚事，不过是为自己找到一个婚礼的形式，在她的内心中，并没有嫁给那个她决然相不中的中年男人，而不过是通过与他的婚姻完成和拴柱没来得及结下的关系而已，也就是说，在她的内心中，其实是一直把拴柱当成自己真正丈夫的，她从来没有忘记过他，也就不存在背叛他的嫌疑，她执意乘船走水路，只是为了更便于投河死去而采取的措施，目的是让自己的魂魄渡河而去，在对岸的某个地方和她的心上人拴柱得以团聚……这样一想，小贞子便觉得心里更为难过，泪水止不住奔涌而出，与此同时，她也为前些日子误解了改成而愧疚不已，如果那时能够洞察到她的内心世界,不但不会指责她,冷落她,或许能够阻止这场悲剧的上演也说不定呢……"改成,"小贞子站在河边,让目光越过河面,直直地朝对岸打量,似乎在极力寻找改成已经变成魂灵的影子,"对不起……"

小贞子真的以为,随着改成的死去,她和拴柱这两个好朋友就都离自己远去了,虽然拴柱或许还在这个世界上,但他处在凶残的国民党部队中,随时都可能被拉到战场上当炮灰,这和死去的改成又有什么区别呢?但很快,小贞子就知道自己想错了,因为这个时候,她看见宽阔的河面上有一个黑点在浮动,开始她没怎么在意,以为不过是一只水鸟在捕鱼呢,但才一会儿工夫,那个黑点就变大了,她稍稍愣怔了一下,便知道那是一个人,是一个在河中游泳的人,不,她看出来了,那是一个从对岸渡河而来的人。她眼前一阵模糊,竟然荒唐地以为自己产生了幻觉呢,也就是说,她把那个渡河的人当作了改成的魂灵,是呀,这一天来她脑子里全是有关改成的事儿,以至于把拴柱忘到了一边去,直到她看清楚了那个快要游到岸边的人,是她熟悉的拴柱的时候,她才大叫一声,迈着踉跄的脚步扑过去,把筋疲力尽爬到岸上的拴柱扶起来。

"是你……回来了吗?"直到拴柱来到了她的怀抱里,小贞子还不敢确定,真的是拴柱从敌人的魔爪下逃回来了?

二十、夜晚宣传战

这些日子里,当夜晚到来的时候,小贞子又提上马灯,扶着父亲走出家门,到村头的小树林里去上夜校。这是父亲的说法,本来,他们是去那个地方向黄河东岸的国民党军发动宣传攻势的,父亲却给了她一个上夜校的说法,在小贞子听来,的确也像是那么回事儿,你看,夜校不就是在夜晚进行的吗?而且老师也是小贞子和父亲两人,学生几乎都是夜校里的那些人,学习的内容其实和搞宣传也差不了多少,所以父亲才会不乏幽默地说,我们把夜校搬到小树林里去上吧,只不过与在祠堂内上课还是有很大差别的,那就是不能把那盏明亮的汽灯搬过来,现在他们之所以到小树林中去,最大的目的不过是躲避对岸射来的炮火和子弹,又怎么能让亮光出现呢?小贞子记着这一点,一旦来到小树林之后,就把手里的马灯熄灭,不能给对岸留下一丝亮光,使那些善于打冷枪的国民党兵无机可乘。

虽然经过小贞子一段长时间的悉心照料,父亲的脚伤还是没有得到完恢复，那天在黄河大堤上，父亲的脚腕子完全断裂，伤势过于严重，区长也曾经派医生来给他治疗，但最终未能复原，父亲的脚虽然保住了，却成了一个真正的瘸子，每次外出，都不能不让自己的身子发生倾斜，无奈之下，他只能挂上一根长长的拐杖，是那种支撑在腋窝下的木拐，这极大地影响了他的行走速度，也不能再干重体力活。还有他脸上的眼镜，也再次换了与上次那副不同的样式，加上他不断长出的白发以及脸上越来越多的皱纹，就连小贞子看了，也感觉到了他的陌生，是啊，真是岁月不饶人呀，何况是在这样不安定的岁月里度过，父亲的形象比他的实际年龄要老得多。去树林里上夜校，虽然父亲说得那么轻松，可毕竟是去野外呀，又差不多是在黑暗中行走，对父亲来说便更不容易了，小贞子曾经希望父亲待在家里，把对敌宣传的工作揽到自己一个人身上。父亲却不同意，郑重其事地问她说："你真的嫌我老了？以为我没有什么用处了？"这样的问题小贞子还真答不上来。无奈之下，她只能再次点起马灯，搀扶着父亲穿过街道，来到了村外的小树林中。

在区里派出的宣传人员的协助下，父亲早就拟好了一系列标语口号，用毛笔分别写在两张纸上，父亲自己拿一张，把另一张交到小贞子手里。当然，区里还为他们各自配备了一只喇叭，是那种用铁皮卷成的，足有半米多长，通过它把口号喊出去，能起到很好的扩音效果，口号声在黑夜里显得格外响亮，像一串串焦雷从宽阔的河面上飞过去，直接钻入河东岸那些人的耳朵里，即便不能起到瓦解国民党军心的效果，能够震慑一下他们的心灵，小贞子和父亲他们的宣传效果便达到了。与其他村庄比起来，由于河渡村是在大堤里面，离着对岸较近，起到的宣传效果也就最大，这从对岸打来的枪炮总是落在河渡村周围，就能明确地判断出来。所以在那段时间里，虽然黄河沿岸各村都开展了对河东敌人的宣传攻势，河渡村却始终走在前列，不止一次受到区政府的表彰。

就是在这些日子里，小贞子听说了一件让她倍感痛心的事，鱼山村的黑心商贩张守财逃到敌人那里以后，纠集一批汉奸地痞分子，组成了一支气焰嚣张的还乡团，前两天夜里，他们带领一排国民党兵，悄悄渡过河来，突然袭击了鱼山村和周围的几个村庄，不但烧毁了造船厂，而且把孙秀珍等几个拥军骨干成员抓走了，现在正关押在东阿县城的监狱里。一听到这个消息，小贞子心里就极其难过，极其愤怒，不久前跟孙秀珍一起在鱼山村开展征粮斗争的情景也便浮现在眼前。"秀珍姐……"小贞子站在河边，越过夜幕的遮挡朝对岸看,心里颤抖成一团。她知道国民党兵的凶残,知道张守财那些还乡团分子的反动,孙秀珍落在他们手里,肯定会遭到疯狂报复和残酷折磨的。小贞子为孙秀珍的命运担忧,也更加激起了她做好宣传工作的斗志。

与此同时,有一个人的到来让小贞子感到特别欣慰。在跟随她和父亲来小树林里搞宣传的人中,除了夜校里那些学生们之外,有一天夜里,她竟然发现了另外一个熟悉的身影。此时,小贞子有些不敢相信自己的眼睛,赶紧抹抹眼皮仔细看,果然是他,没错,这个如此让她感到意外又倍觉惊喜的人,就是好朋友拴柱。

当初,拴柱一从河东逃回来,得知让他思念不止的改成已经投河而亡,而且就死在他逃回来的前半天,不禁懊恼万分,甚至有一度气急败坏,立刻就来到了改成的坟墓上。因为改成没有真正成为那个新郎的媳妇,尸体打捞上来以后,人家不让埋到他们的坟上去,只能被人们运回河渡村来。按照黄河沿岸的风俗习惯,没有出嫁的女儿也是不能葬在娘家坟上的,于是,改成娘便在村前河湾边为她选了一小块地,也没有举行吊唁仪式,就用席片裹上,草草地埋葬了。人们都以为,拴柱来到改成坟上以后,会抱住坟土大哭一场,但奇怪的是,拴柱竟然坐在坟前发起呆来,一句话也没有说,甚至一动也不动,一连坐了三天时间,始终没有离开坟墓半步,中间小贞子还有拴柱爹都给他送来了食物,但拴柱像是没有看见,也不理会他们,依旧一动不动地坐在坟墓前,就像一个没有知觉的木头人似的。小贞子发现,拴柱的眼神很淡漠,甚至从某种意义上说,有些僵硬,这使他看上去,和一个处在死亡状态中的人没有多大区别。

虽然三天之后,拴柱从改成的坟前离开了,但他的精神状态却没有发生多少改变,身体也依旧充满虚弱的病态,与以前那个生龙活虎的拴柱比起来,简直有天壤之别,真让小贞子产生错觉,以为现在看到的这个呆头呆脑的人根本就不是她所熟悉的拴柱,而是与她与河渡村没有任何关系的一个陌生人。小贞子原本以为,以前的拴柱真的就这么死去了,或者说,拴柱实实在在变成了一个没有用的废人,但让她想不到的是,在她和父亲带领年轻的人们来河边的树林里搞宣传时,拴柱竟然出现在了这里,这可是让她感到万分惊讶的,不要说现在在小树林里搞宣传,就是以前在祠堂内上夜校时,拴柱也不会轻易出现的,这样说来,拴柱或许真的是从他的悲痛中走出来了,这能不让她感到分外惊喜吗?

　　小贞子随即发现，来到小树林里的拴柱又像是换了另外一个人，既与原来正常的拴柱不同，也与前些日子病态的拴柱相异，现在这个拴柱虽然依旧不说话，却变得格外喜欢行动，只要来到了小树林里，他就闲不住了，总是从一个人面前走到另一个人面前，在人群里频繁地穿梭。透过朦胧的夜色，小贞子总是产生幻觉，以为这个在面前闪来闪去的身影不是一个人，而是一只本来就生活在这里的动物，具体说是一只顽皮的猴子。有许多次，拴柱都跑到她面前，提起那盏已经熄灭的马灯，跑到一边点起来。当灯光亮起来的时候，人们总是一起警告他："别点灯，会引来敌人开枪的。"但拴柱不理会大家，依旧提着点燃的马灯朝一边跑。果然，对岸的国民党兵开枪了，随着一声声在黑夜里显得格外响亮的枪声响过，小贞子紧张地看到，子弹打在拴柱身边的芦苇和灌木上，飞溅起许多草屑和树叶。拴柱提着马灯所在的位置，的确不会给多数人造成实质性的伤害，但小贞子还是担心，他自己可是处在危险之中呢。但事实证明，她的担忧也有些多余，由于距离太过遥远，加之拴柱的身子灵活，国民党兵打了好几天冷枪，也没有伤到他一根毫毛。她似乎这才明白，拴柱是用这种方式来戏耍那些曾经伤害了他的国民党兵呢，这使得拴柱在她眼里变得有些可爱起来。

　　"拴柱，"小贞子试图说服他，"我们不能用这种方式搞宣传。"

　　拴柱不说话，只是用两手不断地擦拭马灯上的玻璃罩。

　　"这样做很危险，"小贞子继续警告他说，"说不定什么时候，你就有被他们打中的可能。"

　　拴柱依旧不说话，把手里的马灯提起来，高高地举过头顶，像是举着一面古怪的旗子一般。

　　"如果你想搞宣传的话，"小贞子把手里的喇叭递过去，"你可以向他们喊口号，揭露他们的黑暗，宣传解放区的光明，通过这种方式，我们也能狠狠地打击他们。"

　　拴柱没有接她手中的喇叭，甚至没有看她一眼，而只是把那盏马灯在手里悠来荡去，好像那是一只让他耍不够的神奇玩具似的。

　　小贞子知道再说什么也没有用，她不但改变不了拴柱的宣传方式，甚至不能让他开口说一句话，是呀，自从他离开改成的坟墓以后，就没有再说过话，好像他的舌头已经丢在改成的坟墓上，再也找不回来了。想到这里，小贞子只能放弃改变他的努力，就让拴柱按照自己的方式搞宣传吧，尽管这也不是一种多么理想的方式,因为她已经隐约预感到,拴柱这样无节制地搞下去,说不定在某个时刻真的会让那些不长眼睛的子弹击中的……

但事实证明,小贞子担忧拴柱倒下的方式并不是这样的,而是她决然想不到的另外一种。不久后的这天夜里,小贞子把手中那张纸上的口号一连喊了三遍,嗓子快要嘶哑了,不得不歇下来,以前每到这个时候,总是有其他年轻人接过喇叭去,照着纸张上的口号继续呐喊。但这天,当小贞子把喇叭从嘴边放下来的时候,过来接住喇叭的那个人并不是其他年轻人,而是游离在人们中间的拴柱,一开始她还没有认出他来,等喇叭被那个人拿过去了,小贞子才意识到,这个人正是拴柱,而他是什么时候来到自己身边的呢?她竟然没有发现,因为在那些日子里,拴柱根本没有接触过喇叭,就连小贞子朝他递过去时,他都没有接住的打算,但今天是怎么回事?拴柱怎么主动来接她手里的喇叭了呢?

接下来发生的场景更让她目瞪口呆了。拴柱拿走了喇叭以后,依旧像先前提着马灯那样走到一边去,走到树林外一个没有其他人的地方,停下来,把喇叭举在嘴前,使出浑身的力气,声嘶力竭地朝对岸喊道:"河东的国民党匪徒,把我的改成还回来,不然老子和你们没完——"听着他的喊声,像树林中的所有人一样,小贞子一下子也惊住了,真是没有想到,拴柱的声音会那么浑厚、洪亮,而且富有磁性,比他们所有人的声音都好听得多,平时不记得拴柱有这样的声音,经过这一阵子的沉默,他的声音居然发生了这么大的变化?那一刻,小贞子甚至有些不相信,这个奋力朝对岸呐喊的声音,真的是拴柱发出来的吗?

拴柱站在一个没有任何遮挡的地方,一手举着马灯,一手举着喇叭,伴随着马灯闪烁的灯光,让喇叭里的声音一阵阵传出去,像炮弹一样掠过黑夜中的河面,落在对岸国民党军驻守的阵地上。不知道拴柱是否只是专注于自己的呐喊,而忘了像往常一样移动身子,还是他根本就没有打算再让身子移动,所以便停下了脚步,一动不动地站在那个裸露处,一手举着马灯,一手举着喇叭,更加起劲地朝着对岸呐喊,而他喊出的也依旧是那几句话:"河东的国民党匪徒,把我的改成还回来,不然老子和你们没完——"

望着他矗立不动的黑影,小贞子终于反应过来,赶紧冲着他说:"不要再站在那里了,快回到树林里来……"

但她还没有把自己的警告发出去,就听到对岸射出的枪声一阵阵响来,或许拴柱的喊声真的激怒了国民党兵,而那个矗立在岸边的黑影是一个多么理想的靶子,这可是他们等待已久的好机会呢。于是,国民党兵们便举起枪来,一起朝着对岸的黑影射击,射击……

直到拴柱的身影在枪声中摇晃起来,手里的马灯和喇叭掉落在地下,然后他的影子更加剧烈地抖动几下,便也慢慢倒下来,倒在了河岸边的草丛里,小贞子才真的明白,拴柱是用这种方式吸引了敌人的注意,让他们枪里的子弹准确无误地打到自己的身上。

…………

拴柱的尸体和改成的尸体葬在了一起。这个主意是拴柱爹想出来的。这个曾经万分执拗的人突然变得随和起来,竟然来到了小贞子家,主动向父亲提出了这个建议,委托他去找那个同样执拗的改成娘,让她同意把自己女儿的尸体移出她的坟墓,迁移到拴柱家的坟墓上来,与拴柱的尸体葬在一起,既然两个相爱的人不能在活着时结成夫妻,那么等他们死了以后,由他们的父母来为两个孩子在坟墓上操办婚事吧。

小贞子站在两个朋友的坟墓前,想象着他们在另一个世界里举办婚礼的情景,夺眶而出的泪水把身子都打湿了。"祝福你们,"她在心里不住声地对他们说,"希望你们白头到老,永不分离……"

二十一、总攻开始了

经过一段时间的精心准备,解放河东东阿县城的战斗马上就要打响了。以人民解放军的一个团的兵力为主,以县大队为代表的地方武装为辅,再加上各村的民兵组织都被动员起来,组成一支浩浩荡荡的解放大军,分别埋伏在从河渡村到鱼山村的黄河沿线,等待上级下达总攻的命令后,人们便会乘船渡过河去,登上黄河东岸,直扑离此不远的东阿县城,将它从国民党顽固派的黑暗统治中解放出来。

因为河渡村坐落在黄河大堤里面的河滩上,距离对岸最近,上级就把先头部队安插在了这里,也就是说,河渡村驻扎了一个连的兵力。这天上午,县长陪同团长来到河渡村,检查渡河准备工作。看到县长熟悉的身影时,小贞子这才知道,原来县长竟然是过去的区长。见到小贞子也出现在了民兵队里,县长故作惊讶地问她:"你行吗?"小贞子白了他一眼说:"怎么不行呢?"县长故意问她说:"你会划船吗?"小贞子大大咧咧地说:"我从五岁就会划了。"

拴柱爹在一边说:"黄河边长大的孩子,还能不会划船吗?"见他们说得如此热火,团长便知道他们是老熟人,就也对小贞子说:"渡河作战可是危险得很呢,你不害怕吗?"小贞子使劲摇摇头说:"不害怕。"听她回答得如此坚决,县长和团长互相看一眼,都不由得笑起来。

为了配合部队作战,村长给大家下达的任务是,征集船只,组成一定规模的船队,召集舵手,运送部队渡河,这是河渡村承担的主要任务。除此之外,他们还要组织担架队、救护队和后勤队,除了后勤队之外,其他人员也要随同部队渡河,但比较起来,舵手队因为要冲在最前面,自然是危险性最高的一支队伍,但当村长下达命令的时候,却是没有一个人退缩,那些平时的船工首当其冲,不仅要参加舵手队,还要献出自己家的船只。让小贞子稍稍有些意外的是,在这件事上,原本消极观望的拴柱爹,竟然前所未有地积极起来,不但第一个报名,把自己还没有用过多少回的新船献出去,还答应扒掉门楼子,用上面的木料再打造一只更新的船,而且主动提出参加舵手队,照他自己的说法是:"我可是河渡村最有经验的船工,由我来带领船队渡河,那可是再合适不过了。"看着拴柱爹脱胎换骨的样子,小贞子不由得又想起了拴柱和改成,心里一时感慨万千,也许是这双儿女的不幸遭遇,才让这个冷漠消极了多半辈子的老船工旧貌换新颜,积极参与到这场光明战胜黑暗的大事业中来了。

因为脚上的残疾,父亲做不了更为繁重的事情,就只能参加后勤队,这是由改成娘为代表的妇女们组成的队伍,主要是为队伍提供后勤保障,具体就是征集粮食、做饭洗衣等这些琐碎事物,其中只有父亲一个男人,其他全是年龄不等的女人,但父亲身在其中并不尴尬,不管是拉风箱还是抱柴火,不管是洗绷带还是缝扣子,父亲都干得像模像样,一点失落和焦急的表情也没有。

与她不同,小贞子却一直沉浸在激动不安的情绪中,虽然参加了最为重要的舵手队,却依旧有些不甘心的样子,是呀,就算当一个运送部队的舵手十分光荣,可毕竟不能拿起枪来,跟随部队去参加解放县城的战斗呀。前两天她才听说,孙秀珍在被敌人关押期间,经受了无数残酷的拷打和折磨,一直英勇不屈,敌人拿她没办法,便拉到城边的一片树林里,活活把她埋到了地下。听到这个消息之后,小贞子心如刀绞,失声痛哭,在对孙秀珍烈士感到无比敬佩的同时,也进一步产生了对敌人的无比痛恨。她盼望上级的命令赶快下达,到时候她好驾起船来,让解放大军渡过河去,冲进东阿县城,将那些罪恶累累的国民党军彻底消灭掉,给以孙秀珍为代表的革命烈士报仇雪恨。

　　总攻的命令终于下达了。这天黎明时分,当黄河两岸都还沉浸在寂静的睡梦中时,小贞子和拴柱爹等舵手队员,一起把满载着解放军战士的船只划离岸边,直朝河道里冲去。此时,天还没亮,仅远处的天边有一抹泛红的亮光,河东岸的山峦阴沉沉的,像是一副幽深的黑色剪影。尽管没有多少亮光,但常年生活在黄河岸边的人们还是能够看清河道里的情形,尤其是拴柱爹这个最有经验的老舵手,常年的船工生涯让他对河道的情况了如指掌,不用看就知道哪里有暗流,哪里有沙洲,驾驶的小船看上去七拐八扭,却走的是一条最为安全的航线。小贞子驾驶的船只紧紧跟在他后面,不断地用手中的木桨调整船头的方向。在划船的间隙,她朝船两边悄悄一看,在离他们不远的地方,也正有几只船队与他们并行着,当然,尽管她不能往更远的地方看,却知道在整条河道中,有无数只船队和他们行驶在一起呢。在小贞子这条船上,有整整一个班的兵力,除了一个战士把一挺机枪支在船头之外,其他战士一律端着冲锋枪,或坐或蹲地聚集在船上。所有人都一声不吭,而只是大瞪着眼睛,直直地盯着对岸,只有小贞子不断地运动两手,木桨在水中划动时发出轻微的泼刺声。

　　当船只抵达河道中间的时候,河东岸的国民党军才从美梦中醒过神来,一阵急促的哨子响过之后,士兵们乱糟糟地进入了滩头的阵地中,随即便有一阵枪炮打来。由于士兵们太过慌乱了,加之距离还有些遥远,而且是在黎明前的黑暗中,尽管他们的枪炮越打越急,却没有多少准确性,子弹落在船只前面和两边的河水中,划出一串又长又直的水花,伴随着噗噜噜的响声。与此同时,架在船头的机枪也响了,一串串发着火光的子弹掠过河面,直飞对岸的滩头阵地。小贞子听见,两边船上都有机枪发出的声音,河道里布满了一道道带着硝烟的弹痕。在机枪的掩护下,渡河的船只不但没有放慢速度,而且很快就越过了河道中心线,直朝着河东岸驶去。敌人只能加大射击的力度,以阻止船只的运行,炮声也猛烈得响起来,炮弹落到河里之后,爆炸激起的猛烈水花像下雨一般落到船上,泼洒在小贞子和战士们身上。河水明显荡漾起来,船只也频频地摇晃,这是最为考验舵手的时候,划船的人不但不能慌张,而且判断要准确,知道哪个地方有危险,便立刻运动手中的木桨,让船只躲开危险,保持平衡和稳定,最重要的还是,不能因此而放慢船速,从而延误了登上滩头消灭敌人的时间。

　　突然,随着一阵激烈的枪声,小贞子看见,前面的船速似乎慢下来,而且整条船的运行方向发生了改变,虽然随即进行了一些调整,却明显地打起晃来。小贞子明白,或许是舵手拴柱爹负了伤,不能有效控制船的方向了。这可怎么办?小贞子有些紧张,拴柱爹可是这条船队的领队呀。她犹豫了一下,还是让自己的船赶上去,与前面的船处于并行的位置,这时她看见了船上的景象,果然,拴柱爹趴在船板上,在一个战士的搀扶下,正在吃力地往起站。借着炮火闪过的亮光,小贞子看见,拴柱爹紧紧咬着嘴巴,鲜血流淌的脸上布满坚毅的表情。他奋力站起身来,从一个战士手里夺过船桨,继续朝着水中划动。但尽管这样,由于他身上的伤势,还是不能让船的速度变得像以前那样快。小贞子简单思考了一下,便决定让自己的船越过他去,代替拴柱爹成为这支船队的领头羊。这样做她当然没有十足的把握,对于这条曾经断过流的河道,她的确没有拴柱爹这个老船工更为了解,但在这关键的时刻,拴柱爹虽然做出了很大的努力,却不能承担他应有的责任了,不能因为他的负伤而影响了整支船队呀,在这种情况下,小贞子不能不站出来,勇敢地从他手里接过这份重任,带领这支船队继续向前走。当然,这也就意味着要冒更大的风险,因为对岸炮火对准的就是领头的船只,拴柱爹最先受伤也正是这个原因,小贞子当然清楚这一点,但她顾不了许多,不管危险多么大,她都要尽快把这支船队带到对岸去。越过拴柱爹的船时,小贞子似乎看见,那个一辈子不肯服输的老爷子在愣怔了一下后,竟然腾出一只手,朝她使劲挥舞了一下。小贞子明白,拴柱爹这是在和自己完成一种交接仪式,支持她这个小姑娘成为这支船队的领头人。小贞子受到了他的鼓励,更加抖擞起精神来,两手使劲划桨,冒着越来越猛烈的炮火,朝向越来越近的滩头划呀,划呀……

　　小贞子终于带领着船队来到了岸边,没等船只停稳,战士们便急不可待地跳下船去,蹚过浅水,争先恐后地登上岸去。小贞子看见,躲在壕沟里的国民党兵乱作一团,有的往远处逃跑,凌乱的身影比兔子还要狼狈,有的扔掉大枪,恨不得把两手举到天空里去。小贞子最后一个跳下船来,也站到了沙滩上,这使她激动万分,被国民党军占领的河东岸,终于被她踩到了脚下。其实到这个时候,她的任务就已经完成了,作为船工和舵手,她和拴柱爹他们便没有其他事情可做了,是呀,当初组建舵手队的时候,上级就是这样对他们交代的呀,按道理说,他们可以在岸边歇一歇了,因为在整个渡河的过程中,他们可算是消耗了大部分体力,等来到滩头上时,尽管精神振奋,小贞子却感到精疲力竭,躺到沙滩上休息一下该多好呀。

　　小贞子当然不会倒下来的。没有喘上几口气，她就决定跟在战士们身后，继续朝着河岸上冲锋，没错，她要参加解放东阿县城的整个战斗，虽然这不是上级交给她的任务，但却是她的使命，是她并不用他人分派而自动承担的一个任务，自从听到孙秀珍壮烈牺牲的消息，她就产生了这样的想法，一定要以胜利者的身份踏上东阿县城的土地，用实际行动为孙秀珍报仇。就是在这种心情的驱使下，小贞子没有经过丝毫犹豫，便迈着大步向岸上冲去。当然，她没忘了携带一样东西，那就是一直攥在手里的木桨，因为她没有真正的武器可用，便只能让这只木桨派上用场了，只要把它挥起来，也能打倒一两个国民党兵的。

　　可就在这时，一颗炮弹落在离她不远的地方，随着剧烈的火光闪烁，爆炸掀起来的泥土和碎石呼啸而来，急雨一般落在她身上。小贞子没有提防，一下子被这股巨大的冲击力击倒了。她仰面倒在地上，立刻陷入了昏迷之中……

　　不知过了多久，小贞子醒过来了，觉得自己是躺在什么地方，而且还处在不停地运动中。她睁开眼睛一看，这才明白自己是躺在担架上，两个民兵正抬着她，朝着停在岸边的船上跑。"干什么？"小贞子赶紧爬起来，就朝着担架下跳。她没有站稳，身子一晃，又要朝地下倒，这时候，她才感到了头部的眩晕。一个民兵放下担架，急忙扶了她一把。"你被震晕了，"另一个民兵对她说，"我们抬你回去吧。"小贞子沉着脸对他说："我又不是伤员，你抬我干什么？"她朝岸上的远处指了一下，"你们快去那里救伤员吧。"说完，她就甩下他们，迈着大步朝她指过的方向跑去。

　　这时候，天已经亮了，日头虽然还没有出来，但天空中却浮满了红色的朝霞。借着明丽的天光，小贞子在跑动中看见，依旧弥漫着硝烟的战场差不多已经平静了，留下来的只是一些倒毙的尸体，还有支离破碎的枪支和弹药，可以想象出来，发生在这里的战斗该有多么激烈。远处传来更为猛烈的枪炮声，小贞子抬起头，朝着声响传来的地方眺望。她知道，那就是东阿县城的所在地，看来，解放县城的激烈战斗此时正在进行中呢。她抖擞起精神，朝着那个方向迈开了更大的步子。

　　等到小贞子赶到东阿县城时，战斗也已经结束了，国民党军全部被歼，人民解放军正在忙着清点俘虏。看到这种情景，小贞子知道自己来晚了，心中不免有些遗憾，毕竟自己没有真正参加到战斗中来呀，但她此行的目的并不是只有这一个，或许说，她一定要来到这里的最大愿望就是找到孙秀珍，具体说是找到埋葬孙秀珍的地方。于是，小贞子从纷乱的街道上穿过去，四处寻找那片埋葬孙秀珍的树林。在一些人的指点下，小贞子终于找到了那片不算太大的树林。的确，树林是在县城的边缘地带，居于一个山脚下，由一片粗大的杂树组成。小贞子迈着轻微的脚步走过去，似乎生怕惊扰了孙秀珍的睡眠似的。"秀珍姐，"她停下脚步，望着一个新起的土堆说，"我看你来了……"她的泪水夺眶而出。

小贞子蹲在孙秀珍烈士的坟前，不知道过了多久，还没有离去的打算。这时，她听到身后有一些响动，便擦去眼角的泪水，回过头去看。原来是县长和团长等人站在她身后，或许他们已经到来很久了，为了不打扰小贞子，他们竟然没有发出任何声音。看到小贞子回过头来，他们才迈开脚步，走到了她身边来。

"我们把秀珍大姐带回去吧？"小贞子对县长说。

"是的，"县长郑重地点点头说，"我们要把孙秀珍烈士的墓迁回去，葬在她的老家鱼山脚下，让后来的人好好去凭吊她，学习她……"

听他这样说，小贞子压抑了很久的心情才稍稍平复了些。她转过头去，看了一眼刚刚获得解放的东阿县城，又把目光落回这片树林中，落到孙秀珍的坟墓上。"好姐姐，"她俯下身子，用两手抓起一把泥土，紧紧地捧在手里，"我们一起回家吧。"

第五章

二十二、人生新历程

这一年的夏季,天气一直不好,老是隔三岔五地下雨,下得倒是不大,但河道里的水却急快地暴涨,这就意味着,黄河上游的天气比这一带还要糟糕,下的雨更大,便把更多的水带到了下游。河道里的水越涨越高,很快就来到了河渡村的边缘地带,虽然村子是在一个较高的地界上,但再高也高不过黄河大堤呀,看天气一时半会还不放晴,说不定更大的汛情还在后边呢。眼看河水越来越近,马上就要舔到街头了,人们才真正慌张起来,村长赶紧组织大家抗洪,有人的出人,有力的出力,先在村子周围筑起了一道堤坝,尽量把水流阻挡在外面。看这样还不保险,村长便动员大家拉石头,拆门板,扎木筏,同时指定人员日夜守卫,只要发现哪里有险情出现,马上鸣锣警告。那些日子里,河渡村人心惶惶,饭吃不下,觉睡不好,唯恐自己的家园在这场洪涝灾害中被严重破坏。

其实,让人放不下心的并不只是这个居于河滩上的村落,整个黄河沿线的许多地方都出现了险情,由于国民党搞了那出断水放水的丑恶闹剧,这一带的黄河大堤遭到了严重破坏,虽然人民政府加大了修复力度,但由于时间短,任务重,许多被破坏的地界并没有得到完善的修复,河水不大的时候还没什么问题,像现在这样几十年一遇的严重汛情,大堤是不是能够经受住考验,便是一件未知数了。上级不敢掉以轻心,以县长为首的防汛指挥部也紧急动员起来,组织黄河沿线各村的人马紧急加固堤坝,安排人员日夜巡防。那些日子里,尤其是当夜晚到来的时候,不光河渡村人来人往,灯火通明,整条黄河大堤上也熙熙攘攘,好不热闹。

区长陪着县长亲自来到了河渡村,代表政府部门对参加抗洪的人们表示慰问。领导这次到来,除了看望大家之外,还带来了不少的抗洪物资,包括粮食、衣被、帐篷和木料。村长代表村委会对上级的关怀表示感谢,然后带着领导们绕着村子转了一圈,近距离查看河渡村的防洪情况。最后,他们来到小贞子家后面的一个高坡上,因为这个地方是全村最高的地界,站在这里,不但能够俯瞰全村,而且可以巡视整条河道。县长打起眼罩,让目光在四周一片汪洋的水面上停留了一下,便转向区长和村长,若有所思地对他们说:"河渡村是我们东阿县留在河道里的最后一个村子,等大水退去后,我建议全体搬迁出去,在大堤之外另建家园。"区长点点头说:"好,回去以后我就让有关人员勘察地形,找到一个合适的地方,为新村子的建设做好准备工作。"村长也赶紧表态说:"感谢上级对我们村的关怀。"

临走时,县长又像想起什么来,顺便拐到小贞子家,和父亲聊了一会儿天。这是县长最后一次来看望父亲。县长问父亲说:"我听区长说,你们区马上要筹办第一座小学校了,你这个校长什么时候上任呀?"父亲看了一眼区长说:"再过上半个月,学校差不多就建起来了,到时候我这个瘸子就离开这里,正式住到学校去了。"听他这样说,县长的目光又落到了小贞子身上,有些担忧地对她说:"贞子,你舍得让你爹离开你吗?"小贞子回答说:"不舍得也得舍得呀,革命工作嘛,哪里需要哪里去,我总不能去拖我爹的后腿呀。"听她说得如此干脆,县长和区长都哈哈大笑起来。"我们小贞子的觉悟可不低呀。"县长竖着大拇指说。"还小贞子呢?"小贞子不高兴地说,"人家已经十七岁了,早就是个大人了。"县长故意用惊诧的目光上下打量她,像有新发现似的说:"是呀,贞子真的长大了,我们怎么还能把她当小孩看待呢?"

秋收过后,地里的庄稼差不多都收割净尽,被绿色覆盖了一个夏天的地面裸露出来,整个鲁西平原都闪烁着金色的光芒。黄河里的水位落下去之后,那个曾经暴躁而又狂野的巨龙现在又呈现出一派温馨和顺的样子。表哥从鱼山村出发,沿着黄河大堤一路向北,一个钟点不到就来到了河渡村。表哥这次来小贞子家,是和她告别的,两天之后,他就要打起背包,去往另外一个县,参加那里的土改工作了,是的,小贞子已经听说,表哥报名参加了人民政府的招募,经过考试,正式成为了政府工作队的一员。离开家乡之前,表哥来看望小贞子,和她说一说参加革命工作的事儿,或许对这个小表妹也是一种启发呢。

小贞子觉得很奇怪,最近这一两年来,表哥竟然大变了样子,原先低矮的个头突然就长高了,而且嘴唇上有了毛茸茸的胡须,这使他看上去比实际年龄成熟多了。表哥还为小贞子带来了外婆做的醉枣,因为时间太短,枣子还没有在陶罐里吸足酒液,与往年的醉枣比起来,似乎并不算多么好吃。但小贞子已经特别满足了,外婆一直想着她这个没娘的孩子,让她觉得倍加温暖。两个人一边吃着醉枣一边聊天,自然话题又落在了表哥的工作上。

"真了不起,"小贞子用羡慕的目光看着他,"你和我爹都参加了革命工作,现在就剩下我这个闲人了……"

"要说参加革命的话,"表哥安慰她说,"其实你的资历可比我老多了,"他微笑着说,"从那次去炮楼里送情报,你不就是一个老交通员的样子了?"

小贞子不好意思地摇摇头说:"那个怎么算数呢?"

"怎么不算数呢?"表哥用敬佩的目光看着她,"小小年纪就能为革命出力,比我现在参加工作可是厉害多了。"

"不说那个了,"小贞子摆摆手说,"我是说以后我怎么办呢?总不能一直这样闲下去吧?"

"有机会的,"表哥兴致勃勃地说,"现在我们这里刚刚获得解放,政府正需要有文化的人员搞建设呢,说不定哪天就能有这样的机会,到时候你积极报名就行了。"

小贞子点点头说:"好,我一定要抓住这样的机会。"

这天是个周末,父亲正好也从学校里回来,便亲自下厨,在小贞子的帮助下,给表哥做了一顿好饭。三个人吃完这顿饭,表哥就与小贞子和父亲告别,踏上了回返的路途。小贞子送了他一程,回来的时候,她站在黄河大堤上,目光从堤坝里面的老村落上划过,又落到了大堤外那个正在建设中的新村落上,不禁从内心里发出一声感慨,变化真快呀,也许过不了多久,堤坝外的新村落就能建成,到那个时候,她和村里的所有人就正式告别河渡村,搬往那个崭新的"新村"里去了,是的,这个马上就要建设好的村落的确就叫"新村",预示着他们这些老黄河人即将在新村里过上美好的新生活。

下一个周末,父亲从学校里回来以后,一照小贞子的面,就马不停蹄地对她说:"贞子,告诉你一个好消息,政府又要招收新的工作人员了,这次要求的条件有所放宽,不再仅仅局限于男性,只要符合规定的条件,女性也是可以报名的。"

"真的?"小贞子欣喜地瞪大了眼睛,"那我也能报名了?"

"当然能。"父亲点点头说。

小贞子又想起什么来,赶紧拉住父亲问道:"那他们要求的条件是什么？"

"文化，"父亲说，"只要具备一定的文化知识，就可以报名参加考试，然后按照成绩录取……"

父亲的话还没有说完，小贞子就攥紧拳头说："好，我不怕考试，有您教了我那么多东西呢，我肯定能考出优秀成绩来的。"

"我闺女真会说话呀，"父亲大笑着说，"考试还没开始呢，就把成绩往你爹头上按了。"

"爹放心吧，"小贞子郑重地说，"我一定能考上的。"随即又问，"什么时候报名呀？"

"我已经在区里替你报上了，"父亲说，"你抓紧准备一下，后天是礼拜日，考试正式在区里举行。"

"太好了，"小贞子高兴地搂住父亲的脖子，"爹你真好……"她忽然想起表哥来，不禁嘟囔着说，"这回我也能参加革命工作了。"

"贞子，"父亲拉她在座位上坐下，用格外严肃的口气对她说，"这件事你要想清楚，目前虽然我们这个地方成了解放区，可全国毕竟还没有得到完全解放，也就意味着我们参加革命是存在一定风险的，就说我们这里吧，一些被推翻的反动派不甘心失败，总是找机会进行破坏，前两天夜里，我们区里就发生了一件惨案，一个特务潜入了区政府，开枪打死了我们的一个工作人员……"

"抓到这个特务了吗？"小贞子关心地问道。

"虽然这个特务抓到了，"父亲沉痛地说，"可还有其他潜伏的特务，说不定什么时候就会来到身边，对我们这些从事革命工作的人下手。"

"爹，"小贞子关心地说，"那你以后可要小心呀。"

"我说的不是我，"父亲用慈爱的目光看她，"我是要让你想清楚，搞革命不是那么容易的，随时都可能……"

"爹不用说了，"小贞子推了他一下说，"你还把你的女儿当小孩吗？你该不会忘了吧，你女儿也是经历过血与火锻炼的……"

父亲直直地看着她，这时，他的确想起了小贞子的成长历程，不禁使劲点了一下头。"好，"他没有再按照原来的话题说下去，而只是明确地向她表示说，"看来是我想多了……既然这样，那你就好好准备吧，等后天到区里参加考试。"

"我会给爹一个满意的答案的。"小贞子举了举拳头,信心百倍地对他说。

星期日这天,小贞子早早地来到了区政府所在地,这次县政府设立的考点就在这里。到这时她才知道,报名参加这次考试的人中,只有她一个女性,她不禁感到有些奇怪,为什么是这样呢?上级已经放宽了报名条件,为什么没有其他女性来报名呢?后来她才知道,尽管招考条件允许女性报名,但像她一样有文化的女性毕竟还是少数。想明白了这件事,她便对自己能够有条件跟随父亲学习文化感到了幸运,也对父亲对自己人生道路的引领充满了感激。

快要进考场的时候,区长从这里经过,注意到了小贞子,并且上来和她打招呼。"我就知道,"区长笑呵呵地说,"周慧贞同志会来参加这次考试的。"

小贞子虽然和这个区长不太熟悉,但毕竟见过一两次面了。"他怎么知道我的大名?"她感到很奇怪,在此之前,还没有人公开称呼她的大名呢,更没有人叫过她"同志",这使她感到有些不习惯。"区长怎么知道我会来呢?"她不好意思地问他。

"因为你那些传奇经历我都听县长说了,"区长用敬佩的目光看着她,"你不来参加考试,那可真是我们区里的一大损失呀。"

"看区长说的,"小贞子不好意思地低下了头,"我有什么传奇经历呀?"这一刻,她真的想不明白,县长到底说了她一些什么事呀?

"好好考,"区长拍拍她的肩头说,"我们期待着你到革命队伍中来,到时候我们就可以并肩工作了。"

听了区长充满期待的话,小贞子的信心更足了。

其实考试并不复杂,因为政府考虑到刚刚获得解放,有文化的年轻人并不太多,文化程度也不是那么高,就对这些考生只出了一道考题,那就是当场写一篇文章,题目已经出好了,大大地写在一块黑板上,叫作《说时雨》,篇幅可长可短,限定时间为两个小时。

小贞子坐在最前面一排,一手拿着笔杆,一手托着下巴,两眼紧盯住那三个字,考虑了大约五分钟的时间,便觉得可以下笔写了。于是,她低下头,把注意力落在面前的纸张上,一边思考,一边在上面书写。她似乎知道,这个考题的要求并不仅是让她说下雨的情景,下雨的情景又有什么好说呢?出题的人一定是让他们通过描写下雨的情景,而说到时代的风云变幻,说到革命的风雨历程,说到共产党的阳光雨露对这片大地上的人们到底意味着什么,作为生活在这片土地上的人,在这个充满腥风血雨的时代里所感受的心路历程……她知道，当把这一些都落实到纸面上的时候，这篇文章便被她写成功了。于是，小贞子伏在那张白色的纸上，一个劲地写呀写呀，写完了一张又写了一张，考试人员只给他们发了两张纸，或许在人家想来，两张纸就足以完成这篇文章了，但他们不知道，这个叫小贞子的姑娘竟然有那么多话要说，是呀，对于她不算太长却颇为丰富的人生经历，其他人又怎么能知道得那么清楚呢？有着这样一番革命经历的人，在她即将正式踏入革命门槛中来的时候，又怎么能没有满腹的话要说呢？仅仅是两张纸又哪里承载得了她的心里话呢？于是她举起手来，又向监考人员要了一张纸，等把第三张纸也写完的时候，她才觉得自己要说的话差不多已经说完，也就意味着这篇文章圆满结束了。她放下手里的笔，捧起那三张纸，从头到尾默念了一遍，这时她才意识到，其实通过这篇文章，或者说通过这场考试，她是在检视自己的生命历程，寻找自己的人生道路，当这篇文章写完的时候，她清楚地看见，一条宽阔的充满阳光的大道呈现在她的面前，铺展在她的脚下，只要她迈出自己的脚，就能融入轰轰烈烈而又波澜壮阔的革命事业中来……

　　在二十几个参加考试的人中，小贞子是第一个交出答卷的，而她才用了一个小时多一点的时间。当从考场里走出来的时候，她看见一个人站在一棵树下，正在等候她的出来。她不禁一怔，怎么回事？父亲怎么到这里来了？记得早晨出来的时候，父亲仅仅朝她摆了一下手，并没有说到区里来陪她一起考试。小贞子当然也不会有这样的想法，因为父亲行走困难，而到区里来差不多有十里路，这段路程对父亲来说是很不容易的，所以她才决定自己来区里参加考试。可她没有想到，父亲竟然悄无声息地跟在了她后面，当她在考场里专注写文章的时候，父亲就站在外面的阳光下陪伴她……小贞子十分激动，虽然还隔着一段距离，但她已经看出来，父亲赶了这么远的路之后，已经显出了疲惫的状态，但他尽力支撑住身子，满脸期待地望着她从考场里走出来。"爹——"小贞子大声叫喊着，张开两手，像一只快乐的小鸟一样朝他跑去……

二十三、千流归大海

　　天还没有亮透，小贞子正沉浸在甜蜜的睡梦中，父亲就推醒了她。父亲站在床前，伸了一下手，又马上缩回来，看到女儿睡得这么酣畅，他不忍心把她喊醒，但看看窗外的天光，又把手搭在女儿身上，轻轻推了她一下。小贞子睁开眼睛,以为自己睡过了时间呢,赶紧爬起来,迷迷糊糊地问父亲:"我起晚了吗?"她当然忘不了,今天是她去县政府报到的日子。

父亲安慰她说:"不晚,饭还没有做好呢,"但他随即又改口说,"反正也到时候了,你做一下准备吧。"

小贞子洗过了脸后,又梳好凌乱的头发,听见厨房里依旧传出呼哒呼哒的风箱声,便跑过去,见父亲蹲坐在灶坑里,还在专心做饭呢。"爹,"小贞子拉着他一下,"让我来做吧。"

"马上就好了,"父亲摆摆手说,"你去屋里试一下衣服吧。"

小贞子有些不解:"试什么衣服呀?"

父亲朝她笑笑说:"我给你定做了一身制服,"他朝灶洞里填了一把柴草,"现在你是政府的工作人员了,不能穿得太随意了。"

小贞子回到屋里,看到椅背上果然搭着一身新衣服,便赶紧拿到手里,先在身上比画了一下,就回到自己床前,将这身崭新的制服穿到身上。衣服差不多是按照军人的制服样式做成的,只是颜色有些不同,小贞子记得,军人们穿的衣服或者是灰色,或者是绿色,父亲为她选的这身衣服却是蓝色,显得沉稳而又新颖,小贞子穿在身上,果然一改过去小姑娘的模样,变得真像一名英姿飒爽的工作人员了。随即,小贞子又在另一把椅子里发现了自己的行李,而且已经用绳子打好了,看来也是父亲悄悄替她做的。和她身上的制服一样,父亲也是按照标准的军人背包打成的,看上去方方正正,摸起来结结实实,想必父亲也是颇费了一番周折的,打包这种行李并不容易,小贞子就曾经跟战士们学过,但一直没有真正学会,不知道父亲怎么就掌握了打包裹的技术。"看来还是老革命厉害呀。"小贞子在心里由衷地赞叹。

所有的准备工作父亲都为她提前做好了,小贞子有些坐享其成的感觉,只要穿上制服,背上背包就可以出发了,在这一刻,她是多么感激父亲呀,正是有了老人家的全力支持,她这个初出茅庐的小姑娘才能心无旁骛地走出家门,投入繁忙的革命工作中去。

父亲把饭端上来了。为了给她送行,父亲专门做了她喜欢吃的小米粥和葱花饼,还给她多煮了一个鸡蛋。小贞子不好意思多吃那个鸡蛋,便夹起来放到父亲碗里。父亲则又送回到她的碗里。"吃吧,"父亲劝她说,"等一会儿你还要赶那么远的路呢。"

"我年轻着呢,"小贞子摇摇头说,"身上有的是力气,这原本是您应该吃的东西……"

父女二人又相让了一气，最后还是小贞子听从了父亲的命令，自己把那个多出来的鸡蛋吃掉了。在吃饭的过程中，两个人似乎都有很多话要说，毕竟从此以后，他们在一起吃饭的机会就不多了，但似乎又都知道，再说这些没有多大意义的话除了增加彼此的伤感外，又能起到什么作用呢？不管怎么说，女儿参加革命工作了，父亲应该高兴才是，哪怕自己在以后的日子里要承受以前没有过的孤单和寂寞，所以父亲极力克制着分别的忧伤，没有在分别这件事上多费口舌，而只是叮嘱女儿在即将面对的工作岗位上应当注意些什么，这是一个父亲在女儿离开自己前必须尽到的一份责任。而女儿呢？就与父亲的想法完全不同了，小贞子此时更关注的是自己离开以后父亲的生活和精神状态，毕竟老爷子年龄大了，身体不太好，行动不方便，又在学校里担负那么大的责任，自己离开以后真的放心不下来呢。

好不容易吃完了这顿告别饭，当小贞子收拾起碗筷之后，父亲带着她来到母亲画像前，和上面那个久违了的女人告一下别。其实画像上并不是母亲的照片，在母亲生活的那个年代里，照一张相还是极其奢侈的事情，他们没有那个条件，母亲便带着这份遗憾离去了。母亲死去几年之后，为了留住她越来越淡薄的模样，父亲花重金找来了一个画家，让他根据自己的描述为母亲画了这幅画像，当一家人都说画上的人是母亲了，才让那个早就腻烦了的画家停下手来。小贞子觉得很幸运，如果不是父亲的这份努力，或许她现在就想不起母亲的模样了。"看到了吗？"父亲欣慰地对画像上的母亲说，"从今天开始，你女儿就正式成为政府的工作人员了……"

除了母亲之外，这个院落里当然还缺少了一个人，那就是哥哥。小贞子想起来，前些日子，已经担任排长职务的哥哥还来了一封信，说他们的东北野战军接连打了好几个大胜仗，大半个中国都在他们的努力下获得了解放，也许过不了多久，他们就会浩浩荡荡地开到山东来，到那时一家人就可以团聚了。小贞子盼着这一天的到来，在她的想象中，当哥哥回来的时候，他或许就找不到自己的家了，因为就从今天开始，整个河渡村都要搬到堤外的新村去了，小贞子曾经为自己不能参加这件事而倍感遗憾，但不管怎么说，她去县城报到也同样重要呀。

小贞子穿好制服，背好行李，在父亲的陪伴下走出家门，忽然看见一些人正等在外面，其中有村长，有拴柱爹，还有改成娘。这些人一大早就做好了来为她送行的准备，但又不好意思打搅他们父女，就只是等在街头，现在看到小贞子出来了，便都纷纷迎上来。

"多好呀，"改成娘用羡慕的目光看着她，"我家改成怎么就没有这份福气呢？"

"嗨呀，"拴柱爹重重地叹口气说，"都怨我们这些当大人的脑子不开窍，才没有把孩子培养成才……"

小贞子拉住他们的手，悄声告诉他们说，她已经和改成、拴柱他们告过别了。的确，昨天下午，她便来到了拴柱和改成的坟前，在那里坐了差不多一个小时。不管怎么说，拴柱和改成都是她最要好的朋友，有了他们的相伴，失去了母亲的小贞子才顺利度过了她的童年和少年时期……"我要和你们分别了，"小贞子拍打着坟墓上的泥土说，"你们就好好地过你们的小日子吧，等哪天寂寞了，你们就到梦中来找我说话……"

村人们送小贞子出了街道，看到他们父女二人朝大堤上走去，便都止住了脚步，是呀，剩下的路程就让他们父女再相伴一会儿吧。

经过长久的磨合锻炼，父亲终于甩掉了他挂在腋下的长拐杖，虽然脚部的伤病让他变成了一个瘸子，但他呈现在身上的状态却不像是一个标准的残疾人。不用小贞子的搀扶，父亲就自己爬到了大堤上。到这个时候，小贞子便不让父亲再送她，往下的路程她要一个人走了，这也就意味着，她和父亲告别的时候到来了。小贞子回过头，先朝河渡村的方向看了一下，也是在和这个即将消失的村落做真正的告别，随后把目光落到大堤外新村所在的方向，等下次她从县城回来时，那里便成为自己真正的家了。这一刻，小贞子感到的不仅仅是忧伤，更多的当然也是喜悦。最后，小贞子看向了她的父亲，她留在这个地方的最后一个亲人。她伸出双臂，扑到父亲怀里，紧紧地搂住了他的脖子。恍惚间，她似乎又回到了过去，回到了自己还是一个小女孩的岁月里，她跟在父亲身后，度过了那些艰难、复杂而又辉煌的日子，可从此以后，随着她的离去，随着她的真正长大，这一切都像身边的河水一样流走了，再也回不来了，也就是说，从现在开始，她就不可能再像小时候那样搂抱父亲的脖子了。"爹……"小贞子再也克制不住内心的激动，泪水夺眶而出。

"慧贞，"父亲第一次叫着她的大名说，"好好工作，努力上进……"父亲没有再说下去，他架在鼻梁上的眼镜也早就模糊了……

小贞子告别父亲之后，正式踏上了去往县城报到的路途。她是顺着黄河大堤向北走的，东阿全境解放以后，新的县城已经搬迁到河西岸来，距离小贞子的家乡足有三十里路,这段路程虽然十分遥远,但在小贞子的脚下,似乎却又那么短暂,小贞子相信,只要顺着黄河一直走下去,用不了多久,她就会抵达那个让她热爱的地方……

　　告别了父亲之后,小贞子只是一味地赶路,并没有再回一下头。她当然不知道,当她仅仅走出了一两百米的时候,她的父亲就倒在了地上。实际上,父亲是强力支撑着虚弱的身体来为她送行的,这几天,不,是从他接到县长捎来的那封信的时候起,他原本透支差不多的身体便已经垮下来了,但当他面对女儿时,他却又咬紧牙关,拼尽全力支撑住,不让自己的痛苦和疲惫显露在女儿面前。县长那封信是从队伍上转来的,上面清楚地写着,一个叫周大生的年轻排长在战斗中壮烈牺牲了,县长记得他的儿子,于是就把这封信转到了他手里。"我的儿子……"父亲捧着那封信,一时间老泪纵横。就从那个时刻起,他便觉得自己全身的力气差不多都用完了,是呀,已经十几年了,父亲既在家里当爹,又在社会上为师,还成为革命队伍里的一员,完全可以说,他也是一个经历了南征北战的老战士了,正是岁月的风雨让他的身体落到了一个伤痕累累的地步,恐怕一点风吹草动就会让它垮掉的,现在,儿子的不幸遇难便成了压垮他身体的最后一根稻草,当女儿踏上革命的征程,从此后就像一只出巢的鸟儿飞翔在了天空里,再也用不到他保护和操劳了,到这个时候,他这台始终处于高速运转中的机器终于要熄火了。于是,他从远去的女儿身上收回目光,把它投到高远的天空里,对着从头顶上飘飞而过的白云,喃喃地说了一声:"我来了……"便直直地倒下去,倒在了高高的黄河大堤上。

　　小贞子急如星火地行走在去往县城的路上。因为她是沿着黄河大堤走的,这使她不用格外留意,便能看到在身边铺展开来的黄河河道,看到从脚下流淌而过的黄河水浪。她知道,只要沿着这条大河走,就能一直抵达大海。她忽然想起了李叔叔,她革命征程上的启蒙者和领路人,如今,这个出生在大海边的革命军人在什么地方呢?她又想起了另外一句话,革命者志在四方,是呀,这也是李叔叔说过的话吧?这真像是李叔叔自己的人生写照,也就是说,一个人不管走到哪里,只要从事着革命的行为和事业,他就是一个真正意义上的革命者。

　　小贞子沿着黄河大堤走呀,走呀,有很长一段时间,她都忘记了自己是走在去县城报到的路上,而在她的内心深处,却以为是在向着大海行走呢。正像俗话所说的那样,千流归大海,高路入云端,就像所有流淌在大地上的河流一样,这条奔腾不息的黄河也不例外,它的去向也是浩瀚的大海,只有流向了大海,融入了海洋,河流才真算是完成了自己的使命,或者换一种说法,这是所有河流不可改变的宿命。其实人也一样,她小贞子不也像这条家乡的河流,在向着自己生命中的大海,也就是波澜壮阔的革命事业的海洋流淌吗?只有投入到了那里去,让自己的全部身心都汇入革命事业中去,她才能真正长大,她才能完成自己的使命,她也才能对养育她的父亲还有这条河流说,女儿没有辜负你们的期望。

小贞子越走越快。她伸出双手,对着冉冉升起的一轮朝阳,发自肺腑地对它说:"我来了——"

附：

母亲与河

一

无数个日子里,童年的母亲都光着一双脚,在一条河边拾柴(水里总是有从远处冲来的柴草)、逮鱼、捉鸟,即使什么都不做,也只能是在那条河边玩水。反正在母亲童年的生活里,她是离不了那条河的,因为出了她的家门,前面就是那条流淌不止的河,或者更明确一点说,她的家就居住在河边,如果她不到水边去的话,又该到什么地方去呢?白日里是这样,就连晚上,虽然母亲已经上了炕去,只要是没有入睡,就能听到河水从窗外流过去的声音,没错,河水就从她家墙根下流过去,就算母亲睡着了,她的梦境里也一定会有鱼儿跳跃或者鸟儿飞翔的情景。七十余年之后的今天,我坐在书桌前,透过楼房窗明几净的玻璃,遥望着远处那条河流所在的方向,想象母亲当年枕着黄河入睡的情景,感受到的不仅仅是美好的诗意,还有诸多危险和恐惧的况味,因为不管怎么说,在一条被大河的浪涛所冲刷着根基的房子里睡眠,无论如何都让人放不下心来,尤其是在领略了那条河流的凶猛和威力之后,这种感受便越来越深刻地留存在母亲的记忆里,让我听了她的讲述后,也不能不替她感到担忧和后怕。

母亲所在的村庄叫旧城,是黄河岸边一个普通的村落,而在过去,它曾经是一个极度繁华的城镇,名字叫新桥镇。关于新桥镇,志书上是这样记述的:"新桥镇地处交通要道,贸易繁荣,佛事兴盛,旧志称为'南北孔道,水路要津,舳舻沿沂,轮蹄杂沓,人聚五音,货居百郡,所谓通都大邑也'。该镇建有'荐城禅院',宋代文学家苏东坡为之作记。新桥镇历金、元两代,为治242年,因水患而城池陷落。"在那么长的时间里成为一个县域的治所,可见新桥镇曾经经历了怎样的辉煌,在我们这个地方具有多么重要的位置。但从另一方面讲,那一段历史毕竟是处在两个为异族所统治的时代,鉴于当时金、元统治者的高压政策和对汉民的严重歧视,可想而知,在这个地方生活的人们也就是我母亲的先人,其实又该经历了怎样的压迫和屈辱?那样的繁华和辉煌是注定要成为历史烟云的,它的名字由新城改为旧城也是无法避免的一种宿命。在黄河沿岸,至今还流传着那个《狮子红眼陷旧城》的可怕传说:一个颇有道行的风水先生对新桥镇的人们说,等着吧,当县衙门前的两只石狮子的眼睛变红时,这个城池就要陷落了。一个好奇的孩子每天都到狮子前查看,结果狮子的眼睛老是不红。他终于等不下去了,也出于恶作剧的心理,便用红颜色把狮子的眼睛涂红了。当天夜里,就在人们埋头大睡的时候,河里的洪水突然暴涨,把整个城池都陷落到了河道里……旧城也就是新桥镇的没落,其实并不是什么孩子恶作剧使然,而是历史和时代变迁的产物,是人们反抗暴力统治的结局……

不说历史,不说政治,还是说母亲的童年,说母亲与那条河的关系吧。经过几个时代数百年的变迁,由于县城治所的多次迁移,新桥镇终于淡出了历史的视野,由一个曾经繁华的城镇变成了一个平凡得没有任何特征的小村落,被人们遗忘在了荒凉而灰暗的河岸上。当母亲快要成年的时候,那条河流由于急快的冲刷和扩张,河道几经变迁,已经由数十米达到了数百米之宽,旧城也由一个坐落在河滩上的平静村落变成了一个居于水边的凶险之地,随时都可能像它的前身新桥镇一样陷落到河里去。所以说,母亲在睡梦中听到的水流冲刷屋基的声音也便决然没有什么诗意可言,而更多地透出了一种随时可能要发生的变故和灾难,岁月变迁带来的可怕一幕也会再次在这里上演。如果这样的情景发生在白日里还好,当凶猛的大水到来时,人们还可能在呼喊和锣声中有机会奔跑到远离水患的高处去,而如果是在黑夜里的睡梦中为大水所围困,即使急迫的呼喊和锣声把漆黑的夜幕撕碎,人们怕是也不能顺利逃过这场从天而降的灾难,因此在母亲的记忆中,躲避水患的到来几乎成了她和家人的家常便饭。说好了不谈历史,不谈政治,但又不能不严肃地指出来,母亲的童年是处在像她的先人一样为外来侵略者所统治的岁月里,即使危险的洪水没有到来,如果日本鬼子出现在了村庄里,人们的逃难并不比躲避水患的情景更舒缓好看多少。

这样危机四伏的日子当然是不能持久的。为了躲避越来越严重的水患,母亲村庄里的人不得不从居住了不知有多久的屋院里搬迁出来,在远离河水的地方重新建造新的屋院。这样的情景一再出现,也就是说,搬迁新居的人们越来越多,新的村庄在迅速形成,老的村庄逐渐被抛弃,就像它的名字一样，旧城是越来越旧了，以至于成了被人们所遗忘的废墟，当接下来新一波洪水到来的时候，终于淹没在了汹涌的水浪下。但让人们想不到的是，这条河流扩张的速度并没有停止，而且在以后的日子里加快了它拓展新河道的速度，刚刚成为新城不久的村庄又像它祖先的名字一样成为旧城，跟踪而来的河水再一次冲刷到了母亲他们的房屋脚下，人们的睡梦里也再次充满了村庄陷落的恐怖和惊慌。没有办法，人们只好再一次在更远离河水的地方建造新的屋院，于是，又一个名叫新城或者新村的村庄矗立起来了，到母亲快要成年的时候，她和家人们已经搬迁了三次之多，终于由堤内搬到了堤外。现在好了，那条像长龙一般的黄河大堤把他们和那条河流分割在了两地，母亲他们也由标准的堤内人成为真正的堤外人，这些傍河而居了无数代的人终于远离了河道，变得和平原上的其他人没有了两样。与此同时，在人们不屈不挠的抗争和反击下，侵略中国长达十四年之久的日本侵略军也被赶走了，接下来，为了建立由人民当家作主的新中国，中国共产党领导的人民政府解放了河西岸，与盘踞在河东岸的国民党残余势力形成了对峙。母亲不止一次地告诉我，1947 年之后的日子是一些多么激动人心的时刻，为了瓦解河东岸的国民党统治，把政权从他们手中夺回来，河西党政军民发动了一波又一波宣传攻势，几乎每天都在河边支上喇叭，向对岸的人们喊话，以动摇他们的军心。而国民党反动派也不甘心即将到来的失败，做着疯狂的垂死挣扎，几次趁黑夜渡河来到西岸，偷袭解放区根据地。这样的局面被那时的人们称为"隔（拉）河拽"。著名的孙秀珍烈士就是诞生在那个年代的一名杰出女英雄。

母亲虽然还没有真正长大，就参加到了这样轰轰烈烈的活动中，当然，这在很大程度上得益于外祖父的教育和引领。在黄河岸边，我的外祖父是一个非常有名望的知识分子，早年是在村里开办私塾，教书育人，当革命政府成立并开展活动的时候，他义无反顾地成为他们中的一员，在政府的新式学校里担任教员，不但教人们学习文化知识，还在"隔河拽"的行动中亲自上阵，举着喇叭，大张旗鼓地向对岸的敌对势力做宣传工作。那时候，因为外祖母已经去世，母亲便像尾巴一样随在外祖父身后，作为一个并不起眼的女孩儿，不知不觉中从外祖父那里学到了文化知识，并在新的环境里做着跃跃欲试的准备，打算有一天自己也能上阵去，为这个刚刚到来的新时代做一些力所能及的事情。形势刚刚稳定下来，母亲就把自己的心愿告诉了外祖父，不出所料立刻得到了外祖父的赞同。在接下来的这一天，外祖父亲自带领母亲来到人民政府所在地,参加政府人员对她的考察。

我不止一次听母亲说过她被政府人员考察的情景。当时,刚刚建立不久的人民政府急切需要新生力量的加入,尤其是有文化的年轻人会受到特别的欢迎。那一天,母亲跟在外祖父身后,走进了人民政府所在地,见到了负责考察她的工作人员。到这个时候,母亲才知道,这一天来被考察的人竟然只有她一个女孩儿,就连工作人员在吃惊之余,也不禁对她大加赞赏,竖着大拇指夸奖了她好几句,然后把纸笔放在她面前,让她写上一段文字,以此考察她的文化水平如何。母亲看到那张纸上已经写上了三个字:说时雨,母亲当然明白,这三个字是人家出给她的题目,让她在这个题目下写出自己的感想。这当然难不住母亲,对这个在河边长大的女孩来说,那个"雨"字会让她产生许多联想,自然也就有许多话要说。更为重要的是,早慧的母亲竟然无师自通地明白,"时雨"二字不仅仅是指与雨有关的事物,而且肯定包含了与当时的形势,也就是刚刚获得解放这样一种生龙活虎的状态有关,于是,她就把自己的这种感悟一起写到了那张空白的纸上。工作人员读了以后,禁不住又对她竖了一下大拇指。母亲明白,如果不出意外的话,她写出的这段文字是符合出题者的期望和要求的。果然,母亲回家以后,只等到了第三天,她被人民政府录取的通知便送到了家里来。

也就是从那个时候起,母亲便成为一名光荣的人民教师。

二

现在不能不专门说一下那条河了。在这篇文章里,那条河像母亲一样重要。

最早的时候,这条河的名字并不叫黄河,而是叫济水,是一条像黄河一样著名的河流。早在周朝时期,它就被列入了"四渎"之中,享受朝廷的高规格祭祀。据《史记•封禅书》记载,周代"天子祭天下名山大川:五岳视三公,四渎视诸侯……四渎者,江、河、淮、济也"。原来,这条叫济水的河流与长江、黄河、淮河一样,是中国大地上最著名的四条河流之一,能够享受周天子恭敬而隆重的祭拜。这样一条重要的河流出现在东阿这片土地上,也算是我们这些人的一份荣耀。但不幸的是,到唐代末期的时候,这条河就在这一带断流了,然而不幸中的万幸是,它在东阿的河道随即被另一条也十分有名的河流所替代,这条取积水而代之的河流有一个非常美好的名字叫大清河。

著名的《水经注》是这样记载这个变化的,至唐代,"济枯渠注巨野泽,泽北则清水",也就是说,东平(东阿南部邻县)以西的济水湮没,而东平以下也就是东阿这一带的济水,"唐人谓之清河"(《禹贡锥指》),后又称北清河或大清河,以区别那条古老的济水。从此以后,山东境内更准确说东阿一带便只知有清河,而不知有济水了,这就是说,当我母亲的先人在繁华的新桥镇忙碌不止的时候,所看到的就是脚下这条叫清河的河流,对,就连新桥镇名字的来历也是因为一座搭建在清河上面的桥梁,那个时候的清河并不多么宽阔,而只是新桥镇的一条城中河,所以在河面上建造一座桥梁并不是什么困难的事儿。对那个年代的东阿来说,大清河是一条十分繁忙的河流,一直承担着通往外部世界尤其是沿海一带的交通运输重任,特别是运送盐货的船只每日里都在里面穿梭,所以大清河又一度被人们称为"盐河"。但让人想不到的是,这样一条堪称完美的河流有一天也像它的前身济水一样断流了,不,说断流并不符合它的实际情况,而准确的说法是被侵占了,没错,潺潺流淌的大清河有一天竟然被一条凶悍如强盗的河流占领了,那个不讲道理肆意侵占其他河道的强盗,就是从南方滚滚而来的黄河。

说起来,黄河早就来到了东阿大地上,如果考察它的历史的话,其古老程度比它的兄弟济水可能还要久远。早在远古的时候,黄河就数次在东阿大地上落脚,那时候,它的行走路线还没有经过后来给它带来重要改变的黄土高原,便从北方径直来到了东阿,所以它的名字中间并没有那个"黄"字,这条仅仅叫一个"河"字的河流来到东阿时,也并没有自己的固有河道,而是像一条失去定性的大蟒蛇一样在北方的大地上游来游去,今年在这个地方停留一下,明年又到另一个地方肆虐一番,所以它在北方大地上留下了多处行走的痕迹,不要说我们东阿,就是整个鲁西平原都曾经成为过它的故道,所以当我们在鲁西大地上行走时,你会轻而易举地蹚到漫漫的黄沙,没错,那就是黄河在这个地方留下的影子。这可不是什么好事儿,一条没有定性的黄龙在这片土地上游走,它带来的影响并不仅仅是改变这片土地的模样,更重要的是给这片土地上的人民带来了深重的灾难。翻开历史书籍,你会得到这样一个印象,凡是东阿遭遇的水患以及它所引发的灾难,毫无例外几乎都与黄河有关,而这种记载几乎每隔数年就有一次。"公元11年,河决魏郡,自西南入东阿境。"这是《东阿县志》对黄河最早侵犯东阿的记述,那么在没有编纂地方志书的日子里,黄河带给东阿大地的影响和东阿人民遭受的灾难便无从查找,而是淹没了历史的滚滚黄沙之中,我们只能从东阿地貌呈现出的起伏不定、迂回曲折的地理特征,来推测黄河在这个地方泛滥时所造成的巨大影响,就连东阿名字的由来或许也与它相关。《尔雅》指出,大陵曰阿,那么这片土地上的那些所谓"大陵"是怎么形成的呢?不用多想,我们也知道黄河是决然脱不了干系的。黄河带给这片土地上人的影响则更为深刻,我不知道其他地方的人怎么样,反正大部分的东阿人都对水怀有一种深刻的恐惧,从达尔文进化论的角度讲,人是来自水中的生物,有一天爬到岸上来,经过漫长的进化才成为现在的人类;而从社会学的角度看,人类也是逐水而聚繁衍生息的,可见水是他们真正的家园,是他们唯一的来处,按说他们应该对水怀有亲切的感情才对,但不知道什么原因,许多人却对水怀有天生的惧怕心理,这恐怕意味着,人们在接受水的惠顾的同时也受到了水的深重伤害,就我们东阿人来说,我想与黄河在这个地方的恣意泛滥留给心理的影响有着至关重要的作用。即使现在,几乎每年都能听到或看到有人被水或河流吞噬掉性命的不幸事件发生,你不惧怕它又怎么可能呢?

按说,那条清澈的叫作清河的河流在东阿大地上流淌,原本也算是一件岁月静好的事儿,毕竟清河一点儿都不暴烈,并且像这片土地上的人那样清澈透明,能够让人一眼把它望穿。但谁又能想到,在 1855 年 6 月的一天,像女人一般美好的清河竟然被一个远方而来的暴徒不由分说霸占了,从此便永远消失在了人们的记忆里,又在东阿的历史上演出了一幕只知黄河而不知清河的荒诞剧。在那个像火焰燃烧一般的夏日里,黄河从河南铜瓦厢的堤坝里溃决而出,咆哮的洪水像脱缰的马群一样踏过广阔的中原大地,来到了东阿的土地上,不由分说强暴了温柔的清河,与此同时,在东阿地面上流淌了一千多年的另一条重要河流——京杭大运河也被它冲毁,从此这条同样繁忙兴盛了一千多年的河流在北方大地上成为废河,联通南北两地的交通要道被迫中断了。霸道的黄河不由分说占领了清河的河道,从埋葬曹植的鱼山脚下流过,朝着东北方向呼啸而去,多半个东阿大地淹没在一片看不到尽头的汪洋中。从此,这条几乎没有自己固定河道的河流便在东阿安了家,在以后长达一个半世纪的岁月里,它没有再像过去一样离开这个地方,只是在 1938 年短暂离开了一下。那一年,腐败无能的国民党反动政府竟然炸开了花园口黄河大坝,企图阻挡住日本侵略中华的铁蹄,这种愚蠢的行为给包括东阿人民在内的黄河下游的百姓造成了更加深重的灾难。直到 1947 年,花园口被炸毁的大坝才得以修复,漫漫的黄河水重新回到了它的河道里。

黄河正式来到东阿后，由于它原本不肯驯顺的野性使然，加之它愈来愈多的泥沙所致，原本陡窄的地下清河逐渐变成了宽阔的地上"黄"河，不仅侵吞了两岸大片的良田和房舍，将长期栖居在岸边的人们也就是母亲他们驱赶到内地来，更由于它在东阿造成的那种河东河西的分离局面，也给东阿在以后的日子里重新划界埋下了伏笔，以至于彻底改变了东阿的地理形状和地域面积。想当年，大清河虽然也让东阿分作东西两岸，但它"宽不过十余丈"的河面根本阻挡不住人们的往来，一叶扁舟或者一只木筏就能顺利抵达对岸，甚至可以在水面上架起一座石桥，不只人畜就连车辆之类也能轻易地通过。但现在不同了，凶暴的黄河到来了，随着河面的急遽变宽，不仅无法在它上面架设什么石桥，就连木船都不能随意划到对岸去，原先河流沿岸的人几乎都在对岸有一两门亲戚，现在由于这条大河的阻挡，亲人之间变得渐行渐远，最终老死不相往来了。鉴于这种越来越严重的分治局面，尤其是发生了20世纪40年代末"隔河拽"的政治局面，新中国成立以后，东阿大地便被正式划分为两个互不相干的县份，曾经长期属于东阿所有的物产和文化永远留在了河东岸，成为与东阿再也没有任何关系的历史遗物，想起来这是一件让人多么感到遗憾和痛苦的事儿。

在极其漫长的时间内，黄河对北半个中国来说都是一条名副其实的害河，尤其对东阿这个处于平原地带的地方就更不用说了。我查过许多资料，每每看到的都是黄河给东阿带来的危害，比如，汉朝"王莽始建国三年，河决魏郡，泛清河以东数郡"，"时无固定河槽，水漫鲁西北60年"；比如，"后周显德年中，河决杨刘（东阿地名），离而为赤河，不复故道，其溢者注梁山泊，东入于淮"；……类似这样的记述实在是多而又多，以至于让我无法再忍心引用下去。不说在黄河没有固定河道的那些日子里它给东阿造成的灾难，单说1884年至1937年间，黄河在东阿决溢的次数就达到36次之多，仅1898年一年，竟然决溢了整整10次。这一年"汛水之大，历年所未经"，6月24日的那次决堤，"冲刷20余丈，渐刷至40余丈"。大水漫过整个东阿大地，冲至邻县荏平、禹城等地，直接灌入遥远的徒骇河。距我母亲的外婆家仅一里之遥的香山村近80户人家只剩一座砖房未倒，四处一片汪洋，人们挤上山顶避难躲险。大水过后，方圆数十里良田被厚厚的飞沙覆盖，此后长期无法耕种，人们被迫背乡乞讨，流离失所。

这样一条害河，你为什么非要落户到东阿来呢？

三

像大多数黄河沿岸的人一样，母亲的生活规迹是一步步远离了黄河，像被追赶着一样逃到了内地来，所以从这个角度说，母亲嫁到我们村来和父亲结合，也是逃离黄河追赶的一种方式。

说起来，我们一家也不是纯正的东阿人，而是数百年前从其他地方迁移到这里来的。说到我们的老家，那可同样是一个有水的地方，而且其规模比母亲所傍居的河流要大得多呢。明代初年，由于元朝统治者对汉民的肆意欺压，加之抗元起义军旷日持久的拉锯战，像中原其他地方一样，东阿的原有居民已经所剩无几，整个清河两岸鸡犬不闻，村庄凋敝，除了漫漫黄沙之外几乎没有了任何生息。于是，明朝统治者便从其他地方向这里迁移人口，像大家所熟知的那样，几次大规模的迁移都发生在山西洪洞县的大槐树下。但与他们不同，我们王家却不是来自西边的洪洞县，而是来自东边的登州府，也就是现在属于威海文登的那个地方。是的，文登濒临大海，与海洋的浩瀚和庞大比起来，不要说什么内陆的一般河流，就是著名的大江大川也是不能同日而语的。我不知道我的祖先在文登那个地方是干什么的，前些年家族里有人曾经去文登探访过，但由于岁月太过久远了，并不能找到家谱上提供的那个具体地点。于是，我只能想象我的祖先是居于大海不远的某个地方，说不定就是以捕鱼为生的渔民呢，从这一点上说，我家和外祖母家还真是有许多相像之处呢，所以母亲和父亲的结合也好像是命中注定的事儿。

我家所在的村庄有一个不太好听的名字叫"沙窝"，不用想就知道，我们那个地方的土地中含满了漫漫的泥沙，不用想也能知道，这一定与黄河在这里的影响分不开。虽然这个名字符合我们村庄的实际，但毕竟太过难听了，后来的人便把"沙窝"二字写成了"沙沃"，我上小学的时候，学校门楣上写的就是"沙沃完小"四个字，后来有关部门规范村庄用名，才不得不又把"沙沃"改回了"沙窝"。你看，即使是离黄河五六里远的村庄都受到了它如此大的影响，何况那些濒临黄河沿岸的村庄呢，像什么于河、冷河、徐河、董圈、史圈、朱圈、黄圈、井圈、下码头、周门前、夏口、郭口、堤口、河口、滑口、张道口、汝道口、王道口、孙道口、清冷口、前河、南桥、王溜、孙溜、黄渡、湖溪渡、夏沟、陶嘴、烈庄、傅岸……天哪，在我们东阿不大规模的地界上，与黄河有关的名字竟然如此之多，和它们比起来，一个小小的沙窝又算得了什么？ 1998年出

版的《东阿县志》记载,"东阿县境系黄泛冲积平原,……由于历史上黄河改
道、漫流、冲决及引黄池渠的清淤和沉积,形成波状起伏的高岗、缓坡、洼地",
其中河滩高地、缓平坡地、河间浅平洼地、沙质河槽地和背河槽状洼地分别占
全县土地总面积的 17%、41%、25%、3% 和 10%。完全可以说,东阿的每一片土
地,几乎都遭受过黄河的冲刷和洗涤,怪不得随手掬起一捧土来,流下指缝的
都是细密的沙尘呢。

母亲或许以为,沙窝这个地方虽然与黄河脱不了干系,但毕竟与河道相
距甚远,黄河再怎么样折腾,也不会流淌到我们这个地方来吧?但谁能想到,
1958 年,国家决定在东阿县南部建造东、西、中 3 个沉沙池,以灌溉聊城、德
州地区的 11 个县及河北省的部分地区,沉沙池设计南北长 140 公里,东西宽
110 公里,总面积 8860 平方公里,最大灌溉面积 1140 万亩。其中的东沉沙池
占地 70600 亩,涉及 41 个村庄,其中就有我的老家沙窝村,不管它离黄河多么
远,这条刚刚建起的东沉沙池就从它的西侧经过,占用了我们村大片的良田。
于是,汹涌的黄水经过南边的分水闸滚滚而来,从我们村边流淌而过,流向了
看不见尽头的北方。从这个时候起,沙窝村就真正与黄河结下了不解的缘分。
像这样占用大片良田的沉沙池在我们东阿就有 3 个,完全可以说,为了灌溉
北方更多的土地,东阿包括我们沙窝村都做出了巨大的牺牲和奉献。1962 年,
国家决定关闭东沉沙池,废渠还耕,滚滚的黄水退去后,人们惊讶地看到,原
先的良田已经为细密的白沙所覆盖,看上去就像撒上了一层诱人的白面。但
尽管黄水退去了,这片典型的沙地却在很长一段时间内长不出植物来,即使
种上了庄稼种子,沙化和盐碱化也不能使它丰产,而只能等待时间的流逝,让
这片土地从这场噩梦中慢慢苏醒过来。许多年后,这片被我们称为沙河的土
地才真正达到了还耕的目的,勉强长满了并不多么旺盛的庄稼。

到这个时候,不仅仅是母亲,就连我们所有的沙窝人都不能不感叹,看来
不管你距离黄河河道多远,都不可能脱离它对你的深重影响,说不定哪一天,
你就会成为它下一个袭扰的目标,这也许就是作为沿黄县的东阿人所无法逃
避的命数吧。许多个夜晚里,我都会做这样一个奇怪的梦,看见我自己的血
管被一把锋利的刀子切开了,本以为从管口里会流出殷红的血液,但出现在
我眼前的事实却是,管口里淌出来的竟然是浓稠的河水,一股羼杂着细密沙
尘的黄水汩汩地涌出来,渐渐泡湿了我粗糙的身子……

我不知道母亲嫁到我们家来之后,举目四望,又轻而易举地从每一张家

人的脸颊上,从院落里的每一片树叶上,甚至从弥漫在眼前的每一丝空气里,都准确地感到了黄沙留下的痕迹,面对这样的局面,她到底失望过没有?也许从这个时候起,她就真切地认识了自己的宿命,看来这一生她是摆脱不掉黄河对她的影响了。但更为可能的是,母亲并没有这些无用的多愁善感,作为一个在黄河岸边长大的人,她又怎么能做那些不切实际的幻想呢?趁着年轻的时候,母亲要抓紧一切时间学习和生活,根本顾不得去想其他乱七八糟的事情。为了进一步学习,拓展知识面,做一名合格的人民教师,她在生育了两个孩子的情况下,又主动考取了师范学校,不得不丢下嗷嗷待哺的孩子,去到遥远的学校里读书。那个师范学校竟然不在东阿县境内,而是在一个叫清平县的地方。清平县距离我们这边几近 100 公里,这样的距离对现在交通方便的人们来说不算什么,可不要忘了,那个年代的交通设施极其不发达,不要说是汽车之类的交通工具,就连一辆普通的自行车也是没有的,所以毫无办法,母亲只能和她的同学一起徒步到那个地方去,一天走不下来,便只能借宿在沿途的居民家,休息一个晚上,第二天继续赶路。母亲和她的同伴们用这种奇特的方式上下学,熬过了长达两年艰苦繁重的学习生涯。当她带着丰富的知识回到岗位上时,面对着比过去更好的教学成绩,才真切地感受到所有的付出和牺牲都是值得的。

都说女人是用水做成的。大约母亲是河边人后代的缘故,也或许是母亲受到了河流太多的影响,这使她天生就是一个分外柔弱的人,根本不适于在土地上躬身劳作,好在作为一名人民教师,她要一天到晚地站在讲台上,一手端课本,一手挥教鞭,向讲台下那些懵懂无知的学生们传授知识,但即使是这样的工作量,也不能使她完好地支撑下来。更要命的是,在不多年的时间里,母亲一连生下了我们姐弟五人,在繁忙的教学之余,要哺育这么多孩子该是一件多么不容易的事儿。我父亲也是一名人民教师,而且长时间在距离家乡很远的其他地方教书,一般情况下是照顾不到家庭的,所以哺育孩子的任务便落在单薄弱小的母亲身上。这样的生活状况很快就拖垮了母亲的身子,让她不可能一如既往地站在讲台上,当她确凿支撑不下来的时候,就只能硬着头皮给上级打报告,要求回家休养一段时间再重返岗位。但得到批准的机会非常有限,而且批给的时间也十分短暂。没有办法,母亲只能拖着疲惫的身子奔走在学校和家庭之间。有一次,我听一位母亲当年的同事说,你母亲太不容易,不要说在讲台上讲课了,就连我们在一起开会的时间一长,她都会从凳子上跌下来。我这才知道，母亲真的是在那些年的工作和生活中付出了太多太多，消耗了太多太多，以至于她只能吃那么多中药来调理身体，让自己尽可能变得强壮一些，以适应越来越繁重的工作和生活。

　　说到母亲吃药的情景，可能是留给我最为深刻的一个记忆，因为在我童年时期太多的时间里，都会有母亲看病、抓药、熬药、吃药的内容，以至于我现在闭上眼睛，都能清晰地看到母亲与中草药打交道的每一个细节。在那些为药草香苦交杂的气味所充满的日子里，我跟在母亲身后，来到公社里的卫生院，找她的一位堂姐去看病。她这个堂姐是一位有名的中医师，每次都会把她的手放在母亲的手腕上号脉，然后给她开出好几张药单子，母亲按单抓药，抱着好几捆配好的中草药走出医院。回到家来，母亲打开那些药中的一包，将药草泡到一只砂锅内，到吃完晚饭以后，便把砂锅支在厨房里的砖头上，点起火来开始熬药。母亲有时因有事离开了，就叮嘱我守在药锅前。我似乎乐于干这件事，当锅内的水开了以后，便打开盖子，凑上前去，用手中的筷子在锅内搅一搅。几乎每一次，我都会被那些香苦交杂的气味熏得喘不上气来，必须屏住呼吸，硬着头皮用筷子去锅内搅拌。透过蒸腾的热气，我会看到各种药材在沸腾的开水中翻滚，其情景就像电影里那些该死的敌人在爆炸中翻滚倒下一样，这使我也对这项枯燥的工作感到了些许好玩儿。我尝试着喝过母亲熬出的药汤，第一次知道它是那么的苦涩，远远不是药草散发出来的香味所能比拟的，仅仅是咽下一小口，也要拿出巨大的勇气才能完成，搞不好就会原样地从嘴里吐出来。但在我看来，母亲喝汤药的情景并不多么艰难，几乎每一天，她都捧着满满一碗药汤，把那些冒着苦味儿的黑水喝下去。听着母亲痛饮药汤发出的咕咚咕咚声响，我总是拼命吞咽唾沫，才不至于产生呕吐的欲望。我当然知道，母亲的味觉并没有丧失，也就是说，她像我一样能够品尝到中草药的苦涩，也像我一样不愿意喝那些该死的药汤，但没有办法，为了生活和工作，她必须要把它们一点不剩地喝下去，也许她已经认了命，或者说已经习惯了，才在面对这些黑乎乎的药水时，不至于产生惧怕的心理，也不让自己产生生理上的厌恶。更要命的是，母亲与那些丑陋不堪的中草药打交道并不是一朝一夕的事儿，也不是一年两年的事儿，如果我没有记错的话，母亲在长达十几年的时间内，都在一些固定的日子里必须去喝那些苦水。毫不夸张地说，母亲喝下的药汤之多，简直快要汇成了一条河，一条由中草药汤组成的痛苦之河。

四

没错，母亲其实就是一条河流，天生具有与河流相关的质地和品性。和坚硬的石头比起来，柔弱的水看似没有力量，但即使再冥顽不化的石头在水流日积月累的打磨下，也会最终消失殆尽的。母亲生来瘦小，体弱多病，给人的感觉是一阵风刮来，或许就能把她吹倒在地上。母亲的命运也不算太好，在她不到十岁的时候外祖母就去世了，整个童年时期是在不幸和忧伤中度过的；在她不到五十岁的时候我父亲也去世了，不幸和忧伤又充满了她的老年岁月。但母亲并没有被这些不期然的变数所压垮，所征服，也许是经历过太多变故的缘故，当新的变故到来的时候，她大有一种波澜不惊的坦然样子，从来没有在困难面前皱过眉头。在我的记忆里，母亲很少诉说她的苦楚，而总是洋溢着阳光和乐观。父亲去世后，家庭的担子更重地落在了她柔弱单薄的肩膀上，而那个时候，我的祖父祖母都进入了风烛残年的时期，与此同时，我后继的外祖父外祖母也等待着她去赡养，面对这些对其他人来说不堪负载的生活重担，母亲没有丝毫的退缩，而只是低下头来，从一点一滴做起，平静而安详地打熬一个个艰难的日子。母亲是善于照料别人的，虽然没有多大力气，但手脚利索，做得一手好活，不论是烧饭还是缝补，都是在村子里出了名的。我的堂姊母早年去世，留下了三个孩子无人照顾，而与此同时，我的另外一个堂伯母也不幸离世，更是把她的四个孩子留在了世上，作为我们族院里最为亲近的一位母亲，她也担负起了隔三岔五照料那几位堂哥堂姐的重任。在照顾祖父祖母外祖父外祖母的过程中，母亲又尽显了一个媳妇一个女儿的良好本色，待把几个老人逐一送走之后，还没来得及好好休息，她自己的子女也就是我们姐弟五人的孩子也需要她来看护了，于是，母亲挺着柔弱的身子又为我们把孩子一一带大，等他们都参加了工作之后，也就是当母亲真正进入了老年之后，才算是真正完成了任务，能够好好地喘一口气了。不论是对我们自己的家庭还是对我们那个家族来说，母亲都是有功绩的，这还不算她在工作上所取得的成就，她教出的那些遍布许多地方许多行业的学生，为国家和社会培养的那些有用之才……

正当母亲要好好休息一下的时候，她却突然病倒了，在医生的建议下，需要做一个不算太小的手术，而这个时候，母亲已经是 76 岁的高龄，柔弱的身体不知是否能承受得住这样严重的摧残。但在我们还把握不定的时候，得知病情真相的母亲却主动接受了医生的建议，坦然面对接下来的手术治疗，这是我们这些健康而年轻的人都自愧不如的，对于疾病和灾难的态度，母亲永远是我们学习的榜样。手术虽然十分成功，但对于年老而体弱的母亲来说，毕竟对她的身体造成了不小的伤害，所以在缓慢的恢复过程中，她也吃了不小的苦头。就是在这种情况下，母亲依然保持着乐观的态度，几乎每一天都读书报、看电视，一照我们的面儿，就会把读到的有关健康方面的知识说一遍，或者把看到的有关国家进步的新闻讲出来，正应了那句"活到老学到老"的说法。如果这种状态持续下去的话，母亲的老年也算是安详而幸福了，但谁又能想到，2018年冬季的一场颇为厉害的感冒导致她的肺部感染，引发了她全身免疫力的崩溃，从而被病魔夺去了她宝贵的生命。母亲在医院里度过了最后的两个月，终于在一个大雪天里离开了这个世界，到这个时候，她的体重只剩下了不到30公斤，我似乎这才相信，积聚在她身上80余年的力量真正耗尽了。

去世前的那年夏天，母亲曾经主动向我提出来，什么时候方便了带她去黄河边上看一看。听到她这个提议我是颇为吃惊的，因为我知道，母亲有严重晕车的毛病，一般是不肯轻易坐车远行的，大约小时候枕着动荡不止的黄河睡觉的缘故，让她老早就落下了这个毛病，以至于现在条件好了，我们出行时都有自己的车辆要开，她却不愿意随同我们外出，这无形中使她减少了许多去其他地方观光的机会。听到母亲这个建议后，我这才恍然大悟，这个逃避了黄河一辈子的女人其实并不像我们想象的那样讨厌黄河，惧怕黄河，她毕竟是在那条河边长大的，那条河的风景包括它制造的灾难都像一把刀子一样刻在了她的记忆里，所以她是不可能轻易拒绝它，忘记它的。我当即让妻子开车，小心翼翼地拉着母亲朝黄河大堤上驶去。从我们居住的县城去往黄河大堤，即使走最近的路也差不多十余里的路程，何况上了大堤之后，还要沿着它走很远的路，这样一路下来，对母亲来说简直就是一个不小的折磨。但尽管这样，母亲还是非常高兴的，一路上都尽力提高精神，忍受着晕车的困扰，瞪大眼睛朝黄河河道里眺望。我们选择的路线是由黄河大桥朝南行驶，也就是沿着黄河国家森林公园的入口往里行走。

让母亲当然还有我们倍感欣慰的是，如今的黄河已经与她记忆中那条暴烈的河流没有什么关系了。新中国成立后，在毛主席"要把黄河的事情办好"的指示下，人民政府加大了对黄河的治理力度，每年都加固堤防，蓄水调沙，不但没有再让这条危害北方大地的河流继续带来灾难，而且由于几个重要灌溉工程的实施,尤其是小浪底工程的建设,这条曾经咆哮不止的黄龙终于得以驯服,被牢牢地锁在了那两条黄河大堤之内。在我们东阿县,解放后70余年来,黄河没有溃决过一次,沿河的人们再也不用像母亲当年那样躲避它的威胁了,由于黄河水中的泥沙越来越少,河床不再继续抬高,也用不到再继续蓄水清沙,东阿境内的沉沙池便永远成为了历史遗物,由于加大了植树造林的力度和规模,黄河岸边的土地沙化程度越来越小,荒地正在重新变成良田。更为重要的是,因为黄河的存在,鲁西地带不再惧怕干旱,即使一年下不了一滴雨,黄河水也会照样滋润这一方土地,不仅如此,由于位山南水北调灌溉工程的作用,山东、河北、天津和北京等地的用水也不再成为问题。到这个时候,黄河作为母亲河的真实面貌才开始显露出来。

作为黄河沿线的重要县份,东阿当然也改换了不小的模样,就说这片曾经荒凉的黄河大堤一带吧,谁又能想到,几十年后人们会把它建成一个著名的国家森林公园呢?里面不仅植满了树木和瓜果,而且种植了大片的油用牡丹,从而为东阿争得了诸如"中国油用牡丹之乡""中国黄河鲤鱼之乡""中国喜鹊之乡"等美好的称谓,不仅像我和母亲这样的当地人来此观光,就连远隔千里的外地人也被吸引到这个地方来,就在这一天,我们还在黄河大堤上看到了两个骑自行车的黑人小伙子呢。

我们的车辆驶过艾山风景区,渐渐接近了新桥或者说旧城所在的区域,虽然它们的痕迹一点也没有留下,但母亲显然知道她的老家是在哪个地方。于是,当来到几棵巨大的柳树前时,母亲让车辆停下来,并且在我的搀扶下,走下车子,走过大堤路面,停在了那几棵柳树下,站直她有些弯曲的身子,抬起头来,朝着远处的河道里直直地眺望。虽然她没有说什么,但我知道,她所注目的地方一定是她的老家。于是,我和妻子走到一边去,留下母亲一个人坐在树下,对着河道里面慢慢地打量。在她快要离开这个世界的时候,就让她的思绪回到她的童年,回到她的老家,再温习一遍她来到这个世界时的那些情景吧。当我和妻子在大堤上走了一圈儿,回到母亲身边的时候,看到她老人家已经躺在柳树下,眯缝着眼睛,已经进入了睡眠状态中。我打量着母亲平静安详的表情,知道她正在做一个有关童年、有关老家、有关河流的梦境。在那个绵延不绝的梦里,母亲一定又听到了水流冲刷屋墙发出的沙沙声,也一定又看到了鱼儿跳跃和鸟儿飞翔的动人情景。黄河,我在心里替母亲说,你的女儿回来了,回到你怀抱里来了……

后　记

我出生的时候，母亲的娘家人作为生活在黄河滩上的最后一批居民，搬到大堤以外重新立村已经好多年了，但童年时期去外祖母家时，还是经常跟随表哥他们到黄河滩上玩耍，无形之中，相对于我身边的其他小伙伴来说，近距离接触黄河的机会就增加了许多。在我五岁那一年，跟随父母乘公交车去遥远的济南，此时黄河大桥还没有架设，公交车便只能开到洛口，然后搭乘大型驳船渡河，父母领我来到甲板上，让年幼的我真切地感受了黄河的风高浪急。

20世纪90年代初，因为工作需要，我在几年内的几乎每个周末，都要乘车从黄河大桥上经过。就是在这段日子里，得知工作单位的某个同事曾经作为部队的一员，在东阿黄河大桥上驻守过好几年，闲暇时听他讲过许多有关黄河的轶闻。后来，我在东阿县的地方史志部门工作过十余年，由于工作关系，接触了大量有关黄河与东阿县革命历史的资料，这为我更加深入地理解黄河、东阿和鲁西，理解黄河作为母亲河与这片土地的繁衍生息和发展壮大打下了坚实基础，并为此进行了一些研究，收集整理了许多历史掌故和民间传说，这些成果都融入了我主编的《东阿县志》《东阿年鉴》（十五年）和我编著的《东阿民间故事》中。当然，在与母亲的长期相处中，更是听她无数次讲述与黄河相关的故事，毕竟母亲是在黄河滩上长大的，在与黄河涛声的相伴中度过了她惊险而艰难的童年和少年岁月，而那个时期是一个遭受侵略和压迫而充满战火硝烟的历史阶段，尤其给她留下了难以忘怀的深刻印象。大概在这种耳濡目染的影响下，写作与黄河有关作品的念头便悄然来到了我心里，成为《大河》三部曲面世的催化剂。

关于黄河与我们这个地方的关系，我在《黄河岸边的孩子》的附记《母亲与河》中，有较为详细的记述，读者可以参考阅读。在那篇散文中，我也试图说明母亲和黄河的关系，但在有限的篇幅中是不可能完全解释清楚的，于是便有了这部长篇小说《黄河岸边的孩子》。的确,这部嵌入了若干儿童文学元素的作品是按照母亲的童年历程写成的,当然,与此同时也融入了众多儿童少年在那个苦难岁月中的成长经历。可惜的是,这部作品写得太晚了,母亲早在几年前就离开了这个世界,我只能把它作为一份礼物献给她老人家的在天之灵,对她所经历的那段历史做一下告别。

由于对东阿尤其是黄河的历史较为熟悉,写作《黄河滩枪声》这部书也不是多么困难,尽管这样,我还是再一次通读了东阿县政协出版的文史资料四卷本,同时也阅读了大量战争题材的文学作品,在相关的历史和作品中寻找写作这部书的线索与灵感。与《黄河岸边的孩子》和《黄河带我回家》的短速写作节奏相比,这部书花费了我相当大的工夫,因为它牵涉的点与线太多太杂,我必须尽可能把它们梳理清楚。对于战争题材的文学作品,前辈作家差不多已经写尽了,要想让这部书再呈现出别的作品没有过的面貌,实在是难上加难。但这并没有击退我,我依然在历史的缝隙中寻找到许多可供进入这部作品的信息,用较为独特的叙述方式写出了一系列中短篇故事。由于背景、题材、主题和风格的相近,我把这些零散的作品组合起来,形成一部崭新的长篇小说。这种形式当然不是我的发明,我所崇敬的美国作家福克纳的长篇小说《去吧,摩西》《野棕榈》《没有被征服的》,俄罗斯作家阿斯塔菲耶夫的长篇小说《鱼王》,还有中国作家莫言的长篇小说《食草家族》等,都是这么做的,我只不过借鉴了这种形式而已。

《黄河带我回家》虽然选取的是老套的爱情视角,但这三组不同遭遇、不同宿命的爱情故事,却包含了黄河、东阿和阿胶历史风云变幻的若干信息,背景宏大悠远,可以说是东阿现、当代历史和重要文化资源的影像投射。看上去,这三组爱情故事像奔腾不息的黄河水一样足够狂野,足够酣畅,似乎远离了生活现实,但我不能不悄悄地告诉你,这些故事并不是我的凭空编造,而是真的来自这片土地上那些生生不息的情感传奇。只要你进入了这片流淌着黄河水的土地深处,就会发现其中不同凡响的动人故事,其感人至深的程度不逊色于任何一部文学作品。大概与所表现的内容一致吧,《黄河带我回家》的写作是在很短时间内完成的,甚至可以用"一口气写就"来形容,开创了我写作速度上的先河,也让我体验了一把激情创作的狂野和酣畅……

《大河》三部曲的写作,圆了积存在我心头多年的一个梦想,那就是为黄河,为生活在黄河岸边的父老乡亲,为过去那段已经成为历史的充满血与火的岁月,唱一曲饱含深情的歌,让我们的子孙后代不要忘记发生在这片土地上的那些虽然平凡却也惊心动魄的传奇故事……

长期以来,我在进行"乌龙镇"系列小说写作的同时,从来没有放弃对鲁西文化资源的挖掘和书写,完成并出版的有关作品有《曹植大传》《天河》《霍乱年代》《尺八》《天宝物华》(即《阿胶大传》)等。《大河》三部曲,是我致敬家乡、献给家乡的又一组作品。以后我肯定还会进行这方面作品创作的。

感谢我的家乡,为我源源不断地提供了如此多的创作素材和灵感。

大河

黄河滩枪声

王 涛 著

中国海洋大学出版社
·青岛·

图书在版编目(CIP)数据

大河 / 王涛著 . -- 青岛:中国海洋大学出版社,
2024.2

ISBN 978-7-5670-3805-9

Ⅰ. ①大… Ⅱ. ①王… Ⅲ. ①长篇小说－中国－当代
Ⅳ. ① I247.5

中国国家版本馆 CIP 数据核字(2024)第 046721 号

DAHE·HUANGHETAN QIANGSHENG
大河·黄河滩枪声

出版发行	中国海洋大学出版社	
社　　址	青岛市香港东路 23 号	**邮政编码**　266071
出 版 人	刘文菁	
网　　址	http://pub.ouc.edu.cn	
电子信箱	1193406329@qq.com	
订购电话	0532-82032573(传真)	
责任编辑	孙宇菲	**电　　话**　0532-85902349
印　　制	青岛国彩印刷股份有限公司	
版　　次	2024 年 2 月第 1 版	
印　　次	2024 年 2 月第 1 次印刷	
成品尺寸	160 mm × 230 mm	
印　　张	47.75	
字　　数	782 千	
定　　价	168.00 元(全三册)	

发现印装质量问题,请致电 0532-58700166,由印刷厂负责调换。

Contents
目录

金 鸟

　　日头还没出，那金色的鸟儿就在老兵身上飞舞了。老兵站上坡顶，双手捧着那鸟儿，捧到脸上。东天布满彤红的霞云。老兵捧着金鸟的身影贴紧了天幕，于辉光里做成个黑色的剪影。霞云在寂静中变幻出愈加艳丽的色彩。老兵挺胸昂首，将金鸟按到唇上。金鸟吐出了声音。是种奇妙的声音，极悠扬嘹亮。在朝远处荡去的声音里，透着血般红色的日头升起来。日头浮在老兵身后，老兵处在日头当中，整张身子都被照红了。老兵唇上的金鸟溢满明灿灿的光点。老兵伴着升起的日头，让那鸟儿唱出悦耳的歌。

　　每当目睹这番景象，孩子就激动得热血沸腾。那鸟儿真是神奇极了，居然唱出那般好听的歌。孩子惊讶地瞪大眼。那悦耳的声音从鸟儿嘴里出来，水似的流淌，烟似的飘忽，在盈满红光的天空里漫开。孩子不由得举起手，手指抖着伸出去，仿佛想捉住那如水如烟的声音。孩子看见那声音化作点点颗粒，像沙尘，像露珠，披挂到树枝和草叶上。孩子放开了眼界。在广大的鲁西平原上，无数彩色的光斑熠熠闪烁。一定是那声音的碎片吧？

　　许多天里，孩子都为那奇异的感觉所激动。每逢东天浮起霞光，孩子便跑出枣树林，寻找那金鸟，寻找那老兵，寻找那声音。老兵准时站到坡顶上，双手捧了金鸟，伴着初升的日头，将那声音响亮地唱出来。孩子同时看见，许多人聚在一块空地里，像雨后钻出的蘑菇，在日头的映照下，身上的军衣流淌着黄乎乎的颜色，手里的枪刺闪出更为耀眼的光。那声音居然将这么多人唤出来，那声音真是奇特。孩子多想伸出手，摸上那金鸟一回。那金鸟实在充满了魔力。一种欲望在孩子的身上滋长。但孩子不敢近前，只是躲在枣树后，远远地观看。歌声却已经完毕。老兵将金鸟从唇上取下，直朝远处走去，黄色的身影把日头晃得一闪一闪。孩子含住伸张的手指，在齿间使劲地咬。孩子像是丢失了东西，怅然得要哭。老兵的身影融进那伙队伍里去了，孩子才悄悄走出枣树林，走到土坡上，垂下头打量。孩子看见老兵留下了脚印，很大，且很深，两个齐整地并在一起，中间的凸

1

起处落了一只黄色蝴蝶。孩子瞪大眼,紧盯住这可爱的小生灵。蝴蝶挺挺地开合着翅膀,多彩的花纹和斑点刺激着他的眼。孩子似乎猛然开窍,这只蝴蝶兴许就是那声音的碎片。蝴蝶随着吹来的清风,直往旷野里飞去。孩子呆呆地目送它,好一会儿才回过神。孩子又想到那些披挂在树枝和草叶上的碎片,直是兴奋起来。孩子跑下土坡,朝着旷野深处扑去。在他眼里,草木间到处都有斑斓的蝴蝶飞来。

哎,你找什么哩?

孩子回过头,惊愕地张大嘴。那老兵已站到身后,正对他挤眼微笑。孩子本能地颤抖一下,想撒腿逃开。但这仅是念头,孩子随即发现,两脚依旧停在原地,草丛羁绊着脚背。孩子茫然地张着手臂,眼角怯怯地瞥向老兵,目光才一碰,又旋即避开。脚背猛然发痒,似有蝼蚁爬过去。

我留心你好几回了,老兵走前一步说,你丢了东西么?金鸟在他皮带上挂了,下面还悠着块火红的绸子。你一定丢了什么贵重的东西,能告诉我么?老兵按住金鸟,朝身后推了推。说不定我能帮你找到哩。

孩子闭拢着嘴巴。觉到脸颊也痒起来,偷着揩抹一下,竟抓了满把湿。日头好毒,热气在头上罩成一块布。在毒热且明亮的日头下站了,孩子体验着一种痛苦。孩子再一次想逃开。

不说就算了。老兵笑笑,回过身,悠着那只金鸟走走。你自个儿找吧,小家伙。摆晃的金鸟闪出片亮光。

孩子送走老兵的身影,泪水止不住流出来。孩子觉到后悔,又觉到委屈,还觉到些许怨恨。孩子软了手脚,躺到草木间,身子缩成一团。散出腐味的泥土浸贴着脸腮。孩子忽然感到了冷。

孩子睡不着觉。望着夜空里的点点星光,似乎又看到了那金鸟。你找什么哩?老兵说。闪烁的星光渐渐变成彩色的蝴蝶,纷纷飞舞着落下来。孩子抹去脸上的水露,在草木间频频翻转身子。孩子又看见老兵站上高坡,将金鸟捧到唇端。但那金鸟却未唱出歌来。老兵丢了金鸟,转身朝远处走去。金鸟死了。一个阴影正在枣树丛里藏了,吹着枪口的烟气狞笑。是这凶恶的阴影将金鸟打死了么?如果是的话,那阴影定是万恶的鬼子……孩子想去告诉老兵,却无论如何说不出声。孩子便去追赶老兵。手脚一动,孩子醒来了。一轮残月沉在天边,树影被夜风吹得摇摆不止,远处有夜鸟凄厉的叫声传来。孩子颤抖着身子,惊惧地扑打眼皮。孩子急切地盼望天晓。

老兵进到枣树林里去了。孩子在后面悄悄随着。远处,那些黄色身影的士兵们正在一起聚了,横七竖八地午睡。老兵穿过一地杂乱的柴草和灰烬,在一棵老枣树下停住,解开裤子撒尿。孩子看见这景状,禁不住夹紧了两腿。老兵撒完尿,便倚树干坐下,将帽檐遮在脸前,懒洋洋地舒展开手脚。午间明丽的日光把花花点点的树影披在他身上。孩子站直了身,紧盯着那入睡的老兵。枣树林里一片静寂,间或有蝉声悠悠地响来。孩子终于被欲望驱使着,从树后出来,蹑着手脚向老兵走去。老兵连同倚靠的那棵枣树都摇摆起来。孩子看见老兵怀里闪出明灿灿的亮光。是那只金鸟。滚热的血流立时上了孩子的头脸。眼见那诱人的金鸟急遽地长大,一霎便充满了他的视野。孩子急切地近前去。那金鸟也冲着他跳跃不止,总不能停在他眼里。孩子听见呼吸乱了节奏,眼皮胀疼,泪水模糊了视线。孩子快要支撑不住。孩子踉跄着脚步,不顾一切地扑下去……

孩子紧抱了金鸟,飞快隐到远处的灌木深处,将它压在身下,便再也不动了。日头快要西落,天边涌起绚烂的霞云。孩子总算安静下来,渐渐感到金鸟在身下的撞击。孩子越加兴奋,坐起身子,试着将金鸟捧起来。奇特的感觉即刻震撼了他。金鸟竟是那般热,孩子被烫了似的,猛一下缩回手来,然后含到嘴里。回味那奇特的感觉,不,它似乎又是凉的,他的手指是被冰了。孩子举起手指看,又撮到一处捻动。紧接而来的冲动使他忘乎所以地捧起金鸟,捧到脸上。孩子要用肌肤感觉并亲近这吸引了他的金鸟。金鸟的身子极光滑,像是涂了油,孩子得用心拥住它,才不致让它飞去。孩子贪婪地体验着一种新鲜的感觉,翻来覆去不拿开。孩子站起来,试量着举高了金鸟。孩子要让这神奇的鸟儿唱出歌声。孩子已经听到那动人的歌声了,眼前也正有大群的蝴蝶飞来。孩子伴着天边的大块霞彩,将金鸟按到唇上,高高地昂起头来。

但孩子没能让金鸟唱出歌来。半天霞云变作暗淡的灰光,日头沉落了。旷野里涌起了暮雾,将一地壮茂的枣树林淹没。那群蝴蝶也终没有飞来。孩子望着西天,悄悄吞下伤心的苦泪。孩子疑心,金鸟是被那凶恶的黑影打死了?便再一次验看金鸟,两手仔细地抚摸。月亮出来了,竟也显得那般清冷。草下的小虫似乎无力地哭泣。孩子捧起冰冷的金鸟,疲累地拖着两脚,一步步回到枣树林里。几堆篝火还未熄灭。借着红红的火光,孩子看见,每棵枣树下都有黄色的人影躺

3

着,其间还有枪支的亮光闪耀。孩子不禁打个寒战。伴着篝火响动,孩子听到了鼾声,掉过头,惊异地张大了嘴巴。又是那棵老枣树。老兵傍了树干,似乎正沉沉地睡着。老兵依旧用了先前的姿势,只是腰间没了金鸟。孩子蹑手蹑脚地过去,轻轻将金鸟送到他手里。

老兵忽地笑了,将帽子推到顶上,露出秃亮的脑门,你这小东西,偷我的号了?

孩子赶紧缩回手。金鸟掉出去,不知是否落到老兵手里。孩子顾不得管,回身要逃。不想被一双大手抓住。孩子拼命挣扎,竟然动弹不得,那蒲扇般的大手硬是将他按到了地上。孩子绝望地扬起头,一双大眼里满是恐惧。

将他按住了,老兵却放开手去。就此在他身边坐下,用指头朝他额上轻戳一下,你这孩子,偷了我的号,又送回来,这是为什么哩?

孩子的泪水簌簌地淌下,鼻子也酸得不行。但孩子闭住嘴,只是死死地看他,随时做出逃跑的架势。

老兵小心地捧起金鸟,就着火光验看。还好,没有给我弄坏。插回了腰带下。从兜里掏出烟叶和纸条,摸索着卷起来。为什么偷我的号?抓一根枝条,探到火里引燃。想吹号?可又吹不响,是吧?点着烟,在胡须间一明一灭地吸着。你是谁家的孩子?

孩子身子一软,坐下了。孩子已失去逃走的愿望,那种深刻的恐惧也正随烟雾淡去。但孩子没听清那金鸟叫什么名字。老兵说了,孩子却未听清。

你是谁家的孩子?老兵又一次转向他,整天在旷野里逛荡,也不回家去?你家在哪个村子?丢了烟头,又将金鸟捧到手里,用衣角一点点擦拭。金鸟在火光下闪烁,耀眼地亮堂。叫个什么名字?找到你丢的东西了吗?

孩子抬起头,怯怯地望着老兵。忽然觉得这张胡子拉碴的脸极熟悉,似乎很久以前就见过,却是不记得怎么回事了。孩子便想到了父亲。这奇怪的念头让他一点残存的恐惧也散尽了。孩子居然觉到些温暖,便直是盯住那堆篝火。不断有红色的火星窜上去,极璀璨地闪耀。孩子又想到了蝴蝶。怎么就没有声音呢?孩子的目光又落回老兵手里的金鸟上。

好玩是不?老兵朝他举一下金鸟,看着好玩就来偷了?缩回去,郑重地按在胸前。这可不是随便玩的。老兵把金鸟放到唇上,却又马上拿开。号一响,千军万马都得听指挥哩。腾出一只手,在他头上一下下地抚摸。呀,怎么这么多伤疤?

孩子掉头朝四处看,看那些正在树林间沉睡的士兵,回头又盯住金鸟。它叫"号"。孩子记清楚了。这叫作"号"的金鸟居然有那么神奇的作用?千军万马

4

都听它指挥？孩子似乎看见，这叫"号"的金鸟唱歌了，那些睡在枣树下的士兵都爬起来，一霎间便排成雄壮的队伍。

哎，这么大会儿了，怎么不说一句话呢？老兵直盯住他，莫非是个哑巴不成？又即刻摇头，这不耳朵好使着哩，那为什么不开口？不会说吗？

孩子避开他的目光，沉沉地垂下头去。

孩子又做了一个梦。孩子从炕上爬起来，看见窗外火光冲天。燃烧的火焰照明了黑夜，孩子还以为天亮了呢。孩子支起耳朵，听见外面响着震耳的枪声。枪声像一块块石头，将被火光照亮的夜幕击碎。碎裂的夜幕像腐烂的树叶掉下来。伴随着越来越急的枪声，孩子更多地听见了人们的叫喊。孩子从来没有听到过，那些叫声竟是如此激烈、惨痛和凄厉。孩子张皇地朝身边看。父亲不知哪儿去了，母亲也不在身边。孩子记得，天黑后睡觉时，父母还好好地躺在身边呢，怎么现在就剩下了他一个。孩子尽管知道外面危险，还是从炕上爬起来，蒙头蒙脑地朝门外跑。孩子刚到门口，就看见一个披头散发的黑影倒在脚下。孩子低下头，看见这正是母亲。母亲两手紧紧地抱在肚子上。孩子还以为母亲抱着宝贵东西呢，但拨开她的手，却看见是一团华丽的肠子，就像恐怖的长蛇在母亲手下蠕动。快跑。母亲最后看他一下，便无力地闭上了眼。孩子抬起头，看见父亲拎着一把菜刀，要和一个端枪的鬼子搏斗。但父亲还没挥起菜刀，鬼子就将一把更长的砍刀落到父亲脖梗上。孩子真切地看见，父亲的头颅脱离开肩膀，像一颗落蒂的西瓜飞出，落在柴草的火焰里……

孩子多希望这样的场景没有发生，而仅仅来自不真实的梦幻。孩子在梦中一遍遍看见，一个突然变成孤儿的孩子，像受惊的兔子奔跑在燃烧着火焰的街道上。魔鬼一般的鬼子在杀光街上的人后，如凶恶的狼犬从后面追来。孩子跌倒在地，跌倒在火焰里，跌倒在血泊中。孩子全身都受了伤，觉得也像被子弹撕裂的天空一样碎成了片。孩子多想不再起来，就瘫在地上的血火里死去。但孩子记着母亲的话，又拼力爬起来，赤着流血的脚板奔跑，奔跑，一直跑出那些像渔网笼罩他的噩梦……

娘，爹，在一个个冰冷的黑夜里，孩子躺在林间的草丛间，对着漆黑的夜晚在心里叫喊，你们在哪里……

日头已经从东山上出来，斑斓的霞彩正渐渐化成白云。坡顶上却依旧空着。

孩子站在枣树下,紧张地眨巴眼皮。一只小兔子悠悠地跑来,在坡上停停,又悠悠地跑去。孩子的眼睛瞪得酸涩,也终没有等来老兵,等来金鸟,等来金鸟的歌声。晨雾散去了,日头将旷野照得白亮。一颗被虫蛀空的枣果落到脚前,又滚进了草丛。孩子心里也有一样东西掉了,掉进一个黑乎乎的洞穴,看不见了。孩子被一种真正的孤独和惆怅攫住,连四肢都僵硬起来。望着空荡荡的阔大原野,孩子满脸都是泪水。

孩子的脚下,一条被日光照白的路面铺开去。路面满布着一长串脚印,其中一定有那老兵的。孩子紧急地追赶,光裸的脚板起落在那些大鞋印里。白花花的路面水似的朝后流淌,燥热的空气刷啦啦地扑打脸颊。日光在头顶上悠来荡去。孩子看见闪烁的光道子正化作艳丽的蝴蝶,雨般地朝他落下来。孩子头顶蝴蝶雨,充满激情地找寻不止。穿过一个个村落,在抵近弯曲如蛇的黄河边,孩子终于看见了那支雄壮的队伍。流淌着灰黄颜色的士兵身影晃动在一片尘土里,肩膀处挑出的枪刺闪烁着明亮光斑,像夜空上的星星。泪水顺了孩子的两腮流个不住。

孩子一瘸一拐地走在队伍旁侧,大瞪着两眼,一张脸目一张脸目地看过去。那些士兵的脸目似乎并无二致。可孩子认定,那个腰携金鸟的老兵会被他一眼辨出来。老兵那张慈祥布满皱纹长有胡须的大方脸,已经被一把看不见的刀子刻在孩子脑海里,再也不会抹去。孩子就是抱着如此的信心伴了队伍行走。经过这一段疾走,孩子的脚底磨破了,有红色的液体流淌到路上。这使孩子的脚印分外清晰。

在不断流动的黄色队伍里,孩子终于看见了老兵。当那携带着金鸟的身影扑入眼帘时,一种未曾经历的兴奋情绪袭击了他。孩子的泪水奔涌而出。似乎有了感应,老兵那张布满皱纹长有胡须的大方脸也正转过来。孩子停在路边,再也抬不动脚了。老兵出了队伍,携着那只金鸟朝他走来。孩子竟也站不住了,身子东倒西歪。老兵急跑两步,伸出宽大的手掌,在他身子就要接拢地面的时刻,将他紧紧地托住。孩子像一只才刚蜕去外壳的幼虫,软软地躺在老兵怀里。老兵伏下头,满脸流溢着怜爱。孩子吃力地抬起手,抖抖地伸向老兵腰间的金鸟。

你这小东西,为什么老是跟着我们走?老兵抚摸着他的头顶。瞧你的脚都磨掉皮了,怎么走来着?老兵用衣袖擦拭他满脸的尘土。你忘不掉这只号是不?老兵捧着金鸟,直朝他手上递去。我知道你喜欢号,你这个不会说话的小哑巴。

孩子又一次捧住了金鸟。两手才一碰到鸟身,便即刻拢了手指,紧紧地攥住,生怕它再飞走似的。孩子在痛苦里体验着幸福的感觉。孩子看见金鸟通身透体都闪耀出金光，像纯净的液体静静地流淌。孩子不知道那是汗水还是泪水。但孩子愿意用自己的汗水或泪水擦洗它，只要它唱出那种动人的歌。

老兵已将衣服脱光，直朝黄河边跑去，一边悠荡着胳膊。小哑巴，回头朝他喊，快来呀。

孩子替他抱着金鸟，身子却不动，只是默默地看他。老兵奔跑在日头下，黑色的身影将日光割得七零八落。黄河虽早就断流数年，但前些日的几场大雨，还是让低洼处积下了许多水。老兵跑到水边，朝下稍稍蹲了，随之往上一跃。老兵扑下河水的姿势真是威武。

真痛快哩。老兵浮出水面，晃摆着头颅叫喊。小哑巴，把号放下，快脱了衣服下来。见他不动，便上了岸来，水淋淋的身子在日头下一闪一闪。你怎么不下来呢？还要我来给你脱衣么？在他脚前蹲了，夺下金鸟，扯住他的衣服。

孩子直看着他。老兵油黑的身子真是粗壮，肩膀和胸脯上的肌肉一鼓一鼓地跳，如藏匿着小耗子一般。孩子很想去触摸一下，看里面的小耗子是否活着。

怕什么哩？老兵扯下他的衣服。却是猛然愕住，咿呀，你这身子，竟这么多伤？两手在他身上按了，自上而下轻着摸过去。胸膛上这些窟窿，一、二、三……是鬼子的子弹打的么？转过身来。呀，脊背上还有鞭伤，左一道，右一道，这又是谁造成的呢？是汉奸特务，还是地主老财？老兵频频吸气，你这几根手指都被砍断了……我再看看脚腕子，天啊，也被绳链子锁脱了皮，骨头快露出来了……老兵将脸腮拥住他，你这小可怜，到底受了多少苦哩。

孩子低下头，感受着他毛茸茸的胡须，还有嘴里呼出的热气。

张开嘴，再让我看看你的舌头。老兵抖抖地捧住他的脸，你的舌头哪儿去了？这茬口齐展展的，它是被割去了。告诉我，是被哪个割去的？瞧我，你已经不会说话了，哪里又能说得出？老兵闭拢眼，沉沉地摇头。你叫个什么？家在哪儿？你爹娘是谁？你还有亲人吗？你为什么到处流浪？你从哪儿来？你到哪儿去？我可怜的孩子。他捂住自己的眼，你都没法告诉我了……你想说话是么？那你就给大叔哭一声吧，发不出声你就流点泪吧，我可怜的孩子。

孩子紧咬嘴唇，掉转头，朝一个方向看了一眼。

老兵随了他的目光看，猛地明白过来。你是从枣棵杨村逃出的么？老兵想到了那些茂密的枣树。日本鬼子制造了那么大一场惨案，杀了我们多少人呀……

你的爹娘也死在那里了吗？此后你就没有亲人了？老兵把攥紧的拳头砸在胸上，这笔账一定要算个明白，放心吧孩子，我们很快就找那些该死的日本鬼子，狠狠消灭他们，给你和乡亲们报仇雪恨。

孩子抬高头，望着前面波荡的水流。河水被日光照得灼亮，似乎在河道里铺了一条金带。兴许真有传说中的金子？那么这条黄河便是金子做的了。还有这金鸟……孩子又抓起金鸟，轻轻地抱到怀里。

老兵将他连同金鸟都抱紧了。孩子，我会教你吹号。老兵抱着他和金鸟，一步步朝河水里走去。你能学会吹号，你一定能学会。

孩子躺在老兵怀里，看着自己腿间那根孤零零的小东西。孩子本能地夹紧了两腿。

别怕，老兵用手掌按住那个地方，慈祥地看着他，你很快就能长大了。

孩子闭上眼，默默感受着老兵的抚摸，感受着日光的抚摸。孩子觉到一股热流正从远处朝他淌来。孩子不由得舒展开了身子。

伴着悠扬的歌声，日头离开河对岸的山顶，爬到高空里去。河道连同旷野被照亮了，所有景状都水洗般的鲜活。正在变热的日光晒化了晨露，树木翠绿的叶片蒸腾出淡淡的雾气。老兵从高耸的河堤上下来，怎么样，威武么？

孩子接过金鸟，用手指轻轻地触摸。或许这鸟儿真是金子做的？孩子仰起头，将这金子做成的鸟儿按到唇上。孩子看见，碧蓝的天空里一行白鹭悠悠地掠过，翅膀上滑着日光。孩子对着飞去的白鹭，奋力将金鸟举起来。却是没有声音。金鸟依旧没有唱出歌声。孩子羞愧地垂下眼去。

这吹号也有讲究哩，行话叫用气不用力。老兵的大手在他头上抚过去，什么是气你懂么孩子？老兵随手扯下一棵茅草，在指间轻轻捻动，人也罢，鸟也罢，这棵草也罢，世间凡是活命的东西，都是因为有了气。吹号用的就是这使咱活命的气。

孩子痴痴地看着老兵。孩子看见老兵脖子里有条虫子，在日光下透出鲜亮的红色。随着老兵的喘息，那鲜红的虫子便不住地蠕动。

老兵在那虫子上抓抓。并未抓去，手指却被染得红了。老兵笑笑，打仗留下的记号，只顾吹号了，子弹就打进去了。在衣角上揩擦手指。每回吹号都淌点出来，也没什么。

孩子的目光从老兵嘴唇滑下脖子，再落到金鸟上。孩子觉得金鸟都红起来，似乎涂满了血。那是老兵涂上的。孩子相信，是老兵给金鸟涂上了鲜血。

还是说气吧,老兵朝他指一下,要想吹响这号,你就得让你的气往上走。手指随即爬上来。在脖子里打个弯,到了你嘴里,再把它含住。捏一下他的嘴唇,又猛地松开。把气一下子吐出来。老兵笑了。这样,你就吹响了。

孩子越过他的身子,直直地望向旷野。日光里,阔大的平原弥漫着云气,如烟般在地平线上滚沸。孩子从这愈滚愈浓的烟雾里看出一幅画:一个士兵扬起脖子,将金鸟按到唇上。子弹划出火光,雨似的朝他射来。士兵的身子猛然一摇……

你能吹响。老兵将他连同金鸟一起朝高处举了,只要你有气,就一定能吹响它。

孩子看见,那画中的士兵又挺起身子,将金鸟抖抖地按到唇上。士兵对着涂满霞彩的天空,高高地昂起头颅。鲜艳的红色液体从金鸟嘴里喷出,在大空里急雨般地飞溅……

孩子把金鸟捧到眼下。孩子看见,一股红色液体正在它身上急急地游走。金鸟的身子被那液体冲撞得频频抖颤。孩子头一回感到了它神秘的灵性。孩子一下子激动起来,禁不住将这活泼的金鸟按到唇上。孩子觉到了它身子的热量。几乎一霎间,金鸟就将热量传到了他身上。孩子即刻淹没在一团热浪里,满身都产生了跃跃欲试的冲动。孩子看见金鸟耀出了火光。金鸟开始燃烧。通红的火焰蹿跳、爆响,像一条游蛇,飞快地裹满他的身子。孩子被整个点燃了。在一种极度的快乐里,孩子感受着火蛇们的缠绕和鸣叫。一幅壮观的图景在他眼前展开:金鸟终于张开了嘴巴,有大群斑斓的蝴蝶飞出来……

孩子从壕沟里探出头,默默地朝着东天望。在一片沉静的鱼肚白中,有一点黄色浮出来,并迅速变红。河岸那边的山峦顶端,几块条云已经被点燃了。孩子将金鸟捧到眼前。孩子看见,金鸟的身子也在变红,那股鲜艳的红色液体正在悄悄地涌动。金鸟一下下地撞击他的掌心,一副极不安分的样子。孩子很用心地按住金鸟,将目光再次投往那燃烧到旺处的霞云上。孩子真切地看见,一个神圣壮观的时刻正朝着他走来。孩子明白,残害他父母的那些鬼子的末日就要到了。

整个天空终于被绚烂的朝霞布满了。在一个最热烈的瞬间,枪声骤然响起来。河道里的鬼子如热锅上的蚂蚁陷入混乱。

同一刻里,为激动所裹挟的金鸟也在孩子手里跳作一团。孩子真的担心它会飞出去。孩子攥紧着兴奋的金鸟,抖抖地向老兵递去。老兵将金鸟接到手里,朝他微微一笑。老兵捧着金鸟,从壕沟里探出身子,挺直胸脯,扬起头颅,将金鸟高高地举出去。孩子觉得，老兵是在举出一件神奇的东西，动作庄重而优美。老兵将金鸟按到唇上，绷紧了脖颈，那块伤疤在霞光里熠熠闪亮。老兵紧贴天幕，如一座精美的雕像，遍身镀满凝重的红色。

随着猛烈的弹雨，孩子看见，老兵肚子上突然一阵乱动。灰黄的衣片凹进去，又凸出来，丝丝缕缕地朝起飘悠。老兵仰倒在壕沿上，金鸟从手里脱出去。老兵破烂的肚子冲向天空，猩红的血浆涌出来。老兵扭歪了脸目，额头爆满青筋，手指抖抖地伸张，执意要抓住什么。孩子捧起金鸟，飞快地送到他手里。老兵攥紧了金鸟，使出全身力气，一点点立起身子。孩子用臂膊抵住他的腰身，用劲朝上托举。老兵艰难地举出金鸟，吃力地按到唇上。老兵汗水淋漓的脸孔变作紫红，宛若用血水洗了，与灿烂的天空融成一体。孩子屏住气息，痴痴地盯住老兵，盯住金鸟。四外竟是死般地寂静，只是枪弹的火光划拉着霞云，将一道道彩色的亮线留在空中。金鸟从老兵手里滑落了。老兵再也支撑不住，一下子扑倒在壕沟里。老兵朝孩子斜过脸，大瞪两眼，僵硬的目光直直地看他。快……孩子似乎听见老兵说。

孩子猛然跳起来，掰开老兵的手指，将金鸟捧在自己手里。孩子跨过老兵的身子，站到壕沿上，高高地挺直身子。孩子看见，整个堤岸上都闪耀着通红的火光。火光抵达处，河道里鬼子黑色的影子正在火光里燃烧。孩子举起头，目光越过远处红色的山峦，越过山峦上红色的树林，漫天艳丽的霞彩都呈现在他视野里。霞彩燃烧到最辉煌处，整个天空连同下面的河道和地面都是血样的红色。那真的是血。孩子认定，是老兵和战士们鲜热的血浆将天空与大地染红了。孩子又看见了老兵贴着血霞举出金鸟的样子。这景象就在天空里，如真的发生在眼前一般。孩子对着那景象，也将金鸟举到脸前，用力按在唇上。金鸟急迫地跳跃，将一种神秘而奇特的灵性传到他身上，电波一般流淌。孩子要让这神秘奇特的灵性奔涌沸腾起来。孩子长长地吸下一口硝烟和血腥相伴的空气，把它一点点散到身子各处，再一点点汇集起来。那气便合了他身子的所有能量走到一起，互相撞击、交缠、融合、凝结。孩子将这紧紧拥抱在一起的气团提上来，含到嘴里。孩子按住金鸟，平静地将那滚沸的气团吐出去，吐出去。孩子看见，那气团裹挟着金鸟，那金鸟张开了嘴巴，对着红色的天空，唱出了激越的歌声。孩子看见，那美妙动人的歌声化作了蝴蝶。大群色彩斑斓的蝴蝶接连不断地飞起来，汇成壮观的大潮，向着阔大的天空飞去。这景象使孩子全身心处于一种不可遏止的战栗中。孩子涌出了滚热的泪水。透过迷蒙的泪眼，孩子看见那汹涌澎湃的蝴蝶潮下,战士们灰黄色的身影从他面前闪过,也如潮水一般涌下堤岸,涌进河道,汇入那熊熊燃烧的火光中去。孩子看见在艳丽的霞云里,一轮血淋淋的圆球升起来,被鲜热的血液浸透的日头升起来了。整个天空都处在沸腾的烈焰中。猛烈的大火与孩子和金鸟熔化在一处。孩子在炽热的火焰里让金鸟唱着快乐的歌。蝴蝶潮向着日头飞去。孩子通过金鸟将自己体内的血液和能量全都吐出去,将自己的生命吐出去。孩子在倾吐中看见,满天霞彩都化作了蝴蝶,天地间到处都是蝴蝶。孩子也正在变成一只蝴蝶,汇合到那雄奇的蝴蝶潮里,朝着一个欢乐的天地飞去……

蒹葭苍苍

敌兵开始包抄过来。几只乌鸦张皇地扇动翅膀，在芦苇荡上空旋转一圈，急快地朝远处飞去。敌兵的喊声相互应答，在恐怖里壮着胆子。枪不空伏在一条壕沟里，透过凌乱的杂草朝四周打量。芦苇棵子似乎分外粗大，一根根挑到高空里。敌兵的喊声很快响过来，已经看见芦苇棵子晃摆了。枪不空盯住那个方向，在胸前摆动着驳壳枪。芦苇棵子交错在一处，将出现在她视野里的敌兵切割成几块。枪不空拨开挡在脸前的草茎。敌兵弓着腰，缩着头，如闭合了翅膀的大鸟。芦苇棵子频繁地晃摆，长长的叶片交杂错落，并发出哗啦哗啦的响声。枪不空把驳壳枪往上举举，轻着打开机头。敌兵走出最后几丛芦苇，枪筒触到了她面前的草茎。枪不空悄悄将枪口指向他的胸脯，食指紧紧贴住扳机。敌兵一只脚踏上沟沿，枪尖挑上去，在她顶上晃晃地悬着。

我看见枪不空突然站起来，枪手说，那个敌兵被她吓呆了，接连退后了好几步，差点把枪扔出去。枪不空端着驳壳枪，直直地站在他面前。你不知道，那会儿我趴在旁边看着，简直快要紧张死了。敌兵反应过来，急忙端起步枪，没瞄准就胡乱搂了火。我看见枪不空身子晃了晃，便石头似的倒在沟里……

这不可能吧，李三打断了他的话，枪不空为什么不开枪？

谁知道呢，枪手说，我也一直纳闷，她为什么没开枪？

天下会有这等怪事？李三说，本来主动权在他手里，却拱手让给了敌人？我无论如何也不相信。你说过，他可是远近闻名的神枪手呀，怎么轻易丢了性命？

你别急，枪手说，你信不信没用，反正她就那么死了。

他不是白白送死么？李三说。

可不白白送死。枪手摊开两手，一脸无奈的神色。

李三走到一边去，目光越过芦苇棵子的梢头，望向天边的晚霞。算了，不听你瞎说了，李三说，时候到了，我们赶路吧。

西天最后一抹云霞消失了，迷蒙的夜气笼罩下来，芦苇棵子渐渐陷入昏黑里。成群的乌鸦从他们头上掠过,散落在广大的芦苇荡里。整条官路沟都像黑夜一样沉寂了。

枪手飞快地走在前头。李三听不见他的响动,只看到他毛茸茸的影子晃摆。他便盯紧了这个幽灵般的影子,磕磕碰碰地朝前走,一步不敢落下。透过交错的芦苇茎叶,李三望着黑沉沉的夜幕,接连不断地眨巴眼皮,觉得快要成瞎子了。他是外地人,还是第一次到这个芦苇荡里来。枪手的身影在芦苇棵子间扭来扭去,竟没有弄出一点动静。李三感到奇怪,枪手一路走过去,草间的昆虫依旧吵叫,自己的脚下却刷啦刷啦响成一片,连蛤蟆都惊得四散开去。不一会儿,李三就摔了个跟头。爬起时,手指触到一个冰凉的身子,不用多想,李三便明白是一具尸体。一种不祥的感觉袭上了他的心头,或许这正是一个预兆哩。枪手也不等他,照旧不停地往前疾走。李三不得不连奔带跑地随上去。望着远处枪手晃来晃去的影子,李三不知道这次的任务中遭遇危险的会是枪手,还是自己。李三很想停下来喘上口气,头脸及脖子里一片黏湿,不知是汗水还是露水,他疑心那也许是血水,芦苇的叶片频频刮到脸上,怕是早就割开了口子,还有摔倒的那一跤,额角隐隐作痛,鼓起了一个包呢。

别把情报弄丢了,枪手在前头站住,一张麻脸从黑暗里浮出来,坏了大事,军法处置。

李三只顾喘息,不去理会他的讥笑。这家伙太小瞧自己了,让他心头不快。

枪手放慢脚步,和他并着肩走。怎么让你去干这种事?枪手说,护送你这样的懒脚鬼,真是倒霉。

谁是懒脚鬼?李三说,在队伍上,我可是一口气走过五十里路呢。

嘻。枪手笑了一下,回过身去不理他了,只把脚步迈得更大,很快又和他拉开了距离。

李三看出了他的轻蔑,便在心里说,这些地方游击分子,未免太不自量力了。他迈开大步,一阵急赶,从他身边越过去。

枪手追上来,鼻孔里哼了一声。家里有老婆吗?枪手突然说。

李三觉得他是要贫嘴,便不去回答。

枪手也沉默了,两人又一声不响地朝前走。前方传来狗吠声。李三停了停脚,右手伸到腰间,抓住枪把。有死的,枪手说,它们不会咬我们。枪手没有停下脚步,依旧走得飞快。狗吠声从他们不远处过去,很快便听不到了。走了好远,李三才明白枪手的话,也许那是野狗在争吃死人哩。夜海重归于寂静。李三看看天空,三星大概已经偏西了。偶尔有地鼠一类的小动物从脚下蹿起,一路很响地远去了。李三吓一跳,不禁又想起绊倒他的那具尸体,把脚板抬得更高了。响动消失后,他们又进入紧张而单调的行走中。李三渐渐觉到,只要顺着枪手的脚步走,他便不会再踩空,也碰不到障碍物。多半夜下来,他似乎已习惯了这样行路,脚板觉得轻快,地面好像也平实多了。芦苇棵子在身前闪开,有意让路似的。清凉的夜气扑面而来,将脸面打得湿湿的。

你没有见过枪不空?枪手耐不住寂寞,又朝他引开了话头。

没有,李三说,我才来县大队不久……他咽口唾沫,刚才从你嘴里,我才知道在你之前,这护送的任务由他负责。他也是个不错的枪手吧?

当然,枪手说,听枪不空这个外号,就知道比我厉害哩。

也比你有名吗?李三说。

那是,枪手吧嗒着嘴说,咱们队伍里,还有敌人那边,都说她怎么怎么的,邪乎极了。

在我的想象里,李三说,枪不空的样子和你差不多吧。

什么?枪手禁不住笑了,我是个娘们儿样儿么?

这……?李三有些发愣,你是说,枪不空是个女的?

当然,枪手说,你以为她是男的,下面长着根萝卜?

这个,李三摇摇头,这太出乎我意料了,我还以为枪不空是个男的呢。

你不会以为我是个女的吧?枪手嘲笑他。

刚见到你时,李三说,我还以为你是枪不空哩。

我?枪手笑笑,我怎么会是枪不空?枪手摸摸自己的脸,我是说那个娘们儿,那娘们儿还没我这个样子呢。

怎么?李三产生了兴趣。

嗨,枪手啐口唾沫,那娘们儿和个烟鬼差不多,整天咬着根烟杆,一住脚就抽个没完,那副模样,又黑又瘦,像根败了水的老芦苇。

这年头,李三哼一下说,谁的样子也难水灵呢。

别说挖苦话,枪手在脸上抓了一把,当然,我的模样也不怎么样。枪手走到前头去了,一下子将他拉下几步远。

东天边现出了微弱的鱼肚白。李三松出口气,两腿觉到了极度的疲累。那块鱼肚白很快蔓延成一片,鲜亮的天光照在芦苇荡里,黑乎乎的芦苇棵子泛出了红绿色。枪手的身影也清晰了,湿漉漉的发丝黏贴在头上,像只落了水的大鸟。

枪手回了下头，一张麻脸纸似的白。李三知道，一夜的艰难行走就要完结了。这念头才起，两腿便抬不起来了。他低下头，看见鞋上沾满了硕大的泥块。随着一阵悠长的叫声，一只红色的狐狸从身边跑过去。

敌兵从芦苇棵子里走出，平端大枪，一步步朝长满乱草的壕沟过来。枪不空屏住呼吸，举起驳壳枪，将枪口瞄向敌兵。敌兵晃动着长长的枪筒，一下子挑开了那丛杂草。不知怎么回事，草丛里露出的却是一张男人的麻脸，是枪手。敌兵呆住了，大枪从手里慢慢脱出去。枪手把枪口对准敌兵的胸脯，轻着打开机头。敌兵垂下目光，看着枪手手里的驳壳枪，耸起的肩膀忽然放下来，脸上也露出了笑容。枪手一愣，不禁也低下脸。他看见端在手里的竟是一根烟杆，油腻的烟锅里冒出烟雾，吊在烟杆上的黑布袋悠来荡去。恐怖立刻布满了枪手的麻脸。只一霎，那张麻脸却又变成了一张女人脸。女人脸虽然又黑又瘦，却也透出了几分姿色。敌兵拍打着两手，笑得前仰后合，泪水不住地掉下来。枪不空慌忙丢掉烟袋，将手伸到怀里，胡乱地朝外掏。敌兵弯下腰，捡起大枪，从容地对准她的胸脯。枪不空跳起来，挓挲着两手，转身往远处逃去。敌兵的枪管里冒出耀眼的火光，掠过晃摆的草茎，朝枪不空的脊背飞去……

李三睁开眼。日光乱针似的下来，刺得他眼皮胀疼。芦苇棵子将天空分解得七零八落，穗头上挑着棉絮般的云朵。芦苇叶子呈出黑色，如乱蛇交缠在一处，边角流淌着灼亮的光波。李三坐起来，张开两臂，使劲伸展了几下腰肢。他赶紧去寻找枪手。枪手蹲在那边的土堆上，捧着一穗嫩玉米，正大口地啃吃。李三走过去。枪手抬起头，由于口腔的咀嚼，麻脸被牵拉得有些变形。枪手将一穗玉米扔给李三，又埋下头去啃吃。李三在他对面坐下，转动着玉米棒，寻找下嘴的地方。玉米棒还没有长成，牙齿一碰，白色的汁液便淌出来。

枪手把啃光的玉米芯扔掉，抹抹嘴角，顺势倒在草丛里，两手在肚子上慢慢抚撸。整天吃这玩意儿，把肚子都弄坏了。枪手说。

两人吃完了玉米棒，沿着一道壕沟走到水边。乍出来芦苇荡，李三觉得天地是那么明亮，那么阔大，像是一下子走进了一个崭新的世界，这才感到夜晚芦荡中的行走是多么可怕。

啊，枪手快活地叫着，我又活过来了。

李三看看枪手，想他整日在地狱般无边的芦苇荡里生活，也实在是不容易。这芦荡可真大呀。他不由得说。

那是，枪手感慨地说，你以为这官路沟是走着玩的，那可是过去进京的官路呢。

那它怎么变成了现在的芦苇荡？李三不解。

没听说过么？枪手耸耸肩说，千年的大路走成河。

两人足足地喝饱了水。河水被日头照出无数个光斑，几只野鸭在水里快乐地嬉戏，将呱呱的叫声传出老远。枪手盯着河面看了一会儿，突然站起来，直朝水里走去，我去洗个澡。

你，李三提醒说，这周遭没有敌人？

枪手回头看看他，叹口气，又走回来。真倒霉，枪手说，要不是护送你，我才不怕他们看见哩。

李三有些不自在。要不是执行任务，我也不到这芦荡里来。李三说。

枪手点点头，不再说什么了。

两人沉默着。过了一会儿，李三又往他跟前凑了凑。枪不空真是个女的？李三说。

枪手奇怪地看他一眼。枪不空当然是女的。枪手说。随即兴奋起来，对对，咱们说说枪不空吧，别老这么闲着。

你真的不是枪不空？李三说。

你又来了，枪手有些恼怒，我干的倒是和枪不空一样的差事，可我怎么会是她呢？见李三想说什么，枪手又抢着说，枪不空都死了好几年了，可我还活着，你这么一说，不是咒我死么？

枪不空真是一个神枪手？李三说。

你怀疑枪不空的枪法？枪手掉过头来。

她要是像传说的那么神奇，李三纳闷地说，怎么就那样死了呢？

至于她的枪法，你放心就是了。枪手说，那一回，她让我指一根远处的芦苇，她一枪过去，那根芦苇一下子就断了。说着，枪手竟也掏出枪来，朝远处的一根芦苇瞄准。我们这行里，兴许还没人能和她比。

李三注意到，枪手拿在手里的也是一支驳壳枪，而且是二十响的全自动驳壳枪。那她怎么就随随便便死了？李三说。

这我也想不明白。枪手说，大概她是活腻歪了，自个儿找死呢。

自个儿找死？李三瞪大了眼，你怎么能这么说？

为什么不是这样？枪手叫起来，你在这里待上几年，也会有死的念头。枪手胡乱朝芦苇棵子里指，这是人待的地方么？像没有尽头的地狱似的。枪手一脸冷硬的铁青色。

李三惊诧地望着他。

枪手低下头去,好一会儿才又抬起来。我是说枪不空,枪手解释说,我可不这样想。

李三张张嘴,又闭上了。

那天,枪手继续说,我就趴在她旁边,顶多有三步远。我看得清清楚楚,她没有开枪,却站起来,我心想你为什么站起来?你就是把对面那家伙撂倒了,四周可还有许多哩,岂不要暴露目标?她呢,连对面那家伙也没打,手里端着枪,就那么干等着。对面那家伙吓坏了,手一抖,把枪也扔出去……

你上次说,他并没有扔枪。李三说。

我昨天那么说的?枪手挠着头皮,这无关紧要,我记不大清了。当时我也愣住了,她不开枪,我实在没有想到。

你怎么不开枪?李三说。

她不开枪我能开枪吗?枪手说,别忘了,她是护送我,我有自己的任务,再说也不能不听她指挥。

刚才你说敌兵扔不扔枪无关紧要,李三说,不对,也许是她看到敌人扔了武器,便不忍再开枪了。

问题是,枪手站起来,使劲挥舞着手臂,那个家伙重新拾起了枪,她还那么傻站着。另外,她也不是那种大发慈悲的人。你没见过她,简直是个冷血动物。

你是怎么见到她的?李三说。

当年我不是在县大队,枪手说,对了,就和你现在差不多。后来接到通知,让我去解放区送情报,枪不空就负责护送我过去。

那你怎么也当上了交通员?李三说。

我也说不清楚,枪手又坐回到地上,望着围在四周的芦苇棵子,惆怅地叹气,枪不空一死,我不知怎么就决定不回县大队了,随即留下来,接替她干起了这种鬼差事。枪手摇摇头,一脸掩饰不住的懊丧。你说怪不怪,他又抬起头,麻脸上透出神秘的表情,从那以后,我的枪法竟然大长,很快就能百发百中了,这是不是沾了枪不空的仙气?

这个……李三不知说什么好。

你不信这个是不?枪手从腰间掏出驳壳枪,往上举了举,当然,我把枪由十响换成了二十响。日光打在驳壳枪身上,闪出了蓝汪汪的亮光。他把枪膛熟练地拆开,拽过衣襟,细细地擦拭一遍。有些事真是说不清呀。说着他将驳壳枪倒过来,让枪口冲着自己的额头,眯起两眼,直直地往黑洞洞的枪口里看。

小心。李三说。

枪手笑笑。我还没装起来呢。枪手说。

李三也自嘲地笑笑。

枪手把驳壳枪的部件装好,枕到头下,将两眼慢慢合上。枪手不想再说什么了。

李三也不想再打扰他,便坐到一边,两手抱拢膝盖,随意朝四处张望。他听人说过,这里的确是过去的官路,好像从明朝就有了,是东阿这个地方通往南北二京的唯一大道。随着时间的流逝,大路真的变成了河流,而且长出了如此浩瀚的芦苇荡。战争起来后,人民政府就把这里开辟成了重要的交通线,枪不空以及枪手便是这条线上的交通员,担负着护送各地人员和情报的重要任务。此时芦苇荡里一片寂静,有白色的雾气飘拂起来,蛇一般在芦苇棵子间游窜。李三眼睛一晃,忽然觉到那边草丛里有什么东西,便走过去看。李三吃了一惊,草丛里竟露出一个头盖骨。他不禁想起了夜里碰到的那具尸体。往周围看看,果然又看见一个残破的骨头架子。李三往后退一步,走回到枪手身边。枪手已经睡熟了,一张麻脸在芦苇交错的阴影里浮动,鼾声也很响地传往远处。李三摇摇头,也脱了褕子,把身子放到凉爽的地面上。没有风,芦苇叶子很久才翻动一下,撩拨得日光乱抖。远处似乎有响动。李三又往那边的骷髅和骨架看了一眼。几只野鼠正从那里跑过来。

枪不空手举十响的半自动驳壳枪,直直地对住敌兵。她以这种姿势站在碧绿的芦苇棵子间,如一座英武的雕像。在她枪前颤抖的敌兵反应过来,悄悄举起了狙击步枪。枪不空猛地朝后一挺,茂密的芦苇棵子在她四周旋转起来。枪不空的手扬了扬,驳壳枪脱出去。枪不空旋转着身子,缓缓倒向后去。与此同时,麻脸枪手的枪响了。枪手端着二十响的驳壳枪,一串火光从枪口里飞出,直扑敌兵的脑门。敌兵的脑门现出一个个圆洞,看上去像一只撕烂的蜂窝。枪不空已经倒在壕沟里,将草丛压翻一大片。敌兵弯下身子,踉跄了几步,也像枯死的树木朝壕沟里倒去。枪不空瞪大双眼,痴痴地看着敌兵倒在自己身边。枪手爬过去,一把捉住她的胳臂。枪不空却依旧看着那个敌兵,眼珠一动不动。敌兵破烂的脸埋在草丛里,一条腿压着她的身子。枪手用力摇晃她。枪不空终于掉过脸,目光石头般的僵硬。枪手看见,她的脑门上有一个红红的洞眼。你……枪不空张动着苍白的嘴唇。

她话没说完就死了,枪手说,她的伤口在两道眉毛中间的上头,子弹已经穿透了她的头盖骨,所以流出来的不只是血水,还有脑浆。敌兵的枪法并不好,可距离太近了,还是很轻易地打中了她。枪手端着驳壳枪,枪口有蓝色的烟雾慢慢飘起来,几粒发热的空弹壳接连从枪膛里掉出,划过枪手的手指,无声地落进地上的草丛里。枪手说,枪不空的血水和着脑浆咕嘟咕嘟往外流,很快便淌了一地,染红了一大片杂草。

起风了,沙啦沙啦的响声从芦荡深处传过来。李三盯着那个方向。在黑夜里,这声音显得格外响亮。他想象着浩瀚的芦苇荡如大海涌起了波浪,水头起伏着朝他扑来。响声在他身边达到了高潮,他的头发和衣襟一下子张扬起来。水头从他身上漫过,飞快地向远处去了。很快,周围便响成一片,整个芦苇荡都被淹没了。李三抬起头,找寻了好一会儿,才看见几颗稀疏的星星。要下雨了么?李三说。

下雨倒好了,枪手说,在这芦苇荡里快要闷死我了,下点雨浇浇,也凉快凉快。

你在这里多长时间了?李三说。

两三年了,枪手颓唐地跺脚,老子快要受够了。

枪不空临死的时候,李三又问,想对你说什么?

我也不知道,枪手拽下一片芦苇叶子,在手里胡乱撕扯着,到现在我也想不出她到底要说什么。

她就只说了那一个字?李三说。

枪手回过头,在昏黑里看着他。其实,枪手说,她嘟噜了好几声,也没说完整,我就听清了那个“你”字。她盯着我的枪口,就这样。枪手又把枪举起来,让枪口指向自己,她盯着我的枪口看,眼睛里像要冒出火来。

莫非,李三看住他,是你把她打死了?

什么?枪手愣了愣,不由得停下脚,你个狗东西。枪手掉回枪,将枪口指向李三,你胡说八道。枪手跳起脚来,我怎么会打死她?她是护送我的人,你说我怎么会打她?

也许,李三试量着说,你的枪误中了她?

你?枪手瞪圆了眼,你知道这是在侮辱我吗?枪手又把枪口对准自己的脑门,我是枪手,我指哪打哪,我怎么可能失误?枪手仰起头,忽然大笑起来,我怎么可能失误?我打的是那个敌兵,怎么可能打中她呢?你真是个疯子,居然……

李三想了想,禁不住也笑开了。别介意,李三说,我只是觉得枪不空死得有些蹊跷。

有什么蹊跷的？枪手说，我可是看着她死的，我是她死亡的见证人，她就是那么死了，枪手愤怒地挥舞两手，这丝毫没有什么可怀疑的。她是死了，死了。枪不空，神枪手，就那么死了。枪手的手指快触到了李三的额头，她被一个小兵打死了。她不是死在我手里的，不是。你不用疑心，我没有打死她，没有，没有。

李三不禁往后退了一步。

枪手发泄完了，身子忽然有些疲软，摇晃了几下便倒在地上。枪手大口喘着气，歇息了一会儿，才又慢慢站起来。

李三望着黑沉沉的夜空，使劲叹息一声。真是想不通。李三说。

要说她是自杀，枪手突然说，也还差不多。

什么？李三大吃了一惊。

枪手却又不说什么了，只是低着头赶路。但才走一会儿，他又止不住唠叨开了。她不想活了，我知道，她是存心找死，枪手提高了嗓音说，她是活腻歪了。

这是怎么回事？李三赶上他说。

成天待在这暗无天日的鬼地方，枪手朝四周划拉一圈，她已经变得不像个女人了。枪手凑近他说，你不知道，她快要变成个怪物了。

怎么个怪法？李三说，你是指女人不该抽烟？

不只是那个，枪手说，我是说她整个都变态啦，再也不像个女人了。那几天，她除了和我赶路、抽烟，就是擦枪。对了，她那只驳壳枪虽然只有十响，可保管得实在是好。她每天都拆开来，仔细地擦上几遍，连子弹也一起擦干净。

这有什么奇怪，李三说，她靠的就是这个，再说，那也是为了更好地保护你呀。

她老是摆弄那些东西，枪手说，有时候，她还把枪倒过来对着自己。枪手掏出驳壳枪，又朝李三演示一回，我担心她早晚有一天会把自个儿干了。

看你……李三摇摇头。

真的，枪手说，那回她连我都差一点儿干了。

怎么？李三说，她和你动手了？

是我和她动手了，枪手纠正他的话，其实这话我不该说，说了还以为老子糟践枪不空呢。

没关系，李三说，反正我不认识枪不空，来这里之前，我甚至没听说过这么个人。

枪手看了他一眼，又有些不高兴。家里有老婆么？枪手忽然说。

有。李三不解，怎么？

你真行,枪手拍拍他的肩膀,老子活这么大,还没碰过女人哩,都是我这张脸……枪手在麻脸上抹一把,又使劲甩开手,实际上,枪不空也比我好不了多少,可她还看不上我呢。

怎么回事?李三越发纳闷。

那天,枪手咽了口唾沫,那天,我睡醒后,不见了枪不空,便爬起来找她。在一片草丛里,你说她正在干什么?

干什么?李三说。

她正把手插在裤子里,枪手也把手插到裤子里,比画了一下,我想这可真是怪事,守着我这么个大男人,她居然还玩自个儿……

远处传来一声枪响,极清脆刺耳,将黑色的夜幕撕开了一道口子。李三猛地停下,把手伸到了腰间。他腰间也是一支驳壳枪,但比不了枪手那支,仅是十响的半自动。枪手侧起耳朵,朝四周倾听一下。枪响过后,黑夜又重归寂静,芦苇棵子在风中起伏,如缓慢流淌的水浪。

放空枪,枪手说,敌人的巡逻队,小心点。

枪不空伏在草丛里,掏出驳壳枪。敌兵的喊声夹杂着芦苇棵子的碰撞声很快响来。枪不空把驳壳枪举到眼前。枪身闪出乌蓝的光芒,枪不空觉得那光像温暖的水在枪上荡漾,圆润的金属枪管鱼似的浮上来。敌兵们越来越近,她已经看见芦苇棵子晃动了。她往壕沟里压低身子,胸脯紧贴地面。一只蚂蚱在她脸前跳开,绿色的身影划出优雅的弧线。枪不空感到地面很凉,胸部也被土块硌得胀疼。她抬起半边身子,悄悄朝旁边移动一下。敌兵的吆喝声急速增大,乌鸦们惊慌地向远处飞去。枪不空将发丝往耳后撩撩,拨开挡在眼前的草茎,把枪管一点点地抬上来。透过摆晃的芦苇棵子,枪不空看见一个黄乎乎的影子正在近前来。她眯起左眼,同时移动着枪口。敌兵走出最后一丛芦苇,一张白皙的脸孔出现在她视野里。

李三在枪手身边坐下。你别真的是败坏枪不空的名声吧?李三说。

你看你看,枪手转过脸去,我就知道你这么说我。日光使他的麻脸显出了更多斑点。

后来呢?李三说。

你说呢?枪手一脸坏笑。

枪不空要和你动武?李三说。

那熊娘们儿,枪手立刻愤愤不平起来,她用手玩自个儿,却不和我上手。枪手吧嗒着嘴唇,我的裤子都脱下来了,可她却不行动。

她是看不上你? 李三说。

是。枪手点点头说,别看枪不空又瘦又小,劲儿还真大,闹腾了好一会儿,我还没有压住她。后来好不容易把她扑倒了,可我觉得不对劲儿,腰眼上顶着根硬物。她把枪掏出来了。枪手薅了把草,狠狠地在嘴里嚼。

你把她惹急了? 李三说。

你说得一点儿不假,枪手说,为了气我,后来她又玩起自个儿来。枪手抬起脸,每个麻坑里都有亮光闪烁,就在日头下,她一手用枪指着我,一手插在裤子里。她可真是疯了,一边哭一边破口大骂。这个凶狠的娘们儿,简直就是一个疯子。

李三咽口唾沫,不好再说什么。

真没意思。枪手站起来,你渴不? 我去弄两个甜瓜,你待在这儿别动。

到哪儿去弄? 李三说,别找不到我了。

放心吧,枪手说,在这芦苇荡里,别说是你,就是只刺猬,也跑不出我的手心。枪手顺着一条小垄沟,一悠一悠地朝芦苇荡外走去。忽然,枪手黑色的身影一晃,差点扑倒在地。真晦气。枪手恶恶地说。

李三跟过去看。地上又是几具尸体,其中一个还被捆绑了手脚。是敌人干的。李三说。

兴许是吧。枪手随口说,然后顾自走去。

李三给那人解开绳索,折断一片芦苇棵子,将几具尸体一一盖住。李三走到一边,刚刚躺倒身子,便被一阵隐约的轰鸣声惊得坐起来。轰鸣声来自天空。随着地面的颤抖,成群的乌鸦飞起来,在芦苇梢头胡乱地盘旋。李三仰起头,四处张望了一会儿,便看见了那个黑色的怪影。黑色的怪影在白色的天空里急快地增大,几乎是一瞬间,便将阔大的天空罩住了。飞机黑色的影子被日光照亮了一个边角,耀眼的光斑如闪电般射下来,李三躲避不及,似乎一下子被击倒了。李三伏在地上,一团昏黑里,觉得整地芦苇棵子都在地面破碎了。不知过去多久,轰鸣声才渐渐消失。李三爬起来,惊恐不安地捂着胸口。

枪手不知什么时候回来了。瞧你这副熊样儿。枪手踢了他一脚。

李三不好意思地笑笑。我最见不得飞机,李三说,在部队的时候,我们可没少吃它的亏。

枪手把一根小黄瓜扔给他。甜瓜地都给敌人糟蹋了,枪手说,我转悠了半天,才找到这一点东西。枪手四处看着,咦,那几个死人呢?

我把他们盖住了。李三说。

那有什么鸟用？枪手说，不定什么时候就会被野狗掏出来吃了。枪手一脸淡漠。

吃完了黄瓜，李三到芦苇棵子深处撒尿。枪手嘲笑他，在这儿撒尿还用躲？李三回过头，尴尬地咧咧嘴，习惯。

枪手把枪拆开，撩起衣襟揩擦。你还不如枪不空，枪手说，人家还当我的面儿脱裤子哩。

还好意思提这事儿？李三说。

不提了，枪手摇摇头，我也是在这芦苇荡里待久了，整日看不到人，都快变成哑巴了，乍一见你，便止不住想说话，把下半辈子的话都说完了。

下半辈子？李三不明白他的话。

是呀，枪手叹口气，说不定哪一天，老子就像枪不空那样，也玩完了。

那我就来接替你。李三说。

嘘，枪手将一根手指竖在嘴上，小心这话会应验。

应验就应验。李三说。

我看你是咒我死哩。枪手说。

你怎么老是说死？李三说，你就知道死？

枪手摆摆手，掉过头去，不再和他说话了。

李三在芦苇棵子间巡视一圈。肥壮的芦苇茎叶碰撞着他的目光，近处的芦苇丛呈现出翠绿色，一棵棵清晰地袒在他视野里，远处的便连在一起，成为黑乎乎一片了。李三再也无法看清楚，却本能地觉到它的博大幽深，还有一种令他困惑的神秘。李三无可奈何地收回目光。在这漫无边际的芦苇荡里才待了几天，李三便快要支撑不住了。不能让它一直荒芜下去，李三暗下决心，等解放了，一定要好好治理一下，让这个地方变成漂亮的公园。李三忽然有些明白了，枪手为什么老在这里谈论枪不空，谈论枪不空的死亡，现在的官路沟，不就是一个随时致人非命的场地吗？

枪手推上大肚子弹匣，把枪身举高了，朝天空里瞄了瞄。正在变红的日光从枪身上流淌下来。知道么？枪手说，枪不空其实是死在男人身上的。

这怎么可能？李三说，昨天你还说她宁肯玩自己，也不和你……

那倒也是，枪手说，可她实在是喜欢男人哪，只是她喜欢的不是我这样的男人。枪手低下头去，女人怎么会不喜欢男人呢？

李三默默地看着他，一时觉得他的话有些难以理解。

好一会儿，枪手才抬起头，一张麻脸上分外平静。就算我给你讲了个故事。枪手站起身，目光越过芦苇叶梢，望着西天上涌动的霞光，准备赶路吧。枪手四下看看，我怎么觉得不对劲儿？手指紧攥住枪把，你那话别真应验了吧？

李三也转头张望，却没发现任何异常。

枪不空瞪大两眼，直直地看着朝她倒来的敌兵。敌兵张开两臂，狙击步枪从他手里脱出去。他一只脚站在沟沿上，一只脚抬上去，黄糊糊的身子一边旋转，一边向下倒来，很快便充满了她的视野。枪不空闭上眼皮，一股凉风扑到脸上，随之便是扑通一声响，右半边身子被重重撞击了一下。枪不空睁开眼，看见敌兵已经躺到她身边，头发和衣角还在飘拂。敌兵一只手搭在她肩上，抓挠一下便松开了。枪不空垂下目光，赶紧朝着敌兵脸上看。敌兵的头伏在她腰间，她只看见一颗如破烂蜂窝的脑袋，已辨不出他曾经清秀的模样。一团阴影罩到了她顶上。枪不空抬起眼，一张麻脸在她脸前晃动。你……枪不空说。

我觉得她是想对我说不满的话，枪手说，不，她简直是要咒骂我，她的目光很冷硬，很愤怒，好像我又对她干了什么坏事儿。

她也许还记着你强迫她的事儿？李三说。

谁知道呢，枪手望着黑沉沉的夜空，今天夜里真黑呀。又摇摇头说，按说那种时候，她马上就要咽气了，还会想着那事儿？

李三想了想，也依旧困惑不解。

可她闭上眼时，枪手说，我觉得她脸上又有了一种满意的表情。

满意什么？满意死？李三说，她怎么会满意死呢？

怎么不会满意死呢？枪手反驳说，你其实不知道，枪不空早就不想活了。

什么？李三吃了一惊，枪不空不想活了？

看来我得把什么都告诉你了，枪手犹豫一下说，谁让你是个好听众呢？

听了枪手的话，李三忽然觉得自己已经离开芦苇荡，而来到了一个打谷场上。朦胧的月光下，枪手作为一个地道的说书人，正在喋喋不休地讲述发生在幻想世界里的故事，而李三自己，却正在成为一个忠实的听众。不久后，李三又会作为一个凭吊者，在一个细雨蒙蒙的日子里来到枪手的墓前，在那块碑石上，再次读到一个他所熟悉的故事。

那一次，枪手又开始了他的讲述，枪不空有意走出草丛，让那个眉清目秀的小敌兵把子弹打到头上。她当然没有死，包扎一下，血就止住了。敌人退去后，我看见枪不空苏醒过来,把手抬起来,吃力地举到头上。枪手又掏出驳壳枪来,再一次给李三演示,她把枪口抵住额头,也就是两道眉毛中间往上一点的地方,就要扣动扳机。我赶紧扑过去,将枪从她手里夺下来。别管我,她一边挣扎一边说,让我去死。我没听她的话,把枪扔到一边去。我以为她没事了,可过了一会儿,我又看见她从兜里掏出一颗子弹。她使出浑身的劲儿,掰开弹头,把火药倒在手心里,一下子全捂到嘴上。我又急忙去拉她的手。她一边摇晃脑袋一边叫喊,别管我让我去死。她一边叫喊一边哭泣,别管我让我去死让我去死。枪手抹了一把泪说,她一心想着去死她已经疯了。我无论如何按不住她她躺在死人堆里躺在那个清秀的敌兵尸体旁边再也不动身子任我怎么去拉她也不动。她说让我去死让我去死……

李三上前去拉枪手。起来,李三催促他说,咱们快赶路吧,天就要下雨了。

让我去死。枪手依旧喋喋不休,别管我让我去死。

随着一阵急风过去,豆般的雨点落下来,打在芦苇叶子上,发出噼里啪啦的响声。芦苇棵子在风雨里起伏,一会儿扬起来,一会儿倒下去,芦苇穗头划拉得夜风飕飕响。雨点愈落愈急,很快便响成一片。芦苇叶子纷乱地耷拉下来,山野里到处都是热烈的水声,河水里怕是已经腾起了汹涌的波浪。

咱们不要走了,枪手说,也许我走不出这个芦苇荡了。说着,枪手就倒下地去,我要在这儿休息了。

李三又去拖他。起来,李三愤怒地叫喊,你疯了吗?我们这是在执行任务。快起来,带我出去,误了送情报,当心你的脑袋。

枪手扑腾了好一会儿,才从泥水里爬起来。李三在后面推着他,跌跌撞撞地往前走。

走了一阵,枪手忽然停住脚。怎么还没来?枪手自言自语地说,他们怎么还没有来?枪手四处张望。

谁?李三不解,谁要来?

敌人,枪手说,敌人该到我们这儿来了。

什么?李三说,你怎么会盼望敌人来?李三踢了他一脚,你说什么胡话?

枪手又一次倒在泥水里。她看不上我,枪手扑打着手脚说,却看上了那个年轻的敌兵,那个小白脸。枪手笑开了,她爱上了敌人……

怎么回事儿?李三也停下脚来。

那是个娃娃兵,长得别提多秀气,枪手说,她一下子就看上了他,看上了那个敌兵。她只顾看他了，看他了，他长得实在是好看，眉清目秀，亭亭玉立，梳着大辫子，穿着小花褂……

什么？李三打了他一巴掌，你说什么疯话呢？

枪声突然响起来。李三猛地抬起头。闪电中，李三看见密集的雨丝在芦苇穗子上一阵乱抖。李三知道，枪声就响在不远处。快起来，李三又去拖枪手，敌人来了。

敌人来了？枪手两手在泥地上一拍，来了就好了。枪手爬起来，两眼四处张望，来了就好了，大辫子，小花褂……

枪声响得更加急迫。李三明白，他们已经被包围了。你个狗日的，李三卡住枪手的脖子，恶狠狠地叫骂，你这不是害我么？

枪手托住李三的手腕。前头就是官路沟边沿了，枪手忽然低下声说，出了芦苇荡，旁边有一条壕沟，沿着这条壕沟一直走下去，你就能到达根据地了。

你？李三困惑地看着他，你到底疯没疯？

快走。枪手推了他一把。祝你圆满完成任务。说罢，枪手便回过身，直朝枪声响的地方走去。大辫子，小花褂……枪手嘶哑着嗓子唱喊，声音里透出极度的兴奋。

李三朝枪手指的方向跑了两步，忽然又站住。他娘的，李三叨念着，他这是存心要让我的话应验？

几道灼亮的灯光一下子射过来，正将枪手罩在中间。枪手站住了，挓挲着两手，抬高着头颅。大辫子，小花褂……他依旧不住声地唱叫。

果然有一个女声响过来，共产党交通员，你已经被包围了，赶快投降吧。

怎么还真的有女人？李三伏在草丛里，纳闷地自语。

你还真来了？枪手仰起头，张狂地大笑，小乖乖，快过来受降吧，哈哈哈……

枪不空拨开草丛，默默地环视着芦苇荡。天空里布满了大片霞云，鲜艳的红色水似的淌下来，将整个芦苇荡都淹没了，芦苇棵子被泡得东倒西歪，叶柄上滴着黏稠的液体，湿漉漉的穗子艰难地昂起着。就在这片汪洋的红潮里，那个年轻的敌兵走出芦苇棵子，直朝她走过来。枪不空抬起头，猛然盯住他，眼珠痴痴地不动。敌兵迎着初升的日头向东走，脸上映满了绚烂的红光，这使他秀美的面孔清晰地出现在枪不空的视野里。枪不空惊讶地望着他。一时间，周围这个充满杀机的芦苇荡都从她身边远去了，只剩下眼前这个正朝她走来的英俊小伙子。枪不空看见他挺拔的身影像一棵茁壮的芦苇紧贴在阔大的天空上，温暖的日光使他的身子闪出金属般明丽的亮泽，一双圆圆的大眼里似乎有火苗熠熠地闪烁。枪不空情不自禁地站起身，直迎着他张开两条酥软的手臂。

敌人撤退后，李三爬过去，翻过枪手僵硬的身子。乌云已经散去，圆大的月亮露出脸来。借着月光，李三看见枪手的额头中间现出一个洞眼，黑红的液体从那里涌出来。枪手的一只手还攥着驳壳枪，枪口正冲着自己的额头。李三抓住他的手，将枪口按向地面。一枚空弹壳从枪膛里掉出来，落到他的手心里。李三捻动着那枚弹壳，依稀觉到些温热。李三沮丧地朝芦苇荡深处眺望，我真的是来这里接替你的么？

…………

刺　杀

一

　　还有三天时间，第一场汇报演出就要举行了，也就是说，沈主席就要来看他们的演出了，到这个时候，伯父还不能静下心来排演，还有他的搭档可人，似乎也有些心事重重，每次排演的时候都会出错，这又怎么能不让人担心呢？团长一来到他们这个小组，本来放射红光的脸面马上布满了阴云，尤其是看到伯父和可人无精打采的样子时，就忍不住拿起随便一件什么道具，在旁边狠狠敲打一下，然后虎起脸对他们说，都给我打起精神来，到时候如果让沈主席挑出一个头发丝的毛病，我就拿你们是问。

　　每到这个时候，伯父就感到格外泄气，原本还想排下去的欲望也没有了。可人见他这样，便十分焦急，想要拉着他去重新彩排，但看他一副不大乐意配合的架势，也就只好作罢，何况她自己也一副忧心忡忡的样子呢。伯父知道可人比他对节目的成功上演抱有的希望还大，想要积极配合她，可就是不能安下心来，就觉得更加对不起她，不知道接下来到底该怎么办。

　　伯父和可人排演的节目叫《打渔杀家》，讲述的是《水浒传》当中的一个故事，说萧恩招安后隐迹江湖，与女儿桂英相依为命，以打渔为生，却不料女儿被当地的土豪看上，要占为己有。萧恩不畏强权，联合其他英雄好汉，与土豪展开了机智的英勇斗争。伯父在节目中扮演肖恩，可人扮演的是桂英。据团长说，这个节目是沈主席亲自安排的，而伯父和可人的角色也是沈主席指定的，如此看来，由伯父和可人主演的《打渔杀家》，是这次汇报演出的重中之重，是不是可以说只是演给沈主席一个人看的也未可知，这就意味着，这个节目的成功与否便成为他们这个儿童移动剧团要不要设立的重要标志。如果沈主席高兴了，剧团不但能一如既往地存在下去，而且可以得到省政府的重点照顾，但如果节目失败了，沈主席发起火来，那么一切可就不好办了，伯父和可人会不会回到他们先前的流浪生活中去,也真是不好说呢。

与可人比起来,伯父的困难似乎要大一些,不仅因为在此之前,他根本没有唱过戏,虽然也看过一些草台班子的演出,但他们唱的到底是不是山东梆子,伯父也吃不准呢,完全可以说,他对这个流行在黄河沿岸一带的民间剧种知道得并不多。另外,让一个仅有十二岁的孩子扮演有着长白胡须的老头子,也不是一件多么容易的事儿。而可人可就不同了,看得出,可人是个天生的小演员,以前大约就上台演出过,这从前些日子招考演员时可人唱的那首声情并茂的《祝你晚安》就可以得知一二。虽然她对山东梆子的了解也并不比伯父多,但对这样一个有着表演天赋的女孩来说,上台去扮演一个与她的真实年龄大不了几岁的女人,其难度也不是多大的。据说,《打渔杀家》这个节目是过去京剧舞台上常演的剧目,现在伯父和可人演出的却是山东梆子,这也是沈主席指定的,因为毕竟省政府来到了黄河岸边的东阿县城,在这个地方不演出山东梆子又怎么能说得过去呢?如此看来,人家沈主席倒是善于顺应时事、体恤民情的一个官员呢。

在全团一派团结振奋的气氛烘托下,伯父和可人都尽可能地拿出看家本领,全心全意地投入了排练。按照沈主席的说法,尽管他们是一些发挥不了多大作用的小孩子,但也要为抗战出力,只要把节目唱好,让前来听戏的人们满意,就能起到鼓舞士气的作用,在某种程度上改变抗战以来由于国民政府节节败退而带来的颓萎局面。正是在这样的思想指导下,伯父和可人差不多在排练时掉了几层皮,没过多少日子,他们就能在舞台上边舞边唱,听上去也真有些山东梆子的意思了。团长和其他演员都非常高兴,以为这一个压轴节目肯定能够大放异彩,取得沈主席的欢心是十拿九稳的事了。但就在这时,意外的情况却接二连三地发生了。

首先遭到打击的是伯父。这一天傍晚,伯父从排练场上下来,和几个伙伴拖着疲惫的脚步走到了大街上,全身心地排演了一整天,他真有些累得不行了,到外面去放松一下,这也是他求之不得的一件事儿。再说,自从到东阿县城来以后,他还没有在这里逛过大街呢,所以一到外面来,还是感到十分兴奋。几个人逛过了两条街道,便来到一个十字路口,这个地方是一个小夜市,路边摆着若干售货的小摊子,其中还有几个飘逸着香气的小吃摊,摆放在矮桌子上的都是富有地方风味的小吃,什么麻辣串啦,烤火烧啦,糖葫芦啦,炸豆腐啦,都是在家里轻易吃不到的东西。几个人也的确感到饿了,便纷纷坐到小摊子上,让店家给他们拿上来这些东西,你争我抢地吃起来,快乐的气氛弥漫在夜幕降临下的街头上。但正当伯父吃得开心的时候，突然有一个人影从旁边走过来，对着他打量了一下，便像一只大鸟一般扑到他身上，同时嘴里大叫一声，老子可找到你了。伯父还没有反应过来，就被那个高大的身影扑倒在地上，尽管他使出了浑身力气挣扎，也不能从他的魔爪下挣脱。还想跑？那个人不由分说把他的两条胳膊扭起来，奋力摇晃着他的身子呵斥说，老子为了找你，把两条腿都快要跑断了，还能让你再跑得了吗？

听他这样说，伯父才停止了挣扎，乖乖地趴到地上不动，他瞪大两眼，看着前面泥地上的一串糖葫芦，不禁在心里说，我才吃了一半儿，掉在地上真是可惜了。

伯父那几个伙伴也受到了惊吓，纷纷站起来，上下打量着那个死死扭住伯父的强壮汉子，不知道发生了什么事儿，还以为这是一个强盗在打劫他们的同伴呢，有几个想要上来帮忙，但怯于汉子身体的威猛和弥漫在身上的凶气，又立刻打消了这个不切实际的念头，但看到自己的同伴成为那个家伙的手下败将，又实在有些不甘心，刚才在舞台上，伯父不是天不怕地不怕的肖恩吗？而他们也曾是一帮不畏强权的梁山好汉呢，怎么一来到现实当中，这些外强中干的所谓义士就都成草包了呢？

爹，伯父被弄疼了身子，赶紧咧开嘴巴叫喊起来，你轻着点儿，我受不了了……

听他这样说，伙伴们面面相觑，好像这才明白过来，原来这个扭住伯父不放的老家伙，竟然是他自己的老子呀。

那天回到团里以后，闷闷不乐的伯父听说，他的搭档可人也不见了，据知道内情的人说，傍晚时分，也就是伯父他们上街去闲逛的同时，一个蛮里蛮气的女人来到剧团，以和可人说什么事的名义把她叫了出去，到现在还没有回来。见过那个陌生女人的伙伴说，那个自称是可人姨妈的娘们儿别提多凶悍了，看上去就像一个蛮不讲理的泼妇。伯父知道这样的说辞有些夸张，但无论怎么说，那个女人肯定是一个不好惹的角色，可人被她带走了，不知道要发生什么事儿呢。伯父联想到自己的遭遇，心里也替可人担心起来，难道他们才过了几天的好日子这么快就要结束了？一想到这里，他就一点精神也打不起来了，哪里还有心思再排什么节目呀。

二

那天傍晚，伯父虽然被我爷爷放回剧团里去，但分别时，爷爷用手指头戳着他的额头警告说，你回去给我好好收拾东西，明天就给我回河西老家去，听明白了没有？

　　爷爷的话伯父倒是听明白了，但他又怎么能轻易顺从他的意思呢，还是先回到剧团里再说，只要是离开了爷爷，伯父就感到获得了解放，身心暂时松弛下来。但这天夜里，伯父还是睡不着觉，一直在挖空心思地琢磨，无论如何都要想出一个对付爷爷的好办法来，不然的话，他在这个移动剧团里的快乐时光就要到头了，这是无论如何也不能让他接受的。

　　伯父成为这个儿童剧团的一名演员，而且还颇受重视，其实是有很大偶然性的。在到县城之前，伯父从来没有想到有一天，自己会站在舞台上唱戏，就是在他荒唐的梦境中，这也是绝对不会出现的情景。我们的老家是在黄河西岸的一个村子里，那个村子不算太小，有一千多人的规模，但说来奇怪，这么多人中竟然从来没有出过一个演员，就是能够站出来哼唱几句的人也少之又少，不仅如此，竟然喜欢听戏的观众也不多，每到冬季的时候，一些游走于乡村之间的草台班子，就会来到一些村子里搭台演出，借此挣碗饭吃，在其他村子里，都曾经落脚过这样的草台班子，但偏偏我们村从来没有接待过他们，每逢剧团到来的时候，村里的当家人都会远远地躲到一边去，那些人找不到做主的人，便只好悻悻地离去。对于这种状况，村里人都乐意接受，并不因为失去了看戏的机会而表现出不满，就是附近的村庄有演出，一般情况下也懒得前去观看。于是，在黄河沿岸一带，我们那个村庄因为不会找乐而有了一点小小的名气，曾经被一些人调笑过，好像我们村里的人真的很乏味似的。

　　如果单纯不喜欢看戏也就罢了，反正生活中也并不会因为缺乏这件事而过不去的，但不知道从什么时候起，人们在不喜欢的同时竟然对那些唱戏的演员也有了不小的成见，甚至在很大程度上给予了歧视，问题便有些严重了。比如前几年，我们村里就出过这样一件事，有一个正处在豆蔻年华的姑娘，在去邻村走亲戚的时候，顺便在那个地方看了一场戏，不知道为什么，就从那场戏起，居然奇怪地迷恋上了演出，而且在以后的日子里，每当其他村庄传来锣鼓声响的时候，她就会偷偷跑到那里去看。开始人们并没有意识到这个问题的严重性，只不过把她当一个不正常的人看待罢了，就连她的父母也觉得，反正是一个女孩子，看就去看吧，也许过不了几天，她就会成为婆家的人，他们就再也管不到她了，到那个时候也就省心了。但让他们想不到的是，这个姑娘在看戏的过程中，迷恋上了一个唱小生的演员，不但偷偷地和那个人幽会，而且产生了与他私奔的念头。在接下来的这一天，女孩收拾起属于自己的东西，挎上一个包裹便出了门去，等她的家人觉得不对劲儿，紧赶慢赶地追上去时，女孩已经与那个演员踏上了私奔的路程,好在他们没有走出多远,家人便截住了女孩,这还了得,好好的一个姑娘竟然受到一个戏子的诱惑,居然要跟他去游走天涯?家人拥上去,先把那个姑娘捆绑起来,随即对那个戏子下了死手,一番不由分说地暴打之后,戏子断掉了一条腿,只能爬着离开了他的私奔之路,从此以后,他就是再想唱戏也站不到舞台上去了;而姑娘呢,在这场激烈的变故中,头脑受到了严重刺激,人虽然跟家人回来了,但她的心思却依旧漂浮在私奔路上,没过多久,姑娘就在她的闺房里拴上一根麻绳,把脖子伸了进去,等家人发现时,她拉直了的身子已经冰凉了……这件事发生以后,我们那个村子的人对唱戏这件事就更加深恶痛绝,你看,好好的一个姑娘竟然被那个戏子祸害了,人们又怎么能再喜欢上这个行当呢?

伯父当然并没有什么唱戏的天赋,在他的成长过程中,不过是表现出了一些不安分的苗头罢了。与不喜欢唱戏的风俗相匹配,那些年风行在我们村里的现象,一是耕作,二是读书,所谓"耕读传家久,诗书继世长",几乎说的就是我们村里的事儿。我爷爷虽然是一个庄稼人,一辈子都面朝黄土背朝天地在田地里劳作,却对读书这件事有着前所未有的兴趣,当然,如果让他自己读书那是不行的,他不但没有工夫读,也没有兴趣读,而只是把这种欲望强加在他自己的儿子身上,伯父因为是老大,爷爷便首先在他身上进行了尝试。伯父八岁那一年,爷爷就把他送进了村里的私塾内,跟着一个脑后留着小辫子的前清秀才读书识字。而伯父呢?天生不是一块读书的料,如果让他去大街上翻几个跟斗那是没有什么问题的,他天生好动,翻跟头是他的拿手好戏,而让他一天到晚地坐在书桌前,读那些"之乎者也"的枯燥乏味的东西,他一点提不起精神来,两眼虽然落在识字课本上,可他的脑子里装的却是外面那个广阔的天地,直到在私塾里熬过了漫长的四年时间,他也没有学到多少像样的东西。终于在十二岁这一年,他再也受不住了,便在一个下着雨的日子里,趁着没有几个人注意到他,便悄悄走出家门,像影子一般消失在了朦胧的雨幕里。伯父没有携带任何东西,家里就连一个窝头也没有少,所以爷爷还以为他去私塾里上学了呢,等到天黑下来还不见他的影子,这才意识到出问题了,这一刻,爷爷想到的竟然不是伯父的出走,而是那一个许多年前差点跟别人私奔了的女孩,不禁跺了一下脚说,都是那个小妮子带坏了头。不知道爷爷说这句话的时候,是否意识到伯父在他的流浪路上真的与唱戏这件事发生了联系,或者他仅仅这样随嘴一说,却不想一语成谶,当他经过差不多两个月的寻找之后,终于在东阿县城的马路摊子上看到伯父的影子,才终于明白,他感到最为可怕的一幕出现了,也就是知道伯父终于走上了让他深恶痛绝的唱戏之路,看来他当初的那句话的确没错,儿子真的是走在那个女孩走过的路上,这又怎么能不让他感到愤怒和焦躁呢?

伯父当然懂得爷爷的心思,知道一旦被爷爷发现了行踪再想在这个剧团里逍遥自在下去无论如何也不成了,傍晚和爷爷分手的时候,老头子可是跟他来到了剧团门口,说不定接下来的这个夜晚他就像一条看门狗一样在那里守着呢,不见到他背着行李卷儿走出去,他又怎么能轻易离开那个大门呢?

三

快要半夜的时候,伯父才听到女生宿舍里传来一点动静,如果不出意外的话,是可人回来了。一听到那个可爱女孩的动静,伯父凌乱的心才稍稍安定下来,得知可人被那个野蛮女人叫走时,他曾经为她担心得不行,也感到了强烈的害怕,以为可人这次被喊走,他以后就再也见不到她了。好像听人说过,可人也是从什么地方来到东阿的,那个自称她姨妈的女人来找她干什么?伯父把两手枕在脑后,眼睛盯着黑暗的房顶,一个劲儿地在心里想,莫非可人也像自己一样是偷着参加剧团的?她的家人也不同意她来唱戏吗?这样一想,他竟然觉得自己和可人的命运竟然如此相像,好像与她的那种似有若无的关系更紧密了一层似的。

说来令人难以置信,伯父参加剧团这件事竟然与可人有着莫大的关系,甚至可以说,如果见不到可人这个女孩,伯父现在说不定还在流浪的路上呢。当然,在此之前,伯父根本不认识可人,甚至不知道世上有这么个人,与此同时,他也不知道剧团招人这件事儿,一切都是那么偶然。那一天,伯父在东阿县城里闲逛时,经过一个院落门口,看到一些人不断进出着,好像有什么事在里面发生着,不由得产生了好奇,便也随在那些人身后走进去。原来在这个院子里,有一个招考的仪式正在进行中。伯父抬起头,看到挂在两棵树之间的一个条幅上写着,"山东省儿童移动剧团招考仪式",他有些奇怪,山东省的某个招考仪式竟然在东阿县城里举行,也真是一件让人没有想到的事儿。他忽然想起来,前些日子,山东省的流亡政府抵达了东阿县城,听说沈鸿烈主席也来到了这个地方,是不是这个招考仪式就是他们组织的呢?但他想不通,省政府不搞别的招募,为什么单单弄个什么"儿童移动剧团"呢?尽管迷惑不解,但伯父天生是一个爱凑热闹的人,便挤到人群里去看。说起来,这个招募仪式也的确很有看头,他走过去时,看到有几个风度翩翩的人坐在两张桌子后,看上去像是考官,而在旁边站了一群年龄和他差不了多少的孩子,此时,其中的两个孩子走到桌子前,一个扯开嗓子唱了几句,另一个拉开架势练了几手。没等考官表态,站在一边观看的伯父就觉得他们不行，虽然他不懂唱，也不懂武，却本能地看出那两个孩子功夫的浅薄。到这个时候，他已经觉得有点无趣了，正准备离开这里，再去别的更为热闹的地方转一转时，却突然觉得眼睛一亮，从那些孩子当中又走出来一个女孩，当他的目光一落在这个女孩身上时，他刚要移动的脚步便停下来，而且在接下来的很长时间内都不再移动，就像一根木桩一样钉在地上，两眼大瞪着，直直地看着女孩，看着女孩走到场子里向那几个考官表演。他屏蔽着气息，目光一动不动地盯在女孩身上，很长时间都不想移开。就在那一刻，我的伯父已经不要命地迷恋上了这个女孩儿。

没错，这个如此让他着迷的女孩就是可人。

在伯父惊诧目光的注视下，这个叫可人的女孩站在那两张桌子前，面对着桌子后面的那几位考官，展开歌喉，同时挥舞手臂，扭动腰肢，进行了一番载歌载舞的表演。伯父看着有些目瞪口呆，并不知道她唱得怎么样，舞得怎么样，他不懂得唱歌的门道，更不知道舞蹈的功夫，但重要的是，他被女孩天真无邪的模样迷住了，哪里还有心思去听她的歌，去看她的舞？对于女孩这番看上去十分悦目的表演，他除了满怀敬佩和感动之外，是一句其他的话也说不出的。直到女孩唱完了，围在四周观看的人们都不由得鼓起掌来，那几个考官更是频频点头，伯父才从冥想中回过神来，若用比喻来形容他当时的心情，那就是在炎热的夏日里吃了一块冰凉的雪糕，让他全身都感到了非同一般的舒服和惬意。真好呀，他不自觉得在心里赞叹了一句，就在这时候，他产生了自己也要上去表演一下的冲动。就是在这种心理的驱使下，伯父没有经过怎么样思考，就蒙头蒙脑地从人群里走出来，走到桌子面前，对那几个用吃惊的目光打量他的考官说，我也想考剧团，行不行？当脱口说出了这句话时，伯父才明确地意识到自己在干什么，这时如果再退缩回来的话已经来不及了，于是，他只能硬着头皮站在那里，面对着众人好奇的目光，不知道接下来等待他的到底是什么。

你会什么？其中一位考官用饶有兴趣的眼神打量他。

我……伯父不知道该说什么，是呀，他到底该表演什么呢？

要不先来文的？另一个考官说。

什么是文的？伯父嚅嗫着嘴唇说。

就是唱上几句。第一个考官说。

我……不会。伯父摇摇头说，这一刻，他突然觉得自己这样贸然上来，或许是一个巨大的错误。

武的呢？第二个考官提醒他。

这个,伯父稍稍想了一下,便灵机一动说,翻跟头行吗？

你会翻跟头？第一个考官问他说。

伯父没有再回答什么,突然往后退了几步,弓下身子,一边急快地朝前跑,一边挥起胳膊来,然后猛地一跳,身子朝前一弯,便头朝下翻了过去,与其他人翻的跟头不同,伯父在头朝下往后翻的时候,并没有让两手触碰地面,而是让头皮擦着泥土翻过去,不要以为他只是翻这一个跟头,而是接连不断地翻下去,一个,两个,三个,伯父一边翻动一边在心里数数,十个,十一个,十二个。到这个时候,他有些气喘吁吁起来,似乎觉得差不多了,以前在自己的村子里,他还不曾翻过这么多呢,现在是第一次翻了十二个,和他的年龄是一样的数目。幸亏有那么多人围观,幸亏是翻给那些考官看的,不,具体说来是翻给那个在一边同样用惊诧的目光看着他的女孩看的,他才超常而出色地发挥,一连把跟头翻了整整十二个,这时他听到几个考官都发出了呼叫声,行了行了,已经够多的了。到这个时候,他才停下来,想尽一切办法站稳身子,他知道,一连翻了这么多根斗,肯定是站不牢稳的,扭歪几下倒没什么,千万别倒在地上,那可就出洋相了,会让那个女孩笑掉大牙也说不定呢。于是,伯父克服掉眩晕的感觉,长长地挓挲开两手,以取得身体的平衡,别说,在他的悄自努力下,竟然真的没有歪倒在地,而是稳健地站在了考官们面前。

行了,第一个考官把拳头在桌子上擂了一下,大声对他说,你被录取了。

几乎到这个时候,头昏脑涨的伯父还不清楚到底发生了什么,对他已经和女孩一起成为这个新建立的儿童移动剧团的第一批学员这个事实,没有任何真切的感知,直到在那个女孩的拖拽下,和她站在了一起,他似乎才明白,从此以后,他真的可以和她生活在一起了。你身上的功夫真厉害。伯父似乎听到那个女孩悄声对他说。他还有些不相信,真的是这个站在自己身边的女孩说的这句话吗？如果是的话,那自己不对她还一句赞美的话是说不过去的吧？于是,伯父鼓起最大的勇气对她说,你唱的歌更好听呀……话没说完,他脸上便像被火烧了一样热起来。

几乎每次想到这里,伯父都感到激动不安,或者干脆说,当他通过了那场如梦似幻的招考仪式,在随后的日子里真的和他心仪的女孩可人生活在一起的时候,他便一直处在这种激动不安的状态中,就像一直沉浸在让他难以自拔的一个梦境中差不多。事情真是出乎他意料的美好,自进入这个剧团之后,他不但和那个引诱他来的女孩可人成为同事,而且被指定演出同一个节目,也就是说,在紧锣密鼓排练节目的那些日子里,除了晚上睡觉不在一个宿舍里之外,白天他和可人是一直待在一起的,用那个"形影不离"的词来形容他们的生活状态也不为过,这可是伯父一直期盼的呢,还有比和可人在一起更美好的事情吗?但就像他总是以为自己参加的招考仪式的情景是发生在梦境中一样,突然严峻起来的现实告诉他,他和可人形影不离的生活状态恐怕更不真实,当爷爷的身影在傍晚的街头出现时,伯父便心痛地感到,这个美好的梦境或许真的该到醒来的时候了,可这又怎么能让伯父甘心呢?他还没和可人待够呢,是呀,他们的节目还没有排练完,还没有开始第一场汇报演出,还没有让沈主席看到他们的表演,事情就被那个像不祥的鸟儿一般从天空中突然降落的爷爷给破坏掉了吗?

不行,想到这里,伯父一下子从床铺上坐起来,笼罩他的最后一点困意也被他赶到不知什么地方去了,趁着天还没亮,他必须想出一个办法来应付爷爷,绝不能跟着他离开剧团,回到那个没有丝毫趣味的老家去。伯父下了床去,走到窗口朝外看。借着朦胧的月光,他看见爷爷就坐在院门口,像一条忠实的老狗一样把着门儿。望着爷爷一动不动的身影,伯父急快地转动脑筋,好像一个不错的主意正在远方像闪电一样明灭,马上就要降临他脑海里来了。

四

从第二天一早,爷爷就盼着伯父背着他的行李卷儿,从院子里走出来,跟他回河西的老家去。但日头已经升起老高了,他还没有看到伯父的影子,心说反正小兔崽子也跑不了,就再给他一点时间吧。爷爷没有吃早饭,一直空着肚子等在院门口,眼看日头快要当顶了,伯父还是没有什么动静。爷爷忍无可忍,干脆不管不顾地进到剧团院落里,先在各间宿舍里转了一圈,没有看到任何人影,随后就闯进排练场来,因为这里不断发出着人声,是整个院落里最为热闹的地方。爷爷来到排练场里,看到面前一些化了妆的人闪来跳去,一下子呆住了。在他有限的看戏经历里,这样的景象只有在草台班子的戏台上才出现过的,现在竟然一下子来到了他面前,让他既吃惊万分,又难以适应。

爷爷不知道,其实在以前排练的时候,小演员们是不化妆的,但伯父差不多想了一个晚上,才觉得如果大家都穿上了戏服,尤其是自己扮演的肖恩,本来就是个老头子,按照舞台上的要求,他一定要在鼻子下挂上胡子的,同时也要把许多不曾有的皱纹描画到眼角和额头上,于是,他便把这个主意和伙伴们说了,竟然得到了大家的一致赞同,这样一来,不仅让那个执意要带伯父回家的老家伙认不出来,而且小演员们排练的热情更为高涨,排练厅里的气氛真有些正式演出的味道了。这样的情景竟然也得到了团长的赞赏,伸出大拇指来,接连朝伯父晃动了好几下。

你们看到我家老大了吗?爷爷在排练场地里转了一圈,对着化了妆的小演员逐个看一遍,也没有认出哪个是他的儿子,便随便拉住一个拿着船桨的漂亮女孩,直通通地问她说。

谁是你家老大呀?可人故意逗他说。

就是……爷爷拍了一下脑袋,才想到伯父的名字,在过去的日子里,伯父的大名他可是从来没有叫过的。

没有见过,可人使劲摇着头说,我们这里没有你要找的人。

爷爷有些傻眼,在他看来,那些化了妆的人差不多都是一个模样,脸上描画得像只熟透了的西瓜,更重要的是还戴着在胸前飘荡的大胡子,尽管他也知道,这些装扮成老头子的人差不多都是小孩子,但经过这样的打扮,就连他也快要把他们当真正的老人看待了,又哪里能认得出他们的真实面目呢?当然,他也明白,或许他的儿子就隐藏在这些人中间,但就是不敢确定哪个是他要找的人,自然不能把他拉下台来,不由分说拖回自己的家去。没有办法,爷爷索性直起脖子,可着嗓门大声叫喊,小王八蛋,有种你给老子出来——

爷爷这样一闹,排练便进行不下去了,小演员们都停下来,围到他身边看。听到声音不对,团长又匆匆赶过来,看到这个像小丑一样蹦来跳去的精壮汉子,以为是前来故意闹事的泼皮无赖呢,一开始还想招呼几个人,要把他从这里拖出去,但看到他越闹越欢的样子,不敢掉以轻心,干脆出去给警察局打了一个电话,让他们火速派警察前来平息。很快,几个警察便携带着警棍到了,一进排练场地,警察们就直冲爷爷而去,不由分说将他围在中间,挥起手中的警棍,噼里啪啦朝他身上打去。小演员们吓得四散开了,只有其中一个挂着大胡子的孩子留在原地,目瞪口呆地看着眼前的情景。自然,这个孩子就是伯父。

事情的发展有些出乎伯父的意料,先前他还以为,爷爷不过是胡乱闹腾一番,实在认不出他来,也就会气馁地离开这里,顶多留下一句狠话,“从此以后,老子和你个小兔崽子断绝父子关系”,这样的结果伯父也是能够承担的。但他没有想到,爷爷闹腾得太过分了,竟然惊动了团长和警察,如果事情任其发展下去,那爷爷肯定没有什么好果子吃。想到这里,他心里有些慌张,不自觉地把大胡子从嘴上摘下来,冲到爷爷身边,用自己的身子护住他,然后转向团长,可怜巴巴地对他说，这是我爹，不要再让警察们打他了……

团长明白了事情的原委，并没有轻易放过这件事去。他担心伯父经不住这场考验，会被爷爷从这里带走，那样一来，给沈主席和政府官员的汇报演出怕是就泡汤了，这样的结果是他无力承担的。为了留住伯父，老谋深算的团长便把两个选项摆在了伯父面前，一是让爷爷进监狱，二是伯父留下来，他知道伯父会选哪一头的，就算是再没有心肝的孩子，也不能眼看着自己的父亲被关进监狱里去吧？

果然，伯父咬咬牙，答应了团长的要求，自己留下来，依旧如期排练节目，与此同时，爷爷被警察们驱赶出剧团，不允许他再踏进这个地方一步，如果实在不行，就干脆把他逐出东阿县城，送回河西的老家去。

小兔崽子，爷爷离去时，挥起手来，在伯父涂着油彩的脸颊上狠狠打了一下，然后痛心疾首地说了一句，老子没有你这样的浑蛋儿子。说罢，便转过身子，一瘸一拐地走出了剧团。

望着爷爷离去的背影，伯父蹲在地上，两手抱着脑袋，呜呜地痛哭了一场。直到可人从一边走过来，悄悄递给他一块手帕，伯父才停住了哭泣。真是丢人，伯父感到很愧疚，竟然当着可人的面哭鼻子，哪里有一点男子汉的气概？他小心地接过可人那块手帕，去擦眼角的泪水，手帕上弥漫出的香气儿，让伯父不由得打了一个喷嚏。

伯父安静下来，用可人的手帕擦干了眼泪，想要重返排练场地，将他们的节目继续排练下去。正在这时，他听到有人在喊可人的名字，就循声看去。声音是从门口传来的，伯父的目光便落在一个站在门口的人身上，那是一个女人，具体说是一个矮壮的中年女人。一看到她，伯父便想到了伙伴们所说的可人姨妈的形象，如果不出意外的话，这个女人就是可人的姨妈了？果然，可人听到喊声，便朝那个人走过去。伯父有些担心，爷爷刚刚离去，这个女人就到来了，她别是找可人闹事的吧？伯父不知道自己为什么产生了这样的念头。这时，那个女人似乎知道他的心思似的，竟然抬起眼来，朝他这边看了一下。伯父一接触到那个女人的眼光，竟然不由得打了一个哆嗦，真不知道这是为什么。

<h1 style="text-align:center">五</h1>

消除了爷爷这个最大的不安定因素，在接下来的日子里，排练可就顺利多了，三天过后，向沈主席和政府官员们的汇报演出马上就要举行了。中午吃饭时，团长还给他们带来一个振奋人心的好消息，演出之前，沈主席要亲自接见小演员

们,对他们的演出成功提前祝贺。一个个都打起精神来,团长眉飞色舞地叮嘱他们说,等沈主席和你们握手的时候,你们可不要忘记踮一下脚跟呀。听他这样说,紧张不安的小演员们又有些放松下来,但心里的期待却越发强烈。

伯父虽然还没有长大,但对自身所处的时代尤其是目前的时局还是有所了解的,知道原来的省政府主席并不是沈鸿烈,而是一个叫韩复榘的军阀。日本人侵入中国以后,负责守卫山东及黄河防务的韩复榘为了保存实力,竟然不战而退,把政府所在地济南和其他许多地方都丢在身后,仓皇地向南方逃去,蒋介石无法向被侵略的人们交代,索性下令枪决了这个胆小如鼠的家伙。韩复榘死后,沈鸿烈被任命为省政府主席,组织起一个新的流亡政府,一路西逃,来到了位于黄河岸边的东阿县城,将这个地方作为省政府的临时所在地。让人感到不可思议的是,新的省政府主席沈鸿烈是个戏迷,伯父有一次听团长说,几年前,京剧表演艺术家马连良在青岛为鲁西水灾举行义演活动,当时担任青岛市市长的沈鸿烈不但抽出时间前去观看,而且向马连良赠送了一面匾额,上头有他亲笔题写的四句话,"伯乐名门,天方俊士,艺重歌坛,心怀鲁史"。现在,沈鸿烈来到了鲁西,马上就开始了招兵买马的活动,但让人感到意外的是,活动的一个重要内容就是组建"儿童移动剧团",几天内招考了四十多名会唱戏的少年,伯父和可人就成了这支队伍中的成员。

当然,沈鸿烈也不只是一个戏迷。据说,七七事变之后,日本军队在青岛海面上聚集了大批军舰,企图伺机侵占青岛。就在这时,沈鸿烈收到了蒋介石的密电,让他不要理会那些军舰,而是将日本开设在青岛的纱厂全部炸掉。这好像没有什么难度,日本军舰打不下来,难道日本的纱厂还对付不了吗?到了接下来的这天晚上,沈鸿烈向下属们下达了炸厂的命令,一时间,从四方、沧口到青岛市内连绵二十里的范围内,爆炸声四起,火光冲天,硝烟弥漫,日本人的好多家纱厂都飞上了天。

虽然炸掉的只是纱厂,但也算给日本人造成了不小的损失,也许从那个时候起,日本人就把这笔账记在了沈鸿烈身上,尽管他带着省政府的官员们流亡到鲁西,侵略者也没有打算放过他,前来刺杀他的特务和汉奸一直没断,不定在什么时候就会向他发起进攻,所以在流亡的那些日子里,沈鸿烈从来没有睡过一个好觉,不论到了什么地方,都安排严密的防线和干练的警卫,一旦有什么风吹草动,马上就会发动反击,而他自己在混乱中逃之夭夭。反正到观看儿童移动剧团汇报演出的这天晚上之前,日本人还没有真正伤到他一根毫毛,但这并不说明他已经获得了安全,敌人随时可能再一次出现在他身边,所以当沈鸿烈来到剧团的时候,出现在他周围的警卫依旧一大片,而且严阵以待,随时提防任何异常情况的出现。

就像团长所说的那样,演出之前,沈鸿烈在警卫人员的簇拥下,来到了后台,亲自接见为他演出的小演员们,就是在这个时候,伯父近距离看到了这个省政府主席的模样。在他的想象中,沈鸿烈虽然是个戏迷,但首先应该是一个政府官员,同时还是一个军阀,虽不说是一副威风凛凛的莽汉形象,但起码不应该像现在这样文质彬彬吧?是的,沈鸿烈虽然理着光头,却是戴着一副金丝边眼镜,这无形中给人留下一个白面书生的印象,与伯父心目中的那个军人和官员形象有些出入,但别说,这样的书生形象倒是让他和人们拉近了距离,就连没大见过世面的小演员们也不再对他感到陌生,紧张感不知不觉便消除了。

你就是那个唱《祝你晚安》的小演员?沈鸿烈弯下腰来,握住可人的一只小手,微笑着对她说,好好唱戏,将来你会成为一个大明星的。

伯父后来才知道,那天在考试的仪式上,可人唱的那首歌就叫《祝你晚安》,是上海一个叫白虹的著名歌女演唱过的。有一次沈鸿烈到上海办差,在歌厅里听过白虹演唱这首歌,给他留下了难忘的印象。可以说,沈鸿烈的确是个有心人,竟然连可人在考试时唱过的歌都知道。

伯父注意到,沈鸿烈在握住可人手的时候,按照团长的交代,可人应该跷一下脚跟的,以免得因为个子矮而让沈鸿烈太过弯腰,但也许是可人过于激动了吧,或者根本没有把团长的交代当回事,就没有跷起脚跟来,这不能不使沈鸿烈的腰弯得更厉害了。但伯父看出来,沈鸿烈并没有为此感到不高兴,大概也像伯父一样,面对可人这样一个招人喜欢的女孩儿,沈鸿烈也就没那么多可计较的了。等轮到自己时,伯父却提前叮嘱自己,别忘了跷一下脚跟。于是,当沈鸿烈向他伸出手来时,伯父就主动把脚跟抬了起来,沈鸿烈也没有怎么弯腰,就握住了伯父的手。

你就是那个连翻十二个跟斗的小演员?沈鸿烈看出伯父迎合他的样子,自然也大为高兴,两眼眯起来,用欣赏的目光打量着他,没有等伯父回答,他就回过头去,对站在身后的几个政府官员说,这样的小伙子好好锻炼,将来派到战场上去,肯定能成为英勇杀敌的英雄。

听到沈鸿烈这样说,伯父又高兴又激动,好像自己现在就来到了战场上,马上就要成为立下赫赫战功的英雄了似的。

演出开始了,随着锣鼓点的响起,大幕徐徐拉开,参演第一个节目的小演员上了台去。按照节目演出的顺序,伯父和可人的《打渔杀家》放在最后,作为重要的压轴节目出现,也就是说,在大部分时间内,伯父和可人并没有什么事干,却不能离开舞台,于是,他们就站在侧幕边,探头探脑地朝台下看。和可人一样,伯父的目光也是落在沈鸿烈身上,和他的想象差不多,沈鸿烈是坐在第一排的中间位置,在他两边,是一干大小政府官员,而在他的身后,则站立着一排武装保卫人员,一个个昂首挺胸、威风凛凛,像一排牢固的屏障护卫着中间的沈鸿烈。警卫们都身材高大,又保持站立姿势,这给后面的人观看节目制造了很大障碍,但伯父看出来,坐在警卫们身后的那些人虽然看不到节目,但一个个正襟危坐,并没有朝旁边伸一下头或者向上面仰一下脸,好像他们也能欣赏到舞台上的节目一般。伯父开始还有些纳闷,不明白这些人到底在看什么,慢慢才醒悟过来,原来当着前面那个政府一把手的面,他们这些人就算看不到节目,也不能随便乱动一下的。这样的气氛不能不让伯父感到肃然起敬。

终于要轮到他们演出了。但在上台之前,伯父竟然无缘无故地紧张起来,这在以前排练的时候是没有感受过的,不知道为什么,他有些担心演出会出现差错,或者干脆说演砸。说起来,在所有参加演出的人员当中,就数他和可人的《打渔杀家》排演得最为熟练,按说应该不会出错的,其他人都顺利演下来了,轮到他们又怎么能有这样的担心呢?但不知道出于什么原因,伯父的心脏却怦怦急跳起来,就像一个士兵第一次上战场一样,竟然体会了一些泰山压顶般的恐怖感觉。

你怎么回事?可人斜过脸来,纳闷地看了他一眼。

没,伯父赶紧摇摇头说,没什么……这时候,他也注意到可人和平时不一样的神态,要说,可人的脸蛋是涂抹着红色油彩的,但在伯父看来,此时她的脸腮却非同一般的苍白,就像一张纸盖在了上面一样,这使他不由得打了一个寒战。

随着锣鼓点的响声,两个人走上了台去。直到来到了舞台上,站在了灯光下,更准确地说是站在了沈鸿烈的目光里,伯父的紧张心理才稍稍安定下来。还好,随着剧情的进展,他们的演出没有出现什么差错,不管是可人的唱腔还是伯父的舞蹈,都发挥得极为精准而出色,伯父注意到,当几个精彩的高潮部分出现时,沈鸿烈率先拍起巴掌来,在他的带动下,除了站在他身后的警卫之外,其他所有人都一起鼓起掌来。有一回,沈鸿烈压抑不住内心的高兴,竟然可着嗓子喊了一声"好",但这一次却失去了带动作用,没有人敢于配合他这样的举动,而只是虚假地张了一下嘴,便又赶紧闭上了。

随着节目临近结束,伯父以为,他们的演出不会再有差错出现了,这使他紧张的心情完全放松下来。但他无论如何没有想到,就在这最后一两分钟的时间内,意外还是发生了,而且发生得那么急促,那么暴烈,伯父几乎没有反应过来,危急就已经来到了他面前,不,准确地说,危机是奔着坐在他们面前的沈鸿烈去的。但更让他没有想到的是,危急的发出者竟然来自自己的身边,具体说是来自站在他身边的可人身上。那时候,伯父只是沉浸在即将迎来演出顺利结束的愉悦心情中,根本没有注意到,作为他搭档的可人是怎么从腰间抽出那把枪的,而且在此之前,他也不会想到可人会将一把枪揣在戏服之下,甚至对这个小女孩会不会开枪这件事他也没有想过。是呀,在过去的日子里,他怎么能够把枪支和可人联系在一起呢,更不会把刺杀和暴力与她挂起钩来,在他眼里,这只是一个天真烂漫的小女孩,一个并没有多少心思和想法的小戏子,哪里会想到她竟然是一个训练有素的刺客呢?说时迟那时快,伯父还没有明白是怎么回事,可人便已经掏出了藏在她戏服下的那把小手枪,以迅猛的姿态冲到舞台前,对着离她只有十步远的沈鸿烈的胸口就要扣动扳机。但不知道怎么回事,就在她持着手枪向前冲的关键时刻,竟然无意间绊在伯父拿在手里的船桨道具上,当然,这对于获得过专门训练的可人来说并不是多大的问题,只不过让她的脚尖在船桨上碰了一下,并没有使她轻盈的身子失去平衡,虽然伯父拿在手里的船桨掉在了地上,可人依旧顺利地冲到台前,对着沈鸿烈的胸口连开数枪。但毕竟那只船桨对她的前冲造成了一定影响,让她举在脸前的手臂晃动了一下,顺带着使拿在手里的枪口发生了一点点偏移,射出的子弹从沈鸿烈身边飞过去,打中了站在他身边的两个警卫身上。在伯父诧异目光的注视下,沈鸿烈身边的两个警卫栽倒在地上,与此同时,沈鸿烈也已经反应过来,身子向下一出溜,便消失在了座位下,只把那副金丝眼镜留在椅子上。与此同时,聚集在他身边的其他警卫也已经越过他去,纷乱地奔到舞台前来。与此同时,刺杀失败的可人并不慌张,随即掉转枪口,对着那些向他奔来的警卫继续开枪。又有几个警卫倒下了。与此同时,其他警卫也更凶猛地扑到舞台前,不由分说将继续朝前开枪的可人按住。杀人啦,剧场里经过短暂的沉寂,就像一颗炸弹经过引爆突然爆炸开来一样,乱哄哄的叫嚷声一下子响成了一团,抓刺客……伯父垂着两手站在舞台上,大瞪着眼睛,近距离目睹了警卫们跳上台来,将还在企图开枪的可人压在舞台上的激烈场景。打死你这个日本间谍。伯父也瘫倒在舞台上,就在吓得闭上眼睛的片刻间,他还听到警卫们在用愤怒的声音对可人叫喊……

维　持

一

会长蹲在家门口,朝村头望了好一会儿,还没有起来上路的意思。站在他身边的会计鼓起勇气,小声地催促他说,会长,我们是不是该走了?村长没有搭理他,依旧盯着通往村外的小路发呆。围在他身边的几个人也欲言又止,浑身上下都透出一副焦虑的样子。直到会长的太太把自行车赶出来,在他身上轻轻推了一下,会长才站起,从她手里接过自行车,做出了要出发的样子。人们这才长出了一口气。

会长把抱在怀里的一个包裹举起来,又犹豫了一下,还是朝会计手里递去。会计似乎早就做好了准备,还没有等他松手,就把包裹接在了自己手里。会长直盯了他一眼,一副有些吃惊的样子。会计避开了他的眼神,掉回身去,抱着包裹就要朝前走。他的老爹,一个醉醺醺的老头子叮嘱他说,路上小心一些,可别把包裹给搞丢了。说到这里,还扭头看了会长一眼。你啰唆什么呢?会计不满地呵斥他说,真是老糊涂了,竟然说这样不吉利的话。见他有些气急败坏的样子,那些同样想叮嘱他的人都闭上了嘴巴,但眼神里依旧透出不放心的表情。

太太把一件夹袄披在会长肩头,温柔地提醒他说,不管事办成办不成,可都要早些回来呀……听她这样说,那些人又把注意力转到了她身上。怎么会办不成呢?他们反驳她说,我们就指望着会长把人带回来呢。太太不想招惹这些人,赶紧向他们赔笑说,办得成,有我捎的口信儿,这件事你们就放宽心吧。会长不想听她再说下去,冷着脸对她说道,回去吧,给我好好在家待着,我不回来不许开院门。太太扭着好看的腰肢回家去了,会长看见那些人还在盯着她的身影看,尤其是会计爹,眼神像钩子一样落在她身上,便响亮地朝地上啐口唾沫说,都回家去等着吧,天黑以前你们就能看到人了。

在人们焦躁不安的目光注视下,会长很熟练地骑上车子,动作中有些表演的成分,毕竟人们没大见过自行车,他知道大家都盯着自己看。从会计身边越过时,会长好像故意踩了一下脚镫子。会计急忙小跑起来,朝起跳了好几下,才总算坐到了车后架上。自行车扭歪了几下,终于还是被会长稳定下来,朝着村外的弯曲小路慢慢驶去。

二

两天前,日本人又来到了村子里。与前几次的扫荡不同,这次到来的只是一个曹长和两个士兵,由一个翻译陪同,径直来到了会长家里。会长认识曹长和翻译,知道他们是附近炮楼里的鬼子,一时有些紧张,但看他们只有四个人,又不禁放下心来,看鬼子的架势并不是来扫荡的,这样就好,只要不糟蹋老百姓就行。会长便热情地迎上去,又是沏茶又是递烟,拿出看家本领来招待他们。但他心里一直打着鼓点,不明白他们这次上门来要干什么。

这不天气暖和了吗?待曹长在椅子里坐定后,翻译看着在院子里追逐一群母鸡的那只公鸡说,皇军整天在炮楼里待着,也没有什么事干,你们这边是不是……说到这里,翻译朝他打了一个手势,脸上透出一副神秘莫测的样子。会长的目光也落在那群鸡身上,好像明白是怎么回事了,赶紧满口答应说,没问题,我这就把那只公鸡宰了,中午咱们好好地吃顿鸡肉,再喝上几杯烧酒……翻译愣怔了一下,知道他误会了自己的意思,便打断他的话说,张会长你搞错了,皇军这次不是来吃饭的,而是……说到这里,他朝站在一边的会长太太看了一眼,把嘴凑到他耳边,吐着热气对他说,你们找几个花姑娘来,送到炮楼里去犒赏一下皇军……

什么?会长大吃了一惊,尽管在过去的日子里,他也不止一次听说日本人出来糟蹋妇女的事儿,但大都发生在其他地方,他从来没有亲眼看到过,便抱着一种侥幸的心理,希望这种事千万不要发生在自己村子里,可现在……他脑门上浮出了一层汗珠,在心里嘟囔一句,看来你终于躲不过去了……他打起精神,急赤白脸地向翻译解释说,我们这个小村差不多都是老弱病残,恐怕也找不出几个像样的妇女……翻译又一次打断了他的话,哪里,张会长你太谦虚了,他朝他的太太指了一下,出色的美人不有的是吗?会长又被吓了一跳,日本人别把主意打在自己太太身上吧?赶紧点点头说,我来想办法,我来想办法……翻译把肥胖的手指拍在他肩上,满脸堆笑地对他说,这就对了。他看了那个曹长一眼,又把那只手举起来,左右翻动了一下说,十个,怎么样?会长抹抹头上的汗说,五个吧,再多我可想不出办法了……

日本人临走的时候,翻译明确对会长说,皇军给你的时间是三天,他又竖起了三根手指头,三天过后,如果见不到你送来的那五个姑娘,你手下的这个村子可就……说到这里,翻译回头看了一眼曹长。日军曹长不会说中国话,却明白他们对话的意思,听到这里,便把挎在腰间的战刀抽出来,对准院落里的一棵桃树,凶狠迅猛地砍击了一下。那棵正在开花的桃树被拦腰砍断,艳丽的花朵纷纷落下来,有一朵掉在会长头上,顺着他的脸颊翻了一个跟头,跌到了他的脚下。看到了吗?翻译把那只胖手举起来,朝村落里划了一圈说,皇军就会用他手里的刀对这个村子说话的。随后,他又用推心置腹的口气说,张会长是有艳福之人,可不要一时糊涂,既葬送了自己的前程,又让你这个村子落个被血洗的下场……

日本人走了之后,会长便马上找来会计,让他通知村里的头面人物来自己家商议对策。看来这件事是躲不过去的,那么剩下的唯有听命于日本人的指令这条路好走了?可谁又能把自己家的女人献出来,送到炮楼里去让日本鬼子糟蹋呢?首先会长就不愿这样干,那又怎么能让别人同意这种做法呢?要不这样,机灵的会计忽然计上心来,我们也到城里的妓院去,买几个女人来替我们挡一挡……听了他的话,大家都从郁闷中挣脱出来,瞪着大眼朝他看。会长发现会计的目光是盯着自己太太的,不禁有些懊悔,为什么没有让这些人去村公所开会呢?会计的主张立刻博得了大家的同意,但接下来的问题是,用什么去妓院里买女人呢?这当然也难不住会计,摊派,没错,这个办法可说是通行天下,既然这件事大家都有份儿,那就有钱的出钱,没钱的出粮,共同把这笔钱集起来,问题不就解决了吗?

第二天,在会计一遍又一遍的锣声中,会长把全村人摊派的钱粮筹集到手了,钱倒是能够直接派上用场,但粮食却不方便使用,总不能背着粮袋到妓院里去吧?必须要把它们折换成钱。与此同时,集上来的钱也有些杂乱,法币是不能用的,更危险的竟然还有边币,这些剔除了之后,剩下的便是储备券和银联票,虽然这两种钱都能使用,但会长考虑到人们的使用习惯,便决定都统一兑换成储备券。这也是颇费周折的事儿,会长马不停蹄地去乡里跑了两趟,又到其他村子里转了一圈儿,才终于把筹集的储备券兑换完毕,包在了那个小包裹里。等所有的事情都办妥了,时间也就来到了第三天早晨,他和会计骑上自行车去往县城,如果事情进展顺利的话,这天下午就能把买到的五个女人带回村子里来……

村长还是有信心办好这件事的,因为对于要去的那几家妓院,他一点都不陌生……会长当然是有自己老婆的,说起来,他的家庭状况并不差,祖辈人给他留下了不菲的资产,虽然在村子里算不上顶尖的财东,但起码比大多数人家日子过得殷实,所以也就娶了一个不算太差的女人。他虽然也识几个字,却没有什么不切实际的愿望,一天到晚安守着老婆过日子也就行了。但日本人到来之后,村子里的生活秩序被打乱,原先的村长也逃走了,日本人便找到了他,让他出来在村子里主事,并许诺了他一些更加不切实际的好处。经不住动员和诱惑,他就把这个维持会长的差事答应下来,别说,他也真的体会到了一些掌握权势的快乐,这可是在以前的日子里没有感受到的,当然,他也希望借助手中的权力为村里人办一些好事。可令他气恼的是,老婆却无论如何理解不了他,居然主动讨要了一封休书,义无反顾地回自己娘家去了。会长日子过得乏味,就借去县城的机会,悄悄到妓院里获得一些安慰,一来二去,他便和一个叫小翠的妓女有了真感情,半年前,他用了好大一笔钱把她赎出来,让她做了自己的太太……这次去县城妓院里办差,他就带了小翠给她那些曾经的姐妹们捎的口信,让她们无论如何帮他一回,替村子里的女人消灾解难,到时候她小翠就是给她们下跪也是可以的……

三

东阿县城在河东岸,到那里去必须跨过黄河……其实河道里并没有什么水,前几年,国民党想要阻止日本人的进攻,就炸毁了花园口河堤,导致黄河改道,他们这一段河道便没有了水流,遍地的河沙都裸露出来,在日头下闪出一片白茫茫的光。眼下正是初春时节,南风不断地刮来,在村子里并不觉得有什么,但一来到了河道里面,就觉得风沙漫漫,很有些荒凉凄冷的感觉了。河道里沙尘太厚,自行车的轮胎陷得很深,骑起来十分费劲,何况后架上还驮着一个人呢。按说会计年轻,应该由他带着会长才对,但这辆车是村子里唯一的自行车,除了会长外,其他人都不会骑,再说会长拿自己的自行车当宝贝,也不放心让别人骑呢,可他的体力又不行,便只好下了车来,和会计步行朝前走。奇怪的是,他虽然推着车子,却比会计走得快,就不时地回一下头,等会计跟上来,再和他并肩一起走。他有些不放心,毕竟装钱的包裹是在会计手里,而这个一贯生龙活虎的年轻人,现在腿脚却没有他利索,刚出来时那副迫不及待的样子不知哪里去了,不能不让他心生疑窦。

会长,会计拖拖拉拉地建议说,我们是不是歇一会儿?会长抬起头,把手支在眼上,朝天空里看了一下,摇摇头说,天不早了,路还远着呢,我们还是抓紧赶路吧。会计犹豫了一下,还是向他提出条件说,那你给我说说妓院里的事儿吧。会长回头看了他一眼,妓院里的什么事儿?会计避开了他的眼神,但又鼓着勇气说,我们不是去那里买妓女吗?会长想了一下,好像明白了他的心思,便又问他说,你想知道什么?会计吞吞吐吐地说,就是,就是那些女人的事儿,你可是知道得比我多呢……会长觉得这话不太顺耳,便想到了以前去妓院和小翠相会的事儿,不禁感到一些不快。这个家伙,他在心里说,是不是也想女人了?

　　会长是很容易往这方面想会计的。说起来,这个会计虽然年龄也不小了,但至今还是个光棍儿,并不是他不想给自己娶一个媳妇,而是没有女人愿意嫁给他。在他们那个村子里,会计家的日子不好过,他的老父亲是个酒鬼,名声不太好,会计竟然也有些好吃懒做的毛病,这样一来,婚姻问题便一直没有得到解决。会长和他家有一点亲戚关系,有些可怜这个年轻人,自己一当上会长,便把他招募到身边来,让他干上了会计兼村丁的差事。说来奇怪,会计虽然不认字,却善于运算,一般的账目交到他手里,竟然被打理得一清二楚,再说,村一级的维持会又有什么复杂的账目好管呢,会计也就把这份差事完好地干下来,借此挣一碗饭吃。据说,会计曾经和村里一个寡妇有点意思,但自从他在维持会干上会计之后,那个寡妇竟然疏远了他,这让会计想不明白,也愤愤不平,依旧去纠缠她一两回。没有想到,寡妇竟然找来几个人,将会计狠狠暴打了一顿,其中一个家伙出手不慎,竟然在他的裆间踢了一脚,人们便传言,会计的命根被踢坏了,不知是真是假,反正从此以后,会计不敢再去纠缠那个寡妇了……一想起这些,会长又同情起会计来。

　　你到那个地方去过吗?会长问他说。没有,会计摇摇头,满脸都是沮丧的表情,我哪里有钱到那个地方去呢?说到这儿,他不意间垂下头,朝抱在怀里的包裹上看了一下。会长也注意到他的眼神,在心里哀叹一声说,可现在这些钱,并不是让你去那里消费的呀……会计大概知道他心里在想什么,便急忙表白说,其实我不想她们的,毕竟那些女人,他犹豫了一下,还是嘟囔着说,她们太脏了……会长心里一动,像有一把刀子捅在了身上。这个狗东西,他在心里骂道,是不是来嘲笑老子?但他又觉得会计说得并不错,如果她们不脏的话,又怎么能被他买回来,再送给日本人呢?可这样一来,不是也证明他心爱的太太也是很脏的垃圾吗?这一刻,会长心里很矛盾,也有些后悔,或许自己不该出来办这件事的,尽管这样会为村人们消灾解难,可无形中也让自己尤其是太太小翠落下一个更坏的名声……会计似乎看出他心情的低落,又用安慰的口气说,其实是我对她们不感兴趣……说到这里,他不自觉地夹了一下腿,好像什么地方不舒服似的。会长的目光落在他的裆间,又马上移开了,不禁在心里问道,难道人们的传言都是真的了?这让他的心情越发复杂起来。

　　两个人在河道里走了一气,会计再次提出建议说,会长,我们坐下歇一会儿吧?会长用嘲讽的目光看着他,你累了吗?会计转动了一下眼珠,忽然把身子凑上来,试量地对他说,会长,我想和你商量一件事儿……会长随口问他,什么事儿?会计朝地上指一下说,你坐下歇会儿,听我仔细跟你说。不等他作出反应,会计就蹲下去,伸出一条胳膊,用袖子在泥沙上拂扫了一下,清理出一小块干净的地方,然后指着说,你就坐在这儿吧。会长呆怔了一下,见他实在是有话要对自己说,便只好放下自行车,在他指定的那块地方坐下来。见他坐好了,会计也傍着他坐下,托举着手里的包裹说,会长,你以前见过这么多钱吗?会长摇摇头说,没有。的确,尽管他并不缺钱花,却真的没有得到过这么多钱。我更是没有见过,会计感叹地说,我从长这么大,就不知道还能拿到这么多钱,兴许你不信,我现在都像做梦似的,心里怦怦直跳呢……会长继续用嘲讽的目光看他,在心里对他说,傻小子,这又不是你自己的钱,你倒是激动个什么劲儿呀?这时候,会长虽然觉得会计的样子有些奇怪,心里却还没有明确浮起不祥的预感。

会长,会计挠了挠头皮,又闭了一下眼睛,终于下定了前所未有的决心说,要不我们把这些钱分了吧?会长呆呆地看着他,似乎没有听明白他的话,竟然一时不知道该做出怎样的反应。会长,会计站起来,激动不安地跺着脚板说,这可是一个十分难得的好机会呀……会长终于打断了他的话,什么好机会?你小子到底想干什么?会计又凑到他面前,眼睛里的光彩像闪电一般明灭不止,会长,这么多钱落到了我们手里,这可是老天爷在帮衬我们呢,如果你把这个机会放走了,那可就是天下最大的傻瓜蛋了……会长猛地跳起来,不由分说抓住了他的脖领子,你这个狗东西,到底要干什么?会计龇牙咧嘴地对他说,会长,我可是说得再明白不过了,现在我们就把这笔钱分了,然后一起远走高飞,你说这样行不行?会长咽了一口唾沫,远走高飞?你想飞到哪里去?你丢下你老爹不管了吗?会计耸了一下肩膀说,管他干什么?那个老酒鬼,就是把这些钱都给他了,还不够他打酒喝的呢。说到这里,他忽然意识到了什么,又赶紧转向会长说,如果你放不下你太太的话,可以带着她一起远走高飞呀……会长质问他说,你能飞到哪里去?你就不担心人们找到你吗?会计扑打着眼皮说,我们去到一个很远很远的地方,在这个兵荒马乱的年头,人们肯定找不到我们的。他沉浸在强烈的冥想状态中,我们在那个地方隐姓埋名,愿过什么样的日子就过什么样的日子,什么花天酒地呀,吃喝嫖赌呀,反正我们有这么多钱,只要你想过的都能满足你的,如果你不打算和太太过了,就去找其他更好的女人,这是多么畅快的事呀。会长奋力摇晃着他的脖领子,就为了你过这样的小日子,就拿全村老少爷们的人头不管了?你把这些钱拿走以后,日本人那里可怎么交代?你就不担心全村人都被日本人血洗杀头吗？会计使劲抓住他的手，我管不了那么多了，以前他们没有管过我的事，现在我去管他们干什么？哎呀你松松手，我喘不过气来了……会长依旧在手上用劲儿，你这个狗东西，竟然拿着全村人的钱去过花天酒地的生活，你还有一点点心肝吗……会计哭丧着脸为自己辩解说，我这也是为你好呀会长，你可不要狗咬吕洞宾不识好人心……

两个人越来越紧地纠缠在一起，终于有些支撑不住，便牵连着倒在了地上。尽管没有河水，但河道里的风却不小，他们刚一倒地，细碎的沙尘便飘飞起来，有一度都淹没了他们的身子。会长虽然累得不行，却依旧抓住会计的衣领子不放。会计为了让自己更顺畅地喘息，就不断地掰扯他的两手。两个人在泥沙里翻来滚去，搅扰得尘土更高地弥漫起来。又过了一会儿，会长实在累得不行了，不由得松开了自己的一只手。会计趁着这个机会，不知从什么地方摸出来一件硬物，高高地举起来，还没有等会长反应过来，就狠狠地砸在了他头上。会长惨叫了一声，另一只手也从他衣领上松开了，身子一软，差点昏死过去。会计从地上爬起来，重新抱好那只包裹，急急忙忙朝远处逃去。会长拼命挣扎着爬起来，想要追赶他，却站立不稳，再次摔倒在地上，这时他看到了会计打他的那件硬物，竟然是一块砖头，按说河道里根本没有砖头的，那他是从什么地方拿到的呢？会长这才明白，原来会计早就做好了准备，居然连武器都带到这里来了。会长懊悔不迭，怎么就没有发现这个家伙的罪恶阴谋呢？如果再往前追究的话，那他就更觉得自己有眼无珠了，平时为什么也没有发现这个狗东西的歹毒心肠呢？竟然上赶着把他弄到自己身边来，终于为他在这一天犯下罪行提供了机会……会长踉踉跄跄地爬起来，四周的尘沙还没有散去，会计不知跑到什么地方去了，好在那辆自行车还在，会计不会骑车，没有把它一同卷走……会长看到了会计留在沙地上的脚印，便骑上车子，沿着脚印一路追去，尽管车轮依旧有些下陷，但骑着它还是比两脚快一些……

四

天快黑了，会长还坐在村头的树丛里，呆呆地朝着远处看，他已经在这里坐了一会儿，依旧不敢轻易朝外面走。会计携带着那包储备券逃跑以后，会长骑着自行车追赶了很远的距离，也没有找到他的影子，脚印在河道外也消失了，纵然他使尽了浑身解数，最终还是让他逃跑了。这可如何是好？会长望着空旷的河道和原野，不知道接下来该怎么办，没有了那笔钱，他今天的差事就不能完成，结果不但是不能向村人们交代的问题，而是一个更为严重的结果，那就是村子将遭到日本人的血洗，到那个时候，整个村子的人可就面临灭顶之灾了……会长骑着自行车在外面转悠了大半天，直到傍晚时分才回到村边来，但他不敢出现在街道上，哪怕碰到任何一个人，问他为什么空着手回来，他都不知道该怎么回答。其实在这多半天当中，会长差不多已经想好了一件事儿，那就是逃跑……不，这样说也不确切，接下来他唯一的出路就是离开村子，但不会是像该死的会计那样逃之夭夭，连他老爹的生死都不再顾及，不，他在离开村子之前，一定要把太太接出来，但也不会像会计给他出的主意那样，携带着太太远走高飞，没有了生活下去的所有条件，他仅仅保住自己的命就不错了，哪里还能顾得了别人生活得顺心如意呢？再说，太太小翠也不是一个愿意跟随别人流浪江湖的人，她在富贵窝里浪荡惯了，根本过不了穷苦生活，当初之所以同意离开妓院嫁给他，不就是看中了他超出别人的资财吗？但他不会辜负这个女人的，在走上流浪的路途之前，他一定要把小翠从村子里接出来，送回她赖以生存的妓院里，然后他才能了无牵挂地踏上逃亡的路途……会长想好了这一点，便坐在树林里等待天黑，到那时他就可以开始行动了。

天终于黑透了，鸟儿们飞回树林里来，做好了度过这个夜晚的准备。会长赶起自行车，快要走出树林的时候，忽然又停下来，干脆把车子放在这里吧，不仅是因为车辐条的响动有些大，弄不好就会惊扰了别人，更重要的是过不了多久，他还要骑着它重新上路呢，骑回家去不是白折腾一趟吗？会长空着两手，蹑手蹑脚地朝街道上走去。夜风虽然不大，却十分寒冷，让他的身子止不住发紧。他抽抽鼻子，忽然闻到一股烟味儿，开始时，他以为是人们做晚饭时产生的炊烟味道，但过了一会儿，他就觉得不是这么回事，烟味儿越来越大，虽然他看不见它的形状，却觉得那一定是一张十分密集的网络，在他四周的夜色里撒开来，甚至有一刻，他差点呛得咳嗽起来，赶紧用一只手捂住嘴巴。就在这时，借着朦胧的夜光，他看见身边的房顶上有黑黑的东西在弥漫，愣怔了一下，他才猛然明白，那些散布在身边的烟雾就是从那些地方冒出来的，也就是说，在不太长的一段时间之前，那些房顶上都是着过火的？会长大吃了一惊，本能地觉得是一件可怕的事发生过了，但这怎么可能呢？日本人给他的时间是三天呀，到现在这个时候，三天还没有完全过去呢，日本人就是再没有信用，也不会在限定的时间内来这里大开杀戒吧？会长觉得一定是自己产生了幻觉，或者说，此刻他是行走在一个非常靠不住的梦里，现在看到闻到感受到的一切，都不过是出自那个梦境虚幻的影像而已……

　　随着会长的步伐加快,离自己家所在的位置越来越近了。但就在这时,他看到前面出现了一个黑影,尽管那个影子十分矮小,而且一动不动,但他却明白那肯定是一个人,是一个坐在一块石头上的人。他停下脚步,不知道是否朝着他走过去,从而让那个人发现自己。但他还没有拿定主意呢,那个人却站了起来,很明显,人家已经看到了他,正在朝着他走来,他就是想躲避也来不及了。你终于回来了?那个人径直对他说。一听他说话,会长就知道他是谁了,不禁有些吃惊,这个老酒鬼老眼昏花,是怎么透过夜色认出他来的呢?而且对他一个人回来一点也不感到纳闷,就更让他感到意外了,好像老家伙早就知道他根本完不成任务似的。

　　出了什么事儿?会长急不可待地问他。日本人来过了。会计爹告诉他说。他们怎么……会长脱口说道,时间不是还没到吗?会计爹举起手中的瓶子,朝嘴里灌了一口酒说,日本人什么时候讲过信用?会长扬起头,望着夜空里的阴云,重重地叹了一口气,老天爷,这些该死的日本鬼子……他随即转向老酒鬼,他们朝村里人下手了?会计爹用嘲笑的口气对他说,日本人不下手来村里干什么?他把酒瓶子对到嘴上,使劲吸了两口,也没有再喝到一滴酒,索性把空酒瓶扔到了远处去。黑暗里传来酒瓶落地时的爆炸声,会长像是被子弹打中了似的,浑身止不住哆嗦了一下。你快回家看看去吧。会计爹转过身子,拖拖拉拉地朝远处走去。会长呆呆地看着他的影子消失在黑暗里,突然有些反应过来,老酒鬼让他回家看什么呢?他心里一急,不禁大喊了一声,小翠——便撒开脚步,疯狂地朝着家门跑去,到这个时候,或许他才真切地知道,灾难的确是落到他头上来了。

五

　　会长点起了油灯,而且一连点燃了两盏,一盏是正房里的,一盏是灶屋里的,都被他端了过来,此外,他还找出了一根蜡烛头,也一起点起来,但还是觉得光线不够,干脆又拿来一块抹布,将罐子里的食用油倒上,做成一只火把点燃起来,反正以后也没有什么日子过了,那就让它亮个够吧。在这么多灯光尤其是那只火把的照耀下,屋内前所未有地亮堂起来,不用他把眼睛瞪得更大,就能清楚地看见太太的模样。太太原本是躺在地上的,他吃力地将她搬到床上,摆正她有些歪斜的头颅,然后盯着脖子里的伤口看,正是这道伤让她的头几乎掉下来。他蹲下身,抓起那根裸露在外面的肠子,小心地塞回她肚子里,用被子连同下半身一起盖住。他转过身,到地上去找那只被割掉的乳房,但他没有找到,也只能用被子盖住那块血肉模糊的地方。除了身上布满血迹,太太洁白的脸颊却是干净的,这让会长稍稍觉到一点欣慰。他举着那只熊熊燃烧的火把,坐在床前,目不转睛地看着他的太太,这个叫小翠的美丽女人,是的,这一刻,会长从来没有感到过太太竟然如此美丽……

会长对太太说,鬼子是怎么发现你的?你快跑呀,为什么要等着鬼子来残害你呢?

太太回答他说,我能跑得了吗?鬼子手里有枪,还有刀,男人们都跑不了,我一个柔弱女子又能逃到哪里去呢?

会长说,或许鬼子不是奔你来的吧?无论怎么说,我可是他们的维持会长呢,再说,我不是答应他们去找女人了吗?

太太说,其实鬼子早就打上我的主意了,以前那个曹长不是来过几次了吗?每次都盯着我看,或许你没有注意到罢了,但我心里有数,大概正是因为他们看到了我,才想到那个该死的主意,让你从村子里找女人给他们送去。

会长说,都是我太大意了,不,都是我没有把他们想象得那么坏,以为只要全心全意为他们做事,他们就会放过我们的,可怎么会想到,这是一群丧尽天良的畜生,根本就没有丝毫人味儿。

太太说,还有老酒鬼他们,也早就看我不顺眼了,这些假装正经的老封建疙瘩,哪里会容许一个妓女做他们会长的老婆,不把整个村子的风习都败坏了吗?他们一心盼着借日本人的手把我弄死呢,现在机会终于到了,怎么能不赶快去请鬼子来呢?

会长说,我本来还纳闷呢,会计卷跑了那些钱,我们的计划泡汤了,日本人是怎么知道的呢?原来是有人向鬼子告了密,也怪我没有提防身边的人,才让他们钻了空子,我真是该死呀。

太太说,现在你看透他们了,可已经晚了,什么都来不及了。但我可以拍着胸脯对你说,我没有给你丢脸,尽管我算不上什么贞洁的女人,但也绝不甘心被这些畜生糟蹋,可惜我没有把自己的脖子抹下来,才死在了他们的手里。

会长说,是我害了你,是我对不起你,不,不仅仅是你一个人,是我害了这个村子的人,我没有脸面在这里待下去了,我现在就走……

太太说,你要到哪里去?

会长说,我要去投靠八路军……

当叨念出这句话来时,会长自己都被吓了一跳,在此之前,他只是打算逃到外面去过流浪生活的,现在怎么说出了投靠八路军的话?他突然想起来,前些日子,八路军武工队的杨队长到这里来,曾经苦口婆心地劝他说,不要对日本鬼子抱有不切实际的幻想,如果你想真心为大家办好事的话,就应该参加到我们的抗日队伍中来,只有打败了日本鬼子,我们才能挺起腰杆来堂堂正正地做人。那时候,会长并没有把杨队长的话听到耳朵里去,而只是甘于做他两面都不得罪的维持会长,守着自己的太太过他们还可以称得上安逸的小日子……

会长终于下定了决心,在给太太又清理了一遍身子和脸面之后,站起身来,朝她深深地鞠了一躬,然后便举起手中的火把,点燃了房顶上的柴草。他走出屋来,在经过设在屋门口的鸡架时,又看到了栖息在上面的那几只鸡,不由得想起了三天前的情景。他找到了太太用来抹脖子的那把菜刀,先在那几只鸡的脖子上试了一下。在此之前,他从来没有杀过生,甚至没有踩死过一只老鼠,现在,他的手上也沾满了那几只鸡的鲜血。然后,他就拎着那把菜刀走出院门,背对着在身后熊熊燃烧的火光朝街道上走去。

会长径直来到了会计家。此时,会计爹依旧坐在一块石头上,当然与刚才不同,现在他是坐在自己家的门台石上,手里又多了一只酒瓶子,正举起来,嘴对嘴地喝个不停。会长站在他面前,一动不动地看着他。会计爹意识到了他的存在,抬起头来,醉眼模糊地朝他看。你最后找我来了。会计爹说着,还朝他招了一下手,像是早就期待着他的到来似的。会长朝他走近了一步。是你让日本人来的?会长问他说。没错,会计爹点点头说,你们走了不久,我就请日本人去了。会长继续问他,是你让你儿子把钱卷跑的吗?会计爹摇摇头说,我才不管什么钱不钱的,我只是讨厌那个妓女。会长向他指出说,可你害的是全村的父老乡亲呀。会计爹突然站起来,痛苦万分地说,我哪里能想到,天杀的日本鬼子会真的朝乡亲们开杀戒呀。他举起手里的酒瓶子,又使劲扔到了远处去。黑暗里再次传来空酒瓶剧烈的爆炸声。我知道我犯了汉奸罪,会计爹捶打着自己的胸脯说,所以日本人一走,我就在街上等着你回来,好用你手里的那把刀把我的脑袋砍下来,给你老婆和乡亲们报仇。说着,他伸出手指,朝他藏在身后的那只手指了一下。会长没有想到,尽管是在黑夜里,尽管自己拿刀的手是在身后,这个醉醺醺的老家伙是怎么看到的呢?看来他真的是活腻味了,那好,老子就成全了你吧。

会长迈着稳健的脚步走过去,把会计爹按倒在石头上,用手里的菜刀切进他的脖子,然后抓住他枯草一般的乱发,把这颗黑乎乎的脑袋提起来,就朝通往村外的大路走去。老子投八路去。会长一边走一边大声说。经过那片树林时,他又想到了自己的自行车,便把它赶出来,骑上车子,一手掌把,一手持刀,一路风驰电掣地朝前驶去,很快就消失在了浓郁的夜色里。

打　赌

一

事情源于李三和张四的一次打赌。

李三和张四是近段时间来到吴官渡的两个流浪汉。吴官渡是东阿县的一个普通村庄,地处黄河沿岸的一个湾子里,与大多数村庄都隔了一段距离。日本人占领北半个中国以后,一些背井离乡的人沿着河道来内地逃难,见这个河湾地处偏僻,又相对平静,就在河滩上搭起一个临时居住区,暂时栖居下来。黄河虽然已经断流,但这个河湾子由于地势低洼,便积聚了不少的水,一年四季不干,也给这些逃难者提供了不少便利。但比起旁边的村子来,居住区的条件还是糟糕得很,因此无所事事的时候,一些人就会到吴官渡村子里来,或者向好过的人家讨一口饭吃,或者仅仅是在街道上溜达几圈。李三和张四便是他们中的一员。

李三和张四的年纪差不多,都是三十多岁的年轻人,而且身板也不错,一看就是在什么地方下过力气的人,但他们并没有像一些年轻人一样去附近的村子找活干,而是甘心过这种吃了上顿没下顿的流浪生活,这当然也是有原因的。尽管没有人认识李三和张四,但一看到他们的身体状况,差不多就明白是怎么回事了。不知道什么原因,李三的脸上受了伤,好像是用爆炸的弹片涂抹过一遍,让他的每个器官都有些走样,鼻子不是鼻子眼不是眼的,可以说已经严重地破了相,挺着这样一张脸去找活干,怕是没有人能够接纳他的。张四的一条腿被打断了,走路的时候一瘸一拐,不要说干活,就是一阵风刮来也有可能将他吹倒,当然也就只能在街上当流浪汉了。两个人好像是一起来到吴官渡的,但他们到底是从什么地方来的,却是没有人知道,也从来没有人问过,反正河滩上的居住区都是外来人,而且来自四面八方,对他们两个人的情况便没有人多么留意。但据听过他们谈话的人说,李三和张四的口音根本不同,说明他们不是从一个地方过来的,可两个人每天却形影不离,一看就是非常要好的伙伴,说不定还有什么共同的经历呢,就又让人觉得有些奇怪。

就像人们所看到的那样,李三和张四几乎每天都待在一起,不论是在居住区随便找个地方睡觉,还是去水边石头上晒日头,还是来吴官渡村子里游荡,两个人都结伴而行。虽然他们穿得破破烂烂,每天都填不饱肚子,却从来没有做过小偷小摸的事情,所以当他们在村子里四处转悠的时候,并没有遭到过人们的驱赶,就连吴官渡那几只对外来人怀有警惕性的狗也向他们摇尾巴,当两个人坐在墙根下歇息的时候,那几只狗还趴在他们身边,摆出有意和他们做伴的样子。

穷极无聊的时候,李三和张四就靠在街边的墙壁上,眯缝着眼睛,看着那些在街道上出出进进的吴官渡人。而这样穷极无聊的时候有很多,也就是说,李三和张四的很多日子都是这样度过的。而这样的情况多了,好像不发生一点改变也是不可能的。于是,在接下来的这一天,李三和张四便随便打了那个赌,也就从那个时刻起,一件不算太小的事儿就在吴官渡街道上发生了。

李三和张四打的那个赌并不复杂,却关系了另外一个人,具体说是另外一个女人。这一天,张四盯着从他们面前走过的那个女人,用开玩笑的口气对李三说,如果你敢摸一下那个女人的屁股,我就把我的玉石送给你……

二

刘嫂也是从别的地方来吴官渡逃难的。

但和那些外来的人不同,刘嫂来到这里不久,就被吴官渡的大户人家吴财东雇去做了帮工,所以她没有出没在那片临时居住区,而是每天都待在吴官渡的村子里,就是偶然从吴财东家走出来,也只是去村子另一边的水塘边洗衣服。刘嫂在吴财东家所干的活,一是烧饭,二是洗衣服。在家里烧饭别人是看不到的,但出来去水塘边洗衣服,却必须从街道上走过。吴财东家的人本来就不少,加之还有一些来逃难的亲戚住在他家里,所以等待刘嫂洗的衣服便也很多,几乎每隔一天,刘嫂就会扛着一只装满脏衣服的篮子走出门来,摇摇晃晃地从街道上走过,径直奔那边的水塘而去。刘嫂的身子的确是一直处在摇晃状态的,她虽然很年轻,但因为裹了一双小脚,手里又扛着一只有些沉重的篮子,所以她走起路来就有些摇晃。假如刘嫂没有那种独特的走姿,或许就不会引起李三和张四的注意,但每当刘嫂从街上走过去的时候,她摇来晃去的样子都会吸引这两个穷极无聊人的目光。就是在这种情况下,张四突然产生了一个有点恶意的念头,就冲动地对李三说了那句打赌的话。

其实,张四不过是随口说说而已,并没有真的要打这个赌,在他想来,李三从来都是一个胆小怕事的人,是不会轻易应承下来的。他们虽然不认识那个被称为刘嫂的人，却知道她不是一个随便和别人开玩笑的女人，在这段时间内，每当刘嫂从面前过去时，他们会对她吹一声口哨，以引起她对自己的注意，虽然他们也觉得这样没有什么意思，却因为长时间没有和女人打交道的缘故，就止不住做出这种事来。而刘嫂呢？当然听到了他们故意弄出的动静，知道是针对着她来的，却从来没有扭过头认真看他们一眼，而是加快了脚步，更大幅度地扭摆着身子离去，好像生怕沾染上什么臊气似的，每次都搞得他们有些丧气。也正是这个原因，不甘心一直被忽视的张四才提出拿她打赌的建议。张四了解李三，知道他也像自己一样想念女人，却根本拿不出胆子来付诸实施，尤其是在这种流浪的状态中，能够平静地过完每一天就算万幸了，如果再惹出什么事来那可就吃不了兜着走了，所以张四吃准了李三不会接这个茬，大着胆子提到打赌的事儿，目的不过是看一下李三的笑话罢了，也给他们这种无聊的生活增加一点乐趣。另外，张四身上的确带着一小块玉石，但他有几次在快要饿死的情况下也没有让它派上用场，又怎么能轻易把它拿来当赌资呢？

比起一贫如洗的李三来，张四的情况真的要好一些的。李三浑身上下除了虱子之外，没有其他任何多余的东西。而张四呢？脖子里竟然挂着一根红丝线，上面缀着一小块玉石，虽然由于风吹日晒，那根红丝线已经变成黑色的了，看上去肮脏不堪，在脖子里就像一条死蚯蚓一样难看，但他却依旧把它拴在脖子里，而下面那一小块玉石被他有意藏在衣领下，一般情况下不让它被外人看到，生怕为此给自己惹出麻烦来。但李三每天和他形影不离，便知道他身上的这个小秘密。李三是一个没有什么见识的人，不知道那一小块玉石是什么好东西，还不止一次地嘲笑他在脖子里挂一块石头不吉利呢。后来听张四说，这一小块玉石是他家传的宝物，是他的爷爷传给他爹，然后再由他爹传到他手里来的，虽然那块玉石很小，看上去也值不了几个钱，但在这个战乱不止的世道里，拥有这样一件东西还是会在关键时候派上用场的，所以张四一直把它当宝物藏着，尤其是在李三面前，张四经常摆出一副很富有的架势，好像他真的比李三强许多似的。

每当听到张四说起他的玉石，尤其看到他在自己面前显摆的样子，李三都感到羞愧不已。与张四比起来，他李三的确是寒碜得很呢，不但没有上辈人传给他的宝物，就连他爹和爷爷到底是谁都不知道呢，也就是说，李三是一个孤儿，小时候是吃着村子里的百家饭长大的，如果不是战争到来，一些担心会受到伤害的姑娘急于嫁人，或许他连家也成不起的……在外面流浪的日子里，李三想到最多的便是他的老家，和留在老家的一个人，具体说就是他结婚才三天的老婆，是呀，他刚刚和老婆结婚三天就离开了她,还没有将她的面目看清楚呢。真的,在那短暂的三天之内,为了不让国民党的部队把自己抓了壮丁,李三一直躲藏在地窖里,只有到吃饭的时候,他的老婆才给他把饭送进来,也就是在这种情况下,他才能见到老婆,但因为是在黑暗的地窖里,老婆到底长得什么样也没有让他看得太清楚。与只知道焦虑不安的李三比起来,还是老婆更细心一些,或许她已经预感到丈夫会被抓走的那一天,所以在那有限的三个日子里,即便是在黑暗的地窖里,她也不住地在他身上触摸,想把他身上所有的特征都记清楚,以免在以后的时间里忘掉他。三天过后,当李三被国民党士兵从地窖里搜出来,捆绑着押出门去的时候,他的老婆还在安慰他说,我记住了,你耳朵后面有颗痦子,脊背上有两条刀疤,屁股上有三块黑痣。听了老婆的话,李三不禁惊讶万分,连他自己都不知道身体上的这些特征,而他的老婆在这么短的时间内就都搞清楚了……每次想到这里,李三都要激动得哭起来,但不能不承认,他似乎并没有记住老婆身体上的特征,随着时间的流逝,他已经想不起老婆长得什么样了,但越是这样,他越是想念老家,想念留在家里的老婆……

离开老家之后,李三以为从此后就见不到他的老婆了,那将是他一辈子最为痛苦的事儿,但好在他没有死在战场上,虽然脸让炮弹破了相,但毕竟他的身子还蛮好的,只要回到了老家去,他依旧能和他的老婆过日子,并且生儿育女……也就是说,离开吴官渡回到老家去,是李三从来没有放弃过的一个梦想,自从他被迫离开老家离开老婆的那一天,他就在做这样一个美梦了。但要想顺利回到老家,没有一笔钱做盘缠是根本解决不了的,虽然老家是在东北的日本人占领区,回到那里去简直等同于入了虎穴,但因为他的老家尤其是他新婚不久的老婆还留在那里,他又怎么能置家人的生死而不顾呢?哪怕他的老家已经毁于战乱,他的老婆也不能幸免,他也要回去看一眼的,只有得到了他们的确切消息,他就是死了也才能闭上眼的。李三需要回家的路费,而凭着他的本事,又不可能在短时间内挣到这笔钱,连一件打工的活计都找不到,又哪里能从别人那里拿到钱呢?偷是万万使不得的,在这个被日本人所祸害的年代里,一般人家的日子都不好过,他又怎么能下得了手去别人那里偷钱呢?他倒是打过吴财东的主意,但后来听说,吴财东是这一带出了名的狠人,他这个外来的流浪汉又怎么敢惹这个地头蛇呢?可是现在好了,一个意想不到的机会终于来到面前,只要他赌赢了,张四就答应将他那一小块玉石给他,这可是不算太小的一笔收入呀,虽然李三不太懂得那块玉石的价值,但知道只要把它换成钱,自己用它做盘缠就能回到老家去……张四当然也是需要拿它做回家路费的,但他残疾的腿脚拖累了他,没有让他将自己的想法付诸实施,既然这样,就让那一小块玉石在李三这里发挥作用好了。

张四或许不知道,李三之所以一上来就接受了这个赌局,除去看中了那一小块宝贵的玉石外,还因为这个赌与刘嫂这个人有关。刘嫂是谁?当然李三并不认识刘嫂,但不知为什么,一看到这个女人,李三就对她产生了浓厚的兴趣,其实每一天他拉着张四来吴官渡,目的不过是满足一下自己这双看刘嫂的眼睛,是呀,只要看到刘嫂一眼,这一天的日子他便感到过得不错,肚子有些饥饿也觉得不是什么大事儿。如果不是张四这个赌,李三做梦也不会想到自己会去刘嫂的屁股上摸一下的,不要说他自己胆小,就算是别人借给他两个胆子,他又会打定主意这样做吗?当然他知道,自己这样做是有很大风险的,刘嫂可是一个正经女人呢,平时都不认真看他们一眼,又怎么能接受得了他这种骚扰呢?但凡事都是要承担代价的,只要回报是丰厚的,那么这种代价的付出将是值得的,不要说那块玉石,在李三看来,这件事对他的真正回报还是刘嫂,具体说是刘嫂的屁股。李三的手早就发痒了,自从看到刘嫂屁股扭来扭去的那一刻起,他就产生了在上面摸一下的冲动,甚至不客气地说,他每天到这里来看刘嫂,并不是看她的模样,当然,刘嫂的模样也是很好看的,他甚至在心里想过不止一次,如果自己能娶到刘嫂这样的女人,那他这一生也就值得了,但比起刘嫂丰满的屁股来,刘嫂的模样对他的吸引力可就不那么大了。他几乎每天都在心里想一次,如果自己的手在那两团扭来摆去的肉上摸一下,就是让他马上死到战场上去,他也不会再犹豫了。每当这么想的时候,李三都会神经质地抬起手,用两根手指互相捻来捻去,好像他的手真的在刘嫂的屁股上摸过了似的……连李三自己都怀疑,他是不是得上了有关这件事的病呢?但在没有张四这个赌之前,他就是再有去摸刘嫂屁股的冲动,却也没有鼓起这种胆量。现在好了,张四好像知道他的心思似的,竟然上赶着给他提供了这个千载难逢的机会,而且还连带着让他获得那一小块玉石,在这种情况下,激动不已的李三又怎么能拒绝这个赌呢?

三

李三生怕张四后悔,就马上开始了行动。但他不方便在街道上来做这件事,街道上经常有人出没,就算是他大起胆子,出其不意地在刘嫂屁股上摸一下,恐怕也会马上给自己惹出麻烦来的。于是,李三就悄悄地尾随在刘嫂身边,穿过街道,直接来到了水塘边,决定就在那个寂静的地方下手。张四作为这件事的见证人，就也尾随在李三身后，一起来到了水塘边。吴官渡的这面水塘曾经是通黄河的，或者说它的水是从黄河里流过来的，自从国民党炸掉黄河大堤以后，河道里的水断流了，但这个塘里的水却保留下来，而且水面依旧不小，里头时常游动着一些野鸭之类的水鸟，岸边也长满了芦苇和蒲草。这里一直是吴官渡人洗衣的好地方，芦苇和蒲草之间的空地，不知什么时候铺上了一块块青石，洗衣的人来到这里，就在那些青石上洗涤衣服。李三选定的这个日子实在是好，水塘边只有刘嫂一个人，况且刘嫂蹲在青石后面，只是专注地洗涤手里的衣服，并没有发现两个鬼鬼祟祟男人的到来，所以李三下起手来，便没有什么不方便的，就算是他的胆子依旧很小，做起这件事来还是非常果断。

不知道为什么，当李三悄悄朝着刘嫂背后走过去的时候，他突然产生了一种恍惚的感觉，认为面前这个女人有些熟悉，好像在什么地方见过似的。随后他便知道是怎么回事了，看来是自己想老家的老婆了，有了这种强烈的心理，便有可能把任何一个好看的女人都当成自己的老婆……李三走到刘嫂跟前了，这个专注洗衣服的女人还没有发现他的到来，李三举起手，就要朝刘嫂屁股上伸去的时候，他还回了一下头，向跟在后面的张四看了一眼。张四站在一棵树下面，直着眼睛朝他看，不知道是鼓励他继续往下做，还是要收回他打赌的建议。李三不敢怠慢，掉回头，便把自己那只手朝着刘嫂的屁股伸过去。因为刘嫂是蹲着洗衣服的，当她向前探出身去时，她原本就饱满浑圆的屁股便高高地撅起来，这让李三很轻易地把手放在上面，来回触摸了几下。他无论如何没有想到，就在他的手接触到刘嫂屁股的时候，虽然是隔着薄薄的衣服，但在他的幻觉中，他的手似乎已经触摸到了她温热的皮肉。一霎间，他似乎回到了过去，具体说回到了在老家的日子里，他刚刚把老婆娶回家来，虽然是在黑暗的地窖里，自己的手却不止一次地接触到老婆的身体，尤其是她浑圆饱满的屁股，完全可以说，老婆的屁股比她的脸留给他的印象还要深呢……这时候，似乎一条中断了许多个年头的电线被接通了，一股强烈的电流霎时间通过那只手涌到他身上，好像一下子就激活了他快要淡忘的记忆，让他在面前这个女人的屁股上找到了那般熟悉的感觉……

干什么你？刘嫂觉察到了屁股上的异常，一下子掉回头来，开始还以为是一条狗碰到了她呢，可当目光落在那个猥琐的男人身上时，不禁一下子呆住了，天哪，这个男人竟然把他的脏手放在了自己屁股上……刘嫂羞愤交加，不由得站起身，但由于她的脚实在太小了，在平地上就难以支撑她的身子，现在可是在水塘边，又加之神情慌乱，一时间站立不稳，差点扑到了水里。好在李三及时伸出另一只手,将她倾斜的身子拉住,才让她好不容易站稳了脚。你这个该死的,刘嫂推开他的手,就越过他的身子,朝着岸上的远处跑去。真是羞死人了……刘嫂一边跌跌撞撞地奔跑,一边哭哭啼啼地叫喊。

刘嫂跑回村子里去了,水塘边就剩下了李三一个人,对了,还有在旁边观看的张四……李三没有想到离开水塘,而依旧站在那个地方,两眼盯着刘嫂留在岸边的篮子和衣服发呆。过了一会儿,他才又抬起眼,把目光投到塘水里去,但他的眼睛似乎没有看到任何东西,此刻闪现在他脑子里的景象依旧是刘嫂饱满的屁股,具体说是他的手触摸到刘嫂的屁股时所带给他的那种独特感觉……是呀,他依旧沉醉在这种早就陌生了的感觉中而难以自拔,直到过了一会儿,张四走到他面前来,使劲在他身上推了一把,李三才从遥远的冥想中回过神来。

别在这里磨叽了,张四警告他说,你惹了一个大麻烦,赶快离开这里吧。

李三直直地看着张四,有些不明白他话里的意思,现在他只是感觉到自己很满足,并没有丝毫惹什么麻烦的警觉。他举起那只手,两根手指频繁地互相捻动,好像刘嫂屁股上的余温还留在上面,让他久久地不愿把手指松开。

就在这时,听到动静的吴财东已经带着一帮家丁,正在穿越街道,朝着水塘边匆匆赶来……刘嫂跌跌撞撞地回到李家以后,一碰到人就哭得更加哀痛了。不能活了,她拍打着自己的身子说,我被那个流氓欺负了……吴财东的老婆问清楚了是怎么回事,就跑进堂屋里来,对躺在炕上吸大烟的吴财东说了这件事儿。什么?吴财东一听就火冒三丈,一个流浪的癞皮狗竟然欺负起老子的佣人来,他的胆子也未免太大了吧?是可忍孰不可忍,别说是外地来的流浪汉,就是吴官渡本地人又有谁敢和他叫板呢?如果他不拿那个倒霉的家伙是问,那他吴财东就在吴官渡不好做人了。一不做二不休,吴财东马上从炕上爬起来,招呼起几个身强力壮的家丁,就带着他们走过街道,直接来到了村外的水塘边。

吴财东原本以为,当自己来到这里的时候,那个咸猪手早就逃走了呢,他已经做好了在这里虚张声势大喊大叫一番的准备,但哪里想到,那个胆大妄为的家伙竟然还滞留在水塘边,好像专门等他到来似的,就算他不想对这个家伙下毒手也不成了。也算你倒霉,吴财东在心里恶狠狠地对他说,别怪老子对你不客气了。吴财东只是招了一下手,那几个跟在他身边的家丁便朝着李三扑过去,轻而易举将他按倒在了地上。而另一个在一棵树后望风的家伙当即被吓傻了,像兔子一般朝着远处急快地逃去。

在吴财东的指挥下,那些不打人手就发痒的家丁把李三捆绑起来,顺便吊在那棵树的枝杈上,高高地拉上去,让他两脚悬空,身子在上面像陀螺一般悠来荡去。吴财东亲自挥起一根皮鞭,使劲朝他身上抽去。叫你不知道马王爷头上三只眼,吴财东一边抽打他一边咒骂他,叫你在太岁头上乱动土,叫你在吴官渡胡作非为,叫你在……吴财东足足抽了李三九十九皮鞭,直到将这个懵懵懂懂的家伙打晕过去。有个家丁凑上来,好心地提醒他说,老爷,别再打了,我看他撑不住了。吴财东在瞪了他一眼之后,这才停下手中的鞭子,让人把李三从树上放下来,又让一个家丁提了一桶水,兜头浇在李三身上。已经陷入昏迷的李三苏醒过来,嘴唇不住地翕动,像是在说着什么话。吴财东有些好奇,便把耳朵凑过去,听到李三嘟嘟囔囔地说,我想回家……

四

　　幸亏吴财东手下留情,没有要了李三的命,在最后关头放过了他。李三在那棵树下躺了半天,终于支撑着被打坏的身子站起来,然后离开水塘,朝村子另一边的黄河滩上走去,朝那个外地人的居住区走去。他知道,张四肯定待在那个地方,大约担心追查到自己身上,张四不敢轻易再到村子里来,也就是说,这时候的张四比李三还要胆小了。李三要马上找到张四,现在自己在这场赌局中赢了,张四应该把他的赌资也就是那一小块玉石拿出来,交到李三手里,到那个时候,李三就可以真正打定回老家的主意了。在离开水塘的时候,李三发现自己已经变成了张四,是呀,他的一条腿被狠毒的吴财东打残了,只能一瘸一拐地拖着它往前走,不禁心里有些沮丧,就算他有了回家的盘缠,而这条断腿却又成了他的累赘,是不是也会像张四那样打消回家的念头呢?

　　张四当然知道李三会来找他,虽然自己打赌的建议不乏玩笑色彩,但李三是一个一根筋的家伙,竟然信以为真,当即就朝那个刘嫂下了手,不遭一阵毒打才怪呢。但李三这样做也不冤枉,谁让他长了一只咸猪手呢?如果不让他那只手在刘嫂的屁股上满足一下,或许李三真的过不好日子的,也就是说,张四不过是为李三满足自己内心的欲望提供了一个契机,这样看来,就算他不把那一小块玉石送给他,李三也是没有吃什么亏的……是呀,到这个时候,张四还没有决定真的兑现自己的诺言,或者从一开始的时候,他就没想到让自己视为珍宝的那一小块玉石流转到别人手里去,那可是他从祖辈上传下来的呀,怎么能轻而易举送给他人呢?李三如果真的这样想的话,那只能说明他的脑子太过简单了……于是在等待李三来找自己的时候,张四一点也不慌张,在他想来,就算是李三执意要和自己过不去,凭他在吴财东手下受过的伤害,恐怕也没有这个力量了。

什么？一听到张四想要食言，李三大吃一惊，还以为自己的这个难兄难弟是一个多么讲信用的人呢，怎么到了这个关键时刻，他竟然耍起无赖来？看看我，李三恼怒地拍打着自己的身体说，为了这件事儿，我可是吃了大亏呢。

可是毕竟你那只手也过了瘾呀，张四牵过他那只手，翻来覆去在上面看了一下，用开玩笑的口气说，如果我不说打赌的话，你怎么有胆量去和那个刘嫂接触一下呢？如果你也和我打赌的话，说不定我也会去摸另外一个女人的屁股呢。

这明显是耍无赖的话了。李三不禁恼羞成怒，干脆把那条断腿也拖过去，直接送到张四的眼皮底下。你好好看看，他用愤怒的口气对他说，我现在差不多和你一个样了。

没想到，张四听了他这个独特的说法，竟然止不住哈哈大笑起来。和我一样好呀，他亲热地拍着李三的肩膀说，那我们就一起留在吴官渡好了，谁也别想回自己家去……

他不说这话还好，李三一听他这些像是刀子的话，自己的心脏便像被刺中了一样疼痛不止。好你个张四，他咬牙切齿地对他说，现在你给我个明白话，到底兑不兑现你的诺言？李三虽然摆出了要和张四拼命的架势，但他还存在着一丝侥幸心理，以为张四是和自己闹着玩呢，一个大男人怎么会拿着自己的话当屁放呢？再说了，他们两个人可不是一般的关系，当初从国民党的部队里逃出来时，可是李三替张四拿的主意呢……那天，他们所在的国民党部队放着日本人的炮楼不打，居然鬼鬼祟祟地埋伏在炮楼附近，想要对向日本人的炮楼发动进攻的共产党游击队来个突然袭击，他们本来就对这支队伍消极抗战的状况不满，所以就产生了逃跑的念头。但在当时的情况下，要想把这个念头变成现实，两个人还是感到十分困难的。就在这时，他们的班长忽然派李三去外面的树林边放哨，这对他来说，可是一个十分难得的逃跑机会。就在李三要去树林外的时候，忽然想到了张四，便鼓着勇气对班长要求说，能不能让张四和我一起去，毕竟树林外边太危险了……李三做好了要受到班长呵斥的准备，也许这样一来，人家会取消他去站岗也就是逃跑的机会也说不定呢，但为了好兄弟张四，李三还是决定这样去做。于是，在李三的要求下，班长才放行了张四，让他和李三一起去树林边站岗。就是在这种情况下，两个人离开那片小树林，离开腐败黑暗的国民党军队，踏上了逃往他地的路途。他们当然知道，自己的这种行为属于逃跑，而部队对逃兵是毫不客气的，如果被抓回去的话，等待他们的或许就是死路一条，于是，两个人就一直朝着远方跑呀跑呀，接连两天都顾不得歇息一下。李三的身体状况没有什么问题，但张四却因为腿脚不便,几乎成了李三的拖累,每走上半个钟点,李三都要停下来等他一会儿,而且当张四走不动的时候,他还伸出手去搀扶他,尤其是到第三天时,张四终于走不下去了,李三只好蹲下来,让他趴到自己脊背上,驮着他继续往前走。如果他们真的被国民党兵追上,押回去枪毙的话,那么唯有一个原因,那就是张四的拖累,从这种意义上说,李三可算是张四的大恩人呢。一想到这里,李三就觉得张四肯定会成全自己,况且自己真的打赌赢了呢,就算张四不看在自己对他有恩的情分上,只是讲一下道理,也应该把那一小块玉石拿出来吧?

但事实证明,李三的确是想错了,在是否送出自己的传家宝这件事上,张四体现出了坚定不移的态度,那就是收回自己的承诺,反正李三也在刘嫂身上占了便宜,虽然身体被吴财东打坏了,但这不过是他那只咸猪手招来的麻烦,与张四又有什么关系呢?张四的蛮不讲理彻底激怒了李三,原先他还看在两个人的关系上委曲求全,现在才知道张四是耍了一个花招,目的是看自己的笑话,这样的心肠也未免太歹毒了吧?如果再顾及以前的情谊,那他不就是一个大傻瓜了吗?于是一不做二不休,处于恼怒情况下的李三突然从身上抽出一把刀来,对着没有提防的张四刺了过去。

张四的确没有防备李三手中的刀,倒是对他的恼怒并向自己发动进攻有所准备,但他还是轻看了李三,以为他刚受到吴财东的暴打,甚至一条腿都被打残了,还能有什么像样的战斗力呢?所以面对李三端出的进攻架势,张四一点都不慌张。但他并没有想到,现在李三手里竟然举出了一把刀子,张四认出来,这是一把李三从部队带出来的匕首,可自从来到吴官渡之后,李三就从来没有再把它拿出来过,日子一久,张四就把这件事忘到了脑后,还以为那把匕首早就被他丢掉了呢,可现在,李三突然间把它拿在了手里,并朝着自己猛刺过来。尽管张四做了一下躲闪,并伸出手去,想把那把越来越朝自己逼近的匕首抓住。但这一切防备的动作都来不及完成了,随着李三手中的匕首越来越近,张四只能低下头,眼睁睁看着那把闪亮的匕首划破他身上的衣服,在下面的那一小块玉石上滑了一下,锋利的刀尖还是刺进了自己的胸腔。我的玉石,当血液喷溅出来的时候,张四看着那一小块玉石在血液的冲击下像一只鸟儿飞翔起来,不禁担心它会真的从自己身上飞走,便对着它哀哀地叫了一声,你可千万别……

五

张四被那把匕首刺死以后,处于黄河滩上的外人居住区陷入慌乱的状态中,虽然在这个战乱频仍的年代里,死上一两个人没有什么好奇怪的,尤其是对他们这些在外面流浪的人来说，见到死人的情况也不是一两次了，按说不应该让人们感到不安的，但这次的死亡事件不是外部情况导致的，而且非常恶劣，一些人围在两个当事人周围，亲眼看见李三挥动着一把刀子，对着那个张四猛刺不已，随着张四倒地，李三身上也被溅满了血迹，当他丢下刀子，想从那个居住区逃出来的时候，猛然看上去，还以为是一个幽灵呢。现场的人们在犹豫了一下之后，突然醒悟过来，不能让他逃走了，他们知道，发生了这样恶劣的事件，如果不向吴官渡的人说个清楚，恐怕他们在这个地方也会住不安生的，冤有头债有主，既然这个叫李三的人惹出了这种麻烦，那就让他自己去承担好了。于是，人们便争相围追上去，由于李三断掉了一条腿，本来跑得就不快，再加之人们的执意追赶，李三还没有跑出一百米的样子，就被人们在河边追上了，纷纷叫嚷着将他扑倒在地上。

这些人又将李三捆绑起来，押到吴官渡村子里，敲开了村长的大门。他们这样做是有道理的，作为外来人，是根本没有权力处置杀人犯的，把他交给吴官渡的头面人物，可以说是一个万全之策，只要把李三交出去了，就等于消除了一个莫大的隐患，任凭吴官渡人怎么处置李三，对他们来说也无所谓了。

面对着杀人犯李三，吴官渡的村长也有些犯难，本来他不想管这号闲事，反正这个李三不是吴官渡人，他是死是活与他又有什么关系呢？在这个混乱的年代里，多一事不如少一事，轻易处置一个杀人犯也不是什么好的选择，谁知道这个叫李三的人什么来路？他之所以敢于杀人，一定说明这不是一个好对付的家伙，说不定是一个凶恶的亡命徒呢，对于这样的人，还是不要轻易接手为好，以免给自己惹上不必要的麻烦。于是，村长面对那些执意要把他留下来的人，就没有表现出十分热情的样子。但接下来，那些人无意中说出的一句话，又让他很快改变了主意，不但打算把李三留下来，而且知道接下来该怎么处置他了。那些人说出的那句话是，怪不得这个家伙杀人不眨眼，原来他是一个国民党逃兵……听了那些人的话，不要说村长了，就连李三自己也想不明白，他并没有把自己的身份轻易暴露给他人，这些抓他的人又是怎么知道的呢？既然李三的身份是逃兵，村长便不敢再拒绝留下他了，作为有些经验的地方官员，村长敏感地意识到，如果对这个逃兵置之不理的话，那才会给自己惹上不必要的麻烦呢。

李三暂时被关在了村公所里。他不知道村长该怎么对待他，看上去这个地方官员不像吴财东那么凶恶，或许不会轻易对他动刑的，但毕竟自己杀死了张四，就算村长是一个心慈手软的人，又怎么会轻易放过他这个杀人犯呢？他当然想不到,对于这种事儿,村长是很有自己的一套方法的,推卸责任或许是他想到的第一个念头,是呀,既然李三是外地人,而且又是一个逃兵,那就绝不应该由地方处置,而是要把他上交,就像那些狡猾的外地人所做的那样,只要把李三从手里交出去,那他就没有什么责任好负了。可是,到底应该把李三交到哪里去呢?村长忽然想起来,昨天区里还和他打招呼说,有一支被打残的国民党部队要来吴官渡休整,让他做好接待的准备……就是在这种情况下,村长不慌不忙,气定神闲,一边给李三送吃喝,一边耐心等待着那支国民党部队的到来。

五天过后,那支同样处于逃亡状态的国民党队伍果然来到了吴官渡。按照早就做好的计划,队伍已在村子里安营扎寨,村长就让两个村丁把李三押出村公所,朝那支队伍的营部走去。营部是暂时驻扎在一座破庙里,从村公所到那里去,需要穿过整条吴官渡街道。李三从街上走过去的时候,看见四周出没着穿黄色军装的国民党士兵,不由得满脸都是惊诧莫名的神色,他简直怀疑是在一个可怕的梦里,原来自己并没有逃出国民党的部队,或者说又被他们抓了回来?他当然知道等待着自己的是什么……但让他感到奇怪的是,在那些看热闹的人群里,他竟然看到了一个熟悉的身影,没错,那就是被他摸过屁股的刘嫂,这样他又马上明白过来,原来自己真的逃出过国民党的队伍,不过由于他倒霉的命运使然,在外面转过一个大圈子之后,又被送到了他们的手里……我要回家,李三绝望至极,不知不觉哭了起来,我要回家……透过迷蒙的泪眼,李三忽然看见刘嫂的身子颤抖了一下,大概是她听了自己要回家的话,或者说看了他哭泣的可怜样子,刘嫂也感到了震惊,不觉间让身子颤抖起来。李三感到更加羞愧,自己竟然在这个女人面前表现出了如此软弱的状态,实在是对不起人家呀。李三想抹去脸上的泪水,在最后的时刻也做出一个真正男人的样子。但他并没有把手举起来,这才意识到此刻他是被紧紧捆绑着呢……

李三被国民党部队当作逃兵处决的时候,刘嫂又一次来到了街道上,龟缩在那些看热闹的人群中,要好好看一下那个流氓被枪毙的情景。李三被处决的场地的确是安排在街道上的,国民党部队之所以要公开处死李三,不过是向人们做一个虚假的宣传:看看,我们国民党对待不抗日的逃兵是绝不留情的,谁要再说我们消极抗日,这个叫李三的家伙就会爬起来去堵他们的嘴……随着一颗子弹飞出,被捆绑着双臂的李三突然向后一挺,半个脑袋一下子被打烂了,红色的鲜血和着白色的脑浆四处飞溅。

死去的李三倒地之后,那些看热闹的人围拢过去,要再仔细看一下李三死后的样子。好事的刘嫂也夹杂在人群里。透过拥挤的人流，刘嫂瞪大眼睛，忽然看见李三耳朵后面，竟然有一颗明显的痦子。刘嫂发了一下呆，突然拨开人群，冲到前面，冲到李三身前，伸出两手，把李三的身子使劲翻过来。有人见她这样做，还好心地提醒她说，不要轻易碰死人的身子，小心你日后会倒霉的。刘嫂并不听他们的话，把李三的身子翻过来之后，就撩起他的衣襟看。就像她想象的那样，她果然在李三脊背上看到了两条刀疤。老天，刘嫂嘟囔着说，怎么会是这样？随后，刘嫂又继续运动两手，匆忙去解李三的腰带。有人见她还不罢手，就不再好心提醒她了，而是大声呵斥她说，你这是干什么呢？一个妇道人家大白天干这种事儿，就不怕羞耻吗？刘嫂似乎没听见他们的话，依旧颤抖着两手去剥李三的裤子。很快，李三的屁股就裸露出来了。刘嫂不管不顾地扑上去，抚摸着李三光滑的屁股仔细看。老天，她的预感又一次应验了，这个人的屁股上竟然排列着三颗黑痣……

　　我的男人，刘嫂猛烈地扑在李三尸体上，丧心病狂地大声号哭起来，我终于找到你了，可我怎么没有认出你呀？是我瞎了眼睛，是我害死了你呀……

月　食

　　抗日战争时期，……中共地下党员张子龙由于红枪会出卖，被捕后宁死不屈，遭日伪军残酷杀害。

——引自地方文史资料

　　临近傍晚，疯老头走上场院通往屯子的小路。日头将要沉落，西天浮动着最后一抹残红，色彩鲜艳无比。小明望着那景象，心里便一阵惊跳。荒芜的田地布满累累弹痕，被烧焦的草木支离破碎。疯老头走在这不安定的风景里，瘦小的身影像截跳来跳去的黑木头。西天上那抹霞光极亮丽地一闪，旋即暗淡下去，云朵化成陈旧的灰色，鼠皮一般胡乱地堆在地平线上。疯老头的身影只现出模糊的轮廓，如毛茸茸的幽灵透着神秘。小明又一次紧张得颤抖，内心深处充满不祥的情绪。

　　疯老头一步步走进了屯子，訇訇的狗吠声即刻响成一片，恐怖的气氛在街头流淌。许多条狗从胡同里窜出来，远远地绕着疯老头狂吠。小明看见了狗们明亮的眼睛和血红的嘴巴。疯老头把两手在身后背了，依旧悠着两根罗圈腿，一副从容不迫的样子。倒是狗们争相朝后退去，尾巴软软地拖到了地上。疯老头张开大嘴笑了，一头长发乱草似的抖动。凶猛的群狗竟是这般惧怕一个疯人，实在让小明困惑得不行。疯老头在狗吠声里幽灵一般近前来，小明闻到浓烈的腥臭气从他身上散出，像滚沸的雾气弥漫了街道。小明似乎看见了那气味，呈出红绿相间的杂色，如长有斑斓花纹的蛇，一条条缠绕了他。小明被一种急于呕吐的欲望所笼罩，就要趴到地上，将五脏六腑全吐出来。疯老头这时抓住了他一只手。疯老头丑陋的面孔从黑暗里浮出来，朝他狰狞地嬉笑。小子，疯老头说，你家的狗呢？小明最怕这句话，好像又等待这句话，拼命挣脱他的手，回身便往胡同里逃去。进了家门，街上还响着疯老头阴森的笑声。

　　清晨，小明伴着自家的白狗蹲在屯头，注视着远处场院里那幢小屋。破败的小屋呈现出黑色,紧贴在逐渐变白的天幕上,屋顶显得参差错落。小明知道,那是居住在杂草间的乌鸦。日头从东天边升起来,霞光照红了他和白狗的眼睛。白狗站直了身子,仰起脑袋,粗大的尾巴不安地摇摆。在红色天光的衬托下,场屋仿佛着起火来,乌鸦们胡乱飞舞,将半个天空都罩住了。白狗支棱着耳朵,大张开嘴巴,鲜红的舌头裹挟着热气喷吐出来,四只脚爪频繁地刨击地面。小明将一只手按到它头上,尽力不使它挪动脚步。

白狗无数次注视场屋,骚动不安的情绪愈发强烈,终于在一个炎热的午后,挣脱小明的束缚,直朝那条通往场院的小路跑去。小明紧紧地尾在后面。一走进场院,死亡的气息就包围了他们。透过蒸腾的暑气,场屋一副飘摇欲坠的模样,似乎正在无声地燃烧。随着腐烂的气味逐渐浓烈,白狗的脚爪踩住了它同类的一块骨头。小明也停下了脚步。站在杂乱的草丛里,小明惊愕地看见,四周到处都是大小长短粗细不一的白骨,其中还有许多光秃的骷髅。成群的老鼠和蜥蜴在上面爬来爬去,一副悠然自得的样子。白狗站在同类的骨头中间,嘴里发出低沉的哀鸣。小明看见场屋长满乱草的顶上,乌鸦们缩着脖颈,将宽大的长喙举向天空。看到他和白狗,乌鸦们骚动起来,翅膀频繁地扇动空气,眼睛里闪出贪婪的凶光。小明突然张大了嘴巴。在爬着草藤和苔藓的墙壁上,小明看见钉满了一张张各种颜色的狗皮,在日光下形成一个庞大驳杂的图案。白狗也瞪大了眼睛,紧盯了其中一张黑色的狗皮看,黏稠的泪水从它发红的眼睛里慢慢溢出。小明也认出来,那张黑色的狗皮曾为白狗的丈夫所有,疯老头捕杀黑狗时的惨烈情景便又一次划过他的脑际。随着乌鸦们急切的聒噪,场屋的门板轻轻启开了,黑黑的门洞里吐出疯老头矮小的身影。疯老头一脚门里一脚门外,手指在门框上抓来挠去,肮脏的脸面满是丑恶的微笑。来吧你。疯老头朝着白狗说。小明看见,白狗身子一个趔趄,不禁撇开两条后腿,将一泡浑浊的黄尿洒在地上。疯老头仰起脸,冲着天空狂乱地大笑。日光急雨般地落在小明和白狗身上。

疯老头徒手捕捉狗的激烈场面深深地印在小明脑海里。疯老头探出脑袋,拱起脊背,端正臂膀,叉开两腿,像凶猛的螃蟹一般横在街头,忽地一声大叫,满头乱发刺猬毛似的奓挲起来。疯老头擎着这头硬毛一蹦一跳地扑向随便一条狗,一场人狗大战便在街头轰轰烈烈地上演了。疯老头疯狂地追逐着狗,两条短腿连同两条瘦臂如同车辐条一般急速运动,在小明看来,很快便由两条变成了多条,腿和臂都散乱开来,不一会儿便消失不见了,只有一颗乌鸦般的头颅在尘屑中跳荡。在疯老头前头,狗的四肢也离开了地面,拉长的躯体在空中一上一下地飘拂,好像已经飞起来了,有一刻,小明甚至怀疑它马上就要断开。疯老头在奔逐中伸出两手,身子猛地一扑,便准确抓住了狗的后腿。人和狗连成一体,在空中悠了悠,轰然落到地上,两个黑色的影子蛇一般交缠在一处。有飞扬的尘屑遮挡,小明每次都没有看清是怎么回事,搏斗便在短促的时间内完成了。沙尘和着草屑散去后,在灼亮日光照耀下的街头,两个湿淋淋的身子躺在一起。狗的脑袋无力地歪到一旁,眼睛里布满暗淡而僵硬的死光,身子差不多已是支离破碎。疯老头从死狗身上爬起来,轻轻揉搓着两手,很不过瘾似的摇着头。事情便这样简单而潦草地结束了,每回小明都看得目瞪口呆。

小明在想象中勾画出疯老头屠杀自己家黑狗的场景。疯老头将刀尖抵在黑狗的鼻梁上,稍稍一推,刀刃便划开了肉皮,鲜红的血水涌到刀片上。乌鸦们从屋顶上下来,围在疯老头和黑狗四周,躁动不安地转圈子。疯老头端着刀子,凑到嘴边,伸出舌头舔舐血水。接连喝下三刀片狗血后,疯老头伏到一块石头上,就着残余的血水打磨刀刃。日光将刀片照得闪闪发亮,血水和着石粉流淌到地上。疯老头将刀子擎起来,在杂草里胡乱划拉几个来回,猛力拨开乌鸦,重新站到黑狗身边。黑狗已经奄奄一息,身子软软地伏着地面,脑袋仰向后去,眼珠翻到眼眶上头,有气无力地看着疯老头。苍蝇们聚在它脸上,拼命吮吸残留的血迹。疯老头将刀子放到它身上,一下一下地摩擦,同时在心里酝酿一种杀戮的情绪。不一会儿,呼啸而至的热流便使他挺起刀子,直直地逼到黑狗的脖颈下。黑狗绝望地闭上眼皮,黏稠的液体顺着脸腮流到地上。大批的乌鸦从远处飞来,快要遮住了半个天空。疯老头觉到热流充满了手指,雪亮的刀片冒着热气刺进黑狗的脖子。眼前立刻溅起了艳丽的红光。在滚沸的激情驱使下,疯老头干净利落地剥下狗皮,挂到枯树枝上,然后剖开狗的肚子,把五脏六腑取出来,一件一件地抛给乌鸦们,再将狗头割下来,摆放到石板上。在做这一切的时候,一股强烈的快感充盈他体内的每一根神经末梢,他实在要陶醉了。啊呵呵——疯老头嘴里遏止不住地发出叫声。乌鸦们在周围跳来跳去,像给他伴着疯狂的舞蹈。

从下半夜开始,白狗就在痛苦地呻吟。小明听母亲说,白狗要生产了。小明兴奋得睡不着觉,便点燃一盏油灯,轻手轻脚地来到栅栏里。透过朦胧的灯光,小明看见白狗躺在柴草上,隆起的肚子一阵阵抽搐,四根脚爪也不断地抬起来,放下去,又抬起来。小明绷紧了身子,似乎也在替白狗用力。东天泛出鱼肚白时,白狗终于产下了它和黑狗的后代。小明凑过去,看见了那只刚刚来到这个世界的小狗崽。黄色的小狗崽伏在白狗怀里,张开无牙的小红嘴,在白狗肚皮上盲目地拱撞。白狗伸出粉红色的舌头,在小黄狗湿漉漉的身子上舔舐。温和的霞光照红了白狗和它的小狗崽。小明看见,白狗眼里闪烁着柔和的亮光。

小明走在破败的旷野里,白狗带着小黄狗随在他身后,日光将他们的影子拖出老远。日本人下乡清剿的队伍刚过去不久,公路上腾起的尘屑还没有完全散尽。小明仰起头,望着渺茫的天空、黑色的树林和荒芜的田野,还有那边如起伏着水浪的坟地。小明看见父亲走在坟地里,细长的身影在坟茔间像一棵孤零零的树。小明不明白,父亲总是到坟地里干什么?白狗在苍黄的灌木里追逐一只野兔,小黄狗一磕一绊地随在它后面。望着它们拉长的身影,疯老头追杀狗们的激烈场景又一次浮现在小明眼前。小明疑心疯老头身上有一种专门对付狗的可怕魔力,只要他把那招数亮出来,这些追逐野兽的强悍动物便溃不成军。白狗追着野兔远去了,小黄狗却跌倒在后面。小明把小黄狗抱在怀里,寻着白狗的踪迹赶上去。白狗叼着野兔从灌木里出来,身上冒着白色的热气。小明放下小黄狗。小黄狗欢快地扑上去,一口咬住野兔的脖子,使劲往一边撕扯。白狗把野兔交给它,仰起沾满血迹的嘴巴,怔怔地朝着远处望。小明这才发现,已经离疯老头的场屋不远了。

夜深人静时,小明总是听到一种尖厉的叫声,很凄厉,很悲凉,从远处的场屋里传出,在暗夜里弥漫开来,像一根细长的鞭丝,接连不断地抽打着夜气。每当听到这种声音,小明身上便起满了鸡皮疙瘩,牙巴骨不住地叩碰。小明认定,疯老头的场屋里有一个不幸的人,像小黄狗似的弱小。有个比疯老头更加凶残的魔鬼擎着一把长鞭,狠狠地往他身上抽打。那人蜷缩在地上,扭曲着四肢,发出一连串撕心裂肺的叫声。小明为自己勾画的景象吓得心惊肉跳。他想不明白,疯老头的场屋里真有这样两个人么?他们是谁?小明被好奇心驱使着,在一个寂静的月夜,伴着白狗站到屯头,隔了田野望向远处的场屋。银白色的月光下,小明看见场屋像一个老怪物蹲在旷野里,四周有绿色的鬼火闪烁。随着那些叫声,小明觉得有沉重的雨点落在头上。但天上没有云彩,圆大的月亮悬在无边无际的夜海里,显得那般幽深渺远。乌鸦在屋顶上不住地拍击翅膀,给那叫声更增添了几分阴沉。小明越发觉到那声音难听,面对着一副神秘相的场屋,在脑海里编织出更加恐怖的景象:一个像小黄狗一样弱小的人在地狱的烈焰中举着双手嘶喊。那是一个人在哭。小明听见有人说。小明抬起头,看见母亲站在身边。

原来是母亲找他来了。是谁在哭？小明说，为什么哭？母亲没说什么。母亲把一只热乎乎的手放在他头上，轻着抚撸过去。走进家门的时候，小明突然想，是疯老头么？小明为自己的想法吓了一跳。不不。小明连连摇头，疯老头怎么会哭？疯老头是那个魔鬼还差不多。

小明看见白狗又走在黑夜的街道上。小黄狗跟在它身后，磕磕碰碰地绊它的腿，有时还叼住它的奶头不放。白狗将它拨拉到一边。小黄狗倒在地上，一双湿润的眼睛哀哀地看它。白狗把小黄狗赶回家，掉头又跑出去。小明跟在它后面。白狗在屯子里毫无目的地游荡。它走过每条街道，每条胡同，不知道要到哪里去，只是不安地往前走，走。小黄狗在家里忧伤地嗥叫。白狗听了，似乎犹豫了一下，但即刻又朝前走去，向着看不见尽头的远处走去。小明抬起头来，感到黑沉沉的夜空更低，像一块沉重的幕布压在他们头上。白狗伸长脖子，张开布满尖利牙齿的嘴巴，凶恶地大叫一阵。小明看见，无数条狗站在黑暗里，默默地陪伴着它。小明回到家，听见父亲说，这样下去，早晚要出事哩。天亮时分，小明在小黄狗的叫声里醒来，急急地赶到街上，看见白狗依旧站在屯头，于清冷的曙色里注视远处的场屋。小明走过去，在它脖子里拍了一下。白狗反应过来，嘴里发出不甘的吠叫。

除去恐怖外，场屋带给小明的还有越来越多的好奇。每逢走过场屋，小明都要远远地看上一会儿。那天傍晚，小明竟鬼使神差地走到场院里去了。事后想起来，小明认为是在那里迷了路。小明在田野里磕磕绊绊地走，像只掐去头颅的苍蝇胡乱扑撞，便不知不觉闯到了场院里。等小明看清场屋阴气森森的黑影时，疯老头已站到了他身后。小明一下子顿住脚，听着乌鸦们纷乱的叫声，满身的汗毛都乍挲起来。疯老头伸出毛茸茸的黑手，一把拉住了小明。要进你就进来吧。疯老头说。小明好像失去了知觉，任由他牵着手，飘飘地朝黑洞洞的屋门走去。疯老头有些高兴地说，自从我儿子被他们杀了后，我这里就轻易没人来了，说不定你是头一个呢。小明惊诧之余，不禁又想到了他的"魔法"。进了屋门，小明立刻被一阵浓烈的腥臭味包裹了，喉头一抬，一股又酸又辣的液体喷吐出来。小明咬紧嘴唇，惊恐不安地抬起头。屋内如地穴般阴暗，湿潮的气息扑面而来。小明控制着心跳，目光在屋里急急地扫视。小明似乎在寻找那个哭泣的人。但没有，昏暗中除了疯老头短小的身影，再没有其他活物了。疯老头这时已坐到木桩上，面对着一只冒着热气的木盆。盆子里盛满半生不熟的狗肉。疯老头挽高袖子，手指弯成爪状，在盆内随意一抓，便举出一块狗肉。他把脸凑过去，在狗肉上下左右看个遍，好像选中一处满意的地方，咧开扁平的大嘴，两排参差不齐的牙齿龇出唇外，猛力一合，便插进了狗肉，来回一拉，扯下一团红白交杂的肉块，仰起下巴大嚼，腮帮子鼓起老高，如有两颗硕大的圆球在口腔里滚动，牙齿叩击着，发出咯咯吱吱的响声。他草率地咀嚼几下，便伸长脖子，使劲咽下肚去。好吃，他吧嗒着嘴唇说，好吃着哩。

小明情不自禁地问他，你为什么要杀狗哩？疯老头笑了一下，因为狗肉好吃。说着，抹抹嘴角的油腻，又把狗肉举起来，并将一只小凳子踢给小明，随即递过狗肉来。吃吧吃吧，疯老头说，把这些狗肉吃完了，我再去杀一只。小明伸伸手，又刷地缩回来。疯老头晃摆着狗肉说，吃吧，你不知道这些狗天生就是让人来吃的。小明一时有些不明白他的话。这时候，小明艰难地站在那儿，实在是受着一种煎熬，一种折磨。几只肥硕的老鼠从暗处出来，在他脚上爬来爬去。小明身子摇晃开了。小明觉得，再有一刻，他就会扑倒在地上昏死过去，被一拥而上的老鼠啃个精光。疯老头擎着狗肉过来，狠劲一杵，将狗肉塞进了他嘴里。你说我为什么要吃狗肉？疯老头咬着牙说，因为我恨它们，恨这些狗东西。疯老头快要跳起脚来。小明被一股难以形容的气味攫住，叼着那块狗肉，头仰起来又低下去，肚子里的液体急速翻上来，通过口腔，呼啸着喷到地上。我恨它们，疯老头将盛狗肉的盆子狠狠踢翻，我实在是恨它们呢。疯老头伏下身去，两手抱住头，呜呜地大哭起来。小明也趴在地上，大口大口地往外呕吐。伴随着小明的呕吐和疯老头的哭泣，整个场屋似乎都晃动起来。小明好不容易止住呕吐。听着疯老头沉痛的哭声，小明才终于相信，深夜里听到的那些可怖的声音真的来自疯老头的哭泣。疯老头走到屋角处，抱着一个白森森的东西回到小明面前。借着屋外微弱的星光，小明看到，抱在疯老头怀里的竟是一具七零八落的骨骸。小明惊叫一声，一屁股坐到了地上。我的儿子，疯老头颤抖着手指在骨骸上抚摩，我的儿子呀。小明挣扎了好一会儿，才总算爬起来。小明踉跄着腿脚，不顾一切地冲出屋门，风一般扑到黑夜里去。

那天到底是怎么逃回家的，小明无论如何想不起来。当他在眩晕中醒来时，发现已经躺在自家的炕上。金黄色的灯光里，母亲一脸慈祥地朝他微笑。娘。小明说。小明一头扎到母亲怀里。我害怕。小明说。等长大了你就不害怕了。母亲说。母亲温热的手掌拍打着小明的额头。小明很快又进入了梦乡。黑暗里，无数条狗在他身边奔跑，渐渐奔跑成乌鸦，奔跑成场屋，奔跑成幽灵般的疯老头。疯老头怀抱着一副支离破碎的骨头架子，孩子似的哭个不停。梦境一个去了，一个接着又来了,但几乎都是同样的内容。小明处在半昏迷半清醒的状态里,说着让父亲心惊肉跳的胡话。疯老头的儿子怎么死了?小明在梦中说,疯老头的儿子怎么死了?几天过后,小明才终于逃出了梦境。透过窗框,小明看见碧蓝敞亮的天空,才长出了一口气。小明下了炕,直朝门外跑去。明丽的日光一下子扑到他身上,让他沐浴在了温暖清新的空气中。小明坐在门台石上,对着天空和旷野看呀看呀,再也舍不得闭眼。可疯老头的儿子,小明又想到那个问题,为什么就死了呢?父亲避开小明的眼睛,悄悄走到一边去。怪不得疯老头会疯,小明有一种恍然大悟的感觉,都是因为他失去了儿子。望着远处疯老头的场屋,小明刚刚明亮的心情又布满了阴影。是谁杀了他的儿子?小明继续在心里追问,是日本人么?日本人为什么要杀他哩?小明想问父亲。可父亲不知躲到哪儿去了。

疯老头更加凶狂地捕杀狗们。在明晃晃的日头下,疯老头擎着几块血淋淋的狗肉,一张粘满狗血和狗毛的身子在破碎的狗尸上跳来跳去,猩红的大嘴吐出如鸟似兽的啸叫。父亲关在家里,两手紧紧地捂住耳朵。不不,父亲颤抖着声音说,出卖你儿子的不是我一个,他们,父亲胡乱地四处指着,差不多会员们都点了头的。小明听不懂父亲在说些什么。小明只是看见,狗们都站在远处,直直地盯住疯老头。在它们中间,小明看见了自己家的白狗。白狗仰着脑袋,脖子里的鬃毛耸起老高,四只脚爪频频踩踏地面,一副骚动不安的模样。小明已经预感到,一个惊心动魄的场景不久就要出现了。

在那些烦躁郁闷的日子里,小明站在屯头,伴着狗群眺望远处疯老头的场屋。小明觉得那个场景正在急快地到来,似乎连被寒冷冻住的空气都动荡开了。终于,疯老头走出他快要坍塌的场屋,在一团浓重的霜雾里穿过被落雪覆盖的小路,直朝屯子里扑来,将他最后的恐怖带到了人们头上。小明看见,疯老头张牙舞爪地跳进屯子,瞄准随便哪个人,毫无顾忌地显露出他凶神恶煞的可怕面目。人们惊叫着四散逃去。小明想不明白,这些惯于摆弄红缨枪的人们竟然也如此惧怕一个快死的疯子,真是一件万般奇怪的事儿。快抓住他,人们胡乱地叫喊,快想法抓住他。那天傍晚,张家屯家家户户紧闭院门,孩子们藏在屋角,浑身颤抖不住。天黑后,屯子里依旧没有亮起灯光。小明扒着门缝悄悄朝街上看。昏茫茫的月光下,疯老头黑色的影子蹿来跳去,真的像一个不祥的幽灵。杀了你们,疯老头边跳边叫,吃了你们这些该死的汉奸,给我儿子报仇。狼般的嚎声在屯子上空回响,冲击得夜幕七零八落。午夜时分,屯子在死寂中进入了梦乡。小明忍着寒冷和困倦,又一次把目光望向屋外。疯老头依旧在街上游荡,拖在地上的影子时隐时现。小明忽然看见,黑暗里有许多亮点闪烁,与天空中的星光交相辉映。小明认出那是狗们瞪大的眼睛。无数条狗散在街两边,眼睛一眨不眨地盯着疯老头。一团闪着白光的影子从其中走出来,紧紧尾随在疯老头身后,如一道快速亮起的闪电,差不多把整个街头都照明了。

这一夜,小明翻来覆去睡不着,幻象如梦境般干扰着他的头脑。小明眼巴巴地望着泛出微光的窗户,仿佛一心期待着什么。黎明快要到来,小明终于觉到困了,合上的眼皮却又猛地睁大。小明看见疯老头拖在地上的影子不见了。小明正感到奇怪,忽听得父亲说,月食,是月食。父亲激动地搓起了两手,天狗吃月亮了。小明这才知道,父亲竟也没有睡着。看父亲得意的神情,兴许他更期待着某件事情的发生。小明将目光望到天上,空中果然漆黑一片,那个曾经圆大的月亮不知到哪儿去了。就在这时,狗吠声猛然间响起来,纷乱而剧烈的啸叫声一下子布满了整个屯子。天狗?小明叨念着,不知道这突起的狗吠声是来自天上的神仙,还是地上的动物。小明霍地坐起来,凑到窗前,往外支棱起耳朵。狗吠声愈来愈响,很快便交织在一起,吞没了疯老头的叫声。从未如此激烈的狗吠声在静夜里急速传播。小明听得心惊肉跳。狗吠声达到高潮后,突地跌落下来,黑夜重新堕入了死寂。小明却越加惊恐,梦般的幻象凝结成一幅画,小明注视着这幅鲜亮如玻璃的画,思绪久久不能平静。与此同时,小明听见从父亲被窝里发出哧哧的笑声。天亮了,小明从迷蒙中醒来,窗纸正在变得通红。小明大瞪双眼,那幅画已经飞快地融化,一块块残片在鲜血里落到地上。小明拉开屋门,一下子扑出去。院落里的积雪也被日光照红了,空气中好像弥漫着湿漉漉的血腥味儿。那些落在地上的残片又蝴蝶似的飞起来,在他眼前旋转飘舞。小明恐慌地瞪大眼,跌跌撞撞地奔出院门。在悠长的胡同里,小明看见了黄色的小狗崽。小黄狗站在胡同口,回过头,痴痴地望着他。小明跑到它跟前。小黄狗仰起头,眼里有透明的东西闪亮,两束哀怨的目光软软地投到他脸上。小明伸出手,抚摩着它摇颤不止的身子。小黄狗发出呜呜噜噜的叫声,脑袋一下一下地顶撞他的手心。

街道上飘浮着黏稠的血腥气。人们一边奔跑一边惊叫,互相传递着一个壮观而激烈的消息。小明终生无法忘记那个冬晨所看到的情景,它像尖利的刀片刻在他童年的心灵深处。小明奔到街上,满眼都涌荡着亮闪闪的红光,半边奇大无比的日头从地平线露出来,漫天霞云透出刺眼的血色,将地面的积雪也照得一片通红,似乎有血的潮水从远处奔腾而来。小明被这景象惊得目瞪口呆。他跟跟跄跄地穿过人群,忽地顿住脚。那个让他终生难忘的场景一下子出现在他视野里。小明看见无数的狗围在街中央,组成个圆大的圈子。整条大街都处在寂静里,但小明却在这寂静里紧张得浑身颤抖。狗们仰着脑袋,伸出长长的舌头,慢慢舔舐嘴巴上的血迹。小明踮起脚跟,眨着梦一般恍惚的眼睛,试量地朝里看。但小明什么也没看见,红色的雪地上空荡着,竟是什么也没有。小明刚松出一口气,却又霍地将心提紧。小明发现了一只鞋底,抬抬眼,随即又看见了几缕布片。小明认出它们都是疯老头的。那么疯老头人呢?小明掉转头,迷惑地朝狗们打量。狗们沾满鲜血的嘴巴纷乱地向他涌来,一刹那涨满了他的眼睛。小明惊叫一声,旋即闭紧了眼皮。小明一切都明白了。强烈的呕吐欲望再次攫住了他。小明尽力憋住气,仰起脸,呆呆地望着红大的天空。那一刻,小明觉得天地间到处都动荡起来。

在狗们撕吃了疯老头后,一连许多天,张家屯都沉浸在一种不多见的欢乐中。随即又是长达数十日的寂静。因为寒冷加之遍地的积雪,也由于父亲他们又主动交了一次粮食和柴火,日本人安静地龟缩在炮楼里,没有再到屯子里来扫荡。但在这种少见的宁静里,小明却更加觉得不安。小明梦般地走在街道上。狗们躺在墙根下,垂着脑袋,一副无所事事的样子。小明站到屯头。空阔的旷野里,积雪泛出灰暗的颜色,场院里那幢破败的小屋,孤零零地贴靠在昏沉的天幕上。小明仿佛看见,疯老头幽灵般的身影正在那里四处游荡。小明长长地叹出一口气,不知内心里忧伤,还是欣喜。快要过年了,屯子又开始骚动起来。一个日光明媚的日子,父亲悄悄走出屯子,直朝远处的场屋走去。小明站在屯头,看见父亲抱着一具散乱的骨骸,穿过被积雪覆盖的田野,晃晃荡荡地朝坟地里走去。小明忽然明白,父亲埋下的也许就是疯老头的儿子。天空里飞过去一行大雁,春天怕是真的要来到了。

那年春天,那个被死亡充满了的春天,给小明留下了难以磨灭的印象。在这个绿色的季节里,死亡疯狂地肆虐在张家屯上空。狗们一条条地倒在地上,受着一种奇怪疾病的残酷折磨。小明看见狗身上有大片的灰毛脱落,裸出的皮肉呈现黑色,并逐渐发炎、溃疡、腐烂,由一个个斑块迅速扩散至全身。不多几日,狗的整个身子便都已变质,散发出恶臭的气味,在初春的空气里飘荡。也许是他,父亲若有所思地说,他死了,还不肯放过我们。小明不知道父亲说的是什么。

　　白狗躺在栅栏里,脑袋伏着前爪,伸出灰色的舌头,大口大口地喘气。小黄狗跑过来,将嘴巴探到它身下。白狗抬起后腿,用力朝它蹬踹。小黄狗倒在地上。白狗回过头,用歉疚的眼神看它。小黄狗似乎受到了鼓励,爬起来,又一次跑到白狗身边,伸长嘴巴寻找奶头。白狗费力地站起来,四根细腿勉强支住身子,慢慢地向前走去。小黄狗绊着它的脚爪,嘴巴依旧在它腹下拱撞。白狗支撑不住,扑通一声又倒下地去。小黄狗绕着它转圈子,嘴里发出急切的叫声。白狗眼里流出黏稠的液体。小黄狗闹累了,也躺到地上,嘴里的叫声更加无力。白狗睁开眼,目光里全是悲哀。它抬起有些僵硬的尾巴,用尾稍轻轻拍击小黄狗的脑袋。小黄狗扑过去,紧紧地伏到它身上。白狗把头埋到柴草里,眼里的液体流满了脸颊。

　　白狗一日日衰弱下去,身子已全部溃烂,黄中带黑的浓水不时地流出。才刚复出的苍蝇聚到上面,纷乱地叮咬。大胆的老鼠也在旁边探头,尖利的牙齿不住地朝它叩击。小黄狗饿得皮包骨头,整日在白狗身边哀哀地吠叫。白狗闭拢眼皮,耷拉下脑袋,硬是不去理会它。小黄狗终于绝望地垂下头,突然掉过身子,摇摇晃晃地朝门外走去。黄昏正在到来,天空里涌动着绚丽的晚霞。白狗仰起头,模糊的眼睛望着天空,呆怔了一会儿,便挣扎着往起站。快要用尽全身的力气,白狗总算站起来,面向着被霞光照亮的墙壁。流光溢彩的屋墙映红了它的眼睛。小明看见,白狗通红的眼睛里闪出决绝的光彩。白狗紧踏地面,缓缓将身子向后退去,猛地停住,又急速地悠回来。那一刻,小明似乎知道它要干什么了。但小明还没来得及做出反应,就见白狗腾起身子,朝着墙壁奋力撞去。漫天的霞彩即刻化成碎片,急雨一般落到它身上。小明惊恐地闭紧了眼睛。

　　小明目睹了白狗自杀的惨烈情景,惊骇得目瞪口呆。那天黄昏,小明怔怔地站在白狗尸体旁,脑海里依旧是几秒钟前的那个可怕场景。在霞光的映照下,小明无数次看见,鲜红的血水瞬间溅满了墙面,又哗地流到地上,弯蛇一般直朝他脚下爬来。小明又一次被浓烈的血腥气笼罩了。小明回过头,看见小黄狗站在门口,痴痴地看着躺在血泊中的白狗。小明跑过去,想把小黄狗抱住。小黄狗狂叫一声,绕过小明的身子,直奔白狗扑去。小明也又跟上去,将小黄狗紧紧地搂到怀里。天黑后,小明把自己的窝头和米粥省出来,送到小黄狗嘴边。小黄狗只是哀哀地呻吟,却没有一点吃的意思。夜里,小明又将它抱到自己被窝内,不住地拍打它的脑袋。小黄狗偎在他怀里,细瘦的身子一个劲儿颤抖。他真毒呀。父亲咬牙切齿地说,我们服了你还不行么?父亲使劲跺起了脚板。

那个被死亡充满的春天里,张家屯的狗,这种已有上千年豢养历史、曾经盛极一时的动物彻底绝灭了。几十条大狗在那场瘟疫中一条条死去,最后只剩下了我家的小黄狗。屯子里外到处都有腐烂的狗尸,在逐渐炎热的日光下分解、融化。乌鸦们开始成群结队地朝屯子里飞来,落下便是黑压压一片,人们挥了棍棒击打,却是无论如何难以驱散。小明小心地走在街上,心里总有一种如梦似幻的感觉。在纷飞的乌鸦中,小明又看见了疯老头。疯老头黑色的影子如一只大鸟在屯子上空飘飞,时而贴在墙上,时而挂到树上,时而又悬在空中。小明觉得,那是一个多么神秘多么强大的幽灵。在八路军拔除了东阿境内的炮楼,将日本人赶走消灭的欢乐日子里,小明又注意起了小黄狗。此时小黄狗已经长大,这条劫后余生的幸运儿被一种难以克服的孤独情绪支配着,整日在大街上游荡。小明无法近前,只是远远地望着它。黄狗眼里满是冰冷的寒光,让小明不敢直视。深夜里,小明总是被它突起的叫声惊醒。小明爬起来,透过窗户朝外望。小明看见黄狗仰着头颅,对着高远辽阔的夜空,发出莫名其妙且异常愤怒的叫声。每次,小明心里都抖作一团。小明似乎知道,说不定什么时候,这条黄狗就会做出可怕的事儿来。

一个细雨蒙蒙的日子里,场院里那幢破屋燃起了大火。那是秋后的最后一场雨,没有雷电,好像也没有人到那里去,场屋不知怎么就起了火。人们都拥到屯外去看。场屋在雨水里燃烧,巨大的火舌飞龙似的腾到高空里,雨水浇在火上,不仅没有减轻火势,反使火焰更盛大了。小明看见乌鸦们在大火里飞蹿,黑色的影子遮住了半边天空。一群壮观的幽灵。小明喃喃地说。

就在这一天,小明家的黄狗不见了。小明找遍屯里屯外所有地方,也没有看到黄狗的影子。爹,小明说,黄狗到哪里去了?父亲说,我不知道。这时候,父亲满脸都是沮丧和颓败的表情。这个夏天过后,父亲的精神连同身体似乎一下子垮下来。黄狗消失那天,父亲作为会首,解散了经营多年的红枪会,并当众折断了他视为珍宝的红缨旗杆,让母亲收拾了几件旧衣服,夹在腋下,慢慢朝门外走去。小明说,爹,你到哪里去?父亲说,我去找……人民政府。小明说,干什么?父亲叹口气说,自首。小明不明白"自首"是什么意思。我也去。小明说。母亲拖住了他。爹,小明只好说,你什么时候回来?父亲摇摇头。小明又去问母亲。母亲也说不知道。孩子,父亲最后说,别学你爹的样子。父亲转过头去,他才是真正的好汉。说完,父亲就一步一蹒跚地走去了。小明挣脱母亲的怀抱,往前跑了几步,又猛地站住。小明看着脚前自己的影子,忽然觉到它伸展得很长很长了。

庆 生

一

日头已经升起老高,离政府通知的转移时间越来越近了,母亲却依旧站在村头的老槐树下,尽管是一双小脚,还是尽量把脚跟抬起来,直直地朝远处看。在她前面,弯弯曲曲的小路像一条长蛇爬去,在经过一座小桥之后,淹没在浩荡的庄稼棵子间。远处的地平线上阴云密布,一群群像是乌鸦的鸟儿四处飞翔,在风中夸掣着黑色的羽毛,将一串不祥的叫声送到她耳边来。

在母亲身后的村子里,匆忙转移的人们也正忙作一团,凌乱的身影在屋舍和树木间闪来闪去。虽然有政府组织的人员全力协助,但人们一听到日本鬼子要来扫荡的消息,还是惊慌得不行,以前经历过数次的受害情景依旧历历在目,不能不让他们心有余悸,趁着鬼子还没有来到,赶紧逃离这个即将受到血洗的地方。按照隐藏在敌人内部的情报员送来的消息,鬼子这次扫荡是要对这个村子下狠手的,因为前不久,驻扎在这里的区小队协助一个连的正规军,很漂亮地打了一场狙击战,将鬼子的一个小队和伪军的两个中队差不多都消灭在了青纱帐里,鬼子十分恼火,决定对这个村庄实施血腥的报复,尽管那一连正规军撤走了,但区小队还在,这个村庄的民兵组织还在。于是,鬼子便从济南调来了大批人马,再加上盘踞在县城里的汉奸伪军,组成一支浩浩荡荡的讨伐队伍,马上就要涉过黄河,朝这个村子开过来了……

一个年轻的姑娘从村里跑出来,直接来到了她面前。大娘,姑娘焦急地催促她说,你怎么还站在这儿?鬼子马上就要来了,赶快跟我们一起走吧。

我不走,母亲头也不回地说,我要在这里等人……

等人?姑娘愣怔了一下,是等我庆生哥吗?

是,母亲点点头说,他说好今天回来看我的……

他不是在县大队吗?姑娘开导她说,恐怕他也接到了鬼子要来的消息,不会再回村里来了吧？

他说在外边执行任务，母亲思考着说，前两天还给我捎信来，说他已经离开了县大队，鬼子要来的消息他怕是也没有得到，我担心……

姑娘也倒吸了一口冷气，天哪，怎么这么巧，偏偏他今天要回村子里来？

听了她的话，母亲想解释什么，但张了张嘴，又把话咽了回去。她转过身来，打量着这个扎着武装带的姑娘，不禁在心里感叹，外边曾经传言，这个干练的女孩一度看好她的儿子呢，如果任其发展的话，恐怕她能成为自己的儿媳妇也说不定呢，但她觉得姑娘没有多少文化，尤其对她爹那个落后分子看不上眼，就没有鼓励儿子和她来往，尤其是儿子到县大队工作以后，回来得少了，和姑娘的关系或许也就发生了改变，到现在为止，好像他们之间也没有什么事儿了……

大娘，姑娘还试图说服她，庆生哥有工作经验，不会轻易出现什么危险的，可你要是一味地留在这里，等鬼子来了，再转移可就来不及了……

我不管那么多，母亲依旧坚持说，我不能丢下他一个人走，如果他真的回来了，不是要把他丢在这个火坑里了吗？

那你不走又能起什么作用？姑娘焦躁得跺了一下脚。

只要我在这儿，母亲信心百倍地说，我就会想出办法来保护他。她在心里又说，我可就这么一个儿子呀……

这时，他们身后的村头又出现了更加纷乱的景象，一些人推着小车赶着牛羊出了村来，车子上驮载着能够携带的行李卷，牛羊的背上竟然骑着许多孩童，车轴的摩擦声，牛羊的叫唤声，还有孩子们不时发出来的哭喊声，组成了一幅标准的逃难图景，仅仅看上一眼便觉得心情不安。逃难的队伍是沿着另一条道路，朝与母亲相背的方向而去的，但不知为什么，声音却越来越响地传过来。一辆小推车倒在地上，上面的行李卷散落了一地，牛羊从上面踏过去，不意间绊倒了两只，将上面的孩子也碰落下来。呼叫声此起彼伏，混乱的景象越发控制不住。

你们在干什么呢？一个中年人气愤地朝姑娘招手，这都什么时候了，你们还有心在那里说闲话，赶快过来帮忙呀。

好了村长，姑娘赶紧答应说，我这就来。刚要转身，她又拉了母亲一把，大娘，不要再等了，赶快离开这里吧。

你们走吧，母亲坚定地说，就是要死，我也和我的儿子一起死在这里。

姑娘知道再说什么也没有用，在村长越来越急切的催促声里，她只能离开母亲，匆匆忙忙地投入那边混乱的人群里去。

唉,母亲长长地叹了一口气,这孩子也成了身不由己的公家人,看来的确是做不了自己儿媳妇的……

二

都走了,除了母亲之外,整个村庄里的人都转移出去了,这就是说,莫大的一个村落就剩下了她一个人。

母亲迈动着一双小脚,像一个幽灵一般走在村街上,此时,曾经密布着阴云的天空裂开一个口子,日头露了一下脸,又被另一块匆匆赶来的云层遮住了。就在这一刻,母亲看见了躺卧在她脚前的影子,正在随着她的脚步而慢慢向前移动,她真怀疑这是另一个人在陪伴着她,是呀,在这个突然变得寂静下来的村子里,她多么渴望一个人来到她身边呀。刚才还是那么凌乱的景象,还有那么多喧嚣的声音响在耳边,现在突然一下子都消失了,甚至在她的感受里,消失的并不仅仅是那些身影和声音,而是所有富有生机的东西,只留下了这些看上去死气沉沉的房屋和墙壁,当然还有街道和地上铺展的砖石。尽管是处在一个闷热的初秋时节,但她却感到那些毫无生机的东西都散发着冰冷的寒气,扑到她身上,让她以为走错了季节和年代,甚至一度怀疑沉浸在了一个不真实的梦里,只有在那样的荒诞不经的环境里,她才能像幽灵一样一个人走在这个像迷宫一样的村庄里……

母亲回到家来,推开家门,像是走入了没有来过的另一个家庭,只有进到了屋子里,看到那幅挂在墙壁上的画像,她才感到了一点心安,是呀,上面那个看上去也没有多少生机的人是她的丈夫,是那个伴随了她差不多二十年的庄稼汉,只有来到了他面前,尤其是当她拿起一炷香,插在一直摆放在画像下面的香炉里时,她才真切地知道,此时她的确是处在自己的家里。放心吧,她用火柴把那炷香点起来,对着画像上那个沉默不语的人说道,我会在这里等我们的儿子回来的……

说起来,画像上那个威风凛凛的汉子并不是纯粹的庄稼人,曾经是一个令人闻风丧胆的土匪……在这个慌乱不堪的年代里,黄河沿岸一带也曾经出现了为非作歹的匪徒,她的丈夫不幸就成为其中的一员,而且不久还当上了那支队伍的头目,到底是否干过什么杀人越货的事儿,她这个留在家里的女人也并不多么清楚,而只是听别人吓唬孩子说,好好听话,不然的话,那个老匪徒就会来领你走的。只有在这个时候,她才知道丈夫在人们心中的形象和地位,尽管她是多么不希望他成为人们吓唬孩子的怪物,但作为一个小脚女人又怎么能做得了他的主呢?好在日本鬼子到来之后,在八路军一遍遍地动员和说服下,丈夫带着他的队伍向他们投诚,正式成为这一带抗日队伍里的一支有生力量,她再次听到人们说起他来,那句话便改成了现在这种样子,别害怕,有那个老八路保护着我们呢,小鬼子也没有什么大不了的。到这个时候,她一直悬着的心才落回了肚子里,一迭声地悄自说,这样好,这样好。到这个时候,她也便昂起头来,在村子里挪动着小脚大摇大摆地走一回了。

但没过多久,事情还是发生了另一种可怕的改变。那一天,正赶上丈夫的生日,本来母亲是打算在家里给他过的,因为这几天,丈夫正好回到了家来,母亲为此置办了许多酒菜,要为他好好地庆祝这个难得的生日,因为在此前的日子里,她还没有像样地为丈夫庆过生,不是因为丈夫在外面当土匪,她懒得给这样的人过生,就是由于丈夫在外面打鬼子,她想为他过也见不到他的人。现在好了,前几天他们刚打了一个大胜仗,打死了鬼子一个班的人,缴获了好多新式武器,使八路军的这支队伍又一次壮大起来。但在这次战斗中,丈夫受了一点小伤,为此回到家来,打算好好地休养几天,正赶上他过生日,可算是把这个难得的机会送在了母亲面前。但正当母亲倾其所能置办酒菜,想要为他好好庆贺一下的时候,丈夫却接到了他手下几个人的邀请,让他到外面的一家饭馆去聚会,因为他们也记着丈夫的生日,已经在那家饭馆里备好了喜宴,只等丈夫去赴会了。丈夫是一个分外讲究江湖义气的人,那几个手下都是他从土匪队伍中带出来的,是有过金兰之交的仁义兄弟,他又怎么能拒绝他们而留在家里自己庆生呢?没有丝毫的犹豫,丈夫便离开了母亲那些还散发着香气的酒菜,兴致勃勃地到那家饭馆去了。母亲一个人坐在那些还没有动过筷子的酒菜面前,尽管香气在鼻子前四溢,她却没有一点吃喝的欲望。

奇怪的是,丈夫走后竟然没有一点音信,马上就要天黑了还不见回返,难道那场生日宴会还没有结束吗?母亲终于沉不住气了,便走出家门,空着肚子去那家饭馆寻找丈夫。那家饭馆是在另一个村子里,离得并不远,也就是一里多路的样子,母亲虽然脚小,但没过多大会儿便来到了那个村子里。更加让她感到奇怪的是,这个村子竟然一点声息也没有,好像人们都离开了这个地方,不知道到哪里去了。在此之前,母亲是来过这里的,在她的记忆里,那可是一番非常热闹的景象,因为它处在一个交通路口,又加之有那家饭馆和一些别的店铺,出没在这里的人便比其他村子里多许多。但今天是怎么回事,母亲穿过了整条寂静的街道，就要来到那家饭馆了，还没有看到任何一个人影，甚至连一声狗叫的声音也没有听到。到这个时候，母亲才意识到或许出了什么问题，便加快脚步往前走。当她进入那家饭馆里时，终于明白问题到底出在哪里了，天哪，借着房间里透出的一点灯光，她看到一个人躺在屋檐下，身上插着两把尖刀，尽管还离得很远，一股浓烈的血腥气穿过从屋里飘出来的酒菜香味儿，像一支利箭一般射到了她脸上。他爹——母亲大叫一声，迈着小脚扑过去，由于天黑，也由于环境陌生，她的一只脚踩空了，甚至倒在了地上，但她不顾剧烈的疼痛，依旧挣扎着朝前挪动，费了好大劲才爬到那具尸体面前。他爹，母亲抱住已经变得僵硬的丈夫，撕心裂肺地呼喊，你这是怎么了？到底是谁害了你呀？

后来母亲才知道，是日本人通过丈夫那几个手下设了这个陷阱，以给他摆设生日酒宴的名目，把这个注重江湖义气的八路军头目约到这里来，先在酒菜里下了蒙汗药，当丈夫中毒之后，那几个早就被日本人买通的所谓兄弟便一起动手，用乱刀砍死了他们这个抗日的大哥，然后乘着夜色逃之夭夭，变成了日本人豢养的黑心鹰犬。也怨丈夫太大意了，不，是那个该死的江湖义气害死了他，以致让他丧失了心智，迷茫了眼睛，竟然没有识破敌人的诡计，还以为他的江湖兄弟真的是自己的贴心人呢，居然在赴宴的时候没有携带任何武器，就在痛快的吃喝中让人家取走了性命。每次想到这里，母亲都觉得心有不甘，都对那些害死了丈夫的所谓兄弟痛恨得咬牙切齿，在此之前，母亲并没有见识过真正的日本人，反正人家到这里来是不会干好事的，所以对他们的抢劫虐杀一点也不觉得奇怪，真正让她感到不可思议的是那些中国人，具体说来，也就是她曾经非常熟悉的丈夫手下，那些表面上抗日而实际上帮助日本人为非作歹的汉奸走狗们，只有把这些人消灭干净了，作为光杆司令的日本人才更好对付一些。

此时，母亲站在丈夫的画像下，用坚定的语气对他说，放心吧，我就是豁出命来也会保护好我们的儿子的。只要儿子在，她为丈夫复仇具体说来也就是消灭那些汉奸目标的实现就有指望。等着吧，她安慰丈夫的亡灵说，你儿子不会放过他们的……

三

母亲进到了厨房内，默默地打量着那些早就置办好了的酒菜。这当然是她为儿子准备的，但同时也可以说，她是为自己准备的，因为今天是她的生日，这也是儿子在执行任务的途中要回来的一个原因，具体说来，儿子今天要回来给她庆生，正是由于这一点，她才又一次拿出看家本领，精心置办了这些已经开始飘出香气的酒菜，等儿子回来后，借着为她庆生的由头，母子二人好好地吃上一顿饭。儿子自从加入了县大队以后，回来的次数十分有限，尽管母亲的生日到来了，但倘若儿子回不来，她也不会置备这么多酒菜的，但话又说回来，在她生日这一天，儿子又怎么能不回来为她庆祝呢？

在这个村子里，甚至在黄河沿岸一带，儿子庆生都是一个出名的孝顺孩子，大约是父亲过早去世的缘故，在他的成长过程中，非常细致地感受到母亲对他的关爱，没错，完全可以说，是母亲一个人把他拉扯大的，就算是父亲在世的时候，也没大管过他的事儿，甚至回家来的次数也不多，庆生甚至没有见过他多少面，又哪里得到过他真正的关注呢？当他去世了以后，庆生就更加依靠母亲一个人了，不论吃穿用度，还是上学做人，都是由母亲一个人为他打点，在那些漫长而琐碎的日子里，母亲为他的成长付出了令人难以置信的心血，这一点就是庆生死了，也不会从脑子的沟回里抹去的。

说来令人难以置信，与他的父亲不同，庆生天生是一个懦弱的人，不但胆子小，小时候看见一条蛤蟆都会感到害怕，而且缺乏毅力，不管干什么都坚持不了多久，这与他的老子简直有天壤之别，一度让母亲感到十分棘手，感到极度绝望。在她的内心中，是多么盼望儿子也能成长为像丈夫那样顶天立地的汉子，不管干什么都天不怕地不怕，做起事来雷厉风行，甚至不计后果，虽然母亲是一个普通的家庭妇女，却毫无来由地佩服这样的男人，让她感到不可思议的是，如此一个男人下的种竟然结出了儿子这样一个上不了台面的倭瓜，到底是哪里出了问题呢？俗话不是说吗，虎父无犬子，但到了自己家里，这句话为什么就不应验了呢？这是让母亲倍感痛苦的一件事儿。

与儿子比起来，丈夫更是一个顺应时代的人，在这个纷乱的世道里，只有敢于拿起枪来战斗的人，才能获得更多的生存机会。相应地，丈夫便非常喜欢武器，不论长枪短枪，大刀长矛，使用起来都非常顺手，令人望而生畏。丈夫死的时候，在家里留下了好几件武器，虽然母亲把其中的大部分交到了队伍上去，却还是留下了一把手枪。母亲当然不会用枪，甚至在丈夫摆弄枪支的时候，她还一度替他感到担心呢，但丈夫死后，她却对这种既能用来防身又可消灭敌人的东西产生了兴趣，可尽管这样，这支枪她也不是留给自己的，说到底是给儿子准备的。当儿子十八岁那一年，母亲从箱子里拿出这把藏了好几年的手枪，郑重其事地交到儿子手里。但让她感到失望的是，儿子第一次看到这把枪时，竟然本能地举起手来，做出了推挡的架势。我不要。儿子胆战心惊地对她说。

为了让儿子接受这把枪，母亲决定先让自己成为使用它的行家里手，为此她硬着头皮下了很大功夫，又是拆卸又是练习，经过小半年的时间，她才弄清这把枪的构造，同时也能熟练地运用它了，甚至从某种程度上说，这把由冷冰冰的铁块组成的武器，在她手里差不多已经成为一件得心应手的玩具时，母亲才又一次把手枪拿到儿子面前，然后向他栩栩如生地展示这把枪的威力。庆生这才知道，母亲已经成为一个玩弄枪支的高手，不能不既让他感到吃惊，又让他心生敬佩，然后在母亲的一再引领和示范下，庆生逐渐熟悉了这把枪，也不再拒绝接受它了，而且配合母亲进行了更多的练习，一来二去，这把枪便长时间留在了庆生身边，成为他随身携带的一件东西。到这个时候，母亲才放下心来，看着儿子与丈夫越来越像，她的嘴角终于欣慰地露出一丝微笑。

不久之后，母亲便把庆生送到了队伍上去。上级部门考察了庆生，根据他的性格和特长，便把他留在了县大队，担任宣传工作，不管庆生怎么熟练地使用那把枪，这个看上去文质彬彬的小伙子都不是一个干练的战士，而更适合做文字工作，何况他真的比别人掌握的知识更多呢，他写出的标语和口号，更能为大多数人所接受，庆生也就把他的宣传工作做得有声有色，这样的结果虽然与母亲的期望有些差距，但不管怎么说，这孩子还是走上了他父亲曾经走过的那条路，这就足以让母亲感到心安了。

庆生是个心细如发的男孩，不论是身材还是长相，都有些女人的特点，性格更是如此，只要是交代给他的事儿，不管多少日子过去，他也不会轻易忘掉的。在外面对他人是这样，在家里对母亲就更没的说了，虽然庆生参加了工作，不能轻易回家来，但他记挂着母亲，总是抽出时间来回家一趟，陪伴母亲吃顿饭，聊会天，最不济也要在家里站一站，亲眼看一眼母亲，或者让母亲看他一眼，然后再离去，也能让母亲感到欣慰。当然，这样一来或许会耽误一点工作，为此庆生曾经受过领导的批评，母亲也一再叮嘱他，不要老是想到她，干好工作是第一要务，庆生虽然口头答应着，但在随后的日子里，他依然会隔三岔五地回来一次，看到母亲担忧的神色，他总是微笑着安慰他说，我已经把工作安排好了，您就放心吧。

庆生每次回家来的时候，都不忘记为母亲带一点礼物来，当然大多是吃的东西，比如馒头、烧饼之类的食物，都是母亲平时不轻易吃到的，此外还有糖果、瓜子之类的零食，拿到母亲面前时，也能让老人家感到开心。有一回，庆生竟然提了一只猪头肉回来，着实把母亲吓了一跳，因为她知道，队伍上的生活是非常艰苦的,不要说是猪头肉这种奢侈品了,就是一点荤腥也是不容易吃到的,庆生却把一整只猪头肉拿来了,不能不让她感到纳闷,这只猪头肉是从哪里来的呢?母亲便一遍遍地质问儿子,实在没有办法了,庆生才不得不承认说,是他从一家饭馆里带回来的。你放心吧,庆生安慰她说,是我自己花钱买的。母亲还是有些不相信,你有那么多钱吗?庆生拍拍自己的腰带说,怎么没有呢?但母亲看见,庆生拍的腰带下面并不是衣袋,而是他插在那里的那把手枪。母亲便有些担心,别是儿子使用武力从饭馆里抢来的吧?这个念头的浮起让她悲喜交加,如果庆生真的这么干了,那这样的行为也算是出自一个真正的男子汉之手,这说明儿子向他的父亲更迈近了一步,但这样一来,不是严重违反了纪律吗?八路军是人民的军队,又怎么能干这种为非作歹的事儿呢?那个时刻,母亲第一次感到了前所未有的迷茫,不知道自己在儿子身上所付出的心血,终究要换来一个怎样的结果,甚至有一刻,她感到了一丝害怕,担心儿子在一条由她铺就的道路上狂奔而去,而前面到底有没有深渊和陷阱,谁又能说得清呢?想到这里,母亲不由得打了一个寒战。

当然,这样的事情并没有发生过几次,而且也并不意味着就像母亲想象的那样严重,不管怎么说,到现在为止,她的儿子庆生还没有什么异常的表现,不管是在母亲的心中,还是在别人的眼里,庆生都还是一个不错的军人,一个优秀的文化宣传员。前几天庆生捎信来说,上级交给了他一个重要的任务,为此他暂时脱离了县大队,到一个陌生的地方去开展工作,他记着母亲的生日呢,决定要在这一天回来给她庆生。母亲听了非常高兴,也十分激动,是呀,她已经好多日子没有见到儿子了,不知道他现在到底是什么样,长高了多少,吃胖了没有。她盼望儿子赶紧回来,为自己过这个庆生宴倒是小事儿,与儿子相聚一回才是她真正的愿望,在这个危机四伏的时代里,亲人相聚是多么难得而重要呀。

但让母亲想不到的是,就是在这样一个日子里,日本鬼子竟然要来扫荡了,而且发了那么大的毒誓,要对这个村子来一次大血洗,在这种情况下,村民们只能被组织起来转移到其他地方去,按照区政府的计划,是要让所有人都离去的,只把这个空荡荡的村子留给侵略者,但母亲怎么能按照他们的愿望去做呢?日本人来了,自己和其他村民都离开了,而他的儿子要回来了,大概率会撞在日本人的枪口下,到那个时候,儿子可就在劫难逃了,而她作为母亲就算再后悔也来不及了,所以她要留下来,等待儿子归来,只要看不到儿子的影子,她就不能离去,哪怕为此让自己暴露在侵略者的枪口下。母亲相信,只要有自己在,哪怕儿子落到日本人的陷阱内，她也能拿出性命来保护他的，就算不能帮助儿子逃走，让自己和儿子死在一起也心甘呢，这比让儿子一个人死在这里，而她作为母亲在其他地方苟且偷安而强得多吧？

母亲坐在厨房内，坐在那些散发着香气的酒菜中，安心地等待儿子归来，或者说等待日本侵略者的队伍到来。她一点都不慌张，而只是支起耳朵，仔细聆听着外面的动静，她希望尽快听到一阵脚步声，或者敲门声，那就意味着儿子归来了，到那个时候，她就会带着儿子再转移到外面去的，如果来不及的话，她就和儿子站在一起，不，是站在儿子的前面，迎着日本侵略者的刺刀走过去……

日头快要当顶的时候，母亲果然听到了外面传来的动静，但与她的盼望不同，那虽然也是一串脚步声，但她听出来，那并不是一个人发出来的，而是一支队伍里的许多人一起发出来的，与此同时，她还听到了一阵马嘶声，随后还有车辆发动机的声音，如果她没有理解错的话，是日本侵略者的队伍进村来了，而到这个时候，还没有她儿子的任何消息呢。

儿子，母亲站起来，一边朝厨房门外走，一边在心里问道，你在哪儿呢？

四

母亲走出家门，不禁感到万分意外，她首先看到了一个熟悉的身影，然后才是几队纷乱的人马，没错，那几队混乱的人马正是前来讨伐的日伪军。和她的想象差不多，日伪军的队伍不仅全副武装，一律端着枪支，枪尖上挑着闪亮的刺刀，而且队伍后面是马匹和车辆，上面端坐着日本军官。日伪军摆出包抄的架势，正在向着村子的深处也就是母亲所在的地方推进。母亲虽然没有见过日伪军扫荡的情景，但想来也不外乎是这种样子，所以也就没有感到多么意外，而让她觉得不可思议的是，那个熟悉的身影也就是她的儿子庆生居然走在队伍的最前面，乍一看上去，还以为是这个人把那支武装到牙齿的队伍带到村里来的。母亲想了一下，便马上找到了这幅情景出现的理由，看来一定是庆生落入了敌人的虎口，也就是说，当敌人的队伍到来的时候，庆生也正好来到了村子里，便只能成为日伪军的俘虏，更进一步说，庆生肯定是被那些鬼子和汉奸押到村子里来的。但很快，母亲又发现或许不是这么回事，因为庆生如果成为俘虏的话，是不可能像现在这样迈着坦然的脚步走到她面前来的，是呀，庆生不但没有被捆绑起来，甚至没有被下掉枪支，那只由母亲送给他的手枪此刻就端在他手里，而且庆生表现出来的状态没有丝毫的紧张，反而有一些趾高气扬的样子，好像跟在他后面的那些凶神恶煞的侵略者不是魔鬼和豺狼,而是他邀请来参加母亲生日宴会的客人似的。天哪,母亲在心里困惑地问自己,这到底是怎么回事呢?

庆生也看到了母亲,便迈开脚步,一溜小跑地过来了。娘,庆生第一句话就问她,人们都转移了吗?

母亲朝他点点头说,是呀,都转移了……

那他们到哪里去了?庆生急不可待地继续发问。

他们……母亲张了张嘴,把要说的话又咽了回去,反而改口问他说,你怎么和他们一起来了?说到这里,她抬起手,朝他身后那些加快脚步跟上来的日伪军指了一下。

庆生也转了一下头,但又马上掉回来,再次询问母亲说,娘,区小队到哪里去了?你知道不知道?

母亲当然知道,乡亲们开始转移的时候,那个姑娘就对她说过了,但她不想把这个答案对儿子说,因为到这个时候,她还不敢确定,真的是庆生把那些狗东西带来的?

见她没有再说下去的样子,庆生有些反应过来,索性把手枪插到腰带下,腾出手来,搀住母亲的胳膊。娘,庆生微笑着对他说,今天是您的生日,我终于赶回来了,好好来给您老人家庆一下生……

母亲从那些站在远处朝他们看的人身上收回目光,抬起头来,上下打量着站在她面前的儿子。这一刻,她的确感到庆生有些陌生,是呀,她的确有些日子没有看到儿子了,庆生也真的发生了一些变化,但这种变化并不是她想象的那样,比如个子变高了,身材变胖了,不是,儿子的个头不仅没有变高,而且似乎还矮了一些,身材也没有变胖,竟然还瘦了许多,看上去,庆生不仅没有向着丈夫的模样靠近,反而离他更远了些,这到底是怎么回事呢?她感到有些茫然不解,干脆也就不再往深处想了,既然儿子回来了,而且就像他说的那样,是回来给她庆生的,那就好好地和儿子吃一顿饭吧,反正她已经把饭菜都准备好了,这一天来,她等待的不就是儿子出现在自己面前吗?我的儿子,母亲颤抖着嘴唇说,你没有忘掉娘的生日呀?

没有,庆生郑重其事地说,我就是忘了我自己姓什么,也不会忘记娘的生日呀。

那就好,母亲点点头说,饭我都准备好了,那我们娘俩就回家吃饭吧。

好,庆生表示同意说,那我们就一起回家……说到这儿,他又掉回头,朝后面的日伪军队伍看去。

这时候,日伪军的队伍已经有一些骚乱,或许出现在面前的情景与他们的想象或者说与庆生描述给他们的情景差别太大,开始时的茫然不解过去后,现在已经呈现出了不满的状态。坐在敞篷车里的日本军官抬起手,向一个骑在马上的伪军官摆了一下手。伪军官跳下马来,迈着大步走到庆生面前。老弟,伪军官拍着他的肩膀说,到底怎么回事?

庆生赶紧向他弯了一下腰,微笑着向他解释说,看来八路军得到了我们要来的情报,当我们还在路上的时候,他们就转移到别处去了……

那你让她说出来,伪军官指着母亲说,区小队转移到哪里去了?

庆生有些为难地眨了一下眼,然后把嘴巴凑到他的耳朵边,低下声音说,这是我母亲,今天正好是她的生日,我想陪她吃完这顿饭以后,就能从她嘴里套出区小队的去向,到那个时候……

伪军官点点头说,行,我去给皇军说一下,但你可要保证,这顿饭吃完以后,区小队的下落就能让我们知道了。

没问题,庆生忽然提议说,要不这样,时候也不早了,大家一路辛苦,反正我母亲把饭菜都准备好了,那就一起用饭好吗?

伪军官吧嗒着嘴说,你想让皇军也给你母亲过生日吗?

不是,庆生赶紧表态说,我不是这个意思,我是想不能让队长他们一直饿着肚子呀……

我明白了,伪军官又拍了一下他的肩膀说,那我就代表你去邀请队长。

五

母亲回到了屋里,在经过挂在墙上的丈夫画像时,不禁停下来,发现插在炉子里的香不知什么时候熄灭了,于是她划燃火柴,把三炷香重新点燃,看着烟气弥漫起来,她才抬起眼睛,再次打量着丈夫的画像,在心里对他说,无论如何,我都不能对不起你……

庆生进到屋里来的时候,母亲已经坐在了桌子后面的座位上,那是一把太师椅,是这个家庭里唯一一件值钱的用具,父亲活着的时候,这把椅子归他使用,父亲离去之后,便由母亲坐在上面了,而他作为儿子,其实从来不敢到上面去坐一回。此刻,母亲坦然地坐在太师椅里,正在等待他的到来。桌子上已经摆满了酒菜,庆生看出来,尽管这是母亲的生日,但菜肴差不多都是他喜欢吃的,这说明母亲不过是借着给自己过生日的理由,来表示一下对儿子的疼爱。庆生多希望赶紧坐下去,陪着母亲吃这顿好饭,具体说来,是给母亲满满斟上一杯酒,敬她老人家福如东海寿比南山,然后自己才能动筷子,把这一桌好菜慢慢地吃下去。这是他以前为母亲庆生时必经的程序,但今天不同,因为跟在他后面的日伪军官还没有进来,他怎么敢坐下去,陪着母亲吃饭呢?

不等母亲发出邀请,日伪军官就坐在了桌子四周,但面对着这桌子酒菜,他们却没有一点吃的打算,而只是看着这个投降了他们的叛徒陪他自己的母亲吃饭,或者换句话说,只有当这个叫庆生的家伙开口吃起来,或许他们才会放下心来,将这桌子弥漫着香气的酒菜一扫而光。

看到庆生还有些不知所措,母亲便只好提醒他说,孩子,不要等了,我们先吃吧,你难道没有看出来吗?你不试吃上几口,他们又怎么敢动筷子呢?

好吧。庆生点点头,随即端起酒壶,要为母亲斟酒,但他马上发现,母亲早把酒杯斟上酒了,这有点出乎庆生的意料,因为斟酒的活计应该由自己干的,再说这是为母亲庆生呀,又哪能让母亲为他斟酒呢?更让他感到意外的是,母亲给他面前的三只酒杯都斟上了酒,是呀,母亲竟然在他面前放置了三只斟满酒的杯子,这是什么规矩呀?庆生有些丈二和尚摸不着头脑,当然,母亲也为自己的杯子斟满了酒,但仅仅只有一杯,不管庆生理解不理解,母亲的意思是摆在那里了,就是让庆生喝掉这三杯酒,而她自己会陪着庆生喝掉属于她的那一杯的。其实到这个时候,庆生差不多已经有些知道母亲的心思了。

我的儿子,母亲端起那杯酒来,用饱含深情的目光看着他,不管在什么样的情况下,你都是我唯一的儿子,纵然有天大的屏障,也阻断不了你我之间的母子之情,既然这样,那作为儿子的你也只能听命于你的母亲,来陪我好好过这个生日吧。

娘,庆生也端起了酒杯,今天我回来就是为母亲庆生的,您说让我怎么办,儿子就怎么办吧。说到这里,庆生的泪水奔涌而出,吧嗒吧嗒地落在桌面上。

母亲端酒的手颤抖了一下,酒液也洒出来,但她随即停住了手。来,她命令儿子说,先喝这第一杯吧。

庆生垂下头,朝手中的酒杯里看了一眼,虽然他看不出什么异常,却知道里面羼进了致命的东西。好。庆生没有犹豫,而是一扬脖喝掉了这杯酒。

母亲直直地看着他。这第一杯酒喝下去,你就明白了娘的心思,在娘的眼里,你永远是一个长不大的孩子。来,再喝一杯。

庆生又端起了第二杯,依旧没有表现出迟疑不决,便又把这杯酒喝了下去。

母亲说,这第二杯酒喝下去,娘是想告诉你,虽然你爹的像挂在墙上,但你从来不是你爹的儿子。来,喝第三杯酒吧。

庆生端最后这杯酒的时候,手指已经打起晃来,这并不是心灵的驱使,而的确是来自身体的支配。虽然这杯酒洒出了一半,但他还是把剩下的酒液灌进了嘴里。

母亲说,这第三杯酒喝下去,或许你才能从梦中醒来,娘的意思是说,你还从来没有在这个世界上活过。说到这里,母亲提醒儿子说,孩子,你还没有为娘的生日说一句祝福的话呢。

娘,庆生尽力支撑住身子的疲软,强打起精神瞪大眼睛,吃力地看着母亲,看着母亲举在手里的硕大酒杯,用平生最大的勇气声嘶力竭地喊道,娘,儿子祝您老人家……他没有说完下面祝福的话,就瘫倒在了座位上。

到这个时候,一直坐在四周观看这母子二人表演的日伪军官们才醒悟过来。八嘎,日军队长拍了一下桌面说,快夺下她的酒杯。伪军官赶紧站起来,想要扑向母亲。

谢谢我的儿子。母亲朝庆生最后点了一下头,说时迟那时快,举起手里的酒杯,一下子把酒液灌进了嘴里。孩子,她的嘴角浮出一缕极具魅力的微笑,我们母子一起转移吧……话没说完,她就再也支撑不住,身子一软倒下了地。

小狗旺旺

一

女人拄着拐杖,拖着那条不方便走路的残腿,费了好大劲儿,才终于爬上顶楼,停在右边的一扇门前。她站直身子,喘了好几口气,终于让急跳的心脏平复下来,才抬起手,敲响了那扇门板。

女人敲了好久,门板也没有打开,甚至门背后没有发出任何动静。倒是左边那扇门敞开了一条缝,有一个人站在门后,透过门缝朝她打量。女人没有打算理会他,而只是在心里向他道歉,对不起,打扰到你了。她依旧挥动着右手,在那扇门板上继续敲下去。

左边那扇门轻轻打开了,一张戴着眼镜的瘦脸探了出来,热心地提醒她说,你不要再敲了,这家里或许没人。

女人侧过头来,朝他歉意地微笑了一下,却在心里笑话他说,谁说这家里没人?你还是他的邻居呢,竟然没我这个不相干的人了解他的情况。我知道他在家。女人向他解释说。

是吗?那张瘦脸吧嗒了一下嘴,不知道再表示什么,眼镜后面的目光却是刻意在她脸上停留了一下,然后讪讪地缩回头去。门板发出比打开时响得多的声音,很迅疾地关上了。

女人摇摇头,心里又涌起更加不安的情绪,想要罢手往回走,但一想到来这里是那么不容易,便又一次抬起手,比刚才更用力地敲在门板上。她相信,就算里面的那个男人就要死了,怕是也会被这阵急促的敲门声惊醒的。

门板终于打开了。门板打开的速度比女人想象得要快,不禁把她吓了一跳,而且携带着一股疾风,很强劲地扑到她脸上。你找谁?男人站在门里,用恼火的目光看着她。

我找你……女人脱口说道,又觉得这样说不合适,便觍起脸来微笑了一下,对不起,打扰你了……

你是谁？男人上下打量着她，是不是敲错门了？

没有，女人继续微笑着说，我找的就是你……

可我不认识你。说完，男人就做出了关闭门板的架势。

等等，女人伸手撑住门板，语无伦次地向他解释说，我还没有给你说清楚呢，是这样，我是你家的邻居……

邻居？男人朝对面的门板看一眼，你是那家的人？

不是……女人知道自己的表述出了问题，也看出男人的耐心差不多已达极限，如果再不说清楚的话，恐怕她费这么大力气来到这里的目的就泡汤了。我是住在对面那座楼里，她抬起手，有些忙乱地朝某个方向指了一下，我也住那座楼的顶层，和你家可以隔窗相望，当成你家的邻居好像也说得过去……

你到底要干什么？男人目光里增加了更多的警惕意味，差不多已经把她当成一个上门搞鬼的特务分子了。

就在这时，女人又听见对面的门板发出一声轻响，看来男人真正的邻居又从门缝里窥探他们了。你能让我进去和你说吗？女人恳切地提出。

不能，男人断然否定，我不知道你是干什么的，怎么能轻易让你进我的门呢？

好吧，女人觉得男人说得也有道理，自己贸然向一个陌生人提出这样的要求的确有些过分，她在脑子里急快地想了一下，忽然灵机一动说，对了，我家养着一条小狗，就在那边阳台上……她又朝刚才指过的方向指一下。

一条小狗？男人不由得一愣。

一条小花狗，女人继续微笑着说，你隔着阳台的玻璃或许就能看到它的……

经她这样一番提示，男人似乎真的想到了什么。你是住在那边的楼上？男人眨巴着眼睛，也朝女人指过的那个方向伸了伸手，口气明显缓和下来。

对对，女人忙不迭地点头，你想起来了？

我好像看到过你。男人再次打量了她一眼，目光里的警惕意味正在消退下去。

是呀，女人欣喜地点点头，那就是我……

你找我有什么事吗？男人还没有摆脱心里的疑惑。

我是想来和你说一说……女人尽管斟酌着字句，却一时找不到合适的话语，你能让我进去和你说吗？见男人还在犹豫不决，她又主动提醒他说，我是一个残疾人，一条腿有很严重的毛病，说到这里，她把手里的拐杖轻轻晃动一下，以引起他的注意，好不容易爬到顶楼上来……

好吧，男人终于消除了戒备心理，闪开身子，做出了让女人进门的架势。等女人走进门去,男人朝着对面的门板吆喝了一声,有什么好盯梢的?老子又不是抗日分子。说完,不等对面的门板作出反应,他就使劲关上自己的门板。

二

　　女人一瘸一拐地走进客厅里。和她的想象差不多,男人家里果然一团凌乱,一些脏灰的衣服随便扔在座位上,几只没有洗过的饭碗在桌面上东倒西歪,地面更是很久没有打扫过了,空中弥漫着若干味道交织在一起的潮气,女人抽一下鼻子,便有一种要呕吐的欲望。她有些茫然地站在客厅中,不知道接下来该把脚步往什么地方迈。

　　男人从她身后走上来,顺着她的目光在四周打量了一圈,也感到这个地方太不像话了,想去墙边打开窗子,通一下风起码也能改善屋内环境的。但他又停住了,感到似乎没有这样做的必要,便又把目光转到女人身上,也没有做出让她坐下的打算。

　　真是对不起,女人又不好意思起来,把你的生活给打乱了……

　　你要对我说什么?男人忽然想到了什么,对了,刚才你提到了你家那条狗?

　　是呀,女人急忙点头说,那条狗叫旺旺,兴旺的旺,别提多可爱了……

　　我好像看到它不止一次了。男人挠着头皮说。

　　现在你就能看到它。女人朝阳台上指了一下。

　　是吗?男人随口回应着,竟然不自觉地朝阳台上走去。

　　女人尾随在他身后。这时她已经镇定下来,便注意到男人的穿着打扮,和她在阳台上看到的差不多,这个像她一样一个人生活的男人,的确让自己穿戴得过于随意了,一件破旧的汗衫斜斜地套在身上,下面是一件肥大的裤衩子,虽然现在是上午时间,却给人像是刚刚起床的印象,脚下趿拉着一双开帮的布鞋,因为没有穿袜子,走起路来鞋底敲击着脚板,发出吧嗒吧嗒的声音。他的头发也非常凌乱,脸上胡子拉碴的,肯定有一段时间没有收拾过了,今天是不是洗过脸也值得怀疑。这个人未免太不讲究了,女人心想,但随即又觉得这样的苛求未免有些过分,毕竟他像自己一样长时间不出门,也就用不到打扮自己,如果她不是到男人家来,不也是一副随心所欲的样子吗?

　　男人推开通向阳台的门板,回头看了她一眼,便走到旁侧的玻璃窗前,朝对面望过去。它真的在你家阳台上呢。男人欣喜地说道。

　　女人也走到阳台上,站在男人的身后,也像他一样朝对面楼的阳台上看去。虽然她看的是自己的家,却因为是第一次作为他者观看,便有了一些奇特的感觉,原先她可是站在自家的阳台上,透过窗玻璃朝她此刻站立的这个地方看的,而现在却反过来了,当然让她有了从未有过的新奇感。就像男人说的那样,自己家那条叫旺旺的小狗果然就在阳台上,正透过窗口朝这边打量呢,一看到男人的影子,旺旺一下子高兴起来,跑到窗玻璃前,探起身来,将两条前腿放在玻璃上,朝这边摇晃着可爱的脑袋,明显是在朝他打招呼呢。尤其看到女人的时候,旺旺也像她一样感到好奇,在愣怔了一霎后,突然张开嘴巴,朝着这边欢叫了几声,虽然隔着两层玻璃,中间还有一段不小的空当,女人和男人听不到它发出的声音,却真切地感受到了它的活泼可爱。

它叫什么来着?男人问她说。

旺旺,女人回答说,兴旺的旺。

挺好的名字,男人赞叹说,它多大了?

三岁多了。女人欣悦地回答,这个话题她可是愿意说下去的,而且她这次到男人家来,不就是要说一下旺旺的事吗?

它是一条……男人看了她一眼,又马上把目光移开,没有继续说下去,而只是盲目地摆了一下手。

女人懂得他的意思,不自觉地微笑起来。它是一条女狗。她一边说,一边似乎意识到了什么,不禁又摇了一下头。

真的不错。男人朝旺旺招招手,便离开那面窗户,回身往客厅里走去。

女人也朝旺旺挥了挥手,她看出来,男人离开之后,旺旺有些失落,也有些焦急,便朝着她更起劲地张动嘴巴,似乎要通过她来留住男人。女人向它摇摇头,告诉它自己是办不到的,便也离开阳台,跟着男人回到了客厅里。

你该不会只是让我看它一眼,男人停住脚步,又把目光落在女人身上,就费这么大的劲儿来我家吧?

是的,女人点点头说,我贸然来打搅你,就是为了给你说一说我家旺旺的故事……

有这个必要吗?男人打断了她的话,又朝阳台上看一眼,我只是通过阳台的窗口看到过几次那条小狗,其他的就没有什么了。男人抬起两手,无可奈何地朝两边摊开。他的意思很明确,到这个时候,女人可以从他家离开了。

或许你真的不知道,女人极力向他表明,旺旺有多么关注你……

关注我?男人有些莫名其妙,一条狗关注我什么呢?他似乎觉得这句话有些滑稽,差点笑出声来。

这样吧,女人知道仅仅这样说下去是表达不清楚的,便适时转移了话题,我先不说旺旺了,而说一说另外一条狗……

另外一条狗?男人越发有些不明白了,另外一条狗和我又有什么关系呢?

当然有关系了,女人似乎有了一些卖关子的意思,当我说起它的时候,你就知道是怎么回事。她随即提出了自己的要求,我能不能坐下来和你仔细说呢?

这个,男人犹豫了一下,有这个必要吗?

我想有,女人用结实的语气说,并且摇动了一下手里的拐杖,我在你家已经站了好一会儿了……

好吧,男人从她那条残腿上抬起头,不得不表示了一下起码的礼貌,那你就坐下来说吧。他朝座位上看了一眼,又不好意思地摇摇头,你看我家里这么乱……

我家和你这里差不多,女人安慰他说,毕竟一个人生活嘛,就没有那么多讲究了。

噢,男人有些意外,你也是一个人……

女人点点头,没有等他收拾干净座位,便率先坐了下来。她坐得很坦然,故意向他表露出,自己一点也不嫌弃这里的脏乱。

待女人坐定后,男人犹豫了一下,也在离她不远的凳子上坐下来,却依旧挺直着身子,好像他只是暂时坐一会儿,可随时站起来做出送客的动作。

女人悄悄笑一下,便开始了向男人的讲述。

三

我是从三年前开始养狗的,女人对男人说,在此之前的某一天,我从一座楼的阳台下经过时,有一个人从上面跳下来,正好砸在了我身上。那座楼虽然不高,但那个人跳下来的冲击力却很大,一下子就把我砸倒在地,在一家诊所里躺了好多日子,虽然捡回来了这条命,但我这条腿由于粉碎性骨折,再也没有恢复原样,就变成了现在这个样子……

你是说,男人呆呆地看着她,你被一个寻死的人弄成了残疾?他随即回过味来,为什么要给我说这个话题?难道你是在暗示我什么吗?他的眼睛里开始冒火,刚刚坐下去的身子马上又要站起来了。

我没有别的意思,女人使劲朝他摇着手,这不过是我这个故事的开头罢了,我只是为了向你说明,我之所以养了那条叫旺旺的狗,都是因为我行动不便的缘故……

是这样？男人重新坐定身子,托着下巴想了一下,朝她点点头说,那你就继续讲吧。

有很长一段时间,女人长出了一口气,继续向他讲道,我每天都只能待在家里,不管外面发生了什么事,我都不方便下楼去一趟,这当然也好,在这个纷乱的世道里,还有比躲在家中更安全的吗?可这样一来,我的生活就出现了问题,不管一个人也好两个人也好,你总是要添置一些生活用品吧,一些不常用的东西可以省略,但柴米油盐这些食物却是不能缺少的,三天五天可以对付过去,时间长了就会撑不住劲儿的。在这种情况下,我便从别人那里抱养了一条小花狗,也就是刚才你看到的旺旺。我打听了一些喂狗的常识,在旺旺长大的过程中,就有意对它做了一些训练。或许你想不到,我喂养的这只旺旺有多聪明,简直就像一个小孩子一样听话,真的。或许是我每天都和它聊天的缘故,旺旺基本上能听懂我的每句话,你让它到客厅里拿本书来,过不一会儿,它就会捧着那本书来到我面前;有时候客人来了,刚把烟拿到手里,它就把一盒火柴递了过去。自从有了旺旺以后,不但我的生活方便了许多,更重要的是我身边有了一个可以交流的对象,每当心情郁闷了时,我总是对旺旺念叨一番,倾诉一番,旺旺也乖乖地坐在我面前,支起耳朵听我说话,我觉得我的每一句话它都明白是什么意思。每当我说到动情处,它都一边摇头晃脑一边眨巴眼睛,有时候看到我流下了眼泪,它就主动伏到我身上,小脑袋在我怀里拱来拱去,像孩子一样安慰我……

真的是这样吗?男人顺着她的话说,看来你养了一条不错的小狗。

旺旺对我帮助最大的还是上街买东西,女人兴致勃勃地说,刚才我说过了,我因为腿脚的残疾不方便出门,每逢需要添置一些生活用品了,我就在旺旺身上绑一个小筐子,把我所需要的东西写在一张纸上,和几张储备券捆在一起,然后打发旺旺下楼去附近的商店。当然,这几家商店的老板都认识旺旺,不会有意为难它的,他们根据我写在纸上的用品名称和数量,把所需的东西放到小筐子里,然后结清账目,由旺旺带回家来……

对对,听到这里,男人抬手拍了一下脑袋,我想起来了,在楼下的这条街上,我就不止一次看到一条会买菜的小狗,原来它就是你的旺旺?

大概就是它吧,女人点点头说,在我们这条街上,大约许多人都看到过旺旺买东西的情景。开始的时候,商店的老板为了考验旺旺,故意把菜少给它一些,旺旺觉得不对劲,就赖在那里不离开,直到人家把不足的菜补齐了,旺旺才快乐地回家来。有一次,我发现找回来的零钱多了一张毛票,还以为店家算错账了呢,后来我才听说,那是旺旺在地上捡到的钱,有人亲眼看见,旺旺看地上有一张别人丢掉的毛票,竟然把它叼起来,扔到身边的小筐子里。说来真是好笑,一条小狗竟然也这么"见钱眼开"。

真是一条聪明的小狗。男人也不由得赞叹说。他忽然想到什么,在发了一下呆后,犹豫不决地对女人说,我好像觉得不对劲儿,我看到的那条买菜的小狗,是不是已经……他向她打着手势,不知该不该把下面的话说出来。

女人当然明白他的意思,便又点了一下头说,我知道你说的那条狗,没错,它的确已经被一辆军车轧死了,但它不是旺旺,而是另外一条狗……

另外一条狗?男人也好像明白过来,对了,你刚才说要对我讲另外一条狗的,难道是它……

是的,女人点点头说,那条狗的名字叫壮壮,它是旺旺的伙伴,哦,更准确的说法,它应该是旺旺的丈夫……

丈夫?男人觉得有些好笑,我明白你的意思,原来你是养了一对狗夫妻呀?

开始只有旺旺一条狗,女人说,那时候我并没有把旺旺当一条真正的女狗看待,忽略了它也是一个小生命这个事实。是呀,但凡生命就有自己的生理需求,旺旺长大了以后,也是需要一个老公陪伴的,按照我们通俗的说法是,旺旺会有一个发情期,这个阶段如果满足不了它的需求,它是会非常难过的……真是不好意思,我竟然说起这些事来……

没关系,男人摇摇头说,你继续说下去吧。

为了帮助旺旺渡过难关,女人继续说道,我就又养了另外一条公狗,也就是壮壮。有了饲养旺旺的经验,我就顺理成章地把壮壮也培养成了一条能上街买东西的狗,在那段日子里,人们看到的那条购物狗大多情况下都是壮壮……

后来就出了那件事是吧?男人试量着说。

是的,女人无可奈何地说,后来的那一天,旺旺上街为我购物时,被那辆突然出现的日本军车撞倒在地,沉重的车轮从它身上狠狠地碾过去……说到这里,女人突然克制不住,竟然低头呜咽起来,对不起……

你不要激动……男人劝慰她说,我去给你倒杯水吧。他站起来,迈着轻微的脚步走进厨房,但很快又空着手出来。不好意思,他颇为尴尬地说,水壶里没有热水了……他随即又嘟囔了一句,都停电好几天了,该死的日本鬼子……

四

男人把一杯冷水放在女人面前的桌子上，拿开手时，顺便把旁边的那几只饭碗摞在一起，朝旁边推了推，还是觉得不妥，干脆把它们端起来，送进了厨房里去，再次出来的时候，他手里多了一块湿漉漉的抹布。

给你添麻烦了。女人不好意思地说。

那条叫壮壮的狗我记得，男人小心地擦着桌子上的灰尘，那天它出事不久，我正好从那个地方经过，就看到了躺在地上的壮壮……当时许多人都围着它看，因为它的半边身子已经被轧烂，也就没法再去抢救了。大多数人都不愿多事，看上一阵也就散去了，壮壮的尸体在那个地方躺了很久，还没有得到处理……

那几天我的腿伤又发作了，女人回想着说，再说我也没想到壮壮会遭遇这样的不测……

我实在看不下去了，男人擦完了桌子，坐回到凳子上说，就找来一把铁锹，在街边的一棵树下挖了一个坑，把壮壮的尸体埋了进去。当时我还以为自己是在做好事呢，不管是人还是狗，总不能让它暴尸街头吧，虽然这年头命都不值钱了，见到的尸体也多起来，但我还记着那句老话叫入土为安，无论到什么时候，这都是我们这些暂且活着的人应该做的事儿。可没有想到，我刚把壮壮的尸体埋起来，离那个地方最近的一户人家就找到了我，说我破坏了他家的风水，非让我把狗的尸体挖出来不可。我这才注意到，那个蛮不讲理的家伙是一个有名的汉奸，据说曾经做过许多伤天害理的事儿，因为有日本人撑腰，平时也就十分凶悍，一般人根本不敢招惹他。但我就是不服这号人，如果真的破坏了他家的风水那倒是我求之不得的事呢，所以我就大起胆子，不管不顾地和他大吵了一架……

我听说了，女人用敬佩的目光看着他，我家的邻居后来把这件事说给我听，根据他的描述，我知道帮助我和壮壮与那个汉奸干仗的人就是你……

你该不会认识我吧？男人用疑惑的目光看她。

我虽然不认识你，女人不好意思地说，但我却看见过你，她朝阳台上指了一下，没有养狗的时候，每当心情不好的时候，我都会到阳台上站一站，就是在那个地方，我看到了你……

噢，男人点点头，原来是这样？

还有你更想不到的呢，女人继续说，你埋葬壮壮的情景，被我家的旺旺看到了……

是吗？男人有些纳闷，旺旺是怎么看到的呢？那天我不记得它在那个地方出现呀？

它也是在阳台上看到的，女人又朝阳台上看了一眼，自从旺旺来到我家之后，那个阳台就成了它专属的地方，一般情况下，它都是透过阳台的窗口打量外面世界的。那天壮壮被日本军车撞死的时候，旺旺就正好看到了，虽然它只是一条狗，大约是处在这个乱世的缘故吧，它好像也懂得了死亡是怎么回事，知道壮壮已经离开了这个世界，而作为一具没有生命的尸体，是不能一直躺在街道上的。旺旺盼望能有一个人站出来，帮助可怜的壮壮一下，后来你出现了，很快让壮壮离开了那个是非之地。从那个时候起，懂事的旺旺就记住了你，以后再也忘不掉你了。

我分辨不出旺旺和壮壮，男人困惑地说，莫非旺旺也早就认识我了吗？

看来是这样，女人分析说，在此之前，旺旺已经在阳台上看到过你许多回了，应该记住了你的模样吧，但自从发生了壮壮那件事之后，它在阳台上再次看到你时，就像看到一个老熟人一样感到亲切……

亲切？男人念叨着这个词，不禁转过头，朝阳台上看一眼，还是又摇了一下头。

你不相信吗？女人问他说，看来你并没有真正注意过旺旺，也就不了解它对你的心思……

那些日子，男人又挠了一下头皮，这时他或许意识到自己的头发过分凌乱，便顺势朝一边理了两下，以让自己的形象整洁一些，我的确经常到阳台上去……说到这里，他看了女人一眼，尤其是心里烦乱得受不了时，我就会到那个地方去，看一看远处的风景，呼吸一口新鲜空气……我发现了那个阳台的好处，没事的时候就去那里坐一坐，也就是在那种情况下，大概我看到了对面阳台上的那只小狗，也就是你家的旺旺，但我并没有怎么把它往心里放，或者说根本没把它的存在当回事……

可旺旺就不同了，女人纠正他的说法，只要你出现在了阳台上，旺旺就高兴得不行，像对一个老熟人一样要和你打招呼，但两座楼并不在一起，中间还隔着一段不小的空档，又有两层玻璃阻挡，就算旺旺怎么吠叫，怎么摇尾巴，怎么晃脑袋，可能都无法引起你的注意。但这对旺旺来说算不了什么，虽然你并不理会它，但只要看到了你的影子，它就感到高兴，感到满足，可如果很长一段时间，你没有出现在阳台上，它无法看到你的踪影了，便纳闷得不行，苦恼得不行，它会长时间待在阳台上，隔着玻璃朝你家这边眺望，满心期待着你出现，嘴里发出呜呜噜噜期盼的叫声，连我听了都感动得不行……

真的是这样吗？男人差点叫起来,这我可一点也不知道呀。他站起身,有些激动地在客厅里走了几步,一条小狗竟然如此牵挂着我,让我听了简直像做梦一样……

说来你别介意,女人试量地说,就连你和你老婆在阳台上发生争执时,旺旺都感到非常担忧,我记得有一次,你们两口子竟然在那里撕打起来,旺旺为你焦急得大叫不止,恨不得让自己穿过窗玻璃,越过那段空档,一下子来到你家阳台上,真心实意地帮你一把……

别提那个女人了,男人摇摇头,脸上忽然浮起沮丧的表情,他坐回凳子上,叹了一口气说,前些日子,她已经找她的相好过日子去了……

女人只是点了一下头,并没有做出任何意外的表示,这些她已经从邻居的口中了解到了,不然,她也不会轻易到男人家里来说这些话的。

让你们看笑话了,男人摇摇头,伸手在桌子上划拉一下,突然抓起一只玻璃瓶,打开盖子,将瓶口对到嘴上,咕咚灌下去一大口。女人似乎没有注意到那只瓶子,这时抽了一下鼻子,便闻到一股浓烈的酒味,原来男人喝下去的是酒呀,而且她这才发现,桌子下面竟然还躺着好几只空酒瓶。男人灌了几大口酒,把瓶子使劲顿到桌子上,低下头去,很长时间没有再动弹一下。

对不起,女人朝他歉疚地说,勾起你的伤心事了……

没关系,男人摆摆手说,那都是过去的事了……他吃力地抬起头,用疲惫的眼神看着她,旺旺的故事讲完了吗?

五

这段时间以来,女人继续讲道,也就是你家出现了这些事以后,旺旺也发生了许多变化,因为看到你变成了现在这个样子,旺旺为你担忧得不行,日常生活也受到了很大影响。原先它一天能吃下两小碗饭,可现在连一碗也吃不完了,身体瘦弱得厉害,每天都一副萎靡不振的样子。尽管我不会给动物看病,却知道旺旺是患上了精神病……

什么?男人张大了嘴巴,狗也能得精神病吗?

是的,女人说,其实从某种意义上说,像旺旺这样的狗已经成了我们家庭中的一员,只要人所具备的,差不多狗也具有了……

你该不会把旺旺的病赖到我身上吧?男人有些反应过来,不禁警惕地问道。

我没有那个意思,女人向他表明,我只不过是指出这件事的真相,告诉你有一条小狗在旁边挂念着你,也就是说,你在这个世界上并不那么孤单……

不就是一条狗吗？男人用无所谓的口气说，一条狗挂念着我，在这个朝不保夕的世道里，这当然也不是什么坏事，可它毕竟……他摇摇头，没有把下面的话说出来。

这不是你的真心话，女人向他指出说，其实听了我对你说的这个故事后，你的心灵肯定会受到一些震动。或许你不知道，尽管旺旺只是一条普通的狗，但正是因为它的存在，才让我从濒死的状态中走出来，完全可以说，如果没有旺旺，我恐怕早就步了那个跳楼人的后尘……

男人从座位里直起身来，显然，他被女人这番话骇住了。这是真的吗？他颤抖着嘴唇说，你也产生过这样的念头？

难道你以为，女人冷静地看着他，在这个可怕的世道里，濒临绝境的只有你一个人吗？

当然不是……男人举起两手，抱住自己的脑袋，使劲摇晃了几下，又把手拿下来，梗着脖子对她说，可你并不知道我现在的情况……

不就是得了所谓的绝症吗？女人故意用轻描淡写的口气说。

怎么回事？男人抬起头，用惊诧的目光看她，这个你也知道？他的眼睛里又透出警惕的神色，你到底是干什么的？不会是专门监视我的特务吧？为什么对我的情况这么熟悉？

就是因为我家旺旺的缘故，女人回答他说，我才不能不对你的情况进行一些了解，其实这并不困难，在我们东阿县城的这条街上，不管是商店老板还是街坊大妈，有许多人都是关心你的，不然的话，他们也不会把你的情况提供给我，让我找到你家来了……

可你哪里知道，男人通红着眼睛说，我的情况有多么糟糕……他张开五根手指，然后用另一只手一根根压下去，先前我因为无意中给一个快要饿死的游击队员送了两个窝头，就让日本鬼子关了整整一年的监狱，我老婆看我越混越差，便三天两头地和我吵闹，前不久，她竟然跟一个和日本人做生意的家伙私奔了……我受不了这一连串打击，肯定是患上了精神病，每天都有一种生不如死的感觉，可这还不拉倒，最近我的身体状况也更加糟糕，前几天又被诊断为得了可怕的绝症，医生明确对我说，我肚子里长了很大一个瘤子，如果不把它拿出来的话，我恐怕就没有多少日子活头了……到这个时候，我差不多已经走到山穷水尽的地步，在这个黑暗的世道里，你就是活着也和死了没有多大差别，干脆我也不治疗身上的病了，就待在家里等死算了……以前当心情快要崩溃的时候，我还到阳台上去看一下外面的风景,让自己缓上一口气儿,但现在我根本不敢到那里去,就像你刚才说的那样,哪里还用得到什么瘤子来害我,说不定什么时候,我自己就从阳台上跳下去了……说到这里,男人再也控制不住激动的情绪,把身子伏在桌面上,两手抱住脑袋,呜呜咽咽地抽泣起来。

女人看着他悲痛欲绝的样子,心里也战栗成一团。她抖抖地伸出手,想在他刺猬一般的脑袋上抚摸一下,但她的手在半空中停了一会儿,又慢慢地缩回来。哭吧,女人在心里对他说,有冤屈你就好好发泄一番吧。她知道,活在孤独和绝望状态中的他多么需要像现在这样的一个发泄口,只有将沉积在心里的悲伤和愤怒倾诉出来,这个差不多已经走到生命尽头的人或许才能获救……

我们为什么就赶上了这样的世道呢?男人用两手拍打着桌子,愤愤不平地大声吼叫,光日本鬼子肆无忌惮地欺压我们还不够,老天爷也不肯放过我,一个又一个灾难都降临到我头上,可我并没有反抗过日本人的统治,更没有做过对不住别人的事儿,可他(它)们为什么专门和我过不去呢?

你遭遇的这些不幸我几乎都经历过,女人开导他说,先前在学校读书的时候,因为参加学生运动,我也曾经蹲过反动政府的监狱,我的老师和同学差不多都参加了抗日活动,可我的腿断掉了,几乎成了一个没有什么用处的废人。还有我的婚姻,更是比你还要悲惨……她大喘出一口气,还是决定把这方面的事向他讲出来。当时,我和我未婚夫已经定好了结婚的日子,就连婚前的准备工作都做完了,可等到结婚那天,却是我一个人瘸着一条腿来到婚礼现场的,因为在前一天的夜里,就要成为我丈夫的那个人被日本人抓走了。我满心以为,他会经受住考验,不轻易向日本鬼子屈服,如果那样的话,他就是死了我也会为他戴孝守节的。但我的期盼很快落空了,没过几天,他就被日本人放出来了,而这时候出现在大街上的他,身边竟然多了一个妖里妖气的女人,原来日本人仅仅使了一下拙劣的美人计,那个软骨头就缴械投降了,而且顺理成章背叛了我们曾经海誓山盟的爱情……至于精神病,当然也不可避免地找上了我,有很长一段日子,我都盯着我家的阳台,考虑是不是走过去,像砸倒我的那个人一样,从那上面跳下去。但说来好笑,就在那个关键时刻,我竟然产生了一丝惧怕,担心我从楼上跳下去时,会不会也砸倒下面一个无辜的路人,对生活在这个世道里的人们来说,死亡已经降临得足够频繁了,我又怎么能再把灾难带到他们头上呢?

真的吗?男人抬起头,用惊诧的目光望着她,你竟然也有过这样悲惨的遭遇?

好在我有了小狗旺旺,女人改用欣慰的口气说,有了旺旺的陪伴和帮助,我才从那种可怕的境地中走了出来,旺旺不仅是我生活里的伙伴,更是我精神上的依托,每当我感到快要走不下去的时候,只要一想到旺旺,尤其是看见它为我担惊受怕的样子,我的心就算是一块石头也会慢慢融化掉的……当然,更重要的还是那些在黑暗的隐秘处帮助我们的人,有了他们的奋斗和牺牲,我们这种难以承受的生活状况才能得以改变。你应该好好听一听,看一看,听听那些不时从远处传来的枪炮声,看看那些持着枪支和日本鬼子战斗在一起的人们……

你是不是也是他们中的一员?男人迟疑了一下,还是鼓着勇气问道。

可惜我不是。女人羞愧地摇摇头。还是让我们来说一下旺旺吧。她又把话题拉了回来。我原本以为,旺旺会伴随着我一直走下去的,她沉痛地说道,可是这些日子以来,因为替你担忧的缘故,旺旺也得病了,如果你不能从糟糕的状态中走出来的话,我担心它也会很快垮掉的……

怎么会是这样呢?男人困惑地眨巴眼睛,我从来没想到我的状态会影响到你家的狗,这让我怎么说好呢?我可不是有意要和旺旺过不去的……

当然,女人宽慰他说,旺旺或许是太为其他人着想了,我们可以说它是自作多情,但仔细想一想,我们现在不是更需要这样自作多情的人和动物吗?这是什么?这就是关爱,这就是拯救。

关爱?拯救?男人重复着这两个让他倍感亲切的词语,低下头去,沉思了好一会儿,突然又把头抬起来,感动地对她说,是呀,就算是来自一只动物的救援和帮助,在这个充满血与火的年代里,也让我感到那么弥足珍贵……

既然这样,女人用坚定的语气说,那我们还有什么不能战胜的呢?就算是为了旺旺,为了让那只可爱的小动物继续活在这个世界上,我们也应该咬牙坚持住,绝不能轻言放弃,更不能接受失败。

可是,男人又悲观地摇了摇头,你看我现在这个样子,还能有获救的希望吗?

为什么没有?女人反问他说,就算是再顽固的绝症,比起日本鬼子的刺刀来,也根本可怕不到哪里去。道理不用我多讲,只要你行动起来,该治病的时候治病,到该拼命的时候就去拼命,哪怕只活在这个世界上一天,也不能让命运和敌人征服我们。

你说得有道理,男人点点头说,那么怎么办呢?他站起来,在客厅里来回踱着步,一边走一边自言自语,我要去试一试吗?

不是试,女人纠正他的话说,而是去做。

男人停在她面前,用惭愧不安的口气说,不瞒你说,我已经好多日子没有正常生活过了,你看我的形象,脸不洗,头不梳,衣服没有换过,房间也懒得打扫,就连这个门我都很久没有出去过了……

知道你现在最需要做什么吗?女人站起来说。

做什么?男人困惑地看着她,突然便反应过来,大声叫喊着说,我知道,他迈着大步朝阳台走去,我要看一下旺旺……

女人跟在他后面,也很快来到了阳台上,透过窗户玻璃朝对面看去。旺旺依旧待在她家的阳台上,正用期待的目光朝这边望着,一见到男人和女人,便一下子跳起来,扑到窗前,站起身来,用两只前爪伏在玻璃上,一边不住地张动嘴巴,一边朝他们频繁地摇动脑袋。

真是一个可爱的小精灵。男人赞美说。他举起两手,在空中握在一起,就像行走在江湖上的英雄好汉一样,对着远处的旺旺作了一个揖。旺旺,男人发自肺腑地对它说,谢谢你——

六

女人的任务差不多已经完成,该离开男人家了。

请代我向旺旺问好,男人一边往外送她一边叮嘱她说,如果它真的能听懂你的话,那你就对它说,对面楼上的那个家伙不想死了,就算是给那些希望中国人死绝的日本人多制造一些麻烦,他也不能轻易离开这个世界,离开东阿县城,男人感慨地朝远处望着,如果有人要离开的话,那也应该是罪恶的日本鬼子,既然这样,就让我和旺旺一起活下去吧。他忽然意识到什么,又用试探的口气问女人,我能不能去你家看一下旺旺?

行呀,女人满口答应说,如果在我家里看到你,旺旺不知该有多高兴呢。

那好吧,男人又用手在脸上抹了一把,等回头收拾一下,我就去你那里……他忽然严肃起来,郑重其事地对她说,接受你给我的第一个任务。

任务……女人直直地看着他,似乎沉默了一会儿,还是使劲点点头说,好吧,我和旺旺等着你的到来。说完这句话,女人便挂着拐杖,一瘸一拐地朝楼下走去。

锄　奸

一

老陆正在棚子里喝酒,通信员跑进来,大声对他说,老陆,队长叫你去一趟。

有什么任务吗?老陆随口问道。

通信员摇摇头说,不太清楚……

老陆不敢怠慢,赶紧把那个小小的酒葫芦藏到铺盖下。按照队伍上的纪律,他是不能随便喝酒的,但又戒不掉这个嗜好,就只能在没事的时候偷偷来上几口。

老陆,通信员用埋怨的目光看他,你可要小心一些呀。

耽误不了事儿。老陆毫不在意地摆摆手,对一个干了十几年的侦察员来说,这点小毛病也算不了什么,就是队长也会谅解他的。

他们这块根据地是在一个河滩里,由于湿地较多,便布满了茂密的树林和芦丛,隐蔽性很好,整个武工队的二十几个人都驻扎在这里,分别占据了七八个草棚子。

老陆跟在通信员身后,在草木间拐过了几个弯,进到了队长的棚子里来。

队长正在和另一个人下棋,当然,他们所下的这种棋不过是一种简单的游戏,在桌面上用粉笔画上几个方块儿,然后双方使用几块小石子,在十字线上分别向对方推进。前些日子,在一次激烈的战斗中,队长的脑袋负了点伤,老是处在眩晕的状态中,为了让脑子清醒起来,队长便专门和别人下这种简单的棋。一见老陆进来,队长就丢掉手中的石子,让那个人出了屋,然后坐正身子,开始向老陆布置任务。

老陆,队长端起大粗瓷缸子,小心地喝了一口水,你去你们村办一件事儿……

我们村?老陆看着他,办什么事儿?

你没听说吗？队长翻起眼来打量他，你们村发生的事儿？

没有呀，老陆眨巴着眼睛，我们村出了什么事儿？

队长将茶缸子放回桌子上，站起身来，把两手背在腰后，来回走动了几步，叹口气说，县大队的几个伤员不是住在你们村里吗？这件事你总知道吧？

老陆张了张嘴说，知道……

队长斜过眼来，又朝他身上打量了一下，你还真知道这事儿？

老陆想了一下说，前些天我回过一次村，听说了这件事儿……

你回过你们村儿？队长停住了脚，我怎么不知道这件事儿？

这个，老陆咽了一口唾沫，上次执行任务时，正好路过我们村边，反正是个晚上，我就回家看了一下……你也知道，我儿子是个癫痫病人，好久没有他的消息了……

你发现什么异常了吗？队长问道。

老陆摇摇头，没有……

队长坐回椅子里，一只手在刺猬毛一般的头发上挠了几下，忽然盯着他说，老陆你喝酒了？

就那么两小口……老陆伸出小手指，不好意思地比画说。

队长摆摆手，不打算就这个话题说下去。前几天，他语气沉痛地说，不知哪个地方走漏了风声，让炮楼里的日本鬼子知道了伤病员的事儿，他们出动大批人马，突然间包围了你们村子，把那几个伤员搜出来，都就地活埋了……

真的？老陆愣住了。

同时受害的还有几个村里人，队长的头又疼起来，粗硬的眉急跳了几下，都是当初掩护过那几个伤员的人……

老天……老陆暗叫了一声，那些受害的村里人可都是他的乡亲，不知道灾祸落到了谁的头上……

昨天你们村长来过了，队长说，把情况向我们做了汇报……

老陆自言自语地说，鬼子到底是怎么知道的呢？

肯定是有人告密了。队长把一只拳头在桌面上捶打了一下。

告密的人找到了吗？老陆看着他说。

你们村长不肯直说，队长把丢到桌面上的石子拿起来，在手里轻轻地把玩着，但我看出来，或许他知道告密的人是谁……

那我的任务是？老陆屏住了呼吸说。

你找到村长,队长转过头来,郑重其事地对他说,让他把告密的人说出来,由你来执行对那个家伙的判决。

处决了他?老陆问道。

你说呢?队长反问他,不消灭这些叛徒,我们以后还会遭受更大的损失。

要出门的时候,老陆又多了一句嘴,就我一个人去吗?

这还用得着去许多人吗?队长又用两手抱住了脑袋,反正告密的是你们村里的,而且只有一个人,你肯定认识他,便于你采取行动。队长又朝他丢了一支烟说,之所以派你去,一来是因为那是你的老家,二来是由于你是一个特别有经验的侦察员,如果交给别人,我还不放心呢……

老陆知道不用再说什么了,便把那支烟装在了衣兜内,转身朝外面走去。队长应该知道他是不吸烟的,但以示对他的敬重,就给他丢了一支烟。老陆把手插在衣兜里的时候,似乎摸到了什么硬物,不禁呆怔了一下。

二

等天快要黑下来时,老陆回到了自己村子里,这个时候来执行任务,还是比较安全的。他刚要朝村长家走,却又退回来,进到了另一条胡同里,不一会儿,他就来到了自己家门前。

其实他的家不过是一个十分狭小的篱笆院,篱笆由一排歪斜的木棍构成,现在正好是夏季时节,上面爬满一些野生的藤蔓,因为到了夜晚,那些在白天开放的花朵已经闭拢了,但老陆抽抽鼻子,还能闻到一股淡淡的香味。篱笆院里是两间不太像样的棚屋,此刻窗户上没有灯光,或许住在里面的人已经睡觉了?按说,他的老婆曾经患有严重的失眠症,一般情况下是很难进入梦境的,现在天刚黑下来,又怎么能上炕睡觉呢?还有他的儿子,一个让他放不下心来的癫痫病患者,也一贯游手好闲,尤其是到夜间,总是和一些狐朋狗友去外面玩耍,此刻也不会睡觉吧?

老陆觉得有些不对劲,便赶紧在篱笆门上推了一下,这也有些让他意外,篱笆门不仅没有关拢,而且脱离了门框,被他轻轻一推便倒在了地上。老陆一时有些愣怔,不知道自己的家出了什么问题。

篱笆门倒地时发出了响声,惊得一只藏在院角里的猫跳起来,从篱笆上跃过去,在街道的夜色里消失了。很快,屋门发出吱扭一声响,一个黑影从里面走出来。谁?那个人喝问了一声。

　　是儿子。老陆放下心来，原来儿子在家里呢，为什么没有点灯呢？老陆没有出声，而是迈着大步走过去。

　　爹？儿子问了他一句，你怎么回来了？

　　老陆走进屋内，把拎在手里的枪放到桌子上，又摸索着去寻找火柴。他知道火柴是放在窗台上，便朝那个地方走去。你娘呢？他随口问道。

　　我娘……儿子站在黑暗里，没有往下说。

　　老陆摸到了火柴，把放在桌面上的油灯点燃。屋内有了迷离的光线，儿子一张苍白的瘦脸出现在他面前。老陆上下打量着他，似乎想在他没大有表情的脸上找出让他感到不对劲的地方。你娘去哪里了？他继续问道。

　　儿子吞咽了一口唾沫，坐回到一张条凳上，用毫无表情的目光看着他。

　　你娘，老陆有些紧张，难道出事了？

　　儿子既没有摇头，也没有点头。我娘被日本鬼子打死了。儿子淡淡地说。

　　为什么？老陆探过头去，紧紧地盯住儿子，好像这件让他感到难以接受的事是儿子造成的，你娘和那些伤员有什么关系呢？

　　儿子低下头，用模糊不清的声音对他说，我娘给他们送过一回饭……日本人来了以后，就逼问谁和那些伤员有过来往，最后就找到我娘头上来了……

　　竟然是这样？老陆长叹了一口气。

　　鬼子用刀把我娘砍成了两半……儿子抬起头，目光越过他的身子，朝着门外望去，好像外面的黑暗中正发生着什么不忍卒睹的情景，禁不住合了一下眼，我娘淌了好多好多血，把我们家院子里的地面都泡红了……

　　老陆颓唐地坐到椅子里，紧紧用两手抱住头。但很快，他就把手放下来，转头再去打量他的儿子。从此以后，这个院落里就只剩下儿子一个人了，而这是一个一生下来就有癫痫病的孩子，似乎什么事情都做不了，原先有他娘照顾着还能过得去，那么以后呢？老陆不知道以后儿子该怎么办。

　　你饿吗？儿子忽然问他说。

　　老陆的肚子的确很饿，但他摇了摇头，现在一点吃饭的欲望也没有。他忽然想到自己的任务，便马上站起来，把放在桌面上的驳壳枪拿到手里，就要朝外面走。

　　你去干什么？儿子继续问道。

　　我去找村长。老陆头也不回地走出去。这时他觉得前面有一双明亮的眼睛在看他，不禁吓了一跳，赶紧眨眨眼，等适应了外面的黑暗，他才搞明白，那是一只蹲在篱笆上的猫……

三

老陆一出现在村长面前,村长就被吓了一跳。怎么是你来了? 村长诧异地问他。

怎么,老陆不等他相让,就坐进了他对面的椅子里,我来不行吗?

我还以为,村长朝门外看了一眼,还以为队长会派别人来呢……

我来不合适吗? 老陆随口问他。

这个,村长也把抬起的身子坐回椅子里,合适,合适……他的口气透出明显的应付意味。

告密的人是谁? 老陆朝他探过头去。

这个,村长抬头看他一下,又马上移开了目光,这个等一下再说……

等什么? 老陆好奇地问他。

我通知了两个民兵,村长告诉他说,等一会儿他们就来了。

正说着话,村长所说的两个民兵就从外面走进来,他们一个人肩上背着枪,一个人腰间插着刀,很有些威风凛凛的样子。

随着两个民兵到来,曾经有些紧张的村长也变得坦然起来,从桌子上拿起烟袋,把烟锅插在荷包里,摸索着装满了,便把烟嘴叼在了嘴里。一个民兵凑上来,给他的烟锅里点上火。村长长长地吸了一口,再把浓郁的烟雾吐出来,让它在脸前的空中轻轻飘浮。

老陆有些急不可待了。还等什么,他催促他说,你倒是快说呀,告密者是谁?

队长派你来,村长斜过面孔,用不信任的目光看他,目的是什么?

还能有什么? 老陆用手拍了一下桌子说,除掉那个告密者。

真的? 村长瞪大了眼睛,你干得了吗?

你什么意思? 老陆反问他说,怎么你连我也不信任了? 来的时候队长还一再说,我可是有经验的老侦察员呢……

我有些担心,不等他说完,村长就自顾地说下去,你会下不了手。

看来你真不知道我在外面是干什么的,老陆摸了一下插在腰间的驳壳枪说,这些年来,我在武工队里执行过大小十几次锄奸任务,不管是什么样的汉奸,只要落在了老子手里,他就是插上十八只翅膀,我也会送他下地狱的。

那我可要说了,村长用有意卖关子的口气说,你可不要后悔呀。

我后悔什么? 老陆更加不明白了,杀汉奸我有什么可后悔的?

告密者是你的儿子。村长突然说道。

什么？老陆以为没听清他的话，不禁又反问了一句，你说什么？

村长直直地看着他，并没有再重复一遍刚说过的话。

你搞错了吧？老陆一下子站起来，用愤怒的目光看他，你怎么能平白无故地污蔑我儿子呢？他可是一个癫痫……说到这里，老陆使劲跺了一下脚，我老婆都被日本人劈成了两半，也是这个事件的受害者，你怎么能把责任推到我们家头上呢？

你别激动，村长探过手来，在他胳膊上轻轻拍了一下，如果没有根据，我也是不会随意胡说的……

什么根据？老陆拨开了他的手，你给老子说清楚。

好吧，村长在椅子里坐稳身子，随手朝一个民兵指了一下，让他来给你说吧。

老陆顺着他的手掉过脸去，又用愤怒的目光盯住那个民兵。

是这样，那个民兵咳嗽了一声，好像嗓子里有痰，不便于他表达以下的意思似的，出事的前一天，也是个傍晚时分，比现在这个时候早一点吧，他扭头朝外面的夜色里看了一下，我看见一个人从村子里出来，穿过外面的庄稼地，鬼鬼祟祟地朝鬼子的炮楼走去……

你怎么知道那个人是我儿子，老陆打断了他的话，你看清楚了？

因为天黑，我也看不大清楚，那个民兵挠了挠头说，但我看到他的身影很熟悉，怎么看都像你的儿子……

这就是证据？老陆使劲拍了一下桌子。

那个民兵不敢再说什么了，掉头看了村长一眼，便缩到一边去。

难道这还不够吗？村长抬起脚，把吸了半拉的烟锅在鞋底上叩灭，又举到嘴边吹了两口，慢慢放回桌面上。他们这些人也不是吃素的，村长朝那两个民警指了一下，自从县大队的伤病员来到我们村里以后，民兵们就日夜值班，一刻不停地在村外盯着，就是有一只苍蝇飞出去或飞进来，也逃不过他们的眼睛。

就是呀，那个民兵受到了鼓舞，又往前凑了一步说，那些日子，从来没有任何一个人到外面去，而只有那个黑影……也就是你的儿子到炮楼里去过……

老天爷。老陆用两手抱住了脑袋，一时也不知道该说什么了。你们抓到他了吗？他忽然又想到了这个话题。

没有去抓他，村长回答说，但我们派人盯着他呢。说到这里，村长又把目光落在他身上，这不我们等待武工队来人，看怎么样处置他，可没有想到，来的人竟然是你……

不行,老陆呼地一下站起来,现在就把他弄到这里来,让他自己说个明白,如果真是他干的,老子也不会客气,可如果是你们弄错了,那我家的名声也不能就这样被冤枉的。

我们这就去把他请来。两个民兵说罢,就掉头出了门。

四

老陆突然对村长说,给我卷一支烟吧。并朝他伸了一下手。

村长好奇地看着他,你不是不吸烟吗?

老陆把那只手放在脑袋上,又抬起来,接连拍打了好几下。

村长不再说什么,便从条几上拿过一张纸,折叠成条状撕下来,然后从荷包里倒出一小撮烟丝,放在那张纸上,朝老陆递过去,但半路又收回来,他知道老陆不会卷烟,便替他卷好了,用唾沫把纸条粘好,才又递过去。

老陆接过烟卷,抖抖地插到嘴里,随后凑到油灯上,接连吧嗒了好几口,才把烟卷点着。他收回身来,使劲吸了两口,突然把烟卷从嘴里拔下来,低下头咳嗽起来。

别慌,村长安慰他说,慢慢来,第一次吸烟都这样。

老陆抹了一把眼泪,重新把烟卷插到嘴里,像村长所说的那样一小口一小口慢慢吸着,这才觉得适应了些。但他还是没有吸完那支烟,中途把它在桌腿上摁灭了。

如果是他怎么办?村长尽量压低声音说。

还能怎么办?老陆摇着头说,连我老婆都被害死了,你说我还能放过他吗?可他随即又说,会不会是你们搞错了?

搞错不搞错,村长眯起了眼睛,过一会儿让他自己说,我们不就知道了吗?

老陆用牙齿咬住嘴唇,想了一下,还是用力点了点头。

儿子被带来了。一走进屋门,他就用困惑不解的目光看他们,为什么把我带到这里来?他的目光落在老陆身上,就更加感到迷惘了,爹,是你让他们这样干的?

老陆深深地叹了口气,便闭上眼睛,做出不再理会他的样子。

孩子,村长朝他摆摆手说,你别急,我们把你请到这里来,是让你说明白一件事儿……

什么事儿?儿子似乎明白过来,就更加感到了愤怒,你们是不是怀疑我向鬼子告的密？

我们还没有这样说，村长老谋深算地回答，那个告密的人到底是谁，恐怕只有你自己心里明白。

我明白什么？儿子极力辩解说，我根本没有做过这件事，你们就不应该把我叫到这里来……

村长，一个民兵按捺不住火气，主动提议说，跟他绕这些弯子有什么用，干脆挑明了问他不行吗？

那你来吧。村长示意他说。

我来问你，那个民兵走到儿子面前，径直问他说，出事的前天晚上，差不多也就是这个时候，你到哪里去了？

我，儿子犹豫了一下，我哪里也没有去呀……

哪里也没有去？民兵反问他说，你就在家里待着吗？

那倒没有，儿子摇摇头说，我出去……在街上逛了一圈……

你在街上逛荡什么？民兵追问他说。

不逛荡什么，儿子挠着头皮说，我在家里憋得慌，就到街上……对了，那个时候我到老侯家去了……

到老侯家去了？民兵有些没想到的样子，到老侯家去干什么？

找他……儿子摇晃着手说，找他去喝酒……你们也知道，老侯是个酒鬼，说到这儿，他掉头看了老陆一眼，又自嘲地笑了笑，我也喜欢喝两口，所以就经常……

老陆脸上有些挂不住，便故意向村长摇了摇头。

在这个村子里，儿子继续说道，老侯最喜欢和我玩了，从来没有嫌弃过我，还有他老婆，也是一个大好人，我一到他家去，老侯嫂就主动问我说，你和老侯喝两口吗？看看，人家有多热情……

少说废话，民兵打断了他的话说，那天你们喝酒了吗？

儿子顺着他的话说，喝了。

真的喝了？民兵有些不相信。

当然喝了，儿子信誓旦旦地说，如果不喝酒，我去他家干什么？

民兵不知道该怎么问下去了，便掉过头来，朝村长脸上看。

村长还没有作出反应，老陆便慢慢睁开了眼睛，刚才尽管合着眼，却一字不差地听到了他们的对话，这时似乎觉得心里有数了，便直起身来，也用询问的目光去看村长。

到这个时候,村长当然也有些坐不住了,看来事情并不像他们想象的那样简单。他没有搭理那个民兵,也没有去接老陆的目光,而是依旧盯住儿子不放。那既然这样,他不动声色地说,是不是让老侯来给你证明一下?

让老侯来?儿子犹豫了一下,有这个必要吗?

你说呢?村长掉回头,竟然问了老陆一句。

老陆没有对他表示什么,而是直接对那个民兵说,你们去把老侯叫来。

一个民兵留下来,另一个民兵便又走出去了。

行,儿子点点头说,你们就去找老侯吧,他肯定会为我作证的……说到这里,他朝老陆面前凑了一步。爹,他试量着问道,老侯给我证明了,我就可以回家去了吧?

不要问我,老陆指了一下村长说,到时候村长会为你发话的。

当然,村长用大包大揽的口气说,只要老侯说清楚了,孩子你还有什么问题呢?

在等待老侯到来的时候,儿子又表现出有些不安的样子,一会儿坐在凳子上,一会儿站起来,苍白的脸上布满焦虑的表情。村长,他忽然转向村长说,如果事情有些出入,你们也可以放我走吧?

什么出入?村长直直地看着他。

我是说,儿子吞吞吐吐地说,我们也许没有喝酒……但我的确到他家去了……

不要再说了孩子,村长朝他摆摆手说,一会儿老侯就来了,让他自己给你说明白不行吗?

当然行,儿子顺着他的话说,但如果有点出入的话,你们也不要太过较真儿……反正问题不大……他稳住自己的身子,把一条腿放在另一条腿的膝盖上,又表现出一副坦然的样子。

看到儿子反复无常的表现,老陆又不禁闭了一下眼,真不知道接下来事情到底会发展成什么样子。

不一会儿,那个民兵就把老侯叫来了。老侯是一个中年人,而且是个弓腰子,脸面收拾得不太干净,下巴上的胡须乱草一样乡挲着。有什么事儿吗?老侯满脸透出一副不情愿的样子,我和我老婆刚要睡觉呢,你们就把我喊到这里来了,到底要干什么呀村长?

113

老侯，村长朝他招招手说，其实不是我们叫你到这里来的，而是你的好伙伴……他朝儿子指了一下。

一看到儿子，老侯似乎就明白了什么。你们是不是问我们两个喝酒的事儿？老侯主动提到了这个话题。

是呀，老陆赶紧接住了他的话，村里出事的前一天晚上，你们两个在你家喝酒了没有？

前一天的晚上？老侯想了一下，突然摇摇头说，没有……

没有？老陆愣住了，真的没有？

真的没有。老侯断然说。

你看看，村长故意叹了一口气，又把目光转向儿子，孩子你看，人家老侯来了，却不承认和你喝过酒，你说可怎么办呢？

我们倒是喝过酒，老侯纠正他的话说，但那天晚上没喝……

那不一样吗？村长摊开两手说。

平时我们也就是喝上那么几口，老侯按照自己的理解说，有时候来不及过来喊村长，所以就我们两个人……你看这多么不应该呀，以后我们再喝的时候，肯定会来……

好了好了，村长使劲挥挥手说，谁让你说这个了。他不再搭理老侯，而依旧用目光盯住儿子，孩子，人我们也喊来了，可人家无法给你证明，接下来就该你自己说清这件事了……

说清什么事儿？老侯又盯住村长，我兄弟犯什么事了吗？

老侯哥，儿子哭丧着脸说，那天晚上，我不是到你家去了吗？可是我……

是呀，老侯点头说，你是到我家去了呀，他又转向村长，可我们没有喝酒……

那你们干什么了？村长不得不沿着他的话问。

我们没干什么，老侯看着儿子，犹犹豫豫地说，而是他……

他怎么了？老陆有些紧张。

他，老侯用愧疚的目光望着儿子，兄弟我只好说了吧？他转向村长和老陆，他犯病了……

犯病了？村长有些意外。

是犯病了，老侯解释说，一来我们家，他的癫痫病就发作起来，一下子摔倒在门台石上，如果不是我老婆拉住了他，恐怕他的头就会摔破的……

原来是这样？老陆松了口气，把挺直的腰脊仰在椅背上。

他不让我往外说，老侯拍了一下自己的脑袋，可现在这个时候，我不说恐怕不行了。他不安地看着儿子，兄弟，哥哥对不起你了……

为什么不让说呢？村长不解地问道。

我怕人们再笑话我，儿子呜呜地哭起来，不知道我怎么得了这种病，村里人都看不起我，只有老侯哥不嫌弃我，到他们家时我还能喝上一口酒……老侯嫂子叮嘱我说，不要把我发病的事说给别人，恐怕以后找媳妇的时候会受影响……说到这里，他低下头，泪水吧嗒吧嗒地掉到脚面子上。

真丢人。老陆在松出一口气的同时，也把拳头在桌面上使劲捶了一下。

原来是这么回事？村长也把手拍在了自己头上，看来都是我们想得太过复杂了……

到这个时候，大多数人都以为事情进行不下去了，老陆觉得十分欣慰，村长也感到身上的轻松，只有两个民兵依旧有些不服气的样子。那我看见的那个影子是谁？一个民兵困惑地跺了一下脚。

听到他这句话，老陆和村长都又回过味来，一时面面相觑，是呀，既然那个影子不是儿子，那么他又是其他的什么人呢？看来这件事并没有结束，那么接下来，他们又该怎么办呢？

五

一放松下来，老陆就又感到了肚子饿，而且饿得不行，好像不吃一点东西，他就承受不住了，便对村长说，要不我先回家去吃饭……

村长故作吃惊地说，怎么？你还没有吃饭？

老陆拍拍肚子说，光顾着整这事了，没有抽出工夫来呢。

村长敬佩地伸了一下大拇指，那也不能光执行任务，让肚子陪着你推空磨呀。他似乎想到了什么，眉开一笑说，要不这样，我们去村头小卖部吃一点吧，也好再继续讨论这件事儿。

这样合适吗？老陆故意做出犹豫的样子。

合适，村长豪迈地说，我就知道你喜欢整几口……他意识到了什么，把手在嘴边拍了一下，你放心，我们当然不会犯纪律的。陪着老陆往门外走了几步，又掉回身来，对儿子说，孩子，你也来吧。

我也去？儿子吃惊地看着他，还有些不敢相信。

你不是也……村长看老陆一眼，哈哈笑了起来。

老陆尴尬地说，小孩子，你管他干什么？

或许村长也只是虚让一下，不过是让老陆面子上好看一些，但儿子竟然当了真，赶紧从后面跟了上来。那好吧。他兴高采烈地说。

这样好，村长连连点头说，反正事情都搞清楚了，也算是还你一个清白。

这个村子只有一家小卖部，而且生意十分冷清，天刚一黑下来，门板就关闭了，但村里人都知道，开小卖部的独眼龙是住在里面的，如果有什么需要，还可以摸着黑去敲门。他们来到小卖部门前，村长并没有打门，而只是可着嗓子叫喊了一声，老独，把门开开。

不一会儿，门缝里就传出一缕亮光，随后，关闭的门板也吱扭一声打开了，一个黑影举着一盏油灯出现在门口。村长领着老陆和儿子走进去。老陆经过那个人影时，点头朝他笑了一下。老独，他也像村长一样喊他的外号，还没睡吧？

是陆哥呀？独眼龙把灯举到老陆面前，瞪大他那只昏花的独眼，打量了好一会儿，才认出他来，你怎么回来了？

老独，村长径自对他说，老陆还没吃饭呢，你给弄两个现成的，快让他填一下肚子，接下来还有任务呢。

这个家伙，老陆在心里说，竟然把吃饭的责任都推到老子身上来了。

独眼龙摸摸索索地弄菜去了，村长自己走到货架子前，举着一只手，在那些瓶瓶罐罐上划拉一圈，选中了一只小陶罐，转身举到老陆脸前说，喝这个酒行吗？

老陆盯住那只陶罐，刚要仔细看一下，但马上意识到什么，故意摆了一下手，用无所谓的口气说，随便，不就是填一下肚子吗？没这么多讲究。

又过了一会儿，独眼龙端着两个凉菜过来了。我这里也没有什么出奇的东西，他不好意思地解释说，都是让鬼子闹的，哪里还敢正经八百做生意呀。

独眼龙准备的凉菜一个是猪头肉，一个是花生米，虽然看上去简单，却都是下酒的好菜。小卖部有些狭小，空档里却支着一张小矮桌，一看就是供人们喝茶聊天的地方，独眼龙又从旁边拿来几只马扎，老陆和村长还有儿子便围着桌子坐下来。独眼龙把两个酒盅放在老陆和村长面前，正要离去，似乎这才看到儿子，便又把另一只酒盅放在他面前，这才隐到了灯影里去。

我也没吃饭呢。儿子忽然说，然后抓起筷子，就朝猪头肉上伸去。

真没出息。老陆在他筷子上打了一下。

没事儿，村长大度地说，孩子越是这样越是可爱。

接下来,三个人便就着那两个凉菜,有滋有味地喝起酒来。吃到中间的时候,村长又想起那个人影的事儿,一时停下了酒杯,托着下巴沉思起来。那个人到底是谁呢?他嘀咕着。

哪个人呀?儿子忘记了他说的是什么事儿。

前一天那个去炮楼的人呀。村长随口说。

那天去炮楼的人?儿子夹起一块猪头肉,正要往嘴里塞,又停住了筷子。那天去炮楼里的人不就是我爹吗?他自言自语地说。

什么?村长似乎没听清他的话,你说什么?

儿子把猪头肉填进嘴里,有滋有味地咀嚼着。我是说,他用更加清晰的语气说,我爹那天不是去过炮楼吗?说到这里,他掉过头来,看着老陆说,是不是呀爹?

是,老陆也停住了筷子,不得不承认说,那天傍晚我的确去过炮楼。

你去过炮楼?村长愣住了,放下筷子,两眼呆呆地看着他,你去炮楼干什么?

我去执行任务呀,老陆也放下筷子,故作坦然地摊开两手,作为一个侦察员,我不是经常出入炮楼吗?这你们可是知道的……

我当然……村长虽然嘴里没有东西,却使劲吞咽了一下,我是问你,你那天晚上去炮楼干什么了?

还能干什么?老陆说,我不是说了吗?我到那里是去执行任务……

什么任务?村长打断了他的话。

执行……老陆刚要说,却又意识到了什么,马上摇摇头说,我执行的任务能告诉你吗?

村长的喉头继续上下叩动,看得出,他有满肚子的话要说,却又不知道如何表达出来。

我真的是去执行任务。老陆想了想,摆出一副豁出去的架势。行,他用严肃的语气说,为了摆脱我的嫌疑,就是我犯一点纪律,也顾不了那么多了。他朝门外看了一眼,对灯影里的独眼龙说,老独,你把门插上。

独眼龙的身子浮出来,眨动着脸上那只独眼,看了村长一下,才慢慢走到屋门口,插上门板,转过身来,把身子靠在门板上。

这些年来,老陆绘声绘色地对他们说,我在武工队最重要的任务就是搞情报,不但对附近的几个炮楼,就是东阿县城的日伪军司令部,我都发展了一些关系,时不时地要和他们接触一下,弄回来一些用得上的情报。正是通过这些渠道,我们武工队才能在敌后这么严峻的情况下发展壮大,我说这些你们听得懂吗?

你说说那天晚上的事吧。村长急不可待地说。

那天晚上,老陆眨巴着眼睛说,按照前几天的约定,那天我要到炮楼里和我发展的关系见个面,于是就把自己打扮成老百姓的样子,趁着天黑,悄悄朝炮楼里走去……

怪不得他们把你看成了你儿子。村长恍然大悟地说。

我的确是从自己家里走出来的,老陆点点头说,在执行这个任务之前,我顺便回家看了一下……对不对儿子?

是呀,儿子呆呆地看着他,我娘要给你做饭吃,但你说,要去炮楼里喝几口,也就没有吃我娘做的饭……

是这样,老陆承认说,因为约定的是个饭局,我不能不去赴约,人家已经摆好了酒菜,为了获得他们的信任,我怎么能不坐下来喝几口呢?

你还真的和敌人喝酒了?村长诧异地张大了嘴巴。

不是敌人,老陆用手指头敲敲桌面说,是我发展的关系,我和他们喝酒,是为了获取情报的……

你喝了多少酒?村长装作无意的样子问道。

喝了大约半斤……老陆有些反应过来,怎么?你怀疑我喝醉了吗?

你可是个有名的酒鬼,村长坐直了身子,郑重地向他指出说,你在执行任务的时候和敌人喝酒,而且喝了那么多,你就不担心耽误了大事吗?

耽误什么大事了?老陆反感地说,这么多年来,我在敌人的眼皮子底下出生入死,甚至很多情况下钻入敌人的心脏里去周旋,从来也没有误过什么事儿,怎么一到了你嘴里,我就不行了呢?

我真担心呀,村长沉重地摇着头说,也许你是无心,在醉醺醺的状态中泄露了什么情况……

我泄露什么情况了?老陆一下子站起来,铁青着脸色质问他说,你给我说清楚,我有什么情况可泄露的?

我们村里的情况呀。村长虽然依旧坦然地坐着,却威严地向他指出说。

村里那些伤员的事,老陆摇摆着两手说,此前我根本就不知道……

那天我娘对你说过,儿子忽然打断了他的话,她说给他们送过一次饭呢。

真的吗?老陆呆呆地看着他,你娘真的给我说过那句话吗?

真的。儿子使劲点点头说。

让我想想，老陆仰起头来，对着黑洞洞的房顶思索了一下，不得不倒吸着冷气说，或许你娘说了那句话，但我好像并没记在心里……我到炮楼里去的时候，根本就没有想到什么伤病员的事儿，我只是一心一意地去接关系，取情报……

你别是没有取到敌人的情报，村长拍了一下桌子说，却把自己的情报出卖给了敌人吧？

你血口喷人，老陆义愤填膺地伸出手，在村长的脑门上指了一下，但又马上缩回来，要去腰带下摸枪，你们这是在成心陷害我呀……

但他还没有把枪掏出来，就觉得后脑勺一震，身子不由得趴在面前的桌子上，脸面正好对准了吃得半拉的猪头肉。到这个时候，他的酒才醒了一半，意识到恐怖的时刻来到了……

六

老陆躺在了地上，躺在一地滚动的花生米中。此时，他的后脑勺已经不疼了，独眼龙拎着一只马扎，并没有在他头上砸第二下。倒是他的胸口疼痛欲裂，好像什么东西正在咕咕地朝外流淌，凭着在战场上得到的一点经验，他知道，如果今天丢命的话，胸口上这个枪伤便是最大的祸根。他有些想不明白，刚才在他掏枪的时候，为什么竟然失了手，对他这个富有经验的侦察员来说，掏出一支枪来不是水到渠成的事吗？但就在这个最为关键的时刻，他却没有能够如愿，几乎还没有反应过来，腰里的枪支就落在了别人手里，而那个下掉了他枪的人竟然是他自己的儿子。更让他想不明白的是，他的儿子竟然毫不犹豫地叩动了扳机，将一颗子弹近距离地打在了他胸口上……现在，他的儿子依旧端着那支驳壳枪，对着他的胸口摇晃不止。村长站在儿子身边，两条胳膊像翅膀一样举在肩上，不知是想阻止儿子继续开枪，还是鼓励儿子再朝他的胸口打下去。

你怎么，老陆用困惑的语气问儿子说，你怎么对你老子下得了手？

你出卖了他们，儿子用那只空出的手抹了一把奔涌而出的眼泪，让我娘也被鬼子劈成了两半……

可我是你爹呀。老陆吃力地向他指出说。

你是我爹，儿子跺着脚说，可你也是一个叛徒，一个汉奸……

听他说得这样明白，老陆不得不闭上了眼睛，知道什么意思也不用再表达了。行，他在心里对儿子说，也算你有种，看来老子看错了你个小崽子……

真的是他告的密吗？独眼龙放下马扎，还有些不放心地说。

村长悄悄走过来,蹲下身子,伸手在他身上摸索了一下,把什么东西从他衣兜内掏走了。我早就觉得不对劲儿,村长哗啦哗啦地掂动着手里的东西说,这几块银元怕是他从敌人手里领到的犒赏吧?

不是,老陆费力地向他解释说,那是我攒下来,为我的儿子治癫痫病的……

谁信你的胡说,村长狠狠踢了他一脚,如果信了你的鬼话,我们还会吃第二次大亏的。

门板传来急切的敲击声。很快,随着吱扭一声响过后,门板打开了,两个人的脚步声进来了。

怎么打枪了?一个声音问道。

告密者被我们找到了。村长告诉他。

是你开的枪?又一个声音问儿子。

儿子没有回答,村长代替他说,别小瞧这孩子,关键时刻真是好样的。

怎么办?又有声音问道,炮楼里的敌人听到枪声,肯定又会有大麻烦的。

孩子,村长对儿子说,你快走吧,这个村子留不住你了……

我到哪里去呢?儿子问他说。

你去参加武工队吧。村长给他出主意说。

他们,儿子问道,他们会要我吗?

我写封信,村长说,你拿着它去找梁队长,就说是我介绍你去的。

那好吧。儿子答应说。

听到这里,老陆才放下心来,把最后一口气长长地吐出去……

大红枣儿

　　枣树在日头下显出片黑色。黑色的枣树枝桠将日头割破,斑斑驳驳地碎着。树枝一阵急摇,枣子冰雹似的下来,砰砰地砸到了头上。女人赶紧护上手去,并将脖颈缩紧。枣子落到地下,滚成了大片红色,鲜亮耀眼,如一地好看的活物,纷乱地弹跳。小黄狗追上去扑打,但才几下便被砸个晕头转向,夹着尾巴伏到女人脚下,规矩着不再动弹。女人忍不住笑,然后顶了枣雨,狼狈地弯着腰脊,将遍地的枣子拾进篮子里。

　　肩后头忽地探过手来,一边一只,急急地在女人身上伸张。女人惊得要叫,还没发出口,却已被两手搂紧了脖子。女人趔趄了几下,便倒下地去。篮子也翻倒了,枣子抛出了老高。女人看见硕大的树冠在头上疯转,杂乱的丫杈间,光道子乱针般地扎来。女人闭起眼,同时拼命扑腾手脚。使出了浑身力气,却是不能挣脱。那有力的手臂将女人紧紧箍住,又腾一只出来,抓摸着女人隆起的胸脯,蛇似的游走。小黄狗连声惊叫,从这边到那边,来回"汪汪"个不停。女人睁开眼,迷蒙中一个毛茸茸的头影下来,并伴了急切的喘息。随着扑面的腥热气味,那头影飞快地在女人脸上贴了。女人龇出牙齿,将那落下的一块咬住。

　　来人一下子跳开去。哎哟……发出一声痛叫。女人急慌地起来,把手在扯破的胸前掩住。那人连口啐出唾沫,熊娘们儿,你咬我?跳着脚上来。小黄狗恼怒地耸起脖子,绕着他的脚打转,阔大的嘴巴频频开合。

　　女人霍地呆住。面前那张精瘦肮脏的黑脸从一团茸茸的乱毛里浮出来,急快地充满了女人的视野。老黑……女人嘴唇瑟瑟地抖动。

　　连老子都认不得了?老黑捂紧嘴巴,又朝小黄狗狠踢一脚,谁家的畜生?

　　你,女人似乎突然哑了嗓子,你回来了……女人扭过头,看树那边一个愣怔的后生。小四下了树来,贴住树干站住,手里拖一根打枣的竹竿。小四盯了老黑看,一时满脸的茫然。老黑只顾专注地看女人,眼光热热地上下游动,可真想死我了。小四垂下头,拖了那根竹竿,默默地朝树行外走去。小四细瘦的身影被枣树遮一下，出来，又被另一棵遮住。

小黄狗急急地朝他追去。小四又停住脚，慢慢转过身来。黑哥……小四牙疼似的说，你回来了？

老黑蓦地掉过头。小四？有些愣怔，将枪带朝后悠一下，四兄弟，你在这儿……打枣？

女人抖着嘴唇，眼光一时凌乱不堪。女人合拢眼皮，把身子紧靠住树身。

女人把饭盛在碗里，抖抖地送过去。老黑接在手里，对着饭碗愣怔一下，伸长脖子，先咽口唾沫，立刻将碗凑到嘴边，用筷子胡乱扒拉着，狼吞虎咽地吃起来。真好，吧唧着嘴说，又吃上你做的热饭了。

仗打完了？女人抹着泪眼看他。

没呢。老黑头也不抬，只是一味大口咀嚼。

女人张张嘴，终于问出口，那你怎么回来了？

老黑没有理她，匆促地吃完一碗，又让女人盛了第二碗，依旧不顾一切地吞咽。女人直直地看他，似乎期待他的回答。老黑意识到女人的目光，斜过脸来，冷硬地看女人一眼。我回来不好吗？说完这一句，又把脸面埋到碗里。

女人把目光移开，望着窗外的枣树出神。女人或许真的不知，老黑的回来到底意味着什么。女人回过头，看见桌面上的匣枪，心头又是一紧。

女人把菜糊倒进石槽。圈门被猪撞得乱响。老黑摘下门闩，花猪跳出来，将嘴巴急切地扎进槽内，急不可待地大口吃着。

这猪真肥，老黑不禁说，该杀了吃了。女人拎了空盆往回走，老黑随在后头。女人觉出脊背上一阵发热。

小黄狗在院落里撒欢，不时绊他脚一下。为什么养这畜生？老黑踢它一脚，烦死人了。

女人仰起脸，望着西屋顶上一片灰色的霞云。养着说说话呗，女人叹出口气，整天闷得慌。

小黄狗侧耳听着，猛然掉头，蹦跳着扑向院门外。女人一惊，赶忙说，你屋里等着，我拴上院门。等老黑上了门台阶，女人才走到门楼下。

女人小心地将身子探出门外。小四的影子已经过去，小黄狗在后头一路追赶。小四朝小黄狗挥挥手，家去。眼光却朝女人看来。女人禁不住张开嘴，又忽地用手捂住。小四掉头走上街去，身影很快便被墙壁遮住。女人呆望着，等小黄狗回来，使劲将门板关上。

女人把灯盏搁上窗台。老黑模糊的身影缩在炕角，隆起的脊背贴住墙，脑袋垂到胸下，显出十分的沉重。女人说，睡吧。女人解开了衣扣。老黑眨巴着眼皮，一时有些懵懂。女人看着老黑，将衣襟轻轻地撩开。女人知道灯光将胸脯照得亮了。老黑的眼睛果然闪出灼人的光来。女人扔掉褂子，低下眼，开始往下脱裤子。女人脱得很仔细，取下布带，将裤子褪下腿去，抽脚，一只，又一只。女人听见炕下也有窸窣声起了，且分外地急切。女人仰倒身子，将四肢一节节摊开。女人感到有凉风扑上身来，随即那黑影便将她罩住了。女人闭拢眼，颤抖着手脚，直朝黑暗里坠去。

但女人又忽地把眼睁开。女人惊讶地看见，灯光里，老黑举着什么凑近了看。啊——女人叫出声来。

老黑回过头，一脸横肉都在抽动，有高有低，像聚了一窝可怕的虫子。

女人抖着唇，不禁止住了喘息。老黑额上鼓起一条刀疤，斜斜地伸到耳下，瘦削的脸目不住扭曲，让女人觉得分外陌生。女人似乎才看见那道逼人的刀疤，又脱口叫出声来。

老黑手里托举着什么，直朝女人伸来。女人慌忙起来，身子却是向了后退，缩到墙角里不动。

老黑的手越来越大，到女人脸前，胀满了女人的视野。这烟荷包，老黑质问女人，是从哪里来的？

女人只是摇头，却发不出声音。

老黑满脸的凶气都在灯光里流淌，你偷汉子？攥紧拳头，要朝女人甩下来。

月光从窗洞里进来，在炕上水似的流淌。夜半了，狗吠声却突然响起，震得窗纸瑟瑟抖动。女人也禁不住颤了一下。

谁在外面？老黑忽地起来，挑开被子，赤脚下了地去。

别……女人伸伸手，又赶紧缩回来。

老黑看女人一眼，掉头去桌面上摸匣枪。好你个熊娘们儿……响起铁器的撞击声。

女人紧张地张大嘴。老黑的身影在月光里一悠，便没入外屋的昏黑里。女人呆望着那团昏黑,两手在急剧起伏的胸上按了。女人听见门闩抽动的"吱呀"声,随之便是"哐当"一声大响。屋门开了,浓稠的夜气涌进来,扑打得月光急遽地晃荡。女人要被吹倒了,身子一抖,顺了墙壁滑下地去。

女人走下门台阶。地面被夜露打得湿了,枣树在乌蒙蒙的晨光里静立不动。小黄狗跑过来,在女人腿上亲热地磨蹭。女人磕碰着穿过院子,小心地打开门板。

小四从墙下的阴影里起来,通红的眼珠朝女人眨个不住。小黄狗上去,直起前爪,把脑袋在他腿间扎了。

女人慌张地回来,关了门板,身子软软地在门上贴住。女人意识到什么,猛地抬起头,看见老黑在屋门口站了,将匣枪在手里摆弄。

老黑阴沉着眼看女人,额上的疤痕瑟瑟抖动。等着吧,老黑从牙齿间发出声,老子一定把那个偷腥的家伙薅出来。

日光照在匣枪上,闪烁出明亮的光斑,就要照花了女人的眼。

女人穿过街道,朝场院里慢慢走去。远处的枣树行红绿驳杂,在天边如云般地飘动。场院里堆满了谷垛,金黄的谷秸耀人眼目。女人缩紧着身子,直进到谷垛的间隙处。高大的谷垛遮挡住日光,并把天空挤成窄缝,弯曲着晃在顶上。几只麻雀飞过去,翅膀上振荡着日光。女人猫在暗影里,放下篮子,沿着谷垛滑到地下。女人朝两边看着,心里怦怦地跳。

一个黑影现出在那头,背了亮光进来。女人止不住抬起身子。那黑影便风般地扑来,一下子在女人脚下倒了。女人即刻接了那人的身子,将脑袋抱在怀里,紧贴上脸去,我的好人儿……大群的麻雀在两边的垛顶落了,乱乱地吵叫个不住。

小四仰了头,痴痴地朝着女人看。女人瞪大泪眼,将他的目光接住。两束目光在一处交缠了,扑喇喇地发出声响,如爆裂中的火焰。小四猛把脸靠向女人,用唇吮吸女人的脸,吮吸女人满脸的泪。女人合了眼,感觉火般的唇和舌在肉上走动。女人抖颤着,哭泣着,却又紧咬着牙,抬高着脸,让那唇和舌尽情地吮吸个够。

他兴许是逃回来的。女人绝望地说。

他是逃兵?小四拍打一下脑袋,那他不回部队去了?似乎越加迷茫,这可怎么好……

女人使劲拍打他的胸脯,我们该怎么办呢?

要不,小四试量着说,我去人民政府那里揭发他……

不行,女人断然摇头,他在战场上打的可是鬼子,打的是我们的仇人呀,你怎么能……

小四蹲下身,两手在头上抱了。头颅沉得不行,垂到了两腿间,小四还觉得难以承受。麻雀的叫声越来越响,在他耳朵里乱成一团。

狗吠声响起来。女人急慌地走出谷垛,循了声音找去,立时惊得叫出声来。

小四已被老黑截住,只好在场院边站了,不安地面对老黑。

场院被日头晒得稀软,成群结队的麻雀飞着,落下了,又飞起来。女人觉到场院有些起伏,那稀软的金黄色一浪一浪地漾开去。小四的脸面遮在阴影里,没有表情现出,只是背了那动荡的金水,仿佛正被冲卷在其中。恍惚间,女人担心他会站立不住,一下子扑下地去。老黑却是正对了日光,面目被映得通明,一张堆满横肉的灰脸鼓荡着杀气,刀疤也凸出来,透着层血样刺目的红色。小黄狗抻着脖子,在他脚边绕圈子狂吠,却是不敢近前去。老黑也不屑睬它,只是抬了脸,直直地盯紧小四,右手牢牢地卡在皮带上。女人看出他手下是块黑的东西。枪?女人不禁又张大了嘴。

老黑攥住那块黑东西,猛地掏出来。啊——女人捂紧嘴巴,心脏就要飞出口来。小黄狗也盯了他的手大叫,身子却是向着后退。

拿走你的东西。老黑将那黑东西扔到小四脚下。小黄狗上去咬住,小四却还在愣怔。别让我再看见你。老黑掉转身,大步出了场院去,惊得麻雀四下里纷飞。

女人昏昏地贴住谷垛。小黄狗叼起那黑东西,颠颠地朝女人跑来。女人终于看清,是那个烟荷包。老天……女人终于吐出口气。

女人放下水桶,看着老黑一节节在大盆里蹲了。热气慢慢淹没了他。黄昏的光线有些弱,模糊了他黢黑的身子。他弯曲成虾状,隆高的脊背上浮着褐色和红色的斑块,像一条条蚂蟥叮了。老黑咝咝地吸气,将身子整个地泡进热水去,并仰倒,闭拢眼皮,像是舒服,又像是难受,五官胡乱地挪动,脸目丑陋得愈加厉害。

五年了,老黑长长地叹气,没洗上个热水澡啦。

女人走过去说,我给你搓背吧。把水桶朝一边放了,便探手到他背上。老黑不禁抖瑟一下。女人往回缩缩手,等他稳住了,才轻着手指,从上到下,一下一下地划动。

老黑的身子泥巴般的,慢慢往下瘫着。女人的手指滑过那一块块褐色和红色,才知道都是伤疤,枪的,刀的,有大有小,有深有浅。我的天,女人连声说,都满了背,像个马蜂窝。

女人突然起身来,我去点灯,我给你数数。

老黑无力地摇头,数什么?数不清的,好在没搭进命去。

女人蹲下去,猛地将老黑满着伤疤的脊背抱了。老黑身子不动。女人抱着,也不动。

窗外传来声狗吠,老黑忽然抽出身子。女人的眼圈有些湿润。

女人轻柔地抚摸他的背。你,女人说,真的杀过鬼子吗?手不禁停了。

当然杀过,老黑抬起头,看一眼炕沿上的匣枪,老子打的就是鬼子,怎么能不杀他们?

女人缩回了手,你杀过几个鬼子?

五六个吧,老黑尖起了嗓子,兴许十来个哩。斜过脸看女人,嘴角抽抽地动,老子看见小鬼子,上去就打。打红了眼,头和腔都分不清了,砍得一块又一块。

啊。女人退后一步,身子止不住抖颤。

老黑半边脸袒在窗光里,肌肉如石头般隆起着,额上的刀疤又突出了,蛇似的跳荡。你怕了是不?老黑却笑了,摇着一身水,慢慢往起站。

女人又退后一步,将身子在墙上抵住。

老黑指住女人,老子在战场上提着脑袋打鬼子,锄汉奸,你却在家偷情养汉子。你这个熊娘们儿……把手探到炕沿上摸枪。

女人捂住脸,又放下手,扑上去,紧抱了他的身子。老黑竟是出奇地疲软,摆晃着坐回水里,仰倒了,歪曲着面目吸气。哎呀,我的娘……女人看见他满身的伤疤都扭动起来。

女人把被子轻着给他盖上。老黑在炕上瘫软地躺了,一张瘦脸在灯光下显出些柔和。你一走这么些年,连点儿音信没有。女人颤抖着声音,撇下我一个人,守着这个家……这哪还像个家呀,连个会说话的都没有……

屋外传来一声唱音,断续隐约,随了夜风拂过,呜呜咽咽,透着哀怨凄凉。鬼子三天两头扫荡,女人继续倾诉,没有男人在身边帮衬,你不知我一个该有多难……灯光晃开了,老黑的面目越发扭曲。女人改口说,你当然是在打鬼子,但毕竟不在这边,又怎么指靠得上你?

夜晚越来越沉,一切似乎都陷入了梦境。女人的手指从老黑身上慢慢滑落,猛然触到腰间那块硬器,冰凉的感觉如电流般上了臂膀。女人立刻缩回手,急急地甩着。老黑睁开眼,目光在女人手上顿住。女人霍地抽回,在胸前抓抓,又紧按了衣襟。

老黑的眼神渐渐发硬,松弛的脸肌也拉紧了,头发和胡须都乲起来,手也伸到腰下去。我不会放过他,老黑用力叩击牙齿,我要杀了他个狗东西。

我的好人儿。女人扑在小四怀里,浑身抖个不住。小四紧搂了女人。两人粘贴在一处。玉米棵子乱乱地敲击着天空,泥土羼和着草木的腐味,在深秋的大气里飘荡。我怕……女人缩了肩膀,拼命朝他怀里拱。几近枯干的野草在地上倒了,柔柔地承接他们的身子。他早晚要对你下黑手,他杀人不眨眼……

小四也不禁抖一下。蚱蜢的羽翅"咔咔"地剪击着日光。

你也怕了是不?女人说。

小四抬起头,沉沉地看女人,我、我可没杀过人哩。

那我们怎么办呢?女人频频捶打他的脊背,我实在过不下去了。

白茫茫的天海阔大空朦,一只灰鸟一抖一抖地飞过,眨眼间便被飘浮的大气吸没了。

实在不行,小四心一横说,我就……他又停住了话。

不能朝他下手,女人悲痛地摇头,无论如何,他都是打鬼子的英雄呀,我们怎么能……

可不这样,小四无奈地摊手,又有什么好办法呢?

一个黑色的影子忽地将日光遮住。啊。女人惊愕地直起头。那黑影举出块铁器,已经探到了小四头上。快跑……女人奋力推开小四。

玉米棵子噼里啪啦地摇响,日光杂乱地悠晃不止。等女人起来身,小四已隐进庄稼地,往远处逃去了。

你们居然大白天……老黑追上几步,慢慢将匣枪举起了,看我……

天哪。女人大声惊叫。

老黑高举着匣枪,手却不住地抖,枪管的光亮晃来晃去。

女人扑上去,两手捉住他执枪的手腕。

好你……老黑挥舞着臂膀,试图脱开女人。女人却是紧攥住不放,并死命朝着下坠。老黑的手臂终于耷拉下了,枪口冲向了地面。老黑拖倒了女人,在地上划出一片土痕。你个熊娘们儿……老黑脸上的刀疤急遽抽动,如条凶猛的活蛇。

女人倒着地,依旧捉住他的手不放。

小黄狗嗅完女人的脚,便跑到当门里,望住坐在桌边的两个男人,愣怔了一会儿,叫几声,又折回女人的脚下。

黑哥,小四不安地坐下,却又做出逃去的架势,我来了……两手不知放在哪里。

好,老黑点一下头,看你还是条汉子,敢来和我坐对面。将烟头扔到地上,用脚板踩住,来回狠力踏着。咱们明人不做暗事,既然请你来了,那就把话挑明了吧。

小四怯怯地看他一眼,即刻又将脸掉开,两脚不住地在地上颤动。女人颤抖着嘴唇,想说什么。老黑将女人瞪住,没你熊娘们儿的事。

老黑扯扯袖子,咬住腮边的胡须说,老子在外头出生入死,什么事都经验过了,别说你个小白脸,就是凶恶十倍的日本鬼子,都被我打得满地找牙。按咱这儿的规矩,今儿非得放倒一个不可的。可队伍上不兴这个,我也不能破坏纪律,虽说我已经不在……话没说完,就懊恼地挥一下手,算啦,活该老子倒霉,过去的事儿,不提了。

小四斜过脸,看他的眼珠翻几下,不觉直起了弯曲的肩膀。女人也长出口气,将捂在胸上的手悄悄放下。小黄狗似乎感知了她的心思,也掉转到老黑脚边,做出讨好的表示。

老黑却又探过头,直直地盯住小四,可往后,这个门槛就不许你踏进半步了。老黑的手指在桌沿上敲出一片响来,不然的话,我可……他掏出枪来。女人身子又一紧,心也跳到嗓子眼上。小黄狗也退后几步,冲了老黑狂吠。老黑挥起匣枪,"啪"的一声爆响后,小黄狗猛将头仰了,往起一跳,扑通倒下地去。翻腾两个来回,便一动不动了,脑门处涌出殷红的液体,蛇似的游到女人脚下。

女人一下子跳起来,挓挲着两手,不知如何安放,大瞪着眼睛,痴痴地看小黄狗的眼珠一点点扩散、浑浊并变硬。

老黑吹去枪口的烟气,看到了没?它就是样子。

小四两手支住桌沿,尽力不让身子滑下地去。女人却倒在当门地上,将头在胸前沉沉地垂了。小四咬了咬嘴唇。黑哥,试量着说,我走了……

老黑把枪拍在桌上,使劲往外挥手,请便。

小四起来身,抖抖脚板,在小黄狗尸体上迈过,轻着朝门外走去。弯曲的身影在门口的白光里一晃,便下到院子里,脚下嚓啦嚓啦地拖响着。

暮色渐趋笼罩了。麻雀在枣树上落下,乱纷纷地吵叫。女人把身子贴住树干。你走呗。女人低低地说。粗糙的树皮擦磨着手掌,一阵阵疼的感觉。小四背衬了一天晚光,两眼在暗影里朝女人呆呆地看。

我,小四紧咬牙齿,我真想……又并没说出。

不要,女人拼命摆手,不要呀……

可我们……小四依旧不甘。

你不是他的对手,女人又使劲摇头,再说,我们也不该……

小四沉沉地低下头,似乎知道一切都已不可挽回。

西天边起了大片灰云,很快将耀眼的天光遮没了。走呗,快走呗。女人推他一把,便背转身,向着村子跑去。脚下跟跄得厉害,地面直是晃个不住。女人忽然觉到眩晕,赶紧地扑住一棵枣树。等喘上气来,才慢慢回过身。

老子就是不……小四念叨着,也只好背过身去。

女人看见小四的身影变成黑色,映在乱云四起的天幕上。浓重的夜雾起来了,天空昏沉得急快。小四的身影愈加模糊,终于被弥漫的大气吞没了。

啊,啊……老黑在炕上不停地挣扎,呻吟。女人抖着块湿毛巾,罩在他扭曲的脸上。手指触到皮肉处,竟是滚热的烫,似乎下面烧了炭火。老黑伸张着脖子,脑袋从枕头上滑落,胡乱地摆动,一头乱发拂来拂去。灯火照得他满脸闪亮,汗水成串地掉落在脸下。女人抱了他的头,往枕头上放端正些。老黑挥着手,在空里盲目地舞动,要抓住什么似的。女人接住他的手,即刻就被他攥紧了,攥出一手的脆响。女人止不住叫出声来。老黑睁开眼,眼珠在灯光里僵硬地翻滚。女人小心地凑过脸去。老黑旋即盯紧女人,眼神呆痴了不动。女人有些怕,心里一阵急跳。老黑的目光泛出亮来,映出女人扭歪的影像。女人急慌地抽回身子。

他们追、追我,老黑大口地喘息,快把我藏起来……那只手抓住女人不放。

女人被牵拉得伏到他身上。没人追你。女人摇着头说,安心睡吧,没人追你。

老黑合了眼皮,手脚渐渐朝远里放开去。女人依旧伏着他的身子,一动不动……

老黑抱女人在怀里,颤动着指尖抚摸。月光极柔和,水一般淌下他隆起的脊背。屋梁上响着燕子梦中的叫声。他们差点追上我,老黑腥热的气息扑打女人的胸脯,他们是鬼,都是被我打死的鬼子,不知怎么又活了,有头有手,有肉有骨……女人也止不住缩紧了肩膀。残破的窗纸轻出着响声。他们死命地追我,一大群鬼魂。老黑抖着身子,紧偎在女人怀里。

你是做梦哩。女人托起他的脸。月光里,女人惊异地看见他满脸都流着泪水。我的……女人使劲擦抹他的泪,却是无法擦尽。他一身都是水淋淋的湿,在月光下闪着发亮。别怕,别怕。女人在他身上紧着伏了。

老黑重又合拢眼皮,面目渐渐平静下来。他放下手臂,碰翻了炕沿上的枪。

匣枪滑下地去,消失在炕下的阴影里。

暖红的日光从窗口进来,洒在睡熟的老黑身上。女人静悄悄地起来,回身给他盖严被子,不禁又手撑着炕沿默默地看他。日光柔柔地照了他,大半边脸都浮着温和的色调。女人没看见那条扭曲了脸孔的刀疤,一时奇怪,但来回看了,竟真的没有。他的脸端正地在日光里泡着,一副分外安详的表情,纷乱的头发和胡须都软倒着。日光似乎使他的脸融化了,稀释了。女人禁不住涌出一阵温热的感觉,直是伸了手去,一点点触摸他的脸。老黑翻过身子,两手拥住枕头,吧嗒一下嘴唇,又沉沉地睡去,并发出了响亮的鼾声。嘴角的涎水像条透明的青虫,在下巴上静静地爬。女人有些想笑,将手指轻着放到他嘴上。

女人要离开时,老黑却醒来了。几天的昏睡过后,老黑已养足了精神,备受折磨的病痛也终于过去。在女人眼里,此时的老黑才变得正常,过去那个熟悉的男人总算又回来了。老黑让女人坐在炕上,探过头去,将后脑枕在女人腿上,安详地闭上眼睛。恍惚间,女人又回到以前的日子,嫁给这个男人的幸福时刻。不觉间,女人的泪水下来了,打湿了胸前的衣襟。

你真的不走了?女人抚摸着他柔软的脸颊。

真的不想走了,老黑说过了,随即又想起什么,才平静的神情又多了一些焦躁,可是……咽口唾沫,没把话说下去。

女人知道他想到了什么。不管怎么说,老黑都是背着部队回来的,女人虽然见识短,却知道这是可耻的脱逃行为,是为光荣的军人所不容许的……我也不想让你走,女人告知他,可是……女人也没把话说出来。

你还是想让我走?老黑睁开眼,恼恨地打量她。但才一霎,便反应过来,让脑袋离开女人的腿,挣扎着从炕上起来。老子受够了,不断地摇摆脑袋,打了那么多年仗,杀了那么多日本鬼子,可还没完没了看不见天日,就是一个钢打铁铸的人,也快要……两手抱住脑袋,疲软地坐在炕下的地上。

女人不能不同意他的话,这个男人的确在外面受了太多苦难……女人伸出手,颤抖地抚摸老黑的头顶。可日本人还没打完,女人轻声叨念,大家还过不上安定日子……

我去打鬼子,老黑抬起头,冷硬地反问,你就过上安定日子了?

女人知道他又想到了什么,一时觉得羞愧,也赶紧低下头去。

也不怪你,老黑起来身,又宽宏地朝她摆一下手,都是这该死的战争,让大家都没得好日子过。愤怒地使劲跺脚。

女人把枣子捧进篮子里。捧得满了,起来身,仰脸朝上喊一声,好咧。老黑在屋顶上站了,甩下根绳子来。女人把绳子吊住篮子,随了老黑的牵动,将篮子送过头顶,还跳起脚来托一下。篮子在空中摆荡着,迅速地提上去。老黑把枣子都在屋顶上倒了。

女人清扫完院地,也悠悠地踩上梯子去。上到屋顶,扑入眼帘的是枣子大片的红色。日光在枣子上映得分外明亮,仿佛大火毕毕剥剥地燃烧。老黑在里头坐了,两手抱拢膝头,赤裸的脊背油光闪烁,被枣子的红光映照,似乎也起了火苗。女人在老黑身边傍着坐下。老黑眯了眼,下巴抵着膝盖,默默地朝远处眺望。女人也随老黑的目光放出眼去。女人看见了天空,天空里洁白的云朵;看见了黄河,河道里斑驳涌流的水浪;看见了田野,田野上金黄的庄稼和墨绿的枣树;看见了庄稼地里舞着镰刀的女人;看见了枣树上举着竹竿的孩子;看见了镰刀上明灭的亮光;看了枣树下驳杂的荫影……好一会儿,女人才回过了头。老黑眼里竟有泪水出来,在腮上无声地流淌。女人忽然靠拢去,用嘴唇慢慢地吮吸。老黑捧住女人的脸,使劲在怀里搂了。

多安稳呀。老黑喃声说。

女人频频地点头。女人这才觉到,天地间真是安稳呀,大平原真是寂静呀,周外里没有任何声息,连一丝鸟鸣都难以听见,只有亮丽的日光朝他们不断地照耀。女人突然有些困倦了,眼皮轻轻地合上。女人感觉着日光柔美的抚慰。

一直这样该有多好呀。女人进入梦乡时,还听见老黑万分渴望地叨念。女人也万分祈祷,但愿在梦里别看见恶魔般的鬼子兵,别看见掺杂着肢体和肉骨的炮火,别看见死亡的阴影像黑色乌鸦朝自己靠近,别看见……

女人蹲在塘边漂洗衣物。日光照得水面通明,几只幼鸭相伴着戏水,不时地将涟漪送到女人脚边。女人腾出手来拨拉水花,孩子般地逗玩鸭子。远处似乎起了几声马嘶声,轻微却真切,像是离着并不多远。女人抬起头,茫然地四顾。日光下的大地都安静着,似乎正沉浸在昏睡里。女人把目光望向枣行。女人惊异地看见,一支黄色的马队正在枣树间疾行,凌乱的钢盔和林立的枪刺在日光下频频闪烁。刚劲的马蹄踏过去,满地落叶飘飞起来,在空中化作破烂的碎片。啊——女人霍地起来身,日本鬼子……丢下衣物,向了村里疯狂奔跑。

刚进了街道,女人就看见小四迎面走来,将她急切地迎住。小四拉住女人的手,一脸热烈的涨红。好了,好了,抖着嘴唇,显出了万分激动,这回好了,从今天以后,就没人管啦,没人管咱们啦。

女人好像没听清他的话,只是瞪大了眼看他。你,赶紧地问他,你干什么了?不待小四回答,便似乎明白了,却还有些不信,是你把鬼子引来的……

小四无奈地摊开手。我没有办法,神情愧疚却又气壮,只好去请皇……女人看见,在小四后,日本人黄乎乎的队影正进入村来。小四回过身,激动万分地嘟嚷,皇军答应我了,不动其他村里人,只抓八路逃兵一个……泪水止不住涌出,在狰狞的脸上沥沥地抖颤。干掉了老黑,咱们就能在一起啦……

你这个,女人厉声吼叫,该死的畜生……猛地推开小四,没命地朝家里狂奔。

你救不了他,小四在后头向她警告,皇军已把村子包围了,老黑就是插上翅膀,也……

女人扑进院门,在那棵粗大的枣树前顿住脚。

粗大的老枣树下,老黑摊开四肢躺着地,整个身体都泡在红色日光里,满脸透出安详的神情。红色的日光愈加地热烈,汹涌着,荡漾着,将他凌乱的头发和胡须浸了软,将他扭曲脸容的刀疤洗了去。他安详地熟睡着。红色的日光慢慢融化着他。

啊,女人产生了错觉,以为老黑已经……我的……颤抖着两手,一点点伸向他,我的好人儿,你……又霍地缩回,在唇边含住。

老黑睁开了眼,似乎刚从遥远的梦中醒来,面对着满脸恐惧的女人,一时还感到些许欣喜。你回来了?想站起来,但身子还疲惫着,虽然使了力气,却没有起来身。

女人舒了口气,原来老黑并没有……女人放开眼目,这才发现荡漾在老黑身边的红色光芒,并不是他流出的血液,而只是一地通红的枣子,看来为了对付这棵老枣树的果子,老黑真的费了不少力气,疲倦让他进入了刚才的梦境,而并不知道,致命的危险已来到自己身边⋯⋯我的好人儿,女人扑过去,就要抱住或者推开老黑,让他赶紧远离这个危险场地,你⋯⋯但女人并没表达清自己的意思,从院外射向老黑的枪弹已经误中她的脊背。女人踉跄了一下,便倒卧在地上,倒卧在老黑脚前。

老黑奋不顾身地抱住女人。我的好人儿⋯⋯像女人一样朝她呼喊。

你,女人扑倒在老黑怀里,睁开眼睛,用力看他最后一下,你快⋯⋯

老黑知道她要说什么。只要还有一口气,紧紧地抱住女人,声嘶力竭地朝她起誓,老子就返回队伍,不杀尽敌人决不罢休⋯⋯

成　长

上篇　修理

一

　　钢蛋十五岁那年就出了名。

　　那一年,钢蛋的母亲看上了响器班子里的一个唢呐手。说来奇怪,黄河沿岸一带的响器班子既可以服务红事,也可以侍弄白事。这样,响器班子就到李家寨来得很频繁。其实,人们看中的不是这个班子,而是这个班子里的那个唢呐手。唢呐手四十岁出头的年纪,长得虎背熊腰,浑身上下透着使不完的力气。每逢他把唢呐按在嘴上的时候,两腮就像长出了两个大石榴,圆鼓鼓地透着亮,两手的指头像装了弹簧,在唢呐竿上灵活地上下起伏。伴随着高亢动听的唢呐声,他的脑袋也不断地左右晃摆,带动得围观者的眼睛也悠来荡去,真是演奏得既动听又感人。只要这个唢呐手一出场,人们就都纷纷盯着他看,几乎要把身边的红事或白事都忘记了。钢蛋的母亲就是那些围观者中的一个,而且是最为忠实的一个。

　　钢蛋的父亲去世得早,他母亲做寡妇时还年轻着呢。因为年轻,便有些不安分,有时钢蛋一眨眼,母亲便不见了踪影,害得他要拖着鼻涕到处找。如果他弄出的动静过大,打扰了母亲的"正事",还会吃上一顿鞋底。所以一见他在街上四处张望着走,有人就笑着警告他说,当心你的屁股。这都是钢蛋小时候的记忆,后来他长大了些,知道这种时候不能去找母亲,再碰见别人开他的玩笑,就有些恼火,但又不便朝别人发作,窝在心里很难受。尤其是那些日子,母亲很明显地迷上了那个唢呐手,只要谁家一有红事或者白事,母亲就急慌慌地朝跟前凑。这件事大家都知道了,便又有人在他耳朵边说风凉话,人家不说唢呐手怎么样,只是告诉他谁家有红事或者白事了。钢蛋已经恼得不行了,便悄悄地预备了一把刀。那把刀被他在石头上磨得闪闪发亮,把头发丝往刀刃上轻轻一吹,即刻便断成两截。钢蛋就揣着这把刀来到了吹奏现场,当唢呐手吹得正起劲,母亲也像鸭子一般伸长脖子听得正专注时,他偷偷地走过去,手起刀落,唢呐手还没反应过来,几根手指头就齐刷刷地掉在地上⋯⋯

从那以后,就没大有人敢惹钢蛋了。他的母亲也老实本分了,不再轻易出去招摇,只是到深夜里,才寂寞得呜呜地哭一场。钢蛋很快便长成大人,愈发地蛮横,连走路都螃蟹似的拧着身子,老远就有人躲开他。不要说在李家寨,就是在整个黄河沿岸,他都成了一个有名的狠人。逢到有人拌嘴相斗时,不得势的一方总是留下这样一句口头禅,让钢蛋来治你。的确,钢蛋好打抱不平,也有点仗力欺人的嫌疑,对有意招惹是非的主儿,从来就不客气。从这种意义上说,钢蛋还有几分可取之处哩。有他在,李家寨就没有什么大不了的事发生。钢蛋似乎也知道自己的作用,碰到觉得顺眼的人,总是要问一句,有什么事吗?那意思很明白,有事他是可以帮你摆平的。

不久日本人到来了。日本人一来,情况便与过去有很大不同,一些不显山露水的人突然高调起来,而另一些厉害角色却变老实了。在李家寨,似乎只有钢蛋还保持着往日的风采,这不,一天在黄河岸边,就主动问起李正常来,有什么过不去的事吗?告诉给我。他好像已看出李正常有什么问题了。

一般情况下,多数都会摇头说,没事没事,谢你了。便赶紧地走开。不要说没事,就是真的有事,也不能请他出面呀,在这个纷乱的世道里,他钢蛋算是老几呀?再说,就算他能帮你把事摆平,可你怎么回报他呢?不管怎么说,这都是一笔人情债呀。但凡有人凑上来,舰着一张笑脸说,我正有事求你呢。说明这人的确碰上了过不去的事,而且这事还没到惊动日本人或游击队的地步。

比如这个叫李正常的人,就正好碰到了一件不大不小的事。

二

说起来,李正常也是李家寨的能人,头脑灵活,精于算计,人称"小诸葛"。早年外出闯荡时,不知跟什么人学会了脱坯烧砖的手艺。手艺倒是不错,却无用武之地,有多少人会用得到砖瓦呢?日本人来了后,开始在许多地方建炮楼子,需要大量的砖瓦。李正常看准这个机会,立即在村外建起了一座砖窑。别说,生意还挺红火,每天都有到他窑上来拉砖的车辆,才一两年下来,李正常就成了李家寨的富贵户。按说,这样的人会碰到什么解决不了的问题?

其实,李正常已经在河边坐半个钟点了,脸色阴郁,目光呆痴,在日光下像个病弱的人一样无神。他当然不是在等钢蛋的到来,他在河边这样一动不动地坐着,是为了散一下难以释怀的心绪。但在听了钢蛋那句话之后,他突然知道接下来该怎么办了。

我，李正常凑到他面前，颤抖着手指递过去一锅旱烟，用有些激动的目光看他，我想请你……故意停住了，有些试探的意思。

钢蛋接过他的烟锅，还没吸呢，仅仅抽一下鼻子，就闻出装的是上等烟叶，便把烟嘴含到了嘴里。李正常划燃火柴，恭维地给他点上。钢蛋悠悠地吸了一口，让烟雾进到气管内，又从鼻腔里喷出来，不由得点点头，好烟。这才转向他，眯着眼睛说，说嘛。

你，李正常把火柴杆丢在地上，用鞋底狠狠地碾着，你给我修理他一下……

钢蛋心里猛一哆嗦，手里的烟锅差点掉下去，如果他没有听错的话，李正常说出的是村长的名字。这可有点出乎他的意料，全李家寨他几乎朝任何人凶过，却唯独没有对村长表示过不恭。他有些疑惑地看着李正常，希望或者说盼着他把那个名字改成另外几个字。

我说的就是他。李正常加重了语气说。他也看出钢蛋的心思来，打量他的目光便有些乜斜。

钢蛋在心里叹了口气，看来他没有退路了，让人用这种眼神看自己，好像还是头一回。他瞪了瞪眼，把吸剩的烟灰倒在地上，也用鞋底碾了几下。他这才注意到，李正常穿的是双布鞋，而自己却穿的是草鞋。

李正常也从他鞋上抬起眼，似乎想了一下，便撩起衣襟，把挂在腰上的烟荷包解下来，连同那杆烟锅都塞进了他衣兜里。事成之后，他咬着他的耳朵说，我亏待不了你。

听他这样说，钢蛋心里也又动了一下。这时候，他想到的不是他的钱财，而是他那个叫凤春的妹妹。好，他使劲点点头说，你就瞧好吧。

三

钢蛋明白，李正常请他修理村长是有道理的，不用打听他也想象得出来，李正常对村长是充满了怎样的怨恨。由于他是村里新起的富贵户，村长便自然而然盯上了他，有事没事地都要去找他，日本人下乡筹集钱粮要他出点钱，国民党残军摊派军饷要他出点钱，逢年过节搞社火灯会也要他出点钱。这都没什么，李正常原本是个见过世面的人，知道"苟富贵不相忘"的道理，该尽的义务他都尽了。但接下来，村长他不该一直坐在他这儿不走呀，有时是山南海北地胡侃，有时是语重心长地询问，有时则是迂回曲折地警告，总之，反正是要在他这里打发时光。等吃饭的时间到了，李正常便不得不提出，要留他"吃顿便饭"，或者"小酌一顿"。村长还装作不好推辞的样子,留下来"很为难"地吃起来。开始时,李正常倒不觉得什么,甚至以为自己应该这么做,花钱买个平安嘛,村长是谁?村长不光是村长,还干着日本人的维持会呢,据说私下也与游击队有点瓜葛,在这样一个风云人物的手下待着,要想过上素净日子,总是要奉上些好处的。可时间长了,李正常就有些承受不住,花钱是小事,搭工夫让他心疼呀。但又不敢怠慢村长,心里便很痛苦。可村长却浑然不觉,或者说有意装迷糊,依旧时不时地跑到这里来。有一些日子,村长都快要把办公地点改在砖窑了,碰到有人找他办事时,有人就说,到砖窑去找。后来,连村长自己都这么嘱咐别人,到砖窑找我。李正常苦不堪言,有时就脚底下抹油溜了。可村长并不为此而退缩,到吃饭的时候还是照样吃,而且干脆上酒馆,再拉上几个陪吃的人,吃完往李正常的账上一记,大家抹抹嘴就走了。这样一来,李正常的花费似乎更大,光吃喝一项开支,就差不多占了整个砖窑收入的一小半。李正常彻底服气了,却又打掉门牙往肚里咽,有苦无处去诉说。他也知道,许多人巴不得村长吃得更厉害呢,谁让你是有钱人呢?而且还有挣日本人脏钱的嫌疑,有钱了就要出血。村长是李家寨的统治者,凡统治者都负有杀富济贫的责任,村长没做杀富济贫的血腥事,只是吃点喝点还不行么?村长就应该有这个爱好,没这个爱好还叫村长么?再说村长这也是代表大家的利益,因为人们都有这样的想法,但他们不好付诸实施,只好有劳村长去代表他们落实了。从这一点上说,村长吃得好,应该继续吃。所以李正常即使再有怨言也不能对人们表现出来,表现出来反倒是你不懂事,而可能要引起公愤了。

说起来,钢蛋也是拥护村长去吃的,并且也仿效村长到砖窑去了几回,每回李正常也像对待村长那样接待他,算是给他留足了面子,所以钢蛋对他印象还是不错的。但钢蛋不能老是去,谁让他不是村长呢?那么自己不能去还不允许村长去吗?按说钢蛋才不会去管这种闲事,可他在经过一阵短促的思考后,却痛快地答应下来,主要还是想起了他的妹妹凤春。也就是说,钢蛋这回替李正常来修理村长,全是为了那个叫凤春的姑娘。

在钢蛋眼里,凤春可是个难得的好人儿,模样长得俊俏不说,还有一个好脾性,待人也热情大方,备受后生们注目呢。由于钢蛋和她在一条街上住着,平时抬头不见低头见,很多的时候都在一块玩,用一句"青梅竹马"的文绉话概括两人的关系也不为过。钢蛋早就悄悄把凤春装到心里去了,可这几年凤春却对他另眼相看,甚至因为他的坏名声,还对他冷淡了几分,先前在街上碰着还说几句话,后来钢蛋和她打招呼,她竟装作没听见,就急匆匆地走过去。那次,钢蛋从集上买回来一块花丝巾，觍着脸送给了她。当时凤春没有说不要，接到手里展开来看。钢蛋不敢久留，赶紧转身离开了。但过了几天，他却在凤春家的花狗脖子里看见了那块丝巾。钢蛋呆怔了好大会儿，才反应过来。钢蛋很失落，也很恼火，她李凤春有什么了不起，居然给他这样的奚落和难堪，如若换了别人，他不在她脸上打开花才怪哩。第二天钢蛋就捉住那条狗，照着它围过丝巾的脖子就是一刀。过后想想又害怕起来，担心由此惹火了凤春，赶紧又到集上给她买来条更漂亮的狗，才算没把和凤春的关系搞砸。但钢蛋还是很窝囊，也更激起他不达目的不罢休的决心，他已经在街上扬过"非凤春不娶"的风，并在暗地里警告过那些有可能打凤春主意的人。他以前所未有的忍耐性隐伏在她的身边暗蓄力气，都是为了等待一个时机。等那个时机一到，他在心里一遍遍地说，我就会毫不客气地把李凤春弄到手里来。

没想到，今天这个时机还真的被他等到了，尽管他也知道，也许李正常恰恰利用了他对凤春的痴情，乘机让他替自己报仇解恨。但钢蛋管不了那么多，不相信自己做了这件事后会失去什么，相反如果弄好了，他和凤春的关系便会来个实质性的改变。钢蛋权衡再三，决定还是要向村长挑战一回。村长算什么，为了心爱的女人，他钢蛋是什么事都能做出来的。

接下来的问题是，该怎么修理村长呢？

四

钢蛋琢磨了很久，又跟踪了村长几次，终于想出来一个办法。他不打算把村长治得太厉害，比如砍掉他的手指之类。村长毕竟不是唢呐手，村长是自己村里的人，低头不见抬头见，又是当权者，上下都管着自己，还和日本人有联系，如果弄成了死敌，那自己在李家寨非出事不可。钢蛋才不干那样的傻事，他还要在李家寨平安度日呢，不到万不得已的时候，他是不会铤而走险的，再说这是别人的事，他犯个着把自己的路堵死。钢蛋觉得，这回只是让村长出一下洋相而已，既令他觉到了难堪，又能向李正常交差，也没有伤害到自己，不是一个很好的策略吗？好，钢蛋决定就这么干。

这天是李家寨大集，钢蛋早早就来到了集头，坐在一个茶摊上，装作喝茶的样子，眼睛却机警地往旁边瞄。他知道，村长一定会到集上来。村长来赶集，不是来买东西，甚至也没有什么事，而是纯粹的闲逛，两手背在身后，优哉游哉地四处撒目。日本人到来后，村长的名声比过去还大，不论走到哪里都惹人注目，上赶着讨好他的人也就多起来。钢蛋想象得出，当村长从集上离开时，衣兜内肯定装满了东西，这些都是熟人们送给他"试用"或者"尝鲜"的，村长往往故作不要，可他们非要往他衣兜里塞，没有办法，他就不能不收下了，总不能拂了乡亲们的面子吧？所以村长很喜欢这个集市，也就逢集必来。钢蛋知道，用不了一刻钟工夫，村长就会出现在他面前。村长的出现会有一个标志，那就是戴在他头上的那顶帽子。

正是麦收后的时节，天气热得要命，钢蛋喝着凉茶，还要不时地揩一下额头上的汗渍。很快，他竟然看见了凤春。凤春夹杂在人群里，悠悠达达地朝前走，一张细身子扭得格外好看。钢蛋本来想喊她一声，都把手招出去了，又慢慢收回来，心想还是算了，别耽误了修理村长的事。凤春的身影消失了一会儿，钢蛋才回过头，突然间便看见了那顶帽子。村长来了？没错，是村长来了。钢蛋没有看见村长，只看见了那顶灰颜色的帽子，就知道村长已经来到了集上，而且都走到他身边来了。钢蛋有些反应不过来，一时有些发怔，村长的那顶帽子快要从他面前过去了，他还没有把构思好的计划想起来。看见村长来了，许多人都和他打招呼，并且给他让开道。村长把两手背在身后，晃荡着他那顶灰色帽子，不紧不慢地走过去。村长没看见钢蛋，或者说看见了但由于他没上前招呼而视而不见，就这样从他面前走过去。直到这个时候，钢蛋才拍拍脑袋清醒过来，在心里纳闷地问自己，你是不是还是怕他了？眼看着村长要走远了，钢蛋赶紧走出茶棚，急急地尾随在他后面。

要说跟踪村长是很容易的一件事，钢蛋不用怎么用心，只要不让眼前那顶帽子消失就行。试想一下，在这么热的天里，除了村长外，谁还会戴一顶帽子？这样说来，村长的帽子快像日本人拿在手里的刀枪那样醒目扎眼了。不熟悉村长的人都会本能地纳闷，他为什么要在炎热的夏天戴那顶帽子呢？尽管那是一顶布满细小洞眼的灰纱礼帽，能让一点点空气进入，但在这样一个下火的季节里，还是不堪忍耐难以承受的。这样想来，即使对他陌生的人也会轻易地得出结论，村长之所以不把帽子摘下来，一定是他头上出了问题。没错，小时候一场不可避免的疾患，让他头上留下了难看的癞疮疤。为了不使人看了感到恶心，也为了自己的一点点尊严，村长只好把帽子戴在头上。虽然他成功地把癞疮疤遮住了，却不能阻止人们对他头顶的联想，甚至说正因为他不摘下他的帽子，人家才会联想得更丰富也更频繁。村长知道大家会这么做，却顾不了那么多，总比把一头花里胡哨的癞疮疤裸露给大家好许多吧？而且这么些年过去，村长也已经习惯了，已经意识不到人们会怎么想他的头了。实际上，那些认识他的人也早就习以为常，见怪不怪了。不管天气多么炎热，只要村长依旧戴着他的帽子，大家就没什么意外的感觉，相反，如果村长有一天摘下了帽子，人们恐怕会接受不了，会以为日头从西边出来了，会大呼小叫惊恐不已。村长头上的帽子，可以说是李家寨强化治安不可或缺的一个标志。

钢蛋尾随在村长身后很久了，还没有找到下手的机会。村长似乎觉到了什么不对的迹象，不断地回过头看。钢蛋便急忙掉开头去，有一回却被他看见了，尽管离着老远，还是朝他点了点头。赶集的人正在多起来。钢蛋不禁有些高兴，人们来得越多，效果才越大哩。他突然有些后悔，当时如果喊住凤春就好了，也让她看看他修理村长的场面。渐渐来到了集中央，人群聚得更密，都有水泄不通的景象了。差不多了，钢蛋在心里对自己说，就在这里吧。想罢，钢蛋就使劲朝前挤去。好在他有一身子力气，再加之脸上做出了凶相，许多人都给他让开了道。没怎么费力，他便来到了村长身后。这时候，村长正弯下腰，对着一个桃果摊子打量。卖桃的老汉急忙捧起两只肥硕的大桃，抖抖地朝他递来。村长您尝个鲜吧，老汉讨好地对他说，我今儿一早刚摘的。村长点着头，伸出一只长满汗毛的手，就把那两只肥桃接了过来。

村长——钢蛋突然朝他喊了一声。

村长诧异地回过头，直朝他看过来，刚刚送到嘴边的桃子杵到了下巴上。

村长，钢蛋不等他反应过来，就朝他比画着说，你帽子上有只虫子。

村长抖了一下，那只没有拿桃的手神经质地举起来。

钢蛋还要给他加把劲，也为了吸引更多人的注意，便更大声地叫喊，一条大豆虫。

其实他这样一喊，破绽已经露出来了。豆棵子还没长起来呢，哪里就有了大豆虫？周围的人差不多都回过味来，只有村长还沉浸在谜团中，那只举起来的手抓住头上的帽子，一下子就摘了下来，急急地送到眼前看。

就这样，村长一颗布满五颜六色癞疮疤的脑袋第一次裸露在了日头下，简直就像一盏发出强光的大汽灯，将人们的眼睛都照亮了。满集的人都掉过头，直直地朝他头上看。一时间，集市上一点声息都没有了。

村长把帽子捧到眼下，前后左右地看。哪里？一边搜索一边嘟囔，豆虫在哪里？他把帽子看了个遍，也没有找到那只可怕的豆虫，不禁疑惑地抬起头。豆虫在哪里？他想问那个告诉他的人，却看见周围的人们都直着眼看自己。怎么回事？他在心里问道。

看到村长出了这样的洋相,人们再也抑制不住,虽然还有些顾忌他的权威,还是都捂住嘴巴,把脸转往一边,吃吃地笑起来。

村长抓了一把头顶,这才突然间反应过来。我的娘哎——村长大叫一声,紧急地把帽子扣到头上。由于扣得过急,帽子歪斜了,将他的一只眼都遮住了。我的娘哎……村长继续叫喊,顾不得把帽子扶正,便两腿一软,抖抖地蹲在了地上。

哈哈哈……见他罩住了脸面,人们都转回脸,笑得更肆无忌惮了,一个个交头接耳,前仰后合,将开怀的笑声传遍了整个集市……

五

早在村长在帽子上抓挠的时候,钢蛋就钻进人群里,悄悄地溜走了,余下的场面不用别人学说,他也想象得出来。在往家走的路上,他身上切实生出了一股豪迈之气,好像打了一个天大的胜仗。关键不在修理村长这件事上,而在通过这件事能从李正常那里,具体说是从他的妹妹凤春身上得到些好处。

但让钢蛋没想到的是,他还没有去找李正常,更没有来得及见到凤春,就有两个人来到了他家里。你的家很难找啊。领头的一个疤瘌眼大模大样地坐到磨盘上,叼到嘴里一支烟说。另一个小个子给他把烟点上,也接上说,是呀,害得我们转了大半个村子。

这两个人钢蛋不认识,却知道他们是乡公所的人,因为他们都穿着一身制服,疤瘌眼腰里别着一根马鞭,小个子手里还拎着一团麻绳。钢蛋有些莫名其妙,乡公所的人到他家来干什么?他不记得和他们打过交道,更想不起有这门亲戚。不知为什么,他忽然想了一下昨天修理村长的事,但随即又否定掉了。不可能,他在心里对自己说,那点破事不可能惊动乡公所,更不可能治我的罪。可尽管这样,他心里还是有些发慌,这些年他还没有怕过谁,但面对乡公所却难说了,因为无论怎么说,和乡公所扯上关系总不是好事。可也不至于吧?他又悄悄安慰自己。

你是现在就跟我们走呢,疤瘌眼抽打着手里的马鞭说,还是拾掇拾掇东西再走?

钢蛋还真惊慌起来。这个,他愣了一下,才哈下腰,笑嘻嘻地问他们说,让我去干什么?

让你去就有让你去的道理,疤瘌眼把马鞭往磨盘石上抽一下,问那么多干什么?

那我总得……钢蛋还要往下说。

　　我看你还是知趣些。疤癞眼向小个子斜了一下头。小个子举起手里的麻绳，朝他摇晃了一下。疤癞眼接上说，也免得你受皮肉之苦了。

　　看到事情这样，钢蛋咽口唾沫，知道再说什么也没用了，便告诫自己说，既然躲不过去，那就跟他们走吧。在随两个乡丁往外走的过程里，他还心存几分侥幸。也许他们问一下就完了，我还拾掇什么东西？

　　来到了外面。许多人听说了这件事，都凑上来看。钢蛋也朝四处撒目着，希望在围观的人群里发现点什么，即使不是一顶帽子，只是一块灰色的影子也行。但都快要走出街道了，也没有看见任何与帽子甚至与灰色有关的东西。看来真的与那件事没关系呢。这样一来，他更有些坦然了。

　　来到了乡公所，疤癞眼关上大门，从小个子手里接过麻绳，就要朝他手上捆。

　　钢蛋本能地朝一边躲了躲。你看，他极力讪笑着说，还没说什么事，怎么就捆呢？

　　疤癞眼一言不发，却又挥起马鞭，使劲朝他指了一下。

　　钢蛋知道马鞭的滋味不好尝，便不敢再动了。疤癞眼乘机抓住他的手，拉到一根木桩前，把他紧紧地捆在上面。其实，在离他们不远的地方，就有一棵枝繁叶茂的桐树，疤癞眼不把他往桐树上捆，反而捆在了光秃的木桩上。狗东西，钢蛋在心里骂道，这是要晒死我呀。

　　疤癞眼捆上了他，便和小个子进到屋里去。钢蛋看见，他们一进门，就脱掉身上的制服，被几个人拉到一张桌子后，吆五喝六地玩起了纸牌。

　　天气很好，日头毫无遮拦地在头顶照着，也没有风，日光便显得很火辣，照在钢蛋身上，有一种烧灼的效果。一个钟点过后，他就有些撑不住劲了。往不远处的旁边看，桐树底下的荫凉多大多好，一条狗趴在树根下，把脑袋伏在前爪上，眯缝着眼睛朝他看。钢蛋似乎这才知道，来到了这个地方，人就不如狗了。疤癞眼，他在心里恶狠狠地骂着，看我出去不宰了你。但又一个钟点过后，钢蛋就没有骂的力气了，一颗脑袋沉重地耷拉到湿淋淋的胸脯上，再也无法抬起来。一时间，他有些昏昏欲睡的感觉。

　　在多半天的时间里，疤癞眼都没来管他，其他几个乡丁出来进去，经过他身边时，也只是看他一眼，并不过问什么。天快黑时，日头的光线没那么亮没那么毒了，钢蛋才有些清醒过来。乡丁们从伙房里打来饭，蹲到门台石上，一边吃饭一边看他一边拉呱。疤癞眼也端着一只碗过来了。钢蛋还以为他是给自己送饭呢，舌头底下不禁涌上一串黏稠的唾沫。但疤癞眼却走到桐树下去，将饭挑起来，送进他自己的嘴里。钢蛋把唾沫咽下肚去，饥饿感越发强烈了。狗东西不但晒我，钢蛋在心里骂他，还故意饿我。

怎么样？疤癞眼终于发话了，滋味不好受吧？

告诉我，钢蛋直盯着他说，到底为什么抓我来？

我正想问你呢，疤癞眼把一块骨头吐到地上，有什么坏事还是自己交代吧，免得给你罪加一等。

听了他的话，钢蛋还真郑重地想了一下。要说自己这些年也的确没干多少好事，但也不至于把他抓来治罪吧？思来想去，他也没弄明白到底是怎么回事。

看他沉浸在了遐想里，疤癞眼也不再理会他，和小个子几个人回到屋里，又热火朝天地打起纸牌来。一时间，他们似乎又忘记了他。入夜很久了，饥饿的蚊子围拢来，渐渐叮满了他的身子。钢蛋觉得身上又痒又疼，却动弹不得，两只手腕快要被绳子勒断了，两根小腿也软得直打晃。夜露下来了，又把他刚叮出创口的皮肉打湿了，那种又痒又疼的感觉更加厉害。他终于忍受不住，仰起头，朝着屋门大声叫喊。快来人，我要死了……喊出了口，他又感到有些羞愧，长这么大，他还从来没像今天这样熊过。看来我真的服了他们，他在心里沮丧地嘟囔，老子彻底完了。

听到他的喊声，疤癞眼终于走出屋门，一边打哈欠一边给他解麻绳，然后把他带进一间封闭严实的小屋里，锁上门板，便不再管他了。钢蛋又饿又累，倒在黑乎乎的地上，就昏头涨脑地睡着了。

六

一连三天，疤癞眼都把他捆在那根木桩上，让灼热的日光晒烤他。这个狗日的还真会折腾人，既不打你，也不骂你，甚至不审讯你，连你有什么罪错都不告诉你，只是一味地晒你，晒你，又晒你。按照钢蛋的想象，还以为乡公所里都是皮鞭和手铐呢，如若那样，说不定他会抗得住，要知道他生来就是个吃软不吃硬的人。但没有想到，他这个让人十分挠头的特点却一点也没派上用场，或者说人家有意避开了你这个特长，用一个使你感到陌生的办法对付你。也倒真省得他们下功夫了，没掉一个汗滴就轻轻松松制服了你，还让你抓不到他刑讯逼供的把柄，让你有苦说不出来道不出去，也算是绝妙到家了。还是乡公所厉害呀，钢蛋不能不在心里感叹，这帮家伙就不是吃素的。

到第四天，天空终于变阴，而且也有风起来了。钢蛋这才松出一口气，心说再把我捆到外面去吧，连老天都来帮我了。但疤癞眼却不来带他了，就把他丢在小屋里不管,直到天傍黑,疤瘌眼才像想起他来似的,突然打开屋门进来了。钢蛋又在心里说,莫非他这时把我捆到木桩上去?那我躲过了日头却躲不过蚊子了。不免又有些惊慌。但疤瘌眼没有带他的意思,一进来就靠在门板上,嘴里叼着一支烟卷,手里则摆弄着一把匣枪,乜斜起眼睛看他。钢蛋觉得很奇怪,自他进来以后,疤瘌眼还没用这种神情对待过他。这是又打什么主意哩?他心里还真吃不准。

想出去吗?疤瘌眼慢悠悠地说。

钢蛋没想到他会说这个,身子不禁一动。想,他在心里说,谁愿待在这个破地方。但他没有把这话说出来。

疤瘌眼耸耸肩,不怀好意地笑了一下。听说你在李家寨是个人物?把一口烟雾喷到他脸上,什么大胆的事都敢做,连日本人也不放在眼里,真成一霸了?说着,疤瘌眼把匣枪举起来,朝他头上瞄了一下。

没有……钢蛋赶紧声明,同时躲避着他的枪管。他很有些紧张,知道和日本人扯上关系可没什么好处,被一把枪瞄着也不是闹着玩的。但到这里,他似乎也感觉出来,疤瘌眼或许是在吓唬他哩,因为他的确没做过和日本人过不去的事儿。

知道这里是干什么的吗?疤瘌眼不等他回答,就自己代他说,这里就专治那些无法无天,眼里没有他人的恶霸。他扣动了一下扳机,匣枪当然并没有射出子弹。

钢蛋被他的样子吓出一头汗。你们怎么治我都行,他依旧不服气地说,我只是要知道,我到底犯了什么事?

疤瘌眼愣了一下,显然没料到他会如此执拗。但他很快又镇定下来,反直瞪着眼看他。你说你是犯了什么事?这个要问你自己呀。

我问过自己了,钢蛋摇了摇头,可我还是不知道。

怎么你就没犯过什么错?疤瘌眼有些恼火,把烟屁股吐到地上,用鞋底狠狠碾了一下,又一次举起匣枪来,难道我们抓错了你不成?

我唯一的过错,钢蛋挠了一下头皮,就是不该砍那个唢呐手的指头……

疤瘌眼拍了一下大腿。对对,你终于想起来了,我们办你就是为了这个。

可那是好几年前的事了。

好几年前也要办,不管什么事我们都给你记着呢,到时候一起算总账……

钢蛋沉沉地低下头。他娘的,在心里暗暗地叫骂,怎么还有这种事?过了很久,他抬起头,却才发现,疤癞眼不知什么时候已经走掉了。

钢蛋以为事情严重了,他们不会轻易放掉自己的。却没想到,第五天一早,疤癞眼就把他带出了乡公所。来到大门外,钢蛋还有些迷惑,一时身子不敢动弹。疤癞眼推了他一把。还不走?在这里待上瘾了?说着又踢了他一脚,快给老子滚。钢蛋这才确信,他们是真的放他走了。

回家的路上,钢蛋好几次都有些腿脚发软,天地还是先前的天地,街道还是过去的街道,但蓄积在胸脯里的豪迈之气不知到哪里去了,想大口地喘几口气,也有些不那么理直气壮。钢蛋似乎明白,他把自己身上最宝贵的东西丢在那个乡公所了。他仰起脸,望着长长的街道叹息一声。好在街上没有什么人,不然,如果像被带走时那样被人们围观,他的脸面可就丢大了。

但他才侥幸了一会儿,便听见远处传来一声咳嗽,好像是有人朝他走过来。钢蛋急忙抬起头,却没有看见一个人,街道在灰灰的日光下空荡着,寂静着。但奇怪的是,那声咳嗽却好像越来越近了。钢蛋转动着一颗头,茫然地前后打量。他似乎看到自己的样子很好笑,也很狼狈。你出来吧,他在心里对那个声音说,不管你是人是鬼,都快些出来吧。他听见那个声音又咳嗽了一下,非常响亮,好像那人就在自己身边。他猛地掉过头,眼睛突然落在一顶帽子上,惊诧得差点叫出声。天哪,那顶帽子就在旁边的胡同口,更为重要的是,那仅仅是一顶灰色礼帽,而它竟然发出宏大的咳嗽声。这是怎么回事?钢蛋倒退了一步,就要瘫倒在地上。见他这副模样,那顶帽子发出吃吃的笑声,而且往上浮了起来。不要动……钢蛋颤抖着说,两手偷偷在地上寻找砖头之类的武器。但帽子并不听他的警告,还是很快站了起来。钢蛋眨了眨眼,这才认出帽子底下居然站着村长。

村长笑嘻嘻地看他。你回来了?村长悠悠地说。听他的口气,似乎今天赶上了什么好事。

啊……钢蛋张了张嘴,却不知怎么回答合适。

里面怎么样?村长朝他凑近一步,低下声音说。他两眼的鱼尾纹都朝他张开来。

里面……钢蛋刚要说一下里面的情况,突然反应过来,村长这不是在看他的笑话么?

村长也看出他的心思,笑了笑,伸出五根短粗的手指,在他肩膀上使劲拍一下。这回明白了吧?村长意味深长地说。

钢蛋怔了怔,好像明白了他的意思,又似乎没有明白。

你看天高不高？村长挪开手去,举过他的头,朝上指了指,天很高是不？又垂下手,向他指了指,你高不高？

我……钢蛋更不知该怎么回答了。我当然不高。他只是在心里嘟囔一句。

对,村长仿佛又看透了他的心,接过话去说,人哪能和天比高呢？村长的口气有了一种语重心长的味道,即使人再高,总也高不过天去,你说对不对？

钢蛋不自觉地点点头。他不能不承认,村长说得是那么回事。

在这个世道里混,村长进一步开导他说,就算你有再大的本事,都不能和日本人过不去,你知道这是为什么吗？他自问自答地说,因为日本人就是我们的天。

钢蛋呆呆地看着他,原来村长绕了一个大弯子,是告诉他这样一个道理。他忽然想到疤癞眼说过的话,看来他们都把日本人当太上皇了。

好好想一想吧,只要把这个道理想明白了就好。村长举起手来,又拍了拍头上那顶灰色帽子,我也是这两天才想明白的。说完,他就扭过身子,背起两手,悠悠地朝胡同深处走去。

钢蛋望着他的背影,好一会儿回不过味来。日本人为什么是我们的天呢？他在心里问自己。真想再向村长问个清楚,但往前一看,村长已经不见了,狭窄的胡同里空荡着,好像从来就没有人出现过似的。钢蛋愣怔了一会儿,猛然间明白过来,自己这几天的遭遇,一定与那天修理村长有关,村长之所以把日本人搬出来吓唬人,除了说明他是他们的走狗之外,还能有什么用意呢？真不是人,钢蛋愤愤地骂了一句,真拿日本人当靠山了？他很快又收住口,真担心村长又会从什么地方冒出来。

七

回到家后没几天,钢蛋就弄清楚了,那个抓他折腾他的疤癞眼,竟然就是村长老婆的娘家侄子,才到乡公所干上乡丁两个月。原来是这样？钢蛋再来回顾村长那天和他说的话,一下子便豁然开朗。什么是天？村长说得很明白,日本人就是天,他在为日本人做事,那么和他过不去,就是和日本人过不去,就要受到乡公所的惩罚,搞不好还会由日本人亲自惩罚他,作为平常百姓的钢蛋,还有李正常他们,怎么能和村长过不去呢？这不是不自量力地和日本人作对吗？如果一个人不知道天高地厚,非要拿自己的脑袋瓜子去捅天,那就实在是可笑之至也可悲之至了,不让他吃点苦头得点教训又怎么能行呢？想到这里,钢蛋举起两手,狠狠地朝自己头上打,恨不得一口气将这个木头一般的脑壳打烂。打你个有眼不识泰山,钢蛋一边打一边恶狠地骂自己,打你个不知天高地厚。打得眼前直冒金星,脑袋却似乎更清醒了。明白了,彻底明白了,当你吃了亏受了欺的时候,你尽可以惩罚自己,而绝不要去怨恨别人,更不能去向天挑战,也就是说,不能去招惹日本人,包括他们的狗腿子。想通了这个道理,钢蛋觉得万分欣慰,尽管自己明白得晚了些,但毕竟还是真正觉悟了,也可以说避免了以后更大的麻烦。

钢蛋只顾关起门来反思自己,居然把李正常的事忘到了脑后,甚至连凤春也没有想起来。却没料到,李正常竟主动找他酬谢来了。

李正常带来了一坛好酒,一捆上等烟叶,还有一大摞银元,一股脑儿堆在他面前。你为我吃了苦头,他有些愧疚地揉搓两手,这些都是给你的。

钢蛋低头看着那些东西,一时间脸上毫无表情。

不够么? 李正常误解他的意思了,我再去拿?

钢蛋从那些东西上移开眼,有些不知该把目光往哪里放。

我李正常是说话算数的,李正常使劲拍拍自己的胸脯,你需要什么尽管说,都包在哥哥我身上了。

钢蛋没有注意到,李正常把自己的身份做了一个巧妙的改正,似乎其中已经蕴含着什么重要信息了。可惜的是,钢蛋只是一味地想自己的心事,竟然没有意识到这点。这时候,钢蛋一个劲儿地在心里说,看你个笨蛋,以后恐怕还要吃大亏哩。

李正常没在他身上看到期待的效果,急得跺了一下脚,一副抓耳挠腮的样子。难道非要我说出来不成? 他在心里朝他发问。

恰在这时,钢蛋的目光在屋里虚浮地转了一圈,又望向门口。

李正常以为他看见什么了,也便松出一口气,没有回身就朝门外说,别藏着了,出来吧。

随着他的话音,钢蛋惊讶地看见,一个窈窕轻盈的身影出现在门里,正在一扭一扭地朝他走来……

下篇　回报

八

钢蛋越发成李家寨的名人了。

那次修理村长,虽然让钢蛋吃到些苦头,同时却也得到了更多好处,居然把一心向往的凤春姑娘弄到了手。事情居然变得这样顺利,有些出乎钢蛋的意料。

从娶下凤春的那天起，钢蛋就发誓，以后要老老实实地过日子，再也不无端惹什么事，也不再无故帮什么人的忙了。但这样一来，人们却觉得失落了许多，好像缺少钢蛋的参与，生活就变得没有意思，尤其是遇到不公的事时，没有身边人替他们打抱不平，憋在心里的冤屈就无从发泄。上次日本人下乡扫荡时，打死打伤好几个李家寨人，幸亏八路军游击队赶来，消灭了这股罪恶的鬼子兵。这都是惊心动魄的大事件，逢到锅铲碰锅沿的小事，总不能去搬游击队吧，就需要钢蛋这样的人出来摆平，可他倒好，竟窝在家里过起自己的逍遥日子，置父老乡亲的需求于不顾，实在让大家倍感失望。钢蛋没有想到的是，竟然连他的妻子凤春也持这种看法，本来她看中的就是他敢作敢为的个性，到头来却嫁了个规矩的窝囊废，那日子还有什么奔头？人们的反应他可以不管，可凤春的这种期待他却不能不顾。钢蛋有些慌神，一时也做起难来。

与他相反，村长却越来越嚣张了。那一回，狗剩无缘无故就被他打了一个嘴巴。狗剩气不过，却不敢和村长较量，就急火火地来找钢蛋，让他替自己出这口气。钢蛋在院子里转了十二个圈子，也没答应他报复村长的请求。我送你一口袋玉米还不行么？狗剩可怜兮兮地说。钢蛋急得差点打自己一个嘴巴，在心里说，狗剩这难道是玉米的事吗？这是关系着和天比高低的大事，关系着和日本人作对不作对的大事。自从村长和他谈过了那番话后，他就时时牢记在心里，从来就没敢忘记过。我自己吃点苦头没什么，他也用可怜兮兮的口气对狗剩说，关键是不能破坏村子的治安秩序呀，搞不好日本人就来替村长和我们说话，我们为什么要惹这种麻烦呢？狗剩蹲到了地上，那可怎么办呢？将两手绝望地抱到头上。望着他不时抖动的手指头，钢蛋忽然灵机一动，心说有了。他抓住他的手指，拉到自己脸边说，要不你打我一个耳光好了。狗剩愣了一下，果然按他的要求将手掌打到他脸上。狗剩窝在心里的气出来了，很快便满意地笑起来。他没有食言，回家便把一口袋玉米抱来了。就像当初进一趟乡公所就得到了凤春一样，钢蛋这次也有些没想到，挨了一巴掌居然就得到一口袋玉米。这可真是一件大好事，钢蛋不禁高兴起来，兴许这也是一条发财的路径呢。管它谁是天谁是地呢，只要有吃有喝，只要能过安定生活，当顺民就当顺民吧。以后的日子里，人们但凡受了维持会尤其是村长的气，钢蛋就让他们往自己身上打，然后收取一定的报酬。这样一来，李家寨重新走向了安定团结，只要日本人不来骚扰，村子里就呈现出其乐融融的景象。后来村长遇见钢蛋时，都朝他伸了一下大拇指，一副赞许有加的样子。看来我的选择没有错。钢蛋悄声对自己说。

当然也不是一帆风顺,也会遇到让他格外为难的时候。比如这次李小柱摊上的这件事,就给他出了一个大难题。

九

李小柱找上门来时,钢蛋正一个人在家里喝酒。凤春回娘家去了,他不愿动手做饭,便到货摊上买了块猪头肉,打算凑合着吃上一顿。但有了肉,他却又想到了酒,便顺手打开半瓶高粱老烧,就着猪头肉喝起来。这一阵子,由于老是代别人受过,无形中竟增加了些收入,生活也比先前强多了,吃肉喝酒也就成了家常便饭。这样也不错,钢蛋吧嗒着嘴说,有得有失嘛。

一个人喝酒毕竟有些无味。钢蛋喝得差不多了,正要把酒具收起来,李小柱匆匆地走进来。来得好。钢蛋在心里说,在另一只酒盅里倒上酒,朝李小柱举过去,来,陪我喝几盅。李小柱是村公所里的一名村丁,在李家寨也算是个人物,钢蛋并不小看他。

但李小柱却没有喝的意思,甚至没有把屁股坐下,只是不自觉地咽了口唾沫。我……似乎有话要说,却又说不出口,一只手在头上抓挠着。

钢蛋没留意到他急切的表情,只是一味地朝他让酒,喝。

没有办法,李小柱只好接过酒盅,一仰脖子喝下去。由于喝得急,呛了嗓子,又低下头咳嗽起来。

钢蛋笑着摇摇头。看你个熊样。他在心里说。

李小柱把酒盅放在桌子上,腾出手来,又要朝头上抓,却没有抓到,又把手甩下了。真不是人。不觉骂出了口。

钢蛋这才注意到他愤慨的样子,不禁心里一动,出事了?便直望着他问,怎么回事?

村长他……李小柱有些气急败坏地说。

钢蛋把手抓到了自己头上,怎么又是村长?村长又怎么了?

抓了胸脯……李小柱比画着说。

钢蛋便把目光盯到他胸脯上。他胸前的衣扣紧系着,并看不出被抓过的痕迹。

李小柱跺了一下脚。是我媳妇的胸脯。说着又跺了一下脚。

钢蛋愣了愣,好像明白过来。原来……村长怎么净干这种事?他有些纳闷,按说李小柱也是村长的手下,村长怎么还不放过他呢?俗话不是说兔子不吃窝边草吗?村长竟然连兔子都不如。

钢蛋哥,李小柱扑到桌前来,眼巴巴地看他,你得给我出这口气。

钢蛋在心里嘟囔说,麻烦来了。同时他又意识到,也是一个机会来了。可他没有表示什么,只是端起酒盅,又往嘴里灌了一口。

我给你牵一只羊羔来。说着,李小柱就要回身走。

等等,钢蛋止住了他,慌什么,你先打了我再说吧。

打你?李小柱愣愣地看着他,我打了你管什么用?不禁又跺了一下脚。

钢蛋这才意识到,这回是不同于以往的一件事,用先前的处理方法怕是不行了。怎么办?总不能让他在我胸脯上抓一把吧?

钢蛋哥,李小柱又朝他跟前凑了凑,这个忙你帮不上我了?眼里流露出失望的神情,都说你是个天不怕地不怕的人,怎么现在也……

钢蛋往起站了站,又坐回到椅子里,一时有些抓耳挠腮的感觉。他端起酒盅,又要朝嘴里灌,却发觉酒盅里空了。

李小柱急忙给他倒上酒,又眼巴巴地看他,钢蛋哥……

好吧,钢蛋把酒灌进嘴里,顺势把酒盅摔到地上,你在我媳妇胸脯上抓一把吧。

这个……李小柱呆愣了片刻,一下子明白过来,眼里闪出了贼亮的光,但只一霎,便熄灭了。钢蛋哥,我怎么能……

没关系,钢蛋站起身,背起两手,在屋内悠悠地踱了两步,你尽管去抓吧,这个忙我帮定了。

李小柱悄悄地打量着他,一时不想表示什么。

这样你心里不就平衡了么?钢蛋也回头打量他。怎么,还不行?

李小柱反应过来,认定他不是说的玩笑话,眼里的亮光才又急快地闪起来。钢蛋哥,我这就给你牵羊羔去。说罢,他就一溜烟地跑出去,生怕钢蛋后悔了似的。

十

其实,那天钢蛋说的是酒话,酒醒后也就想不起来了。妻子凤春回来后,还好奇地问他,怎么家里多了一只羊羔?钢蛋到院子里去看,树桩上果然拴着一只黑色的羊羔,不禁也纳闷起来,这只羊羔是从哪里来的呢?虽然没有弄清羊羔的来历,但也不能把它赶走呀,那就姑且养着吧。

几天后一个晴朗的日子,凤春突然从外头跑进家来,朝着钢蛋气急败坏地叫喊,这个狗东西,居然打我的主意……

钢蛋愣住了。怎么回事？谁怎么样你了？

李小柱。凤春有些语无伦次地朝他学说，今天，我到玉米地里去锄草，那个狗东西也装模作样地在他家地里逛游，也不知在干什么，一副鬼鬼祟祟的样子。谁让咱家地靠着他家地来着，只隔着十几趟半人高的玉米，什么都看得清清楚楚。按说他平时也是不错的一个人，虽然在村公所里当差，倒也没做过和大家过不去的事，所以我就没怎么提防他。可他一直不远不近地跟在我旁边，好像真是在打我的主意，我一回头看他，他就赶紧掉开脸，神情里透着明显不安的样子。我看出他心里有鬼，但又想他还能怎么样我，也就没怎么理会他。凤春喘了一口气，继续朝他说，我锄完了一块地，就扛起锄头想回家来。见我要走，李小柱也悄悄地跟上来，而且步子迈得很快，真格的是在跟踪我哩。我这才警惕起来，也想加快步子。可他走得更快，有一刻他甚至都跑开了。他很快就来到了我身后，还没容我做出防范的动作，他就伸出黑乎乎的手，在我胸脯上狠狠抓了一把，回头就跑走了……说到这里，凤春不禁也抬起手，抖抖地抚在了胸脯上。

钢蛋瞪大了眼睛，直直地朝她胸脯上看。果然，她胸脯上的一颗纽扣掉了，衣缝大大地敞开来，尽管她极力遮掩，他还是看见了隐在里面的一块白肉。可以想见，那个浑蛋使出了多大劲儿。

他竟然朝我耍流氓，凤春涨红着脸说，可真是气死我了……她使劲跺了一下脚。我一心想抓住这个王八蛋，就不顾一切地朝他追，我一边追一边挥锄头，一边挥锄头一边喊。眼看就要被我追上，这个狗东西也真的害怕了，一边抱住头一边回过脸来。嫂子你不要打我，他哀哀地朝我叫着说，是钢蛋哥叫我干的……你听他多会胡咧咧，居然说是你叫他这么干的。说着，凤春又使劲跺了一下脚。

钢蛋愣住了，凤春做出的那个动作太熟悉了，似乎让他想到了什么。

你说他这不是恶心人么？凤春越发愤愤地说，他不但向我耍流氓，还诬蔑你的名声，他真做得出来呀……

钢蛋抬起手，在自己头上拍了一下。这一刻，他什么都想起来了，不仅是那天自己对李小柱说过的话，还有那只来路不明的羊羔……浑蛋，他在心里对李小柱说，你还真干起来了？

哎，凤春推了他一把，你到底对他说没说过这话？

我……钢蛋挠了挠头皮，一时不知该怎么回答。

莫非你说过？凤春直直地盯住他。

我没说过我说过呀？钢蛋摊开两手说。

你要是没说过，早就跳起来了。凤春思忖着说，凭你的脾气，自己的老婆被人欺负了，还这么沉得住气？还不去找那个人算账？

这这……钢蛋咽了口唾沫，那都是过去的脾气了，我不是已经改了么？现在我宁肯吃别人的气，让别人来打我，我也不再……说到这里，还对着她嘻嘻地笑了笑。

天哪，凤春两手响亮地拍了一下，我的男人居然变成了这种样子？我这是嫁的什么人呀。说到这里，把手捂在脸上，呜呜地哭起来。

钢蛋想去劝说她，又不知该怎么开口。

你竟然让别人向自己的老婆下手……这日子还怎么往下过？凤春一边哭着一边朝里屋跑去，并且将门板狠狠地关上。

十一

接连好几天，凤春都不理会钢蛋。白天他还不觉得什么，吃吃喝喝自己动手，但到夜里就不行了，一个人躺在条凳上很空虚，也很无聊，便觉得十分难过。自从娶了凤春后，他已经搂着她睡惯了，凤春每次回娘家，他都要接她回来过夜。现在凤春倒是躺在炕上，却不让他过去睡，没办法，他只好自己倒在了条凳上。有几次，他刚刚做出到炕上去的表示，凤春就爬起来，抱着被子要下炕去，弄得他也不敢轻举妄动了。这样几天下来，他就熬不住了。再不让我到炕上去，他恼火地在心里说，我就要去捅人了。

好在凤春也不再记恨他了，生够了气也就作罢，嘴里虽然没说什么，但钢蛋厚着脸皮朝炕上躺时，她也没再推他下去。钢蛋松了口气，一躺到炕上，就试量着把她抱住了。凤春没有反抗，也没有迎合，就那么任他抱着，身子一动不动。钢蛋受到了鼓舞，手上渐渐加大了力量，很快便把她抱紧了。想死我了。他把嘴附在她耳边说。想我还让别人打我的主意？凤春推了他一把说。钢蛋听出来，凤春的语气里除了必要的怨恨外，还含着应有的娇嗔，心说这就行了。便嘻嘻地朝她笑笑，嘴里也不再解释什么，只是用手来向她表示对她的想念。到这时候了，凤春也才悄悄地配合起他来。

本来钢蛋是要和她结结实实地睡回觉，但凤春的胸脯裸露出来，他刚像以前那样把嘴巴凑上去，要在那两团白肉上亲一下，却不知怎么，他听到了一声低沉的羊叫，随之，眼前竟也出现了一只黑手。他看见那只黑手直直地伸过去，先他的嘴巴落在那两团白肉之间。他不禁怔了一下。这一刻，他竟然真切地想到了李小柱。一意识到这一点，他就觉得自己被兜头浇了瓢凉水，绷紧的身子一下子松开来,就要触到白肉的嘴巴也急快地缩回去。

凤春显然觉到了他的变化,微合的眼皮睁开来,默默地望着他,脸上有些莫名的神情。

钢蛋试图掩饰自己的紧张,避开了她的眼睛,低下头,同时又一次把嘴伏上去。虽然嘴唇触到了她的皮肉,却没有先前的奇妙感觉。耳边似乎又听到咩咩的羊叫声,那只晃动的黑手又在眼前出现了,像一条凶猛有力的蛇,推开他的嘴巴,紧紧地伏到那两块白肉间的凹谷中。他本能地感到了恶心,身子又一抽搐,脸孔一下子从她胸脯上收回来。

你,凤春惊诧地问他,你怎么回事?

我……钢蛋张了张嘴,却不知该说什么。

凤春推开了他,抽出身来,往一边挪了挪,抓起被子盖到自己的胸上。

钢蛋也坐起来,点上一锅烟,大口大口地吸着。这么些天没亲热,他想出理由朝她解释,我都快要忘了。说着还耸了耸肩,有意做出一副自嘲的样子。

你想什么呢?凤春问他。

没,钢蛋赶紧说,没想什么。恐怕她再问自己,丢下才吸了几口的烟锅,又朝她身前靠过去。我一定要……他在心里告诫自己。

尽管亲热了,却有些勉强。不管他怎样集中精力,眼前还是不时出现那条蛇一样的黑手,在凤春白白的胸脯上爬来爬去。那种恶心的感觉又在他身上弥漫开来,终于坚持不住,还没有怎么亲热完,就草草地收了场。他似乎在凤春面前丢了丑,一从她身上下来,就死死地躺到一边,同时将脸扭开,不敢再看她一眼。这是怎么回事?他在心里悲愤而迷茫地问自己。

就从那天起,钢蛋和凤春的关系就变得生分起来,虽然没打没闹,甚至没再吵一回嘴,相处时却客气开了,有时照了面,竟不好意思对一下眼光,有什么非说不可的事说完了便赶紧走开,像逃避什么似的慌张,后来吃饭时都没勇气在一张桌子上了,不是凤春蹲在锅灶前,就是钢蛋坐到了门台上。夜里睡觉,就更是他们煎熬难过的时刻,尽管都睡在一张炕上,彼此却隔着一块空挡,好像中间睡着什么可怕的东西,谁也不敢挨近些,有时无意碰到了对方身体,也急慌地缩回来,往下竟然连身子也一动不敢动了。凤春倒是没有再赶他下炕,可钢蛋却恨不得立刻回到条凳上去睡。我快要受不住了。钢蛋在心里叫喊着说。

终于有一天夜里,钢蛋再也克制不住满身的烦躁和愤怒,赤着身子逃下炕,冲到屋门外,朝着天上明晃晃的月亮,声嘶力竭地叫骂了一气。

第二天一大早,钢蛋就走出家门,走过被露水打湿的石板街道,走向李小柱的家门。我要好好地和你算这笔账。他捏着紧邦邦的拳头说。

十二

李小柱蹲在院门口,两手交叉着抱在肩膀上,头发湿漉漉的,似乎一个夜晚都待在外面,脸上布满明显的倦容,眼珠更是透着血丝。不用你来找我,李小柱打了一个哈欠说,我也要去找你。

找我?钢蛋愣了愣,你以为这只是道一声歉就能拉倒的事?

道歉?李小柱莫名其妙地眨巴眼,道什么歉?随即站起来,怎么你要向我道歉?

什么?钢蛋又有些发愣,他真是没想到,平时聪明的李小柱竟然说出这种愚蠢的话,他更是没想到,平时老实的李小柱居然也说出这种张狂的话。他走上去,伸手在他额头上摸了一把。出乎他意料的是,李小柱的头冰凉,并没有发烧呀。这样钢蛋就想不明白了,李小柱既然没有迷糊,怎么就胡言乱语起来?他倒不知道该怎么对待他好了。

我冤呀,李小柱两手抱住头,使劲揪扯着头发说,我老婆让村长摸了,我又把一只羊送给了你,几天当中我就失去两样宝贵的东西,你说我怎么这样倒霉呀?

听了他的话,钢蛋又一次怔住,是呀,李小柱说的还真是那么回事,他不光失去了老婆的胸脯,还失去了一只羊呀,与自己比起来,他的损失可要严重得多。一时间,钢蛋差不多把来找他的目的忘记了,只是呆呆地看着沮丧懊恼的李小柱。

你不是在可怜我吧?李小柱看了他一眼,就掉开脸去,可怜有什么用?我的损失还是补不回来呀。他低低地垂下头,失声痛哭开了,我怎么这样冤枉,这样倒霉呀……

钢蛋觉得不该再待在他面前,李小柱他都这样了,自己还怎么向他算账?再说找他算账好像也不妥哩,他的损失比我大不说,还都是自己不情愿的,在这种情况下,我决不能再给他雪上加霜了。这样想着,钢蛋便轻抬脚步,悄悄离开了痛哭不已的李小柱。

直到回进自己家,钢蛋才又后悔起来。我的问题还没有解决,他在心里问自己,怎么就这样回来了?再次面对凤春时,那种让他极度憋屈的感觉又袭上心头。看来这口气不出,我是不能再像先前那样和凤春一起生活了。钢蛋又觉得事情严重起来,在院子里频频地转圈子,目光无意间落在那只黑色的羊羔身上,心里不禁一动,对,既然不能把李小柱怎么样,那就把这只羊羔干掉吧,免得它发出的响动老是勾起他的伤心处。

钢蛋握着一把闪亮的尖刀向羊羔走去。这就是那把曾经切掉唢呐手几根手指的刀子,带在他身边已经好多年,可以说使起来更加得心应手了。他蹲到羊羔身边,伸出那只空着的手,默默地抚摸羊羔黑色的皮毛。羊羔呀羊羔,他在心里对它说,不要怨我拿你开刀,今天我不把窝在心里的火气泄掉,我的日子就没法往下过,要怨就怨你原先的主人李小柱吧,谁让他把你送给了我呢?他刚把刀子伸到羊羔的脖子下,门板一响,凤春从屋里出来了。

钢蛋不知道凤春是无意中出来的,还是有意来阻止他的。凤春站在门台石上,直直地望着他,眼睛瞪得老大,脸上透出诧异的表情。但她就这样看了他一会儿,便转过身子,又朝屋里走回去。腿脚迈过门坎时绊了一下,她急忙扶住门框。天哪,她仰起头,很悲愤地摇了摇,居然这样……她说不下去了。

钢蛋停住了手,将目光落在她身上不动。他不知道她此刻在想些什么,又似乎知道得一清二楚。

我的、我的男人,凤春断断续续地说,只能拿动物来撒气了……

钢蛋身子一动,尖刀差点从手里脱出去。

有本事去找村长呀。凤春说完这句话,便急快地走进屋去,随即将门板狠狠地关上。

望着那扇在她身后紧闭的门板,钢蛋很久反应不过来。有本事去找……他念叨着她说过的话,心里霍地一抖,仿佛这才明白她说的意思。好好,他频频地朝门板点头,我去找村长。说罢,就把刀子别到腰里,转过身,迈开大步,直朝院门外走去。由于走得过急,几块石子被他踩得飞出老远。

十 三

在朝村长家走去的过程里,钢蛋似乎才觉到,这样的行动才是正确和必要的。不管怎么说,在这个事件中,羊羔也好,李小柱也好,他们都是被牵连的人和物,而且还都是受害者,找他们算账又能解决什么根本问题?只有村长,他才是事情的发轫者,没有他在李小柱老婆胸脯上抓那一把,整个事件就不会发生,李小柱和羊羔的损失就不存在,他钢蛋和凤春的烦恼也无从谈起,那样大家各过各的日子,井水不犯河水,该有多好。可偏偏村长伸出了他的黑手,而且伸到一个他不应该伸的地方,一切的麻烦也就随即到来。更要命的是,这些麻烦对事情的制造者而言,却并不存在,这些日子里,兴许村长正摆弄着那只不断伸出的黑色手掌,得意地体味它带给他生理和精神的双重愉悦呢。而那些绵绵雨水一样的麻烦和烦恼,却落到受害者李小柱和他老婆甚至那只无辜的羊羔身上,就连三杆子打不着的钢蛋和妻子凤春都没脱掉干系,那些罪恶的麻烦和烦恼都像鬼魂似的缠上了他们。在这样的情况下,你不和村长算这笔账而去找李小柱还要朝羊羔下手,不是昏头了么?还是凤春提醒得对,要找就去找村长,要算账就去找村长算账。

平心而论,钢蛋并不想一味地去找村长的麻烦,村长是谁?村长是管理自己的人,是李家寨的最高统治者,是日本人面前的大红人,照村长自己的意思说,村长就是日本鬼子在李家寨的代理人,或者说他就是天本身。那么天是什么?天辽阔高远,深邃博大,让你看得见却摸不着,你以为它不存在,还以为自己多么高呢,可它不经意会给你来个下马威,当你盼望雨水的时候它万里无云,当你需要日头的时候它却阴云密布,你这才恍悟到,原来天无所不在而且威力无穷,你要想过好日子就不能不看它的脸色,和天比起来,自己竟是这么矮小无能,脑袋垂下了还要把腰弯下才行,有时候为了敬仰天,你还得为它烧三炷高香磕九个响头,祈求它不把灾祸降临到你头上。在日本人的统治下,村长就是这样一个天,甚至是一个更加厉害的天,你烧香磕头敬着它,它都可能给你个脸色看看,如果你再去故意招惹它,那它就要对你狂风肆虐暴雨倾盆了。你说面对这样一个天,你还去找它算什么账,这不是比昏头还要迷糊,不是吃错了药又是什么呢?上次在乡公所里,你不是被他的亲戚兼同伙折腾得够呛了吗?回来后发誓再也不和天比高低,再也不做和日本人相关的事,心甘情愿地当一个顺民。可由于得到了一点意外收获,把凤春顺利娶到手了,就有点得意忘形,就把受过的痛苦和发过的誓言都忘到了脑后,俗话是怎么说来着,好了伤疤忘了疼,看来还真是那么回事哩。还是清醒一些,望而却步,迷途知返,转过身去往回走吧。这样想着,钢蛋真的停住脚,并且转过了身去,就要朝回走了。但这时候,他却又想起了妻子凤春,想起凤春说过的那两句话。她都已经鄙夷你了,钢蛋在心里对自己说,你还有什么回路好走呢?他能想象得出,自己回到家后,凤春该用怎样的眼神看他。在她利刃一样的目光面前,他还有什么勇气站得住脚呢?钢蛋叫骂了一声,又回过身来,朝着远处村长家的院门,再次迈出脚去。不管三七二十一,就算是为了凤春,他都要再次和村长较量一番,哪怕再到乡公所去挨更多几天曝晒,去吃更多一些苦头,甚至招来凶残的日本人,让他们的子弹把他的脑袋打爆,他也算认了。与此同时,他觉得村长也并不那么强大无比,不要说他一个小小的狗腿子,就连他的靠山日本人，上次不也被八路军打得满地找牙么？想到那次痛歼扫荡日军的激烈战斗，钢蛋就有些热血沸腾，那股憋在心里许久的浊气就朝嗓子眼上涌。不要忘了，钢蛋悄声给自己鼓劲说，你是钢蛋，而钢蛋是谁？钢蛋是一个敢于向天上捅刀子的人，村长怕什么？日本人怕什么？不管什么人为非作歹，你钢蛋都不能放过他，都要让他付出代价。想到这里，钢蛋果然觉到几分豪气，曾经疲软的腿脚也坚挺了许多。

说起来，在整个李家寨，由于钢蛋独特的个性和传奇般的经历，村长还是对他另眼相看的，也可以说是高眼相看的。一般情况下，只要他不找村长的麻烦，只要他不做私通八路的事，村长也不轻易拿他怎么样，也就是说，村长还是待他不错的，甚至可以说，村长对他是格外照顾的。想一想吧，全村一千多号人，哪个没被村长摆弄过？尤其是那些有通共嫌疑的村民，哪个没被村长收拾过？还有那些富有姿色的女人，哪个没被村长骚扰过？恐怕也只有他钢蛋和妻子凤春没遭受过这种侵害。朝女人身上伸手，恐怕是村长这些年除去吃喝外又滋生的一个爱好。话反过来说，这种爱好为什么要戒掉呢？既然村长有条件实现，那就在身上保留着好了，戒掉了说不定还会生出别的更多更大的爱好来，这个又不出人命，只是摸摸睡睡又有什么大不了？比起其他地方的汉奸特务，那些帮着日本人杀人的二鬼子，村长要算是顶好的了。还有那个李小柱，也真是太不知趣，人家村长只是摸了你老婆的胸脯一把，又没有把她按到地上睡了，这已经很不错了，已经给你留足了面子，你却得便宜卖乖，偏偏要报复，你不想想，你一个普通的小小村丁，而且还是村长的手下，不老老实实跟着村长干事，居然忘乎所以地跳起高来，就是敞开了让你跳你还能跳到天上去？再说这事也怨你咎由自取，谁让你不甘心做一个低调的村民，非要上赶着去村公所当差呢，和村长那样的人搞在一起能有什么好？还有他那个风骚的老婆，为什么也跑到村公所去，这不是主动给口馋的村长送肥肉吗？一想到这种涉嫌黑吃黑窝里斗的闹剧，钢蛋便又有些懊悔，如果当初不答应李小柱这号闲事就好了，都怨自己喝多了酒，不，都怨李小柱太多此一举，不，都怨村长太手下留情，如果他把李小柱的老婆睡了，钢蛋就不会管李小柱的事，他总不会让李小柱来睡自己的老婆凤春吧？即使自己喝再多酒，即使李小柱把他家的羊群都赶来，他也不会答应呀。

钢蛋越想脑子越乱，又像喝醉了酒似的脚步踉跄起来。好在一阵狗吠声把他惊醒了。他猛地顿住脚，抬头一看，村长家的大铁门已经到了。

十　四

狗叫声是从大铁门里传来的,而且很快,钢蛋就看见了那只吠叫的大狼狗。他知道村长善于养狗,但还没见过这只刚养的狼狗,它一窜出来,他就被吓了一跳,站在那里不知是该跑还是该叫。大狼狗不管他想什么,直跳到他身边来,绕着他转了两圈,便在他面前坐下,瞪圆两眼直直地盯住他,一条长长的红舌头伸出嘴外,还发出哈哒哈哒的响声。钢蛋不敢动弹,只是偷偷地把手按在腰间的刀把上,心说村长真是养了条好狗,有它在这里守着,你就是想找他的麻烦都找不成哩。

过了一会儿,院门里才探出一顶灰色的礼帽,村长出来了。一见是他,村长不禁愣了一下,但很快就镇定下来。钢、钢蛋,你找我有事?

钢蛋没有点头,也没有摇头,只是朝那只大狼狗看了一眼。

倒是村长自己点点头,随即朝狼狗吹了声口哨。狼狗立时站起来,走回村长身边,朝他摇了摇尾巴,又回过身,依旧向钢蛋盯看着。

尽管危险解除了,钢蛋也没有轻松下来。看来这回利落不了了。他在心里对自己说。

有事就进来吧。村长说着,就转过身,领着狼狗进门里去了。

钢蛋想了想,还是跟在了村长和狼狗后面。

进到了院子里,村长已经在一把大圈椅里坐下。村长的大圈椅就摆放在院子当央,身后是一架正长得茂盛的葡萄藤。村长跷起二郎腿,一只手托在自己下巴上,一只手放在狼狗脖子里,一副很悠闲的样子。那只狼狗卧在村长脚下,却抬高头,两眼依旧直盯着他。在一边的屋檐下,村长的老婆正在低头择菜,钢蛋进来了,她竟没有抬一下头。

钢蛋站在村长面前,一时有些不知所措。好在他也明白,村长此时也肯定心里没底,别看他表面上装得很镇定,但那是他有意做给钢蛋看的,他心里其实也和那条狼狗一样紧张。

村长在他身上看了两眼,忽然目光一跳,像是想起了什么。对了,村长拍拍头上的帽子,听说你替李小柱干什么了?

钢蛋没想到,村长居然自己提起这事来,这样更好,也省得他主动开这个口了。是,他顺口说,他老婆被人抓了一把,他觉得不平。

村长不自然地抽了抽脸上的肌肉。那你打算怎么帮他?村长看着他说。

我让他也抓了我老婆一把。钢蛋说。

是吗?村长张了张嘴,有些吃惊的样子。很好,他随即又伸了伸大拇指说,真有你的。

我以为这件事就完结了。钢蛋平静地说。

是呀,村长有些不解,怎么,没有完结么?

你说呢?钢蛋也直看着他说。

原来是这样?村长点点头,好像明白过来,你就是为这事来的?

是。

那你打算怎么办?

你说呢?

这个,村长低下头,思忖了一下,手在圈椅扶手上使劲一拍,这个好办,你在我老婆的胸脯上再抓一下,兴许就真地完结了。

虽然钢蛋想到了村长这句话,但当他真的说出来时,还是有些意外,一时不知该说什么。

怎么样?村长眯起眼,上上下下地打量他,这个法子不错吧?他朝屋檐下的老婆指了指,请来吧?

钢蛋站在原地没有动弹。几乎在一霎间,他就在脑子里把这件事思索了一遍,明确地得出结论来,事情发展到这个地步,他已经没有退路了,也可以说,村长已经把他的退路断掉了,如果自己什么也不做就从这里走掉,那他以后就再也不能进这个大门,不,准确说是再也不能走在李家寨大街上,更进一步说,也就再也无法把自己的胸脯挺起来了。那时候李家寨可真就成了村长他们的天下,也就意味着成了日本人的天下,他们便可以愿干什么就干什么,愿怎么干就怎么干,除了让他们害怕的八路军外,再也不用顾忌其他什么了。钢蛋明白,村长盼的就是这样一个结果,也就是说他巴不得自己立刻从这里灰溜溜地走掉呢。老小子你想得美。钢蛋觉得自己看透了村长的花招,可村长似乎还没完全看透自己,也就是说他还没认识到站在面前的是一个怎样厉害的对手。好吧。钢蛋故意用轻松的语气说。

村长显然没料到他会答应,一时有些意外,有些愣怔,有些不知怎么回应好。他眼巴巴地看着他,好像在等待他改变主意。但过了很大一会儿,钢蛋也没有再说第二句话。村长这才意识到,他的退路也已经没有了。好好。他咬着牙点点头,然后慢慢把身子转向自己的老婆。

十　五

还没有听完村长的话,他的老婆就跳了起来。你个挨千刀的,她奔过来,就要朝他脸上抓,你在外面拈花惹草,落下了一身臊,却让我来给你擦屁股,你个王八蛋。她像一只斗架的母鸡,一身肥肉在薄薄的衣服里乱颤。

村长斜着身子躲避她,但帽子还是被她抓掉了,一颗长满癞疮疤疤的光头又裸露在日光下。村长有些恼怒,从地上拾起帽子,也没有朝头上戴,而是往圈椅里使劲一摔。反了你了?朝着老婆虎起脸来,我看你是活腻味了,给老子规矩一些。

他老婆愣了愣,也很快停住了脚,但手还举着,嘴里也在轻声地嘟囔,这叫什么事?这叫什么事?

村长把帽子戴在头上,坐回圈椅里,一张涨红的脸面渐渐恢复先前的白色,但只停了很短时间,就又变成灰暗的青色。你给我老实点,村长用颤抖的手指指住老婆,你敢不听我的话,看我不活剥了你。

钢蛋当然明白,村长这些话明着是对他老婆说的,而暗里却是说给自己听的。他不易觉察地耸耸肩,还用嘴角微微地笑了笑。不管你怎么说,钢蛋在心里对他说,反正不抓了你老婆的胸脯,我是不会离去的。

村长似乎也看出他的决心,悄自叹出一口气,脸面更加难看了。

村长的老婆转向钢蛋,却突然拍拍手笑了。钢蛋你不会吃错药了吧?她朝他走过来,我一个老婆子,身上的肉都起褶了,有什么好抓的?说着,她把两只纽扣解开来,把胸口裸在了他面前,看看,我这里还有什么好呀?

钢蛋没想到她会这样,一时有些愣怔。目光在她那块白上停一下,就赶紧掉开了。他这才意识到,村长的老婆也是一个厉害角色呢。

村长老婆揪着自己的领口,又往他跟前凑了凑,钢蛋你要是不嫌弃,你就来抓吧。她的眼睛乜斜着看他,嘴角也露出了一丝笑。

钢蛋看出来,这个女人是要考一考自己了,也可以说,在她心底深处,是小看甚至蔑视他的,我是村长的老婆,又当着村长的面,我不相信你就真的敢抓我?钢蛋好像读出了她的心里话,这反而更激起他把这件事做下去的决心。好吧。他悄悄地咽口唾沫,便朝着她伸出手。

村长瞪大眼睛,直直地盯住他那只不断伸长的手。他终于撑不住劲儿,就在钢蛋的手快要触到老婆的胸脯时,他把眼睛紧紧地闭上了。他在心里恶狠狠地叫喊着咒骂。

钢蛋的手指离村长老婆胸脯上的那块白越来越近,越来越近。但与此同时,他的手指也越来越抖,越来越抖。你一定要在那块白上抓一把,他在心里警告自己,狠狠地抓一把,为凤春,为李小柱的老婆,为李家寨所有被村长抓过的女人……但不知怎么回事,随着与那块白肉进一步接近,他的手指却不可遏止地颤抖起来。他想让这只在关键时刻露出不争气迹象的手听话一些,便紧咬牙关,将全身的肌肉一节节绷紧,试图把所有的力量都运到这只手上。他额头上滴下了汗珠,手臂上的筋络也隐隐胀疼。但让他感到难以理解的是,他的手指却颤抖得更加厉害。这是怎么回事?他在心里问自己。

村长老婆的肥胖身子也在颤抖,可她很好地控制住自己,而且嘴角的笑纹也在涟漪似的扩大。

村长又奋力睁开眼睛,而且眼前的事实也给他快要死灭的信心添加了活力,他像脱离了万丈深的水渊渐渐朝上浮起来。

几乎用尽了所有办法,钢蛋也没有成功战胜隐藏在心底深处的怯懦和虚弱,就在手指即将碰到村长老婆胸脯上那块闪亮白肉的紧急时刻,他眼前一黑,似乎堕入了一个永远没有日头的暗夜里。完了——他在心里哀伤而愤怒地叫喊。但就在这一刹那,他另一只空着的手却迅疾地抬起来,一下子握住那把别在腰间的尖刀。钢蛋只觉得眼前电光石火般一亮,尖刀的刃口便抵住那只依旧在村长老婆胸前颤抖的手指。随着他稍许一点用力,那只手的两根指头就从刀刃上翻着跟头掉下地去。

啊——村长和他老婆同时发出惊骇的叫声。他们垂下头,看着那两根在脚前跳跃的指头,急急地向后退去。

钢蛋长长地吐出口气,仿佛终于完成了一件任务,肩头顿觉轻松起来。为了让这件事更完满一些,他蹲下身,用刀尖穿上一根指头,再穿上另一根指头,然后举着穿有两根血淋淋指头的刀子,走到村长那把大圈椅前,朝里轻轻一甩。那把刀子便带着两根指头飞过去,扎到椅座的正中间,一颤一颤地摇晃着。钢蛋没再看那把穿有自己指头的刀子,更没再看村长和他老婆还有那只狼狗一眼,便迈着大步走出去……

附记:

这一年的冬天,钢蛋告别了凤春,离开家,离开李家寨,带领几个志同道合的人进入黄河岸边的密林中,投奔了在此坚持抗战的八路军抗日武装。

钢蛋的右手虽然只剩下三根指头,但在经过不到半年的锻炼后,还是成为一名卓有成就的神枪手,让盘踞在这一带的日本鬼子闻风丧胆……

亲爱的人

一

日伪军到来的时候，青年陈并不觉得多么慌张，在他看来，敌人之所以到村子里来扫荡，无外乎寻找八路军，据他了解，现在这个村子里已经没有抗日武装了，敌人来也是白来。更重要的是，与八路军有点关系的女青年小梅，已经在他的安排下藏到了地窖里去，而那个地窖，是他自己动手挖出来的，没有其他人知道，只要自己不说，谁又能找到那个地方呢？另外还有一点，参与日伪军扫荡的人中应该有他的表哥，这个人在伪军中队中担任队副，也算是一个颇能说得上话的人物，有他的关照，就算日本人要和村里的人过不去，又能拿他这个两袖清风的人怎么样呢？

随着一阵隐约的马嘶声和杂沓的脚步声，想必扫荡的日伪军进村来了。青年陈尽管心里没鬼，但也不想去外面迎接这些为非作歹的侵略者，便依旧坐在家里，把身子伏在桌子上，捧读一本发黄的古书，而且嘴里念念有词。敌人的铁蹄声，书生的诵读声，两种天差地别的声音交织在一起，在这个普通的日子里制造出一幅颇为荒诞的景象。一意识到这一点，青年陈就感到义愤交加，自然也就想起了那句流行在他们这些知识分子中间的话，"华北之大，已经安放不下一张平静的书桌了"。作为中途辍学回乡的青年陈，对这种说法有着更为切实的感受，是呀，此刻他家里虽然还有一张供他读书的书桌，但随着侵略者的脚步声急快临近，谁又能保证这张桌子在接下来的时间内不发生变化呢？他捧在手里诵读的是一本《庄子》，是他在上学期间最喜欢的一本书，此刻在侵略者的脚步声中重温这本书，有一种置身桃花源里的复杂感受。没错，他向往与世隔绝的生活，只有在那样的一个世界里才能获得灵魂的自由和安慰，但残酷的现实是，侵略者的脚步甚至枪炮发出的声音不定什么时候就在身边响起，这又怎么能让他的心绪真正平静下来呢？但不管那些声音怎么刺激他的耳膜，他都要一如既往地把这本书读下去,其实他哪里是在读书呢,不过是用这种方式向那些即将破门而入的人发出抗议,你们进入的可是一个飘逸着书香的文化之地呢。

马嘶声和脚步声凌乱地响过一阵之后,渐渐安静下来。青年陈知道,这并不意味着侵略者已经离去,不,就算是一个傻子也能想象出来,日伪军已经在村子里安顿好,接下来怕是要挨家挨户搜查了,到这个时候,所谓的扫荡才真正开始了。但他觉得,就算是整个村子的每一家都搜查了一遍,也不会到他家来吧?不管怎么说,他可算得上是伪军家属呀,凭着表哥的关系,敌人又怎么能和他过不去呢?但接下来的事实证明,青年陈还是想得过于简单了,没过一会儿,随着吱扭一声响,他家的院门就被推开了。青年陈站起来,探头朝外一看,两个持枪的伪军已经走进来,他还有些不相信,难道敌人率先对他家进行搜查了吗?很快,他就又看见了随在后面的表哥,一个持着手枪的伪军队副,禁不住有些恼火。

表哥,青年陈径直问他,是你带他们进来的?

是呀,表哥并不回避这个话题,我一到村里来就想到了兄弟,这不马上就……话没说完,他就扬起头,用警觉的眼光朝四周巡视了一圈,神情中透着明显的不放心。

你不会也怀疑我吧?青年陈诧异地瞪大了眼睛。

怀疑你什么?表哥微笑地问他。

这个……青年陈张了张嘴,又没有把下面的话说出来,是呀,表哥和那两个伪军到底是来干什么的,他并不清楚,又怎么能随意接他的话呢?

皇军来了,表哥亲切地拍着他的肩膀说,兄弟你不出去迎接一下?

我?青年陈又一次瞪大了眼睛,我去迎接什么?

不迎接也行,表哥直接朝屋里走去,为了表示对皇军的欢迎,你准备两壶开水总可以吧?

按说,表哥提出的这个条件也不过分,但青年陈却根本没有想过这个问题,当然也就不愿意去做,可为了不招惹表哥,也就没有说什么,而只是重新坐回桌子前,把那本才翻了几页的《庄子》重新捧在手里。

行了,表哥用粗壮的手指敲了敲桌面,别再甘心当你的书呆子了,赶快跟我出去吧。

跟你出去干什么?青年陈并没有抬起头来。

去见皇军呀。表哥打着官腔说。

我不去,青年陈虽然把那本书放在了桌子上,却梗着脖子拒绝说,我不会为他们做事的……

你想得太简单了，表哥开导他说，皇军让你出去，是想好好地问你几个问题。

问我什么问题？青年陈感到莫名其妙。

出去不就知道了吗？表哥掉回身，朝院子里打量一圈，尤其朝一个院角里看了一下，你总不能让皇军到这里来问你吧？那意思可就不同了。

到底是怎么回事？青年陈感到问题严重起来，但他实在想不明白，日本人这次到村里来扫荡，到底与自己有什么关系呢？但他知道不能一味地坐在家里，便决定采取息事宁人的态度，站起身来，在有意抖了一下身上的长衫之后，跟着表哥出了门去。他倒要看看，日本人到底要问自己什么话呢？

二

青年陈是在日本侵略军占领济南的第二天离开学校的。自从韩复榘带着军队弃城逃跑之后，日本人轻而易举地来到了济南，大街上已经布满了荷枪实弹的日伪军，就连学校门口也出现了日军士兵，青年陈知道他在这里的求学生涯已经结束了，便拎起皮箱，和老师同学一起匆匆离开济南，回到了他自己的家乡。青年陈原本以为，居于东阿县的老家或许还是一方净土，日本人占领了北京、天津、济南等大城市之后，总不能连一个普通的小村子也不放过吧？但他回到家里没多久，就听说了东阿县城也沦陷的消息，很快，他在村头就看到了日伪军扫荡的队伍，这有点出乎他的意料，看来国民党的军队果真形同虚设，居然在这么短的时间内，让大半个中国都落到了日伪军的手里。到这个时候，青年陈对蒋南翔说的那句话有了更深刻的理解，在他眼里，不仅仅是华北了，恐怕多半个中国的土地上，也已经容不下一张安静的书桌了。

回到家来的那些日子里，青年陈处在一种无所事事的状态中，尽管他赶上了这样糟糕的乱世，作为一个决心在学问上有所成就的青年人，他也不想轻易放弃这块领域，既不打算投身抗日的事业，跑到青纱帐里去和敌人打游击，更不能像他的表哥一样，去给日本人当为虎作伥的帮凶，而在老家这样一个闭塞的环境里，也无法把学问继续做下去，那么只有等待了，换一个更准确的说法，那就是游手好闲，在那些郁闷苦涩的时光里，青年陈的确是处在一种游手好闲的状态中。

闲极无聊的时候，青年陈就会走出家门，穿过大街，到村庄外面去走上一圈。尽管青年陈是地地道道的乡下人，但由于在省城学校里读书的缘故，养成了与乡下人有些不同的生活习惯，比如他穿在身上的长衫，一般并不轻易脱下来，虽然天气很热了,却依旧穿在身上,有意给人一种超凡脱俗的印象。他也听到一些人对他的议论,似乎自己在这个村子里已经成了一个不合时宜的人,甚至像一只不受欢迎的怪物呢,但他并不理会那些人的冷眼,一种在大城市里培养出来的自视甚高的气质怎么能轻易从他身上淡去呢?他们议论他们的,而他自己依旧坦然地从大街上穿过去,围着村庄绕来绕去,既像是散步踏青,又像是欣赏风景,总之与乡下人不太是一回事儿。

就是在这种情况下,青年陈遇到了从田里回来的小梅。

说起来,小梅还是他家的邻居,如果再进一层的话,小梅也是他小时候最好的玩伴呢,甚至继续往深里说,用一个词"青梅竹马"来形容他们的关系也是可以的。事实正是这样,在两个人一起相伴长大的过程中,还没有走到大城市里去的青年陈曾经一度喜欢过小梅,而小梅呢?自然也很崇拜他这个满肚子学问的小哥哥。在那些美好的日子里,他们拉着手一起上学读书,一起下地割草,一起游玩打闹,就是在这种状态中,两个人产生了你情我愿的情愫,甚至有一度,青年陈满心以为,他长大了就会把小梅娶进自己家来呢,而小梅肯定也有这样的想法,甚至不等自己长大,就三番五次地跑到他家里来,好像也早就成了这个院落里的真正主人似的……但后来,青年陈去遥远的省城读书了,便不得不与小梅告别,而这种告别开始时只是发生在现实中,渐渐地,随着他在省城待的时间愈久,这种告别便来到了他的内心里,曾经一度活跃在自己头脑和梦境中的那个美丽的身影,不知从什么时候已经消失了,在那些繁忙的日子里,青年陈只是一味地沉浸在读书和写作中,哪里又顾得上再想念一下那个远在乡下的灰姑娘呢?就连他这次回到老家来,也没有在最初的时间内想到小梅,好像他的邻居家根本就不存在这样一个人似的,如果不是在村头散步的时候遇到她,他真不知道该怎么样和这个人见面呢。

此刻,小梅背着一大捆草从远处走来,在她的背后,是望不见尽头的青纱帐,一片绿色铺展在鲁西平原上,就像一片浩渺的大水一样向着天边浩荡,就是在这满眼皆绿的背景下,一个移动的草垛出现了,的确,青年陈刚看到那捆草的时候,真的以为那是一个大草垛呢,他实在有些难以置信,一个人怎么能背那么大一捆草呢?那么那个人该有多么大的力气呢?他根本不会想到,背着那捆草从青纱帐里走出来不断向他面前移动的人,竟然是一个女人,而且是他曾经万般熟悉的小梅,只有当姑娘来到他面前,青年陈看到了她流着汗水的脸颊时,才明白这是怎么回事。青年陈呆呆地看着小梅停下来,蹲下身去,把背在身上的草捆放到地上,直起身子,抬起一只手,抹掉挂在额头上的汗珠,咧开嘴巴,朝他微微笑了一下,到这个时候,青年陈才突然认出来,这个土里土气的乡下姑娘就是小梅,就是过去那个曾经让他喜欢得不得了的美丽女孩儿。

听说你回来了?小梅开口对他说。

青年陈反应过来,想回她一句合适的话,又不知道怎么开口。你,他张了张嘴说,割这么多草有什么用?

看你这话,小梅埋怨他说,真不像是一个乡下人说的……她忽然意识到了什么,口气里便有了一丝嘲讽的意味,忘了你是一个大学问家了……

听她这样说,青年陈并没有感到多么不自在,在他看来,这句话不也包含了对他的一丝夸赞吗?你可真舍得下力气呀。他上下打量着她,也找出了这句表达敬佩的话。

没办法呀,小梅叹口气说,谁让我们是乡下人呢。说到这里,她也打量起他来,不像你,整天穿着干净的长衫,还可以到外面来悠闲地散步。她捂住嘴巴,止不住笑了一下。

青年陈默默地望着她,在觉得这个女人熟悉的同时,更多的是一种陌生感弥漫在心头,是呀,过去那个天真烂漫的小梅虽然在这个人身上还没有完全离去,但一个典型乡下劳动者的形象却真切地落脚在她身上,虽然他真心实意地敬佩这种人,却无法再像过去那样喜欢起她来……他们在村头简单聊了几句,好像并没有更多的话要说,小梅也歇息得差不多了,便重新把那捆草背在身上,离开他,直朝村子里走去。

不要再穿你的长衫了。小梅走了好远,青年陈似乎还听到一句这样的话,不知道真的是小梅说了,还是自己的耳朵产生了幻听。

但回到家以后,青年陈还是把长衫从身上脱下来,整齐地折叠好,放在他的皮箱里,再出门的时候,他身上穿的就和其他乡亲们没有那么大的区别了,似乎也就没有人再注意他,当然也就听不到那些议论声了。可这样一来,青年陈却有了一些似有若无的失落感,不知道这样和乡亲们融成一片,到底是好事还是坏事。

三

小梅像过去那样来到他的梦境中,是在他回到老家来半年之后的一个夜晚开始的,当他醒来的时候,他差不多已经知道,在乡下躲避战乱的这些不堪的日子里,他除了想一下这个近在咫尺的姑娘之外,真的不知道还能干些什么其他有意义的事儿。是呀,随着大半个中国的沦陷,他再去省城读书做学问的梦想基本上破灭了,而在这个偏远的乡村里,像他这种已经差不多四体不勤、五谷不分的文化人,除了和来到梦中的美人谈情说爱之外,他还能做得了什么呢?这时候,他的确感到了自己的无用,好像与这个混乱的时代格格不入,或者说,他已经被一股看不见的力量抛到这个时代之外了,但他又不甘于虚度时光,那么接下来等待他做的,便是不合时宜地和昔日的情人重续前缘,好好谈一下恋爱了。随着在乡下待的时间延长,他也不再像刚回来时那样看不上小梅了,不管怎么说,在这一带,小梅都是一个出色的美丽姑娘,虽然劳动的强度让她过早变得粗壮起来,但过去弥漫在她身上的天真烂漫没有完全淡去,就凭这一点,青年陈也能找回对这个姑娘的热爱,既然这样,那就来吧⋯⋯

可当青年陈下定了这个决心时,却意识到事情并没有他想象得那样简单。这天吃过晚饭,他在酝酿了几个日子之后,决定要去她家挑明这件事,刚要去敲小梅家的门板,忽然听到那边院落里传来怪异的响动,便停下脚来,支起耳朵听了一下。让他感到不可思议的是,他听到的竟然是一阵呻吟声,而且不出意外的话,是一个男人发出来的⋯⋯这可就奇了怪了,小梅家根本没有男人,平时只有她和她娘两个人,又怎么能有男人发出来的声音呢?青年陈以为自己听错了,便又朝墙壁那边靠近了几步,最后干脆把耳朵贴到墙上,屏住呼吸仔细听。没错,那个声音的确是一个男人发出来的,粗重的呼吸间似乎透着一丝痛苦,在暗夜的空气里慢慢流淌,拨动着青年陈越来越敏感的耳膜。是谁在她家?青年陈不由得在心里发问,到底出什么事了?到这个时候,他感到问题有些严重起来。

这天晚上,青年陈没有按照计划去小梅家,而是等到了第二天上午,他装作去借东西的样子,来到了小梅家门前。这时他已经打消了向小梅表明心迹的念头,而不过是到她家来探望一下,昨天夜里听到的声音是真是假,是不是真的有一个男人在她的家里。青年陈觉察到,小梅家的门板平时是不关闭的,但此时里面却上着门闩,他不能不把手指头放在上面,试量着敲响了它。过了好一会儿,小梅才把门板打开,却没有让他立刻进去的打算,而是站在门口,用自己的身子阻拦了他的进入。有什么事吗?小梅微笑着问他。

我来,青年陈撩开额上的头发,有些结巴地对他说,我来借你们家水桶用一下⋯⋯

借水桶?小梅有些发怔,脱口说道,你们家不是有水桶吗?

我家的水桶漏了。青年陈按照想好的话说。

那好吧，小梅尽管不太相信他的话，还是点点头，想回到院子里去，但显然依旧不打算让他进去，就回头对他说，你在这里等一下吧。说着，她就要去关门板。

青年陈又把门板推开了。怎么回事儿？他也故意微笑着问她，不打算让我进去？

你不是借水桶吗？小梅反问他说，我给你去拿好了……

你就这样对待客人呀？青年陈摇晃了一下头说。

你是客人吗？小梅瞪大了眼睛。

我……青年陈这才意识到，自己的这个说法也不太合适，见她的确不打算让自己进去，也就明白了自己的猜测，于是就摆摆手说，好吧，不为难你了，我在这等一会儿就是了。

小梅放下心来，顺手关闭了门板，并且在里面插上门栓。过了一会儿，门板重新打开了，小梅提着水桶走出来，想递到他手里去。

到这个时候，青年陈的想法已经发生了变化，索性没有接她的水桶。这样吧，他耸着肩膀说，我修一下我家的水桶，如果不能用的话，我再来借好了。说完，不等小梅作出反应，他就掉头往回走。看来真的有鬼。他一边走一边对自己说。

青年陈已经从小梅的行为中看出来，他们家的确是有了一个陌生人，而且肯定是一个男人，那么他是谁呢？是一个上了年龄的老男人，还是一个年轻的小伙子？如果是前者，说不定就与小梅的母亲有关，如果是后者呢，自然就与小梅说不清楚了……这不禁让青年陈有些紧张，觉得这个猜测不是没有道理的，看小梅的架势，真的是不想让他知道这件事，就连门都不让他进去，明摆着是有意向他隐瞒的。但越是这样，青年陈越想搞清楚那个人的身份，完全可以说，正是小梅的行为，激起了他调查这件事真相的胃口，到这个时候，青年陈几乎已经把那一个未知的男人当成自己的情敌了，说来有些可笑，他自己刚刚对小梅有了感觉，怎么半路上就杀出来一个程咬金，让小梅身边有了一个男人呢？天下竟然有这么巧的事儿？还是小梅故意拿这个男人给自己看呢？看来不是，如果小梅只是把那个男人做幌子，目的是让他青年陈知难而退，又怎么可能不让那个人在他面前现出身来呢？更为重要的是，那个男人是在夜间发出了痛苦的呻吟声，而白日里却没有什么动静出现，如果他没有分析错的话，或许那个人不是一个健康的正常人，而是一个……沿着这样的思路想下来，青年陈便不能不被自己的分析吓了一跳，不禁抬起头，用恐惧的目光朝远处扫了一圈，好像什么危险的影子已经来到他面前了似的。

这天下午,青年陈去村外散步,在经过一片小树林时,看见地上的青草非常凌乱,似乎不久前许多脚步在上面踏过了。他抬起头,朝四周一看,又发现一些低矮树木上的枝条被折断了,很显然,一些东西也曾经撞在上面过。青年陈愣怔了一下,忽然想起来,前两天的夜里,他从睡梦中醒来,曾经听到一些零星的枪声,好像就是从这个方向发出来的,当时他没有在意,因为在这个混乱的世道里,听见枪声响还有什么奇怪的呢?青年陈似乎醒悟过来,看来这个地方一定发生过一场战斗呢,那么敌对的双方到底是谁呢?结果又怎么样呢?他小心地走过去,脚板在那片草地上踢腾几下,便发现了一些藏在草根下的子弹壳,前面不远的地方,还有一个没有草皮的坑穴,从新鲜的泥土判断,一定是一颗炮弹在这个地方爆炸了。青年陈继续找下去,竟然又发现了许多泥土都变成了红色,难道真的是被血迹沾染的吗?天哪,更可怕的一幕出现在他的脚前,一根折断的手指插在泥地上,上面的血已经流干,曾经红润的肌肤变得苍白,猛一看上去,他还以为是一根没有长大的萝卜呢⋯⋯青年陈不由得倒退几步,突然弓下身来,脖子向前一伸,止不住地呕吐起来,中午吃下肚去的饭菜都被他喷溅在了草地上⋯⋯

往回走的时候,青年陈又联想到了小梅家发出的呻吟声,他似乎明白了,如果真的有一个受伤的男人出现在她家里的话,那么除了是在这个地方负伤的人之外,还能是别的什么人吗?青年陈停下脚步,目光越过弯曲的街道,朝着前面小梅家的院落打量,原来是这样?那么接下来的问题便是,小梅收留的那个伤员到底是战斗中的哪一方呢?其实这个问题没有经过怎么样思考,青年陈就判断出来,一定是抗日武装当中的一员,也就是说,小梅隐藏的那个人是一个抗日分子,这样的判断符合小梅的价值观,也更合乎村庄现实的逻辑。青年陈终于明白了,原来小梅不知什么时候已经走上了抗日的道路,这使他既感到吃惊,又觉得欣慰,还有一点遗憾泛滥在心头。小梅,青年陈在心里对她说,你为什么要走这样的道路?难道你真的不害怕吗?

四

青年陈感觉到,小梅收留伤员的秘密像一个突然出现的巨大障碍,横亘在自己面前,只有越过了它去,他和小梅的关系才能获得一点突破,但看小梅的架势,是不可能主动向他承认这一点的,也就是说,在小梅那里,暂时还没有对他放下心来,又怎么可能吐露一点真情呢?于是思来想去,青年陈明白,看来只有自己向她挑明这件事了,再说,自从发现了这个秘密以后,他便产生了进一步了解事情真相的冲动,不揭开这个黑暗的盖子,他连一个安稳觉也睡不成的。

这天,小梅挎了一篮子脏衣服,穿过街道,去村头的坑塘边洗涤。青年陈悄悄跟在她后面,也来到了坑塘边。小梅找到一块探进水中的石头,也就是供人们洗衣的地方,蹲下来,从篮子里掏出衣服,在水中漂一下,然后拿到石头上揉搓,她还随身携带了一根棒槌,举起来,不时在湿衣服上捶打几下。

青年陈并没有惊扰她,而是坐在她后面不远的一棵柳树下,默默地看着她洗衣服。这个坑塘是个不错的地方,四周不但长满了树木,更是密布着芦苇和蒲草,水中不时有一两只鹅鸭游过去,使被天光照明的水面泛起了一圈圈涟漪。许多年前,青年陈和小梅经常到这个地方来玩,在水中捉小鱼,在岸上逮知了,夏天学凫水,冬天练滑冰,可以说,这个坑塘让他度过了许多欢乐的时光。青年陈想起来,他就是在这里学会游泳的,说来好笑,还是小梅教会他的,也就是说,是小梅先学会游泳的,看来从那个时候起,青年陈便没有小梅更富有乡村经验,这是不是意味着,他其实并不真正属于乡村呢?所以他才到省城里去了,而小梅却一直留在乡下……青年陈不由得挥起手,像拂开眼前的树枝一样赶走这些不愉快的念头。

小梅的衣服洗到中途时,青年陈从柳树下站起来,蹑手蹑脚地来到小梅身后,俯下身来,看着她那双较为粗糙的手在水中的衣服上动来动去。你在给谁洗衣服呢?青年陈轻声细语地说。

小梅被吓了一跳,赶紧回过头,一看到是他,才稍稍放下心来。你什么时候过来的?她捂着胸口问他,怎么一点动静也没有?

你太大意了。青年陈坐在她身边,用意味深长的口气对她说,一点警惕性也没有,这样又怎么行呢?

小梅上下打量他一眼,不太明白他话里的意思,但又觉得他话中有话,便掉开头,不再理会他,依旧去石头上搓洗衣服。

青年陈看出来,正如自己的猜想,小梅此时所洗的衣服果然是一个男人穿过的,具体说是一件灰色的军衣,而且上面还有一点淡淡的红色,不出意外的话,这肯定是那个伤员留下的血迹。是谁到你家来了?青年陈冷静地挑明说。

你说什么?小梅看了他一眼,又马上回过头去,什么谁到我家来了?莫名其妙……

你洗的衣服,青年陈伸出一根细长的手指,朝她手下指了一下,不就是那个人的吗？

小梅愣怔了一下，马上回过味来，知道再设法掩饰也不可能了，是呀，她可以不承认家里来人，但她洗的这件衣服可是男人穿的呢，而且上面还有血迹……小梅想了一下，知道不能不承认这件事，便停下手，冷静地问他说，你知道了些什么？

我什么都不知道。青年陈顺手摸起一片石头，站起身来，猛一弯腰，朝着水面上撇去。那片石头像一颗炮弹飞出去，在水面上蹦跳了几下，溅起一串四分五裂的水花，钻进了对面的芦苇丛中。两只鸭子受到了惊扰，嘎嘎叫了两声，抖着翅膀朝远处游去。青年陈站直身子，两只手交叉着搓了一下，然后垂下头，用若有所思的目光看着小梅，等待她把自己想知道的话主动说出来。

好吧，小梅思索了一下，终于下定了决心，抬头朝四面巡视了一圈，看到周围没人，才用故作平静的语气对他说，我表哥到我家来了……

你表哥？青年陈呆愣了一下，真是没想到，小梅居然还能编出这样的理由，这一刻，他想到了自己的表哥，也就是那个在伪军中队当队副的人。我怎么不知道你有一个表哥呀？他用嘲讽的口气问她。

这你怎么会知道？小梅反问他说，我有没有表哥为什么要告诉你呢？

青年陈点点头，知道她说的也不是没有道理，但依旧不想放过这样的机会，便继续问她说，你表哥怎么负伤了？

小梅又吃了一惊，更明白一切都瞒不住他了，便只好承认说，他夜里走路的时候，不小心被石头绊倒了……

是不是在那片小树林里？青年陈转过身去，朝村庄另一头的那片树林指了一下。

小梅低下头去，在又经过短暂的思考之后，突然抬起头来，微笑着对他说，看来你什么都知道了，那我就不瞒你了。小梅伸出手，在他身上拉了一下，她的力量很大，青年陈没有站稳，便跟着她的手重新蹲回她身边。那个人伤得不轻，小梅低下声音说，如果不及时救治的话，恐怕就……我总不能袖手旁观吧？

他真是你表哥？青年陈追问她说。

这又有什么区别呢？小梅摇摇头说，反正他是打鬼子的，既然来到了我家，我就要好好照顾他，把他身上的伤治好……说到这里，她用担忧的目光看着他，你可不要去外面随便乱说呀。

青年陈看出来，到这个时候，小梅依旧没有对他放下心来。但小梅说过了这番话后,却突然改变了前些日子对他的态度,一下子变得亲切起来,这让青年陈觉得,他们两人似乎又回到了童年那种亲密无间的状态,也正是青年陈要找回来的那种感觉,难道说两人有了这个共同的秘密,便让他们的关系发生了实质性的改变吗?青年陈觉得,今天来向小梅挑明这件事,看来真的是一个行之有效的策略。

这天夜里,小梅主动来到了青年陈家。当青年陈打开门板,看到小梅出现在自己面前时,既感到惊讶,又觉得激动,这是自他回到老家来以后,小梅第一次踏进他家的门槛,而且看她热情洋溢的样子,想必是对自己的热爱依然如故呢。青年陈赶紧把她让进来,并为自己没有收拾一下而感到不好意思,平时就他和老父亲两个人过活,一般没有其他人来他家,更不会有女人前来了,所以也就不做什么准备,与小梅家比起来,他这里就显得过于凌乱不堪。

你看的什么书?小梅注意到他放在桌面上的那本《庄子》,拿到手里翻了几页,便马上扔回到桌子上。都到什么年代了,她用不满的口气对他说,还看这种没什么用处的破书……

这怎么是破书呢?青年陈赶紧把那本书摆放好,这可是宝贵的文化经典呢,是中国传统文化当中最为……

行了,没有等他说完,小梅便不客气地打断了他的话,现在的时局这么危急,国家都快要到了亡国的地步,你还沉浸在这种事不关己高高挂起的氛围中,这怎么能行呢?

那你说我该怎么办?青年陈两手交叉着抱住肩膀,用冷漠的口气问她。

你应该参加到抗日活动中来,小梅坐在他面前,两眼直直地看着他,在油灯光的照耀下,她的眼神一闪一闪地跳动,你是一个大有学问的人,在我们这一代,怕是很少有人比得过你,目前抗日队伍中需要你这样的人发挥作用,大道理不用我讲,你比我懂得多,国家有难匹夫有责,你可不能一直站在旁边观望,要积极地融入抗日的事业中来,不然的话,你满身的学问不就白白浪费了吗?

青年陈呆呆地看着她,真是没有想到,这个看上去除了面目美丽,其他许多方面都和一个普通的村妇没有区别的人,竟然能说出这样一番话来,实在出乎了他的意料,看来在他一无所知的情况下,这个小梅就掌握了许多道理,而这个道理与他在学校中所学的知识好像没有太大关系,那么她这些道理究竟是从哪里来的呢?青年陈想到了隐藏在他家里的那个伤员,照小梅的说法,是一个打鬼子的人,也就是说,那肯定是一个来自抗日队伍中的人,或许正是他的到来,让小梅这个普通的女人提高了思想觉悟……是那个人让你来动员我的吗？青年陈脱口问她说。

小梅摇摇头说，这用得着让别人来动员吗？你是一个读书人，这样浅显的道理肯定用不着别人说……

你不是在嘲笑我吧？青年陈打断了她的话。

我为什么要嘲笑你？小梅伸过手来，在他衣袖上拉了一下，我是替你着急，希望你在目前的形势下不要只当一个看客……

青年陈背过身去，继续用两手抱在肩头，在灯影里慢慢地踱着步。到底是什么力量让小梅甘愿冒这样大的风险呢？青年陈不解地在心里说。他停住脚，也用推心置腹的口气说，小梅，正像你说的那样，目前的形势非常严峻，日本人实在强大，汉奸卖国贼也十分猖狂，这一切都超出了我们的承受能力，你刚才说得不错，我们差不多要面临亡国的危机……在这种情况下，你可要好好保重自己呀？

怎么保重自己呢？小梅反问他说。

不该冒险的时候就不要冒险，青年陈伏下身去，用两手按住她的肩膀，你不会没有听说过那句话吧，留得青山在不怕没柴烧……

你能留得住青山吗？小梅拨开了他的手。

留得住留不住，青年陈直起身来，把目光望向门外的黑暗处，沉重地摇摇头说，那只有天知道了……

你这是什么话？小梅一下子站起来，厉声喝问他说，你这是失败情绪，真是没有想到，你竟然这样没出息……

我只不过是指出了事情的严重性，青年陈摊开两手，无可奈何地向她解释说，我说这样掏心窝子的话，不过是出于对你的关心和爱护，希望你不要出什么事儿……

出事不出事，小梅跺了一下脚说，与你又有什么关系？到这个时候，她似乎意识到自己的这次动员已经宣告失败，不禁闭了一下眼，用沉痛的语气说，我真是没有想到，你会这样让我失望……

我不是说过了吗？青年陈使劲甩打着两手说，我这是出于对你的关心，你可不要把我的好心当驴肝肺呀……

去你的好心吧。小梅在鼻子里哼了一声，便掉头朝门外走去。

小梅，青年陈朝她追赶了两步，你可千万不要头脑发昏……他用两手扳住门框，知道再说什么也没有用了，因为那个精灵一般的身影已经投入黑暗之中去了。真是该死。青年陈攥起拳头，在自己头上狠狠打了一下，他不知道是在埋怨小梅的执拗，还是痛恨自己的无能……

五

这天上午，青年陈的表哥来了。他这位表哥因为在伪军中队里担任队副，便在这一带成了一个有名的人物。表哥是骑着自行车来的，还没进村子里来呢，清脆的铃铛声就响成了一片。表哥故意制造出这种响亮的动静，以引起周围的人注意，果然，街道上出现了一些小孩子，跟着他的自行车一路跑来。表哥顺手从衣兜里掏出一些日本糖块，朝孩子们头上抛撒。孩子们便抢成了一团，整条大街上都是一串快乐的笑声。

表哥把自行车停在胡同里，摘下头上的礼帽，一边在胸前扇着风，一边迈着轻快的脚步往门里走，身子还没进家来呢，他的声音就在院子里响起来。表弟，表哥大呼小叫地说，你在家里吗？

青年陈从屋里走出来，直迎接到院子里。表哥，他也有些欣喜地问他，你怎么来了？

知道你回来了，我不来看看你吗？表哥抬起另一只手，把一盒点心悠晃了一下，煞有介事地告诉他说，这可是日本点心呢，你和大舅都好好尝一尝，好吃着呢。

青年陈接过那盒点心，领着表哥往屋里走的时候，不由得想到了小梅那个所谓的表哥，便抬起头来，朝墙壁那边看了一眼，摇着头苦涩地笑了一下。此时他还想不明白，表哥这次打着看他的幌子前来，不知道要干些什么呢。为了表示对表哥的欢迎，青年陈在热情地把他让到椅子里之后，还给他泡了一壶枣茶，这是流行在黄河沿岸的一种普通茶水，一般是上不了台面的，但青年陈又拿不出更好的东西来招待表哥，便只能勉强凑合了。

两个人说了一阵闲话。表哥不想拂了青年陈的面子，便端起那杯枣茶，硬着头皮喝了下去。然后，表哥就着这杯枣茶的话题，迂回曲折地开导起青年陈来。以后不要再喝这些东西了，表哥抚弄着手中的茶碗说，如果你要喝茶的话，哥哥下回给你带一些日本茶来，哎你知道吗？在日本可是时兴茶道的……说到这里，他也自嘲地微笑了一下，其实茶道我也不知道是什么玩意儿，总之是我们没有的好东西吧？

表哥，青年陈若有所思地看着他，你找我有什么事儿就直说吧？

也没什么事儿,表哥站起来,背着两手在屋内悠悠地走了几步,装作无意的样子问他说,对了,听说你在济南上学的时候,曾经学过日本话呢,是这样吗?

青年陈诧异地看着他,这个你也知道?

知道,表哥点点头说,不但我知道,这里的皇军也知道呢。

什么?青年陈更是吃了一惊,这怎么可能呢?日本人怎么会了解我呢?

他们不会调查吗?表哥走回他面前,俯下身来对他说,人家日本人也是爱惜人才的,尤其是像你这样会说日本话的青年人,他们总是要高看一眼的……

青年陈呆呆地看着他,吃不透表哥打的到底是什么鬼主意。

看来学你是上不成了,表哥抬起头来,一边望着门外一边继续踱步,谁让我们赶上了这样战乱的年头呢,就是着急也没有办法呀。他摇摇头,重重地叹了一口气,然后斜过眼来看他,既然你回家来了,总不能一直在家里闲着吧?

那你说我该怎么办?青年陈随口问他说。

出来做事呀,表哥果断地挥了一下手说,刚才我不是说过了吗?像你这样的人才可是大有用武之地呢,况且日本人又高看你一眼,为什么不出来发挥一下你的才能呢?

你是让我给他们做事?青年陈吃惊地瞪大了眼睛,你该不会是让我去当汉奸吧?

什么?表哥停住了脚步,有些懊恼地看着他,你这是什么话?他抬起手,用一根长毛的手指戳着自己的额头说,你看我是汉奸吗?

青年陈张了张嘴,又摇了一下头,低下声说,不是……

就是呀,表哥在他面前坐下来,用推心置腹的口气对他说,别看我在日本人那里做事,甚至当上了中队里的队副,但我绝不是为虎作伥的人,你出去打听打听,我祸害过这里的老百姓吗?刚才我来的时候,满街的人都迎接我呢……

对了,青年陈忽然想起什么来,那你没打过八路军吗?

这个,表哥吞咽了一口唾沫,用那根手指头敲了敲桌面说,只要是他们不打我们,我们肯定也不会主动去打他们的。

青年陈在心里说,那前几天发生在那片树林子里的战斗,到底是怎么回事呢?

如果你不愿到日本人身边来,表哥退后一步说,你可以在村里发挥你的作用呀。

在这里怎么发挥?青年陈不明白他的话。

你可以收集情况呀,表哥开导他说,这件事简单得很,你根本不用出村子去,一天到晚待在家里就行,但前提是你要做一个有心人,支起耳朵来探听周围的动静,说到这里,他抬起手,朝院子外面指了一下,只要发现这个村子里有什么不对劲的地方,你就可以把情报送到我那里去……

情报?听到这里,青年陈终于明白了,表哥的意思不会是让他当一个隐藏在村子里的特务,为敌人探听有关抗日武装的消息吧?青年陈脱口说道,这个我恐怕干不了……

这有什么难干的?表哥有些着急,你也算是一个大有文化的人,我们这个地方谁能比得了你?但你不能一直闲在家里,白白把自己的学问浪费掉了呀?如果这件事你还干不了,那你在省城的学就白上了。说到这里,表哥还失望地摇了一下头。

青年陈有些呆怔,真是没有想到,表哥这些话竟然和小梅说的话如出一辙,看来他们这两个完全不同的人竟然想到了一块儿,都在代表他们各自的力量动员他来了……

如果你干上了这个差事,表哥热情地拍着他的肩膀说,你就会得到很大的好处,他把嘴巴凑到他耳边,低下声音说,你每提供一次情报,人家就发给你一笔酬劳,他举起手来,对着他夸张的撺动两根手指,五块大洋就到手了,难道这样的肥肉你不想吃吗?没有等他作出反应,表哥就把手放在了茶壶上,使劲朝远处推了一下,到那个时候,你还会用这种低劣的茶水来招待客人吗?

青年陈望着那把被推到一边去的茶壶,一时间发起呆来,直到表哥走出了门去,他还没有从冥想中回过神儿。

表哥走了以后,在接下来的日子里,青年陈只要是来到院子里,就会不由自主地转过头,朝隔壁的院子里望上一眼,每到这个时候,他就会想到表哥说的话。别说,如果真的为日本人提供情报的话,机会可真是就在眼前呢,而且方便得很,就像表哥说的那样,根本连院门都不用出,只要支起耳朵来仔细聆听,待在家里就可以挣到那叮当作响的五块大洋,他简直怀疑,正是表哥听到了八路军伤员藏在这里的消息,才给自己送来这样发洋财的机会,或者换过来说,正是知道表哥要给自己提供这样的机会,小梅才把那个八路军伤员接到了自己家来,总之一句话,这可是上掉下来的馅饼,表哥不是说了吗?如果不抓住这样的机会,那不是天下最大的傻瓜吗?

但接下来的事实证明,青年陈不过是在脑子里畅快地想象了一下,就马上抬起手,在自己脸上狠狠地打了一下,好像他真的要去发这个洋财了似的。呸,他还觉得这样的动作不够明确,又使劲朝地上啐了一口唾沫,然后踏上一只脚去,在上面来回搓动了几下,好像那口唾沫就是即将妥协的自己似的。我怎么能当汉奸呢?青年陈抬起头来,目光从隔壁的院落越过去,投往了更加高远的天空里。他已经下定决心,不管怎么样,他都不会做对不起小梅的事儿,他做这样的选择,并不关乎那个他并没有见过面的伤员,不管他是不是抗日的英雄,似乎都与自己无关,他为的是小梅的面子,只要小梅不愿意做的事,他就不会去做的,而不管表哥怎么样,无论表哥许诺了什么好处,在美好的小梅面前,那些利益的诱惑又算得了什么呢?小梅,青年陈对隔壁院落里那个其实已经冷淡了他的姑娘说,我绝不会做对不起你的事儿……

六

尽管打定了主意不会向日本人提供什么情报,但在接下来的日子里,青年陈却没有丝毫减少探听对面院落里动静的行动,不仅如此,他甚至在很大程度上加紧了探听的节奏,几乎每一天,只要是闲下来,他就会来到院墙下,就像表哥说的那样支起耳朵来,仔细探听来自那边院落里的动静。不知是自己的耳朵特别好使,还是那边的人太过大意,几乎每一次,他都能听到小梅和那个男人的声音,有时候,就连他们说话的内容也听得一清二楚,好像那两个人就在他身边似的。于是,根据他们传过来的声音,青年陈闭上眼睛,便能在面前制造出一幅有关他们两个人的情景,有许多时候,他都会产生一种模糊的幻觉,好像他自己来到了那两个人中间,也参与到他们的行动中去了。

很多的情况下,青年陈看见的都是小梅照料那个男人的情景。那个受伤的八路军战士躺在炕头上,头上缠着一根绷带,已经从昏迷中醒来,也就是说他不会在迷糊中轻易发出呻吟声了,而是在清醒的状态下咬紧牙关,忍受着枪伤带给他的病痛。小梅则坐在炕边,手里端着一只碗,正在一勺一勺地给他喂饭。开始的时候,伤员吃不下东西去,牙关紧紧地咬在一起。小梅无可奈何,终于下了狠心,先把饭吃到自己嘴里,然后嘴对嘴喂给他。每次看到这里,青年陈都不由得闭上眼睛,心里充满了旺盛的火气。小梅呀小梅,他恼恨地在心里说,你怎么能这样对他呢?青年陈想起来,虽然他和小梅是一起长起来的,在过去的日子里可以说形影不离,但也没有得到过他这样的待遇,甚至连拉手的机会也不是很多,而现在这个打着她表哥的幌子来养伤的家伙,竟然受到了她如此的优待,凭的又是什么呢？在小梅的精心照料下，那个幸运的伤员终于有了一些好转，大概也不忍心让小梅嘴对嘴喂饭吧，这才吃力地张开嘴，主动吃起东西来。看到这里，青年陈才长出了一口气，这还有些像话，不然的话，这个家伙和人家一个姑娘的关系便真的有些说不清了。

随着伤员身体的恢复，小梅照料他的情况也就发生了变化。青年陈随后看到，伤员已经坐了起来，头上的绷带也拆掉了，只有一块红红的伤疤还没有消去。他把手里的一本书举起来，凑到面前的灯光下，一边仔细观看一边轻松阅读。青年陈真是想不到，这个打鬼子的壮汉竟然也认得字，而且还能阅读书籍。青年陈瞪大了眼睛看，发现举在伤员手里的那本书叫《论持久战》，不用想也与《庄子》之类的书籍不沾边。这时，青年陈发现，伤员其实是把这本书读给小梅听的。小梅虽然坐在对面的椅子里，却把上半身凑了过去，两个人的头几乎挨在了一起。小梅两手托着下巴，支棱着耳朵，仔细聆听着伤员的话语，并不断地点一下头，不用说，伤员从那本书上念出来的话都被小梅听到了心里去，并得到了她的回应。青年陈发现，小梅回应得十分夸张，不该点头的时候也点一下头，甚至干脆张开嘴，低声发一声好，似乎生怕伤员不知道她是一个合格的聆听者。用得着这样吗？青年陈越来越看不惯小梅了，想不出那本书到底有什么好，不过是上赶着讨好那个伤员罢了。青年陈觉得小梅不应该这样，按道理说，受到关怀的是那个伤员，如果要讨好的话，也应该是伤员讨好小梅才对，可为什么他看到的情景却反过来了？小梅呀小梅，青年陈恼恨地在心里说，你用得着这样吗？就在这时，他突然产生了一个恐怖的念头，看来小梅之所以主动向伤员示好，一定是她看上了那个打鬼子的所谓英雄……天哪，青年陈突然回过味来，在近距离照料那个伤员的日子里，小梅或许已经移情别恋，不要命地爱上那个家伙了吧？想到这里，青年陈赶紧闭上眼睛，不敢再看面前越来越火辣的场景，在跳起脚来的同时，使劲把手在面前挥舞了一下，好像要把那些情景都打成碎片一般，再也不能让它出现在自己的眼前……

青年陈决定不再偷听隔壁院落里的动静了，也就是说，他不能再让那些不堪直视的画面出现在自己面前，但不知怎么回事，他越是下定这样的决心，越是产生了进一步窥探的冲动。这时他才发现，错的也许并不是隔壁的小梅，而只不过是他自己，是他自己老是在不该出现的场景中出现，真真切切地坐实了一个可怜的第三者形象，真是悲哀呀，青年陈竟然不知不觉中成为一个可有可无的第三者，这真是让他绝没想到的一个结局。青年陈有些不相信这一点，老是觉得他和小梅才是真正合适的一对儿,这有他们青梅竹马的童年经历做根据,哪里又轮得到那个从天上掉下来的伤病员呢?但出现在他面前的情景不能不让他相信,这样不堪的一幕的确是真切地出现了。现在他可不是在观看自己的幻觉,而是目睹了隔壁院落里正在发生的真实情景,也就是说,这个时候,青年陈是踮起了脚跟,让身子拉长,以使脑袋探过高高的院墙,然后放出眼光,捕捉到隔壁院落里那个栩栩如生的情景。他看见,小梅搀扶着那个伤病员从屋里走出来,正在院落里悠闲地散步。伤员的身体已经大致恢复,只有一条腿还不敢落地,于是便只能挂着一只拐杖,当然,那并不是一只标准的拐杖,而不过是一根干燥的木棍,肯定是小梅从树上砍下来,递到他手里的。伤员就挂着这根木棍,一瘸一拐地在院子里走动。如果仅仅是这样的话,眼前的情景也就不会让青年陈不堪忍受,实在让他看不下去的是,小梅正好利用了伤员不能自己走路的缺陷,干脆伸出两手,从旁边搀扶着他,不,说搀扶也不够准确,在青年陈看来,小梅做出的动作根本不是搀扶,而是依傍,没错,青年陈看出来了,小梅是把自己的身子依傍在了伤员身上,这就是说,根本不是伤员不能自己走路,而是小梅以搀扶他为名,将自己的身子贴靠在那个家伙身上,她是通过这种方式来向他示好。青年陈真真切切地看出来,在依傍着伤员在院落里散步的过程中,小梅脸上流淌着甜蜜的微笑,好像此刻她正在品尝比蜜还甜的什么东西似的,青年陈知道,这种感受是不会轻易出现的,也就是说,只有当爱情降临到身上的时候,这种甜蜜的表情才会从眼梢和嘴角流露出来,天哪,难道说小梅真的爱上那个杀鬼子的家伙了?青年陈不愿相信这一点,但回想起来,小梅和自己在一起的时候从来没有过这样的表情,而她一旦依傍住了那个家伙,就让自己的脸上浮起了这种表情,他就是不愿相信又有什么作用呢?反正一个像铁一样的事实发生了,就算他再次闭上眼睛,也不能阻止这种真实的情况在那个院落里出现……

谁?或许是他在痛苦纠结中做出了什么不恰切的表示,导致自己发出不该发出的声音,惊扰了此刻正沉浸在爱情体会中的小梅,她惶恐地抬起头,在院子里四处巡视了一圈。

青年陈不想被她看到自己偷窥她时的样子,尤其是他被激怒以后痛苦不堪的表情,赶紧收回身来。但他忘记了,此刻他是站在一块砖头上的,身子往后一缩,不觉间踩翻了那块砖头,脚下猛地一滑,他便无法控制地仰倒下去,扑通一声躺到了地上。他的脑袋枕在另外一块砖头上,虽然没有碰破,却感到了极度的疼痛,而且眼前火星四溅,眩晕了好一会儿才恢复知觉。青年陈从地上爬起来,抱着脑袋逃回屋里去,自己干的这是什么事儿呀?

不能这样坐以待毙。经过一个夜晚的冥思苦想,青年陈决定去找小梅,当面向她问个清楚,就像上次一样干脆挑明了这件事,无论怎么说,也应该有个先来后到吧,从许多年前起,他就向小梅表达过自己对她的好感,而小梅呢,也把他的好感接受下来,虽然后来他去省城读书的时候,因为不在一起关系有所疏远,但现在毕竟他回来了嘛,难道不应该重新把这种关系建立或者恢复起来吗?而那个家伙呢,不过是一个伤病员,仅仅来到小梅家不多日子,怎么能后来居上,置他这个真正的当事人于不顾,像强盗一样把小梅夺到自己手里,而让他成为可有可无的第三者呢?还有小梅,竟然把和他建立的关系像抹布一样随手抛掉,马上移情别恋,和那个陌生的伤员搞在了一起,在她眼里,他青年陈就这么可有可无吗?青年陈咽不下这口气,无论如何都要站出来,就算不能把小梅从那个家伙手里夺回来,起码要为自己争得一份该有的尊严。第二天,青年陈走出家门,来到小梅家门前,举起拳头,使劲在门板上敲打起来。

过了好久,院子里才传来轻微的脚步声,但停在门后就消失了,这说明那个人正在透过门缝朝外看。又过了一会儿,门板才勉强打开了,小梅出现在了门里,可她并没有走出来,而是用两手牵拉着门板,只是探出头来问道,你有什么事吗?

我……青年陈有满肚子的话要说,恨不能马上把所有的冤屈、恼恨甚至怒火这些交杂在一起的情绪一股脑都发泄出来,这本来是他准备好的开口方式,但那不过是在没有见到小梅的情况下做出的决定,现在一旦面对了这个让他牵肠挂肚的女人,不知道为什么,弥漫在心头的所有情绪都发生了变化,那种为激情所裹挟的冲动不知到什么地方去了,剩下的只是对这个女人的友好、温情甚至祈求,于是,表现出来的方式便没有了一丝火药气,而是饱含着像流水一般驯顺的柔情蜜意,是呀,他怎么能忍心向这个心爱的女人发泄愁怨呢?小梅,青年陈用哀求的语气对她说,我要进去和你说一句话……

不用进来了,小梅毫无表情地看了他一眼,有什么话就在这里说吧。

你就那么害怕让我看到他?青年陈温和地问她说。

不是你想的那么回事,小梅摇摇头说,我只是觉得,你没有进去的必要。

难道说,青年陈抬起头,不甘心地朝天空里看了一眼,这里就成为我的禁区了吗?这时他想起来,小的时候,他可是随便到这个院落里来的,从什么时候起,这里就对他不再随意开放了呢?

不要想那么多了,小梅劝告他说,你不是有话对我说吗?那就快说吧,不然的话,我可要关门了。

别,青年陈赶紧止住了她,我现在就说……他实在不想放过这个机会,或许这时他已经感觉出来,在以后的日子里,他就是连和小梅说几句话的机会恐怕也不多了。小梅,青年陈推心置腹地对她说,现在的情况很紧急,或许你根本没有意识到,危险是随时可能降临在你身上的……

你是说你表哥吗?小梅打断了他的话,并翻起眼皮,犀利地看了他一下。

青年陈愣了一下,便明白了她的意思。不是这样,他赶紧表明自己的态度说,尽管他……可我怎么能……

没事儿,小梅轻描淡写地对他说,你可以到他那里去举报,这样一来,你不是就能拿到奖赏了吗?

你,青年陈差点叫喊起来,你怎么能这样看待我呢?难道在你眼里,那样卑劣的事儿我能做出来吗?

我不知道。小梅耸着肩膀说。

请你放宽心吧,青年陈用坚定的语气说,虽然我成为不了一个打鬼子的士兵,但我也更不会成为一个汉奸的。

听他这样说,小梅闭了一下眼,似乎也有些感动,但过了一刹那,她睁开眼来,神情中依旧没有青年陈所期待的热情。你的话说完了吗?她轻声问他说,如果没有其他的事儿,我可就回去了?

听到我的话了吗?青年陈再次警告她说,提高警惕,防备危险的降临,如果有可能的话,他鼓起很大的勇气,还是直接对她说道,赶紧让他离开这里吧……

这你就不用操心了,小梅把身子退回去,一边关门一边对他说,你不用担心,这件事与你一点关系也没有。说着,她就把门板合拢了,随即,门闩也落了下来。

小梅,青年陈愤怒地捶击了一下门板,不要拿我的话当耳旁风,我可是真心实意为你好的……

但门后的脚步声还是远去了。

真是该死,青年陈沮丧而愤怒地跺了一下脚,老子真想……他抬起手,使劲在空中挥舞了一下,像是打碎了什么美好的东西,在幻觉中听着稀里哗啦的碎裂声响过之后,他才把那只手放下来,像一只折断的翅膀垂在胯骨上……

七

又艰难地熬过了一些日子之后，事情终于迎来了转机。青年陈了解到，小梅决定在接下来的这个傍晚，送那个伤员回归他所在的部队，也许是他的伤已经好了，或者是小梅感觉了危险越发临近，不想因为拖延下去而造成难以逆转的恶果，只好和他心爱的伤员英雄告别，重新回到她以前虽然平庸却又安全的生活状态中去。到这个时候，青年陈才长长地松了一口气，知道再也不用为心爱的小梅担惊受怕，也不再因为那个伤员的存在而怒火中烧了。

夜晚到来后，小梅为那个伤兵收拾好行李，便牵拉着他的手出了家门，乘着夜色走到街上去。青年陈也悄悄走出家门，在漆黑夜幕的遮掩下，蹑手蹑脚地随在他们身后。小梅和伤兵走过街道，来到了村头，具体说是来到村头的那个小树林边，伤兵停下了脚步，站在一棵树下，对着不久前这个他战斗并负伤的地方，默默进行着凭吊。小梅依靠在他身边，也一言不发地看着那片草地。青年陈隐藏在一棵树后，不时地探一下脑袋，透过夜色看着前面那两个人，准确地说，是看着两个朦胧的身影。过了一会儿，小梅要和那个伤兵告别了，便朝他靠近了一步，伸出两手，紧紧地搂住他的脖子，一副舍不得他离去的哀伤样子。伤兵抱住她的腰肢，垂下头去，用留着胡茬的下巴摩擦着她的头发，也一副不忍离开的留恋神情。尽管夜色十分黏稠，但青年陈的目光穿越过去，依旧十分清晰地看到了他们告别时那种既让他感动又使他嫉妒的场景。行了，他在心里催促他们说，别再黏糊下去了，赶紧挥手告别吧，我已经快要忍受不住了……

谢谢你这段时间对我的照顾。伤兵的声音。

要感谢的人应该是我，小梅的声音，是你教会了我那么多做人的道理。

回到部队以后，伤兵的声音，我会更加奋勇杀敌的，就请你等着我的好消息吧。

我多不想让你走，小梅的声音，你能告诉我吗？什么时候我才能再次见到你？

我也不知道，伤兵的声音，但只要我不死，就一定会再来找你的。

那好，小梅的声音，我等着你。

…………

青年陈不知道他听到的这些声音，到底是真的来自前面那两个人，还是仅仅是自己的幻听。他费了好大劲儿，才让自己的思绪从这番不堪忍受的聒噪中挣脱出来，重新朝那两个身影看去。他被吓了一跳，在他还为那两个人的告别场景所苦恼不已的时候，其实他们的告别仪式已经结束了，小梅的身影离开伤兵的身影，正在朝他这边走来。青年陈赶紧把身子缩回那棵树后，屏住了呼吸，等待小梅从他身边走过去。千万不要出声,他在心里警告自己,可不能让小梅看见你呀。不一会儿,小梅就从他身边走过去了,好看的身影被夜幕吞没掉,就像她根本没有到这个地方来过似的。青年陈回过头,赶紧去寻找伤兵的身影。这一刻,伤兵的身影也消失了,好像他刚才看到的一切也不过是一个梦幻的场景。按说,到这个时候,青年陈就可以也回家去了,反正伤兵已经离开小梅家,不管他去往什么地方,暂时都不可能出现在小梅身边,这不正是他期盼出现的场景吗?但不行,青年陈意识到,如果要让这个伤兵永远不再出现在这个地方,就必须把他找到,把他在这场爱情游戏中所处的位置指出来,让他明白,如果真的要对小梅好的话,那就老老实实待在他的队伍里,不要再轻易回到小梅家来,因为在这个女人身边,还有一个不为他所知的人存在着呢,而那个人才是小梅真正的男人,而他自己不过是一个匆匆的过客罢了,既然这样,作为一个在队伍上接受过正规教育的人,又怎么能轻易破坏别人明确说是老百姓的爱情关系呢?

好在没费多大劲,青年陈从树后走出来,沿着那条弯曲的小路寻找了一小会儿,便看到了前面那个高大的身影。这时,浓郁的夜幕好像淡去了许多,先前伸手不见五指的状态有所好转,青年陈不用瞪眼睛,便能看见四周的景物了。他抬起头,目光落在正从地平线上升起的月亮上,虽然仅仅是半边月,但它洒下来的辉光足以使地面上的物体显露出真实的形状。这时候,伤兵也停下了脚步,而且把背在身上的行李放下来。青年陈这才发现,原来伤兵正在经过一块菜地,具体说是处在菜地中的一口水井,他走到井边,把挂在辘轳上的一只木桶放下去,等水桶在井中灌满了水,又把它摇上来,然后他伏下身,先把嘴探进去喝了两口,又撩着水洗了一把脸,从行李中抽出一块毛巾,潦草地擦了几下。他背起行李,正要重新上路,就在这时,他发现一个人不知什么时候来到了他身边。

趁着伤兵喝水兼洗脸的工夫,青年陈一声不响地走到他身后,待他转过脸来,才轻着声音咳嗽了一下,似乎在告诉这个毫无提防的人,我来了。

你是谁?伤兵诧异地打量着他。

我是小梅家的邻居。青年陈告诉他说。

噢,伤兵点点头,好像知道他这么个人似的,拉长了声音对他说,如果我没有理解错的话,你就是那个汉奸……

什么?青年陈急不可耐地打断了他的话,你胡说八道,老子如果是汉奸的话,早就去日本人那里举报你了。

听他说得有理,伤兵沉默了一下,再次开口问他说,你为什么跟着我?

我不过是来警告你一声。青年陈直通通地说。

警告我什么？伤兵没明白他的话。

你以后不要再来找小梅了。青年陈用严肃的语气说。

为什么？尽管这样问着，但伤兵似乎很快就明白了，你在打小梅的主意？

打主意的人是你，青年陈向他指出说，我才是真正和小梅相爱的人，而你不过是一个卑鄙的第三者。

你说什么呢？伤兵差点笑起来，你不会是在说胡话吧？

谁说胡话了？青年陈有些恼火，我说得再明白不过了，难道你听不懂吗？

我听清楚了你的话，伤兵说，我只是想不明白，现在是什么时候了，你还有心思谈情说爱？

谈情说爱怎么了？青年陈反驳他说，不管到什么时候，爱情都是一个永恒的主题……

伤兵又差点笑起来，你是在背诵课文吧？对了，听说这个村子里有一个在省城上学的书呆子，是不是就是你啊？

请你不要再胡说八道，青年陈不想再和他绕弯子了，干脆亮明了自己决绝的态度说，如果你再来骚扰小梅，老子绝不会放过你的。

你想怎么样？伤兵也不服气地说，莫非你真的要去日本人那里告发我？

不要逼我，青年陈跺着脚说，没有听说过那句话吗？逼急了的兔子也会咬人的。

你咬一下试试？伤兵伸过一只手来，也让我开开眼界。

青年陈看出来，这个家伙尽管身上带伤，但仗着自己是一个从战火中杀出来的武夫，实在没有把他这个所谓的文人放在眼里。真是欺人太甚了，青年陈再也压抑不住内心的怒火，话都说得这样明白了，那个执拗的家伙为什么就这样不开窍呢？难道他的脑袋是榆木疙瘩做成的吗？

我也来告诉你吧，伤兵用一根粗壮的手指戳着他的额头说，只要我死不了，我就不会忘记小梅的，因为她是我的救命恩人，一个人可以去死，但不可以忘恩负义，这样浅显的道理我想不是你这样一个大知识分子能够理解的，是不是这样？

去你的吧，青年陈不想再和他胡搅蛮缠下去，猛地跳起来，像一只被逼急的饿狼一般扑向他，老子送你去死……

事实证明，伤兵的确是没有把青年陈放在眼里，也就是说，他根本没有想到这个穿着长衫的家伙会使用暴力攻击他,便没有做出像样的提防,等他反应过来时,身子已经被那个家伙撞得向后倒去,或许是他的身体还没有复原,更重要的是他没有保持足够的警惕性,便随着那个家伙的冲击力倒在了地上,不,具体说是倒在了那口开在地上的水井里。

青年陈也没有想到伤兵会对自己的攻击不加防备,在他想来,既然是富有战场经验的一名战士,当面对别人攻击的时候,又怎么能不做出应急的架势,而仅仅是像拥抱一个女人一样接受别人的攻击呢?待他停住自己的手脚,重新朝伤兵身上看去时,他便奇怪地找不到他了,就在这时,他听到了地下那口井里发出"扑通"一声响,好像一块石头掉下去了。到这时他才明白,自己是真的闯了大祸了。

这样的结果真是不应该发生的,但可怕的现实却摆在了青年陈面前,纵然是一百个不同意,一万个要拒绝,也已经无济于事了。青年陈呆呆地站在水井边,任时间像水一般流逝了差不多一个钟点,他才离开那口水井,顶着满头的月光和露水,慌里慌张地沿着那条弯曲的小路走回村里。我该怎么办呢?他一边行走一边摇摆头颅一边在心里追问,我该怎么向小梅交代呢?

从第二天一早开始,青年陈就挥着一把铁锹,在院子的一个角落里挖土不止,没错,他差不多已挖了一个上午,还没有把一个像样的坑穴挖出来。小时候,青年陈就没大像样地干过活,何况长大以后,他又到了省城去念书了,更是与体力活断绝了关系,现在就算是拿起了铁锹,也不大知道怎么样使用更顺手,自然效率也就差很多。一个上午过去了,他想象当中的那个坑穴还没有挖出来,与此同时,他却感到了极度的疲累,到最后他仅仅是刨挖几下,就要喘上几大口气,更不要说满头汗水不住地朝下流,啪嗒啪嗒地滴落在新翻起的泥土里。

说起来没人相信,青年陈其实也不知道他挖这个坑穴干什么,却神使鬼差地找来了那把铁锹,在院子的角落里随便选了个地方,便一锹一锹费力地挖起来。或许在他的内心深处,更准确说是在他的潜意识里,这样的坑穴更像是一个坟墓,如果他真的是在挖一个坟墓的话,那么接下来他要把什么人埋在这个地方呢?是那个被他错误推入水井中的伤兵吗?看来这种可能性不大,就算是他想给他建立一个墓穴,又怎么能在村人尤其是小梅的眼皮底下把他的尸体弄到这里来呢?那么除此之外,他又有什么人需要安葬在这个地方呢?或许青年陈自己说出来也没有人相信,那就是他自己,在他最不为人甚至不为自己所知的意识深处,那个再也没有理由活下去的人除了他自己之外,还能有什么别的人吗?

　　但这个坑穴还没有挖好,更准确地说是仅仅挖到了一半的时候,青年陈的邻居小梅听到了动静,觉得好奇,便来到了隔绝他们院子的墙壁下,踮着脚跟朝这边看来,不禁也奇怪地发了一声喊,你在干什么?当然,青年陈只是专注地挖他的坑穴,并没有听见小梅的喊声,甚至没有意识到这个人正在透过院墙朝他这边打量。见他没有反应,小梅便走出家门,从胡同里拐到了他家来。你到底在干什么?小梅走到坑穴边,朝里面看了一眼,再次开口问他。

　　青年陈终于意识到了小梅的存在,便抬起头,从坑穴里朝上面看去。小梅,青年陈脱口叫道,随即扔掉手里的铁锹,想要从坑穴里爬上来,小梅……他一边朝上爬一边喊着小梅的名字,在他想来,当他从坑穴里爬上来的时候,就会把自己误杀那个伤兵的事情说出来。

　　你挖这个坑穴干什么?小梅并没有拉他上来,而是依旧追问他说,她也看出他想爬上来,却没有拉他的任何打算,甚至还摸起了一块土,轻轻地抛在他的头上。快说呀,她催促他说,你到底挖的是什么呀?

　　青年陈费了很大劲儿,也没有从坑穴里爬上来,这时他实在累得不行了,如果再不歇息一下的话,他担心自己会死在爬行的半路上,尽管从坑穴到地面也才有一米多的距离,但在他看来,却是比抵达天边还要远,所以他只能放弃了这种努力,老老实实地待在他刚挖出来的坑穴里。这样也好,他不是在为自己建造坟墓吗?看来一米之遥的地面已经不属于他了。面对着小梅的追问,他不能不回答她一句话,先前他不是下过决心吗?一看到小梅他就会把误杀那个伤兵的真相说出来,现在小梅来到他面前了,也就是说他该告诉她了,但奇怪的是,他的嘴唇颤抖了好一会儿,说出来的一句话竟然是,我在挖一个地窖。

　　听了他的回答,小梅马上便点了一下头,也就是说,她毫不犹豫地相信了他的话,因为青年陈的回答没有丝毫的错误,既然她问的是你在挖什么,如果他说我杀死了一个人,她一定会认为青年陈在说不靠谱的昏话呢,现在他的回答是,我在挖一个地窖,还有比这样的答案更标准,更符合她预期的吗?因为在她的想象当中,青年陈挖出的这个坑穴就是一个地窖的雏形,她之所以还在追问他,不过是让他自己承认这一点罢了。接下来,小梅还产生了下去帮他一把的冲动,于是便一边朝坑穴里出溜一边对他说,你等着,我来帮你挖。

　　青年陈没有想到,这才一会儿工夫,小梅就出现在了他的坑穴里,而且从他手中夺过铁锹,十分麻利地挖起土来。别说,小梅干活真是一把好手,青年陈挖了一个上午还没把这个坑穴整出模样,小梅才干了不到半个钟点,整个坑穴就挖好了,也就是说,一个叫作地窖的坑穴便出现在了他们面前。青年陈呆呆地看着她,在小梅挥舞着铁锹挖土的时候,青年陈便已经决定,他不再有死在这个坑穴里的冲动了,而是把这个地方作为他们藏身或者说他们欢爱的地方。小梅呀小梅,他在心里一遍遍地发誓说,让我们好好地在这个世界上活着吧,请放心,只要我不死,就会竭尽全力保护你的……

八

青年陈跟着表哥和那两个伪军走出家门,来到了大街上。他虽然知道去见鬼子没有什么好事,却依旧迈着坦然的脚步,在心里叮嘱自己不要慌张。为了应对日伪军的这次扫荡,青年陈有意穿上了那件长衫,把自己打扮成一个标准的学生模样,或者说是一个文质彬彬的知识分子形象,本来嘛,他就是一个正在读书的大学生,如果不是日本侵略者的到来,或许此刻他正在济南的学校里平静地读书呢。他打量着日伪军在街头上荷枪实弹的队伍,他们身上的黄色军服、头上的钢盔和枪支上的刺刀,都在日头的照耀下闪出刺眼的光芒,面对着这恐怖的一切,青年陈不由得再次想到了蒋南翔的那句话,是呀,偌大的中国,早就容不下一张安静的书桌了,这使他心里极度痛苦,但面对着这些武装到牙齿的侵略者,他一介书生两手攥空拳,不但没有对付他们的良好策略,甚至当自己走到他们面前的时候,到底会迎来什么样的变故也真说不定呢。

报告太君,表哥把他领到几个日本军官面前,觍着笑脸对他们说,人我带来了。说着,他就伸出手去,用力把他推到其中一个日本军官面前。

青年陈知道,此刻他面对的这个日本军官,就是这次扫荡的最大头目。他慢慢抬起头,近距离打量着这个日本军官,其实在济南的时候,他就看到过日本人了,但如此近地面对一个日本军官,这还是头一次。在他看来,这个日本人与中国人也没有什么太大的区别,如果他脱下头上的战斗帽和一身的黄军装,尤其是脱下脚上那双高筒长靴,更重要的是把挎在腰间的战刀丢掉,那说他是一个普通的中国人也不为过,他实在想不通,就是这些和中国人没有太大区别的日本人,为什么来到遥远的中国土地上烧杀抢掠呢?

他是你的表弟吗?日本军官用蹩脚的中国话问表哥。

是,表哥连连朝他点头,没错,他就是我向太君说的那个表弟。

日本军官也点了一下头,转过脸来,用询问的目光上下打量着青年陈。表弟的,他对他说道,你学生的干活?

青年陈听懂了他的话,本来也打算向他点一下头,但随即又否定了这个想法。不要轻易和这个侵略者说话。他在心里说。

八路伤兵的,日本军官伸出一只戴着白手套的手,在他肩膀上轻轻拍了一下,是你干掉的?

青年陈吃了一惊,这是怎么回事?自己在那天夜里误杀那个伤兵的事儿,这个日本军官是怎么知道的呢?他呆住了,既没有表示拒绝,也没有表示同意,而只是像一个木头人一般站在那儿。

是他干掉的。见他不开口,表哥赶紧替他说。

你们,青年陈转向了他,颤抖着嘴唇说,你们是怎么知道的?

很好,日本军官伸出大拇指,使劲朝他晃动了一下,瘦弱的脸上也浮出赞赏的表情,你为皇军出了力,实在是大大的好。

我没有,听他这样说,青年陈知道不能不表一下态了,便脱口说道,我没有……

或许是他的声音太小了,日本军官没有留意他的话,而只是继续朝他发问,那么掩藏八路的那个姑娘,现在到哪里去了?你的告诉我们。

青年陈又被吓了一跳,更是没有想到,敌人竟然连小梅的情况也知道了,这是他最为担心的一件事,如果说误杀八路军伤员的情况,泄露也就泄露了吧,只要是亲爱的小梅不会受到伤害,那他也不会感到多么遗憾和害怕,可现在,日本人竟然掌握了小梅的情况,那么接下来还能有什么好结果等着她吗?

见他依旧不开口,表哥又一次代替他说,那个姑娘就在他家的地窖里?

什么?青年陈脱口问道,你是怎么知道的?

我的表弟,表哥打着官腔对他说,你以为你不想为我们提供情报,就没有其他人愿意挣那五块大洋了?

天哪,青年陈闭上了眼睛,感到一阵天旋地转,如果他不尽力站稳脚跟的话,或许就一下子摔倒在地上了,事情的发展真是出乎他的意料,为什么局面成了这个样子呢?

把姑娘的找出来。日本军官指示表哥说。

表哥得到了命令,回身对跟着他的那两个伪军挥了挥手,两个伪军便转过身子,又朝他家的方向跑去。

别……青年陈朝他们叫喊了一声,但又马上意识到,就算是他喊破了喉咙,对这些该死的侵略者来说也没有什么用处的,便闭上嘴,只是在心里为小梅祈求,千万不要……随即他又向小梅喊叫,快跑……

过了不大会儿,两个伪军就把小梅押出来了。还隔着很远呢,小梅就看到了他,对他如此接近地和日伪军站在一起,似乎感到万分惊讶,所以当被押到他们面前的时候,小梅用不解的目光看着他,气冲冲地询问了一句,是你向他们告密的?

没有,青年陈赶紧摇头说,我什么都没有做……为了使小梅相信自己的话,他连连跺了几下脚,是他们……他不知道该怎么表达此刻他们所面对的这个危机局面,忽然蹲下身去,两手抱着膝盖,呜呜地哭了起来。他知道,一切的担心都兑现了,一切不想看到的局面都出现了,就在这一刻,他感到了自己的天真和无力,面对着这场随时都要降到那个心爱人头上的巨大灾难,他除了痛哭流涕之外,真的找不到另外哪怕有一点效用的办法。

我就知道你是一个软骨头。小梅用鄙夷的目光看着他,似乎还不解恨,就又朝他啐了一口唾沫。

花姑娘,小梅一来到他们面前,那个日本军官就紧紧盯住了她,瘦如刀螂的脸上明显流露出对她的浓厚兴趣,禁不住走上前一步,围着小梅转了一圈,两只戴着手套的手不住地上下搓动,美丽的姑娘,你的八路嫌疑的没有,这个我的说了算,只要你顺从了我,一切问题的都不存在。为了让小梅相信他的话,他不但频频地摇头,还把手挥起来,大幅度地摆动了几下。

这真是一个无耻的强盗。青年陈没有料到,面对着美丽的小梅,这个前来抓捕通共嫌疑人的日本军官,竟然一下子忘记了自己的使命,马上向小梅露出了厚颜无耻的淫邪奸相,明摆着要打这个中国姑娘的主意了。青年陈听说过日本强盗祸害中国女人的传闻,还以为是受害者的夸大其词呢,此刻他才真正见识到了,日本侵略者的确就是一帮无耻透顶的流氓浑蛋,竟然要在光天化日之下明目张胆地侮辱中国女人,更为要命的是,那个即将受辱的中国女人可是心爱的小梅呀……

我的说话算数,日本军官脱下手套,上前去拉小梅的手,你的就放心好了,皇军绝不会亏待你的。他拉住小梅的衣袖,你的跟我来……

松开你的脏手。小梅抬起手,使劲朝外一甩,日本军官没有提防,大约小梅的力气也格外大,竟然把他甩得趔趄了几下,差点摔倒在地上。

性子太暴烈了,日本军官有些恼怒,但在站稳之后,眼睛里也又流露出敬佩的神色,越是这样,皇军越要征服你的。他掉回头,对表哥下达命令说,将她带到那边屋子里去。

表哥又对那两个伪军挥了挥手。两个伪军冲上来，扭住小梅的胳膊，朝着旁边一个屋门里走去。

你们这些强盗，小梅用尽全力挣扎，你们不得好死……

在人们没有注意的情况下，青年陈已经站了起来，不知什么时候，他已经停止哭泣，也没有再发出任何声息，当所有的人包括小梅都忽略了他存在的当儿，青年陈忽然跳起来，冲到表哥身边，所有人当然也包括表哥还没有反应过来，表哥插在腰带上的手枪就落到了青年陈手里。说时迟那时快，青年陈拿到了手枪，举起来，冲着离他不远的日本军官扣动了扳机。在他的想象中，随着枪筒里射出几粒冒着热火的子弹，那个该死的日本军官的胸脯就会被打穿，在哀号几声之后倒在地上，像一只癞皮狗一样死去，再也不会爬起来为非作歹了……但事实证明，这个激烈的场景不过是青年陈自己制造的幻觉，是他心里的强烈愿望通过这幅画面来到了他眼前，让他在短暂的时间内激动得无以复加，热血沸腾。可是，他放在扳机上的手尽管扣动了好几次，枪筒里也没有射出带着火焰的子弹，这个从来没有打过枪的书生哪里能够知道，开枪之前是要打开保险的，不然的话，他就是把自己的手指头抠烂，子弹也不会从枪中射出来的。即便退后一步说，就算青年陈无师自通地明白了这一点，留给他的时间也没有了，面对着这个人以超乎想象的伶俐动作抢走了表哥的枪支，举起来对着日本军官连续发射，所有在场的人在惊愕了一刹那之后，立刻醒悟过来，随即便都举起了手中的枪支，朝着那个一边陷入迷茫一边依旧扣动扳机的年轻人打出了枪中的子弹。事情的结果便是，青年陈没有打死那个罪恶的日本军官，却在一阵暴烈的枪声中被敌人打中了，他穿着长衫的细长身体抖动了几下，像一棵从根上断掉的树木在大风中摇摆了几个来回，便轻飘飘地倒在了地上。

亲爱的人呀，青年陈趴在地上，吃力地别过脸去，用眼角的余光追逐着心爱人的身影，使出最后一点力气对她说，我实在保护不了你了……

黄河滩枪声

第一章

一

雨越下越大,等他们爬到堤坝上时,已经看不清前面的景物了。

是这里吗?朴如侠问道。

让我再看看。杨小慧拂开头上的一丛柳枝,瞪大眼睛朝前看,我怎么觉得不对劲呢?

这不是你老家的河吗?朴如侠想笑话她,辨认它竟然这么费劲……

你们仔细看一下,杨小慧朝下面的河道里指着说,我怎么觉得里面没有水呀?

河里能没有水吗?朴如侠有些不相信,这可是大名鼎鼎的黄河呀。他把一只手支在额头上,以阻止雨水对眼睛的抽打,然后仔细朝河道里打量。

是没有水,站在身后的孟二冬告诉他们说,我看清楚了,这条河里根本没有什么水。

那这里不是黄河?朴如侠转对杨小慧说,你领错地方了?

本来我是按照记忆里的路走到这里来的,杨小慧抬起头,不安地朝四面巡视了一圈,越发感到迷茫了,按说应该不会错的,可怎么回事?河里竟然一点水也没有?

那这是哪条河呢?朴如侠神情里也透出了焦虑。

小慧你怎么回事?孟二冬不满地对她说,我们差不多被追赶两天了,好不容易跟你逃到这里来,想去你家里歇一会儿,可结果竟然被你领错了地方,你这不是要把大家搞死吗?

我不是有意的,杨小慧差点哭起来,我也不知道是怎么回事。看周围的环境,我觉得没有什么差错的,可就是河道里没有水,我就认不出它到底是不是黄河了,毕竟我已经好几年没有回来过……

我想起来了,朴如侠忽然拍了一下脑袋说,日本人刚来的时候,国民党不是炸毁了河南什么地段的堤坝,是不是黄河改道去别的地方了?如果是这个原因的话,这段河道里就不可能有水了。

真的呀?杨小慧也恍然大悟,是有这回事,看来这里就是黄河,只是水不知流到什么地方去了。

你们说得有道理,孟二冬也点点头说,看来是国民党搞的鬼……不对,是日本人把这条河给改变了,真是该死。他朝地上啐了口唾沫。

你们看那边,杨小慧抬起手来,朝着远处指了一下,看见了没有?那两棵高大的杨树。

孟二冬和朴如侠顺着她的手势看去,透过弥漫在空气里的雨雾,他们果然看见右边堤坝下的河道里,有一团灰蒙蒙的影子,开始并不知道是什么东西,但在杨小慧的提示下,他们很快认出来,那的确就是两棵高大的青杨树。本来这一带的堤坝下面是长满了一些树木的,比如他们现在站的这个地方,就有几棵也不算太小的柳树,但与前面那两棵大青杨比起来,它们简直就等同于低矮的灌木了,真是想不到,那两棵杨树竟然高高地升到了天空里去,尽管他们还离得很远,却需要抬起头才能看见它茂密的树冠,他们在鲁西大平原上游荡了这么多日子,还没有见过如此高大的树木呢。

我们村就在那两棵杨树下。杨小慧小幅度地跳起脚来,这一刻,她感到极度的兴奋,不由得话也多起来,我们村叫青杨渡,就是因为有那两棵老杨树的缘故……

我们终于有个休息的地方了。朴如侠也高兴起来,随着这声感叹,他竟然真的觉到了疲乏,好像再往前迈几步都感到十分吃力。

那你们就跟我来吧。杨小慧按了按扎在腰间的武装袋,就要带领他们两个人朝那两棵杨树走。

你们看,就在这时,孟二冬忽然拉了她一下,低下声音说,河道里面那些亮点是什么?

杨小慧停住了脚,顺着他指的方向朝河道里看去,果然,离他们不远的河道里,具体说是一些在雨中摇来晃去的野草丛里,有一些圆圆的亮点在不住地闪动,因为雨丝还没有小下去,他们一时辨不清那是什么东西,但杨小慧看出来,一些亮点正在慢慢变大,也就是说它们在朝着这边移动。

是不是萤火虫?朴如侠脱口说道。

不会吧,杨小慧有些把握不准,我不记得我们这里有什么萤火虫的。

别是狼吧?孟二冬试量着说。

狼?朴如侠被吓了一跳,不禁朝后缩了一下身子,小慧,你们这里真的有狼吗?

这个,杨小慧也感到了害怕,这个我可真说不清楚……

不对,孟二冬似乎已经辨认出来,我觉得他们是狗……

他的话还没有说完,随着那些亮点急剧增大,猛烈的狗吠声也一下子响起来。说来奇怪,这些狗刚出现的时候,竟然没有发出任何声息,这有些违背生活常识,按说,狗是不会遵循什么规则和纪律的,为什么悄无声息地朝他们移动呢?现在知道自己的身份被认出来,就像是接到了什么命令一样,竟然都纷纷狂吠起来,一时间,这片在雨中寂静了好久的河滩地陷入了恐怖的状态里。

快跑。孟二冬首先反应过来,随着一声大叫,又在呆怔的杨小慧身上推了一下,便迈开大步向右边跑去。尽管也有些慌乱,他的脑子还算清醒,知道接下来要去的地方除了杨小慧的村子之外,不会再有其他更为安全的地方了。但他好像忘记了,此刻他的一条腿是负着伤的,仅仅跑了两步,嘴里便发出一声轻叫,脚步踉跄了几下后,差点扑倒在泥水里。他赶紧支撑住身子,可不能轻易倒下去,因为他背上还驮着发报机箱子呢,无论如何也不能把它丢掉了呀。

幸亏孟二冬那一推,被狗吠声吓傻了的杨小慧才清醒过来,赶紧随着他的推力朝前跑去。本来朴如侠是站在最靠前的,也就是说离那些朝他们疯狂扑来的狗最近,好在他的反应比他们两人灵敏许多,孟二冬发出那声叫的时候,他已经在倒退了两步之后,扭过身子来朝堤坝下跑去。但他跑了大约二十米远的距离,没有听到身后的动静,扭过身一看,发现杨小慧正在搀扶着孟二冬朝右边跑去,与此同时也听到了杨小慧的喊声,这边来——朴如侠知道跑错了地方,赶紧掉转身子,又朝着他们两个人跑过去。这个给你。等他来到他们面前,杨小慧从孟二冬肩上搬下箱子,不由分说递给了他。朴如侠想说一句,我身上的弹药也很重呢,但他看一眼孟二冬一瘸一拐的样子,也就把话咽了回去,乖乖地接过箱子,把它背到了自己身上。

总算万幸,那些该死的狗没有跟上来,也许一离开河道里的灌木和草丛,它们就心有余悸了,到这时,杨小慧他们似乎也明白过来,这是一些活跃在河道里的野狗。在奔跑的间隙里,杨小慧不时地抬起头,朝下面的河道里看上一眼,她没想到家乡的变化会有这么大,不但这条河里没有水了,而且河滩上有了那么多野狗,实在让她感慨万千呀。

二

他们从堤坝上走下来,慢慢朝村子里走去。刚才他们只是一味地奔跑了,不知道雨什么时候已经停下来,一从极度的混乱状态回到寂静中,他们还有些不适应呢,衣服早就被雨水连同汗水湿透了,此刻被清凉的小风一吹,不禁都打起寒战来。他们也早就累得不行了,每走一步似乎都分外艰难,好在已经进到了村子里,不然的话,他们真不知道该怎么应付接下来的这个日子。

朴如侠走在前面,虽然肩膀上背着发报机箱子,却已把腰间的几颗手榴弹摘下来,递给了孟二冬。逃脱了那些狗的追赶之后,孟二冬的腿伤也不再是多大的问题,本来他的身体就比朴如侠强壮,由他多承担一点重负也是没有问题的,何况他还是这个电台班的班长呢。朴如侠虽然对这个村子一点都不熟悉,但正像杨小慧说的那样,只要朝着那两棵大杨树走,一切都没有什么问题,所以就一直走在了前面。

他们不想闹出多大动静,可脚步声还是被自己听得十分清晰,说明周围的环境太过安静了,村子里的街道上没有一个人影,连一声狗吠声也没有响起。杨小慧不禁感到奇怪,虽然这个村子不大,也就那么两三百人,但在她的记忆里,也曾经你来我往的,因为全村只有两条小街,人们只要出门了,就会出现在街道上;还有,村里的人喜欢养动物,狗是有的,最常见的是鸭子,因为它们是喜欢水的禽类,村子的旁边就是河水,所以它们下水很方便,非常适合在这里生活。但此刻,村子里安静地出奇,就连树上的一声鸟叫也听不见,人们都到哪里去了?这才是下午时分,难道就提前睡觉了不成?

前面那两棵大杨树越来越近,朴如侠和孟二冬的目光都落在它身上,这才看明白,原来这两棵杨树的根部是长在一起的,随着树身向高空里伸展,便渐渐分开来,这样使它们的身体既是倾斜的,又是笔直的。两棵树的枝杈在天空里交融在一起,远远看去,就像两只并列撑开的巨伞,给村庄头顶上制造了巨大的华盖,甚至从某种程度上说,整个村庄差不多都被这两棵树木笼罩了。这是一对姊妹树。朴如侠不由得赞叹说。

是这么回事,杨小慧连连点头,目光里透出对他的欣赏,我过去也这么叫过它们呢。这个朴如侠一肚子文化水,总是会说到她心里去。

什么姊妹树?孟二冬小声嘟囔了一句,说它们是夫妻树就不行吗?他知道杨小慧不愿听他这样的说法,就没有大声说出来。

但杨小慧似乎听到了他的声音,不禁斜过头,不满地瞥了他一眼。不论什么事,她有些看不上身边这个班长,到他眼里就俗气得不得了。

你们村怎么会留在河滩上?朴如侠朝后指了一下,那条堤坝对你们来说不是白筑了吗?

或许是堤坝筑错了吧?杨小慧随口说。

注意看四周,孟二冬见他们还想聊这个话题,就低声警告说,或许他意识到了什么,对走在前面的朴如侠喊道,小心有危险。

朴如侠放缓了脚步,并且把枪端在了手里。应该没事吧?杨小慧安慰他们说,鬼子不会来这里等我们吧?

那可说不准,孟二冬沉着脸说,我们可千万不能再大意了。杨小慧注意到,他手里的枪早就打开了保险。

于是,在穿过街道拐向一条小巷子时,三个人都做好了随时射击的准备,而且散开来,以不同的位置慢慢朝里面走。不一会儿,按照杨小慧的指点,他们就来到了一个门楼下。门板虽然是关闭着的,但门鼻上并没有上锁,说明里面是住着人的。杨小慧弯着腰走过去,轻轻推了一下,发现门板是从里面上了闩,可见人还在里面呢。杨小慧把手握成拳头,刚要朝上面打,孟二冬从后面拉了他一下,她只好又把手缩回来。

这是你家吗?孟二冬问她。

是我家。杨小慧点点头说。

孟二冬后退一步,对这座颇为气派的门楼打量了一个来回,禁不住说道,看来你家的日子过得不错呀。

杨小慧没有说什么,心里却是同意孟二冬的这个判断,如果她家的日子不好过的话,父亲又怎么能送她去县学里学习呢,正是因为她有条件去外面读书,才获得了参加革命的机会,不然的话,这个时候她或许还留在这里织渔网呢。

我看没什么问题。朴如侠替他们判断说,他有些不耐烦了,毕竟身上背着发报机箱子呢,早就感到疲惫了,恨不得马上找个地方歇息一下。他把手里的枪放下来,又对杨小慧说,快去敲门吧。

杨小慧受到了鼓舞,又抬起那只手,刚要朝门板上敲,却不由得轻叫一声,像是看到了什么害怕的东西,赶紧朝后退了一步。

怎么回事?孟二冬也被吓了一跳,立刻便把手里的枪抬高了。

里面,杨小慧抬起手,朝门缝间指了一下,里面有人在看我……

孟二冬和朴如侠也赶紧朝门缝里看。果然,虽然门缝不太大,但他们却看清楚了,门缝间正有一只眼睛大瞪着,直直地朝他们身上打量。

不是我爹吧?杨小慧有些犹豫,虽然那仅仅是一只眼睛,她却觉得有些不对劲儿,便没敢再上去敲门。

我们快走。孟二冬提醒他们说,并率先转过了身去。

我好像认出来了,杨小慧又喊住了他,里面的人或许是六子哥……说着,她又朝门口走了一步,提高嗓门喊道,是六子哥在里面吗?我是小慧呀。

孟二冬和朴如侠又都停下了脚步,提心吊胆地朝着院门看,同时也没有放松手里的枪支。

杨小慧喊过几声之后,门板真的从里面打开了,一个光秃的脑袋伸出来,上面两只既呆滞又警觉的眼睛不住地眨动,频频朝杨小慧身上打量。真的是,他抖动着嘴唇说,小慧回来了?

三

我爹他们呢?几乎一照面,杨小慧就迫不及待地问道。

此时,六子哥蹲在灶坑间,一边往灶洞里塞柴草,一边不住地拉风箱,脸上浮出大颗的汗滴。雨早就停歇了,天上的云彩也正在慢慢飘散,日头不时地浮出脸来,尽管有杨树的枝叶笼罩,院落里的空气也非常湿热。厨房里就更不用说了,锅里的热气从盖板边缘冒出来,在他们头上弥漫开来。杨小慧还好一些,因为她只是傍着门框站着,并不需要干什么活儿,而六子哥就不行了,为了给他们做一顿好饭吃,他一直蹲在锅灶前,又是下米又是炒菜,忙得不亦乐乎,脸上的汗水也便嘀嘀嗒嗒地流下来。他下半身穿着长到膝盖的大裤衩子,上半身本来是裸露着的,又觉得在杨小慧面前不规矩,就穿了一件带着窟窿的汗衫,这使他感到更热了,便从锅灶上抓过一块抹布,手忙脚乱地在头上擦一下。杨小慧差点说出口,你怎么能用抹布擦汗呢?但又怕惹得六子哥不高兴,也就抑制了说这句话的欲望,而只是盯着他追问,我爹他们到底去哪里了?

他们逃难去了,六子哥好不容易腾出手来,用无所谓的口气回答她说。

逃难去了?杨小慧有些没想到,又继续追问他说,他们去哪里了?

这我怎么知道?六子哥摇摇头说,或许是去你们亲戚家了吧?他扭头看了她一眼,你好好想想,你家在外面都有什么亲戚?

这个,杨小慧想了一下,便放弃了这个念头,尽管她能想到自己家都有什么亲戚,他们住在什么地方,但不仅仅只有一家呀,父亲到底到哪一家去了,她又怎么能想得明白呢？于是她就放弃了这个想法，只是回过头来，用有些失落的目光朝院子里打量，她原本以为回家来可以和父亲团圆呢，毕竟自从三年前离家出走，她就没有再回来过，当然也就没有再见过父亲，这些年里她可是真有些想他老人家呢，可谁知道，当她真的有机会回到家来，父亲却不知去什么地方逃难了……

日本人经常到这里来，六子哥向她解释说，见门就砸，见东西就抢，留在这里老是担惊受怕，根本过不上一天安生日子，村里的人不想在这里继续受罪，便都去外面逃难了……

都去外面逃难了？杨小慧还有些不相信，自己家因为过得好，父亲积存下来的好东西不算少，怕受到日本鬼子的祸害是真的，那些没有多少家产的人也过不下去了？

你以为他们光抢东西？六子哥笑话她说，鬼子祸害起人来才可怕呢，男人会被抓起来当劳工，搞不好就会死在外面，女人会被他们弄到炮楼里去，下场就更惨了……他大概意识到，当着她的面说这件事不大方便，就停住了话题，重重地叹一口气说，日本鬼子禽兽不如呀。

杨小慧紧紧咬住牙关，在心里对自己说，不打走日本侵略者，老百姓的日子真的没法过呀。

也怪我们这个村是在河道里，六子哥摇着头说，日本人每次从县城里来，都从我们村里经过，你说祸害起人来不比其他村方便吗？

那你怎么没走呀？杨小慧问他说。

本来我是想走来着，六子哥回答说，可你爹非让我留下来，替他看家护院，根本不让我离开这里，所以我就……再说……他扭头朝院子里看一眼，吧嗒了一下嘴，没有把下面的话说出来。

六子哥是这个院子里的长工，从杨小慧很小的时候起，他就在这里干活。和其他的短工不同，六子哥是一年四季都留在这里的，这源于他的出身，好像从他爹开始，就在杨家当长工，具体说是替东家赶马车，后来六子哥长大了，杨小慧的父亲见他老实本分，就让他跟着他爹继续留在这个院子里干活。六子哥不喜欢赶马车，就替东家干一些杂活，可以说，这个院落里只要是需得下力气的活计，六子哥差不多都干过，就连做饭这样的事，五大三粗的六子哥也能干得来，比如现在，他并没有费多大劲儿，就很快把这锅饭做好了。

六子哥做的这顿饭是小米粥，玉米面和豆面掺在一起的窝头，两盘菜一个是凉拌黄瓜，一个是红烧茄子，都是杨小慧喜欢吃的。这些年在外面，她吃的差不多也是这些东西，却没有在家里吃的那种味儿，现在闻着漂浮在鼻子下的香气，杨小慧有些沉醉的感觉，好多天没有吃过一顿像样的饭了，但因为身体透支得厉害，她本来没有多少吃饭的欲望，但此刻饥饿感却到来了，就赶紧盛上一碗小米粥，刚要喝呢，才又想到了朴如侠和孟二冬，他们两个人还留在堂屋里呢。于是，杨小慧便协助六子哥把三只碗都盛上饭，然后和窝头、菜肴一起端到了堂屋里。这时她才发现，此时那两个男人分别坐在椅子里，一个歪着头，一个张着嘴，都在呼呼大睡呢，看来他们也早就累坏了，一旦放松下来，就止不住进入了香甜的梦乡。

赶快起来吃饭。杨小慧本来不忍心打扰他们的睡眠，但知道大家其实都饿得不行了，便还是叫醒他们，将饭碗亲自递到他们手里去。

草草地吃完了这顿饭。六子哥见他们都打不起精神来，就又主动走进来收拾碗筷。杨小慧有些不好意思，这可是在自己家里呀，再说，她也不是过去那个衣来伸手饭来张口的小姑娘了，怎么还能让六子哥照顾自己呢？再说了，革命军人的觉悟也不容许她继续当小姐呀。杨小慧想去厨房帮他洗碗，但六子哥微笑着对她说，你不用管了，快去睡觉吧。说着，他便又走进了厨房去。

杨小慧在门口看着他，当眼睛落在六子哥的手上时，又马上掉开了目光。六子哥是个六指，她不能盯着人家的短处看，这是最不礼貌的行为，何况人家是在为自己服务呀。她忽然想起来，六子哥怕要快三十岁了吧？现在有没有成家呀？但杨小慧在院落里看了一圈，并没有发现其他什么人。六子哥也算是有自己家的，但好像在一个很远的地方，六子哥从小跟他爹在这里干活，就把杨家当成了他自己的家，如果他娶上了女人，应该也是住在这个院子里的，杨小慧如果没有猜错的话，六子哥还仍旧打着光棍呢，他那根多余的手指在很大程度上影响了女人对他的喜欢，这样说来，老实本分的六子哥也是一个不幸的人呢。

天快黑了吧？六子哥悄声嘟囔着，并且朝外面看了一眼。他意识到杨小慧的目光，身子不禁抖了一下，好像没有想到她还站在这里。时候不早了，六子哥催促她说，你快去歇一会儿吧。

杨小慧回到了曾经住过的房间里，让她感到意外的是，这间被她称为闺房的屋子虽然很陈旧了，很多东西上都布满了灰尘，但它的样式却与留在记忆中的模样没有任何变化，这就是说，在她离去的这些年里，父亲并没有动过这里的什么东西，而是有意保持着原样，这说明父亲是喜欢她的，也是想念她的，这些年来，在自己不在身边的情况下,他的老父亲到底是怎样度过这些日子的呢?杨小慧想着想着,眼里便流下了泪水。她躺在已经变得有些生疏的炕上,闻着正从远处飘来的似曾相识的气味,慢慢地睡着了。在睡梦里,杨小慧还对父亲说,爹,我要去县学里读书。父亲抚摸着弯曲的山羊胡子说,你愿去就去吧,反正你一个没娘的孩子,留在家里我也管不了你。但父亲怎么会想到,她在外面读书的时候竟然接受了新思想,还没到毕业呢,就和同学们一起参加了革命,成为抗日队伍中的一名女战士,后来经过培训,又成为一名出色的译电员。从那时候起,她就奔忙在激烈的抗日战场上,再也没有机会回家来看望父亲,如果不是这次日本鬼子"五一"大扫荡,他们这个电台班与军区总部失去了联系,或许还不会有回家来的机会呢。爹呀,杨小慧在睡梦里喃喃自语,你老人家现在在什么地方呀?

四

杨小慧是被一只手推醒的。她在睡梦中感觉到了那只推她的手,迷糊当中,还以为是父亲回来了呢,如果真是那样的话,就说明他们父女心有灵犀呢,女儿刚在这边一念叨,处在逃难状态中的父亲就掉头回来了,而且马上出现在了女儿炕前,正在伸出一只青筋裸露的手,朝着她身上推了几下,并且用微弱的声音说,快醒醒……

杨小慧睁开眼睛,果然看见了那只青筋裸露的手,而且的确是在她身上推着。她从那只手上抬起头,觉得出现在她眼睛里的,应该是父亲下巴上弯曲的山羊胡子,然后才是他布满皱纹的面孔,但让她感到意外的是,出现在面前的这个人倒是有一张布满皱纹的面孔,下巴上却根本没有一根胡子,这让她恍惚地意识到,这并不是一个男人,而是一个像父亲一样同样苍老的女人。你是谁?杨小慧一下子从炕上坐起来,并且身不由己地朝墙壁靠了一下,以离那只手更远一些。这一刻,杨小慧感到了一丝恐惧,好像还没有从自己的梦中醒来似的,她有过梦魇的经历,本能地以为此刻又体验了一回呢。

小慧,那个人朝她摇了一下手,温和地安慰她说,不要怕,是我……

杨小慧瞪大了眼睛朝她看,觉得这个女人有些熟悉,好像真的认识她似的,但一时又想不起来她是谁。她感到迷惑不解,按说自己家里并没有什么女人,母亲早在她很小的时候就死去了,父亲没有续弦,那么这个老女人又是谁呢?

你不记得我了?老女人朝她凑近了一些,用更加慈爱的目光看着她,我是你六子哥的娘呀。

六子哥的……娘?杨小慧愣怔了一下,突然明白过来,可不是吗?这个老女人不就是六子哥的母亲吗？她似乎记得，小时候或许还吃过她的奶呢，只是在此后的很多年里，她便没大见过她几回。听父亲说，六子哥的娘是去别人家打工了，具体说干的是保姆的差事，一般是住在人家家里的，只有逢年过节的时候，她才能回到六子哥和他爹身边来，也就是在这个时候，杨小慧才又见过她几次。但这么多年过去了，她差不多已经忘记了这个老女人，如果她不是此刻出现在自己面前的话，她大概真的从记忆里把她赶走了。大娘，杨小慧镇定下来，急忙接住她那只推过自己的手，好奇地问她说，原来你也在这里，刚才我怎么没有注意到呀？

我一直待在那边屋里。老女人朝门外指了一下。杨小慧顺着她的手指看，知道她说的那间屋是这个院子的配房，是六子哥他爹一直住的屋子。我听出是你回来了，老女人抚摸着她的头发说，本来想早点过来看你，可我这腿脚实在不方便……

杨小慧顺着她的话朝她身上看，这才发现，老女人是坐在一张凳子上，奇怪的是，她并不是端坐在上面的，而是斜着身子，好像她只有这样坐着才觉得舒服。杨小慧继而意识到，老女人所坐的凳子并不是自己屋里的，她刚才睡觉之前，就不记得炕前有这张凳子，这真是一件让她感到困惑的事儿。大娘，她突然想起来，我大爷到哪里去了？这样问着，她又在心里怀疑，是不是六子哥的爹也像她父亲一样逃难去了，而把这母子二人留在了这里？

你大爷，老女人刚要往下说，马上又想起什么，急忙拉住她的手说，现在不是说这件事的时候，闺女，你叫醒你那两个同志，你们离开这里，赶紧逃走吧……

逃走？杨小慧吃了一惊，不明白老女人为什么要说这样的话，她朝屋外看去，发现天还没有真正黑下来呢，这说明他们才到这里来没多长时间，为什么老女人要让他们赶紧离开呢？她真的怀疑老女人有些居心不良，好像他们三个人打扰了他们母子的平静生活，错把别人的家当成自己家了吧？可这是我自己的家呀。杨小慧在心里说道。

老女人看出了她的心思，也朝屋外看了一眼，神情越发有些不安，也不做过多解释，而只是一味地催促她说，你们现在就走，等天黑下来可就来不及了。

大娘，杨小慧也拉住她的手说，这是怎么回事？你听到什么风声了吗？

你这个闺女，老女人有些焦急，怎么变得这样婆婆妈妈起来？要不，我去帮你喊那两个同志。说着，她就一斜身子，从那张凳子上站起来，不，准确地说是从上面滑下来，这使她的身子失去了平衡，前后摇摆几下，就要朝地上倒，杨小慧刚要伸手扶她时,她自己的一只手却抓住了那张凳子,于是身体马上停住了摇晃。接下来,她把另一只手也放在凳子上,吃力地搬起来,朝前送出半步远的距离,再放下去,然后支撑着凳子挪动脚步,这就是说,此刻那张凳子就成了她的拐杖,帮助她跟过去那一步,停下来以后,再继续移动凳子。老女人就用这样独特的走法,慢慢接近了屋门口。

杨小慧呆呆地看着她,这才明白老女人所说的腿脚不好,原来就是指这种情况,她不禁恍然大悟,看来老女人也是这样进到屋里来的,也就是说,她从那间偏房里走到这里来,该是费了多么大的力气,现在她又要去另外两间屋里喊人,这对她来说可谓分外艰难呢。杨小慧赶紧跳下炕,趿拉着鞋子追上她,先把她的凳子放下来,然后扶她坐上去,认真地对她说,我去喊他们。说着,她就跑到其他屋子里,分别喊醒了正沉浸在梦中的孟二冬和朴如侠。

三个人都来到了杨小慧屋内,围住老女人,争相问她说,老大娘,这到底是怎么回事呢?到这个时候,他们还没有意识到问题的严重性,虽然按照老女人的吩咐起来了,却不明白她为什么要让他们这样做。

实话告诉你们吧,老女人用忧愁的目光望着外面的远处,我儿子就要到河东去了……

到河东去?杨小慧还没明白过来,他去河东干什么?

还能干什么?老女人摇了一下头说,他要到东阿县城告发你们……

什么?三个人都吃了一惊,还以为老女人说错了话呢,或者说自己没有听清楚她说的是什么,互相看了一眼之后,又一起把目光落在了老女人脸上。他为什么要这样干?杨小慧纳闷地说。

别问了,老女人催促他们说,你们赶紧走吧,等天黑了他就会过河去的。她又朝外面看了一眼,时候不早了,你们赶紧上路去。

三个人这才意识到他们面临的处境,虽然还不知道六子为什么要这样干,既然他母亲指出了这一点,总不会是用这样的罪名抹黑自己的儿子吧?但听老女人的话,六子似乎还没有过河去呢,那他现在在什么地方呢?杨小慧想起来,河道里不是有那么多野狗吗?或许六子也惧怕它们,才要等到天黑才过河去吧?怪不得老女人老是朝西天边看,这就是说,在天没有黑下来之前,他们还有阻止六子去告密的机会?大娘,杨小慧拉住她的手说,你能告诉我吗?现在六子哥在什么地方?

老女人颤抖着嘴唇,似乎又想了一会儿,才终于下定决心,朝东边方向指了一下，或许他就在村头等天黑……

杨小慧心里一动，这就是说，六子已经做好了出发去河东的准备？我去找他。说着，她就要朝外走。

你去不行，孟二冬喊住了她，转头对朴如侠说，你去吧。

朴如侠朝他看了一眼说，你的腿还不行吗？

孟二冬没有回答他的话，而是继续提醒他说，带好你的枪。

杨小慧反应过来，不禁叫了一声，你们不能对六子哥……

朴如侠也没有再说什么，便马上站起身来，把脚上的鞋子穿正，然后提起身边的枪支，就要朝外面走。遇到那些狗怎么办？他突然想起来，又停下了脚步，我也不认识道……

再带上几颗手榴弹，孟二冬说着，就把自己腰上的两颗手榴弹摘下来，向他递过去，这原本是朴如侠身上的，现在又交还给他了，最好别弄出多大动静来。

杨小慧呆呆地看着他们，好几次都想张口再说几句话，但又本能地知道，在这关键的时刻，她就是说下大天来，或许也挽救不了六子的性命。

朴如侠也没有再说什么，把手榴弹和枪支重新整理一下，便快步走出了院门去。

小心一点儿，杨小慧在后面追赶了一步，又回头对孟二冬说，让我去帮他一下好吗？

你还是看好电台吧。孟二冬朝他睡过觉的那间屋子努了一下嘴。

五

随着傍晚临近，天空差不多都裸露出来，只有西天边还有几大块条云，在日头沉落到地平线之后，变成了艳丽多彩的晚霞。大群的鸟儿正从远处飞来，栖落在那两棵大杨树的枝叶里，尽管杨小慧大瞪着眼，也看不到它们的身影了，只能听见一阵阵叽叽喳喳的叫声。这才是让她倍感熟悉的情景，恍惚间，她似乎又回到了过去的日子里，自己还是一个小女孩的时候，正是这些鸟儿给她带来了童年的快乐。杨小慧似乎看不够这样的景象，但时间过得很快，几乎一眨眼工夫，西天边的晚霞就变成了老鼠皮一般的灰色，裹挟着凉气的夜幕正在降临。夜晚终于到来了。

六子之所以去日本人那里告发你们，老女人沉痛地说，是因为他要用这个法子去救他爹……

孟二冬听不懂她的话，就连杨小慧也不明白她话里的意思，不禁拉住她的手说,大娘,这到底是怎么回事呀?

前些日子,老女人说,日本人把他爹抓起来,弄到东阿县城去了,到现在还关在他们的大牢里。

他们为什么要抓大爷呢?杨小慧问道。

因为,老女人朝外面看了一下,他给八路军帮过一次忙,他们就说他是通共分子……老女人回想着说,有一天,六子他爹赶着马车到外面去,在经过一片树林子时,看见地上躺着几个人,这年头,反正三天两头的打仗,死人也没有什么好怕的,六子他爹便从他们身边走过去。可就在这时,他听到其中一个人发出了喊声,老乡救命……六子他爹停下车一看,那个人还没有死呢,但身上的伤很厉害,如果他不管这个人的话,过不了多久他也许就咽气了。六子他爹本来不想管这号闲事,但他看见那人穿着一身灰军装,肯定是一个八路军的伤员,看来就在这片树林子里,八路军和鬼子刚刚打过一仗,双方都死了很多人,这个伤员还算命大,居然剩下了一口气。六子他爹就犹豫起来,如果他遇到的是日本鬼子,就算是打死了也不会救他命的,但现在是八路军,他知道,八路军是为老百姓打鬼子的,如果眼看着让这个伤员死了,他良心上就会过不去。于是,六子他爹就把那个伤员弄到了马车上,按照他断断续续说的地方,把他送到了那里去。根据东家也就是你爹的交代,他这次外出是应该在天黑以前回来的,但由于送那个八路军伤员,他拐了好大一个弯子,等赶回家来的时候,已经是第二天早晨了。

大爷做的是好事呀,听到这里,杨小慧止不住赞叹说,真是没想到,我大爷还能为抗日出一份力呢。

话虽是这么说,老女人摇摇头说,可为了这件事,六子他爹可就给自己惹上了麻烦。那天赶了太远的路,拉车的那匹白马竟然累虚脱了,回来以后大病了一场,在地上趴了好几天才爬起来,以后也不能再干重活计了。闺女你也知道,你爹是个很爱惜牲口的人,如果说他对牲口比对人还好,大概其他人也没有什么意见的。看到他心爱的那匹白马成了这个样子,他心疼得连饭也吃不下去,就一再问六子他爹,那天他赶着马车干什么去了,为什么回来得那么晚?而且还把马累成了这样?开始的时候,六子他爹还不想说明白,但在你爹一天又一天的追问下,他只好硬着头皮把那天的事给他说了……

我爹怎么样他了?杨小慧把心提到了嗓子眼里,凭她对父亲的了解,她知道他是不会轻易放过六子爹的,那么到底怎么样惩罚了他呢?骂他一顿,甚至打他一顿,顶多也就是扣他一个月的工钱吧?

这让我怎么说呢？老女人摇摇头，满脸都是一副哀伤的表情，反正没过两天，日本人突然闯到村里来，不由分说就把六子他爹捆绑起来，连拉带扯地押走了……

什么？杨小慧吃了一惊，一时还有些不相信，是我爹让日本人来抓他的？大娘你是不是搞错了，我爹尽管是个狠人，但也不大可能这样做吧？

有什么不能做的？孟二冬白了她一眼说，在现在这个年头，什么事都是有可能发生的。他抓起枪来朝外面走，人家都说得很明白了，你还替你爹说话呢。

杨小慧张了张嘴，一时不知该怎么回他的话，她还是有些不甘心，父亲为什么会做这样丧良心的事？就算是他不为抗日出力，那也绝不能去向日本人通风报信呀，而且出卖的是这样一个好人……

闺女，老女人不好意思地向她解释说，我可没说就是你爹害得他……在我心里，是把这笔账记在日本鬼子身上，他们祸害了那么多中国人，现在又把我男人抓去了……

孟二冬气愤地甩了一下手，便朝他睡觉的屋里走去。杨小慧想赶上去给他解释一句什么，但是又想到了另外一件事，便回到老女人身边说，大娘，我爹真的是去外面逃难了？她心里有些怀疑，别是因为和六子爹结怨的事，而出现了其他什么意外吧？

或许是吧，老女人迟迟疑疑地说，前些日子，八路军到这里来过，领头的那个人自己说，他就是当时被六子爹救的那个伤员，现在他养好了伤，要来感谢一下六子他爹，但他哪里知道，救过他的那个人已经被日本鬼子抓起来了。他听了这件事十分难过，在安慰了我一气之后，又找到你爹，也向他说了一些感谢话，临走时还留下一口袋粮食，当时我就站在旁边，看见你爹的神情很不自在，因为他根本没有资格接受人家的感谢……八路军走了以后，当天夜里，你爹就把你家值钱的东西收拾起来，自己赶着马车到外面去了。当时，六子还主动对他说，让我来给你赶车吧，因为他知道，你爹不会赶车，根本使唤不了那些调皮的牲口。但你爹不想让六子跟他走，就嘱咐他留下看家，然后乘着黑夜急急忙忙走了，到现在也没有任何消息，不知道他们到底去什么地方了呢。

真是该死。杨小慧差不多已经听明白了，肯定是父亲心里有鬼，在八路军来过之后，担心自己的罪行会受到追究，这才连夜逃走了，原来他要规避的根本不是日本人，而是像自己一样的八路军……她想象不出来，如果父亲没有逃走的话，当自己以一个真正八路军战士的形象出现在他面前时，父亲又会做出什么样的反应呢？难道也会像六子所做的那样，要去河东日本鬼子那里再去举报自己的女儿和她的战友吗？到这个时候，她又想起了六子哥，心里也搞不明白，这个脑子一根筋的六子，竟然把他父亲受害的怨气发泄在她身上，也像东家一样走上了向日本人告密的罪恶路途？她简直难以置信，出现在她身边的这些人到底是怎么了？为什么接连做出这些让人感到痛心的举动来呢？

老女人知道她又想到了六子，便叹了一口气，絮絮叨叨地对她说，你也知道，我家六子没有读过书，连一个大字不识，世上的道理就懂得少，脑筋老是拐不过弯来，只要认准的事就一条道走到黑，也不管是向东还是朝西。自从他爹被日本人关起来之后，心里就始终放不下这件事，我一直以为他怨恨的是日本鬼子呢，可今天才知道，他其实是把所有的怒火都发泄在了你爹身上，当时他不敢对你爹做什么过火的事儿，现在你来了，就等于把一个让他报仇雪恨的机会摆在了他面前，你说他能不赶紧抓住它吗？

杨小慧不知道该说什么好，真是想不到，这次为了躲避日本鬼子的扫荡和追剿，她和战友们在逃避了大半个月之后，误打误撞地来到了这里，本来打算回家好好看一下呢，却没有想到，自己竟然无意中成了家人们对立结怨的替罪羊，而且还连累了他的两个战友，更重要的是，如果搞不好的话，他们带在身边的发报机和密码本也会……想到这里，杨小慧不由得打了一个寒战。

其实六子这么做没有任何必要，老女人摇着头说，虽说他爹一直关在大牢里，日本人还派人送信来，说只有六子亲自去赎他，他们才能把他放回来，但六子赎他的条件必须是，要给日本人提供有关八路军的情报，如果达不到这一点的话，就算是说下大天来，他们也不会让他爹活着回来的。六子相信了他们的鬼话，便千方百计地寻找有关八路军的消息，现在你们这不自己送上门来了吗？其实我早就觉得，这是日本人耍的一个鬼花招，说不定他爹已经不在这个世上了，日本人那么凶狠，怎么能轻易放过一个帮助了八路军的人呢？我把这些说给六子听，可这孩子脑子不开窍，无论如何也不相信这一点，说非要把他爹接回家来不可，不然的话，他就不算是一个合格的儿子……要说我家六子，可真是一个孝顺孩子呀，就是赶上了这个兵荒马乱的年头，才让他走到了岔道上去……

杨小慧站在屋门口，大睁着两眼朝外面看。夜幕降临后，一切都变得模糊起来，就连前面老杨树的影子也看不见了，夜晚到来后，栖息在上面的鸟儿们也不再发声，此时不知正在做着什么荒唐的美梦呢。一道流星从天空里划过，像一道闪电一般闪出刺眼的亮光，随即便垂落到地平线上去。就在这时，杨小慧听到了从东边传来的那声清脆的枪响,"啪——"她不由得闭上眼睛,或许就从这个时候起,那个叫六子的人便从这个世界上消失了。六子哥……她在心里哀痛地叫了一声。

六

杨小慧睁开眼睛,还以为天亮了呢,屋里的情况让她看得很清楚,此时,他是躺在另一间屋的炕上,不,具体说是躺在什么热热的并且软软的东西上。他发了一下呆,突然意识到是躺在一个人的身上,她想起来,昨天夜里朴如侠回来以后,她和孟二冬来到他身边,听他说在河道边击毙六子的情景。她记得很清楚,朴如侠一回来就开始清理自己,又是洗头又是洗脚,倒把汇报情况放在了第二位,看来他的任务完成得很好,也就是说,六子已经被他放倒在了河滩里,所以也就显得不慌不忙。孟二冬一贯讨厌朴如侠这样打理自己,也就不耐烦地回他自己屋里去了,杨小慧却还是留下来,希望把六子死去的情况打探清楚,也算向自己的担忧做个交代。可能朴如侠还没有收拾完毕,她就支撑不住了,顺便睡在了他这边的炕上……杨小慧抽抽鼻子,闻到了朴如侠身上熟悉的气味,别说,这个文质彬彬的男人确实有些讲究,虽然是在这样艰苦的年代,他只要是抽出工夫来,就不让自己表现出过分邋遢的样子,虽然这会被一些人说为小资产阶级习气,却颇得一些女孩子的喜欢,杨小慧就不例外,每次闻到他身上的这股清香味,就有些沉醉的感觉。她没有移动身子,更加舒服地朝后躺了一下,便感到朴如侠呼吸的气息吹在她头发上,说明他睡得正香甜呢。杨小慧不忍打扰他,便只是盯着窗口看,这才意识到,原来明亮的月光从窗棂间照进来,让她还以为天就要亮了呢。或许时间还早,杨小慧便又闭上眼睛,打算再睡一会儿,但就在这时,她觉得其实是有个人在看着他们呢,便又赶紧睁开眼,朝门口看去。没错,原来门口的确有双在打量着他们的眼睛。

你看什么呢?杨小慧赶紧从朴如侠身上爬起来。

你怎么睡在这里?孟二冬质问她说,你这样公开睡在他的炕上,不怕违反了纪律吗?

违反什么纪律了?杨小慧反问他说,我们可什么都没有做呀……她突然想起来,你是不是在这里看我们很久了?

我是怕你们做蠢事,孟二冬掉回头去,一瘸一拐地朝外走。

你这样偷看别人才违反纪律呢,杨小慧不依不饶地反驳他说,老管别人的闲事,看来你真的穷极无聊了。她也下了炕来,跟着他来到了外间屋内。

杨小慧家的房子很多,现在孟二冬和朴如侠待的地方属于宽敞的正房,只是分别居于房屋两端,出了这间卧室的门,中间就是一大间客厅。孟二冬不知是什么时候醒来的,好像他的觉本来就不多,大约是在地方上待久了,受到的磨炼更多一些,再加之身体强壮,特别能抗饥挨饿,又富有战斗经验,所以上级把他派来担任这个电台班的班长,如果不是他腿上有伤的话,或许杨小慧还不会领他们到自己家来呢。与朴如侠相反,孟二冬可不是一个讲究的人,整天胡子拉碴的,衣服也难得洗上几回,尤其是这些日子连续在外面奔跑,身上早就臭得不行了,但他来到这里以后,只是给自己的腿伤换了一下药,没有再做其他任何事,所以也就显得精力充沛一些,杨小慧和朴如侠还感到十分疲惫的时候,他已经没有多少觉好睡了,或许也是班长的职责所在,按照昨天夜里商议的结果,天一亮他们就要转移的,虽然那声枪响也不是什么稀奇事,但毕竟弄出了这样的动静,还是有一丝风险存在的,为了保护好电报机和密码本,他们不敢继续在这里滞留下去,所以孟二冬早早地起来,为他们的转移做些准备。

天还早着呢,杨小慧打了一个哈欠说,你自己不睡觉,老去打扰别人干什么?

朴如侠也被他们吵得睡不着了,不一会儿就抹着眼角走出来,迷迷糊糊地说,夜里的狗一直在叫,你们听到了没有?

杨小慧一怔,回想起来,她也听到了一些狗叫声,但睡觉时没有当回事,现在经朴如侠一提醒,她也留意起来。果然,狗叫声还在时断时续地响着,不用想,她也知道是河道里的那群野狗发出来的。它们为什么叫个不停呢?她纳闷地问道。

我就是被它们惊醒的,孟二冬若有所思地说,虽然我不知道那些狗为什么叫个不停,却觉得这不是什么好事,他朝门外看了一眼,或许我们该提前走了……

现在就走?杨小慧问道,一起这个念头,她心里便有了一些留恋的感觉,毕竟这才回到家来不到一天时间,童年的记忆还没有被她完全找回来呢,现在就要匆匆离去了吗?

孟二冬没有回答她的话,而只是转向朴如侠说,抓紧收拾东西吧。

杨小慧依旧站在客厅里,朝着外面看着。这时,她的目光落在偏房的一扇窗户上,因为那个地方有灯光透出来,那是老女人住的房子,这就是说,她这一夜或许也没有睡觉呢,是呀,大概她已经知道了儿子的下场,作为一个母亲,当明白儿子已经永远离她而去的时候,她又怎么能睡得着觉呢?这一刻,杨小慧对这个不幸的女人产生了深切的同情。她忽然想到,六子死去了以后,这个几乎半瘫的老女人如此行动不便,该怎么样生活下去呢?她抬起手,朝那个发出灯光的窗口指了一下,不禁脱口问道,她怎么办?

朴如侠走到她身边,越过她的头朝外看,知道她说的是那个老女人。但他只是轻轻叹息了一声,并没有说什么话。

这倒是个问题,孟二冬也才意识到这个难题,一时间发起愁来,我们总不能带她走吧?他既像是自语,又像是朝他们两个人发问,我们自己都不知道去哪里,又怎么能带上这样一个行动不便的人呢?

这可不行,朴如侠赶紧摇头说,如果敌人发现了我们的行踪,或许我们连下个村子都跑不到,就会被敌人追上的。

可如果把她丢下了,杨小慧担忧地说,就算鬼子不到这里来,凭她自己,怕是也活不过几天的。她转回身来,把目光落在孟二冬身上,她现在的局面可是我们造成的。说到这里,她不由得看了朴如侠一眼。

你该不是说,朴如侠有些不高兴,我不该向她儿子开那一枪吧?

杨小慧摇摇头说,我可不是那个意思……

好了,孟二冬怕他们无谓地争吵起来,赶紧摆摆手说,时间越来越紧迫了,我们必须在临走前想出一个办法来……

我去看她一下。没有等他说完,杨小慧就忍不住了,走出屋门,直接朝偏房里那扇发出灯光的窗口跑去。

此刻,老女人坐在炕沿上,手里端着一根绳子,正对着高高的房梁发呆。大约是灯里的油快耗尽了,灯芯勉强燃烧着,屋里的光线并不太强,老女人的眼睛应该有些昏花了,好像看不清房梁上的情景,但她却一直梗着脖子,呆呆地朝上面看,好像那里有什么美好的风景似的,而她端着绳子的手却不住颤抖,就像一只正在醒来的鸟儿,随时做着抖动翅膀飞起来的准备,而在冲进来的杨小慧看来,那只鸟儿要抵达的目标,或许就是老女人所盯住不放的房梁……大娘,杨小慧站在门口,直直地看着老女人,忽然回过味来,一下子扑上去,使劲抓住老女人的手,具体说是她端在手里的绳子,把它夺到了自己手里,您老人家可不要……

老女人缩回她的空手,大概身子早就支撑不住了,便朝后一仰,倒在身后卷起的被子上,天都快要亮了,而她的被子却还没有摊开来,说明她根本就没有睡觉的打算。放心吧闺女,老女人打起精神,勉强朝她笑了一下,我就是想到那里去,她抬起瘦骨嶙峋的手指,朝房梁上的黑暗处指了一下,我自己也上不去呀。

听她这样说,杨小慧也回过神来,紧张的心才轻松了些,但她望着老女人脸上的笑意,心里更加难受起来。大娘,她紧紧抱住她的手说,都是我们让你变成了现在这个样子……

不怨你们,老女人摇摇头说,都是我那个不争气的六子……她睁开眼睛,朝窗外的黑暗中看了一眼,似乎又想到了什么更为深远的事,而那件事更加让她不忍直视,便赶紧闭上眼,做出了睡觉的架势。过了一会儿,杨小慧以为她真的睡着了,没想到却又听到她的喃喃自语,该死他倒是该死,可我心里就是不落忍,无论如何,他也不应该死得那样惨呀……

杨小慧有些不明白她的话,按照朴如侠回来的说法,他只是对着快要下到河滩里的六子开了一枪,凭他的枪法,知道这一枪肯定让他爬不起来了,便离开了那个地方,也就是说,朴如侠并没有对六子做更加过分的事,可现在听老女人的口气,好像她的儿子受到了什么惨无人道的惩处似的。杨小慧以为,对一个母亲说来,不管她的儿子是怎样的死法,在她这里都是一道过不去的坎,这个一身病态的老女人更是这样,看来六子的死亡情景在她这里进行了并不真实的放大,其实也是一件很正常的事。

听到没有?老女人朝外面指了一下,那些狗叫声差不多响了一夜,你听,她忽然瞪大了眼睛,狗叫的声音是不是更大了?

杨小慧侧起耳朵,其实不用做这个动作,就算她捂上耳朵也能感觉出来,正像老女人说的那样,狗叫声似乎真的大了起来,而且越来越近,这是不是说,那些野狗爬上河滩,正在朝她们所置身的村子里来呢?她随即判断出来,声音变大的并不是所有野狗的叫声,而不过是其中的一只狗,难道说那只狗到村子里来了?

鬼子来了?老女人猛地坐起来,一定是那些该死的东西找你们来了。

杨小慧吓了一跳,对老女人的判断还有些疑问呢,但就在这时,透过越来越清晰的狗叫声,她似乎听到了一阵马嘶声,还有杂沓的脚步声,这些她已经在这段时间里听过无数遍的声音一下子让她辨认出来,老女人说得没错,一定是鬼子来了……

第二章

七

杨小慧差不多已经看清楚了,这次来的敌人很可能只是一支搜索队,其中包括五个带着钢盔的日本鬼子,其他十几个人都是清一色的伪军,看来他们并不知道杨小慧他们藏在这里,而只是怀疑这里情况异常,不过是例行检查一下罢了。

这样的情况算是好的，在这半个多月的时间内，他们遇到的敌人几乎都是追赶的大部队，每次都要费尽各种周折，才能最终甩掉他们，到现在，这个电台班就剩下他们三个人了，在这种情况下，只要敌人没发现他们的行踪，他们就不会轻易暴露目标的。看明白了敌人的情况，杨小慧才不那么紧张了，只是有一点让她感到意外，那个带队的日军小头目身边，竟然有一只身材高大的狼狗，嘴巴周围红艳艳的，很像是被血染红的，这是不是说明它刚吃过什么动物的肉呢？

此时，杨小慧是蹲在一间二层小楼里，透过一扇小窗户朝外面望着。在整个青杨渡村里，只有最好过的人家才建有这种小楼，也就是说，只有他一家的房顶上有这种建筑，虽然只有一间房，而且比正常的房子尺寸矮一些，却代表着一户人家在村子里的实力。这种房子并派不上多大用场，既不能住人，也不能待客，主要的功能还真是供瞭望用的，所以在墙壁的四面，都开有一扇小窗户，便于朝外面察看。小时候，杨小慧经常偷偷爬上来玩耍，尤其是夏天的时候，因为上面风大，便成了乘凉的好地方。本来杨小慧是让孟二冬在这个地方的，但他巡视了一圈，发现旁边的房顶上还有一垛木材，便从朝它的那扇窗户里爬出去，藏到木材垛里去了。杨小慧觉得奇怪，那垛木材是从哪里来的呢？打量了一会儿她才明白，原来木材都是从船上拆下来的，看来是黄河水断掉以后，那些木船用不到了，便被父亲拆开来，把木材堆到了这里。在青杨渡，或者说在周围一带的渡口上，父亲家拥有的船只数量最多，大大小小加起来十几只呢，一度把日子过得十分红火呢，可现在倒好，大约一只船也用不到了，就只能把它们当废旧的木材处理了。与瞭望楼比起来，那垛木材处可能更方便使用武器，当孟二冬把枪支从木材间伸出去时，就算杨小慧离他如此之近，也没有轻易看出来，大约正是因为这个原因，孟二冬才把那里作为最好的战场。在此之前，朴如侠已经爬到了一棵树上去，当然，他上去的并不是村里最高的那两棵杨树，而是傍着屋檐长的一棵老榆树，本来朴如侠也上到了房顶上，但觉得那棵榆树也是很好的藏身之地，又便于射击，加之他的腿脚利索，便攀着树枝爬了上去，别说，茂密的枝叶很快就遮没了他，下面的人不知道他藏在上面，而他却可以透过枝叶间隙很清楚地看到下面的情景。

敌人的巡逻队进入村子以后，那几个日本人拴好马匹，就坐在那两棵杨树的脚下，打算歇息一会儿，看来他们也赶了很远的路，加之天热，就有了在树下乘凉的打算。其中的日本小头目指示伪军们到周围搜索。于是，一个伪军官便领着那十几个伪军进入了村子深处，在几条巷子口四散开来，然后端着大枪慢慢地往里走，每经过一个门楼或者一扇门板，便用枪托打砸一阵子，有的门板轻而易举就被打开了，他们便进去搜索一番，有的门板却无论如何砸不开，因为上面是上着锁的，看来里头有人的可能性不大，也就大声吆喝几声后离去。整个青杨渡也就五六十户人家，一个多小时之后，伪军们便搜遍了全村。当然，中间他们曾经很轻易地进入了杨小慧家，因为在临藏身之前，杨小慧是打算关上门板的，但孟二冬却又故意打开了，杨小慧想了一下，或许这样更好，起码给人造成一种这里没有藏人的错觉。果然，伪军们进来之后，很随意地到各屋里查看了一下，最后对坐在门口凳子上的老女人吆喝几句，便端着大枪走出去。看到这幅情景，蹲在二楼窗后的杨小慧不禁会心一笑，对孟二冬的这个举动感到敬佩。

伪军们搜索了一遍，没有发现任何异常情况，便回到大杨树下向日军汇报。日本军官抬起头，朝村子四处打量了一圈，似乎有些不甘心，那条傍在他身边的狼狗也不时地叫几声，似乎在向他提示什么。于是，日本军官又举起望远镜，一边朝远处看，一边对身边的日伪军说着什么。杨小慧看见，有几个日伪军端起枪来，朝着他所指的方向瞄准。随着日本军官的手势，伪军们手中的枪支突然冒出了火光，随着便是几串清脆的枪响。她看出来，伪军们瞄准的并不是一个地方，而是随着日本军官的手势移动，这就是说，他们并没有发现真正的目标，不过是随意打一阵虚枪罢了，不然的话，对那个虚张声势的日本军官来说，好像这次搜索就没有完成任务似的。杨小慧听出来，伪军使用的大多是步枪，但其中却有一挺机枪，在间歇性的枪响之中，便又掺杂了一阵连续不断的射击声。开始的时候，飞掠的子弹还离他们这边很远，随着日本军官手势的移动，她所置身的这座小楼也受到了攻击，幸亏她躲得及时，面前的窗子发出一声震响，一根窗棂竟然被一颗子弹打中了，虽然没有立刻断折，却溅起了零星的木屑和灰尘，在日光下翻卷着散开来。随即，子弹便又从旁边房顶上的木材垛上掠过，杨小慧从那边的窗户看出去，只见木材垛上的一根木头被打飞了，在房顶上跳跃一下，翻着跟斗落到了院子里去。好在孟二冬是伏在木材垛后，子弹根本伤不着他一根毫毛。杨小慧刚松了一口气，看见院落里的老榆树上叶片纷飞，不禁立刻提起心来，知道子弹打在了树上，不知伤到了朴如侠没有，树叶飘落到地上去，树上没有了动静，杨小慧刚要小声地对上面喊一声，却看见一只手从枝叶间伸出来，朝她这边挥舞了一下。杨小慧这才放下心，知道朴如侠也没有被打着。他们似乎都明白，日本人不过是虚张声势地瞎打一气，并没有发现哪个人的行踪，他们也就没有还击的必要。

日本军官指挥伪军们朝四周的目标盲目射击了一圈,把望远镜又转到身边的那两棵杨树上。他对那两棵格外高大的杨树打量一会儿,似乎也觉到了它的不顺眼,便抬起戴着白手套的手,对着它挥舞了一下。于是,伪军们又对着那两棵杨树打了一气。随着噼里啪啦的枪声响过,杨小慧从窗户里看到,杨树上的枝叶也像小鸟的翅膀一样飞起来,脱离了枝干,打着旋儿朝地上飘去。树叶落到了日本军官和他的同伙身上,不知为什么,杨小慧看见他们竟朝四周躲了一下,然后盯着地上看。原来在他们脚下的树叶中间,竟然躺着几只被打中的鸟儿,正在扑打着翅膀挣扎。那只早就等得不耐烦的狼狗狂吠一声,突然扑上去,叼起一只还没有死去的鸟儿,便大口地咀嚼起来。那只鸟儿在它嘴上蹦跳了一下,就不再动了。狼狗抖起嘴巴,使劲甩动了几下,便吞进肚子里去。杨小慧闭了一下眼,对这样残酷的场景不忍直视,她忽然想起老女人说过的话,又联想夜里一直没有停歇的狗叫声,好像明白了什么,一时间竟发起呆来。

日本人在村子里折腾了一番,没有发现什么异常情况,看架势是准备撤退了。杨小慧觉得没有必要在二楼继续待下去,便朝木材垛后的孟二冬和老榆树上的朴如侠打了个招呼,告诉他们她要下去了,然后踩着楼梯下到房间里,出门朝老女人屋里走去。

八

鬼子不会放过你们的,老女人告诉她说,因为那条狼狗早就发现了你们……

狼狗?杨小慧有些不明白她的话,跟着鬼子来到村子里的是有一条狼狗,但它并没有看到他们呢?她想起昨天到这里来时,他们倒是在河滩里看到了那些野狗,但应该与这条日本人豢养的狼狗没有多少关系吧?

那条狼狗就是那些野狗的头目。老女人突然说了一句。

杨小慧更不知道她说些什么了,还以为由于六子的死去,她的头脑有些发昏了呢,说的都是让她听不明白的话。

那我就给你好好说一说吧。老女人叹了一口气,知道自己不说的话,这件事杨小慧是弄不明白的,因为她毕竟离开了这里好几年,又哪里能知道日本鬼子想出来的这种奇特的阴谋诡计呢。自从河里的水断掉以后,老女人边想边说,河道里便有了一些鱼鳖虾蟹的死尸,这些倒霉的活物赶上这个年代,也算是它们遭遇了难以避免的劫数,没有了水,它们纵有天大的本事也活不下去的。日子久了,这些动物的尸体经过风吹日晒就开始腐烂,很快臭气便弥漫了整条河道,就连附近村庄里也有这种气味四处飘散,于是吸引了一些吃肉的动物跑到河道里去打食,一开始只是乌鸦和鹰隼那些食腐的鸟儿,后来就连狗和猫也赶去了,搞得整条河道里都是动物乱七八糟的叫声。按说,狗和猫差不多都是家养的,真正的野狗野猫并不占多数,但这些在河道里吃上了瘾的家养动物就不愿意再回来,你想呀,在这荒乱的年代里,人们自己都填不饱肚子呢,谁家又有多余的肉供这些动物去吃呢?也就是从那个时候起,这些家养的猫狗就变成了真正的野生动物。河道里的动物一多,那些鱼鳖虾蟹的尸体就不够它们吃了,于是动物们便为了抢食不断地打仗,猫分成一伙,狗分成一伙,在食物充足的时候,这两伙水火不容的动物还能互相礼让,但现在吃的东西快没有了,便不再客气,争着抢着就打成了一团。打架的结果你也能想象出来,猫哪是狗的对手呀,没过多久,这条河道里的猫就被悉数赶走了,赖着不走的可就倒了霉,搞不好它们自己就成了人家狗的食物。到这个时候,那些野狗便成了河道里的真正霸主,只要是身上有肉的东西无意间跑到那里去,便有去无回,几乎一眨眼工夫就跑到野狗的嘴里去了。这些年来,整条河道几乎成了一个地狱,一般人是不敢轻易到那里去的,只有拿枪的人才能有过河的可能,今天日本人的搜索队不是就从河东到我们这边来了吗?可话又说回来,就算那条河成了真正的地狱,可它毕竟是在东阿的地面上吧,两岸的人家差不多都有一两门亲戚在对面呢,一年两年可以不来往,但谁又能保证一直不去对岸看一下呢?况且还有拿枪的人要去执行任务呢,不仅是鬼子到我们这边来扫荡,我们这边的八路军也去他们那边打游击,枪声和炮声不是在那边响起来,就是在这边响起来,这样一来,便会经常有尸体出现在河道里,两边的人来不及给他们收尸,就又成了那些野狗的食物。此外还有偶然路过的外地人,有的是逃荒的,有的是落难的,总体来说他们都没有了自己的家,便沿着河堤流浪到这边来,因为不了解这一带的情况,很可能就误入了河道里去,于是这些人可就倒了霉,如果摆脱不了那些野狗的追赶,你说他们会有什么样的下场?就是想一下身上都会掉一层皮的……

听着老女人的诉说,杨小慧也不由得打了一个哆嗦,想起昨天他们来的时候,就遭到了那些野狗追赶,要不是自己是当地人,熟悉这一带的地形,再加之手里有武器,胆子壮了一些,才侥幸逃脱了那些野狗的魔爪,如果当时稍加疏忽,误入了河道里去,他们此刻是不是还能出现在这里,还真的不好说呢。

日本人也看到了这一点,老女人叹口气又说,觉得这条河道已经成为他们抵挡八路军进攻的好屏障,为了让它发挥更大的作用,就想出了一条极其毒辣的手段,刚才你不是看到日本人带来的那条狼狗了吗?本来是一条受过鬼子训练的动物,是替他们对付八路军和老百姓用的,出来扫荡时都带在身边。可后来,日本鬼子改变了主意,干脆把这条懂他们心思的狼狗放出来,放到那条河道里去。一开始,野狗们并不知道这条狼狗的厉害,还不想接纳它呢,但经过一两场厮杀,几乎所有的狗都成为它的手下败将,有一两只不服气的狗竟然成了它的食物,这才都翘起尾巴来,接受这个凶猛的家伙成为它们的头目。自从这条狼狗做了狗的首领之后,这条河道里便更加不得安生了,不要说打这条河道主意的人,就是一辆偶然开进去的坦克车,也会在野狗们的围攻下有去无回的。按照日本人的训练,那条狼狗要带领野狗们完成的任务,除了阻止这边的抗日武装过河外,不管遇到其他什么可疑的情况,都要通过狂吠这种方式报警。附近炮楼里的人听到狗叫声,就会电话告知东阿县城里的日军司令部,得知河道里有了异常情况,马上派出一支搜索队,抵达河道两岸仔细搜查。与过去不同的是,现在鬼子过河成了一件轻而易举的事,反正那条狼狗认识他们,不但主动给他们带队引路,很多情况下还会为他们保驾护航,你看日本人多么歹毒呀,就连那群野狗都成了他们的得力帮手。从此以后,只要是河道里没有什么动静,河东的日本人便可以高枕无忧,但凡野狗们叫起来,他们便可以过河来搜查了,你说日本鬼子厉害不厉害?

对于老女人的这番说辞,杨小慧有些半信半疑,日本人真的有那么大的能耐,居然让一群野狗成为他们的得力帮凶?或许日本人的确这样做了,也就是说,那条狼狗真的成了野狗们的头领,但到底能不能起到这样的作用,她心里是不肯也不愿意承认的。她想到了流行在黄河岸边的风俗习惯,这里的人总是对一些似是而非的东西更加充满兴趣,而且喜欢添油加醋,夸大其词,现在老女人对这条河道的说法显而易见也有这样的嫌疑吧?但杨小慧又想到了老女人的儿子,想到了六子哥在河道里的死亡,如果老女人说的真是那么回事的话,这是不是意味着六子也成了那群野狗的美食呢?她想起来,野狗们的确在昨天晚上吠叫了一夜,目的或许是给河东的敌人报信,也真的把鬼子的搜索队引来了,到现在他们不知撤退了没有?但仅仅报信就完了吗?对于这个落入了河道里的死人,它们不是比单纯的吠叫更有兴趣吗?假如野狗们是因为争食六子的尸体而吠叫,这就意味着它们为此庆祝了差不多一个晚上呢,也就是说,野狗们几乎整个晚上都在分享六子的尸体……杨小慧不敢再想下去,而且就算是闭上了眼睛,似乎也能看到野狗们撕咬六子的悲惨情景。到这个时候,杨小慧才知道老女人所经受的心里苦难,也才明白了她之所以给自己讲这番话的目的。大娘,杨小慧禁不住扑上去,抱住老女人的身子,把头伏在她怀里,呜呜地哭起来,实在对不起……

唉,老女人长叹了一口气,手指抖抖地抚摸着她的头发,打起精神安慰她说,他是咎由自取,谁让他做这种没良心的事呢,落那样一个下场又有什么好奇怪的?

杨小慧止住哭泣,掉回头来,望着门外的远处发呆,真是想不到,这条曾经让她那么喜欢的河流居然变成了如此让人恐惧的鸿沟,一道难以逾越的天堑,一条透着狰狞面目的死亡之谷,这就是日本人带给她家乡的结果。杨小慧在心里一遍遍发誓,不彻底赶走日本人,她就绝不放下手中的武器。

九

敌人撤走以后,朴如侠马上从树上下来了。与孟二冬待的房顶不同,朴如侠爬上树以后,根本找不到合适的位置,便只能骑在一根树杈上,时间短了还行,但敌人在村子里转悠了那么久,朴如侠才后悔不该爬到树上去,所以一看到敌人撤出了村子,就赶紧从树上溜下来,坐到地上呼哧呼哧地喘气。

杨小慧走到他面前,弯下身子看他。怎么回事?她伸出一只手,在他头上摸了一下,然后摊到他面前看,你负伤了?

朴如侠看到她手上果然有一点红,不禁恍然大悟,怪不得我觉得头上有点疼呢,看来是被树枝扎伤了。

我找点东西给你包扎一下吧。杨小慧说着,就要朝屋里走。

没事,朴如侠喊住了她,顺势把一只握起来的手伸向她,你看这是什么?

杨小慧便又转回身,等他伸开手掌,看到里面有一个黑色的小东西在扑扇着翅膀挣扎,不禁惊讶地叫出一声,知了。她把那只仰躺在他手里的知了拿过来,捏住它的两只翅膀,生怕它再飞走了。知了在她手里继续挣扎,肚腹下的两片震动器不住地颤抖,制造出一阵吱吱呀呀的响声。杨小慧瞬间想起来,小时候她可没少在院子里捉知了,尤其是当夜幕降临的时候,她和小伙伴会来到那两棵大杨树下,寻找从地洞里钻出来的知了龟。别说,因为那两棵老杨树太有些年头了,养育的知了龟就特别多,他们只要来到这里,就会有不菲的收获,每次都捉一大捧知了龟,尤其是下过雨之后,不用他们在地下挖洞,而只是等在树下,便不断地看到知了龟从地下爬出来,经过他们身边,朝着树干上慢慢爬去,可以说,只要是他们来到了树下,就可以手到擒来。每次捉了知了龟回来,六子哥就会找来一只盛着盐水的盆子,把知了龟放进去,等待它们在里面淹死,然后做饭的厨子会在锅里放上热油,把死去的知了龟放进去煎炸,过不了多久,一大盘弥漫着香气的美食就会端到她面前来,她用筷子夹一只煎熟了的知了龟进口,轻轻一嚼,就感觉到了它的爽脆可口,真是好吃极了……想到这里,杨小慧不禁吞咽了一口涎水,真的有些口馋了,便感到后悔,昨天夜里为什么就没有去老杨树下捉几只知了龟回来呢?等意识到这一点的时候,她就没有这样的机会了,今天夜里,具体说只要天一黑下来,他们就会赶快转移的,敌人已经对他们的到来有所警惕,如果再继续待下去的话,就有可能遭遇更大的危险,原先他们是打算在白天转移的,现在看来,只能利用夜色的掩护来行动了。

朴如侠其实在树上并没有怎么弄脏身子,可他一下到院子里,就又进厨房打了一盆水,开始清理手和脸上的一小点脏污。这真是一个讲究个人卫生成癖的人。

这时候,杨小慧感到有些内急,便悄无声息地朝厕所走去。乡下的厕所一般都建在房角处,并且没有顶盖,杨家的厕所也是这样,只不过比其他人家的干净一点罢了。杨小慧走进厕所,脱下裤子,刚刚蹲下来,就听到房顶上响起了脚步声,不禁抬头朝上看,突然吃了一惊,房顶上似乎有一个影子晃动一下,便赶紧躲到一边去了。杨小慧这才想到,孟二冬还在房顶上没下来呢,刚才那个晃动的影子不就是他吗?她赶紧提上裤子,一溜小跑地来到院子里,朝着房顶上大声喊道,孟二冬,你给我下来。但房顶上再也没有动静了,而且也不见人影,孟二冬不知躲到哪里去了。但杨小慧知道,他一定还在上面,看到自己发现了他鬼鬼祟祟的样子,没有勇气再面对她了吧?你到底下来不下来?杨小慧跳着脚说,不然我上去揪你了。说着,她就朝木梯上爬去,并且弄出了很大的动静,从气势上先压住这个该死的家伙。

孟二冬大概担心她把事情闹大,赶紧走到房顶边缘,探头探脑地对她说,好好好,我现在就下去,你不用上来了。

杨小慧停住了脚步,两手叉着腰站在院子里,端出一副威风凛凛的架势。等孟二冬从木梯上下来,她马上冲过去,一把揪住他的脖领子,横眉立目地问他说,刚才你干什么了?

孟二冬不敢看她的眼睛,装模作样地反问她说,我干什么了?我在观察敌人走了没有……

谁问你这个了?杨小慧使劲摇晃他的脖子,刚才我在厕所里的时候,你在上面搞什么鬼呢?

我没有……孟二冬依旧不肯承认说，我就是在上面探了一下头，可我什么也没有看见呀……

呸，杨小慧朝地上啐口唾沫，你竟然大白天干这种事，这是一个革命军人应该做的行为吗？你还是我们的领导呢，不好好带领我们打敌人，却做这号下三烂的事儿，真是让我太失望了。说到这里，杨小慧使劲跺了一下脚，差点哭起来。

听到他们的动静，刚回屋去的朴如侠走出门来，不明所以地站在门台石上，呆呆地看着这两个纠缠在一起的人，听了一会儿，他才明白是怎么回事，不禁感到愤怒，冲到院子里，也上前揪住了孟二冬。你这个流氓，他毫不客气地咒骂他，竟然欺负自己的同志，你算什么好汉？

孟二冬的衣领刚被杨小慧松开，立即又被朴如侠扯紧了。对于杨小慧，因为他的确做错了事，再加之人家是一个女同志，他不能把她怎么样，现在面对的可是朴如侠，他便没有那么客气了，再说，他平时就看不惯这个一身资产阶级习气的小白脸，尤其是他和杨小慧公开搞在一起，根本不顾及他这个班长的想法，孟二冬早就想找他的麻烦了，现在这家伙竟然不识好歹地找上门来，这不是给他一个下手的好机会吗？我警告你，他伸出一根手指头，指着朴如侠的额头说，赶快松开我的衣领。

赔礼道歉，朴如侠虽然知道自己不是他的对手，再加之人家毕竟是班长，按说是应该无条件听命于他的，但现在他是在帮助杨小慧打抱不平，尽管心里有些没底，却不想在这个女孩面前失了面子，就鼓着勇气继续硬充好汉，给受到你伤害的人说对不起……

去你的吧，没有等他说完，孟二冬就挥起手来，照着他尖翘的下巴打了一拳。朴如侠没有提防，脑袋朝后一仰，在那只手松开他衣领的同时，自己的身子也失去了平衡，脚步踉跄几下，就倒在了地上。

孟二冬当然是手下留情的，凭他的力量，就是打歪朴如侠的下巴也没有什么问题，但他并没有失去理智，只是稍稍教训一下这个多管闲事的家伙而已，所以见朴如侠倒下地去，也就收回了拳头，然后掉转身子，迈着大步回屋去了。

你这个浑蛋。杨小慧想要过去纠缠他，但又担心朴如侠被打坏了，赶紧蹲到地上搀扶他。你怎么样？她关心地问他，不要紧吧？

我……没事。朴如侠摇摇头，便顺着她手的力量爬起来。这时他的心情很复杂，在杨小慧被欺负的时候，他不能不出来表现一下，可当自己被打坏时，他又觉得在她面前丢了面子，所以心情便有些不快。杨小慧当然分外感激他，本来就想找机会对他表示关心呢,现在人家是替她出头,既然受到了伤害,那她不好好安抚一下他吗?她伸出两手,想要拖住他好看的下巴,看看到底被打坏了没有。但朴如侠推开她的手,随后又推开了她的身子,转身朝屋里走去。

杨小慧一步不落地跟在他后面。为了让朴如侠开心,她忽然想到了什么,又转身跑进了自己屋内,打开行李,从里面取出一个笔记本,把它捂在胸前,又匆匆地回到朴如侠屋内。这几天我又写了几首诗,她抑制着怦怦的心跳说,要不要我念给你听?

朴如侠躺在炕上,两手枕在脑后,正在望着房顶发呆,一时没有回答她的话。

杨小慧沉浸在兴奋的心情中,没有顾及他的情绪,便把笔记本从胸前拿出,手忙脚乱地翻了几页,好像找到了她认为合适的那首诗,便咳嗽一下,清了清嗓子,拿腔拿调地对他念起来。也就是在这个时候,她想到了那个和朴如侠来往密切的文工团女演员,不但善于表演,而且长于朗诵,杨小慧就曾听过她在舞台上朗诵的一首诗,那么饱含深情,那么声音洪亮,感染得在场的听众热泪盈眶……大约正是在这种潜意识的支配下,杨小慧在朗诵她专门写给朴如侠的这首所谓的情诗时,也使用了并不是她擅长的朗诵姿态,而且一度让自己的嗓子变了声调,是呀,杨小慧并没有表演天赋,也没有演出经验,又哪里会朗诵什么诗呢?她仅仅胡写几句顺口溜罢了,却无形中与那个十分出色的女演员比起来,这自然会让她在朗诵这首诗时露怯,竟然把自己原有的本色也丢掉了。

听着她怪里怪气的声音,朴如侠似乎这才知道她在干什么,不禁掉过头来,用奇怪的眼光打量着她,开始时还觉得她有些好笑,渐渐便感到了一些讨厌……你在干什么呀?他一下子坐起来。

杨小慧被吓了一跳,赶紧把朗诵停了下来。我在给你朗诵我写的诗呀。她向他解释说,本来打算附加一句,我这是专门给你写的情诗,但她张了张嘴,没有好意思把这句话说出来,而且这时她才注意到,朴如侠的脸色有些不对劲儿。

你这是朗诵吗?朴如侠抬起手,在她的笔记本上拂打了一下。杨小慧没有防备他这个动作,手指一松,笔记本掉在了地上。朴如侠叹了一口气,意识到自己的反应有些过分,才停止无理的发作,弯下身去,把笔记本拾起来,递到了她手里。

杨小慧接过笔记本,身上依旧有些不自在。尽管朴如侠对她的态度有些缓和,但她已经明确感觉出来,这个男人对她是冷淡的,尤其是对她这首专门写给他的情诗没有做出像样的回应,不仅如此,甚至还透出某些讨厌的成分,这让她既感到失望,又觉得委屈,毕竟这是她在逃亡路上花了好大工夫才写出来的诗呀,如果不是为了送给他,她又何必费这么大的劲呢?但她这份情意又怎么能向这个人表白清楚呢?杨小慧早就感觉出来,在两个人的相处当中,朴如侠对她的兴趣并不大,其实他脑子里依旧在想念着那个漂亮的文工团演员,虽然这些日子里对杨小慧的示好也没有加以拒绝,甚至当着孟二冬的面还故意表现出坦然接受的样子,但这不过是在中断了与那个文工团演员的联系之后,又加之是在逃亡的路上,他不过是利用和杨小慧的交往来减缓一下紧张情绪罢了。你并不喜欢⋯⋯是吗?杨小慧鼓了很大勇气,才没有在喜欢后面说出那个"我"字,而企图让朴如侠分辨不出她所说的喜欢的对象到底是那首诗还是她这个人,也算是给他们这种尴尬关系留下一点发展下去的余地。

没有⋯⋯朴如侠摇摇头说,这时也分明感到了杨小慧情绪的变化,又急忙伸手搂住她的肩膀,尽力打起精神说,这几天跑得太辛苦了,我们都有些支撑不住,原本打算好好在这里休整一下的,现在看来又被敌人发现了⋯⋯

你是不是后悔跟我到这里来呢?杨小慧看着他说。

没有⋯⋯朴如侠依旧否定说,到你家来看看,我是很乐意的,你不知道,我是在一个城市里长大的,从来没有到乡下来过,尤其是你们这儿,他朝窗外指了一下,你们村竟然是在河滩地上,而且有那两棵连理树,实在让我开了眼界⋯⋯

连理树?杨小慧注意到了他这个说法,在她有限的理解中,连理树大约是与爱情有点关系的,朴如侠竟然使用了这样一个宝贵的词,是不是意味着他还继续看好他们之间的关系呢?这样一想,杨小慧又高兴起来,随即也有些激动,便顺势躺到了他怀里,闭上眼睛,十分享受这种难得的美好时刻。

这时,门外又传来孟二冬的喊声。朴如侠,杨小慧,他瓮声瓮气地说,我可警告你们,现在是非常时期,就算是大白天你们也不能睡在一张炕上,我们是革命军人,不能随随便便地对待男女关系,我把你们的行为已经记在了笔记本上,等回部队以后我就会⋯⋯

去你的笔记本吧。没有等他说完,杨小慧就折起身子,随手把手里的笔记本扔到了门板后面。

那可是你的笔记本。朴如侠提醒她说。

杨小慧这才明白过来,赶紧下了炕去,把笔记本拿到手里,又捂到胸前,转过身来,对着他吐了一下舌头。

十

天快要黑了,外出游荡了一天的鸟儿都从远处飞来,又慢慢聚集到那两棵老杨树上，一阵阵聒噪声此起彼伏地响着。

杨小慧和朴如侠收拾好东西，做出了准备出发的样子。但孟二冬却还没有从屋里出来，这个曾经比谁都着急的人，而且是行动的领导者，竟然前所未有地慢下了节奏，不禁让杨小慧感到迷惑。朴如侠显然不想管他的事，刚才他们干了一架，这个很要面子的人还过不去这道坎呢。尽管杨小慧也不愿到他屋里去，但还是怕他出什么事，所以在犹豫了一番之后，只好向他屋里走去。

不要进来。听到她的动静，孟二冬在屋里发出了警告声。

你在干什么呢？杨小慧停住了脚步，本想按他说的那样不进去了，但又一想，这个家伙是不是在干什么偷事呢？这可是在她杨小慧的家里呀，所以她要去里面看个明白，也就迈着大步走进去。但她一下子停在了里屋门口，看见孟二冬蹲在地上，俯下身子，正在清理他膝盖上的伤口，其实她并没有看见具体的情况，而是首先闻到了一股浓烈的腥臭气，不由得把手捂在鼻子上，本能地想退出来。

你看看，孟二冬尴尬地咧着大嘴说，我不让你进来，你非要……

杨小慧觉得有些不对劲儿，便又瞪大眼仔细看，见他已经把裹腿打了一半，但快要接近膝盖上的伤口处时，大概疼痛让他停下手来，所以裹腿布便像一条长蛇绕在地上，这时他的两手正从伤口上拿开，杨小慧看出来，红艳艳的伤口中好像还有什么白色的东西在蠕动，她不知道是自己的眼睛产生了错觉，还是上面真的有什么活的东西，便用手紧紧捂着鼻子，凑过去仔细看了一下。天哪，她一下子呆住了，那些蠕动的白色东西不就是蛆虫吗？怎么回事？孟二冬竟然让自己的伤口长出了蛆虫？他忽然想起来，孟二冬的确是一个有名的懒人，当然这只是表现在他对待自己这方面，而对于班里的事，他却从来没有过任何懈怠，可就是对自己不怎么上心，就说这次来青杨渡吧，杨小慧不记得他怎么像样地清理过自己，搞得浑身上下没有一点干净的地方，这倒也不算什么，可对于身上的伤也没怎么像样地包扎过，这就说不过去了，在这里一天多的时间内，他也没有干什么事儿，为什么就没有好好治疗一下呢？杨小慧随即又想到，其实自己也有些责任，既然知道孟二冬是个粗人，不把自己的疾苦当回事儿，作为他的同志，而且是一个女同志，又是来到自己家里，为什么没有主动帮他一把呢？不仅如此，她还时不时地表露一下对他的嫌弃，这哪里又是一个革命战友的风范呢？想到这里，杨小慧不由得感到了一丝愧疚，本想赶上去帮他一把，至少把那几只活动在他膝盖上的蛆虫弄下来，也能减缓一些他身上的痛苦，但她又实在伸不出手，来自心里的厌恶让她脖子一伸，差点把吃下肚去的东西吐出来。

行了,孟二冬朝她摆摆手说,你出去吧,我自己来就行了,你们等我一会儿,我马上就好。说完,他就站起身,把她推到外面去,然后紧紧地关上门板。

的确才过了没大会儿,孟二冬就清理完伤口,把裹腿打理好,轻微地颠着脚步走出来。我们走吧。他走到朴如侠面前,把本来靠在他身边的发报机箱子拎到手里,做出了正式出发的架势。

看到他没什么大碍了,杨小慧才放下心来,心里也好受了些。这时他又想到了老女人,便在离开之前又跑到她屋里去,好好和这个可怜的女人告个别。其实刚才她已经和她告过一次别了,现在真的要走了,她才更加觉得了对这个女人的留恋,按说,在过去的日子里她并没有和她见过多少次面,但不知为什么,几乎每一次看见她,都有一种莫名其妙的亲切感觉,就像看到了自己的母亲似的,现在更是这样,如果说过去告别时,她觉得以后还有机会见到她,但这一次离去,她对下次见面的机会便觉得没有多少把握了。

孩子,老女人向她摆摆手说,你们就放心走吧。她朝周围划拉了一圈,我给你说过几遍了,也许你真的不了解你的家,还有你那个爹,他可是在这个家里放了许多好东西呢,尽管他逃走的时候也带上了不少,但他那一辆马车又怎么能把所有的东西都带走呢?而那些东西到底在什么地方,我可是一清二楚呢,这一点你肯定比不上我,别看我身体活动不便,但不就是在这个院子里走几趟嘛,没问题的,不说别的,光你爹留下来的那些粮食,就足够我吃上一两年了。再说,我都到现在这个样子了,就是日本人来了,也不会拿我怎么样的,他们也对我这个老女人不感兴趣,没准会让我活到你们回来的……说到这里,她又用担忧的目光看着她,只是你们出去了,可不知道外面的情况怎么样呢?日本人早就发现了你们,不知道他们该怎么样追赶你们呢?还有那些该死的野狗,你们出去以后最难对付的就是那些没有人性的禽兽呀……

杨小慧蹲下身去,把头伏在老女人的怀里,面对着她絮絮叨叨的叮嘱,她什么话也没有说,她似乎知道,自己不管说什么也不能打消老女人对她的担忧,那就什么也不要说了,眼看黑夜就要来到,她只是抓紧时间,和这个也许再也没有机会见面的人再多处一会儿,她就感到知足了。

我们还能见面吗?老女人捧着她的脸,眨动着一双模糊的老眼,上上下下地打量她,似乎要以此记住她的模样。我不能对你说,老女人突然莫名其妙地说了这样一句,然后便推开她说,等下次见到你,我把什么都告诉你……

告诉我什么?杨小慧莫名其妙地看她。

快走吧,老女人朝她摆摆手说,并且掉开了头,不让自己的目光再看到她,记着,我还有话没有对你说呢,所以无论如何你要回来……

杨小慧带着满腹的疑问离去,她有些把握不准,或许老女人真的有什么话要告诉她,也可能这只是她使的一个手段,目的就是让她在外面保重自己,不要轻易丢掉自己的性命,因为在她家里还有一个秘密等着这个老女人告诉她呢,她又怎么能不回来听一听呢?

三个人披着夜色走上了街去。杨小慧是因为不愿意轻易离开自己的家,离开可怜的老女人,所以也就走得十分缓慢,而另外两个男人呢?似乎也对这个地方产生了一点点留恋,竟然也不像在外面行军那样迅速。经过那两棵大杨树时,杨小慧还抬起头,朝树干上多看了几眼,似乎又想到了小时候在这里玩耍的情景,因为夜幕已经笼罩下来,她看不清树干上究竟有没有爬着知了龟,便跟在孟二冬和朴如侠身后,朝着他们来时的堤坝上走去。等一等,她突然听到走在前面的朴如侠叫了一声,我怎么觉得不对劲儿?他的话音还没有落,一道手电光便从对面照过来。不好,孟二冬首先反应过来,赶快退回去。走在后面的杨小慧马上掉转身子,迈开大步往回跑,孟二冬和朴如侠也急忙跟在她后面。但他们只往回跑出几步,对面竟然也亮起了手电光。杨小慧这才意识到,不知道从什么时候起,敌人已经来到了青杨渡村里,埋伏在村两端等着他们呢。

在孟二冬的指挥下,他们又退回到杨小慧家所在的胡同里。不要慌,孟二冬一边留在胡同口,端起枪来掩护他们撤退,一边轻声叮嘱他们说,反正现在是夜间,敌人不会轻易发现我们的。杨小慧真是想不明白,敌人是什么时候来到这里的呢?他们过河的时候为什么没有听到一声狗叫,她想到了老女人说的话,看来那些野狗真的成了敌人的得力帮凶。现在的局面很明显,敌人已经散布在村子的其他地方,就凭他们三个人的力量,是不可能轻易突围出去的,那么剩下来的只有一条路走,那就是留在这里和敌人展开巷战,好在这是杨小慧的老家,她比敌人更熟悉周围的环境,在这方面是占有一些优势的,可除此之外,双方力量的对比可是悬殊,敌人既然是有备而来,又怎么可能不布置一支强大的火力呢?在这种情况下,等待他们的到底是什么,似乎杨小慧已经感觉到了,唯有一点值得她感到欣慰,那就是纵然死了,也是死在了自己家里,可是比在外面成为一只孤魂野鬼强许多呀。

十一

就像上一次躲避敌人的搜索时那样,他们又上到了那间二层小楼里,一个人守住了一扇窗户。朴如侠没有再去爬那棵榆树,毕竟那个地方太不舒适了,开枪的时候也很容易暴露目标,那样一来,他可就自身难保了,所以便也跟着杨小慧上了楼来。三支枪分别从窗户里伸出去,不论敌人从哪边来,他们都可以凭着居高临下的优势地位,轻而易举地击中下面的敌人。很快,他们就听到胡同里传来杂乱的脚步声,随着哐当一声响,门板被踹开了,一些黑影来到了院子里,这说明敌人真的知道他们是藏在这里的。

敌人一进来,就分散到各个屋子里去搜查,下面传来一阵又一阵的吆喝声和打砸声,他们虽然没有发现目标,却制造出这么大的动静,无非是给自己壮胆而已。孟二冬觉得这样不行,三个人待在一间屋里太过集中了,不利于从各个角度打击敌人,于是便对他们两个人轻声说,我去那边的木材垛后面。杨小慧扭过头,借着昏暗的光线,看到孟二冬从面对房顶的窗口爬出去。大约腿上有伤的缘故,他爬得有些吃力,杨小慧在心里叮嘱他,小心一点儿。孟二冬终于爬出去了,弯着腰朝前面的木材垛跑去,很快身影就消失了。这时候,她听到朴如侠的声音传来,小慧你听。杨小慧支起耳朵来,听到下面的楼梯上似乎发出了响声,沙拉沙拉,像是两只脚踩在了上面,没错,一定是有人沿着楼梯从下面走来。于是两个人便一起来到楼梯口,分别把手里的枪支对住那个黑乎乎的洞口。最好别开枪。杨小慧心一动,压着嗓子提醒朴如侠说。明白。她听见朴如侠说。两个人屏住了呼吸,静静地等待那个倒霉的家伙露出头来。

似乎过了很大一会儿,那个人才爬上来了,大约他也知道上来没有什么好果子吃,便一边爬一边大声吆喝说,别动,老子知道你在上面,不然的话我就开枪了。听上面实在没有什么动静,他的胆子才大了一些,最后向上爬了两步,刚把头伸出楼梯口,朴如侠的枪托就捣下去了。哎哟——那个家伙大叫一声,两脚站立不稳,随着一阵咕咕噜噜的响声,便从楼梯上跌落到地上去。藏在这里呢。楼下面传来纷乱的叫声,随即枪声响了,黑暗中闪烁起一缕缕火光,从不同的方向朝二楼飞去,大多数打在墙壁上,一片片泥土被打飞了,滚落着翻下地去,也有几颗子弹打中了两扇窗户,有一根窗棂断掉了,也飞到了远处去。好在杨小慧和朴如侠躲在墙壁后,那几颗从窗棂间飞进来的子弹并没有打到他们,而是飞过房间,嵌在对面的墙壁里。

这边打了好一阵子,房顶上的木材垛后还是没有什么动静。朴如侠有些焦急,因为下面的枪口对准的是他们这间二层小楼,尤其是对准了几扇窗户,他们不便于到那个地方去还枪,便只能被动地藏在墙后,而孟二冬就不同了,他在外面行动自如,可以开枪打倒几个呀,也消灭一下敌人的嚣张气焰。于是他爬到那扇窗口前,对着木材垛后的孟二冬轻声喊道,你干什么呢?你的枪没子弹了吗?躲在木材垛后的孟二冬没有回答,而只是伸出手来,朝他摇晃了一下,大约是解释自己没有开枪的理由。但朴如侠并不知道他要表示什么,便又不满地嘟囔一句,这个胆小鬼,别是被吓尿了吧?

敌人朝着小楼乱打了一气,没有取得什么效果,枪声便慢慢停下来。杨小慧已经不像开始那样紧张了,看来只要他们藏在这里不出去,敌人也是拿他们没有什么办法的,总不能插上翅膀从窗口里飞进来捉拿他们吧?现在唯一能上来的地方便是那个楼梯口,但只要他们把在上面,敌人也不会轻而易举爬上来的。刚才他们在外面打枪的时候,下面也有人朝楼梯口打枪,但他们躲在靠近墙壁的地方,就是子弹飞上来,也只是打中上面的房顶,是根本不可能伤害到他们的。杨小慧刚喘出几口气,忽然听到朴如侠朝她喊道,快看院子里。她赶紧凑到窗前往外看,院子里已经亮起了灯光,具体说是燃烧起两只火把,她忽然瞪大了眼睛,看见在那两只火把下面,出现了一幕让她感到意外又震惊的场景,居然是老女人被几个伪军押出来,正在来到院落里。杨小慧感到后悔不迭,刚才他们爬到楼上来的时候,竟然忘记了老女人还在下面,敌人抓不住他们,还不能在老女人身上做文章吗?果然,那几个伪军把老女人押出来之后,在一个日本军官的指挥下,竟然把她捆绑起来。老女人根本站立不住,又加之被捆绑了双臂,如果不是那几个伪军架住她的话,早就瘫倒在地上了。其中一个伪军牵着绳子的一头,把它直接悠到了一根树杈上去,然后和其他伪军一起用力拉住那根绳子,于是老女人的胳膊便举到了头上,随着绳子继续拉紧,她整个身子都被扯直了,脚板也脱离了地面,这才一会儿工夫,老女人的整个身体便吊在了空中,随着那根树枝的晃动而摇来摆去。你不是站不起来吗?杨小慧听见一个伪军用嘲讽的口气说,这回你可以看得更远了。听了他的话,其他伪军都哈哈哈笑起来。这帮狗东西,杨小慧狠狠地骂道,竟然折磨起一个半瘫痪的老人来。

怎么样?一个伪军头目把两手拢在嘴边,朝着他们藏身的小楼喊道,你们是不是想看一出好戏?那么好吧,老子就满足你们的好奇心,给你们看看我们是怎么熬天灯的,来,他朝四周招了一下手说,兄弟们,你们去找一些柴草来,堆到那个老女人的下面。接到他命令的伪军四散开去,过了一会儿,他们果然抱着一些柴草回到这里,按照那个伪军头目的指派,都堆在老女人的脚下面。我给你们五分钟时间,伪军头目继续朝小楼里喊道,如果你们不出来投降的话,那这个老女人就带着大火上天了。

狗东西们，杨小慧跺了一下脚，焦急地问朴如侠，我们该怎么救大娘呢？

这个，朴如侠为难地说，这个我也想不出什么好办法，总不能真的去投降吧？

都是我们害了她，杨小慧愧疚地说，不但把她儿子打死了，现在又让她老人家也……

不要说她的儿子，朴如侠反驳她说，那是一个该死的汉奸，送他上西天我一点都不后悔。

听他这样说，杨小慧本想反驳他一句，但又不知道该说什么。她只是感到万分焦急，五分钟之后，老女人可就真的要遭难了……

杨小慧正不知道如何是好，却听"啪"的一声响，好像声音来自离她不远的地方，随即院落里便传来"哎呀"一声叫，她朝窗外一看，那个曾经嚣张喊话的伪军头目突然倒在地上，没有来得及挣扎一下便毙命了。其他伪军都吓傻了，只有那个日本军官趴倒在地上，挥起手来大声命令道，射击……

但伪军们还没有来得及开枪，又是"啪啪"两声枪响过后，那两个举着火把的伪军也倒在了地上。杨小慧这才明白过来，原来是趴在木材垛后的孟二冬开枪了，而他这几枪特别有效，一连干掉了三个敌人，院子里一下子陷入了黑暗中，其他伪军都乱作一团，有着趴到了地上，有的朝旁边跑去，有的胡乱开枪，杨小慧看得很清楚，他们打出的子弹没有一颗落在那个木材垛上。你可真行呀。她不由得在心里敬佩孟二冬。

趁着敌人的混乱，孟二冬猫着腰来到这边窗口下，对里面的两个人说，这样下去也救不了老女人，如果他们把那堆柴草点着可就遭了，要不我去引开他们，等敌人离开得差不多了，你们想方设法下到院子里，把老女人救出来……

可救到哪里去呢？朴如侠问他说。

我想起来了，杨小慧说，院子里是有个地窖子的，我们可以把她藏到那里去。

好，孟二冬点点头说，就这么办。他转身要往回走，却又想到了什么，回头叮嘱他们说，保护好发报机和密码本。

你不是暴露了吗？朴如侠又喊住了他，为了一个叛徒的母亲，你就丢下我们两个……

他儿子是叛徒，孟二冬虎着脸说，与她又有什么关系？说着，他就再次猫起腰来，朝着房顶那边跑去。

你……朴如侠还要说什么，但看他跑远了，也就闭住了嘴巴，却是气恼地跺了一下脚。

杨小慧直直地看着他,虽然她是喜欢这个男人的,却对他说的这几句话心生反感,在这方面,也许孟二冬的态度更合她的心意。这时候,她为有这样一个班长而感到一点点欣慰。

孟二冬越过他藏身的木材垛,而且不再猫下腰去,而是尽力站直了身子,一边奔跑一边朝下面大声喊道,老子在这里呢,有本事你们就朝我开枪吧。为了引起敌人的注意,他还举起枪来,对着他们打了两枪,也许他枪里的子弹已经不多了,当院子里的敌人看到了他时,便收起枪来,而只是朝着前面奔跑。很快,他就跑到了房屋的尽头,却没有让脚步停留,而是跳起身来,朝着对面的另一幢房屋腾跃而去。杨小慧明白,他们这个村子里的房子差不多都是紧挨着的,即使是中间隔着一条胡同,对于一个受过军事训练的战士来说,要越过那个狭窄的空间也不是什么问题,但现在对于在房顶上奔跑不止的孟二冬来说,最大的困难是他那只受伤的腿,或许会在很大程度上成为他下一步躲避敌人的致命障碍。更要命的是,杨小慧现在已经觉察到了,孟二冬本应该奔着西边跑去的,或许他对这一带太过陌生,便在奔跑中迷失了方向,竟然阴差阳错地跑向东边,而那个方向,可是如地狱一般可怕的河滩地呀。

这样一想,杨小慧的心便马上提紧了,禁不住在心里急叫了一声,班长——

十 二

杨小慧早就看出来,孟二冬也是喜欢自己的,这从他们在一起的点点滴滴中越来越明显地感觉出来。作为一名合格的译电员,杨小慧很早就来到了电台班。那时,电台班的第一任班长并不是孟二冬,而是一个长期从事保密工作的军人,但在一次激烈的战斗中,这个班长壮烈牺牲了,不久孟二冬便被调到电台班来。与前一任班长完全不同,孟二冬一直在地方工作,没大接触过保密事宜,但在对敌斗争中经验丰富,作战勇敢,为了加强电台班的战斗实力,便让他担任了第二任班长。一来到班里,孟二冬就注意上了杨小慧,说起来,电台班里有五个女性呢,为什么孟二冬就盯上了她杨小慧呢?后来她才听说,是因为杨小慧和他的未婚妻长得有些相像,听到了这个说法,杨小慧不但没有对孟二冬增加好感,反而感到了一些厌恶甚至恶心,再加之孟二冬作风粗鲁,不大讲究个人卫生,这一点也是杨小慧特别讨厌的,所以对于他的那种喜欢一点也没有接受的打算,反而感到十分的不快,好像这个人在某些方面侮辱了她的清白似的,除了日常在业务方面听命于他之外,其他时间就尽量少和他接触,有意疏远他对自己的一再接近和示好。

随着孟二冬来到电台班的时间延长，杨小慧也在无意和有意当中知道了他的一些身世，尤其是关于他那个和自己长得有些相像的未婚妻的事情。据说，孟二冬从小没有爹娘，是跟着一个远房叔叔长大的。而他的叔叔是个狠人，一天到晚都在逼着他干活，简直就是拿他当不要钱的长工使用。为了拴住这个难得的好劳力，叔叔心生一计，主动为他招了一个童养媳。孟二冬听说，那个女孩的父亲为了贪图一车玉米钱买酒喝，就把女孩卖到了叔叔家来，也就是说，那个他并没有怎么看上的女孩也像自己一样是一个可怜人。就是在这种情况下，两个人相依为命，度过了一些不乏温馨的日子。本来按照他们的打算，再过两年，就让叔叔为他们办喜事的，到那个时候，这两个孤苦的人便真的能住在同一个屋檐下了，这是他们盼望着的日子，也是当时他们生活的唯一念想。但就在这时，孟二冬碰到了一个意外，这天，他在山路上遇到了两个抢劫的土匪，受到侵犯的是和他的未婚妻年龄相仿的一个女孩。路见不平拔刀相助，是孟二冬从小就听来的英雄壮举，何况那个女孩又像他的未婚妻一样可怜呢，于是孟二冬没有怎么犹豫，便冲上去打倒了那两个土匪，女孩倒是被救下了，但他却惹上了大麻烦，土匪老大带着他的人马找上家门来，强迫叔叔把他交出去。没有办法，在叔叔的指点下，孟二冬不得不逃往他乡，开始了长达一年的流浪生涯，也就是在这个时候，他遇上了一支队伍，亲眼看到他们是怎样和那些欺负中国人的小鬼子打仗的，孟二冬这次更加没有犹豫，便立刻加入了这支队伍，成为县大队里一名作战勇敢的战士。两年之后，孟二冬在一次执行任务的途中，正好路过他的老家，就顺便回去探望，这时他已经打定了主意，只要一见到那个让他放心不下的童养媳，就把她接出来，也让她跟随自己参加革命，成为这支队伍当中的一员。但哪里想到，他找遍了那个并不算复杂的家，都没有看到童养媳的影子，倒是他的叔叔出现在面前，而这个时候，叔叔却差不多已经是个半疯的人了。叔叔拉住他的手，鼻涕眼泪地哭成了一团，孟二冬听了好久才明白，原来前不久日本人到村里来扫荡时，童养媳没有躲过他们的搜查，被逼着来到了大街上，日本人兽性发作，想要当众侮辱她，童养媳无论如何不肯屈服，日本鬼子恼羞成怒，就用刺刀当场捅死了她。他们挑出了她的肠子，叔叔跺着脚说，搞得满大街都是血。后来孟二冬才搞明白，叔叔在知道日本人要来扫荡的情况下，还逼着童养媳去地里干活，这才迎来了这场灾难。孟二冬悲痛万分，临走时狠揍了叔叔一顿，然后义无反顾地回到了战场上，再杀起敌人来比过去还要凶猛，前不久，他还因为枪毙了俘虏的日本人而受到一场处分。也许就从那个时候起,孟二冬便没有了属于自己的家。

虽然杨小慧没有真心和孟二冬交往过,但从他看待自己的眼神里,很快就知道了他对自己的喜欢,因为这种喜欢是赤裸裸的,是不附加任何条件的。杨小慧悄自把孟二冬和朴如侠做了对比,觉得他们两个人对待她的态度是那么不同,朴如侠尽管没有拒绝过她的示好,但他到底是不是真的喜欢自己,杨小慧其实是没有把握的,也就是说,在她和朴如侠的交往中,她只明确知道自己喜欢他,而到孟二冬这里,他对自己的喜欢却是毫无疑问的,是她每时每刻都能感受到的,但她并不能因为这个现象,从而放弃了她和朴如侠的交往,而选择接受孟二冬这个人,不能,就算朴如侠的态度再过暧昧,还有他对那个尽人皆知的女演员的暗恋,她都不能因为这些因素而和他断绝关系,毕竟朴如侠是她中意的人,愿意交往的人,只要和他在一起,自己身上就充满激情,在朴如侠没有正式拒绝她之前,她又怎么能因为孟二冬而把他丢在一边呢?与此相反,这个孟二冬并没有入过她的法眼,她不仅不看好这个人,而且连和他一起待上一小会儿都感到难以忍受,又怎么可能放下朴如侠而来到这个人身边呢?他的粗俗无理,他的邋遢肮脏,都让她觉得难以忍受,在这种情况下,就算是孟二冬因为作战勇敢而成为一名真正的英雄,她恐怕也不愿意让他成为自己的恋人。这就是她长期以来在孟二冬面前所持的态度。孟二冬当然明白这一点,而且不止一次感到伤心,甚至在冲动的情况下对她耍态度,却始终没有放弃对她的喜欢,依旧像先前那样打她的主意,这一点不仅没有感动杨小慧,而且还让她更加反感,有时候被他逼急了,竟不管不顾地和他翻脸,尽管他是自己的上级,但在这件事上,她是不肯向这个讨厌的家伙轻易妥协的,因为每到这个时候,她都会看到朴如侠的影子,就算是为了那个文质彬彬的小白脸,她也不惜和这个大老粗公开决裂的……

杨小慧坐在老女人的屋门口,两手挂着枪身,抬高了头,望着东边黑沉沉的房顶和夜幕,心里一团凌乱,有关他和孟二冬之间那种特别复杂而又格外简单的关系,让她心里一阵阵地疼痛。刚才,孟二冬为了吸引敌人的注意,从而救下老女人的性命,竟然义无反顾地向敌人开枪,然后拖着那条伤腿消失在东边的房顶上。果然,他这一招的确有效,院子里的敌人在那个日本军官的指挥下,都纷纷向他追去,有的直接爬上墙头,在房顶上朝他那边追赶,有的跑出了院子,绕过胡同到街道口去堵截,一时间,整个村子里乱作一团。等院子里安静下来后,杨小慧和朴如侠沿着楼梯下来,悄悄进到院子里,打倒了两个留守的伪军,将老女人从树枝上放下来。老女人的身体太过虚弱了,哪里经得住这样一番折腾,身体一落地就瘫作了一团。为了防范敌人回来,他们不敢怠慢,赶紧架起老女人朝那个地窖口摸去⋯⋯老女人暂时获得了安全,杨小慧和朴如侠回到地面上,在敌人没有返回来之前,暂时坐下来歇息一下。就是在这个时候,杨小慧盯着东边的方向,眼前一次次浮出孟二冬拖着伤腿在房顶上奔跑的情景,这一刻她已经感到了,也许从此以后,她就再也不会见到这个人了,孟二冬大概也知道这一点,所以他在临走时叮嘱他们说,保护好发报机和密码本。杨小慧一遍遍地在心里问自己,孟二冬为什么要说这句话呢?难道这就是他对自己和朴如侠最后的交代吗?这样一想,杨小慧就更感到了悲痛,那个曾经让她一度感到讨厌从而极力排斥的人,将来再次出现的时候,恐怕就只有在自己的梦境中了。杨小慧真是后悔,当孟二冬跑去的时候,自己为什么没有给他指引一下方向?还有,当孟二冬提出要到她这个村子来避难的时候,自己为什么没有加以阻拦?还有,当孟二冬向她公开表示爱意的时候,自己为什么没有还给他一个希望,哪怕是仅仅朝他笑一下也行呀,而她送给人家的只是白眼和嘲讽,就算仅仅是出于同志之间的友谊考虑,她也不应该这样对待自己的战友呀⋯⋯

我们快去二楼吧?朴如侠提醒她说,说不定一会儿他们就回来了。

杨小慧抬起头,在黑暗里望着朴如侠,这一刻,她又本能地对这两个跟她来到这里的人进行了对比,也只有在这个时候,她才发现了以前从来不曾想到过的一些现象,比较起来,这两个人是那么不同,一个让她喜欢,一个使她讨厌,一个她要上赶着去示好,一个却要拼命地去躲避。但现在不同了,自从孟二冬端着枪支一瘸一拐地消失以后,她就感到情况在这两个人身上发生了变化,如果孟二冬重新站在她面前的时候,或许她就不会像以前那样讨厌他了,与此同时,大概她也不会像以前那样不顾一切地喜欢朴如侠了⋯⋯意识到这一点时,杨小慧被吓了一跳,不明白事情为什么变成了现在这种样子,不能因为他对孟二冬改变了看法,连带着也对朴如侠的态度发生了变化⋯⋯

十三

杨小慧和朴如侠坐在二楼的黑暗中,聆听着外面的动静。这时,月亮已经升到空中,月光从东面的窗棂间照进来,撒在朴如侠身上,让他看上去像个不真实的幽灵。杨小慧从他身上掉开目光,走到窗子前,默默地朝外面望着,刚才,孟二冬就是从这个方向离去的,他现在怎么样了呢?喊叫声早就停歇了,枪声也正在消失而去,好像孟二冬都把这些动静带走了,整个村子暂时安静下来。但杨小慧心里越发不安,觉得这个寂静并不真实,似乎他和朴如侠正在进入一个虚幻的梦境之中,说不定什么时候,这个暂时的平静就会被无情地打破。果然,像是呼应她的想法似的,从东边猛地传来一声狗叫,随之呼应它的便是一大片狗吠声。那些激烈的撕咬声像是一颗颗子弹,穿过夜幕的阻挠,从东边飞来,越过窗户棂子,一下子击打在杨小慧的脸上,她似乎真的被打中了,不由得朝后退了一步。她明确地意识到,自己所担心的情景终于出现了,看来为了彻底吸引住敌人,孟二冬跑到了所有房顶的尽头,正当他折转身子往回跑的时候,一颗子弹击中了他,让他一下子从房顶上跌落下来,后面的追兵就要来到他近前了,孟二冬只好从地上爬起来,拖着那条伤腿朝前跑去,具体说是朝东跑去,更进一步说是朝陌生的河滩里跑去。想到这里,杨小慧禁不住闭上眼睛,不忍再看下面悲惨可怖的情景。

尽管杨小慧闭着眼睛,但孟二冬在河滩里受到野狗们围剿撕咬的情景,还是像一幅幅电影画面一样来到她眼前。面对着越来越多野狗的围攻,孟二冬先是趴到地上,利用野草和灌木的掩护,端起枪来,对着那些张着大口朝他扑来的野狗射击。几只离他最近的野狗倒下了,有的扑在地上拼命挣扎,有的被惯性甩出几个跟斗,如果孟二冬枪里的子弹足够多的话,还可以抵挡一阵子,对于这个连成群的日本鬼子也不惧怕的战士来说,这些野狗又算得了什么呢?但他仅仅打倒了这几只野狗,枪里便没有子弹了,他只好摘下挂在腰间布袋里的手榴弹,用它来对付越来越多的野狗。手榴弹的威力虽然比子弹要大得多,但他也只剩下两颗了,不能贸然把它甩出去,便只能等待野狗们聚拢得更多,逼迫得更近,但他稍一犹豫,一条跑在最前面的野狗就来到了近前,没有容他做出反应,那条野狗就张开大嘴,用龇出嘴唇的两排牙齿咬住了他的胳膊,幸亏那只胳膊的手里没有握着手榴弹,于是,孟二冬便举起另一只手里的手榴弹,用它坚硬的外壳击打在那条狗的脑袋上,尽管那条狗十分凶猛,却很快被打晕了,牙齿松开了他的胳膊。孟二冬暂时获得了解放,随即便看到更多的野狗都来到了近前,他不再犹豫,顺势把手里的手榴弹丢了出去,随着轰隆一声巨响,那几条野狗在一团耀眼的火光中倒下了,有许多支离破碎的肉骨飞起来,像冰雹一样落回到地上。第一批野狗被炸死了,其他野狗才纷纷停止攻击,一时也犹豫起来,不敢再轻易上前,而只是围绕着他一边转圈子一边虚张声势地狂吠。孟二冬利用这一小点时间,暂时离开那块恐怖地带,朝着前面的空阔处一瘸一拐地走去。孟二冬或许已经彻底迷失了方向,也大概是有意在把敌人引走的同时也把这些野狗引到更远的地方去,于是便朝着河滩最里面走去,朝着月亮正在升起的方向走去。那些野狗像一群蠢蠢欲动的幽灵,一步不落地尾随着他,却不敢轻易发动攻击。站在远处观战的敌人知道孟二冬已经有去无回,也明白那些野狗之所以还不发动攻击,除了惧怕那个不怕死的八路军战士之外,也在等待一道指令的发出,没错,那条领着野狗们追赶那个战士的狼狗的确在等待它的主子发出命令,然后便带领它的喽啰们对那个误入绝境的战士进行致命一击。到时候了,站在高坡上的日军头目摘下手上的白手套,把一根圈起来的手指放进嘴里,咬着它奋力一吹,一声尖利的胡哨声在黑夜里响起来,打着旋儿飞向野狗们。那条狼狗终于得到了进攻的命令,抖擞起精神,带着已经呈现疲态的野狗们向前冲去,向那个已经身处死亡之地的八路军战士冲去。随着另一声更加猛烈的爆炸声响起,那条狼狗连同他周围的一群野狗也在火光中倒下地去。看热闹的敌人们又是一惊,似乎没有想到那个人居然还有一颗手榴弹,可经验丰富的日本军官却更加明白,当这颗手榴弹爆炸之后,剩下的便唯有野狗们的撕咬声了,只是可惜的是,他寄托了无限希望并给他出了大力的那条狼狗竟然殉难了。接下去,他便看到那个已经走到穷途末路的战士陷到了一个沙坑里,或许他以为这个河滩因为河水的断掉而完全干枯了,哪里又想到,昨天下的那场大雨让那个地方积存了足够多的水量,以至于形成了一个可怕的泥潭,不要说是一个受了腿伤的人,就是一匹腿脚完好的马陷进去,也是不可能再回到岸上来的。到这个时候,那个勇敢的战士便迎来了他最后的时刻,被泥沙纠缠住的身子再也不能动弹,而只能眼睁睁地看着那些野狗们从四面八方扑到他身上,张开黑洞洞的大嘴和白森森的獠牙,将他完整的身子撕成一块块碎片……

班长,杨小慧猛地从地上弹跳起来,两手伸出向东的窗子,对着高远的天空撕心裂肺地叫喊一声,孟二冬——

第三章

十四

杨小慧提着行李箱走在街道上,还离得老远,她就抬起头,打量着那两棵出现在自己面前的高大杨树,在心里发出一声热切的呼喊,我回来了。还没走进家门呢,父亲就从里面迎了出来。父亲戴着一个棉帽子,一缕山羊胡子在下巴上抖动,两手抄在袖子里,正在慈眉善目地看着她。杨小慧从他身边走过去,把手里的箱子放在地上。父亲打量着那只箱子说,这里面装的是什么?杨小慧当然知道里面不是发报机,而是她自己的衣物和书籍。父亲盯着那只箱子,忽然反应过来,惊讶地问她说,你不读书了?杨小慧差点脱口说出来,我已经参加革命了,哪里还去读什么书呢？但她知道这个消息对父亲来说无异于晴天霹雳，便抑制着内心的激动没有对他说出来。

对于她的中途辍学，父亲也没有再说什么，对于这个从小没娘的孩子，他一向疏于管教，以至于让她长成了一个没有规矩的野孩子，看看现在，她想去读书就读书，不想读书就回来了，谁又能管得了她呢？父亲摇了摇头，也就接受了这种现实，这时他忽然想起什么来，便激动地对她说，你等着，我去给你拿一样东西看。说着，他就进到了屋里去。杨小慧打量着父亲的背影，不明白他要让自己看什么。不一会儿，父亲从屋里出来了，手里举着一个信封，朝她递了递，却又马上收回去，故意朝她卖关子说，你知道这是谁来的信吗？杨小慧摇头说，我哪里知道呢？父亲眼睛一闪一闪地说，你记得你姑家的表哥吗？杨小慧点点头说，记得呀。父亲再次提醒她说，你们小时候可是结过娃娃亲的。听父亲这样说，杨小慧便离开他，要朝自己的闺房里走。父亲在后面跟着她，絮絮叨叨地说，虽然当时也就是随口一说，可你表哥却没有忘记这件事呢，不像你，根本对这些事不上心。杨小慧不想搭理他，便固执走进闺房内，回身要把门关上。但没有等她合上门板，父亲就一闪身又跟进来。

待杨小慧在炕沿上坐定后，父亲把那封信放在她面前的桌子上说，这是你表哥专门给你来的信，你好好看看吧。杨小慧有些不解，他为什么专门给我来信呢？父亲埋怨她说，你这孩子，刚才的话我白对你说了？杨小慧叹了一口气说，你自己不是也说了，那是你们过去随口说着玩的。父亲开导她说，就算没有那句话，反正你表哥心里是有你的，现在又主动给你来信，你不好好看看，还愣着干什么？他索性再次拿起信封，把里面的东西掏出来，更加兴致勃勃地对她说，不光有信，你看这不还有他的照片吗？说着，就把一张照片托起来，哆哆嗦嗦地递到她面前，看看，你表哥现在多威武呀。杨小慧没有接那张照片，而是朝上面看了一眼，不禁感到奇怪，怎么回事？表哥怎么穿着医生的衣服？父亲拍拍头说，对了，我忘了告诉你了，你表哥也早就参加工作了，现在是在什么……他想了一下，好像是在济南的什么陆军医院当医生？杨小慧被吓了一跳，什么？好像那个医院是日本人开的，表哥怎么到那里去工作了？父亲眨巴着眼解释说，你表哥不是去日本留过学吗？怕是就与他们沾上了边吧，所以就……杨小慧一下子站起来，这么说，他在给日本人工作？她也想了一下，对，那家医院是日本军队的医院，是直接为侵略者服务的。听她这样说，父亲也愣住了，但他只是沉默了一小会儿，就又试量着开导她说，不管怎么说，你表哥现在都混得风生水起的，在这封信里，他伸出长着长指甲的手指在信上指一下,他还说到你们过去婚约的事呢……杨小慧厉声说道,什么婚约?我与他一点关系也没有。父亲劝告她说,你怎么能这样说呢?过去毕竟有那一回事嘛,现在你表哥发达了,要把你接过去……杨小慧不客气地打断他的话说,别做美梦了,我就是当一辈子老姑娘,也不会嫁给一个汉奸的。父亲惊讶地看着她,也厉声呵斥她说,你怎么能这样说我们自家的人呢?杨小慧气哼哼地说,谁和他是一家人?我杨小慧今天郑重声明,宁死不当亡国奴,宁死不嫁狗汉奸。父亲被吓坏了,想要上来捂她的嘴,但又没有真的伸出手来,毕竟女儿成了大人,他这个当爹的不能再像小时候那样打骂她了。杨小慧还不拉倒,郑重其事地对父亲说,你给他写信,就说我杨小慧已经嫁人了。父亲大瞪着眼睛看她,你想要嫁给谁?杨小慧看着屋外的远处说,我要嫁给……

朴如侠,杨小慧是哭泣着从梦中醒来的,一边慢慢睁开眼一边呼叫着说,朴如侠……

我在这里,朴如侠握紧她的手说,你醒了?他有些好奇,你怎么哭了?做什么梦了吧?

杨小慧摇晃了一下脑袋,似乎这才明白自己是在什么地方。这时,月亮已经升高了,虽然天空里有零星的云朵,月光不是那么透亮,但从窗棂子里照出来,却让她能够看清屋内的情况。她这才发现,原来自己是靠在朴如侠的身上,怪不得她会不知不觉睡进梦去,原来有如此一个温暖的人在身边,才让她安定下心来。杨小慧站起来,这才觉到身子有些酸疼,由于一直和敌人周旋,她耗费了不少体力,在下到院子里搬动老女人去地窖时,由于天黑的缘故,她也曾跌倒了一回,脑袋碰在一块砖头上,或许也受了一点伤吧,此时疲惫和伤痛都在她身上发作起来。她站稳身子,走到向南的窗口前,小心地朝外面看着。敌人还没有回来吧?这时她又想到了孟二冬,那个葬身在河滩泥沙下和野狗嘴里的英雄战友,心里又像被刀子刺中了一样疼痛起来。

敌人还没有回来。朴如侠来到她身后,也像她一样朝外面望着。借着如水的月光,他们看到不远处那两棵挺拔的老杨树,模糊成一团的巨大树冠遮挡了一大片天空,里面不时响起一两声鸟儿在睡梦中的啼叫,给这个夏日的夜晚制造了更为难得的宁静。真安稳呀,朴如侠喃喃自语着,如果鬼子不回来该多好,我们就可以在这里仔细欣赏一下这个美丽的夜景。

听了他不乏诗意的话,杨小慧也止不住有些感动,是呀,在过去的日子里,她尽管也在这个地方待过不止一次,却没有感觉到家乡夜晚的美好和宁静,只有来到了这个时刻,当枪声和炮火离去了之后,尤其是伴随着自己心爱的人观察外面的夜景,她心里才会体验到如此浪漫的气氛,不知不觉间,她又产生了要为朴如侠朗诵一首诗的冲动。但她随即又放弃了这个荒唐的念头,她想起来,白天她曾经给他念过自己写的诗,但并没有得到他赞叹的回应,便知道自己不是这方面的能手,而不过是在一腔激情的支配下而贸然上阵,充当了一回可笑的堂吉诃德罢了。与此同时,她竟然又想到文工团的那个女演员,这才恍然大悟,看来不论到什么时候,自己都不能拿自己的缺陷和人家的长处比,甚至她连想一下那个女人的念头都不应该有,因为不论从哪方面看,她都不是那个女演员的对手……这样一想,杨小慧心里便有些不快,有意纠正朴如侠的话说,只有打跑了日本鬼子,这里才会真正安定下来。

朴如侠又朝东边的窗子看了一眼,不觉感叹地说,像你们青杨渡这样留在河滩里的村子,整条黄河下游怕是也找不出第二个来了……

杨小慧不知道他的话到底是嘲讽,还是赞叹,她忽然想起什么来,便兴致勃勃地对他说,我们这个村子可是鼎鼎有名的,你就是走遍整个黄河下游,也不会再找到像那两棵老杨树那么大的树了,一来二去,生活在这条河上的人就把它当成了一个标志物,不论是上行还是下走,只要是看见了那两棵树,就知道自己在黄河当中的位置,尤其是从河东过河来的人,总是盯着这两棵树,才不会让自己的船只偏航……

我明白了,朴如侠点点头说,这就像海边的航标灯一样,起到的是给别人指引航线的作用。他有些恍然大悟,怪不得河东的日本人轻而易举就能来你们村,原来这两棵树也给他们帮了忙。

听他这样说,杨小慧愣怔了一下,本来不想承认这件事的,但仔细想了想,好像他说的也不是没有道理,便没有再说反驳的话,可心里却有些不痛快,似乎什么美好的东西受到了玷污一般。她离开窗子,回到了黑暗中的墙下,又把身子慢慢蹲下来。

就在这时,外面传来了一声清脆的枪响。一定是敌人又回来了。

十 五

敌人的嘈杂声从院子里传来。朴如侠也离开窗户,回到了杨小慧身边,挨着她的身子坐下来。杨小慧感觉出来,以前她和朴如侠坐在一起时,都是自己靠到他身上,而这一次,朴如侠却主动挨紧了她,更让她有些意外的是,朴如侠随即抬起一只手,很结实地搂住了她的肩膀。杨小慧稍稍一愣,便顺势把头埋下去,紧靠在他的胸前。这一刻,她有些沉醉的感觉,好像自己一直期盼的一件事发生了,是的,她明确地感到,朴如侠是爱她的,这一点在过去或许她还有些不敢确定,但现在,当朴如侠像一个标准的情人一样抱住她的时候,她又怎么能没有体验到他的爱呢?真好呀,杨小慧眯起眼睛,嗅闻着来自这个男人身上好闻的气味,简直迷醉得快要哭了。如果没有战争该多好,她在心里期盼,如果他们还能活下去的话又有多好。但她似乎又明白,朴如侠之所以用明确的方式向他示爱,不过是因为他们处在这个越加危险的时刻,或者说,他们的生命已经快要走到尽头了吗?这样一想,杨小慧禁不住热泪盈眶,紧紧抱住朴如侠,抖动着肩膀哭泣起来。

小慧,朴如侠抖抖地伸过手,抹去她眼角的泪水,又捧住她的脸,在仔细打量了一下之后,将她朝后推了推,然后用严肃的语气说,不能再等下去了,我们必须要想出一个办法来……

杨小慧呆呆地看着他。一缕月光正好打在朴如侠脸上,这使他漂亮的脸孔在杨小慧眼里,更加显得棱角分明,就像她在画上曾经看到过的那些模特一样,这一刻,她是多么喜欢这个风度翩翩的美男子呀。但听着他的话,她似乎不太明白他的意思,好像又看穿了他的心思,却是不敢明确地告诉自己,朴如侠这是打算做一个决定了,而那个决定到底是什么呢?杨小慧本能地哆嗦一下,好像看到了一个她不忍直视的恐怖景象一般……

这样下去不行,朴如侠摇晃着她的身子说,敌人那么多,我们只有两个人,而且我们的弹药所剩无几,再和他们硬干下去,我们不是以卵击石吗?就算我们都被战争打残了脑子,这笔账恐怕也能算得出来的……

算账?杨小慧抖动着嘴唇,在心里痛苦地反问他,你怎么算起账来了呢?

结局是摆在那里的,朴如侠使劲摇着头说,做出的幅度如此之大,似乎只有这样,才能引起杨小慧的注意,才能让她同意自己提出的建议,留给我们的时间不多了,敌人一旦发起总攻,我们再做选择就来不及了,到时候会落个全军覆没的下场,所以我们必须……说到这里,他直直地盯住杨小慧,抖动着嘴唇欲言又止。

必须什么?杨小慧问他说,尽管她已经明白了他的意思,却还是一再问他,生怕自己误会了他从而造成无法挽回的损失。

必须从这里走出去。朴如侠鼓着勇气说,并且伸出一只手,朝通向下面的楼梯口指了一下。

走出去干什么?杨小慧依旧盯住他发问。

　　你别这样看我，朴如侠扭开头去，好像面对的这双盯住他不放的眼睛，也像无敌的深渊那么可怕似的，我也是为我们两个人好……他拉紧了她的手，用更加推心置腹的口气说，等我们从这里走出去了，我们就获得了安全，起码我们可以在这个世界上活下去，到那个时候，他抬起头来，望着窗外弥漫着明亮月光的天空，无比畅想着对她说，那时候我们就可以在一起，就像你所期盼的那样，我们可以结婚，我们可以远走高飞，到一个没人的地方去过我们甜蜜的小日子，你说这该多好呀。

　　能吗？杨小慧顺着他的话问道，我们有那么美好的未来吗？

　　怎么没有呀？朴如侠以为她同意了自己的建议，心情大为激动，也更为振奋，两手把她的脸抱得更紧了，就算日本人再惨无人道，只要我们真心向他们投诚，把发报机和密码本都交到他们手里，难道他们不会放过我们吗？你想一想，他眨动着眼睛分析说，日本人不就是盯着这些东西来的吗？你以为我们这两个人的小命对他们来说又算得了什么？没错，他们就是盯着我们手里的这两样东西才出动这么多人来对付我们的，其实不用我多说，你也知道这台发报机和你手里的密码本有多么重要，它们可是我们鲁西军区唯一的电台和密码呀，没有了它们，起码在一两年内，由于日本人封锁得这么厉害，鲁西军区也不会再搞到另外的电台和密码的，这样一来，日本人再对付起他们来不是就容易多了吗？以前由于我们这个电台班发挥了不可估量的作用，给日本人造成了那么多麻烦，他们的所有围剿和扫荡差不多都失败了，就是我们这台发报机和密码本发挥的巨大作用呀，所以日本人才下了这么大的狠心，在黄河两岸发动了前所未有的"五一"大扫荡，恰好我们电台所用的干电池没有了，这台发报机和密码本才像受潮的炮弹一样哑了火。但日本人也知道，说不定什么时候，我们就会找到新的干电池，让发报机再次成功运转起来，成为这一带日本侵略者的心腹大患，所以他们要不惜一切代价找到发报机和密码本，你说在这种情况下，我们就是插上翅膀也不能从这个狭小的青杨渡飞走吧？

　　你还没有从这里走出去呢，杨小慧摇着头说，就替日本人把围剿我们的行动分析透了，就把我们所面临的危险处境和悲壮结局说清楚了……

　　事情是明摆在那里的，朴如侠使出浑身的解数为自己的说辞辩解说，不要以为我是一个胆小鬼，为了什么爱情而向敌人屈服并求得苟活，日本人侵犯了我们中国，伤害的是我们自己的同胞，我和他们也有天大的仇恨，如果不是面临这种无解的绝境，我也不会轻易向敌人投降的，毕竟这要背负叛徒和汉奸的骂名。可老祖宗不是有一句话吗？叫作识时务者为俊杰,还有一句话我也记得,叫作留得青山在不怕没柴烧,我们暂时向他们投降,也只不过是用的一个障眼法,目的是通过迷惑他们而让我们自己活下来,然后等到一个合适的机会,我们可以重整旗鼓再找日本鬼子复仇的……

不就是投降吗？杨小慧抖动着满脸的泪水说,不就是当叛徒当汉奸吗？你用得着说这么多理由吗？

难道说你同意了？朴如侠有些不相信地看她,如果我不把所有的道理说充分讲明白,又怎么能得到你的理解和帮助呢？又怎么能得到发报机和密码本呢？

刚才我还以为,杨小慧痛哭流涕地说,或许你是爱我的,你不知道,那个时候我是多么感动,我在心里叮嘱自己,为了获得你的爱,就是让我干什么都行……

我是爱你的呀,朴如侠信誓旦旦地说,刚才我也对你说清楚了,等我们活下来以后……对,你也是这么想的,既然你获得了我的爱,不是干什么都行吗？那我们就可以……说到这里,他急不可耐地朝楼梯口看了一眼,好像他所策划的这个行动马上就要付诸实施了。

其他什么都行,杨小慧使劲摇着头说,为你去死都行,但就是当叛徒和汉奸不行……

为什么？朴如侠反问她说,既然死这道坎都过了,为什么一个叛徒和汉奸的虚名,就让你迈不过去了呢？

我也不知道为什么,杨小慧悲痛欲绝地说,但我知道就是不行。说罢,她奋力推开朴如侠,一下子站起身来。

朴如侠扬起头,呆呆地看着她,他甚至有些搞不明白,刚才杨小慧还温柔地倚靠在他的怀里,怎么突然间就站到了墙下的阴影里,而且他看出来,此时的杨小慧手里是端着枪的,他更加感到迷惑了,那支曾经躺在地上的枪是怎么被她拿到手里的呢？

别想让我投降,杨小慧用后背顶住墙壁,手握钢枪,做出一个标准的瞄准姿势,然后一边痛苦流泪一边跺着脚嚎叫,别想让我交出发报机和密码本……

小慧,朴如侠呆怔了一下,这才从充满幻想的激情中清醒过来,而且马上意识到了自己所面临的处境,在他企图说服杨小慧屈服的同时,那杆黑洞洞的枪口已经对准了他的胸膛,我爱你小慧……他一遍又一遍地说,为了让那个端枪的女人明白自己这句话,他索性把膝盖向前一伸,便跪倒在了她脚前,然后把手使劲捶打在自己的胸膛上，恨不能让它变成一把刀子，划开胸膛上的肉骨，把下面那颗怦怦乱跳的心脏捧出来，举到她面前，小慧请你相信我……

收起你的鬼话吧。杨小慧抹掉最后一颗泪珠，瞪起眼来，紧紧盯住面前这个龌龊的男人，没错，此时此刻，这个曾经满身飘动着香气让她怦然心动的男人竟然变成了这样一副猥琐低下的样子，杨小慧简直怀疑，此刻是不是她还沉浸在一个并不真实的梦里，面前这个极力说服她向敌人投降的人根本不是她曾经爱过的朴如侠，而不过是一个自己幻想出来的胆小鬼罢了。老天呀，她甚至在心里大声呼喊了一句，快让我醒来吧……

趁着他稍稍走神的间隙，狗急跳墙的朴如侠忽然跳起来，带着一股激烈的旋风，像一个面目狰狞的魔鬼一样扑向杨小慧。没用怎么费劲儿，朴如侠就打落了她手里的枪支，然后凭着身体的惯性将她压倒在地上。我可是对你仁至义尽了，他一边挥起拳头捶打下面那个人，一面咬牙切齿地对她说，看来你根本不买老子的账，那就休怪我不客气了。

排除了那支枪的存在，单凭体力和蛮劲，柔弱的杨小慧根本不是他的对手，但她在被这个野性发作的男人捶打得快要昏过去的时候，杨小慧还用两手护住自己的胸部，像保护自己的心脏一样护住那本藏在内衣袋里的密码本，不让它轻易落在这个可耻的叛徒手里。也许正是由于她这个被动的动作，才使她失去了应有的反抗力，又过了一会儿，她便在一阵剧烈的疼痛中昏死过去，而她的两只手依旧紧紧按在自己的胸口上。

朴如侠当然知道那本宝贵的密码在什么地方，便拨开她的手，从她内衣口袋里将密码本掏出来，揣在衣兜里，就要朝着通往楼下的楼梯口走去。但他心里太过慌张了，没有注意脚下，不慎让杨小慧的腿绊了一下，竟然摔倒在地，赶紧挣扎着爬起来，再次朝楼梯口冲去。但就是他的这一绊，让处于半昏迷状态的杨小慧清醒过来，几乎是凭着本能伸出手去，抓住了朴如侠的裤脚，使劲朝后一拽，朴如侠竟然又一次倒在了地上。这一次，杨小慧没有给他太多的机会，因为知道密码本已经被他拿走，便使出浑身的力气和他厮打在一起，无论如何要把密码本夺回来。两个人在狭小的二层小楼内纠结成一团，站起来摔倒下去，摔倒了又站起来，不知不觉间，他们来到了面向院子的窗口前。也许朴如侠已经知道不能从楼梯口逃出去了，便利用这个来到窗口的机会，使出全力推开撕扯着他的杨小慧，身子朝窗外一探，撞断了两根窗户棂子，然后翻着跟头跌到院子的黑暗处去了。

随着"啪嗒"一声响，院子里陷入了极大的寂静中。在他们搏斗的时候，院子里的敌人曾经不住地朝二楼开枪,但随着那个黑影跌落,尤其是他落在地上发出的那声巨大响声,枪声停下来,所有的声音都消失了,只有夏日里夜风发出的细微声响在空中微微震颤。

杨小慧傍着窗口的墙壁站着,当朴如侠坠落时发出的响声过去以后,她忽然有了一些崩溃的感觉,身子一软便蹲下去,抱着膝盖又一次痛哭起来。

十六

敌人把摔下楼去的朴如侠抬走了,顺便也撤出了院子。杨小慧不知道,朴如侠是摔死了还是昏过去了?她真的不希望他死,虽然知道这就意味着自己的麻烦将更多,朴如侠从昏迷中醒来,在献出那本密码之后,就会带着敌人重新来到这里,去地窖内找那台发报机的,因为他们两个人转移老女人时,就把发报机藏在了那里,这当然是让杨小慧不愿看到的结局,因为这样一来,朴如侠的阴谋就彻底得逞了,而自己也就面临了最终失败,可尽管这样,她也不希望朴如侠马上死去,毕竟这是一个她曾经深爱过的男人,虽然他成了该死的叛徒,但她还是不愿意送他去死,当时她也把枪口对准了坠落的朴如侠,却根本没有打算真的向他开枪,如果他不再带领敌人反扑的话,她不知道这个事件的结局到底会怎么样,反正她不会亲手打死他是确凿无疑的……

杨小慧踩着楼梯下了楼,在院子里转过一圈,又鬼使神差地走到另一间屋里,具体说是朴如侠住过的那一间,并且爬到炕上,按照记忆中朴如侠躺卧的样子伏下身去。尽管屋内昏暗,她却闻到了朴如侠留在这里的那股熟悉的气味,真是奇怪,不记得这个男人使用过什么香水之类的东西,但杨小慧却能从他身上闻到一股浓烈的香味,就像蜜糖一样让她陶醉,只要一闻到它,自己僵硬的身子便有些酥软的感觉,这是她在其他男人面前从来没有过的体验。杨小慧想起来,朴如侠曾经亲自对她讲过,他是在一个南方城市里长大的,也就是说,他是一个地地道道的外地人,不像她和孟二冬这样是当地人。朴如侠的父亲是一个新生的资本家,名下拥有一个小印染厂和多家布店,这使朴如侠一出生就过上了富足的生活,八岁那年,父亲把他送进一家洋学堂,到中学毕业的时候,朴如侠不仅能够自己写文章,而且还懂得一两门外语,这使他顺利考上了省城的大学。按照父亲的设想,儿子毕业之后是要回到他们所在的这个小城,接替他成为那家印染厂和粮店的实际掌控人的,这样的设想非常美好,是一个不大不小的资本家所能想出来的理想生活状态。但让父亲失望的是,儿子在上学期间竟然也接受了一些新思想,不但随着同学们上街游行,被警察局关过两回,而且没等毕业就离开学校,跟着一些思想极端的人去搞为人所不知的工作。父亲到死也不知道,朴如侠在进入革命队伍之后,由于文化水平高,头脑聪明,便被选拔到一个秘密小组中进一步学习,就是在这个地方,朴如侠学会了接收和发送电报,成了一名经验丰富的报务员。鲁西区军委成立电台班以后,朴如侠立即被派到这里来,虽然没有担任领导职务,却是资格最老的一名成员。他在工作差不多一年之后,杨小慧才来到了电台班,与他成为正式的战友和同事。

杨小慧永远不会忘记第一次见到朴如侠的情景。那一天,也就是杨小慧来到电台班的第二个日子,她和另一个伙伴去河边洗衣服。那是一条清水河,是鲁西军区长期驻扎的一个根据地,作为军区的一个重要机构,电台班当然也在这里。清水河四周差不多都是芦苇和蒲草,水里还有一些捉鱼的水鸟,风光十分美丽。杨小慧蹲在一块石头上,把蘸了水的衣服在上面揉搓着。正在这时,她听到远处传来一阵马嘶声,不禁回头去看,正是这随意的一瞥,让她看到了一幅比清水河还要美丽的景致,一匹白马驮着一个年轻的战士从远处跑来,而他们的背景是高远的天空,天空里轻轻飘动的白云,然后是一丛丛碧绿的柳枝,还有下面一片片望不到尽头的草地,就是背衬着这些如诗如画的景物,那个战士高高地骑在马背上,从远处朝她们这边疾驰而来。天哪,杨小慧对这幅突然展示在面前的图画惊呆了,不由自主地发出一声惊呼,白马王子……真的,那个时刻,杨小慧真的想到了在课本上读到过的一个故事,不,应该说是她在睡眠中梦到过的一个景象,没错,那个让她日思夜想而又处在迷幻状态的心上人就是这个样子的,现在他来到了自己面前,是不是要把她也一起带走,带到一个更加美丽的童话世界中去呢?杨小慧看呆了,好久都没有回过神来,直到伙伴拉了她一下,她才发现刚才洗的那件衣服已经漂走了。这可怎么办呢?她还没反应过来,就见那个战士从马上跳下来,迈着大步下到水里,捞起那件正在漂往远处的衣服,回身递到她手里来。你太大意了。他用开玩笑的口气对她说。杨小慧目不转睛地看着他,看着这个像是从童话中走来的神采奕奕的年轻人,就在这一刻,她意识到自己已经无法挽回地爱上了他……

杨小慧知道这个人并没有真正爱上自己,也是从一个看上去分外美好的场景开始的。有一天,电台班跟着首长们去看文艺演出,据说,这是文工团成立以来的第一场演出,地点是在一个村子的打麦场上,杨小慧和朴如侠坐在一起。演出开始后,朴如侠并不多么专心看,好像对这种比草台班子水平也高不了多少的演出没有多大兴趣,身子不住地在马扎子上扭来扭去,一副坐不住的样子,搞得杨小慧也有些看不下去。但就在这时,她发现朴如侠突然安静下来,坐直了身子,两眼呆呆地朝前面看着,似乎看到了什么不可思议的美好景致,竟然连呼吸都屏住了,满脸都是一副既诧异又激动的样子。杨小慧也扭过头,顺着他的目光朝前面看去,原来是一个漂亮的女演员出来了,正在为观众演唱一首歌曲。女演员为了活跃演出气氛,开始一边唱一边和观众互动,大约她也意识到了朴如侠的目光,竟然奔着他走过来,杨小慧惊讶地看见,当女演员来到面前的时候,朴如侠竟然不由自主地站起来,随着她的手势走过去,随后便牵住了女演员伸给他的手,随着她的节奏翩翩起舞起来。就在这个时刻,杨小慧悲哀地发现,朴如侠已经无可救药地爱上了那个女演员……

杨小慧不能不承认,或许朴如侠对那个女演员的钟情才是真正的爱,而与自己不过是虚假的应酬而已,过去她还不想承认这一点,而此时此刻,杨小慧趴在朴如侠睡过的炕铺上,回想他之所以义无反顾地背叛自己,就是因为他没有真正把自己装在心里,而依旧对那个现在不知在什么地方的女演员念念不忘,幻想着只要自己在这个世界上活下去,就能得到与那个女演员重新相聚的机会。杨小慧尽管闭着眼睛,却似乎真切地看到,朴如侠被敌人抬走以后,经过一番简单的救治,便慢慢苏醒过来。一睁开眼睛,朴如侠就从衣兜内掏出密码本,拱手送给了站在他身边的日本军官,然后通过翻译提出一个投降的条件,在他领着敌人找到发报机以后,他们必须放他离去,还他一个自由身。朴如侠似乎判断得不错,敌人对他这个叛徒并没有多大兴趣,目标不过是盯在那本密码和那台发报机上,只要拿到了它们,这场对八路军电台班的剿灭便已经完成,至于这个前来投降的家伙到哪里去,他们似乎没有兴趣再过问这件事,于是,便当即答应了他这个看似荒唐的要求。杨小慧知道,也许过不了多久,叛徒朴如侠就会领着敌人重新返回来,去那个地窖里寻找发报机。

杨小慧离开朴如侠的炕铺,站在屋门口,借着时明时暗的月光,在院子里看了一圈。她知道,最后的时刻即将到来,在接下来的有限时间内,她不光要做好应对的准备,还在脑子里过滤了一遍他们这个电台班在这次过于残酷的"五一"大扫荡中经历的悲惨过程。朴如侠说得也没错,电台班之所以脱离了分区总部,踏上单独逃避日伪军追赶的路程,的确是因为发报机运转所需的干电池消耗殆尽,为了保护这支训练有素的队伍,保护来之不易的发报机和密码本,总部决定让他们去一个看上去十分可靠的地方躲避休整,但他们似乎没有想到,在这个越来越残酷的环境中,又有什么地方是绝对可靠的呢?那个他们一度认为不会出问题的堡垒村就在他们逃避日军追赶的路途上,于是整个电台班便都留了下来。可出乎他们意料的是,当天夜里,接待他们的村长就跑到敌人那里告了密,电台班的人还沉浸在睡梦中呢,村子就被突然而至的日伪军包围了。尽管整个电台班的人浴血奋战,一次次打退了敌人的进攻和追击,最终有五个人携带着发报机和密码本逃了出来,但其他七个人却壮烈牺牲了。在接下来一次又一次的遭遇战中,这五个人中又有两人遭遇了不测,等熟悉地形的杨小慧带领活着的孟二冬和朴如侠来到黄河滩地的时候,他们这次保护发报机和密码本的行程便差不多走到了尽头。该来的总是要来的。杨小慧抬起头,用告别的目光抚摸着院落里熟悉的一切。这时候,前面老杨树上已经传来鸟儿骚动不安的叫声,或许黑夜就要过去了吧?杨小慧转头朝东边看,果然,东边的天空里已经闪射出一点红色的亮光,也许过不了多久,天就要亮。杨小慧有些吃不准,当那个时刻到来的时候,这个让她度过了许多快乐时光的地方就会遭遇前所未有的攻击,在一场冲天的大火中化为一片再也没有生机的灰烬……

十七

　　杨小慧一进入地窖子里,就把手里的马灯举起来。借着朦胧的光线,她看见老女人坐在那张专属于她的凳子上,歪斜着身子,正在对着墙壁发呆。看到她进来,老女人径直问她说,那个小白脸呢?杨小慧紧紧咬住嘴唇,随后又摇了摇头。老女人似乎明白了什么,不禁悄声叨念一句,可惜他了。她朝她伸出一只手来。杨小慧走前一步,牵住她那只瘦骨嶙峋的手。我知道你喜欢他,她听见老女人用劝慰的口气说,但这件事是勉强不了的。杨小慧不禁感到奇怪,这一切对她来说差不多都是隐秘的事儿,这个老女人又怎么知道得那么清楚呢?

　　杨小慧把马灯挂在墙壁的木橛子上,蹲下身来,再次牵住老女人的手,目不转睛地盯着她说,大娘,你说过要对我讲一件事的,现在我已经做好了听你讲的准备。

　　老女人朝洞口看了一眼,又向她核实说,到时候了吗?

　　杨小慧知道她说的是什么意思,便使劲点头说,到时候了,你应该把你知道的隐秘通通告诉我,就算我逃不出去,也能在我离开这个世界前多知道一些真相,这样不论我去了哪里,都再也没有遗憾了。

　　老女人想了一下,终于下定了决心。她把那只手抬起来,颤巍巍地放在她头上,从混杂着泥块和灰尘的头发间抚摸过去,最后落在她布满尘屑的脸腮上。孩子,老女人眯起眼,用从未有过的慈爱目光打量着她,然后轻声问她说,你知道你娘去哪里了吗？

我娘？杨小慧呆愣了一下，似乎没有想到她说的是这个问题。我娘不是早死了吗？她脱口说道。这时候，她脑子里不能不按照老女人提供的方向想了一下自己的母亲，也就是那个早就从她记忆里淡去了的女人形象。是呀，在过去的日子里，杨小慧很少想起自己的母亲，大约是因为她去世得太早了，在她只有八岁的年纪，那个不幸的女人便在一场大病中离开了这个世界。但杨小慧觉得，自己之所以快要把母亲忘到了脑后，主要还是因为她和那个女人一点都不亲近，虽然她关于母亲的记忆不是太多，但只要想到她对自己横眉立目的样子，就放弃了对她的怀念，如果现在不是老女人主动提起那个女人来，她差不多真的再也记不起母亲的形象了。

我要是说，老女人的声音开始发颤，你娘从来就没有死呢？

什么？杨小慧被吓了一跳，还以为听错了她的话呢，我娘她没有死？她一下子站起来，又马上俯下身去，两眼直直地盯住老女人，你说什么呢？这到底是怎么回事？

你娘没有死，老女人使劲朝她点点头说，她一直都在这个世界上活着……

活着？杨小慧打断了她的话，并且伸出两手，紧紧地握住老女人的胳膊，那她现在在什么地方呢？

现在，老女人似乎犹豫了一下，终于脱口而出说，现在她不就在你面前吗？

什么？杨小慧更是大吃一惊，这个老女人别是发疯了吧？她竟然说自己的母亲就在面前，这就是意味着出现在面前的这个老女人就是自己的母亲了？这怎么可能呢？杨小慧不由得松开她的手，如果老女人说她的母亲此刻在另外一个地方，她或许还相信呢，而她竟然说她就是自己的母亲，这不是太荒唐可笑了吗？你怎么能这样说呢？杨小慧轻轻推了她一下，虽然你一直在我们家里，还有，虽然我小时候也吃过你的奶，可我却从来没有叫过你一声娘，因为我知道，你只是六子哥的娘呀……

我当然是你六子哥的娘，老女人眼里流出了泪水，可我也是你小慧的娘呀。

你要是当我的娘也没有什么问题，杨小慧安慰她说，因为你过去毕竟照应过我嘛，我没有自己的娘，现在六子哥也走了，你要是觉得合适，我就喊你一声娘好了。

老女人低下头去，泪水从她的眼角处流出来，淌过枯瘦的脸颊，滴滴答答地落在下面的阴影里。都是你爹那个该死的东西，老女人摇着头说，是他让我们母女二人分离这么多年，到现在也不能相认呀……

我爹？杨小慧心里又一动,觉得这件事或许并不像自己想象得那样简单,便随即问她说,我爹他怎么了？与你想当我娘又有什么关系？

当年,老女人撩起衣襟,擦去脸上的泪水,陷入了对遥远往事的回想中,当年你爹是打定了主意要娶我的,在我们这个黄河岸边,很多人都知道你爹相中了我,并且把彩礼也送到我家来了,只待选择一个合适的日子,把我迎娶到这里来。我当然也相中了你爹,一直做着来到这里当他媳妇的美梦。这一天终于来到了,你爹带着迎亲队伍来到我家,亲自把我搀到了花轿上去。但无论如何也没有想到,当花轿走到半路上时,竟然被一股下山抢劫的土匪拦住了。那些土匪都带着枪呢,虽然你爹他们奋力反抗,但终究不是土匪的对手,硬是生生被他们打散了。土匪头子钻到花轿里来,看到我打扮得花枝招展的,就心生了歹意,在花轿里把我给糟蹋了。等土匪们离去后,你爹看到我哭哭啼啼的样子,知道什么都无法挽回了。我怎么也没有想到,你爹竟然是一个特别重视名节的人,当时就产生了后悔的心思,想把我送回娘家去,但我无论如何也不能回去,因为那样一来,我就更没有脸面在世上做人了。你爹没有别的办法,就当场把我许给了他身边的一个伙计,也就是六子他爹,于是,这场婚礼便又能继续进行下去了,而且来到的还是这个院落,只是新郎由你爹变成了另外一个人……

原来是这样？杨小慧听得一惊一乍的,无论如何没有想到,这个老女人竟然还与父亲是这样一种关系？但她还是想不明白,老女人既然嫁给了六子爹,又怎么会成为自己母亲的呢？到这个时候,她依旧怀疑老女人的脑子有问题。

我虽然嫁给了六子他爹,老女人继续说道,可毕竟是在你们家生活呀,和你爹处在同一个院子里,日常里又怎么可能不碰面呢？你爹虽然又娶了另外一个女人,也就是你认为是你母亲的那个人,但大家都看出来,他其实一点也不喜欢她,只不过是让她顶着一个妻子的幌子罢了,从来没有真正把她当自己的女人看待过,倒是依旧对我眉来眼去的,这说明,他从来就没有把我从脑子里忘掉。但我并不想搭理他,毕竟他中途把我送给了别人,而且是一个我并不喜欢的男人,从而让我的命运彻底发生了改变,我心里的这道坎又怎么能轻易过去呢？但有一天,等这个院子里只剩下我们两个人的时候,我突然发现,你爹来到了我屋内,一下子就把我抱住了,然后扑到我怀里大哭起来,一边哭一边诉说他失去我的痛苦和委屈,诉说他对我的思念和喜欢。我本来是要把他赶出去的,但没有听他说两句话,我的心就软了,而且抱住他的身子不让他走。到这时我才发现,我从来就没有把他忘掉,而且没有真正怨恨过他,反而无时不刻不在等待着他,等待着他有一天来到我面前,也就是现在他抱住我的这个时刻。于是,接下来我们就做了一场轰轰烈烈的偷情事儿,也就是从那个时候起,我发现来到我肚子里的这个孩子不是六子他爹的种,而是给你爹怀上了他的孩子……

那个孩子就是我吗?杨小慧屏蔽着气息,鼓起勇气问她。

是的,就是你,老女人把她拉到自己怀里,抚摸着她的身子说,当时我很害怕把你生下来,因为我不知道该怎么向六子的爹交代,可你爹却千方百计地安慰我,还偷偷摸摸给我送好吃的来,让我无论如何要生下这个孩子,因为到那个时候为止,他还没有让那个名义上做他妻子的女人生出孩子来。十个月过后,我顺利把你生下来了,本来打算是留在身边自己养的,虽然六子他爹怀疑这个孩子的来历,却并没有什么真凭实据,再说,这是我自己身上掉下来的骨肉,又怎么能把你送给别人呢?但你爹却不是这么想的,不管我怀孕的时候他说得多么好听,可当你一来到这个世界上,他就硬生生把你从我身边抱走,塞给了那个冒充你娘的女人,由她来把你养大,因为这样一来,你就名正言顺地成为他的女儿,这当然是因为他万分喜欢你,不想把属于自己的东西再留在别人家里,可他想过别人的感受吗?想过我还有六子他爹会怎么想吗?可他吃准了六子他爹是个老实人,不会随意向他这个主人造反的,再说了,如果没有他那天中途改变主意,说不定六子他爹到现在还打着光棍呢,所以不管他怎么做,六子他爹也不会说什么的,虽然他心里也对你爹充满了怨恨,却不敢对他有一点表示,而只是把心里的火气发泄在我身上,只要一听到你的哭声,他就会把我按倒在地,不由分说地暴打一顿。到这个时候,你爹却又不大管我的事了,好像这件事已经被他画上了一个圆满的句号,至于我会遭到些什么,这时已经与他无关了。我终于明白了,你爹不但是一个真正的浑蛋,自私鬼,而且无情无义,对他人没有任何责任感……

你别这样说我爹了,杨小慧摇着头说,我也知道他不喜欢我……那个娘,但她死了之后,他不一直没有续弦吗?过去我还纳闷呢,凭着我家在这一带的实力和地位,我爹什么样的女人娶不上来呢?现在我终于明白了,他之所以一直让自己打光棍,还不是心里没有把你放下吗?

你说得也不是一点道理没有,老女人伤心地说,可他带给我的伤害实在太大了,孩子你不知道,那些年里我是怎么过来的?为了躲避六子他爹对我的暴打,我不敢一直待在家里,就只好躲到很远的地方,去给别人家当保姆,而把我自己的孩子留在家里,只有在逢年过节的时候回来一趟,偷偷摸摸地看上你几眼。你爹不愿意我这样一个下贱女人再和你沾上任何关系,六子他爹更是不愿让我去关心别人家的孩子,我就这样夹在中间,不管对你有多么思念和挂牵,也不能名正言顺地到你身边去尽一个真正母亲的责任,闺女呀,娘实在对不起你呀。

杨小慧扑倒在老女人怀里,抱住她呜呜地哭个不停。她真是想不到,在自己家这个普通的院落内,竟然发生了这样荒唐而又传奇的故事,几个有限的人中间也有着如此扯不断理还乱的复杂关系,就算是她上学时读过的那些书籍中,也没有看到如此荡气回肠的情节。她忽然明白了,前不久自己家之所以出现那么多变故,父亲因为六子爹帮助了八路军伤员,便去日本人那里去告密,从而让这个好心的长工被日本人关押起来,并且有可能已经丢掉了性命;父亲由于害怕六子的报复,便赶紧乘坐马车踏上了逃亡的路途;还有当自己到来之后,六子马不停蹄地冒险过河,也像父亲那样去向日本人告密,目的无非是让伤害了他的东家人也像他一样受一次伤害,天哪,真是冤冤相报何时了呀。我爹呢?杨小慧离开母亲的怀抱,忽然盯住了她问,我爹真的去亲戚家逃难了吗?

听她问到这个问题,老女人又重重叹了一口气说,既然都到了现在这个地步,那我就实话告诉你吧,你爹他或许也不在这个世界上了……

是六子哥干的吗?杨小慧问道。

老女人点点头说,是六子干的,他一直记着他爹被你爹告密的事儿,心里始终憋着一口气,就是不知道该怎么样发泄出来。你爹看出了他的心思,担心他会朝自己下手,就赶紧到外边避难去了。但六子怎么会轻易放过他呢?知道他这样一去,自己就怕是找不到他了,于是就在后面紧紧地跟着他。那天六子回来给我说,在一个荒凉的树林子里,他冒充下山的土匪拦住了你爹,不由分说就抹了他的脖子……

天哪,杨小慧叫出了一声,那我家的其他人呢?

六子虽然是个混球,老女人摇摇头说,却知道冤有头债有主,他盯着不放的只是你爹,你的其他家人一点也没有受到伤害。

听她这样说,杨小慧才轻轻地吐出一口气,回想起来,父亲之所以落到这样的下场,也真是咎由自取,这场长达数十年的纠葛和怨恨,难道不都是他一手造成的吗?但杨小慧随即又否定了自己这个想法,都是因为赶上了这个混乱不堪的时代,才让这些本来可以过美好日子的普通百姓走上了互相杀伐的道路,更有日本鬼子的侵略和迫害,让整个中国都陷入了一团混乱之中,不把他们从这块土地上赶走,中国的老百姓又怎么能过上安定幸福的生活呢?

这时候,外面传来隐约的鸡啼声,或许黎明已经到来了。杨小慧知道,随着叛徒朴如侠的苏醒,敌人很快就会重新到来,到那个时候,她和母亲与这个院落甚至与这个世界告别的时刻就降临了。娘,杨小慧紧紧搂住老女人的脖子,用从未有过的亲切而又清晰的语气对她说,谢谢您老人家带我来到这个世界,又在这个最后时刻让我知道了这个世界的真相,她一边流泪一边呜咽着说,可我已经来不及报答您老人家了,如果有来世的话,我们母女二人重新到这个世界上来,就让我好好地再做一回您的女儿……

不用来世,老女人擦着她脸上的泪水说,现在你就好好地留在这个世界上吧,如果有一个人要离去的话,那就让你娘先走在前头。说到这里,她扳起女儿的脸,朝某个方向指了一下,你忘了这是在我们自己的家里吗?我走不了了,那就让我下地狱去,而我女儿的日子还长着呢,就让她好好地离开这个是非之地吧。

娘你说什么呢?杨小慧有些听不明白她的话,但还是掉过头来,顺着她手指的方向看去……

十八

杨小慧虽然是走在离去的路上,却好像透过黑暗的地洞看见,朴如侠领着敌人返回青杨渡村里来,紧跟在他后面的是那个腰间挂着战刀的日本军官,然后是一队荷枪实弹的日本士兵,紧接着是伪军头目和他带领的伪军汉奸队伍。此时,朴如侠从杨小慧手里夺去的那本密码已经揣到日本军官的衣袋里,如果像朴如侠向他保证的那样,再把那个藏匿在地洞里的发报机弄到手里,那他这次对青杨渡的出击和扫荡就取得了最后胜利,这可意味着对整个鲁西地带抗日武装的沉重打击,起码他会受到日军司令部的嘉奖。对于顺利拿到曾经背在身上的那只发报机箱子,朴如侠还是很有把握的,虽然来到杨小慧家只有一天多的时间,但他对那里的地形和建筑格局已经了如指掌,知道除了那个窝藏着老女人的地窖子之外,已经没有其他更好的容身之处了,只要他把那只发报机箱子拿到手里,像献出密码本那样再把发报机交到日本人手里,他就会获得解放和自由,他相信,对于他这个对大日本帝国的侵略战争立下功勋的人,那个日本军官一定会网开一面,按照他答应的放他走的承诺去办的。在朴如侠的想象中,一旦获得了自由,他就会想方设法回到鲁西区军委,反正到那个时候,他所置身的这个电台班包括人员和设备都已经不复存在,当然,此时尚在人间的杨小慧也肯定会葬身接下来那场火海的,日本人已经向他做了保证,一旦拿到发报机之后,在放他走的同时将用炮火彻底摧毁这个叫青杨渡的村子,让它在黄河滩上彻底消失,到那个时候,杨小慧纵然有天大的本事,也不会逃离这场滔天大火的。一旦没有了所有人员和物证，他朴如侠只要随嘴一说，不了解真相的军区领导就会相信了他的说辞，也就是说，他向日军投降并献出发报机和密码本的罪行就能得以掩盖，搞不好的话，还能歪打正着地落个抗日英雄的好名声也说不定呢。当然，这些不切实际的东西对他来说并没有什么用处，他也一点兴趣也没有，到那时，他就会重新和那个美丽的文工团女演员团聚，没有了杨小慧的干扰，他可以全心全意地去追求那个女演员，他相信，凭着他超人的智慧和出众的口舌，一定能够打动那个女演员，让她乖乖地投到自己的怀抱里来，于是，他将怀抱着如此美好的人儿在这个不算美好的世界上苟活下去……

朴如侠从二层小楼跳下来时，已经摔坏了一条腿，这使他走起路来一瘸一拐，让处在黑暗之中的杨小慧差点把他当成了孟二冬。朴如侠带着日伪军艰难地回到了杨小慧家。借着正在明亮起来的天光，日伪军重新搜查了这个院落里的每间房屋，包括那个曾经掩护过朴如侠和杨小慧的二层楼。他们没有找到杨小慧，而只是在一间偏房里见到了老女人。朴如侠径直问她说，杨小慧到哪里去了？老女人闭上瘦瘦的嘴巴，一句话也没有回答。日本军官觉得他在浪费时间，便抽出战刀，对着老女人直接劈了下去。干掉了老女人之后，日本军官马上指示朴如侠领他们去找地洞口。朴如侠也觉得不能在这个院子里转悠下去了，既然老女人从地洞里出来了，那么杨小慧很可能和那个发报机箱子就藏在那里，于是，他带着日伪军来到一个墙角处，搬开一堆柴草，下面就裸出了一个黑乎乎的洞口。没用日本军官催促，朴如侠就迫不及待地朝下面走去。他知道，虽然跟他来到这里的日伪军有一大群，但不可能指望他们当中的某个人下去探险，毕竟这个地窖子是他汇报给日本人的，是不是其间有诈，其实日本军官是有所怀疑的，那么接下来就由朴如侠自己下去好了，只要他把那只发报机箱子提上来，就算下面设有怎样的机关也没什么关系的。与此同时，朴如侠也乐意自己下去完成这个任务，毕竟这是一个立功受奖的机会，当他提着藏有发报机的箱子走上来的时候，不就是他即将获得自由和解放的时刻吗？所以他当仁不让，绝不能让别人把箱子提上来，从而让日本军官对他的承诺有哪怕一丝的改变。日本军官招了一下手，其他想要跟他下去的日伪军都停住了脚步，而只是大瞪起眼睛，直盯着朴如侠一瘸一拐地走进地洞里去。虽然天已经大亮了，但在他们眼里，那个黑乎乎的地洞却越发黑暗，像一只张开的大嘴巴渐渐将朴如侠吞没了。日伪军们屏住了呼吸，不知道接下来会发生什么样的不测，是的，这时候他们的确有了一些不祥的预感，知道狡猾的八路军不会这么轻易让他们的阴谋得逞的，这个看上去信心百倍的朴如侠说不定是个窝囊废呢,这样一个轻而易举就向敌人投降的人会取得一个圆满的成果,世上会有如此天理不容的事吗?所以随着朴如侠一步步走到地洞里去,他们却一步步朝后退去,以离这个危险地带更远一些。果然,没过多久,他们的预感就应验了,随着轰隆一声巨响,地洞口散出一团耀眼的火光,堆积在地洞上面的泥土和石块飞起来,迸溅到日伪军们的身上和头上,其中还掺杂着一些被炸碎的肉块和骨头,显然那是朴如侠身上的,随着整个洞口的坍塌,他们相信,那个昏头涨脑的绣花枕头就算是还剩下几块肉身,怕是也要永远埋在这个可怕的地洞之内了。

杨小慧提着那只装有发报机的箱子走出地洞口,回过身来,望着已经离开差不多一里多路的青杨渡村落,具体说是那两棵作为黄河沿岸标志物的大杨树,在心里呼叫了一声,娘,女儿没有保护好您,等下次回来,再给您老人家叩头吧。这时候,她是多么感激自己的母亲呀,正是有了她的指点和帮助,她才能通过这条连接到这个地方来的秘密通道,踏上了逃离死亡走向新生的路途,当然,获得安全的并不仅仅是她这个人,重要的是提在她手里的这台宝贵的发报机,还有她藏匿在脑子里的密码本,没错,愚蠢的朴如侠抢走的那本密码不过是一份冒牌货,真正的密码又怎么可能写在随时可能暴露在其他人面前的书本上呢?杨小慧的过人之处不但是意志坚强,不轻易向别人屈服,还头脑聪明,能够把整整一本密码丝毫不差地装在自己的脑子里,幸亏军区领导安排了这个巧妙的计策,才没有让那些居心叵测的叛徒和汉奸的阴谋得逞,也才能完好地保住这笔来之不易的宝贵财富。

杨小慧踏上寻找军区部队的路途不久,就从她身后传来了震耳欲聋的爆炸声,尽管这个时刻已经来到了白日,可她依旧看见,从爆炸声响起的地方闪烁的火光还是给她往前走的身子投下了长长的阴影。杨小慧虽然没有回头,却知道自己的家乡青杨渡连同那两棵老杨树已经在炮火中灰飞烟灭,从此以后,东阿地带的黄河沿岸便再也没有她的老家了……

破晓之前

中华人民共和国成立五十周年纪念日马上就要到来了,我所在的报社决定发表一系列专题文章,把我们这个地方的纪念活动推向高潮。按照报社的规划和安排,作为新闻部的一名记者,我要在当地找到一位新中国成立前参加革命的老人,对他进行深入的采访,把他的革命经历写成文章。由于年头太过久远,据我所知,我们这个地方还健在的革命老人也就那么两三个了,因为我下手有些晚,那几位老人便被其他记者列为采访目标,于是我就没有什么事可干了。这时候,我来报社已经好多年了,虽然业务成就丝毫不逊于其他人,可由于没有实质性的关系,加之我不是那种特别会来事的人,和我一起参加工作的人差不多都升到了报社中层,只有我依旧在一线奔波,碰到这样关键的时刻,我又掉链子了,领导一听说我没有采访对象,那张驴脸就拉得更长了,看来不在这个时刻弄一点响动出来,以后就更没有我的好果子吃了。我关在办公室里,抱着脑袋差不多想了一天,突然灵机一动,是呀,那些老革命被别人抢走了,我家里不是还有一个现成的人吗?虽然他算不上是一个革命老人,但他在新中国成立前也是我们这个地方的风云人物,看到甚至经历的事情肯定比那些革命老人也少不了多少,再说,采访我自己的家人也更为方便,关键的是,可以为此让这个寂寂无闻多半辈子的老人能够浮出岁月的水面,在这个喜庆的日子里来到人们面前,也算是在他即将入土的时刻给他一个展现人生风采的机会,何乐而不为呢?

我说的这个老人就是我的爷爷。

于是,在接下来的这一天,我骑着自行车回到了家乡,坐在爷爷身边,装着和他随意聊天的样子,让这个风烛残年的老人对他当年经历的一些事情进行了一番回顾……

一

五十多年前的一天早晨,天刚放亮,爷爷就起来了。这段时间,具体说是抗

250

日战争获得了胜利之后的这些日子,爷爷一直处在极度的兴奋状态中,不但晚上睡得晚,而且早晨醒得早,夜里也就睡两三个小时,但白天却精神得不得了。这天早晨起来之后,爷爷就着东天边一缕红艳艳的霞彩,脚步轻便地走到院子里,想要打上一套拳,也锻炼一下虚弱的身体。那时候,我家还住在村头一个斜坡上,透过没有他高的院墙,就能看到村外的景致。此时正是冬季,天气冷得很,田野里光秃秃的,远处的几片小树林也掉光了叶子,有限的一些枝杈挑到天空里,在料峭的晨风中不住地摆动。据爷爷回忆,那个早晨的确十分寒冷,夜里虽然没有下雪,但地面上却布着一层白色的寒霜,爷爷虽然披着棉袄,但刚走出屋门的时候,还是禁不住打了两个喷嚏。也许是爷爷的喷嚏声太响亮了,惊扰得院墙上的一只寒鸦跳起来,抖着翅膀飞到了远处去。爷爷从天空里收回目光,刚要舞动胳膊,练他刚刚学会的一套太极拳,却突然觉得哪里不对劲儿,于是停下手来,目光在院落里巡视了一圈,便落在了院角的草垛上,没错,让他感到不对劲的地方就是那堆草垛。

爷爷大起胆子,试量地朝那堆草垛走去,反正天正在亮起来,这又是在自己家里,那堆草垛里就是藏下什么不一般的东西,他也不多么害怕的。爷爷走到草垛前,探出身子,仔细朝上面看着。这堆草还是秋季里他从田野中亲手割来的,堆在墙角里用于过冬用的。别说,在这个寒冷的季节里,即使不让干草燃烧,仅仅是钻到里面去,也会感到十分暖和的。爷爷差不多看清楚了,草垛里果然藏着什么东西,他看见一双眼睛透过支离破碎的草梗,正在胆战心惊地朝他打量,很快,两个人的目光就碰在了一起,爷爷先被吓了一跳,意识到藏在里面的是个活物,那双贼亮的眼睛里波光闪动,既有惊恐,又有哀求,好像他被发现是一个多么大的不幸事件似的。

你是谁?爷爷夌着胆子,朝他吆喝了一声。

那个人知道藏不住了,便拨开草丛,先让自己的脑袋露出来,继而是他的上半身。他大概过于慌张了,顶在头上的一块脏兮兮的毛巾掉下来,露出了一顶光秃的脑袋。兄弟,那个人哆哆嗦嗦地说,我是从这里路过的,天冷得很,实在受不了了,就藏到你家草垛里来了……

你是怎么到院子里来的?爷爷朝院门看了一眼,此刻,院门依旧好好地关着,而且上面还插着闩呢。

我、我从墙上跳进来的……那个人不好意思地说。

跳进来的?爷爷又朝院墙上看了一下,虽然院墙不算太高,可要想从外面跳进来,也不是太容易的事儿,看来这个人真的是被逼急了,才……但这也是不是说明,这个人身上有点功夫呢?你怎么能随便闯到别人家来呢?爷爷不满地质问他说,而且还是跳墙进来的……

兄弟请原谅,那个人赶紧拱起手来,很熟练地朝他做了一个揖,我也是冻得没办法了,才不得不……你好好看看,我可没有拿你们家任何东西,只不过是在这里暖和一下……

爷爷听他说得有道理,况且院子里的确没有其他情况,也就没有再说什么。但就在这时,他看见在那个人的身边,又有一个脑袋探出来,两只大眼透过罩在脸上的草梗,用不安的目光看着他。怎么还有一个?爷爷在心里嘟囔了一句。

这是我老婆,男人朝他微笑了一下,我们一起进来的……

你们到底是干什么的?爷爷越发对他们充满了好奇。

我们是,男人似乎想了一下,便硬着头皮对他说,我们是逃难的……

逃难的?爷爷有些不相信,如果说日本鬼子在这里的时候,人们逃难是时有发生的事儿,但现在抗战胜利很久了,外逃的人们都回到了家里去,怎么这两个人还在外面流浪呢?看他们那种惊恐不安的样子,爷爷觉得男人的话并不可信。

有人追我们?女人突然说了一句。

谁在追你们?爷爷问她说。

是,女人看了男人一眼,犹犹豫豫地说,是国民党……

国民党为什么追你们?爷爷有些不理解。前些日子,曾经败逃到南方去的国民党军队又回来了,大肆与共产党抢夺胜利果实,又把失守了好几年的东阿县城夺到了自己手里,这种情况他也是知道的,但到底是什么人会害怕国民党的到来呢?莫非他们是……

我们是共产党,男人把爷爷的心里话说了出来,国民党一回来,就到处追杀我们……

原来是这样,爷爷点了点头,可不是吗?国民党一回来就开始了对共产党的排挤,说不定哪一天,就会公开与共产党决裂,发动对他们的战争也说不定呢。一时间,爷爷就对这两个自称是共产党的逃难之人产生了深切的同情,看他们抖抖瑟瑟地龟缩在乱草中,一副饥寒交迫的样子,如果他没有猜错的话,恐怕他们很久没有吃上一口热饭了。想到这里,爷爷便脱口说道,你们在这里等一下。说完,他就转身回到了屋里去。不一会儿,爷爷一手提着一个包裹,一手提着一只水壶,匆匆回到了草垛前。爷爷从包裹里拿出两只碗,把水壶里的开水倒在里面,再次把手伸到包裹里,这次他掏出来的是两个馒头。我这里也没有什么好东西,爷爷向他们解释说,你们就着热水填一下肚子吧。

谢谢兄弟。女人率先从草垛里爬出来,接过爷爷手中的馒头,小心地掰开,蘸着碗里的热水吃起来。男人随在后面,在吃爷爷递给他的馒头时,本来也想和女人一样优雅一些,但他实在饿得不行了,便不再顾及那么多,索性狼吞虎咽地吃了起来。让兄弟见笑了。他一边吃一边朝爷爷点头。

爷爷退到一边去,在远处打量着他们,凭他在外面增长的见识,他差不多已经判断出来,这个壮硕的男人是个富有江湖经验的人,虽然处境落魄,却还尊崇着道上的某些规矩。女人显然没有吃过多少苦楚,或许在家里待习惯了,不知为什么也走到了这条流浪路上来?到这个时候,爷爷已经对他们自己所说的共产党身份产生了某种程度的怀疑,但还是不敢确定,这两个遭到国民党追剿的人到底是干什么的。

二

不久后的一天上午,又有人来到了爷爷家。与上次那两个逃难的人不同,这次来到的两个人是骑着自行车来的,其中一个爷爷认识,是我们家所在乡的乡长,而另一个戴着礼帽的人,爷爷从来没有见过。这时已经是春天了,田野里的花草正在茁壮成长,树木的枝杈披上了碧绿的叶子,从南方刮来的小风也透出了一些暖意。那个戴礼帽的人好像骑了很远的路,一从自行车上下来,就掏出一块洁白的手帕,在湿润的脸上擦了几下。街上的人知道是乡长来了,再加之对自行车感到新鲜,一些孩子便随在他们身后,非常欢快地来到了爷爷家门口。

我来介绍一下,乡长一见爷爷的面,就回身指着那个戴礼帽的人说,这是我们东阿县的马县长。他又对爷爷说,马县长才来到我们县不久,马上就礼贤下士,亲自骑着车子上门来拜访你,冯老弟,你的面子可不小呀。

爷爷呆呆地看着这两个人,不知道他们这是唱的哪一出,一时没有反应过来,也就没有说出合适的欢迎话来。

应当的,马县长率先和爷爷打招呼说,一来到东阿县,我就听到了冯先生的鼎鼎大名,就算是事务再多,我也要前来拜访,亲自向冯先生讨教为政良策。

听他们说得如此热络,而且是当着街上的许多人,爷爷真的是为自己挣足了面子,也就赶紧做出欢迎的架势,接过马县长手里的自行车,带着他们来到了院子里。

如果是乡长一个人来也就罢了，毕竟爷爷以前和他打过几回交道，算是老熟人了，而现在竟然连县长也上门来了，而且人家是第一次登门，爷爷便想好好招待他一下，不知道他们会不会留下来吃自己的饭，但现在给他们泡一壶好茶也是应当的。但爷爷找遍了家里的每个角落，也没有搜出他想象中的好茶，便只能尴尬地请他们喝了一碗糖水。真是不好意思，爷爷愧疚地向他们解释说，我这个人不大讲究这些，也只能委屈二位领导了……

可以理解，乡长连忙接过话去，并主动替爷爷解释说，都是让日本鬼子闹的，把我们的生活搞得一团糟，现在好了，马县长和国民政府又回来了，以后我们的生活就有所保障了。

不用客套，马县长把礼帽放在桌面上，露出一张瘦弱的马脸来，他朝爷爷摆了一下手说，我们是初次相见，冯先生还并不了解我，其实要说起来，我们两个颇多相似之处呢，他把那只手在他自己和爷爷身上分别指了一下，前几年，冯先生在天津读书的时候，我也在那个地方，不过你是在上大学，而我是在一个小部门里当差，总之还是赶不上冯先生学问大呀。

听他这样说，爷爷也不好意思起来，心里越发感到纳闷，自己在外面求学的经历，马县长又是怎么知道的呢？他为什么又单单提到了这一节呢？看他一味地和自己套近乎，一个县长为什么要放下架子，讨好他一个普通百姓呢？

我们这次来，马县长不失时机地咳嗽了一声，用听上去格外响亮的声音说，是想请冯先生出山的。不等爷爷反应过来，他继续向他解释说，赶走了日本鬼子，国民政府光复以后，社会秩序重新走上了正轨，一切遭到破坏的东西都要建立起来，比如县参议会，目前正在筹备之中，我和你们乡长商议了一下，觉得冯先生正是参议会合适的人选，今天就是来请你去县里担任首届参议员的。

让我来担任参议员？爷爷有些愣怔，不由得反问说，你们觉得我哪里合适呢？

刚才我已经提到过了，马县长托托鼻梁上的眼镜说，当年你在天津上大学的时候，读的是与法律相近的专业，而且我还听说，你可是大名鼎鼎的梅汝璈律师的学生呢，对不对？

这话是有出入的，爷爷赶紧解释说，我在天津读书的时候，的确是听过梅先生的课，我和他的师生情谊也仅限于此，还根本说不上是他的学生呢……

既然听过他的课，就是他响当当的学生。马县长站起身来，背着两手在屋内慢慢走着，最近这段时间，审判日本战犯的法庭已经在东京成立，国民政府派出了梅汝璈律师代表中国向日本战犯讨回公道,我都从匣子里听了不止一回,梅律师可是法律界响当当的人物呀,他回过神来,用欣赏的目光看着爷爷说,你冯先生作为梅律师的学生,担任一个小小东阿县的参议员,实在是太合适了,甚至有些大材小用,或许让冯先生觉得委屈了。

听马县长说得如此真诚,本来爷爷还打算推脱这件事,毕竟这个参议员他不知道该怎么当,对所谓的国民政府的参议会也不感兴趣,可马县长的话实在不能让他再推脱了,就只能拱起手来,用谦逊的语气对他表态说,感谢马县长对冯某的信任,只是我能不能干好这个参议员,心里一点底也没有呀……

干得好,马县长紧紧握住他的手,用信任的目光看着他说,只要冯先生想做的事,就没有干不好的可能,我代表国民政府,欢迎冯先生正式加入我们东阿县的参议会。

爷爷走马上任之后,就接到了马县长亲自交代给他的一个任务,为一个关在监狱里的犯人提供法律帮助,或者更明确地说,让爷爷成为那个犯人的辩护律师。据马县长说,这是他走马上任以来在东阿县办的第一个案子,可见那个犯人也不是一个普通人了,不然的话,他也不会请爷爷亲自帮助那个犯人的。

接下来的这天,马县长亲自陪同爷爷进到处于半地下状态的监狱里,去和那个犯人见第一次面。监狱里一团黑暗,因为电力不足,白日一般是不开灯的,但马县长到来了,典狱长本来合上了电闸,但吊在房梁上的一盏灯泡却没有发光,看来是又断电了,典狱长再想巴结马县长,也没法让灯泡亮起来。虽然这样,但下到里面去一段时间,爷爷渐渐适应了窗户里照进来的微弱光线,还是看清了监狱里面的情景。爷爷知道,这个监狱虽然是国民政府建立的,但前些年却成为日本侵略者关押所谓犯人的地方,其中也肯定关押过国民政府的人,当然更多的是共产党所领导的抗日武装。总之,在那个黑暗的年代里,日本人对关押在这里的中国犯人进行了惨无人道的摧残,爷爷即使在昏暗的光线下,也能看到留在墙壁和地面上的斑斑血迹,一时间,他对日本人向中国人犯下的滔天罪行感到愤慨不已。好在监狱现在落在了中国人手里,但他还想不出来,此刻关押在这里的那个重要案犯到底是什么人呢?

典狱长领他们停在了一个铁栅栏前,里面是一个单独的小房间,其他房间的铁栅栏都使用了一般铁条,而这个小房间的栅栏却由分外粗硬的钢筋焊接而成,可见关在里面的这个犯人该是多么重要了。当他们来到栅栏前时,里面的那个犯人正躺在一张矮床上睡觉,这也与其他房间仅有简陋的地铺有所不同,这个犯人躺卧的床铺竟然也由铁条构成。爷爷不知道,这个犯人到底是真的睡着了,还是在装睡,典狱长用手里的警棍在栅栏上敲了几下,犯人依旧躺在床上不动,而且他的脸面是冲着墙壁的,尽管爷爷凑近了栅栏的缝隙,还是不能看到他的真实面目。

这个人你认得吗?马县长回过头来,有意问他说。

爷爷不敢轻易回答,于是又朝前凑近了一步。这时典狱长把手电筒打开了,一缕微弱的光线射进栅栏里面,晃晃悠悠地落在犯人的头上。爷爷看到犯人的那只秃头,不由得愣怔了一下,他觉得这只秃头好像在什么地方见过,但一时又想不起来是怎么回事。就在这时,犯人感觉到手电筒的照耀,不禁睁开眼睛,同时斜过头来,朝他们这边毫无表情地瞄了一下,又马上回过头去,依旧闭上眼睛,又像先前那样一动不动了。就在这一刹那,爷爷觉得认出他来了,思绪一下子回到了两个月前,他在自家院子的草堆里见到的那个逃亡之人……怎么回事?爷爷脱口说道,他被你们抓住了?

噢,马县长好奇地看了他一下,你真的认识这个人?

他是共产党吧?爷爷犹豫着问他说。

什么?马县长吃了一惊,共产党?他怀疑听错了爷爷的话,又回过头来,用错愕不已的目光看他,他怎么会是共产党呢?他伸出手,朝犯人使劲指了一下,倒是共产党千方百计地想抓他,恨不得把他扒皮抽筋呢。

爷爷也愣住了,一时间有些反应不过来,简直也怀疑马县长说错了话。原来他不是共产党?爷爷困惑不已地问道,那他到底是什么人?

他是日本人的大汉奸,典狱长抢着对他说,是十恶不赦的卖国贼。

汉奸?爷爷更加反应不过来了,卖国贼?

听说过冯二虎吗?典狱长进一步向他解释说,这个狗东西就是冯二虎。

冯二虎?爷爷大吃了一惊,原来是他?爷爷怎么能没听说过冯二虎呢?在日本人统治东阿的这些年里,冯二虎作为他们豢养的鹰犬和帮凶,可谓是对黄河两岸的抗日武装甚至普通百姓犯下了累累罪行,多少人死在了他手里?多少人被他搞得妻离子散,家破人亡?如果他没有理解错的话,这个黑暗的监狱就是他用于关押抗日分子的,只不过现在成了他自己被关押的地方。怎么回事?爷爷跳着脚说,你们为什么不枪毙这个狗东西,竟然还让我给他当什么辩护人?

马县长斜过头去,不易察觉地白了典狱长一眼,对他的添乱表示了不满。是这样的,他又咳嗽了一声,有些吃力地对爷爷解释说,不管是多么大的罪犯,哪怕是对杀十回也不解恨的犯人,我们都不能简单地一毙了之,而是要好好地审判他,把他犯下的罪恶向人们说清楚,然后再把他送到该去的地方,这难道不是法律应有的程序吗?作为法律界的人士,冯先生不觉得我们有必要这样做吗?

爷爷想了想,觉得马县长说得不是没有道理,但还是对他让自己做这样一个人的辩护律师感到难以适应。在从监狱里往外走的时候,爷爷一直闷闷不乐,脑子里也又想起了他在那个冬天搭救那个家伙和他女人的情景,他真是愤恨不已,这个冯二虎竟然欺骗了自己,让他这个学了那么多法律常识的人相信了他的谎话,还主动拿出东西来帮助他,如果没有爷爷在那个寒冷的早晨让他吃那顿热饭,或许这个冯二虎根本熬不过去那个冬天,爷爷觉得自己真是一个天真的农夫,竟然搭救了如此一条毒辣的蟒蛇,说不定他复苏了以后会狠狠地咬自己一口呢。爷爷对自己当时的行为感到懊悔不已,同时也对自己的天真和善良感到了好笑,甚至愤怒。但更让他困惑难解的是,按照马县长的安排,按照马县长所说的法律程序,爷爷接下来要继续为这个该死的罪犯提供帮助,会不会遭到他更大程度的欺骗和反噬呢?一想到这里,爷爷不由得打了一个更大的寒战。

三

更让爷爷没有想到的事情还在后面呢。这天,马县长竟然决定在自己的办公室审讯冯二虎,自然,爷爷作为冯二虎所谓的辩护人,也就被马县长喊了去。爷爷听到这个消息,惊讶得差点叫起来,他无论如何想不明白,马县长为什么要这样干呢?一来审讯冯二虎的事并不在马县长的职权范围内,按照法定程序,这应该由法院来承担,尽管自国民政府光复以来,县法院还没有真正成立起来,但可以先由警察局来做这件事呀,何况冯二虎不是一直羁押在监狱里吗?二来马县长即便要干预对冯二虎的审讯,那也不应该把他带到自己的办公室来呀,难道他真把自己当成了县令,能够将办公地点作为审讯犯人的大堂吗?爷爷不相信这一点,因为在他的印象中,这个马县长虽然没有多么高深的文化,但绝不是一个大老粗,据说,他可是在大城市的官僚部门里待过很长一段时间呢,绝对不是一个来自基层乡村的土包子,而这样一个并不缺乏见识的人,又为什么干出如此荒唐的事情来呢?尽管爷爷解不开这些谜团,却不想违逆了马县长的指令,依旧按时来到了他的办公室内,虽然这时候他根本就没有做好为冯二虎辩护的任何准备,对那样一个血债累累的刽子手,他又哪里能够静下心来做这件事呢?

　　爷爷也是第一次到马县长的办公室里来。和他的想象差不多,马县长办公桌后的墙壁上,中间挂着蒋介石身穿戎装的画像,两边分别是国民党党旗和民国国旗,在办公桌对面的墙壁上,则挂着孙文的"天下为公"几个字,一看就是布置标准的国民党官员的办公场所。但爷爷在屋里看了一圈,便觉得什么地方有些不对劲儿,他凑到墙壁上仔细看,竟然发现在蒋介石的画像下面有一个又圆又大的红点,虽然那只是一个模糊的水印,不仔细看并发现不了,却显得那么怪异,不用说,这个地方以前是挂过太阳旗的,也就是说,马县长的办公室便是过去日本军队驻东阿县最高指挥官办公的地方,马县长直接把自己的办公室安在这里,是不是也有一点不妥呢? 爷爷又朝对面墙上看,竟然也在"天下为公"几个字下面看到了"武运长久"的字样,爷爷以为自己看花了眼,不太相信马县长这么马虎大意,竟然连日本人那句饱含着法西斯色彩的话也没有涂抹干净,就把孙文的"天下为公"挂上去了。他装作无意的样子,走到那个地方仔细看,结果令他既感到失望也有些愤怒,继而也就对马县长有了非常不好的看法。后来他又想到,或许县政府找不到其他更合适的办公地点,又出于节俭的良好愿望,便把日本人办公的场所利用起来,再说了,日本人占用的不也是国民政府以前的办公地点吗? 想到这一层,爷爷心里才好受了一点。

　　很快,冯二虎就被带到了马县长办公室来。因为这个地方比监狱可是明亮了许多,爷爷才又一次看清楚了这个被他错误搭救过的家伙。此时,冯二虎除了两只手腕上戴着手铐,两只脚脖子上也扣上了脚镣,爷爷看出来,那副脚镣十分沉重,冯二虎是个五大三粗的汉子,力气大得很呢,尽管经过了这段时间的关押,依旧给人一种虎虎生风的架势,但那副脚镣戴在他的脚腕子上,却使他有些迈不动脚步,每走一步,都要咬一下牙,看来这不仅因为脚镣太过沉重,而且脚腕子当然还有身上的其他地方都受到了重创,说明他在监狱里的时候,可没有少受过关照呀。在爷爷看来,即使不给他戴那么沉重的脚镣,这个伤痕累累的家伙也逃不掉的,但监狱里的人不敢掉以轻心,这可是到马县长的办公室里来呀,不能有丝毫大意,便毫不客气地对他施加了更加严厉的管制措施。

　　尽管冯二虎脚腕子上的脚镣哗啦哗啦地响着,马县长却端坐在他的办公桌后,低拢着头,专心致志地在看桌面上的一份材料,好像这个即将要被他审讯的人不存在似的。爷爷知道,马县长之所以摆出这种居高临下的架势,不过是装模作样罢了,目的是给难缠的冯二虎制造一点错觉,不让那家伙看轻了他这个貌不惊人的官员,搞出一些不必要的麻烦来,从而让他下不来台。马县长坐在他的办公桌后,把自己打扮成即将开始审讯的法官,而爷爷呢?按照马县长亲口分派的差事,他是冯二虎的法律顾问,或者干脆说是辩护人,却不知道在这个场合里该坐在什么地方,当马县长审讯起冯二虎来,他又该怎么样为他辩护呢?在此之前,他可是一点这方面的功课也没有做呀。马县长倒是让人为他摆放了一把椅子,就在他自己的座位旁边,乍一看上去,还以为坐在上面的爷爷是马县长的帮手呢,又怎么方便为对面的犯人辩护呢?但马县长既然把他的座位摆在了那里,爷爷也不好移动,当然也不知道应当移动到什么地方,便只好作罢,顺便在那把椅子里坐了下去。

冯二虎一进来,目光就落在了爷爷身上,肿胀的眼皮猛地睁开,两只眼珠闪出灼灼的亮光。爷爷知道,他认出自己来了,一时脸上充满了喜悦的表情。怎么你也在这里?虽然冯二虎只是嘴唇翕动了一下,并没有发出什么声音,但爷爷似乎听到了他心里的话,看来对于他这个救命恩人,冯二虎不但没有忘记,而且对他的出现还感到了意外的惊喜,不知道爷爷出现在这个地方,到底对他意味着什么。有一刻,冯二虎甚至陷入了一点迷惑中,而与此相伴的,还有突然升起来的某种期待。爷爷不想搭理他,当然更不能给他提供产生什么不切实际想法的机会,便掉开头去,明显摆出一副拒绝与他相认的架势。

冯二虎,马县长推开手中的材料,抬起头来,托了托滑在鼻梁上的金丝边眼镜,用轻蔑的目光看着面前的犯人,毫不客气地问他说,你知罪吗?

冯二虎眨巴了一下眼皮,好像也没想到马县长会问得那么直接,他两只手都抬起来,用长毛的手指在光秃的头顶上挠了两下,顺势摇晃了一下脑袋。看得出,冯二虎已经做好了顽抗到底的准备。

那我们来看一看你都干过些什么事,马县长拿过那份材料,一边打量上面的文字,一边不紧不慢地念道,仅在一九三九年到一九四五年期间,冯二虎和他的汉奸组织先后抓捕抗日军民三百七十八人,杀害一百余人,烧房一千五百余间,牵去耕牛二百五十头,财粮无法计数……没有念完,他就又一次把材料推到了旁边,然后用愤怒的声音问道,冯二虎,这上面写得够清楚了吧?

这个,冯二虎张了张嘴,似乎有些无话可说,但他咽了一口唾沫,又不甘心地予以否认说,这个是你们瞎写的吧?连我自己都不知道我干过这些事,可你们竟然说出了那么精确的数字,一看就不真实,如果你们有真凭实据的话,请说出我到底抓了哪些人,杀的又是谁?还有后面那些……

你以为我们真的不知道吗?马县长猛地拍了一下桌面,顺手拿起那份材料,在空中抖了一下,便朝爷爷手里塞去,冯先生,你替我给他念一念。

爷爷没有准备,一时忘了伸出手去,那份材料差点从马县长手里掉下地,爷爷反应过来,赶紧伸出两手,抖抖地把材料接到了手里。他知道自己的样子很慌张,似乎有可能让冯二虎看了他的笑话。他把材料放到眼下,打算先草草地浏览一遍。

念。马县长用手指头敲敲桌面,显然已经急不可待了。

爷爷不敢再犹豫,便一边扫视那份材料上的字句,一边尽量准确地把那些文字念出声来。一九四三年四月二十八日,东阿抗日武装三区民兵朱某某被捕后,被冯二虎用斧头剁死。同年十一月一日,冯二虎带人到某某村抢劫,用枪托砸死了村民刘某某,将其父亲扔进火里活活烧死。一九四四年十一月五日,冯二虎在某某村强奸并杀死了张某某的妻子,又将一岁的幼儿用刀刺死,把肠子拉了出来。一九四五年四月间,冯二虎带人偷袭五区抗日根据地,将三名被捕人员施以剜眼、砍手、剁脚等惨绝人寰的酷刑,随后,又将被抓去的民兵多人铡为碎段……

爷爷念不下去了,这些饱含血腥气的文字简直像一把把凌厉的刀子,不但刺向了对面那个罪大恶极暴徒的肉体和神经,让他再也无处遁形,同时也切割着爷爷自己的眼睛和嘴巴,让这些部位几乎流下了淋漓的鲜血,忍受着前所未有的疼痛念到最后几句时,爷爷再也控制不住,把脸伏在那份材料上,抖动着肩膀呜咽起来。

够了吗?马县长却是出奇地冷静,在此之前,他已经看过那份材料无数遍,对这些罪恶事实也算见怪不怪了,他只是眯缝着眼睛,让犀利的目光透过鼻梁上面的眼镜片,直直地罩住那个也即将崩溃的浑蛋罪犯。是的,他已经看出来,当听到这么详细的犯罪事实后,顽固不化的冯二虎也有些吃惊,随即便低下头去,整个身子都处在瑟瑟的抖颤中。怎么样?马县长不动声色地问他说,这些是不是还不够呢?要不要继续让冯先生念下去?

别念了,冯二虎抬起戴着手铐的手,在空中握在一起,向着马县长摇摆了三下,然后垂下头,铁青着脸色对他说,我知道逃不过你们的惩罚了。

那该怎么办呢?马县长继续问他说。

你们就杀了我吧,冯二虎真心实意地说,我知道自己一点都不冤,按照你们的法律,吃枪子,挨刀片,我都一点不含糊。

这就是你应得的下场,马县长再次敲敲桌子说,大概你也听说了,盟国正在东京对日本战犯展开世纪大审判,国民政府也在各地对像你这样的汉奸卖国贼进行清算，该枪毙的枪毙，该吊死的吊死，谁也逃脱不了灭亡的结局。

我明白了，冯二虎点点头说，县长大人亲自对我说这些话，看来是真的要为我送行了，怎么着？你们是在监狱里处决我，还是把我交给那些受害的老百姓？总不会是让我死在你的办公室里吧？

你真的做好死的准备了吗？马县长从烟盒里抽出一支烟，一个站在他身后的工作人员凑上来，用火柴给他点上。马县长使劲吸了两口，脸腮塌瘪下去，让他的神情透出了一些诡异。你该不会期盼着让自己死吧？马县长用越来越轻松的口气问他。

谁又愿意死呢？冯二虎懒洋洋地说，但我知道我已经没有活的机会了，所以也就……

他的话还没有说完，马县长就接过去反问他说，谁说你没有活的机会了？

这个，冯二虎抬起头来，呆呆地看着他，有些不明白他的意思，这话是怎么说的？难道我还能……

是呀，马县长使劲点点头，干脆站起身来，绕过桌子，迈着坦然的脚步走到他面前，俯下身来，用一个施恩者的悲悯眼光看着他，如果我把这样的机会送给你呢？

送给我，冯二虎还有些不相信，送给我活命的机会？

是呀，马县长伸出一只温暖的小手，在他肩膀上拍了一下，就看你抓住抓不住了。

尽管马县长的手没有什么力气，冯二虎的身子却剧烈摇晃了一下，差点歪倒在地上。随即，冯二虎疲软的身子便突然绷紧了，瞪大两眼，目光灼灼地望着他。我要知道这是为什么？他又摇摇头说，你该不会是成心逗我玩儿吧？

我是东阿县的县长，马县长郑重其事地说，也是这里的保安大队司令，俗话说，军中无戏言，我能向一个罪犯开玩笑吗？

那这到底是为什么？冯二虎依旧丈二和尚摸不着头脑，难道现在我是在做梦吗？他伸出两根手指头，在大腿上狠狠掐了一下。

不用掐了，马县长微笑着对他说，如果你答应我的条件，我马上让人把你身上的脚镣和手铐通通除掉，然后你就可以一身轻松地从这里走出去了。

真的呀？冯二虎差点跳起来，但他随即镇定下来，急不可待地问他说，县长快说，你要我答应什么条件？好了你不说也行，反正从此以后我就是你的人了，你让我去打狗，我绝不骂鸡，你让我指桑，我绝不骂槐。说到这里，他似乎明白了什么,抬手在脑袋上拍了一下,我知道了,从现在开始,我就要拿出所有的本事,专门对付共产党,对,共产党是国民政府不共戴天的敌人,也是我冯二虎的心腹大患,从此以后,我就是共产党的天敌,只要有我在,东阿县的共产党就没有好日子过。

马县长低下头,不错眼珠地看着这个向他赌咒发誓的人,脸上透出神秘莫测的微笑。

县长,冯二虎用戴着手铐的手拍打胸脯,从现在开始,我就是你胯下的一条忠实走狗了。说到这里,他突然膝盖一软,扑通一声跪倒下去,在马县长脚前接连磕了三个响头。等他把头抬起来时,额头上真的流出了血来。冯二虎随即抱住马县长的一只脚,用痛哭流涕的口气说,县长大人,你真是我冯二虎的再生父母,如果你不嫌弃我的话,就让我喊你一声爹吧。说完,冯二虎就张开大嘴,响亮地喊了一声爹。

哈哈哈哈。马县长扬起脑袋,得意地放声大笑起来。

这时候,爷爷已经擦掉眼里的泪水,转过头来,呆呆地看着面前这幅怪异的画面,还以为自己是在看一场胡编乱造的电影呢。他真是没有想到,马县长摆出这个审讯冯二虎的架势,目的并不是宣判他的罪恶,而是对这个罪大恶极的家伙进行招安,马县长为什么要这样做呢?爷爷就算是想破了脑袋,也不明白眼前这出丑剧上演的合理性到底在哪里,不明白作为一县之长的政府官员为什么要招募这样一个罪大恶极的败类,总不会是这个藏头露尾的马县长发疯了吧?

冯二虎一被带出去,爷爷就冲到马县长的办公桌前,急匆匆地问他说,马县长,你为什么要这样干?

看你这个问题,马县长推开了他的手,竟然和那个冯二虎问得一样。他坦然地坐在椅子里,又瘪下腮帮吸起烟来,而且把烟圈吐到空中去,明显透出了心情的愉悦。

冯二虎可是人神共愤的大汉奸呢,爷爷朝门外指了一下,你如果把他用起来,又怎么向东阿县的父老乡亲们交代呀?

不用他用谁?马县长翻起眼皮看了他一眼,要对付像火焰一样燃烧起来的共产党,就凭你和我吗?说到这里,他似乎想到了什么,便探过身来,用推心置腹的口气说,日本人被赶走以后,共产党是不会让我们过安生日子的,前几天我还从省里听到消息,说国共两党马上就要开战了,这战火一旦烧起来,我们不是很需要能干的人手吗？

可冯二虎是我们东阿县最大的汉奸卖国贼呀，爷爷摇着头说，你用这样的人去打共产党，就不怕老百姓不答应你吗？

你管老百姓干什么？马县长轻拍了一下桌面说，老百姓能替你打共产党吗？当年这里沦陷以后，就成为共产党在敌后打游击的地方，那些老百姓差不多都被他们赤化了，我们现在最需要的，就是像冯二虎这样和共产党不共戴天的人……

那他手上沾的那些血债就这样一笔勾销了？爷爷依旧不服气。

虽然冯二虎是为日本人做事，马县长转着眼珠说，可他杀的都是共产党和受到他们教唆的人，与我们没有多大关系，我们可以治他的罪，也可以放过他去，就看我们是站在什么立场上了……他抬起手，止住爷爷要反驳他的欲望，冯二虎是你们东阿当地人，对这一带的情况十分熟悉，又和共产党积怨已久，是国民政府要重点启用的人才，现在县政府的这些官员们，当然也包括我自己，都是光复以后才来到这里的，人生地不熟的，不指望冯二虎指望谁呢？

可这样一来，爷爷也大起胆子，用手指头敲着桌面说，我们就会失去民心的，说不定什么时候……

好了，马县长猛地站起来，不让他把下面的话说下去，冯二虎不就是多杀了几个抗日分子吗？又有什么大不了的？他也不过是受了日本人的指使，这么说吧，冯二虎不过是日本人统治这个地方的走狗而已，说白了就是一件他们拿在手里的武器，武器你知道吗？马县长紧紧盯着他说，难道说我们把从日本人手里缴获而来的枪支弹药，也统统销毁了不成？

这个，爷爷张口结舌，一时还真被他问住了，这是一回事吗？他拧着眉毛分析说，武器是武器，人毕竟是人，武器拿在谁的手里都行，可人……

你放心吧，马县长摆摆手说，现在冯二虎就被我拿在手里了。说到这里，他掉回头去，不再理会爷爷了。

爷爷知道，自己再待在这里也没有什么太大的意思，但他依旧有些不甘心，临走时再次劝告马县长说，我还是想提醒县长慎重考虑，可不能犯下……

冯先生，马县长又喊住了他，也用劝告的架势对他说，如果你想继续和县政府合作的话，就不要对我们的工作说三道四，请你放心好了，我们有我们的考虑，就请先生不要再花费不必要的心思了。说完，他坐回到座位上，又捧起另外一份材料，装模作样地看起来。

爷爷长长地叹口气,转身迈着大步走出去。

四

爷爷沉浸在悲愤的情绪里难以自拔,这才几天呀,他就对马县长所代表的国民政府的做法产生了深刻的怀疑,不,应该说是失望,还有愤怒。到这时候,他差不多已经产生了离开东阿县城,回自己的乡下老家去的想法。

爷爷还没有打定主意呢,冯二虎就上门来看他了。爷爷来到县城以后,县政府就为他在街面上租了一个小院子,爷爷不用花费租金,而只是准备自己的一日三餐就行,说明马县长还是挺看重他的。冯二虎一从监狱里放出来,还没有到保安大队走马上任呢,就打听到爷爷的住处,拎着一包贵重的礼物登上门来。和他一起来的,还有一个打扮得花里胡哨的风尘女人。

爷爷打开门板,看到出现在自己面前这个戴礼帽的人,不禁愣了一下,真是没有想到,这个家伙竟然也像马县长一样把自己打扮成文质彬彬的形象,但尽管这样,他弥漫在身上的凶气还是让他透出了不一般的粗俗。爷爷反应过来,马上又想把门板关上,无论如何不能让这个狗东西进自己家来。

兄弟,冯二虎摘下头上的礼帽,露出了他光秃的脑袋,黑红色的脸膛都浮荡着甜腻腻的笑意,快让我进去呀。看到爷爷想关门,他伸出手来,抵住了两扇即将合拢的门板,别说,冯二虎虽然在监狱里待了那么多日子,身上的力气却没有消失,爷爷在这方面根本不是他的对手,这家伙稍稍一使劲,就把门板重新推开了,他一闪身钻进来,拱起两手,郑重其事地给爷爷鞠了三个躬。兄弟,他真心实意地对他说,今天我要好好地答谢我的救命恩人。

没有任何办法,爷爷只好把他放进来,却不打算理会他,自己先坐在门台阶上,摆出了不让他进屋子的架势。

冯二虎有些尴尬,回头对那个女人微笑了一下,便又转向爷爷,把手里的东西放在门台石上,继续用讨好的语气说,兄弟,我不知道该怎么表达我对你的谢意,就擅自做主,给你买了两根金条,一串金项链,金条是送给你的,项链嘛,可以让我弟妹戴呀……说到这里,他在院子里张望了一圈,对了,到现在为止,我还没有见过弟妹的面呢……

其实那个时候,我爷爷还没有结婚呢,但在这个善于玩弄女人的汉奸眼里,正当而立之年的爷爷早就应该有自己的女人了。听冯二虎这样一说,爷爷的目光也不由得落在他身后的那个女人身上,不由得一怔,冯二虎的女人他是见过的,一个跟他奔走在流亡路上的落魄女人形象又在他眼前闪动了一下,但现在冯二虎领来的这个涂脂抹粉的女人,显然不是爷爷见过的那一个,这是怎么回事呢?

冯二虎似乎知道爷爷在想什么,便回过身去,把那个女人推到前面来,用命令的口气对她说,快和我的救命恩人打一声招呼。

几乎没等他的话说完,那个女人就抬起裸露在外面的胳膊,摊开五根像葱白一样的手指,对着爷爷挥舞了一下。你好冯先生,她妖里妖气地对他说,我早就听老冯说到过你了,知道你是拔刀相助的青年义士,小女子对你非常敬佩呀。

她叫水袖子,冯二虎不好意思地向爷爷介绍说,至于先前你见过的那个女人,她是我的三姨太,如今到底在什么地方,我也不知道呢。他摊开两手,无可奈何地摇摇头,神情里又表现出无所谓的样子。

爷爷掉开头去,他才懒得管冯二虎这些烂事呢,但他已经约略知道了,现在这个和他搞在一起的什么水袖子,怕是风月场所里的妓女吧?

兄弟,冯二虎继续上赶着和他说话,你一连救了我两次命,我冯二虎虽然做过很多龌龊事儿,兄弟却不嫌弃我,每到关键时刻就出手相救,我就是再不会来事,也知道知恩图报呀。说到这里,他把手里另一个油展展的纸包举起来,我还买来了一个猪头肉,一只烧公鸡,想和兄弟喝上几杯,说些推心置腹的话,可你总得让我进屋去呀……

请你走吧,爷爷打断了他的话说,我这里不欢迎你,他继续向他声明说,我从来没有救过你,也请你以后不要再来打搅我,我们两个人根本没有任何关系。爷爷站起身,做出了回屋去的架势。

你这是何必呢?冯二虎跟上来一步,依旧低声下气地对他说,兄弟是不是看不上我这个人呀?也对,我冯二虎的确名声不好,但那都是被日本人逼的,才不得不……你看现在,就连县长大人都给了我机会,兄弟你又何必较这个真儿呀?不管怎么说,我心里是有数的,如果没有马县长和你联合起来救我,此刻说不定我已经上西天了呢。

我已经说过了,爷爷再次警告他说,我没有救过你,如果你想表达感激的话,那你就去找马县长好了。

马县长那里我肯定去过了,冯二虎向他解释说,现在不是轮到我来感谢你了吗?那好吧,既然兄弟不想给我这个面子,那我也就不进府上拜访了,但无论怎么样,在接下来我们专心对付共产党的时候,只要你兄弟用得着我的地方,就开口说一句话,我即使肝脑涂地也会为你办好的。说完,冯二虎就拽上那个叫水袖子的女人,头也不回地朝院外走去。

等他们走远了,爷爷才回过头来,远远地打量他们消失在街道上的身影,回想冯二虎最后说的这几句话,不禁脑子里一动。就是在这个时刻,爷爷打消了回乡下去的念头,他倒要留下来看看,这个冯二虎该怎么样对付共产党呢?或许有自己在他身边,会让这个家伙的疯狂行为有一点约束也说不定呢。

没过几天,冯二虎就拿到了省政府颁发给他的委任状,正式到保安大队去上任了。爷爷有些吃惊,还以为前些日子马县长只是随嘴一说呢,没想到省政府竟然也同意他启用汉奸卖国贼,而且还把委任状亲自发到了冯二虎手里。冯二虎大受鼓舞,拿出看家本事来招兵买马,扩充保安队的兵员。别说,冯二虎在当地果真有非同一般的号召力,他刚走马上任,那些潜伏在暗处躲避追剿清算企图蒙混过关的汉奸特务和地痞流氓,都纷纷走到了明处来,又像日本人统治时期那样,投到了冯二虎的麾下,成为他这支对付共产党队伍中的一员。保安大队司令虽然由马县长兼着,但平时并不大过问具体的事务,一切便交由副司令冯二虎去打理了,也就是说,这支实力不可小觑的保安大队便成了冯二虎实际掌控的武装力量。好在刚开始时,冯二虎的确按照他所保证的那样,一切听命于县政府,具体说是听命于马县长一个人,几乎大小事务都要亲自汇报,所以马县长对他也是挺放心的,只是隔三岔五地来到保安大队,装模作样地训一次话,让这些目不识丁的反共分子们见识一下他这个一县之长的威风。

保安大队做事的效率也是很高的,国共两党分裂之后,随着战事重新起来,按照县政府的指示,冯二虎带领保安大队加紧了反共步伐,开始大肆搜捕共产党员和进步群众。这对于冯二虎来说可谓轻车熟路,反正在日本人占领时期他干的也是这样的事,许多线索都可以拿来重新使用,没过多久,那座监狱里就塞满了他们抓来的所谓罪犯,爷爷每次到那里去的时候,虽然他闭拢着眼睛,尽量不去看那些人受到折磨的悲惨情景,却不能塞上自己的耳朵,于是便能听到那些人不时发出来的哀嚎声,这使他心里颤抖成一团。爷爷当然不想到那里去,但又不得不三番五次地来到这里,一方面是因为冯二虎的邀请,几乎每次办理所谓大案时,他都会打着按法律办事的旗号邀请爷爷前去,让他给自己出一些主意;另一方面,爷爷也想趁着这样的机会,对那些受到拷打追究的人们说上几句话,争取减轻一下他们的所谓罪行,所以当冯二虎邀请时,他都会硬着头皮来到监狱里。

就是在这种情况下,爷爷想方设法拯救了许多共产党和进步人士的性命,但与此同时,这样的不堪经历也给他的心理造成了很大影响,每次回到家来,他都抱住脑袋失声呜咽,在痛骂冯二虎和他那些惨无人道的打手之后,发誓再也不要与腐败的国民政府合作。在爷爷并不真切的幻觉中,他似乎也成了这个黑暗政府中的一员,甚至一度怀疑自己是不是他们豢养的一只走狗和鹰犬,这样的想法总是让他大吃一惊,而又感到极度后怕。完全可以说,在那些黑暗的日子里,爷爷没有睡过一次安稳觉,每天夜里都坐在床头发愣,满心期望着夜晚赶快离去,黎明尽快到来……

保安大队的成绩十分鲜明,东阿县的所谓治安状况明显好转,县政府不止一次受到省政府的表彰,这让马县长脸上十分风光,尤其是这一次,马县长又拿着一张奖状从济南回来,冯二虎不但亲自迎到城外去接,晚上还在最为豪华的酒楼摆下一桌酒宴,要好好地为凯旋的马县长接风。马县长十分高兴,携带着那张奖状来到酒楼里,刚刚坐下来,发现为他接风的人里没有爷爷,便随口问了冯二虎一句,你怎么没让冯先生来呀?冯二虎随口说,我让人给他送请柬了。马县长开导他说,你得亲自去邀请才行。冯二虎马上站起来,迈着大步走出去。

爷爷当然接到了那张请柬,却随手丢在了垃圾里,他根本没有想到去赴宴,给那个浑蛋马县长接什么风,对他来说简直是一种侮辱,又怎么可能去做这种卑贱的事呢?爷爷知道,自己不出席接风酒宴,虽然明摆着是不给马县长这个面子,但请柬是冯二虎让人送来的,完全可以不理会这件事,冯二虎照顾他的情绪,肯定也不会拿他怎么样的。但他没有想到,马县长竟然还想到了他,冯二虎便不能不拿着当回事了。爷爷正坐在灯下看书呢,门板就被砰砰地敲响了。很快,两个士兵就背着枪支进来了,请爷爷马上去酒楼赴宴。爷爷有些意外,没有想到这两个带枪的人会进来,觉得事情有些不同寻常,却依旧冷淡地对他们说,你们告诉冯司令,我已经吃过饭了。一个士兵告诉他说,我们不归冯司令管,是黄团长派我们来的。爷爷听了有些发愣,还以为这两个人是冯二虎的手下呢,没想到居然是姓黄的团长派来的,爷爷知道,黄团长属于驻扎在东阿县的国民党正规军,与冯二虎比起来,也不算是一个什么好东西,但他没有和这个人打过多少交道,不知道他为什么会派人到自己家来。那你们去告诉黄团长吧,我马上就要睡觉了。爷爷依旧不打算轻易妥协,干脆脱掉鞋子爬到床上去,装出要睡觉的样子。两个士兵见来软的不行,干脆拿出他们的看家本领,不由分说拥上来,从床上架起爷爷,连拉带扯地拖出屋去。你们这些军阀,爷爷在他们手中使劲挣扎,竟然平白无故地绑人……

来到院子里时，爷爷镇定下来，看见黑暗里站着一个肥胖的人影，知道那就是姓黄的团长，不禁又有些意外，这个骄横惯了的武夫平时连马县长也不放在眼里的，此刻竟然没有闯到屋里去，看来也是给他留了一些面子。但尽管这样，他的手下毕竟也对自己动了粗的，爷爷从来没有受到过这种对待，心里的怨气哪能轻易平复下去，就依旧赖在地上不走，并且气愤交加地对他说，姓黄的，为什么要来强迫我……

不就是去吃一顿饭吗？黄团长不满地对他说，为什么要费这么大的劲儿？

我乐意吃就吃，爷爷不服气地说，不乐意吃就不吃，这是我的自由，你们管得着吗？

你给老子说什么自由？黄团长有些恼怒，伸出手里提着的马鞭，在他胸口上戳了一下，在我的辖区里，你哪里来的什么自由？说到这里，他不想再搭理爷爷了，便对那两个士兵下命令说，带走。

两个士兵一起用力，把爷爷从地上架起来，再次扯拽着朝院门外走。姓黄的，爷爷拿出更多力气挣扎，同时可着嗓子大声叫喊，我又没有犯罪，你们凭什么绑着我？等着吧，老子去省政府告你们……

黄团长不再理会他，一出门就骑上了马，很快消失在前面的黑暗里。两个士兵依旧拖拽着爷爷，慢慢地走在后面。虽然爷爷的力气不是很大，却是打定了主意不配合他们，所以两个士兵也就拖拽得很吃力，走了好一会儿，才来到一个十字路口。就在这时，从黑暗中走出来一个人，大声对两个士兵说，这是干什么呢？

两个士兵停下手，其中一个回答那个人说，我们奉黄团长的命令，请冯先生去酒楼赴宴。

有这么请人的吗？那个人气昂昂地说。

到这时候，爷爷已经听出来，这个来到面前的人是冯二虎，他有些奇怪，这个家伙为什么这时又出现了呢？

看在黄团长的份儿上，冯二虎对那两个士兵说，我就不和你们计较了，冯先生是我的朋友，谁也不能和他过不去，这里没有你们的事了，就把他交给我吧。

两个士兵朝他打了一个敬礼，便追赶他们的团长去了，很快消失在前面的黑暗里。

爷爷此时依旧躺在地上。冯二虎急快地走过来，伏下身子，关心地问他说，兄弟，他们没打你吧？

爷爷抬起头,在黑暗里看着冯二虎,尽管心里有所怀疑,却理不清面前这件事的来龙去脉。他当然不知道,冯二虎听了马县长的吩咐,刚要前去爷爷家请他,却碰上了赶来赴宴的黄团长,就心生一计,求黄团长给他一份人情,代他去爷爷家请人,因为他知道,既然爷爷不打算出席宴会,就算是他说下大天来恐怕也请不动他的,回头又怎么向马县长交代呢?他当然不好对爷爷动粗,可黄团长就不同了,他和爷爷又没有什么交情,软的硬的都可以用上,到时候自己再见机行事,把另一份人情送给爷爷,恐怕这件事就圆满完成了。你看你,冯二虎一边把爷爷从地上扶起来,一边故作关心地埋怨他说,何必和他们那些兵痞较劲儿呢?俗话不是说,识时务者为俊杰嘛……

你也是来让我赴宴的吧?爷爷打断他的话说。

马县长执意来请你,冯二虎故作为难地说,我有什么办法呢?只好……

可我不去。爷爷断然说道。

如果你不去,冯二虎朝黑暗里指了一下说,黄团长还会对你来硬的呢。

听他这样说,爷爷也不知道该怎么办好了。

你就跟我去吧。冯二虎见爷爷有些站不稳,干脆弯下身来,让爷爷伏在他的脊背上,驮着他向酒楼里走去。

爷爷趴在冯二虎身上,心里的感受也十分复杂,不管怎么说,冯二虎都是一个杀人不眨眼的刽子手,从来对不服从他的人没有半点客气,现在却躬下身来,甘心背着他往前走,这可是从来没有过的事儿,可见这个家伙也是不想轻易和自己撕破脸的,这样一来,心软的爷爷便又不能不跟他走了。他当然也明白,冯二虎看上去用这种方式带他走,其实也和黄团长的绑架差不多,目的都是要让他出现在马县长的宴会上,想必这个家伙更懂得软刀子杀人的效用,而爷爷尽管看穿了这一点,却是什么办法也没有。就是在这个时候,爷爷懂得了自己这样一个赤手攥空拳的人,面对他们这些武装到牙齿的人时,该是多么的没有力量,或者换一个更明确的说法,该是多么的没有用处呀。

五

有一天,黄团长的正规军接到一份情报,几个从河西悄悄过来的共产党员,正潜伏在一个村子里,具体说是在一个村长家,这个村长曾经是共产党的联络人,但他们不知道,前不久他已经被策反了,河西那几个人却依旧来到了他家,想通过这个联络点搞情报,为他们接下来向河东发动反攻提供帮助。虽然这是一个好差事,抓那几个共产党不是一件多么困难的事儿,但因为那个村子是在山旮旯儿子里,黄团长的正规军行动不便,没有保安大队这些当地的山贼更有办法,于是就把这份情报送给了保安大队,让他们派人把那几个人抓住,黄团长尤其叮嘱说,等把他们抓到手就送到他那里去,他还等着那几个人提供情报呢,也为他们进攻河西解放区提供方便。冯二虎得到这个消息时,正要到水袖子所在的妓院去,这一段时间光顾着抓捕共产党了,已经好几天没有和水袖子见一下面,刚才他还让人捎信去,说过一个时辰就去妓院,先让水袖子做一下接待他的准备。一想到即将和水袖子度过的这个下午,冯二虎就不想再干其他事了,于是就安排他手下的一个中队长,带人去那个村子里抓捕那几个人,按照情报上所说的,此时那几个人或许正在村长家呼呼大睡呢,抓捕他们没有任何难度,根本用不着他这个保安大队的头目亲自出马,一个中队长带上几个人不就解决了吗?所以在中队长带人出发以后,冯二虎便安下心来,悠悠荡荡地来到妓院里,找他心仪的水袖子鬼混去了。

但让他没想到的是,他派去的那个中队长竟然是共产党的潜伏人员,来到那个变节的村长家以后,当即就把他像猪一样宰了,然后带着那几个共产党员逃之夭夭。大约中队长也知道自己的身份已经暴露,无法再继续潜伏下去,就也随着那几个人消失在茂密的山林里。当冯二虎得到这个消息时,他正在妓院里和水袖子玩得风生水起,突然像是被打了一闷棍一般从迷幻中醒来,知道这件事不好交代,便匆匆告别水袖子,直奔马县长的办公室而来。此刻,我爷爷正好也在这里,便目睹了接下来发生的一幕。

什么?马县长听了他的汇报,不禁吃了一惊,瘦长的马脸上充满了诧异的表情,竟然会有这种事?他上下打量着冯二虎,你这队伍里竟然还潜伏着共产党?而且还是你一向重用的中队长?这次竟然派他去抓捕他们的同党?你这不是开玩笑吗?他细长的手指接连在桌面上敲击了几下。

都是我太大意了,冯二虎擦着脸上的汗水,我无论如何也没有想到……

你自己为什么没有去呢?马县长打断了他的话,这么重要的任务居然派个不可靠的人,这能不出事吗?

我,冯二虎随口说了一句,我不是有事吗?

你有什么要紧事呢?马县长反问他说。

这个……冯二虎张口结舌,但他不知道,马县长或许只是随口问了一句,并不是真的有所指,当然也不会知道他去妓院里和水袖子鬼混的事儿,可冯二虎听了他的问话,却以为马县长知道了他不堪的行为,并且这是在有意敲打他,不禁更加心虚起来。属下真是该死……他抬起手,想在自己疙疙瘩瘩的脸上来上一下,以表示内心的愧疚。

但正在这时,紧闭的门板突然打开了,屋内的所有人都被吓了一跳。爷爷看出来,门板是从外面被踹开的,是呀,马县长这间办公室的门板是很厚重的,一般并不轻易被打开,如果是别人要进来的话,那首先会有敲门声响起来,待马县长允诺了之后,门板才会被轻轻推开的。但现在,在屋内几个人没有任何提防的情况下,随着�哐啷一声响,门板竟然一下子打开了,而且撞击门板的力度非常大,其中的一扇摇晃了一下,差点脱离开门框,倒到屋子里来。这可是从来没有过的事儿,马县长诧异地抬起头,刚要愤怒地拍一下桌子,又马上停住了手掌。这时他看见了一个肥胖的身影,正急快地走进屋子,直冲着他的办公桌走来。他镇定下来,认出这个既没有敲门也没有经过他的允诺便自己踹开门板走进来的家伙,就是不可一世的黄团长。

黄团长一进到屋子里,并没有继续朝着马县长的办公桌走去,而是径直来到了冯二虎面前。屋里的几个人包括爷爷都明白,团长径直奔冯二虎而去,无外乎要质问他放跑那几个情报员的事儿,这是自然的,黄团长一般不出军营的,更是很少到马县长办公室来,今天气势汹汹地闯进来,而且一进来就马上转向冯二虎,不是为了这件事而来的还能是其他的什么事吗?冯二虎看清了黄团长之后,也不由得更加心虚,身子止不住朝后退了一下,知道黄团长这一关不好过,便急忙舰起笑脸,主动向他解释一句,是呀,既然是他自己造成的损失,那责任无论如何是推脱不过去的,不赶紧向人家解释清楚又应该怎么办呢?但冯二虎还没有说出话来,仅仅是咧开嘴巴朝黄团长笑了一下,就听得"啪啪"几声响,冯二虎的脑袋摇晃了几下,黑红的脸庞立即肿胀起来。爷爷呆呆地看着面前这个场景,似乎并没有真正反应过来,也就是说他还没有来得及看见黄团长举起手掌呢,他制造的大嘴巴就让冯二虎的脸失去了颜色。

好你个狗日的,黄团长一边抽打冯二虎的脸,一边愤怒地咒骂他,竟然给我放跑了共产党,你这个无能的败类,把我提供给你的情报全糟蹋了,你给老子坦白,是不是你有意放他们走的?我看你本人就是一个共产党员,对不对?

冯二虎做好了黄团长向他发火的准备,却没有想到,这个天不怕地不怕的军阀竟然会打他的耳光,这让他太难以承受了,脚下一时没有站稳,差点歪倒在地上,但他尽力支撑住身子,才没有在几个人面前丢尽脸面。

还有你，黄团长打过了冯二虎之后，马上掉回身来，顺势把那只制造过耳光的手伸向马县长，竟然找来这么个无能之辈当你的副司令，我看你是瞎了眼吧？尽管他的手伸得很长，却没有长过马县长的办公桌，或者说黄团长也没有真打马县长耳光的想法，不过是对他发泄一下心中的不满罢了。但尽管这样，马县长还是从座位上站起来，同时身子朝后退了一下，以便更远地躲开黄团长那只手。你给老子听着，黄团长把那只手在桌面上狠狠拍了一下，马上向省政府汇报，给我把这个狗东西的职务免了，不然的话，他又把那只手按到了腰带上，具体说是按到了挂在腰带上的手枪上，就连爷爷也以为，这个不可一世的军阀要掏枪了，但他马上知道自己想错了，黄团长只是把那只手在枪套上按了一下，就马上又举起来，朝门外的远处挥舞着说，我就去省政府告你们。说完，不等几个人再做其他什么反应，就掉转身子，迈着大步走出去。

黄团长离去好一会儿，屋里的几个人才从惊愕中回过神来。看这事闹的？马县长率先坐到了座位上，从鼻梁上摘下眼镜，用不满的目光看着冯二虎。此时，冯二虎还没有从挨打的沮丧中清醒过来，依旧把两手垂在身侧，就像一只折断了翅膀的大鸟，惊恐不安地站在那儿，似乎随时做着继续挨打的准备。爷爷抹一把头上的汗珠，不知道接下来自己该怎么办，是上去安抚一下冯二虎，还是从这个混乱的地方走出去。马县长大喘了一口气，把一支烟朝冯二虎跟前丢过去。你没事吧？他提醒他说。

马县长那支烟落在了冯二虎的脚下，这才让他真正反应过来。刚才他打我了？冯二虎抬起手，想在脸上摸一下，又停住了手。他低下头，没有去捡马县长的那支烟，而只是盯着地上发了一会儿呆，嘴里自言自语地嘟囔着，这个家伙是不是太猖狂了？

你看这事弄的？马县长叹口气说，老冯你说，他指一下冯二虎，这事该怎么办吧？

我哪里知道，冯二虎嚅嗫着嘴唇说，怎么会发生这样的事呢？

爷爷呆呆地看着他，这一刻，他第一次觉到冯二虎的可怜，不禁感到奇怪，这样一个横行惯了的败类，竟然也遇到了他的克星，不能不让爷爷想起一句话，狗咬狗一嘴毛。

这天傍晚，爷爷正在家里吃饭，只觉得门口黑影一闪，一个人携带着一股疾风闯了进来，他被吓了一跳，赶紧放下碗筷，瞪大眼睛朝前看。他以为家里进了强盗,平时每次回家来,就会把院门插上的,现在根本没有听到门响,这个人是怎么进来的呢?但他并不多么慌张,因为家里并没有什么值钱的东西,强盗如果来打劫他,那可真是找错了目标。爷爷镇定下来,借着灯光朝那个黑影仔细一看,竟然是冯二虎。

我自己撬开的门,没有等爷爷问话,冯二虎就自己坦白说,如果我敲门的话,你根本不会给我开门的,我也就进不来了。

爷爷非常生气,便把身子靠在椅背上,两手抱着肩膀,明显摆出不欢迎他到来的架势,冯二虎说得很对,如果爷爷知道是他到家里来,是绝不可能主动为他开门的,可这个家伙也太不像话了吧,竟然把门撬开闯进来,不是拿爷爷不当回事儿吗?

行了,冯二虎在他对面坐下,轻描淡写地安慰他说,别生气了,虽然我不该撬门,但也绝不是为了害你,不过是想来你这里说几句悄悄话而已。

爷爷重重地叹了口气,既然这个家伙进来了,就算不搭理他也无济于事的,但他想不明白的是,冯二虎又有什么悄悄话要对自己说呢?

冯二虎朝爷爷的餐桌上看,具体说是朝爷爷的饭碗里看,止不住吧嗒了一下嘴说,你就吃这些粗茶淡饭?看看,他拨拉着他的碗说,玉米粥,窝窝头,老咸菜,他使劲摇摇头,如果你跟我出去下馆子,什么山珍海味吃不到呢?

我就是吃老咸菜的命。爷爷端起碗筷,又大口地吃起来。

怎么这样不开窍?冯二虎摇摇头,一副恨铁不成钢的沮丧样子。兄弟,他朝前探了一下头,用哀求的眼神看着他,今天我来,是为了求你替我办件事儿……

没听完他的话,爷爷就伸出筷子,制止他继续说下去。不要叫我兄弟,爷爷警告他说,我们根本就没有什么关系……

怎么没有?冯二虎打断了他的话,你姓冯,我也姓冯,如果按年龄排的话,你不是我的兄弟是什么?

听他这样说,爷爷也不知道该怎么回答了,就算他执意不承认和冯二虎之间的关系,但两人同一个姓却是不可更改的事实。

我把你当我的贴心人看待,冯二虎在自己和爷爷之间指了一下,今天才厚着脸皮来求你替我办事的……说到这里,他感到自己的脸又胀疼起来,便止不住抽一下嘴角,咝咝地叫了两声。可恶的黄团长,他叩动着牙齿说,竟然下手那么狠,把老子打得两眼冒金星,到现在脸还麻木着呢,原先都是老子打别人的耳光,今天却让他……

爷爷斜过眼,偷偷朝他脸上看了一下,果然,冯二虎的脸上依旧肿胀着,不但他的嘴巴有些歪斜,一只眼睛竟然也眯缝着,看来他的确被黄团长打坏了。

我现在恨不得阉了那个军阀,冯二虎咬牙切齿地说,但我又知道,老子的保安队根本不是他们正规军的对手,就算我再敢下狠手,恐怕也干不过姓黄的,俗话说得好,人在屋檐下不得不低头,老子就暂且吃这口窝囊气吧,等哪一天有机会了,看我不……他挥起拳头,使劲在桌面上捶了一下。

那你要让我干什么? 爷爷白了他一眼。

这样,冯二虎朝屋门看了一眼,低下声来对他说,你替我到黄团长那里去一趟,顺便捎个箱子过去,东西我都准备好了,就放在大门口,一会儿我让卫兵陪你一起去……

送什么箱子? 爷爷有些担忧地看着他。

放心吧,冯二虎安慰他说,箱子里肯定不会是炸弹什么的,而是……他举起一只手,用手指朝他夸张地捻动一下,都是叮当作响的真金白银。

爷爷这才醒悟,原来冯二虎是让他给黄团长送礼的,但他还是纳闷,这个家伙一出手就是一箱子金银,哪里来的这么多财宝呀?

冯二虎看出了他的心思,又主动坦白说,不瞒你说,我也在这个地方经营了那么多年,手里能没有点存货吗? 那时候我就知道,跟着日本人干事长不了,不积攒点值钱的东西,到关键时候用得着了不是抓瞎吗?

爷爷终于明白了,冯二虎在杀人放火的同时,也没有忘记横征暴敛,他这些财富肯定都是从老百姓身上搜刮而来的,这可真是一个罪大恶极的坏东西呀。让我去送什么礼,爷爷拒绝说,要去你自己去好了。

现在黄团长正在火头上呢,冯二虎为难地说,我能见他的面吗? 搞不好他一激动,给我的头上来上一颗子弹,那一切可就来不及了。说着,他又拱起两手来,接连对着爷爷摇摆了几下,兄弟,在东阿县城里,也就是你和黄团长能说上话了,其他人比如我那些手下,他们就是想去也没有这个面子呀,思来想去,还是麻烦兄弟你为我跑这一趟吧。

我不去,爷爷依旧摇头说,我从来没有干过这种事儿,再说,我和黄团长也没有什么关系,人家怕是连门都不给我开呢。

这个你不用担心,冯二虎很内行地开导他说,你只要说是来送箱子的,我保证黄团长不但给你开门,或许还能管你一杯好茶喝呢。他用更加推心置腹的口气说,在我们这条船上,就不会有用钱摆不平的事儿,国民政府的马县长是这样,党国军队的黄团长也是如此,都是一个德性,老子根本就不信有这种例外。

听到这里,爷爷不禁脱口问道,难道你给马县长也送礼了?

马县长那里不打点也不行,冯二虎沮丧地说,老子的饭碗可是在他手心里捏着呢,但送礼这事要分人来,黄团长贪财,马县长贪色呀,兄弟你没有看出来吗?冯二虎用意味深长的目光看他,我给马县长送的不是冷冰冰的金银,而是活生生的人呀。

人?爷爷似乎不明白他话里的意思。

冯二虎拍拍他的手,脸上越发透出一副流氓无赖相。我让水袖子去伺候他了,冯二虎掏出怀表看了一眼,吧嗒一下嘴说,这时候呀,马县长正抱着水袖子做快活事呢。说到这里,他朝地上啐了一口唾沫。

爷爷惊讶地瞪大眼,好一会儿才回过味来。你怎么能这样干呢?他用指责的口气说,那个水袖子……不是和你相好的女人吗?

什么相好的女人?冯二虎无所谓地说,老子不过是在她身上开心一下而已,当然了,她对我也算是真心实意,可说一千道一万,她也只是一个风月场里的妓女呀,我能在关键时候派她的用场,其实是很拿她当回事儿了。

这个狗东西,爷爷在心里骂道,还有马县长、黄团长那些王八蛋,都是一帮土匪流氓,什么卑鄙无耻的勾当都做得出来。他望着屋外的黑暗处,在心里重重地叹息,有这些毫无人性的东西当道,这个世界还有什么希望呢?

怎么样兄弟?冯二虎有些急不可待了,是不是该上路了?

我不去,爷爷打了一个哈欠说,这是你们自己的事儿,与我一点关系也没有,你快走吧,我要上床睡觉了。说到这里,他就离开饭桌,一边宽衣解带,一边朝卧室里走去。

六

由于冯二虎等人的猖狂活动,河东国民党统治区的形势越来越严峻,解放区安插下来的许多关系遭到破坏,派过去的小股武装也不能发挥作用,搞不好就落个有去无回的下场,大批进步群众被抓进监狱,可以说,河东地带整个陷入了自解放战争以来最为低迷的状态,给河西共产党发动解放攻势造成了巨大的障碍。为了改变这种被动局面,河西的共产党策划了一次锄奸行动,第一个目标就对准了罪恶累累的冯二虎。

爷爷当然不知道这件事,那时他只是敌占区的一名参议员,而且出入于国民党政府的一些场合,又哪里知道共产党的行动计划呢?但冯二虎受到攻击的那个场景,爷爷却亲眼看到了。说来也算巧合,爷爷那天去街上购买食物,但要想走到菜市场,必须经过一家妓院,也就是那个水袖子工作的地方,爷爷很讨厌这种场合,便加快了脚步,想尽快从这个地方穿过去。但在经过妓院门口的时候,他看见一个人从对面走来,在朝四周打量了一下之后,便掉头走了进去。那当然是一个男人,一个包着白色头巾的男人。爷爷快要走过去了,又觉得哪里有些不对劲儿,是呀,有工夫和雅兴去逛妓院的人,都把自己打扮得风流倜傥的,一个乡下老农又怎么有条件到那里去呢?可刚才走进去的那个男人,不就是一个乡下老农的打扮吗?爷爷不禁停下脚,又回头朝妓院门口看了一眼,与此同时,他也觉得自己有些闲操心,这件事与他又有什么关系呢?便打算继续朝菜市场走。这时爷爷注意到,又有两个男人走进了妓院,而且打扮和前面那个人没有太大的区别。尽管爷爷有些疑问,但还是在离开妓院门口之后,就把这件事忘到了脑后去。

爷爷在菜市场买了一块猪肉和两样蔬菜,便踏上了回返的路,也就是说,现在他又要经过妓院门口了。就在这时,爷爷忽然听到了一声枪响,没错,枪声是从妓院里发出来的,而且伴随着还有一两声喊叫,别让他跑了。随着枪声和喊声响起,街上的人在愣怔了一下后,马上陷入了恐慌的状态中,一些人一边喊叫一边从他身边跑过去,那些人就像一群无头的苍蝇,有的朝左边跑,有的朝右边跑,神色中全是惊恐不安。本来爷爷也想跑,可他顺着枪声朝妓院门里一瞥,竟然看见一个人从二楼的阳台上跳下来,一瘸一拐地朝门口跑来。就在这一霎间,爷爷认出来,这个朝门口跑来的人就是冯二虎。与此同时,爷爷看见又有几个人从阳台上跳下来,一边朝冯二虎追赶一边开枪,同时发出更为激烈的喊叫,别让他跑了。爷爷又认出来,追赶冯二虎的人就是他刚才看到过的那几个乡下老农打扮的汉子。爷爷看得呆住了,竟然忘记了离开这个是非之地,而且依旧一动不动地站在马路上。

这时候,冯二虎跑出门来,一下子撞在了他身上。兄弟快跑。冯二虎推了他一把,便越过他的身子,逃到了街道另一边去。很快,那几个追赶他的人也来到了爷爷身边,可能他挡了他们的道,其中一个人也在他身上推了一把。老乡快离开这里。爷爷听到那个人对他说了一句。那几个人越过爷爷身边,如果对着前面的冯二虎开枪的话,是很可能打中他的,但此时街道上的人还有不少,或许他们担心误伤群众,就停止了开枪,只是迈开大步朝他追去。不论是冯二虎的催促,还是那个枪手的警告,都没有在爷爷身上起到效用,他依旧站在街道上,看着冯二虎逃进了人群里去,而那些人在后面紧紧追赶,直到他们的身影都消失不见了,他才掉回身来,又一次朝妓院门口看去。他的眼神一动,目光又落在了一个新的目标上,是水袖子。爷爷看见水袖子站在妓院门口,一只手抓着门框,正在踮起脚跟,朝着冯二虎逃走的方向眺望。水袖子的目光也落在了爷爷身上,这一刻间,她认出了爷爷,便对他似有若无地打了一声招呼。爷爷呆呆地看着她,想不明白刚才出现的这幅情景到底是怎么回事,显然,那几个可疑的乡下老农打扮的人是来追杀冯二虎的,但他们是怎么知道此刻冯二虎在妓院里呢?还有水袖子,她在其中到底扮演了一个什么样的角色呢?是她引来了那几个刺杀冯二虎的人,还是掩护了冯二虎跑走的呢?一时间,爷爷陷入了深深的迷茫中。

后来的情况爷爷因为不在现场,并没有亲眼看到,是从马县长那里听来的,不知道当时的情景是不是如他所说的那样。马县长说,由于冯二虎做了某种程度的防范,共产党刺杀他的行动失败了。冯二虎自知罪大恶极,是共产党的眼中钉肉中刺,早晚有一天人家会拿他开刀的,日本人逃走以后,他们也曾四处捉拿过冯二虎,但没有得逞,冯二虎最终落在了国民党手里,才逃过了一劫,现在又继续作恶,共产党怎么会放过他呢?冯二虎当然清楚这一点,所以不管到什么地方,都加倍小心,这次去妓院和水袖子幽会也不例外,正是因为他的警惕性分外高,才侥幸逃脱了性命,虽然一条腿被打瘸了,但也仅仅是一点皮肉伤,没有什么大碍。冯二虎在诊所里简单包扎了一下,待缓过劲来之后,就带着保安大队的一帮手下,重新来到了妓院门口,一声令下,保安大队的成员们就四散开来,团团围住了那家妓院。许多人不明白冯二虎为什么要这样干,难道共产党的刺客还会待在这里吗?冯二虎当然不是来捉拿那些刺客的,现在他的目标是水袖子,如果说以前来这里,他是奔水袖子来的,具体说是奔水袖子来睡觉的,而此次前来,虽然也是奔着水袖子而来,却不是来和她睡觉,而是来找她算账的。在冯二虎想来,既然共产党把刺杀他的场合安排在妓院,就说明这家妓院里的人不可靠,是不是向共产党通风报信过也说不定呢,其他人他管不着,唯有水袖子,这个和他关系最为密切的人,因为熟悉他的所有行踪,便成为他最大的怀疑对象。尽管他像爷爷曾经以为的那样,水袖子是他这段时间里最亲密的相好,但到了现在这个关键节点,他也不想放过她,与自己的命比起来,这个妓女又算得了什么呢?

当时马县长也不在现场,只是听匆匆赶来的人向他汇报说,冯二虎一进到妓院里,就直奔水袖子的房间,他可是这里的常客,可以说没有比他更轻车熟路的了,所以虽然他腿上的伤还影响走路,却是以极快的速度爬上二楼,直接推开了水袖子的房门。一见他的面儿,水袖子在发了一下呆之后,马上从床上爬起来,一下子扑到他怀里,用两手紧紧搂住他的脖子,亲热地对他说,我可担心死了,你没有什么事儿吧?在她想来,冯二虎之所以瘸着一条腿前来,是要把上午没有做完的事做下去,除此之外,他似乎没有心急火燎地再来这里的理由。但显然她想错了,说明这个女人虽然在风月场里风生水起,却并没有多少头脑,让她的大意把自己害死了。

你这个娼妇,冯二虎一把推开她,没有再做其他多余的动作,就紧紧掐住了她的脖子,铁青着脸对她说,都是你把我的行踪泄露给了共产党,如果不是老子跑得快,或许现在你看到的就是我的尸体了。冯二虎越想越愤怒,在加大手上力量的同时,很轻易地就把她从屋里拽了出来。到这个时候,水袖子才回过味儿来,也才感到了事情的严重,或许她才后悔起来,如果冯二虎从这里逃跑以后,她便卷上包袱离开妓院,哪怕逃到外面去流浪讨饭,恐怕也比留在这里等死要好吧,看来她的确忽略了冯二虎的无情无义,还以为这个三番五次来找她睡觉的家伙是个情种,离了她就不能过日子呢,看来那是一种多么天真的想法。但当她醒悟过来的时候,一切恐怕都来不及了,冯二虎不但不给她表示清白的机会,甚至明摆着端出了要送她去死的架势,没错,此时冯二虎已经掐着她的脖子来到阳台上,就是他那天遭到追杀朝下跳的地方,冯二虎把水袖子弄到这个位置来,明显是让她也体验一下跳楼的感受吧?也就是说,冯二虎已经做好了要送水袖子下楼的准备?

就在这时候,马县长听到消息以后赶来了。说起来,一个妓女受到伤害的事情,又怎么能惊动马县长呢?如果是一个普通的妓女,马县长才懒得管这号闲事呢,作为一县之长,他躲这种事还来不及呢,又怎么能前来阻止呢?就算是水袖子,如果是在往常,马县长也不会管她的事儿,那时候,虽然他早就听说过水袖子的芳名,甚至做过与她相会的梦境,但一回到白天里,他就把她忘到了脑后,作为县长,就算是再眼馋一个妓女,也是不能公开去逛妓院的,最多只能在梦里和她幽会一下罢了。但现在不同了,前些日子,冯二虎竟然把水袖子送到了他身边来,这就用不到他去妓院了,而且也不仅止于幻想了,而是实实在在地和水袖子云雨了几回。就是在这种情况下,他深深地爱上了这个女人,尽管水袖子是一个妓女,他不能把她带到公开场合里,但只要有机会,他就会把水袖子招到自己身边来,和她度过又一个难忘的夜晚。现在听到水袖子要受到伤害了,他又怎么能无动于衷,不赶过去尽力阻止这件事发生呢?但他也知道,这样做是要冒很大风险的,毕竟要伤害水袖子的那个人是冯二虎,冯二虎是谁?那可是杀人不眨眼的混世魔王呀,如果换作另外一个人,马县长或许就会三思而后行的,虽然他喜欢那个妓女,却不能为了她而让自己冒丢掉性命的风险吧?但话又说回来,这个冯二虎既是自己的下属,也是自己施恩于他的人,照冯二虎自己的话说,他马县长可是他的再生父母呢,当时招安他的时候,冯二虎不是亲口喊过他一声爹吗?对于这样一个人,马县长不担心与他搞僵,就算冯二虎杀人不眨眼,天下的坏事都干尽了,也不会不给他这个上级和救命恩人一点面子吧?就是在这种心理的驱使下,马县长在听到他的属下汇报了这件事之后,便急匆匆地赶了来。

马县长,水袖子被冯二虎按倒在阳台的栏杆上,一看到马县长的影子,就极力挣脱冯二虎的手指,呜呜咽咽地向他发出求救的信号,快来救我……

马县长抬起头,看到水袖子伏在栏杆上那副可怜兮兮的样子,不禁心生爱怜,赶紧小跑了几步,大声对冯二虎喝道,住手——

冯二虎居高临下地看着他,眼神里没有一点不安,而是依旧用那只手掐住水袖子的脖子,甚至夸张地加大了手指的力度,明显是要让下面的马县长看个明白。

冯司令,马县长犹豫了一下,还是按照官职称呼他说,不要胡来……在他想来,自己都第一次称呼冯二虎司令了,这个正处在冲动中的家伙大约也该冷静一些了吧?

马县长,冯二虎其实一点都不头脑发昏,而是用格外冷静的声音对他说,我抓住了一个通共分子,正要把她丢到楼下去呢。

什么通共分子?马县长有些恼怒,不就是一个普通的女人吗?你冯司令犯得着和她过不去吗?听我一句劝,赶快放开她……

我说得一点不假,冯二虎大声反驳他说,上午她还勾结几个共产党,要朝我痛下杀手,要不是我跑得快,现在早就横尸大街了,马县长不是一向主张和共产党势不两立吗?该不会同情这个通共分子吧?

你,马县长张了张嘴,不知道该怎么往下说了,上午冯二虎受到共产党袭击的事儿,他也听到过了,但就是不相信,那个水袖子真的是他们的内应,冯二虎不过是借着这件事,要对这个已经怀有二心的妓女痛下杀手,其实说白了,冯二虎不过是有意做给他这个县长看的,自从他把水袖子送到他身边来的时候,或许就已经后悔了,就决定要惩治这个倒霉的妓女了。想到这里,马县长有些醒悟,或许自己不知不觉间已经落入了冯二虎的圈套,搞不好,不但救不了水袖子的命,自己也惹得一身骚也说不定呢。

见他无话可说了,冯二虎的胆子更大了,索性一不做二不休,拎起水袖子轻盈的身子,一下子丢出栏杆去。去你的吧。冯二虎向她送行说。

马县长瞪大了眼睛,直愣愣地看着水袖子的身体从阳台上落下来,身上的衣服飘起来,远远看去,水袖子就像一只断了线的风筝,在空中悠荡了几下,随着"啪嗒"一声响,便落到了地上。马县长……水袖子似有若无地发出一声感叹,便再也没有什么气息了。马县长真切听到了水袖子临死前的那声呼唤,不禁闭上眼睛,在心里狠狠地骂道,冯二虎,你这个浑蛋……

但还没有等他作出反应,冯二虎就迈着坦然的脚步走下楼梯,径直来到了他面前。马县长,冯二虎直直地看着他,用阴阳怪气的口气说,我把共产党消灭了,你该怎么表彰我呢?

马县长睁开眼睛,也用凶狠的目光看着他。虽然他没有说出话来,却在心里明确告诉自己,从这个时候起,他和这个杀人魔王已经彻底决裂,那么接下来到底是鱼死还是网破,他似乎还没有多少把握。但望着冯二虎那张凶狠的面目,还没有真正杀过人的马县长感觉到了一股透彻肺腑的寒冷,一种不祥的预感从他脑海中像闪电一般划过去。

那天之后,冯二虎和马县长的关系就处在了一种微妙的情况下。爷爷从马县长的态度中,觉得会有一种变化出现,但究竟是什么样的变化,他又想不出来,看马县长的意思,他怕是也对这种变化进行了某种准备。但冯二虎却没有什么动静,依旧像往常一样忙着抓捕进步群众,拷打被关押的共产党人,忙得不亦乐乎。一些日子过去后,爷爷想象当中的那种变化也没有出现,于是便觉得自己自作多情,或许冯二虎和马县长这种既互相配合又相互提防的局面会一如既往地保持下去,所以也就又回到了过去那种麻木的状态中。

接下来的这一天,爷爷接到了冯二虎派人送来的请柬,让他晚上去参加为马县长举行的生日宴会,地点还是在过去那家酒楼。爷爷有些没想到,冯二虎竟然代表保安大队为马县长过生日,可见他们的关系并没有破裂,对于这种蝇营狗苟的事儿,他不愿意参与,又担心到时候马县长会让冯二虎派人来绑架他,为此而惹上一场不必要的麻烦,于是也就先进行了妥协,干脆硬着头皮去赴宴好了,看这两个狗东西到底唱的是哪一出。

　　爷爷来到酒楼时,除了马县长之外,大多受到邀请的人都来到了。黄团长的正规部队已经换防,所以在这个场合里唱主角的自然是冯二虎了,况且这场宴会又是保安大队主办的,于是在马县长到来之前,大家便都围在他身边,争相向他说着讨好的话。一见爷爷到来,冯二虎感到很高兴,便丢下那些人,主动来到了他身边。爷爷想躲开他,但又不知道该去什么地方,也就勉强和他坐在了一起。兄弟打起精神来,冯二虎把嘴巴凑在他耳边,低着声音提示他说,到时候你就请看好戏吧。爷爷不知道他说的是什么意思,便随口问他说,不是要给马县长过生日吗?又有什么好戏可看呢?冯二虎在鼻子里哼了一声说,你真的以为这是一场生日宴会吗?实话告诉你吧,这场宴席是为马县长送行的。爷爷有些不明白,送行?马县长要走了吗?冯二虎点点头说,是呀。爷爷有些诧异,按照自己的理解脱口说道,马县长要高升了吗?冯二虎挠了挠他的光头说,也差不多吧。爷爷还要往下问呢,但就在这时候,马县长到来了。

　　马县长风尘仆仆地走进来,一见这么多人等在宴席上,赶紧摘下头上的礼帽,不好意思地对人们说,让大家久等了,刚才我处理了一些公务,所以就晚来了一步。他见大家都坐好了,便朝站在门口的服务员招了一下手说,开始上菜吧。

　　丰盛的菜肴端上来了,大家围坐在马县长周围,举起手中的酒杯,争相向他敬酒。祝马县长生日快乐,盼望马县长步步高升,席间充满着诸如此类的奉承话。马县长也非常高兴,便频频地和大家碰杯,只要是向他敬的酒,他一概不加推辞,都一滴不剩地喝下去。很快,马县长的马脸上就布满了红润的色彩,看上去,就像一朵受到霜打的花一样开放起来。爷爷注意到,在如此欢乐的气氛中,只有冯二虎默默地坐在一边,既没有向马县长敬酒,也没有说一句祝福的话,而只是端着自己的酒杯,用两根手指不停地把玩。爷爷看出来,这当然有些不同寻常,冯二虎可是一个标准的酒鬼呢,不仅酒量大,而且喜欢喝,碰到这样的场合,他哪里会留得住嘴呢,何况今天的宴席就是他为马县长摆下的,怎么能不主动站起来敬一杯酒呢?爷爷想提醒他一下,但又觉得这件事与自己无关,还是不操这个心为好,就算是冯二虎把酒杯扔在了地上,又有他的什么事儿呢?

　　好像配合爷爷的想法似的,冯二虎突然间站起来,高高举起手里的酒杯,狠狠地摔在了地上。随着"啪嗒"一声响,玻璃酒杯在地上碎成了若干块,里面的酒液也洒了一地。听到这个动静,那些和马县长在一起说笑的人不胜惊讶,都停止了说话,而且掉过头来,朝冯二虎这边看,不知道究竟发生了什么事儿。爷爷也被吓了一跳,不明白冯二虎这是唱的哪一出,就算是为马县长送行,也不该使用这种不友好的方式吧？冯二虎等大家都把目光落到了自己身上，才对着门口喊道，来人。随着他的喊声，闯进来好几个持着枪支的士兵，一个个威风凛凛地站在他身边，等待他进一步发出命令。

怎么回事？马县长也站了起来，推推落在鼻梁上的眼镜，似乎要看清楚眼前发生的情景，待目光落在那几个荷枪实弹的士兵身上，便伸过手去，指着冯二虎的脑门说，冯司令你要干什么？

我要宣读一项逮捕令。冯二虎不紧不慢地说。

逮捕令，马县长有些莫名其妙，什么逮捕令？你要逮捕谁？我并没有签发这样的命令，你该不会擅自做主吧？

我现在要宣读的逮捕令，冯二虎用嘲讽的口气说，就用不着你这个县长大人签发了。他从衣兜内掏出一张盖着红印的纸，高高地举起来，在大家的头顶上抖了几下，便拿到眼下，大声宣读起来。

到这个时候，人们才终于弄明白，原来冯二虎宣读的逮捕令，是从省保安司令部发来的，被逮捕的目标不是别人，正是被人们围在中间隆重庆生的马县长。逮捕令上明确无误地写着，马县长有通共嫌疑，责令东阿县保安大队对其进行拘押，同时免除他的县长职务，待查清楚这件事之后，再酌情发落。听到这里，所有在场的人除了冯二虎之外都目瞪口呆，对于这个突发的消息，包括爷爷在内的人都没有丝毫的准备，一时间差不多都掉进了一个不真实的梦魇里，让他们简直不知道怎么办好。

姓冯的……马县长眨了眨眼，也终于明白过来是怎么回事，短暂的惊愕过后，便是极度的惊慌，但他还不甘心这样不堪的局面会是现实，依旧想在落网前进行一番挣扎，就像一只抛到岸上来的鱼儿总要蹦跳几下一样，尽管这样的挣扎没有什么用，但对于一个活物来说，又怎么情愿让自己躺到砧板上去呢？姓冯的，马县长咬牙切齿地说，看来你在暗地里对老子下手了？

没错，冯二虎朝他点点头说，出于对党国的绝对忠诚，面对你这样的通共分子，我怎么能不向省政府和保安司令部举报呢？

好你个汉奸，马县长终于醒悟过来，知道一切都无法挽回了，愤怒情绪便达到了前所未有的高潮，止不住连连跺起脚来，竟然在背后对老子下手，忘记你怎么走到今天这一步的吗？没有老子，你恐怕早就被共产党碎尸万段了，你不知恩图报，反而陷害老子，等着吧你，就算老子下地狱，也会一起拽上你的。

冯二虎不想听他这些胡言乱语，对那几个早就跃跃欲试的士兵挥挥手说，把他给我铐上,带到监狱里去。他的话音刚落,那些士兵就一拥而上,不由分说按住了马县长,爷爷觉得,如果马县长束手就擒的话,或许也不会让自己落得更为狼狈,但马县长自己不是这样想的,好像不挣扎那么一下,就会无法向在场的看客们交代似的,于是在身子被按住的时候,他依旧不肯屈服,拧着身子晃来晃去。冯二虎等待的就是这个机会,冲过去,举起手来,在他脸上狠狠地打了几个耳光。爷爷觉得,冯二虎这个时候一定想起军阀黄团长打他耳光的情景,所以也就把藏在心里的这几巴掌施加到了马县长脸上,可怜像一介书生样的马县长被打坏了,眼镜落到了地上,一颗牙齿也从嘴里蹦出来,落到了面前的菜盘子里。冯二虎还不拉倒,索性按住马县长的脑袋,将他的脸直接按到盘子的菜肴里,又使着劲揉搓了几下。马县长脸上立刻沾满了黏糊糊的菜肴,当他抬起头来时,人们简直不知道他那张脸到底是长还是宽了。

姓冯的,马县长被士兵们带出去的时候,尽管已经没有多少士气了,却依旧不甘心地嘟囔着,老子和你没完,就是死了也要拿你垫背……

当马县长经过身边时,爷爷朝后退了一步,以让他更快地被带到外面去,他真不想看到马县长被搞成这种不堪的样子,这时他才真的领教到,该死的冯二虎,杀起人来真是眼也不眨一下的。

<h2 style="text-align:center">七</h2>

马县长被拘押之后,冯二虎对他进行了疯狂的报复,三天两头地对他拷打一顿,没过多少日子,马县长就撑不住劲了,到这个时候,冯二虎才把他押到省城去。在新任的县长还没有到位之前,冯二虎便成了东阿县最有权势的人,变得更加疯狂起来,简直达到了无所不能无恶不作的极端程度。爷爷鉴于马县长的教训,虽然极力反感这家伙,却不敢与他硬抗,只能采取敬而远之的策略,从此不再轻易与他往来。冯二虎对爷爷很失望,也就不再指望他为自己效力,一般情况下不再理会他,那些日子里,冯二虎好像忘记了有爷爷这样一个人存在似的。但爷爷却始终放不下心来,冯二虎是个报复心很强的人,又怎么可能轻易放过他呢?只不过还没有找到这样的机会而已。于是爷爷也就悄悄地等待着,等待着与冯二虎彻底决裂的日子到来。

爷爷一般不再出门去,而是躲起在家里读一些闲书,以远离外面的是非,但他又知道,这样的目的其实是很难达到的,在这个混乱不堪的日子里,外面的是非既然不断发生着,他又怎么能真正躲得了呢?这一天,爷爷正在家里无所事事地晃悠,突然听到隔壁传来噼里啪啦的声音,好像出了什么事儿,便凑到院墙下探听。爷爷记得,隔壁好像住着一个孤独的老头,看着也挺和善的,爷爷刚来的时候,本来是想和他搞好关系的,自己毕竟是一个外来户,要想在这里平安住下去,邻里之间的关系也很重要,于是就到他家里拜访了一下。但老头对他很冷淡,摆出一副昂昂不睬的架势,好像什么地方得罪了他似的,搞得爷爷很尴尬,以后也就没有再和他加强来往,只是在门外遇到的时候,主动朝他点一下头而已。老头一个人过活,平时没有什么人打扰他,本来日子也是很平安的,爷爷住在这里一年多了,也没有听到隔壁院里有什么动静,但今天怎么了?为什么传来那么多凌乱的响声?好像那边院里正在发生着什么激烈的事情。伴随着那些动荡不安的声音,老头的叫喊声也响起来。你们这些不讲道理的王八蛋,老头嘶哑着嗓子咒骂,为什么要把我从这里赶走?爷爷听清楚了他的话,不禁一怔,觉得或许是老头家来了强盗,正在对他做着不堪的事情,便赶紧跑出门去,想到隔壁院里看个明白,必要时也能帮上老头一把,不管怎么说,这个平时沉默寡言的老头是个善良的人,不应该受到别人无理的欺负。

爷爷来到老头门前,还没搞明白是怎么回事呢,就从门里退出来一个人影,爷爷躲闪不及,那个人一下子倒在了他怀里。爷爷扶住那个站立不稳的人,才看清原来是老头,再往门里看,一个穿着制服的家伙举起一个行李卷,使劲丢在老头怀里,然后横眉立目地警告他说,快从这里滚出去,以后不许你再回来。老头接住那个行李卷,依旧梗着脖子向他们叫喊,这是我的家,你们为什么要把我从这里赶走?那个家伙不讲道理地呵斥他说,让你走你就走,废这么多话干什么?说罢,他就回到门里去,继续和其他人在院落里拾掇东西。爷爷看着那些人背在身上的枪支,知道他们是冯二虎的人,心里真是想不明白,保安大队为什么要来驱赶这个毫不起眼的老头呢?老大爷,爷爷问老头说,到底是怎么回事?他们为什么要赶你走?

给别人腾地方呗,老头坐在地上,抱着那个行李卷大口地喘息,可这是我的家呀,我在这里住了快一辈子,现在却腾给别人去住了……

谁要来这里住呀?爷爷随口问他。

就是那个人。老头抬起手,抖抖地朝门里指了一下。

爷爷这才注意到,原来在那些保安大队的人中间,还站着一个四十来岁的中年人。那个人也像老头一样抱着一个行李卷,看样子是刚从外面来到这里的,他的穿着也与当地人不同,眼下还没有真正入冬呢,他却穿着一件厚厚的棉袍,头上也戴着一项毡帽,身上透着一种风尘仆仆的样子,好像赶了很远的路才来到这个地方。那个人听到老头的声音,便掉回头来,对着他不好意思地笑了一下。大叔,他歉疚地对老头说,真是对不起啊……

对不起有什么用?老头愤怒地打断他的话,对不起你就别占用我家呀。

这个,中年人尴尬地咧了一下嘴,这个我也没有什么办法,都是冯司令亲自安排的,我也只好……他拱起两手,朝老头做了一个揖,然后便回过身,不再理会他了。

这个人是谁呀?爷爷问道。

是从河西逃过来的地主,老头回答,听说是个鱼山人,他爹受到了共产党的关押,他就逃到这边来了……

原来是这样?爷爷这才明白是怎么回事。就算是给他找地方住,爷爷继续为老头打抱不平,那也不该强迫你从这里搬走呀。

这有什么稀奇的呢?听他这样说,老头的口气忽然冷淡下来,好像想到了什么,便在鼻子里哼了一声说,你现在住的这个院子,不就是别人腾给你的吗?

什么?爷爷吃了一惊,不禁回过头去,朝他住的家门里看了一眼,到这个时候,他似乎才意识到这是一个问题,是呀,他一从乡下来到县城里,就被马县长他们安排到这个院落里来住,但他似乎并没有真正想过,这个地方到底是谁家的院子?以前是什么人住在这里的?又为什么从这里搬走了呢?他忽然明白过来,怪不得老头一直对自己很冷淡,原来是因为自己占用了别人家的院子而感到不满,所以才对自己爱搭不理的,也许从那个时候起,老头便预感到自己有一天也会为别人腾地方?大爷,爷爷拉住他的手说,请您老人家告诉我,原先是什么人住在这里的?

一对老夫妻,老头吧嗒着嘴说,也是和我为邻几十年的老伙伴,你一到这里来,政府就把他们赶走了……

那他们到哪里去了呢?爷爷追问道。

老头摇摇头说,我怎么知道呢?但他随即想了想,又自言自语地说,或许他们去河西了吧?

去河西了?爷爷不禁抬起头,朝着西面的远处看了一眼,但他的目光被那边鳞次栉比的街景挡住了,就算是他站起身来,也不能让目光看多么远的,但他却不由得在脑子里想,眼前也出现了一幅栩栩如生的画面:那对老夫妻走出县城,沿着通往黄河的道路一路走去,直到来到河边,登上一条开往河西岸的小船……

他们的儿子就在那边,老头也用神往的口气说道,就是留在这里,也没有他们好果子吃的。说到这里，老头抬起头，也朝西边看了一眼，如果我有个在那边的儿子，大概我早就到那个地方去了。

大爷，爷爷关心地问他，你一直一个人生活吗？

我也有一个儿子的，老头叹了一口气说，可是被国民党抓了壮丁，被送到不知什么地方的战场上去了，现在到底是死是活，我一点消息也没有……

爷爷不好再说什么，便只是陪伴在老头身边。这时天差不多就要黑了，空气也变得寒冷起来，爷爷犹豫了一下，还是向老头提出说，大爷，要不你去我家……说到这里，他觉出这样的说法实在不妥，便又改口说，你到这一家去住吧，也好给我做一个伴儿……

我不去，老头摇摇头说，我怎么去住别人的房子呢？

爷爷听出来，老头的话并不好听，口气里也许还透着对自己的不满，但他并没有在意，依旧问他说，那你到哪里去呢？

天这么大，老头抬起头，朝着阴沉的天空里巡视了一圈，哪里还能容不下我一个老头子呢？说到这里，老头便从地上爬起来，抱着他那个简单的行李卷，在最后朝自己的家门口望了一眼之后，掉转回身子，拖拖拉拉地向远处走去。

直到老头消失在远处的街头上，爷爷才恋恋不舍地收回目光，掉头去看他自己住的地方。这根本不是属于你的地方，爷爷在心里提醒自己说，为什么你还要留在这里呢？也许从这个时候起，爷爷就产生了离开这里的念头。

两天之后的夜里，爷爷从梦中醒来，大瞪着眼睛再也难以入眠。他是被隔壁院里传出的动静惊醒的，随着一阵急促的脚步声，院门哐当一声被关上了，好像那个逃亡的地主被叫走了，爷爷有些不明白，此时是午夜时分，那个地主被叫走干什么？第二天一早，爷爷出门去，看见隔壁家的院门上着锁，而且自此以后，那两扇门板再也没打开，那个地主不知到什么地方去了。直到又过了两天，保安大队的两个人上门来找爷爷，请他到监狱里去。爷爷被吓了一跳，以为冯二虎要对他下手了呢，但又想不明白，这些日子他一直安心在家里待着，从来没有和冯二虎见过面，这家伙怎么突然想起他来了，而且一上来就把他投到监狱里去？看来冯二虎也知道他不乐意配合，索性派来两个持枪的手下，打着什么请的旗号，直接把他押到了监狱里。直到走进监狱的大门，爷爷见到了等在这里的冯二虎，才搞明白到底是怎么回事。

原来，那个地主一逃到东阿县城来，就纠集了一些与他有类似经历的人，组成一支还乡团武装,做着有一天跟随国民党军反攻河西解放区的美梦。但这个地主还乡心切,似乎等不了这样的反攻机会,大约也知道这样的机会根本就没有,于是便在前几天的夜里,怂恿冯二虎带领一个排的国民党士兵,由他亲自引路,乘着夜色渡过黄河,偷袭了河西解放区,具体说是鱼山和周边的几个村落,因为这个地主是鱼山村人,对那一带特别熟悉,知道解放区武装力量的具体部署,还有造船厂的位置,以及各村民兵布防的情况。别说,这次行动还真的达到了一些效果,那个地主领着冯二虎他们一登上西岸,就直奔鱼山村而去,干掉站岗的民兵,对村公所、小学校等几个临时军事地点进行袭击,打死了许多驻守在那里的民兵和武装人员,然后又来到造船厂,把携带的汽油泼洒到船只上,放了一把通天的大火。驻防的部队和区武装工作人员很快赶来,对偷袭的匪徒们进行围歼,冯二虎带去的国民党匪军大多被打死,那个带路的地主也葬送了性命,倒是实现了真正的还乡,只有冯二虎和几个手下逃了回来。这次偷袭的最大成果是,他们在鱼山村抓到了几个村干部,其中有一个叫孙秀珍的妇女,据说是他们的核心骨干,掌握着许多河西解放区的军事机密,如果撬开了她的嘴,对他们以后进行更多的袭扰可起到关键的作用。但冯二虎没想到,那个叫孙秀珍的女人看似非常柔弱,与一个不起眼的村妇没有任何区别,但几次拷问下来,孙秀珍被打得血肉模糊,几次昏死过去,结果也没有吐露一点有价值的信息,就连杀人如麻的冯二虎也感到有些棘手,如果再对她进一步拷打的话,恐怕会让这个女人送命的,那对他们来说也没有什么好处,冯二虎不知道杀害了多少人,多一个少一个对他来说也无所谓,但情报却是万分珍贵的,只要有一线希望,他都不会放过这个难得的机会。但孙秀珍宁死不屈,就是咬紧牙关不开口,横行一时的冯二虎也拿她没办法,既然武的不行,那就来文的,冯二虎思来想去,还是把主意打到了爷爷身上,让他这个学法律出身的所谓的参议员上阵,对作为犯人的孙秀珍进行诱导和劝诫,或许会起到某些效果呢。于是,冯二虎便抱着试一试的侥幸心理,派人把爷爷请到了监狱来,让他给孙秀珍当说客。

怎么让我去干这种事儿?一明白事情的真相,爷爷就摇头拒绝说,这件事我干不了,你去找别人好了……

你有通共的嫌疑,冯二虎径直威胁说,所以你才是这件事的最佳人选。

我没有通共,爷爷赶紧辩白说,我也不知道该怎么通共……

还说没有?冯二虎凶恶地打断他的话说,当年在你家的草堆里,我和我的小老婆说是共产党,你才伸出手来帮助我们,这你总该不会忘了吧?难道这不是你私通共产党的证据吗？

好你个……爷爷也有些恼怒，当年我好心好意地救你，现在你反而……

好了，冯二虎口气缓和下来，我也不想把你往通共分子的道上引，还不是被你老弟逼的吗？他伸出肥厚的手掌，在爷爷肩膀上拍了一下，又做出非常亲昵的样子说，兄弟，其他都是假的，让你老弟来帮我一把却是真的，现在那个女人特别难对付，我手里的板子都打断了，对她也没有什么作用，而你是一个轻易见不得血腥的人，心肠慈悲，头脑聪明，有你出山帮助我，到那个女人身边去说上几句关心的话，或许会真的起到作用的。我早就看出来了，那个女人吃软不吃硬，你这样的人去关心她最为合适，搞不好她心一软，就会向我们开口的。

听他这样说，爷爷便也明白了，冯二虎这是要用软刀子杀人，而他自己便成为人家手里的一把刀。他不知道孙秀珍是一个怎样的人，如果真的像冯二虎所说的那样，吃软不吃硬，在自己花言巧语的蛊惑下，她产生了妥协的念头该怎么办呢？不是给河西的解放区造成损失了吗？我不去，爷爷依旧梗着脖子说，这件事我干不了……

你去也得去，不去也得去，冯二虎马上冷下脸来，用格外清晰的语气警告他说，马县长的下场才过去几天呀，你难道就忘记了吗？该不会你也想要步他的后尘了？他绕着爷爷转圈子，凶恶的目光在他身上扫来扫去，别以为你救过我的命，老子就不敢对你下手，马县长还救过我的命呢，我不一样弄得他生不如死吗？是不是接下来你也要尝尝这种滋味了？

你想这么做的话，爷爷也索性豁出去了，鼓着勇气昂首挺胸地说，那你就这么做好了。

呵，冯二虎冷笑了一声，真是没有想到，就你这个小身板还能说出这样硬气的话来，看来我真是小看你了，既然你不给我面子，那我也就对你不客气了。说到这里，他朝旁边招了一下手，来人。等那两个带爷爷来的家伙跑过来，冯二虎径直对他们说，给我把他关到监狱里去，说到这里，他又想起什么来，便又追加了一句，对，和那个女共产党关在一起，也好让他们互相解个闷儿。说完，他就掉转身子，迈开大步走出去。

那两个家伙扑上来，从两边架起爷爷的胳膊，扯扯拽拽地把他拖进了监狱最深处，一个最为黑暗的角落，打开一扇铁栅栏门，使劲把他推进去，然后哐当一声锁上了门。

　　等适应了黑暗中的一点亮光,爷爷看清楚了他置身其中的这间牢房的情况,靠墙的地方支着一张矮床,上面没有被褥,只是铺着一张草席,门口有一只脏污的木桶,大概等同于厕所了,除此之外,牢房里再也没有其他东西了。爷爷坐在那张矮床上,发了一会儿呆,突然意识到,这间牢房有些熟悉,好像以前来过这里似的。他很快想起来,这不是上一年关押冯二虎的地方吗?也就是说,除了这间最为隐秘的牢房有这张矮床之外,其他牢房还没有这种待遇呢。这个该死的东西,爷爷在心里骂道,他竟然把老子关进他曾经坐过的牢房,明摆着也是让自己体验一下他当时的感受,这种惩罚里面竟然不乏一丝恶意捉弄的成分,既让爷爷感到愤怒,又觉得好笑,冯二虎以为用这种方式羞辱自己,就能达到他卑鄙的目的吗?

　　因为这间牢房除了一面是墙壁之外,其他全是用粗壮铁条做成的栅栏,在最大程度上保留了透明状态,便于狱卒们进行监视,但这样一来,爷爷也就看到了隔壁牢房的情景。透过一根根林立的铁栅栏,爷爷看到那边的牢房里既没有矮床,竟然也没有草席,里面的犯人就只能躺在地上,经受着寒冷和潮湿对身体的侵袭。爷爷虽然看不清那个犯人的具体情况,却知道但凡躺在这里的人,身体状态差不多都坏到了极点,再在这种极差的环境中躺上一些日子,就算不再经受拷打,怕是也支撑不了多长时间的。爷爷看出来,那个犯人虽然一直躺在地上,头部却微微动了一下,这说明他也意识到了爷爷的存在。看来那个犯人真的被打坏了,尽管他挣扎了好几回,还是没有让身体坐起来,而只能掉过头来,朝他这边看了两眼。虽然牢房里的光线不够,但因为距离太近,爷爷觉得那个人一定看到了自己的情况。这时他突然感到了一点羞愧,与那个人比起来,自己这个所谓的犯人竟然受到了一定程度的优待,既有床铺还有草席,在这个恶劣的地方可谓是特别好的条件了,这肯定会让那个人对自己产生想法的,就连爷爷自己也觉得他实在不像是一个真正的犯人,既没有挨打又没有受审,关在牢房里简直就等同于一个不合时宜的怪物,有什么资格与那个被打坏了的犯人做邻居呢?人家不要说对他产生想法,就是把他当成敌人看待又有什么可奇怪的呢?这样一想,爷爷在羞愧之余便打消了关心一下那个人的念头,你没有资格,爷爷在心里警告自己,你是一个假货。到这个时候,爷爷便真的明白过来,冯二虎把自己关到这里来,依旧是在按照他的计划办事,也就是说,他依旧把爷爷当作了一个说客,在爷爷拒绝的情况下,他不过是采用了暴力关押的手段,而企图达到的目的却是一样的。这样一路想下来,爷爷也便知道了,那个被关押在隔壁牢房里的犯人,除了是冯二虎让他劝降的孙秀珍之外，还能是别的其他什么人吗？

孙秀珍，爷爷在心里对她说，你还好吗？

爷爷没有脸面去和人家打招呼，而只能在心里这样问了她一句。就是在这个时刻，爷爷决定，不要去和孙秀珍做任何交流，不然的话，自己就会坐实劝降一个共产党人的嫌疑，而这是他绝对不愿意干的一件事，所以也就不能按照冯二虎的意愿去行事，不管冯二虎耍尽什么样的花招，爷爷都不会让他的阴谋诡计得逞的。打定主意之后，爷爷就变得有些坦然起来，安静地坐在矮床上，抱起两只肩膀，闭上眼睛，让自己处于一种假寐的状态中，即便是周围的暗处有警察监视着他，也不会看到他向孙秀珍做任何攻心工作的。

就这样，爷爷和隔壁牢房里的孙秀珍安静地相处了两天两夜。当第三天到来的时候，孙秀珍的状态好一些了，能够倚着墙壁坐一小会儿，这时他抬起头来，很轻易地看到了隔壁牢房里的爷爷。作为一个有经验的革命者，孙秀珍的年龄虽然不大，却是一下子就看出了爷爷的身份、状态甚至心思，在又安然相处了一天之后，到第四天的时候，孙秀珍终于张开口，主动和他打了一个招呼。

你不用担心，孙秀珍打起精神来，用微弱的声音对他说，我不会被你的存在所影响的，如果你感到压抑的话，就说几句话也无妨。

听她这样说，爷爷更感到了羞愧难当，这个经受了如此痛苦折磨的人，竟然还为他这个派来监视她的人着想，看到他坐在牢房里实在煎熬得难受，就主动劝解或者说开导起来。孙秀珍说得没错，爷爷在这里已经待了四整天了，并且坚持不对隔壁牢房里的人做出任何表示，也就意味着他断绝了和周围环境的所有交流，因为在他们目光所及的这个地方，仅仅只有他和孙秀珍两个人，这对于爷爷来说，孙秀珍就是他在牢房里的社会关系，拒绝和这个人交往，也就意味着他成为一个绝对孤独的人。一个仅凭个体而存在于这个世界上的人，这对爷爷来说是从来没有过的经历，在过去的日子里，他虽然不是一个善于交际的人，却没有把自己隔绝于社会和他人，更没有想到有一天会被关到监狱里来，更要命的是，当他置身于监狱的可怕环境中的时候，却因为要洗清劝降他人的嫌疑而拒绝承认他人的存在，而这个他人却的的确确待在他的身边，虽然中间隔着坚硬的铁栅栏，但却能真切地感受到那个人的存在，她的每一个动作，她的每一声呼吸，就连她在昏暗中眨一下眼皮，他都能准确地感受出来，在这种情况下，要让他承认那个人不存在，这对心细如发的爷爷来说简直比登天还难，这就意味着，爷爷在这些日子里不但是让自己的身体坐牢，更是让自己的思想和心灵蹲了大狱。

不要,即使孙秀珍主动和他打过招呼,并给予了他开口说话的理由和不用承担的后果,爷爷还是在心里一遍遍地警告自己,不要……

孙秀珍更加看出了爷爷的心事,为了不让这个人在牢狱里疯掉,她再次打破两人之间的沉默,主动说起话来,虽然她现在说的不算是和爷爷真正的交流语言,而仅仅是属于个人的自言自语,却让这两间像地狱一般死寂的牢房充满了一点点生息,就像一缕清风穿透厚重的墙壁吹到了爷爷脸颊上一样,让他真切地知道自己还活着,这对孙秀珍来说或许就已经足够了。我是一个童养媳,孙秀珍喃喃自语地说,在我八岁的那一年,因为赶上了大旱,家里没有粮食吃,我娘就饿死了;到第二年,我爹又病倒了,根本拿不出一分钱来治病,没过多久也去世了,家里就剩下了我一个人。那时候我小,什么事也做不了,只好去吃百家饭,百家饭你知道吗?就是去吃别人家剩下来的东西,如果其他人也没有东西吃,那我就只能饿肚子了。幸亏乡亲们的接济和帮助,我才没有像我娘一样被饿死,而是勉勉强强活了下来。就是在这种情况下,鱼山的一家人把我收养了,小小年纪就成了他们家的童养媳。其实这家人的日子也不好过,他们常年以打鱼渡人为生,也没有自己的土地,这就是说,那条黄河是他们赖以生存的根本,黄河如果好好流着,他们还能生活下去,黄河如果不好好流了,那他们就被断掉了饭碗。抗日战争爆发以后,国民党为了阻止日本侵略者,在河南炸毁了黄河大堤,导致黄河改道,这个地方的河道就再也没有了水,我们这些依靠黄河过日子的人就倒了大霉,鱼打不成了,船渡不成了,我们吃饭的饭碗也就丢掉了。我婆家没有一分土地,在陆地上也找不到什么活路,再加上日本人的祸害,我们想不出任何办法,就只能等待老天爷领我们上西天了。就在这时候,人民政府的抗日武装来到了河西,在打退了日本鬼子的扫荡和围剿之后,广泛发动群众,成立属于我们自己的农会和妇救会,有土地的进行减租减息,没土地的进行土地改革,像我们这样的人家,人民政府就从地主老财手里夺回来一部分土地,交到我们自己手里来耕种,就是在这种情况下,我们的日子才获得了根本的改变,原先没吃没喝的局面终于熬到了头。人民政府带领我们打跑了日本鬼子,还没来得及喘上几口气呢,逃到南方去的国民党就回来了,要从我们手里夺去这些胜利果实,改变我们这个地方的生存方式,你说我们这些刚刚有饭吃的人能答应吗?不用再经过人民政府的发动和说服,我们也知道应该拿起枪来,与重新欺压我们的地主老财和他们的后台国民党反动派进行斗争,不把这些吃人的魔鬼豺狼从我们这里赶走,老百姓是不可能真正过上好日子的……

　　就这么简单吗？爷爷听着孙秀珍的诉说，不禁在心里问她说，是呀，这是一个非常浅显的道理，却完好地回答了这个年轻女人为什么冒着失去生命的危险参加革命的问题，回答了她为什么忍受着难以想象的折磨和痛苦而不肯向敌人屈服的问题，爷爷很纳闷，这样浅显的道理为什么自己以前不明白呢，可不是吗？在以前的日子里，他也的确对孙秀珍这样的人为什么如此坚决地和国民党进行斗争而感到茫然不解，现在听了她这一席话，竟然如醍醐灌顶一般豁然开朗，也就是在这个时刻，爷爷懂得了一个普通人成为坚强革命者的所有道理，在对这样的革命者心生敬意的同时，爷爷也对自己在以后的日子里成为这样的人产生了朦胧的冲动……

　　革命并不复杂，孙秀珍似乎知道他心里在想什么，便又进一步明确对他说，革命就是解放人民大众，如果有更高目标的话，那就是解放全人类，让他们从黑暗的笼罩下走出来，走向另一个光明的世界，就像我们不能总是待在黑夜里，而必须到明亮的白天去生活一样。可要实现这样的目标，我们就必须起来抗争，起来革命，而不能躺在黑暗里做不切实际的美梦，那样的话，我们是不可能走到光明天地里去的。说到这里，她忽然意识到了什么，便又轻轻微笑了一下说，所以你要想从我们这个牢笼里走出去，就必须站出来和他们斗争……

　　到这个时候，爷爷知道自己不能再一味地沉默下去了，就算自己要冒杀头的风险，他也要和这个启蒙了他或者干脆说说服了他的女人说上一句话，也算是他不枉结识这个女革命家一场。请你挺住，爷爷站起身来，冲到栅栏边，透过那一根根铁条朝孙秀珍说道，我一定要想办法把你救出去……

　　不用了，孙秀珍摇了摇头，他们不会放过我的，我已经没有走出去的机会了……

　　可你刚才，爷爷跺了一下脚说，你刚才还说一定要到光明的世界去，现在怎么就丧失信心了呢？难道你不想斗争了吗？

　　我已经斗争过了，孙秀珍又微笑着摇摇头，强撑住似有若无的力气说，现在要轮到你了……

　　你不能放弃，爷爷夸张地朝她挥舞着拳头说，不要忘了，你是一个革命者，只要还有最后一口气，你都要斗争斗争……爷爷焦急得快要哭起来，他看出来，或许孙秀珍的确快要支撑不下去了，如果他能够平静下来想一下的话，也对孙秀珍目前的处境不会再报多么大的希望，但爷爷此刻已经忘记了现实的逻辑，他只是沉浸在被孙秀珍所蛊惑或者说发动起来的革命激情中，面对着这个在某种意义上可以称之为启蒙导师的人呈现出来的虚弱状态，他又怎么能不从内心深处发出激烈的呼唤呢？是的，这一刻爷爷恨不得挥起自己的拳头，推倒那些粗壮的铁栅栏，将孙秀珍抱到自己的怀里，然后再推倒那些厚重的墙壁，携带着她冲出这黑暗的牢笼，投入外面那个光明而自由的世界里去……

爷爷弄出的动静太大了，很快，封闭了好几天的牢门就哐当一声打开了，两个身强力壮的狱卒冲进来，不由分说将他按倒在地，然后在他手上扣上手铐，扭着他的胳膊往外走去。你们不要动我。爷爷拼命挣扎，就像孙秀珍所说的那样，他要斗争，要革命，现在他就用自己不屈的挣扎来践行孙秀珍所赋予他的信念和精神。但爷爷毕竟在牢房里待了那么多日子，身体也已经虚弱得不行了，尽管他身上火热的激情在燃烧，但仅仅挣扎了不一会儿，他就处在了虚脱的状态中，不管他在脑子里发出怎样的指令，手脚也不那么灵便，甚至有一刻感到了麻木，如果不是那两个狱卒架着他，或许他已经倒在地上了。你们休想让我屈服。到这个时候，他还在嘴里一遍一遍地念叨。

一个庞大的黑影矗立在牢房门口，虽然他背对着光线，爷爷还是从他毛茸茸的轮廓上认出来，是冯二虎在这里等待着他。爷爷刚被架出牢房，冯二虎就抬起胳膊，将蒲扇一般的大手掌击打在他的脸上。你这个不识好歹的王八蛋，冯二虎一边打他的耳光一边愤怒地叫骂，脑袋上所剩无几的粗硬刚毛胡乱奓挲着，我让你去劝降那个女共产党，你不但没有完成我的使命，可现在倒好，你竟然被她赤化了。冯二虎打累了，终于停下手来，跺着脚对他吼叫，你竟然也想当一个共产党，老子就不明白了，那个孙秀珍竟然有那么大的本事，这才几天就让你变成一个革命者了？既然你想加入共产党，那老子成全你，明天就送你上西天。说到这里，他举起手来，做出拿枪的架势，冲着他连续扣动扳机。

冯二虎所说的明天很快就来到了。这是一个分外寒冷的日子，天空里积聚着厚重的阴云，凛冽的北风一阵阵刮来，吹打得树木掉光了最后几片叶子。现在正处在十月间，按说冬天还没有真正到来呢，但走在街头上的人们很早就穿上了厚重的棉衣。快到中午的时候，天上下起了零星的小雪，不一会儿，光秃的地面就成了一片白色。

爷爷被押出牢房不久，孙秀珍也被押出来了，准确地说，孙秀珍是被抬出来的，这时她已经不能走路了，开始两个警察还能搀着她走上几步，但很快孙秀珍就支撑不住了，那两个警察便只好抬着她走。爷爷虽然被冯二虎暴打了一顿，却没有再受到拷问,早上狱卒还让他吃了一顿饱饭,在爷爷看来,这大概就是最后的"晚餐"了。看到孙秀珍极度虚弱的样子,爷爷突然后悔起来,或许不该吃那顿饱饭,如果他也饿得走不动路了,便可以和孙秀珍一样被抬着走了,也就是说,只有那样,自己才配得上和孙秀珍一起上路,现在,人家都被折磨成了那种样子,而他自己却大摇大摆地朝前走,总之一句话,此时他还没有成为像孙秀珍那样坚定的革命者……

　　一队警察押着他们走过东阿县城大街,来到了城南面的一片小树林边。树林的规模虽然不大,但里面的树木却十分高挺,爷爷认出来,这里的树木几乎都是笔直的杨树,一棵棵虽然没有一片叶子,却是直接插到了高远的天空里去。一群黑色的鸟儿栖息在树杈上,看到行刑的队伍到来,便纷纷大叫着飞往远处去。雪已经下得大起来,小树林里一片萧索的肃穆景象。爷爷和孙秀珍被押过来时,有几个警察已经开始在树林里刨起坑来,爷爷看出来,那些才挖出来的坑穴大约就是他们的去处,也就是说,冯二虎这些国民党匪军处决他们的方式不是枪毙,而是更为残酷的活埋。这真是一群毫无人性的狗东西。爷爷在心里骂道,他有些想不明白,在过去那么长的一段时间内,他怎么会和这些人搅在了一起,而且还在某种程度上为他们的暴行帮了忙,出了力呢?这一刻,他又感到了自己身上的罪行。或许你真的该死。他对自己说,这个念头一起,他又觉得获得了某种解脱,好像自己真的应该得到这样的下场似的。但他随即又想到了孙秀珍对他说的最后那几句话,走出黑暗,奔向光明。爷爷此刻感到,或许这仅仅是一个美好的愿望,是一个对他来说很难实现的目标,或者说他已经错失了走向这个目标的机会。如果有来世的话,他深切地叮嘱自己说,你一定要从这黑暗的世界里走出去,奔向远方那个光明的新天地。说到这里,他抬起头来,本能地朝着西天边看了一眼。他忽然看见,西半天的阴云不知什么时候散开了一条缝隙,一缕明亮的日光从那个地方撒下来,照亮了下面一个非常广阔的世界,爷爷知道,那个世界就是他渴望抵达而没有机会抵达的地方……

　　别忘了我对你说的话。孙秀珍被那些警察拖进坑穴里去的时候,还斜过头来,用最后的力气对他微笑了一下。

　　爷爷呆呆地看着她。虽然他没有看到孙秀珍开口,却真切地听到了他对自己说的那句话。当孙秀珍被抛到坑穴里去,匪徒们用泥土和石块填充了那个空间时,她对他说的最后一句话依旧在他耳边像滚雷一样轰隆隆响着。我没有忘记,爷爷在心里对她说,我永远不会忘记。但他与此同时又感到,即便记住了她的话又有什么意义？既然他的领路人已经被他们杀死了，那么接下来等待着走上这条路的人不就是自己吗？

虽然爷爷做好了跟随孙秀珍一起死去的准备，而且一点也没有感到恐惧，不仅如此，他竟然还产生了一股强烈的冲动，好像跟随孙秀珍一起死去是多么巨大的荣耀似的。但随后的事实证明，冯二虎没有给他实现这个愿望的机会，当杀死孙秀珍的坑穴被填满以后，押解他的警察却将他拖出小树林，走上了返回去的路途。怎么回事？爷爷不服气地扭动身子，为什么不把我埋在这里？他觉得他们不让他跟随孙秀珍上路，也就意味着在他们看来，他这个人还不是一个真正的共产党人，还根本不配做孙秀珍的同志，这当然在很大程度上是一个真实写照，但在此时的爷爷看来，这是对他的轻慢和藐视，甚至在一定程度上是对他的侮辱也不为过，他怎么能甘心让别人这样看待自己呢？于是他不住地扭晃身子，意图挣脱警察的拖拽而停住不走，甚至有一度耍起赖来，整个身子都朝地上躺去。他挣扎得太用力了，以至于让那几个对付他的警察累得气喘吁吁，其中一个一边不住地擦汗一边愤怒地对他说，你这个不识好歹的家伙，是不是活腻歪了呀？另外一个警察实在气不过，抬起脚来，在爷爷屁股上狠狠踢了几下。

过了很久，警察们拖拽着他来到一个十字路口。一个声音命令说，停下。警察们便把他放到了地上。爷爷躺了一会儿，抬起头来一看，是冯二虎，这个家伙不知什么时候来到了这里，走到爷爷身边，垂下头来，居高临下地看着他。你就那么喜欢这儿？他嘲讽地对爷爷说，既然不想走了，那你就留在这儿好啦。他转向那几个警察说，把他身上的衣服扒了。警察们似乎没听明白他的话，一时没有做出反应。冯二虎踢了身边一个警察一脚说，听见了没有？警察们这才行动起来，又围住了爷爷，将他拖起来，有的解衣扣，有的抽腰带，有的扒鞋子，不一会儿，爷爷身上的衣服就全被他们脱下来了，只剩下最后一件遮羞的裤头还斜斜地吊在他的胯上。怎么样？冯二虎再次打量着他说，这回你满意了吧？

爷爷紧抱着自己的身子，忍受着突然袭来的寒冷，不让身体的颤动过分暴露出来。他做梦也没有想到，该死的冯二虎会扒自己的衣服，进而更是从他不屑一顾的眼睛里看出来，这个毫无人性的家伙是在有意折磨自己，也就是说，在他眼里，爷爷这个柔弱的知识分子根本就不值得他像对待真正的共产党人孙秀珍一样，送他到死亡的路上去，而是把他赤裸裸地留在这个世界上，让他毫无遮掩地面对他人和这个世界对他的嘲笑和羞辱。到这个时刻，爷爷才真正看清楚自己在冯二虎心目中的位置，当然也就更加明白了自己在这个黑暗地方的真正价值。

　　冯二虎带着他那帮刽子手，一边大声说笑一边朝远处走去，旷野里只剩下了爷爷一个人。随着寒风刮得越来越猛，飘落的雪花更密集了，而且变得像树叶子那么大，很快，整个旷野便都变成了雪的世界。爷爷从地上爬起来，孤零零地站在风雪当中，远远看上去，就像一个孤魂野鬼那样可怜。爷爷用全力抱紧身子，忍受着风雪的猛烈吹打，扬起他细长的脖子，咧开大嘴，对着越来越阴沉的天空号啕大哭起来。

　　爷爷原本以为，他要在这场猛烈的暴风雪里死去了，或许这就是冯二虎或者国民党匪军安排给他的死亡场景，这时候他又想到了孙秀珍，想到了她对他说的话，或者说想到了他指给自己的去路，但当他用一张赤裸的身子面对这个寒冷的世界时，却以为纵然自己有天大的本事，也不能按照她指引的方向去走了，而只能把一个无比可笑的形象留在这个世界上供他人评点和嘲讽……

　　但就在这时，一个让他想不到的场景出现了。在爷爷一无所知的情况下，一个人从远处走来，将一件老棉袄轻轻披在他光裸的身上。爷爷停止了发抖，吃力地抬起头，望着这个出现在他身边的老人，像是望着一个从天而降的奇迹。大爷，爷爷哆哆嗦嗦地说，你怎么在这儿？

　　曾经的邻居老头伸出一只青筋暴露的手，拂去他头上一层寒冷厚重的雪花，用清晰的语气告诉他说，跟我走吧。

八

　　午夜时分，正是这个世界最为安静的时刻。爷爷背上一个简陋的包裹，走出院门，将一把大锁挂在门鼻上，然后又把钥匙从门缝里丢到院子里去。他抬起头来，最后打量了一眼这幢他即将告别的院落。他想起来，一年多之前，他也像现在这样背着包裹来到这里，住进了这个当时他还不知道是什么人的院落里，如今，他差不多以同样的装束离它而去了，当然，这一去他就不会回到这里来了。再见。爷爷在心里对它说了一句告别的话，便掉过身子，踏上了离去的路途。

　　借着天空中微弱的光线，爷爷走出东阿县城大街，沿着通向西去的道路，一直走下去。这条通往黄河的路途他还没有走过，况且现在是在黑暗的夜间，搞不好就会走错路的。但爷爷却一点也不害怕，他相信，只要朝着向西的方向走下去，就不会犯下大错，就一定会走到他要去的那个地方。从东阿县城到黄河岸边，也就是十余里的样子，但因为是较为难走的山路，期间还要躲避一些不时出现的障碍，对爷爷来说，那些障碍不仅仅是有关路途的，从更大程度上说是关乎人的，具体说是冯二虎和他手下的那些监视者,对于一个踏上逃往河西解放区的人来说,冯二虎他们又怎么肯轻易放过他呢?所以爷爷要避开冯二虎人马的追赶,好在他是处在伸手不见五指的黑夜,要想甩开那些人也是不难做到的。经过差不多半个夜晚的迂回奔走,当东天边浮出第一缕微红曙光的时候,爷爷来到了黄河岸边。等在这里的邻居老头迎上来,把他背在身上的行李接到手里,回身又放到船上去。爷爷借着那缕霞光看见,那条小船就泊在黄河岸边,船桨上还站着一只黑色的水鸟。老头牵住爷爷的手,把他领到船上去。由于赶了大半夜的路,爷爷有些疲惫,在上船的时候,脚步就有些不稳。好在有老头搀扶着他,爷爷便轻而易举地上到了船上。听到他们的动静,那只在船桨上蹲了差不多一个夜晚的水鸟,发生一声清脆的尖叫,然后抖起翅膀,便朝着河道里飞去。老头撑起船桨,把小船轻轻地划离了岸边。爷爷坐在床板上,面向东方,面向正在破晓的天空,透过越来越多的红色霞彩,和他刚刚走出的那个地方做真正的告别,不,不是告别,他只是暂时离去而已,爷爷相信,也许用不了多少日子,他就会随着河西的人马重新回来,将占领东阿县城的那些国民党匪军赶走,尤其要把在那里作恶多端的冯二虎那些人驱逐出去,让他们再也不会出现在东阿县的任何一个地方,只有到那时,东阿县才能真正回到人民手里来,成为人们安居乐业的美好地方。

　　小船离开东岸,在老头全力以赴的操作下,像一条脱离了弓弦的箭矢一般,穿越浩荡流淌的河水,飞快地向河西岸驶去。空中越来越红艳,爷爷知道,过不了多久,天就要亮了……

彼 岸

　　女孩记着母亲说的话,下到河滩里以后,就寻找那片长满红柳的灌木丛。此时已是夜晚,天空阴沉着,没有一点儿星光。女孩虽然是在河边长大的,对这片滩地不算陌生,但要顺利找到母亲所说的那片灌木丛,也不是一件容易的事儿。

　　女孩似乎这才发现,这片河滩上居然长有好几片红柳丛,平时为什么就没有注意到呢?那么母亲所说的又是哪一片呢?女孩回头朝岸上看了一眼,透过朦胧的夜幕,她看见巡逻的哨兵正在那里走来走去,刚才她下到河滩里来时,就差点被他们发现,她叮嘱自己,千万不要弄出动静,便尽力轻抬手脚,猫着腰身,在一片红柳丛中找了一下,又进到另一片中去。

　　差不多找完了这片河滩的所有红柳丛,女孩才总算摸到了那条藏在里面的小船。这是一条小舢板,一把小小的木桨也捆在上面,看来母亲早想到了现在这个时刻。女孩不得不佩服母亲,还是她老人家厉害呀,不知道什么时候就把这条船藏在这里,为现在这个时刻的到来做好了充分准备。

　　女孩屏蔽着气息,使劲将那条小船拉出灌木丛,掉回身来,慢慢朝着水边推去。从灌木丛到水边,要经过一片布满碎石的沙滩,这个地方连一棵草也没长出来,无遮无拦的,要想从这里顺利穿过去,她不能不更加小心谨慎。女孩刚推了半段路程,就忽然听到岸上传来一声吆喝,干什么的?随即便是一声拉动枪栓的响动。女孩赶紧停下手,并且就地卧倒,身子一动不敢动。但过了一会儿,并没有让她担心的枪声响起,女孩这才明白,或许敌人并没有发现她,不过是随便诈喝一声罢了。

　　待河滩上恢复了平静,女孩便再次朝前推船。这一次她更加小心,马上就到水边了,可不能马虎大意,在这个关键时刻出事儿呀。

　　大伯又来了。一进院门,大伯就打量着母亲说,怎么?你要出门?

　　没有……母亲稍稍犹豫后,还是把蒙在头上的毛巾摘下来,在脚上抽打了几下。母亲的动作有些大,从她脚上抽下来的尘土飞起来,向大伯身上飘去。

大伯朝后退了一步。对母亲这个冷待的动作,大伯并没多么在意,在院子里张望了一下,便忽然对母亲说,刚才那个瘸子又来了是吗?

母亲冷冷地翻了他一眼,没有回答他的问话,便转回身去,就要朝屋里走。

我随便问问,也是为了你的安全着想,大伯讪讪地解释说,见她依旧不理会自己,就软下声来请求说,我肚子饿得很呢,要不你给我做点吃的吧?

女孩抢着说,伯伯你回自己家吃吧,我娘还有别的事儿呢。

别的事儿?大伯又把目光转到母亲身上,你们到底有什么事儿?

好吧,母亲想了一下,便朝灶房里走去,边走边说,那我就给你做一点吧,只是我这里也没什么好吃的。

瘸子不是来过了,大伯有些不相信地说,他没带什么好吃物来吗?

女孩跟进来以后,母亲一边朝锅里添水,一边焦躁不安地嘟囔说,看来我被这个该死的缠上了,这可怎么办呢?

女孩张了张嘴,似乎下了很大决心,紧盯着母亲说,要不我去?

你行吗?母亲上下打量着她,天马上就要黑了,你一个人能过河吗?

能,女孩使劲点头,以让母亲相信她的能力,我肯定能过去的。

你不害怕吗?母亲依旧放不下心来。

把它交给我吧。女孩没有回答她的话,而是抬起手,直朝她伸过去。

母亲眨巴着眼睛,又飞快地想了一下,最终还是下定了决心。好吧,她点点头,走到门口,装作随意的样子合上门板,然后便从怀中掏出瘸子送给她的一个小油布包,抖抖地递到她手里。孩子,母亲蹲下身来,使劲抓着她的两条胳膊,这可是天大的事儿,你可一点也不能大意……

娘放心吧,女孩郑重其事地对她说,我肯定能完成任务的。

你真是娘的好闺女。母亲把脸探过来,紧紧地贴在她的身上,眼里噙着激动的泪花。

女孩走出灶房的时候,大伯又看住了她。小兰子,大伯见她要朝院门外走,赶紧问她说,你去干什么?

我去街上玩一会儿。女孩应付他说,一副爱搭不理的样子。

天都黑了,大伯紧紧盯住她,肥胖的脸上满是警觉的表情,马上就到吃晚饭的时候了。

那是给你做的饭,女孩故意在鼻子里哼了一声,哪有我什么事儿?说完,她就昂昂不睬地出了院门。

直到把船推到水里，女孩才长出一口气，这里到岸边有一段距离了，又是在黑沉沉的夜里，就是哨兵发现了向她开枪，怕也是不容易打中她的。

来到了水里以后，女孩才感到这天的夜风并不小，在岸上时，她还以为河里没有什么风浪呢，天气也热，加之出来得匆忙，也就没有多穿件衣裳，此刻在河风的吹拂下，她感到身上一阵阵发紧。也许是心情紧张的缘故，尽管她挥起桨来，想让小船尽快地离开岸边，可手脚怎么也舒展不开，船速也没有她预期的那样快。

看来一定是你对水感到陌生了。女孩提醒自己说。

其实，女孩是在水边出生的。据母亲说，那天她去河边打水草，忽然就感到肚子疼，她知道自己要生了，想要离开河岸，回到家里去。但她根本来不及这样做，随着肚子更加激烈地疼痛，她昏倒在河边。等她睁开眼睛时，看见一团东西从自己腿间爬出来，正在水边蠕动。一排河浪打来，舔住了那个红艳艳的东西。一阵哭声从那个东西的嘴里发出来，既让母亲感到欣慰，又使她觉得担忧。她刚生下来的这个孩子对水如此亲近，但总不能让河浪把她带走吧？

知道了女孩出生的情景，便传说她与水有缘。这样的说法当然是有道理的，一个在黄河岸边长大的孩子，又怎么能不与水结下缘分呢？

但黄河的水说没有就没有了。那年，为了阻止日本人的侵略，国民党竟然在一个叫花园口的地方炸毁了堤坝，导致黄河改道，女孩所在的这片河道，便一连干枯了好几年。这个从小就喜欢玩水的孩子，就像一条离开水的鱼儿，在岸上被晾晒了那么多日子，才终于等来这条河流的复活，但到这个时候，她感到曾经的好水性已经从自己的身上消失了。难道是河水把我抛弃了吗？女孩倍加痛苦地想。

女孩当然不相信自己和这条河的缘分已尽，不会的，她不服气地对自己说，黄河就是我的母亲，怎么能轻易伤害她的女儿呢？女孩使劲划动手中的木桨，让身下的小船穿过一层层波浪，朝着为黑暗所笼罩的河道深处驶去。

尽管天空没有星光，但在外面待的时间长了，尤其是处在涌动的水面上，女孩还是能看清附近的景象，水面随着波浪的起伏，会闪出一块块微弱的光斑，不知道这些光是从哪里来的，却让她不至于迷失方向。女孩所处的这片河道，比别的地方似乎要宽一些，但她来不及选择其他更窄的地段，就只能在这一带渡河了,反正有母亲为她准备的这条小船保驾护航,还有手中这把用起来十分顺手的木桨,她还能到达不了对岸吗?

渐渐地,女孩听到了一阵水流涌动的哗啦声,看来已经离开岸边的浅水地带,抵达了河道的深层。借着朦胧的光线,她看到轻微涌动的水波变成了幅度很大的浪涛,水头掀起来,又忽然跌下去,有一个地方,竟然显出黑沉沉的沟壑,女孩知道,那个地方的河底或许有一个窝洞,才导致了水流变成这样恐怖的样子。赶快离开它。女孩急忙把木桨换到另一边,一阵拼命地划动,将船头调到另一个方向,以避开那个可怕的涡流。

远离了那片区域,女孩才放下些心来,腾出一只手,抹一把脸上的汗水,感到身上稍稍有些疲累。她大喘了一口气,刚想歇息一下,突然听到远处传来"扑通扑通"的声音。她心里一惊,天哪,别是敌人的巡逻艇过来了吧?

瘸子来了以后,就把手里的一个纸包交给母亲。女孩看见,那个纸包油黏黏的,想必里面包裹的又是好吃的食物。瘸子作为守军的一个伙夫,搞这些东西还是有条件的,女孩只是想不明白,他为什么不把这些好吃的东西送给别人,而专门往自己家送呢?

母亲打开纸包,将里面的东西一样样放在桌子上。果然如女孩的想象,这些飘散着香味的食物中,有半块猪头肉,一整块羊肝,两只鸡腿,还有一包花生米。说起来,这些东西都是合适的下酒菜,大约正是瘸子这样的军人喜欢吃的,但谁又能说,他把这些东西带到这里来,女孩和母亲就不欢迎呢?

看这儿,瘸子在椅子里坐下,忽然从身后掏出什么东西,高高地举在手里,朝着女孩喊道,这是什么?

糖葫芦,女孩叫喊了一声,伸出手去,刚要朝他手里夺,但又缩回手来,很有礼貌地问他说,是送给我的吗?

当然是了。瘸子放下手,把那串糖葫芦在她面前摇晃一下,便递到了她手里。

女孩接过糖葫芦,边吃边往屋外走去,有了好吃的东西,她在屋内就没有什么事了,就把那个地方留给母亲和瘸子吧。她似乎知道,除了送来这些难得的好东西,瘸子和母亲还应该有其他事的……

过了一会儿,女孩吃完了那串糖葫芦,想回到屋里去,但她又在门口停住了脚,把耳朵凑过去,透过门板听着里面的动静。刚才她已经隐约地听到,瘸子正和母亲说着什么隐秘的话呢。

听说刘邓大军快要过河了,瘸子的声音,眼下他们就驻扎在对岸的东阿界内,不定什么时候就会向这边发起进攻。

我也注意到河对面了,母亲的声音,隔着河也能看见他们造船的情景,你说他们这是要大反攻了吗?

国民党怕是快要走到头了,瘸子的声音,我这些天抓紧收集情报,把这边的地形画出来,等对岸派人过来,交到他们手里,朝这边进攻时才不至于吃亏。

你的腿脚不方便,可要小心一些,母亲的声音,这边的防范到底怎么样?对岸的动静那么大,国民党不做拼死抵抗吗?

也就是做一些表面文章而已,瘸子的声音,他们或许也知道挡不住共产党的队伍,根本没有心思做布防,拨来的军饷也被当官的贪污了,上上下下人心惶惶,根本没有多少抵抗力。

这就好,母亲的声音,只是对岸的情报员什么时候派来呀?

女孩忽然注意到,院门口探进来一张脸,朝里面张望了一下,看到她回过头来,又马上缩了回去。女孩知道他是谁,便干脆走过去,走到了那个人面前,大伯……

大伯不好意思地挠了挠头,小兰子,是不是你家来人了?

我没看见。女孩撒谎说。

那我进去看一看吧。大伯说着就往院子里走。

你去看什么?女孩大声朝他喊道,故意让屋里的人听到她的声音。

母亲打开门板,从屋里走出来。

听说你家里来人了?大伯微笑着对她说,到底是谁来了?

瘸子也很快走了出来,不动声色地站在母亲身后。母亲朝大伯微笑了一下说,这是我娘家的表哥。

表哥?大伯上下打量着瘸子,脸上不加掩饰地允满狐疑的表情。我怎么不知道你有这样一个表哥呀?她转向母亲说。

母亲没有搭理他,便转身回屋去了。

你是队伍上的?大伯注意到了瘸子身上的军装。

我就在军营里当伙夫,瘸子掏出一支烟卷,热情地朝他递过去,你是兰子的大伯吧?

大伯接过那支烟,在鼻子上闻一下,就夹到了耳朵上。他走上前来,围着瘸子打量了一圈,忽然闻到了屋里传来的肉食香味,不禁抽抽鼻子说,竟然有这么好吃的东西?

母亲在屋里说,那你就进来喝两盅吧。

朝屋里走时,大伯又掉回头看他一眼,脸上的警觉依旧没有消失。

女孩看见,大伯一进到屋里,就直奔桌子上那些好吃物而去,抓起一块猪头肉塞到嘴里,然后又端起酒盅,有滋有味地喝了一口。女孩不明白,大伯本来在村里当着村长呢,什么好东西没有吃过,至于这么没出息吗?

瘸子没有再进屋去,而是蹲在门台石上,不声不响地吸烟,他已经看出来,大伯是对他充满敌意的。

大伯打了一个饱嗝,心满意足地走出来,一看到瘸子,就又虎起脸来。以后你少来这个地方,他不客气地对他说,人家孤儿寡母的,来多了让别人说闲话。

瘸子仰起头,朝天空里吐了一个烟圈,一副不想理会他的样子。

女孩惊讶地看见,随着"轰隆轰隆"的响声,远处的一个黑影正在飞快地近前来,没错,这是敌人的巡逻艇,如果被它发现,那可就坏了。女孩赶紧拨转船头,想朝着远处躲避。但她手中的桨哪里比得了巡逻艇的涡轮,很快,巡逻艇上的手电光就悠到了她身上。

有人,巡逻艇上发出一声叫喊,干什么的?

女孩知道被发现了,但绝不能被上面的人逮住,就拼命地划动手中的木桨,想尽量逃到黑暗里去。

随着手电筒的光亮越晃越厉害,巡逻艇的马达声更为响亮了,敌人的船速加快,似乎一下子就来到小船附近,携带的波浪卷起来,冲击得女孩的小船差点翻掉。

女孩坐稳身子,尽力控制住身下的船板,才躲过了那一波浪峰。但随即她就发现,巡逻艇从前面驶过去,马上又拐回来,再次冲着她扑来。女孩明白了,敌人是企图用这种方式,将她的小船掀翻。

巡逻艇一边绕着小船转圈,一边用几只手电筒轮番朝她扫射,企图晃花女孩的眼睛。哈哈哈,船上的敌兵发出快乐的笑声。也许在他们想来,这个在小船上发抖的女孩,就像一只到嘴的兔子一样,任他们这些凶猛的豺狼戏耍。

这些该死的狗东西。女孩知道逃不掉了,如果小船真被掀翻的话,她有可能也难逃劫数,索性在巡逻艇再次扑来之前,她丢掉木桨,主动跳到了水里去。

果然,这一次,巡逻艇以更加凶猛的气势冲过来,直接撞到了小船上去,只听得"哗啦啦"一阵响,小船散成了几块木板,激起的浪涛也冲着还没有逃远的女孩卷来。女孩赶紧潜下水去,总算躲过了那个巨大的浪头。

过了一会儿,女孩觉得水势平稳些了,才从水中探出头,四下抓摸了几下,终于找到了一块飘动的木板,虽然小船没有了,但借助这块浮在水面上的木板,她也能安全渡过河去的。

女孩以为巡逻艇走远了,刚调整好身子的方向,抱着木板要朝对岸游去时,没想到一道手电筒光又扫到了她身上。这一次,巡逻艇倒是没有回来,随着一阵猛烈的枪响声,一颗子弹擦着她的头皮飞过去。

女孩丢掉那块木板,又一次潜到了水里去,但这并没有使水面上的枪声停下来。女孩在水下还没有游出多远,就觉得左腿上猛然一疼,像是一条鱼咬在了上面。是我负伤了吗?女孩还有些不相信的感觉。

在水下潜出了好远,女孩才再次浮出水面。大约刚从水里出来的缘故,她觉得四周黑乎乎一片,那条巡逻艇或许真的离去了,但腿上的疼痛感觉越来越强烈,她终于知道,自己的确是负伤了。好在那条腿还能动弹,似乎并不影响她游泳的速度。赶快朝前游,她警告自己,趁着这条腿还有劲儿,尽量与对岸更接近一点儿,如果身上的血都从伤口里流走了,那她就只能死在这条河里了。

女孩摸了摸自己的胸口,那份封在油布包里的情报还在,这就好。女孩挥动手臂,互相交错着朝前滑动,现在她什么都指望不上了,既没有船,也没有桨,甚至连那块木板也找不到,看来往下就只能依靠自己的两条手臂了。

瘸子一来到女孩家,就神色凝重地对母亲说,对岸来的人被捕了……

母亲大吃了一惊,赶紧问他说,这是怎么回事?问题到底出在哪里呢?

瘸子朝屋外指了一下说,是那个人告的密?

听了他的话,不仅是母亲,就连女孩也明白了,瘸子所说的那个人是指大伯。

是他?母亲既感到意外,但也没有露出多么惊诧的神色。我只是想不明白,母亲皱起眉头说,他是怎么知道他们行踪的呢?

瘸子在条凳上坐下来,两手抱着头,一副极其颓唐的样子。唉,他重重地叹了一口气,我也想不明白,他们一到这边来,怎么就主动联系上他了呢?

瘸子告诉母亲,那两个人是对岸派来的侦察员,是东阿当地的老武工队员,对这一带的情况也算是较为熟悉,所以他们选择了一个夜晚,悄悄渡过河来,趁着天黑,竟然敲开了大伯家的门板。大伯装作特别热情的样子,给他们做了一顿好饭,然后领他们来到一个废弃的看场屋里,说自己去取情报,让他们在这个地方休息。但他一出了看场屋,就直奔边防指挥部,然后带着一个班的士兵包围了那个地方。

我亲眼看见,瘸子悲痛地说,国民党兵押着那两个侦察员回来,身上捆得结结实实的,还有不少的伤痕,我去指挥部送饭时,看到指挥官正和一个肥胖的人说什么,因为那个人背对着我,虽然我没有看清他的模样,可从他那个胖墩墩的身形上看,就是那个家伙。指挥官拍着他的肩膀,还朝他竖了一下大拇指,一副十分敬佩他的样子。

这个该死的东西。母亲愤愤地跺了一下脚。

我只是想不明白,瘸子纳闷地说,那两个侦察员为什么会找上他呢?他问母亲,难道他也参与过我们之间的事儿?

或许是以前吧,母亲思量着说,小兰子她爹活着的时候,曾经让他参加过一次外围活动,后来发现他不可靠,也就把他挡在了外面,不久,兰子她爹就遇害了……

看来事情就出在这里,瘸子点点头说,大约从那个时候起,他和对岸取得了联系,让他们把他当成自己人了,还有你的男人,死得也有些蹊跷……

这是一只老狐狸,母亲总结说,不知道私下里做过多少坏事呢,现在我们可要全力防着他呀。

我早就看出来了,瘸子感叹地说,只是没想到,这家伙竟然如此阴险。

母亲忽然问他,你的情报收集得怎么样了?

已经差不多了,瘸子站起身来,我得赶快把那张布防图画出来,时间越来越近了……

这时,院门又一次被敲响了。女孩知道,如果不出意外的话,敲门的人肯定是大伯,每当瘸子来她家,只要大伯听到了风声,就一定会跑来看一看的。

瘸子又来了吧?大伯一进来,就不自觉地抽了一下鼻子,这回有没有带猪头肉来呀?

瘸子从屋里走出来,不紧不慢地对他说,哪有那么多猪头肉呀?突然反问他说,对了,最近你有没有受到什么奖赏?或许你得到了更好的东西吧?

大伯愣怔了一下,脸孔不由得变红了。你说什么呢?他急忙掉开脸,不敢去接瘸子的眼神。我可是警告过你了,大伯镇静下来,也用冷硬的口气对他说,不要再来纠缠人家了,寡妇门前是非多,到时候吃亏的可是你呀……

这个不用你管,没等瘸子表态,母亲就站出来对他说,我看你倒是应该少来几趟,就不怕别人议论你这个大村长吗?

我是小兰子的大伯,大伯有些恼怒地说,我兄弟死的时候,我给他发过誓的,要好好保护你们……大伯连脖子都涨得通红了。

谁用你保护?小兰子冲过去朝他吼叫了一声。

这个孩子,大伯尴尬地朝后退了一步,真是不识好歹。

河风越来越大,虽然巡逻艇远去了,河面上什么也看不见,但波浪却并没有小多少,伴随着一层层的涟漪从脸前荡过去,女孩还听到了似有若无的水浪波动声。但比起刚才她受到巡逻艇冲击的时候,河面显得平静多了。

尽管这样,不知怎么回事,女孩还是呛了两口水,这在以前是从来没有过的。难道河水真的对她感到陌生了?她诧异地在心里问。虽然她出生在河水边,与这条河有一种神秘的共生关系,可在它断流的日子里,她毕竟不能再继续亲近它,所有河水赋予她的能力尽管没有完全消失,却打了很大的折扣,现在她就感到了这种能力的下降,虽然拼命运动四肢,拿出记忆里关于游泳的所有姿势,可效果并不是那么理想,她既没有让游速变快,也没有稳住方向,而且在稍微紧张的时刻喝了那两口水。

因为距离对岸还十分远,女孩看不到任何参照物,可凭着本能,她就知道并没有按照一条直线游泳,中流的水势尤其大,冲击力强,大约正是在它的裹挟下,女孩已经偏离了既定的航线,朝着下游飘去。这样可不行,她赶紧警告自己,不仅游水的路线要变长,白白耗费掉自己身上的体力,就算顺利爬到对岸上,也不能准确找到接应她的人。母亲叮嘱过她,说与她们联系的人就在鱼山村,如果不到那里去,或许她这一趟就白来了,那份揣在怀里的情报也就成了一张废纸。于是,女孩再次凭着本能调整方向,但这样一来,她就要侧迎着水浪前进,这无形中为她的游水增加了难度。她能够感觉到,汹涌的水流迎面而来,在河风的吹动下,不时地打在她的脸上,为了不至于再喝几口水,她便赶紧闭上嘴巴,有一刻,她甚至连眼睛也闭上了,反正也看不见什么东西,那就关闭大多感知器官,只是全力以赴地朝前游呀,游呀。

河道中游的水浪更大,流速更快,女孩甚至觉察到,下面有一股吸力在拖着她往下沉,恍惚间,她甚至产生了一个幻觉,看到有一双手抓住她的两只脚,使劲朝着幽深的河底下拖拽,这使女孩产生了深刻的恐惧,说起来真是奇怪,她这个号称是河的女儿的人竟然在河水中感到了恐惧,看来这真的是河流母亲对她做出了抛弃的举动。不,女孩使劲摇摆头颅,不能这样。她几乎叫出声来,她是河流的女儿,绝不能让它把自己抛弃了。母亲呀,她在心里一遍遍地叫喊,求你老人家不要嫌弃你的女儿,就让她在你怀抱里感受到你的慈爱吧。女孩也不知道,她念叨的这个母亲到底是指这条河流,还是生养了她的那个人,也许,她把这两件事已经混淆在了一起。不知道怎么回事,随着她发自肺腑的祈求,澎湃的河面竟然真的平静下来,那只拖拽的她的手终于松开了。女孩从急流中挣脱出身子,扬起脸来,面对着黑沉沉的天空大口喘气。

好像已经越过了中流,河风似乎也变得小了一些,水面涌起的波浪似有若无。女孩的两臂有些酸疼,那只受过伤的腿也有些麻木起来。女孩有意让它伸缩了一下,竟然也没有感到这个动作有什么力度,难道它真的不听自己使唤了吗?女孩放慢了游速,刚才过分透支了体力,现在她要让自己歇息一下。她再次闭上眼睛,让身子自由地飘在水中。不一会儿,她就产生了困倦的欲望,仿佛煎熬了几个不眠的夜晚,眼皮再也不想睁开。她好像真的回到了母亲的怀抱,此时,母亲在搂抱着她,嘴里哼着一首摇篮曲,催促她尽快入梦。女孩似乎真的睡着了,不知过了多久,来自腿上的一阵剧痛惊醒了她。女孩打个冷战,睁开眼睛,一时不明白自己在什么地方,她惊慌地扑腾了两下,无意间又喝了一口含着泥沙的水,才突然明白,自己是在河水中,她在这个夜晚一个人渡过黄河,是替母亲当然还有瘸子那个情报员,到对岸的东阿去送一份重要的情报……女孩又一次凭着本能,调整前进的方向,她知道,刚才打盹的时候,肯定又朝下游漂了一段距离,她要赶快游回来,尽可能准确地抵达鱼山村。

好在离对岸不远了。女孩抬起头来,大瞪着眼睛,透过朦胧的夜色,看见前面一座黑黢黢的山影,是呀,那不就是鱼山吗?只要对着它游去,她就能抵达鱼山村的。

那两个侦察员被处死的时候,正好被女孩看到了。那天,女孩去山坡上挖野菜,绕过兵营的铁丝网时,看见在里面的一个小操场上,一队荷枪实弹的国民党兵押着两个人走过来。那两个人被五花大绑着,浑身都是累累的伤痕,在日光下泛着红色的血丝,其中一个人一瘸一拐地走路,看来他的一条腿被打断了,另一个人的脖子朝一边歪着,想必那个地方也受到了重创。女孩不忍看这两个可怜的人,赶紧闭了一下眼。

就在这时,女孩听见一声吆喝,预备——赶紧睁开眼看,只见那队士兵举起枪来,对着那两个绑着的人瞄准。女孩原本以为,那两个人会感到害怕,毕竟他们面对的是黑洞洞的枪口呀,也许过不了一会儿,他们就会从这个世界上消失的。但让她感到意外的是,那两个人一点害怕的意思也没有,其中那个断腿的人竟然咧开嘴巴,微微地笑了一下,另外一个也咬了一下牙关,十分吃力地把脖子直了起来。他们真了不起。女孩不禁在心里说。很快,站在那队士兵旁边的一个人,就举起一只戴着白手套的手,狠狠朝下劈了一下,如狼似虎地叫喊道,射击——随着这声令下,女孩真切地看到,那些士兵的枪口里飞出带着火舌的子弹,乱纷纷地打到那两个人身上。两个人的身子摇晃了一下,便瘫倒在地上,断腿的人是朝前扑倒的,而脖子有伤的人却朝后仰倒了。

女孩想赶紧走掉,她以为到这个时候,枪毙两个侦察员这件事就结束了。但让她没想到的是,看到那个仰倒的人还在动,下命令开枪的那个家伙竟然对着士兵们招了一下手。其中两个士兵走过去,打开枪上的刺刀,对着那个人的身子乱捅了一气,尽管女孩站在很远的铁丝网外,却分明听到了刺刀插进肉体里发出的"噗哧"声。直到那个人的身子不再动了,两个士兵才停下手来,在回到队伍里去的时候,又从那个扑倒的人身边过去,于是,两个家伙又对着他的尸体捅了几下……

女孩被这残忍的一幕吓坏了,想闭上眼睛不看,却又止不住地用眼角扫视,如果她不是用两手紧紧抓住铁丝网,就可能也像那两个人一样倒在地上了。

不知过了多久,女孩被身后的一个人扶了起来。小兰子,那个人悄声问她说,你在这里干什么呢?

女孩回头一看,原来是瘸子,不知道他是什么时候来到自己身后的。女孩没有再去挖野菜,而是被瘸子扶着往回走,此时她身上已经没有一点力气了。大叔,女孩颤抖着声音问他,那两个人是谁呀?其实不用问,她差不多已经猜到他们的身份了。

河那边的。瘸子随口说,看她脸色沉痛的样子,也不打算仔细给她说这件事儿。以后不要再到这边来了,瘸子叮嘱她说,这样的场面看多了,对你一点好处也没有。

瘸子送她远离了兵营,没有跟她回家来,而是又走回去,在兵营大门里消失了。女孩一个人往回走,在村口,她遇到了大伯。一看到这个像猪一样的胖男人,女孩就想起了刚才在铁丝网边看到的情景,知道那两个人的死亡与这个人脱不了关系,便在经过他身边时,毫无来由地对他啐了一口唾沫。

你这个孩子,大伯被吓了一跳,怎么对你大伯这么没礼貌?

你不是我大伯。女孩气哼哼地对他说。

我怎么不是你大伯?大伯反问她说,但眨巴了一下眼,又改口说,你这样说也对,如果你愿意的话,喊我一声爹也行呀。

女孩惊讶地看着他,真是没有想到,这个无耻的人竟然要当她的爹了?

这件事跟你说不清楚,大伯摆摆手说,忽然又想起什么来,是不是瘸子给你说什么了,才让你对我发这么大火?

女孩不理会他,头也不回地往家里走去。

告诉你娘,大伯在后面向她喊道,别让那个瘸子再来了,不然的话,我就对他不客气了……

你管得着吗?女孩回头白了他一眼。

我可告诉你,大伯严肃地警告她说,那个瘸子肯定有问题,你娘和他来往,说不定会吃大亏的。

女孩两手捂在耳朵上,有意不听他的话,一溜小跑着进了院门,"咣当"一声关上了门板。

不知是离岸不远了的缘故,还是天气真的发生了变化,女孩觉得,不但河风明显变小了,这从平缓的水面上就能判断出来,而且眼前的景状有些明晰,光线可是比前一段时间亮多了。天快亮了吗? 女孩在心里问道,但马上又感到自己的好笑,这才到什么时候呀,她从对岸下水的时候,天刚黑下来不久,现在还没有上岸呢,漫长的夜晚又怎么能过去呢?她忽然觉悟到,此刻,她已经把自己来的地方称为了对岸,这就是说,她现在所处的位置已经离岸边不远了?

女孩瞪大眼睛,再次朝前面瞭望。没错,那座矗立在岸边的鱼山越来越庞大了,也越来越清晰了,天哪,她终于越过了宽阔的黄河,战胜了涌荡的激流,就要抵达她的目的地了。这时候,她的一只脚触摸到了什么东西,她以为是踩到了一条鱼,或者一只鳖,但好像又不是,如果她踩到的是鱼和鳖的话,那这条鱼或者这只鳖可太大了,竟然让她的脚一直踏在它的身上。女孩终于明白过来,她的脚已经触摸到河底了。女孩在心里一阵欢呼,看来她没有辜负母亲和瘸子大叔的期望,顺利把情报送到了东阿,为刘邓大军渡河作战立下了功劳……

女孩欣慰地吐出一口气,刚想伸直身子,把两只脚都踩在河底上,最后走过前面这片浅水区,但就在这时,她发现只有一只脚能够踩到河底,而另一只脚……是呀,她怎么感觉不到这只脚的存在了?她使出全身的力气,命令那只脚也踩到河底上去,但她什么感觉也没有,那只脚真的不知了去向,那么它到哪里去了?难道丢到河水里去了?这时她已经明白,没有感知的那只脚就是她受过枪伤的那条腿上的,难道当时它被打断了,真的被河水卷走了?女孩又有些恐慌,但这种心理对她已经不能造成实质性的影响,不管怎么说,她已经来到了岸边,她的一只脚已经稳稳地踏在了河底上,而她的头颅即使不仰起来,也能让嘴巴自由地呼吸到空气了……

这时,前面的岸边突然闪起了一道亮光,从她身边扫过去,又马上扫回来,最后落在她身上。她听到一个声音惊喜地喊道,是情报员来了吧?随着一阵杂沓的脚步声,对面的几个人影也显露出来。

他们接我了?女孩欣喜地对自己说。她抬起手来,朝着那几个人影挥舞了一下,随即朝他们喊叫一声,但她张开了嘴巴,几乎使出最后的力气,也没有让任何声音发出来。女孩不知道这是什么缘故,也不想再白费力气了,反正就剩下了这一小段距离,她就是爬也能爬过去的,何况她的一只脚已经站在河底上了呢。于是,她又产生了自己是一个健康人的幻觉,想要迈着大步走过这片区域。接下来,当那一只脚不能支撑住她的身子,让她又倒回到了水中的时候,她才又明确意识到,她的另一只脚不知道在什么地方呢,或者说,随着那只脚的离去,她身上的血液也就要流干了,那就意味着她身上的所有力气都用尽了……

看到她又倒下了,岸上那些人加快了脚步,一边打着手电筒照明,一边踩着水花朝她奔过来。

女孩仰倒在河里,在她的脸沉入水中的一刹那,她大瞪着的眼睛惊奇地看到,天空中的阴云不知什么时候已经散去,幽深的夜幕上挂着一颗颗闪亮的星星。女孩觉得,那些星星也像是一双双眼睛,在用敬佩而惋惜的目光打量着她,打量着这个沉入水中再也没有能力站起来的女孩,用不甘心的口气对她说,你已经找到光明了,为什么又坠入了黑暗呢?

石榴花

在将要过年的那些日子里，大王寨小学的学生，有一项任务等着他们去完成：给烈、军属贴春联，送年货。这类活动有一个很好听的名字：拥军优属。那一年，在贫管会主任、校长和老师的带领下，小学生们敲锣打鼓开始了行动。从西（小学校在西边）到东挨家过来，临近晌午时，只剩东头一家了。这家的户主是王刘氏（她的儿子也是小学生中的一个）。望着那个用篱笆围拢起来的小院，大家都犹豫起来，锣鼓声停下了，拿春联和年货（一大块猪肉）的学生回头朝老师看，老师又去看校长，校长呢，又去看贫管会主任。贫管会主任看看剩下的那副春联和那块猪肉，挥挥手说，上。锣鼓又敲响了，拿春联的学生先走上去，将那副写有"烈属光荣"字样的春联贴到门上，然后拿猪肉的同学走进门去。大家紧盯着大门口，等进去的学生一露面，贫管会主任就赶紧问，放下了？学生答，放下了。于是，贫管会主任招招手，又从嘴里蹦出一个字，撤。一阵骚动后，队伍由尾变头，急急忙忙离开这里。大家以为这次任务完成得很顺利，都轻快地朝外吐气。

可他们想错了，队伍还没有走出十步去，那个大门里便传出一阵砰砰啪啪的响声。大家不禁又停住步，纷纷回过头看。他们担心的事情终于还是发生了。那块猪肉已被扔了出来，正在积雪里躺着；春联，那副刚刚贴上的春联也被一双手撕烂了。谁是烈属，谁是烈属？撕扯春联的那个女人回过身，将碎裂的红纸揉成一团，恶狠狠地朝人们掷过来，谁是烈属你们给谁贴去。似乎还不解气，女人又跟上来，在那块猪肉上使劲踢踹，我们不是烈属，我们不吃你们的猪肉。队伍彻底乱了，贫管会主任蹲到地上，两手抱住脑袋，使劲地叹气。老师和校长交换一下眼神，便把学生们赶着往回走，校长则过去拖拽贫管会主任。队伍歪歪扭扭地离开了那里。老师回头看看，却发现还有一个学生呆呆地站在原地。老师刚要回去拉他，却听见一个学生说，是春生。老师愣了愣，便跟随队伍走了。那个叫春生的学生就留在那儿，盯着他的母亲继续朝那些东西发作。

　　王刘氏是在一个麦花飘香的日子里嫁到大王寨的。那天，王刘氏（那时她叫刘玉花）坐在一张由八仙桌子翻扣过来做成的轿子里，由四个后生抬着走过弹痕累累的旷野，涉过差不多快要干涸的黄河，悠悠颤颤地进到大王寨，进到一个叫王木桥的男人家里。在此之前，王刘氏还没有见过王木桥一回，只是听父亲说，王家在大王寨有很好的名声呢，尤其当家人王木桥年轻有为，长得也不差，又有力气，跟了这样的青年人，一定能过上安定的好日子。一切似乎都足够了。战争爆发后，为了免除日本鬼子的祸害，像她这样的年轻姑娘都纷纷嫁了人，现在轮到她了。那天，王刘氏激动而又不安地坐在洞房（只是一间草棚）里的土炕上，一心一意地等候王木桥来揭开蒙在她头上的红盖布。那样，她就能看到他是怎样一个人了。但直到天黑，闹洞房的人相继散去，王木桥才匆匆赶来（这一天，不知他到哪里去了）。王刘氏觉到一只手在揭她的红盖布，心里突突地跳起来。控制不住自己，王刘氏竟然闭了一下眼。等睁开时，眼前却是一团漆黑，王刘氏什么也没有看见。接下来，都和男人睡在一铺炕上了，王刘氏还在心里纳闷地问自己，他到底长得什么样呢？

　　天才蒙蒙亮，王木桥就被窗外的婆婆喊醒了，赶紧摸索着穿衣服。王刘氏想点灯，刚摸到火柴，就被王木桥挡住了。不用。王木桥说。穿好了衣服，王木桥又按住她，在她脸上咬了一下（她被咬疼了）。我得走。王木桥说。你到哪儿去？王刘氏心里一紧。我有任务，王木桥想朝她解释，但旋即又摇摇头，算了，等以后再给你说吧。王木桥从枕头下摸出一件发亮的东西掖到裤带里。王刘氏似乎觉出来，那是一支枪，一支能打死人的枪。一霎间，王刘氏心里紧张成一团，天哪，她的男人莫非在干着打鬼子的事儿？王木桥轻轻拉开屋门，就要朝外走。你，王刘氏赶紧说，你什么时候回来？王木桥回过头来。在这一霎间，借着屋门外熹微的天光，王刘氏似乎看清了他。没准。王木桥说了这一句，便回过身子，走进院落，从那棵石榴树下穿过，直朝大门外走去。王刘氏呆呆地望着他的背影，当他在门外消失了后，再回味男人的模样，忽然又没有了多少印象。那棵石榴树一片暗红，像洒了一身血。那一刻，王刘氏害怕得不行。

　　无数个夜晚里，当母亲睡熟了时，春生都从抽屉里拿出那个小木盒，怀着崇敬的心情慢慢打开来，捧起那张纸片，垂下目光，默默地注视纸片上的那个人。这其实是一幅画像。那一年，几个公家人进到家来，对正在打扫院落的母亲说，经过我们许多年的调查落实，王木桥同志（这是个多么别扭的称呼）在一次抗击鬼子的战斗中光荣牺牲了，从今往后，你们一家就是烈士家属了。说着，他们从皮包里拿出这张画片，送到母亲手里。母亲盯着那张画片，发了好一会儿呆，终于摇了摇头。不对，母亲将画片急快地送还他们，这不是我家木桥，你们一定是搞错了。这样，那几个公家人便也发起呆来。正在这时，一边的春生（那时他才五岁）跑过来急不可待地说，让我看。不及大家反应过来，春生就抓过画片，只在眼下看了一眼，便断定说，是我爹，这就是我爹。公家人高兴起来，都争相握春生的手。真是个好孩子。他们夸奖他说。春生得意得不行。没想到母亲却抬起手，狠劲打了他一巴掌。小孽障，母亲凶狠地骂他，你咒你爹死哩。小春生站立不稳，扑通一声倒在地上，那张画片从他手里脱出去，像片羽毛在院子里翻滚。爹。小春生撕心裂肺地叫了一声。

母亲一直不承认父亲的死，也便拒绝了烈士家属的身份。这在春生看来，既有些可笑，又有些悲哀，难道真的像人们说的那样，母亲的脑子是有毛病了？春生将父亲那张画片珍藏起来，只在母亲不在的时候才拿出来匆匆地看上一眼。父亲。春生在心里喃喃地说。可还是被母亲发现了。不是你爹，母亲依旧这样说，那不是你爹。母亲拼命去夺那张画片。不，春生有气无力地说，是我爹，这就是我爹。春生不知道该怎样让母亲相信自己的话，这个生来没有见过父亲的人，却本能地从那张画片上认出他来，这实在不是脑子有了毛病的母亲所能理解的。你爹他没死，母亲固执地认定说，他还活着，早晚有一天他会回到咱家来。春生痛苦地闭上眼。娘，春生在心里叫喊，你什么时候能醒来呢？没有任何办法让母亲停止她的疯狂，春生只有默默地收藏好父亲的画片。对那个正在九泉路上奔走的人来说，怕是只有这样一件东西留在这个世界上了，而且这还是一张画片。春生忽然想，为什么不是一张相片呢？

王刘氏的后半生日子，差不多都用来占卦问卜了。王刘氏最经常的去处是张瞎子家。在大王寨，甚至在东阿黄河沿岸，张瞎子都是这个行当里数得着的人物。没人不信他的话，王刘氏自然也不例外。每回，王刘氏都用心置办一份礼物，恭恭敬敬地进到张瞎子家，让这位能人再指点一回迷津。王刘氏的"迷津"便是丈夫王木桥的下落。他活着，张瞎子用不容置疑的口气说，你等着吧，早晚有一天他会回来。王刘氏惊喜得差点叫出声来。真的，王刘氏赶紧点头，这是真的？张瞎子说出了她渴望听到的话（每回她都能听到），却不收她的礼物，这似乎也成了不得破坏的规矩。王刘氏感动得热泪盈眶。好人，王刘氏一遍遍地叨念，真是好人哪。走出张瞎子家，王刘氏站到村头，眺望着那条通往远处去的公路，在心里告诉自己说，他会回来的，早晚有一天他会回来的。

那些日子里，王刘氏活得很带劲儿。在那棵似乎永远盛开着花朵的石榴树（这曾是丈夫栽植的）下，王刘氏纺线、织布、缝衣、补袜，手脚利落，眼神明亮。当然，随着时光的流逝，悲伤和绝望也会袭上心头。于是，王刘氏便再次置办起她的礼物，重新走进张瞎子家，或者干脆涉过黄河，去外地请教其他的算命先生。让王刘氏感到欣慰的是，在她几十年的求卜问卦生涯里，她没有得到过一次否定的答复。几乎所有算命先生都用那种惊人一致的口吻对她说，他没有死，他活着。这样，王刘氏也便又坐回那棵火红的石榴树下，一边忙碌活计，一边进行她的等待。你等着吧，王刘氏满怀信心地对自己说，终有一天他会回来的。许多时候，王刘氏朝着大门口望。有几回她甚至看到了他。在她的幻觉里，丈夫王木桥腰里掖着匣枪，威风凛凛地从门外走来。木桥。王刘氏跳起来，大喊着扑过去。但她抱住的却是儿子。春生。看着儿子酷似丈夫的模样，王刘氏悲喜交加。娘，春生搂住她，抹抹她脸上的泪水，用毫无疑问的口气告诉她，我爹已经死了，他再也回不来了，您别再骗自己了，应该正视这个现实……只有在这种时候，王刘氏才真正感觉到伤心。她真是想不明白，她的儿子为什么说出如此的混账话呢？

那一年，驻村干部老潘来到大王寨时，王刘氏还年轻着，而且在老潘眼里，这个寡居的女人还正有一张鲜嫩的好面孔。原本村里没有让他来王刘氏家吃派饭，他却隔三岔五地来到这个篱笆院。大嫂，老潘推开逐渐为他所熟悉的篱笆门，面对着那个同样为他所熟悉（同时还有喜爱）的女人，为他的又一次到来寻找理由，你家有什么需要帮助的吗？老潘的脸孔在日光下流淌着热情的笑意。王刘氏想了想，竟然把一只破损的瓦盆端到他面前。她以为这一定给这个文质彬彬的男人出了难题，哪里想到，老潘只是稍稍犹豫了一下，便从一个洗手不干的铜匠家借来铜补工具，在王刘氏面前叮叮当当地干起来。老潘干得很熟练，手里也利索，看来对这种活计并不陌生呢。这情景有些出乎王刘氏的意料，所以在老潘忙碌活计时，她先是给他递上一锅烟，然后又端来一碗水。老潘有些不好意思，仰起笑脸说，见笑了。老潘的口气里含满了隐约的歉意，好像哪里对不住王刘氏似的。瓦盆还没有补完，已是晌午时分了，王刘氏便客气地让一下说，在这里吃饭吧。老潘赶紧地点头，给你添麻烦了。到这个时候，老潘一点都不客气。

王刘氏的儿子春生放学回来了。在王刘氏做饭的时候，老潘便和春生耍玩一阵。对老潘,春生也不陌生。我叫你什么?春生问,老潘朝厨房里瞅一眼,一本正经地说,叫我叔叔。春生便叫他叔叔。春生是个顽皮孩子,嚷叫着要骑大马。老潘没有迟疑,立即趴在地上,让春生骑上去。王刘氏看见了,要打春生,老潘赶紧去拦挡。这孩子真聪明。老潘还这样夸奖春生。吃饭时,春生陪着老潘在石榴树下吃,王刘氏则回到屋里去。不知王刘氏的厨艺不行(所以村里没有安排她做派饭),还是她故意使然,这顿饭做得有些潦草。但老潘的胃口很好,呼噜呼噜的吃喝声满院子回响,和他干活时发出的叮当声一样好听,好像这顿饭十分好吃似的。春生也比平时多吃了好多,只有王刘氏一点儿吃不下。吃喝完毕,老潘心满意足地抹抹嘴巴,捧起已经补好的瓦盆,恭恭敬敬地递给王刘氏。有什么困难,老潘认真地说,告诉我帮你解决。王刘氏听出来,他的话里含有恳求的色彩。见王刘氏不说话,老潘便自嘲地补上一句,盆再坏了,我再来给你补。说完这句话,老潘低下头去,有些不敢看王刘氏。那一刻,老潘的脸像石榴花一样红。

是婆婆让王刘氏知道了怀孕这件事。那些日子,王刘氏莫名其妙地没了食欲,不论看见什么食物都恶心,勉强吃几口便呕吐起来。王刘氏还觉得奇怪,以为自己是病了,却又不知是得了什么病。婆婆在一边看着她,眼里忽然放出光来。你这是有喜了哩。婆婆说。王刘氏惊诧地望着婆婆,好一会儿才反应过来,脸立时羞得通红。夜里睡下后,王刘氏偷偷抚摸着肚腹,心里充满了莫大的喜悦。她真是没有想到,就和丈夫那么匆忙的一夜,就有了一个小生命?自然王刘氏便更多地想到丈夫,那个叫王木桥的人,他走了,就派这样一个小东西来陪伴她?王刘氏实在不知道这是一件坏事还是一件好事。婆婆不让她下地,每天还要给她煮几个鸡蛋吃。随着时光的流逝,王刘氏感到了腹中的婴儿愈来愈强烈的骚动,这个小生命正在健康地长大,说不定哪一天就要到这个世界上来了。激动之余,王刘氏却又感到害怕,似乎孩子的到来会使丈夫离她更远。木桥……王刘氏止不住叫喊了一声。

这一年,石榴花开得出奇得早。在这个大好的春日里,王刘氏却正在迎来她生育的苦痛。没人会想到这次生育会如此艰难,从王刘氏一躺到炕上叫喊,婆婆便请来了接生的婆子。苦苦等待了三天三夜,孩子却还没有生下来。是个站马桩,接生的婆子惶惧地说,这孩子是夺他娘的命来了。王刘氏汗也流了,血也淌了,浑身没了一点力气。别管那孩子了,婆子说,还是顾大人要紧。说着便要采取手段。王刘氏却挣扎着摇头。不,王刘氏坚决地说,我要孩子。这样又折腾了三天三夜,当王刘氏昏死过去时,孩子才终于生下来。婆子一照孩子的面,上去便是狠狠几巴掌。这个害人精。婆子咬牙切齿地说。在窗外石榴花的映照下,孩子的小身子红成一团。待王刘氏醒来,婆子把孩子抱到她脸前。看看吧,婆子警告她说,他一来,你的好日子怕要到头了哩。王刘氏费力地睁开眼,目光一点点地落到孩子身上。木桥。王刘氏这样喃喃地咕噜一句,泪水夺眶而出。想到接生婆的话,王刘氏无论如何不相信,这个日后被她唤作春生的小生命真的是夺她的命来了么?

许多年后,春生按着公家人提供给他的线索,找到了父亲生前的战友,一个被称为陈老的退伍军人。陈老是这个世界上唯一能证明父亲生死的人了。"那次,游击队寡不敌众,经过一天一夜的激战,我们打退了敌人多次进攻,消灭了许多鬼子和汉奸,最后终于被打散了。"陈老回忆说,"我和王木桥,还有一个叫蔡六的人一块逃出了包围圈。鬼子在后面追赶我们。由于熟悉地形,我们在河道里七钻八拐,眼看就要跑脱了。就在这时,鬼子一阵排子枪射来,我和王木桥被打中了。王木桥伤的是腿,大约是左腿的骨头被打断了,跑起来一瘸一拐,显得非常费劲。我是脖子中了弹,脑袋斜到肩膀上,别提那个沉重。只有蔡六没有受伤。蔡六那天真是幸运,那么密集的枪弹却没有伤到他一根毫毛,说起来都让人不相信。我和王木桥落到了后头,这样鬼子便离我们越来越近,连他们叽里呱啦的叫声都听清楚了。我和王木桥便觉得要完了。这时候,已经跑到前头去的蔡六又拐回来。老蔡,王木桥坐到地上说,你快带着老陈走吧,我留下来掩护你们。我和蔡六哪里能丢下他呢?王木桥安慰我们说,我已经走不动了,不能让你们在这里陪我死呀。说罢,他就举着匣枪朝后面爬去。没有别的办法,蔡六只好将一条胳膊插到我腋下,架起我的身子往前跑。就这样,在王木桥的掩护下,我们跑进另一边的灌木丛里,总算摆脱了鬼子的追赶。随着后面枪声的稀落,我听到一阵隐约的惨叫声传来。接着又是两声枪响,便什么也听不到了……

"我们在灌木丛里待了小半天。有一段时间,我昏了过去,等醒来后,日头已经西落。蔡六早给我包扎好了伤口,血倒是止住了,可疼得厉害,脑袋在胸脯上滚来滚去,像是要掉下来。这时暮雾起来了,河岸边开始变黑,也听不到什么动静,鬼子大概已经撤走了。蔡六扶着我走出那片灌木,想朝附近的某个村子里去。我对蔡六说,咱回去看看木桥吧。蔡六说,对,我们找到他再走。于是,我们又小心地拐回河道里。因为天黑,我们摸索了好一会儿,才找到和王木桥分开的地方。河道里寂静得有些瘆人,真不像刚才发生过激烈战斗的样子。我们估计王木桥已经牺牲了,可奇怪的是没有他的尸体。我伤痛得实在走不动了。蔡六便放下我,到周围继续去找。黄河里基本上没有水,河道虽然宽阔,但差不多都一览无余。有一阵子,我好像是睡着了,等我被蔡六摇醒,天上已经出满了星星。借着星光,我看见蔡六手里拿着一只鞋子。还是找不到王木桥,蔡六带着哭腔说,只有他穿过的这只鞋子。在这种情况下,我们只好走出河道,精疲力尽地朝堤外的一个村子走去……那只鞋子一直带在蔡六身边,他说要交给组织,不管怎么说,那都是王木桥的遗物,是他作为我们同志的一个证明。可几天过后,蔡六就在和鬼子的遭遇中死去了,那只鞋子也便没有了下落……"

接连许多日,祖母都处在昏睡里无法醒来,只有一丝微弱的气息证明她还是活物。村医二先生摇着头说,怕是没有指望了。但这一天,祖母却有了些精神,面色很红润,眼里也透出光来。母亲送过一碗粥去,祖母竟吃了半拉。你们去歇着吧。祖母说。十几天的陪伴,让母亲和春生都疲惫得不行。看到祖母好起来,母亲便回自己屋去,春生却还待在祖母身边。你去睡会儿吧。祖母望着春生说。于是,春生便就势倒在当门地的凉席上,慢慢闭上眼睛。春生似乎睡进了梦去。不知过了多久,春生看见一个人从屋外走进来,绕过他去,直走到祖母床前。娘,那人对祖母说,我接您来了。春生觉得那人很面熟,却想不起在哪儿见过。祖母听了那人的话,很是高兴,一折身子就坐起来。春生很惊讶,真想不到祖母还有这么大的力气。那人弯下身子,将一张宽阔厚实的脊背袒给祖母。娘,那人说,咱们上路吧。祖母点点头,便伏到那人背上,让那人驮着朝屋外走去。春生不明白那人要把祖母驮到哪里去,赶紧爬起来,偷偷随在后头。那人驮着祖母在院落里转了一圈,在那棵石榴树下停了停(那天,树上好像没有一片花瓣,春生不免觉得奇怪),便出了大门,出了胡同,穿过街道(街道上也没有一个人影,春生更觉得奇怪),往村子东头去了。

越过前面的几个村庄,春生跟着那人来到黄河大堤下,爬上去,看见河岸边是大片茂密的芦苇。好像河道里并没有风,那片芦苇却在起伏悠荡,只是没有发出一点声音。日光也很猛烈,又黏又稠地在地上流淌,似乎岸边的芦苇也被淹到了水里。春生看见那人驮着祖母走进芦苇丛中。在隐没身子的片刻间,那人猛地回过身,冲他笑笑说,孩子,你回去吧。这一刹那,春生清楚地看见了他的模样。爹。春生跐起脚跟,透过交替错动的芦苇,似乎看见父亲背着祖母走在河里的水上。春生记着父亲说给他的那句话,便回到家来。为一阵前所未有的困倦所袭扰,春生又倒在凉席上,沉沉地睡去……春生被母亲的叫声惊醒,睁开眼睛,看见母亲伏在祖母身上哭泣。娘,春生迷迷糊糊地说,奶奶不是让爹接走了吗?母亲惊诧地望着他,一时不明白他说的是什么。春生也不知道那天看到的情景是真是假。不久后,当公家人将那幅画片递到眼前时,他一下子便认出这就是父亲,画片上这个人就是当年接走祖母的那个人,他的父亲王木桥。

不知道那棵石榴树是什么时候长出来的。婆婆说,从她一到大王寨来,这个院落里便有一棵石榴树,可它从来没开过花。在那些漫长的日子里,石榴树似乎没有怎么生长,却也没有死亡。每年春天,它的枝头上都挑出几片叶芽,秋天不到,便凋零了。一年一年地过去,石榴树依旧那么矮细,一点生长的痕迹看不见。这样,婆婆也就没有心思管它(既没烧过水,也没施过肥),却也没有想到刨除它。于是,这棵怪异的石榴树便一如既往地站在那儿,像是在等待什么东西的到来。后来我才知道,婆婆对王刘氏说,它是在等你来哩。这一年,当王刘氏嫁到这个篱笆小院里时,这棵期待了许多年头的石榴树终于头一回开出花来。婆婆记得,从一过了年,石榴树就长出了新鲜的叶片。在这个风和日丽的春天里,满树枝头都密密麻麻地挂上了花苞,随着新媳妇王刘氏的到来,那些花苞一个个争相开放了。那真是一个红火热闹的日子,一树石榴花和站在它下面的新媳妇,将整个篱笆院都照亮了。

在此后的漫长日子里,石榴树年年开花,却没结过一次果。那些姹紫嫣红的花朵都是"谎花",它们在怒放了一个夏季后,便悄无声息地凋谢了。在秋天的收获季节里,当其他树木的果实挂满枝头时,石榴树上什么也没有留下。王刘氏望着光秃的树枝,不明白这是怎么回事。从到这个院落里来,王刘氏就喜欢上了这棵石榴树,每隔一阵子,便给它浇上一回水,施上一回肥。正因了她的悉心照料,石榴树才不断地长大(又高又粗,简直成了一棵巨树),并开出那么娇艳的花朵。可它为什么结不出果子呢?这使王刘氏一次次觉到了失望,也充满了越来越大的期待。于是,她便更加频繁地管理它,照顾它。那些年里,王刘氏除了算命,大部分心思都用到这棵树上了。石榴树,王刘氏在心里对它说,你就结一次果吧。王刘氏的所有努力都使它开的花更大更多,却终于没能让它结出果实,直到许多年后,它在那个秋日里死去。没人知道这是怎么回事。那些年里,春生一直渴望吃上一回石榴,但这种愿望却始终得不到实现。每年,他都眼巴巴地望着那些饱满的花朵一个个落地,腐烂,变成污泥。几乎所有大王寨的孩子都知道春生家有一棵格外高大茂密的石榴树。春生,你一定吃得发腻了吧?他们嘲笑他说,也留给我们吃点吧。春生觉得受了污辱,回到家后,便把所有的怒气都发泄到石榴树上。他踢它,打它,甚至拿刀砍它。该死的,春生积聚着越加强烈的仇恨,你骗了我。

在一个寒冷的冬日里,春生踏上了寻找父亲遗骨的路途。只有得到了父亲的尸骨,春生这样想,母亲才能相信父亲的死亡。在春生看来,他是在做着拯救母亲的事情。在这许多年里,母亲一直迷失在父亲活着的神话里而无力自拔,为此,她毁灭了自己的青春,葬送了自己的幸福。那个美丽的神话害苦了母亲,是到打碎它的时候了。要做到这一点,就必须找到父亲死亡的证据(那就是父亲的尸骨)。在春生的想象里,当他把父亲的尸骨背回来时,母亲就会醒来,在生命的后半段重新开始自己的生活。你一定要做到这一点。春生告诫自己。在踩着黄河大堤到遥远的地方进行这种寻找时,春生背囊里只装了父亲的那张画片。按着公家人提供给他的线索,他一直沿着弯曲的河道往下游走,逐渐来到那些让他感到陌生的地方,进入了父亲战斗过的那个区域。这里除了黄河与他的家乡并无二致外,其他的一切都透出一些陌生感,比如随处可见的山石、树林和野兽,说明这个地方很艰苦,当然也更为荣耀。在一些被腐叶所覆盖的泥土下,还有生锈的废旧枪弹,有坍塌的破败屋舍。春生似乎还闻到了一股淡淡的焦煳味,是来自炮火?还是来自炊烟?一切都那样新鲜,却也充满魅力。我来了。春生这样大喊了一声。在这一刻,春生猛然觉到这里的一切正在变得熟悉起来,好像他也曾经来过见过似的。春生抚摸着那些石头,那些树木,想象着父亲(或者自己)在这里的情景,心里感到前所未有的激动。

在河道边一片荒芜的树林深处,一个仙风道骨的老者迎接了他。几十年来,老者告诉春生,它一直躺在这儿。说着,老者朝一块石头上指了指。春生随着一看,不禁大吃一惊。在那块浮满青苔的石头上,躺着一架灰白的骨骸。骨骸很完整,也很生动,侧卧的姿势透出躺倒的不甘和无奈。那天,老者睁开松弛的眼皮,望着远处河道里迷离的雾霭,极力回想着说,这个人爬到这儿来时,已经快要不行了。他的衣裳磨得稀烂,皮肉上都是血珠。我看出来,他右边的胳膊被打断了,没有子弹的匣枪只好拎在左手里,看上去就像一只折断翅膀的大鸟,想必再也飞不起来了。他喝了我拿给他的半碗水,支撑不住身子的疲惫,便躺在这儿睡着了。我把军帽搞丢了。临闭上眼时,他有些不甘地说。这一觉他睡得实在太长了。老者伸出长着弯长指甲的手指,轻轻拂去爬到骨头上的蚂蚁。我一直在这儿守着他（它），老者垂下眼皮说，我知道，总有一天，会有人来叫醒他（它）的。父亲。春生双膝跪到地上，儿子接您来了。春生的手指还没有伸过去，那架骨骸就一下子散开了。看来你就是我要等的人。老者说。春生解开背囊，想让老者辨认一下那张画片，可他翻遍了整个背囊也没有找到。不知什么时候，那张画片已经神秘地丢失了。把它交给我吧。春生朝老者说。当春生抓起散乱的骨骸一块块往背囊里装时，他觉到了前所未有的重量。在岁月风尘的吹打下，那些骨头变得像石头一样沉了。春生吃力地背起行囊，谢过老者，转身朝来路上走去。春生背着他的父亲（也可能不是他的父亲）在回家的路途中，竟然迷失了方向，沿着另外一条河流走了许多个日子，才明白是怎么回事。等他找到熟悉的黄河河道，沿着它回到大王寨时，已经是两个月之后了。春生无论如何想不到，他的归来会将自己的母亲杀死。

没过两年，那个驻村干部又到大王寨来了。据说，上一次他是被迫来的，而这一次，则是他主动提出了要求。他进村来的第二天，就出现在了篱笆院内。王刘氏看出来，这回老潘似乎更年轻了，身上的衣服很干净，头发也刚修剪过，显得很有精神。这是个阴沉的天气，空中翻滚着乌云，还有越刮越大的风。老潘在这样一个日子里到来，让王刘氏本能地觉得不安。那时候，王刘氏站在窗后头，望着老潘风度翩翩地穿过街道，没吆喝一声，便径直推开了她的篱笆院门。王刘氏不觉朝锅灶上看，正巧，灶上的铁锅坏了，这回老潘又有活干了。你怎么能这样对他呢，王刘氏随即埋怨自己说，人家可是吃公家粮的干部呢。这样一想，王刘氏也感到了羞愧。大嫂，一照她的面，老潘就热情洋溢地说，看你有什么需要我帮助的，尽管告诉我就行。王刘氏犹豫了一下，还是从灶上取下锅，直接端到了他面前。老潘低下头，呆呆地看着那口裂开缝隙的铁锅，一时脸涨得像块红布。王刘氏以为老潘应该知难而退了，可哪里想到，老潘只是尴尬了一霎，就豪爽地回答说，就把它交给我好了。他接过铁锅，小心地放在门台石上，转身朝门外走去。王刘氏以为他又去借补锅的用具了，但老潘回来时，手里却端着一口新锅。这是村里给我买的锅，老潘意味深长地对她说，还是安到你家灶上来合适。就在这时，雨水突然间下来了。尽管没有什么活计干了，王刘氏还是对他说，快进屋避避雨吧。老潘进屋来了，依旧彬彬有礼的样子，给你添……我就不客气了。说这话时，老潘的喘息像外面的雨水一样急促。夏日的雨水愈下愈大，击打得那棵石榴树频频摇动。

那天的雨下到了天黑，还没有停歇的样子。老潘吃过王刘氏用新锅做的饭，没有理由再待下去，只能恋恋不舍地离去。临走，老潘又一次抬起头，痴痴地盯着王刘氏说，你好好考虑一下我的话，只要我们……我保证让你……王刘氏将手捂到嘴上，使劲摇摇头。为什么？老潘大了声音说，难道我配不上你吗？为什么你要……？老潘使劲跺着脚。春生他爹，王刘氏嚅动着嘴唇说，不定哪天就会回来，我等他……王刘氏的泪水淌下来。是这样？老潘无奈地点点头，原来是这样。王刘氏要去灶上揭那口新锅，但被老潘阻止了。我用不到它了，他讪笑着说，明天我就回县里去。他指一下门台石上的破锅，把它送我当纪念吧。不等王刘氏回答，他就端起那口破锅，大步奔进雨幕里去。你……王刘氏朝外追了一步。老潘回过头，最后看了王刘氏一眼。王刘氏看见老潘已是满脸水渍，不知是雨水，还是泪水。老潘急快地朝雨幕深处走去。天哪。王刘氏叫了一声，眼前一阵昏黑，一下子倒在地上。屋外，雨水愈发地紧密。在一阵轰鸣的雷声里，王刘氏睁开眼，急促地朝门外望。她看见那棵石榴树下一片通红，雨水将一树花朵都打落了。天正在黑下来。他再也不会到这儿来了。王刘氏不知是对自己说，还是对那一地花朵说。

给母亲出完殡后，春生在空荡的院落里游走。春生又看见了那棵石榴树。不知为什么，春生顿住脚，直盯着它看起来。这一刻，春生似乎感觉到了什么。像母亲突然死亡一样，这棵石榴树也要出点什么事了么？春生抬起腿脚，轻飘飘地来到它面前。在打量了它一会儿之后，春生伸出手，头一回将手指放到它身上。在过去的日子里，春生还没有触摸过这棵石榴树，那时候，他是多么憎恨它。但现在，他忽然又对它敬重起来，这真是一种奇怪的感觉。连春生自己都不解，他怎么会有这样的感觉？但春生随即明白，他的这种敬重来得太迟了。手指的触觉告诉他，这棵石榴树像母亲一样已经死去了。春生霍地抽回手来。它也死了？春生问自己，是我害死它的么？春生随即点点头，是我害死了它，害死了她。春生伏下身去，双膝跪地，扑倒在死去的石榴树下。

几天的守候之后，在一个晴和的天气里，春生找来一把镢头，想将这棵死去的石榴树刨下来。免得它遭受风吹雨淋，春生这样想，免得它腐烂消失。春生挥动镢头，在石榴树下慢慢刨起来。石榴树的根须很多，乱纷纷地朝四下里伸展开去。春生便不停地沿着每条根须刨，刨完一根又刨一根。不知多少时间过去了，春生感到累了，便停下镢头。春生抬起头，朝四周一看，却猛地惊住。天哪，他已经刨翻了整个院落。整个旷大的院落里都有石榴树的根须,也就是说,石榴树的根须在整个院落里袒出着,一根根盘曲扭结,组成一个硕大的图案,在日头下发出着白生生的光。春生呆愣了好一会儿,突然跳起来,急急地朝大门边退去,然后跑向一堵墙壁,三两下蹿上去,又去攀爬屋顶。春生上到屋顶,从高处朝院落里看。他终于看清了,那个由石榴树根组成的图案是个人形,是个手举枪支向前冲锋的人形。当看清这一切的刹那间,春生猛觉得眼前火光灼亮地一闪,便一下子黑下来。他的眼睛看不见了。

这一天,王刘氏早早地起来,拖拉着腿脚,清扫院落。然后坐到石榴树下,弯曲着脊背,缝补衣裳,一上来就扎了手指头。随着岁月的流逝,她已经老了,眼睛昏花,头发也由黑变白,生命的水分和光泽正从她身上一点一点地失去。王刘氏将那件缝了半拉的衣裳放到地上,望着空旷的院落出神。这一刻,王刘氏又想到了儿子,同时也想到了丈夫。在那个寒冷的冬日里,儿子像他的父亲一样走掉了,而且一去不回。她真是不明白,这个家庭里的男人为什么都要离她而去呢。她是多么盼望有一天,她的丈夫还有儿子都回到她身边来呢。这样想着,王刘氏不禁站起来,蹒蹒跚跚地朝篱笆门走去。她一下子呆住了。她看见篱笆门外就站着一个男人,一个满身尘霜注定是从远处归来的男人。木桥。王刘氏这样叫了一声。那人走进来,一把抱住了她。娘,那人却这样叫她,我是春生呀。王刘氏这才知道,是她的儿子回来了。儿子扶她在石榴树下坐好。娘,你看我把爹带回来了。说着,她的儿子就取过他的背囊,从里头拿出一块块骨头。娘,儿子一边在地上摆放那些骨头,一边看着她说,你看我爹确实已经死了,娘,你该明白了吧。儿子的眼里透出热切的目光,娘,你该醒来了吧。王刘氏大瞪双眼,看着儿子在地上摆放出的那个骨头人,猛觉得脑子里一阵遽热,火光一闪,什么东西爆裂了。天哪。王刘氏两手抱头,在院落里胡乱转个圈子,便撞开屋门,扑进了屋里去。

那时候,春生呆呆地站在院落中,一时茫然不知所措。母亲的那副模样,实在出乎他的意料之外。在他的想象里,在父亲的骨骸面前,母亲会一下从她几十年的迷幻中清醒过来,从而在以后的日子里过上正常的生活。他为什么就没有想到,他的这个举动却更加刺激了母亲呢?春生也像母亲那样,两手抱住脑袋,懊丧地蹲到地上。你做错了什么呢?春生一遍遍地问自己。一阵风从院落里刮过去。春生看见,那些被他摆出人形的骨头忽然散开来,一节节,一片片,散成碎末,在那阵风里飘起来。春生大瞪着眼看。那些碎末如尘土一般浮到高空里,急快地消失了。几乎一眨眼间,春生花费数月时间好不容易背回来的骨头就没有了任何影迹。望着空荡的院落,春生惊愕得目瞪口呆。这是怎么回事?春生问自己。父亲。春生在心里叫了一声。母亲。想到母亲,春生赶紧朝屋门看。门板不知什么时候合拢了。望着那两扇紧闭的门板,春生在愣怔了一刻后,突然明白过来。娘。春生大叫着扑向门板。费了好大劲儿,春生总算撬开了门板。屋里阴暗着,同时也寂静着。春生颤抖着身子,吃力地抬起头。借着窗棂里一柱亮光,春生看见母亲悬在屋梁上,一张精瘦的细身子拉得老长,正像一根干柴一般慢慢悠荡。娘,春生抱住母亲的两条腿,直将脸伏上去。娘,春生大声嚎叫,是我害了您呀……

在一个万般晴朗的日子里,大王寨不少人看见,一个挂着竹竿的人从一个篱笆院里走出来,踉踉跄跄地朝村外走去。春生。有人叫他。但那人却没有丝毫表示,不知是没有听见,还是顾不得理会他人。在经过另一个篱笆院时,人们看见他好像停留了一下,不禁恍然大悟,或许他是去找张瞎子了?难道要跟那个高人学算命了吗?人们似乎看见,在那个颇为神秘的篱笆院里,张瞎子坐在屋檐下的门台石上,几乎已经摆出了收徒的架势。但让大家倍感意外的是,那人却越过那个篱笆院,径直出了村子,沿着白生生的羊肠小路,朝远处的王家坟地走去。人们纳闷得不行,便尾随在他身后,要去看个究竟。直到进入了坟地,大家才明白过来,原来春生是为他父母新起的坟茔守候来了。

此后,在大王寨,甚至在整个黄河沿岸,除了张瞎子准确无误的算命行为令人称道外,又出现了一个具有轰动效应的事件,那就是王春生为他父母看守坟茔的举动。与普通的守墓不同,这个名叫王春生的人竟然无论春夏秋冬,也不管风霜雨雪,每天都挂着一根开裂的竹竿,按时来到父母的坟茔前,一待就是一大天,到傍晚时分,才又敲打着竹竿走回村来,回到他那个快要废弃的篱笆院落里去。真是一个好儿子。街上的人都给他让开道,并心悦诚服地夸赞道。不知道哪一天,人们猛然间发现,这个一度将自己的行为做成大王寨一道风景的人竟然不见了影子。大家惊慌得不行,赶紧进到篱笆院里去找,然后又一路找到坟地里。人们这才惊讶地看见,不知什么时候已经变成白须白发老者的王春生伏在父母的坟茔上,早就没有了任何气息……

欠 条

一

我已经好几年没有见过我父亲了,但在他去世的那一天,我却阴差阳错地来到了他身边,竟然不期然地给他送了葬,既让我感到意外,又让我觉得晦气,我担心接下来的事情或许更不顺利了。

我和我父亲的关系不好,实在是众所周知的一件事。这主要是源于我的母亲,许多年前,当我还很小的时候,父亲突然向我母亲提出了离婚,我母亲似乎不太愿意,但事情拖了几年后,父亲还是如愿以偿了。从此以后,我们便离开了父亲,不,准确地说是父亲离开了我们,在城市里重新安了家,没错,这个"安家"的意思便是指他又找了一个老婆,当然,这个城市里的老婆比我母亲可是漂亮多了。父亲光顾和他的城市老婆过他们幸福的小日子了,自然也没有把我带到他身边去,我便和我的母亲留在乡下,过我们较为平淡的苦日子。

我憎恨父亲,在许多场合下我都不承认我是他的儿子,当然更不主动到他家里去。但在父亲去世的那一天,我却神使鬼差地来到了他身边为他送葬,想想真有些宿命的味道,看来不管我承认不承认,我的确都是父亲的儿子。一想到这一点,我便感到要命的沮丧。

其实那天我并没有打算到父亲家去,我只是在随便经过那个地方的时候,接到了一个电话。李道海,一个粗蛮的声音在电话里喊着我的名字说,我已经看见你了,不管你在什么地方,我都会找到你的。我本能地想就近躲一躲,一时慌不择路,便掉头朝我父亲家跑去。直到走进了父亲的家门,我才意识到那个声音不过是在诈我,如果他真的看见了我,怕是就不会告诉我了,他会悄悄地走上来,一把抓住我的脖领子,然后再朝我叫喊,李道海,看你还躲到哪里去?这样的场景我经历得多了,也不能说我没有躲债的经验,但不知怎么回事那一刻还是被那个声音吓住了。此时我真的不知道父亲已经处在弥留之际,如果我能预见到这一点,我绝对不会到他家来给自己惹麻烦。但在我跨进院门的时候,我看见几个陌生的人在院子里忙乎,而且还听到了屋里传出的隐约哭声。在这种情况下,我想掉回头去往外走已经来不及了。不管怎么说,我都要弄明白父亲家里到底发生了什么事。

在父亲屋里哭泣的当然是他的女人了。对这个同样让我感到陌生的女人,我一直不知道该怎么称呼她,叫她"后娘"我感到没这种必要,父亲和她的意思是想让我叫她"姨",这个称呼让我觉得未免不伦不类,所以也便没有叫出来过,在有限的几次见面时,我都含糊其词地朝她点一下头应付了事,这恐怕也是她始终不喜欢我的一个原因吧。喜欢不喜欢都是她的事,尽管我也到城市里闯荡了,却从来没有求过她什么,甚至没有向父亲提过什么要求,所以也便没有想过如何与她疏通关系的事。还是按照心里的愿望称呼她为"那个女人"吧。看到我进来,那个女人抹抹眼角的泪,脸上突然透出了一丝喜色,我当然明白她的"喜色"并不是因为父亲的去世而感到高兴,而是由于我在这个时刻的到来让她觉到了欣慰。父亲和她没有儿子,仅有的一个女儿现在还在国外,这个时刻身边正需要有个人手呢,我的到来可以说解了她的燃眉之急,不至于让她感到那么手足无措了。你父亲快不行了,那个女人急慌慌地对我说,你快进来看一看吧。说着,她便闪开身子,第一次以如此痛快的姿态让我去和父亲见面。

办理完父亲的丧事,我知道我该从这个家庭里走出去了,而且我更知道,从此以后我再也不会到这里来了。但就在我往门外走的时候,那个女人却拽住了我,而且让我跟她回到了客厅里,在沙发里坐下,与我进行了一场分外严肃的谈话。

你父亲临咽气时,那个女人直直地看着我说,对你说了什么?

什……么?我有些不明白她的意思,您说什么?

不是我说什么,那个女人纠正我的话说,我是问你,你父亲对你说了些什么?

没有……我反问她说,父亲这些年不是没有说过什么话吗?

我明明听见了,那个女人不回答我的话,依旧沿着她自己的话题说,而且把身子从沙发里站起来,用居高临下的审视表情面对我说,他对你比画着手指头,嘴里说了好几个字……

听她说得如此肯定,我不得不打起精神,认真仔细地想起父亲临死前的情景。"比画着手指头","说了好几个字"……我终于想起来了,当我来到父亲面前时,他的确是比画着手指头,嘴里说了几个字,我记得那几个字的发音是"erganzi",我当时以为那是一串毫无意义的音符,就像他平时经常发出的"咿咿啊啊"的声音一样,其实没有什么实际的内容。经那个女人的提醒,我把"erganzi"的声音翻译成汉语,便是"二杆子"或"二竿子"或"二柑子"抑或是什么与"杆子"相近的汉字。

二杆子？那个女人有些不相信,二杆子是什么意思?

我哪里知道?我摊开两手说。

你可要对我说实话,那个女人警告我说,我可不是好糊弄的……

我对天发誓,我也从沙发里站起来,郑重其事地对她说,如果我说的有一个字是瞎话,就让我一从这里出去就被车撞上。

见我说得如此诚恳,那个女人也不再说什么不相信的话,但她看我的眼神却让我觉得,这件事似乎还没有就此完结。

二

也难怪那个女人以为我在糊弄她,过后想想,就连我自己也觉得没有说实话,想一想吧,父亲竟然在他咽气的时候向我说什么"二杆子",这实在不像是一件真实发生过的事。此后的许多场合里,我都在向遇到的人发问,知道"二杆子"是什么意思吗?没有一个人能够明确回答我,以至于我问得多了,那些人竟然用分外狐疑的目光打量我,好像我有什么毛病似的。我不敢问下去了,便疑心父亲说过的那串音符并不是这几个字。于是,在接下来的时间内,我便仔细回想父亲临死前的情景。

那天,当我走到父亲躺着的床前的时候,他已经没有多少气息了,肿胀的眼皮耷拉着,我还以为他已经死了呢。但随着我走近,父亲突然睁开了眼,目光灼灼地朝我身上看来。我似乎从来没有看到过他如此明亮的眼神,不禁吓了一跳,同时也意识到,尽管他已经处在弥留之际,但还是能够准确地感应我的到来,这也使我觉到了稍许欣慰,先前一度对父亲的怨恨也一下子淡弱了许多。尽管这样,我还是停住了脚,没有把身子如别人期盼的那样伏到他身前去。

啊啊啊……父亲嘴里发出一串含义不明的声音,似乎在极力向我表明什么。我知道他这是徒劳的,自从他从监狱里出来以后,好像就失去了说话的功能,几年都没有说过一句像样的话,现在都到这时候了,哪里又能让我听明白他要表达的意思。

你在说什么?我在心里问他。我之所以没把这句话问出来,是因为知道问与不问其实都没有多大差别。

父亲见我没有什么反应,一时急得不行,最后举起他耷在床边的手,伸出两根手指头,一边吃力地朝我晃摆,一边抖动着嘴唇,发出"erganzi"几个音符。大概他用的力气太大了,做完这些动作后,便吐尽了最后一口气,手臂缩回去了,但两根食指和中指依旧伸张着,嘴唇停止了抖动,却还张大着口腔,好像还有什么话没有说出来，更让我感到吃惊的是，他的眼睛也仍然张开着，已经僵硬的目光还在朝我闪烁。我不想被一个死去的人如此打量，一连移动了好几个位置，可始终逃不脱他目光对我的笼罩。

我当时并没有把他要向我表达的意思当回事儿，这么多年了，他都没有向我交代过什么，现在要到另一个世界去了，却忽然想起了我来，这使我本能地觉得反感，并难以接受。但时间不长，尤其是听了那个女人对我的质问后，我突然间意识到，父亲向我说的那几个字已经被怀疑为是有关什么遗产的事项了。这当然又使我吃了一惊，难道事情真是这样的吗？我虽然不喜欢父亲，却不能不喜欢父亲的遗产，况且我在城市里创办的那家工厂正需要大笔资金，我已经向有关客户打了数不清的欠条，时常被债主追着屁股四处躲避，如果父亲真有什么遗产可以帮助我，那我自然是求之不得。一想到这里，我便止不住激动起来。但我又不相信，一个在监狱里度过了十一个年头的老家伙，还会有什么遗产等着我去继承？鬼才会相信呢，我已经度过了做梦的年纪，不相信天上掉馅饼的美事出现，所以我只是激动了短暂的一小会儿，便把这件事忘到了脑后，又赶紧踏上了外出逃债的路途。

三

十五年前的一天夜里，属于这个地区管辖的一处化工厂发生了爆炸，共计死难职工十一人，正好是一个足球队的人数。追查事故原因的时候，有一件事使这个工厂的厂长摆脱不了关系，那天夜里正赶上他在办公室值班。一般说来，类似事故的处理结果也就是免除掉厂长的职务，再责罚几个相关的人员了。但这次的事故有些不同，最后的处理结果却是，那个厂长不仅被逮捕了，而且被判了五年的刑期，究其原因，是由于救援人员赶来的时候，厂长竟然在他的办公室里喝酒，并且醉得不省人事，以至于引起了公愤，为了平息死难家属引起的骚乱，有关部门不得不对这个玩忽职守的厂长实施重判。没错，那个如此倒霉的厂长就是我父亲。

父亲其实是个老革命，1938年参加革命，20世纪50年代后期便是这个地区的副专员了。但在接下来的"文化大革命"中，父亲受到了冲击。改革开放后，父亲被落实了政策，担任了被视为这个地区经济命脉的化工厂的一把手。父亲踌躇满志，上任后一直干得很好，但不知怎么回事，那天夜里他却躲在办公室里喝起酒来，这一喝不要紧，他不但彻底断送了自己的政治生涯，还在某种程度上葬送了自己的自然生命。其实，父亲并不是一个嗜酒的人，大多数场合下都不喝酒，怎么那天夜里偏偏就喝了酒呢，而且还醉得不省人事，这是让许多人包括我在内都感到不可思议的一件事。

按说父亲被判了五年的刑期,但事实上他却在监狱里待了整整十一个年头,那也就意味着父亲身上肯定又发生了一些让人想不明白的事。那些事五花八门,都是不被监狱纪律所允许的一些脏事,最为严重的便是打架。据管教他的人员说,父亲三天两头地寻衅滋事,不仅打得自己监号里的头目满地找牙,而且还趁着放风的时间去找别的监号里的人较量。其实父亲不是一个身强力壮的人,除了战争年代里打过仗外,几乎三十多年没有和别人交过手了,况且在监狱那样一个人员混杂的环境里,像他这样做惯了领导职务的人应该适应不了,不被别人欺负就算最好的了,哪里又会主动去招惹别人呢?这当然只是我们一般人的想法,真正的事实却是,父亲不但适应了那里的环境,而且主动向那些做过恶的人进攻,最厉害的几次都把对手打成了重伤,不得不拉到医院里抢救治疗。你父亲真是一个凶人、狠角,我认识的那个管教人员对我说,他自己的肋骨都被打断了,还从地上爬起来,又把对方的半边脸生生啃掉了。我简直不敢相信,那个如此不要命的人是我的父亲吗?在我有限的记忆里,父亲应该是一个还算温和的人,虽然脾气很大,但也不至于去随手打人吧?再说他都这么一大把年纪了,怎么越来越为老不尊了呢?那一刻,我简直感到脸上无光,虽然我也算不上多么正经的一个人,可也不想让那样一个不被人所齿的家伙当我的父亲。父亲这样做的结果便是不断地加刑,五年变成了七年,七年又变成了九年,直到在监狱里待够了十一个年头,他才终于被刑满释放。不知道是不是巧合,十一这个数字恰好是那次爆炸事故死难的人数。

父亲一从监狱里出来,就马上又变成了另外一个人,不仅身体垮了,每天都坐在轮椅里打熬时光,而且不再说话,直到死去的那一天,他都没有像样地和身边的人说过一句话。身体垮了我们想得通,他失去说话的能力却就让人不解了。他的妻子也就是那个女人曾请来医生医治。医生给他做了全面的检查,并没有发现他失去说话能力的病理根据,于是人们便怀疑他不是不能说话了,而是他不愿意说了。那个女人以为他早晚有一天会憋不住开口的,但事实却是,直到他死去也没有再开口……不,这样说也许并不确切,"二杆子"三个字不就是他说出的最后一句话吗?只是可惜他是对我说出的,也就不难想象那个女人为什么对那句话揪住不放了。

但不管怎么说,父亲没有什么像样的遗产留下来,却是不多么难理解的一件事。想通了这一点,我也便又一次释然了,也就是说我不会再上心这件事了。

四

在乡下躲债的那些日子里，我都是通过手机和我厂子里的人通话，说好听点叫遥控指挥，这当然会使我接到一些债主的电话，他们正在满世界找我呢，于是我一看他们的号码，就赶紧按下拒接键。但有一天，一个陌生的电话反复打进来，好像我不接听不拉倒似的。我便不住地按下拒接键，不相信那个人的耐心会比我大。那个人没有办法，只好发了一条短信给我。短信的内容是：我是幺妹，接我的电话。刚开始看短信的时候，我并没有想明白幺妹是谁，直到她又把电话打过来了，我才突然想起来，幺妹就是我那个同父异母的妹妹。在此之前，我似乎不记得与她说过话，想不起来她是谁也是理所当然的事。

我接通了电话后，幺妹劈头就问我说，你在哪里呢？我真想问她一句，你是谁呀？但我不想与她纠缠，就干脆蒙她说，我在九寨沟旅游呢。谁知道她说，算了吧，我已经看见你了，你还对我说瞎话。她这话让我觉得耳熟，一下子我便想起了那些向我讨债的人诈我的话，便在心里笑话她说，我又不欠你什么，你又何必跟我来这一手呢。但随即我便发现想错了，因为我还没有把心里的话说完，就听见身后响起了车辆的轰鸣声，我刚刚回过头，就看见一辆豪华奔驰飞快地朝我冲来。我吓得不行，以为那辆车要撞我，但躲避似乎已经来不及了，便只是呆呆地盯着它看，同时在心里说，这回怕是完了。但奔驰车冲到我身边，"吱"的一声停住了，车辆带起的风尘扑到我身上，差点把我掀倒。我有些惊魂未定，不禁在心里感叹，居然把车开到这种份上，也实在是不简单呢。

车门打开，走下来一个时髦的年轻女人，尽管她戴着一副宽大的墨镜，但我一看她和那个女人酷肖的身姿，就知道是刚才给我打电话的那个人，也就是我的妹妹幺妹。她可真有本事，我又在心里感叹，竟然能这么准确地找到我，不能不让我对她刮目相看。说来奇怪，父亲娶了那个年轻又漂亮的城市老婆后，按说应该多生几个子女才算合理，可在很多年的时间内，他们却就生出了一个女儿，而且还给她起了"幺"这样一个可以解释为"最后"的名字，实在有些让人想不通。幺妹算得上是一个令人不可小觑的女子，虽然年纪轻轻，生意却做得很好，听说手下已经有好几家公司了，父亲去世时，她去国外考察项目，没有赶回来为父亲办理丧事，现在急着找到我，恐怕也是为父亲那句模棱两可的话而来的吧？我都差点把那件事忘了呢，她们却还一直记在心上，真是一点得利的机会也不放过呀。

我猜想得不错，幺妹没和我说几句话，便提到了父亲的那句话。爸爸到底给你说了些什么？她用和她母亲没多少差别的口气问我。

我有些反感,索性挑明了反问她说,你们真以为父亲有什么遗产留给了我?

我可没这么说,幺妹虚情假意地澄清说,遗产两个字可是你说出来的。

我耸耸肩膀,觉得没有必要也向她澄清什么。

我也是爸爸的女儿,幺妹开始用貌似真诚的态度对我说,他留下的遗言也应该有我一份吧?

她说得自然不错,于是我便也用公事公办的样子对她说,二杆子,这就是他对我说过的那句话。

问题是,幺妹打断了我的话,这句话是什么意思?

我哪里知道?我摊开两手说。

爸爸也真是,幺妹叹着气说,为什么要留下这样一句令人费解的话呢?

我忽然提醒她说,你没有问一问,他就留下了这一句话吗?我的意思是说,他有没有给那个女人留下另外的话。

幺妹当然明白我的意思,盯着我看了一下,像是自语着对我说了一句,你哪里知道,他和我妈的关系并不那么好,所以……她摇摇头,没有再说下去。

我吃了一惊,似乎是第一次听说父亲和那个女人关系不好的话。怪不得他们只有你一个女儿。我在心里对幺妹说。进而我还想到了父亲在工厂爆炸那天夜里的醉酒,不知是不是也与他们的关系不好有什么联系……

幺妹好像也明白这样说下去不会有什么结果,很快便沉不住气了,回身往车上走去。我以为她要走了,谁知道她又走下来,手里多了一个大包。这是给大娘带来的,她把那个包朝我递来,你替我带给她吧。

开始时我并没有想到她所说的"大娘"就是指我的母亲,醒悟过来后,我也没有接她那个包的意思。

见我不动,幺妹干脆把那个包塞到我怀里。一身衣服而已,她回过身,一边朝车上走一边嘟囔着说,我小时候还穿过她做的衣裳呢。

也许就是这句话让我一度坚硬的心柔软了一下。你不在这里吃饭了?我似乎多余地问了她一句。

我哪有那样的工夫?幺妹一边发动车子一边回答我说,我正为考察的项目到处选址呢。她掉过车头,又把车子一溜烟地开走了。

五

幺妹带来的那身衣服尽管十分值钱,我母亲却无法穿在身上,并不是它过分奢华了,在乡下穿出去会被人笑话,而是尺寸太小了,母亲根本穿不进去。幺妹其实已经很多年没有见过我母亲了,只在她小的时候照过一次面,而那时候我的母亲还没有发胖,幺妹的记忆便停留在那个时刻了。

母亲和父亲离婚后,始终没有再改嫁的打算,便一直住在父亲在东阿乡下的家里,一边照料爷爷奶奶一边抚育我长大。尽管父亲是执意与她离婚的,但母亲却一点也不怨恨父亲,每次父亲来信,她都悄悄地让我念给她听,每当听到父亲在最末端提到她的一两句话,比如"你要听你娘的话","不要惹你娘生气"之类,尽管这些话是父亲对我说的,却因为与她相关,她便觉得非常高兴,嘴角掠过一丝不易被人觉察的笑意,手里的针线活也做得更为顺畅了。母亲的针线活主要是做给爷爷奶奶和我的,但还有一份是做给城里的那个女人和她的女儿的。母亲给那个女人和她的女儿做针线活是众所周知的一件事,也是为人们所津津乐道的一个话题,每逢人们提起她来,便会首先说起这件事,"道海他娘可真是好样的",他们争相夸赞她说。这使母亲在村里赢得了众口一词的好名声。开始时我也这样认为,但有一次到父亲家去,却看到母亲寄给他们的针线活被丢在了垃圾箱里,惊诧之余,我感到的不是愤怒,而是委屈,为母亲所做的努力就这样付诸东流感到深深的伤感。父亲知道了这件事,当着我的面呵斥那个女人,他的意思无非是要告诉我,母亲的针线活丢在垃圾箱里并不是他的错,起码他是不会这样做的。但尽管这样,我心里那种受到伤害的感觉还是没有减弱多少。回到家里后,我一直想劝说母亲不要再为那母女二人做什么针线活,但看着母亲这样做的时候那种分外快乐的样子,我几次张开嘴,却又没有说出来,还有什么比看着母亲快乐更让我感到高兴的呢,尽管这种高兴的内里有着许多苦涩的味道。我一直以为母亲的针线活都被那个女人丢到垃圾箱里去了呢,但今天幺妹那句"我小时候还穿过她做的衣裳呢"的话,又使我感到了一丝欣慰,看来事情并不像我想象的那样糟糕。

自从父亲去世后,母亲也变得有些郁郁寡欢起来,先前半白的头发很快变成一团银丝,看上去就像顶了一头霜雪。不知什么时候我就要找你爹去了,有一天她竟然这样对我说,我已经老成了这种样子,不知道他还能不能认出我来?我不禁在心里笑话她,虽然你并没有离开李家,其实已经不能算是父亲的妻子了,何况父亲的遗体并没有葬在老家坟上,就算你真的离开了这个世界,恐怕也无法和父亲葬在一起。我赖了他半辈子,母亲继续絮絮叨叨地说,看来到那边我还要继续赖他去呢。说到这里,母亲脸上透出一丝早就不多见的羞涩表情,就像少女脸上才会出现的那种样子。这不免让我吃了一惊,不知道母亲此时想到了什么,她关于"赖"父亲的话更让我想不明白,好像他们的过去有与这个字相关的一些内容似的,但作为他们的儿子,尽管对那些内容充满了好奇,却无法真的开口询问。我只能抓住这个机会,问她一下有关父亲遗言的话。

我原本没对母亲的回答抱什么希望,但让我感到有些意外的是,她听了"erganzi"的发音后,并没有像我想象的那样摇头,而是颇为冷静地吧嗒了一下嘴,我没有听说过这个名字。她告诉我说。

什么?我不禁一愣,名字?您是说这是一个名字?

不是名字吗?母亲抬起头,不解地反问我说。

我稍稍琢磨了一下,也觉得这个发音真的像是一个名字,嗨呀,我怎么就没想到这一点呢?如果这真的是一个名字,那父亲话里的意思可就不太难理解了。那么这个人是谁呢?我继续朝她发问。

这次母亲的反应便在我的预料之内了。我们这里没有叫这个名字的人,母亲摇摇头说,其他地方我就不知道了。

但我并没有气馁,在接下来的许多个日子里,我都开始寻找起那些叫"二杆子"的人来,我甚至专门到公安部门的户籍科问了一下,得到的消息几乎大同小异,他们告诉我,这个名字不像是一个正式的名字,户籍登记上更没有这样的名字,不过,据他们所知,叫这个名字的肯定不在少数,尤其是在乡下,几乎每个村都有叫这个名字的人。听了他们的话,我又不免犯起难来,莫非我要走遍天下,把那些凡是叫"二杆子"的人都找出来不成?没经过怎样的犹豫,我便放弃了这个不切实际的想法,我觉得这样的努力太不值得了,它与父亲那句话里的真相也许还隔着十万八千里呢。

六

有一天,我因为躲债来到一个小城镇,在街道上里闲走了一会儿,随便停在一个旧书摊上翻看旧书。先前我也做过旧书生意,知道这里的书籍都是按废品买来的,几毛钱一斤,现在摊主却卖到几块钱一本,赚头还是很大的。尽管是旧书,却也可能碰到冷门的好书,所以喜欢读书的人还是乐意在这里看一看的。我虽然算不得读书人,但由于没什么事干,便也挑拣了几本书,蹲在地上看起来。大约我看的时间过长了,摊主见我只看不买,便不高兴地把我手里的书夺过去,随手扔在摊子上。我实在舍不得我看的那本书,便又拿回到手里。摊主索性站了起来,你到底买不买?见他有些急,我也只好说,这本多少钱?摊主翻着白眼说,五块。薄薄的一本小册子竟然要五块钱,我知道摊主是有意讹我,但我还是乖乖地掏出五块钱,义无反顾地把那本书买下来。

我买下的这本书叫《东阿县文史资料》,编纂单位是这个县的政协文史科,我的老家就归东阿县管辖。让我义无反顾买书的原因不是由于那是一本有关家乡的书籍,而是因为上面的一篇文章,题目叫《回忆抗日武工队的战斗岁月》,里面多次提到了一个名字:李茂贵。没错,李茂贵就是我父亲的名字,也就是说,这篇文章是记述我父亲在抗日战争时期的一些活动和事迹的,这样说也不够准确,实际上应该是记述抗日武工队的一些活动和事迹的,只是里面更多地提到了我父亲的名字,因为那时候他是那个武工队的队长,记述他更多一些也是理所当然的。这是我迄今为止看到的第一篇有关我父亲的文章,是不是还有其他一些书籍与他相关我就不知道了。关于父亲在武工队里干过的事,我从母亲嘴里知道了一些,却不是那么详细,起码这篇文章提到的一件事,我却是第一次听说。

1942年的一天,父亲率领武工队来到一个镇子,执行一项锄奸任务。在这个镇子边的一个炮楼里,住着伪军的一个中队,中队长有个外号叫焦扒皮,是个无恶不作的汉奸。焦扒皮的罪恶可以用这样一件事来说明:有一天,焦扒皮带着几个伪军在集上闲逛,忽然看上了一个长相俊俏的姑娘,马上打听清楚了姑娘的住址,第二天就来到姑娘家,放下二斤点心说,五天之后我来把姑娘娶走,你们赶快准备一下吧,说完就扬长而去。姑娘当然不愿意嫁给焦扒皮,但姑娘的父母没有办法,自从日本鬼子到来后,这一带的天下就是他焦扒皮的,不想嫁他又有什么办法?最后他们只好望着远处说,真盼望八路军武工队来了,打死焦扒皮那个汉奸。就在焦扒皮规定期限的前一天,父亲率领武工队来到了这里,化装成一帮老百姓,混杂在拥挤的人群中赶大集。父亲他们可能并不知道焦扒皮逼娶民女的事,他们恰好在这一天来到这里,不过是执行上级交给的一项普通任务而已。那些年,父亲率领的武工队打鬼子、锄汉奸,每天都在和敌人斗智斗勇,搅扰得敌占区风起云涌,可给老百姓出了气,所以只要有人受到了敌人欺压,就盼望武工队的到来。

武工队的情报十分准确,父亲他们才来到集上不久,焦扒皮就带着几个护卫走出了炮楼,大摇大摆地来到集市上打劫,看到什么好吃好用的东西,抓起来就往嘴里塞,就朝腰里掖。父亲他们悄悄地跟在后面,趁他不注意的当儿,父亲率先扑上去,一下子把焦扒皮掀倒在地。焦扒皮长得五大三粗,又加之练过武功,也实在不是一个容易对付的家伙。父亲呢,本来个头就小,前一阵子又受过枪伤,身上的力气不是太大。焦扒皮反应过来,一个打滚闪到一边,回身一扑,竟然把父亲压在了身下。两个人便抱在一起,在街上滚过来滚过去,好长时间都不能把对方制服。父亲手下的队员尽管都掏出了枪来,但纷乱奔走的人太多,父亲的身子又和焦扒皮抱在一起,他们一时无法准确地开枪。眼看炮楼里的敌人听到动静,马上就要赶过来了,再不结束战斗就来不及撤退了。就在这个时候,父亲终于翻过了身来,把焦扒皮压在地上,挥手在他脸上打了一拳。趁着焦扒皮护脸的工夫,一个队员把一颗子弹射进了他的脑袋里。记述完这个惊心动魄的场面,作者还画蛇添足地说了这样一句话,"要不是头天夜里在二干子家吃过一顿饱饭,凭李茂贵的身板,还真难把虎背熊腰的焦扒皮压在身下。"是的,就是这句有画蛇添足之嫌的话引起了我的注意,"二干子",我的眼睛霍地一亮,之前的坐卧阅读姿势一下子变成了站立,那一刻,我知道我苦苦寻找的那个人终于来到了我面前,只不过"erganzi"并不是像我想象的那样写成"二杆子"或"二竿子"或"二柑子",而是出现在我眼前的这三个字,"二干子"。

我当然要马上找到那个叫二干子的人,于是便急急地向前翻页,仔细看这篇文章的作者。关于作者,文章的标题下是这样写的,"张三德口述,苗秀颖整理"。没用认真想,我便知道接下来该去找那个叫"张三德"的口述者,如果我没有猜错的话,张三德就是那次参加锄奸任务的武工队员,也就是父亲的手下或者说战友,只要找到了他,自然就能查找到"二干子"的下落,至少可以得到一些真实可靠的线索了。于是我合上那本书,赶回我老家所在的东阿县城,直朝政协文史科所在的那个大院走去。

对了我还忘了说,张三德在文章的结尾处记载,那个被父亲无意中解救了的姑娘,竟然跑到武工队所在的地方,非要赖着嫁给父亲不可。让我感到惊讶的是,张三德竟然也使用了一个"赖"字,不由让我想到了我的母亲……

还有,父亲当年率领的武工队是一个班的人数,除了他这个队长之外,手下的队员是十一人,正好也是一个足球队的数目。

七

政协文史科的苗秀颖科长告诉我,张三德并不是本地人,本来就不在这个县工作,退休后一直居住在湖北襄阳。为了挖掘文史资料,他们前几年曾经去襄阳拜访过他一次,这篇文章就是那次采访得来的。他的身体不太好,苗秀颖叮嘱我说,你要找他就抓紧去,说不定……对于她下面没有说出的话,我当然知道是什么意思。老天保佑,我在心里紧张地说,千万别让他出事……我实在不想失去这个如此珍贵的线索,当天夜里就踏上了通往襄阳的列车。

我虽然来过湖北多次,但到襄阳来却是头一回。按照苗秀颖提供给我的地址,我好不容易找到了张三德的住处。在他家人的指点下,当我在医院的病房里看到张三德时,我才算松了一口气,所幸我赶得及时,这个已经在医院里住了大半个年头的老人还没有离开这个世界。但我随即又把心提紧了,虽然他还活着,可到底能不能说话还是未知数,还有,就算他能说话,是否还能想得起过去的事,况且我要打听的那个二干子,似乎并不在他记忆中的最前沿。到底这次襄阳之行能不能如愿,我心里一点底也没有。

还好,张三德虽然病得不轻,但还能够说话,也能够回想过去的事,只是对我提到的二干子想不起是怎么回事。尽管这样,我还是感到高兴,无论怎么说,我总算见到了父亲的故人,听他说一说父亲的过去,我还是觉得没有白来襄阳。一听说我是李茂贵的儿子,张三德也非常激动,耷在床边的手抬起来,吃力地朝我伸张着。看得出,他对昔日的战友李茂贵还保持着清晰的记忆,这让我悬着的心脏落回到了肚子里。当听说我父亲已经去世时,他眼里流出了浑浊的老泪。我们这些老家伙都要走了,他用含混不清的语气说,到那个世界我再去找他吧。

张三德虽然想不起二干子是怎么回事,却给我说起了父亲的另一件事,也让我加深了对父亲的了解。1945年日本投降后,父亲和他的武工队编入了正规军,随即和山东军区的部分队伍北上,一直来到了遥远的黑龙江边。经过几年的艰苦战斗,待东北全境解放后,又随着东北野战军一路南下,1948年的某一天,父亲的部队经过老家东阿时,与留在这里搞地方工作的张三德不期而遇。这时候,与父亲一起干过武工队的人就剩下了父亲和张三德两个人了,所以当父亲的队伍开拔时,张三德随他一起踏上了南下的路途。后来,他们一起落脚在长江岸边,到一个偏远落后的县区搞土改。张三德所讲的那件事就发生在这个地方。那一带有一个叫王明科的大地主,是一个善于见风使舵的家伙,父亲他们的工作队到来后,王明科明里暗里地和工作队的人来往,周围的群众也没人出来和他过不去,以至于许多日子过后,这里的土改工作还无法进行。一个偶然的机会,父亲了解到王明科曾经霸占过几个良家妇女,为了这种事,有一个妇女的丈夫还逼死了自己的妻子,却对王明科没有多少怨恨。父亲找到那个男人,质问他为什么不站出来揭发王明科?那个男人说,王明科每年都给他家送来几担稻谷,如果自己的妻子活着,怕是一家人都要挨饿,这样一想,王明科占有自己妻子的事就不算是多么大的事了。听了他的话,父亲惊诧得目瞪口呆。你个狗东西还是男人吗?父亲恶狠狠地踹了那家伙一脚。父亲不想放过这件事去,不管怎么说,王明科都在那些冤屈甚至冤死的良家妇女身上犯有血债。"血债要用血来偿。"张三德说,他到现在也忘不了父亲当时说过的这句话。父亲极力说服上级,取得了对王明科的死刑判决。王明科被执行枪决那天,本来打枪的人选是张三德,但来到了法场上后,父亲硬是从张三德手里夺过枪,亲自把子弹射进了王明科的后脑勺。现在想想,张三德叹口气说,王明科死得可能有些冤枉,那条人命如果不算在他身上也是说得过去的。我问他说,如果现在让您对王明科执行死刑,您还会开枪吗?张三德没有犹豫便说,我当然会。我没有说什么。他似乎知道我在想什么,又主动解释说,这不是执行命令的事儿,而是……我盯住他问,那是什么?张三德把目光转向窗外,迷蒙的目光望着看不见的远处说,血债要用血来偿。他重复了父亲曾经说过的那句话。说完了,他又掉回头,像我问他一样问我说,你觉得你父亲的做法对吗?

我以为襄阳之行到这里就结束了。但在我离开病房的时候,却听见张三德在我身后说,你该到梁家庙去问一问,我记得那个村子离我们打死焦扒皮的地方不远,二干子或许就是那里的人。

八

我回到了老家东阿县,很容易便找到了梁家庙。坐落在黄河岸边的梁家庙是个穷村子,两条弯弯曲曲的街道边看不到多么像样的房屋。在这里打听二干子,自然就容易得多了。街上的人告诉我说,梁家庙有两个叫二干子的,你是找大二干子,还是找小二干子?我简单地想了一下便说,找大二干子。那人旋即告诉我说,那你可没法找他了,大二干子二十年前就死了。我以为又走进了死胡同,随即想了想,便又不甘心地说,他家里总还有人吧?我只是本能地这样问了一句,没想到那人立刻朝远处一指说,喏,那个人就是大二干子的儿子。我随着他的手势一看,竟然吓了一跳,因为那个正从远处一瘸一拐走过来的人,我许多年前就认识。真是没有想到,我费尽周折找了那么久,找到的居然是自己的一个熟人。

我找到的这个熟人叫梁会明,许多年前我们曾经在一个建筑工地上打过工,有一次,他不慎从脚手架上摔下来,一条腿折断了,从此失去了外出打工的能力。我被梁会明邀进他的家去,一看到那个破烂的屋院,我便知道他的日子过得十分窘迫。听说我是来找他的,梁会明不禁一愣。找我?他颇感意外地说,找我有什么事吗?我斟酌着字句说,其实我是来找你父亲的……没听完我的话,梁会明便急切地打断我说,我父亲已经……我同样没听完他的话,便朝他摆摆手说,你听我说,你父亲是不是叫……说到这里,我又改口说,他是不是有个小名?梁会明眨了眨眼,很快明白了我的意思,你是说他那个外号吧?他抓了抓自己的脑袋,如果你不说,我都快把它忘掉了。他又直直地盯住我说,你怎么知道我父亲的外号?我咽口唾沫,没有正面回答他的话,又上下打量了他一眼后,突然问他说,1942 的时候,你多大?梁会明莫名其妙地看我,1942 年?让我想想……那年我大概快十岁了吧。我心里一喜说,你是不是还记得武工队的事?梁会明再次愣住了,武工队?这一次他没有犹豫,我当然记得武工队了……没等他说完,我便激动地抓住他的手,我就是武工队队长李茂贵的儿子。梁会明有些反应不过来,在急快思索了一下后,突然也晃动起我的手来,哎哟,原来你是……

接下来的对话便较为顺畅了。我说明了自己的来意,让他帮我分析一下,我父亲为什么在去世的时候会提到他父亲的名字?也就是说,我父亲和他父亲之间到底发生过什么事?梁会明一边抽着叶子烟,一边陷入深深的思索里。我爹在当时是个落后分子,哪里会和你父亲的武工队有什么瓜葛?他摊开两手说。我也思索着引领他说,那么你父亲和我父亲来往过吗?或者说,他们当时互相认识吗?

或许是我的提示在他身上发挥了作用,他把烟屁股在桌腿上摁灭,向我讲述了发生在新中国成立前的两件事,在那两件事里,他的父亲二干子和我的父亲李茂贵发生了一生里仅有的两次交集。一次是 1942 年的一个冬夜,二干子和他的家人当然也包括小时候的梁会明正在睡觉,忽然院门被从外面敲响了,那时正是人荒马乱的年月,什么样的不测都有可能发生,所以二干子尽管醒来好久了,却不敢去开门。但院门却一直响下去,好像他不开门外面的人就不罢休似的。二干子知道这样下去也不是个事,便穿上衣服来到院子里,透过门缝往外瞧。外面的人似乎也知道他来到了门后,就小声地对他说,老乡,我们是八路军武工队,开开门,让我们进去暖和一下吧。二干子尽管是落后分子,却知道八路军不随便骚扰老百姓,听他们说得真诚可怜,便只好把院门打开了。武工队的人走进来,随他进到了屋子里。这时梁会明也醒来了,睁着大眼悄悄地看他们。让他想不到的是,武工队的人一进来,一个小瘦子就软软地倒在了地上。二干子看出来,小瘦子是被饿坏了。一个头目模样的人扶起小瘦子来,又把眼转向了二干子,不好意思地向他提出说,老乡,我们赶了很远的路,我手下的人都被饿坏了,能不能给我们找点吃的东西?二干子立即说,我们穷得叮当响,哪里还有什么吃的东西?没想到躺在炕上的梁会明却脱口说道,怎么没有?门背后的缸里不是还有一些杂面吗?二干子当着别人的面被儿子揭发了,一时恼怒得面红耳赤,但又不好对儿子发作,只好觍着脸对武工队的人说,这是我们一家人留下来过年的……前几天,我小闺女闹着要吃,我都没有……他的话还没说完,躺在梁会明身边的妹妹就接过话去，我不闹了，还是让他们的人吃吧。话说到了这个份儿上，二干子已经没有丝毫的退路，尽管十分不情愿，却还是从缸里把杂面拿出来，让老婆给武工队做了一大锅窝头。武工队的人吃过了那些窝头后，一个个都变得精神起来。临走时，那个头目模样的人在一张纸条上写了一行字，递到二干子的手里。老乡，他有些愧疚地对他说，我们身上没有钱给你，只好给你打了这张欠条。二干子有些哭笑不得，知道再说什么都没有用了，便只好把欠条接到手里。头目拉着他的手叮嘱说，你把欠条收好，等我们胜利了，一定会把这笔账目还给你的。二干子不知道他说的话管用不管用，还是按照他的意思把那张欠条揣到了怀里。头目又来到炕前，在梁会明头上摸了一下，又把手放到了妹妹的头上。小妹妹，你多大了？他温和地问她说。五岁。妹妹快活地回答说。头目感叹地说，你这么小，就为抗日做贡献了，真是不简单呢。听了他的话，不仅是妹妹，就连梁会明都感到自豪起来。梁会明一直盼望头目也能夸赞自己几句，但这时天已经快亮了，他们没有再滞留下去，便走出屋门，消失在朦胧的晨光里。

　　说到这里，梁会明两眼呆呆地望着屋外，好久没有再说什么，故事好像已经被他讲完了。我知道，梁会明所说的那个头目就是我的父亲。第二件事呢？见他不再说话，我只好催促他说。梁会明把目光收回来，重新点起叶子烟，一边大口地吸着，一边又寡淡无味地讲下面的故事。

　　第二件事发生在1948年，随着解放军大部队的到来，盘踞在这一代的国民党残余都逃到南方去了。有一天，一个解放军的军官来到了二干子家，一进家门，他就握住二干子的手，连连晃摆着说，老乡，你还认得我吗？二干子朝他打量了好一会儿，才认出他就是当年在自己家吃过窝头的武工队头目，这时候就连梁会明也知道他的名字叫李茂贵了。李茂贵激动地回想着说，当年要不是在你家里吃过一顿饱饭，我们那次的任务就完不成了。虽然他说得热情洋溢，二干子却有些不为所动，甚至连让他进屋坐一坐的话都没有说上一句。李茂贵有些失望，又有些不甘心，便在院子里撒目了一圈，目光落在梁会明身上。小兄弟，李茂贵在他肩膀上拍了一下说，你已经长这么高了？让他感到意外的是，梁会明也没有接他的话。李茂贵的目光继续朝四处瞄，随即朝他们发问道，我怎么没有看见那个小妹妹？李茂贵无论如何想不到，他的这声发问竟然引起了二干子极其激烈的反应。你还有脸问我的小闺女？二干子跺着脚说，要不是你们来我家吃那顿窝头，我小闺女就不会被日本人害死了……说到这里，二干子弯着腰蹲到地上，把头垂在裆间，呜呜地号哭起来。梁会明也有些吃惊，妹妹死在日本人刀下时父亲也没有这样哭过,事情过去了好几年,他却哭得这样伤心欲绝,好像把这几年积攒下的悲伤都一股脑儿地发泄出来了。李茂贵没有想到事情会是这样,不禁一下子呆住了。到底是怎么回事?他急切地问道。二干子悲痛得说不出话来,梁会明只好把当时的情况说给李茂贵听。原来,梁会明他们的武工队来到二干子家的事不知怎么泄露出去了,几天过后,日本鬼子就来到了二干子家,逼着他们说出八路军武工队的行踪。开始的时候,二干子还企图不承认这件事,但几个鬼子一番搜索,很快就把那张欠条找出来了。在那张欠条面前,二干子再也搪塞不过去了,但他又实在不知道武工队的行踪,一时不知道该怎么办好。日本鬼子以为他有意替武工队做掩护,便把他捆绑起来,要抓到炮楼里去。看到父亲要被带走,还不大懂事的小妹妹跑上去,拉住二干子,哭喊着想把他留下来。日本鬼子的头目拔出东洋刀,一下子就把小妹妹的肚子刺穿了。梁会明永远忘不掉那个血腥的场景,可爱的小妹妹倒在地上,那个残暴的日本鬼子还不罢手,又接连在她肚子上刺了几下。梁会明看见,小妹妹的肚子破烂不堪,血肉模糊,里面的肠子都流到外面来了……都是那张欠条,二干子跺着脚说,把我的小闺女生生给害死了。听了他饱含责备的话,李茂贵悲愤之余,也感到了极度的尴尬,极度的自责。老乡,李茂贵强打着精神,试图安慰一下二干子,你一家为我们的革命事业做出了巨大的牺牲……现在全国快要解放了,我们一定会给你们……看着二干子越哭越痛切的样子,李茂贵实在没有勇气把后面的话说下去。

听了梁会明的讲述,我也好一会儿喘不上气来。不知过了多久,我又想到了父亲打给二干子的那张欠条,父亲第二次到二干子家来,该不是来还他那笔账的吧?梁会明似乎知道我想什么,便又继续告诉我说,日本鬼子在监牢里快把我爹折磨死了,见实在得不到有用东西,也就把他放了。鬼子头目好像恶作剧似的,竟然又把那张欠条还给了我爹。那天,你父亲一提到欠条的事,我爹就把那张欠条取出来,三两下撕了个粉碎,一扬手撒到了远处去。

我吃了一惊,你父亲把那张欠条撕碎了?

梁会明点点头说,是的,我爹把那张欠条撕碎了。

我没有再说什么?没有那张欠条,我只是在心里说,父亲该怎么去还那笔账呢?

梁会明好像知道我在想什么,接过了我心里的话说,新中国成立后,几乎每一年,政府的人都会到我家来,问我爹那张欠条的事,看他们的意思,好像只要我爹保留着那张欠条,他们就会把那笔账目还上,可我爹毕竟撕碎了那张欠条,他们就无法兑现这笔账了。后来,政府在慰问烈、军属时,曾经也给我家送来一份东西,但我爹一次也没有要过,他们怎么送来的,又让我怎么送回去了,因为我家既不是军属,也算不上烈属。说到这里,他使劲摇了一下头。

听了梁会明的这番话,我又一次在心里叹息,是呀,对于一个活生生的性命来说,那些东西又算得了什么呢?这样看来,父亲在二干子这里欠下的债务是永远还不上了,所以他才在生命的最后关头让我来继续替他……想到这一点,我不禁吓了一跳。

九

从梁会明也就是二干子家出来后,仅仅是来到了村头,我随便取出手机,开始拨打那些我一度拒绝接听的电话号码。你们把欠条拿给我吧,我直言不讳地对那些向我讨债的人说,我马上就会把欠款还给你们。他们有些不相信,莫非你真的有能力取走你的欠条?我信誓旦旦地对他们说,我就是砸锅卖铁,也不会把欠条留在你们手里。只是说过了这些话,我还没有真的把所欠的账目还上,我便感到了从未有过的轻松。

随即,我又拨通了李幺妹的电话。我已经找到了二干子,我开明宗义地对她说,父亲让我找到二干子,是让我们替他还账来了。对于我这样的说法,幺妹自然有些不相信,于是,我便把如何找到二干子的过程和梁会明所讲的故事又对她讲述了一遍。当她在电话那端沉思默想的时候,我突然克制不住自己的情感,没有出息地失声哭泣起来。

你怎么啦?幺妹直着嗓子催促我说,你到底想让我怎么办?

我好不容易止住哭泣,回头望着梁家庙灰蒙蒙的影子说,我们还不上那笔债,可我们还可以凭自己的力气帮他们一下。

幺妹急不可待地说,你到底是什么意思?

我鼓着勇气向她提议说,他们还没有过上衣食无忧的日子,你可以把你引进的项目落户到这里来,带领他们……

是这样,幺妹松了口气,继而模棱两可地说,你让我想一想好吗?

我没有再说什么,便轻轻挂断了电话。

后　记

　　我出生的时候,母亲的娘家人作为生活在黄河滩上的最后一批居民,搬到大堤以外重新立村已经好多年了,但童年时期去外祖母家时,还是经常跟随表哥他们到黄河滩上玩耍,无形之中,相对于我身边的其他小伙伴来说,近距离接触黄河的机会就增加了许多。在我五岁那一年,跟随父母乘公交车去遥远的济南,此时黄河大桥还没有架设,公交车便只能开到洛口,然后搭乘大型驳船渡河,父母领我来到甲板上,让年幼的我真切地感受了黄河的风高浪急。

　　20世纪90年代初,因为工作需要,我在几年内的几乎每个周末,都要乘车从黄河大桥上经过。就是在这段日子里,得知工作单位的某个同事曾经作为部队的一员,在东阿黄河大桥上驻守过好几年,闲暇时听他讲过许多有关黄河的轶闻。后来,我在东阿县的地方史志部门工作过十余年,由于工作关系,接触了大量有关黄河与东阿县革命历史的资料,这为我更加深入地理解黄河、东阿和鲁西,理解黄河作为母亲河与这片土地的繁衍生息和发展壮大打下了坚实基础,并为此进行了一些研究,收集整理了许多历史掌故和民间传说,这些成果都融入了我主编的《东阿县志》《东阿年鉴》(十五年)和我编著的《东阿民间故事》中。当然,在与母亲的长期相处中,更是听她无数次讲述与黄河相关的故事,毕竟母亲是在黄河滩上长大的,在与黄河涛声的相伴中度过了她惊险而艰难的童年和少年岁月,而那个时期是一个遭受侵略和压迫而充满战火硝烟的历史阶段,尤其给她留下了难以忘怀的深刻印象。大概在这种耳濡目染的影响下,写作与黄河有关作品的念头便悄然来到了我心里,成为《大河》三部曲面世的催化剂。

　　关于黄河与我们这个地方的关系,我在《黄河岸边的孩子》的附记《母亲与河》中,有较为详细的记述,读者可以参考阅读。在那篇散文中,我也试图说明母亲和黄河的关系,但在有限的篇幅中是不可能完全解释清楚的,于是便有了这部长篇小说《黄河岸边的孩子》。的确,这部嵌入了若干儿童文学元素的作品是按照母亲的童年历程写成的,当然,与此同时也融入了众多儿童少年在那个苦难岁月中的成长经历。可惜的是,这部作品写得太晚了,母亲早在几年前就离开了这个世界,我只能把它作为一份礼物献给她老人家的在天之灵,对她所经历的那段历史做一下告别。

由于对东阿尤其是黄河的历史较为熟悉，写作《黄河滩枪声》这部书也不是多么困难，尽管这样，我还是再一次通读了东阿县政协出版的文史资料四卷本，同时也阅读了大量战争题材的文学作品，在相关的历史和作品中寻找写作这部书的线索与灵感。与《黄河岸边的孩子》和《黄河带我回家》的短速写作节奏相比，这部书花费了我相当大的工夫，因为它牵涉的点与线太多太杂，我必须尽可能把它们梳理清楚。对于战争题材的文学作品，前辈作家差不多已经写尽了，要想让这部书再呈现出别的作品没有过的面貌，实在是难上加难。但这并没有击退我，我依然在历史的缝隙中寻找到许多可供进入这部作品的信息，用较为独特的叙述方式写出了一系列中短篇故事。由于背景、题材、主题和风格的相近，我把这些零散的作品组合起来，形成一部崭新的长篇小说。这种形式当然不是我的发明，我所崇敬的美国作家福克纳的长篇小说《去吧，摩西》《野棕榈》《没有被征服的》，俄罗斯作家阿斯塔菲耶夫的长篇小说《鱼王》，还有中国作家莫言的长篇小说《食草家族》等，都是这么做的，我只不过借鉴了这种形式而已。

《黄河带我回家》虽然选取的是老套的爱情视角，但这三组不同遭遇、不同宿命的爱情故事，却包含了黄河、东阿和阿胶历史风云变幻的若干信息，背景宏大悠远，可以说是东阿现、当代历史和重要文化资源的影像投射。看上去，这三组爱情故事像奔腾不息的黄河水一样足够狂野，足够酣畅，似乎远离了生活现实，但我不能不悄悄地告诉你，这些故事并不是我的凭空编造，而是真的来自这片土地上那些生生不息的情感传奇。只要你进入了这片流淌着黄河水的土地深处，就会发现其中不同凡响的动人故事，其感人至深的程度不逊色于任何一部文学作品。大概与所表现的内容相一致吧，《黄河带我回家》的写作是在很短时间内完成的，甚至可以用"一口气写就"来形容，开创了我写作速度上的先河，也让我体验了一把激情创作的狂野和酣畅……

《大河》三部曲的写作，圆了积存在我心头多年的一个梦想，那就是为黄河，为生活在黄河岸边的父老乡亲，为过去那段已经成为历史的充满血与火的岁月，唱一曲饱含深情的歌，让我们的子孙后代不要忘记发生在这片土地上的那些虽然平凡却也惊心动魄的传奇故事……

长期以来，我在进行"乌龙镇"系列小说写作的同时，从来没有放弃对鲁西文化资源的挖掘和书写，完成并出版的有关作品有《曹植大传》《天河》《霍乱年代》《尺八》《天宝物华》(即《阿胶大传》)等。《大河》三部曲，是我致敬家乡、献给家乡的又一组作品。以后我肯定还会进行这方面作品创作的。

感谢我的家乡，为我源源不断地提供了如此多的创作素材和灵感。

大河

黄河带我回家

王 涛 著

中国海洋大学出版社

·青岛·

图书在版编目（CIP）数据

大河 / 王涛著 . -- 青岛：中国海洋大学出版社，
2024.2

ISBN 978-7-5670-3805-9

Ⅰ. ①大… Ⅱ. ①王… Ⅲ. ①长篇小说－中国－当代
Ⅳ. ① I247.5

中国国家版本馆 CIP 数据核字（2024）第 046721 号

DAHE·HUANGHE DAI WO HUIJIA
大河·黄河带我回家

出版发行	中国海洋大学出版社			
社 址	青岛市香港东路 23 号	**邮政编码**	266071
出 版 人	刘文菁			
网 址	http://pub.ouc.edu.cn			
电子信箱	1193406329@qq.com			
订购电话	0532-82032573（传真）			
责任编辑	孙宇菲	**电 话**	0532-85902349
印 制	青岛国彩印刷股份有限公司			
版 次	2024 年 2 月第 1 版			
印 次	2024 年 2 月第 1 次印刷			
成品尺寸	160 mm × 230 mm			
印 张	47.75			
字 数	782 千			
定 价	168.00 元（全三册）			

发现印装质量问题，请致电 0532-58700166，由印刷厂负责调换。

Contents
目录

第一部

一

在长达数十年流浪兼逃亡的路途中，我奶奶一家是一个奇怪的组合。这些人里除了奶奶之外，便是她年老的母亲也就是我的太姥娘，还有我的二太姥爷韦跛子和他的儿子韦铁皮。

其实说他们是一家人并不确切，因为韦跛子父子与我奶奶母女并没有什么血缘关系，韦跛子不过是许多年前我太姥爷活着时收留的一个小兄弟，但在此后许多年里，这个走路歪来斜去的瘸子和他儿子就没有离开过我奶奶母女，所以在李家庄人的记忆里，他们已经是关系紧密的一家子，何况他们是在那个春风缭绕的日子里一起来李家庄的，便被当地人当成了一家人，甚至在很长一段时间里，人们都认为我太姥娘是我二太姥爷的老婆，而那个年轻气盛的韦铁皮就是我奶奶的丈夫。这当然与事实相去甚远，以至于过了很长一段时间，人们才把他们颇为复杂的关系捋清楚。

在那个风和日丽的日子里，我奶奶他们四个人沿着黄河大堤行走了许多日子后，来到一个陌生的区域，透过在春风中弥漫的雾霭，望着山峦下朝东北也就是他们身后方向奔流不止的河水，四个人都不禁停下了脚步，低下头来，看着前面分出的两条岔道，知道接下来必须要做出一个选择了。

这里真的是东阿县吗？太姥娘先看了一眼韦跛子和她的女儿，又把目光落在韦铁皮身上，在她看来，她所询问的三个人中，或许只有韦铁皮是个头脑清楚的人，这一路走来，基本上都是韦铁皮在前面开路，他们三个人不过是跟随他一起往前走罢了。

没错，韦铁皮使劲点头说，我问过路上的人了，这个地方，他把一只手举起来，在河道的上方划过去，又指向堤坝外面那些黑黢黢的村庄，这个地方就属于我们要找的东阿县。

太姥娘当即做出决断说，那我们就在这里找个村子落脚吧。

韦跛子也有些高兴地说，行，我们总算是到达目的地了。说到这里，他不禁扭晃几下身子，一副就要往地上倒的样子，好像他那条瘸腿已经支撑不住疲惫的身子了。

我奶奶没有说什么，却把目光落在韦铁皮身上，等待他做出太姥娘所说的选择。

就像以往日子里遇到疑惑不已的事情时惯常做的那样，韦铁皮从衣兜内取出一枚铜板，用有图案的一面指一下左边的村子，用有字体的一面指一下右边的村子，然后把铜板高高抛起来。铜板像一只被石头击落的小鸟翻着跟斗落下来。其他三个人都张大嘴巴，脖子像装了弹簧一般把下巴抬起来，又低下去，目光呆呆地看着铜板从空中往下落，掉在韦铁皮伸出的手掌中。韦铁皮攥住那枚铜板，在手里紧紧握一下，又猛地把手指松开来，伸到三个人面前。看好了。他大声说道。

我奶奶的眼睛好使，很快就看出铜板哪一面朝上哪一面朝下，而朝上的那一面就是他们所选定的方向，便果断地朝右边那条路指一下说，那边。

四个人便拐下黄河大堤，踏上了右面那条弯弯曲曲的小路，也就是通向我的老家李家庄的路途。我不知道他们是不是已经意识到，这条由韦铁皮用铜板选定的道路对他们即将被改变的命运产生了决定性影响？我这个置身时间和空间之外的人当然说不清楚，但他们这几个当事人是否已经有了什么隐约的感觉呢？

按说，四个人已经踏上了这条潜伏着歹徒的小路，出事后的结果不应该由韦铁皮和太姥娘两个人承担，而我奶奶和韦跛子却能够置身事外，最终让我的太姥娘丢掉了性命，韦铁皮也因此惹下了杀身之祸，其原因在于在那个时间里，我奶奶和太姥娘因为一点小事儿发生了争执。奶奶年轻气盛，便使起了小性子，不肯与太姥娘一起前行，而是蹲到一棵树下歇起脚来，而太姥娘虽然早就累得不行，但由于看不惯女儿的行为，不想和她待在一起，就赌气地加快脚步朝前走。太姥娘早年是裹过脚的，但半途中不知因为什么原因放弃了，这使她的脚板有些扭曲，可走起路来毕竟比那些小脚的妇女来得轻松，自然也就不怎么惧怕赶路。而韦铁皮一般情况下总是走在前面，似乎负有开辟道路的责任，也便和太姥娘走在了一起，不知不觉成为去往李家庄的带头人。在这四个人中，其实韦跛子是最不善于行走的一个，一瘸一拐的走姿让他在流浪的路途中吃尽苦头，现在看到我奶奶躲到树下去，便也放慢脚步，一来可以借此歇一下脚，二来也能陪在她身边，在这个荒郊野外的陌生之地，留下一个正当豆蔻年华的少女在后面，无论如何让他放心不下。过了好一会儿，蹲在树下的奶奶才缓过劲来，站起身子，重新踏上前面的路,和韦跛子一前一后朝一片小树林的方向走去。但他们才走了一会儿,就听到树林那边传来一声尖利的叫喊,那声音既不像是鸟儿的叫声,也不像是野兽发出来的声音,如果他们没有猜错的话,树林中一定有什么人受到了重击,由于痛苦不堪才发出这种刺激人耳膜的惊恐叫声。

出事了?那一刻,我奶奶和韦跛子都预感到,前面的什么地方一定发生了伤人性命的大事,而走在那个方向的人不正是太姥娘和韦铁皮吗?想到这里,他们惊骇得愣怔了一下,便突然撒开脚步,踉踉跄跄地朝前面跑去。

其实,最早出事的并不是我太姥娘和韦铁皮,而是与他们毫不相干的另外一个人。实际上,牵涉到才刚发生的这件事的人并不止一个,也不是两个,而是两男两女四个人,但他们和我奶奶一家没有任何关系,不过是在这个春风缭绕的日子里,由于我大舅爷韦铁皮的多管闲事或者说见义勇为,才与那四个莫名其妙的人扯上了关系。

在那四个人中,两个男人是出没于河道边的歹徒,两个女人则是李家庄本地的姑娘。在这个日渐暖和的日子里,地面上的积雪已经全部融化,隐藏一个冬季的山川河流都露出了本来面目,鸟儿们在发出新枝的树林上空翱翔,五颜六色的花朵间也飞舞起快乐的蝴蝶,整个黄河左岸都透出了盎然生机。两个待字闺中的姑娘无所事事,便到河边来踏青,又是采摘花朵,又是捕捉蝴蝶,忙得不亦乐乎,玩着玩着便远离了村子。她们根本不知道,就在离她们不远的一丛灌木中,两个蓄谋已久的歹徒早就做好了袭击她们的准备,只是由于她们没有远离道路,两个歹徒还不方便下手,才给她们忘乎所以的游玩延长了一段时间。

终于,两个姑娘为了追赶一只突然而起的野兔,不知不觉跑到一片小树林里去了。两个歹徒知道机会来到,便从灌木中闪出身来,一个手持钢刀,一个拎着绳索,悄无声息地朝姑娘们身后摸去,当然,他们这次行动的目标并不是两个姑娘,而是其中的那个高个姑娘。听到歹徒动静的却不是高个姑娘,而是另外与这件事没有多大关系的矮个姑娘。当她回过头来,看到那两个鬼鬼祟祟的歹徒时,不由得惊骇地叫出一声,就两手罩头,转身朝来路上跑去,只留下高个姑娘还在原地发呆,好像一时没有回过味儿来。这当然最好了,两个歹徒直奔高个姑娘而去,倒也省得招致其他麻烦了。

面对这两个朝她逼近的歹徒,高个姑娘渐渐醒过神来,一时间也怕得不行,想要学着矮个姑娘朝来路上跑,但其中一个歹徒挡住了她的去路,要想再从他们手中逃出去,看来已经非常困难了。你们,姑娘紧张地问他们说,你们要干什么?

拎着绳子的歹徒说,干什么?请你到我们那里去玩玩吧。说着,他就把挽成一个长套的绳子悠了悠,要朝她的头上套下来。

姑娘不甘心地向旁边侧了一下身,躲开了那根像毒蛇一般的绳索,知道再滞留下去没有任何好处,便掉转身子,急急地朝前面的树林深处跑去。但她大概忘记了,自己是一双迈不开步子的小脚,现在又受到了不一般的惊吓,两个因素加在一起,让她无论如何也跑不快,这对她的结局也没有多大的影响,就算她没有裹脚而能够跑快,而且面对两个歹徒也能坦然应对,可比较起两个身强力壮的歹徒来说,她又怎么能是他们的对手呢?于是,在她仅仅向前跑出了几小步的情况下,一个歹徒手里的绳套就甩下来,正正地套在了她的脖子上。

哎呀……高个姑娘叫了一声,身子向后一仰,就摔倒在地上。完了,姑娘在心里发出悲哀的喊叫,觉得这次的劫难无论如何是躲不过去了。

两个歹徒放慢脚步,看着姑娘像一条被扔到岸上的鱼一样挣扎了几下,就没有多少力气动了,便相互对看一眼,满脸都是得意忘形的狞笑,知道这次的绑架行动获得了成功。到这个时候,他们竟然表现出一副不急不躁的样子,像两只捉到了老鼠的猫儿一样,一边向着高个姑娘走去,一边呵呵地笑起来。他们用那根绳子在姑娘身上草草捆绑了几下,还在她嘴里塞上一块破布,唯恐她喊叫起来给他们的绑架行为招惹麻烦,其实这一切并没有多大用处,此时此刻,高个姑娘差不多已经吓昏过去,就算是不捆绑不塞破布,面对这两个杀人不眨眼的歹徒,或许也只能乖乖跟他们走的。

两个歹徒架起姑娘,转回身来,就要朝着来路上走。但就在这时,他们忽然听到旁边传来一声断喝,住手,把那个姑娘放下来。两个歹徒被吓了一跳,无论如何也没有想到在这个关键时刻竟然发生了意外。他们放下姑娘,抽出别在腰里的砍刀,躬下身来,紧张地朝四处打量着,谁?

当然,在这个时刻站出来打抱不平的除了是我的大舅爷韦铁皮之外,还能有其他什么人呢?其实,早在两个歹徒鬼鬼祟祟向两个姑娘逼近的时候,就被我的太姥娘和韦铁皮发现了,为了不打搅他们的行动,两个人都选择了默不作声,而且在太姥娘的扯拽下,韦铁皮还跟着她藏到了旁边的树丛里,只是不时地探出头来,朝前面那四个混作一团的人看一下。到这个时候,他们自然已经明白了,那两个腰里别着砍刀手里拎着绳子的家伙一定是拦路抢劫的歹徒,而那两个姑娘就是他们即将捕获的猎物。韦铁皮的呼吸便急促起来,两眼紧盯着那个随时爆发的打劫场面,两只拳头也正在悄然捏紧。了解韦铁皮的太姥娘悄声警告他说,皮子,别多事儿,这个地方我们人生地不熟的,千万别给自己找什么麻烦。也不怪太姥娘有些冷血,在他们长期逃亡的那些年里,这样的打劫场面他们已见得多了,如果每次都要打抱不平的话,或许他们早就死在半道上了,又怎么能来到这个黄河岸边的东阿县呢?但不知道为什么,太姥娘这一次的警告并没有在韦铁皮身上发挥作用,就在两个歹徒扑到那个高个姑娘身上的时候,血气方刚的韦铁皮摆脱了太姥娘的阻拦,一边朝着树林外急步走去,一边大声对正把高个姑娘挟持而去的歹徒发出一声断喝,住手,把那个姑娘放下来。

两个歹徒看到从树林里只走出来一个人,便有些镇定下来,觉得这个赤手空拳的家伙不是他们的对手,悄悄地松出一口气。一个歹徒毫不客气地嘲笑他说,嗑瓜子嗑出个臭虫来,真是什么人都有。另一个歹徒也接上说,谁的裤裆开了,露出你这么个家伙来。到这个时候,两个头脑简单的歹徒还不知道他们碰上了怎样的对手,竟然还有闲工夫说这些风凉话,也活该他们倒大霉呢。

韦铁皮虽然把两只空手抱在肩膀上,却是叉开两腿,威风凛凛地站在他们面前,明显摆出了拦截他们去路的架势。废话少说,他轻声对他们说,把那个姑娘放下,你们从哪儿来就回哪儿去吧,以后咱们井水不犯河水。

嗬,口气不小呀,那两个歹徒当然不甘心从这个单枪匹马的家伙面前走掉,一来丢份儿不说,这要传出去,他们以后就不要在黄河岸边混了;二来也不能前功尽弃啊,他们在这里设伏了好几次,才终于等到这个大户人家的千金小姐,如果不能得手,又怎么回去向老大交差呢?所以他们无论如何也不会听从韦铁皮安排的,知道一场较量在所难免,好在他们是两个人,优势在自己一边,便一起挥着砍刀,直朝韦铁皮走去。有本事你别跑,他们还虚张声势地吓唬韦铁皮说,等着让老子来给你说道说道,也让你小子知道,这个黄河岸边到底是谁的天下。

打斗的过程并不精彩,虽然这两个歹徒也是久经沙场的老手,而且心狠手辣,又负有重要使命,摆出的肯定是一副不顾死活的亡命徒架势。但让没有想到的是,他们手里虽然有刀,离得老远就把刀片朝他杵去,却只见那个家伙展开手臂,随即让轻盈的身子旋转了一圈儿,他们还没有明白是怎么回事,手里的两把刀就受到了一股力量的重击,砰砰掉在了地上。两个歹徒吓蒙了,从脚下的砍刀上抬起头,再看前面那个家伙,两眼便发出了惊恐的目光,知道再纠缠下去没有好结果,便互相看了一眼,掉回身去,就要朝远处的树林里逃跑。

韦铁皮仅仅使出了一小手,还没有打上瘾呢,那两个家伙就败下阵来,而且亡命一般地向远处逃去,实在出乎了他的意料,真是没想到,这里的歹徒这么不经打,竟然还出来为非作歹。为了让他们逃得更快,韦铁皮蹲下身来,随手捡起两个石块,要朝那两个歹徒的背影掷去。这时,太姥娘已经从树林里走出来,对着韦铁皮跺了一下脚说,皮子住手,不要再惹事儿了。但她发出的声音太小了,韦铁皮手里的石块已经抛出去,一个石块击中了一个歹徒的腰眼,让他一下子趴倒在地上,再也没有爬起来;另一个石块打在一个歹徒的小腿上,也让他趴倒在了地上,但过了一会儿又爬起来,身子摇晃几下,便又摔倒在路边的一个水塘里。

这个结果让韦铁皮也觉得有些潦草,两个歹徒竟然被两个小石子打得落花流水,如果他们把性命丢在这个地方,那自己看起来真要惹麻烦了。到这个时候,他还没有意识到,他的真正麻烦是在什么地方,当他走向前去,把那个已经苏醒过来的高个姑娘拉起来,从她身上解下绳索,扶着她站起来往回走的时候,他竟然惊讶地看到,太姥娘不知什么时候倒在了地上,正在一动一动地挣扎。韦铁皮愣怔了一下,马上丢下姑娘,向回急急地跑来。他跑到太姥娘身边,蹲下身,看到这个跟随自己一路的老女人已经处在了奄奄一息的状态中。

这样的情状当然是一个意外,韦铁皮无论如何没有想到,他作为一个容易冲动的打抱不平者从歹徒手里救下了一个与他没有丝毫关系的姑娘,无意间竟然让自己差不多视为娘亲的太姥娘走向了生命的终结,这太出乎他的意料了,如果他能想到这一点的话,无论如何也不会多管这个闲事的。韦铁皮扑在太姥娘身上,面对着从远处跑来的我奶奶和韦跛子,一时不知如何是好。

我奶奶看到她的母亲快要死了,知道那个韦铁皮脱不了干系,虽然她没有看到韦铁皮不顾太姥娘的阻拦去和两个歹徒打架的场景,却明明看到太姥娘是和韦铁皮一起往前走的,现在太姥娘出了事儿,和他待在一起的韦铁皮肯定负有不可推卸的责任,于是便从太姥娘身上爬起来,冲到韦铁皮面前,一边推搡他一边大声质问,到底是怎么回事?是你把我娘害死了吗?

对这样贸然脱口而出的结论,晚一步赶上来的韦跛子当然不会相信,但面对太姥娘死在路上的意外结局,他本能地有些慌张,便赶紧跑到太姥娘身边,俯下身去,具体说是把耳朵凑在太姥娘嘴边,企图再听她最后说句什么。不知道他是否真的听到了太姥娘临死前说的什么话,然后便抬起头,用茫然若失的目光看着我奶奶和他的儿子韦铁皮纠缠在一起,一时不知道该怎么办。

不光是韦跛子,就是当事人韦铁皮也头皮发麻,面对着我奶奶的质问,他也陷入了一团混乱状态中,只是用两手抱住脑袋,痛苦地朝旁边甩来甩去,一句明确的话也说不出来。

其实，对于太姥娘的突然死亡，以后的李家庄人有完全不同的说法，当了解了太姥娘的真实身份以后，他们当然不相信她是被韦铁皮和歹徒打架的场景吓死的，不会的，在长达几十年的逃亡生涯中，太姥娘经历了不知多少次激烈打斗、血流成河甚至生死离别，都没有真正伤到她一根毫毛，又怎么能被现在这场小小的遭遇吓破了胆呢？于是，善于想象的李家庄人便一致认定，当来到他们这个处在黄河岸边的村庄时，太姥娘一定是不想走了，或者明确地说一定是把这个地方当成了她的最终归宿，自然而然，一直保持了几十年的那口气便终于吐出来，那场并不精彩的遭遇不过是一个契机，是让自己的生命走向终结而画上的一个句号而已。没有了那口气的支撑，太姥娘就只能倒在地上再也爬不起来了。这个判断与事实也差不了多少，不管怎么说，太姥娘这一拨人的确是一直沿着黄河岸边朝东阿走的，她死之前不是还让韦铁皮通过抛掷铜板的方式，选定了前面那个叫李家庄的村庄作为他们接下来的去处吗？既然达成了这样的共识，太姥娘的遗体就只能葬在这个叫李家庄的地方了。

本来这是一件颇为棘手的事情，太姥娘他们与李家庄根本没有任何关系，在不知道他们从哪儿来的情况下，就把一个人的尸体埋葬在这个地方，按照李家庄的风俗习惯，这件事无论如何也不能得到顺利解决。但现在不同了，太姥娘是因为他们流浪队伍里中的一员韦铁皮施救了李家庄的一个姑娘而出事儿的，也就是说，李家庄与她的死亡是脱不了干系的。这样的说法似乎意味着韦铁皮他们有向李家庄耍赖的嫌疑，但事实是，韦铁皮他们并没有这样的想法，提出这个观点的竟然是李家庄的人，具体说是那个被韦铁皮救下的姑娘的父亲表达出来的。

开始的时候，韦铁皮他们并不知道他救下的那个姑娘到底是谁，甚至不知道她是不是李家庄人，但很快，那个姑娘的父亲便带着一帮人从李家庄赶来了。当知道了太姥娘出事的情况以后，姑娘的父亲在稍稍犹豫了一下之后，便当即作出决定，在李家庄的坟地旁边划出一小块地，无偿送给韦铁皮他们以作为太姥娘的墓地。到这个时候，我奶奶他们这一路流浪兼逃亡的历程便正式结束了，于是在以后漫长的日子里，这个李家庄就成为他们的最终落脚地。

二

我奶奶他们想不到，那个被韦铁皮救下的高个姑娘竟然是李家庄颇具名望的李族长的宝贝女儿。

那天，当那个矮个姑娘也就是李族长宝贝女儿的贴身丫鬟从村外跑回来，跌跌撞撞地扑到家门里的时候,李族长正斜躺在里屋的大宽炕上抽大烟。李族长的吸烟工具是一支十分考究的烟枪,在李家庄,大多数人的烟具都是一根普通的竹管,而李族长这支烟枪却是昂贵的金丝楠木,整根烟管都包着一层闪闪发光的银片,而烟嘴却镶嵌着绿色的翡翠,即使莲蓬形状的烟锅也是上好的黄铜材质。这支烟枪几乎成了李族长两样宝贝中的一件,每天都要举着它,歪倒在炕上,对着烟灯吞云吐雾,美美地过一把烟瘾,仔细品味着大烟带来的迷醉享受,他便觉得这一天没有白过。当然,如果两件宝贝中的另一件也就是他的女儿香云来到面前,嗲声嗲气地和他说一番话,撒一下娇,他便更加感到了作为族长和乡绅的日子是那么美好。

现在,李族长刚把鸦片在烟灯上烤化,按到烟锅里,深吸一口通过烟管传给他的烟气,还没有品尝到那种美好的感觉呢,随着外面一阵咚咚咚的脚步声,一个身影像一块石头一般冲进门来,大呼小叫地对他说,老爷,不好了……

李族长迷茫地睁开眼,有些恼怒地看着那个站在面前的矮个姑娘,认出是香云的贴身丫鬟,便虎起脸来呵斥她,真是没规矩,竟然蒙头蒙脑地闯到我这里来了?

他的话还没有说完,丫鬟就哭哭啼啼地告诉他,老爷,小姐在外面出事儿了……

李族长并没有感到多么慌张,出什么事儿了? 在他想来,他李族长的女儿还能出什么大不了的事儿呢?

歹徒,丫鬟语无伦次地说,小姐,小姐被两个歹徒劫走了……

李族长愣怔了一下,什么? 突然一下子反应过来,猛地从床上爬起来,瞪大着眼睛看她。待丫鬟把话重说了一遍之后,他心里一急,不觉间便挥起手里的烟枪,一下子戳在丫鬟的额头上,你竟然把小姐丢在外面,眼看着被歹徒劫走,一个人跑回家来了?

丫鬟没有提防他手里的烟枪,一下子坐倒在地上。

李族长还要发火,被听到动静赶来的大老婆拦住了。她不跑来报信儿,她为丫鬟开脱说,我们还不知道香云出事儿了呢。然后便转过身,拉住丫鬟的手说,你给我说清楚,是谁把小姐劫走了?

李族长这才清醒过来,是呀,光埋怨这个不懂事的丫鬟有什么用? 自己的女儿又不是她派人劫走的,时间紧迫,当务之急是赶快派人追出去,从坏人手里把女儿夺回来。一想到自己的宝贝闺女落到了坏人手里,他就感到眼睛发黑,没有满足大烟瘾的头脑让他有些眩晕,在两个丫鬟的搀扶下,他才勉强站稳,并挂着拐杖来到了院子里。集合人,他对听到动静跑来的管家说,准备枪和刀,都给我到村东那儿去,把小姐从坏人手里夺回来。

好在李族长家是李家庄数得着的大户人家,不但雇佣着长工短工十几人,还豢养着几个看家护院的家丁。家丁们一个个身强力壮,而且善使刀枪,碰到李家有什么事儿都是他们冲在前面,也算是李家庄不可小觑的一支武装力量。在管家的招呼下,一会儿的工夫,家丁们就携带着刀枪聚齐了,一个个威风凛凛地站在李族长面前。

小姐的丫鬟知道自己的责任重大,不等李族长发话,便带领着家丁们出了门。丫鬟也是裹了脚的,自然走不多快。管家怕耽误事儿,在向她简单了解情况以后,就丢下她,自己率领着家丁们向村东跑去。

李族长本来也是打算和他们一起走的,但由于他年纪大,又受到了不小的惊吓,虽然有两个丫鬟搀扶着走,右手里还拄着一根龙头拐杖,但也走不快,不久便和家人们一起落在了后面。他身边也聚集了不少的人,首先是他的大老婆,也就是小姐的亲生母亲,然后是他的两个小老婆,再然后便是一帮老妈子和丫鬟们,形成了一支不小的队伍。这样,在穿过李家庄大街向村东头匆匆赶去的过程中,便形成了两支由不同人员构成的队伍。

一路上,李族长都心乱如麻,焦急万分,一想到他最疼爱的宝贝女儿落入了歹徒手里,不知要遭受怎样的蹂躏和侮辱呢,他的身子就一阵摇晃,如果不是那两个丫鬟搀扶得紧,早就摔倒在地上好几次了。他想不明白,到底是什么人在和他过不去呢?那些为非作歹的歹徒是单纯奔着他女儿来的,还是在打他李族长的主意?在李家庄,他李族长也算是首屈一指的人物,不仅是日子过得好,也不在于他有别人所没有的文才,主要还是他在李姓家族中的身份,让他在众多大户人家当中冒了出来。李家庄虽然人口众多,但大部分都是由李姓人构成的,外来的杂姓人居于少数,也就是说,只要在李姓家族中巩固了地位,也就算在整个李家庄站稳了脚跟。在这一点上,他可是拥有别人所没有的天然优势,对,那就是他的辈分,他在李姓家族中的辈分最大,其他几个比他年龄大的李姓人不是称他叔叔,就是喊他爷爷,只要他在他们身边一站,所有的李姓人便都看他的眼色行事。自然而然,李族长便成为李姓家族的族长,拥有了对所有李姓人指手画脚的权力,加之整个李姓家族在村中所占的比重,竟然就成为整个李家庄最为重要的人物,其说话和办事的威力和效力,就是村长等人也不能和他相比。但正像俗话所说的那样,树大招风,当李族长正沉浸在这样的状态中沾沾自喜的时候,已经被那些对他心怀不轨的人暗暗盯上了,现在看来,通过对他女儿的打劫是要对他李家来开一刀了。让他想不明白的是,和他过不去的这些人到底是谁呢?是村里那些和他暗中较劲儿的人,还是外边那些对李家庄不怀好意的人呢?

你们有本事就冲我老头子来吧,李族长一边走一边对想象中的歹徒说,不能拿我的女儿怎么样……李族长娶了三房夫人,忙活了大半生,除去生出了几个儿子之外,就得下香云一个宝贝女儿,那可是他的心头肉、掌上明珠和贴身小棉袄呢,就像对待那支能给他带来愉悦的大烟枪一样,他只要一天不看到女儿,心里就空落落的。他不能不佩服那些打劫她女儿的匪盗们,他们可真是心狠手辣呀,也出手恶毒,知道他的致命弱点在哪里,一上来就奔着这个地方下死手了……

李族长想到了女儿的种种悲惨结局,但当他在丫鬟们的搀扶下磕磕绊绊赶到事发地点时,竟然被眼前的一幕惊呆了。他当然首先看到的是他的家丁们,已经围住了里面的几个人,有的举着枪,有的挥着刀,想要对里面的几个人下手,但又犹犹豫豫没法做出下手的动作。李族长在心里喊道,你们还犹豫什么?冲进去动手呀。他从人缝里看到,里面的几个人正纠缠在一起,其中有男有女,在他看来,男的肯定是歹徒了,而女的除了是他的女儿之外还能是谁呢?他不由分说拨开两个家丁挤到里面去。可里面的情景和他想象的有些不同,那两个纠缠在一起的男女都是他不认识的陌生人,更出乎他意料的是,其中那个女的正在推搡那个男的,看上去女人很愤怒,也很悲痛,正在把心里的强烈不满朝她面前的那个男人发泄出来。而那个身强力壮的男人一点都不像歹徒,不但没有把那个女的怎么样,而且在她的推搡下步步后退,好像他做了什么亏心事儿似的。当然,在这两个人之外还有另外两个陌生人,一个老婆子躺在地上,身子一动不动,看上去就和一个死人差不多。另外一个老头子则伏在老婆子身上,看上去十分悲痛的样子,但目光又有些茫然失措,这个表情与他的年龄好像不大符合。尽管他没有站起来,但李族长一眼就看出,这个老头子是个瘸子,因为他的一条腿奇怪地扭曲着,摆出了一个健康人难以做出的姿势。

李族长想不明白,这四个陌生人到底在干什么?茫然之余,他把目光在四周扫了一圈儿,突然眼睛一亮,这时候才看到了自己的女儿。也与他的想象不同,他的女儿根本没有出什么事儿,而是站在一边,也像他一样朝那四个陌生的人打量呢,脸上吃惊和迷茫的样子和一个与此无关的看客没有什么两样。香云——李族长哀哀地喊了一声,便朝她奔过去。到这个时候,他一颗悬在嗓子眼的心才慢慢落回肚子里。

作为这场事故的引发者，李族长的女儿香云早就从昏迷中醒了过来。一睁开眼，她也像随后到来的父亲一样看到了面前那个让她感到迷茫的场景，但与李族长不同的是，她明白那个被女人推搡的男人刚刚从两个歹徒手里救下了她，正是因为这个原因，她一睁开眼就把目光落在他身上，好久都不愿意离开，那种知恩图报的心结正在左右着她，让她对面前这个从歹徒手中救下自己的人心存感激。与此同时，她对这个从天而降的陌生男人也有一种天然的好感，此刻正在心头像黄河水浪一样翻腾不息呢。对她这个没大出过远门也没大见过年轻男人的富家小姐来说，我的大舅爷韦铁皮风华正茂、威风凛凛的样子，就像一颗耀眼的明珠一下子引起了她的好奇，将她的目光牢牢地固定在他身上，以至于她的父亲赶来并关心地叫了她一声，她还没有完全从冥想中反应过来。完全可以说，就在那个短暂的时刻里，这个叫香云的女孩已经看上了我的大舅爷韦铁皮。

香云，李族长莫名其妙地问她，这到底是怎么回事？他举起手里的拐杖，向面前的那四个陌生人划拉了一圈。没有等到女儿开口，他又掉回头，在人群里寻找女儿的贴身丫鬟，他怀疑是那个不开窍的丫鬟错报了信息，导致他们一家人带着家丁匆匆忙忙赶到这里来，做了这样一件丢人现眼的乌龙事儿。

我没有，那个丫鬟触碰到了李族长威严的目光，赶紧从人群里走出来，急赤白脸地辩解说，刚才真的有两个歹徒从那边树林里冒出来，她指了一下不远处的那片小树林，他们一出来就追赶我们，其中一个还拿着一根绳子，做好了捆绑小姐的架势……

香云拉了父亲一下。她说得没错，她耐心地向他解释说，刚才就是那两个歹徒把我捆起来，刚要把我带走的时候，是那位义士赶上来，她也抬起手，指了一下面前的韦铁皮，是他打倒了那两个歹徒，把我从他们手里救出来了。她忽然想到了什么，又掉回头来四处看，对了，那两个歹徒呢？

经她这样一说，管家和那帮家丁都有些回过味儿，也随着小姐的手势朝四处看。很快，他们就在路边的草丛里发现了那个被打死的歹徒，而另一个却不见了踪影。

香云对他们说，我听见另一个掉到旁边水塘里去了。

一帮人又来到水塘边，打起眼罩朝水里看。但他们在水塘边找了好一会儿，也没有看到那个人的影子。他们判断，那个歹徒或许乘着混乱已从这里逃掉了。

李族长还没有完全明白过来，又指着那四个陌生人问女儿，他们又是怎么回事？

香云跺了一下脚说，那个老太太不行了。

　　李族长差不多知道是怎么回事了。在他看来,那个推搡韦铁皮的年轻女人,肯定与那个死去的老太太有什么关系,也就是说,在那个女人看来,老太太的死应该与韦铁皮有关,如果进一步说的话,可能就与韦铁皮搭救女儿的行为有关了。他觉得不能让自己置身事外,不管怎么说,那个老太太的死亡都与他的女儿有些关系,作为李家庄最有名望的人,他要在这件事上主持公道,就算那个韦铁皮没有搭救自己的女儿,他也不能眼看着一个老女人死在自己的村庄边而无动于衷吧?

　　等大家都冷静下来,李族长不失时机地站出来,向那四个陌生人也向围在一边看热闹的李家庄人摆明了自己的态度,那就是着手为那个死去的老女人办理丧事,一切花费由他来承担。对这个提议,周围所有的人都没有提出反对意见。但考虑周全的管家凑到他身边,小声地对他说,老爷,丧事可以办,但那个老女人往哪里埋呀?李族长不假思索地说,埋在我们家地里就行了。管家脸上的表情僵住了,如果不出意外的话,这个主意他是不同意的。见他还要说什么,李族长把手里的拐杖使劲往地上一杵,大声对大家说了一句,就这么办吧。说完,就扭头往村子里走去。

　　事情的发展有些出乎人们的意料,包括我奶奶他们一行三人。虽然我太姥娘不幸去世了,不管与韦铁皮搭救那个莫名其妙的女人是否有关系,反正她再也活不过来了,既然这样,她得到了一个让她长眠的地方也没有多少遗憾之处,试想一下,如果太姥娘死在了流浪和逃亡的路上,他们又能把她埋葬在什么地方呢?世界虽然很大,但对他们四个人来说,哪里又是属于他们的一块地方呢?哪怕仅仅是容纳他们尸体的小小坟墓,怕是走遍天下也不会轻易找到的。现在他们碰上的这个李族长不错,竟然主动提出了安葬太姥娘并为她指定坟墓的建议,对我奶奶他们来说简直就是从天而降的大好事。在这种情况下,我奶奶从暂时的悲痛中解脱出来,不再一味地指责韦铁皮了,而是主动配合那些前来协助他们办丧事的人,为我的太姥娘做了尽可能周全的送别。

　　丧事办完以后,天已经黑下来了。我奶奶他们三人从墓地里回来,走进李族长家,要向这个帮助了他们的好心人做一下答谢。就是到这个时候,他们也不知道接下来该怎么办,虽然他们已经把这里作为流浪和逃亡的尽头,但是否能够实现这个愿望,他们心里也是没有一点底的,所以当他们来到李族长面前的时候,心里依旧是忐忑不安,对随时可能到来的变故充满了紧张感。

　　其实在他们办丧事的时候,李族长在家里和他的宝贝女儿香云进行了一场短促而有效的谈话。白天在村东头的事发现场,李族长刚刚看到女儿香云的影子,欣喜之余,就猛然一愣,好像从女儿的表情中已经预感到了什么,没错,那就是女儿看待那个韦铁皮的目光和表情,引起了他的注意。说起来也奇怪,仅仅只是那一眼,李族长就从女儿的目光和表情中窥见了她的心思。于是,当家里人和村里人帮助韦铁皮他们办丧事的时候,李族长把女儿叫到了屋内,装作不在意的样子和她说了几句话,便于进一步明确女儿的想法,以此作为下面采取措施时的重要依据。

孩子,你怎么到村外头去了?竟然让你遇到了这样危险的事儿,你不知道,外面乱得很呢。

爹,女儿好久没有出去了,心情十分郁闷,就到外面去踏踏青,散散心,也没想走多远,就只是在村外转悠一下,哪里想到竟然……也多亏那个韦铁皮赶过来搭救,不然的话,女儿早就被两个强盗劫走了。

是呀,算你走运,幸亏碰上了那个打抱不平的好人……

爹,你不知道,那个韦铁皮可有本事了,也就使出了一小招,就把那两个凶神恶煞的歹徒打倒了,看得我有些眼花缭乱的,真是精彩极了。

李族长看着女儿没心没肺的样子,不禁在心里又感叹了一声,是呀,女儿虽然老大不小的了,但由于不晓世事,根本不知道外面到底是一个什么世界,真要赶快给她找个有本事的人,也能让我们这些活了大半辈子的人放下心来。但想到这里,他还有一件事放不下心,不禁自言自语地说出了声,他们四个人到底是什么样的关系,那个老太太的女儿该不是那个韦铁皮的媳妇吧?

才不是呢,没想到,香云竟然上赶着告诉他说,他们其实是两家人,原先根本没有任何关系,只是后来碰在了一起,便结伴到我们这个地方来了……

李族长上下打量着她,这些情况你怎么了解得这么清楚?

我问过那个瘸子了……香云还想继续说下去,但也像父亲一样意识到了什么,不禁有些害羞了,低下头,把两手放在了衣襟上,不再轻易向父亲说话。

这样就好,李族长仰靠在太师椅里,一边悠闲地拍着椅子扶手一边又想了一下,终于做出了一个重大决定,然后径直问女儿说,你觉得那个韦铁皮怎么样?

那个人可好了,香云脱口而出,又有本事心肠又好,是难得的好人呢……说到这里,她又突然害羞了,洁白的脸颊很快涨红起来。

既然这样,李族长索性随着她的话说,那我们就把他们留下来好了。

好好,香云快乐地拍着手,忽然又想起什么来,便提醒父亲说,他们也没有什么地方好去,就让他们住在我们家算了。

李族长虽然没有说什么反对意见,但心里是不同意女儿这个建议的,虽然自己家大业大,多几个人算不了什么,可他并不想让这几个陌生人住进家来,再说,女儿那么看好韦铁皮,如果因此而惹出什么事儿来,不让村里人看了笑话去吗?

当我奶奶他们从太姥娘坟上回来,走进李家大院的时候,李族长已经打定了主意,对他们提出建议说,既然你们中的一个人都葬在了这里,那就不要再去其他地方了,在我们李家庄安心住下来吧,虽然这里还有些乱,但你们是我李家的客人,凭着这层关系,还不会有人轻易欺负到你们头上来的,放心吧,你们就把李家庄当作自己的家好了。说完,他就把管家叫到身边来,当着我奶奶他们三个人的面说,给他们在村东边我家地里盖两间房屋,明天就去准备石料和木材吧,材料要好,不能掺半点假,而且时间要紧,给你五天时间,第六天就让他们住进去。

听到李族长这样说,不仅管家惊呆了,我奶奶他们也有些反应不过来,这是怎么回事?自己竟然有这样的好运气,在这个要作为旅途终点的地方竟然碰上了如此的好人,这可是他们从来没有想到过的。到这个时候,我奶奶不但不再怨恨韦铁皮,而且对他的贸然出手也给予了某种程度的赞赏。哎,从李族长屋里出来时,她还触碰了一下韦铁皮的胳膊,看来你的好运要来了。

虽然我奶奶的话没有说明白,但韦铁皮和他的父亲韦跛子都知道,她没有说出的另外半句话是,李家那个被你搭救的小姐看上你了。

三

其实,这个故事应该从我的太姥爷讲起才对,尽管太姥娘他们一行人来到东阿之前的很长日子里,这个倒霉的男人就已经死掉了,但是,当他最初踏上流浪或者逃亡的路途时,还没有太姥娘他们呢。那时候,不要说我的二太姥爷韦跛子和我的大舅爷韦铁皮没有出现,就连我的太姥娘在什么地方也不知道呢,当然就更谈不上我奶奶这个后来者了。

我的太姥爷是个游走江湖的小商贩,专门出售一种神秘的大力蜜丸,以此勉强糊口,供他在江湖上一直走下去。没人知道他从哪里来,又到哪里去,更没人知道他是谁,甚至连他的名字叫什么都没人清楚,人们只知道江湖上有这么个漂泊流浪的人,还不时地受到一些人的追踪和剿杀,好像他手里有什么珍贵的东西似的,但这样一个破破烂烂的小商贩,除了他手里那些可有可无的药丸之外,又有什么宝贵的东西让人眼红呢?这几乎成了江湖上的一个谜。

　　每到一个地方，太姥爷就选择一个隐蔽的角落，坐下来，把几粒用黄皮纸包装的药丸摆放在面前，当有人过来的时候，他也不朝人家吆喝，只是用手指一下药丸，示意人家注意他的商品。给人的印象这是一个格外低调的人，又好像有什么不便于说出的秘密，这样一来，许多人都会忽略掉它的存在，对他所示意的那种药丸视而不见。但也有一些人被他神秘兮兮的样子所吸引，蹲下来，拿起他摆放在面前的药丸看一下。只有到这个时候，他才用有些低沉的声音向人家介绍这种药丸的用途和疗效。如果那个人对他的话还相信几分，再经过几番讨价还价后，会把药丸买走几粒，回家吃掉后，竟然如太姥爷所说收到了格外神奇的效果，甚至在某种程度上比他的说法更为有效，于是会再次来到他出售药丸的地方，希望再买走几粒。但当他们来到这个地方时，太姥爷已经走掉了，不知到什么地方去了，而且从此以后再也没有出现过。可他那些药丸的名声却留在了当地，一直到现在，有些地方还流行着有关的神奇传说。

　　这种情景发生的次数多了，太姥爷在江湖上更有了一种传扬四方的名声。这不是一件好事儿，它给太姥爷的行动造成了许多麻烦，甚至引发了更多对他的追踪和剿杀。太姥爷当然不愿意这样的情况出现，但没有办法，并不是他让那些药丸发挥如此大的作用，而是药丸本身就具有那样的疗效，他想更加低调一些恐怕也是做不到的，总不能有意把那些药丸做成假的吧？

　　没人知道太姥爷是怎么做那些药丸的，甚至对它的材料到底是什么也不了解。每当做那些药丸的时候，太姥爷都选择一个隐蔽的场所，在黑咕隆咚的夜晚时分，悄悄架起一口捡来的破锅，把一些动物的皮张放进去，生起火来，以最大的耐心进行熬煮。在黑夜里生火，是很容易被人发现的，所以选择隐秘的场所十分重要，每次都要花费他许多工夫。还有那些动物的皮张，看上去也就来自普通的动物，即使这样，作为一个流浪的小商贩，要把它们顺利收购到手里也是不容易的，何况那些皮张不是来自一般的动物，而是一种黑色的毛驴，而毛驴是珍贵的农耕畜力，一般家庭是养不起的，养得起的人家一般也是不轻易杀掉的，可想而知，要弄来几块像样的毛驴皮难度该有多大。此外还有蜂蜜、黄酒和冰糖之类的东西，这些必不可少的添加物也是不易于弄到的。而且还有制作的过程，也是颇为复杂而漫长，当那些毛驴皮在锅内化为浓烈的汤汁以后，便等待它凝结成块儿，然后经过一段时间的晾晒，再经过细心的打磨，切割成钉状物，用浸透着油渍的黄纸包装好，所谓的大力蜜丸就制作好了。因为要想使浓烈的汤汁凝结成块并不是每个季节都能做到的，而只能等待寒冷的冬天，最好在冬至那一天进行，所以这种神秘的蜜丸便显得更加珍贵。这样要求奇高的制作过程对居无定所的太姥爷来说,简直如同一种煎熬和磨难,如果在十次制作过程中有一次获得了成功,对他来说便感到格外欣慰了,而其他九次的失败,当然这里面包含它的工艺过程的把握不准,更多的因素是在中途由于其他外力的破坏,比如被好奇的人窥见而打乱了制作程序,最不堪忍受的是让那些追杀他的人发现了行踪,在这些情况下,太姥爷宁肯毁掉那些制作到半途的产品逃离而去,也不想束手待毙,把那些产品留给那些不怀好意的歹人。

太姥爷一直是一个人独自行走,漫游江湖,从来没有想过在一个地方停顿下来,成家立业,娶妻生子,这样的奢望或许也在他心里泛起过波澜,却从来没有付诸实施的冲动,对他这个处在流浪状态中的人来说,如此虚无缥缈的理想是不可能变成现实的,所以他始终认为,一个人行走江湖便是他的既定宿命,如果没有一件强劲的外力来改变的话,他的下半生便一如既往地独自过下去了。但让他没有想到的是,在接下来的这一天,情况却发生了根本的改变。

据太姥娘说,那是一个春风缭绕的日子,虽然景色很宜人,却也没有什么不同以往的地方,对于即将到来的命运改变,像太姥爷一样,此刻正在尼姑庵中敲打木鱼的太姥娘没有任何感知。

那一天,太姥爷去山上的寺庙里进香,不知为什么,当他从庙门里走出来的时候,竟然鬼使神差地又朝旁边另一个门走去,此时他还没有意识到,现在进入的这个门并不属于他刚刚出来的那个庙宇,而是与它毗邻的一个尼姑庵,里面没有一个和尚,而只是清一色的尼姑。其实太姥爷不太知道尼姑是怎么回事,也就是说,到这时他还没有见过一个真正的尼姑呢。太姥爷蒙头蒙脑地走进那个门里,突然便停住了脚,眼睛也瞪大了,因为在他面前出现了一个正在扫地的出家人,虽然那个出家人头上没有头发,但太姥爷凭着本能,一下子认出那是一个女人,这使他感到惊讶万分,无论如何也想不明白,女人为什么剃光了脑袋当和尚呢?他抬起头来,朝四处茫然地巡视了一圈,突然便知道是怎么回事了,哦,原来这里并不是和尚出没的寺庙,而是尼姑居住的场所,在此之前,他也曾经听闻过这种地方,没有想到有一天居然会来到这里。

就在他发愣的时候,那个正在扫地的尼姑也感知了他的存在,不禁扭过头,朝他这边看了一眼。一时间,两个人的目光撞在了一起。

太姥爷清楚地看到,当两人的目光相触的时刻,那个尼姑雪白的脸腮一下子变成了红色。太姥爷越发慌张,不敢在那个地方待下去,便掉回头来,磕磕绊绊地走到了外面。

这件事本来就过去了,并没有在太姥爷心里留下多少波澜,大约三天以后,他就把这件事忘到脑后去了,如果那个尼姑不在他面前再次出现的话,他恐怕就不会再记起她来了。但不久后的一天,他在街边的角落里摆摊卖药时,那边走来了几位化缘的僧人,不,具体说是几位尼姑,与在寺庙里见到的那个光头尼姑不同,这些上街来的尼姑都戴上了帽子。于是,他便又想到了那天在尼姑庵碰到的那个尼姑,心里已经平复下去的波澜又微微荡漾了一下,于是他瞪大眼睛,盯着那几位正在向他走来的尼姑打量,心里还在天真地想,这里面是不是真有那位尼姑?

事实证明,太姥爷此刻的感觉没有错,那几个向他走来的尼姑当中竟然真的就有那天扫地的尼姑,也就是我的太姥娘。尼姑们举着化缘用的钵子走过来,其中两个年龄较大的尼姑没有看他一眼,就脚步匆匆地走过去了,也许在她们看来,这个在路边摆摊的小贩本来就不容易,无论如何也不能再朝人家化缘的。但第三个年轻尼姑走过来时,却把脚步放慢下来,尤其来到他摊子前,竟然一下子停下脚步,并且斜过头,朝太姥爷脸上看了一眼。

太姥爷仰着头,也朝她打量了一眼。一时间,两个人的目光又一次撞在了一起。这一霎,太姥爷身子急剧抖动了一下,天哪,这不是那天他看到过的那个小尼姑吗?没错,就像那天的场景重新再现一样,当两个人的目光相触时,这个尼姑雪白的脸腮又像那天一样涨红了。太姥爷知道,这个尼姑也认出了自己,也就是说,自己那天也给她留下了深刻印象。有缘呢,他在心里为他们的再次相见总结说,我们真是有缘呢。

即使是这样,两个人也并不能说有了什么关系,虽然已经见过两次面,也不过是误打误撞罢了,又能说明什么呢?何况这样互相看过一眼之后,那个尼姑就像那天受到了惊吓一样,慌慌张张地离开他的摊子,脚步匆匆地追赶那两个年老的尼姑去了。尽管在此后的日子里,太姥爷心里的波澜又起伏了好几天,但他明白,以自己的流浪汉身份是不可能娶到这样一个美人的,更为重要的是,人家是出家人,要遵守她们的清规戒律,他早就听说过,一旦出家就难以还俗,至于嫁人生子,那更是不可能了。

太姥爷虽然一再明确地告诫自己,不使自己在以后的日子里采取什么行动,可他又坚持认为,他和那位尼姑肯定是有缘分的,既然两个人见过两次面,就肯定会见第三次面的。就是在这样天真想法的促使下,太姥爷打消了离开这里去其他地方漫游的想法,决定暂时留下来,等一等,看一看,如果老天开眼的话,或许他真的就会和那个尼姑再见第三次面的,到那个时候,他们的缘分就一定会继续结下去,像一棵已经长成的树木一样,开出花来,而且结出沉甸甸的果实……

功夫不负苦心人,当这一年的秋天到来的时候,事情就像太姥爷所期盼的那样发生了转机。这一天,太姥爷去山里采药,在制作大力蜜丸的过程中,他会根据客户的需求添加一些药效不同的中草药,所以过一段时间,便会去山野里采摘一些回来。这一次,他选择的采药地点离那个尼姑庵不远,具体说是在尼姑庵下面的一条山沟里。尼姑庵是建在一个山崖边,太姥爷来到流淌着溪水的山沟内,抬起头,透过稀稀疏疏的树枝叶,就能看到上面尼姑庵红色的墙壁。此时正是初秋季节,北方的山林已经处在了收获的日子,一些果树上挂满了红色的果实,有些树木上的叶子也已经变成了微红,漫山遍野的景色十分宜人,让太姥爷看了心里有说不出的喜悦之情。他隐约感觉到,在这个收获的日子里,或许有关他的一件美好事情就要到来了。

说来也巧,那一天,我的太姥娘也从寺庙里走出来,手里拖着一把笤帚,慢慢地清扫尼姑庵前面的那片空地。作为庵内的晚辈尼姑,太姥娘每天不但要做功课,还要干一些粗活,比如扫地便是她必须干的一件活计。这天她扫着扫着,就来到了空地的边缘,也就是那个悬崖边上,说来奇怪,当他的一只脚踩到边缘的一块石板时,那块原先好像十分结实的石板竟然晃动起来。没有提防的太姥娘脚下一滑,把那块晃动的石板踩翻了,随着她一声叫喊,便从悬崖边上跌落下来。

当太姥娘发出叫喊声时,正在山沟里歇息的太姥爷抬起头,看见一个黑影正从悬崖顶端向他急快地飞来。太姥爷似乎知道那个跌下来的黑影是怎么回事,便果断地伸出手,正正地接住了那个落在他怀里的人。让他没有想到的是,那个悬崖看起来并不太高,但太姥娘跌下来的冲击力是那么大,尽管他做好了充分的准备,可当太姥娘并不太重的身子落在他怀里时,他还是不由得摔倒在地上。

由于他身体的缓冲,我的太姥娘并没有摔得多么厉害,只在地上躺了一小会儿,便挣扎着爬起来,直到这个时候,她似乎还没有明白到底发生了什么事情。让她感到意外的是,她身边躺着另外一个人,而且是一个似曾相识的男人,她这才知道,是这个男人接住了自己,如果不是这样的话,她恐怕就要被摔坏了,现在看来,自己倒是没事了,但那个接住她的男人却被砸得不轻,躺在地上好一会儿都没有动弹一下。太姥娘赶紧爬过去,手忙脚乱地去摇晃他。你赶快醒醒,太姥娘一边摇晃他一边叫喊,你到底怎么了?不会被砸死了吧?

我的太姥爷当然没有被砸出什么事儿来,他一动不动地躺在地上,除了身体的确受了一些伤害以外,主要还是盼望那个女人多摇晃他一会儿,这样美好的感觉是他在过去的日子里不曾体验过的,他又怎么能不珍惜现在这个难得的机会,让美好的时间再延长一些呢?直到太姥娘被吓坏了,扯着嗓子快要哭起来,太姥爷才睁开眼睛,抖抖地扯一下她的胳膊说,没事儿,我好着呢。

太姥娘停止了哭泣,瞪大眼睛,再次上下打量这个救了她命的男人,突然间认出他来,不禁脱口而出,是你?

到这个时候,我的太姥爷也不想再隐瞒什么了,也赶紧点点头说,没错,就是我。

后来太姥娘一直怀疑,那块石板搞不好就是被太姥爷做了手脚,原先它还好好的呢,怎么就在那个日子里被她踩翻了呢?更不可思议的是,当她从上面跌落下来时,正好我的太姥爷就在下面接着她,你说天底下有如此巧合的事儿吗?

当然,对于太姥娘的怀疑,太姥爷一直矢口否认,从来没有承认过那块石板的松动与他有什么关系。一切都是缘,太姥爷用太姥娘最容易听得懂的话对她解释说,是我们前世修来的缘分让我们走在了一起。

自从那件事发生了以后,我的太姥娘便没有再回那个尼姑庵,而是决定从这一天起还俗,跟随太姥爷游走江湖。太姥爷这才知道,太姥娘早就没有了家,不知道自己是谁,从哪里来,又到哪里去。从记事的时候起,她就被人贩子卖来卖去,在许多人家度过了十分悲惨的童年,后来她长大了,知道自己在这个世界上没有什么好去处,便进入佛门,把那个尼姑庵当成了栖身之地。太姥娘的身世许多人都是知道的,或许只有太姥爷这个外来人不太清楚,但后来,太姥爷从太姥娘那里知道了一些更为隐秘的事情,而那些事情可就是其他人一概不知的了。

当两个人的关系就要明确下来时,太姥娘便把一件隐藏无数年的隐秘告诉了太姥爷,让他好好地思考一下,根据这个情况再决定他们两个人的关系是不是继续下去,如果太姥爷在乎的话,她将果断离开他,再次回到那个尼姑庵里去,如果太姥爷能够接受的话,那么她就会死心塌地地跟他流浪天涯,再也不回头。

你说,太姥爷急不可待地问她,到底是个什么情况?跟我说吧。随即又向她表白说,不管发生了什么事儿,我都不会嫌弃你的。这时候,太姥爷心里想的是太姥娘的清白,是不是在她被别人卖来卖去的时候,让那些歹人给……

不是你想的那样,太姥娘知道他心里在想什么,赶紧向他摇摆手说,不是那么回事,而是我原本就不是一个正常的女人……

什么意思?太姥爷上下打量着她,不明白她的话意味着什么。

你听说过石女吗?太姥娘紧张地看着他。

石女？太姥爷更加不明白了，他真的没有听说过石女这回事。

我不来那个，太姥娘语无伦次地说，从来没有来过……

什么来过？太姥爷听得更加一头雾水。

太姥娘这才明白，这个也算是游走江湖的人竟然是个白痴，根本不懂得女人是怎么回事，她有些悲喜交加，悲的是这个家伙并不晓世事，喜的是正是这样的人才不会欺骗她。于是，我的太姥娘便鼓起勇气，同时涨红着脸颊，把自己不来月信的事儿向他和盘托出。我根本就不是一个正常的女人，她最后向他总结说，娶了我这样的人对你一点好处也没有。

原来是这样？太姥爷这才搞明白，女人身上原来有这么多秘密。这又有什么？他几乎没有听完太姥娘的话，便拍打着胸脯，用一副打包票的口气回答她说，这没有丝毫关系，我一点儿都不在乎什么石女不石女，只要你真正跟我过日子，我保证很快让你变成一个真正的女人。

开始的时候，太姥娘并没有听明白他的话，以为他只是不嫌弃自己的石女身份，并没有往其他什么地方想，感动之余，便下定了跟随他流浪的决心。但很快，我的太姥爷就从他那个带在身边的布兜子里掏出他的大力蜜丸来让她吃。太姥娘还没有明白他的真实用意，我跟你走就是了，干吗要吃你这些药呀？我对这些黑乎乎的东西一点兴趣也没有。

这你就不懂了，太姥爷再次拍打着胸脯说，你只要按我的嘱咐把这些药丸吃下去，我保证你不再是一个石女，你那些从来没有来过的东西马上就要来了，到那个时候，你就会变成一个真正的女人，说不定就能给我生出孩子来呢。

真的吗？太姥娘惊讶地瞪大了眼睛，再次把目光落在那些她并没有十分在意的蜜丸上，这些不是男人吃的吗？难道对我们女人也有什么效果吗？

这本来就是给你们女人吃的，太姥爷信誓旦旦地说，不信你看秘方上就是这么写的。说着，他还从怀里掏出一个油布小包，一层层打开来，取出里面珍藏的一叠黄色纸张，举过去让她看。我的太姥爷真的不把我的太姥娘当外人了，这些宝贵的秘方他从来没有让任何一个人看过，现在竟然主动掏出来，一下子摆到了这个女人面前。

遗憾的是，我的太姥娘并不识字，但她看着那些纸张上蝌蚪一般的文字，知道这是一个十分宝贵的药方，一下子便相信了太姥爷说过的话，便不再犹豫，拿过他那些黑乎乎的药丸，就填到自己嘴里去。既然人家如此信任自己，那她还有什么理由不相信他的呢？

　　事实证明,我太姥爷的判断不错,他足够的信心加上那些蜜丸的药性,真的在我太姥娘身上发生了奇迹,短短的半年过去之后,太姥娘就第一次来了月信,当那些淅淅沥沥的红色液体流淌到她的内裤上时,激动万分的太姥娘抱住眼前这个让男人,在痛痛快快地大哭了一场之后,不由分说又把满脸的泪水涂抹在他脸上。

　　又是半年过去,我的奶奶便来到了我太姥娘的肚子里。当第二年的秋天到来时,在同样一个为丰收的果实所充满的季节里,我的奶奶就来到了这个世界上,也就是说,在我太姥爷和太姥娘流浪兼逃亡的路上,又多了一个嗷嗷啼哭的跟随者。

四

　　其实,这样其乐融融的温馨场景不过是太姥爷在他流浪和逃亡的路上的一个点缀而已,更多的情况却是千方百计地躲避,不顾一切地逃难和难以承受的伤痛。

　　太姥爷自从踏上流浪和逃亡的路途以后,就一直不停歇地往南走,它的起始点是居于京城脚下的一个小地方,而想象当中的终点却是居于黄河岸边的东阿县,对这个一直连自己的村落也很少走出去的年轻人来说,要顺利到达那样一个遥远的地方,在如此一个充满了战乱和动荡的时代里,的确不是一件容易事儿。开始的时候,他是沿着大运河向南走的,但走着走着,就发现前面的运河消失了踪迹,他好像隐约听说过,许多年前黄河由南方改道而来,竟然把北方的运河冲毁了,出乎他意料的是,那次黄河改道的力量如此之大,居然让一条流淌了一千多年的人工河流在他脚下呈现出面目全非的样子。于是,太姥爷便调整行程的方向和参照,在北方的大地上寻找起黄河的河道来,因为正是黄河的那次改道,让它经过了东阿那个地方,也就是说,从那个时候起,东阿才成为真正的沿黄县,只要沿着黄河的河道走,还怕不能抵达东阿吗?而这样的行程路线,又使太姥爷颇费了一些时间和精力,直到找到了黄河的河道,下面的路途才变得有些顺利起来。可是,到这个时候,太姥爷的生命却已经差不多走到了尽头。

　　追踪和剿杀几乎伴随了太姥爷他们的所有路程。这似乎也没有什么好奇怪的,自从清朝灭亡以后,整个中国差不多就陷入了军阀混战的状态中,几乎没有一个地方能让老百姓过上几天安生日子。不久之后,竟然连日本人也打进来了,于是,战火和硝烟就更加充满了社会的多个角落,比起那些头脑昏聩的军阀来,残暴的日本侵略者更加肆无忌惮,杀起中国人来连眼皮都不眨一下,这样的社会状况给太姥爷他们的行程制造了一波又一波的困难和障碍。

但说起来,追踪和剿杀他们的人好像并不是军阀,也不是日本人,可到底是什么一些人在和他们过不去,一直尾随着他不放呢?就是太姥爷自己也搞不清楚,他只是一门心思地往南走,而那些敌对的势力也就一门心思地追踪他,好像不把他消灭在半途之中,他们就绝不罢休似的。

有一天夜里,太姥爷他们在一个废弃的房子里住下来,还不到半夜时分,就听到了外面传来的隐约动静。白日里他们看见,在刚刚抵达的这个村庄里,不久前遭遇过一场洗劫,大多数房屋都被焚毁了,村庄里的人也不知去向,他们转悠了好几个胡同,才找到这幢还算完好的住房。原以为遭受洗劫过的地方短时间内不会再有第二次灾难,天也快要黑下来,他们就在那幢房屋里住下来,好在门窗也没有损坏,而且屋里还有一盏马灯,这些都给他们的暂时居住提供了方便。太姥爷让太姥娘和孩子在炕上睡下后,自己坐在马灯下,准备制作后几日用得上的蜜丸,现在快要入冬了,天气正在急快地凉下来,使用一年的蜜丸差不多已经消耗殆尽,熬煮新药的条件也正在到来。正是在这种情况下,太姥爷把最后几粒蜜丸用黄纸包好以后,竟然忘乎所以地从衣服内取出那个油布包,把那一叠黄纸拿出来,打算凑到灯光下看,他要温习一遍药方上的制药方法,以便为不久就要开始的熬煮程序做一下准备。

但就在这时,太姥爷隐约听见外面传来一阵似有若无的脚步声,便赶紧熄马灯,把药方装在贴身的衣兜内,又摸索着插好门闩,从行李中抽出一把砍刀,躲到门后,准备迎接有可能到来的劫难。根据以往的经验,他以为歹徒要想进来,肯定会以门窗做突破口,所以也就把注意力放在了这上面。可他哪里想到,这次出现的歹徒竟然把主意打在了高高的房顶上。当太姥爷听到动静抬起头来时,房顶上竟然出现了一个豁口,还没有等他反应过来,豁口处就跳下一个黑影子,像一股旋风一样朝他扑来。两个人立即混战在了一起。和太姥爷一样,那个人也使用了一把砍刀。在伸手不见五指的黑暗中,太姥爷的砍刀和那个人的砍刀不时地砍击在一起,随着咔嚓咔嚓的响声,黑暗中闪出一道道耀眼的火星子,让从梦中惊醒抱着孩子的太姥娘目瞪口呆。

对于这样的场景,太姥娘其实已看到过多次了,早就由最初的害怕变成了后来的麻木,虽然知道这样厮杀的结果有可能成为一场灾难,但该来的总要来的,与其胆战心惊地逃避还不如放平心态接受呢。太姥娘之所以有这样宽大的胸怀,主要还是基于对丈夫的信任,因为根据以往的经验判断,那些和他们过不去的歹人虽然心狠手辣,却并不是太姥爷的对手,事情的结果差不多都是以太姥爷取胜,或者说以他们的成功逃避为尾声的。

太姥娘估算得不错,那个盗贼看到打不过太姥爷,为了不给自己招来更多的麻烦,便抽出身来,又朝豁口处逃去。这个人的确也有一身轻功夫,身子朝起一跳,竟然顺利攀上了房顶的豁口。眼看那人就要从豁口里逃走了,正杀得兴起的太姥爷哪里肯放过他,打开门板就追出去。歹徒也以为自己能够逃脱出去了,就算太姥爷再有本事,能够从地上跳到房顶上来,差不多也会晚上一步。但歹徒千算万算,偏偏忽略了一个因素,就是这个房屋并没有和其他房屋连在一起,而是一个孤立的存在,就算歹徒从房顶上逃出去了,要想再继续往远处跑,就要再次从房顶上跳下来,到那个时候,歹徒在太姥爷面前可就处于被动状态了。

重新钻进被窝的太姥娘并不知道这样的情况,以为歹徒已经逃走了,太姥爷还待在外面干什么,赶紧回来睡觉吧。没过多久,太姥爷的确回来了,但他的一只手里却多了一件东西,那个东西不仅十分庞大,而且还发出哎哟哟的叫声。太姥娘又从被窝里爬出来,睁大眼睛一看,太姥爷拖在手里的东西竟然是一个人影,就是刚才那个从豁口里逃出去的歹徒,现在他又从门里进来了,却是被太姥爷拖进来的。

太姥爷用砍刀砍折了歹徒的一条腿,歹徒便只好扔下自己的砍刀,向太姥爷投降,并一迭声地说着祈求放过的好话。太姥爷和太姥娘都以为这个家伙一定是那些沿路追杀他们的歹徒中的一员,开始还有些纳闷,怎么这次他们只派来这样一个人呢?

那个家伙却马上否认说,我不是什么坏人,也没有打算劫你的什么宝贝,你到底有没有宝贝我一点都不知道,我不过是要给孩子弄点吃的,这个村子里什么东西都没有,我儿子差不多就要饿昏了,看到你桌子上摆着几包圆鼓鼓的东西,我以为那是好吃的食物呢,就想把它夺回去,给我孩子果腹……

太姥爷当然不相信他的话,这家伙明明是一个人来打劫的,哪里来的什么孩子?不过是为了乞求放过而编造的一个谎言罢了。

见他不信,歹徒再次信誓旦旦地说,我对天发誓,如果我的话有一句是假的,就让外面的炮火把我炸死烧死……他忽然提议说,反正我也走不了了,我儿子就在那边不远处的一个房子里待着,你帮我把他喊过来吧,我已经嘱咐过他了,如果我一个时辰回不去,就意味着我出事了,他就会一个人从这里逃掉的,但我担心他还没有长大成人,说着,歹徒就着刚刚亮起的马灯光线,看着坐在太姥娘怀里的孩子说,就和你这个孩子差不多大,在这个纷乱的世道里,这么小的一个孩子又能到哪里去谋生呢?

太姥爷又以为他的说法是一个陷阱,说不定那个地方就埋伏着他的同伙呢,如果他真前去的话,就有可能中了他们的埋伏,再也无法回来。

但就在他们争论不休的时候,随着门板在一阵吱吱扭扭的响声中被推开,一个小小的黑影出现在门口。

太姥爷一手拎着砍刀,一手举起马灯,朝那个黑影的面前照了照,竟然真的是一个孩子出现在灯光下。

歹徒惊讶地叫出一声,你怎么自己到这里来了?我不是让你赶紧逃走吗?

孩子直直地站在门口,用格外平静的目光看着他。我怎么能丢下你不管,孩子用格外清晰的语气说,一个人从这里跑掉呢?

这简直不是一个孩子能够说出的话,也更不是一个孩子所能做出来的行为。就在那一刻,我的太姥爷和太姥娘就喜欢上了这个格外懂事和孝顺的孩子。

没错,这个还很小就具有大人心思的孩子就是韦铁皮,当然此时他还不叫这个名字;而他的父亲,也就是那个被我太姥爷砍伤的歹徒,就是韦跛子,在这个夜晚之前,他也没有这样一个外号,恰是因为此后变成了一个真正的瘸子,韦跛子这个名字才在江湖上叫响了。

韦跛子原来有一个还算圆满的家庭。在那个家庭里,他除了有一个懂事的孩子之外,还有一个不算太难看的老婆;与此同时,他还拥有一幢房屋,一个院落,一头毛驴和一亩薄地。那时他就是被打死了也不相信,有一天他会离开那个生他养他的村落,带着他不晓事的孩子走上流浪的路途。变故源于一次意想不到的战斗,不知道从哪里来的两股势力就在他们村庄不远的地方打起来,打着打着,就有一些炮弹落到了村子里,其中一颗正好落在韦跛子家,将在院子里择菜的老婆和那头正在吃草的毛驴炸成了碎片,连带被毁的还有他们已经居住了几十年的房屋。几乎是一眨眼工夫,好好的一个家便没有了。好在那个时候韦跛子正在地里干活,跟在他身边的还有那个只有五岁的儿子。等父子二人张皇失措地跑回村子,寻找曾经熟悉的家院时,竟然什么也没有找到,面对着一片布满了瓦砾和血肉的废墟,他们在呆怔了很长时间之后,才万般不情愿地相信,一切的温馨和甜蜜都成为不可靠的记忆,随即便悲惨地意识到,接下来他们怕是要过居无定所的流浪生活了。

韦跛子那条腿被太姥爷砍得很厉害,不但骨头被斩断,筋络也受到了伤害,走路暂时是不可能了。如果把这个走不了路的人留在人去屋空的村庄里，就算有那个还不能照顾自己的孩子陪伴他，要想让他们活下来也是件不容易的事儿。在这种情况下，太姥爷和太姥娘只好打消了继续赶路的念头，决定留下来照顾这个歹徒和他的儿子。

差不多三个月之后，韦跛子才能勉强走路了，却一瘸一拐十分难看，尽管这样，他也对我的太姥爷和太姥娘充满了感激之情。在接下来的一个晴朗天气里，韦跛子鼓起满腔的勇气，涨红着脸向他们提出建议，希望自己能够做这对好心夫妻的一个不合格的兄弟。虽然他的话说得有些隐晦，但富有江湖经验的太姥爷和太姥娘还是听明白了，他这是想和他们义结金兰，结拜兄弟了？经过这一段时间的相处，尤其知道了他的不幸身世以后，太姥爷和太姥娘也不由得同情起他来，知道他不是什么坏人，之所以铤而走险，不过是为生活所迫罢了。于是，太姥爷没有犹豫，便答应了韦跛子的要求。随即，两个男人便在日头下摆出一个标准的跪姿，对着一幅画在墙壁上的关公画像，举行了让他们无比激动的结拜仪式。仪式完成后，韦跛子没有从地上站起来，而是抱住太姥爷的双腿，鼻涕一把泪一把地发誓，从此以后，他就是他的大哥也就是我太姥爷脚前的一条狗，就是让他上刀山下火海也万死不辞。

也就从那个时刻起，韦跛子和他的儿子韦铁皮便正式加入了太姥爷和太姥娘的流浪队伍，成为他们这支奇怪队伍中的正式一员。

说起来，韦跛子父子的加入对他们自己来说并不是一件好事，或许在那段短暂的时间里，他们并没有意识到，和太姥爷和太姥娘扯上关系到底有什么样的危险，还以为有他们这个一身本事的大哥罩着，父子二人就得到了什么便宜似的，哪里又想到，他们这样做其实是给自己找上了麻烦，带来了危险。当他们告别那个供他养伤的村庄，重新踏上流浪和逃亡的路途之后，这种崭新的感受便一波又一波地裹挟了韦跛子和他正在长大的儿子韦铁皮，让他们也像太姥爷他们一样，失去了往日的平静和安全，几乎每一天都处在高度紧张的状态中，以应对随时到来的袭击和灾难。到这个时候，韦跛子是否产生了后悔的想法，太姥爷和太姥娘不知道，出现在他们眼前的事实是，为了保护他们一家三口人当然还有他自己的儿子，这个行动不便的瘸子竟然也表现出了亡命徒一般的特性，坚强勇敢，不惧艰难，为他们继续南下的行程提供了很大助力。

这一年冬季，天气正是最为寒冷的时候，大雪已经接连下了两三天，还没有停歇的迹象，漫山遍野都是一片银白，就连他们脚下的路面也变得模糊不清。在这样的季节和天气里赶路,就变得尤为困难,尤为缓慢。一天夜里,他们来到了一个村庄外,寒冷和饥饿让他们再也无力行走,也不敢贸然进村停留。正好路边有一个废弃的饲养场,透过迷蒙的雪花,他们看见场地的旁边有一个马架子,下面竟然堆积着一大垛柴草,可算是一个供他们暂时栖身的好地方。于是,一行人便进入了那个饲养场,经过一番忙碌,在那个柴草垛里掏出一个大洞,然后进到里面,打算度过这个极其寒冷的夜晚。

别说,从风雪中进入到草洞里,竟然感觉到分外的温暖,几乎不到一刻钟的工夫,这几个疲惫不堪的人便进入了梦乡。他们哪里想到,这个寒冷的夜晚对他们来说也是不安全的,甚至说是极其危险的。半夜时分,当太姥爷听到动静睁开眼睛时,不禁被面前明亮的火光和灼热的气浪惊呆了,不好,在他们于草洞子里酣然大睡的时候,那些尾随他们的歹徒居然点燃了供他们栖身的草垛,在猛烈寒风的吹拂下,火焰迅速燃烧起来,马上就要将整个草垛笼罩了。

太姥爷推醒身边的几个人,抱着孩子也就是我奶奶冲出洞穴,来到了外面的空旷处。韦跛子也拖着我太姥娘冲出来。看到这样的情景,我太姥爷还有些纳闷,韦跛子为什么没有把韦铁皮抱出来呢?火焰正在迅速变大,已经把整个草垛都吞没了,透过火焰噼里啪啦的燃烧声,他们都听到了从草垛里面传来的韦铁皮的喊叫声。太姥爷和韦跛子不敢怠慢,马上掉转身子,争相往草洞子里钻去,两个人不意间撞在了一起。太姥爷知道韦跛子的动作没有自己快,便奋力拨开他,埋头钻进了草洞子里。

此时,韦铁皮身上的衣服已经被火焰引燃了,正在像一个火人一样拼命挣扎。太姥爷不由分说抱起他,掉头就从草垛子里钻出来。虽然他们的身体都有火苗在蹿跳,但既然来到了外面,就有了获得安全的可能。可就在这时,搭在马架子上的一根横木从空中掉下来,正好砸在我太姥爷头上。太姥爷还没有明白是怎么回事,就在发出哎呀一声大叫之后,丢下他怀里的韦铁皮,沉沉地倒在了地上。

韦铁皮的身体虽然被烧坏了,但总算被太姥爷救了下来。倒是太姥爷自己被那根横木砸倒在地,尽管我太姥娘和韦跛子想尽了各种办法,也没有让他再从地上爬起来。就这样,在那个为大火所笼罩的恐怖之夜,我的太姥爷死去了,结束了他这半生中艰难而疲惫的流浪生涯。在吐尽最后一口气之前,他还艰难地抬起手,指了指我太姥娘的胸口。太姥娘明白他的意思,从衣服的底层掏出那个包有药丸秘方的布包,示意他放下心来。太姥爷闭上眼睛了,他那只手却又动了一下。太姥娘看出来,他的手指正冲着南方。太姥娘明白,太姥爷这是在告诉她,让他们继续向南走下去,直到走到那个叫东阿的地方。太姥娘扑在他身上,抱着他那只不肯放下的手号啕大哭。

韦铁皮的身子被烧坏了,不但伤痕和燎泡布满了他身体的每个部位,而且伤势和疼痛让他无数次昏过去。太姥娘和韦跛子还有我奶奶,都以为他不会再活过来了,但最后的事实证明,他们都想错了,这个坚强不屈的孩子经受了最大的生命考验,在经过长达一年多的疗伤和休养后,竟然奇迹般地获得了新生。

从病床上重新爬起来的韦铁皮除去身上布满了伤疤之外,他的表情和眼神竟然比受伤之前更加坚强不屈,也更加充满了一个男子汉所独有的风采和魅力。大家像对待陌生人一样看着他,不能不感到万般的幸运,身体被烧坏了没有多大关系,当他穿上衣服的时候,又有谁知道他受过那样的伤害呢?从此以后,韦铁皮一天到晚都穿着衣服,从来不轻易对着外人脱下来,就是在太姥娘和他的父亲韦跛子面前,也不再轻易向他们裸露身上的伤疤,穿在身上的衣服就像给他罩上了一层坚硬的盔甲一般。也就是从那个时候起,韦铁皮的绰号也就在他身上叫响了。

大难不死必有后福,韦铁皮以让人意想不到的生命力战胜了如此大的灾难,重新获得新生,必然在以后的岁月里做出一些让他们想象不出的事儿来,所以面对接下来的流浪和逃亡岁月,他们都把战胜困难的希望寄托在了他身上。别说,这一切还真的应验了,就说来到东阿碰上的那起打劫事件吧,虽然他的果断出手间接造成了太姥娘的死亡,却由此给他们的行程画上了一个圆满句号,正是他的英勇行为,获得了以李族长为代表的李家庄人的好感,让他们在那么短的时间内就接纳了这几个来路不明的陌生人。从此以后,他们便成为李家庄的正式成员,在这个靠近黄河岸边的小村落里定居下来,再也没有离开过这个地方。

或许只有韦跛子知道,当我太姥娘闭上眼睛的时候,匆匆赶来的韦跛子把耳朵伏在她嘴边,清晰听到了她临死前说出的最后一句话,药方在我胸口上啊。韦跛子抖抖地伸出手去,第一次触摸到了我太姥娘的胸口,从衣服的内兜里掏出那个包裹完好的布包,把它紧紧地攥在手里,然后举起来,放到我太姥娘的眼前。尽管我太姥娘早就闭上了眼睛,韦跛子也知道,就算他把自己的手再举上几个时辰,已经闭气的太姥娘也看不到他这个动作了,但他却依旧把自己的手在她眼前举着,举着。

放心吧,韦跛子在心里对太姥娘说,你就放心睡在这个地方吧,我们哪里也不去了。

五

进入夏季后不久的一天,李族长派管家来找韦铁皮,让他到李家去,由李族长派他去做一件新的事情。这时候,我的大舅爷韦铁皮差不多已经成为李家的准女婿,他和李族长的宝贝女儿香云的婚事几乎所有李家庄人都知晓了,这就意味着他已成了半个李家人,所以由李族长派他去做某件事情,也就在情理之中了。

但韦铁皮还是没有想到,李族长竟然派他去县城打理李家的店铺。我看你为人牢靠,诚实守信,李族长斜躺在太师椅里,眯起眼睛,一边打量站在面前的韦铁皮,一边梳理着下巴上飘拂的山羊胡须,不紧不慢地对他说,我就把县城里的一家店铺交给你,由你来掌管它的经营,你觉得怎么样?

可是我,韦铁皮有点丈二和尚摸不着头脑,便迟疑地对他说,我一点做生意的经验也没有,恐怕难以……

不用什么经验,李族长打断了他的话说,生意上的事儿有其他人替你管着,你只要把握一下大方向,不让那个店铺做什么出格的事就行了。

这个……韦铁皮还要说一些拒绝的话,但站在一边的管家向他使了一个眼色,示意他赶快把这件事应承下来。其实在来的路上,管家已经叮嘱过他了,不管老爷交给他什么样的事儿,他都应该痛痛快快地答应下来,而不要说什么拒绝的话,那时管家并没有说让他去干什么,所以韦铁皮也就没有把他的话当回事,现在才知道是这样一个对他来说十分陌生的任务,不禁感到有些为难,但看到管家向他使的眼色,知道再表示拒绝就是不识好歹了,能够被李族长委以这样的重任,其实是一件打着灯笼也难找的好事儿,也就是他韦铁皮有这个运气,换成其他人,不要说表示拒绝了,就是上赶着要求也争取不到这个机会呢。从李族长屋里走出来时,韦铁皮头上还在往外冒汗,他心里真的一点底也没有,不知道接下来到底该怎么办。

祝贺韦先生,陪伴他从屋里出来的管家又从旁边凑上来,悄悄向他竖了一下大拇指说,看来从今天开始,韦先生就是李家店铺的掌柜了。

对于这样的奉承话,韦铁皮一点儿也不喜欢听。老管家,他用诚恳的目光望着他说,您是不是再给老爷说一下,让他换一个内行些的人,毕竟我对这件事不怎么感兴趣……

没有等他说完,管家就抬手制止了他,并回过头,朝刚走出来的堂屋门口看了一下,唯恐韦铁皮的话再被李族长听到。韦先生,管家向他做出推心置腹的样子,这是一件大好事呀,谁也不是天生的生意人,一切都事在人为嘛,你是走过江湖的高人,哪里又不懂得这个道理呢?

听他这样说,韦铁皮实在找不出拒绝的理由了,便只能朝管家似有若无地点了一下头。那我什么时候开始行动呀?他又问管家。

老爷早就交代过了,管家朝远处看了一下说,你回去收拾一下东西,过半个时辰我就派马车送你上路,你看行吗?

既然李家已经把这一切都安排好了,韦铁皮也不好再擅自做其他变动,便只能听从管家的吩咐,匆匆忙忙朝自己的住处走去,也就是朝村东李族长给他们盖的那两间屋走去。

说来也奇怪,李族长为他们选中盖房的那块地,竟然离他们当初来李家庄时韦铁皮救下香云的那个地方不远,只要站在那两间屋门口,就能看见那片小树林。其实李族长家在村子的其他地方都有田产,但他为什么把韦铁皮他们的居住点安排在这里,是不是其中另有什么深意,也便成了人们包括韦铁皮不断想到的一件事儿。其实韦铁皮他们也愿意在这个地方安家,因为再向东走过不远的地方,就是那条弯弯曲曲的黄河大堤,前些日子他们就是沿着那条堤坝一路走来的。越过大堤之后,东边便是一片开阔地,或者说也是一片滩涂,上面长满了茂密的树木,越过那片树林子,便是黄河河道了。滨河而居,也是韦铁皮他们这些流浪惯了的人所选择的理想生活,每当看到黄河水从身边流淌而过的时候,就能唤起他们对昔日流浪生活的怀念和回忆……

回到住处以后,韦铁皮在收拾东西之余,更重要的一件事便是和另外两个人做一下告别,因为按照管家的说法,他一到县城里去管理店铺,恐怕十天半月也回不来一趟,往后就只有他的父亲韦跛子和他的堂妹也就是我奶奶两个人留在李家庄了。此时,我的二太姥爷韦跛子正关在屋里偷偷打理一种东西,具体说是把他熬煮而成的一些胶块团成球状物,然后用浸着油渍的牛皮纸包上,看上去就像药铺里卖的药丸一样,自从我太姥爷去世以后,这项工作就由韦跛子来操作了。像太姥爷一样,每到做这件事的时候,韦跛子都把自己关在屋内悄悄操作,唯有如此,这件秘密的事情才能不为外人所知晓。

他们为什么要让你去县城?听了韦铁皮的诉说,韦跛子从那些蜜丸上抬起头,有些纳闷地问儿子。

我哪里知道?韦铁皮应付他说,并没有把李族长对他说的话说出来,什么为人牢靠啦，诚实守信啦，他不想把人家夸赞自己的话学说给父亲。

我看是那个小妖精使的坏，韦跛子用不满的口气说，肯定是她出的主意，想把你结结实实地捆绑在李家的大车上，这样一来，在别人眼里你就是真正的李家人了。

听了父亲的说法，韦铁皮心里一动，别说，韦跛子说的恐怕还真是那么回事，这就是说，李族长夸赞他的那些话并不可靠，真正的内情说不定真是他听了女儿的主意，才突然做出这样出人意料的决定。韦铁皮不能不佩服父亲这个看上去并不起眼的老江湖，但同时也对他的说法心生反感。自从他们和李家尤其是韦铁皮和那个叫香云的女孩扯上关系以后，韦跛子就不痛快起来，好像儿子要被不相干的人夺走了，所以只要提到李家人，韦跛子就会不满地嘟囔几句。在这一点上，韦铁皮有些不认同他的态度，老家伙也不好好想一下，没有李家人的好心安排，他们现在是不是能在这个地方落下脚来还真说不定呢，从这种意义上说，和李家人扯上关系又有什么不好呢？

韦铁皮收拾好了东西，在跟随管家上路之前，又到河堤那边走了一趟，因为在那边的槐树林里，他的堂妹也就是我奶奶正在那个地方放养蜜蜂。进入夏季之后的每一天，韦铁皮都要帮助我奶奶去河堤那边放蜂，在这个季节里，河滩上的树林正在开放花朵，正是放蜂的大好时光，所以一早一晚，韦铁皮都协助我奶奶来到树林子里，把一只只蜂箱摆放好，当蜜蜂们飞到树林里采蜜的时候，他才能回来帮助韦跛子干活，到中午或者天黑的时候，他还要去给我奶奶送饭，把散落在树丛里的蜂箱归并起来，这些颇费力气的活计当然不能由我奶奶去干，而只能交给身强力壮的韦铁皮来完成。今天由于他去李家听李族长安排事情，还没有到河堤那边去过呢，现在要走了，他怎么能不再去帮我奶奶干最后一次活呢。

说起来，韦铁皮和我奶奶的关系有些微妙，如果换一种说法就是，他们并没有其他更为微妙的关系，就连他们是堂兄妹的说法也有些不可靠，就更谈不上什么男女关系了。想当年，我太姥爷与韦跛子结成江湖兄弟关系的时候，我奶奶和韦铁皮虽然还没有长大，却早就懂事了，也就是说他们刚一见面，就由于两人父亲的关系而成为堂兄妹，在成长的过程当中，虽然相随着一起长大，却并没有发生情感上的任何交集，说起来真有些令人难以置信，两个整天形影不离的男孩和女孩，为什么没有走进彼此心中呢？这真是一个谜，更重要的是，这一点恐怕只有他们两个人相信，而除此之外的其他人包括他们的父亲韦跛子和母亲我太姥娘都有点吃不准，我不知道在他们的内心深处，是否产生过让两个年轻人结为夫妻的想法,反正以后的事实证明,这两个年轻人在各自的道路上交叉而过,而且越走越远,大概从这一天之后就再没有产生过情感上的交集。但这并不说明他们对彼此没有好感,毕竟两个人是相伴着长大的,流浪和逃亡的命运让他们心有灵犀,彼此关照,也算是一种颇为另类而又令人难忘的人生关系吧。

养蜂是出于制作蜜丸的需要,本来他们在流浪的路途中是不可能做这件事的,那时候即使需要蜂蜜,也是通过别的途径弄到,从来没有想过有一天他们会自己放养蜜蜂。当来到李家庄的时候,尤其看到河滩上有那么多花草和树木,我奶奶便产生了自己养蜂的想法,在李族长的帮助下,很快便从其他养蜂人那里分来几窝蜂,由我奶奶进入树林里去放养。也就从那个时候起,我奶奶便成为一个真正的养蜂人,要花费更多时间到河道的树林里去,这无形中使她和那条流淌不止的河流结下了深厚感情,以后许多发生在她身上的故事,差不多都与那条大河有关。

韦铁皮很快走上了黄河大堤,没有急于往下面树林里去,而是站在高高的堤坝上,打起眼罩,朝着河道里远远地眺望了一下。几乎每次来到这里,他都会朝河道里眺望,具体说是朝河道中那些奔流不止的河水打量。他不由得想到他们执意到东阿来的行程,其中很大一个原因就是与这里的水有关,因为在制作那些蜜丸的材料里,东阿的水才是最关键的一环。韦铁皮真是想不明白,为什么这里的水就与其他地方的水不同,具有了一种奇特的疗效?此时虽然是夏日时节,但毕竟还没有到汛期,河里的水不大,而河道较为宽阔,水流便显得有些平缓。在流浪的路途上,他也算见过了北方大地上的其他许多河流,但与面前这条黄河比起来,它们甚至不算是真正的河流,只有这条弯弯曲曲的黄河,才给人那么辽阔涌荡的感觉,虽然它的水是黄色的,里面含满了若干泥沙,但它的水势浩大,而且不动声色,表层上看也许没有什么特色,但底下却暗流涌动,只有来河边久了,才能感受到它带来的一股凶险气息。

韦铁皮把目光从河面上收回来,又落到河滩上那些密密麻麻的绿色树冠上。夏日时节也正是植物奋力生长的时候,加之它们处在离河流不远的地方,水源充足,所以也就生长得格外葳蕤茂盛。河滩上的树林大多是由柳树、杨树、榆树组成,基本都是东阿的本地树种,生长在这里是自然而然的事儿,但让韦铁皮想不通的是,树林中竟然有许多片颇具规模的刺槐树,他虽然没有多少文化,却知道刺槐树并不是本地的树种,甚至不是中国的树种,而是来自遥远的外国,这就有些奇怪了,这些长势良好的刺槐树是怎么来到黄河边上的呢?而且一落户就适应了这里的水土,现在正是它们花朵绽放的大好时光,韦铁皮站在河堤上往树林里看,最吸引他的便是那大片像积雪一样洁白的刺槐花,稍稍抽一下鼻子,就能闻到刺槐花发出的迷人香气。大约正是这片刺槐林的缘故吧,我奶奶才想到了养蜂这件事儿,而且一把蜂箱弄到手,就每天到这片槐树林里来,把一只只小蜜蜂放出去,让它们在弥漫着香气的槐花上飞翔采蜜。

看来是你媳妇要霸占你了。听了他要去县城打理李家店铺的事儿,我奶奶也像韦跛子那样,一上来就提到了李族长家的女儿。

你们真是奇怪,韦铁皮不好意思地挠着头皮说,怎么都会想到这件事上去呢?

难道不是这样吗?我奶奶从河面上收回目光,用嘲讽的眼神看着他说,这不是明摆着的吗?那个工于心计的小姑娘把你安排到他们家店铺里去,就明摆着把你当成了他们李家人,以后就谁也不敢打你的主意了。

听了她的分析,韦铁皮便有些叹服,不能不同意她的话说得有道理,心里禁不住一动,重新用不同以往的目光看着她,真是想不到,这个平时粗粗拉拉的女孩原来也这么有心计呢,怕是真的是那个香云担心他和这个姑娘待在一起,会发生什么事儿,所以才生出这样一个主意来。想到这里,他不禁摇摇头,尴尬地咧了一下嘴。

在接下来的时间里,他们其实也没有多少话说,韦铁皮便动手搬弄那些蜂箱,一只只移到旁边的槐树林里去,这是他每天要干的活计,蜜蜂们采完了这一片花朵,该到其他地方去忙一阵子了。以后就让我爹来帮你干活吧。他用有些愧疚的口气对我奶奶说。

安心当你的李家女婿吧,我奶奶朝他摆摆手说,难道离开了你,我们的蜜蜂就养不成了?说到这里,她似乎想起什么,又回到了原来的话题上说,其实李家小姐这个建议也冒了很多风险呢。

韦铁皮不明白她的话,什么风险呢?

她就不想一想,我奶奶分析说,把你弄到了县城里去,就不担心你会遇到别的姑娘吗?县城是什么地方,可是比我们乡下有机会得多呢。她狠狠地斜了他一眼,便走到一边去了。

看你说的,韦铁皮在心里对她说,我是那样的人吗?透过树林子的缝隙,他看见我奶奶走到了河边,坐下来,也像他一样朝着河面上打量起来。韦铁皮知道,我奶奶也对这条河流产生了兴趣,但她有没有感觉出来,离那条河流那么近也是很有风险的,于是便大声提醒她说,别离河水那么近,小心被里面的大鱼拖走了。虽然这是一句玩笑话,但他却真的认定,不熟悉水性的人是不应该走近那条河流的。

韦铁皮搬完了蜂箱,抹掉头上的汗水,扶着身边的树干歇息了一会儿,想去和我奶奶告别,时间不早了,管家或许已经安排好了马车,现在该动身去县城了。于是,他从那边的树林里走回来,朝着我奶奶坐过的那个地方走去。但他来到了河道边,竟然没有看见我奶奶的影子,想到自己刚才说过的话,心里不禁紧张起来。他赶紧绕着河边走了一圈儿,最后才在一片芦苇边看见了我奶奶。

此时,我奶奶躺在那片芦苇丛下,正蜷曲着身子挣扎呢,她的嘴边吐出了白色的泡沫,看上去一副痛苦不堪的样子。

韦铁皮这才知道,我奶奶的癫痫病又犯了……

六

李族长家除了在李家庄拥有不少的土地和房产外,在县城也开办了两家店铺,一家是绸布店,另一家是中药店,韦铁皮就是被派来管理那家中药店的。大约正是因为他与那种蜜丸有点关系,李族长以为他在这方面有所特长,就阴差阳错地派他来接管那家中药店。其实韦铁皮与中药又有什么关系呢?这方面他不仅没有丝毫经验,甚至可以说一窍不通,但李族长既然把他派来了,他就不能不打起精神认真对待。

好在中药店还有一个二掌柜,而且是一个对中医药有所研究的民间医生,年纪不小了,上嘴唇留着一撮小胡子,再加上他那副永远戴在鼻梁上的石头眼镜,这使他看上去既有学问,又有城府,有他在身边帮忙,韦铁皮便有些放下心了。但没过几日他就发现,这不过是他的一厢情愿罢了,那个姓米的二掌柜根本靠不住,虽然他名义上是个医生,却从来不坐堂,临街的门店里也没有给他准备位置,一天到晚,他都不到店里去,除了在后院侍弄他养的一些花草之外,便是到街上去会朋友,照他的说法,既然是在县城里开店,就要和这里的同行处好关系,此外还要不断接洽社会上有势力的人,不然的话,这个店是不可能顺顺当当开下去的。韦铁皮听他说得有道理,便随他去了,反正自己初来乍到,对县城里的一切也不太熟悉,便留在店里照顾生意。

这个中药店原本有伙计五人,包括两个守店的店员,两个进货的采购员,一个负责守卫兼打扫卫生的老头,再加上他们两个大掌柜和二掌柜。这个药店养的人倒是不少,但生意却有些冷清,韦铁皮已经来了好多日子,还没有见到多少前来买药的顾客,这样下去非赔钱不可,他有些纳闷,过去这个店也是这样经营的吗?那么它又是怎么支撑下来的呢?大约正是因为经营不善的原因,李族长才派他来加以管理,以让这个死气沉沉的店铺有所起色。本来李族长是安排了管家给他交代这些事情的,在韦铁皮来到店里半个多月的日子里,管家倒是真的来过几次,但每次到来并不向他说生意上的事儿,只是让他上街去结交朋友,这与米掌柜的做法如出一辙,是否也代表了管家的真实想法呢?如果是这样的话,只是让米掌柜管这个店就行了,又为什么多此一举派他来呢?

尽管十分不情愿,但既然管家替他约好了见面的时间和地点,韦铁皮无论如何也要去赴约的,他只是有些不解,管家为什么把这件事搞得神秘兮兮的,不但自己不去,竟然连米掌柜也不告知,在韦铁皮的印象里,管家和米掌柜关系是不错的,两个人每次见面都说笑一气,今天不知道是怎么回事,竟然把他甩到一边去了。管家离去后,韦铁皮看看墙上的挂钟,时间差不多已经临近中午了,他简单收拾一下自己的穿戴,便一个人上街,按照管家提供的会客地点,朝另一条街道的那家客栈走去。就是这个时候,没有心计的韦铁皮也不会想到,等待他的会是一个可怕的陷阱,更让他没有料到的是,看上去忠心耿耿的管家竟然是亲自挖坑的那个人。

这天上午,管家又从李家庄赶来了。一照他的面儿,韦铁皮就打算把自己的疑问说出来,在他想来,听了他这样的想法之后,管家或许会调整思路,支持他在店铺里做一些生意上的事情。但他还没有开口,管家就热情地说,他一早就来到了县城里,忙着给韦铁皮约见几个中医药商会里的头面人物,并在一家客栈订好了地方,中午让他前去赴约。韦铁皮把要说的话咽了回去,转而向他提议说,那就让米掌柜去吧,他可是最擅长这方面的事儿。但管家毫不犹豫地摇头说,这怎么行呢?我是为你这个大掌柜约的客人,他一个二掌柜出面算什么事儿?韦铁皮退而求其次地说,既然这样,那就让他跟我一起去吧,到时候也好给我出出点子,我在这方面没有经验,不小心做出失礼的事来也说不定呢。管家还是摇摇头说,今天这个场面就不让他参加了,说到这里,管家还做出一副亲密的样子,把嘴巴凑到他耳边说,不要让他知道,你一个人悄悄去就行了。韦铁皮不解地看着他,怎么你不和我一起去吗?管家退后一步说,我还有别的事儿,就不陪你一起去了。

韦铁皮没有想到,客栈居然是在一个幽深的胡同内,而那又是一个死胡同,客栈设在一所房子的二楼,临街的墙壁上也没有窗户,即使是有人从二楼的房间里跳出来,也只能落到院落里,再往下说,即使他从院落里逃到胡同里来,只要堵住胡同的一头,他也就只好束手就擒。在踏着楼梯一级级向上走的时候,韦铁皮的脑子里倒是这样想了一下,但这不过是一个行走江湖多年人的处事习惯而已,并不代表他已经发现了什么可疑的地方,而且还笑话了自己一下,好像这个想法多么的不应该。

韦铁皮来到二楼的一扇门前时,两个短衣打扮的年轻人已经站在了门口两侧,拱起手来向他打招呼说,您是韦掌柜吗?待韦铁皮递过自己的名片后,他们草草地看了一下,便做出请他进去的架势,其中一个人还主动为他打开了门板。于是,韦铁皮便轻手轻脚地走进去。他的脚步刚刚迈过门槛,就听到身后的门板吱扭一声合上了,他的脑子动了一下,觉得门板的合拢是不是太快了?但他随即又想,既然自己走进来了,那两扇门重新合上也是情理之中的事儿,于是他就没有太把这个不寻常的细节放在心上。此时此刻,韦铁皮的注意力几乎都落在了坐在屋内的几个人身上。

那几个所谓的头面人物已经先他一步来到了屋内,并且都坐在了看上去较为合适的位置上。按照管家的说辞,今天韦铁皮要见到的共有三个人,一个是中医药商会的会长,一个是一家教会医院的院长,还有一个是在县党部混事的科长。韦铁皮记着他们的身份和地位,见到屋内已经坐下的三个人,在脑子里逐一核对了一番。但与他的想象不同,这些先他一步来到屋内的人并不像是管家介绍的那三个,在他想来,既然他们都是商界、医界和政界的头面人物,无论怎么说都应该是一副文质彬彬的派头,可现在这三个却根本没有表露出一点文化气息,其中一个秃头,一个大胡子,还有一个疤癞脸,弥漫在这三个人身上的是显而易见的凶狠和野蛮,韦铁皮凭着游走江湖的经验,几乎一下子就判断出他们不是什么善茬子,搞不好都是一些狠角色。尽管有这样不祥的想法,韦铁皮还是不相信管家会害他,或许还是自己的见识有误吧。如果真是这样的话,不管情愿不情愿,喜欢不喜欢,他都只能坐下来,与这三个人好好地沟通一下,就算是为了那家中药店,为了给他提供帮助的李族长,还有一直喜欢他的香云小姐,他都要耐下心来,尽力把今天的沟通工作做好。就是在这个念头的驱使下,韦铁皮尽管已经有了一些不祥的预感,还是在那三个家伙面前慢慢坐下来。

韦铁皮也许没有感到,他现在坐下的位置也是这些人精心留出来的,与那三个家伙间隔了几个座位的距离,而且背后是一面打开的窗户,这样的位置实在便于他们采取迅捷而隐秘的行动。而韦铁皮呢,即使反抗起来,因为与那几个家伙隔着一段空当,短时间内也不能把他们怎么样,他唯一的逃路便是身后那面窗户,但那恰恰是对付他的一个死穴,因为早在半个时辰之前,有几个身强力壮的高手已经埋伏到那里了,他们的手里不仅提着闪亮的砍刀,还有一根由铁环构成的锁链,而那才是今天对付韦铁皮的真正利器。在这些家伙的印象中,这个叫韦铁皮的汉子也是个相当厉害的角色,前几个月,他们派去打劫香云小姐的那两个歹徒本事也不小呢,但刚与这个家伙交手,没有几个回合,就败在了他手上,一个当场丧命,另一个勉强逃回来,也从病床上爬不起来了。为了顺利拿下这个韦铁皮,他们几乎费尽了心思,策划了小半年时间,才通过早就被他们买通的管家实施了这个方案,而且详细构想了采取行动的每个细节,包括那根率先使用的锁链。现在看来,他们这个方案还是有效的,起码在某种程度上先让韦铁皮丧失了警惕性,如果接下来再操作得法的话,顺利拿下他肯定是不成问题的。

这几个家伙不敢大意,也不敢怠慢,趁韦铁皮刚刚坐定后,决定抓住眼前的机会,迅速采取行动,让那根锁链从窗户外尽快甩进来。说时迟那时快,坐在中间的光头端起手里的茶杯,装模作样地朝嘴边举了一下,便猛然摔到了地上,随着啪啦一声响,从韦铁皮身后的窗户里飞进来一条"长蛇",伴随着嗖嗖作响抽打空气的声音,闪出寒光的"长蛇"直奔韦铁皮的身体而去。与此同时,光头连同他身边的两个人也一起站起来,摆出一副搏斗前的紧绷架势。

韦铁皮最先听到了那一串嗖嗖的响声,尽管没有回头,却知道有一件东西正在背后向自己飞来,虽然他不清楚那是什么东西,却明白当它落到自己身上时,再采取行动可就来不及了。与此同时,他也看到光头他们站了起来,明摆着向他端出了搏斗的架势。但正是眼前这些人动作的变化,在很大程度上分散了韦铁皮的注意力,让他刚刚凭着本能要做出闪身躲避后面那件嗖嗖作响东西的动作,却又不能不调整应对这几个人对他做出的挑战姿态。就在这种不能专一而兼顾两端的状态中,身后那件嗖嗖作响的东西已经落到他的膀子上,韦铁皮只简单地摇动了一下身子,就被那条发出啸叫的"长蛇"缠住了。到这个时候,他再想挣脱已经来不及,由于那条"长蛇"对他身体的缠绕,他继续要对付前面几个人的围拢而摆出的应战架势也做不出来了。韦铁皮低下头,吃惊地看到这条捆住他的"长蛇"竟然是一条由铁环构成的锁链。尽管他的身子已经被捆在了椅背上,但不能坐以待毙的本能反应还是激起了他最后一点反抗意愿,随着一声愤怒的吼叫,他的身子连同下面的椅子一起翻倒在地,与此同时,他暂时还没有失去自由的两条腿朝两边一扫,便顺势打倒了已经涌到他身边的两个人。可是,狭小的空间加上林立的桌椅腿脚阻碍了他动作的进一步展开,没有再容他继续反抗下去,那些人便加快动作,用一把把闪着寒光的刀剑指向了他……

韦铁皮被他们拿下了,在歹徒们为成功而得意忘形的狂笑声中,他被押到了一个黑乎乎的地下室里。地下室没有窗户,没有电灯,只有一盏马灯挂在墙壁上。歹徒们把他丢到地上,便关上门板离去了。韦铁皮瞪大眼睛,适应了很大一会儿,才看清室内的情况。其实这间地下室空荡荡的,除了墙角处一张架子床外,再没有其他东西了,空气中则弥漫着一股酸腐的气味儿,不知是从哪里发出来的。韦铁皮在地上躺了一会儿,受过烧伤的皮肉便感到了刺骨的阴凉,一身薄薄的衣服也不能阻挡那些寒冷气息的侵入。他费了很大力气才从地上爬起来,跌跌撞撞地走到那张架子床前,沉沉地躺下去。好在床上还铺着一些柴草,让他感觉到了暂时的温暖。

歹徒们丢下他便不管了,因为没有日头的参照,韦铁皮不知道过去了多长时间,但凭着本能判断,大概他已经被关进来一天多了吧?因为身上依旧捆绑着锁链,不论什么躺姿都让他感觉难受,即使站起来也没有多少自由,饥饿加上寒冷,让他感到时间过得更加缓慢。在这些时间内,他实在没有什么事儿可干,便不能不想一下事情的前因后果,到底是什么人把他弄到这里来的?他与这些人又有什么过不去的恩怨?在这件事情上,管家可说是起了关键作用,为了让歹徒们的阴谋得逞,不惜亲自出马,也就是说,他已经不怕自己暴露在韦铁皮面前了,这是不是说,他们把他弄到这里来,就没有打算让他活着出去?他真是想不明白,管家为什么要迫害自己呢?他以前与这个人根本不认识,只有在来到李家庄的日子里,才与他打了一些交道,也想不起与他有什么过节,既然这样,管家为什么要对他下如此的狠手呢?韦铁皮结合自己在流浪路途上所遭遇的追杀,开始还以为这些歹徒与他们有关系呢,现在看来,他们的文章恐怕是做在了李族长身上,那天他的女儿香云受到那两个歹徒的打劫,恐怕就是这些人干的,如果事情真是这样的话,那韦铁皮落到现在的地步,恐怕就与他那天打抱不平,把两个歹徒打得一死一伤的情况有关。如此看来,那天香云的遭劫也是管家指使的,也可能就意味着,管家就是这帮歹徒中的一员,他把自己打扮成一个十分忠诚于主人的奴仆形象,潜伏在李族长身边,就是为了有一天让那个麻木的老好人付出沉重的代价。只是让歹徒们没有想到的是,韦铁皮这个外来人愣头愣脑地闯到了这件事中来,以他初生牛犊不怕虎的莽撞劲儿,阻止了他们罪恶阴谋的得逞,自然也为自己带来了沉重灾难……到这个时候,韦铁皮差不多已经理清了这件事的来龙去脉,也就意识到自己的结局怕真的不那么乐观了。

这一天,已经关闭很久的门板打开了,随着外面一缕微弱的光线照进来,有一个人影出现在门口。那个人大概也不适应里面的光线,在门口站了一会儿,才试量着走进来。韦铁皮从床上爬起来,默默地朝那个人打量,他看出来,那个人影身量不大,十分纤细,却也十分挺直,应该是一个女人,因为有两个跟在后面的人与她比起来,可就粗壮高大得多了。韦铁皮不禁感到诧异,怎么这里还有女人呢?

那个女人在屋中央停住脚,也直直地朝他打量着,或许因为看不太清楚的缘故,便让一个歹徒取下墙壁上的马灯,交到她手里去,于是,女人便提着马灯朝韦铁皮走来。大约是屋内太过安静了,女人走路时发出的轻微脚步声,韦铁皮都听得一清二楚,而且还闻到一股越来越浓烈的脂粉味儿。女人走到了床前,把马灯举起来,伸到韦铁皮的头上,与此同时,她把自己的面孔凑过来,尽可能近地注视着他。韦铁皮有些反感,不禁把身子往后退了一下,倚靠在墙壁上,稍稍喘出一口气,以更加坦然的表情面对着这个女人。女人竟然又把马灯朝他面前举了一下,也又把面孔凑上来,朝他打量得更加仔细一些。韦铁皮斜起眼睛,看到女人的两只眼珠被马灯的灯光照亮了,黑黑的瞳仁中有两个白色的小人在晃动,他愣了一下,才明白那是自己的形象在那双明亮眼珠上的投射,这几乎同时意味着,女人已把他的形象看得一清二楚了。

啊——

韦铁皮听见女人发出一声轻唤,虽然声音很微弱,但由于距离太过靠近,他还是听得真真切切。女人在发出了那声叫之后,一下子把马灯收回去,掉回头,对两个跟在她后面的歹徒说,怎么还给他绑着?马上给我松开。听她这样说,两个歹徒愣怔了一下,赶紧上来给他松绑。

捆绑那么长时间的锁链从身上摘除了,韦铁皮感到从未有过的轻松,与此同时,他也体会到一种隐约的疼痛,原本捆绑着自己的时候,肌肉和血液差不多已经僵硬,疼痛感不强,现在铁链一旦拿开了,一切又恢复原状,反而让他感到不适应,疼痛感也便显得剧烈起来。韦铁皮有些支撑不住,又一次躺在了架子床上。

给他吃饭了吗?女人又问那两个歹徒。

没有……一个歹徒回答。

浑蛋,女人愤怒地骂了一声,你们想把他饿死呀?见两个歹徒没有做出反应,女人气得跺了一下脚说,还不去给他拿饭来?

一个歹徒赶紧跑出去了。另一个歹徒犹豫了一下,还是鼓起勇气说,这个家伙还留着吗?

女人反问他说,为什么不留着他?

歹徒咽了口唾沫,没有再敢说出什么。

女人长吁了几口气,又一次举起马灯,并把脸孔凑上来,再次上上下下地打量他。

韦铁皮虽然躺在床上,离她的脸孔有些远,但还是明确地感到她的目光对他的抚摸。别说,女人的目光不但明亮,而且温暖,像一缕日光照在他身上,让这张好久没有接触过光线的身子感到了一些舒适。你要干什么?韦铁皮闭着嘴巴,只是在心里问她。

女人好像知道他心里想什么,便轻微地张开嘴巴,用似有若无的声音说,我要好好地看看你。

韦铁皮在心里问她,我有什么好看的?

女人回答他说,你不知道你有多么好看。

韦铁皮闭上眼睛,不想听她这些虚情假意的话。真的,到这个时候为止,他还不知道这个女人到底在他身上打什么鬼主意。

我好像认识你。女人明确地对他说。

这怎么可能呢?韦铁皮在心里笑话她。

为什么没有可能呢?女人反问他说。

韦铁皮不想再理会她了,这一刻,他觉得这个女人或许是个白痴,什么事也和她说不清楚的。

不等他回答,女人便自顾自地说,如果我们真的有缘的话,那就意味着我们上辈子就见过面了。女人仰起头,有些沉醉地念叨着。

韦铁皮在心里冷冷地发笑,越发坚定了自己的判断,这个女人不但是一个白痴,恐怕还是一个神经病呢。他不打算理会她,便把脸转向了墙壁。

女人见他拒绝和自己交流,也知趣地闭住了嘴巴。临走时,她又对那个站在身后的歹徒说,一天三顿饭,一顿也不能落下,再给他拿床被子来,这里太阴凉了。停了停,她又继续吩咐说,再找一只马灯来,灌上油,把灯火弄得亮亮的,如果把你们关到这里来,或许过不上几天,就会把眼睛弄瞎了。待那个歹徒点下头去,女人才放下心,把马灯交到他手里,转身朝门外走去。

韦铁皮虽然闭着眼睛,却明确听到女人临走时说,别出任何意外,这个男人我要了……过了很久,韦铁皮还不相信自己的听觉,难道女人真的说过那句话吗?这个男人我要了,这是什么意思?他无论如何想不明白,而且对他刚才是否和女人对过话,也产生了疑问。别是你产生了靠不住的幻觉吧?韦铁皮在心里问自己。到这个时候，那种无所不在的疼痛感才从他身上消失，体会着这样一种独特的感觉，他再次变得神思恍惚起来，好像他又回到了许多年前，自己刚从烧伤的疼痛中走出来……

这个男人我要了……

七

事情的真相与韦铁皮的分析和判断差不了多少，绑架他的这伙人的确是冲着李族长家的财产来的，具体说是冲着他在县城里的那家中药店铺来的。虽然店铺由于经营不善而生意萧条，但那只是一个表面现象，是他们这伙人通过管家和米掌柜故意弄成了这种局面，如果店铺落到了他们手里，情况便会大为改观，在这样一个纷乱的世道里，人们不看病不吃药才怪呢。

打这个主意的人当然也是生意场中人，具体说是商会的一个副会长，名叫周海亮，这个人虽然生意做得不是最大，但敢说敢当，气势逼人，商会便把他吸收进来，让他在关键时刻出头露面。周海亮虽然是个副会长，但经过一段时间的周旋，竟然把会长压在了下面，商会的大小事情没有他允诺是办不成的，也就是说，这个人成了县城商界的真正霸主。说起来，周海亮与乡下的李族长并没有什么过节，甚至根本不认识，他之所以打那个中药店铺的主意，是因为它太碍他的眼了，每当走到那个地方的时候，他就觉得心里不舒服，从始至终，这家店铺的真正主人也就是乡下的李族长还没有和他见过面呢，更别说向他交纳一分钱的保护费了。在这种情况下，周海亮便打定主意，通过管家的一番策划，在那个春风缭绕的日子里绑架了李族长的女儿，企图通过这件事让李族长低头，用自己的心头肉换那家可有可无的店铺。周海亮想得实在太好了，但结果却出乎他的意料，这个本来万无一失的行动竟然失败了，据那个逃回来的歹徒说，他们碰上了一个不可战胜的高手，强行从他们手里把李族长的女儿夺走了。周海亮想不明白，到底是什么人横插一杠子呢？敢于坏他大事的人，想必也不是一个一般的角色。于是，又经过管家一番策划，他们才在那天实施了对韦铁皮的绑架，你不是不让我们绑架李族长的女儿吗？那好吧，那就直接绑架你好了。这就是周海亮的行事风格，在东阿的地盘上，谁如果和他过不去，他就必须和那个人过不去。

事情倒是进展得很顺利，韦铁皮果然被他们绑架来了，已经在地下室里关押了五天。但在这段时间里，竟然又发生了让周海亮意想不到的情况，那就是他的女儿阿菲，居然一下子迷恋上了那个韦铁皮。这真是一件奇怪的事儿，韦铁皮居然有那么大的魅力，在这么短的时间内，不但让李家的女儿看上了他，由此成为李家的女婿，现在倒好，居然阿菲也看上了他，难道还为此让他成为自己的女婿不成？想到这里，周海亮便觉得很滑稽，也很愤怒，这个韦铁皮到底是一个怎样的人，难道他身上有什么不为人所知的法术吗？在他的想象当中，这个法术一旦对女人使出来，即便再强大的女子也招架不住，只能乖乖地匍匐在他的脚下。周海亮太了解自己的女儿了，就像李族长只有香云一个女儿一样，周海亮也只有阿菲这一个女儿，但与李族长不同的是，人家还有几个儿子呢，而自己忙碌了大半辈子，却只有阿菲一个后人，和幸运的李族长相比，周海亮更加视阿菲为掌上明珠，一般大事小事都要由着她的性子来，如果阿菲说向东，周海亮便不能向西，如果阿菲打狗，钟海亮便绝不能骂鸡，也就是这样的纵容和溺爱，导致了阿菲从小就固执己见，我行我素，从来不把别人的意见当回事儿。按说，周海亮在社会上也是说一不二的狠角色，但在自己的女儿阿菲面前，他却甘当一只小狗，让女儿骑在脖子上取笑。周海亮很后悔，即使自己再疼爱女儿，也不能让她参与生意上的事儿，更不能让她和黑社会扯上关系，一个女孩家家的，关注的应该是风花雪月，而不是月黑风高。现在倒好，他们刚把那个韦铁皮弄来，阿菲不知怎么就搞出这样一个意外，让手下人看了笑话不说，恐怕要耽误他的大事呢。此前，他也通过社会上的头面人物，给阿菲介绍过几个又有模样又有前途的年轻人，但阿菲竟然一个也没有看中。周海亮想不通，到底她理想中的伴侣是一种多么亮堂的人物，以至于让她对整个县城的年轻人都视而不见呢？现在好了，这个年轻人无意间出现了，而且是用这种不堪的方式出现的，周海亮就更想不明白了，这个让阿菲眼前一亮的年轻人到底是一副什么模样，难道他长着三头六臂不成？想到这里，周海亮便马不停蹄地来到地下室，要好好地看一看这个囚徒到底是何方神圣。

　　本来，周海亮是打算一把韦铁皮弄来就干掉的，顶多也就关在地下室里让他经受几天折磨。按照他的计划，等把韦铁皮干掉后才去凭吊一下他尸体的，可现在倒好，那小子还好好地活在地下室里呢，他就屁颠屁颠地走下一级级台阶，去那个黑咕隆咚的地方拜见他了。来到地下室门口，周海亮并没有立即让手下开门，而只是透过门板上的一个小窗洞往里看。这时候他又想，与其自己到里面看他，还不如把他弄出来呢，但他又有些担心，凭着韦铁皮身上超出常人的功夫，一旦让他出门就可能有变数发生，所以他是不敢轻易这样做的，这也是他一抓到韦铁皮就把他关到地下室里的原因。周海亮探过头去，仅仅朝里面打量了一眼，就打消了让韦铁皮出来的念头，因为他想起来，阿菲已经在他面前说过，她已经让手下把捆绑着韦铁皮的锁链去掉了,果然,现在的韦铁皮正站在一个角落里,悠闲地甩动两条臂膀呢。你们把砍刀拿好了,周海亮轻声叮嘱身后的两个手下,只要韦铁皮有什么异常之处,你们就把他的两条胳膊卸下来。待两个手下抽出了砍刀,他才让他们打开门板,小心谨慎地走进去。

　　一进入黑乎乎的地下室,周海亮就闻到一股扑面而来的臭气,这个有轻微洁癖的人实在受不了这种气味儿,差点掉头往回走。怎么这么难闻?他板着脸问手下。是他身上散发出来的,一个手下告诉他,韦铁皮身上全是伤疤,这几天都发炎了,身上脏得厉害,所以就发出了这种气味。周海亮捂了一下鼻子说,那就给他换一下衣裳。另一个手下为难地说,他不肯脱自己的衣服,我们也想过这个法子,但对他来说没有什么用。周海亮眨巴了一下眼,不明白情况为什么会是这样,但不管怎么说,这个一身伤疤的人是个十分丑陋的家伙,哪里又能让十分挑剔的女儿看中他呢?一定是哪里搞错了,或者是阿菲看花了眼,或者是自己听错了她的话?他不打算进去看韦铁皮了,便让手下锁上门板,自己转身往回走,他要明确告诉阿菲,这家伙是个一身伤疤的残废,是天下最为丑陋的一个人,你就是看中大街上的讨饭花子,也不应该把心思用在这样一个人身上。

　　但随后的事实证明,周海亮又一次想错了,无论他怎么做女儿的工作,都不能让阿菲改变心思,这个已经走火入魔的女孩儿脑子里只有一根筋,只要认准了那件事就非要走到底不可,即使碰个头破血流也不回头。别看她的身量不大,但积聚的能量却不小,如果爆发出来,就像一匹没戴笼头而尥蹶子的马驹,纵然她这个以凶狠著称的父亲也无法控制的。我要嫁给他,阿菲一遍又一遍地对周海亮说,除此之外,你就是把皇帝老儿请来,我也看不中。随后又警告他说,如果韦铁皮出一点儿差错,我就去大街上撞死,不信你就试一试。到这个时候,周海亮便感到了绝望,尽管心里想不明白这到底是怎么回事,也不敢在韦铁皮身上做其他文章了。给他好吃好喝,周海亮气急败坏地对手下说,把他养得肥肥壮壮的,然后拉到我女儿的婚礼上去。这虽然说的是气话,却也表明了他对女儿的屈服和低头。

　　既然这样,那就必须排除挡在女儿和韦铁皮之间的障碍,没错,那个障碍便是李族长女儿的存在。于是,在接下来的这一天,周海亮把管家叫来,交给他一包毒药,让他想方设法放进香云的饭碗里。但管家拒绝了这个方案,因为他还不想让自己的身份暴露,毕竟这样做太冒险了,就算李族长再糊涂,也有可能怀疑到他身上来。小不忍则乱大谋,管家提醒周海亮说,暂且忍一忍,我在李家的使命还没有完成呢。周海亮觉得事情恐怕也是这样,管家这条线索不能轻易断掉,要想把李族长的家产彻底拿到手里,就不能不从长计议。但现在的问题是,女儿阿菲的事情也非常紧迫,如果她耐不住性子,非要和那个韦铁皮举办婚礼,总不能让李族长的女儿听到动静赶来闹事吧?到那个时候,他周海亮脸上可就无光了。

一计不成又生一计,周海亮索性按照以前的方案办,再次派出两个手下去对香云下手,只是与上次不同的是,上次是绑架香云,以此要挟李族长交出他的店铺,这次可就简单多了,干脆拿香云开刀,送她去西天上踏青吧,况且这次没有了韦铁皮从中作梗,难道还担心重蹈覆辙吗?果然,两个手下早晨出去的,傍晚时分就回来了,而且其中一个手里还攥着一缕长长的头发,这就意味着那个叫香云的女孩已经去见阎王了。

在接下来的这一天,周海亮指示手下把韦铁皮带到他的屋内,他要和这个幸运的家伙做一场颇为深入的谈话,也可以说是和他摊牌,把女儿和他之间的事儿向他挑明白。真是便宜你小子了。他在心里对那个讨厌的人说。在他的想象中,韦铁皮一定是以一副颇为邋遢的样子来到他面前的,为此他已经置备了好几张面巾,并准备接受他身上那种不堪忍受的臭味儿。但出乎意料的是,当韦铁皮进入他办公室的时候,却是一副十分清爽的样子,不但穿着一身干净的衣裳,而且还理过了头发,虽然手臂还被一根小锁链锁着,但乍一看上去,还是一副神采奕奕的样子。怪不得呢,周海亮悄自赞叹一句,别说,还是女儿有眼光呢,竟然透过韦铁皮破破烂烂的表面,看到了他隐藏在内里的魅力和光彩。他只是想不明白,手下前几天不是和他说过,韦铁皮不肯更换身上的衣服吗?后来周海亮才知道,为了让韦铁皮旧貌换新颜,女儿阿菲可谓煞费苦心,让手下在送给他的饭菜里下了一点蒙汗药,当韦铁皮失去知觉的时候,是阿菲亲自剥下他身上的破烂衣衫,用清水把他已经溃烂的身体一点点擦干净,再给他换上一身干净清洁的衣裳,然后从街上找来一位理发匠,亲自监督着给他刮脸理发,因为理发匠的大意,把韦铁皮蹭破了一点点头皮,阿菲差点动手打了那个家伙。大约正是因为这个缘故,才让韦铁皮稍稍改变了对阿菲的看法,不仅不再做出反抗逃跑的架势,而且还同意到周海亮这里接受谈话。听到女儿对这个浑小子如此尽心尽意,感叹之余,周海亮也不由得敬佩起女儿来,与此同时,他对面前这个年轻人则越发充满了敌意,毕竟是他有可能把自己的宝贝女儿从身边夺走。

韦先生,你很幸运,我女儿看上了你。一照韦铁皮的面,周海亮就直言不讳地对他说。对于这个人这件事儿,他没有必要多绕圈子多费口舌,在他看来,阿菲看上了他,真的是给足了这个家伙面子,将他从死亡的境地解救出来,这对他来说可是天大的恩情呢,在这种情况下,周海亮的口气就说不上多么热情,如果不高兴的话,或许在他头上踹一脚,他也得好好地接受下来。过些日子,就给你们办喜事吧。周海亮表达完自己的意思,便懒得再说什么了。

什么?韦铁皮好像没听明白他的话,用诧异的目光看着他,好像面对的这个老家伙是个疯子似的,你的女儿看上了我?你还要给我们办喜事?

周海亮闭了一下眼,这才知道,阿菲并没有把她的意思表露给他,也难怪他听得一头雾水,不要说这样一个快死的人,就是自己刚听到阿菲说这句话时,不也有些不相信吗?于是他继续厚着脸皮,把刚才说过的话又耐着性子重复了一遍。

你们拿我当什么了?韦铁皮终于明白自己的耳朵没有出问题,也知道他之所以被请到这个歹徒头目面前来的原因,尽管这对许多人来说是难得的好事,可他依旧气昂昂地表示反对说,我不是大街上的一块石头,你们想用的时候搬过来用一下,不想用便踩上一脚,就不管我同意不同意吗?

周海亮惊讶地看着他,你还有什么不同意的?你以为我的女儿是什么人?那也算是我的宝贝千金呢,这个县城里的其他年轻人她都没看上,却独独相中了你这个家伙,难道你不觉得是中了天大的彩头吗?

可我并没有看上她,韦铁皮回想着那个去地下室看过他几次的女人,使劲摇着头说,不管你女儿好不好,与我又有什么关系?我在李家庄有自己的家人,也有自己的未婚妻,我不能丢下他们不管……

你能管得了他们吗?周海亮仰靠在太师椅里,抬起一只手,朝屋外的远处指着说,你以为你进得了我这个地方,还能轻易出去吗?他在心里对这个不识时务的家伙说,你还提你的未婚妻呢,她现在到底在什么地方游荡或许只有老天爷才知道呢。他真想把这件事对他说出来,也让他死掉那颗挂牵未婚妻的心,但他又怕触怒了这个桀骜不驯的年轻人,把整件事情弄砸,那样女儿不知该怎么和他大闹一场呢。

就算我出不去了,韦铁皮不管不顾地说,我也不会娶你女儿的,你就让她死了这条心吧,纵然日头从西边出来,我和她也没有这个缘分。

胡说八道,周海亮恼羞成怒,把手掌在桌面上使劲一拍,虎起脸来呵斥他说,你以为你是谁?你只不过是我手里的一名死囚,我要让你死,你就活不过明天,竟然有胆量和我说反对的话,也不撒泡尿照照,看自己到底有没有这个资格。

放我出去,韦铁皮不想听他这些虚张声势的废话,我和你没有任何关系,你为什么要把我抓到这里来？还想把我弄死,你就不怕吃人命官司吗？

官司？周海亮又差点笑出声来,在这个地方,还有我摆不平的事情吗？日本人在这里的时候都没有把我怎么样,现在国民政府忙着和共产党打仗,哪里还有心思顾得了我这些破事儿？

不管你们拿我怎么样,韦铁皮干脆扭头朝外走去,都休想让我成为你们家的人,把我送回地下室去吧,我宁可死在那儿,也不会和你女儿举行婚礼。

这可真是奇了怪了,韦铁皮从他面前走掉以后,周海亮肥胖的身子坐回太师椅里,沮丧地垂下一直昂着的脑袋,随即端起桌子上的一把茶壶,狠狠地摔到地上。望着茶壶在地上裂成的碎片,他心里依旧难以平复,那个有眼不识泰山的浑小子把这里当什么了？他以为是在他家的后花园里进进出出呢？原本这是一件对他多么有利的事儿,不但能让他保命,还能使他发一笔横财,这是他烧八百年高香也求不来的上上签儿,可他竟然连想都不想就拒绝了,好像他周海亮上赶着求他似的,好像他周海亮的女儿嫁不出去似的。周海亮用两手抱住脑袋,朝左边摇了又朝右边摇,也怪自己的女儿阿菲,为什么偏偏看上了这个有眼无珠的家伙呢？现在倒好,人家不但不感恩,还当面对他这个未来的老岳丈进行了毫不客气的羞辱,换作是别的场合,换做不是女儿这件事儿,他早就火冒三丈,当场砍了那个狗日的了。女儿呀女儿,他在心里一遍一遍地念叨,你可给老爹出了一道难题,让老爹把一张脸丢到了地上……

在下决心为女儿举办婚礼之前,周海亮又推心置腹地和阿菲进行了一场谈话,无非是动员女儿放弃这场荒唐的婚姻,俗话说强扭的瓜不甜,你以为硬把人家拴到自己的裤腰带上,就会获得幸福吗？幸福可不是上赶着求来的,这样做你倒是把幸福拱手送给了人家,而自己获得的只是绵延不断的痛苦。本来这些话都应该由自己的老婆说给女儿的,但无奈女儿刚生下来时,老婆就因为难产而去世了,这些年来他又当爹又当妈,尿一把屎一把地把阿菲拉扯长大,为了顾及女儿的感受,他竟然没有再续娶,这对他来说是多么不容易办到的一件事儿……想想这一切,他几乎要掉下泪来,原以为女儿大了找个好人家嫁了,他也就省心了,就不用再在女儿身上下功夫了,但他哪里想到,女儿长大了麻烦反而更多了,这不,竟然毫不客气地给他出了这道难题,你让他该怎么解决呢？

面对父亲翻来覆去的劝说,固执的阿菲竟然也像他一样把两手抱在头上,一迭声地对他说,不听,我不听,反正我要嫁给他,什么你都不要说了,干脆向亲朋好友发帖子吧,三天以后,我就要和他举办婚礼。说完,阿菲就转过身,也像那个韦铁皮一样要从他面前走掉。

可人家不出席你的婚礼怎么办？周海亮摊开两手,用可怜巴巴的眼神望着她,难道你一个人去举办婚礼吗？

捆,阿菲毫不客气地说,家里的链子不是很多吗？有铁锁,有麻绳,想用什么你就用什么,只要你把他绑到婚礼上去就行。

周海亮呆呆地看着她,真是没有想到,这个看似柔弱的女孩子竟然有这样的决断。望着女儿远去的背影,周海亮好一会儿才反应过来,这一刻,他已经决定按照女儿说的意见办了。不知为什么,当打定这个念头的时候,他一下子感到了从未有过的轻松,好像抱在怀里的一块石头终于被他扔到了脚下,身上一直绷紧着的神经都松弛下来,懒洋洋地仰躺在太师椅的靠背上。别说,他有些欣慰地在心里嘟囔,有这样一个女孩子也是好事,当自己优柔寡断拿不定主意的时候,竟然是这个小姑娘替他做了决断,这样的结果让他喜出望外,又赞佩有加,看来女儿也抵得上一个儿子了。

三天以后,婚礼果然在周家的公馆里举行了。周海亮知道这件事办得不太光彩,又担心那个不肯服输的年轻人在婚礼上闹事,让大家看了他周家的笑话,所以便没有按女儿说的那样向亲戚朋友发帖子,也没有去街上的饭店置办酒宴,而只是通知了身边一些要好的人家,在自己家里摆了几桌酒席,就连鞭炮也只放了两挂。这让周海亮感到十分遗憾,好像他办了一件多么对不起女儿的事儿似的,原先他还打算,反正自己就这样一个女儿,所有积攒下来的家产都是留给她的,当女儿的婚姻大事到来时,他要花费所有心思为她搞一个轰轰烈烈的婚礼,也让他周海亮在县城里风光一回。可现在倒好,婚礼竟然举办得偷偷摸摸,好像他周海亮做了一件多么不光彩的事一般,当朋友们向他拱手祝贺的时候,他的脸上竟不由得热辣起来。阿菲,他在心里哀哀地叫着,老爹对不起你……

就像提前准备的那样,韦铁皮果然是被捆绑着带到婚礼上去的,而且没有更换更加崭新的衣服。他接受了上次的教训,一直处于绝食的状态,不肯再吃阿菲送给他的食物,所以也就没有任何一个人能把他身上的衣服扒下来。捆绑他两手的东西倒不是铁索,也不是麻绳,而是一条红绸带,飘飘摇摇地搭在他的两手上,不知道内情的人还以为这是婚礼上必备的物件儿呢,怎么也不会想到新郎竟然是一个被捆绑的人。韦铁皮大概也知道再说什么也没有用,所以在整个婚礼上,他没有开口说一句话,给人的感觉就是,他既没有主动配合,却也没有刻意反抗,就那么无动于衷地站在阿菲身边,给人的感觉是,这种热热闹闹的气氛与他没有一点关系。

婚礼一结束,阿菲就牵着他手上的红绸带进入了新房,直到夜晚来临也没有出来。其实时间还早,客人们正在热闹地吃喝,按照这一带的风俗习惯,新郎新娘是应该向大家敬酒的,但看到周海亮的脸色有些不对,大家也就不期待这个程序了,而且加快了吃喝的节奏,时间刚刚过午,婚宴就结束了。周海亮尽管心里不痛快,却抑制着自己没有怎么喝酒,所以头脑还是清醒的,婚宴结束后,他就指示手下人看好新房,只要里面有一点风吹草动,他们就可以挥舞着刀剑杀进去,他有些担心,单凭阿菲的力量是不可能对付得了那个韦铁皮的。但让他感到欣慰的是,时间快到半夜时分了,手下人向他汇报说,新房里什么动静也没有,看来他所想象的一场厮杀并没有真的发生。

但周海亮依旧放不下心,时间来到了下半夜,所有人差不多都沉入了梦乡,只有他一个人还在太师椅里枯坐,好像不得到一个结果就不上床睡觉似的。四更的鼓声都敲响了,周海亮再也承受不住,只能从太师椅里站起来,蹑着手脚出了屋门,悄无声息地来到新房的窗下。新房里的灯火还没有熄灭,窗户纸上的大红喜字显得格外刺眼。周海亮什么也不顾了,干脆举起一只肥胖的手指,在嘴里蘸上一点唾沫,把它按到窗户纸上去。你这个老东西在干什么呢?他在心里咒骂自己,这是你女儿的新房,你就不怕丢掉你的老脸吗?但周海亮不听心里那个声音的劝告,依旧用他粘着唾沫的手指捅开了窗户纸,他把一只眼睛探过去,小心地往里面看。

和周海亮的想象差不多,又和他的想象有些不同,他的女儿阿菲端坐在床铺上,头上依旧盖着一块红艳艳的盖布,而另一个人,那个原本应该为她揭开盖布的家伙,竟然是躺在地板上,虽然是背对着周海亮,但他依旧看见,那根红绸带依旧搭在那个家伙的两手上……

周海亮收回眼来,再也抑制不住内心的难过和愧疚,身子一软坐倒在地上,用两手抱住脑袋,呜呜地哭起来。

八

见到韦铁皮的头一天晚上,阿菲做了一个梦,在这个梦里,她又见到了母亲。

这些年来,更准确地说自阿菲有记忆以来,几乎每隔一些日子,她就会在梦中见到母亲,就是由于这个原因,虽然她一生下来母亲就去世了,记忆里根本没有母亲的形象,但就是通过这种方式,她不但与母亲相见了,而且知道她长得什么样,经常使用一种什么样的表情,说话的口气是什么,她一概通过这些梦境获得了感知,所以她虽然没有见过母亲,却觉得她是那么熟悉,好像母亲一天也没有离开过她似的。但是在那么多与母亲在梦中相见的日子里,母亲都没有说过她的婚姻大事,也就是说,母亲根本没有提到她长大后要找的那个男人是谁,又是一种什么样子。可奇怪的是,在这天的梦境里,母亲却明确地告诉她,属于你的那个男人来了,也许过不了多久,你就能见到他了。所以从梦中醒来的时候,阿菲在惊讶之余,便对母亲的那个说法充满了期待,当然其实是对母亲所说的那个属于她的男人到底是什么样子充满了期待。难道你真的来了吗?阿菲从被窝里钻出来,望着窗子上正在开始变得红艳的晨光,在心里问那个正在向她走来的男人说,你到底是谁?你是从哪里来的呢?

想到了母亲的梦,也就想到了母亲的死。阿菲并不知道母亲死亡的过程,因为那个时候,她刚刚来到这个世界上,也可以说,正是因为要把她生到这个世界上来,母亲才去世了。没有人详细告诉她母亲死亡的真相,但这件事又很容易被一些人说到,那些人好像在有意暗示她什么,由于惧怕父亲的缘故,他们只能变着花样点点滴滴地向她说一些。就是从这些残缺不全的信息里,阿菲知道了母亲死亡的原因和过程。

母亲天生是一个十分柔弱的人。不知道什么原因,她就患上了这种影响不大却始终伴随着她的病症,一直不能像那些健康的女人一样做事,这给父亲也给她自己造成了不小的麻烦。比如,父亲自从娶了母亲之后,一直盼望她生下一个孩子,这对一般女人来说是十分容易的事儿,但放在母亲身上却显得有些艰难。还好,经过多年的努力,母亲总算怀上了身孕,这使父亲欣喜万分。为了保住这个就要来到世界上的孩子,父亲听信了一个药店老板的话,从他家店里买来一种药材,给母亲吃了下去。这种名叫阿胶的药材的确是一种对女人特别有效的良药,不仅补血,还能养气,但至于能否保胎,却就是另外一回事了。在那个心术不正的老板误导下,父亲不断地从那家药店里购买阿胶,亲自煎好了让母亲服用。完全可以说,父亲把母亲顺利生下孩子的所有希望,都寄托在了这种药材上。终于,母亲生产的日期到了,但更大的麻烦事也接踵而至。母亲在生产时遇到了大出血,只勉强生下来孩子,她自己却没有保住性命,连刚刚来到世上的女儿都没有顾上看一眼,就吐尽了最后一口气。

虽然这件事有些蹊跷,但父亲并没有把母亲的死去与那个老板联系起来。后来,父亲认识了一个很有本事的医生,谈到母亲的亡故,医生断定说,事情就出在阿胶上,因为女人在怀孕期间,是不宜于服用这种药材的。父亲还有些不相信,那胎儿不是没有受到多大影响吗?医生查看了剩余的阿胶之后,欣慰地吐出一口气说,幸亏你买到的是假货,不然你就见不到自己的女儿了。父亲愣怔了好一阵子,才总是回过味儿来,好呀,那家药店不仅出售假药,而且老板还谋财害命。父亲当然咽不下这口气,在为母亲的亡灵烧过纸后的一个夜晚,提着一把刀敲开了药店的门板,一见老板就揪住他的衣领,愤怒地质问他,给老子说实话,你有没有故意坑害我?老板惊慌之余,竟然脱口说道,我店里的阿胶都是假货,吃了也起不到作用的……原来,这个毫无来路的老板搞不到制作阿胶的药方,就自作聪明,使用类似的原料胡乱制造了一些产品,充当阿胶卖给客户,他当然知道孕妇不能服用阿胶,但以为假货不起作用,出于见利忘义的本能,竟然蒙骗起父亲来。我不过是想发点不义财,老板一边向父亲磕头一边替自己辩白,可没有打算害死你老婆呀。父亲回想起母亲死去的悲惨情景,一时遏制不住心里的愤怒,举起手里的刀,对着老板的胸口就捅了过去。

父亲杀死了那个可恶的老板,但这并不能换回母亲的性命,尤其是对他们的女儿阿菲来说,实在是一件悲惨的事情,她刚刚来到这个世界上,还没有看到母亲的模样呢,就永远失去了这个机会。父亲虽然待她很好,但毕竟代替不了母亲,特别是对一个女孩来说,没有母亲的养育和关怀,在她的成长过程中会是一件多么遗憾的事儿呀。好在阿菲不同于其他女孩,这个有鬼精灵之称的丫鬟能够在梦中看见母亲,认识母亲,也就是说,母亲的魂灵在通过她的梦境关照着她,让这个本来不幸的女孩感到了一丝丝安慰,获得了一点点幸福……

第二天,阿菲就打起精神,有意打量那些从她身边经过的男人。阿菲身边是不缺少男人的,由于父亲生意上的缘故,她手下也聚集了很多人,而且多是年轻力壮的小伙子。但这些人都不是她要找的那个人,按照母亲的说法,那个人是刚刚到来的,而这些人却早就来到了她身边,并且没有引起过她的任何兴趣,想必母亲所说的那个人一定是一个陌生的男人。果然,阿菲在这天真的看到了一个她不认识的男人,就是她在地下室里见到的韦铁皮。当她看见韦铁皮第一眼的时候,就觉得脑子里电闪雷鸣,好像一扇大门被一只手重重地推开了,随着一道强光的降临,她脑子的某个黑暗处也被照亮了。我认得他,那一刻,这个奇怪的念头一下子攫住了她的感知,让她明确无误地认定,这个人我一定见过。是他,她在心里对母亲说,你派来的这个人已经来到我面前了。欣喜和激动之余,她已经顾不得作为少女的羞涩和矜持,当即便对韦铁皮做出了有失女人道德风范的举动，不管不顾地向人家表示了好感。我一定要抓住你，她在心里警告自己，只要你来到了我面前，我就不会再让你走掉。

但让阿菲感到棘手的是，韦铁皮竟然是父亲抓来并且要处置的对手，听说就是这个人，打死打伤了父亲的两个手下，凭着父亲凶狠残暴的性格，肯定不会轻易放过这个倒霉的家伙。事情不会这么巧合吧？母亲说那个人要来了，父亲就把这个人弄到了自己面前，难道说他们两个是在有意配合，从而帮助女儿实现她的愿望吗？但她又实在想不通，父亲为什么要用这种方式来响应母亲的指令，居然把那个人捆绑到自己面前来？这当然又使她怀疑，其实父亲并没有接到母亲的指令，他之所以把韦铁皮弄到那间黑暗的地下室去，不过是出于他生意上的考虑，绝不是为了女儿着想。这样说来，如何说服父亲放弃处理韦铁皮的念头，同意让他做自己的夫婿，便成了摆在她面前的一个难题。

好在阿菲有的是办法，在疼爱甚至说溺爱自己的父亲面前，她还有什么办不到呢？但更大的问题是，那个韦铁皮到底是一种什么样的想法，她还一点把握也没有呢。在第一次第二次甚至第三次和他的接触中，她已经感觉到，韦铁皮并没有做她丈夫的任何打算，这个在很大程度上受到了父亲伤害的家伙，不但对父亲甚至连带着对他的女儿，也形成了一种难以释怀的偏见甚至是仇恨，在这种情况下，要想让他同意和她举办婚礼，简直比登天还难。但尽管这样，阿菲也绝不后退半步，在这个世界上，还没有能让她服输的事情出现，既然她认定了这件事，就一定想方设法让它变成现实。

到这个时候，阿菲其实已经走上了一条她不可能顺利抵达目标的路程，她由于自己的偏执而幻想出来的所谓母亲的安排，在很大程度上欺骗了她，也坑害了她。她是否知道，一旦踏上这条充满荆棘布满坑穴的路途，她就要用自己一生的时间去行走，即使这样，当生命将要终结的时候，也未必就能看到那个让她心醉神迷的美丽场景，那个原本属于她的盛大婚礼只能存在于虚幻的天国中。如果究其原因的话，恐怕只有一个因素在阻碍着她实现自己的愿望，那就是她所面对的这个叫韦铁皮的人。如果换成其他另外一个人，或许她就有成功的可能，但现在严酷的事实是，她碰到的是一个完全错误的对象，于是等待她的就是一场几乎毫无结局的悲剧了。但更大的悲剧是，阿菲沉浸在自己的激情状态里而难以自拔，尽管知道前面的目标虚无缥缈，她依然不可遏制地朝前走，朝前走，虽然为此而经受磨难，却也不知道停步，甚至不知道往后看一下，或许后面的风景才更加美好呢。

你为什么看不上我？阿菲不止一次地问韦铁皮，难道我有什么不好吗？从我长这么大起，我还从来没有和其他男人有过来往，我一直保持自己的圣洁之身，目的就是等待那个属于我的男人到来，也许你不知道，你就是我等待的那个男人，现在我可以把什么都献给你，可你为什么无动于衷呢？他们都说，我长得并不难看，身材也不错，脑子更是好用，琴棋书画我都在行，而且生意场上的事儿我也很擅长，在这一带，或许没有任何一个少女能够比我更优秀，你说放不下李家庄那个叫香云的女孩，可我派人去打听过了，那个女孩没有我长得好，也没有我有才能，家境也没有我家富有，你说你为什么还要想着她呢？实话告诉你吧，香云已经不在这个世界上了，她走了，别管她是怎么走的，反正从此以后你再也见不到她了，如果你想有一个属于自己的女人的话，那个女人就是站在你面前的我，只要你说一声同意的话，不，只要你向我点一下头，我就会扑到你怀里去。而且我向你保证，以后你什么都不用做，一切都包在我身上，虽然我做不好家务，但我可以学，只要我下定了决心，就没有我干不成的事儿。我唯一的缺点就是脾气不太好，但那是在别人面前，我好使小性子，可在你面前，我一点脾气也没有，你让我干什么我就去干什么。话都说到这个份儿上了，你还有什么不放心的呢？对了，等我们成亲以后，我就让父亲把那家中药店交给你，你不是对你所说的大力蜜丸有研究吗？我知道，或许那就是宝贵的中药阿胶，你可以专心做你的阿胶生意，如果需要我帮助的话，我会动员商界里的所有朋友来帮你的忙。就算你什么也不做，我也会同意的，有人就天生的懒惰，混吃等死，如果你是那样的人，我也一点不嫌弃你，而且心甘情愿地陪你虚度这一生。当然，如果你想干坏事儿，那我也不阻拦你，反正在我眼里，我喜欢的男人不论做什么，都有他做这件事的道理。这就是一个女人对她所钟情的男人的态度，你体会到了吗？我就是这样的女人，同时我也多么希望，你就是这样的男人，既然命运让我们走在了一起，我们为什么不携起手来，一步一步地朝前走呢？世界是这么大，生命是这么短，我们应该抓紧时间一起去走，一起走完这个世界，一起走完我们的生命历程，说到这里，你看连我自己都感动得哭了，可你为什么无动于衷呢？我如此柔情似水，为什么就不能感化你这块石头呢？难道你真的是块石头吗？你的心肠真的像石头那么坚硬吗？不怕，即使你的心肠比石头还硬，我也要用我一腔的流水去泡软它，直到你有一天也变成水流，和我融合在一起，到那个时候，我们就彼此分不出你我了，你相信这一点吗？不信我们就走着瞧……

一般情况下，我的大舅爷韦铁皮并不理会阿菲，不论她说什么话，无论她做什么样的表情,他都一概躺在地板上,闭着眼睛,既不看她一眼,也不动弹一下。阿菲从床上走下来,试图打开那根捆绑着他的红绸带。但她的手还没有伸过来,韦铁皮就把手缩回衣服下,不让她动自己一下。经过这一阵的相处,韦铁皮其实已经知道这是一个善良的女孩,尽管她是歹徒的女儿,而且身上也有一定的匪性,但他相信,就像她自己说的那样,她对他不可能做不好的事儿,这也是他在婚礼上没有怎么反抗的原因所在。我伤害到你了,那么就请你原谅吧,他在心里向她道歉,但除此之外,我没有一句想和你多说的话,不管你说得多么天花乱坠,也不可能真正打动我,因为我根本不喜欢你,我也不相信你所说的缘分和命运,如果你更明智一些的话,就不应该花费力气来说服我,更不该和我举行什么婚礼,这样白白浪费了你的精力和清白,不知道你在以后的日子里会付出怎样的代价呢。

　　但面对这个一腔赤诚不知回头的女孩,韦铁皮真的有些茫然不知所措,不知道该怎么打消她固执的念头。民间有句俗话叫剃头挑子一头热,眼前的情景就是这句话的最好体现,现在问题的关键是怎样把那一头的热冷却下去,那副挑子才能取得平衡,如果这样一头冷一头热,恐怕事情会真的变得难以收拾。对其他的问题,韦铁皮都把握不住,但唯独知道这个女孩是不会轻易放过他的,所以也就暂时打消了让她放自己走的念头,他无论如何想不到,自己为什么这样倒霉,怎么就落在了这样一个头脑发昏的女孩手里。在漫长的流亡路途上,他曾经不相信自己会成为别人的猎物,事实证明也是那样,那些随时可能到来的歹徒并没有把他怎么样,反倒是他把他们送到了阎王殿里去。但现在可好,他的逃亡之路结束了,没想到等在他面前的却是一个深不见底的陷阱,他还没有做好怎样的准备,便成为这个偏执女人手中的玩物。韦铁皮这才知道,其实女人比男人还要厉害,他过去一次次打败的都是那些凶神恶煞的男人,唯独忽略了女人的狠毒,其实过去也没有遇到过和女人交手的机会,现在刚刚碰在一起,他就悲惨地落败了,躺倒了,不知什么时候才能爬起来,甚至不知道是否还有爬起来的机会和能力……

　　但几天过后,这样的机会还是无意间来到了他面前。这天夜里,阿菲熬不住连续几天的失眠,终于被困倦折磨得闭上了眼睛,嘴里的鼾声发出来时,竟然还伴随着几声喊叫,母亲,母亲……韦铁皮知道,她一定是在做梦,而且极其可能梦见了自己的母亲。韦铁皮不想放过这个千载难逢的机会,抓住它,他叮嘱自己,赶紧走。他知道阿菲有些大意了,因为捆绑着他的那根红绸带并没有从他手上解开,便以为这样他是不可能逃走的,所以才放心地睡去,而且他相信,外面那些担任守卫的人大概也会这么想吧,如果那样可就太好了。韦铁皮觉得,这个院落里的人都小瞧了他的能量,以为捆绑着两条手就让他失去了自由,这怎么可能呢?如果他身上没有过硬的本领,又怎么可能顺利走完他们漫长的逃亡之路呢?

韦铁皮吹灭了蜡烛,在黑暗里并没有使出多少力气,便顺利打开了通往外面的窗户,轻而易举地逃到了外面去。一来到街上,韦铁皮就决定不回中药店,而是赶快出城,回到他所来的李家庄去。但智者千虑必有一失,韦铁皮差不多考虑了所有因素,却偏偏疏漏了其中一个,那就是对地形的了解,或者说对方向的准确把握,毕竟他对县城还没到熟悉的地步,走着走着,他便不知道自己所处的方位了,就像一只掐去头的苍蝇一样,左走几步右走几步,一时有些不知道该怎么办。就是在这样的情况下,周海亮的人马追上来了。

其实还有一个因素被韦铁皮忽略了,那就是周海亮这个人。当时,几乎所有周家人包括阿菲都沉浸在了睡梦中,唯独周海亮放不下心来,凭着在社会上拼杀这么多年积累下来的经验,他本能地觉得问题不会轻易得到解决,十有八九会发生意想不到的变故。其实不用多想,他也知道这种变化会发生在韦铁皮身上,具体说就是他的伺机逃跑,道理很简单,一个人是不可能坐以待毙的,就算是一只兔子临死前还会挣扎一下的,何况是韦铁皮这种富有江湖经验的人呢?于是,周海亮便在睡眠中睁一只眼闭一只眼,阿菲新房里仅仅发出一点点动静,甚至没有惊动阿菲本人和那些在院子里值守的人,就被他准确地感觉到了。他从虚假的梦境中醒来,马不停蹄地赶到院子里,大声叫醒那些正在沉睡的手下,然后领着他们走出家门,沿着大街朝前追去。没过多久,他们就看到了韦铁皮的身影。

此时,韦铁皮正孤零零地站在街头上,站在月光下,像是在等待着他们的到来似的。没错,这个在黑夜里失去了方向的人要想准确地走出这个地方,只能等待他人的指引,而他等来的也只能是前来捉拿他的周家人。

周海亮知道韦铁皮冥顽不化,纵然阿菲使尽浑身解数也不能顺利把他拿下,与其留着他给他们周家带来不好的名声甚至耻辱,还不如索性结果了他,也算是断了阿菲的念想,从而让她悬崖勒马,从执念和想象中醒悟过来。所以,当韦铁皮被歹徒们拖回院子里来时,周海亮亲自拿起一把砍刀,走到韦铁皮面前,要对他大开杀戒。在杀掉那个卖假药的老板之后长达二十年的时间里,周海亮都没有再触摸过刀具,虽然他是一个杀人不眨眼的恶棍,也不断弄死或弄残那些和他作对的人,但那些人在他眼里都是一些小混混,根本不值得他亲自动手,只是由他努一下嘴,或眨一下眼,就向手下发出了只有他们才懂得的命令,那个注定要倒霉的家伙就会在手下的刀下或被砍死,或被砍伤,反正周海亮两手空空,惩罚敌手的目的就达到了。这样的状态曾经让他十分陶醉,可时间一长,又让他不甘,毕竟这么多年没摸刀了,他的手不觉间又有些发痒,有几次,他在睡梦里拿起刀来,砍掉了几个像是假人的头颅,算是过了一把瘾,醒来后,便感到有些不满足。现在好了,这样一个让他重新拿起砍刀,把敌手的命送走的机会终于到来了,他怎么能轻易放掉它呢?于是,周海亮便果断地举起刀,激动地一步步走向韦铁皮。

韦铁皮像一条死狗一样躺在他的脚下,捆绑着两手的红绸带已经被手下人换成了铁锁链,在经过那些人的一番殴打之后,他躺在地上快要爬不起来了,就算他要躲避周海亮的砍刀,怕也是不能轻易办到了。

就在周海亮的砍刀即将落到韦铁皮脖子上的时候,新房里的门哐当一声打开了,一个黑影像一颗子弹一般射出来,带着一股风声迸溅到他面前,用她不算太结实的身子挡住了那把即将落下的砍刀,或者换一种说法,用她不算太结实的身子保护着韦铁皮的身子。不要,阿菲有些手忙脚乱,一边去夺周海亮手里的砍刀,一边又去推韦铁皮躺在地上的身子,与此同时,她还撕心裂肺地发出阻挡一件可怕事情到来的喊声,不要——

周海亮不能不闭上了眼睛,知道他这次通过杀戮来过把瘾的机会失去了,溜走了。他沮丧地让手软下来,让那把紧握在里面的砍刀掉下地去。毕竟他有些不甘心,便在离开之前,抬起脚来,狠狠在阿菲身上踹了几下。我怎么有你这么一个女儿?他朝她身上啐了一口唾沫,便掉头回到自己屋里去。

阿菲紧紧地趴在韦铁皮身上,尽管知道危险已经离去,那把致命的砍刀此刻就躺在她脚下,但她依旧如刚才那样奋不顾身地掩护着韦铁皮,生怕它再自己飞起来,对她手下的这个人造成哪怕一丝危险。好了,她抱住韦铁皮的身子,一个劲儿用温柔的声音安慰他,好了,都过去了……

为了防止意外发生,尽管身子也疲惫得不行,阿菲还是拼尽全力抱起韦铁皮,一步步朝新房里走去。由于经过了那些人的拷打,韦铁皮有些支撑不住,身子软软地像是抽去了筋骨,阿菲便抱得格外吃力,当快要走到门口时,她终于撑不住了,两手稍稍一松,韦铁皮便又像死狗一样瘫倒在地上。几个歹徒赶上来,想要帮助阿菲一下。别过来,阿菲厉声喝住他们,尽管她也知道他们是来帮助自己,没有父亲的指令,他们是不会擅自对韦铁皮造成伤害的,可她依旧放不下心,极力阻止他们到自己面前来,如果你们再往前走,我就对你们不客气了。歹徒们只好停住脚,眼巴巴地看着她从地上爬起来,再次奋力去搀扶韦铁皮。

经过好一番折腾,阿菲终于把韦铁皮弄进了屋里。两人的身影刚一在门里消失,门板就被阿菲哐当一声关上了,随即又被她死死地插上门闩。

九

我奶奶当然是有自己的名字的,毛丫,一个再平常不过的女孩名。但它已经很久没有被人叫过了,连我都差点忘了奶奶还有过这个名字。为了在下面的叙述中更方便地提到她,我不能不把这个名字从记忆深处打捞出来,我想这对奶奶来说也是一件让她倍感欣慰的事儿。

就像上面提到的那样,毛丫有轻微的癫痫病,这可能是她从娘胎里带来的,在他们流浪兼逃亡的路途中,她也肯定发作过不止一回,这给他们的行走带来更多的不便,我的太姥爷和太姥娘是否给她治疗过,我当然就不知道了。但据我所知,这种病是很难治好的,即使现在,怕也没有十分有效的方法。好在这种病并不会给她带来更多的麻烦,一般情况下是不会发作的,只有在极少数情况下才出现一回,但持续很短的时间就会过去,依旧像正常人那样生活。大约正是这个原因,许多人并不知道她有这种病,因为他们没有看见奶奶发作过,也就一直把她视为一个健康的人。另外还有一个因素影响了人们的判断,那就是奶奶长得十分喜庆,身量也不小,看上去一副胖乎乎的样子,一点病弱的痕迹有没有。除了她身边的几个人,比如太姥爷太姥娘和韦跛子韦铁皮他们,谁会知晓她真实的身体状况呢?我想,或许因为毛丫有这种疾病的缘故,她和韦铁皮朝夕相处,才没有滋生出年轻男女应有的感情,如果这两个人走到一起的话,或许他们就不会遭遇后来那些数不清的麻烦和灾难了。就像一列行驶在黄河岸边的火车一样,当它抵达一个叫李家庄的地方时,前面的路途就分出了两条岔道,毛丫和韦铁皮分别走上了不同的道路,而且距离越来越远,以至于在以后的日子里再也没有相交过。

在韦铁皮和阿菲家受苦受难的时候,我的奶奶毛丫却依旧在黄河岸边的树林子里放养蜜蜂。虽然随着季节的变化,那片刺槐树上茂密的白色花朵已经凋落干净,但没有关系,离这片树林不远的地方还有别的树木正在开花,除了这些树木之外,下面的杂草也在不断地开放花朵,而且绵延不绝,这种状况兴许会持续到深秋时节,当最后一批菊科植物的花朵凋落之后,随着冬天正式降临到黄河岸边,所有的花朵才从这片土地上消失了。只有到那个时候,毛丫的蜂箱才会搬出那片树林子,回到相距不远的住处,让那些回归蜂房的小生灵度过也不算多么漫长的冬天,等待下一个春天的到来,等待下一批花朵从黄河岸边的树草当中开放出来。

　　冬天正式降临这个地方之后,雪花也纷纷扬扬地下起来,用不了多长时间,积雪就会覆盖这片区域,包括黄河沿岸的广大地区,甚至有短暂的一些日子,冰封的黄河也会变成一片茫茫白色。听老人们说,那些年里的天气似乎格外寒冷,尽管黄河水一直在滔滔流淌,但在来自北方的寒流一阵阵地袭扰下,也无法阻止水流结冰,到这个时候,所有渡河的船只都不见了踪影,曾经忙碌不止的河岸渡口便彻底冷寂下来。自从黄河改道这个地方之后,由于水流的不断冲刷,这片原本地质松软的河道就不断拓宽,再在上面建筑桥梁是根本不可能实现的,再说,在那个兵荒马乱的年代里,又有谁热心操办这件事呢?于是,舟船便成为人们渡河的主要工具,于是,渡口便星星点点地布满了黄河两岸。在离李家庄不远的地方,也就是毛丫放蜂时经常光顾的地方,就有一个不算太小的渡口。冬天来临之后,河面结上了冰凌,渡船都被人们拖到了岸上,人们再想过河便不那么容易了,碰上极其寒冷的天气,冰层会结得很厚,大胆的人们便踩着冰面过河,当然这是十分危险的,毕竟河道太过宽阔,河水的流速也并没有减缓多少,冰层不是那么结实,如果承受不住上面的压力,人们便会一脚踩空,跌落到河水里去,离岸边不远还有获救的可能,假如在河道中间发生此类事故,那十有八九便丢掉性命了。几乎每一年,都会有倒霉的人淹没在冰层下面的河水里。黄河水是无情的,夏天何况还有人被淹死的情况发生,何况是寒冷的冬季呢,但即使这样,依旧会有人敢于冒险,时不时地去冰面上滑行一遭,并不是有多么急切的事情要去渡河,而仅仅在冰面上得到一些乐趣便觉得值了。

　　大雪纷飞的冬季,伴随了毛丫那么长时间的蜜蜂们都睡卧在蜂房里过冬,在它们的梦境中,也许以为自己的主人也会像它们一样待在家里无所事事,只有睡觉一件事可干了。它们当然不知道,实际的情况并不是这样,冬天里的毛丫并不是无事可干,而是忙得有些不亦乐乎,有些不合情理,甚至有些出乎人们的意料。这样说或许就意味着毛丫忙的事情并不在一个有限的范围内,虽然那是大多数人都在干的一件事儿,但她却在很大程度上超出了合理的范围,变得有些让人们看不过眼去了。那么毛丫忙的到底是什么事情呢?

　　在这些日子里,毛丫他们所置身的黄河左岸区域都获得了共产党的解放,照一句流行的说法就是成为解放区了,而河右岸或者说东岸依旧是国民党占领区。正是由于那条黄河的缘故,让左岸或者说西岸人民政府的武装不能顺利渡河,也就暂时无法解放东岸那片区域,把它从国民党的统治下夺回来。一时间,两岸便形成了剧烈对峙的局面,这在当时有一个时髦的说法,叫隔阂拽,一个"拽"字便形象地概括了当时的紧张局面,西岸的人民政府想要解放东岸,而东岸的国民党也想夺回西岸,彼此之间便进行了激烈的斗争。当然,这时候的斗争虽然激烈,但还限定在一个小范围内,只是为下一步更为激烈和广大的斗争做准备。于是,此刻的斗争形式便主要是偷袭和宣传。

偷袭自然是一种武力手段,派遣一支小规模的部队,悄悄渡河而去,在对方疏于防备的情况下,进行一番骚扰和打击,最好的结果是干掉几个知名的顽固分子,或者俘虏几个重要的骨干成员,然后迅速撤退,既让敌人来不及反击,又扑灭了对手的嚣张气焰。这么干也有很大的风险,除非准备得特别充分,且情报工作有保障,才能在万无一失的情况下实施一两次。这种行动往往带来两种相反的结果,一种是偷袭成功,并且安全撤退,而且战果辉煌,另外一种则是偷袭失败,有去无回,那就根本谈不上什么战果了。鉴于这种情况的困难之处,在暂时不能发动大规模进攻的情况下,就只能采取另一种文化手段了,那就是宣传。与单纯依靠偷袭的武力手段比起来,文化宣传包含的内容更为广泛,可谓丰富多彩,五花八门,什么撒传单、演节目、隔河喊话、放孔明灯等,都可以大规模实施,这也就意味着河西岸的解放区热闹非凡,各种形式的宣传活动搞得翻天覆地,不亦乐乎。尤其在冬季时节,人们暂时告别了生产等事务,腾出工夫来干这些事儿,既觉得快乐无比,又充实了业余生活,还提高了文化水平,可谓一箭三雕。那些日子里,李家庄人尤其是那些精力充沛的年轻人,都在政府人员的组织和带领下,开展起了这些丰富多彩的宣传活动,让黄河西岸的冬天也像夏天一样变得火热起来。

毛丫最喜欢参加的活动是学习。当地人民政府的宣传活动开展起来时,这个从来没有任何文化水平的姑娘才知道自己是多么落后,面对着人们写在墙上的标语,她竟然一个字也不认识,这样的状态要想参与那些热火朝天的宣传活动,是根本不可能的。毛丫是个上进的女孩,不想在这些活动中置身事外,和她差不多大的年轻人都参加了,而她却像个废人一样抄着袖子在旁边观看,这无论如何是她不能接受的。好在人民政府正在组织夜校,吸收没有文化水的人前去学习,毛丫便第一个报了名,开学第一天,她连晚饭都没顾得吃,便风风火火来到了夜校里。

夜校设在李姓家族的祠堂内,分别使用了东西两边厢房,西厢房开办的是初级班,专门吸收那些不认识字的人前来学习,从最基础的"大小人口"和

"一二三四"学起；东厢房开办的是高级班，吸收有些文化基础的人来加以提高，教的也便是一些较为深奥的文化知识。毛丫报的当然是初级班，所以一进到祠堂里来，便风风火火朝着西厢房走。让她没有想到的是，刚一进门，便一头撞在一个人身上，更让她想不到的是，那个人那么不经撞，一下子便倒在了地上。毛丫被吓了一跳，赶紧停住脚，伏下身看那个被她撞倒的人。更让她没想到的是，这个人竟然是一个男人，此刻正趴在地上，原本拿在手里的几本书散落了一地。

那个人显然被撞疼了，嘴里咝咝地吸着气，在挣扎了几下后，总算翻过身来，赶紧收拾那几本书，好像它们比他身上的疼痛更重要似的。

看着这个人狼狈不堪的样子，毛丫差点笑出声来。她有些想不明白，一个大男人居然这么脚下无根，让她一个小姑娘碰倒在了地上。真是对不起，她意识到自己的无理，急忙捂住嘴巴，不让自己的笑被那个人看到，我可不是故意的。在稍稍犹豫了一下之后，她又蹲下身去，打算帮助那个人捡拾地上的书本。但她刚伸出手，就停在一副眼镜上，这才明白，这个人原是戴着眼镜的，被她这一撞，竟然连眼镜也掉在了地上。毛丫把那副眼镜拿到手里，不禁又有些害怕，原来眼镜只有一条腿，还以为另一条被自己撞掉了呢。那条腿到哪儿去了？她朝地上巡视一圈，也没有看到另一条腿在什么地方，心里一紧张，脸不禁涨红起来，嘴唇哆嗦着向那个人说，那条腿找不到了，要不我赔你吧？

这时候，那个人已经把书本归并起来，与此同时也站起了身子。不用找了，他安慰毛丫说，那条腿儿早就掉了。大约他身上还有些疼痛，说完这句话后，嘴角往一边咧了一下。

毛丫这才稍稍放下心，仔细打量手里的眼镜，原来在缺去那条腿的地方，竟然拴着一条小绳子。她把眼镜递给那个男人。

男人接过眼镜，用衣角擦了两下镜片，便把它戴到了脸上，眼镜的一条腿倒是顺利被他按到了耳朵上，而另一边的那条绳子却戴得有些吃力，他哆嗦着手指，费了好大劲才把绳子挂到了耳朵上。

毛丫呆呆地看着他，又差点笑出声来。

男人意识到了她的目光，灰白的两颊不禁也涨红起来。以后你小心些。他低声对她说，然后转身往一边走去。

毛丫望着他的背影，看出他的身体的确有些单薄，怪不得这么不经撞呢，原来是个病秧子。想到这个不太好的词儿，她又马上在心里埋怨自己，别这样说人家，其实这个瘦弱的年轻人倒是挺招人喜欢的，一看就是一个有文化水平的人。

但毛丫想不明白,这样一个人为什么也到初级班来学习呢?

直到上起课来,毛丫才恍然大悟,原来这个人根本不是来学习的,而是来这里教别人学习的先生,照后来风行的说法是老师呢。此时,他已经站到了讲台上,身后是一面临时支起来的黑板,他把那几本书放在面前的一张桌子上,同时手里多了一只白色的粉笔。毛丫真有些后悔,今天居然一上来就把老师给撞倒了。你这个毛手毛脚的丫鬟,她在心里狠狠地埋怨自己,怎么净做这种倒霉事儿呢?

毛丫的心情很紧张,也很复杂,整整一节课上,都没有好好听那个人讲课,也就没有认下几个字来,明明人家教得很认真,也很仔细,但她就是不能专心听他讲,在心里嘀嘀咕咕的同时,眼睛也一直盯在那个人脸上,然后又从他的脸转到他身上,甚至下面在桌腿后动来动去的脚上,可以说把人家从上到下不知看了多少遍。他可真英武呀,她不由得在心里说,虽然身体不那么结实……

那个人意识到了她的目光,在讲课的间隙,也不时斜过眼来看她一下。

每到两个人目光相遇的时候,毛丫心里就特别不自在,好像自己做了多么大的亏心事。对不起,她在心里一遍遍地对他说,我以后再也不这样毛手毛脚了。

其他人都听得十分专心,那些看起来笨拙并为毛丫所瞧不起的人,当从课堂上走下来时,差不多都能把标语上的字认下来几个,而只有毛丫还不认得它们。面对着那些似曾相识的字儿,她根本不敢张口叫它们的名字。但奇怪的是,她却准确地记住了老师的名字。事后回想起来,那个老师好像在课堂上介绍过自己的名字,不然毛丫是怎么知道的呢?但其他人都说,老师根本没有说过自己的名字,因为好几堂课下来,他们还不知道老师姓甚名谁呢。这就真是奇怪了,毛丫是从哪里知道老师名字的呢?

老师离开课堂时,在门口回了一下头,目光正落在她身上。毛丫当然也正看着他的背影,并且希望他回过头来,再让她看上一眼。就在这时,老师回过头来了,而且目光正落在她身上。毛丫不敢接触他的目光,赶紧低下了头。以后要好好学呀。老师似乎说了这样一句话。

老师走到院子里去了,毛丫才抬起头,又去外面寻找他的背影。但院子里十分黑暗,她哪里还找得到他呢,至于他是不是对自己说了那句话,此时她也有点不敢确定。他批评你了,她对自己说,看来他也看出来,你还不是一个好学生。想到这里,毛丫更加愧疚起来,自己不但撞倒了老师,而且没有好好听他的课。感到有些难过的毛丫使劲在心里发誓,你以后可要好好学呀,争取当老师的一名好学生。

毛丫记得不错,老师的名字叫尚有志,是个南方人,虽然在北方待的时间较长,说话差不多已经变成了北方口音,但依旧夹杂着一些让毛丫听不懂的词句,或许那就是他难以改变的南方口音吧。后来毛丫听别人说,尚有志也算出身于大户人家,家里的日子过得不错,从他父亲那一代起就出来读书,并且参加了革命,而尚有志与他父亲不同的是,他父亲参加的是国民党的队伍,据说现在已经成了国民党军的一个大官了,而尚有志参加的是共产党的队伍。据说,早年间国民党和共产党曾经一起搞革命呢,看上去就像一家人一样,从这个角度说,尚有志和他父亲分别参加国民党和共产党,其实也没有什么太大的区别。只是到了后来,国民党做了革命队伍中地地道道的叛徒,于是,共产党便与国民党成了水火不相容的两家人,从那个时候起,尚有志和他的父亲也就成为两个敌对阵营里的人。经过多年的征战,现在共产党要彻底打倒国民党了,也就是说,用不了多少日子,曾经作恶多端的国民党就会被共产党消灭了,现在尚有志的工作就是为最后消灭他父亲居于其中的国民党军做充分的准备,更明确一些说,尚有志和他的父亲在不同战场上已经交起手来,不是你死,就是我活,最后父子两人只能得到一人胜利一人失败的结局。从现在的趋势看,他父亲所在的国民党还有什么前途呢?等待他的就是尚有志代表的共产党把他们打败,这几乎就是一件指日可待的事情。看上去这是一个难以为人接受的结局,父子两人为什么要在战场上刀兵相见呢?其实仔细想一下,这也没有什么可奇怪的,由年轻有为的儿子打败年老腐朽的父亲,不也是社会发展的一种趋势吗?尚有志父子的故事,恰好解释了中国革命的本质和结局。一想到这一点,我奶奶毛丫就在些微的遗憾中感到了莫大的欣慰。

或许尚有志有那个不争气的老父亲的缘故,也大概他本来就是个一腔热血的积极分子,反正在李家庄一带发动群众搞宣传的过程中,他一直处在一个令人瞩目的位置上,凡事都积极地走在前面,在夜校里给学生们上课是这样,在河岸边向敌人喊话也是这样。对毛丫来说那真是一些激情四溢的日子,在学校里跟随尚有志学到了一些文化知识以后,他们这些当学生的年轻人便又跟随老师来到黄河边,藏在密林里,向着河对岸的敌人喊话,大力宣传共产党的政策和解放军的威力,以动摇那些在对岸苟延残喘的国民党残余势力的军心。

和上夜校差不多,这样的行动也是在夜晚进行的。每当夜幕降临,毛丫和她的同伴们先来到祠堂里,等集合得差不多了,尚有志便带领他们走出李家庄大街,沿着通往黄河大堤的道路,来到河滩下的树林里。树林中早就布置好了他们使用的阵地,一条弯弯曲曲的壕沟,前面的沟沿上备有一些零散的武器,有手榴弹、步枪、钢刀、弓箭什么的,以备不虞之须,更放有各种各样的宣传品,有书本、标语、喇叭、河灯、孔明灯等,此外还有马灯、手电筒、信号枪之类的东西。尚有志一带领毛丫他们进入阵地,便分散开来,隐蔽好身子,等待尚有志发出指令,然后学生们根据情况,分别发动宣传攻势。如果风向和水势合适,学生们就发射孔明灯,放流河灯,孔明灯和河灯上都绑着写有标语的宣传品,希望它们根据风向和水势,能够抵达对岸。而尚有志要干的一件事是喊话,虽然他的话语中杂有南方口音,但比起黄河岸边的当地人来说,他的普通话还是说得最好的,又加之他嗓门洪亮,富有激情,这件事便主要由他来干。喇叭是由一张大铁皮构成,举在手里颇有分量,也能让声音发生共鸣,尤其是在黑夜里,声音远远地传出去,可以让对岸的人听得一清二楚。

一般情况下,喇叭是毛丫为他拿着的,同时还有一只马灯,也经常拎在毛丫手里。这似乎就意味着,毛丫是尚有志的一个小跟班,而且是一个分外忠诚的跟班。毛丫乐意当她老师尚有志的跟班,而且尽心尽责,颇有眼力。当尚有志需要喇叭和马灯的时候,不用他张嘴吩咐,只要他斜过头看一眼,毛丫就懂得他的意思,马上把喇叭递到他手里,待尚有志展开宣传册时,毛丫也不失时机地把马灯举过去,尚有志就着马灯的灯光,把喇叭举到嘴边,有时对着宣传册上的话语读几遍,有时干脆即兴创作,让话语通过那张铁皮喇叭传扬出去。每到这个时候,毛丫就像尚有志一样激情满怀,好像那只喇叭释放出的话语就是她自己说的一样。她扬起耳朵,仔细聆听着声音从喇叭里传出去,穿越黑夜和河面,像闪着寒光的子弹和炮火一样,源源不断地倾泻到对岸的敌人阵地上去。许多时候,她似乎真的听到了尚有志的话语落在敌人阵地上发出的爆炸声,甚至有一团团火光和硝烟发出来,隔着宽阔的河面照亮了她的眼睛。每到这个时候,毛丫就欣慰地喘出几口气,然后斜过头来,用更加敬佩的目光打量身边的尚有志。毛丫亲自听一个部队上的人说过,优秀的宣传员能够抵得上一门大炮的能量。没错,她的老师尚有志就是这样优秀的宣传员,他那洪亮悦耳富有磁性的声音不要说比一门大炮,就是比十门大炮对敌人造成的杀伤力还要大。真的,当尚有志的声音在敌人阵地上发生爆炸的时候,那里的硝烟和火光总是弥漫了半个天空,远在河这边的毛丫,就像面对着节日的焰火一般看着它们在天空里绽放。你太厉害了,她在心里一遍遍地对这个让她无比崇拜的人说,在你面前,那些腐败无能的国民党军又算得了什么呢?

　　不能不说,到这个时候,我奶奶毛丫已经无可救药地爱上了尚有志,她在阵地上对尚有志的喊话所带来的夸张效果既有想象的成分,也是有现实的基础做支撑的。当对岸的敌人听到尚有志一波又一波的喊话时,他们的确有些慌张,为了和尚有志较劲,打败这个在他们看来颇具攻击力的宣传员,他们竟然依葫芦画瓢,如法炮制,也支起喇叭来,对着河西岸喊话,与此同时,他们还打起手电,间或放一下冷枪,让火光和枪声为他们的怯懦壮胆,这样的场景不也是十分热闹的吗?在想入非非的毛丫看来,一切不都像艳丽的焰火在燃烧吗?敌人知道不是尚有志的对手,实在喊不过河这岸了,便使出一些下作的手段,用喇叭骂出一些难听的话来。尚有志的学生们按捺不住了,每每也想还上几句,但被尚有志不失时机地制止了。

　　我们不像他们那样搞这种下三烂的东西,尚有志冷静地说,要搞就搞他们搞不了的高尚文化宣传。

　　于是,在尚有志的指挥下,学生们站成一排,唱起了文化教员刚刚教会的几首歌曲。

　　这是更加热闹的时刻,毛丫和她的同学们最喜欢唱这些歌了,尤其是把这些洋溢着正义力量的歌曲唱给敌人听,还有比这更难得的机会吗?他们都尽力张大嘴巴,直起嗓子,大声将歌曲的旋律和词语倾泻到河东岸去。每当唱起歌曲时,尚有志就亲自给他们打拍子,许多时候还大声领唱,把唱歌的气势推向了难以置信的高潮。尽管是在黑夜里,彼此也看不大清面目,可毛丫总是能够清晰地看见尚有志,根据他的手势准确无误地发声,更为奇特的是,她还能看见尚有志脸上的每个表情,就连他挂在耳朵边的缺腿眼镜都看得一清二楚,仿佛她的眼睛有能穿透夜幕捕捉尚有志表情的奇特能力。

　　快到半夜的时候,妇救会的人给他们送来了许多吃的东西,包括烙饼、窝头、面条、米粥还有咸菜。经过一两个时辰的大力宣传,毛丫他们真的饿了,便一个个坐下,从送饭的人手里接过那些弥漫着热气和香味的食物,大口地吃起来。每到这个时候,毛丫总是悄悄凑到尚有志身边,把拿到手里的干粮递到他手里,把端在碗里的粥汤倒进他碗里,然后催促他快吃,她知道,尚有志比他们每个人都更感到饥饿,不仅仅是他下的力气最大,消耗的力量最多,还因为他的身体比他们单薄。原先毛丫以为这是一个弱不禁风的病秧子,后来才知道,尚有志在部队上受过枪伤,大约正是这个原因,他才从野战军转到地方部队来,担任一个普通却也同样辛苦的文化教员。

　　毛丫向尚有志送食物时并不背着大家,谁爱看就让他看好了,这又有什么?学生关心老师有必要背人吗?但与此同时,她的确正在干着一件隐秘的事儿,趁着大家不注意,从衣兜内掏出一个小纸包,悄悄地打开,将里面的东西倒进尚有志的碗里。在这些人中,包括尚有志本人也不知道,毛丫给他食物中添加的东西就是她从韦跛子那里要来的大力蜜丸,也就是还不为人们所知的阿胶块,她提前把它们研成粉面,装在衣兜里,自己舍不得吃一点,只是在关键时刻,偷偷添加到尚有志的食物中。你吃吧,她在心里对他说,把自己的身体养得棒棒的,然后再向敌人发动下一波攻势。

　　终于有一天,尚有志觉察到了毛丫所做的秘密事情。这不仅是他已经注意到她的行为有些诡秘,更重要的是他的身体正在发生变化,过去即使干少量轻便活儿也要喘息,同时还时不时地咳嗽一阵,他本来有些担心支撑不住夜晚的宣传活动,但奇怪的是,这一阵子尽管付出了前所未有的劳动,却不再轻易喘息了,咳嗽也减少了许多。他觉得奇怪,仔细回想一下,便把怀疑的目光转到了毛丫身上,这一刻他几乎明白是怎么回事了。

　　接下来的这天,当街上只有他们两个人时,尚有志把毛丫喊住了。你给我吃什么东西了?他一上来就问。

　　听他这样发问,毛丫一下子惊慌起来,赶紧摇摆着两手说,我可没有害你,千万不要瞎想啊。

　　望着她天真烂漫的样子,尚有志禁不住笑了起来,看你说的,我哪里说你害我了?有人给我吃了一种好东西,让我的身体越来越有力气了,但不知是谁干的这件好事,如果不是你的话,那我就去问别人了。说罢,他就故意做出了转身要走的样子。

　　哎哎,毛丫赶紧喊住了他,同时也真正放下心来,那种东西真的对你有效果吗?

　　尚有志点点头说,是呀,如果你不信的话,就再撞我一下试试,说不定这回倒下的就不是我了。

　　听他提到了那件事儿,毛丫不禁羞涩得涨红了脸。

　　那到底是什么东西?尚有志再次问她。

　　知道再没有什么可隐瞒的了,毛丫才把事情的真相说了出来。

　　大力丸?尚有志重复着她的说法,阿胶?他稍稍思考了一下,差不多明白是怎么回事了。对,他点点头说,我知道阿胶,听说那可是难得的好东西呢。他用从未有过的目光望着她,望着这个胖乎乎而又喜洋洋的女孩。想不到,我从你这里吃到它们了。他举起头，无限感慨地吧嗒着嘴说，我可真是一个有福之人啊。

听着他这些发自肺腑的话语，我奶奶毛丫激动万分，也感到了前所未有的幸福。

十

随后的事实证明，毛丫还是高兴得太早了，对与尚有志的关系估计得过于简单，事情远不是她想象的那么回事，她和尚有志之间并没有什么感情关系的存在，一切都不过是她一厢情愿的结果。

这一天，毛丫觉得她和尚有志的感情差不多已经成熟，因为从他对她的每一个动作每一个表情甚至每一个眼神，好像都是建立在对她表示好感的基础上做出的一种回应，如果再不向他明确表白的话，她害怕这一切就会稍纵即逝，不要说尚有志并不属于这里，如果他所在的部队或机关有新的任务，一旦离开了李家庄，她又到哪里去找他呢？另外，毛丫也知道感情这个东西是很难琢磨的，今天行并不代表明天也行，如果尚有志改变了对她的看法，到那时再向人家表白又有什么意义？更重要的是，这些日子她已经被弥漫在身体里的感情之火烧得昏头涨脑，如果再不通过表白的机会让它流泻出来，她或许真的受不了的。于是，这天他们在河边阵地上宣传了一段时间之后，趁着大家吃夜饭的当儿，毛丫看到身边只有尚有志一个人，决定不再放过这个难得的机会，便抖抖地伸出一只手，直朝那个人的脸上摸去。也许毛丫真的昏了头，或者她根本没有这方面的经验，以为这就是表白的最佳方式，在内心激情的燃烧和支配下，她径直把那只手放到尚有志脸上去了。尚老师，毛丫颤抖着声音说，如果你愿意的话，以后我就是你的了……

尚有志惊呆了，无论如何没有想到，这个女孩会向他做出如此举动，或许他明白她的心思，也对她不乏好感，但这样不太合适的表白方式还是让他心生反感，猛一下拨开了她的手。你干什么？他朝她喝问。

我，毛丫的声音颤抖得更厉害了，我愿意让你娶我……

尚有志一下子站起来，把手里的碗往地上一放，转身就往一边走去。你自重一些。他丢下这句话，身影急快地消失在那边的树林里。

毛丫并没有从迷幻的状态中清醒过来，还要本能地跟上去，幸好其他人从旁边走过来了，脚步声和说笑声让她止住了脚步。在愣怔一会儿后，她终于明白过来，事情并没有她想象得那么简单。

有好几天，尚有志都不认真搭理她，明明毛丫就站在旁边，他却并不看她一眼,好像她这个人并不存在。如果毛丫靠他太近了,他又会像那天夜晚一样掉头朝旁边走去,好像毛丫是一个非常讨厌的人。毛丫很失落,也很懊悔,那个夜晚太过莽撞了,怎么能轻易去摸人家的脸呢?或许摸脸的行为对他们这些在江湖上浪迹惯了的人来说并不算什么过分的动作,但尚有志是一个文质彬彬的解放军干部和教员,怎么轻易接受得了这种有失礼貌的行为呢?但话又说回来,就算毛丫表白的方式有些欠妥,如果尚有志心里有她的话,又会在乎这种方式吗?而且那是一个夜晚,毛丫的行为并没有让其他人看到,尚有志又有什么不好意思的呢?他之所以对毛丫表白的方式心生反感,恐怕只能说明一个问题,那就是心里根本没有她,这是最让毛丫感到害怕的,也是令她难以接受的。她真想去问他一下,到底是什么原因让他拒绝了自己呢?但尚有志并不给她这样的机会,当她刚要来到他身边时,尚有志就远远地躲开,明显不愿意理会她了。

此后的对敌宣传依旧如火如荼地进行,但由于两个人有了这种显而易见的隔阂,便无法再像先前那样完好配合了,提着喇叭的人换成了另外一个小伙子,举着马灯的人也被另外一个姑娘所代替。吃夜饭的时候,毛丫不敢再朝尚有志手里递汤饭了,唯恐他不接受而给自己难堪。在这种情况下,毛丫不知道自己该干什么,河灯她放不好,孔明灯也升不起来,这两项颇为讲究技术的活计并不适合她来干。如此一来,她好像成了一个可有可无的闲人,心里难受得不行,有几次,她都想赌气地离开这里,是拼命忍着才留了下来。尽管离尚有志很远,而且是在黑夜里,她的目光却依旧落在他身上,并看得一清二楚,他的每一个动作,每一声话语,甚至每一个眼神,都进入她内心深处,留给她的印象甚至比过去还要深刻。

这段时间以来,大家都有些烦躁不安。对岸的国民党军为了表示他们的生活优越,竟然把一些好吃的食物从冰面上顺过来,那些食物不是馒头就是包子,反正比这边的人吃得好,国民党兵的意思很明确,你们不说解放区好吗?为什么你们吃不上这样的美食?这个情况让尚有志他们很恼火,好像在对敌宣传中处在了下风一样。但这方面的确无法和敌人比较,解放区条件有限,生活艰难,真的拿不出像样的好东西,大家尽管并不羡慕那些美食,知道这是敌人耍的诡计,可在某种程度上还是被搅乱了心思,作为宣传工作的领导者和组织者,尚有志便有些闷闷不乐。与此同时,由于失去了毛丫的有力配合,尚有志的宣传工作也出了几次差错,在向对岸喊口号的过程中,竟然中途卡了壳,原来那个提马灯的姑娘走神儿,让灯光远离了尚有志手中的书本;尚有志勉强喊完话以后,想把手里的喇叭递给那个

大　河

小伙子,却一下子丢到了地上,原来负责喇叭的小伙子不知到什么地方去了。更为不堪的是,由于失去了毛丫生活上的照顾,尚有志的体质又开始下降,不但动不动就大喘气,而且一连串地咳嗽,明显给人一副力不从心的样子。

毛丫每次把眼睛从尚有志有些颓唐的表情上收回来时,心里就难受得要死,有几次都捂着嘴巴哭起来。她不想让这种状况持续下去,自己经受感情的折磨是小事儿,而尚有志的宣传工作受到影响是大事儿。她搞不明白,他们之间到底有什么障碍不能让两人走得更近?如果那个问题不是太大,经过努力就可以排除掉的话,他们就应该采取一致的行动,如果那个问题实在太大,即使经过怎样的努力也不能把它撼动,那就索性放弃好了……不管怎么样,她要弄清楚两人之间的真实状况,也给自己一个明确的交代,就像压在背上的沉重包袱一样,总不能一直驮着它往前走,如果把它放下来轻装上阵,岂不是更好的一件事吗?在这个念头的支配下,毛丫这天主动来到尚有志的住处,摆出了要和他谈一次话的架势。

尚有志是住在村公所里的。人民政府成立以后,就把原先的村公所当成了办公地点,尚有志作为这里的主要工作人员,不但拥有自己的一间办公室,而且宿舍也在厢房的一间屋内。看到毛丫沉着脸走进来,尚有志也知道一场谈话是避免不了的,便从厢房里走出来,领着她进到了他的办公室内。办公室里很简陋,窗户下仅摆了一张八仙桌,后面是一把破旧的椅子,此外还有一条板凳。尚有志把她让到板凳上坐下,又给她倒了一杯水,然后自己在椅子里坐下,一边装模作样地看摆在桌面上的一份材料,一面直起耳朵,等待毛丫把她的话说出来。

尚老师,那天的事你不要太过介意,更不要有什么负担,我只是一时冲动……但我也没有什么恶意,只不过是表示对你的……

毛丫同学,我没有对你有什么不好的看法,经过这一段时间的接触,我知道你是一个好姑娘,单纯、勇敢,而且热情,给我帮了那么多的忙……

我知道你说的不是心里话,其实你挺看不起我的,后来我想了一下才明白,我是自作多情……原先我以为我们是革命同志,是一种平等的关系,后来我才明白,其实你是老师,我是学生,而且是一个不合格的小学生……

你怎么能这样说呢?难道我们不是真的革命同志关系吗?老师和学生?那只不过是那段时间……你看后来,我们不是一起在和敌人战斗吗?我们是一个战壕里的战友,没有高下之分,这个请你放心吧,如果我身上有什么官僚习气,你就勇敢地指出来,狠狠地批评我,只要你说得有道理,我都会接受的……

看你说的,我哪里有资格给你提意见,又哪里敢批评你呢?虽然我是一个直性子,但还是分得出轻重缓急的,我知道你工作辛苦,身体也不太好,本来我是打算在很多方面都帮你的……这话我不知道说得合适不合适,其实我又能给你什么样的帮助呢?但我心里的确是那么想的……

我知道,毛丫同学,你的心思我知道,而且我也十分感激你对我的关照,在来到这里开展工作的这些日子里,我感到很快乐,每天都激情满怀,尽管有时候我也有些力不从心,但只要看到你们这些年轻人,我身上就获得了巨大的力量,从这种意义上说,我真的要好好感谢你的……

不不,你这样说就有些见外了,刚才你还说,我们是一个战壕里的战友呢,跟着你工作,是我最大的心愿,也是我活着的意义,以前不认识你的时候,其实我并不知道为什么活着,正是你这个老师让我提高了认识,不但知道这场战争意味着什么,而且明白了一个人应该怎样活着……

那就好,那我们就没有白白在一起战斗,以后想到在这里每一天工作的情景,我就会感到美好和甜蜜……

我们不能一直在一起工作和战斗吗?尚老师,虽然我知道我是一个不合格的小学生,配不上你这个优秀的老师,但是我……我心里……从我一看到你的时候就……你知道我的心情吗?请你原谅,我没有办法控制自己,所以就……

毛丫,你不要这样,你看本来说着好好的,怎么就哭了呢?我没有对你做过分的事吧?

没有……可是……我只是搞不明白,你为什么看不起我?我就那么令你讨厌吗?

你看你看,又说这些……

难道这些不能说吗?反正我心里是这么想的,如果你不让我说出来的话,我会难受死的……

毛丫,你不知道现在的情况有多么紧急,河东的敌人是不会坐以待毙的,他们怎么能等着我们去打败他们呢?不会的,他们随时都做着反扑的准备,说不定哪一天,他们就会主动向我们发起进攻,来夺取我们刚刚取得的胜利果实……

这些我都知道,都知道,可难道我们只有工作和斗争吗?我知道这不是你拒绝我的真正理由,请你告诉我,我到底什么地方让你那么讨厌,让你失望,让你看不起?如果我能改正的话,我可以为你改的,如果不能改正的话,请你告诉我,也让我明白这件事到底是怎么回事……

毛丫,看来我们……你知道不知道,人的感情是最复杂的,也是最微妙的,也是不能强求的……我知道你对我的想法,可你知道我到底是一个什么样的人吗?我出生在哪里,生长在什么样的家庭,我家里还有什么样的人,我接受过什么样的教育,我遭遇过什么样的经历,我喜欢什么不喜欢什么,我接受什么不能接受什么,我的烦恼在哪里,我的快乐在哪里,我的身体状况到底怎么样,我究竟能不能看到最后的胜利,我这一生的最大愿望是什么,等等。这一切你都了解吗?你都知道吗?

我……我……我……

听了他这些问题,毛丫不自觉地从板凳上站起来,两眼呆呆地看着他,像看着一个完全陌生的人。她无论如何没有想到,尚有志还有这么多问题为她所不知晓,是呀,他这些问题自己一点都不知道,不仅如此,她甚至没有想过要去了解这些问题,天哪,一个人身上为什么会有那么多的问题呢?会有那么多的未知数呢?会有那么多的谜团等待她去解开呢?一霎间,毛丫不仅感到了尚有志的陌生,而且感到了人生的困惑,是呀,这个她以为已经了解的尚有志况且有这么多问题,那些她所不了解的其他人不是有更多这样那样的问题吗?过去她以为一个人活着是简单的事情,现在看来,他远远不是自己所想的那样,不仅如此,就是自己绞尽脑汁去想恐怕也是想不出来的,这个人,这个叫尚有志的人,他的老师和战友,今天竟然把她引进了一个万般陌生的领域,或者说打开了一个她从来没有抵达过的地方,让她窥见了人生的复杂和世界的幽深。一时间,毛丫呆住了,甚至被吓住了,哎呀,她这个不知天高地厚的毛丫鬟,在对人生对世界一无所知的情况下,就贸然向人家表白自己的情感,可见她是有多么莽撞,多么无知,多么天真,多么可笑……毛丫感到无地自容,恨不能马上掉转身子,从这个高深莫测的文化人面前逃掉……

毛丫,是不是我说得太多了,把你给吓住了?那就当我没说,或者你就当作没听见好了,你看我怎么能向你说这些问题呢?或许是我的头脑考虑得太复杂了,把不该想到的事情都想了一遍,这样或许也不合适,那你就只当我胡说八道罢了……

从尚有志办公室里走出来以后,毛丫是怎么回到家的,她在此后的日子里一直想不起来。一连几天,她似乎都处在一种麻木的状态中,虽然也像过去一样吃饭喝水,甚至依旧去阵地上开展宣传工作,但她却没有多少感知,嘴里吃的是什么喝的是什么,在阵地上到底做了哪些事情,她一点儿都想不起来。真的,她被这个叫尚有志的人吓住了,与此同时,又可以说她被这个尚有志俘获了,几乎每时每刻,她都陷在那些问题里而难以自拔,有时夜里做梦,她也在思考那些她根本得不到答案的问题,有好几次,她都是喊着为什么为什么的话醒来的。那些问题搅乱了她的心思,让她的头感到一阵一阵的疼痛。

来到阵地上后,只要看见尚有志的影子,毛丫的眼睛就发呆,思绪就发飘,在别人看来,就像一个失去了魂魄的人一样可笑。有人看见她盯着尚有志的背影看,就走过来,举起一只手,在她眼前摇来摇去,往往要费很大劲儿,才能把她的思绪唤醒,让她的目光从尚有志的身上收回来。尚老师的背上有一只钩子,他们向她开玩笑说,快要把你的眼珠子钩下来了。这样的场景多了,便引起了几乎所有人的注意,才几天下来,她被尚有志背上的钩子勾去眼珠子的笑话便流传开来。大家都知道了这件事儿,有关她单恋尚有志的流言就这样传播开来。

这一年的天气越来越冷,在一连下过了几场小雪之后,临近年关的时候,又一场大雪飘落下来,不要说整个黄河河面,就连河滩上、树林里都被积雪覆盖了,远远看去,整个河道里全是一片银白。气温不断下降,人们在外面待上半个时辰就会受不了,更不要说在阵地上宣传大半夜了。于是,人民政府决定暂停这项工作,毛丫和她的同学们便跟随尚有志离开阵地,回到各自的家里,等待大雪停歇天气放晴后再去阵地上搞宣传。

也许是天气太过寒冷的缘故,也或者这场很少见的大雪麻痹了人们的神经,这天深夜,安插在黄河堤岸上的游动哨一时疏忽,竟然没有发现白茫茫的冰河上有什么异常情况。其实,河东那些不甘心失败的国民党残余势力正是利用了这场罕见的大雪,悄悄地溜过河面,对河西解放区实施了一次偷袭。也难怪哨兵大意,那些狡猾的国民党兵披着白色的斗篷,从河面上一点一点爬过来,等来到堤坝下时,哨兵才发现了他们的行踪,但已经来不及做出有效反应,鸣枪报警的扳机还没有扣动,就被国民党兵一刀割断了喉咙。干掉了哨兵之后,这些如狼似虎的国民党兵便急快地冲进了李家庄,看来他们也是有备而来,竟然对李家庄的地形十分熟悉,知道政府的骨干人员住在村公所内,所以一进李家庄,就直奔村公所而去。

眼看他们的偷袭就要得逞,没想到这时却出现了意外,一个埋伏在村公所门口的人看到这些白色的影子急快赶来,知道情况不妙,就站出来大声呼喊,敌人来了。听见呼喊声的人都听出来,这是一个女人发出来的,事后他们怎么也想不明白,村公所里并没有女人,也没有安排女兵站岗,那么这个女人是怎么发现敌人的呢?她又是怎么来到村公所里的呢?她为什么要到村公所里来?当然,这时候他们已经了解到,这个向村公所里的政府人员报警的人就是我的奶奶毛丫。

这时候,尚有志还没有休息,正在宿舍内就着马灯看文件,他纤细的影子映衬在窗纸上,也算是那个雪夜里的一道风景。听到毛丫的喊声,尚有志本能地摸起匣枪,掉头就冲出来。国民党兵已经来到村公所门口,而在他们面前,正有一个更加纤细的影子朝院子里跑来。后面的国民党兵首先朝她开了枪。两声响亮的枪声过后,那个影子栽倒在地上的积雪里,一动不动了。尚有志觉得认出了她来,但脑子里只是划过这个模糊的念头,端在手里的匣枪就也响了。随着一阵急促的枪声,追赶毛丫并向她开枪的两个国民党兵倒在了地上。

随后,枪声就大规模地响起来,在寂静的深夜里传出很远很远。尚有志的枪声响过之后,居住在村公所里的人员都起来了,而且冲出各自的屋门,互相之间形成交叉火力,一起对着院门冲进来和从院墙上往里翻的国民党兵开枪射击。国民党兵毕竟人员有限,一见不能顺利冲进来,就隐藏在院门两侧的墙后,伺机朝院子里打上几枪。其中一个家伙还大声叫喊,尚有志,拿你的人头来。人们这才明白,这伙国民党兵之所以搞这次偷袭,竟然是冲着尚有志来的。

在两方互相射击的时候,那个倒卧在院子积雪里的人影不时地动弹一下,但无论如何也爬不起来,这证明她还没有被打死,却暴露在最空旷的地方,危险依旧没有从她身上离去。尚有志突然变得极其愤怒,从一个战士手里夺过一挺机枪,站起身来,一边对着门口的敌人开火,一边朝院子里走。与此同时,居住在村子里的其他武装人员也赶来了,从各个方向对聚集在村公所门口的国民党兵实施了围堵。国民党兵一看大势已去,知道这次偷袭的计划不可能完成,便丢下几具尸体和几个伤兵,沿着来路跑上大堤,狼狈不堪地朝冰面上奔去。解放军战士在后面紧追不放,一直追到河道中央,对岸的国民党接应部队的枪声响起来,战士们才停住脚,带着俘获的几个人返回来。

敌人被打跑以后,尚有志跑到毛丫身边,扔掉手里的机枪,一下子把毛丫抱了起来。毛丫已经陷入昏迷状态中,身上流出的血液在地上慢慢流淌,浸红了一大片白雪。毛丫,尚有志一边摇晃她一边呼喊,你快醒醒……

毛丫无力地躺在他的怀抱里,两眼微微闭合着。

尚有志不敢怠慢,一边呼喊卫生员快来,一边把毛丫抱进自己屋内,放在留有他余温的床铺上。毛丫,他再次摇晃着她,你没事吧?快醒醒,我是尚有志。

大约听到这三个字的缘故,我奶奶毛丫从重度昏迷中睁开眼睛,目光痴痴地望着伏在她面前的这个人。

那一刻,尚有志又从她目光里看到了曾经显露无数次的痴呆表情,鼻子不禁有些发酸。

毛丫看清楚了尚有志,也很快认出他来,在心里说了一句,你没事,我就放心了……她再也支撑不住身体的虚弱,又沉沉地闭上了眼睛。

十一

没人知道那天夜晚毛丫为什么到村公所去,但就是因为她这次令人不解的行踪,让她恰好发现了偷袭的敌人,大家都说,如果不是毛丫及时发出了报警的呼喊,或许尚有志映衬在窗纸上的影子就可能随着一声枪响倒下去,毕竟敌人是奔着他来的,而他的窗户又正好冲着院门口的胡同,只要再有一分钟时间,敌人就会来到那个地方,冲着窗口打上几枪,尚有志就算再有本事,恐怕也会倒下去的。不论从哪个角度说,都是毛丫救了尚有志的命,她那次不合常理的夜半出行实在太及时了,太重要了。

尽管毛丫受了一次重伤,但在政府医护人员的极力抢救下,三天以后,毛丫终于从昏迷中睁开了眼睛。又过了一个星期,她便从病床上爬了起来,在尚有志的小心搀扶下,从显得起伏不平的地面上迈出了第一步。

在这段时间里,尚有志只要抽出工夫,就来到毛丫的病床前。毛丫没有醒来的时候,他虽然待的时间不长,但表情凝重沉痛,无精打采,看上去就像他自己受了重伤一样,每次离去时都叮嘱医护人员一番。后来毛丫醒来,他虽然来的次数少了,但待的时间却长起来,聚拢在脸上的皱纹也舒展开了,浑身都呈现出十分轻松的样子。

第一次得到毛丫苏醒的消息时,尚有志马上下到灶房里,亲自动手,为她熬制了一碗香气四溢的鸡汤。在众目睽睽之下,他端着那碗鸡汤走到病床前,用激动的口气对毛丫说,你饿了吧?来,喝碗鸡汤,补一补身子。

如果不是亲自见到和听到,人们是不相信这个平时忙于工作的文化教员,竟然说出了如此温柔体贴的话,如果它是从毛丫嘴里吐出来的,而且是说给尚有志听的,倒觉得十分合适,现在倒好,竟然完全倒了个个儿,大家便觉得难以适应,怀疑那天敌人的突然袭击,也让尚有志的脑子受到了伤害。

毛丫瞪大眼睛,直直地看着尚有志,看着他送过来的那碗飘出浓烈香气的鸡汤,尽管身子无法动弹,脸上的表情尤其是眼里的神采却发生了激烈变化。她的嘴唇颤抖着,想要对他说一句什么话,但她使了很大劲儿,也没有把那句话说出来,倒是眼睛一闭,泪水从眼角扑簌簌地流下来。

到这个时候,大家几乎都明白了,经过这次袭击事件之后,他们的关系怕是要发生一个实质性的改变了。当然,这对毛丫来说并没有多少变动,真正发生变化的是尚有志,如果不出意外的话,他已经用自己的行动接受毛丫对他的爱恋了。

果然,毛丫在他的搀扶下第一次下床来的日子,尚有志就把一份早就写好的结婚申请,递交到了组织那里,请求上级尽快批准他的申请,让他和毛丫结成实质性的夫妻。刚刚过完年后,当头一缕春风从南方刮过来的时候,尚有志和毛丫的结婚庆典就在李家庄举行了。

因为条件艰苦,形势紧迫,结婚仪式非常简单,只是把毛丫的行李搬进尚有志在村公所的宿舍,工作人员在门楣上贴了一个大喜字,又在院门口点起一挂鞭炮,仪式便结束了。参加结婚庆典的人除了驻扎在这一带的部队代表,其实也就是三五个人,其他便是尚有志周围的工作人员。当然,作为毛丫家人的韦跛子是非到场不可的,而且还是重要的娘家人,村里的几位头面人物包括李族长等,也在客人的名单中。大家都看出来,参加婚礼的人当中还缺少一人,那就是作为毛丫堂兄弟的韦铁皮,但他自从去县城替李家管理药店以后,就莫名其妙地消失了,至今也没有他的消息,也就无法让他参加了,这大概是整个婚礼上唯一令人感到遗憾的地方。

工作人员在村公所的大院里摆了一桌子菜,大家聚在一起,痛快地吃了一顿饭,其间又让尚有志谈了一下恋爱感受,整个婚礼过程便结束了。中间倒是还有一个小插曲,本来主持婚礼的人并没有让毛丫发言,只是让尚有志代表两人简单谈一下感受而已,但当尚有志说了几句客套话后,毛丫竟然站了起来,当着那么多人的面儿,脉脉含情地对尚有志说,以后我要好好给你做汤饭,给你做一辈子汤饭。大家听了她这句话,都感到有些莫名其妙,不明白她为什么要说这样没头没脑的话。

毛丫并不是无缘无故说这句话,躺在病床上养伤的那些日子里,无所事事的她一遍遍地想那天尚有志端着冒出热气的鸡汤朝她走来的情景,尤其闭上眼睛时,那番情景就像真的又发生在她病床前一样。说起来,在照顾毛丫养伤的日子里,忙碌的尚有志也就为她做过一次鸡汤,其他日子没有那么多时间到她病床前来,但这对毛丫来说已经足够了。在回顾完尚有志端着鸡汤朝她走来的情景之后,毛丫便在心里对他做保证,我要为他做汤饭,为他做一辈子汤饭,把他养得白白胖胖,以后不论遇到什么情况,都不会让他饿着,也不会让他累着,只要她毛丫在他身边一天，就一定当一个合格的好妻子。她絮絮叨叨地说个没完，好像不把自己的心迹对那个人表露完毕，她就不肯罢休似的，婚礼上她说出的那句话不过是那些话的代表而已，在她内心当中，这样类似的话是永远也说不完的。

到第二年春夏之交，持续了一年多的对敌宣传工作宣布结束，随着更多解放军队伍来到河西岸，解放河东敌占区的时机已然成熟。在接下来这个飘动着成熟小麦香味的日子里，解放军队伍使用数百条舟船渡河，在极短的时间内就接近了河东岸，与守卫在滩头阵地上的国民党军发生了激烈交火。半个小时之后，解放军就打败了敌人的阻击，随即乘胜前进，很快就攻克了敌人的数十个坚固堡垒，当天快黑下来的时候，河东岸的大片地区就被拿下来了。

作为一名文化战士，尚有志没有加入渡河作战的队伍，而是留在河西的后备人员中，做一些后勤支援工作。夜晚到来后，尚有志带领学生们包括新婚不久的妻子毛丫，又一次来到河滩树林中的阵地上，用从未有过的欣喜目光隔河眺望。他们都知道，这是最后一次来到阵地上了，当然用不着再做宣传工作，之所以再到这个地方来，不过是对过去那些充满激情时光的凭吊和纪念而已，这个夜晚过去之后，河边的阵地就被废弃了，他们也没有必要再到这里来。河东岸庆祝解放的焰火升起来了，虽然隔着一条宽阔的河道，大家也看得一清二楚。焰火映照在河水中的图像更为迷离恍惚，也更为灿烂辉煌，毛丫便觉得格外激动，一时间忘乎所以地扑到尚有志怀里，呜呜咽咽地哭起来。尚有志用一只手抚摸着她的头发，一副想安慰她又不知怎么安慰的样子。渐渐地，他自己也感慨地流下了泪水。

没有了河东岸敌人的威胁，河西岸的生活获得了安全和宁静。部队一波又一波地撤走了，只有一小部分工作队和政府人员留下来，其中便包括尚有志。有人说，本来尚有志要随大部队走的，毕竟他是部队中的一员，既然这边的武装斗争结束了，他没有理由再留在这里，只能随着大部队到别的地方去战斗。但也有人说，上级考虑到尚有志已经在这里成立家庭，而他又在这个地方长期战斗，情况较为熟悉，又富有工作经验，加之这里也需要工作人员，便动员他留了下来。更有人说，是尚有志主动要求留在这里的，因为他不能带走毛丫，又舍不得丢下她不管，便冒着风险向部队打了报告，提出留在这里工作的请求，为此上级还给了他一个小小的处分。不管怎么说吧，当部队离去时，尚有志的确留了下来，一如既往地陪伴在毛丫身边，他的工作依旧是教学，具体说是担任小学教员，人民政府急需有文化的人才，便在李家庄村筹建了一所小学，尚有志成为学校的第一名教师，也是这所学校的第一任领导。人们都说，尚有志本来是一个很有才干的文化工作者,如果留在部队里搞宣传的话,以后的前途一定十分光明,但现在只是当了一名小学校长兼教师,可谓大材小用,在某种程度上委屈他了。听到这样的说法,毛丫在激动之余,便又觉得有些难受,这么说来,尚有志是为了她才选择这条道路的,也就是说是她拖了人家的后腿。这样一想,毛丫就更为感激他,就更强烈地下决心,以后一定要好好地照顾他,当他的好妻子、好帮手、好后勤,让他工作起来无后顾之忧,在教学和其他的岗位上,尽可能发挥他的才能,为革命事业贡献力量。

虽然河西连同河东都获得了解放,但并不意味着一切都那么一帆风顺。敌人刚刚败走,似乎还留下了不少特务和密探,每到夜间,民兵们就会发现有一些地方突然升起一颗信号弹,如果不出意外的话,这是潜伏的特务在联系他的同伙,为他们的秘密行动做准备。很快便传来消息,有个村子里发生了流血事件,一个土改工作人员被打死在一片树林子里,尸体上压着一张字条,上面写着还乡团的字样。据说,县里的武装工作队破获了一个特务组织,敌人已经把炸弹安装在了电厂里,正要实施遥控爆炸的时候,被工作队人员摁倒在了地上。这些情况还不是十分严重,却说明敌人不甘心失败,虽然他们不能大规模地打回来,但进行小规模的破坏是经常发生的事情。尚有志去区里参加工作会议,领导专门嘱咐他们这些留守地方的工作人员说,你们要保持足够的警惕,就是睡觉也要睁着一只眼,千万不能麻痹大意,一次疏忽就会对革命事业造成很大损失。尚有志手里有一把枪,里面每时每刻都压着子弹,白天带在身上,晚上就放在枕头下,而且打开保险,随时做着反击敌人破坏的准备。

尽管敌人不甘心失败,不时寻找时机搞一下破坏,但他们毕竟大势已去,就凭留下的那几个孟贼,还能翻了天不成?毛丫才不相信这些小鱼小虾能翻腾出多少水花呢,在尚有志一边工作一边准备反击特务袭扰的时候,她则留在家里,专心致志地做家务,虽然这样的工作量不大,但她也每日忙得不亦乐乎,多数情况下就一边干活一边唱歌,唱解放区的天是晴朗的天,唱小呀么小二郎,有滋有味儿,快乐无比。她记着自己在心里发下的誓言,尤其记得在婚礼上说的那句重复两次的话,她要尽心尽力照顾好尚有志。

毛丫最愿意为丈夫做的一件事就是做汤饭,因为尚有志的身体不是太好,加之工作劳累,得不到像样的休息,更重要的是生活条件不行,刚获得解放的李家庄,人们的吃穿住用都还得不到满足,虽然尚有志作为人民政府的工作人员,有一定的生活补贴,但就尚有志的身体需要来说,还是有所不够。于是,毛丫就想方设法弄来一些对身体有帮助的食材,变着花样为他做好吃的汤饭,许多时候,她都从韦跛子那里拿来他们的宝贝大力蜜丸,研成粉面,羼在为尚有志做的汤饭里。当尚有志埋头吃喝的时候,毛丫坐在一边呆呆地看他。尚有志脸上不时散发的英武之气,让毛丫满足得不行。尚有志吃喝得满脸是汗,毛丫就用毛巾给他擦干净。尚有志嘴里发出响亮的吃喝声,毛丫听得是那么悦耳,就像欣赏美好的歌唱似的。

你怎么不吃呀?尚有志注意到了她,用筷子敲敲她没有动过的碗说。

你吃就行了,毛丫抿着嘴巴说,你吃饱了我就吃饱了。

尚有志有些不理解她的话,但看她极其认真的样子,便摇摇头,不再理会她了。

在她的精心照顾下,才不多的日子过去,尚有志的身体就发生了明显变化,不仅体重增加了不少,就连脸色也红润起来。

吃完饭后,尚有志总要去外面走一走,这是他在地方工作时养成的习惯,开始是由于胃口不太好,到外面走一走有助于消化,后来胃口没有什么大问题了,他却依旧保持了这个习惯。毛丫当然不会这样做,而且不明白他为什么非如此不可,因为傍晚一个人去外面逛荡,也是有一定危险的,虽然街上有巡逻的民兵,他自己也带着枪支,毛丫还是放不下心来,便提出陪他一起去走。尚有志同意了她的要求,两个人便一起朝村外走去,绕着村子走了一圈,最后爬到大堤上去。毛丫想到他们以前在河滩树林子里搞宣传的情景,便提出去下面的阵地上看一下。她以为尚有志会同意这个要求,但没想到,尚有志以阵地已经不存在为由,拒绝陪她到河滩上去。毛丫有些不高兴,以后便不再陪他出去转悠,当尚有志一个人朝外走的时候,她依旧留在家里,坐在灯下一边读写那些还没有记熟的字句,一边等待他的归来。

整个夏季的每一天,毛丫和尚有志差不多都是这样过来的。这样的日子过得长了,他们便以为以后还要这样不断地过下去,似乎并没有想到有一天会发生改变,而且是一个万分致命的改变,如果他们想到这一点的话,或许尚有志就不一个人出去转悠了,那么毛丫就算被打死了也会陪他一起到外面去的,不,她要想尽一切办法把他留下来,留在家里,留在自己身边,或许危险就会远离他们而去的。

这天,尚有志在区里开了一下午的会,日头快落时才回来,见天有些晚了,便没有到学校里去,而是直接回了家来。此时,毛丫还没有把晚饭做好,正在灶间埋头烧火呢。尚有志就提出说,那我先去外面转一转吧,等回来再吃饭。毛丫听他说得有理，便由他去了。听到尚有志朝院外走的脚步声，她又从灶屋里探出头，远远地朝他喊道，不要转悠太远了，饭一会儿就能做好。尚有志答应一声，头也不回地出了院子，慢悠悠地朝街上走去。大约过了半个钟点，毛丫就把饭做好了，尽管是晚上的饭，她也并不敷衍，在正常的绿豆粥和炒鸡蛋之外，又专门为尚有志做了一碗阿胶羹。大约已有一个星期，毛丫没有让他吃到阿胶了，这一阵子，韦跛子的蜜丸生意有些起色，留下来的阿胶块差不多快要用完，另外，由于毛丫把心思都放在照顾尚有志上，懒得再去河滩上放蜂，便把那几箱蜂交给了韦跛子。韦跛子有些不高兴，为此和她拌了几句嘴，当毛丫去向他索要阿胶时，韦跛子竟以卖完了为由，不愿轻易送给她了。毛丫就趁韦跛子去河滩上放蜂的时机，悄悄到他那儿去，一番翻箱倒柜之后，才勉强找到几块没有加工过的阿胶。

　　毛丫把做好的阿胶羹端到桌子上，等待尚有志回来把它喝掉。闻着碗里飘出来的香甜气，毛丫抽了抽鼻子，把那股气息吸到肺腑里去，也像喝了阿胶羹一样，有些沉醉的感觉。在此之前，她是把阿胶羼在汤饭里的，今天因为做的是绿豆粥，担心继续羼在汤饭里影响药效，她才专门做了这碗阿胶羹，尚有志还没有喝到过呢，一定会感到十分新鲜。毛丫坐在桌子前，两手托着下巴，想象尚有志捧喝这碗阿胶羹的情景，心里别提多激动了。这是什么？尚有志好像已经知道这是阿胶羹，却还是故意问她。你猜一猜？毛丫也故意卖关子。我猜不出来，尚有志依旧故意说，还是你来告诉我吧。毛丫也照样故意说，既然你猜不出来，那就老老实实地喝吧，等你喝过了以后，你就知道它是什么了。尚有志只好老老实实地点头，好吧，那我就喝了。但当他把碗端起来时，又一次回过头来说，你不喝一点吗？这么好的东西都让我一个人喝了，你不心疼吗？毛丫知道他还是故意这样说，便也学着他的口气故意回答，我不心疼，你喝什么我都不心疼，如果是我喝了，我心里反而会疼一阵子的。听她这样说，尚有志又一次感动起来，眼睛里都噙出了泪花。他没有再说感激的话，而是决定用行动表示对她的感激，便捧起了那碗阿胶羹，扬起脖子，咕咚咕咚一饮而尽。他知道，只有用这种方式才能表达对妻子的感激之情，因为没有比看着他喝了她亲手做的这碗宝贵汤饭更让她感到高兴的了……

　　在等待尚有志回来喝这碗阿胶羹的时候，毛丫好像她真的看到了尚有志喝这碗她精心为他熬制的阿胶羹的情景似的。一时间，她被自己想象出来的温馨场景感动得热泪盈眶，以至于如果不是一个民兵敲响了门板的话，或许她会伏在桌子上痛哭流涕的。天已经黑透了，尚有志还没有归来，而进入她屋里来的是一个在村外巡逻的民兵。毛丫从冥想中抬起头，呆呆地看着这个背着枪支进来的人，一时不明白他是谁，又为什么到她屋子里来。

嫂子，那个民兵一进来，就直通通地问她，尚老师是不是出村子去了？

出村……毛丫刚点了一下头，又觉得这句话似乎有什么问题，在匆忙想了一下后，便又摇起头来，他说到村边去走一走……

现在还没有回来吗？民兵再次急切地问她。

没有，毛丫也又摇摇头，我正等他回来吃饭呢。她的目光又落在那碗放在桌子上的阿胶羹上，发现曾经漂浮在上面的热气已经不见了，这是不是意味着时间已经过去很久了呢？

坏了，民兵有些回过味来，忽然跺了一下脚说，看来一定是出事儿了。说完，他也不做进一步解释，掉转过身，迈着大步朝院门外跑去。

出了什么事儿？毛丫一愣，不禁站起身来，她想问问民兵到底出了什么事儿，但已经找不到那人的影子了。毛丫站在桌前又发了一下呆，突然也像民兵一样回过味来，天哪，别真出什么事了吧？她也掉转过身，迈着比民兵更大的步子穿过院子，急快地跑到街上去。

黄昏的街道上一个人影也没有，那个民兵也不知跑到哪里去了，整个村子里一片寂静。毛丫停住脚，茫然失措地朝四周打量，更加感到透彻肺腑的紧张和害怕，好像她置身的这个世界不该有这样令人恐怖的寂静似的，哪怕此刻有一条狗跑出来朝她吠叫一声，或许她才能把憋在心里的一口气吐出来。

这种寂静的状态大约持续了不到一分钟，随着一声刺耳的锣声响起，大街上突然涌出了许多人影。毛丫惊讶地看到，这些朝着村东疯狂跑去的人影都端着枪支，有的还把手榴弹举在手里，随时做着要往外投掷的夸张架势。毛丫盯着这些黑压压的人影，在短促呆怔了一下之后，突然反应过来，迈开脚步，紧紧地尾随在那些人身后，朝着村东的黄河大堤疯狂地奔跑。出事儿了，她一边跑一边在心里叫喊，一定是出事儿了。但到底出了什么事儿，她一点都不知道，或者说她全知道了。

但一切都晚了，等人们跑到黄河大堤上，跑下河滩里，跑过那片树林子，来到奔涌着滔滔黄水的河边时，一切都已经平静下来了。整个空阔的黄河岸边，只有他们这些焦虑而无奈的人影，除此之外什么也没有，缓慢而强势流淌的河面上风平浪静，没有一只舟船，没有一只飞鸟，甚至没有一朵浪花，只有无边无沿的夜幕像巨大的黑布一样笼罩在河面上，笼罩在天地间，笼罩在此刻站在岸边的每一个人头上。

在可怕的寂静中，已经快要陷入疯狂状态的毛丫听到一个声音在耳边回响，那正是曾经来过她屋内的民兵在向人们诉说他所见到的怪异场景：今天下午，我一直在村子边巡逻，也没有发现什么异常的情况。天快黑的时候，我看见一个人从街上走出来，围着村子转了一圈，然后就到黄河大堤上去了。我远远地看着他，好像很快就认出他来了，对，我觉得他就是我们村的尚老师，如果是别人的话，我会赶上去问他一下，你在村外转悠什么呢？但因为是尚老师，我就没有和他打招呼，你们想呀，尚老师是什么人，那是上级派给我们村的解放军干部呀，又领导了我们对河东敌人的斗争，现在又做了我们村的小学校长，如果这样的人有问题的话，那我们全村人就一个也跑不了了。我远远地打量了一下尚老师，便掉头朝别的地方巡逻去了。这时候天已经黑下来，和其他的日子不同，今天地面上还起了一点雾，我在巡逻的时候便格外小心，生怕漏掉什么可疑的地方，让暗藏的国民党特务钻了空子。走着走着，我看见前面的树林子里又有人影在晃动，开始我以为还是尚老师呢，但又觉得不对劲儿，刚才我明明看见尚老师朝黄河大堤上去了，这么短的时间内他不会回到这片树林子里来的，而且我仔细一看，晃动的人影并不是一个，而是两个，没错，是两个人。我觉得情况不对，便端起枪来，悄悄朝着树林子走去。但我走到树林子里，几乎找了个遍，也没再看见那两个人影。我以为刚才看花了眼呢，从树林子里走出来以后，又到别的地方去巡逻了。可很快，我好像又看到了那两个身影，正在前面的小路上走着，而且他们去的方向也是黄河大堤，于是我又悄悄地跟了上去。这时天黑得差不多了，雾气越来越浓，就算我再瞪大眼，也看不清楚前面的景物，那两个人影在雾气里浮来浮去，一会儿消失，一会儿又出来，一会儿又消失了，搞得我也弄不清他们是真是假。但我一点也不敢大意，依旧在后面不紧不慢地跟着。就这样，我也来到了黄河大堤上。这时，那两个人影已经下到河滩里去了，正在穿过树林子朝河边走。我端起枪来，打开保险，也悄悄跟了上去。当我穿过树林子，来到河边的时候，我看到那两个身影变成了三个身影，真是奇怪，那另外一个身影是什么时候加入他们行列中的呢？好在河面上不是太暗，流淌的河水反射着天上的星光，能让我的眼睛稍稍看清那三个人。那两个刚刚来到这个地方的人我不认识，看来他们就算不是国民党特务，也不是什么好人，因为他们的表情鬼鬼祟祟的，一看就是心怀鬼胎的样子。我把目光从他们身上移开，去看那个刚加入他们行列的人。天哪，我觉得我认识这个人，没错，他可能就是我们村的尚老师。但我有些不相信，尚老师为什么和这两个看起来不像好人的陌生人掺和在一起呢？我还以为看花了眼呢，便又使劲抹了抹眼皮，这次我看清楚了，的确是尚老师。我觉得情况不应该是这样，因为我明明看见他到黄河大堤这边来了，这是否意味着，他是在等待这两个家伙的到来？三个人汇合齐了，就从岸边推出一条小船来，分别坐到上面，就要朝着河道里划去。我觉得不对劲儿，不管这几个人要干什么，我都要把他们拦住，问清楚情况再说。我从树丛里走出来，试量着喊了一声尚老师，同时依旧把枪端在手里，以防不测发生。听到我的喊声，他们好像都愣住了，在犹豫了一下之后，便把船停下来。像是尚老师的那个人并没有回答我的话，而是由其他两个人中的一个对我说，喊什么喊？我们到河东去办公务，很快就会回来的。那两个人中的其他一个还呵斥我说，你不去村边巡逻，到这里来干什么？听到他们这样说，我才有些放下心来，觉得情况没有我想象的那么严重，既然那个像尚老师的人主动和他们待在一起，想必这两个看上去鬼鬼祟祟的家伙并不是什么坏人。于是我又提醒他们说，你们在夜里过河不方便，千万要小心呀。一个家伙说，事情紧急，我们不得不马上行动。另一个家伙也说，你放心好了，我们不会出任何事的。说完，他们还向我招了一下手，就把船向河道里划去。直到这个时候，尚老师都没有开口说一句话，而只是安静地坐在船里面，这又不能不使我怀疑，或许我的眼睛真的出了问题，那个人到底是不是尚老师呢？一等船消失在我的视野里，我就转过身来，匆匆赶到村子里，去找毛丫嫂子打听，到底尚老师出来过没有……

没有听完这个民兵的话，毛丫就突然从人群里冲出来，撕心裂肺地对着河面叫喊，他是被他们带走了？她使劲在地上跺着脚说，他是被那些该死的特务带走了……她转回头来，对那些围在她身边的人说，你们快去把他追回来，不能让那些狗特务把他带走，你们快去追呀……

听她这样说，那个民兵又表示不同意见说，好像尚老师不是被他们带走的，他没对那两个人做任何反抗的表示，给我的感觉就是，他们是一伙人呢……你们说，是不是我们把情况搞错了，尚老师真是跟那两个人到河东办公务去了，河东又不是过去的敌占区，如果那两个家伙真是特务的话，他们把他带到河东去又有什么意义？

不对，毛丫再一次跺着脚说，那两个人肯定不是好人，他们把他带到河那边去，就再也不会让他回来了，我的天哪，她一下子瘫倒在地上，以后我再也见不到我男人啦。她随即又爬起来，拨开挡在她前面的几个人，就要朝河水里跳。

人们赶紧把她拉住，纷纷劝解她说，你现在去追还有什么意义？你仔细朝河面上看一下,他们一边说一边揿亮手电筒,朝河道的远处照射,他们已经走了半个钟点了,我们就是追到河那边去,恐怕也找不到他们的踪影了。

那也不能让他走掉,毛丫依旧使劲跺脚,两只鞋子都甩到不知什么地方去了,我要把他找回来。她赤着双脚朝河水里冲去。

好多人都上来阻拦她。毛丫像一只疯狂的野兽,拼命朝拦截她的人们冲撞,一会儿使用两手,一会儿使用脑袋,一会儿又使用嘴巴,在这短暂的一小段时间里,就有一个人被她抓破了脸,两个人被她撞倒在地,一个人被她咬伤了手臂。真是没有想到,这个时候的毛丫居然变得力大无比,这么多人一起阻拦她,几乎都不能获得成功。

眼看毛丫冲出他们的围挡,就要赤着双脚跳到河里去了。但在这关键时刻,只见毛丫剧烈摇摆了一下,扑通一声栽倒在河边,身子再也不动了。有人举起马灯,朝她身上照了一下。毛丫虽然身子不再动,但她的整张脸却在不断地抽搐,尤其嘴巴朝着一边倾斜,牙齿咔嚓咔嚓地叩动,伸出的舌头被牙齿咬破了,鲜红的血水从嘴角里流下来,打湿了脸边的青草,浸红了岸边的河水……

人们愣怔了一下,猛然间明白过来,毛丫的癫痫病发作了。

十二

来到李家庄不久,我的二太姥爷韦跛子便到财主李大头家打短工。以前游走江湖的时候,因为去的地方多,能够遇到各种各样的人,所谓的大力蜜丸还能卖出去一些,勉强让他们得以糊口,现在定居在李家庄了,每天接触的人有限,而这些人对所谓的蜜丸也没有什么兴趣,韦跛子再凭这些东西混生活,便有些勉为其难。在无可奈何的情况下,他只好来到李大头家,成了这户大财主的一名雇工。

按说,韦跛子应该去李族长家做事才对,何况李族长也有这方面的意思,假如成为他家雇工的话,韦跛子的待遇或许会好一些。但他对李族长并不感冒,如果不是韦铁皮误打误撞地与这家人扯上关系,他或许根本不理会他们呢。韦跛子是个粗人,脾气也不好,别看他没有什么地位,却不是什么人都能看上眼的,对那个酸文假醋的李族长,他就本能地有些反感,无论如何也不想沾他的光,何况儿子韦铁皮去县城帮助他家打理店铺,竟然一去不回,好长时间都没有消息,听人说,韦铁皮是遭了黑社会的暗算,不知被他们弄到哪里去了,在韦跛子想来,如果事情真是这样的话,那李族长就有脱不了的干系。韦跛子几次去李家要人,但狡猾的李族长竟然不承认这件事,先说韦铁皮在县城好好地待着呢,后来又说他到别的地方走江湖了,反正不论什么情况,都与他李族长没有什么关系。韦跛子明知他心里有鬼,但又对他这番说辞无可奈何,就是有心去找他闹事,凭着李家在这一带的名望和势力,他当然不可能得到什么好的结果。在这种情况下,让他再去李家打工,又怎么可能呢?

韦跛子之所以去李大头家做事,其实还有一个不太方便说的原因,那就是李大头和李族长的不合。韦跛子虽然不是地道的李家庄人,却听说了村子里流传的某些事情,其中就包括李大头和李族长两家不对付的一些事儿。其实他们两家在支脉关系上讲并不远,按照李家人的辈分,李大头还要叫李族长一声爷爷呢,但由于他们的日子都过得非常殷实,无形中便形成了互相攀比的局面,时间一长,两家人就暗暗较起劲来,李族长仗着自己辈分大,便想压李大头一头。李大头当然也不是善茬子,虽然不讲究什么礼仪之道,却在社会上结识了更多的江湖义士,完全形成了与李族长决然不同的行事风格。因为碍于族亲关系,两家人一时还没有撕开脸面,但私底下却互相拆台,你给我使绊子,我给你下马威,谁也不服气谁。现在,韦跛子越过李族长的家门去李大头家打工,在李族长看来,这也让他的脸上不好看呢。

韦跛子虽然有一把子力气,却并不是一名合格的雇工,一来他在江湖上游走惯了,大部分农活都做不来,另外他那条拐来拐去的残腿,也让他行动有些不便,这样的人去李大头家打工,也没有什么香饽饽好吃。李大头是什么人?那是黄河岸边有名的过日子能手,不但工于心计,手里抓挠得紧,对干活的人毫不客气,恨不得一个人当两个人使,不榨干你身上的油水不拉倒,而且他心狠手辣,什么恶毒的事都做得出来,只要对他家有利,就是把别人当成狗使唤,他也冒天下之大不韪去做。在李家庄,李大头的名声越来越不好,与李族长假惺惺的善人模样形成了鲜明对比。李大头也知道不少人在背后骂他,但依然我行我素,从不知道悔改,照他的话说,你能把我怎么样?他可以万事不求人,但别人说不定什么时候就会上赶着来求他,在这种情况下,你让他假模假样地充好人,他怎么可能做得到呢?但说来奇怪,就是这样一个人,面对韦跛子这个不合格的雇工,却没怎么过分挑剔,而是以少有的宽厚态度容忍了他,不但没有逼着他下田去干那些又脏又累的农活,反而把他留在家里,让他去做一些力所能及的家务事,比如照料一下牲口,清扫一下院子,最不济就是去街上挑一下水。

说起来,其他活儿韦跛子都觉得十分轻便,只有到街上去挑水才有些吃力,因为他毕竟瘸着一条腿,要想一拐一拐地把两桶水挑回来,直到灌满院子里的那口大缸,也不是一件容易的事儿。每当把大缸灌满的时候,他脸上都出满了汗,放下两只空水桶后,便坐在门楼下呼哧呼哧地喘气。也正是在这个时候,会有一个飘摇的身影走过来,把拎在手里的一条毛巾递给他。这是一个还算年轻的女人,不但身材苗条,而且模样姣好,更重要的是,她身上还弥漫了一股浓烈的雪花膏味儿,每当她走到门楼下来,韦跛子就能闻到那股好闻的气味。财主家女人的身上真香呀。他不禁在心里说。

女人把毛巾递到他手里,用温柔的声音对他说,快擦一擦头上的汗吧。

韦跛子接过毛巾时,也看到了她那只白白的手,便又在心里说,财主家女人的手就是白。自然他很想多看一会儿,但又本能地知道自己的眼睛不能乱看,就赶紧接过毛巾,把它小心地擦到脸上。女人的毛巾非常干净,而且上面也有一股好闻的气味儿。财主家的毛巾真好闻。他继续在心里说。他用毛巾盖住了自己的脸,却是抽动鼻子,狠狠地吸几口上面的气味儿。真好呀。他在心里感叹说。

其实到这个时候,大家可能已经明白过来,韦跛子之所以选择李大头家打工,可能真的与受到这个女人的照顾有关,而李大头之所以接受韦跛子这样一个残疾人做雇工,或许也与那个女人的态度相连。这个女人当然与韦跛子没有任何关系,她现在还是李大头的小老婆,而且是他最为喜欢的女人。李大头娶过好几房老婆,都不怎么让他满意,但在他年过半百时,却幸运地娶到这个名叫翠莲的年轻女人。翠莲不但长得好看,而且心灵手巧,更重要的是善于察言观色,知道怎么样讨好李大头,所以不能不让他喜欢,一把她娶到手,李大头就打定主意,即便自己活到一百岁,也不会再打其他女人的主意了。要说这个翠莲也确实会来事儿,不但对他的男人李大头疼爱有加,而且对下面的人也非常关照,从来没有拿下人们发过脾气,就连韦跛子这样一个老瘸子都没有让她看不起。

要说,翠莲也是出生在贫寒人家,从小经历过生活的艰难。她上面有三个哥哥,都没有娶上媳妇,为生活所迫而不能不有些贪财的父母,便把主意打到了她头上。在这一带,翠莲的长相格外出众,是山窝窝里飞出的一只金凤凰,如果不给她找一棵梧桐树的话,父母不白白养她一场吗?何况翠莲自己也渴望过富贵日子,以脱离那个吃不饱穿不暖的生活苦海。有一天,老父亲突然心血来潮,主动来到李大头家,觍着老脸向那个贪色的老财主提到了自己颇有姿色的女儿。别说,这一招还真管用,李大头当机立断,便给这个不要脸的老家伙许诺了一大笔嫁妆钱。老父亲满意而归,回去就把这个情况向女儿说明了,原本以为,把女儿嫁给一个半死的老头子会遭到反抗,可哪里想到,翠莲一听说给远近闻名的大财主当小老婆,竟然满口答应下来。三天之后,老头子就赶着一头毛驴,屁颠屁颠地把女儿送到了李大头家里。从此以后,翠莲便成为李大头的最后一房老婆,正如她日思夜想的那样,立即过上了锦衣玉食的富贵生活。

　　看上去,翠莲是掉进了金窝里,吃穿住用的确不用愁了,但这只是表面现象,或者说是翠莲个人的一厢情愿,在那个阴森森的大宅院里,她到底会遭遇一些什么意想不到的情况,获得一些怎样出乎意料的感受,只有她本人才会真正明白。都说家家有本难念的经,既然这样,作为普通人的翠莲又怎么可能一帆风顺呢?和她想象中的美好生活不同,当她进到李家大院里来的时候,碰到的最大一件事,就是怎样和李大头那几个比她大的老婆处好关系。在翠莲之上,共有三个先她到来的女人,与最大的那个女人相比,其他的两个因为也是后来者,便与翠莲没有多少实质性的区别,翠莲与她们二位相处起来还不怎么困难,最让她头疼的便是第一个女人,也就是李大头的大老婆。那是一个特别颟顸的女人,仗着最先成为这个院子里的女主人,便觉得有了耍横的资本,对待后她来的两个女人有些不客气,动不动就板起一张老脸,大吵兼大骂一顿。现在又有一个女人来到了她面前,尽管这个叫翠莲的女人会看眼色,不断地上前来巴结她,讨好她,但不知为什么,这个大老婆就是不喜欢她,不论她做什么都觉得讨厌,不知不觉间就把对待老二老三的那套大吵大闹转移到她身上了。这倒使那两个女人松了一口气,终于熬到有人来接她们的班了,所以当翠莲被大老婆臭骂一顿的时候,她们躲在一边有滋有味地观看,实在忍不住了,还会发出幸灾乐祸的笑声。时间一长,翠莲便有些撑不住劲儿,无意间说了几句抢白大老婆的话。这还了得,竟然有人敢和她叫板,难道李家大院里没有王法了吗?大老婆火冒三丈,当即举起手里的拐杖,朝着翠莲的头上打来。翠莲感到无比委屈,这才知道,自己在这个家庭里的地位或许比那些下人也好不到哪里去。

　　大老婆不敢惹,老二老三也和她搞不到一起去,那么李大头呢?李大头尽管喜欢她,却也拿那个强势的大老婆没有办法,翠莲向他诉说自己的委屈,说少了还能获得几句安慰,说多了连李大头也讨厌起她来。这时的翠莲便觉到了难过,一种深刻的孤独感从头到脚笼罩了她,在这个深宅大院里,她连一个可以倾诉这种感觉的对象也找不到。好在后来她有了一个儿子,情况才稍稍好了一些,但心里的委屈也不能说给年幼的儿子听,说了他也未必能懂,这就意味着,那种深刻的孤独感从来没有远离过她。时间长了,翠莲被憋在心里的委屈折磨得不成样子,曾经健康的身体也变得虚弱起来,晚上睡不着觉,白天定不住神,竟然连月信也不正常了,眼看着大好的青春年华已从身上逝去,代之而起的或许便是一个苟延残喘的老婆子形象了,曾经心高气傲的翠莲又怎么甘心这样下去呢?她盼望有一天有人来到她面前,侧起耳朵,耐心地听她说一下心里话。但她似乎知道,这不过是一个不能实现的梦境罢了,作为恶霸地主李大头的小老婆,谁又敢来听她诉说心里的委屈呢?

日子一天天过去,翠莲不再对她想象中的某个人到来抱有幻想,已经做好了在这个深宅大院里慢慢等死的准备。但让她想不到的是,有一天,这个人竟然真的来到了李家大院,来到了自己面前,没错,这个人就是我的二太姥爷韦跛子。韦跛子来到李家后,马上就注意到了翠莲的存在,因为这个女人有一张好模样,一上来就吸引了他的眼睛,但这并没有让他增加对她的好感,反而让他心生厌烦,地主家的女人居然这么好看,让他这个打了很多年光棍的老家伙愤愤不平。但很快,韦跛子就改变了对翠莲的看法,发现这原是一个心肠不坏的女人,与李大头其他几个老婆有着根本的不同。自从他来到这里后,翠莲日常里给过他不少的关照,这不禁让他心生感动,原以为自己这样一个拐来拐去的老瘸子,很不受人待见呢,尤其那些有点姿色的女人,哪里正眼看过他一回呢?但现在这个美丽的地主小老婆,居然细声细气地和他说几句话,当他干活累得不行的时候,还关心地让他歇息一下,这使他不能不对她心生感激。原来这也是一个好人呢。他恍然大悟地告诉自己。即使到这个时候,他也没有把这个女人当什么知心朋友看待,一个老江湖怎么相信地主家的女人会和自己说心里话呢?

但这一回,翠莲不知为什么又冒犯了大老婆,导致那个凶神恶煞的女人当即翻脸,像一只发疯的老母鸡一般扑上来,和翠莲撕扯在了一起。原本体弱多病的翠莲哪是她的对手,很快便被她打倒在地上。韦跛子听到动静跑过去,被面前这一幕激烈的争执惊呆了,更让他感到不可思议的是,在大老婆和小老婆打斗的时候,其他两个老婆竟然站在一边观战,眉眼间透着难以掩饰的幸灾乐祸神色。韦跛子看不下去了,一时忘记了自己的身份,就蒙头蒙脑地冲上去,推开打得正酣的大老婆,把翠莲从地上拉起来。

大老婆没有想到这个瘸子会出来劝架,不禁更加恼火。好你个多管闲事的老东西,大老婆跳着一双小脚说,看我不好好地收拾你。这次她把怒火都发泄在韦跛子身上,抄起身边的龙头拐杖,就朝他身上打去。

韦跛子当然不会害怕这个老婆子,但他此时已经意识到自己的下人身份,哪里还敢还手,一时躲避不及,被老婆子手里的拐杖打在了头上。

快跑,翠莲在一边提醒他说,还站在那里干什么?跑呀。

韦跛子这才醒悟过来,在心里念叨一句好男不和女斗,掉转身子,急快地朝远处跑去。

回到自己的歇身之处,也就是马厩旁边的一间小屋里,韦跛子平静下来,才觉到头上的疼痛,抬手摸了一把,手指上竟然被染红了,这才知道被老婆子的拐杖打破了脑袋。他没有太把头上的伤当回事,仅仅用一块破布擦了几下就把这事忘记了。可过了一会儿,翠莲居然悄无声息地进来了,不禁让韦跛子感到吃惊,在过去的日子里,翠莲可从来没有到这里来过,作为地主家的小老婆,她是不会随便到一个下人的屋里来的。翠莲大约也想到了这一点,进来时一副鬼鬼祟祟的样子,神情里透出了一些不自然。

你头上都出血了,翠莲指着他头上的伤说,快来让我给你包一下。

韦跛子这才注意到,她手里拿着一块白布,看来已经做好了给他包扎头伤的准备。不用,韦跛子摇摇头说,这点伤算得了什么?说罢,他还往后躲了一下。

但翠莲跟上来,同时举起手里的白布,不由分说缠到了他头上。

韦跛子不再动,微眯着眼睛,仔细感觉她那双白手在头上的轻抚,虽然伤处还有些疼痛,但心里却感到舒服极了。值了,他有些犯贱地在心里说,挨这顿打真的值了。

翠莲给他包好了头,感激地看着他说,老韦,你真是一个好人。

韦跛子咧了咧嘴,哪里呀,我不过是多管闲事……

翠莲打断了他的话说,幸亏你帮我一把,不然我就被那个老妖婆打坏了。

韦跛子随口问她,你怎么得罪了她呢?让她那样打你。他似乎又忘记了,作为一个下人,他不应该参与主人间的事。

但这样的问话却是翠莲所期待的,这么多年来,这个院落里没有一个人如此问过她,不管她受到了怎样的欺负,大家也总是视而不见,不要说老二老三不管她的事儿,就是她的男人李大头也总是敷衍了事,从来没有为她主持过真正的公道。翠莲呆呆地看着韦跛子,一时又感动得不行,随之而来的还有伤心,还有倾诉的欲望。于是,在抹了一把眼泪之后,翠莲便想和他说一说心里的委屈。看来你终于找到那个人了。翠莲甚至在心里说了这么一句。

但她刚做好向韦跛子诉说的准备,外面就传来了大老婆愤怒的骂声,好你个小妖精,竟然钻到那个下贱的瘸子屋里来了,想干什么好事呢?快给我出来,不然老娘就进去抓你们这两个奸人了。

　　翠莲不想给韦跛子惹什么麻烦，赶紧打消向他说心里话的念头，掉头便走了出去，一照大婆子的面儿，又挨了她一顿毫不客气的臭骂。

　　真没想到，韦跛子愤怒地朝地上啐唾沫，地主家的烂事更多呢。

　　自此以后，翠莲就把韦跛子当成了她自己的人，明里暗里都会和他说一些话，韦跛子干活时也能得到她一些照顾。这让大老婆更加不满，虽然她知道翠莲不会和这个瘸子搞出什么事来，但还是在李大头面前说了一些韦跛子的坏话。翠莲也知道了这件事儿，心里未免有些紧张，以为李大头即便不治自己的罪，恐怕也会把韦跛子从家里赶走的。

　　但她没有想到，李大头根本不信大老婆的谗言，在他想来，他美丽的小老婆怎么可能看上一个下人呢？并且那个下人还是瘸子；与此同时，他也不相信韦跛子会勾引自己的小老婆，就是借给那家伙十个胆子，他也不敢把绿帽子戴到他李大头的头上来。所以，对于大老婆说的这件事儿，他只是微微笑了一下就忘到脑后去了，女人之间的争风吃醋又有什么可奇怪的，还不都是向他献媚的一种方式吗？

　　李大头想得倒也不错，我的二太姥爷韦跛子尽管是个光棍，尽管是那么渴望得到一个女人，但他绝不可能把主意打到李大头的小老婆身上，顶多也就是在心里想她一下罢了，面对一个还算有魅力的年轻女人，而这个女人曾一度对他有所关照，他又怎么能不把她往心里装一下呢？如果没有一个强大外力助推的话，他们的关系或许也就到此为止了，一个卑贱的下人，一个地主的老婆，这样两个人不要说结成秦晋之好，就连红颜知己也谈不上的。韦跛子是这样，翠莲恐怕也是这样，大老婆的说辞纯属污蔑，就是送给翠莲一座金山银山，她也不会去和韦跛子通奸的，之所以和这个瘸子有了让人说不清楚的暧昧关系，不过是把他作为自己摆脱孤独的一个抓手，一个在方便的时候听她说一下心里话的对象而已。这样的关系当然是十分奇特的，一个地主的老婆向一个下人倾吐心里的孤独，难道还不足以让人们感到大吃一惊吗？

　　韦跛子惦记着翠莲对他的好处，无形中也对她进行了发自内心的关怀。这一年，繁忙的秋季过去后，随着一阵阵凛冽北风的掠过，冬天开始到来了。这个季节没有什么活计干，而且韦跛子打的是一份短工，按说不应该再待在李家了，但大约翠莲为他说了什么好话，李大头竟然没有赶他走，这样他的身份就由短工变成了长工，也便意味着他可以继续留在翠莲身边了。可在这些日子里，韦跛子却没有见到翠莲的影子，不禁心里有些不安，以为她出了什么事儿呢，便不时盯着她住的厢房看，当然，作为一个下人，他是不敢到那里去的，就找到一个机会，拦住翠莲身边的一个丫鬟,装作无意的样子询问。他这才知道,原来翠莲病倒了,已经躺在床上好多日子,这倒也没有什么好意外的,她原本身体不好,前两天又受了风寒,不得病才怪呢。

明白了见不到翠莲的原因,韦跛子并没有消除心里的担忧,反而越发惦念起她来。第二天,他又一次拦住那个丫鬟,从衣兜内取出几个纸包,交到她手里,让她带给翠莲。这是什么?丫鬟看着手里的纸包,不明所以地问他。韦跛子不想把真实情况告诉她,只是含含糊糊地说,你只要说是我捎给她的就行了,然后又把服用这些东西的方法对她说了一遍。丫鬟还是放不下心来,你不说它们是什么,我怎么敢拿给太太吃呢?没有别的办法,韦跛子只好对她说,这是你们这里的一味药,叫阿胶,你一说阿胶她就明白了。丫鬟点点头,这才拿着那几包东西进屋去了。

或许那几包阿胶真的起了作用,几天之后,翠莲的病就好起来,刚下床没多久,便来到了韦跛子的屋内。老韦,翠莲一进来,就拱起两手,朝他连连晃摆了几下,真要感谢你的阿胶,吃了它们,你看我的病这么快就好了。

听她这样说,韦跛子心里升腾起从未有过的欣慰感。这样就好,他连连点头说,这样就好。

翠莲上下打量着他,你这东西到底从哪里来的?

韦跛子避开她的目光,不好意思地对她说,我自己做的……

翠莲的眼睛一下子瞪大了,怎么?你还会做药?

韦跛子不想对她说这件事,便答非所问地说,以后你哪里不舒服的时候,尽管向我要就是了……

翠莲打断了他的话,还是沿着刚才的话题质问他,你告诉我,你是怎么做这些东西的?

韦跛子这才意识到,她在抓住这个问题不放,心里不免有些紧张,他怎么能把阿胶的制作过程轻易说给这个人呢?你别问那么多了,他赶紧向她表明说,我不是说过了吗?你以后需要的话再向我要。

见他实在不肯向自己说,翠莲知道再逼迫他也没有用,便叹了一口气,向后退一步说,那好吧,现在你不肯对我说,等你方便的时候,我是一定要知道这件事儿的。说完,她就转过身,扭摆着身子朝门外走去。

韦跛子呆呆地看着她,好像头一次觉得,这个女人的身子扭得是那么好看,他突然想到了一棵柳树,具体说是想到了柳树上那些在风中飘来飘去的枝条,没错,这个女人摇摆的身子就像那些在风中飘来飘去的柳条,既是那么柔弱,又是那么好看。他忽然有些纳闷,为什么过去没有发现这一点呢?是因为自己的疏忽大意,还是这个女人现在发生了变化……

韦跛子还在冥想着,翠莲却又停下脚步,回过身来,斜着眼睛打量他,老韦你知道吗?我为什么非要知道阿胶是怎么回事不可?

韦跛子咽了口唾沫,在心里回答她说,我怎么会知道呢?

翠莲没有再说什么,便再次回过身,又一扭一扭地走到院子里去了。

几乎过了好几年后,在一次偶然说起的话题中,韦跛子才明白,翠莲那天之所以追问阿胶的情况,是因为她在服用了那些东西之后,曾经中断好几年的月信竟然重新出现了……

十　三

轰轰烈烈的土地改革运动到来了。为了尽快取得运动效果,上级还给李家庄派来了工作队,在村内广泛发动群众,揭发地主豪绅的罪行,打倒这个统治乡村无数年的反动阶级,夺取他们剥削和霸占的土地和财产,让它们重新回到劳苦大众手里。

不能不说,土改工作队的任务和目标十分宏伟,也十分正确,但具体操作起来却不是那么顺利。就李家庄来说,这里的大部分人都属于李姓家族所有,彼此之间有这样那样的亲情关系,甚至从某种意义上说,这些人都是一家人,虽然他们之中有地主,有穷人,但毕竟都属于一个家庭的内部矛盾,让其中一部分人站出来,推翻另外一部分人,一时半会是解决不了的,许多人都碍于亲情关系,没有撕破脸皮的勇气,也觉得没有这种必要。从目前的形势看,人们的觉悟还有待提高,也就是说,工作队要做的工作还多着呢,当务之急是在某个地方打开一道缺口,然后扩而大之,才能尽快收到效果。工作队经过研究,觉得打开缺口的最佳方式是,找到一两个合适的外姓人,从他们身上下手,让这些不属于李姓家族内部的人起一个带头作用,或许李家庄的土改运动才能上一个台阶。于是,工作队便在村里寻找起外姓人来,几乎没出什么意外,他们一下子便盯上了我的二太姥爷韦跛子。

韦跛子的确是一个非常适合做这件事的人,他的姓氏是韦,当然不在李姓这个范围,另外他是典型的穷人,不但在到李家庄来之前过着流浪兼逃亡的生活,可以说地无一垄房无一间,即使到李家庄来了,大部分时间也在李大头家当雇工,受到了这个恶霸地主的剥削和压迫。还有一点,他的侄女也就是我的奶奶毛丫,是革命教师尚有志的老婆,有了这层关系,韦跛子差不多就成了革命家属,可以说根正苗红,无论从哪方面说,他都是一个为他们所瞩目的重点人物,就算他自己身上没有多少革命性,只要被工作队列为重点培养对象,再经过一段时间的动员和发动,相信他会很快爆发革命激情,成为这次运动的带头人,将土改工作推到一个崭新的高度。工作队人员包括他们的队长便立刻来到韦跛子家,一连几天都围在他身边,对他进行耐心细致的说服和发动。具体来说,他们的工作目标只有一条,那就是让韦跛子现身说法,揭发李大头剥削和压迫穷人的罪恶行为,他不是在他家当过雇工吗?肯定知晓李大头的罪恶行为,只要他站出来,把老地主那些见不得人的勾当揭发出来,就会起到立竿见影的效果。

说起来也很奇怪,我的二太姥爷韦跛子竟然天生具有革命性,只是在新形势没有到来的情况下,这种欲望和冲动一直压抑在内心当中,没有找到让他发泄释放的渠道。大约他是一个典型江湖人的缘故,走南闯北,见过世面,深切感受过人间的不平,对坏人的恶劣行径深恶痛绝,对穷人的苦难遭遇同情有加,这都为他的造反精神提供了基础和帮助。没有经过怎么动员,韦跛子便同意了工作队的要求,打算在一个合适的时间内站出来,揭发李大头的罪行。但他仔细想了一下,似乎又有些犯难,他尽管在李大头家打过好几年工,却并没有发现他有什么罪恶行为,这又怎么让他站出来揭发呢?总不能乱说一气吧?就算他能编造,可李大头能服气吗?别人能相信吗?于是他便向工作队提出来,为什么非盯住李大头不放呢?在李家庄,地主豪绅有好几家呢,你们也可以在其他人身上开刀呀。工作队告诉他,选择李大头作为第一批土改对象并不是空穴来风,而是基于详细认真的调查,因为在这之前,他们通过别的渠道已了解到李大头的一些不良行为,觉得把他作为斗争对象是最合适不过了。韦跛子想了一下,也觉得他们说得有道理,李大头的确是李家庄最招人痛恨的人物,如果把他放过而拿别人开刀,恐怕也没有说服力,这次运动就更难开展下去了。

韦跛子开动脑筋,仔细围绕李大头和他的家庭想啊想啊,企图找出他一两件所谓的罪恶行径来。不知为什么,他竟然无意间想到了翠莲,也就是李大头的小老婆,当翠莲苗条的身影出现在眼前时,他觉得脑子里突然响了一下,像打雷,又突然亮了一下,像闪电,几乎是一霎间,他便知道该怎么做了。不要误会,韦跛子不是找不到李大头的罪行,就要拿他的小老婆开刀,不,韦跛子怎么会把翠莲作为斗争对象呢,不但翠莲不符合这样的条件,就凭他和她之间那种似有若无的关系,他保护她还来不及呢,又怎么能把斗争目标转移到她身上去呢?韦跛子想到的一个崭新思路是,暂时绕过李大头,把工作做到他的小老婆翠莲身上,就像工作队动员自己一样,由他们或者韦跛子去动员她,让她站出来揭发李大头的罪行,不是更能收到理想的效果吗?工作队不能不承认韦跛子的思路十分对头,是呀,其他人不知道李大头的罪行,他的小老婆总会了解一些吧?但问题是,翠莲毕竟是李大头的小老婆,是他亲密的人,就算在工作队和韦跛子的动员下,翠莲有了一定的觉悟和认识,但她能和李大头的罪恶家庭划清界限,反戈一击,站出来揭发自己丈夫的罪行吗?这根本是一件没有把握的事儿,也是一件十分冒险的事儿,搞不好就会弄巧成拙,白白给李大头隐藏自己的罪恶提供帮助,实施操作的可能性也不是太大。

面对工作队的质疑,韦跛子却是不慌不忙,微笑着抬起手,在胸脯上轻拍了一下。这你们就不知道了,他用大包大揽的口气说,凭着我和她的……本来他想说凭着我和她的关系什么的,但话到嘴边又觉得不妥,就把后半句咽回去,改用别的词句说,就把这个任务交给我吧,你们请放心,三天以后,翠莲就会勇敢地站出来,向你们,不,向大家,向李家庄的穷苦人揭发李大头的罪恶行径。

望着他自以为是的样子,工作队人员面面相觑,一时不知说什么好。倒是富有经验的工作队长站起来,把肥厚的大手按在韦跛子的肩膀上,真诚地鼓励他说,那我们就等待你的好消息了。

韦跛子那个激动呀,他无论如何没有想到,现在居然赶上了如此千载难逢的机会,让他为以后的美好生活产生了非分之想。原先他还以为,他和翠莲并没有什么实质性的关系,尽管两个人彼此有好感,但中间有一堵看不到顶的高墙阻隔着,纵然他有多大的本事也无法逾越。是呀,一个一贫如洗的雇工而且还是一个瘸子,要想和一个貌美如花的地主小老婆走在一起,那不是大白天说梦话吗?那不是癞蛤蟆想吃天鹅肉吗?就算他韦跛子头脑再发昏,再不知道天高地厚,也不敢做这样不切实际的美梦呀。所以在和翠莲交往的过程当中,他才表现得那么坦然,那么平静,尽管有时候内心深处也有一些蠢蠢欲动,但不等它们浮出念想的水面,就被他无情地扼杀在了摇篮中。他原本以为,他们两人只能保持这样若即若离的距离,甚至搞不好的话,这种似有若无的关系也会在哪一天走向终结,就像两条互不交叉的道路,即便其中一条只是拐一个小弯,也会让它们离得越来越远,再也没有碰面的机会。一想到这里,他就感到绝望,但也觉得欣慰,因为如此一来,他就不用再做任何努力,就会了无挂碍,落得一身轻松,如果真的拥有多余精力的话,完全可以把它用到别的女人身上,而对于面前这个女人,干脆就当她不存在吧。可现在倒好,这种根本没有可能性的状况竟然一下子改变了,他无论如何没有想到,不仅持续了无数年的乡村秩序要发生根本的变化,而且也让他和翠莲的关系有了改变的可能,就像一潭从来没有被打破的死水,现在好了,有一颗石子丢进去了,不,是一块大石头砸了进去,不管这潭水死了多少年都不可能不泛起一层涟漪,搞不好就会汹涌澎湃,就会让潜藏在水下的鱼鳖虾蟹都暴露出来,到那个时候,就下去逮那些东西好了,把那些好吃的东西通通打捞上来,端到自己的嘴巴面前。原来这就是土改呀,由此看来,土改真好,就是要打倒封建,打倒迷信,最重要的是打倒地主,打倒恶霸,把他们占有的财产包括房屋和土地夺回来,把他们霸占的女人也一同夺回来,具体到李家庄,就是把李大头打倒,把李大头霸占的女人也就是翠莲夺回来。李大头呀李大头,韦跛子一遍遍地念叨着这个突然间成为他情敌的名字,你就好好等着吧,老子管保你吃不了兜着走。想到情敌二字,他差点笑出声来,在过去的日子里,他可从来没有把李大头当成自己的情敌,好像连这个荒唐的念头也没有产生过,现在好了,他可以公开把那个不可一世的家伙作为自己要推翻的对象,情敌也好,敌人也罢,他现在要做的就是要把他打翻在地,再踏上一只脚,让他把占有的女人乖乖地交出来,交到自己手里来。我现在把你当情敌了,他在心里对李大头说,我要夺取你的女人了。跟李大头说完了,他又对那个他要夺取的女人翠莲说,现在该轮到你了,你就老老实实在家等着吧,我马上就到你那里去,现在我再去就不是以一名雇工的身份,不是,我早就不是一名雇工了,我现在的身份是土改工作人员,或者叫作土改积极分子,我现在的任务就是要找到你,说服你,动员你,让你站出来,乖乖地揭发你的男人李大头的罪行,当李大头被彻底打倒的时候,你就不再是他的女人了,你也就不再受他的压迫了,还有李大头的大老婆,那个该死的老女人,就连那两个看你笑话的二老婆三老婆,都通通打倒,彻底把你解放出来,再也不让你受他们的欺负,到那个时候你就翻身做主人了,你就过上真正的幸福生活了,这样美好的前景,不要说你这个头脑聪明的女人,就算是一个大笨蛋也会想得通的,也会上赶着来积极配合我的,难道不是这样吗,我的翠莲?

在朝李大头家走去的路上,我的二太姥爷韦跛子激情澎湃,情意绵绵,既充满了对他的情敌李大头的刻骨仇恨,又对他即将得手的美丽女人充满了柔情蜜意。真好呀,他不住地在心里感叹,翻身解放的日子可真是好呀。

翠莲呢,你知道吗?我们的好日子来了,土改工作队正在开展行动,他们要打倒地主老财，把他们的土地和房屋分给穷苦人，还有……你快行动起来吧，抓紧揭露你男人的罪恶，和他划清界限，只要李大头被打倒了，你的好日子也就到来了，所以请你赶快……

你说什么呢，你这个该死的，你知道这是在什么地方吗？这是在我家里，你怎么变得这么放肆了？你是不是中邪了？你发烧了？你得什么病了？居然说这些乱七八糟的胡话，小心让他们听到了，便让你吃不了兜着走，搞不好我也挨那个老婆子一顿打，你竟然喊我男人的外号，你吃了熊心豹子胆了？不怕他找你算账吗？我看你真是昏头了……

哎呀，翠莲，看来你什么都不知道呢，你一天到晚待在这个深宅大院里，大门不出，二门不迈，竟然不知道外面已经发生了翻天覆地的变化。你不出去看一看，工作队正在发动群众呢，也许用不了几天，穷苦人就会涌到你们家来，把你男人那个该死的李大头打翻在地，分你们的房子，分你们的地，到时候恐怕连你也一起分了，我劝你赶快行动起来，和我们这些穷苦人站在一起，揭发李大头那些见不得人的罪恶……

这是怎么回事？难道世道真的要变了吗？一个过去那么低三下四的雇工，今天竟然明目张胆地和我说这些出格的话，是什么让你变成了这个样子？真的是工作队让你变得这么胆大妄为了吗？我真是想不到，他们说那些人一来，就把我们家当成了斗争对象，当时我还不信呢，现在看来这一切都是真的了？韦跛子呀韦跛子，你说日头真的要打西边出来了？穷人真的要翻身了吗？我们家真的要被他们打倒了吗？

没错，事情就是这样，所以我才动员你赶快行动起来，和李大头他们划清界限，勇敢地站出来揭发他们的罪恶，等把李大头干掉了，你就会获得解放，就能和我一起去过我们的美好新生活了……

快闭上你的臭嘴，这也是你能轻易说得出来的吗？你以为你是谁？就能轻易打我的主意？我不是一个随随便便的女人，我有自己的男人，我有自己的家，我还有自己的儿子，我怎么能眼看着我们这个家败落，我自己的男人遭难呢？

你愿意也好，不愿意也罢，反正事情摆在那儿呢，到现在你还没有明白过来，形势在发展，时代在变化，过去属于你们的那个地主阶级已经走到了穷途末路，马上就要被送到"望蒋杆"上去了，而穷苦人的好日子刚刚到来，而且将来会越来越好，在这种时候，你不赶快站出来反戈一击，戴罪立功，还等待何时呢？我劝你马上离开这里，离开这个罪恶的家，离开李大头那个该死的家伙，加入我们的队伍里来,跟我一起,投入轰轰烈烈的土改运动中,这是你唯一的出路,难道你还不明白吗?或许在李家庄只有我才来跟你说这些话,外面那些人才不来动员你呢,他们只是站在一边看你们的笑话,等着你们被彻底清算呢,在整个李家庄,只有我和你站在一起,你难道还没有看出来吗?

你说的这些话让我害怕,你今天的行为也让我害臊,我毕竟只是一个女人,不想加入你所说的什么土改运动中去,我只想过平安日子,没有想过去害别人,也没有想着去和别人做什么不正经的事儿,我只是想待在我自己的男人身边,把我们的儿子养大成人,从来没想过会发生什么剧烈的事情,也不愿意生活有什么根本的变化,我只是求得安逸,求得富贵……也许我根本过不了富贵生活,以后我也不想再过这种生活了,我只是不要再碰到什么危险,不要再面临什么过不去的坎儿,老天哪,为什么我这点小愿望也不能实现呢?到底是谁和我过不去呢?老天作证,我没有做过恶,甚至没有干过一件对不起别人的事儿,不信你问问那些下人们,我到底对得住对不住他们?我问心无愧,就算走到哪里我的良心也不会不安……

你想错了,现在的问题并不是你,你到底是一个什么样的女人,李家庄人看得很清楚呢,就算他们不给你公正的评价,不是还有我吗?到时候我会向工作队去证明,证明你的清白,证明你的善良,证明你的……好了,现在还是不要再说你了,重要的问题是你的男人李大头,他可是李家庄最大的财主,也是这次土改运动中最大的斗争对象,人们现在都把眼睛盯在他身上,工作队现在抓的就是他这个人,他是逃不过这场运动的,如果我是你的话,就赶紧远远地离开他,带着孩子从这个家里逃出来,许多人包括我都在外面等着你呢,等着你揭发他呢……

你让我揭发自己的男人,我怎么能做得到呢?就算他再不好,他也是我的家人呀,也是我孩子的爹呀,况且他没有做过对不起我的事儿,从我到这个家来的那天起,他就拿我当他的心肝宝贝……

再说这些无聊的话我就走了,到时候你可别后悔,人们的耐心是有限度的,工作队给我的时间只有三天,如果三天之后你还顽固地待在这里,没有下决心和我站在一起,到时候你的麻烦可就来了,他们就会把你和李大头绑在一起清算的,听明白了吗?你这个糊涂女人。

我听明白了,你们让我背叛我的男人,把他交到你们手里去,可这样一来,我就真成了这家里的罪人,没有了我男人,以后我还去依靠谁呢?

你以为你还能靠得住李大头吗?就算是没有你的揭发,人们也会把他的罪行挖出来,到时候,胜利的果实可就没有你的份了,你就是想后悔也来不及了。现在是你和他划清界限的最好时机,过了这个村可就没有这个店了,你要抓住机会,尽快站到我们队伍里来,站到我身边来。

你应该不是坑我吧?你是不是早就打我的主意了?原先我还以为你是一个老实人呢,现在你终于暴露出来了,原来你也是一个地地道道的坏人……

哈哈,如果你以为我是一个坏人,那我就是一个坏人好了,反正在我眼里你也是一个坏女人,这样说行了吧?好好好,别哭了,一个坏女人除了跟一个坏男人走之外,她还能有什么另外的选择呢?放心吧,我不会坑你的,就算是我做对不起所有李家庄人的事儿,我也不会做一件对不起你的事儿,难道你还不相信我吗?

可我还是害怕,我怕这样一来我就没有回头路了,你以为李大头就是那么好对付的吗?他可是有大势力的,江湖上的事儿,黑社会的事儿,都与他有点关系,你看他家里还养了这么多家丁,每个家丁手里都有枪支,对了,你不知道,他在地洞里还放了一门土炮呢,如果他被逼急了,做出什么不计后果的事来,吃亏的还不就是你们吗?

什么什么,他居然还准备了土炮?这可是我没有想到的事儿,行,现在你已经在揭发他们了,看来我差不多已经说服你了,三天之后,我相信你一定可以和我站在一起的。

我没有,我没有揭发,我只不过是多了一句嘴……

既然你能多一句嘴,那就再多第二句,又有什么关系呢?

…………

果然,三天之后,韦跛子就把翠莲的揭发成果带到了工作队。其实,揭发成果有好几件呢,现在就说一件最重要的,那就是李大头霸占民女逼死人命的罪恶行径。李家庄小姓人中的一家,有一个刚娶来的小媳妇很有姿色,李大头一眼就看上了她,并明里暗里打她的主意。小媳妇当然不从,也不正经理会李大头。这让李大头很恼火,觉得是小媳妇不给他面子,决定软的不行就来硬的,老子既然看上了你,你从也好不从也好,反问你也跑不了,无论如何也要让你落到我手心里来。有一天,小媳妇的男人去田里干活,家里就剩下了小媳妇一个人。李大头等的就是这样的机会,便趁着男人不在家,悄悄来到女人身边,在经过一番利诱不成之后,就霸王硬上弓,强行霸占了小媳妇。等男人从田里干完活回来,小媳妇就把李大头对她做的事告诉了他,希望他能给自己做主,去找李大头算账。这给男人出了一个莫大的难题,在李家庄,李大头是著名的恶霸,什么样的事都能做出来,谁又敢得罪他呢?但这毕竟牵扯到男人的名誉,是一种不可接受的耻辱,如果换作是其他男人的话,干脆豁出来找李大头拼命,弄个鱼死网破的下场也在所不惜,或者甘愿戴这个绿帽子,就算被别人笑掉大牙也能吞下这口气。但小媳妇的男人不是这两种类型,他既不敢去找李大头算账,也不甘心让自己的名誉受损,思来想去便选择了第三条道路,那就是自杀。当天夜里,男人就在房梁上拴上一根绳子,把自己的脑袋伸了进去,然后踩翻了脚下的凳子。第二天,等女人发现男人吊在梁头上的时候,一切都来不及了。小媳妇接受不了这样的结局,一时神思恍惚,很快便失去了理智,成为一个疯疯癫癫的傻女人。由于李大头的祸害,这个本来算得上幸福的小家庭一下子走向了毁灭……

听了韦跛子的诉说,工作队员悲愤交加,这可是逼死人命的大罪恶呀,与此同时他们也感到了惊喜,毕竟经过大量工作之后,终于掌握了李大头的犯罪事实,再加上其他一些类似的情况,他们便可以给这个血债累累的家伙定罪了。一度陷入停顿的土改运动发生了重要转折,又过了三天,运动便再次轰轰烈烈地开展起来。

一项又一项证据确凿的指控,尤其是这桩逼死人命的大案件,让李大头再也无法逃避运动的清算,由人们五花大绑着押上了审判台。经过人民政府法庭的公正审判,被判处死刑的李大头瘫成一团,再也没有了往日的威风和霸道。愤怒的群众把他从执法人员手里抢下来,不由分说拉到了高高的"望蒋杆"上去。刑场是在黄河滩的树林子里,距尚有志带领学生们搞宣传的阵地不远。李大头从"望蒋杆"上陀螺一般坠下来时,我的二太姥爷韦跛子前去观看,作为有功之臣,他还被土改工作人员排在了最前面,也就是说,当李大头摔到地上毙命的时候,他倒下的正好是韦跛子站立的地方,具体说就躺在了韦跛子的脚下。看着李大头死在自己脚前的地面上,韦跛子吓得闭上了眼睛,并本能地跳了一下,但奇怪的是,他却没有跳起来,好像脚板被什么东西拉住了一样,赶紧睁开眼睛,竟然看见李大头似乎又活过来,正用一只手抓他的脚。韦跛子吓坏了,又一次跳了一下,想把那只手从脚上甩下来。在韦跛子看来,李大头那只颤动的手就像一条毒蛇,紧紧地缠住了他的脚板,无论他怎样跳跃,也无法把那只手甩下去。那一刻,韦跛子简直怀疑自己并没有在行刑现场,而是做了一个可怕的梦,一个被摔死的人却还抓着他的脚不放,这样的情景只有在不靠谱的梦里才能出现。

从刑场上回来后,韦跛子像平常一样朝自己家走去,但才走到半道上,就突然停住了脚步,马上又折回身子,径直走向了李家大院……不不,这时候不能再说是李家大院了,自从李大头被人民政府清算以后,原来的李家大院已经被群众占领了,几进幽深的院落和几座高大的房屋分别成了这些人的居所,还有李家的几百亩田地,也早就分给了其他穷苦人,韦跛子因为是最突出的土改积极分子,当然分到了最好的房屋和最肥的田地,也就是说,昔日的李大头家就是现在韦跛子自己的家了。这才是翻身得解放呢,韦跛子满心欢喜地告诉自己,这才是享受土改新成果呢。美中不足的是,李大头的大老婆在门楼下上了吊,不免让韦跛子觉得有些晦气。李大头的其他两个老婆也被赶出了这个院落,只有翠莲不用挪动地方,因为随着韦跛子住到这里来,这个已经决定改嫁给他的女人便又成了这个院落的女主人,当韦跛子从远处走来的时候,翠莲正站在院门口迎接他呢。

你回来了?翠莲笑盈盈地对他说。

韦跛子愣怔了一下,一时有些不习惯的感觉,恍惚中还以为她是在迎接李大头归来呢。

翠莲注意到了他的脚,不禁好奇地问他,你这只脚上的鞋哪儿去了?

韦跛子想对她说,被你男人的一只手脱下来了。但他张了张嘴,又没有把这句话说出来。只有到这个时候,他才发现那只被脱去鞋子的脚正是他那条受过伤的瘸腿。按说,他日思夜想的女人终于被他得到了,这不,她已经像他真正的老婆一样恭候他的到来了,他应该激动至少应该高兴一下才对。但不知为什么,他却高兴不起来,更激动不起来。

两个人正要往院门里走,忽然远处传来一声喊叫。韦跛子诧异地回过头,看到一个小孩子从外面跑来,他认得出,这是翠莲的儿子,也可以说是李大头的儿子。他怎么在这里?韦跛子脱口说道。

他不在这里在哪里?翠莲反问他。

韦跛子咽口唾沫,不知道该说什么好。

以后我让他给你当儿子。翠莲安慰他说。

他怎么会是我的儿子呢?韦跛子嘟囔了一句。在往院落里走的时候,他还觉得有些不对劲儿,好像自己并不是作为这里的主人走进来,而依旧是那个来扛活的雇工……

第二部

十四

　　在一个细雨蒙蒙的日子里,阿菲乘着一辆马车,风尘仆仆地来到了李家庄。

　　在此之前,阿菲从没有来过这里,甚至不知道李家庄在什么地方,马车夫对此也一无所知,一出了县城,她就不知道该往什么方向走了,但找到李家庄也就是找到韦铁皮的决心是下定了,就算是把整个东阿县的地界都走遍,她也一定要见到韦铁皮。

　　不久前,随着县城的解放,她父亲为首的那个黑社会窝点被人民政府端掉了,周海亮连同几个罪恶多端的手下人都被押到刑场上,被一颗颗子弹送上了西天。被他们关押三年之久的韦铁皮自然也获得了解放,不管阿菲怎么阻拦和挽留,那个铁了心不和她在一起的家伙便不辞而别,回到了他的老家李家庄。韦铁皮也真算是一条汉子,三年多来,不管阿菲和周海亮使用什么样的手段,他都始终不肯屈服,不肯上阿菲的床,甚至不肯好好和阿菲说一句话,周海亮所有硬的手段都使出来了,阿菲所有软的办法也都用尽了,就是无法撼动韦铁皮坚强的意志。这到底是一个什么样的人呢?阿菲愤恨交加而又茫然无措地想,老天为什么让她看上了这样一个铁石心肠的人呢?面对着这个让她无可奈何的家伙,阿菲的心不但没有死,反而更下定了和他在一起的决心。韦铁皮走掉后,阿菲吃不下饭,睡不好觉,没有一天不想他,在承受了快要一个月的痛苦折磨之后,她终于打起精神,租了一辆马车上路,到那个叫李家庄的陌生地方去找韦铁皮。

　　从县城到李家庄也就七八十里的路程,但阿菲的马车转来转去,差不多走了三个白天,才找到这个蜗居在黄河岸边的小村子。按照她所掌握的一点零碎的线索,一来到李家庄,她就打听一个老族长家所在的位置,因为她已经从韦铁皮的口中得知,他在李家庄是有一个未婚妻的,而那个未婚妻的老爹就是那家中药店铺的主人,也是这个村子的一个族长。到这个时候,阿菲似乎才明白过来,她之所以历尽艰辛来李家庄找韦铁皮，除了真的思念他之外，其实还有另外一个不太明确的原因，那就是对他未婚妻的好奇，韦铁皮不是不肯就范于她吗？或许正是因为那个女人的存在，他才无法也不愿接受她。阿菲想象不出来，那个老族长的女儿到底有什么好呀？能够让他念念不忘，却对身边这个痴心的女孩视而不见，难道她有天仙一样的美貌吗？难道她比自己还要对他好吗？阿菲才不相信这一点呢，所以才来亲自看一下，事情到底是不是自己想象的那么回事。

这时天已经晴了，虽然一路上雨一直在下，给她的行程造成了不小麻烦，但这个黄河岸边的村子却不是这样，地面竟然一点儿也不泥泞，看来这里的土质和其他地方不一样呢。阿菲下了马车，在光洁的地面上悄悄朝村子里走。大约看她不是本地人的样子，一些人便产生了好奇，在远处探头探脑地朝她打量。阿菲一路问询，差不多快要走过了两条街道，才打听到李族长家所在的地方。还没有来到李族长家门口，就看见一个瘸子从里面走出来，手里提着一根大烟枪，正朝她一拐一拐地走来。阿菲愣怔了一下，以为他就是那个李族长，刚要上去和他打招呼，却看见门里又跟出来一个精瘦的老头子。

村长，老头子对前面那个瘸子说，我什么都没有了，就靠着那支烟枪活着呢，就给我把它留下吧。

瘸子头也不回地说，现在是新社会了，哪里还容得下你们这些地主老财吸大烟呢？说完，他就加快了脚步，这使他的两条腿扭动得更不一样了。和阿菲交错而过时，瘸子还抬起头，上下打量了她一眼。

这时，阿菲已经知道他不是李族长了，觉得他的眼神也没有多少善意，害怕生出多余的麻烦，便赶紧低下了头。等瘸子走过去，阿菲才抬起头，朝后面那个老头打量了一眼，见他留着花白的山羊胡子，手里拄着一根龙头拐杖，鼻子上还架着一副老花镜，给人一种老谋深算的阴森感觉，如果不出意外的话，这个老头子就是她所要找的人了。阿菲便抬起脚来，直朝着他走过去。您是……李族长吗？

族长？现在是新社会了，哪里还有什么族长不族长的……你是从哪里来的呢？我怎么没有见过你呢？

韦铁皮……对了，到现在我还不知道他的名字呢？他是不是你的亲戚？

亲戚？哎呀，你别给我提这个，一说到这档子事儿，我心里就别提多难受了……

老头子往地上捣了一下手里的拐杖，坐在身边的一块石头上，竟然呜呜地哭起来，泪水沿着他眼角的鱼尾纹朝下流，滴滴答答地砸在他的脚面上。

我差不多什么都没有了,房子被他们分了,地也被他们拿走了……好在他们还给我一个面子,没有让我走那个李大头的路,并给我留下了这个老院子,也算是老少爷们对我开恩了……可我确实没有做过那些不可饶恕的坏事,为什么他们还要……看我昏了头,对你这个陌生人说这些有什么用?我不是对土改运动有意见,我只是觉得心里……

韦铁皮回来了没有?

啊,原来你是问我这档子事呀,可我怎么跟你说了那些乱七八糟的……我真是该死……

他现在在哪儿?

你找他干什么?你是谁?你和韦铁皮是什么关系?

阿菲想掉头走开,但她仅仅这样想了一下,便马上警告自己,你的任务还没有完成呢,好不容易来到了这里,怎么能半途而废呢?

能让我看你女儿一眼吗?

我女儿?你到底是谁?难道你不知道,早在三年前她就不在了吗?你是不是有意拿我老头子寻开心呢?我就这么一个女儿,如果她活着的话,也像你现在这个样子,可她被那些该死的歹徒……大家都知道这是最让我心里过不去的一件事儿,你却无缘无故地提到她,是不是看我遭受的苦还不够吗?

这是真的吗?她怎么就……三年前?那到底是怎么回事呢?

你还揪着这个问题不放,这是在往我心里捅刀子呀,呜呜呜,我的宝贝女儿,你到哪里去了呀?当初我真不该把你许配给那个韦铁皮,是不是因为和他扯上了关系,才让你丢了性命呢?韦铁皮简直就是丧门星,自从他来到了李家庄,我老李家就没有得好,不但我的女儿被害死了,就连我经营那么多年的财产也被他们拿走了,这都是那个该死的韦铁皮带来的……

他在哪儿?老人家能告诉我吗?

他到县城里去了,我让他去打理那家店铺,我好后悔呀,我为什么要把那家店铺交到他手里呢?

可前些日子他不是回来了吗?

现在他又回去了,昨天刚走的,现在说不定正坐在店铺里喝大茶呢……

阿菲终于明白了,原来在他来李家庄找韦铁皮的时候,韦铁皮竟然和她擦身而过,又回到县城里去掌管那家中药店了。阿菲在感到遗憾之余,又觉得十分欣慰,毕竟韦铁皮回到县城去了,也就是说,他们以后又要在一起了,这让她感到万分激动。

阿菲在离开李家庄，乘马车返回县城的路上，又想到了李族长的女儿，也就是韦铁皮的未婚妻，她竟然早在三年前就被歹徒杀死了……天哪，她明白了，所谓的歹徒不就是父亲派出的手下人吗？原来为了断掉韦铁皮的念想，让他心无旁骛地做她的男人，父亲竟然派人把他的未婚妻杀死，这对父亲他们那些杀人不眨眼的人来说不算什么，可对李族长那些可怜巴巴的乡下人该造成怎样致命的打击呀，对他们来说，父亲又欠下了一笔血债，他之所以得到被人民政府枪毙的结局，看来一点也不冤枉……阿菲不知道那个倒霉女孩的死去，究竟对韦铁皮意味着什么，不管怎么说，自己是对人家做了一件丧尽天良的事儿。对不起，她在心里一遍遍对韦铁皮说，真是对不起……

离开李族长的时候，阿菲有些心慌意乱，竟然没有沿着来路向东走，而是无意间出了西边的村子，直到看见前面有一座快要倒掉的破庙，她才回过神儿，来的时候，她没有看见这座破庙，现在怎么路边就多了这种奇怪的建筑呢？那座破庙肯定有许多年头了，山门已经被拆掉，院落里只留下后面的一座大殿，看上去也快要坍塌了。里面肯定不能住人了吧？不知为什么，阿菲竟然这样想了一下。在离开那座破庙，匆忙回到街上去的时候，阿菲也不知道那座破庙对她意味着什么。

回到县城以后，阿菲没有回家，而是直接去了韦铁皮的中药店。过去，阿菲也去过这家中药店，算得上轻车熟路，对店里的情况也还了解。但这次，她好像进错了店门一样，看见里面焕然一新，不但墙壁上多了许多与新中国有关的标语，而且柜台和药橱也刷过新漆，整个房间里都透着亮堂堂的色彩。一切都变了样，阿菲听说，随着父亲那个犯罪团伙的覆灭，与此有所关联的管家和米掌柜都逃之夭夭，眼下在店里值班的都是一些新面孔，阿菲没见过他们，他们也不认得阿菲。

韦老板呢？阿菲一进来就问。店员见她指名道姓地要见韦铁皮，不禁注意打量了她一眼，随后朝店铺后面的院子指了一下。于是，阿菲就穿过柜台，从后门朝院子里走去。

韦铁皮果然在院子里，正在指挥几个店员从车上往下卸药材。虽然他很忙碌，但阿菲一进来，韦铁皮就不禁转过头，朝她看了一眼。在阿菲看来，这或许也算是心有灵犀吧。她刚要和他打招呼，韦铁皮就转过头去，不再理会她了。这样的局面当然是阿菲想到了的，在过去的三年中，虽然他们在多数日子里都待在一个房间内，但韦铁皮却从来没有主动和她说过话，每天都是阿菲在他耳边絮叨个不停,韦铁皮微合着眼睛,处于在听和没在听的状态中,阿菲真的吃不准,她说的那些话他到底听到了没有。有时候韦铁皮感到厌烦了,便朝旁边扭开头去,阿菲便只能停下来,不让他过分地讨厌自己。这样的情况几乎伴随了他们在一起的每个日子,所以现在对于韦铁皮又摆出的冷淡样子,阿菲一点都不在意,而且感到非常适应,毕竟一个多月没有见到他了,现在两个人又在一起了,自然依旧是那种冷冷淡淡的气氛。这没有什么不好,阿菲在心里对自己说,只要和他在一起,就是被他劈头盖脸骂几句又有什么呢?

韦铁皮扭过头去专注地干活,阿菲便倚靠在门框上,默默地打量着他,在接下来很长的一段时间内,她的眼珠几乎没有离开过他。卸完了车上的药材,韦铁皮腾出手来,想回到前面的药店里去。在经过阿菲身边时,他依旧没有理会她的打算,甚至懒得多看她一眼。阿菲沉不住气了,等他走到自己身边来,便客客气气地对他说了一句,真是对不起……

听她这样说,韦铁皮果然有些意外,不禁抬头看了她一眼,似乎不明白她说的到底是什么。

我去过李家庄了,阿菲告诉他,到了那里我才知道,我爹他们竟然对你未婚妻下了毒手……

听她提到这件事,冷淡而又平静的韦铁皮突然涨红了脸,对着她大声叫喊起来,在你们看来,杀死一个无辜的人就像踩死一只蚂蚁一样容易,你们可真干得出来呀,难道你们的良心让狗吃了吗?

阿菲预料到他会恼火,但没想到他的反应会如此激烈,也便知道这件事对他的打击该有多大了。可那都是我爹他们做的,阿菲赶紧朝他辩解说,我真的到今天才知道这件事……

又让她想不到的是,韦铁皮在短暂地发了一下火之后,也很快平静下来。你知道我说的不是你,他安慰她说,这件事就到此为止吧。说完,他就越过她的身子,回到前面的店铺里去。

阿菲愣怔了一下,又跟随上去。韦铁皮回到店里以后,继续忙着指挥店员们摆放橱柜里的药材。和在后面院子里一样,阿菲再次站在一边默默地观看,因为店里的空间有限,有几次她都挡了他们的道儿,让她感到自己在这里的多余。可她又不甘心就这么走掉,她还没有看够韦铁皮呢,也没有再和他多说几句话,其实她有一肚子的话要对他说呢,在过去的三年中,她每天都和他说许多话,但依旧没有说够,现在来到了他面前,心里还有那么多话要对他说。

韦铁皮向几个店员交代了一些事,不知是不愿和她在一起,还是真的有其他事要做,便出了门去,要朝街上走。阿菲便又随在了他后面。走出了门去,阿菲还听到店员们在后面窃窃私语,这个女人是谁?与我们掌柜的是什么关系?看她神经兮兮的样子,不像是一个正常人……

你跟着我干什么?韦铁皮停下脚,有些反感地问她。

我想和你说说话,阿菲吞吞吐吐地说,一个多月没见到你了,心里别提……要不我也不去李家庄找你呀,你不知道,为了找你们那个村子,我在路上走了两三天呢。

你找我干什么?韦铁皮反问她说,我和你又有什么关系?

怎么没有关系?阿菲有些恼火,我们不是举行过婚礼的夫妻吗?

不是,韦铁皮用坚定的语气说,虽然我和你举行过什么破婚礼,那都是被你爹那个该死的人绑着去的,你们让我失去了自由,不但让我去参加那个与我无关的什么婚礼,还把我关到你的屋子里……三年了,三年来我没有自由,天天和你这个……在一起……

和我在一起怎么了?阿菲听不得他这些话,本能地想要撒泼,按照她的性格,是不怕在街上大声说话的,如果把她逼急了,就算当着许多人打滚闹事也做得出来。但现在不同了,自从去了那个李家庄之后,她便明确地知道,自己实在对不住这个韦铁皮,如果她真的对他好的话,就不能再和他针尖对麦芒,而是要用她作为女人的温柔来感化他。是呀,她似乎这才知道,自己是个女人,而女人是天生应该温柔的,只有男人才保持他坚硬的个性,女人就应该紧紧抓住温柔不放,用只属于她的这种品性和能力征服男人,也只有这种温柔的品性和能力才能彻底征服男人……想到这里,阿菲极力收敛起强势的个性,改用温情脉脉的表情和温文尔雅的口气说,和我在一起怎么了?我又不是什么狮子老虎,在你眼里,我有那么可怕吗?其实你不了解我,我只不过是一只小绵羊罢了,等待的是别人对我的放养,如果让我遇到合适的牧羊人,就算他把我杀掉吃了,我也心甘情愿……这样说着,阿菲身子有些战栗,似乎一阵寒风刮到了她身上,这种过分肉麻的话,在过去的日子里就是打死她也说不出来,可现在,她竟然一鼓作气说了这么多,真是笑死人了。

听了她这些话,韦铁皮果然有些意外,又抬头纳闷地看了她一眼,以为站在面前的这个人并不是过去那个逼迫和他睡觉的女人,而不过是一个在舞台上化着妆的戏子,这样的感受让他又不舒服起来。但与此同时,他也分明感觉到了鼓荡在她身上的激情,那种弥漫在她四周的勃勃生气,知道自己的麻烦并没有因为脱离了周海亮的魔手而减少……

好啦,阿菲不失时机地伸出手,在他的衣袖上拉了一下,我的话都说到这个份上了,你还不能原谅我吗?还不能接纳我吗?

接纳你什么?韦铁皮又用非常困惑的目光看她。

不管怎么说,阿菲又回到原来的话题上,我都是你的老婆呀。

别再做这样的美梦了,韦铁皮毫不客气地警告她,我给你说清楚,我和你一点关系都没有,从今天开始,你走你的阳关道,我过我的独木桥,请你以后不要再到这里来。

这怎么行?阿菲又要发火,但依旧压制住了心里的火气,我是不能没有你的,就算那场婚礼不算数,可我们毕竟在一个屋子里待过三年时间呢,大家都知道我们已经做过三年的夫妻,你怎么能说我和你一点关系也没有呢?

反正我没有和你发生过什么关系,韦铁皮向她指出,不论我走到哪里都问心无愧……

你倒是问心无愧了,阿菲打断了他的话,可我还怎么做人呢?我这是被你甩了吗?你要当一个忘恩负义的陈世美吗?你想丢下我不管问过我同意不同意?就是要和我解除关系还得到政府那里去办手续呢,你怎么一句和我没有关系的话就轻轻松松地走人了?

听她这样说,韦铁皮竟然哑口无言,一时不知道该怎么说好,但他皱着眉头想了一下,才又退而求其次地说,如果你非要有什么手续的话,那我就到政府那里去,和他们说明白,争取让他们办一下手续……

你休想,没有等他说完,阿菲克制不住地叫喊起来,天下没有那样的好事,你想和我举行婚礼就举行婚礼,你想和我解除关系就解除关系,你以为我根本不存在吗?阿菲也知道说这些话有点胡搅蛮缠的意思,但既然话赶话说到这个份上了,也就毫不客气地说下去。她已经压抑了太久,不想再顺着他的意思说下去,实在不行的话,那就在大街上闹一场,看看真正丢人的是谁?

韦铁皮不想再听她往下说,也不好意思在大街上和她纠缠,一些路过的人已经发现了他们关系的异常,正在回过头来朝他们打量,如果让大家看了笑话,他还怎么在这条街道上混呢?想到这里,韦铁皮便丢下她,迈着大步朝远处走去。

哎——阿菲想追上去,但仅仅小跑了几步,就停下脚来,她知道,这样追下去的结果也许更糟,反正韦铁皮已经来到了县城里,她的家离这里并不远,两个人以后见面的时候多着呢。你就等着吧，她恨恨地在心里对他说，只要我没事，就到你店里来，看你能躲到哪里去？她抬起头，对那些在远处打量她的人瞪了一眼，然后朝地上啐口唾沫，便也转过身，迈着小碎步朝家的方向走去。

　　阿菲回到了家里。她现在回的这个家既可以说是她的家，也可以说不是她的家。自从父亲出事以后，她那个家就败落了，虽然政府在没收了他们家大部分来路不明的资产以后，还给她留下两间小屋，但毕竟冷冷清清的，阿菲不想回那里去，就来到了姨妈家中。她从小跟着姨妈长大，便一直把她当成自己的母亲。

　　一照她的面儿，姨妈就心急火燎地问她，这几天你到哪儿去了？害得我满世界地找你。

　　阿菲没有给她说自己的行踪，也没有提到韦铁皮的事儿，便走进专门属于她的一间小屋里，关上门板，打算清静一会儿。

　　但姨妈马上跟进来了，犹豫了一下，还是直通通地对她说，前几天我跟你说的那件事儿，你想好了没有？

　　阿菲想了一下，才明白她说的是有关她婚姻的事儿。自从韦铁皮离开以后，姨妈便对这桩荒唐的婚姻不抱什么指望了，为了安抚痛苦失落的阿菲，马上在认识的人中给她介绍了一个对象，原本说好让他们见一面呢，但也正是因为这件事，才更加触发了阿菲对韦铁皮的思念，也才让她有了这次李家庄之行。没想到刚一回来，还没有歇一口气儿呢，姨妈就再次提到了这件事，真是烦死人了。

　　姨妈才不管她烦不烦呢，又一次给她说到她介绍的那个对象，说那个叫文才的青年多么优秀，又有模样，又有才干，家庭也不错，嫁给这样的人之后，她就算有了一个十分理想的去处。更重要的是，那个文才也很同意这门亲事，姨妈把阿菲的照片给他看过了，没想到文才一下子就相中了阿菲，在她离开的这几天，他已经上门来过几次了。你也看一看这个人，姨妈又把文才的照片举到她面前，比那个浑身是伤疤的韦铁皮可强多了。

　　像上几次一样，阿菲没有朝那张照片上看一眼，就躲到一边去了。这么急着赶我走，阿菲故意对姨妈说，您是不是嫌弃我了？那好，我以后就不到您这里来了。说着，阿菲就端出了离开的架势。

　　姨妈白她一眼说，真是狗咬吕洞宾不识好人心，看我管你的事又落了什么好？她丢下那张照片，就气呼呼地从她屋里走出去了。

　　阿菲这才松了一口气，在床上倒下身子，两眼盯着房顶发呆。她倒是懂得姨妈对她的关心，在这个世界上，除了韦铁皮那个指望不上的人外，她就姨妈这一家亲人了,如果他们不关心她的事,她还能再依靠其他什么人呢?说来姨妈也真是待她不错,不但拿她当亲闺女对待,还专门给她腾出这间闺房,明摆着是让她把这里当自己的家。但阿菲又本能地知道,这里不是她的久留之地,也就是说,这里不是她真正的家,就连她自己的家好像也不是她的真正归宿,自从认识韦铁皮之后,她便有了这样的感觉,知道韦铁皮不会认同她这个家的,也就是说,韦铁皮早晚有一天会离开这里的,即使没有解放这件事,即使她的父亲没有出事儿,韦铁皮也不可能始终被囚禁在他们家里,说不定哪一天他就会逃离而去,回到他自己的地方,到那个时候,阿菲还会在这个家里留得下来吗?自从认识了韦铁皮,她的心就随他而去了,她早就无数次下过决心,不管韦铁皮走到哪里,不管韦铁皮接纳不接纳她,她都要追随他而去,陪他游走天涯,一直到终老……一想到这里,阿菲就止不住心酸,两眼泪水涟涟,如果不是顾及姨妈的情绪,说不定她会咧开大嘴,号啕大哭一场呢。

默默啜泣了一会儿,阿菲觉得有些饿了,便下了床,走出她的闺房,要去厨房里找东西吃。但她刚走出屋门,就看见一个年轻的男人从院外走进来。阿菲不认识这个男人,也不知道他是干什么的。

那个男人一见阿菲的面,先愣怔了一下,随即便急快地向她走来,一边走一边欣喜地对她说,你是阿菲吧?我是文才呀。

十　五

店门打开没多久,那个叫文才的年轻人又来了。在此之前,他已经来过好几次了。第一次来就向韦铁皮自报了家门,说他是阿菲的男朋友,让韦铁皮离阿菲远一点儿,不要耽误了他们的恋情。韦铁皮差点笑起来,先说这与我又有什么关系呢?也就没有把他的话当回事。于是,几乎隔上一天,文才就到中药店来一次。今天这次与前几次不同,他没有走进店来,也没有再找韦铁皮,而是站在门口,两手抱在膀子上,看上去就像那个画在门板上的门神。

随着时间的流逝,街上的人开始多起来,有些抓药看病的要朝店里来,但看见文才站在门口,便有些犹豫,不知道这个人站在那里干什么,等他们真的来到店门口,文才便虎起脸来,故意用一副凶神恶煞的面目看他们。果不其然,那些人被他吓住了,扭头朝来路上走去。

由于文才的存在,差不多半个上午过去了,中药店还没有开一次张呢。店员们这才觉得事情严重起来,想去把文才赶走,但又轰不动他,不论店员们说什么样的好话,文才都一副爱搭不理的样子,店员们不敢来硬的,毕竟他们都不是本地人,仅仅是店里聘来的小工,犯不着惹这条地头蛇。他们都看出来,这个叫文才的家伙不好惹,明摆着是来闹事的,而且是专门来向韦铁皮叫阵的,要想顺利解决这个事儿,非韦铁皮亲自出来摆平不可。于是,一个店员就一溜小跑着进到后院,把韦铁皮喊了过来。

你要干什么?一照他的面儿,韦铁皮就直通通地问道,他已经感觉出来,一场冲突或许是免不了的。

不干什么,文才摇着头说,我在这里凉快凉快,你管得着吗?他这样说,引得几个看热闹的人差点笑起来,因为他是站在日头下面,眼下正是炎热的夏季,他脸上已经被日光晒出汗来。

那你进屋来凉快吧。韦铁皮压制着心里的怒火,还想再客气一些,向他朝屋里做了一个请的手势。

我不去屋里,文才抽了抽鼻子说,屋里太脏了,我闻不惯那个味儿。说到这里,他朝韦铁皮凑近一些,马上便夸张地把身子收回来,这里的味儿更大,真让我受不了。他抬起手,当作扇子在面前使劲摇摆了几下。

了解韦铁皮的人都知道,这个人是有意说给他听的,因为他身上有伤疤的缘故,一直把衣服完好地穿在身上,即使在这个大热天,他也不裸露自己的手臂和小腿。你到底要干什么?韦铁皮不禁火起,为什么三番五次来这里闹事?

很简单,文才明确无误地说,你不再纠缠阿菲的话,我也不到这里来当门神了,听明白了没有?我们各走各的道,谁也不耽误谁的事儿,那有多好?

我纠缠阿菲?韦铁皮差点被他说笑了,看来这个家伙是个迷糊蛋,并不知道他和阿菲关系的真相,竟然就蒙头蒙脑地来闹事,不把事情弄得更糟才怪呢。我怎么说才能让你相信呢?韦铁皮推心置腹地说,我和阿菲一点关系也没有,你想讨她做老婆,就直接去找她好了,根本不用到我店里来说这些不着调的话……

听他这样说,文才也有些恼火,什么?你说你和她一点关系没有?他瞪起眼说,那为什么阿菲三番五次到你这里来?为什么阿菲对我爱搭不理?为什么她不让我来和你谈判?不要把我当成大傻子,你以为你在阿菲心里占有什么样的位置我不知道吗?阿菲时时刻刻都忘不了你这个事实你能瞒得了我吗?

我还是那句话,韦铁皮向他摆摆手说,要搞清这些问题你还是去找阿菲吧,反正我已经跟你说得很清楚了,这件事与我没有任何关系。说到这里,他突然有些可怜起这个叫文才的年轻人来,便尽量耐着性子,好心好意地提醒他说,你把事情搞反了你知道吗？本来你是想和阿菲搞好关系的,可你却放下她不管跑到我这里来,这不是白耽误工夫吗？你越是往我这里跑,阿菲可能越对你不感兴趣,如果你想尽快取得效果的话,那你就守住阿菲,不让她到我这里来……

不行,文才琢磨一下他的话,依旧摇着头说,我不受你的骗,我觉得我和阿菲的事儿之所以进行不下去,问题就在你这里,如果不把你摆平的话,我是不可能把阿菲追到手的。

两个人谁也说服不了谁,问题也就得不到妥善解决,一个上午快要过去了,韦铁皮也没有让文才离开,店门口围了许多看热闹的人,生意明摆着做不下去了。韦铁皮忍了几回,才打消武力驱赶文才的念头,在一个店员的提示下,他想去找政府人员帮忙。但他还没有这样去做,就看见阿菲从远处走来了,这才悄悄松出一口气,解铃还须系铃人,要想让文才离开这里,非要阿菲来说句话不可。但与此同时,韦铁皮又有些犯愁,就算阿菲赶走了文才,她自己不是又留下来了吗？在韦铁皮看来,阿菲和文才其实也没有什么太大区别,都会给他和他的生意增加许多麻烦,从这种意义上说,他们两个人他都不希望来,原先仅仅是一个阿菲就让他苦不堪言了,现在又多了一个文才,不知道他们带给他的麻烦到底什么时候才能结束。

一看见阿菲的影子,文才就有些紧张,本能地离开药店门口,要朝别的地方走。阿菲或许听说了他在这里闹事,其实是冲着他来的,所以还离得老远,就喝住了文才,你到这里来干什么？

文才不好再走,只好停下来,支支吾吾地说,我,我来这里玩儿……

阿菲反问他说,这里有什么好玩的？

文才想了一下,便掉头看韦铁皮一眼说,我想跟这位掌柜的学一下生意上的事儿。他的话还没有说完,周围那些看热闹的人就呵呵地笑起来。听了他们的笑,文才面红耳赤,一副极度尴尬的样子。

赶快离开这里,阿菲横眉立目地对他说,如果你再到这里来闹事,我就对你不客气了。

文才连连点头,抽了个空子,便赶紧朝远处跑去。

望着他狼狈不堪的样子,人们都大笑起来。一度有些犯愁的韦铁皮也松了口气,真是没有想到,那个家伙竟然如此惧怕阿菲,这说明他真的在乎这个女人呢,这样倒好,有文才牵制着阿菲,或者她就分不出那么多精力来纠缠自己了。与此同时,韦铁皮也真的盼望那个家伙能得到阿菲,如果他们走到一起也不失为

107

一个美好的结局,减少了自己的麻烦倒是小事儿,主要还是孤独一人的阿菲有了一个不错的归宿。

我没有让他到这里来,没有等韦铁皮开口说话,阿菲就急忙朝他声明说,是他自己跑到这里来的,我真是奇了怪了,我也没和他说过你什么事儿,他怎么就把矛头对准了你呢?这真是一件没头没脑的事儿,搞得我也对你说不清楚了,但我向你保证,我和这个人一点关系也没有,前几天我还不认识他呢,他纠缠了我一阵子又来纠缠你,不知道他到底要干什么?反正无论怎么样,我都不会看上这个没有脑子的家伙,就是打死了也不会嫁给他……

又来了,韦铁皮绝望地闭了一下眼,刚刚赶走了一个,现在又来了一个,对他来说,这两个给他带来烦恼的人又有什么区别呢?他没有理会阿菲,便掉头走回了店里去。但他马上站住了,知道这样一来阿菲也会跟进来的,就转回身,耐着性子对她说,你们两个人的事与我没有关系,你爱和什么人结婚就和什么人结婚,不要和我说这些事儿,我已经听那个文才说了那么多废话,现在什么都不想听了,请你回去吧,或许文才正在那边等着你呢……

放屁,阿菲毫不客气地打断他的话,我刚刚对你说过了,我和他没有任何关系,难道我白说了吗?

我不是也正在给你说,韦铁皮反问她说,我和你一点关系也没有,难道你没有听见吗?

我们和他是根本不一样的,阿菲愤怒地跺着脚说,我们是正式夫妻,而那个文才到底是干什么的,我根本不知道。

韦铁皮不想听她说这些毫无意义的话,没有再搭理她,便掉头朝后门里走去。

正如他的料想,阿菲磕磕绊绊地跟在他后面,就像一条甩不掉的尾巴一样,韦铁皮走到哪里,她就跟到哪里。他们在店里和后面的院子里绕了一圈又一圈,韦铁皮都把两条腿走酸了,还不知道什么时候才能让她离开。他差不多已经明白了,只要他在县城里经营这家中药店,就不可能真正甩掉这个女人,他继而想到,就算是回到李家庄去,难道这个女人就不到那里找他吗?前些日子,她不是已经去过李家庄一次了吗?韦铁皮用两手抱住头,这是哪辈子和这个疯婆子结下的孽缘,让他们像被一条从天而降的绳索捆绑在一起了似的,无论他怎样挣扎也不能让这个女人离他而去,天哪,这到底是怎么回事呢?

随后的事实证明,韦铁皮对这件事的严重性还是估计不足,他以为仅仅受到那两个人的纠缠就完了,但事情根本没有那么简单。这天夜里,他去街上会朋友回来,刚走到离家最近的一个十字路口,就看见从前面的墙壁后闪出一个人影。这天的天气不好,天空阴云密布,没有任何星光泄露下来,这条街上的路灯也坏了,地面漆黑一片,好在一个临街的窗棂间还闪出一缕灯光,给马路带来了一点光明。但那缕灯光太狭小了,只照亮了路面的一小块地方,而且使周围的黑暗处显得更为幽深,与此同时,还给人带来一种神秘莫测的感觉。

韦铁皮走到这个地方,便格外小心,因为前几天这块路面刚刚修整过,一些砖头瓦块还没有清理干净。他正慢慢走着,忽然看见从墙后闪出一个人影,开始他以为是正常人出没,便没有停步,依旧朝着中药店的方向走,也就是说,与那个人影的距离越来越近。当离那人有五六步远的时候,只见那人突然弯下腰去,不知道在干什么。韦铁皮不由得停一下脚,但还没有明白是怎么回事,那个人便直起身子,同时把手里的什么东西朝他抛过来。韦铁皮反应还算敏捷,不禁把身子朝旁边一闪,那个冲他胸口而来的东西便碰撞在他右边的臂膀上,随着剧烈的疼痛,韦铁皮差点跌倒在地上。他这才明白,右边的臂膀是被一块砖头打中了,也就是说,前面那个人是用砖头朝他下手的。

趁着他站立不稳的时候,那个人飞快地跑上来,朝着他又要动拳脚。韦铁皮马上站稳脚跟,做好了与他交战的准备,如果单凭两个人较量的话,那个人肯定不是他的对手,所以韦铁皮也就没有多么慌张。其实到这个时候,他差不多已经知道这个朝他下狠手的人是谁了,虽然因为黑暗的缘故,他看不清他的面目,却知道这场架打得并不是无缘无故,凭着一点点社会经验,他就判断出暗算他的人是那个叫文才的家伙。在他的回想中,文才虽然是个街混子,但身材并不高大,好像也没有什么功夫,和这样一个人打起来,韦铁皮没有任何惧怕的必要。

但接下来的事实证明,韦铁皮又一次想错了,两个人还没有打到一处,那堵墙后又有两个人影闪出来,站到那个人的身后,三个人都摆出了与他搏斗的架势。原来他还找来了两个帮手,这说明文才是决计不肯放过他了。这让韦铁皮不敢再掉以轻心,只好也向他们把搏击的架势摆好。这时他又感到右边臂膀的疼痛,心里知道事情有些不好,如果没有这个臂伤,他是有把握把这三个家伙打败的,但现在他最需要使用的右臂有些不便,事情的结果便不好说了。果然,尽管韦铁皮使尽了浑身解数,最后也打倒了其中的两个人,但右臂的疼痛实在制约了他行动的速度和力度,在打倒那两个人的同时,他也重重地摔倒在地上。文才看到事情进展得差不多了,也就丢下他那两个帮手,趁着黑暗悄悄溜走了。

韦铁皮右臂的骨头折断了,不但疼痛难忍,而且整条臂膀都肿得像是一条菜蟒。没有办法,他只好走进了一家诊所,让医生把他那条断臂接起来。在治疗的过程中,有接近一个小时的时间,韦铁皮都陷在了昏迷中,等他醒来的时候,却惊讶地看到,阿菲竟然坐在病床前,手里举着一块花手绢儿,正在给他擦头上的虚汗。

看到他醒来了,阿菲十分高兴,刚要对他说话,却又意识到什么,把到嘴的话咽了回去,脸上又布满沉痛的表情。

我知道是谁打了你,真是没有想到,他竟然对你下这样的狠手,看我不……其实这和我又有什么关系呢?你肯定知道,我没有指使他,我怎么能让他和你过不去呢?当然要说和我没有关系好像也不是那么回事,就是因为我他才去找你的,这样看来和我让他打了你又有什么区别呢?可如果你这样想的话我又会觉得委屈,因为无论如何我都不会看你受苦的,与其让你受苦还不如我自己受苦呢。我不知道你那条伤胳膊有多疼,但我心里却疼得就像被刀子割一样你能想象出来吗?虽然我心里很难过,但我觉得又有点高兴,我这样说你不会觉得我没心没肺吧?我高兴的是你终于给我提供了一个让我照顾你的机会。我知道你会拒绝我的照顾,但我不怕,就算你怎么赶我走我都会待在你身边,我要好好地照顾你,就算为你端屎端尿我也不会嫌弃的。不要赶我走,就让我好好地待在你身边吧,我要尽心尽意地照顾好你,一直等到你好起来的那一天……

你给我……

什么?你要什么?我马上去给你拿……

你给我滚。

什么?

滚,滚出去。

我不是对你说过了吗?不要赶我走,我要留在你病床前,全心全意地照顾你,直到你恢复健康的那一天……

赶快给我滚,我再也不想见到你。

我也告诉过你了,你赶不走我的,就算你从病床上爬起来,像文才打你一样来打我,你也不能让我离开这里的。什么也不要说了,你就老老实实躺在病床上吧,你需要什么马上告诉我,只要我能办到的马上就去……不,就是我办不到的,只要你需要我也肯定能够办到的,如果你不相信的话就试一试,告诉我你需要什么?

…………

韦铁皮不想再听她说话了,便掉开头,把脸冲向墙壁,闭上眼睛,让思绪离开这个现实的空间,离开这个让他既有些感动又实在讨厌的女人。是的,听了她这些絮絮叨叨的话,他知道不可能让她从这里走掉了,但人家之所以不离开他,还不是为了留下来照顾他吗?在过去的日子里,他还没有像样地得到过一个女人的照顾,这不能不说是一种崭新的体验,他应该好好珍惜这个机会才对。但问题是,他不想受到这个女人的照顾,不想让她待在自己的床前,甚至不想与她扯上什么关系。可他就是不明白,这个女人为什么非要纠缠他不休呢?他忽然想到,摆脱这个女人纠缠的方法不是赶她走,也不是远离她,这两种方法他早就试过了,无论如何也不灵验,也不能达到预期的效果,看来他只有想另外一种方法了,而且通过自己被文才打这件事,让他看到了那个与此不同的方法。对,他也像阿菲一样去和另外一个女人建立一种关系,当他和那个女人拉拉扯扯的时候,或许阿菲就会心生妒忌,就不能容忍下去,就有可能离开他,到那个时候,他不用赶人家也会从自己身边走掉的。这真是一个好主意,差不多快要绝望的韦铁皮突然兴奋异常地告诉自己,就打定这个主意吧,等你从病床上站起来的时候,马上去外面找另外一个女人……

阿菲当然不知道他在想什么,在韦铁皮躺在病床上养伤的日子里,她就像她对他说的那样,几乎一刻不停地待在他病床前,全心全意地照顾他。

你是他什么人?医生好奇地问她。

我是他的老婆。阿菲毫不犹豫地回答。

原来是这样?医生随即把目光转向韦铁皮,用格外羡慕的口气说,韦掌柜,你可真是幸福呀,居然找了这么个贤惠的老婆。

韦铁皮呆呆地看着墙壁,脸上没有任何表情。

阿菲微微一笑,脸上透出满意的表情。听到了没有?她推了一把韦铁皮,医生说得多么好呀。

韦铁皮闭上眼睛,眼角悄悄淌出一滴泪水,不知是因为感动,还是由于委屈。他想象得出,此时这个女人眼里一定泛滥着浓烈的爱情波澜……不要。他在心里朝她叫喊。

韦铁皮伤好后做的第一件事,就是托人给自己找老婆。实际上这是有些困难的,因为他不是县城里的人,可谓人生地不熟,要在这里尽快找到老婆,是不太容易也是不太现实的事儿。好在给中药店看大门的老头是当地人,而且也很热情,或许能帮上这种忙的。韦铁皮便找到老头,把自己的要求对人家说出来。老头呆呆地看着他,无论如何没想到掌柜的求他办的是这件事,回过味来以后满口答应下来。

　　别说，老头的办事效率还挺高，第二天就把一个年轻女孩领到了店里来。后来韦铁皮才知道，老头找来的是他老婆娘家的侄女儿，所谓近水楼台先得月，既然掌柜的要找老婆，而且还那么急切，那就肥水不流外人田，干脆把他老婆娘家的侄女领来了，如果韦铁皮看上了这个女孩，那老头也算攀上了这门亲戚，以后还能有他的亏吃吗？老头的主意倒是打得不错，但让他没有想到的是，作为当事人的韦铁皮还没有表示什么意见呢，竟然被匆匆赶来的阿菲搅了局。

　　连韦铁皮也没有想到，这件事做得非常隐秘，除了他和老头两个人之外，就连手下的其他店员也没有第三个人知道，那么阿菲是怎么得到消息的呢？而且阿菲一到店里来，就直奔后院，具体说直奔韦铁皮居住的房屋，看来真的是有备而来。此时此刻，韦铁皮的确是在那间屋里和老头的侄女见面呢。

　　那个女孩刚被老头领进来，还没有在椅子里坐稳呢，才刚合拢的门板就被推开了，阿菲迈着急促的脚步走进来，径直对那个女孩说，怎么回事？这个男人还没有离婚呢，就有人上赶着来填房了。她冷笑着嘲讽女孩，就算你再想当他的老婆，也得等我给你腾出窝来呀。

　　女孩一下子愣住了，不知道这个风风火火闯进来的女疯子为什么会这样说，她愣怔了一下，才猛然回过味儿。原来你们……她惊讶地问韦铁皮。没等韦铁皮说出辩解的话，女孩就撑不住劲了，赶紧站起来，一溜小跑着出了门去。

　　看着女孩张皇失措的样子，阿菲克制不住心里的快乐，拍着两手哈哈大笑起来。

　　就这样，韦铁皮找老婆的第一次努力很快就失败了，他以为阿菲的到来纯属巧合，被她撞见了才导致事情失败，那么下一次，就要做得格外隐秘才行。但他找到看门老头时，老头满脸不高兴，毫不客气地问他，韦掌柜，你到底有老婆没有？那个胡说八道的女人到底是谁？为证明自己的清白，韦铁皮向他对天发誓，自己和那个女人一点关系也没有。老头才勉强信了他一回，答应再回头为他物色对象。又等了一天，老头便领来了第二个女孩。这一次，老头不敢再找亲戚，怕对不住人家，就把一个八竿子打不着的街坊女儿带来了。

　　为了做到万无一失，韦铁皮没有让女孩到店里来，而是在一条隐秘的胡同里找了一家茶馆，作为他们见面的地点。他以为这次不会让阿菲搅局了，但哪里想到，他们才在那个茶馆里坐下不久，闭合的门板竟然又一次被推开了，自然，打搅他们好事的依旧是阿菲。本来他们计划得如此周密，一点风声也没有走漏，那么阿菲又是怎么得到消息的呢?韦铁皮无论如何想不明白。又像上次一样,阿菲一进来,就把对老头侄女说过的话又对现在这个倒霉的女孩说了一遍。看她轻车熟路的样子,真以为她这些冷嘲热讽的话都是提前备好的台词呢。结果可想而知,就像上次一样,那个女孩羞愧交加,连屁股下的凳子还没有坐热呢,就满脸通红地逃之夭夭。

怎么样?目送这个女孩逃掉以后,阿菲似乎还觉得不过瘾,掉过头来问韦铁皮说,还有下一次吗?现在我都快要上瘾了,等下一次我保证取得更好的效果。

够了,韦铁皮愤怒地拍打着桌面,你为什么三番五次来破坏我的事儿,难道你真以为你是我老婆吗?做你的春秋大梦去吧,就算老子一辈子打光棍,我也不会让你的计划得逞。他越说越痛恨,冲动阿菲面前,用两只手抓住她的肩膀,使劲摇晃着说,你必须给我说清楚,从今以后,我们一刀两断,如果你不说明白的话,今天我就不放过你。

不放过我好呀,阿菲似乎低估了他埋藏在心里的火气,居然用很好玩的声音说,我巴不得你不放过我呢,如果那样的话,我们就能继续在一起了……

好你……韦铁皮没等她说完,抓在她肩膀的两只手就转移到她脖子上了,然后使劲朝一起围拢,你这个疯女人,你你……

阿菲的脸面很快涨红了,先还勉强咳嗽几声,随着韦铁皮两只手继续用力,尽管她张大了嘴巴,却什么声音也发不出来了。

正在这时候,看门的老头赶来了。得知现在的女孩又被阿菲赶走了,他原本想来质问韦铁皮一番,以发泄心里的不满。但他进来一看,立时被眼前的一幕吓住了,赶紧冲上去,把韦铁皮两只手从阿菲的脖子上拉下来。阿菲弯下身子,嘴巴开合了好几下,才长长地喘上一口气来。我真想死在你手里。她抖掉眼角的泪珠,急剧鼓荡着胸脯对韦铁皮说。

韦铁皮举起两手,在自己的脖子里抓挠了两下,就把它们抱在了头上。他蹲到地上,摇摆着一颗沉重的头颅,呜呜咽咽地哭起来。

十六

阿菲被姨妈关在了家里。那次被韦铁皮掐住脖子的事儿,可把姨妈吓住了,她也见过韦铁皮,知道那是一个不好惹的主儿,不发脾气则罢,发起脾气来没人能对付得了他。而她的外甥女阿菲呢,又执意去纠缠他,搞不好就会闹出什么事来,这次阿菲没有被掐死,也算是不幸中的万幸,这样的事以后绝不能再出现了。

于是，姨妈不管三七二十一，就把阿菲关在了家里，具体说是她那间闺房里，而且还派了自己的两个儿子看守。姨妈干这件事也算轻车熟路，过去阿菲父女关押韦铁皮的事儿，她一点都不陌生，现在依葫芦画瓢，关押起阿菲来也就不怎么费事儿。

阿菲一天到晚待在她的闺房里，吃喝的时候会有人把饭送进来，拉撒的时候会有人陪着她去厕所，这与她和父亲关押韦铁皮的情景如出一辙，心里真是感到好笑，这叫什么？难道这就叫报应吗？过去对别人做过的事儿现在轮到自己头上，这才体会到被关押的滋味是那么难受，如果不是亲身体验一把，她都不知道韦铁皮在那些年里到底遭遇了什么苦难。越是这样，阿菲越是思念韦铁皮，越是觉得对不起他，便越是渴望见到他，越是给自己逃出去的打算提供了动力。就像当初韦铁皮所做的那样，她一定要逃出去，逃出姨妈的魔掌，逃到外面的世界，找到韦铁皮，向他忏悔自己过去的过失，向他表白对他越来越浓厚的兴趣和忠诚。等着吧，她在心里对韦铁皮说，我一定尽快到你身边去。

有一天，姨妈到闺房里来看她。阿菲已经被她关押了好几个月，在这么长的时间内，她觉得这个桀骜不驯的外甥女或许已经被她磨秃了性子，自己关押她的目的大概也快达到了，便在这个晴朗的天气里来到阿菲身边，验收一下自己的劳动成果。

但她没有想到，一上来，阿菲就给她说到了自己的母亲。我梦见我妈了，阿菲不动声色地对她说，她在梦里问我，你得到我给你找来的那个男人了吗？

姨妈不解地问她，你妈给你找来了哪个男人？

阿菲说，就是那个韦铁皮呀。

姨妈对她的说法感到好笑，那个韦铁皮怎么是你妈给你找来的呢？你妈不都死去好多年了吗？对了，你记得你妈长什么样吗？

阿菲不以为然地说，我怎么能不记得她呢？我每天都在梦里看见她呢。

姨妈笑话她说，梦里的事儿会算数吗？那你说说，你妈长得什么样？用什么口气说话？说话时会有什么样的表情？姨妈在心里说，看她说的与我记忆中的姐姐有什么不同。

令她感到意外的是，阿菲并没有正面描述母亲的形象，而只是向她指出说，反正和你的样子不一样，与我妈妈相比，你可就差远了。

听她这样说，姨妈有些不高兴，已经感到了她挑起这个话题的用意，便不服气地问她，我哪里差远了？在她的记忆里，她的姐姐和她并没有多少差别，如果有什么地方不一样的话,那就是自己比姐姐还要出色。

但阿菲下面的话就更不中听了,我妈妈是一个既漂亮又温柔的女人,一点都不让别人害怕,而且她心肠善良,对别人没有丝毫恶意,也许是天底下最难得的好女人了。

姨妈脱口而出,难道我不是那样的女人吗?说完这句话,姨妈即刻就后悔了,因为她已经觉到中了阿菲的圈套,就像一匹毫无方向感的马被别人驱驶着在路上狂奔一样,至于要到什么地方去根本就由不了自己做主,而只能听从那个驾驭她的人安排。

果然,阿菲就像等待她这句话似的,马上回答她说,你当然不是了,难道你不知道吗姨妈?其实你和我妈妈正好相反,我妈妈的优点就是你的缺点,我真怀疑你们不是亲姐妹,如果你们是一母同胞的话,差距怎么那么大呢?

到这个时候,姨妈已经在她面前坐不住了,知道这个孩子说这些阴阳怪气的话是有意捉弄自己,怪罪自己,甚至报复自己。孩子,姨妈还在耐着性子对她做最后的说服工作,你以为姨妈这样对待你是对你不好吗?

阿菲不让她把后面的话说出来,马上回答她说,不好,如果你对我好的话,又怎么能不让我和我妈妈送给我的那个男人在一起呢?

姨妈有些恼火地说,又来了,什么你妈送给你的男人?难道是我不让那个韦铁皮喜欢你的吗?

阿菲扬起头,像是回想什么似的说,我妈妈在梦中对我说,给你姨妈捎个信儿,不要让她去管我们娘们的事了,如果她闲得没事干的话,就到我们这边来看看吧,这么多年没见她的面了,我真是对她想得慌呢。

姨妈诧异地看着她,真是没想到,这个不识好歹的外甥女居然变着法子诅咒她,威吓她,侮辱她,这哪里是一个善良的女孩子做得出来的呢?姨妈真是后悔,她为什么要管这个忘恩负义女孩的事呢?干脆把她放出去好了,就算她被那个韦铁皮弄死与我又有什么关系?留着她反而是个麻烦,是个累赘,是个负担,搞不好还会给自己带来什么意想不到的灾难呢。姨妈倒是这样想的,但她说出来的却是另外一个意思。阿菲你给我听着,姨妈站起来,横眉立目地对她说,既然我们娘们儿撕破了脸,那你就休想在我这里落下什么好,反正我已经不能在你那里落下什么好了,你就乖乖地给我听着,只要我还在这个家里做主,你就休想从这间屋里出去,你不是关押了那个韦铁皮三年吗?我让你在这间屋里比他待的时间还要长,不信的话你就试试看吧。说完,姨妈就扭着肥大的屁股走出去,并且死死地关上门板，又对守在门外的两个儿子说，打起精神来，给我看好这个小妖精，如果有什么差错，我就拿你们是问。

　　阿菲知道，要想从这里逃出去，幻想姨妈的同情或者表兄弟的大意是办不到的，看来不得不求助于外边的力量了。阿菲真是感到幸运，当自己被关押的时候，已经是人民政府的天下了，而韦铁皮被关押时，还是旧政府统治的时期，这样的局面可是大不一样，那时人们都忙着打仗和逃难，就算韦铁皮能够向外面发出求救的信号，又有什么闲人来管他呢？再说，父亲的黑社会势力实在是大，也没有什么人敢管呀？而自己被关押的时候，人民已经当家作主，是容不得不公平的事存在的，只要把自己被关押的信息传出去，就肯定会有人来解救自己的，她对这种结果一点都不怀疑。于是，阿菲便偷偷写了一张小纸条，从临街的窗户里丢了出去，纸条上只写着几个字，我被关押了，快来救我。

　　第一张纸条丢出去以后，根本没有引起什么反应，或许是尚未被人发现吧？阿菲又丢出去同样的第二张纸条，两天过去后，还是没有盼来解救她的人。阿菲不屈不挠，又丢出去了第三张纸条，与前两张不同，这张纸条上她改动了几个字，于是变成了，我快被打死了，快来救我。这当然不符合事实，在她被关押的过程中，姨妈根本没有打过她一次，她之所以这样写，无非是引起人们的注意和同情，为前来解救她的人提供动力。不能不说，阿菲是机智的，有办法的，不简单的。果然，这张纸条丢出去的当天下午，姨妈家的门板便被敲响了。一听到院门啪啪的敲击声，阿菲就激动起来，从床上跳到地上，做好了从屋里走出去的准备。她把耳朵贴到门板后面，清晰地听到打开院门的姨妈和正在朝院子里走来的人的对话声。

　　你家关着人吗？

　　这个……

　　什么这个那个的？赶快给我们说清楚，那个关着的人在哪个房间里？

　　你们怎么知道这里关着人呢？

　　少说废话，快带我们进屋去。

　　我还没说清楚呢，我家并没有关着什么人，在这里的都是我们自己一家人。

　　你说是一家人就是一家人了？把你关的人放出来，让他自己给我们说清楚。

　　你们怎么擅自往里闯呢？我家可都是守法之人……

　　你还知道法律呀？关押他人是非法的行为，搞不好是要被判刑的你知道吗？

你们快别这么说,我现在就带你们去,那是我自己的外甥女,我好心好意地让她在家里待着,不让她去外面惹是生非……

好了好了,闲话少说,快带我们进屋去。

阿菲获得了自由之后,第一件事便是到那家中药店铺找韦铁皮,这么长时间过去了,她是多么想他呀,上一次仅仅是一个月没有见到他,就觉得像过了一年,而现在差不多有一年没和他见面了,在她的感觉里就像过去了一辈子……韦铁皮,阿菲在心里一遍遍地问他,你还好吗?快要看到中药店的时候,阿菲再也克制不住心里的冲动,竟然迈开大步飞跑起来。但她好像忘记了,她有那么多日子没有出来活动,囚禁生活已经把她的身体搞虚弱了,她仅仅奔跑了几步,就感到一阵急剧的眩晕,脚步一踉跄,一头栽倒在地上。她沉沉地躺在路边,过去了好一会儿,才让自己平静下来,感觉不再那么头晕了,便慢慢爬起来,朝着前面的中药店走去。尽管距离不是那么远,她却控制不住脚步,走着走着又小跑起来。

但等阿菲来到店门口时,不由得愣住了,出现在面前的情景和她记忆中的模样不太一致,过去店门上的牌子上写着"李氏中药店",而现在却变成了"光华合营药厂",这是怎么回事呢?难道她来错了地方?阿菲抬起头,用茫然失措的目光朝四周打量,没错呀,周围的景物并没有什么变化,街道还是那么宽,房屋还是那么高,电线杆子只有一根,那棵歪脖柳树也没有直起腰来,一切都与过去并无多少不同,这到底是为什么呢?如果说只有药店发生了变化,对她来说也没有什么太大影响,现在的问题是,没有了那家中药店,那么韦铁皮又到哪里去了呢?是呀,韦铁皮是中药店的掌柜,中药店没有了,他又该到什么地方去当掌柜呢?一意识到这一点,阿菲就真正地慌张起来,她多么希望这样的变化并没有发生在现实中,而只是出于不可靠的梦境。她伸出手来,在自己身上狠狠掐了一下,剧烈的疼痛让她低叫了一声,天呢,情况真的发生了,这可如何是好呢?

阿菲不知道,在她被姨妈关押在闺房里的时候,外面的世界的确发生了不小的变化,而这种变化首先出现在韦铁皮的中药店里。有一些日子,韦铁皮接到政府部门的通知,让他去参加所属街道居委会的会议。到了会上他才知道,参加这种会议的都是这个地方工商界的代表。按照国家刚刚颁布的条文,要对一些私人工商业进行改造,上级给出的政策叫公私合营,具体的操作办法就是,把工商业项目折成不同的股份,由国家出资进入,占有股份的不同比例,同时政府派出工作人员,对工商业进行不同程度的管理。一句话,就是为最终把资本主义工商业收归国有打下基础,或者说铺平道路。明白了这件事之后,韦铁皮就觉得自己不应该到这里来,因为他虽然是中药店的掌柜,但说到底这家店铺不属于自己所有,而是人家李族长的家产,虽然土改的时候李家遭到了清算,乡下的大部分财产都作为浮财分给了李家庄的穷苦人,却没有牵连到这家居于县城的中药店,所以现在依旧是属于李家所有。对韦铁皮来说,原先他的身份还可以说是李家的女婿,在这件事上或许尚有一定的发言权,但自从香云被害以后,他其实就与李家没有任何关系了,李族长之所以依旧把他派到这里来管理店铺,不过是延续先前的惯例罢了。韦铁皮不敢怠慢,马上赶回李家庄,把这件事向李族长进行了详细汇报。

但韦铁皮从李家庄回来时,虽然主动找到了居委会主任,却没有说起公私合营的事儿,而是从衣兜内拿出一个油布包,一层层打开来,最后取出一沓上面写满字迹的黄纸,双手托举着递到主任手里。

这是什么?主任感到莫名其妙。

这是大力丸……韦铁皮随口说着,但又觉得不妥,马上改口说,是阿胶的……秘方。

主任依旧疑惑地看他,阿胶的秘方?那你刚才说是大力丸?

韦铁皮不好意思地挠着头皮说,说习惯了,当年我们行走江湖的时候,不知为什么就把它们说成了大力丸。

主任依旧没有打消心里的疑虑,接过那一沓发黄的纸张,翻来覆去看了几遍,又抬起头来问他,这东西是从哪里来的?

韦铁皮摇摇头说,不知道,随即又改口说,可能是我祖上传下来的。

主任追问他,这就是说你祖上是做阿胶的?可前几天你还说,这家中药店与你没有什么关系,你们家从来没有与中药沾过什么边儿?

韦铁皮又挠了挠头皮说,那时候我把这件事忘了……可中药店的确不是我们家的,我这次回李家庄,就是和店铺的老东家说了公私合营的事儿,到时候由他们来跟政府合作吧,我一个外人也做不了主……

主任打断了他的话说,那你们家到底做没做过阿胶?

韦铁皮为难地说,这个我真的说不清楚……

主任又想到了什么,刚才你说你在江湖上什么什么的,那是怎么回事?

韦铁皮只好对他说,从我记事起,我就跟着我爹在外面流浪,前几年才来到了李家庄,就落户在那个黄河岸边的小村子里了。

主任站起来,背着两手在屋内慢慢踱步,好像陷入了沉思当中。

　　韦铁皮呆呆地看着他,似乎已经感觉到这次把阿胶秘方献给国家的行动怕是不会那么顺利,不知道是哪个地方出了一些问题,让这个街道办事处主任对他的行为充满了怀疑。

　　过了好长一段时间,主任才停住脚,像是想明白了一些事儿,或者说做出了自己的决定,便回到韦铁皮身边,把刚才那沓纸朝他面前推了一下,用颇为冷淡的口气说,你说不清这些药方的来历,我也就不知道它们到底有没有什么价值,这样吧,你自己先收起来,好好珍藏着,等以后能够说清它们是怎么回事了,再把它们拿出来好吗?

　　韦铁皮失望地垂下眼皮,这个结果让他无论如何没有想到,他原本以为,当他把这一沓被我太姥爷太姥娘和二太姥爷以及我奶奶还有韦铁皮本人在流浪和逃亡的路上付出那么多代价保护的珍贵秘方献给国家的时候,会受到热烈的欢迎,即使不为此举行一个隆重的献宝仪式的话,也会对以他为代表的这些秘方珍藏者表示一下感谢吧。但出乎他意料的是,这个粗心大意的街道办事处主任竟然有眼无珠,把他们所珍藏的阿胶秘方视为废纸,而且韦铁皮还从他的表情和眼神中看出来,或许在他心里,这个所谓的献宝者是一个大骗子也说不定呢。韦铁皮不想再和这个家伙费什么口舌,马上就把那沓黄纸收起来,依原样一层层包好,揣回自己贴身的口袋里,然后便走出主任的办公室,闷闷不乐地回到了中药店。

　　韦铁皮有些心灰意冷,中药店不是自己的,公私合营的事与他没有什么关系,虽然李族长委托他代理李家参与这件事,但有了刚才的遭遇,他便不想再管这些与他无关的闲事了。于是,韦铁皮回到住处后便动手收拾东西,第二天一早就离开中药店铺,离开东阿县城,离开这个让他感慨不已的地方,再次踏上了回返李家庄的路途。

　　阿菲当然不知道这些事情的发生,当她逃出姨妈的关押,来到中药店的时候,距离韦铁皮的离去已经两个多月,而且在这段时间里,公私合营的事已经取得了初步成果,中药店也由原来的名字改成现在的"光华合营药厂",难怪她以为走错了地方,这件事她又怎么能想得到呢?她这才真切地感到,这个社会已经发生或者正在发生着翻天覆地的变化,让她这个置身于社会边缘的人感到了措手不及。

　　弄清楚了事情的真相以后,阿菲当即决定到李家庄去,既然韦铁皮离开了县城,她还待在这里干什么?韦铁皮已经把她的魂灵勾走了,她空留下一具肉身在这里又有什么意义？没错，她必须跟着自己的灵魂走，更明确一点说就是跟着韦铁皮走，是呀，韦铁皮就是她的灵魂，韦铁皮在哪里，她就会活在哪里，离开了韦铁皮之后，她就像一条鱼离开了水一样，她还能活得下去吗？再说，她在这个地方也没有任何亲人了，父亲虽然是一个作恶多端的黑社会老大，做了那么多见不得人的坏事，但他毕竟是她的亲人，除此之外，那个姨妈算是她的亲人吗？过去就算是吧，不管怎么说，她是跟着她长起来的，在她成长的过程中，姨妈也为她付出了不少心血，在许多时候，她都把那个女人当成了自己的母亲。但自从被姨妈无情关押了一年多之后，尤其在和她进行了那场导致她们撕破脸皮的谈话之后，她就不再把那个女人当成自己的亲人了。既然这样，她还留在这里干什么？不论从哪个方面讲，韦铁皮都是她的亲人，都是她留在这个世界上的唯一依靠和念想，那么剩下的便只有随他而去这条路好走了。

第二天一早，阿菲收拾好东西，便挎着一个大包袱，从家里走出来，走过县城大街，朝通向李家庄的道路走去。一路上，阿菲都没有回一下头，而只是朝着前方大步行走，一副气昂昂奔赴新生活的急切架势。她当然知道，这一去就不会再回到这里来了，现在的离开就是最后的告别，连她自己都感到吃惊，这一刻她并没有对这个地方感到多么留恋，这里毕竟是她生长的地方，在她一天天长大的过程中，它给过她难以计数的记忆和感受，但此时此刻，当最终离开它的时候，她为什么没有对它产生哪怕一丝怀念呢？难道她对这个地方充满了憎恨和蔑视吗？当然不是，阿菲即使再没有良心，也不会产生这样不切实际的想法，她之所以义无反顾地往前走，而且不给自己留下一点怀念这个地方的余地，只不过是她对以后的生活太过急切了，对未来日子的畅想占据了她整个脑海，以至于让它没有任何地方再对昔日的生活进行梳理。

但这个时候，阿菲到底知道不知道，等待着她的所谓未来生活究竟是一副什么样子呢？

有了上次去李家庄的铺垫，这一次的行程可就顺利多了，阿菲租来的马车只是行走了一个上午，日头正当顶的时候，她就来到了李家庄村外。按照记忆中的方向，她一从黄河大堤上下来，就沿着一条有些弯曲的小道朝西去，前面不远处就是李家庄的街道。这一次，阿菲不用朝别人打探，因为她已经知道，韦铁皮如果不在那个老族长的家里，那么就肯定是在他自己家里了。虽然她不想打扰别人，但她还没有进到村里，就被一个女人主动拦住了，那个人舞动着两只手，好像非要和她说什么话似的。阿菲便只能停下来，看这个好客的女人到底要干什么。

你回来了？那个女人欣喜若狂地说。

我……阿菲不知道该怎么回答，上次好像没有见过这个女人，那么她怎么认得自己？知道自己是第二次来李家庄呢？

老尚，你不知道我在这里等了你多久，那个女人冲上来，不由分说抓住了她的手，我一天到晚都在这里等你，我就知道你会回来的，他们对我说你再也回不来了，我在这里等也是白等，但我知道他们都说错了，整个李家庄只有我一个人相信你，知道你一定会回来的，看看，现在我不是把你等回来了吗？说着，女人再次凑上来，张开她的两只脏手，就要朝她脸上摸。

阿菲不禁退后了一步，惊诧之余，这才看出这个女人有些异常，她絮絮叨叨说的那些话她一句也听不懂。但阿菲知道，这个女人一定认错了自己，而且就在这一刻，她知道这个女人等待的一定是一个男人，也就是说，她把自己这个女人当成了另外一个男人，这是多么好笑的一件事儿，如此看来，这个女人恐怕是个疯子呢。

看到那个女人纠缠着她不放，几个在旁边看热闹的人赶紧走上来，使劲拉开了那个疯子。阿菲这才得以摆脱她的拉扯，转过身子，赶紧朝村子里走去。看来一定是那个女人惊扰了她，让她在村子里又一次有些恍惚的感觉，好像来到的这个地方是那么陌生，便一直向前走呀走呀，快要穿过了整条大街，还没有想起来停下脚步。直到来到了村西头，看到前面那座熟悉的破庙，阿菲才有些反应过来，在心里问自己，我怎么走到这里来了？看着前面那座似乎等待着她到来的破庙，阿菲竟然产生了走过去的冲动，于是再次迈开脚步，直朝着那个破庙走去。穿过一个大大的豁口，阿菲走进庙宇的院子里去，只见里面荒木林立，杂草丛生，想必已经不知多少年没有住过人了。看到她的到来，一些藏匿在草丛里的蜥蜴和蛤蟆之类的动物纷纷逃到远处去。阿菲虽然没有见过这些丑陋的动物，却似乎并不害怕它们，依旧迈着脚步朝前走，就好像回到她自己的家里一样坦然。

一些跟在她后面的人不知道她为什么要到这里来，但看到阿菲走到草木里面去了，而且好久没有再出来，再联系她挎在胳臂上的那个大包裹，人们突然有些反应过来，别是这个流浪的女人把破庙当成她自己的家，要在以后的日子里住在这里不走了吧？

十七

我的爷爷尚有志离开之后不到一个月，我奶奶毛丫的身子就感到了有些异常。

　　异常是从一次突如其来的呕吐开始的。那一天,毛丫坐在家门口,两眼痴呆地朝黄河大堤上看,希望从那里走出一个人来,当然,她盼望走来的那个人是她的丈夫尚有志。自从尚有志走掉以后,毛丫就天天坐在那个地方,瞪着一双大眼朝东看。她依旧住在当年分给尚有志的院落里,虽然是在村子里面,但因为临街,坐在院门口也是可以看到黄河大堤的。就像以前的许多天一样,毛丫没有等到一个像是尚有志的人到来,正心焦得不行,突然便产生了呕吐的欲望,便伸直细长的脖子,朝着地上使劲呕吐。她原本以为会吐出一些未消化的食物来,但奇怪的是,她快要把喉咙累破了,也并没有吐出什么东西。她仔细想一下,早晨也没有吃过多少饭,自从尚有志走掉以后,她便有些吃不下东西了,现在一天吃的食物也没有过去一顿饭吃得多,在这种情况下,她怎么会产生如此强烈的呕吐欲望呢? 更让她感到不可思议的是,自从这一次呕吐之后,几乎每一天,她都会遭遇这样的状况,但如这一次一样,以后的每次呕吐也依旧前功尽弃,好像呕吐仅仅是一个虚幻的仪式,并不能带来什么实质性的结果。

　　醒悟也是突然到来的。接下来这天,她在呕吐好一阵而毫无结果的情况下,抬起头来,再次把目光望向东边的黄河大堤,突然便明白过来,是不是自己有了身孕? 这样的想法差点击倒了毛丫,让这个早就陷入绝望的不幸女人像一棵快要被旱死的禾苗淋了一场透雨一样,一下子从昏暗的状态中苏醒过来。天哪,她欣喜若狂地想到,我怀上了尚有志的孩子? 看来我没有白跟老尚一场,这是不是说,我又要见到尚有志了? 老天,尚有志你这个王八蛋,你把我丢下不管我也把你找回来了,让你的儿子永远留在我身边,永远留在李家庄,你就是变成一只风筝飘到天上去也有一根线牵着呢,早晚有一天让你乖乖地回到我身边来……

　　那时刻,我奶奶毛丫被这场突如其来的狂喜击昏了头脑,在张着两手朝天空大叫了一声之后,随着身子的急剧摇摆,一下子跌倒在地上。但她这次的倒地,并不是由于癫痫病的发作,而是被她肚子里的孩子也就是我父亲的到来击倒了。

　　就从那天起,我奶奶毛丫又恢复到了激动而喜悦的状态中,这可是尚有志离开李家庄之后很长一段时间没有过的,给人们造成的感觉是,毛丫又和那个叫尚有志的家伙谈起了恋爱,因为在毛丫跟随他去河边阵地搞宣传的时候,她才有这种神采奕奕生龙活虎的模样出现。毛丫再到街上来时,不再两眼痴痴地朝东望,也不再逢人就问,看到老尚了吗? 而是两手放在肚子下,而且往上托举着,这样一来,她托在手中的肚子便向前鼓出来,看上去就像衣衫下塞了一个枕头,这使她的身材显得更加胖大,但按照人们的估算,她肚子里的孩子并没有那么大,这才三两个月过去,怎么能让她的肚子鼓得那么高呢?毛丫之所以这样做,是故意让人们看到她的肚子,具体说是让人们想到她肚子里的孩子。只要看见有人走过来,她就会笑眯眯地说,老尚这回可跑不了了。

那人便诧异地问她,老尚真的回来了吗?

毛丫拍了拍肚子说,回来了,这不被我装到肚子里去了。

人们感觉她的说法很奇特,想想也的确有些道理,不管怎么说,怀在毛丫肚子里的孩子的确是尚有志的种,这从某种意义上说,把他看成尚有志本人也能说得过去。人们在上下打量过她的肚子之后,又把目光转到她的脸上,吃不准毛丫是有意这么说,在和人们开一个很有意思的玩笑,还是她真的这样认为?在尚有志离开的这些日子里,毛丫的精神状态毕竟有些不正常,有时就会说一些颠三倒四不着边际的话,让人听了有些摸不着头脑。

难道你们不相信吗?看到人们脸上疑惑的表情,毛丫又朝自己肚子上拍了一下,我真的把老尚装到我肚子里来了,如果你们不信的话,等哪一天,我就让他自己出来和你们见个面儿。

听她说得越来越荒诞,人们不敢再接她的话,又在感叹一阵子之后,都远远地离开了她。

真好,毛丫依旧在街道上不住地念叨,我把老尚装起来了,他就是想跑也跑不了了,老尚呀老尚,你就老老实实地待在我肚子里吧,哪里也不要去,什么也不要想,我保证让你有吃有喝,把你养得白白胖胖的,等哪一天我放你出来的时候,或许人们就认不出来了,过去你老是病恹恹的,要不是我给你吃那些蜜丸或许你早就撑不住劲儿了。现在好了,我把你装到了我肚子里,你可以什么也不干,什么也不想,只要老老实实地睡你的大觉就行了,一切都交给我吧。为了把你养得身强力壮,我一定好好吃饭,好好睡觉,对了,我要吃那些大力丸,过去我是给你吃的,现在我要自己吃了,你可不要有意见呀,我自己吃了还不是为了你吗?不要胡思乱想,不要胡乱折腾,你就一心一意待在我肚子里,安安心心睡你的觉吧。我的老尚,我的小宝贝儿……

几个月之后,毛丫生出了她和尚有志的孩子,也就是我父亲。孩子刚生下来时,与毛丫想象中的形象差别很大,或许在她想来,不管这个孩子大小,都因为是她的丈夫,那就应该和尚有志的形象差不多少。可现在倒好,这个被她生出来的孩子竟然又小又丑,哪有一点尚有志英气逼人的样子?这使她产生了严重的怀疑,这根本不是她的丈夫,别是一只丑陋的猴子在以假乱真吧?

前来祝贺的人安慰她说,没错,这就是尚有志的儿子,不信你让他长大了,那时候他就变得和尚有志没什么区别了。

毛丫相信大家的话,这才接受了这个让她感到陌生的孩子,并耐心地抚养他长大,好让他变成真的尚有志。

在孩子长大的过程中,毛丫一直把他叫作尚有志,并没有给他取另外一个名字。人们觉得实在是不妥,不管怎么说,这孩子都是与他父亲不同的另外一个人,怎么能和尚有志叫同一个名字呢?于是,大家就擅自给孩子起了个名,叫尚怀志,以示对他父亲的怀念之意。但这个名字从来没有得到毛丫的承认,她依旧把他叫作尚有志,不知道她是有意这样称呼她的儿子,还是真的以为这个小男孩就是她的丈夫尚有志。

孩子慢慢长大起来,一张又小又丑的脸逐渐展开来,终于让毛丫看到了昔日尚有志的影子。她感到万分高兴,看来没错,她生出来的这个孩子的确就是尚有志,是她的男人尚有志真的归来了。与此同时,她又产生了深切的担忧,那种伴随她不长时间的喜悦正在一点点减少,或者说完全变成了烦恼。孩子长大以后,便由不得她再看着他,管着他,约束着他了,或许她稍一大意,孩子就不见了踪影,不知跑到什么地方去了。只要看不到孩子,毛丫就紧张起来,赶紧四处寻找,而且逢人就问,见到我家尚有志了吗?

人们呆呆地看她,似乎又回到了过去的日子里,当她的男人尚有志刚刚离去的那些时刻,毛丫就是这样四处寻找尚有志的,这才过去多久呀,那一段情景竟然又重新出现在人们面前。这不仅使毛丫紧张万分,也使那些围在她身边的人产生了深深的忧虑。

尚有志,毛丫这里找了那里找,满脸都是万分焦急的神情,你到哪里去了?你赶快给我出来,你不能丢下我不管,你赶快回来吧尚有志……

到这个时候,我奶奶毛丫的快乐岁月便正式终结,不但继续重复着失去丈夫时的痛苦和悲伤,而且在我父亲尚怀志身上进一步放大了这种痛苦和悲伤的程度,让她在这条不堪忍受的道路上肆意狂奔,再也无法回头。尽管她被无时不在的悲苦纠缠着,却没有让自己变得更加消瘦,相反,她本不算太小的身材竟然越发臃肿,在街道上追逐尚怀志的日子里,人们看到的都是一个行动不便却执意做追逐行动的笨拙身影。

我的父亲尚怀志是一个特别顽皮的孩子,这与我的爷爷尚有志有些不同,当然,因为大家没有经历过尚有志的童年岁月,也就不知道他过去的性格是怎么样的,或许当他长大成人出现在李家庄时,那种顽皮的个性就已经消失了吧?反正尚怀志的顽皮是出了名的,与其他小伙伴相比,他似乎更加不安分,更加不规矩,也就更加使我奶奶担忧,使我奶奶操心。毛丫越是不让他到处跑,他越是四处乱跑,好像故意在和她捉迷藏,是的,人们似乎看出来,这个孩子故意在和他的母亲作对,不知道是他天然的个性使然,还是由于毛丫对他严厉的约束,让他产生了远离她的欲望,并把这种想法付诸行动,以至于他和毛丫的捉迷藏游戏,每天都在李家庄大街上演出。有时人们正在家里吃饭,便会听到外面传来毛丫心急火燎的叫喊,尚有志,你到哪里去了,你赶快给我回来。

听到她的喊声,有些人便从家里走出来,好心劝解她说,别找了,他跑不到哪里去的,说不定什么时候就回来了,孩子嘛,你越是找他越是不肯出来。

但毛丫根本不听人们的劝告,只要见不到尚怀志的影子,就会在大街上四处寻找,并且大声叫喊,碰到从远处走来的人,她像过去一样朝人家发问,看到我家尚有志了吗?你们快告诉我,他到哪里去了?我一定要把他找回来。即使没有碰到人,毛丫也会一个人自言自语,尚有志,我是不会让你走掉的,就算你跑到天涯海角,我也要把你找回来,你不能舍下我一个人不管,我就那么让你讨厌吗?你赶快回来吧,我会全心全意对待你的,离开了我你会后悔的,我也会过不下去的……

几乎每一天,我的奶奶毛丫都在街上寻找他的儿子尚怀志,都要絮絮叨叨地说上一大通。也就是在那些日子里,人们不再喊她毛丫了,而是送她另外一个名字,老磨叨。别说,这个不含什么恶意的俗称,倒真是符合我奶奶个性的。

为了叙述的方便,从现在开始,我也不再把我奶奶叫作毛丫,而和大多数李家庄人保持一致,就干脆叫她老磨叨吧,愿奶奶在天之灵原谅我这个不孝的孙子。

那些年里,老磨叨四处追赶她的儿子尚怀志几乎成了李家庄的一道风景,也成为人们茶余饭后的一个必备话题。一些孩子出于低级趣味的恶作剧,会时不时地捉弄她一下。老磨叨,他们在街上截住她,煞有介事地告诉她说,你家尚有志跟别人跑了。

正如他们所料,老磨叨最听不得这种话,果然一下子被他们吓住了。是谁把老尚劫走了?她惊慌失措地问道,他们把他弄到哪里去了?

孩子们朝远处胡乱一指说,刚才我看见了,几个人把他带到那边去了。

不等他们说完,老磨叨便撒开两腿,急急忙忙朝他们所指的地方追去。你们到底是些什么人？她一边追赶一边纳闷地叫喊，为什么要把我家尚有志带走？

看到她被捉弄得四处乱转，孩子们得意忘形地大笑起来。

在这件事上，老磨叨是一个记吃不记打的主儿，并没有因为前几次受到捉弄而汲取教训，等下次孩子们开玩笑的时候，她依旧会轻易上当，再次上演一出毫无结果的追赶大戏。

孩子们如此捉弄老磨叨，让一些大人实在看不下去，便虎起脸来厉声喝道，不许你们这些小屁孩欺负一个疯子。孩子们这才一哄而散。但也难怪他们一次次捉弄老磨叨，在大人的威逼下，孩子们决定洗手不干的时候，老磨叨却主动找上来，心急火燎地向他们打听消息，看到我家尚有志了吗？在这种情况下，孩子们又该怎么样对待她呢？

看到老磨叨一天到晚陷入寻找尚有志的恶性循环中难以自拔，人们心情都十分悲痛，在同情老磨叨的同时，也对那个不见踪影的尚有志产生了怨恨，可那曾经是一个给李家庄带来多大变化的人呀，却把如此深重的灾难施加到这个可怜的女人身上。尚有志消失以后，我的二太姥爷作为村长，想把我奶奶家定为军属，因为在他想来，就算尚有志抛弃了老磨叨，但他还是一个军人，而且他没有和老磨叨离婚，所以老磨叨应该享受军属的待遇。可这个申请报到上级部门之后，竟然被驳了回来，因为他们也没有尚有志的确切消息，至于他到底有没有背叛革命，跑到敌人那里去没有，一切都不好下结论呢，必须等搞清楚这件事的真相后再说。大家都想不明白，尚有志离开的时候，这一带已经获得了解放，虽然也有个把特务和反革命，尚有志作为新中国的有功之臣，怎么能和那些失败的人站到一起呢？而且他又能藏到什么地方去呢？但不管怎么说，尚有志给老磨叨带来了数不清的麻烦和痛苦则是真的，要从他那里享受一些军属的待遇都不可能，如此说来，这个人的出现对老磨叨简直就是一场灾难，更为严重的是，他离去时并没有把这种灾难也一同带走，而是完好地留下来，留在了他的儿子尚怀志身上，真有一种自有后来人的味道，现在不是轮到尚怀志把灾难带给老磨叨了吗？有一句话说，人不可能两次踏入同一条河流，但这个说法却在老磨叨这里失去了效应，看看她的遭遇，不就是在重复着两件同样的事情吗？而且一次比一次厉害，一次比一次严重。

不能不说，尚怀志倒真忠实继承了尚有志的秉性，好像从一生下来，就端出了像他父亲一样离开老磨叨最终消失的架势，他和老磨叨玩的那些捉迷藏游戏不过是一次次预演，一次次准备罢了。现在经过老磨叨的努力寻找，他还能重新出现在她面前，但说不定哪一天，就会真的从老磨叨面前消失，像他父亲一样一去不回头，大概这就是老磨叨对他的担忧，或许也是一种预感，谁又能保证这种悲剧不会再一次上演呢？尚怀志现在还没有长大，就像一只刚出巢的鸟儿还没有让翅膀变硬，不能像尚有志那样真的离去，因为要想在外面的天空里成功翱翔，没有足够的经验和本钱是不行的。尚怀志懂得这一点，所以他在像那只鸟儿一样悄悄历练，积蓄力量，为以后某一天的展翅飞翔做好充分准备。从这种角度说，尚怀志的到来，其实是给老磨叨的灾难加码，给她的伤口抹盐，如果没有这个人的话，老磨叨因为尚有志的离去而产生的痛苦，随着时间的流逝或许已经减弱，到现在甚至消失了也说不定呢。但尚怀志出现了，便又把尚有志施加给她的痛苦带来了，让这个可怜的女人又一次重复了上一次痛彻心扉的感受，而且看上去毫无尽头，因为比起尚有志来，这个年轻的孩子更有活力，存在这个世界上的时间更加久远，那么带给老磨叨的痛苦也就更加深重，更加漫长。那些日子里，一些不愿意老磨叨经受这些痛苦的人都是这样看待尚怀志的，也就是说，当尚怀志来到这个世界上时，李家庄的大多数人便没有喜欢过他，甚至在很大程度上讨厌他，憎恨他，一照他的面儿，有些人就对他侧目而视，还有人向他吐唾沫，丢石头。人们不仅把他看成老磨叨的克星，也把他当作整个李家庄的孽障。

但话又说回来，人们或许真的误会了尚怀志，没有把他当成一个受到伤害的孩子看待，而仅仅把目光落在他给老磨叨带来的麻烦上。仔细想一下，尚怀志之所以对老磨叨充满了逆反心理，绝不是毫无来由的天性使然，完全是老磨叨毫无人性管束的结果。从尚怀志来到这个世界上那天起，他就没有得到过属于自己的自由，每时每刻都受到老磨叨的看管，甚至在很大程度上说是关押也不为过，就连他在吃饭睡觉这些再平常不过的事情上，都不能脱离老磨叨的盯视和窥探。这样的情况如果仅仅发生在家里，尚怀志还有可能接受下来，可当他来到外面时，尤其看到其他小伙伴不受约束地自由行动时，再面对母亲一刻不停地加以管束，他就不可能不反感甚至反抗一下了。与其他小伙伴相比，他有太多的地方不能去，有太多的技能没学会，比如他已经长到很大了，还没有公然到黄河岸边去过，他一旦到村东去，还没有爬上黄河大堤呢，就被老磨叨喊住了。

尚有志，老磨叨从后面追上来，你给我站住，你给我回来。

尚怀志的脚步稍一放缓，就被赶上来的老磨叨拖住了身子。这时老磨叨的力量似乎格外大，不管尚怀志怎么挣扎，都不能脱离开她的手。

还有，其他小伙伴都学会了游泳，而只有尚怀志不会，黄河里水大不能去，一般的水塘则可以了吧？不行,当尚怀志朝水塘边走的时候,也会毫无例外地被老磨叨拦住。在整个李家庄,大约只有两个人没有学会游泳,一个是韦铁皮,因为他不肯当着他人的面脱衣服,所以也就没有下过水,还有一个就是尚怀志,由于老磨叨管束的缘故,他始终是一个旱鸭子,这对一个在黄河岸边长大的人来说,简直就是一件不可思议的事儿,也在小伙伴们中间成了一个笑话。

在成长的过程中,尚怀志根本没有一个快乐的童年,说到底他只是一个失去自由的囚徒,这让他不堪忍受,不对老磨叨心怀不满甚至怨恨又怎么可能呢?有时当着许多人的面,只要老磨叨在后面纠缠他,尚怀志就会气急败坏地发作一下,和她捉几次迷藏都是司空见惯的小把戏,如果惹急了他,老磨叨受到他毫不客气的推搡和斥责,也是时常发生的事儿。你跟着我干什么?尚怀志厌恶地指着她的额头说,我又不是你的尚有志。

老磨叨却断然回答他说,你是尚有志,你就是化成灰我也认得你。

尚怀志气愤地跺着脚说,你仔细看看,我是尚怀志,不要把我当你的男人,我是你的儿子,我有自己的名字,我有自己的自由。

对他这些语义分明的辩解,老磨叨一句也没有听进去,依旧冥顽不化地说,你别给我装蒜,你以为我不知道你的真实身份吗?你再伪装我也认得你,你就是走到天涯海角我也能把你弄回来。

尚怀志知道和她说不明白,恼怒地真想暴打她一顿。

每到这个时候,人们又对这个倒霉而可怜的孩子产生了深深同情,是呀,作为老磨叨的孩子,或许他一生下来就是一个悲剧,就是对自己的一个惩罚。不,惩罚是来自他的父亲,那个叫尚有志的家伙,正是他的不辞而别,给他老婆和儿子带来了难解而深重的麻烦。

在没有长大之前,尚怀志纵然多么反感老磨叨的跟踪,多么想逃离她的监管,也是心有余而力不足的,尽管做了很多次尝试,也没有获得真正的成功。但这也没有什么关系,反正他是要长大的,时间是站在他一边的,就算老磨叨有天大的本事,也不能阻止他的长大,也就不能把他监管到底。相反,随着时间的流逝,老磨叨却一天天变老,逐渐丧失监管的力度,直到有一天,当尚怀志下定最后的决心离开她并且付诸行动的时候,她还能阻挡得了他吗?十八岁这一年,已经蛰伏了那么久的尚怀志觉得已经羽翼丰满,可以尝试着远离老磨叨了。真像俗话说的那样,有其父必有其子,当年尚有志不辞而别,十八年后,他的儿子尚怀志也来做这种不辞而别的尝试了。

　　这天夜里,当老磨叨沉浸在睡梦中的时候,尚怀志从假装的睡眠中睁开眼睛,悄无声息地爬起来,就要从他们的房间里逃出去了。不能不说明一件事,到这个时候为止,尚怀志都是和母亲住在一间屋里的,小时候他没觉得什么,待稍稍长大以后,他便感到了诸多不方便,为了摆脱母亲的监视,他也不止一次地想到另一个房间里去睡,但这怎么可能成功呢?如果他有了属于自己的空间,老磨叨又怎么能监管到他呢?没有办法,在努力了许多次之后,尚怀志也没有说服老磨叨,而只能委屈地和她待在一间屋里。尚怀志选择逃避的时间是个冬夜,他成功欺骗了老磨叨,以自己的假寐诱使她睡去,然后便从房屋里逃出来,趁着漆黑的夜色走出村子,直朝着黄河大堤上奔去。尚怀志也许不知道,他选择的逃离路线与当年尚有志离开李家庄的路线基本一致,越过黄河大堤后进入下面的河滩,再穿过当年尚有志带领大家进行宣传的阵地,便径直来到了黄河岸边。

　　到这个时候,尚怀志才觉得哪个地方出现了问题。是呀,他几乎把所有因素都考虑到了,独独忽略了季节的变化,眼下正是隆冬时节,黄河虽然还没有完全封冻,但岸边的水里早就有了大片冰碴子,这使渡河的舟船已经停止作业,也就是说,此时黄河岸边的渡口找不到一只舟船。他本来是要渡河而去的,对于并不太遥远的黄河东岸,他早就充满了不止一次地想象,打算到那里看一下之后,再去其他遥远的地方。但现在倒好,找不到渡河的船只,对他这个旱鸭子来说,要到河东岸去简直是幻想。于是,尚怀志便打消了渡河的想法,只好沿着西岸朝远处走去。此时他已经约略感到,这次经过长期谋划的逃亡之旅或许就要失败了。仅仅过了两三个小时,他便沮丧地体会到,选择错了季节不仅让他渡不了黄河,而且使他不能长时间待在旷野里,随着一阵阵凛冽北风的吹刮,刚才还觉得温暖的身子就变成了透心凉。在这种情况下,他的逃亡之旅还能进行下去吗?

　　不知道尚怀志想到没有,他刚从家里走出来不久,老磨叨就发现了情况的异常。这天夜里,她做了一个梦,在这个美好而温馨的梦里,他看到了尚有志,看见她的丈夫尚有志正从外面回来。那时候,她从锅灶间站起身,端着一碗弥漫着热气的阿胶羹往外走,便看见尚有志从街上走进家门,迈着急快的脚步朝她走来。做好饭了吗?尚有志朝她边走边说,可把我饿坏了。老磨叨不禁在心里说,你回来得正好。就把手里那碗阿胶羹举起来,抖抖地朝他送过去。我刚做好的,她用亲密无比的语气说,你快把它喝了吧。尚有志把那碗阿胶羹接过去,举起来,还没有捧到嘴边,不知怎么回事,那只飘逸着香甜气息的大瓷碗就从他手里跌落下来,一下子掉到地上,在发出一声刺耳的响声之后,老磨叨惊讶地看见,那只碗被摔成了一堆碎片……

老磨叨从梦中醒来,眨动着警惕的眼睛朝尚怀志睡觉的地方打量,很快便感到了异常,虽然那个地方的被褥隆起着,下面像是躺着一个人,但她还是觉得不对劲儿,赶紧爬过去,揭开被子一看,儿子不见了……老磨叨大叫一声,便赤着双脚跳下炕,朝着门外一阵风似的跑去,一边奔跑一边凄厉地大叫,尚有志,你跑到哪里去啦?你赶快给我回来。凄厉的喊声在黑夜里传出很远很远,就像当年轰隆隆的炮声在村庄的上空划过去,将沉浸在睡梦中的人们惊醒。许多人都从家里跑出来,参加到了老磨叨寻找尚怀志的行列里。

黎明到来的时候,经受不住寒冷的尚怀志从河道里走出来,越过黄河大堤,沿着那条小路朝李家庄的方向走去,还没有进到村子里呢,就不由得停下了脚步。他惊讶地看见,一群黑压压的人影正站在村口,默无声息地迎接着他的到来。他的目光在这些人上滑了一下,便落在下面一个人身上。那个人坐在泛着白霜的地上,披散着凌乱的头发,正两眼呆呆地看着他。当他们的目光相遇时,那个人惊讶地发出一声叫之后,忽然一下子站起来,赤着双脚朝他奔过来。尚有志,那个人一边朝他奔跑一边尖声大叫,你终于回来了。尚怀志闭了一下眼,知道从此以后他依旧是她的俘虏,她的囚徒,她那双伸张着前来接纳他的双手就是连接在一起的锁链,将像一条毒蛇一样把他的身子紧紧地缚住,再也不肯松开,再也不能让他离去。为什么?尚怀志痛苦地在心里发问,这到底是为什么?泪水从眼角处流出来,沿着他冰凉的脸颊,滴落到疲惫的脚面上。

不久之后的一天夜里,尚怀志再次从睡梦中醒来,听着老磨叨发出的轻微鼾声,知道她又沉浸在了睡梦里。此刻正好,尚怀志告诉自己,你该行动了。尚怀志悄悄爬起来,做好了实施行动的准备。与上一次的行动不同,这次他将不再逃离,也就没有去往黄河岸边的打算,当然也就不会发生老磨叨赤着双脚追赶他的情景,更没有他走投无路之后绝望归来的狼狈不堪。这一次他谋划得更久,也就觉得不会失败,是呀,他只能成功,他将一举解决所有的后顾之忧,或许从此以后,他就获得真正的自由了。尚怀志爬到老磨叨身边,伏下头来,借着窗外的微光打量着她的面孔。此时,老磨叨正沉浸在美好而安静的睡梦中,模样从未有过的祥和,从未有过的美丽,也从未有过的亲切,甚至从未有过的富态。尚怀志不敢怠慢,生怕被正在奔袭而来的胆怯延误了行动,匆忙举起双手,对着母亲布满青筋的脖子按下去。娘,尚怀志一边用力一边小声对她说,你把自由还给我吧。

早晨第一缕曙光从窗棂里射进来,投在尚怀志身上。老磨叨从昏迷中醒来,看着尚怀志坐在炕上,霞光打在他苍白的脸上,像是涂抹了一块靓丽的红色。老磨叨慢慢爬起来,伸出手,在尚怀志脸上摸了一下,似乎要把那块耀眼的红色抹掉。尚怀志有些不耐烦,举起手来,把老磨叨的手从自己脸上拨开。老磨叨的手虽然只在尚怀志脸上触碰了一下,却把自己的整张手都弄湿了。

老尚,老磨叨问他,你这是怎么了?

尚怀志探过身来,把她的头轻轻地捧住,又把自己水湿的脸贴到她的脸上,然后在她耳边轻声说,娘,儿子下不了手……

十八

有一些日子,老磨叨又像往常那样上街寻找尚怀志时,竟然发现,一个走在她前面的人正在村边悠闲地散步。

那个人穿着一身洗得发白的制服,上衣的口袋里插着一支钢笔,脚下穿的也是村里人很少见到的皮鞋,一看就是个有文化的外地人。更为重要的是,那个人的脸上还戴着一副缺了腿的眼镜,这使他看上去是那么似曾相识,不,干脆说是那么熟悉,没错,这个人除了是尚有志以外还能是其他什么人呢?老磨叨以为是自己脑子里产生了幻觉,赶紧抹一把有些模糊的眼睛,又以为自己此刻是沉浸在梦里,便又使劲掐一把胳膊上的皮肉。一切都说明她没有产生幻觉,也没有做不靠谱的梦境,那个看上去像是尚有志的人的确是在前面的街道上走着,端出的架势不是在赶路,而正是慢悠悠地散步呢。望着这幅似曾相识的画面,老磨叨似乎回到了往日岁月,禁不住向前急走几步,来到那个人身后,用激动不已的声音说,老尚,我终于找到你了。

听到她的声音,那个人放缓了脚步,然后慢慢转过身来,用脉脉含情的眼神看着她。似乎更为了向她表示自己的身份,他还抬起手,用两根手指托了托鼻梁上那副缺了一条腿的眼镜。

老尚,老磨叨伸出双手,紧紧地挽住他的一条臂膀,同时把自己的脸靠上去,然后像对他也像对自己说,我们快回家去吧,那碗阿胶羹快要凉了。

看到这个场景,隐蔽在不远处墙壁后的尚怀志暗暗叫了一声好,举起一只手,攥成拳头,在空中使劲挥舞了一下,然后在心里对自己说,成了。

原来,这个把自己刻意打扮成尚有志的男人,是一个下放到李家庄的右派演员,也是生活安定后第一个来李家庄定居的外地人。没大有人记得住他的名字,只知道他姓陈,李家庄的人便称呼他老陈。老陈是地区某剧团的一名小生演员,为了响应上级的号召,剧团进行戏剧改革,在新近演出的现代剧目中,取消了小生这个行当,让作为小生演员的老陈派不上用场,心里便有些想法,在一次学习班上,他竟然大着胆子发了一通牢骚,引起了很多人的不满意,给他扣上一项反对戏剧改革的帽子,下放到李家庄来向贫下中农学习。老陈虽然一把年纪了,却是一个光棍儿,当然,凭着老陈的自然条件,加之风流的品性,他原本是不缺女人的,但自从被打成右派之后,那些人便与他划清了界限,尤其是下放到李家庄来时,更是没有一个人愿意陪他到这里来。老陈在剧团里时,也算是一个不错的演员,但来到李家庄之后,他却失去了用武之地,不要说乡下不经常演戏,就是演的话也不好让他上台,不管怎么说,老陈都是来向贫下中农学习的,又怎么能给他展示自己的机会?

老陈出生在城市里,成年之后很少下过乡,什么农活也不会干,在李家庄基本上等同于一个废人。以韦跛子为代表的村领导不知道拿他怎么办,一时又不能不接纳他,研究来研究去,就决定让他去村小学待一段时间,当然,也不能让他当一名老师,有问题的人怎么能登台讲课呢?贻害了孩子们的学习怎么办?出了问题谁来承担这个责任?把他派到学校里去,只是负责打铃兼看门,换句话说也就是一个校工,由村里给他记工分,起码在这个地方不用下田干活,对老陈这个喜欢干净的人来说,也是一个非常理想的去处,可见村委会对他是十分照顾的。老陈虽然对下乡劳动改造有意见,但对村委会的安排却非常感激,来到学校之后便十分尽责,该打铃时打铃,该看门时看门,一段时间下来,村里人也就不再对他另眼相看了。

老陈刚刚适应了乡下的生活,便被村里的一个人注意上了。有一天晚上,老陈正躺在宿舍里,抱着一台破收音机收听广播,突然门板被敲响了。老陈有些奇怪,这个时候谁来找自己呢?他在乡下也没有什么朋友,不知道是什么人在敲他的门板。老陈下了床,颇为疑惑地打开了门板,见门外站着一个年轻小伙子。老陈想不起来他是谁,好像在什么地方见过,却不能说认识他。

后来他才知道,这个小伙子叫尚怀志。那天夜里,我的父亲尚怀志悄悄来到学校里,鼓着勇气敲开了老陈的门板,是来说服他答应一件事的。其实当老陈来到李家庄时,尤其是进到学校里当校工的时候,尚怀志就注意到了他,而且心里产生了绵延不绝的想法。在此之前,尚怀志从母亲嘴里或者从其他人那里听说过许多有关父亲的事儿,知道尚有志是一个外地人,又是小学校里的老师,所以当最近这段时间看到一个外地人出没在学校门口时,不由得想到了自己的父亲,一个荒唐的念头随即出现在脑子里,而且这个念头一旦出现,就像一只鸟儿在树上筑了一个巢一样,便住下来再也不想离去了。于是,在这一天夜里,尚怀志硬着头皮敲响了老陈的门板,在老陈颇为迷茫的目光注视下,他先介绍了一下自己的身份和情况,然后便鼓足更大的勇气,把自己的想法或者说计划对老陈说了出来。

老陈真是没有想到,自己最初来李家庄的时候,以为之后再也无法登台演出了,也就是说,他这个演员怕是要终结演艺生涯了,为此曾经苦恼了许多日子,也想了许多重登舞台的办法,但知道都不过是不切实际的幻想,根本不可能在短期内变成现实。但让他想不到的是,现在突然一个让他重登舞台的机会不期然来到了面前,只是与他的愿望稍稍有些不同,按照他本人的意愿,重登舞台也不过是恢复他的演员生涯而已,现在的这个机会却意味着,他不用到舞台上演出便能当好一个演员,也就是说,他需要在生活中直接表演,而根本不用登台,甚至不用化妆,当然,如果需要的话稍稍装扮一下也是可以的,比如把一副缺了腿的眼镜戴到脸上去。此外还有一点不同,那就是生活的舞台上没有行当之分,他以后扮演的那个角色既不是小生,也不是老生和花脸,而仅仅是一个生活中曾经有过的人而已。稍稍有些难度的是,那个生活中曾经有过的人与他这个老陈有着根本的不同,人家不但有文化而且是军人,更重要的是带领人们开展过轰轰烈烈的对敌斗争,这点可要比他老陈强悍多了,也就是说人家的人生比他老陈丰富多了。好在那一切早就成为了历史,当和平生活到来的时候,就算那个人留在李家庄,他所呈现出来的面目和现在的老陈又有多大区别呢?他们一样是外地人,一样是小学老师,如果穿上式样和颜色大致相同的衣服,主要是在上衣兜里插上一支钢笔,更少不了的是在脸上架上一副眼镜,注意,一定要让那副眼镜缺去一条腿儿,然后在那个地方拴上一条小绳子,让它挂在一只耳朵上就可以了,这样一来,如果这个人走到街上去,再利用善于表演的有利条件,学着那个人的样子背一下手,挺一下胸,大摇大摆地在外面走上几个来回,就算大部分李家庄人不认可他就是那个人,但肯定会有其中的某一个人,具体说是一个头脑有些问题的中年女人,确实把他当成曾经有过的那个人是丝毫不成问题的。

听到面前这个年轻人说得如此天花乱坠,呆呆看着他的老陈有些半信半疑,不知道他这是唱的哪一出,开始还以为这是一个疯子在对自己胡说八道呢,但见他说得如此认真,没有一点戏要他的意思,老陈不能不认真地反问他一句,我为什么要扮演那个人呢?你要给我说清楚,我为什么要唱这出戏呢?

尚怀志说完了他的计划,长长地喘出一口气,大约等待的就是老陈提出这样的问题来呢,便不紧不慢地接住他的话,把自己之所以要这样做的目的向他和盘托出。尚有志知道,要想让自己的计划打动这个有些陌生的外地人,让人家心甘情愿地配合自己,就不能有任何一点隐瞒,而必须把这个计划的初衷和要达到的目的都完完全全地说给人家,如果需要的话,他还要使用一下哀求的口气,再配合一些真诚的表情,以让人家认同自己这个计划并予以接受。当然,最重要的一点是必须提前说出的,那就是这样做以后人家会得到什么样的好处,也完全可以说,那个好处就是这个计划实施以后而自然得到的一个结果。

见说到这个话题了,老陈果然更来了兴致,但他知道不能让自己摆出操之过急的架势,而必须引而不发,最好当作不在意的样子,再让那个年轻人心甘情愿地讲出来,然后自己再根据情况予以评估,根据厉害大小和收益多少决定接受和不接受。于是,老陈从抽屉里拿出一盒烟,抽出一支叼到嘴上,划燃火柴点上,然后慢悠悠地吸了一口,再轻轻地吐出去,这时他又像回到了舞台上一样,对这个年轻人表演了一回什么叫沉着冷静。

令他意外的是,一直处于急切状态的年轻人此时却平静下来,在拂开飘到眼前的烟雾之后,又掉开头,在屋内慢慢巡视了一圈,然后才把目光放回他的脸上。我已经打听过了,尚怀志不动声色地说,你一直是一个人生活。

老陈没有想到他会说这个,不禁有些不自在。当然是这样,他有些吞吞吐吐地说,但我也不缺少女人……

尚怀志打断了他的话,那是你在地区剧团的时候,可现在呢?你在这里能找到女人吗?

老陈想说,怎么找不到?如果我愿意的话,肯定……他没有好意思把这话说出来,因为他也知道,凭着自己的右派身份,要找到一个心甘情愿跟他在乡下过活的女人,怕是比登天还要难。但他只是想不明白,这个年轻人为什么要提到这个话题呢?

尚怀志看到火候到了,便用一副胸有成竹的口气说,当你成为你所扮演的那个人时,我保证会有一个女人深深地爱上你,而且从此以后绝对不会离开你,就算你上刀山下火海,她也心甘情愿跟随你……

没有等他说完,老陈就掐灭那支才吸了半拉的烟,不由得从座位上站起来,你说什么?你别是故意说哄我的话吧?天下会有这样的好事儿?

尚怀志使劲点点头说,有,不但我的话没有任何夸张,或许真实的情况比我说的还有更为意外的惊喜呢。

老陈不想再听他说下去了,为了证实这件事是真和假,他急不可待地问他,你赶快告诉我,那个女人到底是谁?

尚怀志站起来,觉得所有的计划都已经被他全盘接受,现在只不过是到了完美收官的时候,便在离开他之前,向他说了最有分量的一句话,那个女人就是我母亲。

在李家庄几乎所有人的眼里,我奶奶老磨叨其实是一个很有姿色的女人,不说她年轻的时候所展露出来的风采,就是现在变成一个真正老磨叨的时候,她身上也有一种属于她的独特魅力,尤其是她为重重皱褶所遮蔽的喜庆神色,会使她在间或忘却愁苦的一刹那,绽放出令人惊诧万分的欢愉光芒。还有,老磨叨天生喜欢干净,尽管常年处于半清醒半迷糊的状态,却始终把自己打扮得有模有样,虽然由于心事和岁月的折磨,让她眼角过早布满了鱼尾纹,让她的头发过早变成了灰白色,但穿戴却没有任何邋遢之处,使她一看就不是地道的李家庄人。我想这与她常年游走江湖的习惯分不开,那时候,由于每天都在外面和别人打交道,便不能不注意自己的形象,慢慢就养成了一种独有的气质,而且因为见多识广,目光开阔,做事也便没有那么多小家子气,加之老天给予她的身材优势,让她虽然没有出生在小康之家,却透出一种难得的大家闺秀风姿,这是黄河岸边的李家庄女人根本比不了的,就算老磨叨变成一个十足的疯子,只要把她放在李家庄的女人之中,其他不论什么人就会首先看到她,而且不会轻易从她身上移开目光。大约正是这个缘故,我那个出生于大户之家同样走南闯北而且心有城府的爷爷尚有志,才在那个时间里让她变成了我的奶奶,至于他为什么抛下她而远走高飞,由于时间隔得太过遥远而且因为时代的不同,就不是我这个后来者能够理解得了的,况且他到底是主动离开还是被迫离去,至今也还没有什么定论呢。大概还是由于老磨叨在李家庄的出色之处,我的父亲尚怀志才相信,当他根本无从了解的老陈知道了那个计划的最终目标是我的奶奶老磨叨时,不但不会产生拒绝的想法,而且会马不停蹄地催促他,那么什么时候开始呢?

说服了老陈之后,接下来摆在尚怀志面前的问题是,如何说服他的母亲老磨叨。在这一点上,尚怀志不能不小心谨慎,丝毫也不能马虎,他有把握拿下老陈这座城池,却不敢吹嘘攻克母亲这座碉堡,不管怎么说,老陈都是一个正常人,尚怀志只要把自己制订的计划完好无损地说出来,老陈就算不感兴趣,起码也不敢嘲笑他的;而老磨叨就不同了,她一直处在半清醒半昏迷的状态中,尚怀志要想让这样一个思维偏执的人进入他的计划当中,最后心甘情愿地接受老陈那样一个陌生人,可见难度该有多么大了。但正像俗话所说的那样,成也萧何败也萧何,老磨叨虽然是一座不易攻克的堡垒,但那是没有找到攻克它的方法,一旦解决了进入它内部的通道,问题就会迎刃而解,拿下它就会是眨眼之间的事儿,具体说来,连接老磨叨内部的通道就是她的偏执,就是她半清醒半迷糊的状态,尚怀志只要好好地利用这一点,趁着她迷迷糊糊的时候,把那个打扮成父亲尚有志的老陈推到她面前去,暂时醒不过神来的老磨叨就可能立即上当,从而沿着她儿子尚怀志给她指引的道路一直朝前走下去,根本不知道回一下头。而且尚怀志明白,要达到这一效果,其实根本不用直接在老磨叨身上下功夫,他只要紧紧地盯住老陈,让这个善于表演的家伙尽职尽责,把他所扮演的角色也就是尚有志演得栩栩如生,还担心一直寻找他的老磨叨注意不到他吗?

事情正如尚怀志的料想,当经过刻意打扮的老陈出现在村庄外面,并摆出一副悠闲散步的架势时,来街上寻找尚怀志的老磨叨很快便盯上了他,而且感到眼前一亮。在躲在墙角处的尚怀志的盯视下,老磨叨磕磕绊绊地奔过去,在激动而又亲切地呼喊了一声尚有志之后,便不由分说地抱住老陈的胳膊,拉着他向自己的家里走去。那碗我给你熬好的阿胶羹都快要凉了。尚怀志亲耳听到老磨叨对老陈说。

心怀鬼胎的老陈在经过墙角处的时候,斜过头来看一眼隐藏在这里的尚怀志,同时举起一只手,朝他竖了一下大拇指,然后倚傍着老磨叨的身子,随她朝尚怀志家里走去。

尚怀志看出来,当被老磨叨抱住身子的时候,老陈也同时看中了这个情意绵绵的老磨叨。真的,就连作为儿子的尚怀志,都看出了母亲展露风情女人光彩的时刻是多么动人心魄。尚怀志明白了,从此以后,他自己或许就要多一个爹了。

如果事情到这里就结束,那真的不失为一个圆满的结局。按照尚怀志的计划,当老磨叨以为找到自己的丈夫尚有志时,就不会再关注她的儿子尚怀志,从而也就还给了尚怀志应该具有的自由,这就是他所要达到的唯一目的,至于自己是不是多了一个爹,那就显得没有那么重要了,这个自从出生就被母亲变为人质的可怜之人,竟然想出如此一个富有成效的妙计,也实在难为了他。可世界上有那么完满的结局吗?也就是说,尚怀志这个看似天衣无缝的计划有没有什么为他所忽视的疏漏之处呢?

也许尚怀志真的忽略了一个最关键的问题,那就是演出不等于现实,就算老陈是个难得的天才演员,就算老陈为了得到老磨叨而倾尽全力表演,但说到底他还是一个演员，而他所扮演的那个人尚有志，不管他在李家庄的时候做了什么样的事情，都与虚假的表演无关，他是切切实实为了解放河东的敌占区而不懈地努力着，这样的经历老陈是不可能有的。尽管老磨叨处于迷糊状态之中，但那是在四处寻找尚有志的时候，现在那个所谓的尚有志真真切切来到了自己面前，而且做出永远不再离去的架势，老磨叨还怎么能沉浸在恍惚迷思之中呢？这大概是尚怀志没有想到的，当这种情况出现的时候，也到了他最为担心的一个环节，他差不多已经知道这个计划快要进行不下去了。

也怨老陈，在过去的日子里，他一直活跃在虚幻的舞台上，在那里他是一个呼风唤雨无所不能的人，而回到生活里以后反而成为一个根本不合格的弱者，比如现在在老磨叨面前，他应该表露一下自己作为一个小学校长兼老师的能力，因为那支插在衣兜里的钢笔提醒了老磨叨，让她不止一次地要求他教自己学习写字。老磨叨想起来，过去上夜校的时候，由于形势发展得急迫，尚有志并没有把课程给他们教完，便带领大家去黄河岸边搞宣传，现在一切都过去了，和平的生活又降临在他们头上，应该把上次没有学完的功课延续下去，也就是说，让尚有志继续教她学习认字，而且在她看来，这是让尚有志表演他最拿手的才能，因为他本身就是一个高能的文化人，不但能教她学习认字，还能给她讲许多从来不知道的道理，现在经过这么多年的中断，她是多么渴望尚有志继续教她写字，给她讲解那些让她脑洞大开的道理呢。但让老磨叨想不到的是，现在待在她身边的这个尚有志竟然写不了几个字，甚至连钢笔都拿不稳，就别说给她讲什么大道理了，就是让他说一说国家的形势他都不乐意说，实在被逼急了，他只能硬着头皮乱说一气，在老磨叨听来，他讲的所谓道理根本不是那么回事，不但与国家的形势不搭界，而且在很多方面都是唱着反调呢，这哪里是尚有志所能说得出的话呢？

你是谁？终于有一天，老磨叨从长期的迷惑中反应过来，第一次用怀疑的眼光盯着老陈，你到底是谁？

到这个时候，老陈就是再想演戏也知道演不下去了。他想不明白，自己几乎倾尽了所有才能，为什么在这个头脑发昏的老磨叨面前露了马脚呢？难道是自己的演技不够精湛？还是他轻看了这个装神弄鬼的老婆子？他当然不想就这样退出舞台，上一次就是在他不情愿的情况下被迫告了演出生涯，被打发到遥远闭塞的李家庄来，现在他刚刚在这个地方找到新的舞台，还没有展示他高超的演技呢，就又一次被人家提出了质疑，如果搞不好的话，他这一次离开舞台后就再也不能发挥自己的才能了,被那些看热闹的李家庄人笑话事小,自己告别演艺生涯事大。别说,他还真的留恋自己所扮演的这个角色呢,并不是那个尚有志有多大的魅力,而是尚有志的老婆也就是这个装模作样的女人让他有些恋恋不舍。毕竟他打光棍的时间太长了,一直渴望身边有个女人照顾他的生活,现在他终于要实现这个愿望,被老磨叨当作她最亲密的伴侣对待,在那些短暂日子里,他想吃什么老磨叨就给他做什么,他想到哪里去老磨叨就一步不落地伴随着他,看上去真像一对恩爱夫妻呢。可他刚刚适应了这个角色,在老磨叨身上感受到女人的好处,还没有体会够这种美好的感觉呢,就被老磨叨一脚踹到一边去了,他怎么能甘心呢?

就算我不是真正的尚有志,老陈退而求其次地对她说,你跟着我又有什么不好呢?

听他这样说,老磨叨便知道这是一个假李逵,他把自己打扮成尚有志的模样到她身边来,不是有意来欺骗她吗?不是在占她的便宜吗?不是在揭她的伤疤吗?不是再让她重复那些不堪忍受的痛苦吗?老磨叨火冒三丈,当即抄起一把笤帚,举起来,劈头盖脸地朝他打去。你到底是个什么东西?老磨叨一边使劲打一边愤怒地质问,你到底是从哪里来的?为什么到这里来欺骗我?到底是谁派你到我家里来的?

老陈没有想到老磨叨还有这样的脾气,看来惹恼了她真不是一件好招架的事儿,尽管他举起两手护住脑袋,还是很快被她打疼了。老陈也有些恼怒,想奋起反抗,但又把举起的手垂下来,不管怎么说,都是自己欺骗了人家,伤害了人家,接受人家几下惩罚又有什么难以接受的呢?

老陈实在有些理亏,也不敢在老磨叨身边待下去,看这个疯女人的架势,不把他从这里赶走是不肯罢休的。老陈知道再待下去也没有什么意思,便知趣地从老磨叨家跑出来,像一只被追赶的兔子,狼狈不堪地朝学校里奔去。

一路上,老陈碰到许多笑话他的人,那些对他扮演尚有志早就心怀不满的人,先前还不敢把这种情绪表现出来,现在终于可以对着他大笑一番了。

老陈这么快就被老磨叨识破了,打走了,这样的结果还是有些出乎尚怀志的意料,他谋划了这么长久的一个绝妙计划,竟然被老陈轻而易举地演砸了,不仅老陈受到了人们的嘲笑,尚怀志自己的美好计划也只能破产,就像老陈刚刚在老磨叨那里体会了一点有女人的好处一样,他也才从这个计划中体会到一点获得自由的感觉,还没有充分享受呢,这件事就无情地画上了句号,等待他的结果就是重新受到老磨叨的限制和跟踪,也就是说,从此以后他将又被母亲囚禁在那间小屋中了。一想到这一点,尚怀志就气愤地跺脚,当即找到老陈,气急败坏地埋怨他说,你的演技为什么就那么拙劣呢?竟然连一个头脑发昏的疯子也对付不了?

没有听完他的话,老陈就毫不客气地反驳说,什么头脑发昏的疯子?根本不是这样,你母亲的头脑比谁的头脑都清醒,我觉得就算我瞒得了整个李家庄的人,也不可能不被她那双始终盯在我身上的眼睛识破。

尚怀志听不得他这些胡言乱语,便冷嘲热讽地对他说,我自己的母亲我还不知道?你别是演不下去了而找出这样没人信的理由吧?

事情既然已经到了这个地步,老陈再和他打嘴仗也没有什么意思,便冷静下来,用推心置腹的口气说,其实你母亲真的一点也不疯,她对你那个父亲尚有志始终念念不忘,这是不是意味着尚有志真的还活着呢?这个问题你想过没有?

尚怀志被他说愣了,真的,如果不是老陈提出这个话题,他根本没有想起这事来,在他漫长的成长过程中,除了一天天应付老磨叨无处不在的盯梢和跟踪之外,他哪里又能腾出工夫来,想一下他的父亲尚有志的事呢?

这天,尚怀志从学校里走出来,像一个失去了魂魄的皮囊一样,轻飘飘地走在李家庄大街上。他抬起头,用从未有过的目光朝远处望,朝那个一直被老磨叨视为禁区的黄河大堤上望,在心里想象着当年他的父亲尚有志离开这里的迷茫情景。如果他真的还活着的话,尚怀志在心里念念有词,那么现在他到底在什么地方呢?

十九

吃过早饭后,韦跛子吸完一袋旱烟,翠莲还没有刷完锅灶,一副磨磨蹭蹭没完没了的样子。韦跛子便有些着急,临出门时还叮嘱她说,抓紧点儿,马上就要上工了。翠莲白了他一眼,没有说什么,依旧不急不躁地刷碗筷,好像真的没有个完呢。韦跛子怀疑她故意这么做,目的还是不想按时上工,最好干脆不下地去,这样就能又逃避一上午劳动了。这个好吃懒做的臭婆娘。韦跛子在心里骂了一句,便一瘸一拐地上了街去。

自从当了村长之后,韦跛子总要比别人早一些出门,外面好多事情都等着他呢,目前正是夏秋时节,地里的活计也不少,前些日子刚下过一场透雨,地里的杂草疯长,必须赶快让各生产队社员下地清理,才会为即将到来的秋收打下基础。

昨天他到区里开了一次会,据气象部门预测,今年的雨水特别大,马上就要进入汛期了,作为沿黄河地带的村庄,一点都不能掉以轻心,要尽快做好防汛工作。这可是不能大意的事儿,新中国成立前碰到这样的年头,说不定就有堤坝溃决的可能,现在人民政府加大了治黄力度,虽然让堤坝溃决的可能性不大,但丝毫也麻痹不得。韦跛子马上派出人手配合黄河段的人员,检查自己村庄附近的黄河大堤。昨天晚上,他还接到区里打来的一个电话,说上面派下来的驻队干部过几天就要到村里来了,让他们搞好接待工作。根据以往的经验,所谓的接待工作无非就是住宿和吃饭两个问题,住宿很好解决,让那个人在村委会住下就行,至于吃饭便有些困难,现在村里不兴大食堂了,把他安排到谁家去都是一个负担,搞不好就只能让他吃派饭了,一家一户地轮着来,这样才不会引出意见,但问题是,各家的情况不同,做出来的饭千差万别,不知这次下来的驻队干部是喜欢挑剔呢,还是什么都不在乎?作为村长,他也要提前做好这项工作,给第一批被派饭的人家打个招呼……

想着想着,韦跛子就感到有些烦躁,其实他对这些事并不多么热心,也就是说,他对这个村长干得也没有多大兴趣,或许只有他自己心里明白,他实在不是当干部的料,只不过土改时被工作队阴差阳错安排了这个差事,便一直干到现在。当然,这个差事也的确给他带来了一些好处,比如,他娶到了翠莲这样一个颇有姿色的女人,如果他不当村长,说不定现在还打着光棍呢,但话又说回来,光棍也有光棍的好处,起码没有那么多的负担,现在倒好,这个翠莲不断向他提这样那样的要求,在他的感觉里,这个女人差不多已经是压在他脊背上的一条口袋了……

看到他朝街上走去了,翠莲才加快节奏,三两下刷完锅灶,坐到椅子里歇息。她坐下的就是刚才韦跛子坐的那把椅子,说来寒碜,他们家的两把椅子只有一把是完好的,另一把缺了一条腿儿,只好用几块砖头支撑着,这既使它难看,也不牢稳,坐上去便有些打晃,倒是真和韦跛子有些相配,到他们家来的人一看到那把椅子,便和韦跛子开一些玩笑。这让翠莲别提多害臊,他们过的这是什么日子呀?竟然村长家也用这样的椅子,真是让人笑掉大牙。如果韦跛子在家时,翠莲为了尊重他的地位,只能把那把好椅子让给他,自己勉强坐在那把破椅子上,只有韦跛子离去了,她才能在那把好椅子上坐一会儿。

翠莲从条几上拿过烟袋锅,装上烟丝,也像刚才韦跛子那样吸起烟来。过去她是不吸烟的,倒是没少看到李大头吞云吐雾吸大烟的情景,看上去是那么的惬意舒适,但由于李大头管教得严,翠莲也就没有学会吸烟,自然没有朝吸烟这件事上用过心思。和李大头差不多,韦跛子也是一个烟鬼,但他使用的吸烟工具和吸食的烟草却差远了,不过是一只普通的烟袋锅而已,烟草也是下等的烟梗子。不知为什么,自从跟了韦跛子之后,翠莲无聊之余,竟然跟他学会了吸烟。你早干吗去了?每当吸着那种发苦的劣质烟草时,翠莲就在心里埋怨自己,现在没有金贵的好烟片了,你倒迷恋上了这玩意儿。才吸了半锅烟,翠莲忽然想起什么,赶紧走到院子里关上大门,说不定什么时候就有人来招呼她呢,十有八九会是生产队的队长,如果让人家看到自己赖在屋里吸烟,影响怕是更不好呢。

翠莲插上门板后回来,还没有把那锅烟吸完,门板就真的被敲响了。果然是队长在外面朝她喊叫,上工的钟声响过两次了,嫂子你还待在家里干什么?快跟大伙一起走吧,今天去村西边豆地里拔草,我们在那边等着你。

翠莲在心里哀叹一声,我就知道是这样,她一边在桌腿上磕打烟锅一边愤愤地想,都是这个王八蛋瘸子,让老娘歇一上午也不成。她知道自己想得不错,一定是韦跛子让队长上门来喊她的,不然的话,就凭着她是村长的老婆,队长也不敢上门来招呼她。翠莲不能不叹服,韦跛子这个瘸鬼一点私心也没有,不但不像其他干部一样往家里弄些好东西,而且还把家里的东西往外拿,搞得他们的日子越过越穷,这与翠莲对他们未来生活的想象完全不同,而且也与当年韦跛子对她的美好许诺是两码事儿。那时候,韦跛子为了把她从李大头手里夺过来,对她说了多少充满诗意的好话呀,什么美好新生活呀,什么一起上天堂呀,现在倒好,他们的日子竟然过成了这种半死不活的样子,就连她想耽误一上午的工都不成,这个没心没肺的瘸子……

既然队长又一次盯上了她,翠莲也不便继续赖在家里,等吸完了那锅烟,便只好走出家门,极不情愿地朝村西边走去。路过那座破庙的时候,她看见那个叫阿菲的女人坐在庙门口,正在摊晒她所捡来的麦穗儿。说来奇怪,几乎所有李家庄的女人都下地干活了,只有阿菲还依旧待在她的住处,优哉游哉地忙自己的事儿。阿菲虽然来到李家庄好多年了,但严格说来还不算是真正的李家庄人,因为李家庄没有她的户口,对这个来路不明的女人,韦跛子动员她离开不知有多少次了,可就是赶不走她,无可奈何也就由她去了。因为没有户口,阿菲便不用下田干活,当然,分配的时候也就没有她的口粮,为了在这里生活下去,她就必须去捡拾一些别人不要的东西,比如现在人们过完麦好多日子了,她还能从地里找到一些被别人落下的麦穗儿,看来也的确是不容易呢。但尽管这样,阿菲的生活还是让翠莲羡慕得不行，一个不受政府管制的人该是多么自由呀，她翠莲为什么就不能过这样的日子？居然跟了那个没有一点私心的瘸子，以至于让现在的她找不到一点属于自己的空间。

来到村西边的豆地里，人们都早就干起来了，翠莲才极不情愿地随在后面，慢慢地铲除由于雨水到来而长得格外茂盛的杂草。她忽然发现，现在干活的这块豆地就是当年李大头家的地，也可以说是自己家的地，那时候，她虽然没到这块地里来干过活，却知道自己家到底有多少地，具体是在什么地方，因为她是地主的小老婆，又哪里用得着她亲自下地干活呢？即使她心血来潮到这个地方来，也可以由下人打着阳伞陪她来，目的也就是看一下别人干活的好景致罢了。现在倒好，自从李大头被打倒以后，也可以说自从跟了韦跛子之后，她不但被逼着到这块地里来，而且是来动手干活的，而且是在毒辣辣的日头下，而且要累个半死也不能随便歇一下，韦跛子当年许诺的好生活又到底好在哪里呢？

快到中午的时候，地里的活干得差不多了，人们便产生了歇工回返的打算，但队长不发话，大家也就不敢离开。于是便有人四处寻找翠莲，奇怪今天为什么没有她的动静，以前她恐怕早就向队长提过好几回建议了，并不管不顾地回村子里去。其实，翠莲早就累得不行了，便偷偷溜到旁边的玉米地里歇了一会儿，走出来的时候，还顺手掰了几穗不太成熟的玉米棒，揣到怀里，听着大家议论歇工的事儿，这才悄悄地走出来。翠莲又一次走在了大家前面，尽管由于那几穗玉米棒的缘故让她挺着大肚子，人们也没有发现任何异常。

回到家以后，翠莲把那几穗玉米棒从怀里掏出来，剥掉外面的皮，在水里浸泡了一会儿，便丢到锅里去煮。还没有掀开锅盖呢，弥漫出来的玉米香味便让儿子产生了浓厚的兴趣，吃饭的时候也就留不住嘴，本来翠莲想给韦跛子留一穗呢，看到儿子吃得格外香，也就没有再留。他们把饭快要吃到半截了，韦跛子才忙完村里的事务，抱着饥饿的肚子一瘸一拐地走进来。一看他回来了，翠莲便坐回瘸腿椅子里去，把那把好椅子空出来。

韦跛子坐下以后，虽然没有看见已经吃完的嫩玉米，却闻到了弥漫在空气中的香味儿，他盯着桌子上的饭菜看了几眼，又使劲抽一下鼻子，便确定那是嫩玉米的气味儿，不禁朝翠莲发问，你又偷玉米了？

翠莲有些反感地回击他，什么偷呀？我不过是回家的时候随手掰了几穗，现在也没有什么好吃的，就算是给儿子解馋了。

韦跛子冷冷一笑说，给儿子解馋？别是你自己嘴馋了吧？

翠莲涨红着脸说，我吃你什么好东西了？自从跟了你这个王八蛋之后，我就算掉到穷窝里了，过过一天舒坦日子吗？

韦跛子把筷子拍在桌子上，但没有沿着她的话题往下走，而是顾左右而言他地说，难道你不知道吗？现在玉米还没有成熟呢，就被你们这些小偷糟蹋了，怪不得地里的产量上不去呢，有你们这些人搞破坏，要想过好日子早着呢。

翠莲呆呆地看着他，虽然提前想到了韦跛子在这件事上的态度，却没想到他会由此搞出这样一番大道理来，他不说还可以，一说又勾起了压抑在她心里的委屈，便也把手里的筷子使劲拍在桌子上。你好好想一想，她用义正词严的口气问他，当年你勾引我的时候都说过些什么？

韦跛子愣住了，像她一样也没有想到她会说这样的话，一时不知道该怎么回答。

当年你可是许诺让我过好日子呢，翠莲指着他的额头说，可这么多年过去了，你给我的好日子在哪里呢？

一听到这个话题，韦跛子便有些心虚，一边捧起碗来装模作样地吃饭，一边答非所问地对她说，我这不是当着干部吗？要操整个村子的心，总不能光顾自己一家……

翠莲打断他的话说，正因为你当干部，我才死心塌地地跟了你呢，看看人家，都是当了干部以后才把日子过好了，可你呢？自从当了村长以后，我们家的日子过得越来越不像样了，你说你这不是变着法地坑我吗？

对她这些胡搅蛮缠的话，韦跛子差不多耳朵都快听出茧子了，也就不想再理会她，只是把注意力埋在手里的碗筷上。

看他还没心没肺地吃下去，翠莲更气不打一处来，不由分说夺下他的碗筷，狠狠地摔到了地上。望着在地上变成一摊碎片和烂泥的碗饭，韦跛子呆怔了一下，随即便站起来，想朝她发泄心里的愤怒，但他又强自压下火气，只是用手在她额头上指了一下，便掉头走开了。

翠莲原本以为，这件事就这样过去了，在以往的日子里，这样类似的争吵不知已经发生过多少回，最后只能是不了了之。但这次她却想错了，第二天晚上，当街上的钟声又响起来的时候，翠莲才感到一丝丝不安。一般情况下，钟声是不大可能在晚上响起来的，但只要晚上被人敲响，那就说明要开会了，因为白日里大家都要下田干活，如果有什么急事需要开会的话，便只能安排到晚上。在此之前，村里已经好长时间没有开过会了，也就意味着风平浪静，没有什么特殊的事需要拿到会上去解决。对这种会，翠莲一向没有什么兴趣，也就不打算去参加，钟声响过两三次了,她还懒洋洋地坐在椅子上,捧着那只烟袋锅吸烟。这时她才发现,韦跛子一吃过饭就出去了,看来是到会上去了,说不定这次会议就是他这个村长组织的,越是这样,翠莲越是不愿到会上去,昨天刚和他吵了一架,心里的气还没有消完呢,又哪里再去会上看他的冷脸色。但很快,门板就又一次被敲响了,如果不出意外的话,又是队长找她来了,她难免有些奇怪,白日里下田干活队长来催她,现在去村部里开会队长也来催,看来又是韦跛子那个狗东西搞的鬼。没有办法,翠莲不能让队长三番五次地催促,而不给人家一个台阶下,好像韦跛子交给他的任务完不成似的,便在儿子睡下后,提着一只马扎子,磨磨叽叽地朝村部的会场上走去。

村部设在原先的李家祠堂内,还离得老远,就看见窗棂间透出明亮的灯光。别看李家庄还没有通上电呢,但只要开大会或者演节目,韦跛子便让手下人点起一只大汽灯,高高地挂到房梁上,别说,只要给它打足了汽,那个看起来毫不起眼的纱灯罩就能闪出灼亮的光,把会场的每个角落都照得一清二楚。翠莲走进会场,刚要朝某个角落里走,队长就朝她走过来,假模假式地对她说,嫂子,今天你到前面去。翠莲还推辞说,我又不是干部,到前面去干什么?队长脸上的微笑更不自然了,这个,这个是村长交代的,你就到前面去坐吧,省得让我这个队长作难。听他这样说,翠莲虽然有些不明白他的话,但还是照着他的意思去办吧,就越过人群,来到了会场的前面,也就是最靠近主席台的位置。

整个会场差不多都没有安置座位,大家来开会都是自己搬着马扎或板凳之类的坐具,不然就要站着或者蹲着开会了,只有靠近主席台的位置摆了几把椅子,一般供那些不便上主席台的领导坐的。但今天不同,坐在那里的竟然也是像翠莲一样的群众,其中包括两个妇女和一个男人。翠莲向他们打量了一下,认出这三个人都是村里有名的落后分子,而且平时还有小偷小摸的嫌疑。到这个时候,翠莲更加不安起来,自己和这样几个人坐在一起,还能有什么好呀?但她还是没有想到,今天这个会是专门为他们这几个所谓偷盗集体财产的坏分子召开的,更明确说是一次批判会议,他们这几个人不是作为普通群众来参会的,而是这次会议的批判对象,怪不得队长执意要让她来参加呢,如果她这个批判对象不来的话,这场批判会又怎么开得起来呢?

见她还犹犹豫豫地不肯坐下,早就端坐在主席台上的韦跛子朝旁边的治保主任示意了一下。治保主任从主席台上走下来,亲自在翠莲的肩膀上按了一下,附着她的耳朵说,嫂子,你先坐下歇一会儿,等一下还得让你到主席台上站一会儿呢。

听着他半真半假的话,翠莲不好再继续站在那儿让其他人饶有兴趣地看自己了,只好坐在了座位上,加入那几个落后分子的行列中去。

会议开起来之后,主持会议的韦跛子没有讲上几句话,就提议把偷盗集体财产的坏分子押上台去。于是,刚刚走上台的治保主任就朝台下的某个方向挥了一下手,人们还没有反应过来,就从那个方向走来几个年轻小伙子。大家都认出来,这是村里的基干民兵,每当要对什么人采取措施的时候,都是由他们亲自上阵的。基干民兵们走到翠莲那几个人面前,分别搀住他们的臂膀,一一架上台去。

翠莲这才真正明白,那个坐在台上人模狗样的韦跛子是真的拿自己老婆开刀了。好呀你个瘸子,她在心里恶狠狠地对他骂道,看我回去不好好收拾你。在基干民兵的搀扶下,她一边朝着台上走,一边用凶恶的眼光打量韦跛子。

韦跛子意识到了她的目光,也知道她心里的想法,不敢和她正面对看,便赶紧掉开眼去,装模作样地朝别的地方看。等他们这帮落后分子在台上站好以后,韦跛子大声咳嗽了一声,镇定下来,开始带领大家批判这几个思想觉悟落后,道德品质低下,拿集体财产当自家私产的人,并严厉地警告他们,再一再二不再三,如果他们继续犯错的话,那村委会就拿他们不客气了,只要他们改邪归正,不再犯错,那村委会也便既往不咎,让他们重新回到大家的行列中来。

听着他这些冠冕堂皇的话,翠莲在心里冷笑着说,你可真做得出来呀,竟然把自己的老婆打到另册里去了,你以为这样做只丢我一个人的脸?老娘成了落后分子,你就光荣了?你也不想想,我都被批判了,你这个村长还有什么资格在台上指手画脚?难道你没有责任吗?如果有人追究下去,恐怕连你也跑不了。翠莲真想当场跳起来,把这些愤愤不平的话对着韦跛子说出来,看那个自以为是的瘸子怎么下台?她几乎吞咽了无数遍唾沫,才没有把这些话说出来,只是在心里积聚力量,等回到家去,关起门来,再对那个狗东西好好施展一番……

总算开完了会,翠莲回到家以后,儿子早就睡着了,尽管她心里憋气,却没有弄出多大动静,而只是坐在椅子里吸烟。她坐的当然是那把好椅子,而且已经做出决定,以后她就坐定这把椅子了,不要说韦跛子只当了一个小村长,就是他当上了区长、县长,在她翠莲眼里也就是一个瘸子而已,既然是一个瘸子,就应该去坐那把瘸腿的椅子,他们在一起才显得般配呢。时间已经不早了,灯盏里的油好像不多了,火光正在一点点微弱下去。翠莲虽然不是一个会过日子的人,但也不想让那些有限的油白白耗光,便吹熄了灯火,坐在黑暗里等待韦跛子的归来。她知道韦跛子不会按时回来,因为他也知道做了对不起老婆的事儿,心里有愧,就不敢面对她,只有等她睡下了,他才能大着胆子回来,反正翠莲已经睡觉,就算她心里不平,怕是也不愿再爬起来找他算账的,如此一来,来自老婆的惩罚或许就对付过去了。他倒是想得美,翠莲冷笑着在心里说,你只要一回来,我就不去上炕睡觉,今天非让你给老娘下跪不可。

随着夜的深入,远处正传来夜鸟令人不安的叫声,带着寒意的夜风也从窗棂里挤进来,吹拂到她疲惫的身子上。翠莲吸完了好几袋烟,渐渐感到头晕起来,身子有些支撑不住,便歪倒在椅子里睡着了。她做了一个梦,竟然梦到了早就死去的李大头。李大头也是坐在一把太师椅里,手里捧着一杆金子做的大烟枪,正在醉生梦死地吸个不停。翠莲站在梦境的边缘看着他,看着这个一度被她所坑害了的男人。翠莲眼前一阵模糊,看见李大头拿在手里的大烟枪忽然变成了一个人,具体说是一个小巧玲珑的女人,更奇怪的是,翠莲看见那个女人竟然是她自己……翠莲醒来了,在黑暗里眨巴着眼睛,无论如何想不明白,自己怎么变成了李大头手中的大烟枪呢?她朝屋门打量了一下,看见它依旧合拢着,莫非韦跛子还没有回来?根据对时间的判断,她觉得现在已经到四更了吧?也许过不了多久,天就要亮了,那么韦跛子到底去哪里了呢?

翠莲离开了那把椅子,伸展几下疲惫的四肢,轻轻走到门后,想把门板拉开。门板原本是很沉重的,每次开门的时候,她都要稍稍费一点力,但现在她刚把手搭上去,还没有使出一点力量呢,门板就吱扭一声打开了,好像外面有一股力量推着它似的。随着门板的打开,一个低矮的影子顺势倒下来,正好躺在了她脚下。翠莲还以为这是一条流浪狗呢,因为如果是人的话,它不可能这么低矮。翠莲被吓了一跳,本能地闪开身去。那个黑影躺在她脚前,依旧没有动弹一下。翠莲垂下头,借着屋外的天光仔细一看,竟然是她的男人韦跛子。

此时,韦跛子躺在地上,将四肢团抱在一起,看上去真像一只毛茸茸的动物。尽管他的身子不动,但翠莲知道他一定是在装睡,先前在门外时,或许他能够睡着,现在随着门板打开他躺到了地上,难道会依旧沉浸在睡梦中吗?翠莲才不信呢,便抬起脚来,在他身上狠狠踹了一下。

韦跛子知道装不下去了,慢慢爬起来,嘴里悄声嘟囔地说,外面太冷了,快要冻死我了。说完也不搭理她,只是抱着肩膀朝炕前走,摆出一副要爬上去睡觉的架势。

翠莲开始还有些可怜他,毕竟他在外面待了多半个夜晚,又加上他那条残腿,如果再让他熬下去的话,怕他也撑不住劲了。如果这时候韦跛子停在她面前,哪怕不朝她下跪,而只是真心实意地向她说几句道歉的话,她或许也就原谅他了,惩罚他的念头便能烟消云散,让他顺利回到炕上去睡觉。但现在倒好,韦跛子竟然对她视而不见,拿着她心里的火气不当回事,或者当回事了而不敢面对,试图装模作样地蒙混过关,这怎么可能呢?事情既然已经开了头,那无论如何都要收尾儿,不能就这么不明不白地让这件事过去,你以为老娘是什么?是一块被你搬来搬去的木头吗?你想批判老娘就把我弄到台子上去罚站,听你那些夸大其词的说教,批判完了就把我扔到一边不管不问,你却大摇大摆地上炕睡觉,说不定还要做什么不着边际的美梦呢,天下哪有这样的好事?老娘跟着你是干什么的?不是跟你过穷日子的,更不是被你弄到台子上接受批判的,而是要跟你过幸福生活的,什么是幸福生活?老娘的要求也不高,只要有吃有喝就行,当然不让她下地干活也不错,要是比那些当干部的老婆都耀武扬威就更好了,最理想的状态就是比她当年当李大头小老婆的时候更幸福快乐,到那个时候了,老娘也没有白白背叛李大头,跟你这个瘸子当老婆一场,好吃懒做也好,减肥挑瘦也好,虚荣伪善也好,作威作福也好,反正老娘的理想就是享受、自由、快乐,这些你都懂吗你这个该死的瘸子?翠莲越想越生气,越想越对韦跛子充满怨恨,越想越不愿让这件事就这样不了了之,干脆冲上去,从后面揪住韦跛子的脖领子,就使劲朝后拉去。

韦跛子在外面冻了一夜,早疲惫得不行了,虽然他有所提防翠莲的袭击,却由于那条残腿的缘故,在翠莲的猛然发力下,他无法站稳身子,便随着后面那只手倒在了地上。你要干什么?韦跛子挣扎着叫喊,你快松手,我给你赔罪还不行吗?

翠莲不管不顾地说,不行,赔罪的时候早就过了,现在说什么都晚了。她边向后拖他边对他喝道,你给我滚到外面去吧。说完,翠莲就把韦跛子甩到了门外。

韦跛子想要抱住她的腿,但没有得逞,就随着门台阶滚到院子里去了。

翠莲哐当一声关上门板,再次对着外面的韦跛子叫喊,只要老娘不开门,你就休想进来。她转过身来,把疲软的身子靠到门板上,一边朝着地上出溜一边止不住地流泪……

二十

几天之后,来李家庄驻队的干部就到来了。这一次,来的人是区供销社的一个副主任,姓汪,人们没大搞清他的名字,便依照以前对待上面来人的惯例,称他为汪同志。

汪同志第一天到来后,韦跛子在村委会为他安排好住宿,就领着他朝自己家走去。也是按照以前的惯例,接待驻队干部的地点都是村长家,也就是说,作为村长的韦跛子要和这个人吃来到这里的第一顿饭,也算代表李家庄领导班子表示一下欢迎。好在翠莲还是善于做饭的,只要食材具备,她就能做出可口的饭菜,再加之她喜欢接待上面来的人,每每都会拿出看家本领,这让在韦跛子家吃过饭的驻队干部十分满意。汪同志大概听说过这件事,所以在跟韦跛子朝他家走的时候,还向他开玩笑说,如果大嫂子做的饭好吃的话,我以后就赖在你家不走了。韦跛子没有好意思对他说,其实已为他安排好了吃派饭的人家,他不想过于热情地招待上面来的干部,好像他有什么光沾似的,以免招来村里人的闲话,实在是不值得。

听说驻队干部要来,翠莲早早打扮好了自己,已经站在门口迎接好几回了。他们住的房子是土改时韦跛子分到的胜利果实,其实就是李大头的院落,也就是说,翠莲并没有更换地方,不过是让韦跛子正式住了进来,如果换一种说法就是,这个院落只是掉换了男主人,而女主人却依旧如故。就像过去一样,只要有客人来家里吃饭,翠莲总要刻意打扮一下自己,彰显一回女主人的风采,平时在韦跛子面前毫不在乎的样子便得到了改观,头发上抹了油,脸上更是搽上了雪花膏,就连衣服也穿得非常平整,看上去不像是一个瘸子村长的老婆,而像是一个出生于大户人家的姨太太。每次看到她这个样子,韦跛子就有些不高兴,他并不是看不服她这样的打扮,在他刚刚认识她的时候,也就是当年来到李大头家打工的时候,翠莲就是这样出现在他面前的,正是这种穿戴干净身上飘着香味的样子,让那个时候的韦跛子深受吸引,并为他以后说服她举报李大头的罪行,打定主意跟他走的行为铺平了道路。但问题是,自从成为自己的老婆之后,翠莲也就干脆卸掉了那身不合时宜的装束,变得像其他普通妇女一样满不在乎,这也倒没什么,毕竟她成了村长的老婆,而村长不但是穷苦人出身,而且现在是一名领导干部,不能搞什么特殊化,最理想的状态就是和人民群众打成一片,作为村长的老婆,翠莲自然要把自己打扮得朴素一点,如果仅仅这样的话,韦跛子不但不会不满意,而且还会赞扬她一下呢。可他渐渐发现,翠莲其实在有意糟蹋自己,名义上是和过去的姨太太形象划清界限,实质上是拿她的男人韦跛子不当回事儿,好像只要一个女人嫁给他,就是对他的巨大恩赐似的。你不是要求我艰苦朴素吗?

那好，我就干脆把自己搞得一身邋遢，这让韦跛子不能不感到，人家的确没有真正看上自己，或者说一直感觉到委屈呢，便做出了这种破罐子破摔的行为。但让他感到意外的是，当上面什么人来时，翠莲便开始忙碌起来，不仅把自己打扮得漂漂亮亮，而且还变着花样给人家做好饭吃，好像这个人不是一个普通的驻队干部，而是当年的李大头又回来了一般。事情明显摆在那里了，翠莲之所以刻意打扮自己，使出看家本领接待人家，无非是把自己当成一朵花来给人家看呢，这其实并不是像她想象的那样把自己往高处摆，而是相反让自己处在了更低位置，因为人家又怎么看不出来，你在刻意地讨好他们，巴结他们，仰视他们，这样一来，人家还会认真对待你吗？不过是一朵花而已，闻一下香味就得了，顶多也就是把你摘下来，在花瓶里插上几天，然后再把你无情地丢到一边去。

翠莲本以为，这次来驻队的汪同志也会很有干部模样呢，因为过去从上面下来的公家人都很有派头，要形象有形象，要风度有风度，一看就是吃官家饭的人，让她无形中产生了敬仰之情。可这次来的汪同志，当他出现在翠莲面前时，不禁让她有些失望。这位汪同志身材不高，而且还有些驼背，更不堪的是他过早谢顶了，这让他显得不像一个从上面下来的人，而不过是一个来自乡下的普通百姓而已，就是和她的瘸子丈夫韦跛子站在一起，也威风不到哪里去。尽管有些失望，翠莲还是很有待客之道的，依旧站在院门口，用两手牵住衣角，默默含笑地迎接汪同志的到来。

让她没想到的是，汪同志的形象不怎么样，却有一张好口才，一进门就自来熟地和她聊起来，让这个除了争吵便是寂静的院落里充满了快意的笑声。在这短暂的时间内，翠莲就改变了对汪同志的看法，竟然也感到了对这个不起眼人的喜欢。于是，翠莲打起精神来，并使出看家本领，做好了接待汪同志的第一顿饭。食材是不缺乏的，村委会的会计早就把这些东西送来了，也就是说，只要接待上面来的干部，翠莲就不用自备东西，如果搞得好，还会为自家节省一部分盈余，这样的好事也是她乐意承担的。好吃的饭菜果然得到汪同志的高度评价，据他自己说，他的老婆也是一个乡下女人，却从来不会做饭，每一顿都是瞎凑合，这让他不堪忍受，到区里工作以后，他就选择在机关食堂吃饭，可想而知，食堂里的师傅最善于做的就是大锅菜，也搞不出什么滋味来，每天在那里吃早就厌倦了，现在竟然在李家庄吃到了这顿好饭，真是让他喜出望外。为了表示对翠莲的感谢，汪同志让韦跛子把她叫到桌前来，要当面对她表示一下。

其实在大家吃五喝六吃酒的时候，翠莲已经离开厨房，悄悄来到了堂屋门外,站在角落里,一边支起耳朵谛听他们的谈话,一边等待客人对她的邀请。一般情况下,懂规矩的驻队干部都要向她这个厨娘表示感谢的,也就是说,翠莲早晚会来到酒席上,即使没有等来这样的邀请,最后她也要主动冒出来,以女主人的身份向上面的人敬一杯酒,这既可以得到客人的赞扬和感谢,也展示了她这个女东道主的风采,就算韦跛子心里并不乐意她这样做,也不会给她使脸子的,毕竟她是给他这个丈夫脸上增光的。

等翠莲坐好了,汪同志亲自满上一杯酒,两手捧着酒杯朝她递过来。大嫂子,酒酣耳热的汪同志看了韦跛子一眼,依旧用半开玩笑半认真的口气说,我就是爱吃你做的饭,以后我就赖在你家不走了,你可不要怕麻烦赶我走呀。

翠莲也看了韦跛子一眼,不管她的男人做什么表情,只是顾自接住汪同志的话说,那好呀,只要你不嫌弃,我一天三顿饭做给你吃也行。

到这个时候,一直坐在一边不肯吭声的韦跛子差不多已经明白,以后怕是真的赶不走这个嘴馋的汪同志了。

几天后,汪同志回了一次区里,回来时皮包里多了半个卤猪头,这在生活条件不好的乡下可是难得的美食了。当他把卤猪头举在手里,朝着翠莲悠悠晃的时候,好久没有闻到腥味的翠莲瞪大了眼睛,激动得差点冒出血来。汪同志,翠莲用更加敬佩的口气说,你可真有办法呀,居然搞到了这么好的东西。

汪同志也用充满豪情的口气说,那是,别忘了,我可是响当当的供销社主任呢。他适时地把自己的身份再次亮一下,不过是提醒她不要忘了,这个不起眼的驻队干部可不是吃素的。

果然,翠莲又连连朝他竖了几下大拇指,的确,在那个艰苦的年代里,不要说供销社负责物资供应的副主任,就是一个在门市上站柜台的普通员工,也能搞到一些好东西。也许就在这个时刻,好吃懒做的翠莲便产生了依傍汪同志的想法,只要和这个人搞好了关系,以后还担心没有好吃好喝吗?但具体和这个人怎么搞好关系,搞好什么样的关系,她暂时还没有想明白。

其实,要搞好关系的想法也在汪同志心里诞生了,虽然他是一个公家人,并有一定的权力,可以支配一些人,或者说让一些人上赶着巴结他,另外他也算得上一个走南闯北的角色,见多识广,对一些颇有姿色的女人并不陌生。但不知道为什么,当他一来到李家庄,第一次见到这个叫翠莲的女人时,就对她产生了不小的兴趣,这个女人若隐若现的风骚竟然一下子触动了他心里的某个开关。当然,在以后的日子里,面对他的试探性骚扰,如果翠莲不接这个茬,他也不会继续向她发动进攻的,毕竟这是李家庄村长的老婆,他和韦跛子差不多每天在一起,就算为了维护他的面子,也不能对这个女人乱来呀,他可以毫无顾忌地去勾引其他女人,却唯独不能动这个女人一下。可他很快发现,像他对她有所兴趣一样,这个女人对他的兴趣或许更大呢,随着事情进一步发展,即使他想回避这个女人怕是也做不到了,因为到这个时候,喜欢攀高枝的翠莲已经打定主意要和他发展关系了。

他们几乎是在韦跛子眼皮底下勾勾搭搭的,这也是没有办法的事儿,由于韦跛子是李家庄的村长,差不多每天都要陪在汪同志身边,而韦跛子又是翠莲的男人,当然每天都和她在一起,这就是说,要想让汪同志和翠莲有个单独相处的机会,是很不容易的一件事儿。可是话又说回来,不容易并不是不能够,而只是机会不到,汪同志在李家庄驻队差不多两个多月,在这么长的时间内,要想和那个女人单独待一会儿,也是不难争取到的。事实证明,仅仅过了半个月,这个单独相处的机会就来了。于是,这两个早就眉来眼去的狗男女,便紧紧抓住这个机会,背着韦跛子勾搭在了一起。

这天,韦跛子接到通知,要去区里开一个会,按照通知上所说,这个会要开一上午时间。但由于天气不好,眼看一场大雨就要到来,主持会议的区长便改变主意,中途取消了会议,让参会的各村村长返回自己村里去。汪同志和翠莲知道韦跛子参会的时间很长,也就没有仓促行事,而是敞开了慢慢进行,所以当韦跛子提前赶回来的时候,他们还在村长家里忙得不亦乐乎呢。韦跛子回到村里以后,一见自己家的院子关上了门板,而且没有被他轻易敲开,便知道大事不好,在他到区里开会的时候,家里已经起火了,而那两个在火焰中折腾的人除了是那个驻村干部和自己的老婆之外还能是谁呢?敲不开院门,韦跛子费尽了九牛二虎之力,终于拖着一条瘸腿攀上墙头,然后跳到了院子里。屋门倒是没有上闩,他轻轻一推就敞开了。

那两个有点大意的人以为仅仅关上了院门,一切就万无一失了,如果要提防的话,也是外边那些闲人,而不是这个院子的当家人韦跛子,因为他已经到区里开会去了。但他们没想到,其他闲人并没有关注这件事儿,倒是被他们忽略掉的韦跛子提前赶回来,而且越过墙头来到了屋门前。此时,他们正在屋里忙得不可开交呢,依旧没有想到韦跛子会一瘸一拐地来到屋内,等他们好不容易定下神来,看到那个最不想看到的人站在面前,正愤怒地朝他们打量呢,这两个无耻的男女才醒过神来。汪同志没有来得及穿衣服,就要朝着外面跑,但他还没有跑两步,就被翠莲一把拖住了。与汪同志来不及穿衣服的尴尬局面不同,翠莲根本就没有想到去穿衣服,她赤裸着身子站在韦跛子面前,以此遮挡住他对身后那个人有可能发动的攻击。不用跑,翠莲用冷静的声音对汪同志说,既然事情到了这一步,我们干脆就摊开说吧。

听她这样说,不仅韦跛子愣住了,就连汪同志也感到一愣。他们两个人都不知道,这个如此镇定自若的女人到底要干什么,她想摊开说的到底又是什么事儿?

翠莲继续用冷若冰霜的口气对韦跛子说,你也看到了,我早就看上了汪同志,你也不用感到这道坎过不去,就当我不是你老婆得了。

韦跛子不解地问她,你不是我老婆是谁?

翠莲耸了一下肩膀说,如果你愿意离婚的话,我现在就跟你到区里去。

韦跛子还是没有回过味来,你和我离婚?然后呢?他不相信地问她,你想嫁给他吗?当然,他只是胡乱这样问她,是有些话赶话的意思,他怎么能相信汪同志会和翠莲结婚呢?

但出乎他意料的是,翠莲竟然点了点头说,是呀,我愿意给他当老婆。说着,她就回过头,把目光转向那个藏在她身后的男人身上。

听着他们这些颇为滑稽的对话,汪同志有些如梦似幻的感觉,开始还以为他们讨论的这件事与他无关呢,当翠莲的目光落在他身上时,他才知道接下来等待他的是什么了,那就是表态,他必须尽快向他们两个人表一下态,具体说向那个已经走火入魔的女人做个明确的答复。怎么会这样想呢?汪同志反问翠莲,你怎么能和他离婚呢?

到这个时候,翠莲还没有明白他话里的真正意思,依旧沿着自己的思路说,我早就和他过不下去了,等我和他离完婚,我就跟你到区里去。

汪同志赶紧跺了一下脚说,这怎么行?我怎么能娶你当老婆呢?

听完他这句话,韦跛子不禁闭了一下眼,在心里对翠莲说,你看看,你这个迷了心窍的蠢女人。

但翠莲还没有听出他这句话的真正含义,继续用肯定的语气说,你当然可以娶我当老婆了,我现在不是把什么都交给你了吗?你还犹豫什么?如果你乐意,我马上跟你走都行。

韦跛子不想再听她说下去了。丢人呢,他在心里对她说,丢死你这个王八蛋女人了。他举起手,在她眼前晃动了一下,以让她尽快从迷思中醒悟过来。

翠莲误会了他的意思,以为他要打她呢,便也赶紧举起手,使劲将他的手拨开,大声叫喊着说,韦瘸子,你给我听好了,你可以把我们两个人的事儿到大街上去喊去叫,让所有李家庄的人都知道,反正我们是不在乎了,如果丢脸的话丢的也是你这个村长的脸,你就看着办吧。说完,她就躺回刚才他们胡乱折腾的炕上去,死死地闭上眼睛,身子一动不动,什么也不想听,什么也不想看了。

一个多月之后,汪同志的驻队任务结束,要离开李家庄回区里去了,憋屈了这么长时间的韦瘸子才稍稍喘出一口气,终于送走了这个瘟神,如果他再在李家庄待一两个月的话,他怕是要活不下去了。

与他完全相反,听说汪同志要走,依旧痴迷着他的翠莲有些不安,一场还没有过足瘾的勾搭行为就这样结束了吗?她当然有些不甘心,好像还没有从汪同志身上榨出足够的油水,如果那场偷情没有暴露在半途中,或许她会从这个供销社副主任身上得到更多的好处,过两天吃上一回卤猪头也是很有可能的。但自从他们的奸情被韦瘸子当场撞破了以后,汪同志便不敢再公开和她来往,甚至有几天主动去别人家吃派饭了。翠莲这才明白过来,汪同志并没有和她白头到老的打算,而不过是藏藏掖掖地和她偷一下情而已,因为在他的老家,毕竟还存在一个老婆呢,翠莲可以和自己的丈夫离婚,而人家汪同志却没有和自己的老婆分手的打算。可为了不惹恼翠莲,汪同志并没有这样说,而只是对她说了一两句应付的话,什么事情总得有个轻重缓急了,什么这件事并没有那么简单了,什么容我慢慢地办就是了,又给了翠莲一点点念想,让她觉得如果把汪同志逼急了,或许也能让自己的目的达到,这就给他们继续来往留下了一点点余地。所以,当汪同志就要离开李家庄的时候,翠莲又一次骚动不安起来,竟然天真地产生了跟他远走高飞的念头。

在开始行动前,翠莲先和她儿子进行了一场意味深长的谈话。和以前的出门远行不同,这次她不能不把儿子带上了,因为她不知道以后还能不能回到李家庄来,总不能把儿子丢在这里不管吧?无论怎么说,儿子都不是韦瘸子的种,韦瘸子之所以表面上接纳这个孩子,还不是看在和她结婚的份上吗?不然的话,又怎么能与这个地主的后代扯上关系呢?如果翠莲跟汪同志跑了,而把儿子一个人丢在这里,那韦瘸子还有什么理由收留他呢?但让翠莲没想到的是,儿子并不想和她一起跟那个汪同志走,当年他已经跟母亲走过一回了,那时是离开他的亲生父亲李大头,现在又要走了,这次则是离开他的养父韦瘸子,那么以后跟了那个八竿子打不着的汪同志之后,是不是还要走第三回呢?这样下来,还不被人们笑掉大牙。他差不多已经长成大人,知道一个人活着不仅仅为了那张嘴,还要在某种程度上照顾一下这张脸。于是,几乎没怎么犹豫,儿子就拒绝了母亲的提议,而且说出一句不管不顾的话,要走你一个人走好了,谁用得着让你管了?

这天,韦跛子忙完外面的事儿,回到家来吃饭,但揭开锅盖一看,里面空荡荡的,这才觉得不对劲儿,再一看,屋里竟然也没有老婆的影子。以前翠莲虽然不太乐意管他的事,但毕竟还是做饭的,尽管给家人做起来没有那么上心,自然饭也就没有那么好吃,但韦跛子回到家来,还是能够填饱肚子的。可今天怎么回事?那个臭婆娘到哪里去了?韦跛子进到儿子屋里,还没有开口说话呢,儿子就用冷嘲热讽的口气说,你老婆跟别人跑了,你还不赶快把她找回来呀?

韦跛子呆住了,虽然也朦朦胧胧想到了这一点,却还有些不相信,难道翠莲真的头脑发了昏,到区供销社投奔那个浑蛋去了?他在屋内搜寻了一圈,发现除去少了翠莲平时用得着的一些物件之外,还有一件更为重要的东西不见了,那就是他一直珍藏的阿胶秘方,看来翠莲也知道与其他东西比起来,那几沓黄纸才是最重要的宝贝,才能在某种程度上要了韦跛子的命。这个心狠手辣的女人,韦跛子痛恨得咬牙切齿,都到这个时候了,还不肯放过老子,那么好吧,兴你初一,就别怪我十五,那老子也就不会再放过你了。

在到区里去之前,韦跛子也稍稍做了一些准备,其实不用携带什么别的东西,只要拿上一把刀就行了。于是,韦跛子便将一把切肉的菜刀别在腰上,匆匆忙忙朝区里赶去。他来到供销社大院,径直奔汪同志的宿舍而去。他以前来过这里,知道姓汪的住在哪间屋里,所以也算得轻车熟路。还离得老远,他就看到了汪同志。此时,汪同志正坐在门台石上,手里抱着一台收音机,一边饶有兴趣地听着,一边朝着远处打量,具体说是朝着他走来的方向打量,好像等待什么人的到来似的。韦跛子当然不相信他是等自己来,如果他真有什么人要等的话,除了是那个不要脸的女人之外还能有谁呢?韦跛子一边朝他走,一边把手放在腰间,具体说放在腰间菜刀的把上,做着随时掏出来并砍过去的准备。

你来了?韦跛子快要走到面前时,汪同志放下收音机,抬起头来,用不冷不热的口气说。

韦跛子吃不透他是唱的哪一出,索性也不再和他多说废话,一边紧紧地攥住菜刀的把手,一边直通通地对他说,把那个臭女人给我叫出来,不然的话……他按捺不住心里的火气,竟然真的把菜刀掏了出来。

望着他手里那把明晃晃的刀,汪同志并没有表现出丝毫惧怕的意思,而且依旧一副不慌不忙胸有成竹的样子,不能不让韦跛子有些吃惊,看来这个家伙也是一条汉子,都到这个时候了,竟然还在他这个游走江湖的狠手面前充好汉。好吧,汪同志慢慢站起来,一边推开身后的屋门,一边给他闪开道说,你自己去屋里看吧。

韦跛子举着菜刀朝屋里走时,还一遍遍地叮嘱自己,不要冲动,不要真的把那个女人砍死了,不然的话,你的后半辈子就葬送在这两个狗男女身上了。韦跛子走进屋后,一时有点适应不了里面的光线,但还是朦朦胧胧地看到,一个女人端坐在里面的椅子里,面冲着屋外,好像也在等待什么人的到来似的。韦跛子站稳脚跟,举起菜刀,刚要对那个女人做出威吓的架势,却又觉得哪里不对劲儿,他抬起那只空着的手,抹了抹模糊的眼睛,仔细朝那个女人打量,不禁又一次愣住了,那个端坐在椅子里的女人并不是翠莲,而是另外一个陌生的女人。他把手里的菜刀放下来,疑疑惑惑地回过头,用求助的目光看着正向他走来的汪同志。

这是我老婆,汪同志用意味深长的目光看着他,我刚把她从老家接来。然后把一只手放在他肩膀上,依旧不紧不慢地说,你找的该不会是她吧?

到这个时候,韦跛子真的不知道自己该怎么办了。这是怎么回事?他在心里问自己,既然人家……那么翠莲……他知道自己不能拿着菜刀继续站在人家屋里,便赶紧退出来,等来到院子里时,那把菜刀已经被他藏到衣襟下面去了。也许我弄错了,他朝汪同志不好意思地解释说,也许我不该到你这里来……说着,他就掉头朝大院外面走。

韦村长,汪同志在后面冷嘲热讽地说,以后看好你那个老婆,不要再和其他什么人扯上关系,到时候惹出什么事来,你可就摊上大麻烦了……

一口气走出供销社大院,韦跛子才停住脚,狠狠朝地上啐了口唾沫,这个狗日的,老子竟然被他耍了。他抬起头,又把茫然的目光投往远处,他想不明白,翠莲到底跟谁跑了呢?

回到家以后,韦跛子又一次愣住了,以至于让他产生了荒唐的幻觉,以为又回到了供销社大院里,重复看到了在汪同志宿舍里发生的情景。此时,一个女人端坐在屋里的椅子上,面冲着屋外,好像在等待什么人的到来似的。当然,这个女人并不陌生,也不是他刚刚看到的汪同志的老婆,而是翠莲,他执意要找回来的那个女人,也就是他自己的老婆。怎么回事?韦跛子掏出怀里的菜刀,一边悄悄放到灶台上去,一边在心里迷茫地问自己,她怎么又回来了呢?

二十一

许多天后的一个上午,韦跛子又接待了区里来的一个人,显然,这个人不是来驻队的，不然的话，他早就接到通知了。现在来的这个人让韦跛子有些意外，说句心里话，他实在不愿意接待他，因为这个人是区里的公安员。一般情况下，公安员是轻易不到村里来的，但只要他来了，差不多就意味着村里发生了什么事情。作为村长，韦跛子当然不希望村里出事儿，不免也有些奇怪，村里一直风平浪静着，他这个村长都不知道有什么事情发生，公安员又听到了什么风声呢？

按照以往的惯例，韦跛子想把他朝村委会领，但被公安员拦住了。你老婆在家吗？公安员随口问他。

韦跛子愣了一下，不知道他为什么这样问，但还是摇了一下头说，她下地干活去了。

公安员对他摆摆手说，那就去你家吧。说着就带头朝他家走去。

韦跛子不知道他是唱的哪一出，在领着公安员往家走的时候，脑子里不禁想一下汪同志，但马上就把这个该死的念头掐掉了，这次可是公安员呀，这是一个秉公执法大公无私的人，再说，他这次又不是下来驻队，顶多也就是吃一顿饭的事儿，又有什么好担心的？

来到院门口，公安员停住脚，抬头朝门楼上看，装作随意的样子问他，老韦，你住的是李大头的房子吧？

韦跛子不禁愣了一下，没想到他会这样说，便随口答道，是呀，土改时分他家的浮财。

公安员没再说什么，便带头进了院去。在屋里坐定之后，他一边抽着韦跛子递过来的烟，一边漫不经心地问他，听说你在制作一种药丸，能让我看看吗？

韦跛子吃了一惊，无论如何没有想到他会提到这个事儿，一种不祥的预感浮上了心头。他本能地知道，自己干的这件事虽然不能说非法，但的确不是一种公开的行为，前几年他一度产生过把那几沓黄纸公开交出来的想法，但被韦铁皮拦住了。韦铁皮现身说法，告诉他自己在县城里的遭遇，既然他们都不能把这些秘方的来历说清楚，又不知道这个所谓的秘方到底有没有真正的价值，就连它是不是真的都不知道，恐怕再碰到和韦铁皮同样的遭遇，就没有去做把它们献给政府的尝试。如果他仅仅把秘方藏在家里也没有什么问题，而不该偷偷摸摸地继续熬制阿胶，还把它们以大力丸的名义出售给别人，不要说他是一个懂得政策的村长，就是一个普通的村民这样干也是不妥当的。其实他并不需要这样干，早就不是游走江湖的时候了，根本用不着使用这些秘方糊口度日，为什么还要偷偷摸摸去做呢？难道真是游走江湖的习惯让他洗不了手吗？现在倒好，事情竟然暴露了,而且暴露在公安员面前,公安员是干什么的,就是查处和惩治那些非法勾当的,现在公安员前来过问此事,虽然他装作一副随口探问的样子,但韦跛子却感觉出来,今天他就是奔着这件事来的,也就是说,他是专门来查处这件事的。韦跛子不敢怠慢,赶紧用表明兼汇报的口气说,是有这件事儿,看到一些人有病找不到治疗的办法,我就想起祖上留下的一些药方,按照上面的样子熬了一点药,他改用激动并不乏夸张的口气说,别说,那些人吃了还真有效呢,没过几天都好利索了。韦跛子希望自己说了这番话以后,公安员会点点头说,原来是这样?这么说你干了一件大好事呀?不管公安员是真心实意,还是冷嘲热讽,只要说出类似这样的话来,他也就放下心了。

但出乎他意料的是,公安员的脸色不但没有和缓,而且更有些冷漠了。那么请你告诉我,公安员用贼亮的眼睛盯着他说,你有行医用药的资格吗?

韦跛子被他问得张口结舌,一时不知道该怎么回答。

没有等他反应过来,公安员就用两根手指敲了一下桌面说,韦村长,你这可有非法行医的嫌疑呀。

韦跛子心里一急,不由得站起来,摊开两手辩解说,我这不是行医呀,我又不是医生,哪里能……他似乎越说越糊涂,嘴唇急急地颤抖起来,我不过是给那些有病的人帮一下忙,无论怎么说,这也不是做坏事呀。

公安员似乎不想听他说下去,把烟屁股在桌面上碾灭,也站起来说,你带我去看看那些制药的工具,也让我知道一下这到底是怎么回事。

韦跛子还有些反应不过来,不知道领他去看好,还是不领他去看好。但看公安员的架势,人家非看不可,他知道没有其他路好走了,便只好领着他进到厨房里,从墙根处拿出一个缺去边角的小锅子,端到他面前说,我就是用它熬制的。然后又从墙上取下一块黑乎乎的案板,还有一把快要生锈的小刀,也一起拿到公安员面前说,熬好了胶以后,我就在这上面把它们切成小块儿,然后用纸包起来……

公安员一边看一边点头,脸上的表情慢慢舒展开来。

介绍完这些并不起眼的制胶工具,又看到公安员的表情发生了和缓变化,韦跛子感到了一点轻松,好像可以放下心来了,本来问题就这么简单,他说清楚也就完了吧。

但事情的发展还是让他没有想到,公安员临走时,竟然把锅子、案板和小刀一起带走了。公安员是骑着自行车的,就把那些东西绑在了后面的货架上。

一看到他这样做，韦跛子刚放下的心又提起来了，难道公安员这是在取走他的犯罪工具吗？他想上去阻止，但张打着两手，嘴唇颤抖几下，就放弃了这种徒劳的努力。可他还是有些不甘心，就虚情假意地挽留公安员吃饭。

这次倒没有出乎他的料想，公安员无论如何不吃他的饭，虽然他也知道，韦跛子的老婆做饭是把好手，又加之韦跛子有求于他，这顿饭一定会非常好吃的。但公安员只是不易觉察地咽了口唾沫，便推起车子，在滑行了几步之后，果断地把一条腿抬起来，就要骑到车子上去。但他是否忘了，后面货架上绑着锅子和案板之类的东西呢，这使他那条抬起来的腿碰到了阻力，无论如何也跨不过去，便只好又放了下来。这样一折腾，自行车便打晃得厉害，尽管公安员使劲掌握着前把，还是差点让自行车摔倒在地上。

韦跛子反应过来，赶紧拖着一条瘸腿赶上去，在后面把自行车扶住，才没有让自行车和公安员一起摔倒。

公安员离去后，韦跛子瘫坐在椅子里，心里的紧张一阵急似一阵，他已隐约感到了这件事对自己的影响或者说打击，搞不好的话，上面即使不治他的罪，他这个村长也够呛能当下去。那么接下来的问题是，这件事是怎么被公安员知道的？要说他在村里并没有什么仇敌，一般是不可能把这件事捅出去的，再说那些人也不知道他熬胶的具体过程，又怎么能提醒公安员取走他这些工具呢？在整个李家庄，既和他不对付又熟悉他这些隐秘行为的人还能有几个呢？

思来想去，韦跛子很快把焦点对准了自己的老婆翠莲。但他还是不相信，翠莲怎么能干出这种事来呢？不管怎么说，她还没有和他离婚，汪同志那里又根本指望不上，现在她依旧是他的老婆，就算是对他有意见，那也是两口子之间的家务事，又怎么能断送他的前程呢？如此一来对她自己又有什么好处呢？在否定了翠莲举报他的可能性之后，韦跛子又陷入了深深的迷惑中，好像从一条死胡同里走不出来了。他坐在椅子里，吸了一锅又一锅烟，快要把积存在箥萝里的烟叶都吸光了，才突然有了灵感。他沿着翠莲这条线索继续往前走，终于想到了他不愿想起的那个人，那就是汪同志……前些日子，当翠莲去供销社找他的时候，曾经带走了他一直珍藏的阿胶秘方，看样子是想把它献给那个王八蛋的，但由于他老婆的出现，才给了翠莲的私奔沉重一击，又让她沿着原路返回来，虽然秘方没有献出去，但怎么证明汪同志不知道这件事呢？说不定翠莲盗走秘方正是他的主意呢，他们热火朝天勾搭在一起的时候，翠莲什么隐秘不对他说呢？还有，那个家伙一天在他们家吃三顿饭，韦跛子制造阿胶的秘密是否也让他窥到了呢？

韦跛子终于明白怎么回事了，说来说去，还是翠莲这个不正经的女人惹的祸，如果没有她和那个家伙的私通，人家又怎么想到去公安员那里举报他呢？与此同时，韦跛子觉得自己也有责任，如果当初不把汪同志朝自己家里引，人家又怎么能和他的老婆勾搭在一起呢？都怨他太大意了，不但搭上了自己的老婆，惹出那么大一场乱子，让村里的老少爷们笑话，而且也给自己造成了源源不断的麻烦，说不定过上两天，公安员那边对他的处罚就要下来了。他能想象得出来，公安员拿走他私自制作大力丸的工具也就是证据以后，十有八九要到区长那里去汇报，搞不好区政府会对他做出一个不大不小的处罚，以给这件事画上一个句号，也算给那个姓汪的家伙的举报一个交代。

但韦跛子显然低估了这件事的严重性。仅仅过了一天，区里对他的处理意见就下来了，政府的办事效率如此之快，还是出乎了他的意料。意见是由一个副区长亲自到村里来传达的。副区长到来之后，并没有说什么事儿，而是让韦跛子下通知，召开全体村民大会。虽然这样，韦跛子还是感觉出来，这次的会议内容一定与自己有关，但还是马上去找各生产队长，让他们敲响了集合开会的钟声。韦跛子还侥幸地想，他恐怕要去主席台上站一会儿，亲自向大家说清楚所谓非法行医的事儿，然后赌咒发誓不再犯下这个严重错误。为此，他将对乡亲们说的话甚至做出的表情都悉数准备好了，就等着到主席台上表演出来了。可他还是没有想到，副区长竟然没有安排他上主席台，而是就让他留在下面，然后当着全体村民的面宣布了对他的处理决定，即免去他的村长职务，收缴他非法行医的所有用具，包括那几沓所谓的阿胶秘方。上次公安员只是拿走了那些锅子和案板之类的工具，并没有要走那几张黄纸。现在，副区长拍打着桌面说，请韦跛子把他的假药方拿出来，当着全体村民的面予以销毁。

韦跛子还没有回过味来，治保主任就在旁边推了他一下，用公事公办的口气说，你快带我们回家拿吧。没有办法，韦跛子只好带着几个民兵往家走，但走到半路上又停住了脚。他现在才想起来，秘方是在他贴身的内衣上缝着呢，自从翠莲对秘方打上主意之后，他就不敢再把它们放在家里，就算他再换几个藏匿的地方，只要翠莲打定主意找它们，还能不被她找出来吗？韦跛子回到会场里以后，从撕开的内衣里取出一个油布小包，先递给了治保主任，再由他交到副区长手里。副区长把布包一层层打开，取出那几沓黄纸，凑到眼前看，但只是扫了几眼，就摇摇头说，什么乱七八糟的东西？他又把它们丢到治保主任手里，用下命令的口气说，把它们烧了。

治保主任让一个民兵端来一只碗,把那几沓黄纸放进去,亲自点燃了一根火柴,慢慢地凑到纸上去。在村民们的注视下,那只碗里的火焰着起来了,没过多大会儿,几张纸就被烧成了灰烬,蓝色的火苗闪烁了最后一下,便彻底熄灭了。副区长、治保主任连同台下张着大嘴观看的村民们都长长地松出一口气。

韦跛子蹲在台下,两手抱着脑袋,嘴里发出咕噜咕噜的响声。但人们看不到他的表情,也便不知道他是不是真的在哭。

落寞地回到家以后,韦跛子看到翠莲蹲在屋门口,手里举着半根黄瓜,正在津津有味地吃呢。韦跛子感到很奇怪,她是什么时候从会场上回来的呢?

翠莲还好奇地向他打听,开的什么会?

韦跛子这才明白,她没有到会场上去,怪不得没有听到她的动静呢。你怎么没去开会?韦跛子问她。

刚才我在睡觉,翠莲懒洋洋地说,我还以为是下地的钟声呢,就没有起来。

韦跛子斜了她一眼,在心里嘟囔一句,大白天还睡觉,有几个这样的懒婆娘?他走进屋里去,一屁股坐在了椅子里。尽管翠莲待在家里,他坐的依然是那把好椅子。

翠莲意识到这一点,不禁有些奇怪,还以为他摊上什么好事了呢,居然又把架子摆起来了?但过了没有半个钟点,翠莲就从街上知道了会议的真相,也就是说,知道了韦跛子被免去村长的职务并失去阿胶秘方的事儿,便又一阵风地跑回来,上去就把韦跛子从那把好椅子里拖下来。你还有脸坐在这儿?翠莲丧心病狂地说,村长你都被人家撸了,还把秘方让人家烧了,这日子你不想过了吗?

韦跛子没有想到她的力气这样大,一下子被她从椅子里拽到了地上。都是你这个败家娘们,韦跛子憋了半天的火气终于爆发出来,吃力地从地上爬起来,从灶台上摸起那把他曾经揣到怀里的菜刀,就要朝翠莲头上砍,要不是你,我这个村长又怎么能当不成?我出生入死保存那么些年的阿胶秘方又怎么能被人家烧成灰儿?

翠莲愣住了,实在没有想到变成普通村民又失去宝贵财产的韦跛子,并没有像她想象的那样跪在她脚下痛哭流涕,竟然头一次朝她举起菜刀来,就算他心里再有怨气,也不该朝她这个无关的人身上撒呀?很快,她便从韦跛子的呵斥和咒骂中知道了事情的真相,怎么回事?她无论如何不相信,那个勾引并占有过她的王八蛋,竟然干出这种下三烂的事来?不但彻底整倒了他的情敌韦跛子,竟然连自己的情人也不放过,把他们通往美好未来的所有道路都堵死了?

翠莲实在咽不下这口气,当即到区里去找那个姓汪的,让他把这件事给她说个明白。当她离开村子,朝着区政府的方向大步走的时候,村里的一些人远远地看着她,差不多又想起前些日子她去投奔汪同志的情景,现在翠莲又一次上了路,莫非看到韦跛子倒台了,又要去投奔汪同志了?

韦跛子蹲在家门口,看到那些幸灾乐祸的人从面前走过去,感到害臊得不行,他怎么娶了这样一个熊娘们呢?他当年也是一个走南闯北的好汉呢,现在竟被一个女人折腾得落到如此落魄的地步,一张老脸都要丢到地上摔成八半了,真是想不明白,当初怎么就打上了她的主意呢?他又想起使出浑身解数动员翠莲揭发李大头的情景,就像做梦一样感到一切是那么不真实。他真后悔呀,如果时间可以倒转的话,他情愿看着翠莲跟随李大头一起去爬"望蒋杆",也不会再去伸手拉她一把。等街上的人走光了,韦跛子站起来,朝着区政府的方向眺望,他想象不出翠莲见到汪同志的时候,会发生什么让他意想不到的事儿,是跳脚大闹,还是张口就骂,还是扑上去抓挠,还是抱在一起痛哭?韦跛子想不明白,怎么就产生了翠莲和汪同志抱在一起痛哭的念头呢?看翠莲离去时摆出的架势,她不把那个姓汪的撕成碎片才怪呢,又怎么能和他哭在一起呢?但他无论如何驱不走这个荒唐的念头,以至于翠莲提着一个包裹从村外走来的时候,他还没有把这个念头从脑子里赶走。

大约一个时辰之后,翠莲就从区政府回来了,准确说是从供销社回来了。与走的时候不同,翠莲回来时手里多了一个包裹,而且看上去那个包裹沉甸甸的,她提得有些吃力。韦跛子盯着那个包裹看,无论如何想不出它是什么东西,翠莲去的时候只说找姓汪的算账,或者干脆说是闹事,并没有说要什么东西,韦跛子不知道她到底找那个家伙算过账了没有,也就是说闹过事了没有?反正看翠莲心满意足的样子,事情像是有了一个好的结果,这就是说,她和姓汪的那笔账算清了?该闹的事也大张旗鼓地闹过了?他实在想不出那个好的结果到底是什么,是否与她提在手里的那个沉甸甸的包裹有关。

翠莲提着东西从他面前走过,以为他会主动问她包裹里是什么,但韦跛子只是盯着那个东西看了两眼,并没有张口发问。翠莲走过去,快要走到屋里去了,又停下脚,回过头,尽力把手里的包裹提高一些,朝他摇摆了一下。卤猪头,她这样对他说,又觉得说得不太准确,便又补上一句,一整个。

韦跛子这才明白,原来那只包裹里是一个卤猪头呀,他忽然想起来,汪同志曾经送过他们半个卤猪头,很让翠莲高兴了一阵子。他就更加明白了,看来翠莲真的找到汪同志了,至于有没有算账或者闹事他不知道,反正姓汪的又故技重施,用一个卤猪头就把她打发回来了。不,这样说也有些不妥,毕竟这一次比上次多了半个,也就是说,这一次姓汪的打发翠莲的力度比上一次大了一倍,怪不得这个蠢女人感到那么满意呢。对这个馋嘴的女人来说,一整个卤猪头足够她消耗一阵子了,既然堵住了她的嘴巴,那么她的账就没法算下去了,事儿也就没法闹了,是不是这样呢?这时候,韦跛子不能不承认,他是实实在在被那个汪同志打败了,害惨了。

夜半时分,韦跛子睡得正酣呢,忽然被翠莲的一只脚踹醒了。他当然知道翠莲踹醒他干什么,又实在不愿意去做,便没有爬起来穿衣服。翠莲又用那只脚踹了他一下,提醒他说,时间不早了,你快去吧。韦跛子还想耍一下赖,便嘟嘟囔囔地说,今天外面风大,干脆就别去了吧?听他这样说,翠莲从床上爬起来,虎视眈眈地看着他,如果你不去的话,以后就别想到我炕上来。尽管是在黑夜里,韦跛子还是看到了她眼里的凶恶表情,不想再拖下去,只好爬起来穿衣服。

自从他的村长职务被撸掉以后,先前有过的一点点好处或者说额外收入便消失不见了,这使他们原本就不富裕的生活雪上加霜,对于翠莲这样不肯过清贫生活的女人来说,简直就是在鏊子上过日子,无论如何坚持不下去。于是,诡计多端的翠莲就又打上地里庄稼的主意,过去在下地干活的时候,曾经捎带着偷摸过几回,竟然还被韦跛子弄到台上接受批判,让她丢了不少脸面,现在轮到韦跛子了,反正你已经不是村长了,一个平头百姓去地里偷摸几回也是很正常的事儿,更重要的是,如果被巡夜的民兵抓了现行,就让你也去台上接受批判,尝尝丢人现眼的滋味。韦跛子心里那个憋气呀,想想他原先也是村长,干的就是维护村里集体利益的事儿,或者干脆说抓的就是那些偷偷摸摸的盗贼,现在倒好,他自己竟然当起小偷小摸来,这样的行为让他无论如何难以接受,可如果不干吧,翠莲就不肯放过他,不让他上炕倒也罢了,整天和他大吵大闹真让他受不了,为了把日子过下去,他不能不在翠莲的逼迫下,于半夜时分偷偷摸摸去庄稼地里干一回了。想想过去风风光光抓小偷的情景,再看看眼下鬼鬼祟祟当小偷的现实,韦跛子有些恍如梦境的感觉,真是三十年河东三十年河西呀。

偷摸的次数多了,不被抓住是不可能的。韦跛子才到庄稼地里去过几次,就被治保主任抓了个现行。怎么是你?治保主任惊骇地看着他。

我现在不是村长了。韦跛子赶紧向他声明。他的意思是说,我既然不是村长了,来偷摸几次又有什么可奇怪的呢?

　　但治保主任误会了他的意思,以为他在说既然自己不是村长了,你们就可以放开手脚惩治他吧。当天夜里倒没有发生什么过不去的事儿,治保主任把他掰下的玉米穗子收缴以后,就把他放回家去了。但第二天夜里,韦跛子还没有吃完晚饭,就听见外面的钟声敲响了,这个时候的钟响起来,显然不是招呼人们下地干活,而是说明村里要开会了。

　　翠莲没有开会的习惯,也就不去理会钟声的催促。韦跛子倒是对钟声十分敏感,马上就放下碗筷,要到会场上去,但他又在门口站住了,意识到什么地方有点不对劲儿,他想到的并不是自己不再是村长,可以不去参加这个会,而是另外一件事,好像与他昨天夜里被治保主任捉住的事情相关。尽管他没有想清楚这件事,还是又坐回了座位上。铃声响过两次以后,他家的门板忽然被敲响了,很快,队长就上门来了。翠莲还以为队长是来喊她开会的,但队长并没有理会她,而是转向韦跛子,用十分清晰的语调说,老韦,村长请你去开会呢,时间不早了,你快走吧。韦跛子呆呆地看着他,好像一时听不明白他的话。

　　韦跛子跟随队长来到会场里以后,就要朝一个黑暗的角落里走。但队长拉住了他。老韦,队长脸上极力挤出一丝笑说,村长让你到前面去坐。这又让韦跛子产生了一个错觉,以为现在的村长照顾他这个老领导的面子,把他安排到前面的座位上呢。韦跛子便又跟着队长来到前面,坐在了那排面对主席台的座位上。会议开起来之后,韦跛子才真正知道,今天这个会其实是一次批判大会,批判那些破坏集体财产的坏分子。村长没有说上几句话,就吩咐治保主任把这样的坏分子押上台去。于是,治保主任走到主席台边,朝着下面招了一下手。韦跛子还没有反应过来,就被两个基干民兵架住了臂膀,把他拖拖拉拉地弄到了主席台上去。

　　在主席台上接受群众批判的过程中,韦跛子心里翻江倒海,五味杂陈,想起以前自己在主席台上批判那些坏分子时,是他的老婆翠莲站在坏分子的位置上,而此时,新任村长批判现在的坏分子时,则是他这个前任村长站在坏分子的位置上,这真是一个翻天覆地的变化呀。韦跛子紧紧闭着眼,不敢看下面那些幸灾乐祸看他热闹的社员们,与此同时,他暗自警告那条不断打战的瘸腿,无论如何也要坚持住,绝不能让他从高高的主席台上跌下去。他多么盼望会议快些结束,以便让他回家去,回到他老婆身边去。只有到那个时候,他才能真正确定,他和那个叫翠莲的女人已经站在同一条战线上了……

二十二

进入冬季以后,阿菲的生活突然变得艰难起来。和往年不同,这个冬天来得有些出人意料,前一日还下过一场雨呢,凛冽的北风竟然不意间刮过来,气温急剧下降,还没有渗透到地下的积雨一下子被冻住。这天早晨,阿菲打开庙门一看,不禁惊住,地面上明溜溜一片,不要说在上面行走了,就是看一眼也有眩晕的感觉,不知道该怎么出门。而对她来说,如果不出门也就很难生活下去,尽管在麦秋时节,她在生产队收割过的地里捡拾了不少遗漏的粮食,供她度过半个冬天也没有什么问题,但光有粮食还不行,重要的是没有备足用水,因为屋里没有水缸,只有一只她在外面捡来的陶罐,容量不是太大,即便在里面盛满水,也只能供她使用一天,何况现在陶罐已经空了呢。

看着外面无处不在的光滑地面,阿菲挨过了一个上午,到下午就沉不住气了,如果再不去外面弄水,等天黑下来,她就一天喝不上一口热水,还不知道明天是什么天气,假如再有意外情况发生,她怕是真要承受不住了。阿菲尽管知道出去有滑倒的危险,却还是提着那只陶罐,蹒蹒跚跚地出了门去。她的目的地不是居于村街上的水井,而是西边的一方水塘,因为那口水井尽管水质很好,却离她居住的破庙有些远,而且她没有学会在井里打水的技巧,以前也试过几次了,用绳子把陶罐放下去,不论她怎么悠荡那根绳子,也不能让罐口倾倒灌水进去,而其他人打水的时候却很容易,即使一只大水桶也能让它轻易歪倒在水中。阿菲只好放弃去那里打水,而是选择了西边的水塘,况且它离她住的地方还近许多呢,只是水塘里的水质太差,夏天孩子们在里面游泳,女人们在岸边洗衣服,还有一些人干脆把一些垃圾丢进去,吃这里的水一定要烧到滚沸状态的,不然就会有坏掉肚子的风险。阿菲原本是一个讲究卫生的人,但没有办法,自从来到李家庄之后,虽然经过很多日子的清理,终于让废弃的破庙变了模样,荒树和杂草没有了,蜥蜴之类的动物也搬走了,这才让她在里面安心住下来,但要像在城里一样讲究什么卫生,可就太不现实了,阿菲只能退而求其次,只要生活环境过得了自己的眼去,只要能让她的形象不过分邋遢,她一切都能够接受下来。几乎连她自己也没有想到,她这样一个在城市里生活惯了的富家小姐,竟然在这个边远的乡村过如此没有保障的穷日子,而且从来没有产生过离去的念头,简直就是一个令人难以置信的奇迹,如果没有遇到韦铁皮的话,她就是打死了也不会相信能够做到这一点,而且无怨无悔,乐在其中。阿菲,她在心里夸赞自己,你真了不起。

正是在这样的心理暗示下,她才在李家庄度过了一年又一年,而且还要一年又一年地度下去。

阿菲提着陶罐已经来到了水塘边,还幸运地没有滑倒一次,而刚出门的时候,她是做好了倒地几次准备的。从破庙到水塘边,有一个不算太大的坡度,原先她走这段路丝毫没有问题,但现在地面被冰雨封住了,而且在塘水和冰面的映衬下,这里比其他地方显得还要光滑。为了顺利抵达水边,阿菲不敢掉以轻心,干脆坐下来,把陶罐抱在怀里,一点点地朝着下面滑去。这一招还真管用,阿菲并没有用多大力气,而且没有滑倒在地上的担忧,便轻而易举来到了水边。但可惜的是,水塘边缘一带竟然被冻住了,虽然是一层薄薄的冰面,可毕竟给她取水造成了不小困难。阿菲停住身子,举起手中的罐子,朝水塘里使劲伸了伸,并不能让手臂越过这片冰层,让罐子接触到前面的水,又不敢用陶罐撞击冰面,搞不好的话,陶罐本身便有碰碎的风险,不仅现在取不到水,以后也就没有盛水的容器了。阿菲停住手,朝两边打量着,希望能找到一块砖头或石头之类的东西,用它来破开前面的冰层。还好,离她不远的地方有一根树枝,虽然也被冰雨冻住了,但只要使点劲儿,是能够把它抽下来的,然后用它去把冰面敲开,也就能真的取到水了。

阿菲小心地放下陶罐,慢慢斜过身去,同时伸出手,想抓住那根树枝。但就在这时,她发现自己的身子失去了平衡,而且想控制已经不可能了,她尽管使出全力按住地面,还是让身子滑到了冰上去。更糟糕的是,薄薄的冰层承受不住她身子的重量,随着咔嚓几声响之后,冰面裂开来,她一下子便跌到了水里。就在冰凉的塘水吞没她脖子的时候,她发出一阵尖锐的呼喊,救命——

幸好没过多久,便有人发现了阿菲,迅速把她救了上来,尽管这样,阿菲还是呛了好几口水,躺在地上好一会儿,才慢慢清醒过来。人们把她送回破庙里,又给她生起火来,让她烤干湿透的衣服。救下她的是两个男人,考虑到不方便之处,把火点着后就离去了。阿菲被冻坏了,手脚僵硬得不行,想把身上的衣服脱下来都不容易。她意识到这样下去不行,一旦病倒,由于没有人照顾,或许她会死在这座破庙里的,到那时候,她就是想见韦铁皮也不可能了。阿菲挣扎着爬起来,费了很大一番力气,才把身上的衣服脱下来。别说,多亏费这样一番力气,竟然让她冰冷的身子感到了燥热,再加上那堆柴火的烘烤,一度麻木的身子很快获得了恢复。虽然这样,阿菲还是在地铺上躺了一天一夜,到第二天下午才勉强爬起来,给自己做了一顿饱饭吃。躺在地铺上休养的时候,她一直处在模模糊糊的状态中,好像是睡着了,也好像是昏迷了,又好像是清醒着,让她对发生在身边的情况产生了疑惑,当第二天大口吃饭的时候,还不相信在那段时间里,有一个人曾经来到她身边,和她单独相处了大约半个钟点。如果她的记忆没有出错的话,那个人是第一次到她这里来,如果她没有滑到水塘里这件事的话,或许他就不会到这里来了。

没错,那个人就是韦铁皮。

阿菲,难道你还不明白吗?这里并不是你待的地方,李家庄不属于你,你真正的家是在县城里,为什么你要到这里来受这份罪,冒这份险呢?

这不是你应该问的问题,因为你知道我到这里来的原因,如果你感到纳闷的话,就不要问我,回去问你自己好了。

阿菲,我求求你,离开这里吧,回到你自己家里去,答应我,等你病好了以后就回家去,如果你自己不方便离开的话,那就由我送你回去。

你又在撵我了?但你知道这些话说了也没用,你撵不走我的,既然我来到了这里,就没有想再离开,哪怕你那么不待见我,就算你永远不到我这里来,我也会在这个破庙里过下去的。

为什么要吃这样的苦呢?你知道你是在做一件没有结果的傻事吗?你这样做一点意义也没有,白白让你的青春流逝了,让你的人生白过了,你应该有自己的生活,有自己的爱情,有自己的家庭,这一切原本该是多么好呀,你为什么放着那个日子不过而如此残酷地折磨自己呢?

还是那句话,如果你想找到这些问题的答案,你就好好地问你自己吧,因为那些答案就在你脑子里装着,如果你有足够的胆量,你就应该把它们从你的脑子里掏出来,好好看一看,那些答案到底是什么?如果你是一个负责任的男人,你就不应该一直回避我,回避我们的爱情,回避我们的人生。听你刚才说得多么好听呀,但你为什么就采取了只有询问而不回答的方式呢?这不太符合你的江湖性格,看上去就像一个没有出息的懦弱之人似的。

这一定是一个错误,不知道哪里出了问题,不知道是谁在捉弄你,捉弄我们。但有一点我知道,你肯定来错了地方,而且你肯定看错了人,让我告诉你吧,那个人根本就不属于你,如果你也有勇气正视自己的话,你就应该把那个人放开,在放过人家的同时也等于放过了自己,如果你能真正做到的话,那时你会感到多么轻松多么美好呀。

你怎么知道我现在就不美好?只要待在这个叫李家庄的地方,我就感到日子过得幸福美满,我的每一天就没有虚度,我就没有白白来到这个世界上,还有比这样的日子更美好的吗?

你简直不可理喻,实际上这是一个错觉,真正的现实是,你在作践自己,糟蹋自己,这样的日子与美好毫无关系,而只能是痛苦和黑暗,你是在用这种方式埋葬自己。

既然你这么说,那就让痛苦和黑暗来得更猛烈些吧,我愿意让自己埋葬在这里这总行了吧?因为这个叫李家庄的地方才是我最终的归宿。

看来是到了结这一切的时候了,如果你一意孤行的话,我只能做出自己的选择,请你原谅,我这也是为了更好地挽救你。

你想干什么?挽救我?你真的会挽救我吗?别说得那么好听,你知道挽救我的方式是什么,但你却选择了视而不见,也就意味着,你接下来的选择肯定是继续伤害我,不信让我们走着瞧。

············

几天过后,天终于晴朗了,日头一出来,就给地面撒上了一层姹紫嫣红的光彩。但这只持续了一小段时间,随着气温的上升,那些明晃晃的冰层便融化了,地面虽然一片水湿,却失去了华丽的外表,变得有些黯淡无光了,只有一点点湿气在袅袅上升。

阿菲走出屋来,坐在门台石上,默默地朝远处看。她的身体还有些虚弱,刚接受日光照射的时候,头脑有一些眩晕,随即便是被暖光抚摸的惬意感觉,让她有些沉醉地闭上了眼睛。远处传来叽叽喳喳的鸟叫声,那些不肯到南方去的麻雀们栖落在树枝上,好像正在讨论如何度过这个漫长的冬天。一只白狗从远处跑来,在前面的街道上欢快地撒欢,似乎在做一种追逐自己尾巴的游戏。这真是一个好日子,天上没有一块云彩,快要掉光落叶的树枝也感觉不到一丝儿风,在这么安静的世界上,什么样的好事不能发生呢?阿菲支起耳朵,很快听到了从东边传来的一阵鞭炮声,而且越来越响,随即便是欢快的音乐声,也一路增大着来到她耳边。看来那件事真的来到了。阿菲告诉自己。这就是你所说的了结?阿菲继续在心里嘟囔,这就是你所说的挽救?阿菲又一次冷笑着说,你以为这样就能把我从这里赶走?那你就等着吧,看看到底谁先离开这里。

阿菲想回屋里去时,又朝街头打量了一眼,好像看见一个人影出现在东边,正朝她置身的破庙前走来。她认出这是一个男人,而且是一个还算年轻的男人,本能地觉得有些熟悉,却又想不起他到底是谁,便站在屋门口,等待着他到来。

她知道这个人是一定朝她走来的,不论他是谁,都是来和她说一件事的。等那个人走到面前时,阿菲才认出来,这是姨妈的儿子,也就是自己的表弟,自从她逃出姨妈的关押,离开县城来李家庄之后,她就没有再见过这个表弟,也没有打听过姨妈的消息,自然就和他们失去了联系。真是想不到,在这个初冬的日子里,她久违了表弟也是她在这个世界上尚存的亲人,竟然来到了自己面前。

这个地方真难找,表弟停在她面前,扬起头来看她,你就是在这里住了这么多年吗?表姐。

阿菲点点头,刚要问他有关姨妈的情况,表弟却回过头,朝刚来的方向看了一眼,然后耸着肩膀说,那个人今天结婚了,我原本以为新娘是你呢,所以就到那里看了一会儿。

阿菲也就明白了,怪不得表弟是从婚礼上而来,原来他到那里去找自己了。是不是让你失望了?阿菲笑着问他。

为什么不是你?表弟使劲跺着脚说,既然不是你,那你还留在这里干什么?由于他使的劲儿太大,脚板把地上的泥浆踩飞了,当然也把他的鞋子弄脏了。

其实表弟说得没错,他那两个愤怒的问号,阿菲的确回答不上来。你怎么会想到找我呢?阿菲想了一下,便又朝他提出这个问题。

我是来让你回去的,表弟一边说一边走上台阶,进到了庙门里,朝四周打量一圈儿,越发困惑不解地问她,你就住在这么一个破烂地方?为什么?难道你在为他守寡吗?

阿菲尴尬地摇一下头,看你说的这是什么话?她想给他倒杯水喝,却没有找到一只像样的碗,也就干脆作罢,别说表弟是从城里来的,就是一个普通的李家庄人,也不会在她这个地方张嘴的。

你待在这里熬星星熬月亮,表弟更加沉痛地说,等来的却是人家快快乐乐的婚礼,都到这个时候了,你还有什么指望呢?为什么还要继续留下来?难道你就甘心死在这里吗?

阿菲背过身去,小声对他说,如果需要的话,这又有什么不可以呢?她不想听他继续说下去,因为表弟提的这些问题,和那天韦铁皮说的话并没有什么实质的区别,她对这样的话题已经感到厌倦了,不想再继续讨论下去,便再次问他,你来找我干什么?

我妈病了,表弟摇摇头说,自从你离开我家以后,她差不多就患上了相思病……

听到相思病的说法，阿菲差点笑出声来。

表弟郑重其事地告诉她，姨妈的确一直在思念着她，却没有她的具体消息，这件事便成了她放不下的一块心病，完全可以说，这么多年来，姨妈脑子里装的全是她……

难道她还想着囚禁我吗？阿菲一边听一边在心里问道。

表弟继续对她说，正是因为想念她的缘故，前些日子，姨妈终于病倒了，躺在床上不吃也不喝。家里人都吓坏了，表弟把她送进了医院，医生检查后说，姨妈得的是"思念绝症"，恐怕在这个世界上没有多少日子了，如果她想见什么人，就让什么人马上来见她吧。

阿菲不相信地问自己，这是医生的诊断吗？医生为什么要开这样的药方？

表弟拉住她的手，哀哀地央求她说，表姐，你是我妈一把屎一把尿拉扯长大的，你就不想念她吗？再说，我妈就你这么一个女儿，真的，她是把你当自己女儿看待的，她老人家都到这个时候了，难道你就不回去看她一下吗？

阿菲低下头，咬着嘴唇不说话。

表弟继续向她诉说，姨妈知道自己没有多少日子了，便向表弟提出来，让他马上去找阿菲，不论她在什么地方，不论费多大工夫，都要把她找回来，她要在离开这个世界之前，最后再看阿菲一眼，如果看不到阿菲的话，她就是死了也闭不上眼的。说到这里，表弟呜呜咽咽地哭起来，表姐，你就看在我妈拉扯你长大的份上，赶回去看她老人家一眼，也算是给她送一下终，让她平平安安地上路去吧。

尽管表弟说得如此恳切，如此伤感，阿菲却从他这些话里听出不少破绽，知道其中包含了若干水分，到底他的话哪一句是真哪一句是假，她真的分辨不出来。表弟，她把手使劲从他手里抽回来，认真地问他，你说我回去了，姨妈还会囚禁我吗？

表弟连连摇头说，不会的，她肯定不会囚禁你了。他随即又补充说，她都到那个地步了，就是想囚禁还能真的囚禁得了你吗？

阿菲坐到一个蒲团上，使劲摇着头说，但我害怕，如果我真的被她再次囚禁了，那我就很难再逃出来了。

听到这里，表弟再也压抑不住心里的愤怒，又一次跳了一下脚说，难道你待在这个李家庄，过的就不是囚禁生活吗？

阿菲呆呆地看着他，无论如何不明白他话里的意思，便和他争辩说，在这个地方没有人囚禁我，是我自己愿意到这里来的。

表弟打断她的话说,你早就成了李家庄的一条鬼,这和囚禁在这里又有什么区别?他朝东边指了一下,你根本就没有意识到,你早就受到了他的关押,只不过他没有把你关在一间笼子里,或者没有捆绑住你的身子而已。

阿菲义正词严地否定说,没有,他没有丝毫关押我的意思,你不要在背后说他的坏话,这与事实不符。

表弟冷笑着说,就算他没有关押你,囚禁你,难道你没有关押自己,囚禁自己吗?说到这里,表弟对这个发现既感到惊讶,又觉得得意,连连点着头说,对对,那个关押和囚禁你的人就是你自己,就是你这个大傻瓜本人。

阿菲再也听不下去,便站起身来,朝屋门外指着说,你给我出去。

表弟呆住了,什么?你要赶我走?表弟还是有些不死心,难道你不想跟我一起走吗?

阿菲从门后找出一把破扫帚,一边朝他的脚下扫一边对他说,你休想把我从这里骗走,我是李家庄人,不,我是李家庄的一条鬼,谁也不能让我离开这里。

表弟跳着脚走到屋外去,好好好,那我们就说清楚,从今天起,我们家就没有你这个人了,听清楚了吗?

阿菲把扫帚丢到他脚下去,我也告诉你,从今天起,我再也不认识你,还有那个想把我关到地狱里去的老东西。

赶走了表弟,也就等于斩断了她与县城里那个家庭的最后一丝联系,对阿菲来说,也就摆脱了最后一丝牵挂,从此以后,她可以一身轻松地待在李家庄,再也不用担心外面什么人来打她的主意,这是她盼望已久的一个结果,表弟的到来其实是给她提供了一个绝佳的机会,她又怎么能不好好地把握利用呢?

天黑下来以后,阿菲走出破庙,踏着刚刚洒到地上的一缕月光,悄无声息地朝街上走去。她要去做一件事儿,去做一件原本不应该由她来做的事儿,但她顾不了那么多了,尽管这件事由她来做是那么的不妥,她也不管不顾地去做了。在黄河沿岸的村庄里,一直盛行着一种叫作听房的游戏,凡是娶媳妇的人家,等天黑以后,年轻的后生便去新房的窗下偷听,听一听新郎和新娘头一天睡在一起的情景。娶媳妇的人家是乐意让人来听的,这证明新郎新娘的人气旺,也说明这门婚姻结得好,如果没有人来听,反而会让娶媳妇的人家感到落寞,好像自己家娶了一个不吉利的媳妇似的,这会给他们的新婚日子蒙上阴影。当然,去听新房的人大多都由年轻的小伙子组成,没大听说女人可以去参加这个游戏的,更是没有中年的女人加入的先例。

今天韦铁皮娶媳妇，当然不会没有人去听房，不仅仅是因为韦铁皮在李家庄是很有威信的一个人，更是由于新娘子是李家庄李族长的女儿……不用担心，这样的叙述没有差错，李族长虽然只有一个亲生女儿，那就是香云，早在许多年前就被阿菲父亲派人杀死了，正是因为这个原因，让李族长又拥有了另外一个女儿，那就是香云的贴身丫鬟。自从香云遇害以后，丫鬟便有些郁郁寡欢，甚至有一度活不下去，这让李族长看在眼里，知道丫鬟也没有其他地方好去，就索性把她收为义女，也让自己又有了一个女儿，这样一来，不但丫鬟有了自己的归宿，而且李族长也不那么伤心了，算得上一件皆大欢喜的事儿。其实从那个时候起，李族长就想让丫鬟代替香云嫁给韦铁皮，这样的话，韦铁皮就能继续做李族长的女婿了，难道这不又算得上一件皆大欢喜的事儿吗？

这天夜里，来听韦铁皮新房的年轻人很多，但当他们看见阿菲也朝这里走来时，都一个个闪到了一边去，好像要给她专门腾出道来似的。不知为什么，在这个奇怪的夜晚，平时对阿菲并不怎么感兴趣的年轻人，现在一下子把注意力都放在了她身上，并且释放出平时很少见的善意，哪怕自己不听这个房了，也要把机会让给这个让他们感到心痛的女人。于是，阿菲像一个神秘的幽灵，轻飘飘地从听房的年轻人中间走过，慢慢抵达了韦铁皮的新房。年轻人们并没有走远，而是隐蔽在周围的墙角处，远远看着这个女人像一只夜游的老猫，攀在新房临街的窗户上，伸出一只黑乎乎的爪子，在嘴里蘸上一点唾沫，然后轻轻触碰到窗纸上。他们抑制着心跳，屏蔽着气息，紧张而不安地注视着阿菲，注视着这个浑身飘逸出冰冷气息的老巫婆施展她的法术。

我看到你们了，阿菲踮起脚跟，把脸凑到窗户上，合上一只眼，瞪大一只眼，把这只瞪大的眼睛贴到刚被捅开的纸洞上，你们逃不掉我这只眼的。

阿菲看见，在新房红艳艳的烛光下，李族长的干女儿也就是那个新娘子坐在一张床上，头上蒙着一块红盖布，身子一动不动。新娘子的这个姿势没有超出阿菲的预料之外，知道新娘子头上的红盖布之所以没有揭下来，是因为应该揭它的那个人没有这么做，那么那个人此时在干什么呢？阿菲把目光朝床下看。果然，那个人躺在床下的地上，两手抱着自己的身子，也一动不动。新郎的这个姿势更是没有超出阿菲的意料，觉得他就应该这么做，就应该躺在地上一动不动，就是不要爬到床上去，把新娘子蒙在头上的红盖布揭下来，不，那样的话他就不是韦铁皮了，什么是韦铁皮？韦铁皮就是躺在地上一动不动，衣服完好无损地包裹在他身上，而把整张床都留给新娘子，让新娘子蒙着那块红盖布在上面坐着，一直坐到天大亮……

真好呀，阿菲咂巴着嘴巴，差不多就要赞叹出声来，这就是韦铁皮的婚礼，这就是韦铁皮的新婚之夜，一点儿差错也没有，他是做得那么完美，那么无瑕，那么行云流水，那么快乐欢畅。

天快亮时，阿菲终于疲倦地从窗台上跌落下来，像一只从巫术中醒来的老猫疲倦地睡着了。早晨的日光暖暖地照耀着她，让她全身都闪出红艳艳的光彩。此时，阿菲已经睡进了她的梦去。在她那个激动人心的梦里，阿菲自己变成了新房里的新娘，此刻正安详地端坐在床上，头上蒙着一块红盖布，而在她的脚下，在她脚下的地面上，则躺着一个身强力壮的男人，那个男人用两手抱着臂膀，身子一动也不动。她知道此时此刻，那个叫韦铁皮的男人正在做一个激动人心的梦，在那个梦里，他躺在地上，两手抱在臂膀上，身子一动也不动，而在他上面的床上，一个叫阿菲的新娘坐在上面，头上蒙着一块红盖布，身子也一动也不动，正在做一个激动人心的梦，在那个梦里……

二十三

一大早，大宁子又找上阿菲的门来了。大宁子也就是韦铁皮娶的那个丫鬟，一个又矮又粗的颠顸女人。过去她给香云当丫鬟时，因为年轻，还没有变成现在这副模样，经过岁月的淘洗，又加之常年单身的缘故，让她变得不但形象有些蠢笨，而且心理也十分扭曲，看什么都觉得不顺眼。阿菲真是想不明白，韦铁皮为什么和这样一个女人结婚呢？

大宁子当然是喜欢韦铁皮的，这点毫无疑问。但出乎她意料的是，自从嫁给了韦铁皮后，这个风度翩翩的男人竟然没有上她的床，而宁愿睡在床下的地上。已经一两个月过去了，大宁子还是一个人待在床上，无数次和韦铁皮睡觉的期望都落了空，这让她不堪忍受，脾气也就变得更坏，知道这一切的原因到底在什么地方，那就是阿菲那个疯女人的存在，正是她的出现，把韦铁皮的心夺走了。不仅是大宁子，几乎所有李家庄的人都明白，别看韦铁皮平时并不搭理阿菲，装作好像和她一点关系也没有的样子，无论阿菲怎么纠缠都毫不客气地予以回绝，表现出一副永远也不会接受她的架势，但人们似乎都知道，其实韦铁皮心里是装着阿菲的，不然的话，这些年他为什么一个人过单身生活，凭他自身的优越条件，不知有多少女人上赶着向他示好呢，而且还有一些人上门给他提亲，差不多都被他一概回绝了，虽然这次勉强答应了李族长的逼迫，和他干女儿举行了婚礼，但韦铁皮并不乐意这门婚事，就说他和大宁子吧，站在一起根本不是一回事儿，凭他走南闯北的经历，什么样的女人没有见过呢？又怎么能看中大宁子呢？他之所以同意和她结婚，一定有他不可轻易示人的苦楚。那天举行婚礼的时候，韦铁皮呆呆地站在大宁子身旁，就像一根没有灵魂的木桩似的，给人感觉那个婚礼与他没有一点关系，他之所以出现在那里，不过是被一根看不见的绳索绑到那里去的。从那个时候开始，人们便觉得这桩婚姻幸福不了，说不定什么时候就会出事而中途夭折了呢。

但人们还是没有想到，婚礼举行后的当天夜里，韦铁皮就拒绝和大宁子睡在一张床上。据那些前去听房的年轻人说，他们一个人坐在床上，一个人躺在地上，直到天明，蒙在大宁子头上的红盖布还没有揭开呢，难怪大宁子心里不服，心有不甘，第二天就开始把怒火对准了村西破庙里的阿菲。别说，大宁子还真的选对了泻火对象，韦铁皮之所以不跟她上床，除了牵挂那个居住在破庙里的阿菲之外，还能有其他什么原因吗？于是，大宁子便三番五次地跑到破庙里，找到阿菲，劈头盖脸地大骂一顿，引得一帮看热闹的人前来围观，也算是给寂寞的李家庄人提供了一道快乐的风景。

与往日不同，这一天，大宁子走进破庙里时，手里竟拖着一条木棍，虽然那条木棍不粗也不长，其实不过是一根树枝而已，但大宁子拿着它到破庙里来，肯定要用它对付阿菲，过去她使用的都是一张嘴，虽然那张嘴并不太大，却是威力不小，从它那里吐出来的所有话语都带有一股强烈的火药味，让人想到从枪膛里射出来的子弹，它们打到阿菲细瘦的身子上，已经让她不堪忍受了，现在又带来了这根像是木棍的树枝。比起那些看不见摸不着的话语来，这根栩栩如生的树枝想必对阿菲的杀伤力更大，如果把它像子弹一样击打在阿菲身上，人们想象不出来，她该怎样努力才不让自己的身子倒在地上呀。和乡下的女人不同，这个来自城里的女人不但眉清目秀，而且知书达理，虽然她眼睛里不时闪射出超出常人的坚毅目光，但当面对李家庄人可能对她的无理对待时，她却从来没有流露出针锋相对的意思，而是始终表现得彬彬有礼，且温情脉脉，这当然是由于她一个外地人的缘故，不能和当地人较真，尽管这样，她却又没有表露出丝毫的巴结和谄媚，这让人们在喜欢她的同时又觉得受到了某些排斥，一直不能让她真正融入李家庄人的生活中来，也就在所难免了。

你这个该死的女人，大宁子携带着那根树枝走进破庙，一照阿菲的面，就毫不客气地咒骂起来，李家庄哪是你待的地方，赶快从这里滚出去。

　　对于大宁子的到来,阿菲已经做好了应对的准备,从吃完早饭开始,就坐在门台石上等待她的出现,如果大宁子不来闹事的话,她倒觉得有些意外,所以面对大宁子气势汹汹的样子,她一点也不慌张。老娘正感到寂寞呢,阿菲有些快意地在心里说,你就来陪我解解闷儿吧。阿菲反问她说,你以为你是谁?莫非你就真的是李家庄人了?

　　这样的回答不禁让大宁子一惊,知道自己的底细也被这个女人摸清楚了,是呀,她的老家也并不在李家庄,只不过当年在李家当丫鬟时才来到这个地方,以后便把这里当成自己家了,从这一点上说,她和阿菲其实并没有什么区别,所以听到这样的反问,她便不知道该怎么回答了。但大宁子不可能被阿菲问住,她是来干什么的,是来找阿菲闹事的,所以无论如何都不能让自己处于下风,况且今天她手里还拖着一根木棍呢,难道还会怕了这个即便绑成两个也没有自己粗壮的女人吗?少和她废话,大宁子叮嘱自己说,软的不行就来硬的,老娘早就憋不住了。大宁子便不再和阿菲打嘴仗,而是举起手里的木棍或者说树枝,朝她身边的东西上打砸过去。其实供她可砸的东西并没有多少,当年阿菲来到这座破庙时,手里除了那个瘪瘪的包裹之外,没有携带其他任何用具,而这个早就废弃的破庙也不会有什么东西供她使用,为了在这里生活下去,阿菲只好通过捡拾垃圾的方式,给自己弄来一些必须要有的用具,比如那只用来提水的陶罐,当然还有拿来吃饭的碗筷之类,几乎就是阿菲在李家庄的所有家产了。大宁子举着手里的木棍,在屋里抡扫了一圈,随着噼里啪啦几声响之后,差不多就把阿菲的住处打砸一空。大宁子还没有过够打砸的瘾呢,手里的木棍就不知再往哪里抡了,不禁有些沮丧,她总不能再把木棍往阿菲身上打吧?在她看来,就阿菲那副小身板,或许只要一木棍就能让她躺到地上的。

　　砸吧,看着那些掉落在地上的碎片,阿菲没有一点心疼的意思,当然也就没有去阻挡大宁子的木棍,这些东西原就不是属于她的,把它们砸碎了,她可以再去其他地方捡嘛,只要她没有离开李家庄,就能在这个地方活下去,早在十几年前,她便在这个地方扎下了根须,大宁子以为凭着手里的一根破树枝,就能把她从这里赶走,那可真是太天真了,也太愚蠢了,这当然十分符合大宁子的性格,她本来就是一个又天真又愚蠢的女人嘛。

　　这场风波过后,一连好几天过去了,大宁子也没有再来闹事,好像她已经使完所有的招数,无论如何想不起再用什么方式来闹了。阿菲坐在屋门口,远远地朝街道上看,具体说是朝东边的方向看,奇怪的是,竟然没有一点有关大宁子的动静,难道她就这样消停了吗?阿菲当然不相信,事情绝不可能就此画上句号。虽然她没有再去他们的新房窗下听过什么动静,却知道韦铁皮不可能爬到那张床上去睡觉,也就是说,因为这件事而带给大宁子的麻烦是不可能凭空消失的,别看现在一派风平浪静的样子,但越是这样阿菲越不能掉以轻心,说不定什么时候,一场更加猛烈的风暴就会席卷到她身上来。像往常一样,阿菲也同样做好了迎接所有不测到来的准备,但还是让她想不到,接下来登场的这个人竟然不是粗暴的大宁子,而是换成了另外一个人,一个性别不同年龄不同行事风格也不同的人,他就是在李家庄有着非同一般声誉的李族长。

土改运动以前,李族长在李家庄也算是数得着的富贵户,又加之他的族长身份,便拥有了说一不二的权势,那时候如果一个外地人要在李家庄定居下来,是非要过他这道门槛不可的,如果他不答应,你就是有天大的本事也只能乖乖地离开。土改运动到来以后,李族长的大部分家产分给了其他穷苦人家,但和李大头那个不识时务的恶霸不同,善于观察风向的李族长早就向工作队表明了态度,而且拿出实际行动,将地契和房契一概交到了工作队手里。于是,人们便也没有和他过不去,既没有斗争他,也没有为难他,仅仅给他划了一个地主的成分而已。新中国成立后,虽然不太讲究什么家族观念了,也就是说,他这个族长也不能继续当下去了,但在大家心目中,他依旧是他们家族的当家人,毕竟人家的辈分在那里摆着嘛,李家人碰到某些紧要事时,比如什么红事白事之类,都要由他亲自出面,事情才能顺利进行下去。怪不得韦铁皮会听他的话,人家让他和那个根本看不上眼的大宁子结婚,他也只能硬着头皮应承下来,就是因为李族长手中的权力无法让他拒绝。但说来奇怪,自从阿菲来到李家庄后,李族长竟然没有过问过她的事儿,好像她这个不起眼的女人不存在似的,或许在他想来,一个讨饭花子又能掀起什么风浪来?另外大概还有一种高高在上的封建意识作祟,不屑于和这个外地女人扯上什么关系。但今天不知怎么回事,他却打破了对她视而不见的惯例,竟然亲自到她破庙里来了,这对他来说该是多么不甘和屈辱的事呀,但凡没有逼到一定份上,他是不可能屈尊出马的,毕竟这件事搞不好的话,也会像大宁子一样用尽所有招数也无法达到目的,反而白白在一个可有可无的女人面前丢了颜面。

李族长停在破庙门口,把龙头拐杖拄在两手间,抬起头来,眯起一双老花眼,打量着面前的破庙,一把花白的山羊胡须在下巴上轻轻飘动,让他看上去就像一个刚从土里爬出来的老怪物,浑身都带着备受大烟瘾折磨的鲜明痕迹。他咳嗽了一声,既像自言自语,又像对坐在门台石上的阿菲说,先前,这里住的可是几个和尚呢。他低下头,目光紧盯住阿菲,就像刚刚看到了这个人似的,你知道和尚是什么人吗?他知道阿菲不会回答,便自己把答案告诉她说,和尚可是出家人呢。

阿菲直直地看着他,嘴角撇过一丝不易觉察的微笑,这还用你说吗?她在心里笑话他,谁还不知道这个。

李族长好像知道她心里想什么,便也对她微笑了一下说,如果我再告诉你,和尚可是男人呢,你是不是觉得更可笑了?

阿菲呆怔了一下,没有再让自己做出什么表情。

我的意思是说,李族长吧嗒了一下嘴说,这个庙宇是男人住的地方,而女人应该住在哪里你知道吗?

阿菲差不多已经知道他的意思了,目光里便流露出明显的不快。

李族长从她脸上抬起头,朝远处撒目了一圈儿,叹一口气说,女人只能住在庵里,因为那才是尼姑子应该住的地方。

阿菲不能再听他说下去了,便用冷嘲热讽的口气说,你说的和尚在哪里?我怎么没有看到呢?

李族长好像被她问住了,一时不知该怎么回答。

别卖你这些老关子了,阿菲抢白他说,那都是发霉的老古董,你还拿来和我说事,不怕让别人笑掉大牙吗?

李族长脸上有些挂不住,便把手里的拐杖在地上捣了一下,颤抖着下巴上的胡须说,我可不是咒你,如果女人非住在这里的话,那出了事可就不要怪我没有提醒过你。

阿菲站起来,夸张地拍打一下衣襟上的灰土,转身就朝屋里走去,但在门口又转回身,用居高临下的目光看着他。老爷子,她像想起什么事来,现在是新社会了,注意自己的成分,搞不好的话,会为你老人家惹来什么麻烦的,可也不要怪我没有提醒你呀。

李族长实在撑不住劲儿,掉回身子,迈着蹒跚的脚步朝街上走去,走出了好远,还是又停住脚。你这个闺女,他也像想起什么事来,不听老人劝,吃亏在眼前,我可是真真切切提醒过你了。说完,他就气呼呼地掉头走去。

阿菲真的没有把他的话当回事儿,什么吃亏呀,什么警告呀,什么后悔呀,都不过是他用来吓唬自己的招数而已,目的就是把她从这里赶走,这些人也不想想,他们能把她赶走吗?她来到这里已经十余年了,什么冷眼没有看过,什么流言没有听过,什么威慑没有见过,一句话,什么样的事情她没有经历过呢?最后不是没有能够动到她一根毫毛吗?这么多年过去,她不是依旧好好地住在这个破庙里吗?难道那个老顽固一句警告的话就能让她离开这里?他们也想象得太简单了吧?

但接下来的事实证明,不是老谋深算的李族长想得太简单了,而是疏忽大意的阿菲没有料到问题的严重性。这天夜里,她从睡梦中醒来,听到外面传来隐约的动静,开始还以为起风了,或者下雪了,后来又天真地想到猫狗一类的动物,或许是它们弄出来的动静,也就没有怎么放在心上,翻了一下身,又要睡到梦里去。但就在这时,随着哐当一声震响,好像门板被推倒了,阿菲这才真正清醒过来,在睁开眼睛的同时,也一下子坐起身来。看来是他们来对她下手了?这真是令她难以置信,以前,他们可都是白天到这里来的,现在怎么改成了黑夜呢?这样看来,事情的性质已经发生变化,他们对她的下手便不仅仅是嘲笑、谩骂、警告和打砸了,如果不出意外的话,这次要对她采取的行动肯定要实际得多,严重得多,也恐怖得多,最可能的情况是,他们要把行动确确实实落在她身上了……阿菲翻身爬起来,迅速把放在枕头下的剪刀握在手里。

幸亏阿菲留了一手,其实当年从城里来时,她挎在手臂上的包裹里就放有这把剪刀。那是她小时候学习女工用到的,这么多年来,她一直藏在枕头下,几乎没有让它发挥过作用,原先闪闪发亮的刀片已经生出锈来,她也没有怎么打磨过它,还以为以后用不到它了呢。

闯进来的是两个男人,虽然他们是有备而来,却没有携带任何东西,就像李族长交代他们采取这次行动时说的那样,也以为阿菲不过一个柔弱女人,就算她尽力反抗,能逃得过这两个壮汉的手吗?况且他们都是光棍儿,早就渴望拥有一个女人了,现在既然打上阿菲的主意,又怎么能让她轻易逃脱得了呢?再说,干这种事又怎么能拿上打人的工具呢?那不太煞风景了吗?搞不好会起相反的作用,不用,什么工具都不用,他们就两手攒空拳,大摇大摆地闯进破庙里来,将那个正沉浸在睡梦中的女人按住,接下来,便是快乐无比的好事发生了。两个光棍壮汉想得可真美,无论如何也没有料到,当他们真的闯进破庙里来时,那个阿菲并没有沉浸在睡梦中,甚至没有躺在地铺上。

借着外面透进来的微弱天光,阿菲藏在了墙角里,手里紧握着那把剪刀,看着两个家伙朝里探头探脑。你们来吧,她悄无声息地对他们说,老娘等着呢。

两个光棍虽然没有看见她，但知道她肯定藏在屋子里，对女人的饥渴让他们忽略了所有危险，竟然大着胆子摸过来。小宝贝儿，其中一个干脆叫起来，哥哥来晚了，让你等急了吧？受到他的感染，另一个也接上说，别急，这次哥哥可得让你好好享受享受，也省得你整天想我们呢。这两个家伙想得太天真了，以为在他们对那个女人采取行动前，想过一把嘴瘾也是不错的一种享受。很快，他们就摸到了阿菲藏身的墙角处。原来你在这里，他们得意地笑起来，是不是你已经做好接待我们的准备了？

阿菲朝前挥舞着剪刀说，滚出去，赶快从这里离开，不然老娘就对你们不客气了。

因为黑暗，也因为大意，两个光棍只想着他们想象中的好事儿，一时没有看见阿菲手里的剪刀，还以为只是她的手在挥来挥去，在迎接他们的到来呢。于是，两个光棍的胆子更大起来，便不顾一切地朝角落里的阿菲扑去。没承想，阿菲还没有采取应对措施呢，两个光棍因为扑得太急，竟然撞在了一起，一时互相纠缠起来。

趁着这当儿，阿菲举起剪刀，朝着前面的两团身影一通乱舞。剪刀在她手里发出嗖嗖的响声，触碰到那两团身影的肉上，便又发出扑哧扑哧的响声。与此同时，那两团身影的主人也不可遏制地发出叽里呱啦的叫喊声，自然，那并不是快乐的呼叫，而是痛苦的呐喊……

一番激烈的肉搏之后，一个光棍倒在了地上，另一个连滚带爬地跑出去。到天明的时候，那个倒在地上的光棍已变成一具僵尸，而那个逃跑的光棍留在地上的血迹也差不多快干了。

当人们听到动静赶来时，只见阿菲坐在门台石上，正对着远处的什么地方呆呆地出神。她摆出的依旧是人们经常看到的姿势，如果没有她身后的那具尸体和面前的那片血迹，人们或许还以为她又坐在那里欣赏什么风景呢。此时，日头正从高高的黄河大堤上冒出来，天空中红艳艳的霞光照在她身上，像是给她披上了一件红色的罩衣。人们注意到，她手里握着一把闪亮的剪刀，两片刀刃上也涂满了红色，只是不知道那是真的血迹，还是霞彩映在上面的光斑。

人们还没有吃过早饭呢，公安员已经从区里匆匆赶来了，到来后的第一件事就是让治保主任去给阿菲戴手铐。公安员是带着手铐来的，人们注意到，他衣服下的皮带上鼓鼓囊囊的，如果没有猜错的话，那里应该别着一把手枪。公安员打量阿菲一眼，便对接待他的治保主任说，给她戴上手铐。

治保主任有些发怔,或许在他想来,戴手铐这个活儿应该由公安员自己来干才对。但公安员却把手铐扔给了他。治保主任在皱了一下眉头之后,只好小心地走到阿菲面前。阿菲,治保主任悄声对她说,你可不要再乱来了,大家都在这里呢。

阿菲坐在门台石上,既没有搭理他,也没有看其他人一眼,好像这些人都不存在似的,依旧像早晨人们看到她的那样,两眼朝着远处的不知什么地方看。

治保主任走到她面前,抖抖地抓住她手里的剪刀,阿菲并没有做出什么反应。治保主任把剪刀从她手里取下来,然后想把那副手铐戴到她手腕上去。显然,治保主任没太干过这个活儿,一只手铐在阿菲的一只手腕上戴上了,尽管阿菲没有做出一点反抗的表示,可另一只手铐却无论如何戴不到她另一只手腕上去。

真笨。公安员低声埋怨了一句,只好亲自走上去,把另一只手铐戴到阿菲的另一只手腕上。

阿菲被公安员带走的时候,听见人群里有人说,我就知道,这是早晚要发生的事儿。阿菲朝那个人看去,似乎目光落在了那个人身上,但那个人不想被她看到,马上隐藏到人们身后去了。他这句话倒是提醒了阿菲,她虽然被公安员推搡着,只能磕磕绊绊地朝区政府方向走,却还是回过头来,朝越来越远的村子看了一眼。她觉得自己真的看到了李族长。李族长站到一个土堆上,两手把拐杖拄在前面,嘴巴上飘动着雪白的山羊胡子。他眯起眼来,使劲朝着远处看,看着越走越远的阿菲的身影。两个人的目光相碰时,阿菲似乎看见,老家伙也像那个在人群里胡言乱语的人一样,很胆怯地抖一下身子,便离开那个土堆,迈着蹒跚的步子朝村子里走去。这个老不死的,她在心里狠狠骂他一句,你以为阴谋得逞了是吗?

············

大约两个月后,关于阿菲的判决结果就下来了。那一天,公安员又来到李家庄,把一张白色的布告递到来迎接他的治保主任手里。把它贴到墙上去。他对治保主任说。

治保主任端着那张布告,想仔细看上一眼,又意识到公安员在后面看着他,便端着布告继续向前走。他要选一面合适的墙壁,然后把它高高地贴上去,或许到那个时候,关于阿菲的判决结果大家就都能看清楚了。治保主任端着那张布告走了好一阵,也没有找到什么合适的地方,最后停在了那座破庙前,感到眼前一亮,觉得这座破庙的墙壁还算平整,而且空着。治保主任停下来,便把那张布告高高地贴在了破庙的外墙上。跟在他后面的人都拥上去，踮起脚跟，打起眼罩，争相朝布告上看。

其实，布告上有许多人的判决结果，阿菲不过是其中的一个罢了。人们在上面找了好一会儿，才终于看到阿菲的名字。十年。最先看到的那个人回过头来，兴高采烈地对其他人说。竟然判了十年？有人感到意外，但也有人感到失望，这才判了十年？

但无论怎么说，阿菲被判了十年刑期，可是实实在在写在那张贴在破庙墙上的布告上了。

二十四

韦铁皮一做好出行的准备，还没有开始行动呢，大宁子就感觉到了，就急不可待地问他，你真的要去看她？

韦铁皮未免感到奇怪，大宁子不像一个聪慧的女人，更谈不上与他心有灵犀，又是怎么知道他想法的呢？他突然发现了一个事实，或许大宁子在别的事情上蠢笨得厉害，而唯独在与阿菲有关的事情上，她才特别敏感起来。韦铁皮不想再向她隐瞒，便把即将开始的行动说出来。

和他的想象差不多，大宁子一听他承认了自己的怀疑，便做出极力阻止他外出的架势。她是一个罪犯，大宁子提醒他说，她是一个杀人犯，你躲她还来不及呢，为什么还要和她扯上什么关系？这对你有什么好处呀？

韦铁皮不想和她多费口舌，便低下头不理会她。就算是你说下大天来，他在心里对她说，我也要去为她送一程。按照公安员的说法，阿菲被判刑以后，过不几天，就要发配外省的一个劳改农场，一旦她踏上去往那里的路程，他就是想再和她见一面也来不及了。

如果不是阿菲出了这件大事，韦铁皮或许不会主动再去找她，毕竟他已经和大宁子结婚，摆出了与阿菲脱离关系的姿态，以此结束与她根本没有什么结果的所谓关系，况且他这么做的最终目的，就是让阿菲离开李家庄，回到她该去的地方。这样的结果倒是出现了，阿菲的确离开了李家庄，尽管她去的不是愿意去的地方，但毕竟从此以后，李家庄就没有这个人了，韦铁皮不应该感到高兴和轻松吗？当然不是这样，无论怎么说，阿菲的离去都与他没有任何瓜葛，虽然他不了解事情的真相，但他早就明白这个结果与李家人的关系，干脆明确一点说，是李族长买通两个光棍采用暴力手段把阿菲赶走的，只是其中某个环节出了一些意外,但结果却是一样,那就是阿菲的离去。更为重要的是,李族长使用的方式是以伤害或者说毁掉阿菲为代价的,就算那天夜里阿菲不做反抗,那迎来的只能是被两个光棍强暴,而一旦进行反抗,结果虽然是那两个光棍受到伤害,而阿菲同样濒临了毁灭边缘。这一招实在太阴险了,韦铁皮愤愤不平地想,与此同时,他也感到阿菲太可怜了,无论她怎么做,等待她的都是并无多少差别的悲剧结果。正是在这样的情况下,韦铁皮决定站出来,在阿菲被发到遥远地方劳动改造之前,去探望她一下,给她深受伤害的心灵带去一点安慰,当然这对她并起不了任何作用,不过是聊表一下他心里的不安罢了。也只有在这个时候,阿菲那身量不大却亭亭玉立,而且浑身迸发出一股野生活力的动人样子,才更加真切地出现在他面前,并不再像先前那样被他轻易逐出头脑,在过去的日子里,他为什么就没有深刻感受到这一点呢?

大宁子知道自己挡不住他,对于这个她还依旧感到有些陌生的男人,她一点办法都没有,一个根本不愿和她睡在一张床上的人,她又能拿他怎么样呢?如果逼急了的话,这个人把她丢下再去江湖上游走也不是不可能的。没有办法,大宁子只好搬来她的娘家人,让他们暂时替自己看住韦铁皮,不让他轻易从家里走出去。大宁子所谓的娘家人,也不过是李族长的两个儿子,其实与她的关系并不多大,但当大宁子回到李家说这件事的时候,李族长当即便把两个儿子派来,让他们这几天什么事也不去做,只要看好韦铁皮就行了。两个儿子便把韦铁皮关在屋里,不允许他随便出门,每顿饭都由大宁子送进去,只有韦铁皮上厕所时才允许出来一下,他们则在两边紧紧相伴。韦铁皮一下子失去了自由,在他的感觉中,似乎又回到了许多年前被阿菲家人绑架的日子,其情景和那时几乎没有多少差别,而且都与要嫁他的女人有关,不同的只是现在囚禁他的是大宁子和她的家人,而那时候却是阿菲和她的家人。他真是料想不到,有关囚禁的戏剧竟然在他身上演出了两回,一时大有恍如隔世的感觉。这当然更难不住他,阿菲和她的家人是真正的黑社会呢,都让他逃走了一回,而现在看管他的不过是破落地主的后代,竟然也想学着黑社会的样子去做,不是看错皇历了吗?韦铁皮不想给他们惹上真正的麻烦,就打消了求助窗外的贫下中农前来解救的念头,决定还是凭借自己的力量,选择一个适当的机会,悄悄从这个地方逃出去。

昨天夜里,大宁子支撑不住身体的疲惫,终于歪倒在床上睡着了。韦铁皮虽然躺在地上,却知道她是真的睡着了还是做出睡着的样子。因为大宁子太过肥壮,一旦进入睡眠后,便不由得张大嘴巴,发出格外响亮的鼾声,且一浪高过一浪,绵延不绝;如果是伪装睡着的话,即便制造出几串鼾声,也不能持久,一听便是故意弄出的响声。韦铁皮悄悄爬起来,走到门板后,隔着门缝朝外面看。借着微弱的夜光,他看到李族长的两个儿子一个靠在门框上,一个躺在门台下,虽然姿势不同,却一样张着嘴巴打鼾,当然鼾声没有大宁子响亮,但睡眠的深度或许并不比她小呢。韦铁皮禁不住嘲笑他们,还想学黑社会呢,就这么不敬业,还能有什么好结果。韦铁皮从门口返回来,径直走到对面的窗子下,只费了很小力气,就把这面临街的窗子拆下来,然后小心地跳出去,重新把窗户装上,转过身来,就要朝着街道上走。但就在这时,他却感到哪里有些不对劲儿,于是停下脚步,仔细朝两边打量。他看见离他不远的地方蹲着一个黑影,开始还以为是一条狗呢,但很快回过味来,凭着对李族长的熟悉程度,他马上判断出来,这个守在窗外的黑影就是他。韦铁皮不能不从心里感叹,都说有其父必有其子,都说一代更比一代强,看看他的两个儿子,为什么就没有他们父亲的本事呢?别说他学习黑社会了,就是说他是黑社会本身或许也过得去。

我真是奇了怪了,原先你是那么愿意赶她走,现在我替你把她赶走了,你却要去追赶她,到底是我看错了你,还是你欺骗了我呢?

你这样说让我听不明白,难道你真的是替我把她赶走的吗?

不是替你把她赶走的还能是替谁把她赶走的?

这还用说吗? 就是一个傻子都能看出来,你是替你的女儿在做这件事儿……

休要提到我的女儿,正是因为你,我的两个女儿一个下地狱了,一个在守活寡,和下地狱也差不多,悔不该我当初看走了眼,竟然认下你这个白眼狼当女婿……

你女儿的确是受到了伤害,但不能因为这个,你就再去伤害别人,原先我还以为,你在李家庄拥有德高望重的地位,真的是一个有着菩萨心肠的长者,我尊敬你,一直拿你当自己的父亲,当我人生的楷模。但我万万没有想到,你会做出这样卑劣的事来,眼睁睁看着一个女人毁在了你手里,对了,还有那两个可怜的光棍呢,一个被你害死了,另一个被你害残了……

住嘴,这一切与我又有什么关系?那是他们自作自受,没听人家说吗?这样的事早晚要发生的,要说有责任的话那也是你,如果没有你,那个阿菲会到李家庄来吗?你把人家勾引到这里来,却丢下她不管不问,竟然又来娶我的女儿,你说你是一个什么狗东西呢?

正是因为我对不住阿菲，所以现在我要去送她一程，我要郑重其事地告诉她，等她出了狱以后，再也不要到李家庄来，因为这里太可怕了……

你别是跟她一起远走高飞吧？我知道你现在已经后悔了，后悔娶我的女儿，后悔没有管阿菲的事儿，我想如果时间倒转的话，那天夜里去那座破庙里的人，或许就会是你了对不对？

不管你说什么，我都要去见她一面，就算是一个铁石心肠的人，都不能在人家为你遭难时无动于衷，我觉得以前我就是那样的人，铁石心肠，冷酷无情，置别人的感受于不顾，见别人的痛苦而不睬，这一切都应该结束了，早就应该结束了。从这种意义上说，我要感谢你，是你给了我改正的机会……

这么说是我做错了那件事儿？我怎么就没有想到呢？我只是一心一意地要把她赶走，从而让你安安心心地留下来，而从来没有想到，我这么做其实是把你从我们李家人身边赶走了……

我不会走的，因为我配不上阿菲，与她相比，我实在差得太远了，她的热情，她的执着，她的纯洁，她的坚韧，这些我身上一点点也没有……

那你还去找她干什么？你不怕她笑话你吗？你不怕她敌视你吗？无论怎么说，她都是为你而服刑的，说不定这个时候她正憎恨你呢，仇视你呢，当你来到她面前时，如果不出意外的话，她会毫不客气地抽你一巴掌呢……

那我就让她狠狠地抽好了，如果这样能让我心里好受一些，就算她抽我十下，不，抽我一百下，我也心甘情愿接受的……

你就这么轻贱？情愿让一个叫花子侮辱自己，你还像是一个男人吗？原先我还以为，你在江湖上是一个顶天立地的汉子呢，没想到，你也不过是一个绣花枕头而已，竟然这么轻易就被一个女人打败了，你真是太让我失望了……

如果一个人应该失败的时候而不承认失败，那他也不过是一个胆小鬼而已，我已经胆怯了那么多年，回避了那么多年，我觉得现在我才敢于站出来，正视与她的关系，你知道这需要多么大的勇气吗？

你要干什么？你想与她重归于好，重续你们的美好良缘？难道你去那个劳改农场里陪她一起劳动改造吗？然后你们在那里再举办一场热热闹闹的婚礼？

我没有那样的雄心壮志，也做不出那样轰轰烈烈的壮举，我只是在她奔赴远方的时候看她一眼，对她说一句对不起，我的良心才能过得去，才能把我下半生的日子过下去……

毁了，如果我做过一件最大错事的话，就是不该让那两个狗东西……我无论如何没有想到,事情会朝着相反的结果发展,我怎么就那么蠢呀,聪明一世糊涂一时,这么一件错事就可能让我得下一个全盘皆输的结局……我真是一个老浑蛋呀……

天不早了,我要去赶路,请你老人家闪开道,让我上路去,如果你不想真的全盘皆输的话,那就期盼着我早些回来吧。

如果我就是不让你走呢?我还没有到山穷水尽的时候,如果我扯着嗓子大声叫喊,我相信会有人出来帮我,把你继续投到那间屋子里去。

你这样做又有什么意义?不要说你根本阻拦不了我,就算你能暂时达到自己的目的,把我关到那间小屋里去,但你关得住我的心吗?如果一个人的心早就飞走了的话,他把一张空皮囊留在这里又有什么意义呢?

好吧,那我承认我失败了,你走吧,前面的大堤上有一辆过路的马车,如果来得及的话,你兴许还能赶上它……

韦铁皮踩着一地星光出了村子,沿着那条通向黄河大堤的小道,急快地朝前行走。今天的夜晚不同于往常,虽然天空中没有月亮,但星光却是那么明亮,像是给地面洒上了一层活水,韦铁皮走在小路上,似乎看到两腿蹚起的星光四处迸溅,甚至发出稀里哗啦的响声,好像他真的走在星光的水里似的。爬上大堤以后,向着县城的方向走了不远,韦铁皮觉得眼前一亮,竟然真的看到了李族长说的那辆马车。本来他以为老家伙欺骗自己呢,深夜里哪里来的马车?而李族长又怎么知道这里会有马车?马车行走在大堤上,但走得非常缓慢,好像在等待什么人似的,韦铁皮不用怎么发力,很快就赶上了它。

能让我搭一下你的马车吗?韦铁皮走到马车夫身边说。

马车夫坐在驾辕上,扭过头来看他一眼,点点头说,没问题,反正我也到县城里办事,就捎你一程吧。

韦铁皮有些惊讶,他怎么知道我也去县城呢?但他没有再问他,就赶紧爬上了马车,在车厢里坐下来。

马车夫好像等到了要等的人,扬起手中的鞭子,朝前面的马屁股上抽了一下。先前慢慢行走的马匹加快了脚步,拖着马车直朝前面的夜色中走去。

好多年没见了呀。马车夫随口向他说道。

韦铁皮直直地看着他,不知道他为什么这样说。

马车夫干脆扭过头来,微笑着对他说,怎么?不认识了吗?

韦铁皮向前探了一下头,借着星光朝他仔细打量,突然便认出他来,怎么,你是管家……

管家点点头说,没错,是我呀。

韦铁皮惊住了,怎么回事?土改前管家不是逃走了吗?他可是与黑社会有联系的,怎么现在又冒出来了呢?还有,那时他和黑社会勾结在一起,做了许多坑害人家的事儿,现在他出现在李家庄附近,好像还与李族长有什么瓜葛,这到底是怎么回事呢?

管家大约知道他心里想什么,也就不再和他说话,扭回身去,专注地驾驶马车。

韦铁皮想了好一阵,也没有把这些问题理出头绪来,反而搞得有些头昏脑涨,索性不想这些乱七八糟的事了,既然管家出现在这里,那想必有他出现的道理。

管家也知道他想不明白,又掉回头来,不好意思地朝他笑了一下。

你现在还好吗?韦铁皮装作无意的样子问他,为什么这么多年没见到你呢?

管家答非所问地说,你和阿菲小姐一直那么别扭着,我怎么好意思到这里来呢。

韦铁皮又感到纳闷,这与阿菲有什么关系呢?

管家替他回答说,你不好好想一下,我可是你和阿菲小姐的牵线人呢。

韦铁皮开动脑筋,又使劲想了一阵,好像才明白他话里的某些意思,是呀,如果没有这个家伙从中作梗,他又怎么能和阿菲扯上关系呢?或许他们干脆就没有认识的机会了呢。

是不是这样呀?管家又意味深长地问他。

韦铁皮陷入了沉思中,照管家的意思想来,这家伙之所以现在又冒出来,是因为他和阿菲的关系不再别着劲儿了?

夜深得快要过了头,远方已经传来鸡的叫声,也就是说,用不了多久,黎明就要到来了吧?马车加快了行走速度,车厢渐渐颠簸起来。韦铁皮感到极度的疲惫,便在车厢里躺倒身子,闭上眼睛,一边听着得得的马蹄声,一边思绪进入了梦境中。在接下来的睡梦里,他似乎回到了昔日某个朝代,面对着一个即将发配远方的梦中友人,他不能不加快脚步,要在那个人被两个公差押上路途之前,和他好好地喝一碗壮行酒,叙一下已经暗淡发黄的旧情……

韦铁皮刚在路边一个茶棚里坐下来,就看见两个公差押着那个人过来了。于是,他把小二放在面前的茶碗推开,走出茶棚,迎着那三个人过去。小二在后面追着他喊,客官,你还没有留下茶钱呢。韦铁皮一边大步朝前走,一边把手里一块铜板丢到地上。小二奔过去,从地上拾起那块正在滚动的铜板,然后又回到茶棚里去。

还离得老远,韦铁皮就拱起两手,对着中间那个戴枷板的犯人深鞠一躬,然后转向两个公差,一边把手探进衣囊,一边朝他们走过去。

干什么的?其中一个公差横眉立目地呵斥他。莫非你要劫差是怎么的?另一个公差举起手中的木棍,就要朝他身上抢。

韦铁皮赶紧从衣囊里掏出手,托举着一摞东西朝他们递过去。

两个公差看着他手里像变戏法一样冒出来的一大摞铜板,不禁瞪大了眼睛。第一个公差对第二个公差说,兄弟,发财的机会来了。第二个公差把手里的木棍放下来,改用眉开眼笑的模样说,这还差不多。

韦铁皮把那一大摞铜板分成两份,分别装在两个公差的口袋内,然后指着那个戴枷板的犯人说,我要和这位朋友说几句话,请两位差爷恩准。说着,他再次举起手来,又朝他们深鞠了一躬。

好吧,第一个公差说,时间不能太长了啊,就一顿饭的工夫。另一个公差也跟上说,就在附近啊,不能走出我们的视线。

韦铁皮连连点头,转身走到犯人身边,牵住他的衣角,朝不远处的一家酒馆走去。

犯人说,你不是刚从茶棚里出来的吗?我们就到那里喝碗茶算了。

韦铁皮头也不回地说,这怎么行呢?我们好久没有见面了,总要好好地喝一杯酒呀。

两个人进到那家酒馆里,小二给他们端上一盘煮牛肉,一盘煎鸡蛋,然后抱起一只酒坛子,往摆放在他们面前的碗里倒酒。

韦铁皮这才抬起头,仔细打量着面前的犯人朋友,不禁惊讶地张大嘴巴。怎么?他脱口而出,你什么时候变成了一个女的?

犯人嘴角浮出神秘莫测的笑意。怎么?她也用同样的口气反问他,女的不是更好吗?

韦铁皮犹犹豫豫地说,我只是觉得……

犯人打断他的话说,是不是女的不太符合古代的发配情景?

韦铁皮挠挠头皮说,我也不太清楚,是不是古代女的犯法以后也要发配呢?

犯人大咧咧地说,管它呢,反正我觉得这样挺好,女的为男的犯了法,男的千里迢迢来送别,这才有些意思呀。

韦铁皮只好点点头说,好吧,那就这样了,那你现在叫什么名字?

犯人随口说道,你就叫我阿菲吧。

到这时候，韦铁皮又觉得哪个地方不妥，便扭头朝外面的两个公差看了一眼，试量着提出要求说，差爷，是不是把这位妇人的枷锁解下来，我想和她喝一杯壮行酒，实在太不方便了。

一个公差不耐烦地说，哪来那么多事儿？快点儿说话，时间快到了啊。

阿菲在下面踢他一下说，行了，也没什么不方便的。说着就低下头，让戴在脖子里的枷板抵住桌子，才能让同样铐在上面的一只手抓住酒碗，吃力地举起来，把酒液一点点倒在嘴里。酒不错，她吧嗒一下嘴说，抓紧点儿，我们开始吧。

于是，两个人便把送别路上要说的话急急忙忙说出来。

阿菲，真是对不起，竟然发生了这样的事儿，都是因为我，让你吃了这么多的苦，而且现在要……

干吗这么说？莫非你也参与了那个老家伙的阴谋，心里别有这样的不安，我不会相信的，所以你也不要做这种苦样子给我看，你原来高高在上的风度哪里去了？

发生了这件事以后，我才觉得我是一个浑蛋，原先我还以为，自己做什么都是对的呢。当年走江湖的时候，我没有惧怕过任何一个人，就在我打人杀人的时候，也没有觉得对不住他们。可是现在我才知道，我做了那么多错事，而最大的一件就是对不起你……

你不用那么愧疚，这都是我自找的，与你没有任何关系，我受苦也好受罪也好，就是现在被发配到远方去劳动改造，也是我自己造成的结果，我认了，谁让我心甘情愿去李家庄呢？谁让我到那个地方去找你呢？其实到那里去的时候，我就做好了这种准备，准备为你承受苦难和屈辱，所以就是现在发生了这样的事儿我也一点不后悔……

你越是这样说我心里越是难受，阿菲，我为什么没有早一点醒悟呢？在那么漫长的日子里，我一直故意慢待你，冷落你，不，其实连这一些都算不上，我本来就没有认真搭理过你，根本就谈不上慢待和冷落，摆出的完全是一副拒绝你的架势，我想用这种方式赶你走，让你离开李家庄，离开我……

你是不是以为达到自己的目的了？现在我不是离开李家庄，离开你了，你应该感到高兴才是，那么多年过去了，你等待的不就是这样一个结果吗？看你真没出息，当这个结果出现了时，你又受不了了，你这么快就后悔了？我还真的不相信你呢。

不用相信我阿菲，我这样的人不值得你相信，以前是这样，以后就更是这样了。别再拿我当回事儿，离开这里以后，你就把我忘了吧，好好地劳动改造，十年过去以后,你就去别的地方吧,千万不要再来李家庄,你去一个比李家庄更好的地方,不,是一个世界上最好的地方,只有那个地方才配得上你,而李家庄不配,这里的人不配……

这就是你来要和我说的话吗?你知道你在说一点也没有用处的废话吗?我还以为通过这件事以后你长大了呢?别笑话我这样说你,其实你脑子里想的比小孩还要天真呢,你明明知道我做不到像你说的那样,你还来喋喋不休地对我说,真是让我感到失望极了。

阿菲别走,我还没有和你说完话呢……

不用急,等我十年以后回来了,如果你愿意说的话,我再好好听着……

你真的不明白我的意思吗?请你不要再犯同样的错误,一个人一辈子有多少个十年呢?你为什么要把自己的大好青春浪费在李家庄呢?如果你不答应我的话,那我就离开李家庄……

你想再去游走江湖吗?现在是新社会了,哪里还容得下你们到处瞎转悠呢?别说,如果你真能去江湖上游走的话,那我就跟着你,也去江湖上看一看,在外面流浪到底是什么滋味儿?

你还没有过够在外面流浪的日子吗?竟然还想着去游走江湖?

你的意思是说,我在李家庄过的也是流浪的日子,也是在游走江湖?哦,原来是这么回事呀?

阿菲,你应该去寻找自己的家,寻找属于自己的生活,寻找自己的真正归宿,而李家庄不是,它只不过是一个流浪路上不堪忍受的小客栈而已,你有下一段路程要走,就告别那个破烂地方吧,然后重新开始你新的生活……

其实李家庄就是我的家,就是我的生活,也就是我的归宿,这些我早就对你说过多少遍了,还让我再重复来重复去,你觉得有意思吗?其实我知道你心里也根本不相信,不相信我能够离开李家庄,但你还要一遍遍地重复这种没意义的话,你就不怕我把你当成一个大傻子,不,你根本就是一个大骗子……

你把我当成什么都没有关系,只要你不再出什么差错,不再让我替你担心……

你真的替我担心了?这么说你开始牵挂我了?哎,你对我说句实话,当我离开你的时候,你是不是会经常想到我?是不是反而觉得放不下我了?如果事情真是这样的话,那我也算没白白在李家庄待了十几年,就照你的话说吧,我也没有白白在江湖上流浪那么多日子……

你不要瞎想,其实我……

怎么是瞎想呢?刚才你已经表露过这样的意思了,你别说,这样一来,这十年我便觉得好过多了。你可要在李家庄好好等着我呀,十年之后,我一定会去李家庄找你的,到时候,你可别再给我使脸子啊。

看来我刚才的话都白说了,你真是油盐不进的一根筋……

你才知道啊?其实从我生下来的那天起,我爹就这么说过我……好了,不提那个该死的老头子了……行,你回李家庄去吧,我也该上路走了……

阿菲,好好保重,保重自己……

铁皮,你可要等着我呀,十年之后,我们在李家庄见……

可是……

可是个屁,你怎么这么婆婆妈妈的?给我滚,我要劳动改造去了。

阿菲,阿菲……

天亮了,满天的星光褪去,日头正从黄河东岸慢慢浮出脸来。在去往县城的马车里,韦铁皮闭着眼睛,身子随着车厢的颠簸而晃摆,他嘴里喃喃有词。马车夫听到他嘴里发出的轻微喊声,回过头来,看见泪水从他合拢的眼皮间涌出来,沿着脸腮慢慢朝下滴落。

这个傻小子。马车夫悄声嘟囔了一句。

二十五

天黑了好一阵子,老磨叨还在外面寻找她的儿子尚怀志。只要碰到人,不管大人还是小孩,老磨叨都要拦住人家打听,看到我家老尚了吗?待人家摇过头后,她就再去别的地方找,再找别的路人问。

每到这时候,人们便感到不解,天都这么晚了,尚怀志怎么还在外面转悠?竟然让他母亲找个不停。有人便提醒大家,毕竟孩子大了嘛,还能没有自己的事儿?听到这句意味深长的话,大家便又点起头来,是呀,尚怀志早就长成一个大人,应该考虑他自己的问题了。人们所说的问题,其实是指尚怀志的婚姻,一个正当年的大小伙子,又怎么能不考虑这件事,或者更明确地说,又怎么不对女人感兴趣呢?但这是属于尚怀志个人的问题,在某种程度上是他的一个秘密,是不能轻易让别人知道的,就连他的母亲也不行。如此一来,在老磨叨眼里,尚怀志的行踪便比过去更加诡秘,刚才还在身边坐着呢,她只是眨了一下眼,尚怀志就不知到哪儿去了,于是她便赶紧地去找。

在一次又一次的幻觉中,老磨叨总是看见尚怀志其实是尚有志被两个人绑架着,乘坐一条小船朝河道的远处漂去。每到这个时候,老磨叨就止不住大声叫喊,尚有志,你赶快给我回来……几乎一天到晚,大街上都会传来老磨叨呼喊尚怀志的声音,就像小喇叭的广播一样,只要到了那个钟点,就会让播放的声音响起来,倘若有一天没有听到老磨叨的声音,人们便怀疑哪里出了问题,就觉得不适应似的。

虽然天黑下来了,老磨叨只能看见街上的景物,而且走得又快,却不会被脚下的东西绊倒,因为这个地方她太过熟悉了,一天不知道走过了多少回,似乎闭上眼睛也能看得见,何况她的眼睛真的适应了黑暗,就算外面没有任何光线,只要前方有一个身影出现,她就能准确地判断出来到底是不是她的儿子,这是一种能力,是老磨叨长期在外面寻找尚怀志的时候练就的。此时,老磨叨就看见了前面那个身影,虽然离她远远的,有时候还晃来晃去,一会儿隐藏到墙壁后,一会儿又从树丛里走出来,但她知道,那就是她的儿子尚怀志。

老磨叨加快脚步追上去,同时大呼小叫地说道,老尚,你到哪里去?赶快给我回来。她觉得快要追上那个身影了,但就在这时,却被前面的一幕惊住了,在她儿子的身影旁边,竟然还有另外一个身影,尽管是在黑夜里,她也能看出那是一个完全不同于儿子的身影,不仅他们的身材不同,姿势不同,更重要的是性别不同,没错,那个身影是一个女人。老磨叨想不通,尚怀志身边怎么有了一个女人的身影?那么她是谁?为什么要出现在尚怀志身边?她在打尚怀志的主意吗?这么一想,老磨叨更紧张起来,禁不住加快脚步朝前追,同时可着嗓子叫喊,尚有志,你不要跟那个女人走,你知道她是谁吗?那是一个坏女人,不,那是一个女特务,你如果跟她走了,就会被她害死的。随即,老磨叨又对那个女人喊起来,你这个没有廉耻的女人,为什么缠着我家老尚不放?你在打他什么主意?要把他带到哪里去?你给我从老尚身边走开,不然的话我就让政府来抓你,共产党是一定不会放过你的……

老磨叨一边叫喊一边朝前追赶。不知是她的喊叫影响了注意力,还是阻碍了脚下的速度,等她磕磕绊绊地追过去时,那个女人的身影已经不见了,不仅如此,尚怀志的身影也不知到哪里去了。老磨叨扑了个空,停下脚来,转动着身子四处张望,她无论如何想不通,刚才明明看见他们的身影在这个地方呢,怎么等她来到却什么也没有了呢?她真的怀疑是那个特务把尚怀志也就是尚有志掳走了,于是再次大声叫喊起来。老磨叨嘶哑的声音在夜空下传出很远,在李家庄的大街上像刮风一样肆虐。

正当她感到绝望的时候,以为尚怀志真的丢下她远走高飞了呢,事情却又发生了急剧变化,尚怀志竟然从一个墙角里走出来,急快地来到了她面前。喊什么喊?尚怀志气急败坏地呵斥她,我不是在这里吗?你又有什么好喊的?

转瞬之间,悲痛的老磨叨便又感到了惊喜,老尚,你没有被那个女特务领走,终于又回来了?真好呀,你没有丢下我不管,看来你还是一个有良心的人。老磨叨抢上去,不由分说抓住尚怀志的胳膊,再也不肯松开。快跟我回家去,天早就黑了,外面多危险呀,刚才我真担心你被那个女特务弄走了。她紧紧地抱住尚怀志的手,使着劲儿往回拖拽,快走吧,等回家以后就安全了。

但尚怀志没有老老实实地跟她走,不仅如此,还极力挣脱了她的手,继续大声呵斥她说,回家干什么?你就不能给我一点私人空间吗?我有我的事儿,不用你来管,要回家你一个人回去好了。他挣脱母亲的扯拽,转回身去,就要朝刚来的方向走。

你又到哪里去?老磨叨感到了惊慌,又跑过来拉住他的手,你还要到外面去,是不是嫌弃我了?不愿和我在一起,要丢下我不管不顾了?

尚怀志索性顺着她的话说,对对对,我就是嫌弃你了,我就是不想和你在一起,我就是要丢下你,再也不管不顾了。

老磨叨完全呆住了,真是没有想到,尚怀志竟然说出这样无情无义的话来,看来甩掉她走掉是迟早要发生的事儿,到底是什么让他做出了这样的选择?老磨叨尽管脑子糊涂,却马上想到刚才看到的那个身影,那个和尚怀志待在一起的女人,是不是她在其中作怪?看来是这样,尚怀志一定受到了她的诱惑,说明那肯定是一个坏女人,就是她在打尚怀志的主意,要把他从自己身边带走。这个蛇蝎女人,老磨叨又朝尚怀志身后跟上去,而且越走越快,一度竟然超过尚怀志,走到他前面去了。她一定要把那个坏女人找出来,揭露她的真实面目,让尚怀志看清楚,那是一个多么心狠手辣的女人,对对,她就是一个女特务,她的真实目的就是把尚怀志带走,弄到不知什么地方去,然后就把他干掉,这是一个多么可怕的阴谋,而尚怀志竟然看不透她这一点,还上赶着跟她走呢,尚怀志为什么要干这样愚蠢的事呢?

老磨叨在前面的黑暗里转来转去,一边走一边四处张望,一边四处张望一边说,她在哪里?我怎么找不到她,她到什么地方去了?然后就大声叫喊起来,你这个毒辣女人藏在哪里?你给我出来,有本事你不要当缩头乌龟,不管你是哪里来的汉奸特务,我都要把你抓到政府那里去,把你判刑枪毙,看你再打我家老尚的主意,告诉你吧,你就是有天大的本事,我也不能让你把我家老尚弄到你那里去。

尚怀志再也听不下去了,迈着大步从后面赶上来,拉住她的一条胳膊,使劲往后一拽,愤怒而又悲伤地说,够了,这一切我受够了,你到底是谁? 为什么一天到晚跟着我? 是谁让你这么干的? 你的目的到底是什么? 难道就是要不管不顾地控制你的儿子吗? 让你儿子在李家庄变成一个怪物,变成一个老光棍,变成一个老废物,这样你就甘心了是吗? 啊? 尚怀志一边呵斥她一边推搡她,差不多已经头脑发昏,已经控制不住内心的冲动,随着一阵猛烈的摇晃,在他手里像是一团棉絮一般的老磨叨,忽然一下子倒在了地上。尚怀志还不罢休,一边大声嚷叫一边抬起脚来,就要朝老磨叨的身上蹬踹。但就在他的脚快要触到老磨叨身体的时候,却又在空中停住了。我为什么有这样的娘? 尚怀志把那只脚使劲踹在地上,然后蹲下身子,用两手抱住脑袋,我到底做了什么坏事儿? 竟然受到这样的惩罚? 他呜呜地哭起来,这样的日子我过够了,我再也不想过了……他歪倒在地上,与老磨叨的身子躺在了一起。

这样的情景不止一次地发生在街道上,让那些碰巧赶上的人看了,心里也难受得不行。这些年里,当人们目睹这番情景时,已经没有任何一个人抱有看热闹的心态,是呀,看到老磨叨母子被一个他们说不清楚的东西如此折磨,还有谁能发出幸灾乐祸的笑声呢? 但除去对他们抱有同情的态度之外,大家又不知道该怎么办,就是穷尽所有的想象力,也找不到能够帮助他们的办法,而只能眼睁睁看着这对不幸的母子继续受到那个东西的摧残。更要命的是,这样的情景似乎没有尽头,随着尚怀志的长大,他们受到折磨的程度只能越来越大,除非有另外一个让他们意想不到的因素出现,或许才有可能解除那个笼罩在他们头上的魔咒。但那个让他们意想不到的外力到底是什么? 似乎没有一个人能够说清楚,甚至没有一个人渴望那个力量的到来,不知为什么,人们本能地感到恐惧,好像这样的状态尽管不堪忍受,却没有什么大的危险发生,如果当一个意想不到的因素改变或者终止这一切时,那个经过改变的局面到底是什么样子,如果比现在更为恐怖可怕的话,谁又能够承担得起呢? 但与此同时,人们又朦胧地感到,那个外力其实迟早要到来的,这就像黄河里的水一样,别看它平时掀不起多大的波澜,可一旦赶上汛期到来,便暴露出它狰狞怪厉的真实面目来,而汛期,谁又能够阻挡它的到来呢? 除非你有天大的本事,或者你就是老天本身,如果你不是的话,就老老实实接受它的到来,它的改变吧……

　　尽管老磨叨一刻也没有放松对尚怀志的跟踪,而且还加大了这种跟踪的力度,但正像人们所说的那样,尚怀志既然长大了,就一定要去做属于他自己的事情,在那个事情里是包含一个女人的,当然那个女人并不是老磨叨,而绝对是另外一个陌生女人,这是无法改变的事实,纵然老磨叨使尽浑身解数要参与到这件事中去,她的儿子也不会容许的。可能这就是悲剧最终会发生的根源。所以,当尚怀志偷偷摸摸去和别的女人约会,并背着老磨叨私订终身,甚至最终和那个女人举行婚礼时,面对老磨叨撕心裂肺的哭泣、悲痛欲绝的阻拦和丧心病狂的叫闹,人们也没有过分埋怨尚怀志,当然也没有责怪那个和他站在一起的女人,在这件事上,几乎所有李家庄人都采取了宽容默许的态度,就算他们再同情老磨叨,也不能不顾及一下尚怀志的需求呀。

　　可能从一开始,尚怀志就知道要把这件事做得更加隐秘,如果稍一大意,就可能遭到老磨叨的破坏,从而让所有的计划流产,最终的结果便是自己打光棍儿,这样的局面不但对他自己不利,其实对老磨叨又有什么好处呢?有一个女人来到她家,让老磨叨和她的儿子受到照顾不是更好吗?虽然老磨叨像对待尚有志一样疼爱尚怀志,一刻也离不开她这个儿子,但鉴于她自身的状况,并不能给予这个儿子多少真正的关心,反而成为一个让尚怀志甩不掉的负担和累赘,现在当另外一个女人来到他身边,这对尚怀志来说不但得到切实的帮助,也能让他从心理上获得安慰,与此同时,还能在生活上照顾一下快要失去自理能力的老磨叨,这样的好事何乐而不为呢?

　　为了把这件事做成功,尚怀志几乎动用了所有心思,又千方百计说服了女方,让她对自己的行为给予最大的理解,配合他让这个计划在老磨叨一无所知的情况下变成现实。其实对于尚怀志来说,要做一件背着老磨叨的事情,既难也不难,难的是老磨叨一天到晚监视着他,几乎没有属于尚怀志的私人空间,他该怎么背着她去做这件事儿呢?不难的是,毕竟老磨叨脑子不那么清醒,而且他正是生活能力强的时候,鬼点子也多,要想躲开老磨叨的目光做一件事,也是不难办到的。事实证明,在他和那个女人精心运作下,两个月后,尚怀志就和女人私订了终身,又过两个月,他们的婚礼便要举行了。所有的准备工作都已经完成,剩下的最后关键一环,就是婚礼的举办。

　　到这个时候,这件事无论如何不能再瞒住老磨叨了,因为婚礼要在家中举办,试想一下,当他们轰轰烈烈举行结婚仪式时,还让老磨叨处于一无所知的情况,有可能办到吗?另外,即使从基本的社会伦理上讲,这件事也不能背着老磨叨进行,毕竟她是尚怀志的亲生母亲,当她的儿子解决人生大事的时候,却让这个母亲置身事外,甚至不能去婚礼上喝一杯喜酒,这会让所有李家庄人感到无法接受。于是,当尚怀志和村里的头面人物商议这件事时,大家给出的一致意见是,告诉老磨叨,不管她做出怎样的反应,这个婚礼都必须让她参加。可在这关键时刻,尚怀志媳妇的娘家人却提出不同意见,他们担心老磨叨在婚礼上闹事,让女儿的人生大事蒙上不吉利的阴影,便提出了一个折中意见,这件事可以告知老磨叨,但不能让她出席婚礼。为了让这件事进行下去,大家只能接受这个半吊子建议,至于实施起来发生什么情况,他们就不知道了。

当老磨叨知道了尚怀志的婚事以后,她的反应不出人们的意料,除了反对外,便是叫闹,企图尽一切力量阻止婚礼到来。就像人们想到的那样,她给出的反对理由都不过出自她个人的想象,人们也就懒得去听,过去都听过无数遍了,耳朵都起了茧了,不要说尚怀志本人,就是其他无关的人也早就不耐烦,便没有一个人再去听那些没有意义的废话,就让她在一边絮叨吧,叫闹吧,反正大家当成耳旁风就是了。于是,在老磨叨一阵紧似一阵的叫闹声里,婚礼准备工作如期进行,三天过后,随着一阵震耳欲聋的鞭炮声,结婚典礼仪式终于到来了。为了兑现对女方家庭作出的承诺,从举办婚礼这天早晨,尚怀志就亲自把老磨叨关进她的屋内,为防止她冲出来,还在门鼻上加了两把大锁,以做到万无一失。

老尚,老磨叨拼命撞击门板,你这个狗东西到底要干什么?难道你真的要和那个该死的女人结婚了?我无论如何不能让你们得逞。

老磨叨这天发出的声音并不太大,经过前些日子的叫喊,她的嗓子已经变哑,身子经受不住折腾,力气也越来越小,再加上鞭炮声、音乐声、锣鼓声和嚷叫声一阵紧似一阵,就算老磨叨让声音变大十倍二十倍,都被那些热闹的声音压住、遮蔽甚至吞没,所以,婚礼上几乎没有人听到老磨叨的叫喊声,一些人还感到奇怪呢,在这个老磨叨应该闹事的日子里,怎么没有听到她的动静呢?尽管这样,细心的人也注意到,在这个热热闹闹的婚礼上,只有尚怀志一个人高兴不起来。他们当然不知道,此时此刻,尚怀志的耳朵里并没有那些热闹的鞭炮声、音乐声、锣鼓声和嚷叫声,却清晰地听见他的母亲老磨叨发出的叫喊声,是的,在这个院落里,在这个婚礼上,只有尚怀志一个人听得见母亲嘶哑的声音。

随着婚礼的进行,尚怀志听见老磨叨的声音越来越大,就像天上的雷声一样轰隆隆敲击着他的耳膜,他真的怀疑,当从这场婚礼上下来的时候,他可能就会变成一个真正的聋人。他似乎看见,他的母亲老磨叨两手抓着门板,使出全身的力气摇晃,试图让挂有两把大锁的门板打开,或许她也知道这一切都是徒劳,却依旧一如既往地摇晃,直到身上的所有力气都像水一样流走了,她才如一摊烂泥倒在地上。这时,她的两手已经抓烂,不仅门板上留下斑斑血迹,就是她的衣服也被血水染红了。一开始,尚怀志还以为她身上的血迹全来自她的两手,待仔细打量,才惊讶地看见,她嘴里也正在汩汩地往外流血,他还感到奇怪呢,母亲嘴里为什么有血流出来?过了一会儿,他才突然明白,那是从母亲喉咙里流出来的,老磨叨叫喊了几乎一天,喉咙里裂开了许多条口子,鲜红的血水便从那些口子里流出,通过她的口腔,像河水一样淌到了她衣服上。到傍晚时分,她差不多已被身上流出来的血泡湿了,在窗外最后一缕霞光的照耀下,像血人一样精疲力竭地躺在地上,一动也不动。

娘——尚怀志再也抑制不住心里的悲伤,举起两手,朝天空里发出一声狼嚎一般凄厉的叫声。

天彻底黑透后,尚怀志从婚礼上下来,一个人来到关押母亲的门前,从怀里掏出两把钥匙,分别打开门鼻上的大锁,手忙脚乱地推开门板。当然,关于母亲像血人一样躺在地上的情景不过出自他的幻觉,就算母亲的喉咙和手指全部破裂,她也不可能让流出来的血泡红的。尚怀志点上一支蜡烛,举起来,朝屋内照耀着。和预想的差不多,他第一眼并没有看到老磨叨,这就是说,老磨叨的确没有站着,他随即低下头,瞪大两眼朝地上看,果然,他看见老磨叨躺在地上,躺在他的脚前,身子正在不住地抽搐,对尚怀志的到来一无所知,也就是说,此时她已经陷入了深度昏迷中。是的,是昏迷,不是睡眠,她被疲劳和饥饿搞得昏迷了?不,不仅仅是这样,与正在发作的癫痫病相比,疲劳和饥饿又算得什么呢?没错,此时此刻,多年未犯的癫痫病正袭扰着老磨叨,而且爆发得如此严重,长时间没有让她醒来。尚怀志这才想起来,为什么中间没有来给老磨叨送一点饭或者喂一口水呢?如果那样的话,就能及时发现她发病了。他们太想关押老磨叨了,太想不让她出现在婚礼上了,太想不让她在婚礼上闹事了,太想不让她在这个热闹的日子里丢丑了,所以关押便是他们的首选,而且沿着这个思路一直朝前走,竟然没有想到回头,于是,关押,关押,关押,只有通过关押,他们的目的才能完全达到,是不是这样呢?

娘。尚怀志丢下蜡烛,膝头一软,便跪倒在老磨叨身前。娘,尚怀志伸出两手,把老磨叨紧紧地抱在怀里,儿子不孝……直到凑近老磨叨面前了,尚怀志才真正看到,和在婚礼上的想象差不多,母亲的双手和下巴上都是淋淋的鲜血,虽然不是那么浓烈，却也足够刺眼，尽管屋内的光线不足，但他还是清楚地看到，母亲双手和下巴上的血水像几把闪耀寒光的利剑，直朝着他的眼睛刺来。尚怀志赶紧闭上眼皮，还是感到自己的眼睛被刺中了，疼痛迅速弥漫了全身。在又一次幻觉中，他看见自己眼睛里流出了鲜血，像下雨一样喷溅出去，打湿了自己的全身，也让母亲的身体又罩上一层寒冷的红色……

二十六

我不知道该怎么描述下面的情景，也就是发生在我父亲和母亲新婚之夜的悲惨情景。作为晚辈，作为一个迟来者，在沉沉的黑夜里，我无数次想象那天夜晚的情景，又无数次闭上眼睛，不肯也不敢面对那番情景的真相，但尽管这样，那个充满鲜血的场面还是无数次浮现在我脑海里，让我即便使尽全身力气，也无法把它驱赶走。

我不知道，我们一家人到底得罪了哪方神灵，竟然让它降下如此深重的灾难，而我那可怜的一家子却无处逃遁，只能留在那个如墨一般的黑夜里，等待灾难降临到他们头上，接受人家对他们的惩罚。如果我有本事的话，哪怕让我上刀山下火海，也要阻止那个可恶的神灵降罪于我的家人，甚至在许多个梦里，我都看见自己跪在那个强大的神灵面前，哀求它放过我的家人，但直到哭泣着离开梦境，也没有得到任何回答。难道那个悲剧就真的避免不了吗？我也无数次天真地想过，如果科学真的发达了，能够具备穿越的本事，我会沿着时间的链条回溯，找到那个造成这场悲剧的关键环节，然后奋力把它解开，哪怕为此而打乱整个历史的顺序，我也在所不惜。

在如梦似幻的回溯过程中，我来到许多年前的一个夜晚，我的爷爷尚有志被两个神秘的来人找到，然后随着他们渡河而去，没错，这就是一个最重要的关节点，如果没有那个夜晚的事情发生，后面的所有悲剧是不是便能避免？当然，还有更靠前的一些时间点，比如我奶奶毛丫第一次见到尚有志的那一天，还有她老人家第一次走进李家庄的那一天……我这才发现，一个事件必须由前面若干历史环节构成，纵然你有本事解开其中一环，但你能解开所有环节吗？我不能不产生了真正绝望，这是不可能的，就算我回到了时间源头，也不能解构历史，自然也就不能改变结局，如此看来，一切发生的都有它必然发生的理由，就像人们所说的那样，该来的总会来的。想到这里，面对我家人遭受的那场惨绝人寰的悲剧，我无可奈何，无能为力，只能接受它必然到来的可怕现实。

　　除了我家人之外，没人知道那天夜里到底发生了什么，或者说对于那件事的过程人们一无所知，因为参加完父亲和母亲的婚礼之后，大家都回到自己家里去，这个院落里就剩下了我的家人，首先是我的父亲和母亲，然后便是我的奶奶老磨叨。我之所以把父亲母亲放在前面，是因为他们是这场婚礼的主角，同时意味着从此以后，他们便是这个院落的真正主人了，至于我的奶奶老磨叨，不仅因为她根本没有出现在婚礼上，虽然她的声音不时地传来，但毕竟在这一天消失了踪影，这似乎是一个隐喻，预示着从此以后，她就要退出这个家庭的历史舞台，以另外一种较为边缘较为隐蔽的方式存在，这是所有老人在儿女长大后所面临的必然结局，别人是这样，我家也不会例外。当然，这是建立在正常情况下的一种预设，也就是说，在接下来这个夜晚，如果那场突如其来的悲剧没有发生的话，这样的情况才能变成现实。让所有人没有想到的是，随着那个悲剧的出现，一切都发生了改变，不仅我的父亲和母亲没有成为这个院落的主人，就连他们在这里存在这件事本身，也变得不那么现实了。但当人们离去时，父亲和母亲并没有任何这样的感觉，在那一小段时间内，父亲尚怀志只是跑到我奶奶屋里去，安抚或者说消除这一天因为关押而对她造成的影响。

　　我母亲原本也要跟他一起去的，到这个时候为止，她还没有正式拜见这个婆婆呢，在过去和父亲谈恋爱的时候，因为要避免我奶奶的纠缠和破坏，父亲从不肯让她露一下面儿。当然，这并不说明我母亲没见过我奶奶，有许多回，她都从墙角里探出头，悄悄对那个追逐我父亲的老婆子看上一眼，但作为儿媳这一新的身份，她还没有正式出现在我奶奶面前。我母亲也不是一个不懂事的人，知道没有让我奶奶出现在婚礼上，都是囿于她家人干涉的缘故，所以一直对我奶奶充满愧疚之情，现在觉得时机到了，就想尾随在我父亲身后去见老人家一面。但我父亲拦住了她，担心由于她的突然出现，我奶奶会更加受不了，本来她就闹腾了一天，现在还不知道什么样子呢，如果再让母亲横插一杠子，接下来的情况是不是不可收拾，他一点把握也没有呢，所以就阻止了母亲的跟随。我想，这是不是我父亲犯下的一个错误，如果他让母亲跟随他去见奶奶的话，是不是接下来夜里的悲剧就能避免了呢？因为毕竟婆媳二人的相见提前了一段时间，便给我奶奶情绪的最后爆发做一点铺垫，是否能在某种程度上改变历史的进程，也真是不好说呢。当然对此我是一点也吃不准的，对于奶奶接下来要做的事儿，好像也没有什么力量能够改变，如果从这个角度看的话，这场悲剧便是注定要发生的了。

　　其实，对于我奶奶和我母亲的正面相见，到底真的发生了没有？也就是说，那天夜里她们究竟有没有一次真正的相见？人们对这一点是持怀疑态度的，那个时候，李家庄人吃完我父亲和母亲的酒席，都有些心满意足的感觉，随着夜晚的到来，便很快爬到床上去睡觉，对于发生在我家里的事儿，又哪里知道得那么清楚呢？但与他们不同，我却坚持认为，那天夜里我奶奶和我母亲不但肯定见过面，而且极有可能发生了直接冲突，甚至我还认定，她们见面的时间并不多么靠后，也就在我父亲去关押我奶奶的屋里之后不久。作为与他们血脉相连的晚辈，我自然会有一个不同于他人的感觉，那是我的家人在遥远天国里给我发来的隐约信息被我接收到了的结果，或许可能更能逼近事情的真相，但到底在多大程度上与当时的情景一致或者说吻合，我也不敢说得那么死，反正有一点我敢肯定，我奶奶和我母亲的相见或者说冲突不但发生过，而且是导致后来那场悲剧的直接原因，干脆说是后面悲剧的导火索也不为过。所以，有关那天夜里那场悲剧的叙述，大概就从这里开始，从我奶奶和我母亲相见的那一刻说起。

我母亲名叫桂枝。像她的名字一样，桂枝也是一个十分平常的女人。她的娘家在黄河岸边另一个村庄里，虽然离李家庄不远，却不属于同一个公社管辖，正是因为这个原因，两个村庄的人便没有多少往来。按说，桂枝是不认识尚怀志的，他们没有当过同学，是否有过什么偶遇，他们也不知道，反正都已经是大人了，还不知道彼此的存在。那么，这两个人是怎么走到一起的呢？

其实也没有什么中间人介绍，鉴于尚怀志的家庭状况，是没有人主动给他介绍对象的，担心由于老磨叨的存在，即便介绍了也不会得到满意结果，最后只落个瞎子点灯白费蜡的下场。据说，尚怀志家的一块自留地离李家庄最远，如果从这块地继续走的话，前面就是另外一个村子的地了，而那块地的所有者，便是桂枝一家。虽然两家的地挨在一起，但他们见面的机会却不多，尚怀志这个时间下地了，而桂枝却可能在另一个时间下地，如果没有事先约定，他们便很少撞在一起。但既然两块地挨着，就肯定给他们的见面提供了机会，两个人见面并且认识的可能性不但存在，而且很大。终于有一天，他们撞在了一起，在彼此干活的过程中，或许都对对方有了良好的印象，或者干脆说，都把对方装进了自己心里，这样一来，以后见面的机会就多了，如果说他们有了一些见面的约定，其实也说得过去。不管怎么说吧，反正他们在一起了。那个时候，我母亲桂枝是否知道，她其实踏上了一条通向灾难的路途？还有我父亲尚怀志，是不是也意识到，他不但由此把自己毁了，而且也给这个叫桂枝的女人带来了灾难？这又是一个让人憎恨的时间节点，也是我在梦想中回到过去要奋力解开的一环。但仔细想一下，如果我把这一环解开了,那么还有我这个人来到世界上吗?

回到婚礼那天夜里,我母亲桂枝和我奶奶老磨叨见面的那个时刻。那时已入夜很久,李家庄的人差不多都睡觉了,就连栖息在树枝上的夜鸟也闭上了眼睛。由于忙碌了一天,尚怀志和桂枝都疲惫得不行,想爬上床去睡觉,而且对他们来说,这是一个新婚之夜,那么还有比睡觉更重要的事情吗?尚怀志爬上床了,桂枝想起了什么,又掉头朝门外走去。

尚怀志焦急地问她,这么晚了,你还出去干什么?

桂枝随口回答,我去把鸡窝堵上。

尚怀志这才想起来,这天光忙其他事了,竟然忘记了堵鸡窝。他不禁对桂枝刮目相看,新媳妇才来婆家一天,竟然注意起这些容易被忽略的细节,想必也是一个过日子的人呢,便朝她竖一下大拇指说,你想得可真周到。桂枝快要出门时,他又在后面叮嘱一句,快些回来,我都脱衣服了。

桂枝回过头,朝他娇嗔地笑一下,看把你急的?说着,就走到屋外的黑暗中去了。

桂枝来到院子里,摸摸索索地朝前走,她是头一次到这个院落里来,还没有来得及熟悉呢。好在月亮升起来,虽然是一勾弯月,却给地面投上一层朦胧的月光。桂枝借着月光找到鸡窝,搬起躺在下面的石板,小心地堵到窝口上。石板碰击鸡窝墙壁时,好像惊扰了鸡们的美梦。桂枝听着窝里鸡们发出的咕咕声,会心地笑了一下,便转过身,要回到新房里去。就在这时,她看见在离她不远的地方,站着一个毛茸茸的影子。桂枝吃了一惊,刚才走过去时,那个地方还没有什么东西,怎么现在一转身的工夫,就多出一个人来?那么那个人是谁呢?

因为月色十分朦胧,桂枝看不清那个人的模样,但从她不小的身的轮廓上,断定那是一个女人,而且可能是一个年老的女人。她放下了心,看来并不是什么强盗之类的人进来了,而是这个院子的主人,从今天开始成了她婆母的老磨叨。桂枝虽然以前也看到过老磨叨的影子,但毕竟没有近距离地打量过她,也就不知道她到底长什么样,现在因为夜间的缘故,就更不可能看到她脸上的表情了。尽管这样,她还是意识到老磨叨眼里发出的两道寒光,虽然隔着一段距离,却感觉了那两团光线的凛冽和寒冷。桂枝不由得打了一个寒战,赶紧抬起两手,把瑟瑟发抖的臂膀紧紧抱住。

您是……娘吧……

你到底是谁?为什么到我家来?

娘,我是您儿媳妇呀,我的名字叫桂枝,您看今天婚礼上也没有让您老人家……您可要原谅我呀……

你到底要干什么?是不是在打老尚的主意?你为什么这样做?你怎么就盯上我家老尚了呢?

娘,我和怀志……我们其实……我是来照顾您老人家的,对,还有怀志,以后就让我来照顾你们吧……

你休想蒙骗我,你这个该死的坏女人,以为你打的什么主意我不知道?别说这些假模假式的废话,赶快从我家滚出去。

娘,看您说的这是什么话呀?我是您的儿媳妇,是怀志的老婆……我说的都是真的,以后我会对您老人家好的……

我不会上你的当,你这样的女人我见得多了,表面上花言巧语,转过身就搞阴谋诡计,装了一肚子坏水,还说是为我好,以为我不知道,你就是在打老尚的主意,想把他从我家带走,你也不问一问我会同意吗?

这个……娘,我没有想把怀志从您身边带走……

还说没有带走?这一大天我都见不到老尚的面,他们把我关起来,不让我看到外面发生的事儿……对,我想起来了,白天有人在举行婚礼,是不是你和老尚搞的鬼?难道你真的把老尚从我身边夺走了?你还和他举行什么婚礼,你这个该死的女人,你以为我是干什么的?我才是他老婆,不知从你在哪里的时候起,我就是老尚的老婆,你现在却和他举行什么婚礼,这就是你干的好事儿……

娘,您是不是说错了?我是和您儿子举行了婚礼,并不是……您不能把您儿子喊成老尚,他还年轻着呢,您怎么能……一定是您搞错了……

我没有搞错,我脑子清醒得很呢,你们的目的就是把老尚从我身边夺走,是谁派你来的?你这个特务,到底是从什么时候打上老尚主意的?老尚呢?他现在在什么地方?你们把他怎么样了?快把老尚还给我……

娘,您是不是在找怀志呀?他就在屋里躺着呢,我们忙了一天了,觉得有些累,他就先睡下了……对了,看您的样子也累得不轻吧?那我送您回去睡觉吧,天真的不早了,您老人家也该好好休息了……

别碰我,不把老尚还给我,你休想让我从这里离开,这是我家,这是我和老尚的家,你是干什么的?为什么要到我家来?该走的是你,走走走,赶快从我家里滚出去……

娘,我该怎么和您说这件事呢?好在我们以后的日子还长着呢,就容我慢慢地和您……说不定哪一天,您老人家就会明白过来,什么事也没有发生,我和怀志一定会对您好呢……

还说没有发生?我家老尚都被你们弄走了,不知弄到哪里去了,我这些年来一直在找呀找呀,快把满世界都找遍了,也没有看到他的影子,我是不是真的不能找到他了?可我想他呀,我担心他在外面受到你们的虐待,我知道你们把他抓去了,就一定会拷打他,给他喝辣椒水,让他坐老虎凳,逼他说出共产党的情报,我可怜的老尚呀,落到他们手里还有什么好呀……

您说什么呀娘?您是不是看电影看的,让自己想出来这些不真实的事儿?另外我不知道您说的老尚到底是不是怀志,他可是好好地在屋里躺着呢,什么老虎凳呀,辣椒水呀,我都被您搞糊涂了,还以为看电影呢……

你们把老尚放回来了吗?那你还在这里干什么?是不是又要打他主意了?我可告诉你,现在是人民当家作主的日子,你们这些叛徒特务绝不会有好下场,赶快从这里滚出去,不然的话我就叫人来抓你了。

哎呀,和您说不明白……真是没有想到,您竟然迷糊得这样厉害,以后可叫我们怎么……

什么以后?还有什么以后?现在就给我走,离开这里,这是我的家,你想把老尚夺走,告诉你吧,只要有我在,你的阴谋诡计就不会得逞,就是我死了,你也休想从我尸体上跨过去……

我不能继续这样写下去,因为就算桂枝和老磨叨在那天夜里见过面,但具体的情况到底是什么样子,我这个不在场的人又怎么能知道呢?只能通过自己的想象来推测他们见面时的情景,但到底在多大程度上符合当时的真实情况,似乎谁也说不清楚。但有一点毫无疑问,那就是如果她们见面的话,会一定发生争执的,我不愿意使用冲突这样的词儿,但凭着老磨叨的性子,再加之她被关押一天所积聚的愤怒和怨恨,当她第一次面对这个要夺走尚怀志的女人时,不向她表露敌意是不可能的,甚至其间的激烈程度超过了我的想象也说不定呢,不然的话,几个小时之后,又怎么能迎来那场血腥的杀戮呢?如果按照这样的逻辑推测下去,几个小时后,老磨叨选择下手的对象应该是我母亲桂枝才对,因为在她的意识里,这个陌生女人才是她的敌人,为了保护尚有志也就是尚怀志,她第一个对准的就是桂枝,只有除掉了她,自己的儿子才有可能得到保护,不让他从自己身边离开的目的才能够达到。但奇怪的是,老磨叨的选择发生了严重偏移,把清除的对象转移到了她的保护对象上,也就是她的儿子尚怀志身上,这就不能不给人留下一个永远难以解释的谜团,老磨叨为什么这样干?她千辛万苦跟踪和保护的儿子尚怀志,为什么被她自己夺走了性命呢?那她在以前的日子里千方百计保护他又有什么意义呢?当然,对于这样出人意料的一个结果人们也是能够接受的,毕竟这个恶性事件的肇事者是老磨叨,老磨叨是什么人?是一个沉醉在半迷幻半清醒状态中的人,是李家庄,不,是黄河岸边一个远近闻名的女疯子,这样一个人会做出什么合乎逻辑的事来呢?如果她遵从人们所理解的正常逻辑的话,不要说杀死自己的儿子,就是一个女人于夜间大开杀戒这件事本身也是不可能发生的,正因为她是老磨叨,人们便不会再提出任何异议。

　　那天晚上,很多沉浸在睡梦中的李家庄人都感觉到了异常,有人听见鸟儿带着一阵呼哨从房顶上飞过去,还以为刮起了一阵突如其来的大风呢;有人听到院子里的狗发出汪汪的叫声,就还像发现了小偷来到了村子里;有人听见有人在大声唱歌,似乎远处还有一阵急似一阵的锣鼓声。更有几个人做了不一般的梦,一个人梦到黄河里的鲤鱼跑到岸上来,变成了一群被狗追赶的兔子;一个人梦见自己从房顶上掉下来,一条腿疼得让他叫喊了好一阵子;还有人梦到地里的麦子熟了,麦穗儿却像花絮一般飞到了天上去。乡村的这个夜晚寂静而又浮躁,透着它的神秘和怪异,让人即便在睡梦中也感到了紧张和不安,仿佛有什么事马上就要发生了似的。但困倦还是压倒了这些暂时从梦中醒来的人,于是便再次闭上眼睛,和如墨一般的黑色融为了一体。等天明就好了,这些人一边睡觉一边安慰自己,反正天总是要亮的。这些人似乎已经觉到那个夜晚的恐怖,继而产生了要逃避它的念头,但他们又不知道该怎样远离这个黑夜,就只能盼望着天明了。

　　在这个独特的黑夜里,或许只有一个人处于失眠状态,那就是来村里接受改造的右派演员,也就是那个扮演过我爷爷的老陈。其实在此之前,老陈从来没有被失眠困扰过,总是脑袋一挨枕头就困倦得不行,就再也爬不起来,非要等到第二天八九点钟时才可能醒来。这是由他的职业习惯所造成的,因为他的演出一般都在前半夜进行,等从舞台上下来以后,就累得不行了,所以便很快睡着了。老陈很好地把这个习惯带到了李家庄,而只是在入睡和起床的时间上有所不同,在乡下他不用上台演出,也就可以提前入睡了,相应的第二天起床时间便可以提前,这没有什么不好,一切都随时间地点和情况的变化而改变嘛。可不知怎么回事,就在这天夜里,老陈却失眠了,老是听见哗啦哗啦的磨刀声,他知道这是幻听,谁又能在半夜里磨什么刀呢?为此,他的精神便感到非常活跃,虽然身子躺在床上,脑子却似乎飘在外面,具体说飘在外面的街道上,无论如何也收不回来。老陈被突然而至的失眠折磨得不行,已经到下半夜了,还没有丝毫困意,就只好下床来,跟随在外面飘来飘去的脑子来到大街上。他像一个神秘的幽灵一样贴着墙根走,身子像那些在面前飞来飞去的蝙蝠一样轻盈而漂浮,有一会儿,他觉得踩着一架临街的梯子登上了房顶,有一会儿,他觉得攀着一根树干骑到了枝杈上去。

渐渐地,老陈来到了一个院落前,看见一个肥大的黑影蹲在院落门口,怀里好像抱着一个圆圆的包裹。老陈不知道这个人是谁,只是觉得她有些面熟,更看不出她怀里抱的那个包裹是什么东西。从她面前走过时,他听到那个黑影絮絮叨叨地对他说,从此以后,谁也不能把他从我身边夺走了。老陈不觉笑了一下,你那个东西就那么宝贝?老子才不稀罕呢。离开那个黑影,老陈来到了街道中央,停下来,把两手叉在腰间,扬起头,对着黑沉沉的夜空大声叫喊一句,还他娘的让不让人睡觉了?老陈当然不知道这句话是对谁说的,他只是必须要把自己的愤怒通过这种方式发泄出来而已。喊完了这句话,他觉得好受些了,再掉回头来往回走。等回到家以后,他不觉得那么难受了,还没有等爬上床去,睡眠就像洪水一般席卷了他。

老陈如果真的像他所说的那样在那个夜晚发生了梦游,我想他看到的那个黑影一定是我的奶奶老磨叨。应该说,在整个李家庄,老陈是对老磨叨印象最深的一个人,他毕竟在短暂的时间里扮演过她的男人尚有志,但奇怪的是,老陈在那个夜晚来到了她身边,竟然没有认出她来,当然也就不知道她抱在怀里的那个圆圆的包裹,就是我父亲尚怀志的头颅。还有,老陈就算没有认出老磨叨,但应该看到尚怀志头颅上流出的血吧,但他对这一点竟然也没有发觉,这就有点不可思议了,所以很多人都没有相信老陈的话,一切恐怕都是他编造出来的罢了,目的是引起人们对他的注意,这个好长时间没有出现在舞台上的演员,已经被他的颓唐和落魄折磨得快要发疯了。但我却有些相信老陈的话,因为梦境里是没有颜色的,所以老陈在梦游状态中没有看见从尚怀志头上流出来的红色血液,也便能够得到合理的解释了,只是真实的情况是老陈并没有受到失眠的折磨,而是他的睡眠比平时更深入了许多,以至于让他在那个夜晚发生了不可思议的梦游。

人们对我家那个恶性事件的发现,是源于我母亲桂枝一阵撕心裂肺的叫喊。这个时候,天差不多快要亮了,一些早起的人已经从家门里走了出来。就在这时,随着一阵令人恐怖的叫喊声,街道上传来噼里啪啦的脚步响,叫喊声的增大也是随着脚步响的增大一起到来的,也就是说,叫喊声和脚步响是同一个人发出来的。几个早起的人从院门里探出头,惊惧不安地朝街道上望着。出什么事了?

他们在心里问自己。很快,那个疯狂叫喊的人就奔跑到他们面前。

借着早晨第一缕亮光,早起的人看见一个年轻女人披散着头发,身上只草草穿着一层内衣,赤裸着双脚,一边叫喊一边从他们面前跑过去。这是谁呀?他们一时没有认出这个看上去像是疯子的女人,直到她手忙脚乱地跑过去,才猛地反应过来,这不是尚怀志新娶来的媳妇吗?昨天他们还参加过她的婚礼呢,怎么才来到婆家一个夜晚就跑走了呢?回想起来,这个叫桂枝的女人并没有给他们留下多大印象,只有她尖锐的叫喊声不时来到他们耳边,还有那两只赤裸的双脚也老在他们眼前晃来晃去。

在目睹我母亲桂枝疯狂地跑走以后,人们便意识到出事了,于是都从家里走出来,穿过李家庄大街,朝我家所在的地方涌去。很快,人们就来到了我家院门前。大家都不由得站住,瞪大眼睛,直直地看着出现在面前的那个人,那个格外臃肿的人身上红彤彤的血迹,还有抱在怀里的那颗肿胀的头颅。

这时候,我奶奶老磨叨已经支撑不住了,虽然坐在我家院门前,但身子差不多躺到了地上,尽管身上没有多少力气,却把我父亲的头颅紧紧抱在怀里,好像稍一松手,就会被面前的人夺走似的。

从此以后,老磨叨咬牙切齿地说,我家老尚就再也不会离开我了。

人们看见,老磨叨嘴边竟发出一丝欣慰而粲然的笑意。

老尚,我奶奶把我父亲的脑袋抱得更紧一些,用亲密无比的口气对它说,谁也不会把你从我怀里夺走了……

第三部

二十七

这天,韦跛子很高兴,专门一瘸一拐到乡里去了一趟。所谓的乡也就是过去的区,后来改成公社,现在又改成了乡。韦跛子到乡里的集市上去了一趟,买回来一大包东西,有小烧鸡、小炸鱼、豆腐皮和花生仁,都是黄河岸边人们喜欢的下酒菜,此外还买了半块卤猪头,这说明前面几样东西是他买给自己和儿子吃的,而卤猪头则是专门买给翠莲的。当然,有了菜就要有酒,那瓶高粱老烧就是他刚买到手的。

回来的路上,有人看着他手里那几大包东西,故意跟他开玩笑说,老韦,你不想好好过日子了? 韦跛子眉开眼笑地回答,就是因为好日子来了,我才要好好过一下嘴瘾。

其实大家都知道,韦跛子所谓的好日子,就是刚刚被摘去坏分子帽子这件事儿。前些年,由于他在翠莲逼迫下,总是隔三岔五去生产队地里偷庄稼,便被戴上了坏分子帽子,与那些地富反坏右成了同一个战壕里的战友。就像他隔三岔五偷庄稼一样,大队也总是隔三岔五批判他一回。在过去的日子里,他可是堂堂正正的村长呢,每到开会时,都是他批判那些为非作歹的坏分子,哪里轮得着别人把他作为为非作歹的坏分子批判呢?那段不堪回首的日子终于过去了,前些天,上面落实政策时,把他戴在头上好多年的坏分子帽子摘去,这块压在他头上的石头被掀开以后,他终于可以直起腰来,轻轻松松喘几口气了。属于他的好日子或许又到来了,在这种时候,他不好好喝几杯庆贺一下又怎么行呢?

回到家以后,韦跛子把那半块卤猪头扔到翠莲面前,自己坐到桌子前,把菜肴在桌面上摆放好,打开那瓶老烧酒,就有滋有味地喝起来。翠莲刚看到那半块卤猪头时,还挺高兴呢,在白他一眼之后,悄声嘟囔一句,算你有良心。但看到韦跛子坐在桌前一个人喝酒,却没有让她一下的意思,便有些不高兴,她继而看出来，韦跛子坐的是那把好椅子，这可是多少年来没有过的现象，在他当坏分子那些年里，他在家里的地位也下降了，吃饭时便主动去坐那把瘸腿椅子，而把好椅子留给翠莲坐。现在因为摘掉了帽子，就觉得在家里的地位抬高了，去坐那把好椅子也行，但不能自己一个人喝酒呀，没有让她一下也倒罢了，儿子不是还没有回来吗？

　　要说，儿子早就长成大人，成了这个家庭的真正顶梁柱，韦跛子就算没有年老，拖着那条越来越沉重的瘸腿又干得了什么？以后不就指望儿子了吗？翠莲感觉出来，或许因为儿子不是亲生的缘故吧，韦跛子就拿他不太当回事儿，虽然在一起过了这么多年，却一直亲近不起来。在儿子那边也是这样，虽然韦跛子为养育他也颇费了不少心思，但儿子知道自己不是亲生的，也就不睬韦跛子那一套，如果仅仅是不听话倒也情有可原，孩子大了嘛，有了自己的心事和主意，不按照大人的意愿办事也实属正常。可儿子却不是这样，无论大事小事，也不管好事坏事，都持一种和韦跛子相反的态度，韦跛子说向东，他非要往西不可，韦跛子说打狗，他非要骂鸡不可，明显摆出和韦跛子作对的架势，眼神越来越冷淡，脖子却越来越坚挺，表露给韦跛子的意思就是，你算老几？老子才不怕你呢。这样一个孩子又怎么能让韦跛子亲近得起来呢？在今天这个喜悦的日子里，本来韦跛子是打算和他一起喝酒的，因为心里高兴，也就不计较他过去那些不堪的往事，想要借此和他沟通一下关系，也为未来的好日子做一下铺垫，但现在都已经晌午了，儿子竟然还没有回来。韦跛子实在压不住嘴里的涎水，便坐在桌前吃喝起来，不管怎么说，他还是老子呢，一个毛孩子他想等就等，不想等就不等，难道这有什么说不过去吗？

　　韦跛子已经喝了好几杯酒，儿子才从外面回来。一进家门，还没有看见韦跛子喝酒呢，儿子的脸色就阴沉得不行。他之所以没有按时回家，是因为在外面刚发生了一件不愉快的事儿。最近几天，村里正在酝酿分地的事儿，按照上面的政策，所有集体的土地和财产都要分到各家各户去，以后种地就是自己家的事了，有人愿意分地，有人不愿意分地，这件事便进行得不是那么顺利，所以已经酝酿了好多日子，现在竟然还在酝酿之中。如果这件事进展得足够快，或许也就不会给儿子留下多么深刻的印象，正是这种酝酿再酝酿的过程，让儿子慢慢产生了一种似曾相识的感觉。他极力回想一下，便朦胧地记起来，许多年前，当他还很小的时候，村里也进行过一次分地活动，好像和现在的情况也差不多，只是不同之处在于，那时候是把几家大户人家的土地分到大多数没有地的人家去，而现在却是把生产队的土地分到各家各户去。他渐渐对这件事产生了兴趣,就皱着眉头继续回忆,居然很快想起来,过去那一次分的是自己家的土地,也就是说,他一家是属于那种大户人家的,正是因为那次运动之后,他家便成为和大多数人一样的普通人家。这样想下来,他对分地这件事的兴趣更大了。

上午在街上时,儿子无意间对人们说了一句可能不太妥当的话,竟然给自己惹出一场不小的麻烦。当时,人们在说起分地这个话题时,他的脑子忽然一动,有一种灵光乍现的感觉,竟然脱口说道,村东边那块高岗地过去就是我家的地,现在不知能不能再把它还给我家?听了他这句话,大多数人都愣住了,一些比他小的年轻人一时不明白他话里的意思,只有那些年龄更大的人才听出这话里的意味,有人马上站出来反驳他说,怎么?你想反攻倒算吗?这句问话又让儿子愣住了,怎么也没有想到,他无意间说出的这句话竟然让别人生出了反感和怀疑,想想其实也是呀,现在你想把曾经属于你家的那块好地要回去,人家说你反攻倒算又有什么不合适的呢?但儿子知道这件事的严重性,不想承认这个说法的真实性,便涨红着脸说,谁想反攻倒算了?我家的成分又不是地主,哪里来的反攻倒算呢?再说,地主不是也被摘掉帽子了吗?听他这样说,有人便笑话他说,你还知道你家不是地主呀?那你为什么说出了反攻倒算的话呢?面对这样的抢白,儿子竟然哑口无言,不知道该怎么回答人家的质问。就是在这种情况下,儿子闷闷不乐地走进了家门。

看到他回来了,翠莲便招呼他上桌喝酒。儿子朝桌面上打量一下,很快感觉到不对劲儿,往常,母亲可是坐在那把好椅子上的,而那个瘸子只能坐在那把破椅子里,但今天不同,不但瘸子坐到了好椅子里,而他的母亲竟然没有上桌,而是坐在灶台上啃一只卤猪头。儿子心里便更加不快,虽然对那个瘸子有点看法,但架不住对酒菜的兴趣,也就在翠莲的催促下,勉强坐到了那把破旧椅子里。以前他可是没有怎么在这把椅子里坐过,刚坐上去竟然有些不太适应,屁股稍稍一动,就让椅座朝着瘸腿的方向倾斜一下,他不能不控制自己的腿脚,给他的感觉不像是坐在椅子上,而是蹲在一个虚空当中,这样不要说有什么舒服的感觉,坐上一会儿就让他感到了疲累。他妈的,他在心里骂了一句,这过的什么日子呀?

儿子给自己杯子里倒上酒,举起来狠狠地喝到肚子里,然后摸起筷子,又狠狠吃了几口菜肴,体会到肚子的舒贴,才让愤怒的情绪得到稍许缓和。如果一家人只是喝酒吃菜也就没什么事了,反正儿子和韦瘸子也没有什么多余的话说,他们各喝各的,各吃各的,互不干涉,也能让这场酒吃不出任何问题来。意外竟然是翠莲惹起来的,在吃卤猪头的过程中,她竟然还想着儿子晚回来的事儿,便随口问他一句,你在外面干什么呢?这么晚才回家吃饭?其实她的意思并不是真的问他在外面的事儿,而是对韦跛子不等儿子回来就吃喝表达不满,如果儿子早回来一些,便可以吃到更多的菜肴,现在可好,等儿子回来时,那些飘逸诱人香味的菜肴差不多已经被韦跛子消灭一大半,从这种意义上说,她的儿子不过是吃人家剩下的残羹剩酒。疼爱儿子而又讨厌丈夫的翠莲只是在说一句打抱不平的话,却让儿子又想起在外面遭遇的不快。

借着越来越浓的酒意,儿子的思绪竟然比平时活跃了很多,脑子里电光石火般的念头也就不时浮现出来。他继而想到,伴随着过去那场轰轰烈烈运动的展开,如果光是他家的土地和房屋分给其他穷苦人倒也罢了,更重要的是作为那些土地和房屋的主人也就是他的亲生父亲李大头,竟然被那些刚得到他们家土地和房屋的穷苦人弄死了。过去他年龄小没大明白是怎么回事,现在他成了真正的大人,再次回想那些不堪回首的往事,便感觉到了难以承受,好像那些穷苦人弄死的不光是他的亲生父亲,还把他身上的什么东西弄死了似的,他仔细往深处想,试图弄明白身上那些被别人弄死的东西到底是什么。就在费尽心思往深处想的时候,他觉得脑子隐约胀痛起来,便只好打消这个念头,继续专注地喝酒。也就是在往下喝酒的过程中,他注意到了坐在对面那个同样专注喝酒的人,那个越来越让他看不顺眼的瘸子。他忽然想起来,分走他们家土地和房屋的人中不就有他吗?更重要的是,那些弄死他亲生父亲李大头的人中不也有他吗?天哪,过去他怎么没有发现这一点呢?这时他也明白过来,自己身上被他们弄死的其实就是喝酒吃肉这件事,就是一种快快乐乐的富贵生活,对呀,他们把他曾经拥有的美好日子拿走了,夺去了,而重新给了他一种贫穷而又屈辱的生活。是的,在跟随这个瘸子生活的那些年里,他没有感到丝毫的快乐,那样的日子与他应该具有的富贵生活简直是两重天,要吃没吃,要喝没喝,只能逼得那个瘸子去地里偷庄稼,而由此一来给他们家增加了更多屈辱,所有这一切,不都是这个瘸子带给他的吗?

更让儿子不堪忍受的是,这个瘸子还特别自以为是,从来不把他当真正的儿子看待,而始终认为他不过是一个地主的狗崽子。对呀,他虽然因为跟了他而不再被人们视为地主的后代,避免了遭受来自外界的歧视和批斗,但在这个瘸子的心里,他却依旧是一个地主的狗崽子,这从他看待自己的眼神中就能知道。在他低头当儿子的那些年里,那个瘸子没有一天不这样对待他,也就是说,他们从来就没有成为过真正的父子,而始终是一个地主和一个穷人的关系。原来是这样啊？想到这里,儿子便觉得生活中一切苦难的源头都找到了,不是别的,就是那个瘸子,是那个瘸子在那场轰轰烈烈的运动中起了带头作用,不但带头分去他家的土地和房屋,而且带头把他的亲生父亲送上了不归路。还有,在做这一切的同时,瘸子还像夺取他家土地和房屋那样,把他的亲生母亲也弄到他手里来,是呀,他的母亲也是被他分来的吧？是不是自己也是随着母亲被分到他名下的呢？现在可是等到重新分配的机会了,那么他的母亲和他这个儿子会不会再次被分回去了呢？那么又该分回到谁的手里去呢？他的父亲李大头早就在许多年前被他们弄死了,就算他们母子能够重新被分回去,又能回得了他们失去的那个家和失去的那个人手里吗？

儿子越想越苦恼,也越想越迷茫,越想越找不到出路。他似乎朦朦胧胧地感到,历史是不能重演的,当你沿着一个方向出发的时候,就已经没有了掉头往回走的机会,而只能沿着原来的方向继续走下去。但问题是,历史的仇怨就能一笔勾销吗？江湖上不是有一句话,叫君子报仇十年不晚吗？这又该如何解释呢？到这个时候,儿子已经把韦跛子当成了他的敌人,对摆脱屈辱生活的冲动和对美好生活的向往,让他完全看不到韦跛子在那么多年里对他的养育之恩,而是紧盯住他对自己有可能带来的一点点不快而无限放大,把它置身于时代的风云变幻中加以考量,得出的结论便是,这个瘸子给他原本可能美好的前途带来了毁灭性打击,那么按照报仇雪恨的行为规则行事,就应该在某个合适的地点和场合,对这个冒充他父亲的瘸子发出致命一击,给那个在他看来冤死的亲生父亲报仇雪恨。

在余下的日子里,儿子便专注寻找这样的机会,而这样的机会对他来说并不难找到,毕竟他和那个瘸子天天生活在一起,瘸子的生活规律被他掌握得一清二楚,他什么时候起床,什么时候吃饭,什么时候上厕所,什么时候睡觉,就连他什么时候吸烟,什么时候吐痰,什么时候吧嗒嘴儿,儿子都能说得上来。在这种情况下,一无所知的韦跛子又怎么躲得过这场注定要到来的灾难呢？

作为儿子的亲生母亲,翠莲隐约感到了他身上那些不对劲的地方,因为在那些日子里,原先在家里待不住的儿子竟然不再出门,而是关在他的小屋里没有任何动静。有关外面分地的消息越来越多,经过好几阵子的酝酿,据说分配方案已经制定下来,马上就要开始行动了,某些好事的人不断到外面去,不是打某块田地的主意,就是盯住某头牲口不放,企图在这场运动中占一点小便宜。对这件事,韦跛子是极力排斥的,毕竟当年是他领导了李家庄的集体化运动,现在让那些被集中起来的土地重新分配到各家去,他又怎么能想得通呢?在这种情况下,便需要儿子亲自出面,代表这个家庭参加到这件事中去,也算表露一下未来家庭户主和顶梁柱的分量。但在这关键时刻,儿子却干脆不到街上去了,这不能不让翠莲感到有些焦急。与此同时,她发现儿子也不爱说话了,虽然以前的儿子不算是一个心直口快的人,但那是在其他人面前,尤其在韦跛子面前,儿子基本上没有什么多余的话要说,但一来到母亲面前,就变得有些油嘴滑舌起来。可现在倒好,当翠莲敲开他的屋门,打算和他说几句话的时候,儿子竟然板着脸一句话不说,有时烦了还会把她赶出来,将打开的门板重新关上。

那么儿子关在屋里干什么呢?很快,翠莲便发现了儿子的隐秘,不知为什么,他身边竟然多了一条麻绳。虽然那是一条普通的麻绳,但突然出现在儿子屋内,并被他拿在手里反复把玩,不得不引起了她的好奇,儿子一个大小伙子,为什么对一条像蛇一般的麻绳感兴趣呢?是的,刚看到那条麻绳的时候,翠莲的确以为那是一条蛇呢,不禁被吓了一跳。翠莲以后还纳闷呢,自己为什么把一条麻绳看成了蛇呢?

更让翠莲感到不可思议的是,接下来这天晚上,儿子竟然也像韦跛子一样买来一些好酒菜,而且买的和韦跛子买的如出一辙,小烧鸡、小杂鱼、豆腐皮和花生仁,都是黄河岸边时兴的下酒菜,还有一瓶高粱老烧,与此同时,他也给翠莲买来了半块卤猪头。翠莲以为儿子也遇到什么好事了,便摆出架势庆贺一下,但事实证明,他并没有遇上什么好事,只不过心血来潮,或者说蓄谋已久,才把这些东西买来,与韦跛子一起推杯换盏吃喝起来。他主动把韦跛子让到那张好椅子上,而自己坐在那把瘸腿椅子里,却明显没有让翠莲上桌的意思。

翠莲坐在灶台下,面对着那块弥漫香气的卤猪头,一点吃它的心思也没有。她心里有些不安,在她的记忆里,儿子主动和韦跛子坐在一起喝酒,可是开天辟地头一回的事儿,是儿子突然变得懂事了,还是要弄出什么事儿来?翠莲心里一点数也没有,可凭着一个母亲的本能,她隐约感觉出来,儿子这样做恐怕有些不怀好意,明确一些说,他的不怀好意肯定是对着对面那个瘸子来的,而韦跛子只是一味地喝酒吃菜,是不是也像她一样感到了不安?翠莲一点都不知道。

儿子和韦跛子坐在一起吃了很长时间,夜已经很深了,翠莲都已经打过好几个哈欠,他们还没有结束这场酒局的迹象。于是,翠莲便不在现场陪他们,起身进到里屋,疲惫地爬到床上去。尽管她闭上了眼睛,却没有任何睡意,耳朵始终支棱着,仔细谛听外面那对父子在喝酒期间传来的说话声。

爹。

你是在喊我吗?

是呀,就我们两个人在这里坐着,我不喊你喊谁呀?

是不是日头从西边出来了,我可是第一次听你这样称呼我呢。

我问你老人家一句,你到底真的是我爹吗?

这个,我不能不说,我不是。

那你能不能告诉我,谁是我爹呢?

这个恐怕问你娘才对吧。

她都睡觉了,还是请你来告诉我吧。

好吧,既然你执意问我,那我就不能不敞开了告诉你,你的爹叫李大头。

那他到哪里去了? 我怎么找不到他了呢?

他已经死了,不然的话,你娘也不会带着你跟我的。

那他是怎么死的?

土改时,他被那些受他剥削压榨的人送到了"望蒋杆"上。

那你告诉我,送他到那里去的人里有没有你呢?

我不能不说,有。

那我能不能说,是你把我爹害死的呢?

如果你这样想的话,我也没有办法。

你能不能对我仔细说一说,我爹被你们害死的情景?

你让我想想,这么多年过去了,你爹死的情景,我恐怕真的说不清楚了,但有一点,我是无法忘记的。

哪一点?

当时,你爹从"望蒋杆"上摔下来时,就趴在了我脚下,尽管我知道他已经死了,但我还是往后退了一步。就在这时,我看见他抱住了我一条腿。

他不是已经死了吗? 一个死人怎么又可能抱住你的腿呢?

我也感到奇怪了,他既然死了为什么还能抱着我的腿? 我想把那条腿抽出来,可他抱得那么紧,我就是使上吃奶的劲也抽不出来。

他为什么要这样干?

他其实是要和我说一句话。

他对你说了什么话?

他对我说的是，就是我死了，你也是给我家扛活的。

什么叫扛活的？

就是下力的，打工的。

这么说你给我家打过工？

没错，我就是在你家打工的，你不是知道吗？

那时候我小，并不太清楚这回事。

你爹说完这句话后，才把我的腿松开。

他一定是瞎说吧？不是已经解放了吗？已经完全消灭了地主，你也当了村长，怎么还能为一个死人扛活呢？

当时我也这么想来着，我一定认为是这个死鬼瞎说，目的是吓唬我。后来我才知道，他的话真是说得一点不错。

为什么这样说呢？我一点也听不明白。

你想呀，你爹死后，我就娶了你娘，你娘到我家来以后，你也一起来了，从这时候起，我就成了你娘的男人，成了你的爹。

是呀，你代替了我爹李大头，怎么能说还给他扛活呢？

可我是什么你娘的男人？什么你的爹呀？你娘承认过我是她男人吗？你喊过我一声爹吗？

这个，这个虽然……但事实上，人们不都是这样认为的吗？

别人认为又有什么用？关键是我，我们，到底承认过这种关系吗？就说你娘吧，自从我娶了她当老婆以后，她让我真正上过她的床吗？不仅如此，她还给我戴了那么多绿帽子，你说，这是一个男人的老婆应该干的事儿？还有你，不但没有喊过我一声爹，其实在你心里，从来就没有把我当你的爹看待过，你说，天下有你这样的儿子吗？

听你这么一说，我还真是有点回过味来。事情和你说得差不多，我娘的情况我不知道，反正我一直没有把你当真正的爹看待过。

既然这样，那我必须打着一个丈夫和一个父亲的幌子，千辛万苦地支撑起这个家来，尽到一个男人应该尽到的责任和义务，你说我容易吗？你说我这样做是为了什么，还不是为了你娘和你吗？还有，你们连住的地方都没有变，一直待在你们自己的家里，而我呢？不过是住到了你们家来，就像我过去给你们家打工的时候差不多，你说，我这不是在给你爹那个该死的东西继续扛大活吗？

原来是这样？看来以前是我想错了，这么说来，我是不是应该感激你呢？

　　感激不感激那是你的事儿，反正我问心无愧，剩下的事儿你到底该怎么做，我能管得了吗？你就是想把我弄死，为你爹报仇，我又有什么办法呢？

　　你怎么能这样说呢？我什么时候想弄死你了？

　　你以为我不知道你心里在想什么？别装了，你只要有胆量有本事把我弄死，你就敞开了这么干吧，反正我也老了，离上西天也不远了，以后这个家还不就是你的吗？

　　翠莲躺在里屋床上，虽然睁着眼睛，却有一种如梦似幻的感觉。她不敢确定自己到底睡着了，还是清醒着，外屋酒桌上儿子和韦跛子的谈话，到底是真的还是假的？或许也是自己幻想出来的？有几次，她真想冲出去，把那两个已经失去理智的酒鬼从酒桌上拉走，以便阻止他们进行这场可怕的谈话。可她又实在无可奈何，尽管使出了全身力气，也不能真的下床去。她似乎知道自己肯定是遇到了梦魇，也就放弃了强制让自己醒来的努力。但与此同时，她又知道自己并没有睡着，一切恐怕都在外面真切地发生着，既然儿子执意要和韦跛子摊牌，就算她说下大天来，也不能让他们这场谈话中断或者终结，这一对既像父子又像仇人的男人之间的最终了结，并不是她一个女人能够左右得了的。虽然她是他们其中一个的丈夫，其中一个的母亲，可一旦两个男人较量起来，这两个角色便不再发挥任何作用，等待的只能是那两个男人较量之后的结果。

　　那是他们的事儿，翠莲听见一个声音在对自己说，与你又有什么关系呢？可她随即又听见自己说，怎么与我没有关系呢？他们中的哪一个被另外一个干掉，对我来说都是一场灾难。该来的总是要来的，她再次听见那个人说，我等待这一天已经很久了，难道你不希望你儿子获胜吗？虽然随即听见自己说，我当然知道我的儿子会胜，可这样一来，我的儿子又会有什么好结果呢？她听见那个人不耐烦地说，那是他自己的命，你就是把你的心操碎了，也代替不了他本人的。翠莲不能不对这个在她耳边聒噪的人产生了兴趣，那么请你告诉我，你到底是谁呢？那个人冷笑一声说，我就知道你这个水性杨花的女人记不住自己的男人，竟然听不出我是李大头吗？翠莲吓了一跳，猛一下从床上坐起来，抹着头上淋漓的汗水，才知道刚才的那个噩梦有多么可怕。

　　快要半夜的时候，韦跛子醉醺醺地走进里屋，爬到床上来，在她身边沉沉地躺下。外屋没有任何动静，儿子可能也回到了自己屋里去。翠莲有些放下心，看来一场注定要发生的火拼竟然烟消云散了，不知是儿子决定放过韦跛子，还是韦跛子用自己的故事说服了儿子？韦跛子一躺下来，就发出响亮的鼾声。翠莲也重新闭上眼睛,很快进入了睡眠状态。不知过了多久,她突然被韦跛子蹬醒了,睁开眼睛一看,韦跛子竟然从床上爬起来,摸摸索索地穿衣服。

翠莲纳闷地问他,你要干什么?

韦跛子蒙头蒙脑地说,都下半夜了吧?我要去地里走一趟。

翠莲差点笑出声,他这是睡迷糊了吧?还是喝酒的缘故?难道他忘了,去地里偷庄稼的事早就不干了,前些日子不是把头上的坏分子帽子都摘了吗?她想提醒他一下,却又打消这个念头,既然他已经对这事上瘾,那就让他干最后一回吧。翠莲闭上眼睛,让自己重新进入了梦境。

天快亮时,翠莲自己醒来了,朝旁边摸一下,竟然还空着,韦跛子怎么没有回来?她心里突然不安起来,别是出事了吧?翠莲赶紧爬起来,穿好衣服,就开门来到外面。此时,天上的星星正在消失,西天边已经开始变红。翠莲来到门楼下,打开院门,正要朝外面走,却觉得哪里不对劲儿。她抬起头,朝前仔细一看,原来在她家院门前那棵树上,竟然垂下来一条蛇。凉爽的晨风刮过去,树上的叶子发出哗啦啦的响声,那条蛇也在风中悠来荡去。其实翠莲没有走到近前,就知道那根本不是一条蛇,而是一根绳子,而是由绳子结下的一个圈套。她本能地感到,那根绳子就是儿子前几天把玩的,此刻怎么挂到树上去了呢?这一刹那,她又想到了在梦中听到的那个声音,一下子便想起来,许多年前,李大头不就是被人们吊到"望蒋杆"上去的吗?难道那根从树上垂下来的绳套,又要把另外一个人吊上去了吗?意识到这一点时,翠莲便知道出事了。但奇怪的是,她并没有在那根绳套上看到韦跛子,那么他又是在哪里出事的呢?

翠莲从那条绳套下走过,迈着急快的脚步穿过李家庄大街,一直朝村外的庄稼地走,那是韦跛子夜里去地里偷庄稼的路线,沿着它走,或许就能找到韦跛子。前面是一口水塘,绕过它,韦跛子才能顺利走到庄稼地里去。翠莲来到水塘边时,不自觉停留了一下,就在这时,她看见了那个泡在水塘里的人,没错,那就是她的男人韦跛子。翠莲无论如何想不明白,在去庄稼地的路上,他怎么误入了那口水塘呢?

二十八

翠莲已经来到县城好多日子,还没有找到最终的落脚点。她暂时住在一个很破烂的小旅馆里,每天虽然只花二十块钱,但对她这个没有任何收入的人来说,这笔费用也让她心疼,便每天来到家政公司,希望尽快找到一个合适的人家。

韦跛子死去不久,儿子就和一个女人结婚了。翠莲觉得心里空落落的,按说儿子结婚够晚的了,如果不是前些年受韦跛子坏分子身份的影响,他早就娶上媳妇了。现在儿子和他媳妇成家另过,家里就剩下她一个人,喜欢热闹的翠莲便有些难以适应,没有怎么犹豫,便来到县城里,打算干一份保姆的差事,一来可以为自己增加一点收入,对她这个有些口馋的人来说,这可是必不可少的一个条件,没有属于自己的钱,又怎么能满足生活需求呢?先前可以依靠韦跛子,不管使用什么方法,韦跛子还是能为她做到这一点,现在指望儿子?人家已经有了属于自己的女人,哪里还管得了她的事儿?娶来媳妇忘了娘,她的儿子差不多就是这样一个角色,翠莲总算想明白了,依靠谁也不如依靠自己更有保障。二来可以借此离开李家庄,李家庄虽然是她老家,她大半生都在那里度过,按说应该对它很有感情,但在她的内心深处,李家庄就是她的伤心之地,想一想啊,她两个男人都是死在那里的,这给她留下了很大心理阴影。另外,正是因为那两个男人的缘故,让她在村子里也没有落下好名声,知心的朋友没有,吵架的对手却有几个,先前韦跛子和儿子在身边时,她还有说话的对象,现在倒好,连吐露一下心声的目标也找不到了,每次来到外面,都会感到有人用异样的目光看她,好像身上有什么不祥东西存在似的。在这种情况下,翠莲便选择了离开,从另一方面说,那个她没大去过的县城倒真有吸引力呢,与落后的乡下比较,县城的街道多么宽呀,楼房多么高呀,汽车多么多呀,虽然那些东西与她没有一点关系,但只要来到了这里,面对这些她在乡下根本看不到的东西,便觉得心情敞亮,好像那些东西也与她有了什么关系似的。

翠莲突然发现,或许她天生就适合待在城市里,虽然这里对她来说还有些陌生,却让她感到无比亲切,没错,她天生就应该是一个城市人,却阴差阳错留在了乡村,实在犯了一个天大错误。幸好她及时发现了这一点,趁还来得及,赶快离开乡村,到美好的城市里去生活,如果再晚几年的话,当她像李大头和韦跛子那样快要离去时,才明白这个道理,就算她心情再过急切,一切也来不及了。快呀,她叮嘱自己,赶快去县城呀。但接下来的问题是,到县城里干什么?不管怎么说,乡下还有属于她的几间房和几亩地,她待在那里应该衣食无忧,但来到县城里呢?她什么东西也没有,马路再宽,楼房再高,汽车再多,那一切都是别人的,与她又有什么关系呢?当夜晚到来时,她该去哪里睡觉?当肚子饥饿时,她又该去哪里吃饭呢?总不能像韦跛子早年度过的那样,她也去外面当一个讨饭花子吧?不不,无论怎么说,翠莲还是一个有脸面的人,过去也算是大户人家出身,不但当过地主的姨太太，而且还当过村长的老婆呢，这样一个人怎么可能去过流浪生活呢？就是在这种情况下，翠莲产生了去别人家做保姆的想法，在乡下时，她可是一个做菜好手呢，曾经让许多人对她的手艺赞佩有加，保不齐这是一个别人比不了的优势呢，凭着这一点，就不信找不到雇她的人家。

开始的几天，倒是有几户人家看上了她，让她上门试用一下。但试用的结果却是，仅仅一天过去，翠莲就从那几户人家回来了。出乎家政公司意料的是，拒绝的一方并不是那几家人，而是翠莲自己，这让家政老板不能不对她刮目相看，原来这并不是一个剜到篮里就是菜的人，而是挑剔得很呢，或许她真有一套小本事呢。家政老板不敢掉以轻心，便在接下来的时间里，为她精心挑选了一个有些背景的人家，那家主人是县城里一个当官的，刚从官位上退下来，就得了半身不遂的病。这对保姆来说要求便比较高，首先要懂得家庭规矩，不能随便乱说乱动，以免惹出不必要的麻烦；其次要手脚勤快，什么活都能干，衣要洗得干净，饭要做得可口，如果有必要的话，还要给人家端屎端尿；第三要形象端正，因为干这行的几乎都是乡下人，衣着打扮都与城里人有较大差距，形象难以得到保证，所以人家便专门提出来。当然，对符合以上三项条件的目标，人家开出的报酬也是很高的，差不多已经到了翻倍的标准。这对翠莲来说不能不是个大诱惑，但她又有点心虚，觉得自己与那三项标准还有距离，怕是达不到人家的要求，搞不好就不是自己辞退人家，而是人家辞退自己了，会让她的脸上挂不住的。更重要的是，她没有过伺候病人的经验，不知道该对那样的人做些什么，还有一条，她本能地觉得那家人有些不好对付，看他们开出的条件，在某种程度上说，比给那个人找老婆都严格呢，是呀，不就是找个伺候病人的保姆吗？又不是给他找对象，哪里用得着这么讲究呢？但与此同时，翠莲又是个不肯服输的人，觉得这也是一个很好的机会，不去试一试怎么知道自己是否合格呢？如果能在那家长期待下去，她差不多就能留在县城里了，这也就意味着，从此后她也算半个城市人了。想到这里，翠莲便打消了所有顾虑，马上就和那家人见了面，到第二天上午，她就来到了那家人的楼下。

其实刚进这个小区时，翠莲就向门岗警卫打听了一下，想搞清这个小区属于哪个行业。警卫告诉她，这是供销联合社的家属区。翠莲觉得这个名字里有几个字似曾相识，当时还没搞明白怎么回事呢，直到来到那人的楼下，她才突然想到乡里的供销社，想到那个曾经和她有过一点关系的汪同志。真是好笑，那是多少年前的事了？现在怎么会想到了那个人呢？翠莲就是在这种心境下敲开那家人门板的。

这家人是住在四层楼上，房子十分宽大，装修得也十分气派，在此之前，翠莲根本没有到这样的人家来过，就像刘姥姥走进大观园时的感觉，新奇，吃惊，还有些胆怯，怪不得人家要求这么高呢，看来的确是很有实力的一家人，想必那个半身不遂的老家伙也是不小的官呢。接待她的是这家的女儿，因为先前的保姆不好好干，被他们赶走了，这几天便由她暂时伺候老人，现在新的保姆来了，她还没有完全把注意的事交代给翠莲呢，就被一个电话匆匆喊走了。于是，翠莲来到这户人家不到五分钟，还没有和被她照顾的那个人见上面，客厅里就剩下了她一个人。

翠莲稍稍放松下来，把包裹放在地上，在沙发里坐下来，大喘了一口气，然后转头四处张望。这时她才明确感到，从此以后，她就是一个真正的老妈子了，照时兴的说法就是打工仔，虽然说法不同，但意思一样，那就是低三下四地去照顾人家。她忽然想到韦跛子，想到当年韦跛子在李大头家当雇工的情景，不由得感慨万千，自己也曾是一个地主姨太太呢，后来便成了一个雇工的老婆，而现在呢？她竟然又沦落为一个照顾人的老妈子，真是沧海桑田呀，她的身份居然发生了如此巨大的变化。她当然知道，这种变化是随着时代变化而变化的，并不能由她个人的意愿所左右，但她却想不通，时代的变化为什么专和她过不去呢？看一下那些跟形势走的人，不都越变越好吗？不都越走越高吗？而她为什么却不同，竟然像黄河里的水一样朝下游流淌呢？意识到这一点，翠莲便又感到一丝悲伤。

听说你来了？翠莲正沉浸在心事里，猛然听见一个声音从里屋发出来，这才意识到自己还没有和这家主人见过面呢，这哪里是一个合格保姆的行事风格呢？何况她是第一次上门来试用，搞不好就会弄砸的。翠莲赶紧打起精神，迈着小碎步进到里屋内，也就是那个老家伙的卧室里。因为她背对光线，看不大清里面的情景，只是约略感到，那个人坐在一把轮椅里，正对她直直地打量。翠莲有些意外，还以为这个老家伙是躺在床上呢，不禁松出一口气，看来人家还没有完全失去自理能力，一个能坐在轮椅上的人毕竟好照顾一些。

翠莲放下心来，悄悄走到轮椅面前，俯下身对他说，我第一次来照顾您，不知道该做些什么，如果哪里有让您不满意的地方，可要直接对我说呀。

轮椅里的人抬起能活动的右手，朝她轻轻摆了摆，继续用含糊不清的口气说，你再靠近我一些，仔细看一看我是谁，我不觉得你认不出我来。

听他这样说，翠莲又惊住了，怎么？我认得他？那么他是谁呢？翠莲朝前凑了凑,对着他那张不太端正的脸仔细打量,透过他被岁月风尘所扭曲的一道道纹络,终于把一个曾经给她留下深刻印象的形象一点点挖出来。什么?你是……汪同志?翠莲觉得认出他来了,但还有些不相信,无论如何没有想到自己要照顾的人竟然是他。

汪同志点点头,然后纠正她的话说,不要再叫我汪同志,应该叫我汪主任……现在我可是县供销社的主任呢……说到这里,他又纠正自己的话说,算了,还是叫我老汪吧,我早就退休了,又落到现在这个样子,哪里还像个县社主任呀。

翠莲想不明白,她刚刚进屋来时,老汪就认出她来?难道她的样子没有发生任何变化吗?

老汪告诉她,其实从他女儿把翠莲留在家政公司的信息带回来时,他就知道她是谁了,女儿还担心家政公司提供的对象不合适呢,老汪便毫不犹豫地抢过话说,合适,就是她了,明天就让她来。就是在这种情况下,翠莲才来到了老汪家,并且一进到门里来,便再没有离去的情况发生。

从那天起,翠莲就成了老汪专门雇佣的保姆,拿到的工资比其他任何一个保姆都多。这真让翠莲没有想到,她许多年前抛下的一颗种子,在绕过这么多年一个大弯子后,竟然又结出一枚不算好看的果子。其实,说翠莲干的是保姆差事,不过是蒙骗别人的由头罢了,这个别人包括小区的邻居、家政公司老板甚至老汪的子女,而在老汪和翠莲两个当事人心中,却绝对不是主人和保姆的关系,而是一个还处在隐秘状态的情人关系。如果把这个真相说出来的话,或许大多数人都不肯相信,就凭老汪半身不遂的样子,还有本事把保姆发展成情人吗?人们当然不知道,早在许多年前他们便结下了这种关系,现在不过继续延续下去而已。说来也算他们有缘,翠莲来到县城之后,碰到第一个合适的东家便是老汪,之前那么多次试用都被她拒绝,看上去真像专门等待老汪通过女儿和她联系似的。而老汪呢?前几天也刚赶走以前的保姆,其实那人并非不合格,而是挑剔的老汪故意找碴罢了,看起来也像专门等待翠莲上门似的。这是不是意味着,两人的确心有灵犀呢?

你老婆呢?翠莲急不可待地问道,怎么看不到她的影子?

死了,老汪摇摇头说,前一阵子就去火葬场爬烟囱了。他转而又问翠莲,老韦呢?没有和你一起来城里吗?

翠莲叹口气说,和你老婆差不多,也早就埋到李家庄坟地里去了。

往下的事还用说吗？就算两块木头也知道以后该怎么办了。但这对于老汪来说，好像有些晚了，毕竟他已经坐在了轮椅里，做起事来十分不便，甚至还能不能做成事也不敢肯定呢，便埋怨翠莲说，你怎么没早一天出来当保姆呀？

翠莲撇着嘴说，那你怎么没早一天和我通个信呢？

老汪颇有些后悔地说，其实我早就在家里雇上保姆了，但就是没有想到找你来干。

翠莲冷嘲热讽地说，其他保姆更好呀，或许比我可要年轻呢，用着该多新鲜。

老汪摇摇头说，其实还是老玉米有味道呀。

对于来老汪家当保姆，不，干脆明确说，来给老汪当情人，翠莲并不感到多么遗憾，早一天来晚一天来又有多大区别？反正她当的都是老汪的情人，并不是他真正老婆，就算他的老婆已经死去，在身边给她空出了位置，她到底能不能填补那个空缺，其实心里一点底也没有的。翠莲还记得，许多年前去供销社找汪同志时，这个家伙为了不给自己惹出麻烦，竟然从老家搬来老婆，从而堵死了她纠缠他的道路，有这样一件事做铺垫，当阴影，翠莲还能轻易相信她成为这家的主人吗？

与翠莲不同，老汪却不这样想，当年他在单位正干得顺利呢，而且未来可期，不能因为一个有夫之妇而断了前行的路途，所以才果决斩断了与她的联系。事实证明，他的选择是多么正确，回到区供销社没多久，便由副主任升成了正主任，几年后又进入县城，成为县供销合作社一名副主任，又几年下来，便再次由副主任变成了正主任……但现在不同了，他早就退休了，而且已经半身不遂，每天都坐在轮椅里打熬时光，怕是离生命的终结也不太远了，到这个时候他还有什么顾忌？所有能够阻碍他们在一起的因素全排除掉了，就算明打明地睡到一张床上去，又能给他们带来多大影响呢？只要是要不了他们的命，其他什么都可置若罔闻，不管不顾。

听了老汪这样一番说辞，翠莲半死的心又动起来，是呀，以前有韦跛子和老汪老婆两个人隔在中间，他们走不到一起也在情理之中，现在没有了这些因素，况且老汪又率先提出在一起的要求，她还有什么好顾虑的呢？当然她也知道，老汪现在之所以主动向她示好，并许诺她很多好处，只是为了让她心甘情愿照顾自己，但这又有什么呢？她上门当保姆不就是要照顾别人吗？既然能够照顾别人为什么就不能更好地照顾老汪呢？你只要付出了就能有所回报，这句话好像是别人说的，恐怕也是老汪的意思，你只要当好老汪的情人，不，干脆就给他当老婆,你就有可能真正成为这一家的主人。一想到这里,翠莲就禁不住心潮澎湃,天哪,真是想不到,她在这么短时间内就找到了这条成为城市人的捷径,也算是老天开眼,让她在这里碰到了老汪,现在老汪给了她机会,她能不紧紧抓住吗?只要成为这一家的主人,成为真正的城里人,她以后还要回李家庄那个破地方去吗?还要受那些瞧不起她的李家庄人的白眼吗?对对,她肯定要回李家庄一趟的,但回去并不是要受那些人的白眼,而是把自己的白眼无数倍地还给那些人,让他们好好看一看,你们这些有眼无珠的东西,知道老娘现在的地位吗?那可是响当当的县社主任老婆呢,是真正的城里人呢。李家庄算什么?就是让她回去当村长当主任她也不屑于干呢。当一个城里人多好呀,出门就是马路,回家就是上楼,买东西就进超市,想散步就去广场,既干净又体面,既富贵又快乐,不要说在这里永远住下去,就是待一天也是好的呀,不信你们就来看看,老娘在这里也有自己的家了,这座豪华气派的楼房以后就是她的了。老汪已经许诺过她,只要她把这个情人兼老婆当好,他死的时候就会把房子送给她。这可是一座非常值钱的房子呀,就是把李家庄半条街拆了,也盖不起这么一座房子。天哪,以后它就是她的了,她在里面想做什么就做什么,住到什么时候都行,对,她就死在这幢房子里,死在这个城市里,再也不离开它一步,只要这个城市不毁灭一天,她就属于它一天……

在给老汪当保姆,不,当情人,不,当老婆的每一天,翠莲都沉浸在激动无比的心情中,也就干得特别带劲儿,一天到晚都风风火火地出入超市和厨房,出入超市是忙着购物,出入厨房是忙着做饭,一切都围绕老汪的生活和喜好办。当夜晚到来时,翠莲把老汪搬到床上以后,还给他仔细擦洗身子,然后就和他躺在一起,也就是说,那些日子里,翠莲的确是和老汪睡在一张床上的,那间专供保姆使用的卧室几乎一直空着,一个骨子里风骚的女人面目在老汪身上袒露无遗。这样的生活状态,对翠莲来说有益无害,但对老汪来说,情况却就有些不同,他一方面感到了真正的快乐,让他在走向死亡的路途上心满意足,给他的错觉就是,他又回到年轻时代,便按照自己的意愿尽兴发挥,也就感觉到更加快乐;但另一方面也让他有些无力承担,毕竟是一个半身不遂病的老家伙,不管他有多么强烈的心愿,身体却不能完好配合,如果再这样折腾下去,那就在通向死亡的道路上加快了步伐。

翠莲当保姆不到一年时间,原本并无大碍的老汪便在一天夜里死在了床上,具体说死在了翠莲身上。那天晚上,翠莲从梦中醒来,推开那个趴在自己身上的僵硬身子,觉得有些不对劲儿。她伸出两手,仔细在那张僵硬的身子上摸一下,便感到了它的冰冷,知道大事不好,老汪没有承受住前半夜的折腾,竟然在后半夜走完了他人生的路途。这件事也算不上多么奇特,人活一辈子怎么能没有死亡呢?何况老汪这样一个坐在轮椅上好几年的人,有一天死去也在人们的意料之内。还有,从老汪前些日子与前来看望他的那些人的言谈话语中,人们了解到他死前的生活过得不错,一切都因为他有了一个善良而又体贴的保姆,也不枉老汪多活这些日子了。

翠莲当然不想被人们这样赞美,她此时的心情颇为复杂,又颇有些紧张。一来老汪的离去是她巴不得的一件事儿,当然,这样说也不是多么妥当,翠莲之所以那样对待老汪,并不是出于让他提前死去的愿望,不过是为了把这个情人和老婆当好,一句话,是为了讨好老汪才这么做的。但与此同时,她也希望老汪早一天离去,虽然她费尽心机伺候他还没有感到多么厌烦,但不管怎么说,她也不是一个善于照顾别人的人,如果不是为了让老汪兑现他的承诺,她才不会下这么大力气照顾他呢,只有老汪闭上了眼睛,翠莲才能结束她的工作,或者说她的劳役,才能腾出工夫歇一下,以便让自己获得自由,尽情享受一番美好的城市生活。更重要的是,只有老汪离去了,她才能有继承老汪家房产的可能,也就是说,她居住其间的这幢让她羡慕的房屋才有可能属于她所有。面对这种激动人心的畅想,翠莲又怎么不希望老汪早一天闭眼呢?但二来,翠莲也知道事情并没有那么简单,她只是这个家庭里的一个保姆,说到底与这个家庭并没有直接关系,只是因为偶然原因来这里干一下活而已,虽然她和老汪有实质性的情人甚至说老婆关系,但这件事除了老汪和她自己清楚以外,其他人谁又知道呢?不仅邻居们和老汪的朋友们不知道,就连老汪的子女都不了解,在过去的日子里,他们只顾偷偷摸摸来往了,从来没有想到让这件事公开,甚至还担心别人知道呢,便一直拼命掩藏,即使当外人问起他们的关系时,两个人都矢口否认。

现在想来,翠莲才觉得他们有多愚蠢,尤其她自己,为什么不让别人知道她和老汪的关系呢?如果提前告知了他人,她这个情人或老婆此时便有了发言权,可以顺理成章提出自己的要求,让老汪的子女们兑现他们老爹对她的承诺,相信老汪的生前友好也会为她主持公道的,实在不行就诉诸法律。可如今倒好,她一点说明和老汪关系的根据都没有,当初既没有让他写证明,也没有让他立遗嘱,现在光凭她一张嘴又怎么能说清这件事呢?翠莲忽然醒悟,她是否有可能上了老汪的当?那个老家伙肯定比她的社会经验丰富,原本知道空头许诺算不了数,可还是不给她留下一点真凭实据，只是一天到晚说几句好话，以讨得她的欢心，就让她相信了他的虚情假意，上赶着睡到他床上去。真是该死，想到这里，翠莲真想举起手，在自己脑袋上狠狠打几下。但既然来到了这个地步，她又怎么能不极力争取一下呢？毕竟她和老汪有这样的事儿，不把它说出来而只是憋在心里让它烂掉，这不是一个傻子才有的行为吗？于是，在给老汪办完丧事以后，翠莲便抓住一个机会，当着老汪家所有亲朋好友的面，厚着脸皮提出了自己的要求。翠莲的话让大家感到万分惊讶，他们怎么也没有想到，一个普通保姆竟然要求继承老汪的财产，这不是天方夜谭吗？他们怀疑这个保姆有些不正常，或者干脆说得了神经病？大家不敢做主，便把目光投向老汪的子女，事情到底怎么样，最终还得由他们说了算。

到这个时候，老汪的子女再也压抑不住了。其实他们早就朦胧地感到，这个保姆和老头子的关系有些不正常，当老汪死去的第二天，他们调取了他卧室的监控，想弄清老头子的死亡真相。他们不看则已，一看那些像是毛片的画面，不禁都大声尖叫起来。真是没有想到，他们的父亲竟然和那个保姆有那样不堪的关系，如果仅是这样也就罢了，却因此让他们的父亲丢了性命，事情便非同小可了，老汪死的那天夜里，正是由于他和保姆折腾得太过厉害，才让他走上了黄泉路，也就是说，老汪的死去与这个女人有脱不了的干系，本来他们出于保护老汪声誉的愿望，不想让这件事公开，也就意味着他们放过这个保姆了。但让他们想不到的是，这个保姆竟然得寸进尺，不但让他们的父亲走向非命，而且还要霸占他们家的房产，这个女人的胆子也未必太大了吧？老汪的子女也不是好惹的，借助老父亲的社会关系，在这个县城里可是有着不一般势力呢，这时再也压抑不住心里的愤怒，当即就把翠莲按倒在地上，不由分说一顿乱揍。

翠莲呆住了，无论如何也没有想到会迎来这样一个结果，自己仅仅提出了一个要求，也就是几句话的事儿，为什么便惹得老汪的子女对她如此大动干戈呢？在被暴打一顿，并被毫不客气地赶出老汪家之后，翠莲挎着她那个瘪瘪的小包裹，一个人一瘸一拐走在县城空荡荡的大街上，似乎才有些明白过来，她那个要求实在太过分了，不要说占有这座与她没有关系的房产，就是她亲自把老汪送进地狱这件事，也足够她喝一壶了。看来城市并不是那么好待的，说来说去她还是一个外地人，并不了解这个地方的行为规则，以为还像在乡下时一样耍蛮使横，就能顺顺当当办成一件事，这又怎么可能呢？她被老汪的子女打坏了，一条腿又僵又疼，走起路来特别不方便，这使她不由得想到韦跛子，想到他那条拐来拐去的废腿,不禁在心里发出更多感慨。

夜深了,为了抵御越来越强烈的寒冷,翠莲来到一个桥洞子里,筋疲力尽地坐下来,听着从头顶上隆隆驶过的车辆声,看着远方迷离恍惚的灯光,第一次感到这个城市的陌生,这个城市的厉害。说来说去你还是不属于它。她告诉自己。难道要离开这里回乡下去吗?她又问自己。但她怎么甘心离去呢?城市是那么好,它的马路是那么宽,楼房是那么高,汽车是那么多,她还没有在这里看够它们呢,又怎么能轻易回乡下那个破烂地方去呢?更重要的是,她回乡下去就会受到那些瞧不起她的人的冷嘲热讽,看看,前些日子她还说自己是一个城市人了呢,这才过去几天就灰溜溜地回来了,说来说去,你还不是一个地地道道的乡下人吗?她是忍受不了那些人嘲笑的,也是不屑于与那些人为伍的。不行,她恶狠狠地警告自己,你必须在这个地方待下去,就算你成不了一个真正的城里人,你也要赖在这里别走,只要它不从这个世界上消失,你就是它身上的一只跳蚤,一只虱子,跳蚤和虱子再小,只要它不愿意离开那个它赖以为生的身体,就算那个身体再有能耐也不能拿它怎么样的。

打定了主意以后,翠莲立即站起来,这时她的腿也不疼了,身上也有劲儿了。她走出桥洞,迈着大步朝城市深处走去,朝她曾经去过的家政公司走去。如果不出意外的话,三天以后,她又成为一名保姆了,进到这个城市的某幢楼房里去,说不定还会成为下一个老男人的情妇和老婆也说不定呢。想到这里,翠莲张开嘴巴,对着前面的城市夜景呵呵地笑起来。

二十九

只要是闲下来,韦铁皮就走出家门,走出村子,沿着那条通向黄河大堤的小路,来到大堤上面,坐在一块石头上,默默地朝北方遥望,像在等待什么人。有时候是晴天,有时候是阴天,有时候是早晨,有时候是傍晚,有时候是刮风,有时候是下雨,不管是什么样的天气,不管是什么样的时间,只要他没有其他事可干,便会一如既往来到大堤上,坐在那块石头上,朝着北方遥望,等待那个他已经等待许多年的人归来。

其实,韦铁皮不用到大堤上来,他的住处就在村东口,虽然这些年由于村子扩张,新盖的房子早就来到他家旁边,但不知为什么,就到他家房子边上,盖房子就不再朝东边盖了,好像人们知道他要等待从东边来的人,不能挡了他的视线,所以这么多年下来,韦铁皮家还是属于最东头的一家,他坐在家门口,就能第一个看到从外面来的人，也就是说，他根本用不着出村，就能把黄河大堤上的情景看个一清二楚，而那里是通向外边的必由之路，如果有什么人来李家庄，就像韦铁皮一家当年一样，都要从那个地方过来的。但尽管这样，韦铁皮还是一如既往来到大堤上，或许因为那里地势更高，就算坐下来，也比其他地方看得更远。不知从什么时候起，黄河大堤上多了一块石头，他就坐在上面，面朝北方，等待着那个注定要归来的人。大家不知道那块石头是谁放上去的，好像是专门为韦铁皮置备的一个座位，其他人即便累得不行，也不去那块石头上坐，只是留给韦铁皮一个人使用。但许多时候，韦铁皮都是站在大堤上，以便让自己看得更远一些，也让自己的心更安一些，只有站久了，他感到了疲累，才在那块石头上坐一会儿。

韦铁皮曾经是多么强壮的一个人，但由于岁月的摧残和打磨，这么多年过去后，他已经明确显出了老态。当年与他一起来李家庄的人中，第一个死去的是毛丫也就是老磨叨，紧接着死去的是韦跛子，现在或许就要轮到他了吧？虽然他的年纪还不真的过大，头发也并没有完全变白，但他却不时地想到这个问题，生怕在离开世界之前，他所等待的那个人还没有归来。也正是因为这个原因，他才决定好好地活着，并在很多的时候，都驻足在一面镜子前，看自己的形象是否已接近老迈。但几乎每一次，他看到的都是阿菲的形象，而且是她八年前的样子，依旧是那么亭亭玉立，也依旧是那么生气勃勃，就凭这一点，他也不能先她而步入衰朽之境呀。不管怎么样，他都必须要把那个人等回来，然后再考虑离开这个世界的问题。

大宁子当然不愿意他到大堤上去丢人现眼，不要说是李家庄人，就是周围一带的其他人，大概也明白韦铁皮在等什么人，于是，关于他和那个人的花边新闻便再次成为人们茶余饭后的谈资。每次听到人们的窃窃私语，大宁子就感到不自在，好像她的男人又给她丢人了似的。你是不是盼着她早些回来，一见韦铁皮朝外走，她就毫不客气地质问他，好娶她给你当老婆呀？

对大宁子这个早就问过无数遍的问题，韦铁皮从来没有回答过，或许就连他也不知道，当盼望的那个人归来时，他该怎么对待人家呢？真的像大宁子说的娶她当老婆吗？显然这是不可能的，不管他和大宁子的关系怎么样，有没有喜欢过这个人，甚至和人家睡没睡过觉，反正名义上这个人还是他的老婆，既然这样，他为什么又在等待那个人快些归来呢？

你给我回来，大宁子在后面追赶着他说，一天到晚不干正事儿，脑子里光想那个杀人犯，也不怕别人戳你的脊梁骨。

韦铁皮不理会她，依旧迈着大步朝外走。

大宁子尽管身体也很强壮，却因为身矮腿短，就算一溜小跑也赶不上他。但这并没有让她气馁，有好多次，她都追到大堤上去，围着他的身子转个不停，有时还上来推他拽他拉他搡他，几乎把所有的招数都用尽，也不能把韦铁皮弄回家去，反而更多看热闹的人前来，也给寂寞的李家庄人制造了一些快乐。

但这一天，追到大堤上来的人并不是韦铁皮的老婆大宁子，而是他的岳父李族长。

这么多年过去了，李族长竟然还活在世上，而且随着时代的变化越活越好，虽然已经八十多岁，已经接近了入土年龄，却呈现出一副仙风道骨的样子。改革开放以后，曾经被压制很长时间的社会风俗习惯又得以盛行，像其他地方一样，李家庄人也再次讲究起族亲观念，如此一来，他这个族长的地位便重新得到了巩固，也就在村里有了更多发言权，这使他的精神状态越来越好，一些比他年龄小的人都没有熬过他，纷纷越过他奔赴了黄泉路，只有李族长一枝独秀，不但没有多少老迈迹象，反而更加精神矍铄起来。据说，在这个愈来愈宽松的环境中，老家伙竟然怀念起曾经戒掉的大烟瘾，有心重新品尝一把，只是不知道他到底如愿了没有。在以前的日子里，当韦铁皮到黄河大堤上去时，尽管李族长也像他干女儿那样看不过眼，却没有跑到外面来阻拦。但今天不知怎么回事，老家伙竟然挂着那根龙头拐杖，颤颤巍巍地来到大堤上，毕竟腿脚有些不灵，等好不容易爬上来，已经累得不行了。

韦铁皮没有想到他会到这里来，赶紧站起身子，把那块石头留给他坐。

李族长在石头上坐了一会儿，等喘匀气息，便劝解他说，快回去吧，别在这里丢人现眼了。随即又说，我回去和你说一件事儿，一件重要的事儿。

韦铁皮不明白他的意思，依旧摆出无动于衷的架势。

李族长朝旁边打量一圈儿，还是摆摆手说，在这里说不方便，还是跟我回吧。说罢，便率先朝大堤下走去。

韦铁皮觉得他不像欺骗自己，又不明白他葫芦里到底卖什么药，犹豫一阵之后，还是跟他回到村里。

李族长又提议到他家去说。等进到韦铁皮家，他一在椅子里坐下，就迫不及待对他说，前些日子，先前我那个管家来对我说，他认识一个大老板，是专门搞房地产生意的，听说发了大财，挣的钱能把整个东阿县买下来，这样的主儿可是打着灯笼也难找呀。

韦铁皮没有听出他话里的其他意味，只是注意到了那个管家，心里真是想不明白，他怎么又和那个人联系上了？据他了解，管家可是没有做过多少好事儿，但又不能不承认，那家伙的确是一个有很大能量的人，但他到底是干什么的好像也没人说得清，现在他给李族长说到什么大老板，不知道又打什么主意呢？

李族长突然把头探过来，低下声问他，你不是有什么阿胶秘方吗？如果把它卖给那个大老板，你可就得到一大笔钱了。

韦铁皮一愣，老家伙绕了半天，原来是在打他阿胶秘方的主意？难道他真的为了满足自己的大烟瘾，把心思用到他身上来了？

还没等他作出反应，李族长又用颇为夸张的口气说，听管家说，那个大老板肯出这个数，说着就把一张瘦骨嶙峋的手举起来，张开五根指头，冲着他晃了晃，还担心他不明白那五根指头的意思，又更加明确地对他说，五百万，这个数目可不小吧？

韦铁皮盯着他那几根像鸡爪一样的手指，脸上依旧没有流露出多少表情。没有了，他忽然摇摇头说，我爹当年当村长的时候，不是让区里来人给烧了吗？

李族长用眼角余光乜斜着他，不紧不慢地说，他那份倒是烧了，可你那份儿呢？

韦铁皮有些吃惊，但很快便掩饰了这个表情，依旧坚持着摇头。就那一份儿，他站起来，给老头子倒了一杯水，如果还有第二份的话，那还是秘方吗？

李族长缩回头，两手把龙头拐杖挂在怀里，眯起眼皮，陷入了沉思之中。你不要误会，临走时，李族长用显然不满意的口气说，我这也是为你好，我的日子还过得去，没打算去抢属于你的东西，既然你不愿意，那我也没什么办法。说完，他就拄着拐杖离去了。

老家伙走后，韦铁皮也陷入了沉思之中。他想起许多年前，当国家收购私人企业的时候，他也曾经想把这份秘方献出去，但没有想到，由于他说不清秘方的来路，人家竟然对他产生了怀疑，便委婉谢绝了他；前些年，区里忽然对这份秘方产生了兴趣，但更让他没有想到的是，人家是把这份秘方当成资本主义的东西对待，竟然当众烧掉了它；现在倒是时代发生了变化，属于传统文化的东西正在得到发掘利用，一些与阿胶有关的产业也在恢复和发展起来，或许正是在这种情况下，那个所谓的大老板才愿意用高价收购他手里这份秘方。但他没有经过怎么考虑，便决定放弃这个机会，他们一家人历经千辛万苦保存下来的这份珍贵秘方，又怎么能让它落到一个来路不明的私人老板手里呢？也许时机还没有真正到来，韦铁皮在心里对自己说，等一等吧，总会有更好的机会出现在你面前的。

　　送走李族长之后，韦铁皮还没有把这件事理出头绪，李族长的儿子就上门来了。韦铁皮一惊，以为他这个大舅哥是代替李族长来和他继续商谈收购阿胶秘方的事儿，但不是，大舅哥一进来，就把一个信封递给他说，我爹让我给给你的，不知道他在搞什么名堂。韦铁皮接过信封，一时也丈二和尚摸不着头脑，难道是李族长给他写了一封信吗？这未免有些好笑，他刚刚离去，为什么要给自己写信呢？再说，还有什么事非要在信上说呢？他把信封接在手里，试量着掏摸了一下，竟然真的掏出一张毛边纸，展开一看，上面的确有两行毛笔字，他见过李族长的笔迹，知道这两行字的确是他写来的。他凑到眼下一看，不禁又吃了一惊，李族长因为刚才那件事对他产生了不满，提出要和他断绝翁婿关系，从此各行其道，永远不再往来。韦铁皮有些哭笑不得，没想到这个倔老头子竟然弄出这等事来？

　　大舅哥知道了这封信的真相，不禁也感到吃惊，随即又埋怨起他来。你一定做了对不起我爹的事儿，大舅哥翻着白眼看他，你也知道我爹在家族里的地位，如果你得罪了他，怕是你在李家庄也没有好日子过了。说完，大舅哥就朝外走去，在大门口又回过头，用宣誓一般的口气说，既然我爹和你断绝了关系，那么我们兄弟也没有理由上你的门了。

　　韦铁皮真是没有想到，就因为这样一件小事儿，竟然让李族长一家人产生了如此激烈的反应，这说明了什么？说明这其实不是一件小事儿，或许在韦铁皮这里算不上什么，可对李族长他们来说，这可是一个发财致富的绝好机会呢，尽管他信誓旦旦地说，他与这件事无关，没有打算来抢他们家的财富，但鬼才相信他的话呢，他真正的目的就是要通过这件事给自己分一杯羹，不管怎么说，他都是韦铁皮的老丈人，如果韦铁皮真正发了大财的话，他这个起到穿针引线作用的老丈人，又怎么得不到应该属于他的好处呢？但韦铁皮竟然放弃了这样一个大好机会，也就意味着堵死了李族长发财的道路，所以才让他恼羞成怒，立刻做出与他断绝关系的举动，想必是真正触碰到了他心里的痛楚，才让他不再顾及亲情关系，一上来就把这张维持许多年的桌子掀掉了，做得也真是绝呀。韦铁皮也知道，李族长之所以狠下死手，给他来这个下马威，是为了让他迷途知返，如果他把那份阿胶秘方送到他面前去，通过他以高价卖给那个大老板，李族长马上就会眉开眼笑，拍着胸脯承认他这个好女婿。总之一句话，这不过是李族长使的一个激将法，目的就是逼他就范，把上面这个假设变成现实。想得可真好呀，韦铁皮在心里对他冷笑说，但你想错了，我韦铁皮可从来不吃这一套的。他已经下定决心，就算是真的得罪李族长,让自己在李家庄过不安生,或者说被他们赶出这个地方,重新踏上早就告别无数年的流浪路途,他也不会轻易就范,如果那样做的话,他们这一家人做出的那么大那么多的牺牲,不就一点价值也没有了吗?

韦铁皮早就做好准备,知道接下来的麻烦首先来自他所谓的妻子大宁子。大宁子一知道这件事,就马不停蹄地和韦铁皮闹成一团,这个被李族长派到韦铁皮身边来的卧底或密探,其实负有笼络韦铁皮的任务在身,但可惜的是,她并不是这样一个合适人选,尽管她费尽浑身解数,也不可能把这个任务圆满完成。其实这也是一个不幸的女人,自从嫁给韦铁皮以后,她又得下了什么好呢?韦铁皮几乎一天也没有喜欢过她,甚至没有上过她的床,这样有名无实的老婆又有什么意义呢?如果韦铁皮按照李族长说的去办,借由发家致富这件事,也让大宁子过上几天富贵荣华的好日子,她这个徒有虚名的老婆也当得值了,可现在,韦铁皮就连这件举手之劳的事也不能做成,这不是明摆着故意和他们李家人作对吗?不是故意拿着李族长的权威不当一回事吗?不是故意拿着大宁子的幸福生活开玩笑吗?可想而知,大宁子该是多么恼羞成怒,其严重程度比她干爹李族长还要有过之而无不及呢。这样的熊日子老娘早就过够了,大宁子跳起脚来,用赌咒发誓的口气说,你就等着吧,说不定哪天我就会和你打离婚的。其实她也知道,这样的选择可能正中韦铁皮下怀,于是这句话的话音还没有落下,她便又马上纠正自己的话说,你想得美,就是走到了山穷水尽,老娘也会缠着你不放。

尽管韦铁皮知道麻烦会接踵而至,但还是没有想到会来得这么快。几天后的一个夜晚,他正沉浸在睡梦中,似乎就听到一些不对劲的动静。早在游走江湖的日子里,他就养成了睁一只眼闭一只眼的睡觉习惯,也具有在睡眠中听到远处响动的本事,而且可以随时醒来作出反应。现在,韦铁皮便听到了那样的动静,窸窸窣窣的,就像两只老鼠在啃吃东西,他当然知道那不是什么老鼠,而且看见了出现在屋内的两个人。韦铁皮一折身子坐起来,马上就要展开行动,把那两个潜进屋来的家伙抓住。但令他意外的是,他并没有顺利下床去,有两只手从后面抱紧了他的腰,让他有些动弹不得,他不用想就知道,那两只拖住他的手属于大宁子所有,不知道什么时候,大宁子也已经醒来,就像有所准备似的,准确无误地给他的行动制造了麻烦。

韦铁皮颇费了一些力气,才挣脱大宁子的扯拽,朝声音发出的地方冲去。借着窗外照进来的朦胧夜光,他看见那两个黑影正在翻找他的衣柜,没错,他们就是奔着那份阿胶秘方来的。其实就连大宁子也不知道阿胶秘方在什么地方,所以那两个进来的人只能瞎找一气，弄出的动静也就越来越大。韦铁皮知道他们不是外人，也就不能使用什么东西把他弄伤，只好挥起两只拳头和他们打在一起。但他没有想到，那两个家伙不但手里拿着棍棒之类的工具，而且出手狠毒，虽然韦铁皮凭着在江湖上练就的功夫，没过多久就把他们赶走了，但自己也受了重伤，额头上挨了一棍棒，一晃动脑袋就觉得眩晕，一条腿又被打了一棍棒，行动起来一瘸一拐，也便延缓了追赶两个歹徒的速度。但他没有放弃抓到他们的希望，在他想来，就算两个歹徒跑出屋门，要想顺利跑到街上去，不是爬房顶，就是翻院墙，因为院门是被他上了闩的。可出乎他意料的是，两个歹徒来到院门前，竟然如入无人之境一般跑出去，韦铁皮这才知道，院门早就敞开了，或许他们就是从那里进来的？那么院门又是怎么敞开的呢？韦铁皮回过头，借着朦胧的夜光看见，大宁子站在屋门口，看到两个歹徒在外面消失了踪影，才长长地吐出一口气。韦铁皮这才明白，原来没有家贼，就引不来外鬼，大宁子和他们配合得也真是好呀。

韦铁皮被打坏了，躺在床上休息了好几天，才勉强能够下地走路。他简直难以置信，平时看着老实巴交的两个大舅哥，一旦和他反目，竟然变得如此凶狠，他们就不想一下，要是把他这个妹夫打死了怎么办？想到这里，韦铁皮又不禁笑话自己，人家不早就和你断绝关系了吗？现在你还和人家套什么近乎呢？

接下来，麻烦便一件又一件地到来。这一天，韦铁皮从黄河大堤上下来，沿着那条小路朝村子里走，在越过一片小树林时，看见一个年轻的女人闪了一下，便在树林里消失不见了。随后，就有两个歹徒打扮的人从路边草丛里跳出来，尾随那个女人而去。韦铁皮抹抹眼皮，觉得这个场景似曾相识，许多年前，当他们一家结束了流浪生涯，沿着这条小路朝李家庄走去时，不就遇上了两个歹徒和那个被他们打劫的女孩儿吗？也就是从那个时刻起，他便和李族长一家发生了那些扯不断理还乱的关系。韦铁皮还以为自己做梦呢，这么多年过去了，为什么那个情景又在眼前出现了呢？而且和上一次的情景几乎没有什么差别，两个歹徒也是强盗打扮，手里拿着砍刀，那个被追赶的女孩穿一条长布裙，看上去都不像这个时代的真实人物。

韦铁皮正迟疑间，前面树林里忽然传出女孩的呼救声，快来人呀，我被打劫了。韦铁皮没有怎么犹豫，便像几十年前那样跑上去，对着那两个歹徒使出了拳脚。虽然他的本领还算高强，但毕竟年事已高，再也找不到昔日的强壮和敏捷，经过一番激烈交战，两个歹徒虽然也被打伤，他却没有成为最后的胜利者，不得不倒在地上,被两个歹徒死死地按住。不是,韦铁皮明确地感到,一切都不是幻觉,也不是历史重演,而是来自现实的另一场遭遇和搏斗,因为他被两个歹徒打败了,迎来的是和以前正好相反的结局。

幸运的是,两个歹徒还算手下留情,虽然他们也使用了砍刀,却没有给他身上留下明显的外伤,似乎无情中又包含了难以言喻的有情。从李家庄滚出去,一个歹徒踩住韦铁皮的脖子,凶神恶煞地对他说,从哪里来回到哪里去。另一个歹徒用刀片拍拍他的脸腮说,以后再让我们在李家庄看见你,就把你身上的衣服扒下来,让你在李家庄光着身子游街。

韦铁皮终于明白,李族长把这两个家伙派来,是对他发出了最后通牒。他们了解他的情况,也知道他身上的软肋,在李族长想来,使用这样的招数来对付桀骜不驯的韦铁皮,或许才会真的收到成效呢。

那些日子里,韦铁皮真的想了一下,自己是不是该离开李家庄了?或许这对他倒也没有什么,反正他并不属于真正的李家庄人,而且早就在江湖上过惯了流浪日子,再回到那种生活状态中也根本不是问题;另外,他在李家庄没有了任何挂牵,毛丫死了,韦跛子死了,虽然他们的尸体还埋在这里,但这毕竟给他造成不了什么实质影响,既然他们都是死人了,告别就告别吧,等许多年后方便时,再回来给他们烧一把纸。但每到这个时候,韦铁皮又觉得事情没有那么简单,他在李家庄好像还有什么重要的任务没有完成,对呀,他突然想起来,这里不是还有阿菲吗?当然这样的说法不是那么合适,阿菲已经不在这个地方了,或许他去游走江湖正可以借此寻找阿菲呢。不不,他马上又否定了这个念头,不是那么回事,阿菲虽然离开了李家庄,但她一定会回到这里来的,在她奔赴远方服刑时,她是说过这个话的,而且是对他韦铁皮一个人说的,对,她让他在这里等她,十年以后,她就会回来的,他们要在这里相见,要在这里过他们以后不知道是什么样子的日子。既然这样,他又怎么能违背他的诺言,一个人擅自离去呢?阿菲还在服刑,他在江湖上又怎么可能找到她呢?没有办法,他只能留在李家庄,留在这个地方等待阿菲。这样一想,韦铁皮便掐死了离开李家庄的念头,不管这里的环境多么恶劣,不管那些打他主意的人要怎么样对待他,不管那些想赶他走的人使出怎样的招数,他都要硬着头皮留下,等待阿菲归来。据他的计算,阿菲已经服完了八年刑期,还有两年时间就要回来了,两年时间虽然不算太短,但也不是那么长久,既然八年时间都熬过来了,剩下这两年他又为什么不能坚持呢?

就是在这种心理驱动下,在养了一个多月伤之后,韦铁皮第一次从家里走出来,沿着东边那条小路,慢慢爬到了黄河大堤上。这么长时间没有出来了,他似乎耽误了许多事情一般,虽然知道阿菲不可能归来,却还是觉得有些对不起她,好像一天不到堤坝上等她,就辜负了她似的。所以这天出来时,韦铁皮的脚步就有些匆忙,有些凌乱,有些急不可待,有些蹒跚踉跄。韦铁皮当然不知道,这一次出去以后,他就没能再顺利走回来,他更加想不到,这次去黄河大堤上以后,竟然提前等来了他要等的那个人。

此时,日头早就偏西了,西半边天正在发红,由于黄河大堤的遮挡,河滩里的树林已经陷入昏暗的阴影,但远处河道中的水流却被天上的霞光照亮了,映红了,多彩的光斑在河道里蜿蜒浮动,像是游动着一河乱蛇。前些日子,黄河堤顶刚刚铺上了沥青,原先高低起伏的路面变得格外平整,行驶在这里的车辆变得更多,速度也变得更快。韦铁皮坐在那块属于他个人的石头上,侧对西边的天光,眼睛从河道里飘过去,朝北方的远处默默眺望。在车辆交错的缝隙里,他看见前方出现了一个小小的人影,正向着他所在的地方走来,走来。韦铁皮对这样司空见惯的人影没有怎么注意,在等待阿菲的日子里,这样的人影让他见得多了,反正他们不是阿菲,也就不能被他看在眼里。今天好像也是这样,他虽然意识到了那个人,却没有专注地看他(她)。刚刚康复的身体还有些虚弱,坐在这个地方没多大会儿,他就感到有些头晕,便产生了离开这里回家的念头。但他又想,既然一个多月没有到这里来了,既然今天终于来到了这里,就要在这里多待一会儿,也算在心里对得住阿菲。于是,他尽力把身子稳坐在石头上,再次抬起头,朝着向北的方向看去。

突然,韦铁皮感到眼前一亮,因为刚才那个人影已经离他不远了,更重要的是,那是一个多么熟悉的人影呀,尽管他那么多年没有看到她了,尽管那个身影由于岁月的影响也发生了一些变化,但他还是一眼就认出她来,是呀,他依旧能在她身上看出那种独特的亭亭玉立而又生机勃勃的痕迹,没错,就是她。他完全断定出来,这个离他越来越近的人就是他等待的那个人,阿菲。韦铁皮突然站起来,由于动作太过猛烈,他的脑子一阵眩晕,差点跌倒在地上。他岔开两腿,尽力支撑住有些摇晃的身子,再次朝那个人仔细打量。

那个向他走来的人当然也认出他来,不意间加快了脚步,但这还不够,随着便奔跑起来。韦铁皮——她边奔跑边发出激动的喊声,韦铁皮——

韦铁皮也朝着她奔跑过去,阿菲——他也一边奔跑一边激动地朝她叫喊,阿菲——

　　随着他们之间的距离越来越近，随着他们的喊声越来越高，那些从他们身边呼啸而过的车辆也越来越多。韦铁皮只顾一味地朝她奔跑，朝她呼喊，竟然没有意识到，一辆像是执意要和他过不去的大货车从背后袭来。

　　等阿菲看到了那辆像是凶猛野兽一般的货车，随着它朝韦铁皮身体的接近，阿菲突然停住脚，张开嘴巴，对着韦铁皮使出全身的力气发出一声尖锐而凄厉的叫喊，韦铁皮，躲开——

　　但一切都来不及了，只顾一心一意朝她奔跑呼喊的韦铁皮哪里停得住脚，当他再有两步就跑到那个他等待八年之久的人面前时，那辆朝他奔来的大货车像一阵狂风似的扑到他身上，一下子将他轻盈的身子撞翻在地。

　　阿菲愣怔一下，突然再次奔跑起来，也像狂风一样扑到他身上，张开两臂紧紧地抱住他，抱住那个躺在地上的血人。

　　韦铁皮，韦铁皮——

　　阿菲，你回来了……

　　韦铁皮，我回来了，可你……

　　阿菲，回来了就好，我终于等到你了……

　　韦铁皮，你要坚持住，我回来了，我还要和你一起过日子呢……

　　阿菲，我……

　　韦铁皮，韦铁皮——

　　…………

三十

　　韦铁皮，你能听见我说的话吗？虽然你躺在床上，像是睡着了一样，但我知道其实你并没有睡着，所以我相信你能听到我对你说的话，所以我就不停地对你说，对你说……

　　你能想象得到吗？现在我终于到你家里来了，虽然我现在和你并没有什么婚约，也没有和你领什么结婚证，更没有和你举行什么婚礼，但我觉得我就是你的老婆，所以我来到了你床前，我要好好地照顾你，给你喂饭，给你吃药，给你端屎，给你接尿，这些都没有什么，都是一个老婆应该对她丈夫要做的事儿，所以我要为你做下去，直到你有一天能够醒来……

　　也许你没有想到我会提前回来吧？不要误会，我可不是逃回来的，尽管那些漫长的日子里，我被囚禁在那个遥远而又艰苦的地方，每一天都想着从那里逃出来,逃到李家庄,尽快回到你身边。但我知道越是这样,我的刑期就可能越长,我就更不能来到你身边。当年,你被我爹囚禁的时候,不就尝试过一次逃跑吗?与我比起来,你的本事可要大得多吧?竟然没有从我爹那几个小喽啰手里逃出来,我还能好到哪里去呢?所以我没有多加考虑,就放弃了那个不切实际的念头。为了尽快走出那个可怕的地方,我知道还有一种方式,那就是拼命地表现,争取戴罪立功,以得到减刑的机会。于是,我便拼命地干活,比那些和我一样在那里劳改的人下的力气都大。这真是一件奇怪的事儿,在此之前,我哪里像样地干过活呢?我出生在城市里,而且是我爹的贴身小棉袄,他疼爱我还来不及呢,又哪里让我动手去做什么呢?从小我就是一个衣来伸手饭来张口的小娇惯,来到了李家庄之后,因为要凭着自己的能力养活自己,我才学会了干一些力所能及的农活,但因为没有这里的户口,也就不能参加生产队的劳动,所以那些真正的农活我并没有怎么学会,反而是在劳动农场的那些日子里,我才真正学会了它们。我这才切身地感到,干农活真是一件让我无比讨厌的事情,但为了早日离开那里,离开那些快要让我受不了的农活,我必须拼命地干它们,而且比其他人干得还要好,你说这是多么一件奇怪的事儿。还好,我这八年的力气没有白下,总算用拼命的劳作得到了几次减刑机会,这不,我终于提前两年回来了……

你知道吗?前些日子,就是你在黄河大堤上出事以后的几天内,你的老婆,就是那个叫大宁子的女人,竟然在她干爹授意下,当着全村人的面儿,宣布和你解除了婚姻关系……要说大宁子也不是一个坏女人,尽管她看上去有些蠢笨,但其实是想和你好好过日子的,为此也做出了一个女人应该做出的努力。但不知道为什么,你竟然没有在她面前尽到一个丈夫应尽的责任和义务,村里人都说,你甚至没有上过她的床,这是真的吗?你为什么要这样做呢?难道真像我自作多情想的那样,是在为我守身吗?我知道这很可笑,但有时候又非要这样想不可,因为只有这样想了,我才能在心理上得到一点点安慰,才能为你丢下我而同另一个女人结婚而不那么心生怨恨。你知道吗?这样做你是很伤女人心的,而不论那个女人到底是谁,我都觉得你的心肠其实是很硬的,不知道为什么你会这样做。过去你无数次伤害了我,后来你又伤害了大宁子,虽然我因为爱你而选择一次次原谅你,可大宁子呢?她能够原谅你吗?看上去她可不像一个能够原谅别人的女人,一定是你伤透了她的心,所以当你刚刚出事没几天,她就做出了和你解除婚约这样一件不够道德的事儿。原先,由于你太对不起大宁子了,李家庄的人还十分同情她呢,也就是说,当你们发生争执的时候,几乎所有的李家庄人都站在她一边,可现在倒好,因为她做的这件事太出乎人们意料了,太超出人们还在坚守的道德准则了,也太超出人们的承受能力了,所以这一次人们并没有站在她一边,而是都替你打抱不平,纷纷站出来指责她,让大宁子保持了那么多年的弱者身份和良好品行一下子消失殆尽,从此在李家庄再也没有什么立足之地了。

但我知道,大宁子之所以这样做,都是因为受了他那个干爹的蛊惑。说起李族长那个老头子,我就对他没有任何好印象,前些年我在李家庄时,他就不止一次要赶我走,更恶心的是,他竟然派来两个流氓光棍,想在他们侮辱了我之后再加以驱赶,这个老家伙可真会做美梦呀……我不知道他先前为什么一直看好你,就因为你当初来李家庄时救了他的女儿吗?或许事情并没有那么简单吧?听说前段时间因为阿胶秘方的事儿,他和你闹僵了,竟然宣布和你断绝所有关系,人们都以为,这只不过是吓唬你一下罢了,因为在人们的印象中,这个他们一向尊崇的老祖宗是李家庄的道德楷模,他说的话没有几个人不听,也就是说,人们都把他当成活着的神灵来对待,但他们万万没有想到,就是这个人模狗样的东西,当看到你出事了时,他自私冷血的一面才暴露在大家面前。你受伤以后的第二天,这个老家伙曾到你病床前来看过你,当时人们还以为,他是心疼自己的女婿才不计前嫌,主动上门来探望呢,或许更重要的是,他要叮嘱自己的干女儿好好对待你,这才是一个好岳丈好前辈应该做的事呢。可出乎人们意料的是,当听到来给你看病的医生说,你怕是再也起不来了,只能躺在这张床上度过下半生时,他的脸色马上就变了,也就是从那个时候起,我就觉得他有可能让他干女儿做出更加极端的事来。果然不出所料,第二天,大宁子就当着李家庄所有人的面宣布,从此和你断绝夫妻关系,不但把所有行李搬出这个院子,甚至连给你做的衣服也一起带走了。有人不想让她这样做,毕竟你还活着嘛,一个活人的东西就被别人拿走了,这不等同于拦路抢劫吗?看到人们阻拦她,你猜大宁子是怎么说的?她说你一天到晚躺在床上,光着身子就行,哪里还用得着穿衣服呢?她回到李族长家之后没几天,人们就看到那曾经属于你的衣服,竟然穿在你那两个大舅子身上。这就是李族长家干的好事呀。

还有更荒唐的呢,也怨我多此一举,刚看到大宁子和你解除关系时,我心里不服,便走过去质问她,你在这个时候和他断绝关系,你让他以后怎么办?这是一个妻子能做的事吗?你猜她又怎么说?她上下打量着我,用冷嘲热讽的口气说,你不是回来了吗?以后你可以照顾他呀。她像是突然有了新发现似的,故意摇晃着脑袋说,我这可是给你有意腾地方呢,你可不要不识好歹呀,对对,你应该感谢我才对呢,如果你识趣的话,就好好向我做一下表示吧。你听听,这是人说的话吗?这是你那个所谓的老婆能办的事吗?这还不拉倒,大宁子继续阴阳怪气地对我说,你可要想清楚了,韦铁皮可是为你受的伤,你不知道,这些年里他可是一天到晚都到大堤上去迎接你,如果他不到那里去,你说他能被那辆货车撞倒吗?如果你那天不回来,他能头脑发昏让那辆货车撞倒自己吗?反正不管怎么说,你都要对韦铁皮的事负责,其实这正遂了你的心愿呢,先前你在李家庄的日子里,不就三番五次打韦铁皮的主意,上赶着要给他当老婆吗?现在你终于如愿了,这对你来说是一件多么好的事呀,你多半辈子的努力终于迎来了一个好结果,你应该向神灵烧三炷高香才对,是呀,看来是神灵真的对你的虔诚感动了,才出来帮你忙的,你说那辆从远处驶来的大货车是不是就是它派来的?只是可惜了韦铁皮,他这张烂身子那么不经撞,一下子就让他躺在床上再也起不来了,反正这也没什么,只要有你在他身边照顾着,他还能受多大罪呢?有你在这里,我走后也就放心了,从这个意义上说,我是不是又该对你道一声谢呢?

其实大宁子也没有说错,她走了,的确是给我提供了一个留在你身边的机会,如果她不走的话,你说我还能够到你家来吗?我还能够一天到晚待在你身边吗?不瞒你说,这可是我努力了几十年而没有实现的最大愿望呀。在李家庄的那些年里,我几乎每天夜里都会做梦,而每个梦里的情景差不多都一样,那就是和你在一起,成为你的妻子,和你一起吃饭,一起睡觉,一起下田干活,一起聊天说笑,甚至我连和你一起生儿育女这件事都想到了。可当我现在真的实现了和你在一起的愿望时,那些梦中的情景都只能变成虚无缥缈的想象,已经没有变成现实的可能了,一起吃饭,一起睡觉倒还能行,但一起下田干活,一起聊天说笑,就完全没有了实现的可能,自然更不要说和你一起生儿育女了,这样荒唐的念头就是想一下也觉得可笑。难道说一切都来不及了吗?人生呀是这样的短暂,当我们有实现这种愿望条件的时候,我们没有让它变成现实,当我们失去了让这种愿望变成现实的条件时,纵然我们有多大的本事也来不及了……

记得许多年前,当你被我那个老爹囚禁在地下室里时,因为你不肯穿上干净的衣服参加我们那个荒唐的婚礼,我给你吃了一点迷幻药后,就脱下那身一直穿在你身上的衣服,把你身上的所有污垢都清理干净,再给你穿上一身崭新的衣服,那样的情景你还记得吗?正是那个时候,我才知道你为什么不肯脱下自己身上的衣服,原来不知道什么原因,你身上的皮肉都被火焰烧出了疤痕,不能不说,这让你的身子变得很丑陋,很不堪,所以你才不肯把自己的身子裸露出来让别人看,这成了你一生中最在乎的事情。但在你疏忽大意的那个时刻,我却成为看见你这个秘密的人,如果我没有说错的话,或许我是这个世界上唯一看过你身体秘密的人,而且是一个女人,大约正是从那个时候起,我觉得我就成了你的人,就再也不想离开你了……现在,我再次脱下你身上的衣服,让你那身丑陋的伤疤又出现在我面前,尽管我知道你是那么不情愿,但我必须这样做,不是我对你的身子充满了好奇,而是如果过几天不给你清理一遍身子的话,你本来就不洁净的皮肤会生出疮来的,尽管这是一件不管对你来说还是对我来说都极不情愿的事儿,但我还是一如既往地做下去,请你原谅我吧韦铁皮……

回到李家庄之后,我还到那座老破庙去看了一下,毕竟在李家庄的那十几年,我一直住在那个地方,从某种程度上说,那也是我的家呀。但我没有想到,那座破庙已经不存在了,不仅我住过的大殿没有了,就是前面那个曾经长满荒树和杂草的院落也不见了,出现在我面前的竟然是一个幼儿园,三间红砖到顶的房屋前面,设置了许多供孩子们玩耍的大型玩具,滑梯呀,摇马呀,看上去十分新鲜,很可能是不久前才建起来的。正是下课的时间,许多孩子从那几间房里涌出来,跑到那些玩具前,争相坐上去玩儿,有几个小朋友为此还闹起了意见,真是好玩极了。我以为来错了地方,眼前这个幼儿园和我记忆中的那座破庙实在相差太远了,便四处张望着打量。一个老师对我产生了怀疑,还以为我在打孩子们的主意呢,就过来问我,你是干什么的?我说我在找那座破庙。那个老师愣怔了一下,忽然回过味来,这才告诉我,那座破庙早就拆除了,这个幼儿园就是在破庙的旧址上建起来的。听了她的话,我心里别提多么惆怅了,甚至难受得不行,不管那个破庙怎么样,那可是我住了十几年的地方呀,竟然一下子找不到了,只能成为我记忆中的一个东西。

昨天你猜我碰到谁了?或许你根本想不到,我竟然碰到毛丫也就是老磨叨的孙子了……对于毛丫,你应该称呼她什么?堂妹还是堂姐?当年你们一起在江湖上行走时,你为什么没有想到娶她为妻呢?如果你们当初走在一起的话,就没有她后来那些悲惨的遭遇了,我知道你不想让我提起那些不堪回首的事儿,好吧,那我就越过那一段,只讲她的孙子吧。也许某些人根本没有想到,老磨叨会有一个孙子,对了,我忘记问他叫什么了,或者他告诉我了我没有记住?那天我在路过老磨叨家院落时,还以为里面没有人呢,因为听别人说,她的儿媳妇后来得了神经病,一般情况下都住在娘家,几乎没大在李家庄出现过。但说来也巧,我那天就真的碰到了她,而且是在老磨叨家里,那个留给她伤心和恐怖的地方,不知道她回来干什么?是在回忆什么?还是在寻找什么?那天当我看到她时,她正坐在她家的屋门口,两眼呆呆地朝街上看。自从她离开以后,或者说自从老磨叨死了以后,那个院落就没有再住过人,因为在那里发生了那么可怕的事儿,不要说别人去到那里住了,就是从那个地方经过都要胆战心惊一阵子,所以不几年下来,那个地方也像我住过的破庙一样荒芜了,院门倒下来,只要从街上经过,就能看到里面的情景。

那一天,我看见尚怀志的媳妇坐在里面的屋门口,正在两眼发呆地朝街上看。其实我并不认识这个女人,因为当我离开李家庄时,她还没有到这里来呢,但我后来听说了那些令人心惊胆战的事儿,那天一看到里面那个女人,不知为什么,我就知道她是尚怀志的老婆,你说怪不怪?李家庄大部分人都没有碰到过她回来,怎么我一回到李家庄就碰到她了呢?因为我不认识她,在看她几眼之后就打算离开那个地方,就在这时,我看见从她身后走出来一个男孩子,手里拿着一把刀,不知道在干什么。这样的情景更使我觉得恐惧,一个小男孩拿着一把刀站在那个疯子身后,你说这样的情景还能不让人害怕吗?但那个小男孩并没有搭理我,竟然拿着刀朝旁边走去,我看见他挥起手里的刀,噼噼啪啪地砍在旁边的荒树和杂草上。我看了一会儿,才突然明白过来,他是在清理这个废弃的院落,因为这件事我也干过,当年我来到李家庄时,也用一把刀清理过那座破庙里的荒树和杂草。我突然对那个男孩子产生了兴趣,而且毫无来由地觉到了一些亲切,便大着胆子走过,和那个男孩子说了几句话。

我问你是谁家的孩子?孩子告诉我说,他就是这一家的孩子。我愣住了,想不明白这一家怎么会有一个孩子?于是我又问他,你知道尚怀志吗?我以为孩子不知道呢,毕竟尚怀志已经死去好多年了,李家庄的人差不多都忘记他了,这个孩子怎么会想起他来呢?但我没有想到,孩子不假思索地说,他是我爹。这回我更是愣得不行,不知过了多久,我才回过味来,原来这个孩子就是尚怀志的儿子,是尚怀志遗留在那个疯女人肚子里的孩子,也就是说,尚怀志虽然死去了,却给这一家留下一个后代,如果孩子真的回到李家庄来,那么以后这个地方就又有了一户姓尚的人家……

其实这两天,我想得最多的并不是那个姓尚的孩子,而是他的母亲,那个刚刚娶到这里来一天就遭遇了那场劫难的不幸女人,她虽然因为恐惧那个地方不敢待在这里,只能住在娘家,其实这是多么不容易呀,一个已经嫁出去的女人,而且是个疯子,却带着一个孩子住在娘家,你说她的日子还能过得好吗?人们都说她是疯子,但我想她可能一点都不疯,因为她在把儿子养到一定程度大时,竟然又把他送回李家庄来,看来她知道,不管她多么憎恨李家庄,憎恨尚家人,却不能不把孩子送回李家庄,送回尚家来,因为那个孩子从一生下来那天起,就只能属于这个叫李家庄的地方,就属于那户姓尚的人家。

　　这个结果足以让你感到满意了吧?当年你们一家人,不,你们算得上是真正的一家人吗?你们那种奇特的关系不仅我搞不清楚,就连现在的李家庄人也说不明白,当年你们几个人来到李家庄时,想没想过要在这个地方生存繁衍?但后来的事实证明,当你们各自成立了家庭以后,并没有把这种繁衍很好地进行下去,以至于到现在,也没有呈现出很好的局面,你看你爹虽然和那个翠莲结了婚,却没有再生下一男半女;你虽然和大宁子结了婚,当然也没有任何结果,现在就算我来到了你身边,就凭我们现在这种状况,你说我还能给你生出孩子来吗?我真的没有这个信心,这或许是我以后感到不安的一个因素,当年我们有那么多的机会做到这一点,都白白付诸东流了,而现在就是想努力做到,怕是也来不及了;幸好毛丫那一家还留下了一个后代,对了,那个孩子该称呼你什么?舅爷对吗?按照这里的风俗习惯,他应该称呼你一声舅爷的,可即使他来到了你面前,不管喊你几声舅爷,你怕是也听不到了。但不管怎么说,这是一个安慰,起码你们没有白来一场,等许多年过去以后,原谅我,我指的是当我们都像毛丫的母亲、你的父亲和毛丫一样都离开了这个世界,起码还有一个孩子来到坟墓上,为我们烧一把纸的。

　　对了,刚才说到了翠莲,我真是想不明白,当你父亲娶了她的时候,你该怎么称呼翠莲呢?你喊过她一声娘吗?这样的问题真是多此一举,也不该是我这个外人关心的问题。你知道翠莲这些年在干什么吗?真是想不到,这个人竟然闯到城里去了,不是我们想象的那样,她到城里仅仅是去打工,不,不是那样的,她把当保姆当成一个进入城市的台阶,然后一步步地向上攀登。据说,翠莲不但成了真正的城市人,而且当上了一个大老板的小老婆,你说她该有多大的本事呀。在李家庄的时候,虽然我们都知道她是一个心比天高的人,总是跟着时代的变化走,你看,当李大头耍威风的时候,她是李大头的姨太太;后来,当韦跛子在村里当头的时候,她就嫁给了韦跛子;现在,商品社会到来了,她又去给大老板当小老婆。不管时代怎么变化,翠莲总能如鱼得水,过去我们都小瞧了她,根本没有意识到,这个看上去一阵风吹来就会被刮倒的弱女子,她身上的能量却是大得很呢,现在不是时兴一句话吗?心有多大,舞台就有多大,我想如果把整个世界都给她当舞台,她也敢于站上去表演的。这样的人是不是有点可怕?

但让大家都想不到的是,前些日子翠莲竟然死了,而且是死在离李家庄不远的河道里。其实她的年龄并不多么大,并且这些年一直生活在城市里,怎么就突然死了呢?而且还是死在了我们乡下,并没有做成城市的鬼,不知道这是怎么回事?有人在河边发现了她的尸体,报告了派出所,派出所的人就贴出告示,让有失踪亲属的人去辨认。翠莲不是还有一个儿子吗?但他不认为自己的母亲是失踪了,就没有和派出所联系,倒是一个好事的李家庄人去那里看了,回来就给大家说,死的那个人就是翠莲,她躺在河道里的水边,大约死的时间有点长了,半边身子都被水物啃烂了,要多难看有多难看。翠莲活着时是多么讲究的一个人,不论什么时候都把自己打扮成人样子,可现在竟然落到这种破烂不堪的结局,也真是让人感慨万千。人们想不明白,她为什么死在那个地方,到底是在下船回来的路上?还是上船离去的途中?

还有一件事很奇怪,昨天我经过村西幼儿园时,对,就是原来那个破庙的地方,看见一些人围在一起指指点点,不知道在干些什么。我有些好奇,便走过去看,原来有几个人挥着铁锨铁铲之类的工具,正在那里使劲挖着什么。我就问身边的一个人,他们在挖什么呢?他告诉我说,幼儿园的一个小朋友来这里撒尿,竟然让尿液泚出一个小洞,他把手放进这个小洞里往下一掏,竟然扯出来一条胳膊,他说你别害怕,那不是一个真人的胳膊,而是一个泥胎的胳膊。倒也没什么可奇怪的,本来这个地方就是过去的庙宇嘛,据老人们说,里面曾经塑着一些泥像呢。这个消息传开以后,几个好奇的人便拿着铁锨铁铲之类的工具,在这里挖起来,想把那些埋在地下的泥胎挖出来。我和那个人正说着,就看见那几个挖掘的人真的有了收获,很快便把埋在地下的一个泥胎拖了出来。但让大家奇怪的是,那个泥胎的造型不是男的,而是女的,你说这是怎么回事呢?原先不是说这里是和尚住的庙宇吗?和尚们是不供奉女神像的,于是有人便说,看来以前大家都弄错了,这个庙宇或许不是和尚住的,而是尼姑住的,只有尼姑才供奉女神像吧?大家议论了一番,突然有个人扭过头来,朝我看了一眼,便一惊一乍地说,我看那个女神像就和阿菲差不多呢。他这样一说,大家也都注意起这件事来,看了我又去看女神像,看了女神像又来看我,竟然都点点头说,像,实在是像呀。开始我觉得大家是在开我的玩笑,但当我仔细看了一下之后,也觉得是这么回事。这真是一件奇怪的事儿,莫非因为我在那里住过那么多年的缘故,就让那个地方多了一座女神像吗？当然,我这个荒唐的念头可是足够可笑的。

哦,时间过得可真快呀,我在你面前絮絮叨叨的,竟然不知不觉过去了八个年头,这正好是我在外面劳改的时间。哎呀,不是快,其实时间是过得真慢呀,这漫长的八个年头在我絮絮叨叨之中一点点过去,让我的头发都要变白了,脸上的皱纹也增加了许多,要把身子站直已不那么容易,我是越来越老了,也越来越丑了。韦铁皮,当你醒来的时候,你还能认出我来吗？你是不是更加嫌弃我了？韦铁皮,你赶快醒来吧,我快要支撑不住了……

我知道你听得见我说的话,这八年来,我说的每一句话你都能听得见,这我知道,或许你也在盼望自己早点醒来呢。我想奇迹肯定会产生的,也就是说你肯定会醒来的,而且我越来越感觉到,你醒来的时间快要到了,因为我又度过了八年刑期。当然,这对你更意味着是一种囚禁,命运和疾病把你囚禁在了这张床上,也让我囚禁在了这间小屋里,这个院落里,说到底,是我们在一起共同服刑呢。不但我早就产生了逃离的想法,我知道你逃离的意愿更强烈呢,我更知道你的办法总是比我多,只要你不抛弃不放弃,一心一意坚持做着逃离的准备,我想你有一天肯定会逃离出自己的噩梦,一下子睁开眼睛的,到那个时候,也就意味着你把我也带离了这个深重而可怕的牢笼。是不是这样呀韦铁皮,我最最亲爱的人……

三十一

阿菲……

韦铁皮,你醒了？

是……

这真是……太好了……

…………

在阿菲照料韦铁皮的第八个年头的一天,韦铁皮终于睁开了眼睛,而且第一时间认出了守在他身边的阿菲,并轻轻喊出了她的名字。尽管由于岁月的风吹雨打,阿菲的样子已发生了很大改变,本来分量不大的身材更加细小,但她弥漫在身上的野气还存在,尤其是泛滥在眼里的爱意并没有减少。阿菲激动万分,紧紧地拉住韦铁皮的手,盯住他那双瞪得越来越大的眼睛,生怕稍一大意,他就会再次睡去一样,然后,她把那双手抱住他的身子,把自己的脸颊贴上去,再也不想离开。阿菲的泪水夺眶而出,汩汩地流淌到韦铁皮的身上,连他躺卧的那张床都泡湿了。

这样的结果太出乎李家庄人的意料了,他们哪里能够想到,一个被货车撞成植物人的男人,在病床上躺了整整八个年头之后,竟然有一天奇迹般地醒来,而且马上就恢复了健康,这几乎是电影里才有的情景,就算他们放纵自己的想象力,也编造不出这样不靠谱的情节来。但现实却是,韦铁皮真的醒来了,这一天,他由阿菲搀扶着走下床,走出屋门,坐在门台石上,八年之后第一次来到屋外的日头下,接受日光温暖的抚摸。韦铁皮的身子暂时还有些虚弱,就像刚刚走出监牢的犯人一样,当眼睛接触第一缕日光时,他感到了极度眩晕,身子摇晃一下,为了不至于跌倒,便依傍在阿菲身上。阿菲用肩膀顶住他的身子,故意做出一副小鸟依人的样子,好像不是她在搀扶韦铁皮,而是韦铁皮在搂抱着她。两个人紧紧靠在一起,在那个风和日丽的日子里待了很久。

许多听到消息的人赶来打探究竟,其中大部分人都不相信这是真的,以为多事的人制造的一个传言罢了。但等他们来到韦铁皮家里时,看到韦铁皮和阿菲亲密无间地坐在屋门口的样子,便都止住脚步,不敢再朝里面走,他们不能不相信自己的眼睛,难道这个迷人的景象是梦中产物吗?他们拼命用指甲掐自己的皮肉,当觉到十分疼痛的时候,才真切地互相告知,没错,这是真的,韦铁皮真的醒来了。他们不想这么快就离去,又不能走上来去打扰这两个人,便蹲在门楼下,远远打量着他们,欣赏着他们,祝福着他们。到这个时候,人们才明白过来,都是阿菲,是阿菲这个神奇的女人照顾了韦铁皮八个年头,正是在她催促和鼓动下,沉睡噩梦中的韦铁皮才能醒来,从这种意义上说,阿菲不就是他的救命恩人吗?联想到以前阿菲在李家庄居住的那些日子,联想到以前韦铁皮对阿菲所持有的冷淡态度,人们感慨万千,都是阿菲不计前嫌,而且对韦铁皮不离不弃,才让韦铁皮奇迹般恢复了健康。正像俗话所说的那样,心诚则灵,此言真的不虚呀,阿菲用自己的耐心和牺牲感动了那个隐蔽在暗处要看他们笑话的神灵,终于让韦铁皮离开了那张囚禁他的病床,出现在明亮而温暖的日光下。这一刻,人们都对阿菲这个过去从来没有看上过眼的女人产生了崇高敬意。有了阿菲这样的女人,什么样的奇迹不能出现呢?而韦铁皮是一个多么幸运的男人,竟然不知什么原因被阿菲看中,而且这个女人从此不再做离开他的打算,几乎尝遍天下所有的苦楚,才让这棵自己精心浇灌的树木开出了灿烂的花朵。

摆在韦铁皮面前的第一个问题便是,他要与阿菲结婚,而且要给阿菲一个正式的手续或者仪式,当然,在韦铁皮看来,那个手续或仪式并不是什么盛大的婚礼,也不是什么价值连城的首饰之类的身外物,而仅仅是一个红色的结婚证。其实他和阿菲早就结过一次婚了,而且举行过一个还算隆重的婚礼,可那毕竟是旧社会的产物,也没有经过韦铁皮同意,是算不得数的,当旧世界被埋葬,韦铁皮执意离开她的时候,他们的婚姻就没有了任何效力。此后,韦铁皮还和大宁子举行过婚礼,但不知道什么原因,他们竟然没有领取结婚证,便在李族长的要求或者逼迫下,韦铁皮和大宁子举行了婚礼,其实这也算不得数的,但在那个年代的李家庄人看来,只要举行了婚礼,他们的婚姻就得到了社会承认,是不可能随意解除的。但当韦铁皮受伤之后,李族长和大宁子却钻了没有领取结婚证的空子,仅仅当着众人宣布一下,便在韦铁皮一无所知的情况下,和他解除了这桩并不具备法律效力的婚约。大概正是想到了这两件事,当韦铁皮要和阿菲结婚时,就执意要领取那个红色的证件不可,尽管韦铁皮和别的女人包括阿菲举行过两次婚礼,但始终没有领取过结婚证,从这个意义上说,他和阿菲便站在了同一起跑线上,两个人都是第一次申请结婚证,这对他们来说,真是一件让人感到又新鲜又激动的事情。他们不敢怠慢,决定第二天便把这件事办完。

当天夜里,韦铁皮坐在灯下,手里拿着一支钢笔,在面前的纸张上写下了几行字,然后郑重其事地签上自己的名字,端起来送到了阿菲手里。由于他大病初愈,行动不便,无法亲自到乡里去,便写了这样一份委托书,让阿菲携带着到民政部门去办理登记手续。第二天一早,阿菲拿着韦铁皮那份委托书,马不停蹄地来到乡里,径直走进民政助理员的办公室,在递过韦铁皮的委托书之后,便把自己和韦铁皮的情况仔细说了一遍,期待人家给予理解。

没等他说完,民政助理员就明白过来是怎么回事,在李家庄所属的这个乡里,韦铁皮和阿菲的事儿几乎尽人皆知,民政助理员听说过这个情况,而且为今天亲自见到阿菲的面,并为给他们开具结婚证书感到高兴,甚至感到荣耀,当即就把盖上大红印的结婚证书开出来,郑重其事地递阿菲手里。祝愿你们的爱情天长地久。民政助理员发自内心地祝贺阿菲。

谢谢您,阿菲看了一眼结婚证书,便把它揣进内衣口袋里,在谢过民政助理员之后,一边往外走一边在心里说,但愿如此……

其实阿菲是多说了这样一句话,"但愿如此",这是什么意思呢?难道她对她和韦铁皮的婚姻还抱有什么怀疑态度吗?都到这个时候了,就算韦铁皮是一块石头,是一块钢铁,怕是也早被阿菲的温情融化了,就算是天崩地裂,世界濒临末日,韦铁皮都不会再给他们的婚姻制造任何不利状况。阿菲当然知道这一点,也对韦铁皮没有任何怀疑态度,可为什么又说了那句多余的话呢?虽然那仅仅是简单的四个字,却包含了不可预知的变数,一种对未来日月的担忧,一种对未知世界的迷茫,这是怎么回事呢?问题到底出现在哪里呢?既然韦铁皮没有什么可担心的,那么问题是不是出现在阿菲自己身上呢?这就更让人感到难以理解了,阿菲已经坚持接近一辈子了,现在终于迎来所期待的美好结果,为什么到这时她却感到了一丝隐忧呢?难道说阿菲真的是太过疲惫了吗?经过漫漫岁月的折磨和打击,这个一度坚强的女人是不是已经支撑不住,就像一个长跑运动员快要抵达终点时却因为无力跑完全程而一头栽倒在终点线附近呢?如果是这样的话,那这场婚姻,这个故事,不,这个世界可就太不够圆满了,也就太对不住阿菲了。阿菲呀,你能告诉大家吗?当你从民政助理员手里接过你和韦铁皮结婚证书的时候,你到底有了什么不祥的预感呢?

从乡里回来以后,阿菲陪着韦铁皮一起欣赏这本对他们来说十分重要的结婚证书,在看了大约半小时之后,两个人都感到有些饿了,阿菲便动手为他们做了一顿饭。尽管阿菲使出浑身解数,但不能不说,这顿饭做得并不是那么出色,阿菲从小娇生惯养,总是被别人照顾,也就不太会做这些事情;后来在李家庄,因为条件受到限制,她也没有怎么把吃饭当回事,每顿都是勉强凑合,只为果腹,唯有在照顾韦铁皮的这八年里,她才颇费了一些心思,变着花样为韦铁皮做些好吃可口的,富有营养的。但尽管这样,她做饭的手艺也没有获得提高,不要说和翠莲那样的做饭高手相比,就是和普通的李家庄妇女比起来,也要甘拜下风的。但韦铁皮却吃得十分快意,虽然天并不是太热,他却吃出了一头细汗。吃完这顿饭之后,韦铁皮还颇为不甘心地说,如果天天都吃到你做的饭,我这辈子就真的知足了。其实这句话也可能包含一些不祥的因素,为什么要如果呢?既然他和阿菲的结婚证都领到手了,那么还有什么需要假设的呢?这个时候,韦铁皮又感觉到了什么呢?

吃完饭以后,阿菲夸张地抽抽鼻子说,我闻到你身上又快要臭了,马上脱下你的衣服,让我把你的身子擦干净。她知道,这是韦铁皮最忌讳的一件事儿,便说得格外小心,但在她那里,这又实在是一件早就做过无数遍的事儿,在那漫长的八年间,她已经浏览过韦铁皮的身子不知多少次,尽管韦铁皮不愿意向别人裸露自己的身体,但现在面对的毕竟是自己的老婆呀,而且他已经被迫裸露过无数次,还有什么可顾忌的呢?

尽管情况是这样,韦铁皮还是有些为难的样子,一听她说这句话,快乐的神情便透出了些许阴郁,表现出一副不情不愿的样子,而且做着随时从她面前逃离的架势。当然,他并没有真的逃离而去,在接下来的时间内,再一次思考了一下他和阿菲的婚姻关系,进而战胜了自己的胆怯和羞愧,主动朝她点点头说,那好吧。随即又补上一句,你可不要嫌弃我呀。

阿菲在他身上推一下说,我如果嫌弃你的话,早在那个地下室里的时候,就送你上西天了。

阿菲的话是那么直抵心灵,让韦铁皮听了有些发愣,又仔细想了一下,觉得事情还真是那么回事,便轻轻地吐出一口气,又开玩笑地对她说,原来我的小命早就捏在你手里了。

阿菲对他这句话也想了一下,跟着点点头说,就是,让你落在了我手里,你还哪里能逃得出去呢?

韦铁皮意味深长地问她,这么说来,我是被你因禁了一辈子是吗?

阿菲思考了一下,又摇摇头说,其实,不是一辈子,你接下来的时间还很长呢。

韦铁皮有些不明白她的话,但只要我活着,不就是在坐你的牢吗?

阿菲抬起头,朝窗外的远处看了一眼说,等我离开这个世界了,你的刑期就结束了。她回过头,又对自己的话补充说,到那个时候,我就把属于你的自由还给你了。

韦铁皮不想她把这样的话说下去,赶紧举起一根手指,竖在她嘴唇上。但我愿意做你的因徒,韦铁皮躺下身子,把后脑枕在阿菲一条腿上,你把我囚禁在爱情的牢房里,才让我体验出了爱情到底是怎么回事。

阿菲抚摸着他的头皮,摇着头微笑一下说,没有人愿意坐牢,所以才有了逃离,才有了追捕,也才有了释放,也才有了结束……

韦铁皮把她的手放到自己胸口上,紧紧按住,不让它再轻易离开,早着呢,离结束还早着呢。他也对自己的话补充一句,要结束我们就一起结束……

阿菲抬起头,又朝窗外的远处看了一眼,不由得对他说,快了,你看天快要黑了,我感到有些困了。

韦铁皮掉过头,也朝窗外看一眼,有些不明白她的话,日头还高着呢,哪里又有什么天黑?这些日子你太辛苦了,如果你想睡觉的话,那就躺下来睡吧,让我守在你身边。他忽然有了新发现似的说,现在可是轮到我了。

阿菲真的在他身边躺下来,有意对他说,你可不要后悔呀。

韦铁皮摸摸她的鼻子说,不会的,就像白天过去黑夜到来了一样,现在该到我值班了。

阿菲叮嘱他说,你能像我一样,也在我身边守护八年吗?

韦铁皮对她这句话感到有些吃惊,八年?他想向她提出疑问,但又马上点点头说,没问题,八年就八年好了。

阿菲放下心来,躺平身子,慢慢合上了眼睛,但她还在嘟囔着说,什么八年呀?八天也不行,我刚才对你说过了,我要把属于你的自由还给你,难道你没有听见吗?

韦铁皮坐起身来,低下头,俯瞰着阿菲脸上越来越平静的表情,还在没心没肺地和她开玩笑,这还能由得了你吗?现在可是我当家作主的日子了。他似乎还没有看出来,阿菲脸上的表情已经快要消失得差不多了。宝贝,韦铁皮像哄婴儿睡眠一样拍拍她耷拉到床边的手说,好好睡吧……

韦铁皮是在第二天早晨发现阿菲死亡的。那个时候,他从阿菲身边爬起来,看着在红色霞光照耀下阿菲那张苍白的脸,才意识到阿菲已经离他而去。其实昨天晚上,韦铁皮几乎一夜没睡,当时还感到有些奇怪呢,为什么当阿菲睡去以后,他却失眠了呢?但一个整夜里,他都躺在阿菲身边,和她源源不断地说话,尽管阿菲没有做出任何反应,他却知道阿菲一定听见了,就像当初他在植物人状态中做不出任何反应,却听见了阿菲每一句话一样,只不过现在情况反过来了,这对他来说是一种新的体验,他要好好抓住这个机会,担任一把合格守护者的角色,也让被守护的阿菲好好休息。他知道,阿菲为了他太辛苦了,做出的牺牲太大了,在那八年里,她每天都守护在他身边,都和他源源不断地说话,正因为如此,他才能最终醒来,如果现在两个人的角色真的做了互换,那他就不能表现得比阿菲有任何逊色之处。他已经下定决心,就算阿菲真的睡上八年时间,他也要在她床边守护八年,和她说上八年的话,等待她在某一天醒来,然后再接续他们没有度完的甜蜜婚姻……

阿菲,你睡吧,有我在你身边呢,放心吧,不就是守护你八年,照顾你八年吗?我已经做好了决定,我再继续做你八年的囚徒,不,是做你一辈子的囚徒,让你把我囚禁在这张爱情的床上,这间爱情的屋里,这个爱情的李家庄内,这个爱情的黄河岸边,让我再一次酣畅淋漓地体验与你天荒地老的爱情,让我们一起携手向前,白头到老……

就从那个日子之后,李家庄人便没有再看到过真正的阿菲,当然,他们在自己的幻觉或者睡梦里会经常见到阿菲,这种现象不作数,而是说在现实生活里,在李家庄大街上,在高高的黄河大堤上,人们再也没有机会见到阿菲了。只是在开始一段时间内,人们能间或看到韦铁皮的影子,但说来奇怪,人们看到他的时候并不是白天,而是在黑夜里,看着韦铁皮的影子像幽灵一样在村子里游荡一下,便迅速地消失了。人们不明白,这个人不在家里好好陪伴阿菲睡觉,出来逛荡什么呢?后来,就连黑夜里韦铁皮的影子人们也看不到了,这就是说,他是老老实实地待在家里陪伴阿菲了。但人们不能不为他考虑这样一件事儿,既然他们两口子都不出来,那他们该怎么样生活呢?他们吃什么?喝什么?用什么?

后来人们才发现,老磨叨的孙子也就是韦铁皮的外甥孙当然也就是我,有时候会出现在韦铁皮家附近。这时候,这个孩子已经正式落户在李家庄,把那个属于他所有的院落整理出来,一个人住了进去,当时他还只有十五岁,现在怕是已经长大成人了吧?由此看来,韦铁皮两口子的生活是由他来照应着的?细究起来,其实他们什么关系也没有,甚至根本不认识,但自从孩子来到李家庄后,便明白了事情的来龙去脉,也就理清楚了他和韦铁皮那种似有若无的关系。于是,在接下来的日子里,在韦铁皮一心一意守在阿菲尸体身边打熬日月的八年时间里,孩子便隔三岔五地送些东西过去,以让韦铁皮勉强度日,不至于他在那个幽深院落里饿死。当然,他是进不了那个院落中去的,为了囚禁自己,不,为了把自己囚禁在阿菲身边,韦铁皮彻底关闭了院门,并插上三道门闩,不要说别人进不到他家里去,就是他自己想要从里面出来,怕是也不是轻而易举的事儿。随着时间的流逝,随着他身体的老迈,纵然他产生了逃离那个地方的念头,他怕是也真的做不到了。

时间一长,因为见不到阿菲甚至韦铁皮的缘故,人们便渐渐忘记了这两个人,好像他们根本不在李家庄似的,甚至从来没有出现在李家庄过似的。再提起阿菲和韦铁皮来,有人便想不明白,你们说的这两个人是谁呢?我怎么想不起来了?只有经过若干人的提示,再加之极力回想,透过遥远日月的遮挡,他们才能从记忆的河水里打捞出有关那两个人的模糊影像,到那个时候,阿菲和韦铁皮才抖着一身岁月的风尘像一张发黄的旧照片一样出现在大家面前。到这个时候,阿菲和韦铁皮便真正成为传说中的人物,便具备了某些不可思议的传奇性。

于是,在人们的流言蜚语中,我便听到了这样一种说法,阿菲死去以后,韦铁皮从墙壁里拿出他珍藏的那叠黄色纸张,使用上面的制药方子,在铁锅里熬制出一种胶剂,外面包裹上一层蜂蜜,然后把这种像是药膏一样的东西涂抹在阿菲身上。自从死去后,阿菲的身子更加收缩了一些,尽管还十分挺直,却和一个没有长大的孩子没有多少区别。每隔几日,韦铁皮就给这个小小的身子更换一次胶液,用清水把快要融化的残渣冲掉,再把新的药膏涂上去。正是在那种神奇胶液的保护下,阿菲尽管死去了快要八年时间,但尸体一直没有腐烂,一直保存完好,一直弥漫着迷人的香气。韦铁皮沉浸在那种像河水一样滔滔不绝的香甜气息中,让他痛彻地感到,这种焕发着勃勃生机的气息才是真正的爱情之味,才是天下的甘美之贻,才让他沉醉其间而无力自拔,才让他失去了逃离而去的欲望和能力。

让我和你一起死去吧。不止一次,韦铁皮都产生了这样的强烈冲动,并做着随时付诸实施的准备。随着八年刑期的到来,他觉得这一天就快要降临了。

阿菲,我来啦……

三十二

一天,从黄河大堤上拐下来一辆小轿车,沿着那条通向李家庄的小路驶来。前些日子,那条小路已经铺上沥青,比原先好走多了,只经过几分钟时间,小车就停在了村东头。虽然随着改革开放的深入,李家庄与外边的沟通也多起来,但对于这种颇为气派的小轿车,人们还是很少见到,于是,便有一些人跑到村口去看。他们想不明白,到底是什么人来到了李家庄呢?

在众目睽睽之下,从小轿车里走出一个干部模样的人,他朝村里打量一下,便回过头,从车里搀下一个花白头发的老人,老人后面还跟着一个打扮时髦的中年妇女。老人身体有些虚弱,手里挂着一根拐棍,从车上下来以后,搀扶他的任务便落在那个中年妇女身上。看上去这是两个从远方来的客人,因为他们的穿着和打扮颇为奇特,李家庄人根本没有在现实中的人身上见过,只是从电影里的人物身上看到过,一时对他们的来路便产生了好奇。根据这两个人的年龄判断,又不敢肯定他们到底是什么关系,说是夫妻吧,年龄相差得太多,说是父女吧,看他们的样子也不像,大家便议论纷纷,莫衷一是。

正在这时,村民委员会主任和一个副乡长急匆匆跑来了。其实这个副乡长早就来到了村子里,却一时没有找到村主任,等他们两个人见了面,那辆从县委统战部来的轿车已经抵达了村头。副乡长带领村主任一溜小跑地挤出人群,抢上去,先和那个干部模样的统战部副部长打声招呼,随即便把目光转向那个老头和他身边的妇女。副部长刚要给他们做介绍,却被那个老头制止了。

让他们猜猜我是谁吧?老头微笑了一下说。

听他这样说,村主任和他身后那些李家庄人都瞪大眼睛,再一次朝他身上仔细打量,听他的口气,莫非大家认得他吗?便对这个人充满了更大好奇和兴趣。他们朝那个老头看呀看呀,好像觉得似曾相识,但又确实不敢肯定,是否真的在哪里见过?他身上隐约残存的一点英气,似乎正穿越岁月的层层阻隔,探头探脑地来到人们面前。但他到底是谁呢?大家面面相觑,谁也不敢确认那个老头的真正身份。

接下来,老头又主动问村主任,你们村的尚家还有人吗?

村主任愣怔了一下,尚家?他本能地摇一下头,不知是因为尚家真的没有人了,还是一时脑袋发昏,没有想起尚家到底是指谁家。但他马上回过味来,赶紧指派跟在身边的一个年轻人说,去,快去叫小志来。

那个年轻人马上转过身,一路小跑地穿过街道,很快来到了我家里。他一边招呼我跟他到村东头去,一边气喘吁吁地对我说,新来的那个老头指名道姓要你们家的人去,你说怪不怪,好像那个人与你家有什么关系似的。

这时我只是一味地跟他走,心里一点数也没有,我又怎么能知道到底是谁来找我们尚家人呢?

其实自从那个老头提到了尚家,在村头围观他的李家庄人便好像明白过来,这个人,这个突然来到李家庄的老头子不就是当年的尚有志吗?但他们又觉得不可能是那个人,因为在他们心目中,那个人早就死了,不但他自己不存在这个世界上了,而且连带得让他的老婆老磨叨还有他们的儿子尚怀志,都一概离开了这个世界,他又怎么能还活着呢?不要忘了,那可怜的母子俩可是因为他而死的,如果没有他这个人的话,他们又怎么可能遭受那样不堪忍受的灾难呢?那两个人都死了,连与他们关系不太大的儿媳妇也变成了疯子,而这个人却好好地活着,天下会有这样的道理吗?人们不敢承认这个老头的真实身份,或者说不愿承认他就是过去的尚有志,便只是瞪大眼睛,呆呆地看他,目光里既有迷茫,也有好奇,既有不甘,还有愤怒。

就在人们议论纷纷的情况下,我随着那个年轻人来到村头,来到那个老头面前。村主任把我推到前面,对那个老头子说,他就是尚家的人。他好像觉得这样说还不准确,又进一步向他解释说,他是尚家人留在村里的最后一个孩子,名叫小志……

没有等他说完,老头就眯起眼,也像人们打量他一样仔细打量起我来。他微微弯下身子,以与我的身高等同,这还不够,他还绕到我身后,从后面朝我看了几眼,然后又回到前面,再次仔细打量我,就像要从我身上找到他自己的影子一样。

终于,他把手里的拐棍递到那个妇女手里,腾出手来,颤巍巍地举到我面前,先在我脸上抚摸一下,然后便把我的头抱住,拉到他怀里。与此同时,他把那张镶着假牙的嘴巴凑到我耳边,低声而清晰地对我说,孩子,我是你爷爷……

我当然不认得这个老头,尽管他说他是我爷爷,但在我心里,我不但对他没有任何印象,现在对爷爷这个称呼也没有清晰的认识。但这个从中国台湾来的老头既然说是我爷爷,按照村里的风俗习惯,我就不能不接待他,作为尚家在这里的最后一代人,我不能给李家庄丢人。于是,我便转过身去,带领他们朝我家里走,这时我并不知道,我其实是带领那个老头朝他自己的家里走。

老头由那个中年女人搀扶,后面是副部长、副乡长和村主任一干人,形成了一支浩浩荡荡的队伍,由我这个差不多已经快要长大的孩子带领,穿越李家庄大街,来到了我家门前。到这里,尚有志又停下脚步,抬头朝门楼和院落打量,一边看一边默默点头,一边点头一边不住地流泪。看到他如此悲痛,那个妇女走上来,悄悄递给他一块手帕,但老头没有去接,妇女便用手帕给他擦泪。这时,人们包括我差不多已经知道这个妇女的身份,如果大家都没有猜错的话,她就是尚有志在台湾娶的年轻妻子。

即使到这个时候,尚有志归来的行程也还算顺利。他通过县委统战部门这个联络渠道,带领他的台湾老婆来到东阿,沿着黄河大堤来到李家庄,虽然一路风尘仆仆,却也没有遇到任何阻力。更重要的是,一进入李家庄,他就找到了从来没有见过面的孙子,而且由他带领又来到了自己家门前。虽然经过岁月的淘洗和打磨,他还能依稀辨认出这个他曾经住过两年的院落,便长长地喘出一口气,打算再继续走几步,就能顺利进入他自己的家,也就是说,再过不到两分钟时间,他就可以圆满完成这次回乡访问行程,实现他一直埋藏在心里四十余年的愿望了。

但就在这时,一件让尚有志感到意外其实也在情理之中的事出现了,或者说在他返乡途中出现了一个小插曲儿,使他这次的还愿之旅蒙上了一丝阴影。他正要跟在我身后朝院子里走,一直没有开口说话的村主任突然站出来,拦在尚有志面前,板着脸对他说,你到底是谁?你为什么要到这里来?你有什么资格进这个院门?

人们都呆住了,尤其副部长和副乡长,一时显得非常尴尬。他们无论如何没有想到,这个看上去耷头蔫脑的村主任竟然当着他们的面搞出这样一出,给他们的接待工作制造了如此大障碍,难道他真的昏头了吗?但与此同时,那些跟在村主任身后的李家庄人都止不住叫了一声好,随即便爆发出一阵掌声。

只有尚有志没有做出什么反应，或许村主任的出面阻拦，他本是想到了的，也就没有感到任何意外。倒是跟在他身后的台湾老婆，觉得脸上有些挂不住，本来红晕的脸色一下子变成一张白纸。

有副部长和副乡长在场，就算村主任再不给尚有志面子，再想出什么幺蛾子，也不会让他达到目的，何况他也并没有什么清晰的目的，不过是觉得心里不平，才止不住站出来提了那三个问题。看到事情僵在这里，善于察言观色的副乡长马上站出来，将村主任拉到一边去，当即对他宣布说，从现在开始，乡政府免除了你的村主任职务，赶快离开这里，该干吗去干吗吧。

与此同时，副部长赶紧对尚有志赔礼道歉，然后亲自带领尚有志和他的老婆，大摇大摆地朝院子里走去。

我当然看出来，尚有志脸上还没有什么愧疚之意，这是情有可原的，因为他不知道这个院落里其他尚家人的遭遇和结局，或许仍期待着与他们重新相见，抱头痛哭一场呢。这样，我便知道接下来我的任务是什么，那就是在接待他们的同时，对这个老家伙好好讲一下我奶奶、我父亲还有我母亲的故事。我想，当尚有志听完他们的故事以后，如果他还有一点点良知的话，不，干脆说如果他还是一个人的话，就不会像现在这样在院子里走来走去，然后在屋子里的座位上坦然坐下，摆出是这里真正主人的架势。

但我还没有做好给他们讲述故事的准备，尚有志倒率先开口说话，给我也给大家讲述了发生在他自己身上的故事，而那个故事大约就能解开他的失踪之谜，让那些迷茫的李家庄人知道当年那个夜晚到底发生了什么，他这些年又在什么地方度过了后半生。

原来，随着河东敌占区被攻克以后，解放战争的形势也正在或者说已经发生翻天覆地的变化，敌占区的范围越来越小，国民党反动派在大陆的统治即将土崩瓦解。到这时候，一件摆在尚有志父亲面前的事情便成了当务之急。此前，李家庄人差不多已经知道，来这一带开展工作的尚有志出身于富贵之家，他的父亲是国民党队伍里一个大官，只有尚有志一个儿子，但年轻的尚有志追求进步，与他父亲走的是相反的两条道。但老父亲一直没有放下这个儿子，先前国共两党激烈战斗时，他还抱有侥幸心理，反正都是在国内打仗，总会有见面的一天，说不定什么时候便可以碰在一起。但现在不同了，国民党大势已去，如果再不和儿子取得联系，他以后就不可能见到他了。作为权高位重的国民党军官，要想通过他们埋藏在黄河岸边的地下网络，把尚有志弄到他那里去，也不是什么困难的事儿。

老父亲便一不做二不休,马上对这一想法采取了实际行动,于是,便有了那天傍晚尚有志跟随两个人渡河而去的情景发生。

我没有打算离开这里,尚有志摊开两手,极力为自己辩白说,我在这里战斗了那么长时间,而且我在这个地方成了家,已经把李家庄作为了我的第二故乡,更重要的是,我是一个真正的革命者,又怎么能跟随败退的国民党而去呢?

听完他这些虚情假意的话,人们都没有做出任何反应,都到这时候了,这个老家伙还在蒙骗大家呢,如果当初你决计要和那个国民党军官父亲划清界限,留在马上就要成立的新中国继续革命,怎么能乖乖地跟那两个特务走呢?你说是受了蒙骗也好,被绑架了也罢,但真正的事实却是,你的确离开了解放区,跟随你的国民党军官父亲去了台湾,而且在那个地方度过了漫长四十年岁月,你说没有背叛革命,背叛李家庄,背叛家人,谁能信你这些鬼话呢?更重要的是,由于你的背叛,给家人带来了源源不断的深重灾难,这笔账就算不找你清算,起码你要负相当大的责任吧?但即使大家心里都这样想,却没有人再站出来像村主任一样朝他发难,拆穿他这些虚伪的把戏。大家都明白,出于统战的需要,我们不和你再纠缠历史旧账,不过是为了面向未来,一起实现中华民族的复兴这样的愿景罢了,但并不说明你当年的所作所为有多么正确。

天快黑时,副部长和副乡长分别回县里和乡里去了,围在我家看热闹的李家庄乡亲也都散去。按照既定行程,本来尚有志和他的年轻妻子也要回县里去,就算他们能够继续下面的行程,也不方便在李家庄过夜,毕竟这里条件有限,尚有志夫妇又怎么能留在这个破烂地方度过这一夜呢?但不知出于什么目的,尚有志临走时又改变主意,建议让他留下来,陪我这个孙子在李家庄多待一夜,而且他还扭过脸,微笑着征求他年轻老婆的意见。他的老婆也就是我的二奶奶见他执意留下来,也就不再勉强,答应陪他一起在这里过夜。既然这样,人们便遵从他的意见,该走的走,该散的散,只让尚有志夫妻留在了我家里。

那么在这天夜里,也就该轮到我上场了,也就是说该我给他讲我们一家的故事了,所谓有来无往非礼也,既然听完了他的故事,我也就必须让他听我们一家的故事。于是在这天夜里,当院落中只剩下我们三个人时,我便开始给他们讲述起来。但我刚开了一个头,他的年轻老婆就打起了哈欠,于是我便提议说,要不您先休息去吧?反正我的故事也不是讲给她听的,有她在没她在都没有关系,只要尚有志留下来听我讲就行了。他的老婆有些不好意思,便扭过头去征求尚有志的意见。尚有志朝她点点头说,好吧,那你就去睡觉吧。这样一来,屋里就剩下了我们两个人。好多年前,李家庄就通上了电,夜晚不再变得那么可怕了。但我熄灭了电灯,费了一番力气才找到一盒火柴,把半截蜡烛点起来,放在桌面上,让它给我们这间黑咕隆咚的房子带来一些亮光。

尚有志不明白我这样做的意思,便止不住问我,既然有电,你点蜡烛干什么?

我回答他说,这样不是更可以让你重温旧景吗?我的意思是说,当年他在这个地方住的时候,哪里有什么电呀,只能用油灯或者蜡烛照明,现在油灯不好找了,但蜡烛还是有的,当蜡烛点起来时,尚有志就是不想回到过去的岁月里,恐怕也是很难做到的。

尚有志思考一下,点点头,同意了我的说法。

于是,在接下来的时间内,我们伴着那支时明时灭的蜡烛,一个讲述,一个聆听,让我们家的故事在这个黑暗的夜晚里一点点展开。

⋯⋯⋯⋯⋯

到下半夜时,我差不多已经讲完了奶奶、父亲和母亲的故事,只剩下最后一点做结尾了,那就是奶奶的死亡。

奶奶在那天深夜里割下我父亲的头颅时,便已经陷入极度的迷幻当中。在我母亲不顾一切逃走之后,这里又剩下了我奶奶一个人,尽管她身上没有多少力气了,却每天抱着我父亲的头颅,嘴里发出喃喃自语声,谁也别想把我家老尚夺走。不知道怎么回事,越到生命的最后时刻,奶奶的身体越肥硕,实在让人想不明白,她在那些日子里不吃不喝,身上的肌肉和汁水又是从哪里来的呢?大家都知道,虽然她或许支撑不几天了,但也不能看着她抱着一颗头颅不放吧?有人便提议说,我们大家一起走过去,把尚怀志的脑袋从她怀里夺过来,与他留在屋里的身子一起安葬,不然的话,这算什么事儿?也许过不几天,她怀里那颗脑袋和留在床上的那具无头尸便会腐烂发臭的。

人们试探着朝我奶奶面前接近,但还没等他们来到面前,我奶奶就挥起手里的刀,对着人们有气无力地叫喊,你们谁也别想过来,老尚是属于我的,永远都是我的。人们不敢轻举妄动,便只能停下脚步。大家不知道该怎么办好,反正看我奶奶虚弱的样子,只能等待她自行倒下了。那个时候,人们都盼望我奶奶赶快死去,这个已经变成疯子的老女人实在让他们不堪忍受,无法直视,不敢面对。

这样又过了几天,人们再去我家的时候,竟然没有看见我奶奶的影子,便大起胆子到屋里去找,看看她是不是已经喘尽了最后一口气。和人们的期望差不多,我奶奶果然躺在屋内的地上死去了,怀里依旧抱着我父亲那颗即将腐烂发臭的脑袋。但我奶奶死去的情景，又和人们的意料有些不同，我奶奶虽然倒在地面上，但她的身子却包裹了一层东西，人们凑近了看，竟然是一群黄乎乎黑压压的蜜蜂，便觉得有些奇怪，村里人早就不养蜜蜂了，那么现在这些聚集在我奶奶身上的蜜蜂是从哪里来的呢？它们为什么要把我奶奶包裹在其中呢？由于那些蜜蜂密密层层的包裹，我奶奶原本就十分臃肿的身子更加庞大，简直快要占据了半间屋子。

大家都以为，我奶奶是被那些来路不明的蜜蜂蜇死的，她身子的膨胀蔓延就是它们的毒液造成的。只有一个养过蜜蜂的人说，其实那些小生灵并没有蜇我奶奶一下，它们之所以聚集在我奶奶身上不走，是因为把她老人家当成了它们的头领，也就是一只蜂后。过了好久，人们才想起来，许多年前，我奶奶的确养过蜜蜂，这是不是说，现在聚集在我奶奶身上并让她窒息而死的小生灵，就是当年她老人家养过的那些蜜蜂呢？

夜已经很深了，听完我有关我奶奶、我父亲和我母亲的故事以后，尚有志已经困倦得快要支撑不住，于是便离开我，回到他年轻老婆的床上去。反正我的故事已经讲完，而且已经到了午夜时分，尚有志的确应该去做一下梦了，不管那个梦是美梦还是噩梦，他都可能不想再留在这个现实世界中，而只能到梦境里去和他留在这里的这些可怜人团聚一下。我给他们置备的休息室，就是我奶奶当年住过的房间，他们睡觉的地方，也是我奶奶睡过的床铺，是不是许多年前尚有志也在这张床上睡过，我就不知道了。我听见尚有志轻手轻脚爬上床去，或许已经躺在他年轻老婆的身边。

我也在自己床铺上躺下来，试图睡上一觉，因为这个时候我也困倦得不行了。但不知是怎么回事，这一夜我却第一次尝到了失眠滋味，尽管我困倦得不行，却无论如何睡不着，这真是一件奇怪的事儿。在接下来如梦似幻的感觉中，我竟然听到一阵沙拉沙拉的磨刀声，心里还有些想不明白，是谁在深夜里磨刀呢？接下来，我还听到许多平时听不到的声音，比如剧烈的火焰在水中燃烧的声音，比如疯狂的大风吹拂石头的声音，比如黄河水浪在大坝上行走的声音，比如兔子在树上唱歌的声音……这些怪异的声音平时我是听不见的，但今天夜里，它们却真切地传到我的耳朵深处，搅扰得我坐卧不安，辗转不宁。

进入下半夜时，我只能爬起来，像一个梦游人一样来到街道上。就是这个时候，我发现许多李家庄人都没有睡，尽管他们是在自己家的床上躺着，但我明明白白看见，他们都大睁着眼睛，支棱着耳朵，焦急万分地等待什么的到来。我似乎知道他们等的是什么,便在心里大声对他们说,赶紧睡觉吧,等日头出来时,你们等待的情景就出现了。听到我心里说的这句话,这些看热闹不怕事大的李家庄人才重新倒下去,闭上眼睛,合上耳朵,万般放心地进入自己的梦境。

这个平常的夜晚是随着一声尖叫结束的。在李家庄人还没有完全泯灭的记忆中,好像许多年前的黎明时分,李家庄大街上,不,尚家人的院落里也发出过这样一声尖叫,如果他们没有记错的话,随即而来的便是一个疯狂的身影从街上跑过去。现在,那个身影又出现了,也是从尚家人的院落里跑出来的,像一个真正的疯子一样掠过李家庄大街,直朝村东的那条小路上跑去,朝这个女人的来路上跑去。如果说,许多年前那个跑过的身影是我母亲的话,现在这个正在奔跑的女人便是我的奶奶,不,应该说是我的二奶奶。

这天早晨,当我二奶奶从睡梦中醒来时,看见躺在她身边的那个人已经被红色的液体泡软了。开始的时候,她还以为那些红艳艳的东西是窗外射进来的霞光呢,但她抹了抹眼,仔细一看,才辨认出那些浸泡着她丈夫尚有志身体的东西不是霞光,而是他自己身上流出来的血液⋯⋯

几天过后,这个女人又回到李家庄。虽然她实在不想再到这个令她感到恐怖的地方来,但没有办法,她的丈夫还留在这里呢,从台湾来的时候,他们是结伴而行的,现在要回到台湾去了,难道她要一个人上路吗?她还想试一下,能不能把她男人的骨灰带走。于是,她在副部长的陪同下,再次乘坐那辆小轿车来到了李家庄。与上一次不同,那时阻拦她和尚有志实现愿望的人是当时的村主任,现在出来阻拦我二奶奶实现愿望的人则是我了。

我知道她是回来干什么的,没有等她把自己的要求说完,便郑重其事地对她说,既然尚有志把自己的身子留在了这个地方,就说明他把这里作为了他的最终归宿,作为他的家人,我们还是遵从他的意愿,给他一个满意的答复吧。

听我这样说,我二奶奶没有再提出其他异议,便用一块给尚有志擦过泪水的手帕捂住嘴巴,回过头去,一溜小跑地离开李家庄,回到那辆已经掉过头的小轿车上去。

在乡亲们的帮助下,我把尚有志的尸体葬在了我们家坟茔上,那块坟地还是当年我太姥娘死在这里的时候,由李族长划给我们家使用的,这么多年过去以后,那块坟茔已经有了一定规模,先是我的太姥娘,然后是我的奶奶毛丫和我的父亲尚怀志,还有我的二太姥爷韦跛子和我的二太姥娘翠莲,如果不出意外的话,很快我的大舅爷韦铁皮和我的大舅奶阿菲就会来到这里。现在,虽然我的爷爷尚有志也来到了这里，但他毕竟来得有些晚了，我只能破开我奶奶毛丫的坟墓，把我爷爷尚有志的骨灰埋进去，让两个人合葬在一起。

我奶奶毛丫如果地下有灵，这时便可以用毫无异议的口气说，我家老尚再也不会离开我了。

三十三

不久后的一天，又有一个外地人来到李家庄，而且和上一次我爷爷到来的时候一样，他也是由县里一个官员陪同来的，而这次陪他来的是文管所的一个副所长。他们乘坐的小轿车一进到村子里，副所长就找到了新任村主任，让他领着那个外地人朝我家里走来。

我还以为这个外地人与我家又有什么亲缘关系呢，便感到有些不解，我家的社会关系并不多么复杂，为什么会有那么多的人与我家扯上关系呢？而且据我所知，再也没有什么人值得我期待了。于是，我便对这个人有些冷淡，内心深处还做好了应付骗子的准备呢，但又仔细一想，我一个普通村民又有什么好骗的呢？

等坐下来以后，经过副所长一番介绍，我才知道那个外地人是从北京来的，具体说是从故宫博物院来的，也就是说，这是从国家文物部门来的一个货真价实的研究专家。这更加让我感到迷惑，我与这样的专家又有什么关系呢？就算我绞尽脑汁，也不可能把这样一个人和我的家人扯在一起。

看我有些不耐烦，文物专家安慰我说，别急，听我慢慢跟你说。

在接下来的时间内，这个文物专家便给我讲了一个遥远而不乏荒诞色彩的故事。据他说，当年，八国联军攻陷北京之后，便来到故宫进行大肆掠夺，这些西方强盗觊觎大清国的财宝已久，现在有了机会，又怎么能放过放置在故宫里的好东西呢？此时，慈禧已经带着光绪皇帝等一帮众臣逃之夭夭，留在京城的人无力阻拦他们的抢劫行为，眼看那些价值连城的宝物就落在那些强盗手里了。在这种情况下，一些还没有丧失爱国之心的小人物站了出来，其中就包括一个年老的太监，偷偷把一些价值连城的东西转移出去，送交到可靠的部门和人手里。老太监知道，当那些西方强盗离去，慈禧带着皇帝回来后，一定会追查那些财宝的下落，在他们看来，被西方强盗抢走了倒没有什么关系，如果是身边的这些可有可无的小人物从中作梗，那就必须追究下去，最后的结果可能是，老太监会为此丢掉性命。在这种情况下，老太监便只有一条路好走，那就是赶紧逃出京城去。

老太监在皇宫里待过许多年，见证了大清国由盛而衰的整个过程，也经历了西方强盗若干次侵略中国的那些可怕事件,什么鸦片战争啦,甲午战争啦,现在又是八国联军,知道大清国已经走到穷途末路,再为它尽忠效力便没有任何意义,于是果断踏上了逃亡之路。其实这时候,老太监手里也没有什么财宝了,只有一份国药秘方,是有关阿胶的一份方子,那是许多许多年前,由阿胶的正宗发生地东阿的阿胶制药商家进献皇宫的,是历史上存在于世的最古老也是最有价值的阿胶制造秘方,因为它是一个孤本,可谓价值连城,不可多得。老太监离开京城以后,便隐姓埋名,回到居于黑龙江地界的一个小村子里定居下来。

老太监已经十分年老,知道不久便会离世而去,那么这份阿胶秘方交给谁保护呢?于是,老太监便收养了一个孩子,辛辛苦苦将他养育成人,在离开这个世界前将阿胶秘方交到了他手里。后来,老太监当年的行为不知什么原因东窗事发,上面迅速查证下来,终于把目标集中在刚刚长大成人的养子身上,紧接而来的便是对他的通告和缉拿。这个年轻人不敢怠慢,为了保护手中的阿胶秘方,不辜负养父老太监的嘱托,便马不停蹄地踏上了逃亡之路。与此同时,江湖上一些黑暗势力也得到消息,居然与官家搅成一团,参与到追剿年轻人的行动中。为了躲避那些几乎无所不在的敌人,年轻人便在流浪和逃亡的路上一直走下去,再也没有机会回头。

按照老太监生前的指点,年轻人要抵达的目的地是黄河岸边的东阿县,因为那个地方才是阿胶的正宗故乡,如果他能够成功逃离的话,就把手中这份珍贵的阿胶秘方带到东阿去,交给那里的有缘人,或者在那里定居下来,按照秘方上的方法制作阿胶,让这一重要的文化产业得以传承。年轻人就是怀揣这样的抱负,一路朝南行走,为了绕过京城,还要曲里拐弯多走许多路,便在江湖上度过了大半生。为了掩盖自己的身份,年轻人把阿胶伪装成大力丸,以此躲过那些无处不在的怀疑和追踪。期间,年轻人利用阿胶的药性,诱惑或者说施救了一个患有石女症的尼姑,两人还生下了一个女儿;另外,年轻人还把两个打他主意的强盗收至麾下,并与其中那个年老的强盗结拜成兄弟。在接下来的行程中,这四个人就结成了一种奇怪的家庭关系,继续穿行大半个中国,沿着黄河岸边向南行走,当黄河西岸的东阿县即将获得解放的时候,这四个人来到一个叫李家庄的地方。

说到这里,文物专家抬起一只手,朝周围划了一圈儿,对我和大家神秘莫测地微笑一下,然后用肯定的语气说,对,他们来到的就是这个地方。

到这个时候,不光是那些知道我们家来龙去脉的人,就是我这个后来人也知道他说的那个故事中的人应该是谁了。原来是这样?我终于明白过来,我们家那些人,包括我无缘相见的老太监,我该怎么称呼他好呢?是不是应该叫他太太姥爷,还有我的太姥爷太姥娘,我的奶奶,我的二太姥爷,我的大舅爷,都在那个富有传奇性的故事里担任了一定角色,从而在包括东阿在内的中国大地上,在黄河沿岸这片广阔土地上演出了足够丰富而精彩的一幕大戏,目的就是为了保护被他们视为珍宝的阿胶秘方。

老文物专家觉得已经水到渠成,便再次微笑着对我说,作为这一奇特人家的后代,你不觉得需要做些什么吗?

我似乎知道他话里的意思,但又做出不明白的样子,希望他再继续说下去,说服我帮他实现这次东阿之行的目的。

专家很有耐心,见我一时不肯松口,便循循善诱地开导我说,你好好想一下,你一家人费尽千辛万苦保护阿胶秘方的目的是什么?

我不用思考就回答他说,当然是为了让它为国家效力了。

老专家马上问我,那么怎么样让它更好地为国家效力呢?

这对我来说当然是一个问题,是呀,总不能让阿胶秘方待在我们这几个其实并没有什么用处的人手里,让它发霉腐烂变质吧?如果是这样的话,那就实在辜负了我们祖上人的殷切希望。

只有让它回到国家手里,老专家用肯定的语气说,这个秘方所代表的民族产业才能很好地发扬光大,它所代表的传统文化才能一路传承下去,实现你祖上那些人用个人生命和荣誉换来的最大心愿,难道不是这样吗?

听到这里,我就是一块石头也不能不对他的话所感动,那么接下来该怎么办,不是秃子头上的虱子明摆着吗?我没有再犹豫下去,便决定当即献出我祖上保存下来的阿胶秘方,通过这个老专家献给故宫博物院,献给我们的国家。大家也都用期待的目光注视着我。我觉得这是一个非常隆重的时刻,虽然周围没有音乐声,没有鞭炮声,没有锣鼓声,也还没有迎来掌声,我却觉得接下来的行动格外严肃,格外郑重,又格外欣喜,格外沉痛,毕竟这一刻,我是在替我那些已经牺牲或者正在牺牲的家人们做这件事,所以我不敢丝毫掉以轻心。

在大家目光灼灼的注视下,我站起来,走到里屋内,从床头上搬出一个木箱子,用挂在我腰带上的钥匙打开来,取出一个红布包,再打开来,里面是用油布包裹着的另外一个小包,再把它打开来,里面还有一个牛皮信袋,再打开它的封口,我才把两根手指探进去,稍稍摸索一下,将一沓发黄的纸张轻轻掏出来,捧到眼前看一下,便把它贴在我的胸口上。我的太太姥爷,我的太姥爷太姥娘,我的二太姥爷，我在心里逐一叫着他们说，我的大舅爷，我的奶奶，我的父亲，现在我要做这件你们肯定愿意让我做的事了，你们如果在天有灵的话，就请睁开眼睛，看着我把你们做出那么大牺牲而保存下来的这份秘方，献给我们的国家。

我捧着那一沓纸张，慢慢从里屋走出来，回到专家他们面前，然后伸出手去，把那沓纸张伸向站在我面前的老专家。我不知道老专家是什么时候站起来的，或许在他看来，这的确是一个仪式，他也要像我一样郑重一些，才能对得起保护这份秘方的那些人们。

还没有等我把秘方递到他手里，老专家就对我说，现在我只是看一下，以鉴定它的真伪，我这次不会把它带走，等我把情况汇报给领导以后，我们会以故宫博物院的名义给你发出一份邀请，请你到北京去，到我们故宫博物院去，在那里举行一个隆重的捐献仪式，到时候我们会邀请国内重要的媒体参加报道，我觉得只有在那样的场合下，你捐献这份珍贵阿胶秘方的举动才能得到充分体现，我这样做你同意吗？

我当然同意他这么做，还有比这个方案更好的吗？行行，我连连点头，那我们现在就看一下吧。我把手里的几张阿胶秘方逐一展开，用一只手抓住它的一端，与此同时，专家也伸过一只手来，接住那几张阿胶秘方的另一端。那几个坐在我们周围的人也站起来，纷纷聚拢到我们身后，大家一起瞪大眼睛，朝那几张黄纸上看。

但此时此刻，不可思议的一幕出现了，在我们大家一起注视下，那些原本书写在黄色纸张上的字，也就是具体的阿胶制作材料、工艺流程、方剂构成和治疗效果等，具体说是那些用繁体字写成的文字，竟然慢慢变成一群小蜜蜂，纷纷脱离纸张，朝着空中升起来，从我们眼前掠过，飘到我们的头顶上，向着屋外飞去。大家只好抬起头，瞪大眼睛，看着它们排成队列朝外飞翔。我猛然反应过来，赶紧抬起两手，想抓住那些离去的小蜜蜂，但我抓了个空，尽管我的动作很快，却还是没有赶上那些蜜蜂离去的速度。就这样，我们几个人呆呆地看着小蜜蜂飞出屋外，飞到外面的天空里去，竟然一点办法也没有……

就在这天夜里，有人看见韦铁皮家的院子发出了火光，便好奇地跑到跟前去看。原来，这座已经八年没有传出任何动静的房屋着起火来。人们感到很奇怪，这座房屋差不多快要被大家遗忘了，为什么突然着起火来？又是谁去放了这把火呢？

听到人们的呼喊，我也赶紧跑出家门，穿过大街，来到村东韦铁皮的房屋附近。此时,火焰已经变成了冲天大火,整座房屋快要被大火吞没了,火光像一群传说中的凤凰一样朝天空里飞翔,艳丽的色彩差不多照亮了多半个天空。终于到来了,在整个观看这场大火燃烧的人里,或许只有我一个人知道,当洞悉自己的大限就要到来的时刻,韦铁皮使用最后一把力气推倒蜡烛,让它点燃了阿菲尸体躺卧的那张大床,进而引燃了他们置身其中的那间坟墓一样的屋子,让大火把他们这个在李家庄矗立了快要五十个年头的住宅吞没了。

乱蛇一般的火焰中,我似乎看见,我的大舅爷韦铁皮从床上抱起我的大舅奶阿菲,吸吮着阿菲身上弥漫出来的浓烈香甜气。韦铁皮使出最后的力气,发出一声只有死去八年之久的妻子才能听到的话,阿菲,我们一起逃走吧……

后 记

我出生的时候,母亲的娘家人作为生活在黄河滩上的最后一批居民,搬到大堤以外重新立村已经好多年了,但童年时期去外祖母家时,还是经常跟随表哥他们到黄河滩上玩耍,无形之中,相对于我身边的其他小伙伴来说,近距离接触黄河的机会就增加了许多。在我五岁那一年,跟随父母乘公交车去遥远的济南,此时黄河大桥还没有架设,公交车便只能开到洛口,然后搭乘大型驳船渡河,父母领我来到甲板上,让年幼的我真切地感受了黄河的风高浪急。

20世纪90年代初,因为工作需要,我在几年内的几乎每个周末,都要乘车从黄河大桥上经过。就是在这段日子里,得知工作单位的某个同事曾经作为部队的一员,在东阿黄河大桥上驻守过好几年,闲暇时听他讲过许多有关黄河的轶闻。后来,我在东阿县的地方史志部门工作过十余年,由于工作关系,接触了大量有关黄河与东阿县革命历史的资料,这为我更加深入地理解黄河、东阿和鲁西,理解黄河作为母亲河与这片土地的繁衍生息和发展壮大打下了坚实基础,并为此进行了一些研究,收集整理了许多历史掌故和民间传说,这些成果都融入了我主编的《东阿县志》《东阿年鉴》(十五年)和我编著的《东阿民间故事》中。当然,在与母亲的长期相处中,更是听她无数次讲述与黄河相关的故事,毕竟母亲是在黄河滩上长大的,在与黄河涛声的相伴中度过了她惊险而艰难的童年和少年岁月,而那个时期是一个遭受侵略和压迫而充满战火硝烟的历史阶段,尤其给她留下了难以忘怀的深刻印象。大概在这种耳濡目染的影响下,写作与黄河有关作品的念头便悄然来到了我心里,成为《大河》三部曲面世的催化剂。

关于黄河与我们这个地方的关系,我在《黄河岸边的孩子》的附记《母亲与河》中,有较为详细的记述,读者可以参考阅读。在那篇散文中,我也试图说明母亲和黄河的关系,但在有限的篇幅中是不可能完全解释清楚的,于是便有了这部长篇小说《黄河岸边的孩子》。的确,这部嵌入了若干儿童文学元素的作品是按照母亲的童年历程写成的,当然,与此同时也融入了众多儿童少年在那个苦难岁月中的成长经历。可惜的是,这部作品写得太晚了,母亲早在几年前就离开了这个世界,我只能把它作为一份礼物献给她老人家的在天之灵,对她所经历的那段历史做一下告别。

由于对东阿尤其是黄河的历史较为熟悉,写作《黄河滩枪声》这部书也不是多么困难,尽管这样,我还是再一次通读了东阿县政协出版的文史资料四卷本,同时也阅读了大量战争题材的文学作品,在相关的历史和作品中寻找写作这部书的线索与灵感。与《黄河岸边的孩子》和《黄河带我回家》的短速写作节奏相比,这部书花费了我相当大的工夫,因为它牵涉的点与线太多太杂,我必须尽可能把它们梳理清楚。对于战争题材的文学作品,前辈作家差不多已经写尽了,要想让这部书再呈现出别的作品没有过的面貌,实在是难上加难。但这并没有击退我,我依然在历史的缝隙中寻找到许多可供进入这部作品的信息,用较为独特的叙述方式写出了一系列中短篇故事。由于背景、题材、主题和风格的相近,我把这些零散的作品组合起来,形成一部崭新的长篇小说。这种形式当然不是我的发明,我所崇敬的美国作家福克纳的长篇小说《去吧,摩西》《野棕榈》《没有被征服的》,俄罗斯作家阿斯塔菲耶夫的长篇小说《鱼王》,还有中国作家莫言的长篇小说《食草家族》等,都是这么做的,我只不过借鉴了这种形式而已。

《黄河带我回家》虽然选取的是老套的爱情视角,但这三组不同遭遇、不同宿命的爱情故事,却包含了黄河、东阿和阿胶历史风云变幻的若干信息,背景宏大悠远,可以说是东阿现、当代历史和重要文化资源的影像投射。看上去,这三组爱情故事像奔腾不息的黄河水一样足够狂野,足够酣畅,似乎远离了生活现实,但我不能不悄悄地告诉你,这些故事并不是我的凭空编造,而是真的来自这片土地上那些生生不息的情感传奇。只要你进入了这片流淌着黄河水的土地深处,就会发现其中不同凡响的动人故事,其感人至深的程度不逊色于任何一部文学作品。大概与所表现的内容相一致吧,《黄河带我回家》的写作是在很短时间内完成的,甚至可以用"一口气写就"来形容,开创了我写作速度上的先河,也让我体验了一把激情创作的狂野和酣畅……

《大河》三部曲的写作,圆了积存在我心头多年的一个梦想,那就是为黄河,为生活在黄河岸边的父老乡亲,为过去那段已经成为历史的充满血与火的岁月,唱一曲饱含深情的歌,让我们的子孙后代不要忘记发生在这片土地上的那些虽然平凡却也惊心动魄的传奇故事……

长期以来,我在进行"乌龙镇"系列小说写作的同时,从来没有放弃对鲁西文化资源的挖掘和书写,完成并出版的有关作品有《曹植大传》《天河》《霍乱年代》《尺八》《天宝物华》(即《阿胶大传》)等。《大河》三部曲,是我致敬家乡、献给家乡的又一组作品。以后我肯定还会进行这方面作品创作的。

感谢我的家乡,为我源源不断地提供了如此多的创作素材和灵感。